国家出版基金项目
NATIONAL PUBLICATION FOUNDATION

1945—1949年

东北解放区文学大系

中篇小说卷①

本卷主编◎金 钢

总主编◎丛 坤

黑龙江大学出版社

图书在版编目（CIP）数据

1945—1949 年东北解放区文学大系．中篇小说卷 ／ 丛坤主编；金钢分册主编． -- 哈尔滨 ： 黑龙江大学出版社，2021.3

ISBN 978-7-5686-0456-7

Ⅰ．①1… Ⅱ．①丛… ②金… Ⅲ．①解放区文学—作品综合集—东北地区—1945-1949②中篇小说—小说集—中国—1945-1949 Ⅳ．① I218.3

中国版本图书馆 CIP 数据核字（2020）第 012157 号

1945—1949 年东北解放区文学大系　中篇小说卷
1945—1949 NIAN DONGBEI JIEFANGQU WENXUE DAXI ZHONGPIAN XIAOSHUO JUAN
金　钢　主编

责任编辑　魏　玲　宋丽丽
出版发行　黑龙江大学出版社
地　　址　哈尔滨市南岗区学府三道街 36 号
印　　刷　哈尔滨市石桥印务有限公司
开　　本　720 毫米 ×1000 毫米　1/16
印　　张　57
字　　数　638 千
版　　次　2021 年 3 月第 1 版
印　　次　2021 年 3 月第 1 次印刷
书　　号　ISBN 978-7-5686-0456-7
定　　价　208.00 元（全 2 册）

本书如有印装错误请与本社联系更换。

《1945—1949 年东北解放区文学大系》

学术顾问（按姓名笔画排序）

冯毓云　刘中树　张中良　张毓茂

编委会（按姓名笔画排序）

主任： 于文秀

成员： 叶　红　丛　坤　刘冬梅　那晓波

　　　　孙建伟　李　雪　杨春风　宋喜坤

　　　　张　磊　陈才训　金　钢　赵儒军

　　　　侯　敏　郭　力　戚增媚　彭小川

　　　　蓝　天

出版说明

　　1945 年到 1949 年的东北解放区，社会风云变幻，文学繁荣发展。当时的文学创作者们以激昂向上的笔触，再现了波澜壮阔的解放战争和轰轰烈烈的土地改革，讴歌了人民军队可歌可泣的英雄事迹，描绘了劳动人民翻身后的喜悦心情，书写了时代的大主题。为了再现这段文学风貌，我们编辑出版了《1945—1949 年东北解放区文学大系》。

　　这套丛书以体裁分编，计小说卷（长篇、中篇、短篇）、散文卷、戏剧卷、诗歌卷、翻译文学卷、评论卷及史料卷七种。丛书编辑过程中，多数篇目由原始版本辑录，首次收入文集，也有些篇目参照了此前出版的多种文集。原始文献字迹不清确不可考的，丛书中以"□"代替。另受条件所限，个别代表性作品未收集到权威版本，以存目形式呈现。

　　丛书收录作品以 1945 年 8 月至 1949 年 10 月为创作时间节点，主要为东北作家创作的各类主题作品，也有非东北籍作家创作的有关东北解放区的作品。除此之外，还有此时期公开发表的反映抗日战争题材的作品，以及在东北出版的反映其他解放区情况的、革命主题特色鲜明的作品。

　　需要说明的是，此时期的个别作家受时代限制，思想表现出了一定的历史局限性，体现在文学创作方面可能表现为有不同程度的瑕疵，但是这一群体的作品，只要总体导向是正面的、积极的，从保证史料全面性、完整性的角度考虑，我们也将其收录，以真实呈现当时人们的思想状况。

　　丛书旨在突出东北解放区文学原貌，侧重文献整理，故此在编辑过程中,重点对作品中会影响读者理解的明显讹误进行了订正,对于字词、标点符号以及句法等问题则尊重原文的使用习惯,不予调改,以突出其史料价值。本书选文除作者原注外,亦保留原文在初次出版时的编者注,供读者参考。

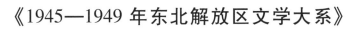

《1945—1949 年东北解放区文学大系》

中篇小说卷①

总　序

张福贵

从古至今,东北在中国历史与文化进程中,特别是近代以来都是决定中国社会政治发展走向的重要因素。当然,这种作用不单纯是东北自生的,更是多种因素叠加和交汇的结果。东北文化既是文化空间概念,同时更是历史时间概念,是不同空间、区域的多种历史文化的积累,是一种时空统一的文化复合体。值得注意的是,除了抗战时期的特殊因缘使"东北作家群"名噪一时外,作为东北历史文化和现实社会表征的东北文学特别是东北解放区文学,在相当长的时间里却未得到应有的关注。黑龙江大学出版社在对过去为数不多的东北文学史料进行整理的基础上出版的东北文艺史料集成——《1945—1949 年东北解放区义学大系》,因而可以说是特别值得关注的。

《1945—1949 年东北解放区文学大系》内容丰富,除了包括小说卷、诗歌卷、散文卷、戏剧卷之外,还包括评论卷、史料卷和翻译文学卷。这是一个前所未有的大工程,也是一件大善事。正如"总导言"中所说的那样,丛书注重发掘新资料,通过回归文学现场,复现了东北解放区文学的整体面貌。东北解放区文学处于东北现代文学快速繁荣发展的历史时期,在土改文学、工业文学、战争文学等方面代表了 20 世纪 40 年代解放区文学的成就,是对《在延安文艺座谈会上的讲话》所确立的文艺观念的全面实践。对东北解放区文学的系统研究有利于更全面地总结解放区文学的成就,有利于把握延安文艺传统与东北解放区文学的内在联系,以及解放区文学对新中国文学制度、观念、创作等方面的影响。以"历史视角""时代视角"对东北解放区文学,尤其是反映解放战争时期的土改题材、工业题材的小说和戏剧进行分析,可以勾勒出政治意识形态对东北解放区文学运动、文学社团、文学形态、文学制度、文学风格、文学论争等产生的影响,有利于把握东北解放区文学的历史价值、认识价值、审美价值与当代意义,同时对于挖掘东北地区的文化历史和建设东北文化亦具有现实意义。东北解放区文学是基于延安文艺传统而创作的,对东北解放区文艺运动、文艺理论的全面审视具有重要的历史价值和理论意义。此外,对东北解放区文学进行深入研究,探寻人民文艺理论的历史源头,对于当代文艺创作、审美观念的引导亦具有一定的启示作用。但是,受地域因素、资料整理程度、研究者文化背景等条件的制约,东北解放区文学在中国当代文学史上的特殊地位与价值一直以来并未引起研究者的足够重视。

东北解放区文学无论是在中国大文学史中还是在东北文学和文化发展的历史中,都是具有特殊意义的存在。

虽然现代东北文学在新文学运动初期晚于也弱于关内文学的发展,但是1931年九一八事变发生,新起的东北文学及东北作家被国难推到了文坛中心,萧红、萧军等青年作家更是直接受到鲁迅的关注和扶持,迅速成为前沿作家。这一批流落到上海等都市的青年作家由此被称为"东北作家群",他们奠定了东北文学在中国大文学史上的特殊地位。然而,正像全面抗战进入相持阶段之后,中国文坛也变得相对平静、舒缓一样,除了萧红、萧军等人外,东北文学和东北作家也逐渐失去了文坛的关注。应当承认,一些东北作家的文学成就和文坛名声之间并不完全相符,是时代造就了他们,提高了他们的文学史地位。然而,另一方面,我们对其中有些作家及作品的价值却又是认识不足的。对此,我自己也有一个认识转化的过程:过去单纯依据多数东北作家的创作进行判断,感觉某些艺术价值之外的因素在评价中发生了作用,其地位可能有些"虚高";但是,对于 20 世纪的中国文学史来说,艺术之外的价值判断就是艺术判断本身,或者说,社会判断、政治判断就是中国文学史评价的根本性尺度。因为在中国作家或者说在知识分子的群体意识之中,政治的责任感和社会的使命感几乎是与生俱来的,而中国 20 世纪风云激荡的社会现实又为这种责任感和使命感提供了最好的生长环境。"悲愤出诗人","文章憎命达",文学创作是与政治、思想、伦理等融为一体的,脱离了这一切,文艺也就失去了时代与大众。所以说,无论是具体的作品分析,还是文学史研究,没有了这些"外在因素",也就偏离了其本质。"东北作家群"是时代的产物,也是时代文艺的产物,20 世纪中国文学史中应该有他们浓墨重彩的一笔。作为后人,对历史做出评价往往是轻而易举的,但是这"轻而易举"往往会导致曲解甚至歪曲了历史,委屈了历史人物。"东北作家群"的价值和意义不是单一的,因为对中国现代文学史的评价从来就不是一种艺术史、学术史的评价,而是一种思想史和政治史的评价。正如鲁迅当年为萧军的成名作《八月的乡村》所作的序中所写的那样,"这《八月的乡村》,即是很好的一部,虽然有些近乎短篇的连续,结构和描写人物的手段,也不能比法捷耶夫的《毁灭》,然而严肃,紧张,作者的心血和失去的天空,土地,受难的人民,以至失去的茂草,高粱,蝈蝈,蚊子,搅成一团,鲜红的在读者眼前展开,显示着中国的一份和全部,现在和未来,死路与活路。凡有人心的读者,是看得完的,而且有所得的"。《八月的乡村》不仅是中国现代第一部抗日题材的长篇小说,也是世界反法西斯战争题材的第一部长篇小说,其意义和价值是特殊的、特有的,不可单单以艺术审美的标准来看待这部作品。"东北作家群"的存在及其创作的意义,不只是为 20 世纪 30 年代的中国文坛增添了特有的地域文化内容和东北文学特有的审美风格,更在于最早向全国和世界传达出中华民族抗敌御辱的英勇壮举,最早发出反法西斯的声音。此外,在抗战大历史观视域下，"东北作家群"的创作为十四年抗战史提供了真实的证据。特别是东北解放区的早期文学直书十四年历史的特殊性，这是十分可贵的和独特的。于毅夫的散文《青年们补上十四年这一课》，深刻而沉重地描写了十四年殖民统治下东北人的精神状态和文化演变：

> 这许多现象，说明了东北在十四年殖民地化的过程中，文化生活上是起了很大的变化。翻开伪满的"满语国民读本"一看，真是"协和语"连篇，如亚细亚竟写成了アジヤ，俄罗斯竟写成ロシヤ，有的人一直到现在还把多少元写成多少円，这都是伪满"协和语"的残余，说明殖民地残余的文化还在活着，还没有死去，这在今天不能不说是一件遗憾的事！仔细想来，这也难怪，因为日本的魔手，掌握了东北十四年，今天一旦解放，希望不着一点痕迹，这是完全做不到的，要从历史上来看，它切断了东北历史十四年，这十四年的历史是很黯淡地被抹掉了，十四年来也的确是一个大变化，在这期间多少国家兴起了，多少国家衰落了，多少血泪的斗争、多少波浪的起伏，都被日本鬼子的魔手所遮断！我回到家乡接触到成千成百的青年，几乎都不大明了这十四年来的历史真相，有的连中国内部有多少省都不知道，连云南、贵州在哪里都不晓得。

难能可贵的是，作者较早地认识到在经历了十四年的奴化教育之后，对东北人民进行民族和民主意识的启蒙是至关重要的。"不过历史是不能停滞的，殖民地残余的文化必须要肃清，法西斯毒化思想也必须要肃清，既然是日本鬼子切断了东北历史十四年，既然法西斯分子要篡改这一段历史，那我们就应该设法补足这十四年的历史！""要做到这点，我想青年们今天的迫切要求，不是如何加紧去学习英文、代数、几何、物理、化学、读死书本事，争分数之短长,准备到社会上去找一个饭碗,而是如何加紧去学习新文化,如何加紧学习社会科学,如何去改造自己的思想,如何进一步地去改造这遭受法西斯思想威胁的半封建的半殖民地的社会!""因此我向青年们提议要加强你们对于新文化的学习,加强对于社会科学的学习,特别是政治的学习,不要把自己圈在课堂里,圈在死书本子上。""新青年要掌握着新文化,新思想,才能创造起新中国新东北!"(《东北日报》1946年10月13日)

在一批最前沿的左翼作家流亡关内之后,东北文学经过了一段艰难而相对平静的发展阶段。在表面繁华而内在凶险的沦陷区文艺界,中国作家用各种文艺手段或明或暗地与侵略者进行抗争,并为此付出了血的代价。这种状况直到1945年"光复"之后才发生根本性转变,东北文艺创作者们一方面回顾过去的苦难,另一方面表现出对新生活的憧憬,这正是后来东北解放区文艺的心理基础,而日渐激烈的解放战争又为东北文艺的走向和解放区文艺的诞生提供了具体的现实基础。这与以萧军、罗烽、舒群、白朗、塞克、金人等人为代表的东北籍作家的返乡,以及在东北沦陷区留守的左翼作家关沫南、陈隄、山丁、李季风、王光逖等人的坚持,是分不开的。当然,随我党十几万军政人员一同出关的延安等地的众多文艺家,在东北文艺的创设中更是起到了引领和带头作用。这其中已经成名的有刘白羽、周立波、丁玲、草明、严文井、张庚、吴伯箫、华山、陆地、公木、方青、任钧、雷加、马加、陈学昭、西虹、颜一烟、林蓝、柳青、华山、师田手、李克异、蔡天心等。

东北解放区文艺的创作直接继承了延安文艺特别是毛泽东《在延安文艺座谈会上的讲话》精神。在党的直接领导下,东北解放区先后创办了《东北日报》《中苏日报》《东北民报》《关东日报》《辽南日报》《西满日报》《大连日报》《松江日报》《合江日报》《吉林日报》《胜利报》等,这些报纸多为党的机关报,其文艺副刊发表了大量的文艺作品、理论文章及文艺动态。这些报纸副刊对于东北解放区文学的引导与建构起到了重要的作用。与此同时,《东北文学》《东北文化》《东北文艺》《文学战线》《人民戏剧》《白山》《戏剧与音乐》等文学杂志,以及东北书店、大众书店、光华书店等出版机构相继创办,这些文艺刊物和书店对解放区文艺的发展也起到了很大的推动作用。

革命的逻辑和阶级的理论是东北解放区文艺创作的普遍主题。这是一种革命的启蒙,与左翼文艺一脉相承,只不过东北的社会现实为这种主题提供了更为广泛而坚实的生活基础。抗战胜利后,为了开辟和巩固东北解放区,使之成为解放全中国的军事和经济基地,我党进军东北,抢占了战略制高点。可是,在东北,人民军队所处的环境与山东等老解放区完全不同,殖民统治因素加之国民党的宣传,使得我们的政治优势在最初未能完全发挥出来。正如李衍白在散文《黎明升起——巨大变化的东北一年间》中所写的那样:"群众在犹豫中,岁月在艰苦里,这就是我们在东北土地上刚刚开始播种,还没有发芽开花时的现实遭遇。"随着革命形势的发展,革命军队传统的政治思想工作优势又体现了出来。我党在部队中开展了以"谁养活了谁"为主题的"诉苦运动",这颠覆了中国东北乡村社会的封建伦理,提高了官兵的阶级觉悟,极大地增强了部队的战斗力。

这种革命的逻辑在土改题材的作品中表现得最为突出。方青的短篇小说《翻身屯》讲述了这个朴素的道理:

> 像赵三爷那号人,把咱穷人的血喝干了,咱们才不得不去找口水喝饮饮嗓;他们喝干了咱们的血没有一点过,咱们找口水喝饮饮嗓子就犯了罪?旧社会就是这么不公平!他们还满口的仁义道德,呸!雇一个扛活的,一年就剥削好几十石粮食,还总是有理!穷人的孩子偷他个瓜吃,就叫犯罪,绑起来揍半天,这叫什么他妈的道德?咱们要讲新道德,咱们贫雇农的道德;就是用新道德来看咱们贫雇农;像上边说的那些犯了点毛病的,都不要紧,脸

上有点黑，一擦就干净了，只要坦白出来，都是穷哥儿们好兄弟。一句话：只要是姓穷的就有理，穷就是理！金牌子上的灰一擦净，还是金牌子。家务事怎么都好办！"李政委讲的话刚一落音，大伙高兴地乱吵吵起来："都亲哥儿兄弟么！"

除此之外，还有在"你给地主害了爹，我给地主害死了娘……"的事实教育下，认识到了彼此都是阶级弟兄，大家都是穷苦人的"无敌三勇士"，他们从此"火线上生死抱团结"。（刘白羽《无敌三勇士》）

土地改革是东北解放区文艺最引人关注的问题。东北解放区文学作品中有许多极具写实性的"穷人翻身"故事，如周立波的《暴风骤雨》、马加的《江山村十日》、白朗的《孙宾和群力屯》、井岩盾的《瞎月工伸冤记》、李尔重的《第七班》、西虹的《英雄的父亲》等文艺经典作品。

方青的《土地还家》描述的就是这一历史巨变给贫苦农民带来的心理和生活的变化：

二十年了，郭长发又重新用自己的手来排作自己的土地了。这是老人留下的命根，叫它长出粮食来养活后代的儿孙：可是二十年的光景，它被野狼吞了去，自己没有吃过它一颗粮食——他想到是旧社会把他的地抢走了。

现在呢？他又踏在这块地上铲草了，他感到自己已经离开家二十年，如今又回到母亲的怀里，亲切地叫着："娘！我回来了。"——于是他又感到满足：这是新社会把我的地要回来的。他这样想着，不由得拉长了声音跟儿子说：

"柱儿！想不到啊，盼了二十年，那时候你才三岁，多亏共产党……记住！可别忘了本啊！"

　　他真起腰来，两手拉着锄把，又沉重地重复着这句话：

　　"柱儿！记住，可别忘了本啊！"

　　佚名的《永北前线担架队速写》则写了在一天的时间里就组织起来八百余人的担架大队，作者经过和担架队员们的交谈，感受到了新解放区人民的觉悟。大队长问担架队员们："你们这次出来抬担架，怕不怕？"大伙回答："不怕！"大队长又问："为什么不怕？"大伙答："不怕，这是为了自己。"担架队员们相信唯有民主联军存在，他们才能活着。他们说："胜利是我们的，土地才是我们的。""赶走国民党反动派，保卫我们的土地和民主。"这与《白毛女》"旧社会使人变成鬼，新社会使鬼变成人"和《王贵与李香香》"要是不革命，穷人翻不了身，要是不革命，咱俩结不了婚"的主题是一样的。淮海战役的胜利是山东人民用手推车推出来的，而东北解放区的建立和辽沈战役的胜利又何尝不是如此！

　　战争书写是东北解放区文艺中最主要的内容，革命理想主义、革命集体主义和革命英雄主义精神，是东北文艺的思想主题，也是东北文艺的审美风尚。这种简单明了的思想、昂扬向上的精神本身就具有一种审美特质，它奠定了新中国文艺的审美基调。就东北解放区文艺而言，无论是描写抗日战争还是描写解放战争的作品，都普遍具有鲜明而朴素的阶级意识、粗犷而豪迈的革命情怀。

　　蔡天心的诗歌《仇恨的火焰》，描写了在觉醒的阶级意识支配下东北民主联军官兵的战斗情怀：

　　　　仇恨燃烧着，
　　　　像火一样烧灼着广阔的土地。
　　　　听啊——
　　　　大凌河在狂呼，

辽河在咆哮，

松花江在怒吼，

在许多城市和乡村里，

哪儿出现反动派的鬼影，

哪儿就堆成愤怒的山，

哪儿有敌人的迹蹄，

哪儿就燃起仇恨的火焰……

……

我们要

用剪刀剪断敌人的咽喉，

用斧头砍下他们的头颅，

用长矛刺穿他们的胸脯，

用棍棒打折他们的脚胫，

用地雷炸弹毁灭他们，

用从他们手里夺过来的武器，

打垮他们，

然后用铁镐把他们埋掉！

我们要用生命，用鲜血，

保卫这自由解放的土地，

不让反动派停留！

"赶走敌人啊，

赶快消灭它！"

让这充满着力量和胜利的声音，

随同捷报传播开去，

让千百万颗愤怒的心，

燃起

仇恨的火焰！

这种激情在东北解放区的散文、报告文学和战地通讯中表现得最为明显,如丁洪的《九勇士追缴榴弹炮》、马寒冰的《战斗中江南》、王向立的《插进敌人的心腹》、王焰的《钢铁英雄王德新》等。这些作品内容真实、情感深沉厚重,延续了抗战时期散文书写浪漫主义与现实主义相结合的审美特征。这些既有写实性又有抒情性的东北解放区散文作品在战争中凝聚人心、彰显力量,具有极大的宣传、鼓舞作用。

最为难得的是,面对东北发达的近代工业景观,作家们更多地描写了工人们的斗争和生活,这些作品成为东北文艺中最为独特而珍贵的展示,而且直接影响了新中国工业题材文学的创作。战争期间,沈阳、长春、大连等地的工业设施惨遭破坏。光复之后,为了保护工厂和恢复生产,工人们表现出了忘我的精神和高超的技术。这使得从未见过现代工业景象的文艺家们感动和激动,他们纷纷用笔来描写现代工业生产和城市新生活,从而给中国现代文学带来了前所未有的新气象。大连大众书店于 1948 年 8 月出版的《"工农园地"选集》,就收录了城市工人拥护并融入新生活的历史片段,如袁玉湖《锉股的火车头》,郓景明、孙聚先《熔化炉的话》等。此外还有李衍白《工人的旗帜赵占魁》,草明《翻身工人的创作》《工人艺术里的爱和恨》,张望《老工友许万明》等。李衍白在散文《黎明升起——巨大变化的东北一年间》中,描写了东北现代工业的风貌和工人们的热情:

> 今日的城市也正在改变着一年以前的面貌,先看一看今天的哈尔滨,代表它新气象的是全部工业齿轮的旋转,是市中心区黑夜中的灯光如画,是穿插在四条线路的二十五台电车和六条线路上三十台公共汽车,是一万五千吨自来水不停地输送给工厂、商店和住宅。这些数目字不仅超过了去年今日(蒋记大员们劫掠后所造成的混乱情况),而且有些超过了伪满。在紧张的战争中加速地恢复这些企业,同样不是依靠别的,而仅仅是由于工人的

觉悟。你想一想,一个工人为了修理一个发电的锅炉,但又不能停止送电,于是就奋不顾身钻进可以熔化生铁数百度的锅炉高热中,他穿着棉衣,外面的人用水龙朝他身上喷冷水,就这样工作一会热不住了跑出来,再钻进去,来回好多次,最后,完成了任务。我们有好多这种感人的事例。

我们在这些描写工友的散文里,看到了解放区新生活带给城市工人的希望。他们积极上工,传授技术,加班加点,争着当劳动英雄。这在中国同时期其他地域的文学作品中是极少见的。

质朴单一的写实手法是东北文艺的普遍表现方式,这种质朴不单是一种审美风格,更是一种直面大众的话语策略。这一传统与近代"政治小说"、五四新文学、左翼文学和抗战文艺等都是一脉相承的。文艺作为一种宣传和斗争的工具,自然要承担起团结和争取最广大人民群众的历史任务。因此,质朴单一的写实手法、通俗易懂甚至有些粗俗的语言风格,成为东北解放区文艺的普遍表现形式。

鲁柏的诗歌《夸地照》用简朴的形式表达了翻身农民淳朴的感情:

> 一张地照领回家,
> 全家老少笑哈哈,
> 团团围住抢着看,
> 你一言我一语来把地照夸:
> 长方形,四个角,
> 宽有八寸长两拃;
> 雪白的纸上写黑字,
> 红穗绿叶把边插。
> 上边印着毛主席像,
> 四季农忙下边画;

地照本是政委会发，
鲜红的官印左边"卡"。
里面写着名和姓，
地亩多少填分明，
拿到地照心托底，
努力生产多收成。

　　这首诗歌不仅使用了农民的口语，而且用东北农村方言来直观地描摹地照的具体形状和细节，表达了翻身农民朴素的情感。这种描写与表现方式与中国古代民歌传统有直接的联系。

　　井岩盾的散文《瞎月工伸冤记》以一个雇农自述的方式讲述自己的悲苦经历和内心感受。当工作队员问他是否受地主老赵家的气，他说："大伙吃了他的肉也不解渴啊，都叫他给熊苦啦。"于是在工作队的启发和支持下，他"找大伙宣传去了"："张大哥，李大兄弟啊，咱们都是祖祖辈辈受人欺负的人呀！这回来了八路军啦，八路军给咱们穷人做主呀！有话只管说呀！有仇只管报啊！有八路军，咱们啥都不用怕呀！"这是东北解放区贫苦农民普遍具有的经历和感受，而这种质朴无华的语言也是地道的东北农民的日常语言，具有天然的亲和力。

　　邓家华的小说《打死我也不写信》从情节到语言都相当质朴，甚至有些幼稚，但是那种情感是真挚的。"我"被敌人抓去，遭到严酷的鞭打，"当时我痛得忍不住，皮肤里渗透出一条一条青的红的紫的血痕，可是打死我也不写信的，他们看到我昏过去了，也就走了。等我清醒过来时，浑身疼痛，我拼死命地弄坏了门逃了出来，可是不巧得很，又碰到了伪军，又把我抓起来了，他们还是逼迫我写信，我坚决地说：'死了心吧！就是死了，我父亲会帮我报仇的。'救星来了，在繁星的晚上，忽然西面枪声不停地响着，新四军老部队来攻击了，伪军们都吓得屁滚尿流地逃走了，啊！新四军救出我了，我很快地到了家里，见了爸爸妈妈，心里真是高兴得流泪了"。

李纳的散文《深得民心》记叙了长春一个米面商人对民主联军和共产党的淳朴情感:"他已经将红旗展开,举到我的眼前,我看到七个大字:'中国共产党万岁!''中国共产党万岁!'他重复着这七个字,从眼镜里透露出兴奋的眼睛。这脸,比先前更可爱更慈祥了。'我喜欢这七个字,所以我选择了它。'大会开始了,人们都向着会场移动,老先生也站起来要走,临走时他问我在什么地方工作,我告诉了他,他高兴地说:'好,都是民主联军,深得民心,深得民心。'"抛开其内容不论,作品文字风格的朴素也显露出解放区文艺在艺术层面幼稚和不甚精致的弱点,而这弱点又可能是许多新生艺术的共有问题。也许,正因为幼稚,它才有更广阔的发展空间。

形式的多样性特别是短小化是东北解放区文艺创作的普遍特点,短篇小说、墙头诗、快板诗、散文、战地通讯、说唱文学等成为最常见的艺术形式。战争的环境、急剧变化的生活和读者的接受水平与习惯等,需要并且适应这种短平快的表达方式,而这也是延安文艺和抗战文艺形式的延续。天意的《县长也要路条》描写了两个一丝不苟的儿童团员在放哨时不放过民主政权的县长,硬是把他和警卫员带到乡长那里查证的故事。其篇幅短小,不到400字,但是内容蕴意深刻,语言风趣自然,简直就是一篇微型小说。

小区区的短诗《一心一意要当兵》,将人物的关系、思想、表情和语言都生动形象地表现出来,极具说服力和感染力:

> 葫芦屯有个小莲青,
> 一心一意要当兵——
> 他爹说:
> "你去吧。"
> 他娘说:
> "你等一等……"
> 他老婆说:

· 13 ·

"哪能行?!"

忸忸怩怩来扯腿,

哭哭啼啼不放松:

"你去当兵啥时还?

为老为小撇家中!"

小莲青,

脸一红:

"小青他娘,

你醒醒:

八路同志千千万,

哪个不是老百姓?!

我去当兵打蒋贼,

咱们才能享太平。"

　　当然,东北解放区文艺中也有许多保留了浓郁的文人气息的作品,这些作品与五四新文学的"纯文艺"审美风格有明显的承续性。例如大宇的诗歌《琴音》:

一个琴师

把琴音遗失在幽谷里

滑落在幽谷的谷缝里了

琴音栽培了心原上的一棵草儿

琴音赞咏了艺术的生命

一支灿烂的强烈的光焰

我就永住在这琴音里了

就仿佛身陷于一片梦的缘边

仿佛浴着一片无际的云海

无垠的生旅无限的生涯

何处呀

　　我摸索到何处呀

　　琴音丢在幽谷里

　　滑落在幽谷的谷缝里了

　　十分明显,这不是东北解放区文艺创作的主流。

　　《1945—1949 年东北解放区文学大系》的编者耗费了大量精力来做这样一项浩大的地域性文学工程,这不只是对东北文艺的巨大贡献,更是对新中国文艺的巨大贡献。在此之后,东北文艺研究将迈上一个新台阶。

总导言

丛　坤

　　从 1945 年抗战胜利到 1949 年新中国成立这个时期,对于东北而言是极为特殊的。抗战胜利后,中共中央发布了《建立巩固的东北根据地》的指示,迅速成立了以彭真为书记的东北局,抽调了四分之一的中央委员、两万名党政干部、十三万主力部队赶赴东北,与国民党反动派展开激烈的斗争。在广大人民群众的支持下,中国共产党及其领导的军队从最初的战略防御转为战略反攻。1948 年 11 月,辽沈战役胜利,全东北获得解放。在解放战争时期,在中国共产党的领导下,东北人民反奸除霸,建立民主政府,消灭土匪,进行土地改革,在政治上、经济上翻身做了主人。东北的政治、经济、文化、教育等各个领域都发生了翻天覆地的变化,尤其是在文学创作方面,东北地区取得了不可低估的成就,文学创作出现了前所未有的发展和繁荣的局面。

　　"东北作家群"的回归、党中央选派的文化宣传干部的到来、文学新人的成长使得解放战争时期东北地区的创作队伍不断壮大。在东北沦陷后从东北去往关内的进步作家中,除萧红病逝于香港、姜椿芳在上海从事党的地下工作外,塞克(即陈凝秋)、舒群、萧军、罗烽、白朗、金人等都积极响应党的号召,陆续返回东北。1945 年 9 月至 11 月,党中央从陕甘宁边区和各个解放区抽调一大批优秀的文化工作者到东北解放区。据不完全统计,这一时期来到东北解放区的文化工作者有刘白羽、陈沂、周立波、草明、严文井、张庚、吴伯箫、华山、西虹、陆

地、李之华、胡零、颜一烟、公木、林蓝、江帆、李纳、魏东明、夏葵、常工、方青、任钧、李则兰、煌颖、侯唯动、李熏风、雷加、马加、袁犀、蔡天心、鲁琪、李北开等。① 中共中央东北局宣传部与东北文艺协会在"土地还家"口号的基础上,提出了"文艺还家"的口号,号召广大文艺工作者在与农民同吃、同住、同劳动的同时,领导农民群众参加土地改革运动,帮助农民成立夜校、学习文化、办黑板报、成立文艺宣传队,提高他们的写作能力与文艺欣赏能力,在农民、工人等基层劳动者中培养了一大批"文学新人"。创作队伍的空前壮大为东北解放区文学的繁荣奠定了坚实的基础。

东北解放区文学的繁荣也与当时出版事业的空前繁荣密不可分。东北局宣传部将建立思想宣传阵地(即报刊、出版机构)、改造思想、建构意识形态话语权确定为首要任务。进入东北不久,东北局于1945年11月在沈阳创办了机关报《东北日报》(1946年5月28日由沈阳迁至哈尔滨,1948年12月12日搬回沈阳)。该报面向东北全境的党政军发行,是东北解放区发行量最大的报纸。之后,东北解放区创办、发行的报纸近百种。据《黑龙江省志·报业志》的统计,当时黑龙江地区(5省1市)的每个省市不仅有党政机关报,而且有人民团体和大行业的专业报纸,有些县也出版油印小报。仅哈尔滨出版的大报就有《哈尔滨日报》《哈尔滨公报》《哈尔滨工商日报》《大众白话报》《午报》《自卫报》《北光日报》《新民日报》《民主新报》《学生导报》《文化报》等。这一时期的报纸,无论设没设副刊,都或多或少地发表过文学作品。

东北局还出资创办了东北书店、光华书店、大连大众书店、辽东建国书店、兆麟书店、吉东书店、辽西书店等众多的图书出版机构。其中,东北书店是东北解放区规模最大、贡献最大的书店,在东北全境建有201个分店,发行网点遍布东北全境。除图书出版、发行外,东北书店还创办了《知识》《东北文学》《东北画报》《东北教育》等期刊。这

---

① 彭放:《黑龙江文学通史(第二卷)》,北方文艺出版社2002年版,第354页。

些出版机构大量出版政治读物、教材和文学书籍,促进了东北解放区出版业的发展。仅以东北书店为例,从 1946 年到 1948 年,东北书店总共出版图书杂志 760 种、各类图书 1 520 余万册。① 东北解放区纸张和印刷质量上乘的大量出版物不仅发行于东北各地,还随着东北野战军入关和南下,成为陆续解放的北平、天津、武汉等地人民群众急需的读物。历史上一向"文风不盛"的东北第一次有大量的出版物输送到关内文化发达之地,这成为一时之盛事。

此外,东北解放区先后创办的文学类期刊的数量是惊人的。如 1945 年至 1947 年创办的文学期刊有《热风》(半月刊)、《文学》(月刊)、《文艺》(周刊)、《文艺工作》(旬刊)、《文艺导报》(月刊)、《东北文艺》(月刊)。1947 年以后创刊的大型专业期刊有《部队文艺》、《文学战线》(周立波主编)、《人民戏剧》(张庚、塞克主编),综合性期刊有《东北文化》(吴伯箫主编)、《知识》(舒群主编)等。其中,《东北文化》与《东北文艺》的影响最为突出。《东北文化》的主要任务是协同东北文化界,从政治上、思想上启发广大的东北青年和文化工作者,提高他们的自觉性,激发他们的革命热情、积极性和创造性,使他们在东北人民解放的伟大事业中发挥应有的作用。《东北文艺》是纯文艺性的刊物,刊载小说、戏剧、散文、诗歌、漫画、速写、报告文学、杂文、书刊评价,以及文学理论、有关文艺运动史的论著等。《东北文艺》聚集了一大批优秀的作者,如周立波、赵树理、罗烽、公木、萧军、塞克、舒群、白朗、严文井、刘白羽、西虹、范政、宋之的、金人、马加、雷加等。在他们的影响下,《东北文艺》还不断提携文学新人,这成为该刊的传统。从创刊到终结,《东北文艺》在新中国成立前后产生了很大的影响,20 世纪 50 年代成长起来的许多作家、诗人是从这里起步的。可以说,《东北文艺》在解放战争和革命胜利后对新中国文学新人的培养起到了重要的作用。报纸、文学期刊、综合性期刊和出版机构的大量涌现,

---

① 逢增玉:《东北解放区文学制度生成及其对当代文学制度的预制》,载《文学评论》2017 年第 4 期。

为东北解放区文学的发展创造了良好的条件。

与此同时，为了更好地团结广大文艺工作者，东北局于1946年在黑龙江佳木斯成立了东北文化工作委员会，成员有张闻天、吕骥、张庚、塞克等。此后，若干文艺与文化团体陆续成立，其中最有影响的是1946年10月19日由全国文协的老会员萧军、舒群、罗烽、金人、白朗、草明6人在哈尔滨发起筹备的"中华全国文艺协会东北总分会"。这个文艺团体表面上是由文人自由结社，实际上主体是来自延安、具有干部身份的文化人，其中不少人是党员或东北文艺界的领导干部。"中华全国文艺协会东北总分会"对东北解放区文学的发展起到了不可忽视的作用。此外，中苏文化协会、鲁迅文艺研究会等文艺社团相继成立。1948年3月，中共东北局宣传部首次召开了由文学、戏剧、音乐、美术、电影等部门的150余名文艺工作者参加的文艺工作者会议。会议对抗战胜利以来的东北解放区文艺工作进行了总结，并制订了随后一段时间的文艺工作计划。此外，中共中央东北局宣传部内部成立了文艺工作委员会，吕骥、舒群、刘白羽、张庚、罗烽、何世德、严文井、袁牧之、朱丹、王曼硕、华君武、白华、向隅、田方、沙蒙、吴印咸任委员，负责指导东北解放区的文艺工作。

1946年秋，已迁至哈尔滨的原延安鲁迅艺术学院，按照东北局的指示北撤至佳木斯，并入东北大学，更名为鲁艺文学院。同年12月，东北局又决定让鲁艺脱离东北大学，组建东北鲁艺文工团。1948年秋冬之际，随着沈阳的解放，东北鲁艺文工团在经历了三年多艰苦卓绝的转战与工作后进入沈阳，随后正式复名为鲁迅艺术学院，恢复了延安鲁迅艺术学院的学校建制。文艺团体的纷纷建立为东北解放区文学创作队伍的培养提供了组织保证。

为了纪念解放东北这段革命岁月，为了展现东北解放区文学的勃兴与繁荣，我们编辑出版了《1945—1949年东北解放区文学大系》，分别从小说、散文、戏剧、诗歌、翻译文学、评论、史料等体裁角度进行整理、收录。

一

抗战胜利后的东北解放区文学是延安文艺的延伸与发展，东北解放区四年所发生的巨大变化，都生动、形象地展现在东北解放区的小说创作中。东北解放区小说充分展示了当时的社会生活，塑造了形形色色的人物形象，给人们留下了时代的缩影与历史的印迹。

东北解放区小说创作大体可以分为两个阶段。第一个阶段是从1945年日本投降到1946年中共东北局通过"七七"决议，第二个阶段是从1946年通过"七七"决议到1949年新中国成立。在当时的局势下，中国共产党要最广泛地发动群众，进入东北的文艺工作者便肩负了与武装部队同样重要的"文化部队"的任务。他们用文学作品教育、引导群众，积极参与了粉碎旧的国家机器和意识形态的过程。在党的文艺方针政策的指引下，东北解放区的作家们广泛深入到农村土地改革、前方战斗生活和工厂建设之中，亲身体验群众生活。这使得东北解放区的小说能够迅速地反映生产、生活、军事等各个领域的变化与东北人民精神世界的变化。

从1931年日本发动九一八事变到1945年日本投降，十四年的沦陷历史构成了东北文学不可磨灭的创痛记忆。对沦陷时期东北社会生活的回忆，是这一时期小说的一个重要题材。而抗战题材小说则是对异族侵略者铁蹄下民生困难的真实记录，也是对战争年代民族精神的热情颂扬。但娣的《血族》、陆地的《生死斗争》、范政的《夏红秋》、骆宾基的《混沌——姜步畏家史》等都是这方面的代表作品。

土改斗争是东北解放区小说三大题材的重中之重。在那场深刻改变了中国农村政治、经济关系的运动中，东北解放区作家将强烈的政治使命感与巨大的创作热情相融合，创作出了大量的优秀作品，周立波的《暴风骤雨》、马加的《江山村十日》、安危的《土地底儿女们》等至今仍被读者反复阅读。

小说创作需要一个孕育的过程，相对来说，中长篇小说需要更长的时间来构思和写作，而短篇小说则完成得较快。在复杂、激烈的土

改运动中,东北解放区作家们努力笔耕,迅速创作出大量的短篇小说。在这些小说中,我们可以看到东北农民在土改运动中的精神变化,农民经历了几千年的封建压迫,他们身上的枷锁不仅是物质上的,更是精神上的,从奴隶到主人的蜕变需要一个心灵的搏击历程。

反映前线战争是东北解放区小说的另一个重要题材,这些小说真实地体现了军民的鱼水情谊。西虹的《英雄的父亲》、纪云龙的《伤兵的母亲》等都是当时影响较大的作品。1947年至1948年是解放战争中我党从防御转为反攻的时期,随着战事的推进,中国人民解放军(1948年1月1日,东北民主联军改称为东北人民解放军,同年11月13日改称为中国人民解放军)的队伍急剧壮大,部队官兵的成分因而趋于复杂化。为此,部队采用诉苦的办法对广大指战员进行阶级教育,提高他们的政治觉悟和思想觉悟。诉苦教育消除了战士之间的隔阂,为解放战争的胜利打下了坚实的思想基础。刘白羽的短篇小说集《战火纷飞》、李尔重的中篇小说《第七班》等反映了这一主题。

除上述三大题材外,解放战争时期东北涌现出来的工业题材小说,亦可视为中国现代工业题材小说的发端,这也从一个方面证明了东北解放区小说的文学史价值和文化价值。

东北解放区的工业在新中国发展史上占有非常重要的地位。在这一方面,影响最大的是女作家草明的中篇小说《原动力》。这篇小说虽然存在粗糙和简单等不足之处,但作为新中国成立前描写工业生产和工人思想的作品,是值得关注和肯定的。此外,李纳的《出路》、鲁琪的《炉》、韶华的《荣誉》、张德裕的《红花还得绿叶扶》等作品也广受好评。这些小说充分展现了东北解放区工业蓬勃发展的景象,展现了工业生产对人的改造,也开创了新中国工业文学的先河。

东北解放区的相当一批小说,强调小说的政治价值,强调创作为工农兵服务,大多通俗易懂,而缺乏对心理深度和史诗境界的发掘。然而,东北解放区小说明朗新鲜,创造性地继承了延安文艺精神,反映了东北解放区的历史巨变和社会变革中诸多的社会问题,为新中国成立后的十七年文学开辟了道路。

二

散文卷在本丛书中占有重要的分量,真实地记录了解放战争中东北解放区人民的巨大贡献,独特的作品体例亦标示出其在新中国散文创作史中的独特地位。

解放战争时期东北战区的胜利,不仅是军事史上的奇迹,更是人民意志创造历史的丰碑。许多作者都以醒目而直接的题目记录了解放军普通战士勇敢战斗、不畏牺牲的英雄事迹,以真挚的情感,突出了普通战士大无畏的战斗精神和取得战斗胜利的信心。这些作品表现了同一个主题:解放军是人民的军队,中国共产党是全心全意为人民服务的。这也是新中国强大的根基体现。

散文卷中还有一部分作品,叙述了悲壮的抗联斗争的事迹,如纪元龙的《伟大民族英雄杨靖宇事略》、菼沅的《老杨——人民口中的杨靖宇将军》、陈堤的《悼念李兆麟将军》等。英勇不屈的民族气节是抗联英雄的崇高品质,也是抗联精神最真实的写照。而东北书店于1948年6月出版的《集中营》,以革命者的亲身经历叙述了大义凛然、为真理献身的革命志士的事迹,让后人真正理解了"头可断血可流,革命意志不能丢"的气节,"永不叛党"是英烈们用鲜血和生命刻写在党章之中的。

从1946年到1948年,尽管国民党军队在东北重要城市盘踞,并负隅顽抗,但是东北农村却发生了翻天覆地的变化。中国共产党在根据地开展土改运动,领导农民推翻了地方统治势力,领导农民斗地主、分田地,农民欢欣鼓舞,迎来了新生活。强大的后方农村根据地为部队供给提供了保障,同时,许多年轻的子弟为了保护胜利果实自愿参加了解放军,这改变了国共双方在东北的兵力布局。《永北前线担架队速写》等作品反映了这一主题。

此外,解放区散文作家的笔下还洋溢着新生活的喜悦,如严文井的《乡间两月见闻》。除了乡村,对于那些在战后重新回到人民手中的城市,我党也开始接管,并进行初步的恢复性建设。在作家们的笔下,

新生活带来了新气象。大连大众书店于1948年8月出版的《工农园地选集》,就收录了描写城市工人拥护和融入新生活的散文。在这些描写工厂、工友的散文里,我们可以看到解放区的新生活给城市工人带来了希望。

这些散文作品大多短小精悍,具有迅速性、敏捷性和战斗性等特点,具有独特的艺术特征。这与当时许多作家的出身密切相关。如刘白羽、草明、白朗、华山、西虹等作家对战争环境和百姓生活有着敏锐的观察力和真实的体验,他们的作品使得东北解放区1945年至1949年的散文创作呈现出独特的风格,表现出纪实性和文学性相结合的特点。此外,由众多从延安来到东北的文艺干部组成的随军记者,以大量的新闻报道反击了国民党的舆论污蔑,记录了解放军战士不畏艰险、顽强抗敌的英雄事迹,同时表现了后方人民在解放区土改过程中翻身解放、分得土地的喜悦心情。

散文作家记录这些真人真事的报道在东北解放战争中起到了巨大的宣传作用,成为鼓舞人心的强大的精神力量。东北解放区散文也因为内容真实、情感真实而呈现出历久弥新的生命力,往往给读者带来身临其境的感受,也让人忽略了作品本身的艺术特质。实际上,这些散文正是在真实的基础上,以生动与丰富的细节给读者留下了深刻的印象,在真实性的基础上呈现出文学性。华山的《松花江畔的南国情书》就是代表作品之一。

细节的生动亦使东北解放区散文具有鲜明的文学性。东北解放区散文将我军战士的大无畏精神写得非常真实、感人。在展示解放区新生活、新风尚方面,许多拥军爱民的片段写得细腻、真实。

东北解放区散文在主题内容上具有很高的价值,大量的散文颂扬了东北人民解放军的集体主义精神和英雄主义精神,表现了我军指战员的英勇气概,体现了战士们浩气长存的革命豪情。因此,东北解放区散文具有较高的文学价值,其明朗的表现方式恰恰是后来共和国文学明确表达和高度肯定的。题材广泛、内容真实和情感深厚的纪实性文学,使得东北解放区散文在战争时期凝聚了强大的精神力量。反映中国人民解放军不畏艰险、英勇战斗的长篇报告文学,在风格上激情澎湃,体现出解放军崇高的革命乐观主义精神。这一时期的散文把东北解放历史进程的全貌和战士们的英勇壮举再现了出来,东北解放区散文也因此具有了军事史和共和国历史的资料留存价值。东北解放区散文在创作上因为具有纪实性与文学性相结合的特点,为军旅散文创作提供了新的美学范式。

三

在东北解放区文学中,戏剧具有内容丰富、种类繁多、通俗明了、利于传播等特点,兼之创作群体庞大,故而获得了巨大的丰收,这成为东北解放区文学繁荣的重要标志之一。戏剧具有鲜明的启蒙性、宣传性和战斗性等特征,对东北解放区的生产建设、围剿土匪、土改运动和解放战争发挥着不可替代的宣传作用。

东北解放区戏剧的繁荣首先得益于东北解放区报刊对戏剧的支持。例如,《东北日报》刊发的剧作涉及歌唱新生活、感恩共产党、批判美蒋、拥军劳军、参军保家、歌颂劳模等多方面的内容。1947年5月4日创刊的《文化报》则是东北解放区第一份纯文艺性质的报纸,主要刊载一些文学常识、短文、小诗、书评、剧报等。此外,《前进报》《北光日报》《合江日报》等都刊发了大量的戏剧作品。而从刊载量来看,期刊对戏剧的支持力度更大。在众多的文艺期刊中,对戏剧传播影响较大的是《东北文学》《东北文化》《东北文艺》《文学战线》《知识》和《人民戏剧》等。

从1945年年底开始,东北解放区以各家出版社为依托陆续出版了许多戏剧作品,这是解放区戏剧传播的重要途径。较有影响的是东北书店和人民戏剧社等。在解放战争期间,东北书店出版的各类戏剧作品和理论书籍近百种,形式包括话剧(独幕话剧、多幕话剧)、京剧、评剧、二人转、歌舞剧(广场歌舞剧、儿童歌舞剧)、歌剧、新歌剧、小歌剧、道情剧、活报剧、秧歌剧、小喜剧、小调剧、皮影戏等。其中,秧歌剧超过一半。

文艺团体的迅猛发展是解放区戏剧广泛传播的最终体现。1945年11月以后，东北文工团等数十个文艺团体在东北局宣传部的领导下先后成立。这些文艺团体以《在延安文艺座谈会上的讲话》为指导，坚持走文艺大众化的道路，活跃在东北城市和乡村，战斗在前线和后方。他们创作、表演了一系列以支援前线、土地改革、翻身当家为主题的作品，这些作品受到人民群众的好评。

从内容方面来看，歌颂工人阶级是东北解放区戏剧的一个重要内容。东北光复后，作为解放全中国的大本营，哈尔滨、沈阳等工业城市的作用得以凸显，工人阶级成为时代的主角。从剧作内容来看，第一种是反映工人生活的剧作，如王大化、颜一烟创作的《东北人民大翻身》；第二种是歌颂先进个人无私支援解放区建设、帮助工厂恢复生产的剧作，较有影响的有《献器材》《十个滚珠》《一条皮带》《刘桂兰捉奸》；第三种是歌颂党的政策的剧作，代表作品有《比有儿子还强》和《唱"劳保"》。工业题材戏剧的大量创作，极大地拓宽了解放区戏剧的创作领域，为新中国工业题材戏剧的发展奠定了坚实的基础。

东北解放区戏剧中描写农民翻身解放、分得土地的农村题材的戏剧的比重最大。第一类是反映东北农民翻身解放，通过新旧对比来歌颂新农村、新生活的剧作。第二类是反映粉碎各类阴谋、同复辟分子做斗争的剧作，代表剧作有《反"翻把"斗争》等。第三类是反映改造后进、互助合作，表现农民积极开展大生产运动的剧作，如《二流子转变》。第四类是描写劳动妇女反抗封建婚姻、争取民主权利、积极参加劳动生产的剧作，如《邹大姐翻身》。

东北解放后，群众的思想还比较保守，革命启蒙的任务十分重要，尤其是要帮助东北人民认同和接受中国共产党及其领导的人民军队。在描写军队的戏剧中，既有表现人民军队英勇战争、不怕牺牲、勇于献身的剧作，也有以军民互助、拥军支前为主要内容的剧作，这类剧作完整地再现了东北人民从最初的误解民主联军到后来积极送子参军、送夫参军、拥军支前的全过程。前者的代表作有《老耿赶队》《鞋》《两个战士》等，后者的代表作有《透亮了》《收割》《支援前线》等。

在艺术特点上，虽然东北解放区戏剧的整体水平不是最高的，但是其庞大的作者群体、巨大的创作数量、伟大的历史功绩，使得解放区戏剧创作达到了巅峰状态。东北解放区戏剧因对传统戏剧和西方舶来戏剧的融合而具有现代性，在这种融合的过程中实现了本土化，并形成了民族化、大众化、乡土化的特征。东北解放区戏剧的民族化特征源于延安时期戏剧的"中国化"。而其大众化特征是指具有广泛的群众基础，且创作群体亦十分大众化。东北解放区戏剧的乡土化则主要表现在地域特色上。

在创作方法上，东北解放区戏剧继承了延安戏剧的传统，剧作家们用现实主义的方法把自己身边刚发生或正在发生的事情通过戏剧的形式真实地反映出来，集中表现工、农、兵的日常生活。东北解放区戏剧起到了鼓舞斗志、颂扬先进、宣传政策、支援前线的作用。

在戏剧结构上，东北解放区戏剧的戏剧冲突尖锐而集中，叙事模式多元，表现方式多样。在人物塑造上，剧作塑造了一个个爱憎分明、个性突出、敢作敢为的人物形象。这些人物形象生动丰满、有血有肉，为观众熟悉和喜爱。

东北解放区戏剧在取得较高的艺术成就和发挥重要的宣传作用的同时，也存在一定的不足。然而瑕不掩瑜，民族化、大众化、乡土化的特征，使得戏剧的宣传性、教育性、战斗性的作用得以充分发挥出来。东北解放区戏剧对光复后进行的民众文化启蒙、文化宣传具有不可替代的作用，对解放区的土地改革和解放战争做出了不可磨灭的贡献。

四

东北解放区诗歌秉承了我国诗歌的优秀传统，具有红色革命基因。它一方面与伪满时期的诗歌做了彻底的割裂，另一方面又延续了东北抗联诗歌的革命精神和爱国主义情怀，集中书写了山河易色、异族入侵带给东北人民的苦难和屈辱，书写了受难的人民在共产党领导下的觉醒与反抗，书写了东北人民在艰苦的自然环境与战争环境中形成的坚韧、乐观、幽默的性格。

东北解放区诗歌是中国解放区诗歌的重要组成部分,与其他解放区诗歌保持着一致性和连续性。它之所以能复制延安解放区的文学模式,主要是因为其创作队伍中的很大一部分是来自延安解放区的革命文艺工作者,故在文学制度和文学政策上与全国其他解放区能保持一致。东北解放区诗歌的作者主要有四种身份:一是来自陕甘宁边区和延安解放区的文艺工作者;二是抗战时期流亡到关内的"东北作家群"(在抗战结束后返回东北);三是虽然本人不在东北解放区,但是其作品在东北解放区的重要报刊上发表过并产生了一定影响的诗人;四是来自各行各业的业余诗人。《东北日报》文艺副刊曾陆续发表过很多业余诗人的作品,这些业余诗人中既有宣传干部,又有工人、农民、战士、学生(其中有许多人使用笔名,甚至使用多个笔名,今天有些作者的真实姓名已很难核实)。有一些诗人并不在东北解放区工作,但是其作品在东北解放区的重要报刊上发表过,并对全国解放区的文学发展产生过重要影响,如艾青、田间等。东北解放区的代表诗人有公木、方冰、马加、严文井、鲁琪、冈夫、天蓝、韦长明、刘和民、李北开、彤剑、侯唯动、胡昭、李沉、夏蔡、林耘、顾世学、萧群、蔡天心、杜易白、西虹、师田手、白刃、白拓方、叶乃芬、丁耶、孙滨、阮铿等。

从内容上看,东北解放区诗歌主要是反映当时东北解放区的经济建设、军事斗争、农村工作和城市建设等,具有现实性、时代性。从艺术形式上看,诗歌谣曲化、大众化、民间化的特点突出。抒情诗、叙事诗、街头诗、朗诵诗、歌谣、童谣等成为当时最常见的诗歌体裁。东北解放区诗歌具有以下几个显著特点:

第一,诗歌内容具革命性且高度政治化。东北解放区文学是为中国共产党解放东北和建设东北的政治任务服务的,其主要功能和目的是紧密贴近和配合解放区的主流政治运动。很多诗歌是为满足当时的政治需要而作的,充分体现了《在延安文艺座谈会上的讲话》在诗歌创作方面的实践成绩。东北解放区诗歌与中国解放区诗歌在题材选择、审美价值上保持着一致性,并具有东北解放区特有的地域性特点。

揭露、批判、颂扬是东北解放区诗歌的三大主旋律,诗人们以工人、农民、士兵、英雄人物、劳动模范等为书写对象,歌颂英雄人物,记录战争风云,赞美新农民,抒发家国情怀。

第二,具有鲜明的战争文学特点。东北经历了十四年艰苦卓绝的抗日战争,接着又经历了五年的解放战争,近二十年间,始终处于战争状态。诗歌也呈现出战时文学特质,记录了艰苦卓绝的战争场景与生活现实。对于重大战役的抒写与记录,英雄主义、乐观精神、必胜信念的情感基调,加之大东北茫茫雪原、天寒地冻的地域特点,使得东北解放区诗歌具有鲜明的东北地域特色。

第三,农村题材也是东北解放区诗歌的重头戏。东北经过十四年的抗日战争,土地荒废,农民思想落后。抗日战争结束后,解放军入驻东北,一方面做农民的思想工作,进行思想启蒙,另一方面在农村贯彻党的土改政策,进行土地革命,让农民成为土地真正的主人。因此,在东北解放区,启蒙农民思想、反映土改运动、揭露地主阶级剥削农民的本质、塑造新农民形象成为农村题材诗歌的主要内容。

第四,工业题材诗歌在东北解放区诗歌中独领风骚。《文学战线》等报刊还专门设立了工人专栏,如《文学战线》专辟"工人创作特辑",作者均来自生产第一线。工业题材诗歌丰富了东北解放区诗歌的样态,也成为东北解放区诗歌的重要组成部分。

第五,叙事诗是东北解放区诗歌的主要体裁。长篇叙事诗体量大,便于完整地呈现人物或事件的变化过程,便于刻画生动、饱满的艺术形象,因此很受东北解放区诗人的青睐。在《东北文艺》《文学战线》等杂志和个人诗集中,带有浓郁的东北民间话语特色,反映土改运动、翻身农民踊跃参军等内容的长篇叙事诗一时间大量出现。

第六,诗歌审美倡导大众化、通俗化。在解放战争时期,文学要担负着团结人民、教育人民、打击敌人的任务,因此,战时诗歌不能一味地追求高雅的诗意,它既要通俗易懂,便于启蒙民众,又要迎合普通大众的审美需求,适应战争时期的宣传需要。东北解放区诗歌的谣曲化倾向突出,诗作大多出自部队宣传干部、战士、工人、农民之笔,以社会现象为题材,具有相当强的时效性,普遍具有语言通俗易懂、直抒胸臆、为群众所熟悉和易于接受等特点,真正达到了为工农兵服务的目的。

东北解放区诗歌也存在一些不足。由于过于强调宣传性、鼓动性和战斗性,重内容而轻艺术,艺术水准较低,东北解放区诗歌未能达到思想性和艺术性相结合的高度。

五

东北翻译文学兴起于20世纪20年代末,当时的《北国》《关外》等文学期刊上都登载过翻译作品,对俄苏、英、美、日等国家的民族文学作品,以及批判现实主义、"普罗文学"等文艺理论均有译介。但这种生动、活跃的局面随着1931年九一八事变的发生而不复存在。1931年至1945年,在长达十四年的沦陷时期,东北翻译文学出现了两块文学阵地:一个是以沈阳、大连为中心的"南满文学"阵地,另一个是以哈尔滨为中心的"北满文学"阵地。辽南文坛在九一八事变以后出现了一股译介欧美和日本文学及其理论的潮流,主要刊发、翻译消极的浪漫主义、自然主义的文艺作品和理论,只刊发少量的俄苏文学。相对而言,北满文坛对俄苏现实主义文学作品及其理论的翻译有着更重要的意义。

解放战争时期的东北解放区文学的传播模式主要是"延安模式"。在翻译文学方面,东北解放区文艺工作者侧重译介的目的性和计划性。从目前了解到的情况来看,当时很多期刊都设有翻译栏目,其中《东北日报》《东北文艺》《前进报》《群众文艺》《知识》等都设立了介绍苏联文学的专栏,经常发表苏联社会主义建设时期和卫国战争时期的作品。此外,侧重刊发翻译文学的报纸、期刊还有《文学战线》《文化报》《知识》《东北文化》等。文学观念是文学创作的潜在基础,规范和支配着这个时代的文学创作。解放区的作家们译介了大量的苏俄作品,其中大部分是社会主义现实主义作品。除报刊外,东北解放区翻译文学的出版途径还有书店。由书店、期刊、报纸构成的媒介场,有效地促进了东北作家与世界文艺思潮的交流,尤其是苏联所倡导的革命现实主义文学创作思想对东北的文艺运动发挥了指导作用。

《东北日报》的译介主要集中在俄苏文艺思想、作家作品方面,其中刊发艾伦堡、法捷耶夫等文艺理论家的作品的数量最多,产生的影响也最为深刻。这些作品极大地开阔了东北知识分子的视野。《东北文艺》每期都对俄苏文学作品、作家进行介绍,较有代表性的是1947年曾连载过的金人翻译的苏联作家华西莱芙斯卡亚的中篇小说《只不过是爱情》。《文化报》介绍了大批的俄苏作家,刊载了一些文艺评论、文学作品等。《文学战线》在刊发原创作品的同时,则侧重于介绍俄苏文学作品和翻译俄苏文艺理论。

东北书店出版了大量的翻译过来的苏联文艺论著和苏俄文学作品,目前搜集到的翻译文艺论著的种类达110余种。其翻译出版的俄苏文学作品具有丰富的题材,包括电影文学剧本、报告文学、游记、书信集、诗歌、小说等。辽东建国书店、大连大众书店、光华书店等也是翻译作品重要的出版机构。

翻译文学的发展有助于文学创作的繁荣与文艺理念的更新,但东北解放区译介作品的内容较为单一,翻译的作品几乎全都来自苏联,俄苏文艺思想、文艺理论和文艺作品得到高度关注,成为文坛的主流。其原因有如下几个方面:

首先,从地缘因素来看,东北与苏联有着天然的地缘关系。东北地区与苏联的东西伯利亚地区有着相似的自然环境,都处于高纬度寒带地区,气候寒冷,地广人稀。自然环境和原始文化的相似为思想的交流提供了基本契合点。

其次,从政治因素来看,俄苏文学在中国的兴衰与中俄之间的政治文化交流有着密切的关系。当时的文人也希望通过译介苏联文学作品来改造和影响人们的思想意识,以及树立新民主主义革命的奋斗目标和未来社会主义的奋斗目标。

最后,从社会现实来看,东北解放区的沈阳、大连等地在中国人民解放军进驻之前已经驻有苏联红军,而且在经济、文化等方面与苏联交往密切,苏联文学作品的翻译、出版自然丰富。

1942 年之后,延安文艺工作者主要是对苏联等少数社会主义国家的文学作品进行译介。对于与苏联接壤的东北解放区来说,由于与外界接触困难,能获得的外国文学作品更少,在建设新文学方面,除了以五四新文学和老解放区文学为资源外,苏联文学便是重要的资源。苏联文学对建设中的东北解放区文学具有不同寻常的意义。

六

东北解放区建立后,文学创作繁荣一时。然而,文学创作在繁荣的背后也存在着一些问题,其中一个突出的问题就是创作者的背景复杂,其中有来自抗日根据地的,也有来自关内国统区的,还有本土的。不同的思想意识、价值取向、艺术趣味掺杂在各类作品中,部分作品的创作倾向出现了偏差。这些问题引起了文艺界的关注。东北解放区的主要报刊和杂志纷纷开辟评论专栏,采用编者按、读者来信、短评、述评、观后感等形式开展文艺批评,为确立正确的文艺路线提供思想保障。

初到东北的文艺工作者首先感受到的是新老解放区之间政治环境和文化环境的差异。自清朝灭亡到抗战胜利的三十多年间,东北民众饱受战乱的痛苦。抗战胜利后,虽然旧的社会结构和文化体制已经解体,但旧的意识形态还残留在一些人的头脑中,东北民众与新政权之间存在着一定的隔膜。刚刚到达东北的大多数文艺工作者对东北特殊的历史环境认识不足,尚未做好相应的思想准备,仍然延续过去的创作方法和思维方式,脱离群众和实际。以什么样的形式和内容来服务刚刚从殖民者的铁蹄下解放出来的人民,是当时文艺工作迫切需要解决的问题。

文艺争鸣与文艺批评既是抗日根据地文艺工作的优良传统,也是党指导文艺工作的重要手段。毛泽东同志在《在延安文艺座谈会上的讲话》中指出,文艺界主要的斗争方法之一,是文艺批评。此时,东北文艺工作者的首要任务就是对旧的意识形态进行批判和改造,从而构建与延安解放区主体同构的新的意识形态场域。因此,在本地区文艺界开展一场广泛的文艺批评运动就显得十分迫切和必要。1945 年 11月,陈云同志在《对满洲工作的几点意见》中提出了党在东北的几项重要任务:"以扫荡反动武装和土匪,肃清汉奸力量,放手发动群众,扩大部队,改造政权,以建立三大城市外围及长春铁路干线两旁的广大的巩固根据地。"①这既是党在东北的中心工作,也是东北文艺界所面临的主要任务。东北解放区的文艺队伍自觉地将创作与政治任务结合起来,坚持为人民服务的创作方向,以《在延安文艺座谈会上的讲话》为指导来进行创作。东北这块古老而又年轻的土地上结出了丰硕的艺术成果。这些作品在内容上贴近当时东北的现实生活,在形式上生动活泼,富有浓郁的地方乡土气息,在教育人民、鼓舞人民、组织人民、团结人民、打击敌人方面发挥了重要作用。东北解放区文艺作为革命文艺版图中的一个独立板块开始形成,它既是"延安文艺"的派生,又具备地域文化品格。它不是由内而外自发产生的,而是在改造和清除原有旧文化的基础上通过外部输入逐步确立的。

与"延安文艺"相比,东北解放区文艺自身也出现了一些新的特质,特别是在文艺批评方面,文艺工作者表现出了强烈的自觉性。他们坚持无产阶级和人民大众立场,从不同层面和角度开展文艺界的批评与自我批评,引导东北解放区文艺朝着正确的方向发展。

东北解放区文艺的根本任务与延安文艺的根本任务保持着高度一致,但又具有特殊性。如果简单地照搬、照抄延安文艺的经验,那么东北解放区文艺很难适应革命发展的需要。东北解放区文艺首先具有启蒙的意义,它不仅具有文化启蒙的意义,也具有政治启蒙的意义。为此,东北解放区的文艺工作者以《在延安文艺座谈会上的讲话》精神为指导,树立起无产阶级的文艺大旗,以新文化来改造旧社会,重塑民众的国家意识、民族意识和政治意识,把东北建设成为中国革命的战

---

① 中国人民解放军历史资料丛书编审委员会:《剿匪斗争·东北地区》,解放军出版社 2001 年版,第 70 页。

略大后方。

在延安文艺旗帜的指引下,东北文艺界通过理论探讨和思想整风,统一了广大文艺工作者对革命文学根本属性的认识,东北的文艺工作焕然一新。广大文艺工作者在理论和实践两个方面取得了很大的成就,既继承和发扬了延安文艺思想,也将《在延安文艺座谈会上的讲话》精神与具体实践结合起来。夏征农、蔡天心、铁汉、甦旅、萧军、胥树人等知名的文艺界人士都对这个问题做了深入研究,产生了较大的影响。

与延安文艺相比,这个时期的东北文艺作品主题更丰富,创作者以切身的生命体验为基础,再现了解放战争时期东北所发生的波澜壮阔的革命斗争,以及在这个过程中东北人民的生活与精神面貌。

东北解放区的文艺发展也不是一帆风顺的,它也走了一些弯路。但是,在毛泽东《在延安文艺座谈会上的讲话》的指引下,文艺工作者不仅投身到创作之中,也开展了广泛的文艺批评,营造了一个宽松的舆论环境,作家们畅所欲言,在批评他人的同时也开展自我批评。这为创作的繁荣奠定了理论基础,也为新中国的文艺创作和文艺批评积累了资源和经验。

七

史料卷是大系的综合卷,其编撰初衷是反映东北解放区文学创作的初始背景,呈现当时的政策和文学创作的大环境,通过对资料的梳理,为弘扬东北解放区文学创作的优良传统提供第一手的基础资料。史料卷共分为六大部分。

一是文艺工作的政策方针。文艺工作的政策方针是党根据一定历史时期的总路线和总任务确立的文艺指导原则,反映了一定时期文艺创作的总体规划、部署和要求。史料卷旨在呈现东北解放区创作繁荣的大背景下中国共产党对文艺工作的总体规划和实施情况。史料卷主要收录了与东北解放区相关的宣传文件,以及部分会议发言和讲话等内容,其中有出版、通讯、写作的相关规定,也有重要领导对文艺工作的指示要求,同时还收录了部分重要会议成果。

二是重要的报纸、期刊。报纸、期刊大量创办是文艺繁荣的重要标志之一。报纸、期刊直接促进了文学事业整体的发展和繁荣,使优秀作品产生了广泛的社会影响。1945 年 11 月《东北日报》创办后,东北解放区先后创办、发行的报纸近百种。此外,在东北局宣传部的统一领导下,地方与军队也创办了数十种文学与文化类刊物。从成人刊物到儿童刊物,从高雅刊物到面向大众的通俗刊物,从文学到艺术,靡不具备。诸多的文艺报刊为文学作品的生产提供了园地,成为东北解放区文学创作的先锋阵地。

三是文艺团体、机构。在东北解放区,多个文艺团体和机构活跃在文艺创作和宣传的第一线,对东北解放区文艺事业的发展发挥了重要作用。东北局先后出资创办了东北书店等众多的图书出版机构,使得东北解放区报刊出版和传媒得到快速发展。1946 年,东北局在佳木斯成立了东北文化工作委员会,此后,中苏文化协会、鲁迅文艺研究会等文艺社团也相继成立。东北文艺工作团等文艺团体也迅速发展。在组建大量的文艺团体和文工团之际,军队与地方政府和宣传部门还非常重视文艺人才的培养和文学教育体系的建立,在演出之余,也招收和培养文艺人才。在短短的四年间,东北解放区建立了众多的文艺工作团体与人才培养学校。这体现了我党对教育人民、教育部队和动员人民参与革命的重视。

四是作家和创作书目。从延安来到东北的革命文艺工作者数以百计,此外,20 世纪 30 年代从哈尔滨流亡到关内各地的东北作家群成员也陆续返回东北。这些文化工作者云集黑龙江,办报纸,办杂志,从事广泛的文化艺术活动,使得东北解放区文学艺术以全新的姿态向共和国迈进。史料卷收录了活跃在东北解放区的多位作家的生平和创作情况,当然,由于这一历史时期具有特殊性,作家区域性流动较为频繁,对作家的遴选和掌握主要以创作活动的轨迹和作品发表的区域为依据。

五是文学回忆与纪念。为了弥补现有资料不足的缺憾,史料卷特别收录了部分文学界前辈及其家人的回忆与纪念文章,其中既有参加文艺团体的亲历感受,也有对文艺创作细节的点滴回忆。由于年代久远,这些资料的某些细节无法准确、翔实地体现出来,但这些资料记录了东北解放区文艺工作者的亲历感受,对补充和完善史料卷的内容大有裨益。

六是大事记。为了对解放区文学创作资料进行细致整理,进而为读者提供一个简明的、提纲挈领式的线索,史料卷呈现了大事记。大事记旨在将反映文学活动和文艺创作的各种资料予以浓缩,按照时间线索对史料进行编排。大事记简明扼要地记述了 1945 年 9 月至 1949 年 9 月东北解放区文学方面的大事、要事,涵盖了部分文艺作品创作、文艺团体成立的时间节点,有助于读者了解东北解放区文学的发展脉络。

随着军事上的胜利和东北解放区的形成,东北的政治面貌、经济面貌发生了根本性的变化,特别是文化呈现出前所未有的发展和繁荣的局面。东北解放区在政策制定、政策实施、新闻出版、文艺社团、文艺教育体制、作家培养等涉及文艺发展与繁荣的各个方面,继承、发展和完善了延安文艺体制,对当代文学和文艺制度产生了重要和深远的影响。

尽管东北解放区文学得到前所未有的发展和繁荣,但这份珍贵的文化资料始终没有得到系统整理,有关资料分散在哈尔滨、齐齐哈尔、牡丹江、佳木斯、长春、沈阳、大连等地,加上年代久远,这给编选工作带来了很大的困难。一方面,区域性的文学史料不易引起一般研究者的重视,文学史料的保留和整理工作在通常情况下很不理想,尽管编选者在前期已有一定的资料积累,但是很多工作还需要从头开始。另一方面,由于年代久远,加之当时的出版印刷技术有限,许多资料的保存和整理已经成为一大难题。许多珍贵的文学资料甚至已经出现严重的、不可恢复的缺损,因此,整理和出版东北解放区的文学史料,对东北解放区文学和中国现代文学的研究具有重要意义,同时,对人们了解和认识东北解放区这段历史也具有重要意义。

东北解放区文学创作距今已有七十年的历史,从 20 世纪 80 年代开始,东北解放区文学作为中国现代文学的一部分开始进入研究者的视野,搜集、整理与研究工作逐渐深入,一大批有分量的成果随之产生。其中,具有代表性的成果有两项,一项是林默涵主编的《中国解放区文学书系》(重庆出版社,1992 年出版),另一项是张毓茂主编的《东北现代文学大系》(沈阳出版社,1996 年出版)。这两部著作以文学价值作为侧重点,对东北解放区文学进行了很好的梳理。此外,黑龙江、辽宁与吉林三省的社会科学院文学研究所通力编辑出版的《东北现代文学史料》(共九辑),其价值亦不可低估,当时资料的提供者或为亲历者,或为亲历者之亲友,这从文献抢救的角度来看可谓及时。尽管《中国解放区文学书系》和《东北现代文学大系》对东北解放区文学进行了较大规模的搜集与整理,但由于编辑侧重点不同,这两部著作对东北解放区文学作品只是有选择性地收录,东北解放区文学作品分散在各地图书馆与散落在民间的态势并未改变。进入 21 世纪后,随着时间的流逝,承载东北解放区文学作品的旧报、旧刊、旧图书流失和损毁的情况日益严重,对东北解放区文学进行进一步搜集与整理的必要性在中国现代文学界达成共识。2008 年,东北现代文学研究者、黑龙江省社会科学院文学研究所研究员彭放在主编完成《黑龙江文学通史》(北方文艺出版社,2002 年出版)之后,提出了编辑出版《东北解放区文学大系》的建议,这一建议得到了认可。事隔十年,2018 年,由黑龙江省社会科学院文学研究所与黑龙江大学出版社联合策划的《1945—1949 年东北解放区文学大系》荣获国家出版基金资助出版,这完成了老一代东北现代文学研究者的夙愿。

《1945—1949 年东北解放区文学大系》的编者,力求完整地体现东北解放区文学的整体风貌,在文学价值之外,亦注重作品的文献价值,以文学性与文献性并重作为搜集、整理工作的出发点。

《1945—1949 年东北解放区文学大系》的篇目编选工作,由黑龙江省社会科学院发起,联合黑龙江大学、哈尔滨师范大学、哈尔滨学院等黑龙江省多所高校共同开展。为了保证学术性,本丛书特聘请多位东北现代文学领域的专家组成编委会,各卷主编均为中国现代文学方面学养深厚的研究者。本丛书的篇目编选工作得到了北京、吉林、辽宁等地多家相关单位的支持。东北现代文学界德高望重的老一代学者亦给予大力支持,刘中树、张毓茂与冯毓云三位先生欣然允诺担任本丛书的学术顾问,本丛书的姊妹著作《1931—1945年东北抗日文学大系》的总主编张中良先生亦为学术顾问。特别应提及的是,张毓茂先生在允诺担任本丛书学术顾问不久后就溘然离世,完成这部著作就是对先生最好的悼念。

本丛书的资料搜集工作,除得到东北三省各家图书馆的支持外,还得到了中国现代文学馆、黑龙江省浩源地方文献博物馆的大力支持。东北红色文献收藏人胡继东、华东师范大学历史系博士崔龙浩,以及华东师范大学历史系高铭阳、雷宇飞等人为本丛书的集成提供了大量珍贵而稀缺的第一手资料。对于他们的无私奉献,在此表示诚挚的感谢!此外,黑龙江大学文学院、哈尔滨师范大学文学院许多在读的博士生、硕士生和本科生也参与了资料搜集工作,在此,请恕不一一列名。

《1945—1949年东北解放区文学大系》除入选2019年度国家出版基金资助项目之外,还被列入黑龙江历史文化研究工程项目,在此谨致谢忱。

小说卷导言

东北解放区小说面面观

金　钢

一

从 1945 年日本投降到 1949 年中华人民共和国成立,是东北区域发生巨大变革的时期,在这短短的四年中,东北的政治、经济、军事、文化等领域都发生了翻天覆地的变化。这些变化生动形象地展现于东北解放区的小说创作之中。东北解放区小说充分表现了当时各个方面的社会生活,塑造了形形色色的人物形象,给后人留下了时代的缩影和历史的印迹。

1945 年日本投降以后,东北解放区汇集了东北本土作家和从延安来的大批作家,这一时期东北解放区的作家可谓群星灿烂,作品也非常丰硕,在全国处于很突出的位置。这四年的东北解放区的小说创作大体上可以分为两个阶段。第一阶段是从 1945 年日本投降到 1946 年中共东北局通过"七七"决议。在这一阶段,国共双方正在角力,故而小说创作的主题大多是控诉日伪的黑暗统治,呼唤独立自主的新中国的到来。这一阶段的小说展现了东北区域历经十四年劫难后重现新生的精神力量。像但娣(田琳)的《血族》《早

· 1 ·

晨七点的时候》、朱媞的《小银子和她的家族》、鲁琪的《月亮圆又圆》、袁犀(李克异)的《狱中记》等,都是表现这一主题的佳作。

第二阶段是从1946年通过"七七"决议到1949年新中国成立。我党我军在东北的战局中并不是一帆风顺的,1946年四五月间,东北民主联军为了保卫四平进行了为期一个月的艰苦防御作战,终因敌强我弱而以失利告终。我们积极总结经验和教训,在"七七"决议中确立了发动群众、争取群众的正确方针。"我们的方法,就是从战争,从群众工作,从解决土地问题改善人民生活,从其他一切努力,去增加革命力量,减少反动力量,使双方力量对比发生有利于我的变化。"①

抗战胜利后,相当一部分东北群众对国民党政府存有"正统"观念,视其为中国政府的合法代表。长期较为封闭的殖民统治也使东北群众对共产党、八路军了解得不多,对共产党的政策和力量有所怀疑。上述这些因素形成了当时所谓的"伪满洲国脑瓜"。在当时的局势下,中国共产党要最广泛地发动群众、改造那些"伪满洲国脑瓜",并不容易。大批文艺工作者进入东北,便和武装部队一样肩负了重要的"文化部队"的任务,他们用文学作品教育、引导群众,积极参与粉碎旧的国家机器和意识形态的过程。他们在创作中所进行的努力恰如刘白羽所说:"谁都不否认,我们正在进行的斗争,是中国人民反对旧中国统治者空前激烈的斗争。今天(以至将来)我们的任务,首要的是如何推动这一斗争,使这一斗争取得胜利。因此,文学的任务首要就是当前的积极的战斗的任务。不是作家个人考虑爱做什么做什么,而是如何斗争有力,就做什么。"②

在党的文艺方针政策的指引下,东北解放区的作家们广泛地深入生活,深入到农村土地改革、前方战斗生活和工厂建设之中,亲身体验群众生活。这使得东北解放区的小说能够迅速地反映生产、

---

① 祝志伟:《七七决议扭转东北战局》,载《湘潮(上半月)》2014年第7期。

② 刘白羽:《加强文学的时间性与战斗性》,《东北日报》1948年6月2日。

生活、军事等各个领域的变化,反映人民群众精神世界的变化,洋溢着浓郁的生活气息。作品的主题主要集中在土改斗争和前方战争这两个方面。这一时期产生了如周立波的《暴风骤雨》、马加的《江山村十日》、白朗的《棺材里的秘密》《孙宾和群力屯》、井岩盾的《瞎月工伸冤记》、刘白羽的《战火纷飞》《政治委员》《无敌三勇士》、李尔重的《第七班》、西虹的《英雄的父亲》等脍炙人口的作品。

二

从 1931 年日本发动九一八事变到 1945 年日本投降,这十四年的沦陷历史构成了东北文学不可磨灭的创痛记忆。这段记忆在之后的创作中被不断触及、反复讲述。这段记忆关系到作家们对过往先烈的怀念、对殖民侵略者的批判、对民族国家的思索和对现代中国命运走向的探寻。这段记忆所包含的坚韧与痛楚是那样深刻,我们相信,它是无法被遗忘的。东北作家们经历了十四年日伪统治的黑暗时期,在日本投降后终于获得了宣泄的机会。对沦陷时期东北社会生活的回忆,成为这一时期小说的一个重要题材。但娣的中篇小说《血族》展示了那段黑暗日子里百姓的艰难生活,人们的灵魂都因困苦、压抑的生活而扭曲了。袁犀的中篇小说《狱中记》是对日伪惨无人道的法西斯暴行的控诉。不同于他沦陷时期创作的作品的隐晦,《狱中记》的表述是直率的、慷慨激昂的。身在狱中的"我"看到革命志士们为了理想而含笑就义,因而坚定了对胜利终将到来的信心。

抗战题材小说是对在异族侵略者的铁蹄下民众生活困难的真实记录,也是对战争年代民族精神的热情颂扬。仓夷的短篇小说《"无住地带"》所设置的地点是伪满洲国热河省的边境,日本侵略者用残酷手段制造了"无住地带",但敌人的残暴并不能击毁中国人民反抗的意志,我们的部队在人民的支持下与敌人展开顽强的战斗,不因一时的挫折而气馁,在"无住地带"里越来越壮大。戴夫的中篇小说《不可征服的人们》展示了抗日战争的复杂性,长治军民面对的不仅是日寇的奸淫烧杀,还有国民党"中央军"的压榨。而当抗战形势日趋明朗、日寇败势已定的时候,地方豪绅势力却有意阻碍抗战的胜利,他们害怕穷苦人民在抗战中站起来"共产",认为"亡给鬼子是一时,亡给八路是一世"。这种不顾民族大义、只顾个人私利的行为是抗战拖延了十四年的原因之一。

陆地的中篇小说《生死斗争》讲述了一场惨烈、悲壮的阻击战。小说主要包含两个部分。第一部分是阻击。敌人有汽车、骑兵,我们的部队只有两腿,为了掩护主力撤退,一部分人就需要完成阻击的任务。十八团三连的将士们承担了这一艰巨的任务,顽强地阻击了敌人。第二部分是被囚和逃脱。第二部分的叙述揭示了战争中人的生存潜力。第二部分对抗战中我军战士、日本侵略者,以及屈从于日军的伪军、翻译官等进行了一定程度的心理剖析。这种心理剖析虽然还不够深入,但也是一种有益的尝试。这篇小说让我们看到,战争不仅意味着死亡、囚禁、酷刑,还意味着跳脱囚笼。战争与人的诸多命题都还有待发掘。

十四年在漫长的历史长河中不过是短暂的一瞬,但对于一个人来说却足够使他从幼儿长成青年。如果一个人在沦陷区的奴化教育中成长起来,那么当沦陷区变为解放区时,他/她会不会茫然无措? 范政的中篇小说《夏红秋》以辽南某文工团的青年团员夏红秋为主人公,描写了这个受奴化教育和盲目正统观念荼毒的"满洲姑娘"的成长历程。她在时代的影响下,认清了国统区官僚的腐败,最终加入了人民军队,选择了为人民服务的道路。关于《夏红秋》,舒群的评论是较为中肯的:"东北日报的《尽量办好中学》社论,曾根据第一届教育会议作有以下的结语:'在东北青年学生中还有很大一部分没有摆脱敌伪的奴化教育和蒋党的愚民教育的影响,依然还是盲目正统观念,反人民思想在他们头脑中占统治地位。'我认为这正符合客观现实,也正符合《夏红秋》的内容。社论还说:'经过两年的实际教育,东北知识青年的思想是逐渐在发生变化,而且,事实证明现在已有千万东北知识青年参加革命,在与工农结合和为工农服务.'我认为这正是客观现实,也正是《夏红秋》的内容。因此,我认为《夏红秋》的内容,基本上忠实的反映了东北知识青年的主要问题,概括的反映了东北青年的主要现实问题。因此,夏红秋有典型性。"①也有评论者认为,《夏红秋》的前两节不具有典型性,对奴化教育的作用有所夸大,但总的来看,《夏红秋》叙述质朴、情节生动,较为客观地反映了东北青年的思想状况,具有很强的教育意义和现实意义。

骆宾基被称为东北流亡作家群的后卫,他的创作把这个作家群的文学风气延续到了抗战胜利之后。他的长篇小说《混沌——姜步畏家史》②以童年视角对故乡的风物人情进行了深情的回望,与萧红的《呼兰河传》在主题上是相近的。对于萧红、骆宾基这样的流亡作家来说,故乡具有特殊的意义,不同的是萧红的离乡是家庭决裂、故土沦陷的双重别离,而骆宾基的家庭始终给予他支持,帮他渡过难关,因而《混沌——姜步畏家史》始终包含着对故乡的浓浓情意,可以说是以混沌初开、天真未凿的少年心思演绎的一曲乡土恋歌。骆宾基自己说:"尤其是因为它是自传体的小说,虽非历史实录的自传可比,但它却记载了作者的幼年与少年两个时期的天真而纯洁的心灵。这个心灵反映着通过家庭而显现出来的一个东北三等小县城的社会风貌。记载了'九一八'事变之前的这座满、汉、回、朝四个民族杂居共处的边域城镇的习俗、人情。自然,它们都是盖有半封建半殖民地的时代烙印的。"③骆宾基以清淡如

①　转引自张毓茂主编《东北现代文学史论》,沈阳出版社1996年版,第122—123页。

②　长篇自传体小说《混沌——姜步畏家史》第一部《幼年》于1944年在桂林三户图书社出版,《混沌——姜步畏家史》是第一、二部的合称,于1947年在上海新群出版社出版。考虑到作品的完整性,这次把《混沌——姜步畏家史》整部收入本丛书中。

③　骆宾基:《幼年·自序》,文化艺术出版社1982年版,第2页。

水的笔触,把一座带有异域情调的边疆小城呈现在读者面前,而小说对闯关东的父亲姜仰山、朝鲜族佃户古班、山东乡亲兼女仆崔婆等人身世的叙述,成功地增加了作品的思想容量与历史厚重感。

三

如前所述,回忆过往、土改斗争和前方战争是东北解放区小说的三个重要题材,而土改斗争无疑是重中之重。在那场深刻改变了中国农村政治、经济关系的土改运动中,东北解放区作家将强烈的政治使命感与巨大的创作热情相融合,创作出了大量的优秀作品,《暴风骤雨》《江山村十日》等至今仍被读者反复阅读。

长篇小说《暴风骤雨》通过对松江省元茂屯进行的一场暴风骤雨般的土改斗争的描写,真实地展现了东北农民在共产党的领导下摧毁封建土地制度、翻身闹革命的历史画卷。《暴风骤雨》是周立波在长期下乡体验生活、搜集素材之后完成的。杨义曾指出:"周立波和丁玲、欧阳山等早已驰名的作家一道,在解放区文学中开拓了一条不同于赵树理、孙犁、马烽等本土作家的创作途径,即以异乡干部的身份深入农村社会运动,以普通劳动者的姿态,从农民中汲取经验、智慧、情感、语言、直至灵感,以改造自己早年也许是带点欧化意味的艺术个性,把带有浓郁的主观抒情色彩的艺术风格换成平易质朴、在开阔刚健中难免带点粗糙的时代群体风格。"[①]正是因为周立波能够长期深入生活,其《暴风骤雨》才为中国现代文学贡献出了萧祥队长、赵玉林(外号"赵光腚")、郭全海、老孙头等鲜活的人物形象。萧祥队长对农民的心理较为熟悉,是一位具有实干精神的共产党员。他认为:"中国社会复杂得很。中国老百姓,特别是住在分散的农村,过去长期遭受封建压迫的农民,常常要在你跟他们混熟以后,跟你有了感情,随便唠嗑时,才会相信你,才会透露他们的心事,说出掏心肺腑的话来。"这番话应是周立

---

① 杨义:《中国现代小说史(下)》,人民出版社1998年版,第626页。

波在长期体验生活后得出的深刻认识。

《暴风骤雨》在塑造了一系列正面形象的同时，还勾画出韩老六、张富英、白胡子等反面形象，正反两方面的对比与较量真切地反映出农村土改斗争的复杂性。地主阶级不甘心灭亡，不愿意重新分配财富，企图与广大贫苦民众对抗。小说在尖锐的斗争中推进，从而具有了迷人的艺术魅力。在当时的环境中，国民党军队仍占领着辽宁、吉林两省的大部分地区，元茂屯附近还有土匪活动，以韩老六为首的地主势力并不甘心失败，他们勾结土匪，拉拢农会中的坏分子。而广大贫苦民众，尤其是一些不愁衣食的中农，害怕"变天"，不敢与韩老六等进行正面斗争。赵玉林起初也对打垮韩老六持怀疑态度。"他翻来覆去，左思右想，老是睡不着。他又爬起来，摸着烟袋，走到外屋灶坑边，拨开热灰，把烟袋点上，蹲在灶坑边，一面抽烟，一面寻思。烟锅嗞嗞地响着，他想起韩家的威势，韩老五还逃亡在外省，韩老七蹽到大青顶子里，他的儿子韩世元跑到了长春。屯子里又有他好多亲戚朋友，磕头拜把的，和三老四少的徒弟。""'就是怕不能行啊。'他脑瓜子里又钻出这么个念头。"这表现了普通民众在面对社会巨变时的犹豫，周立波的描写是合理且深刻的。而变革往往伴随着流血牺牲。成长为农会主任的赵玉林在反击土匪时英勇捐躯了，但他的倒下换来的是万千贫苦百姓的站起，小说由此升华出"一籽下地，万籽归仓"的人生哲学。

不同于周立波来自南方省份，马加是一位土生土长的东北作家，他在1934年便因中篇小说《寒夜火种》(原名《登基前后》)为读者所熟知。此后，他创作并发表了长篇小说《滹沱河流域》第一部、中篇小说《江山村十日》、短篇小说《饿》《成物不可损坏》等作品。《滹沱河流域》第一部描写了20世纪30年代末太行山麓滹沱河畔抗日根据地的社会风貌和阶级动态。这部长篇小说试图构建一个宏大的写作框架，将城与乡、军与民融为一体。马加也拟好了第二部的写作提纲。他曾说："我已经摆脱了陀思妥耶夫斯基那种忧郁情绪的影响,我多么赞赏托尔斯泰的雄伟艺术结构。"①可是,由于叙事线索繁多,作家还没有练成操纵自如的艺术手腕,小说便显得杂乱无章,但是其中一些描写片段清丽可人,显示出了作家的创作潜力。

《滹沱河流域》第一部完稿后,马加深感自己语言不过关,而且缺乏生活体验,需要按照毛泽东《在延安文艺座谈会上的讲话》指出的方向,重新深入生活。1946年,马加从张家口抵达通辽,因为国民党军队占领了四平,他随一支军事干部队伍绕路内蒙古东科尔沁中旗大草原,到达当时的合江省省会佳木斯。后来他根据这段经历写成了中篇小说《开不败的花朵》②。1947年12月,马加到佳木斯东五里地的高家村参与土改运动,他广泛地听取了群众的讨论意见,四易其稿,写成中篇小说《江山村十日》。在"前记"中,马加写道:"我从佳木斯到这村子里,突击了十天工作……却没有像这一次给我的印象是强烈的,体会到的情感是饱满的,接触的生活是新鲜的……新的人物流露出新的喜悦情感,我被他们喜悦的情感所鼓舞,我和他们相处的日子是快活的,是健康的,给予我创作上最大的勇气。""这个故事是写江山村平分土地斗争开头十天的生活,那翻天覆地的十天呵……他们以主人的身份走进了这个世界。他们来了,给这个世界添置新的财富,他们带来了自己的气派,智慧和天才。"

这两段话很能反映《江山村十日》的基调、气氛和思想内容。这部作品具有饱满的政治热情,通过对江山村十天中发生的划成分、斗地主、追浮财、分土地、建立党支部、支援前线等一系列活动的描写,充分展示了土改运动给东北农村带来的翻天覆地的变化。这部作品在人物塑造、情节展开等方面,都远远优于《滹沱河流

---

① 马加:《马加文集(一)·写在前头》,春风文艺出版社1986年版,第5页。

② 该作初版于1950年,不在本丛书的时限之内,故本丛书没有收录。该作在当时广受好评,曾先后再版14次,被译成英、德、日等国文字出版。

域》。这部作品主要刻画了贫农金永生、地主高福彬、中农陈二踹子、雇农孙老蔫四个类型的人物，通过展示他们在土改斗争中的不同表现，反映出了土改的艰巨性和复杂性。整部作品生活气息很浓，语言是大众化的，地域特色浓郁。

安危的中篇小说《土地底儿女们》在题材与风格上与《江山村十日》都较为相似，这部作品是安危利用在双城参加土改运动时积累的素材写成的。安危在"写在前面"中写道："一九四七年初，我来到东北，在伟大的土地改革中，在东北一万二千干部下乡工作的时候，适逢其会，我也赶上了这个时机。使我有机会能够受到锻炼。而且，能够和农民们——中国伟大的土地的主人朝夕与共。这对我还是头一回。作为一个知识分子，实际的与群众相结合，这还只是一个开始。但我将永远纪念这个开始，永远纪念在那些日子里教育我，启示我，帮助我的人们。"①这部小说描写了哈尔滨附近的红旗村农民发动土改的过程。在党的领导下，翻身群众清理农村干部队伍，将暗中勾结地主姜大白虎的村长姜二啰啰抓了起来，重新改选村委会。村委会在工作队的指导下，按照土地法大纲的规定，依靠贫雇农，团结中农，揭露地主的阴谋破坏活动，斗地主，起浮产，终于打倒了地主姜大白虎及其残余势力，土地改革获得了彻底胜利。这部小说具有很强的思想性，在行文中大量运用方言土语，是一部具有时代精神和地域特色的作品。

此外，那沙的《打虎记》、草沙的《东霸天的故事》、方青的《活捉笑面虎》也是类似的土改题材的小说。值得一提的是，《活捉笑面虎》是章回体小说，工农兵读者更易于接受。这使得章回体这种古老的小说形式容纳了时代的新内容，章回体在中长篇小说领域重新崛起。当时最享有盛名的章回体小说是马烽、西戎的《吕梁英雄传》和袁静、孔厥的《新儿女英雄传》，而东北解放区则有《活捉笑面虎》。《活捉笑面虎》开篇是传统的开台鼓，从第一首"盘古三皇

---

① 安危:《土地底儿女们》，上海文化工作社 1951 年版，第 1 页。

治世,流传五千余年,星移斗倒山河改,人情世事不变"到第四首"扫清当道豪绅,打倒恶霸封建,皆因来了共产党,穷人才把身翻",四首西江月将古今较好地勾连在一起。整部作品沿用章回体的回目对子,每回结尾也采用有诗为证和"要知后事如何!且看本书慢慢交代"的陈旧套路。不过我们应该看到,土改题材的作品不像战争题材的作品那样容易编织出传奇性,这部作品远不如《吕梁英雄传》等作品那么吸引人。章回体可以吸引工农兵读者,但章回体的陈旧套路也会限制作家的创造力。对于有着深厚的文化底蕴的中国作家来说,如何从传统的文学样式中生成新的文学精神和文学形式,是一个值得思考的课题,只照搬旧的小说模式是远远不够的。

小说创作需要一个孕育的过程,相对来说,中长篇小说需要更长的时间来构思和写作,而短篇小说则完成得较快。在复杂、激烈的土改运动中,东北解放区的作家们努力笔耕,迅速创作出大量的短篇小说。如董速的《孙大娘的新日月》、方青的《老赵头》《"火车头"又冒烟了》、鲁琪的《崔"傻子"》、谭亿的《一个乡长》等作品,都产生了较大的影响。作为东北流亡作家群的重要作家,白朗回到东北解放区工作之后,对当地的农村土改运动进行了深入观察,完成了一系列短篇小说,这些短篇小说包括《棺材里的秘密》《孙宾和群力屯》《顾虑》《棺》等。从这些小说中,我们可以看到东北农民在疾风暴雨般的土改运动中的精神变化,农民经历了几千年的封建压迫,他们身上的枷锁不仅是物质上的,更是精神上的,从奴隶到主人的蜕变需要一个心灵的搏击历程。《孙宾和群力屯》中的孙宾从一个佃户成长为农村土改运动的带头人,领导全村农民斗倒地主姜恩父子。其过程是异常艰难的,他要克服村民依附地主的奴性心理,还要和自身的自卑、彷徨进行抗争。小说中农民斗争地主的一次次失败、"煮夹生饭"让我们认识到农民在摆脱封建束缚走向新生的路途上任重道远。

我们应该看到,在土改运动中,翻身农民在打倒地主阶级的同时,也暴露出自身的一系列问题。东北解放区文学虽然具有强烈的政治使命感和明朗激昂的总体色调,但也在一些侧面表现出了土改运动中的民间暴力、坏干部和中农政策等问题。比如《暴风骤雨》第二部就塑造了农会主任张富英这个坏干部形象。在社会变革时期,一些具有流氓习气的无产者有时就会借机抢占话语权,狠斗地主甚至中农,从而获得物质资本和政治资本。关于这个问题,对农村了解很深的赵树理曾说:"据我的经验,土改中最不易防范的是流氓钻空子:因为流氓是穷人,其身份很容易和贫农相混……可惜那地方在初期土改中没有认清这一点,致使流氓混入干部和积极分子群中,仍在群众头上抖威风。其次是群众未充分发动起来的时候少数当权的干部容易变坏……我以为这两件事是土改中最应该注意的两个重点,稍一放松,工作上便要吃亏。"①此外,像袁犀的《网和地和鱼》中贫苦渔民被地主女儿诱惑、马加的《成物不可损坏》中翻身农民破坏物资、董速的《顾虑上当》中农民害怕"谁生产得多,就斗谁"而懒于劳作等问题,都是值得反思的。

四

东北解放区土改题材小说的结尾,往往会出现这样的场面:翻身农民参军支援前线。可以说,农村土改运动与前方战争是中国共产党夺取政权的车之双轮、鸟之双翼。反映前线战争是东北解放区小说的另一个重要题材,这些小说真实地体现了军民的鱼水情谊。

西虹的短篇小说《英雄的父亲》是当时影响较大的一篇作品,小说表现了军属如何对待战士牺牲的庄严问题。在解放战争中,成千上万的青年(其中大部分是翻身农民)参军、参战,他们之中的相当一部分人在残酷的战争中牺牲了。如何对待他们的牺牲,不仅是我党、我军及烈士家属普遍关注和思考的切身问题,也是最广大的人民群众普遍关注和思考的现实问题。当那一封家属通知书被送

① 黄修己:《赵树理研究资料》,北岳文艺出版社1985年版,第100—101页。

到烈士家属手中时,"他们能告诉家属们的,不过是他的儿子、她的丈夫,英勇顽强,在战斗中为人民事业光荣牺牲了,全体指战员悲痛万分,并为家属们致哀一类话语。在革命战争中,这是最普通最光荣的事,革命的美丽花朵,正是鲜血培植起来的"。《英雄的父亲》通过德志的父亲张老汉这个形象,解答了战争中这个最普通、最光荣的问题。这篇小说侧重表现了张老汉盼望儿子立功的心情,揭示出翻身农民对党、对新社会的热爱。当得知儿子德志牺牲的消息时,张老汉感到更多的是骄傲和荣耀。在小说的背景下,张老汉的妻子是在旧社会饿死的,大儿子是在煤窑出劳工时被压死的,这样我们就可以理解张老汉所想的德志"死得值当,死得有名"从何而来了。这篇小说在艺术上也比较成功,对张老汉和指导员的心理描写深入细致,这加强了小说的悲壮气氛和抒情色彩。

纪云龙的短篇小说《伤兵的母亲》可以与《英雄的父亲》对照来读。战争中有死亡,但更多的是受伤,伤员能否得到有效的救治和护理,对部队作战的影响很大。《伤兵的母亲》中的老大娘是一位普通的农民,她悉心照料受伤的解放军战士,为伤员擦拭身体、端屎端尿,就像照顾自己的儿子一样。备受感动的伤员说出了"你老就像是我的亲娘"这句话。

1947 年至 1948 年是解放战争中我党从防御转为反攻的时期,随着战事的推进,中国人民解放军的队伍急剧壮大,部队官兵的成分因而趋于复杂化。除了解放军原有的老兵,新加入解放军的大多数是东北的青年农民,还有一部分是被解放的国民党军队的士兵。为了使他们团结合作、提升战斗力,部队用诉苦的办法对广大指战员进行阶级教育,提高他们的政治思想觉悟。诉苦教育消除了战士之间的隔阂,为解放战争的胜利打下了坚实的思想基础。

刘白羽是这一时期有成就、有影响的作家,他的短篇小说集《战火纷飞》(收有《勇敢的人》《血缘》《战火纷飞》《政治委员》《无敌三勇士》《回家》),基本上都是围绕解放战争中的战事和战士的思想变化而写成的。《无敌三勇士》是当时影响很大的一篇小说。

这篇小说开篇便写道："有些人把我们当战士的想得太简单了。以为我们就是打打仗,睡睡觉。实际上不是那么一回事。"这篇小说着力分析战士的思想变化,塑造了三个典型人物:东北翻身农民出身的阎成福,从关内来到关外的老兵李发和,夏季攻势中被俘的解放兵赵小义。这三个人之间开始存在很深的矛盾,班长费了很大的力气也没解决他们的团结问题,但是在诉苦教育中,这三个人认识到,他们都是被压迫、被剥削的穷人,是受苦受难的阶级兄弟。在阶级情谊的感召下,他们团结作战,互相配合,完成了艰巨的爆破任务。这篇小说说明了党的政治工作对提高部队素质和战斗力具有巨大的作用,也揭示了"团结起来就能天下无敌"的朴素道理。

李尔重的中篇小说《第七班》是一部少见的以富农子弟为主人公的作品。小说以解放军基层官兵的军旅生活为背景,展示了投身到人民军队中的青年人的思想冲突。他们有着不同的出身和目的,张悦等富农子弟与朱顺和等贫苦农民出身的战士之间产生了矛盾。部队通过诉苦教育、组织批评与自我批评等手段,化解了贫农、富农战士之间的矛盾,加强了部队的凝聚力。

在解放战争中,有这样的说法:解放军的胜利是老百姓用手推车推出来的。人民解放军装备落后,部队人数也不占优势,人民解放军最终以少胜多,战胜武器精良的国民党军队。其中的一个重要原因就是数以千万计的支前民工和解放区普通群众坚定地站在人民解放军的身后,解放战争的胜利是一次人民战争的伟大胜利。正如毛主席所言:"军民团结如一人,试看天下谁能敌!"洪林的中篇小说《一支运粮队》讲述的就是推车送粮的支前民工们的故事。后方的运粮过程本不如前方战争激烈,但在作者的讲述下,我们发现运粮之路并不平坦。一路上,民工们要躲避敌人飞机的轰炸,要克服自身的散漫性,要筹措给养。桥断了,运粮车翻进大河……他们克服了重重困难,终于把粮食运到了前线,而前方也传来了歼灭敌人精锐部队的好消息。从刘元彬、于家才、高波、贾得干、郭继琳等民工的身上,我们可以看到中国民众的优良品质。他们忍饥受寒,翻山越岭,推着二百多斤重的车子——刘元彬的车子甚至达到了四百多斤重。如果没有坚定的信仰,没有对共产党、对人民解放军的深情厚谊,他们是不会完成运粮任务的。这些平凡、朴实的中国民众"参加了战争,支援了战争,同时也赢得了战争"。

五

有学者认为,"中国现代真正的工业题材小说,产生于解放战争时期的东北"①。然而,茅盾的《子夜》描写了纱厂女工的生活,蒋光慈的《田野的风》塑造了烧炭工人的形象,因此这样的论断似需商榷。不过,题材问题不仅仅是写作对象的选择问题,也包含了历史的张力。所谓的真正的工业题材,意味着工业、工厂、工人如何进入历史,以及工人如何登上新的历史舞台被正确地表现出来。如此看来,将解放战争时期东北涌现出来的工业题材小说视为中国现代工业题材小说的发端,便是较为客观的,这也从一个方面证明了东北解放区小说的文学史价值和文化价值。

无农不稳,无工不富,东北解放区的工业在新中国发展史上占有非常重要的地位。对于东北解放区的工业题材小说来说,影响最大的是女作家草明的中篇小说《原动力》。草明早年曾参加左翼文学创作,于1941年来到延安,参加了延安文艺座谈会和延安文艺界的整风运动。她的创作是在毛泽东《在延安文艺座谈会上的讲话》精神的指引下进行的。抗战胜利后,她来到黑龙江,本来打算像周立波、马加等作家一样深入农村,但因病未能如愿。在她病愈后,当时的东北局组织部部长林枫跟她谈话,强调了城市斗争的重要性。解放战争需要东北的重工业发挥作用,而当时东北各地的工厂和矿场在日伪统治垮台后遭到了不同程度的破坏,亟须恢复、扩大生产。林枫建议并安排草明到牡丹江镜泊湖水力发电厂工作,草明

---

① 逄增玉:《东北现当代文学与文化论稿》,中国社会科学出版社2012年版,第173页。

以在那里的工作经历为素材写成了《原动力》。《原动力》描写了工人们贡献出自己保留的零件、积极抢修被国民党势力破坏的水电站，以及迅速恢复工厂生产和支援前线的动人事迹。其中，老孙头等工人跳入冰水中抢修机器的情节，表现了工人阶级的优良品质和大无畏精神。这篇小说虽然存在粗糙和简单等不足之处，但作为新中国成立前描写工业生产和工人思想的作品，是值得关注和肯定的。

在东北解放区的工业题材小说中，李纳的作品也是值得关注的。《出路》描写了煤矿工人还抱有"有钱就狠花，无钱就欠着"的思想，这是因为在旧社会工人看不到希望，不管怎样努力，还是一穷到底。在工会的教育和帮助下，工人们转变了思想，认识到"工人是真翻身了"，于是都开始勤俭节约、努力生产。《姜师傅》里的老钳工姜富成不抽烟、不喝酒、不赌钱，技术过硬，但他持有单纯的观念，对工友和工厂都漠不关心，后来在工会的教育和开导下，他认识到如今"国家是咱自个儿的国家，工厂是咱自个儿的工厂"，增强了主人翁意识。《煤》中的黄殿文本是哈尔滨的惯偷，法院判他半年徒刑，把他送到鸡西煤矿改造。他在煤矿干活不出力，还偷工友的东西。工会陈主任深知改造一个惯偷的难度，他一面对其进行阶级教育，一面把黄殿文丢弃在哈尔滨的妻儿叫来煤矿安家落户。在工会和工友的帮助下，黄殿文洗心革面，变成了一个自食其力的工人。小说的题记为"煤能使废铁化成钢"，描绘了旧社会把好人折磨成废铁，而新社会把废铁熔炼成钢的动人景象。

此外，鲁琪的《炉》、韶华的《荣誉》、张德裕的《红花还得绿叶扶》等一批作品也广受好评。这些小说充分展现了东北解放区工业蓬勃发展的景象，展现了工业生产对人的改造，也开创了新中国工业文学的先河。

无须讳言，东北解放区的相当一批小说，强调小说的政治价值，强调创作为工农兵服务，大多通俗易懂，而缺乏对心理深度和史诗境界的发掘。然而，东北解放区小说明朗新鲜，创造性地继承了延安文艺精神,反映了东北解放区的历史巨变和社会变革中诸多的社会问题,为新中国成立后的十七年文学开辟了道路,具有很强的文学史价值。

（金钢,黑龙江省社会科学院文学研究所,副研究员）

◇ 白　刃

三秃的冤仇

一、连队俱乐部里

连队的俱乐部,设在一间简单的大房子里,正中间挂着毛主席的画像。墙壁上用纸条贴成长方形的、正方形的方框。框里写着"点将台","问答栏","经济栏"……还有一个大方框,里面用大红字写着"战士园地",这是战士自己出的报,贴着战士写的文章、小快板、诗歌、谜语,还有画。虽然文章写得不通顺,字写得不好,画画得不像,然而战士很喜欢它,因为这是他们自己的园地。

"战士园地"四个大红字下面,写着"诉苦专号",四个较小的黑字,因为这一期的内容都是有关诉苦的事。有张大画,画着一个恶眉瞪眼的大胖子,背后一囤囤的粮食,有两只大老鼠在吃粮食。另一边画着一个骨瘦如柴的穷人,穿着破烂的衣服,愁着眉头,还滴下两大滴眼泪,手里端着一个破碗。那胖子身上写着"大地主",那瘦子身上写着"穷棒子"。

那瘦子嘴里吐出:"老爷,给点吃的吧,我快饿死了。"那胖子嘴里吐出:"没有粮食,饿死活该!"

两边墙上,新贴上红红绿绿的标语,有几条特别明显,上面写着:"天下乌鸦一般黑,天下地主一样坏!""有冤伸冤,有苦诉苦!"

1

"吐苦水,挖苦根,立功劳,报冤仇!""坚决为农民撑腰,帮助穷人翻身!""建设保卫土地改革的军队!"

窗外下着牛毛般的细雨,老天好像在掉眼泪,今天的天气显得特别阴沉,屋里的光线也比往日暗。

战士们三三两两,在看着墙上贴着的各种专栏和标语,好多人在看那张大画,他们一边看一边念。有些战士在唱着歌,有些战士在打着玩,有的在争论着这两天讨论的问题,吵个不休。在这里,每天上课以前,都是这个样子,就是没有今天这样吵闹。

"比比——"哨子声响了,战士们都向房子当央集中,值星排长喊着"集合——!"又喊着"立正——!"立刻屋里像没有一个人一样的静寂。喊完"报数"之后,值星排长向着一个背匣子枪,年青的军人敬个礼,又喊着"坐下!"立刻一百多个屁股,同时落在木条做的长凳子上。

这个年青的军人,就是这个连队的指导员,他走到桌子旁边,两只眼光扫过全场,然后开口说:

"同志们,今天咱们开个诉苦大会。这两天同志们学习土地改革,讨论得很热烈,这是很好的……就是在争论当中,有些问题,同志们还没有弄清楚;有的同志说:富人富是因为祖先给留下来的;有的说是他们的风水好;有的说是勤劳起家。有的同志说:穷人好吃懒做,所以才穷;有的说是命运不好……同志们讨论到称"爷"的有没有好人?有的说某老爷办道德会,某某老爷放粮食,都是好人,并且还举了好多例子。

"同志们,我们今天就要解决这些糊涂思想,所以要开这个诉苦大会。今天由李文凤同志先给大家报告,在这个报告里面,同志们就知道:富人为什么会富?穷人为什么会穷?称爷的有没有好人?请大家注意听!……"

李文凤在一阵掌声中走到桌子边,立刻两百多只眼睛,都注视着这个平时最不爱说话的大个子身上。他穿着一身黄绿色的单军装,右肩上斜挂着一条黄色的子弹袋,腰里扎条黄皮带。他右手举到帽缘上给大家敬个礼之后，铁黑的脸显出有点难为情，两眼望着桌子，心里扑通扑通地急跳。静默了一会，一肚子苦水和冤仇，激动他的勇气，他终于头一回在这样多的同志面前开口了："同志们，今天我给大家报告受苦的经过，我不会说话，说得不好，请同志们别笑话。"

二、李扒皮的威风

辽中县有个插拉屯，插拉屯有个大地主，大地主姓李名万春，屯里人当面都称他李二爷，背后却骂他李扒皮。

李扒皮在附近几十里路没有人不闻名的，倒不是因为他当屯长闻名，也不是因为他家有三百多天（垧）地闻名，而是李扒皮的威风闻名。李扒皮自己夸耀说："我李万春在房子里打个喷嚏，好比打个响雷！我李万春在屯里跺一下足，全屯就得天摇地动！"李扒皮说是黑的，别人不敢说是白，李扒皮说是香的，别人不敢说臭。富人见了李扒皮要赔笑脸连打鞠躬，穷人见了李扒皮要低着头望自己的脚。

李扒皮小时就很威风，他常欺负同学打同学，还常常偷爷爷的钱而诬赖他小叔，弄得他小叔挨揍。长大了更是了不得，他妈死了，他爷爷给他爹说个后妻，这个大个子的后妈常常跟李扒皮过不去，吵闹打仗。李扒皮就迫着他爹分家，给他三十垧地，搬到外面住。老两口日子过得倒不坏。李扒皮知道他爹小份子（私积蓄的钱）多，怕叫后妈弄去，于是甜言蜜语给他爹说："爹呵，咱万盛堂（李家的堂号）的富贵谁不知道。爹也是上五十年纪的人，叫爹自己吃饭，孩儿实在过意不去；只要爹把这个后妈休了，再撤回咱家；爹再说个姑娘也成，孩儿也可尽点孝道。"老头子开始不答应，后来给儿子花言巧语说迷了，果然给后妻十垧地把她休了，又搬回了自己的院里。

老头子搬回家以后，就想再说个老伴。可是儿子变卦了，不许他再说。儿子还仗着他那二爷的威风，威胁屯里人，屯里人谁也不敢给他爹说媒。老头子知道上当了,人老心不老;没有别的法子,常常拿着钱,上他已休了的后妻家去。这时他后妻也已走道(改嫁)了,新丈夫是个贱头货,见人家老头子的钱,也就闭一个眼睁一个眼让他们旧雨新欢。

这一下可把李扒皮给气坏了,家财外流,那还了得,于是见父亲从外面回来就骂道:"带户房子(随娘出嫁的儿子)呵! 又上你妈家回来了,真是老死不要脸!"老头子自知理短,也就不吭气。

李扒皮并不能阻止他爹带钱去私会,于是想法子要他的老命。一天晚上,乘他爹上外面解手,用双手勒他爹的脖子! 他爹大声喊,没死成。李扒皮还不甘心,另一天晚上,他打了一斤酒,请他家打更的喝,这打更的最能喝酒,外号大酒包,这大酒包吃完酒,便和李扒皮俩人,用绳子把老头子活活勒死。老头子死了,老头子的小份子都成李扒皮的了。可是这谋财害死亲爹的故事,也弄得全屯都知道。屯里人更加怕他,李扒皮的威风也更足了。

李扒皮这时才三十五六岁,身体已开始发胖,有点佝偻腰,方脸老鼠眼,留着日本小胡,下巴光光。像这样中年豪富又威风,全县说来也是数一数二的人物。

屯里人对李扒皮的发家史,传说不一。李扒皮的亲戚朋友以至狗腿子,常讲李扒皮的爷爷李二鲁发家的故事:说是李二鲁年青时,带他扛活的下地,扛活的刨地刨出一块石头,越刨越深,石头也越大,叫李二鲁看见了,便想法打发扛活的回家,李二鲁自己刨,原来是两个大石槽扣在一块。李二鲁用镐头把石槽敲破一角,见里面满是白银,李二鲁急忙又埋起来,到天黑才把白银弄回家。说是李家有个不喂牲口的石槽,就是当年地里装银子的石槽。

年轻人听了这故事,免不了要羡慕人家,幻想着自己有这么一天。知道底细的年老人听了这故事,虽然也满口称是,心里却想:李家的三百多天地,四十多匹牲口,五天地的大院套,几个仓里登登(满满)的粮食,那一点不是穷人的血汗和眼泪啊!

穷棒子们把李家大院叫做"汤锅"(宰马的地方),意思是说吃李家的劳金,有几个不像马一样被剥了皮。李扒皮在农忙时雇的短工,不只工钱少,而且要赶着星星下地,顶着月亮回家。一天打头要换三个,打头当然不累,扛活的可就要了命。李扒皮的名字就这样被叫出来的。

李扒皮这十来年,用各种手段,霸人家的地就有五十多天。被他霸去土地的有十多家;被他害的家破人亡的就有五、六家;死在他手里的人命有五条。李扒皮虽然一对老鼠眼,看起漂亮的姑娘媳妇可挺带劲,屯里有句土话"有钱才干操狗事"。李扒皮霸过老张家的媳妇,把男人送去当劳工,死在煤窑里。李扒皮占过徐家的姑娘,把她弄成大肚子又不要人家。至于被李扒皮调戏的,奸污的,也不知有多少。屯里人说:"谁的屋里的(老婆)叫李扒皮看中了,谁就等着当王八吧!"俗话说:"有钱能使鬼推磨",李扒皮做了这样多缺德事,好多并不是他亲自动手。他周围有一群警察狗腿子围着他转转。屯长是他自己当,牌长是他的本家侄子,警察署长是他的好朋友。他还有两个得力的狗腿:张为俊和李玉田。

狗腿子们常常夸耀李扒皮的豪富,歌颂李扒皮的功德,穷棒子们却暗暗给李扒皮编一个歌谣,并且暗暗地唱:

> 活扒皮,阎罗王,
> 李家二爷真威风!
> 见姑娘,掉口水,
> 看见好地就眼红。
> 屯粮食,喂臭虫,
> 穷人冬天喝北风。
> 借一升,还一斗,
> 滚来滚去山也空!
> 得罪他,休想活,
> 抄家灭族挖祖宗!
> 隆冬一隆冬!
> 隆冬一隆冬!

三、张秧子献计

李扒皮虽说是威风十足,倒不是百事如意,比如和李发换地的事,就不顺手。这在李扒皮看来,比操他娘还耻辱。

事情是这样的:李扒皮有块坟茔地,这地上长着高大的杨树林,地下埋着李扒皮的祖坟。就在坟茔地的前面,有一块一天多大的地,这地很肥沃,是一个外来户李发的。李扒皮早就有意把这地弄到手,藉口是:这块地正堵着李扒皮祖坟的大门,阻挡着他家的风水。而其实是李发这地是好地,庄稼长得好,粮食打得多。李扒皮常常这样说:"好地那能叫老边外(外来户)种,好财那能叫老边外发?"

这天李扒皮躺在炕上,侧着身,翘着一条腿,烟枪头对着大烟灯,使劲把烧着的大烟泡往肚里吸,又从鼻孔里喷出两道烟雾。抽足了大烟,呷上一口上等龙井茶,才闭着两只老鼠眼,舒帖地伸着腿。这时他忽然又想起这桩心事,连忙派人去叫他那两位狗腿——张为俊和李玉田。

张为俊今年二十五岁,父亲曾当过屯长,兄弟正当着警察分所所长。他从小就不务正业,虽然上过六年学,没有干过一件正经事。现在的职业是卖大烟白面,捎带地当狗腿走衙门。因为烟瘾太大,瘦得像个猴子。个子又高,穿起长袍带上礼帽,很像城隍庙里的白无常。

张为俊为人阴险毒辣,屯里人都害怕他,当面称他张先生,背后给他起个外号叫张秧子,还有个外号叫坏小子。屯里凡是有和官府衙门来往的事,都得请他办,并且得听他的话。要是谁不听他的话,他便恶声恶气地骂道:"妈的巴子!不信君子的话,拿君子当小人,不用美(高兴),早晚摊事,怕你不上供磕头!"

李玉田是个三十多岁的人,家里有几天地,又租了李二爷三十多天地,他自己是一点不种地,却当起二地主,把地租出去。他除了每年吃租粮外,很大的收入还是放高利贷和份子粮。李玉田为人奸猾,见了富人先笑后说话;见了穷人恶眉瞪眼,虚头巴脑,口里哼哧哼哧的,因此屯里人给他起个外号叫雷公。

这二人在李扒皮面前,好比阎罗殿前的牛头马面。李扒皮有好多事情,都经他俩的手办。事情办妥了,李扒皮吃鸡,他俩啃骨头。

张秧子和雷公,先后到李扒皮家。李扒皮让他二人抽大烟过过瘾,然后把心事说了一番。

李玉田道:"二爷想李发那块地,说来名正言顺,别说他阻挡风水,就是不阻挡风水,二爷想摸,看他老边外的敢说个不字!"

李扒皮道:"话说得容易,你不知道那李发也有点骨头,我曾探过他的口气,他不愿意换。我真想亲自教训他一顿,叫他知道李二爷的利害……"

张为俊忙抢着道:"杀鸡何必用牛刀? 这点小事,我去跑一趟,没有不成的道理。"

李玉田道:"张老弟说得对,还是让他跑一趟,老边外的要再不肯换,要想法整他!"

张为俊走到李发家,恰巧李发和他老妻王氏儿子三秃,都下地铲地,家里只剩下儿媳妇高氏,正站在炕沿下,拿剪子在剪破烂布。张秧子见了高氏问道:"小嫂子,你爹上那去了?"

"铲地去了!"高氏答。

张秧子四下一望,又问:"你妈和大兄弟三秃呢?"

"都下地去了。"高氏照旧在做她的活。

张秧子原不是个正派人,见高氏独自一人在这里,又见高氏正当青春,长得还俊秀,不由心里一动,便靠近高氏调戏地说:

"小嫂子,一个人不闷吗? 大兄弟今年才十五岁,啥事不懂……"

"张先生有事,等俺爹回来再来说。"高氏见张秧子不存好心,便截住他的话。

"你爹不在,我也可以玩玩,怕啥?"

"张先生是个读书人,说话正经些!"

"咦！这有什么不正经,那个读书人不逢场作戏?"张秧子越来越胆大,说着说着,一只爪子伸到高氏胸前。

高氏虽不懂啥叫逢场作戏,却看见一只干黄的爪子,伸到胸前来。她顺手把剪破布的剪子,对那只伸过来的爪子一敲,那只爪子意外地遭到打击,疼得急忙缩回去。

高氏满脸发烧,两颊羞得通红,正在进退两难。忽然听见院子门响,抬起头由窗户望去,见李发扛着锄头进来,便说:"俺爹来了,有事找他说吧!"自己像得救似的,跑到里屋去。

李发进屋,用袖子擦擦脸上的汗和灰。见张秧子狼狈地站在门口,心想:"恶鬼上门,没有好事。"忙问:"张先生几时来的? 请坐,抽袋烟。"

张为俊见了李发,马上又恢复了原样,拿出架子说:"刚来刚来;不客气不客气。"

两个人唠了一会闲嗑以后,张秧子便直截了当地提出来说道:"李二爷有点小事,要我来和你商量:就是他家坟茔前那块地,风水先生说这块地堵住李家的大门,切断李家的龙脉;要是李家不得到这块地,三年内,一定有场大灾祸。二爷的意思,想拿块旁的地和你换。"

李发道:"二爷也曾对我说过,就是那地上也有俺家的祖坟,再说地是祖先开下来的,下辈人不便随便换掉。"

李发寻思这地是祖先流血流汗开下来的,那能随便换,这地上还埋着祖先的坟,什么风水? 还不是藉口。于是决意不换。张为俊见李发说啥也不换,便摆出他秧子的脸孔威胁道:"二爷为人你不是不知道,凡事总得让三分,惹起二爷可不是好玩的!"

李发道:"俺也不沾二爷的光,也不愿吃亏。"

张秧子忙道:"二爷的地也不坏呀! 怎能说吃亏,要不是你挡了人家的风水,二爷也不会给你换。"

李发心里明白:李扒皮明明是想拿薄地换他的好地;他这地不光好,离家也近。李扒皮想换给他的那块地,离家四五里路远,又是块洼地，一下雨就积水，于是他就坚决不换。

张秧子没法，只得泄气跑出去，临走时放了一个响屁："李老七呵！给姓张的丢脸不要紧，给李二爷过不去可得当心！得罪了山神（老虎）可拉不起小猪呀！"

张秧子边走边生气，想到这趟自告奋勇的任务没完成，实在懊恼。又摸摸手上被剪子打的地方，还是热疼热疼的，更是火上加油。他下了狠心地想："李老七呀！不听君子人言，够你瞧的！妈的巴子，往后可别后悔呵！"

见了李二爷，张为俊便加油加醋地说："李发不换倒也罢，不该说二爷没有好心眼，想霸他的好地，还说了好些不入耳的话。叫人听都听不下去。"

李扒皮气得瞪眼追问："他还说啥话？"

张为俊道："二爷先别火，我说他那块地挡住二爷的风水，三年内二爷要有灾祸，他说：李万春不做好事，有灾祸是活该，干他李发啥事。你说气人不气人？"

李扒皮气得跳起来，他咬牙地骂道："他妈的巴子！他妈的什么王八蛋！他妈的臭屁啊！李万春整不掉你这个老边外的，就不姓李！将来叫他妈的老边外，死了也不能埋在这块地上！"

李扒皮怀恨在心，便道："为俊，先抽一口烟，想个法子整他一下。"

张为俊躺在烟灯下吞云吐雾，一边想出一条妙计，抽完了大烟呷了一口热茶之后，便把计策告诉李扒皮，李扒皮边听边点头，听完后得意地拍着大腿喊好：

"好！好！好！真有一手，怪不得人家喊你张秧子！"

四、圈套

李发是个烟酒不染的庄稼汉，靠着祖先留下的七天地，靠着自己一双勤劳的手，他养活一家四口人，日子过得也不算坏。

李发这年四十九岁，老妻王氏四十八。王氏的娘家也很穷苦。

王氏从小就劳动,长大了特别勤劳。她除了烧水做饭洗洗补补以外,常常帮助李发做庄稼活。嫁给李发这二十多年间,替李发生下一女一男,女的名叫李桂珍,十八岁就出门,婆家在槐子窝,丈夫名叫卢锡九,是个穷苦又吝啬的小气鬼。男的小名三秃,这年十五岁,十二岁上了一年学,起个学名叫李文凤;十四岁那年,父亲给他讨了一房亲事,他屋里的姓高,没有名字,比他大三岁。

这些日子李发常常长吁短叹,老是发愁。现在正是庄稼长的时候,老天爷偏偏和庄户人开玩笑,一个多月不下雨。更使他愁的是:张秧子走时那句话:"得罪了山神,拉不起小猪。"他也知道李扒皮比山神利害。换地吧?太吃亏。不换吧?怕李扒皮找岔子。他又想到五年前,那时他家有匹大青马,有一头黑骡子。那匹大青马正是七岁口,又大又结实,叫李扒皮看中了,硬要和他换,李发不肯换。李扒皮找了个拉缰头的,三番五次来偷那匹大青马。李发知道留不住,便忍痛换给李扒皮。当他从李家大院牵出换来的那匹又瞎又瘦的老马回来时,他像小孩似的哭起来了。后来就连这匹老马,也叫拉缰头的拉走。想到这里,李发心里不禁打个哆嗦。

这天王氏见男人愁眉苦脸,知道是为着换地的事,便自言自语地叹气道:"还不是马善被人骑,人善被人欺呵!"说完瞅了男人一眼,见李发仍不吭气,便道:"三秃他爹,老是皱着眉头也不是办法呵!"

李发愤愤地答:"有啥办法,除非把好地给人家。"

王氏道:"不会请个人求求李二爷吗?"

李发道:"求猫不吃耗子,求狗不吃屎,有啥用?……"话没说完,听见来人的脚步声,李发抬头一看,只见张为俊和自己的侄儿李文臣走进来。

李文臣是李发哥哥的儿子,年轻时他爹就和李发分家。现在和李发住在一个院子,这院里的五间堂屋,两家各占两间半,另外李发分了三间西屋,李文臣分得三间东屋。李文臣的父亲死后,留下八天地,都叫李文臣抽大烟抽掉。家里老婆和一个女孩,就靠他卖手艺度活，逢着红白喜事，到各屯给人家做菜办酒席。

不到两袋烟工夫，张为俊从李文臣那边上李发这屋里来，李发老两口子急忙让座。两口子心里有事，脸上也显得很不安。

张为俊看出老两口的心事，故意道："老七爷子，愁啥？哦！是愁老天不雨，唉！老天爷真是有意和庄户人为难，六月天没点雨水，高粱长得没半人高。"

李发忙附和道："咱庄户人就靠天吃饭，地上不打粮食，冬天喝西北风啊！"

唠了一会儿，李发转弯抹角地问到李二爷是不是生他的气，要张先生在二爷面前说句好话。张为俊道："二爷是宽洪大量的人，就是有点生气，也不会计较这些小事。二爷说：'不换就算了，风水先生的话可信不可信。'"

王氏道："二爷真是好人，老天爷保佑他长生不老。"

李发也道："二爷真是不计较，我李发一家人，这辈子忘不了二爷的大恩。"

话又谈到李扒皮的生日上，张为俊说："过三天就是二爷的生日，二爷要请李文臣去办酒席请客。"又说二爷近来缺少人手，托他找个小伙子帮他做些轻快的杂活。谈到这些，张为俊很正经地向李发说："我看你家的三秃也不小了，放在家里，管得一瓶子不满半瓶子逛荡，管好也不过管出个八九耍（不成器）的，管个好不知成个什么样？依我看，不如送到二爷家去管教管教。一来三秃可以学点成家立业的本领，二来可以讨二爷的喜欢，二爷再不会怪你，这岂不是一举两得吗？"

李发寻思：张为俊这番话说得有理，眼看今年收成不好，家里可以省一个人吃饭。六七天地庄稼，他老两口和一头骡子也侍弄得过来。明知李家是汤锅，一个小孩又不要他的工钱，想二爷不会怎样他，于是答应了。

李发领着三秃上李扒皮家，说好在李扒皮家里做一年活，只管吃不管穿，又不要工钱，要李二爷管教严些，该打就打两下。

　　三秃上李家大院以后，起先只做了一些轻活，慢慢地叫他当猪倌，白天出去放猪，回来时还得挑水、劈柴、铡草、喂牲口、扒灰……旁的活三秃还对付得了，就是挑水太为难他了。一担水百来斤，压得三秃喘不过气，挑不满又得挨骂，有时还不给饭吃。端人家的碗，就得受人家管。三秃挨了打骂总不敢吭气。

　　有天三秃放猪回来了，旁人都在吃饭，李扒皮叫他挑满缸里的水再吃，三秃挑了一担水，再挑第二担时，肚子饿得"咕噜"直叫，两条小腿软软的，肩上压着百多斤的一担水，走起来浑身晃荡，一不小心，地上一个橛子把三秃绊倒，水倒了满院，把铡好的草都弄湿了。李扒皮一见，抓着一个喂牲口的料叉子，狠狠地把三秃揍了一顿；揍得三秃在地上打滚，口里直喊妈！身上一块紫一块青，手打破出了血。这场伤养了半个月才好。

　　伤好了后，正好日本人要劳工在附近修水坝。李二爷存心踢蹬三秃，便把三秃派去。三秃是个小孩子，那能做那样重活，每天做十二小时活，每天要抬一大方土。两个人抬一个大筐沙。三秃咬牙抬了两天。第三天把三秃压坏了，吐了一口血。

　　吐血也得干，慢点把头的鞭子就抽在身上。三秃吐血后，张秧子给他出个主意，让他学抽大烟。果然大烟力量大，早晚抽两次，再捎上一点，上午泡着水喝，又有精神又有劲，才把一个月的劳工熬过去了。

　　一个月劳工是靠着大烟熬过去的，大烟也就离不开三秃，一不抽就浑身难受，没有精神。

　　回到李家大院，一切照老样，一天忙不歇，一时闲不着。轻活重活，干得了的，干不了的，都得去干；挨打挨骂，成为家常便饭。

　　这一天，三秃去放猪，不知咋的，小猪少了一个，东找西找，从高粱地钻到包谷地，就是找不着，急得三秃直哭，哭有啥用？天黑了，只得把猪赶回来。

　　丢小猪的事，叫扒皮知道了，气得蹦起来，抓住三秃，揍了三个耳光，又连声地骂道："你妈的巴子！还不快去找？找不回来，要你的小狗命！"

三秃含着眼泪，摸着挨揍的、滚烧滚烧的小脸，跑到大地去找小猪，找呀找，找到高粱地、棒子地、谷子地、豆子地，那有小猪的影子。三秃边哭边喊："小猪呵！你是三秃的命呀！快出来呵！三秃快活不成了！"

找呀找！找了大半夜，弯弯的月牙，快滚下大地，就是看不见小猪，三秃想回去，又怕李扒皮要他的命。回家呢？明天也逃不了。想来想去，只有一条路——上姊夫家去。就这样，三秃拖了疲乏的腿，挨着饿，在黑路上摸了十几里，到了槐子窝，找到了姊姊，哭了一场。

五、一不做二不休

三秃两天没回家，第三天，李扒皮把李发找来。

李扒皮躺在炕上抽大烟，李发蹲在门口，像候审的犯人，等着李扒皮抽足大烟审问。

李扒皮抽完了大烟，慢慢地下炕，坐在桌子边，恶声恶气地问："咋整的？三秃跑那儿去了？"

"说不上，八成是上他姊姊家去。"李发低头地答。

"丢了猪你知道吗？"

"听说了，不是小猪吗？"

"大猪还得了。丢了猪就躲起来，你自己说说，这像啥话？他妈的巴子！李二爷又不是老虎，能吃了他？"后面这几句简直是咆哮了。

"是是……二爷，小孩不懂事……"

"丢了猪就躲开成吗？"

"是是……二爷……"

"什么是是！李发，别装糊涂！我问你丢了猪躲开了成不成？"

"当然不成，二爷。"

"不成咋办？"

"二爷说，咋办就咋办。"

"好！不看金面看佛面：第一，赔小猪；第二，雇个人顶三秃。庄稼快收成了，三秃来的时候，当面说好的干一年。现在还干不到三个月，差九个多月。这样算便宜你李老七了。"

李发不敢分辩，满口"是是是……"

屯里有个歌子，头两句是："马瘦毛长拖了地，人穷受人欺！"李发憋着一肚子气往回走，后悔不该一时糊涂，把三秃送进汤锅，把儿子踢蹬了不算，还得花钱，明知太屈，有啥办法呢？李扒皮就是律条，李扒皮的话就是圣旨，说得出就办得到。

刚回家，张为俊跟着屁股来要大烟账："三秃赊了大烟廿四片，每片二十元，二四得八，二二得四，一共四百八十元。"

像个霹雳，把李发打得头直疼，他虽然知道三秃染上大烟，没想到欠这一大笔钱。雇人顶，没钱！还大烟账，没钱！没钱，只得卖地。卖地，没有人敢要，只得卖给李扒皮。李扒皮旁的地不要，只要他那块好地。没有办法，托上李玉田，卖那块好地。文书上写明：李发的祖坟不动，今年庄稼归李发收割。

在文书上，盖了手印以后，李发好比挖了心肝，疼得直淌眼泪。

卖给李扒皮的地用粮顶钱，每斗算十七元。赔小猪，雇人顶，还大烟账，人家不要粮，只要钱。往外卖，每斗合三十元，扣来扣去，李发拿回来，已经没有几个钱了。

李发是打掉门牙往肚里咽，有苦说不出。虽说把三秃找回来打了一大顿，全家哭了一天一夜，屁事不顶，地还是归财主的。

俗话说："人无横财不富，马无夜草不肥。"又说："不杀穷人不富。"李扒皮不仅懂得这个道理，也善于运用这个道理。他得了李发的好地以后，心里还不满足，他想："一不做二不休，老边外还有油水，非整光他不成！"

第二年青黄不接的时候，整个插拉屯，因为上年收成不好，打的几颗粮食，交租，出荷，早就光了，到这种时候，差不多的穷人，都是缺吃少穿的。特别是李发的侄子李文臣，因为年成不好，办酒席的人也少,加上他染上一口大烟,更是困难,往年李发也常帮他点忙,今年因为自己摊事,手头也很紧,也就顾不了他了。

这天,李文臣家里确是揭不起锅盖,向李发借点粮,李发借给他一斤多苞米面。李文臣借了粮以后,又得寸进尺,想借点钱去过瘾,这一下可把李发火了,本来苞米面都不大愿意借,是王氏主张照顾他的,没想到又要借钱,李发不但不肯借,反而教训李文臣一顿,因此叔侄吵了一架。

李文臣怀着一肚子气,跑到张为俊家去,想再赊一片大烟。

张为俊说:"老李,你欠了六十元没还,还想赊账?"

"张先生再赊一片,明日一块还!"

"笑话,今天没钱,明天就能有钱?"

"没钱也跑不掉,我还有老婆孩子,还有五间半房子,半天多地房身,这百十块钱还能不还?"说起来,李文臣家底好像蛮大。

提到房子,张为俊灵机一动,便再赊他一片大烟。

次日,张为俊找了李文臣,一块到李扒皮家,李扒皮客气地让李文臣大大地过了瘾。"文臣啊!听说你手头困难,想卖房子吗?"李扒皮让李文臣抽完烟便问。

"早就有这个意思,想把三间东屋卖了,反正俺人口少,也住不了。"李文臣说。

"要卖就都卖了,留两间半做啥?"

"都卖了,俺上那住?"

"上你二爷这里来住。"

"二爷是说着玩的吧?"李文臣半信半疑。

"李二爷说一是一,说二是二,说得出做得到!"李扒皮认真地说。

"这年头怕没有人肯买,谁家手头有闲钱,是不是二爷想要?"

"我不要,有人能要,你叔叔能要。"

"他那有钱?昨天跟他借点钱,还和他吵了一架呢。"李文臣想起昨天的事,还有点生气。

"吵架?"李扒皮高兴地说:"那再好没有,就卖给李发,他有钱。你卖了就上我家来,我正想雇个好厨子,我给你在后院盖两间房子。"

李文臣还在半信半疑。李扒皮掏出五十元钞票,塞在他手中说:"大兄弟,只管拿去用,往后没吃的没抽的,只管上家来。"

李文臣见钱眼花,现在正没办法,明知李万春不会无缘无故借给他钱,但看见手中一卷票子再管不了那么多。加上张为俊在旁边给上洋劲,自己拿不定主意,便答应把房子卖给李发。

俗话说"银白心黑",李文臣拿了钱回家后,便找李发商量,说要把房子卖了。李发起先以为卖给旁人,还劝他别卖,后来知道是要卖给他,当然他不要:一来没钱,二来用不着。开始还是商量,后来李文臣一口咬定李发有钱,定要他买。把李发气得咬牙,他气呼呼地说:"就说我有钱,不买你也不能硬叫买。你对长辈的这样,不怕天打五雷轰。"

不买也成,第二天李文臣请示张为俊后,回家拿一把菜刀,把住堂屋那间共同进出的门口,装疯卖傻地吵闹,不让李发一家人进出。

李发是个老实人,只得跳窗户。李文臣天天抽足大烟就拿菜刀把住门口,李发一家人就得天天跳窗户。

上年纪的老两口,天天跳窗户总不是办法。再加上李文臣喊着要杀三秃,王氏生怕真把三秃杀了,这是他家传香接代的命根。于是便向李发道:

"三秃他爹,买了吧!摊上这种事,就得打牙往肚咽,别叫他把三秃给害了。"

"说得轻便,那来钱呵?"李发爱理不理地回她一句。

"不是还有地?买了房子也不白瞎。"

"说啥?"李发跳起来,"疯子叫我卖地,你也叫我卖地!地就是命,卖地就是卖命。"

"地是你的命,三秃是我的命,我不能把三秃叫人家害了。"

又一天,李文臣抽足大烟回来,拿着雪亮的切菜刀,到处找三秃,疯劲十足,把王氏吓得光哭。

李发找屯公所,屯公所也不管,找警察分所,分所也不管,都说这是他们的家事。这些地方不管,旁人谁敢管。有人劝李发还是卖地买房子,省得真把三秃杀了。李发忍着气,只好向侄儿低头。

卖地,穷人没有钱,有钱的不敢要,只得卖给李万春,李万春也装着不要,给了贱价钱。李发认倒霉,贱价钱卖了两天多地,买了五间半房子,真是哑巴吃黄连,有苦说不出。

李文臣卖完房子,还了张为俊的大烟钱。第二天下晚,当他在张为俊家喝完酒抽足大烟回家的路上,被人家用枪打死在池塘边,身上的钱也不见了。

屯里的人对这事议论纷纷;李扒皮和他的狗腿子放出谣言,说是李发干的。穷人家谁也不相信,警察却把李发抓去押了几天,因为没证据也就放了。

这事情只有张为俊最明白,又是他和李扒皮出的一举两得的主意。钱从李扒皮手里出来三天,又回到他手里,只是少了一半,却便宜地得了两天多地。答应给盖的房子,这一下就不用盖了。张为俊也白得了二百元,自然也很高兴。

苦的是李文臣的老婆和女孩,母女哭了一顿,潦草地把尸首埋在乱死岗,收拾收拾东西回娘家去。这一下,李发受了气又受了冤枉,气得他害了一场大病。

李发害病时,王氏没法,到处借不到钱,只得托人向李扒皮借了二百元,两担粮。算把李发的病治好了。

从此李发已经不是一个自主的中农,而是一头被拴在树上的老黄牛了。

六、报除

一转眼过了两年,插拉屯这两年,是水涝的两年。

李发从害病以后,借了李万春的钱和粮食,又碰上这两年大秋没收成,还不起人家的钱和粮食。一算账,利滚利,把李发剩下的几天地,差不多滚得光光,反而租人家李扒皮的地种。

这二年,在李发看来,不是二年,而是二十年!他想到这些地,爷爷和爹爹,不止用二十年的血汗开出来的,而是两辈子。

世道变得太快了。李发也变了样子了。从害病以后,李发瘦得剩下一把骨头,背驼了,发白了,脾气也变了,变得又暴躁又厌世。常常唉声叹气地说:"日子难过好,东西早晚人家的。好好一家人,弄得半死不活,七零八散,要饭也没有个落棍的地方,早晚饿死,那死那算。"

幸而三秃已经长大了,重活李发可以少干,老妻王氏也还忙,和媳妇纺点线,闲时帮人家做点杂活,省吃俭用,还不至要饭。

要饭是不容易的,三秃的妈常常教训三秃说:"三秃呵!大烟是倾家荡产的东西,不抽好。像咱这老实人家,要饭也摸不着大门。唉!这个家像日头下山,不会过长了。不如早点死了省事。"

李发和王氏口里虽这么说,心里也还盼着日子慢慢能过好。他们那里想到:李扒皮正像他们所说的,已经给他们预备好要饭的棍子和破瓢了。

李扒皮常常狡猾地自言自语:"看你老边外的有多大本领,反正孙猴子七十二变,总跳不出如来佛的手心。"的确,李发的全部人、财、地,早已捏在李扒皮手心了。

这年四月天,鞍山日本人要劳工,轮到李扒皮的侄子去,李扒皮答应他兄弟的请求,做了个人情,把三秃顶上。

三秃本来是当劳工才回来不几天,怎么说也不该他去,可是刀把握在人家手里,有啥法子呢?李扒皮对三秃说:"三秃去吧!顶上一个月,有空就往家跑,回来后算账,一个月三十块钱。"

"二爷,不是我不肯去,实在家里太困难,地还没种妥,往后铲地又没人,俺爹年纪大了,一身病……求二爷行行好,让旁人去。"

"怎么?不想去?二爷又不白叫你去!给钱!家里困难二爷管,铲地没有人,给你去人铲。"

"求求二爷……"

"还啰唆，爱去也得去，不爱去也得去！"

不由分说，三秃抹了眼泪上鞍山。

三秃走了一个多月，有天清早，那个外号雷公的上李发家来。一见李发，便尖嘴瞪眼，哼嗤哼嗤地说："可坏了，李老七呀！你家三秃在外面惹了大祸。在鞍山打死日本人，抢了日本人的钱，跑去当胡子，这一下可把咱这屯给害了！"

李发乍一听，吓得口呆舌结，说不出话来；后来寻思一下，便摇摇头道："三秃从小就是个老实孩，胆子小，做不出这样的事。"

"哼！你以为你儿子做不出来，抽大烟，赌钱，昨天警察署里上头下来公事，写得明明白白；大号李文凤，小名三秃，不是你的儿子是谁？"

李发还半信半疑地摇着头。

"信不信由你，我劝你早点上警察署报除了吧，就算你没有这样个儿子，咱屯没有这样个人，省得连累大家！哼哼……"雷公说完话，摇摇摆摆地走了。

李发抽着旱烟，呆头呆脑地坐在门限上。寻思三秃不会干出这样事，又寻思要是没有的事，雷公凭什么大清早跑来送信。当他想到"报除"，不由老泪满脸，他只有这个儿子，怎么也不能去报除。

三秃的妈王氏，在屋里边哭边嚷着："老头子呀！俺一家都死了，也不能把三秃报除，没有三秃我就不活啦！三秃是我的命根子呀！"

三秃的屋里的高氏，自己在房子里抽噎，伤心得哭成泪人。她寻思要是真把男人给报除了，她这辈子就完了。

这件事风快地传遍了插拉屯，全屯议论纷纷，跟李发好一些的邻居，如像张庆和、崔化安这些人，都跑来问长问短，替李发发愁，大家都说三秃不至做出这样事，可是谁也不敢保险。要是真有这样的事，谁也想不出好办法，因为打死日本人不是好玩的。只有年轻的张庆和，凭他和三秃在一块当过劳工，肯定三秃做不出这样坏

19

事,主张李发上鞍山打听打听。

人家李扒皮可不让你有闲工夫去打听,为着这件天大的事,他一连派了几个人,催李发赶快到警察署去报除,免得叫全屯受累。末一个来催的是张秧子,他要李发马上和他一块去报除,并且威胁着说:"李老七呀!你要不去报除,不等天黑,警察就来请你去蹲笆篱子。"

"张先生!请你行行好,给二爷求个情,让我上鞍山去打听打听。"李发哀求着。

"还打听什么?上头来了公事,你还不相信?不是二爷不让你去打听,就怕警察署不让你去打听。"

王氏也跪下哀求:"张先生!我给你磕个头。你行行好,俺只有这个儿啊!三秃是俺的命根子呀!"

"不是我姓张的不行好!是你儿子自己干的好事,你们不去报除,警察老爷会请你去报除。"张秧子看李发还不愿意,便生气地走了。

最后还是李扒皮亲自出马,他一进门就来个下马威,吹胡瞪眼的骂道:"妈的巴子!李老七呵!他妈的臭屁!你儿子犯了这样大案子,三番五次叫你去报除,你还不去,你是存心叫大家跟你们遭殃吗?"

李发叫李扒皮连骂带吓唬,没有办法,只得托人写个呈子,送到警察署。声明和三秃脱离父子关系,又从户口册子上把李文凤三个字勾去。算李发没有这样个儿子,插拉屯没有这样个人。从此三秃在"满洲国"算是个"黑人"。"黑人"是不合法的人,警察可以随便抓他。

报除以后,李发全家大哭一场,像死了个儿子似的,王氏和高氏哭得死去活来。李发只是傻头傻脑地淌眼泪。他还不相信儿子会做出这样的事,可是人家硬逼着他这样做。想到这层,他又伤心又生气,他气得直哆嗦。

真是"福无双至,祸不单行"。下午天不黑报的除,下晚半夜,李发一气憋死了。

李发死的第二天，家里剩下两个老娘们，已经哭得糊里糊涂，一点主意也没有，幸亏邻居来帮忙，穷哥们儿忍住眼泪，凑几个钱，帮王氏买了一口薄棺材。

王氏原想把李发的尸体，埋在自己的坟茔地上。邻居却给她捎信来说：李扒皮知道李发死了，一清早雇了几个扎吗啡的，把他家的祖坟给挖了，把骨头丢在乱死岗上。

王氏边哭边对邻居说："俺卖地也没有卖祖坟啊，文书上写得明明白白。"

文书上虽然没写上卖祖坟，李扒皮当年却起过誓："要叫他妈的老边外的，死了不能埋在这块地上！"王氏虽说有理，却不敢和人家打官司。李万春常对穷人说："打官司吗？好吧，近有署，远有县，再远有省。到了衙门，有我坐的，没有你站的！"

王氏只好没办法，胡乱地把李发的棺材，和祖先的骨头，一块埋在乱死岗上。

第三天，李扒皮上门，拿了一张文书，说是三秃临走时借了他一千五百元，把十一间房子和一天多地的房身和园子作抵押，连同早先欠的，一共是三千四百元。上面有三秃的手印。逼着王氏还账，还不起，限五天期，让她婆媳俩滚蛋。

七、走道

五天的期限到了，张秧子领了两个警察，奉命上王氏家要账。王氏那里有钱，没钱就得滚蛋。算盘捏在人家手里，爱咋算就咋算。算来算去，除了王氏婆媳俩随身两身衣服外，全部房屋、园子、家司、农具、锅碗瓢勺……都占钱抵账。算盘九归，九九归一，所有的东西都归李扒皮，还欠二百元。

王氏婆媳俩哭哭啼啼，求张秧子让她俩再住一宿，张秧子说："这房子已经归李二爷的了，我不能做主。"王氏又要求让她俩捎两件破衣裳。张秧子说："你们还欠二百元账，要不是老娘们，身上的布衫也得扒下来。"说完了还斜着眼瞅着高氏一眼,又嘻嘻地奸笑一声说:"还欠二百元,往后还得还账。"

他心里想:高氏身上还能出钱。

婆媳俩被撺出大门外,张秧子把大门一锁,贴上封条,那管她俩啼哭。邻居看热闹的人,不老少掉眼泪的,就是谁也不敢吭气。

王氏想到在这屋里住了三十多年,由年轻时当儿媳妇,变成现在当婆婆,大半辈子在这屋里呆着,在这里生男育女,如今她再也不能在这屋里住上一宿。想到伤心的地方,不禁坐在地上放声大哭。

哭有啥用,张为俊带着两名警察大摇大摆地走了,看热闹的人也散了,还是邻居张庆和的屋里的劝她说:"大婶,别哭了,天不早了,早点想法找个地方住一宿吧!"

"天呀! 三秃他爹你死得冤呀! 俺娘俩下晚那里去住呵!"王氏还在哭叫。

后来还是张庆和的屋里的,想到丈夫和三秃在一块当过劳工,两人也顶合得来。便不管一切,把她婆媳领来家,在炕上住了一宿。

一宿的炕上,婆媳俩谁也不曾合眼,心里面千头万绪;好像千刀万割,那能睡得下。想哭吧? 在别人家里,又不敢大声哭,只是偷偷地流泪,不停地抽噎。

天一亮,婆媳就要走,老张的屋里给她俩吃点饭,她俩也吃不下去,就分开走。王氏上槐子窝女婿家去,高氏过辽河回自己娘家去,好在路都不远。

王氏走到天晌午,就到槐子窝,进了女婿卢锡九家门,见了女儿李桂珍,娘儿俩抱头大哭一顿。

在女婿家里呆了五六天,王氏的眼泪哭干了,慢慢的不哭了。她寻思女婿家境困难,卢锡九又是个势利眼,这几天老听见对她女儿恶声恶气的。这疙疸不能久住下去。想到这里,王氏便找女儿商量,预备回插拉屯,她对女儿说:"人家躺在炕上吃饺子,咱躺在炕上喝凉水都得自己挑,老这样呆下去不是个办法,你妈身体还壮,给人家纺线做活,还饿不死。"

回到插拉屯,王氏便给老张家纺线,换口饭吃。王氏有双好手,纺线纺得好,还能帮老张家做些杂活。老张两口子待王氏也顶好。

一个月平安地过去了。这天王氏正在纺线,只见张为俊领着三秃的老丈人高老五来。不禁吃了一惊。后来才明白,知道是为高氏要退婚书的事,才放心。

退婚书,是张为俊早就写好的,只要王氏盖个手印就妥。王氏伸出手要在上面按手印,不免伤心,儿媳妇一向孝顺,小两口感情也不坏。可是刀把捏在人家手里,家里早已弄得七零八散,弄得房无一间,地无半垄,自己又养不起媳妇,儿子不知死活。当今是今天顾不了明天事,让她去吧!想到这里,王氏也就不难过,蘸红的手印往白纸写上黑字的上面一按,两颗老泪慢慢滚下来。

张为俊和高老五回到家。张为俊见了高氏,想起当年被高氏用剪刀打痛的手,像报复似的对高氏说:"小嫂子,不用再守了,三秃叫日本人给毙了。别耽误你的青春,这是退婚书,你爸爸给你另找到婆家,丈夫才四十岁,又年青又有钱,比你在三秃家享福。"

高氏一声不吭,只是两眼落泪。听完了话,转身跑到里屋炕上,大声地抽噎。

高老五是个穷得三天两天不起火的人,女儿回家后,添一口人吃饭,确使他烦愁,从那天张秧子上他家来说这件事,因为他可以拿到二百元,也就满口答应。虽然高氏起先哭着不答应,后来父亲连吼带骂逼着要撵走她,终于是妇道人家,没主意,只得含泪点点头。

一切都由张为俊一手安排的,也不择什么黄道吉日,拿了退婚书的隔日,张为俊送来二百元和两套麻绸花衣服,算是彩礼,说是男家明天就要人。

次日,本家一个大嫂来给高氏打扮,穿上人家送来一套桃红色的麻绸衣裳,脸上涂着水粉和胭脂,眼泪不断地往下流。给她打扮的大嫂也不禁地心酸,便劝她道:"妹妹呵! 你光掉眼泪,叫我咋打扮。唉! 这样世道,过一天算一天,不要再难过,今天也是你的好日子。"

不提好日子还好,一提起好日子,高氏哭得更利害,这是她第二回出嫁,她记得头一回出嫁也掉过眼泪,心里却是喜欢的,这回出嫁心里却像针在刺。她心里明白:头一回出嫁,是每个姑娘该有的一次;这回却像猪一样的卖给人家。越想越伤心,越抽噎得利害。弄得给打扮的大嫂没办法,忙劝道:"妹妹,别哭啦,生米已做成熟饭,哭有啥用? 去了好好讨妹夫喜欢,两口子好好过日子就好啦,过往的事别想啦。"

她咋能不想呀? 她的三秃才十八岁,年青青的,小两口恩爱情深。如今白白无故叫人家给拆散,又逼她去嫁给一个老头——黄大鼓子,她咋不伤心。

黄大鼓子的老婆才死了一年,他常到插拉屯卖个针线和老娘们常用的东西,他知道高氏年青又长得好看,所以情愿出七百元钱。他是做生意的人,他知道什么货给什么价,起先他只肯出五百元。可是张为俊说:"他妈的,五百块钱,还想吃嫩的?"于是他又添一百元,张为俊原先要八百,也让了一百,最后还是七百元两人说妥。

黄大鼓子先给张为俊二百元定钱,等高氏坐着大车到家后,才又给张为俊五百元。这七百元是这样分配的:高老五得了二百元,算是女儿的卖身价。李扒皮得了二百元,算是还他的欠账,其余三百元归张为俊。因为这场"喜事"是他一手办的,他应该多得一些。

财主们对待穷棒子的办法是:活着时叫你用完力气,死了后扒你的皮,抽你的筋,骨头还拿去榨油。

狗腿子和地主的关系是:主人吃肉狗腿子啃骨头。

李发这场事,张为俊出力多,揩的油水也多;李玉田出力少,啃的骨头也少。

这天下晚,张为俊送高氏的卖身钱二百元给李扒皮,李扒皮让他抽完大烟。张为俊出了李家大院,正碰上李玉田,两个人便边走边唠嗑。

"哼哼，老弟，听说你又发财了，老弟是二爷手下的红人，真是走红运呵！"

"那里那里。"张秧子知道雷公打破醋缸，有意挖苦他，便岔开道："大哥，这些日子真是少见，咋不上二爷家去，一定是很忙。"

"哼哼，老弟，何必鼻孔里插葱——装象呢？你大哥是割着鸡巴上供。"

"咋说的？"

"叫作神得罪了，人也疼死了。"

张为俊确是装蒜，李玉田受到李扒皮的责备，他确是知道。原来半个月前，李万春看中了后屯上一个小寡妇，叫李玉田给办。李玉田费了几天的工夫，那小寡妇倒也没有主意，家里公婆早死了，只有一个叔父，这个叔父坚决反对，给钱他也不成，结果这事没办成，给李扒皮责备了几句。

"听说大哥给李二爷买的老陈家那十几垧地，不也捞到点油水吗？"张秧子总想找点雷公的好处来安慰他。

"哼，还不是冬天逛花园——一无所得。"雷公还是不高兴。

张秧子总想想法子使雷公喜欢，于是他立刻把他曾想过的办法，对雷公说："大哥，我倒替你想个一举两得的办法，包管你能得到好处，二爷也会喜欢。不晓得大哥肯不肯干。"

"你说说看。"李玉田不大相信。

"你知道我今天干什么去？"

"还不是干那缺德事，把人家媳妇给卖了，自己拿了钱。"

"咦！这是喜事，那能说缺德？"张秧子辩了一下，又问："还有一场喜事，大哥愿干么？"

"那家？"雷公有点心动了。

"还是那老边外的。"

"李发家，开什么玩笑，他又没有两个儿媳妇。"

"没有两个儿媳妇，却还有个老婆。"

"天呀！五十多岁,谁要去当妈妈。"

"哈哈！咋没人要呵,老母猪肉不好吃,可是便宜,贪便宜的人有的是。"张秧子趴在雷公的耳朵边,叽咕了一阵,雷公狡笑地点点头道:

"成是成,就是逼着那样大年纪的老娘去走道,也太缺德。"

"哈哈！那大哥还是行行好,替你的子孙积点阴德吧！"

另一天上午,王氏正在老张家纺线,突然来了两个警察,把王氏一推,把纺车棉花一块拿走。还找了张庆和说:"你不知道私自留棉花纺线,犯了经济犯吗？一块上分所一趟。"不由分说,把张庆和押走。

晌午天,张庆和回来了,罚了五十块钱,棉花纺车被没收。王氏知道了,心里正在难过。这时雷公李玉田在门口出现了。

"老七嫂,今天咋闲着不纺线呵？"雷公在装蒜了。

王氏把上午的事说了一遍。

"哼哼,原来这样,老七嫂要是这里不便,还不如上老杨家去纺线,他家棉花是配给的,那里少不了一碗饭。"

"人家能要咱吗？"

"老杨家正要找个人,给他纺纺线,看看孙子。"

王氏本来是不愿离开老张家,想到因为自己纺线,连累老张受罚。叫雷公三说两说,又不摸老杨家的底,只晓得他家有两个儿媳妇,家境过得挺好。也就答应了。

杨老头已经五十五岁了,脸上少一只眼,年青时练过武术,到过沈阳,当过兵,那只眼睛,就是叫子弹打掉的。屯里人给他个外号叫独眼龙。虽说五十多岁,可是身体还很壮。他老妻死了五年多,刚死不久,他就想再娶个老伴,冬天好暖暖老骨头,就是自己两个儿子和儿媳妇反对,没成。

张为俊知道独眼龙的心事,便把这个法子教雷公来办,雷公偷偷和独眼龙合计合计,独眼龙打了一下算盘,觉得合算;他知道王氏身体还强壮,纺线是好手,又快又匀,能赚钱又能做活。便和雷公讲好了,事成给雷公一百五十元作烟酒钱。

王氏上独眼龙家第三天下晚,独眼龙半夜偷偷地爬到王氏炕上去。

从此,王氏又一次打掉门牙往肚咽。下晚给独眼龙暖老骨头;白天大儿媳妇叫她抱孩子;二儿媳妇叫她洗尿布;老头子叫她去买菜。闲时还得纺线。

王氏认为是前生作孽,又没办法;只得忍着气当个非驴非马的人——婆婆兼老妈子。成天受两个儿媳妇的气,有时还得挨独眼龙的打骂。

八、黑人的鬼生活

三秃在鞍山当了两个月的劳工,家里遭那么大的灾祸,他一点也不晓得,直到一个新从后屯抽来的劳工到鞍山,才从他口里知道自己给报除,父亲死了,旁的事还是一点不知道。

三秃听了这个讯以后,心里像火烧,老想凑个空跑回家,就是日本把头看得太紧,总是没跑成。

恰巧,有天下晚,日本人要连夜搬一些大箱子,三秃上半夜假装卖力气,下半夜乘把头打盹,凑个空就溜了。偷过日本兵的警戒线,摸清了方向,便向西北跑。

跑出了十几里路,三秃全身叫汗给湿透了,气也喘不过来。三秃休息一会,又慢慢地走起来。他一边走一边想:先想起他可怜的老爸爸,一辈子辛辛苦苦,没落个好死。又想起他妈妈,他想妈妈心里一定很难过,他想回去对妈妈说:"妈妈别难过,三秃将来一定要给爸爸报仇。"他想起高氏一定也很伤心。他想在下晚好好安慰她。他又想起那活阎王李扒皮,想起那白无常张秧子,一时就火起来。他想自己要能像说书的说的那剑侠多好,飞一把刀把这些坏水捣成肉酱。

七月下旬的夜晚,半个月亮像切开的西瓜,慢慢从东边往西面走。暖风吹着大地上的庄稼,高粱已经长得有一人高了。三秃归心如箭,他只顺着电道(汽车路)走,一切都不觉得。

走累了就在路旁边坐下歇歇,擦擦汗,凉凉快,歇好了又走。慢慢地天亮了,三秃要加小心,碰到有警察的屯子,还得绕道走。一直走到了晌午天,才到了插拉屯。

一到了插拉屯,他反而停住了,他想自己不是已经成了"黑人"吗?又是跑劳工出来的,幸好没人看见,便悄悄地走小路绕进屯,又悄悄走进自己家的院子。

一只大黄狗看见这个穿得破烂的汉子,又偷偷摸摸地进来,以为不是小偷就是要饭的,大声地汪汪地叫起来。堂屋里走出来一个二十来岁的妇人,三秃以为是自己的屋里的高氏,正想走近她,没有想到她用衣角擦完脸上的汗,抬起头来对三秃说:

"你这要饭的也不看人家,俺家穷得三天两天揭不起锅盖,那有给你的?"

三秃叫这话说得怪难受,忙说:"大嫂,我不是要饭的。"

"不是要饭的上俺院里做啥?"

三秃不敢说实话,便撒个谎说:"俺是李发的亲戚,来走亲戚的。"

那大嫂仔细瞅了瞅三秃,看他那个熊样,不像走亲戚的。便恶声恶语地嚷道:"俺这院三家人,没有个姓李的。你还站着干啥?"他一面赶着三秃出门,"砰"的一声把大门关上;一面叽咕道:"看你那个熊样,不像个好人,倒像个小偷。"

三秃听了,心里像针刺一样,呆呆地站在门口,看着门口自己小时亲手栽大的杨树,已经长得又高又大。又看着院墙和房子,看着周围的东西,都和以前一样。他像失魂似的掉下了眼泪。

等到他像做梦醒来的时候,便匆匆地跑进邻居张庆和家。张庆和下地没回来,张大嫂见了三秃,忙把他藏在里屋,问清了三秃,知道没有人看见他进屯才放心。

从张大嫂口中,三秃知说老婆给人家卖了;母亲被骗着走道,才不过十来天的事。三秃懊悔自己为什么不早点跑回来。他真想跑去咬李扒皮的肉吃,想去搂死那两个狗腿。但当他想到自己已是"黑人",他便懊丧地低下头。

从张大嫂口中,三秃知道家产土地都没有了,知道自己院里住着几家逃荒的,这几家都是给李扒皮榜青的。

天黑,张庆和回家,怕三秃被抓去,忙叫三秃捎上点干粮,偷偷地把三秃领到屯边瓜园,藏在看瓜园的老头崔化安瓜棚里,让三秃有事好跑。因为崔老头和李发有过交情,便让三秃睡在瓜棚里。

没有不透风的墙。张庆和正睡着,就有人来敲门,一开门,进来两个警察。东看看西瞧瞧,搜查了一番。又问三秃那里去了?张庆和说没看见,警察狠狠地看了他一眼,便出门去。

张庆和关了门,和屋里的合计,想给三秃捎个信叫他跑了,又怕警察没有走。直等到快半夜,才偷偷地开门,向瓜地走去。走到离瓜地不到几十步远,就听见瓜地里吵吵嚷嚷,有个声音恶狠狠地骂道:"妈的巴子!到处找不到你,没想到你倒在瓜棚里凉快!"张庆和知道坏事了,忙转回头往家里跑。

原来那两个警察,搜了好几家,见不到三秃的影子,也就懒得再找。他们上李扒皮家报告,又抽了大烟,便离开李家大院。这时已经半夜了,半个月亮爬上来了。警察所在后屯,正好路过瓜园。两个人都有点口渴,跑进瓜园偷瓜。崔老头在梦中,听见瓜地里"沙沙"的响声,知道有人偷瓜,爬起来捉小偷,那想到是两个警察,连忙赔不是,又摘两个大西瓜孝敬他们。

三秃昨夜走了一宿,浑身酸疼,一躺上就睡死了。这时忽然听见外面出了事,光是听见崔老头嚷着捉小偷,后来又听见给警察赔不是。警察!在三秃心里起了恐怖,自己心虚,以为是来抓他的,便偷偷地爬出瓜棚,想溜掉。没想刚走几步,在月光下,便被一个警察发觉。就这样,三秃和崔老头被押上分所。

在分所的笆篱子蹲了一天,崔老头以窝藏"黑人",加上偷大粮户的粮食的罪名被审问,崔老头没有偷粮食当然不承认,拷打完了又灌凉水,仍不承认,再灌辣椒水。老头岁数大了,经不起刑,在官家的"咬贼铁证"下,不由不承认,答认赔李扒皮的粮食,受警察分所的罚款,才放出来。出来不到十天,终因年老,受刑过重,便拉痢拉死了。

和三秃蹲笆篱子的犯人,一共有二十来个,这些人有的是跑劳工的,有的是当小偷的,有的是还不起债的……本来都要送上矫正院,因为连日下大雨,路不好走没送。

这个临时监牢是三间草屋,有垛墙连日被雨水淋得好像要倒下的样子,这垛墙给这些犯人一个盼头,他们私自合计好。正好这晚上又下大雨,过了十二点钟,看守的警察偷个懒,跑进屋里睡觉,犯人们便把那垛土墙打开一角,一个个偷偷地跑了。

三秃跑到屯外,在离屯二里多路一个坟茔地的大树下避雨,浑身湿得像个落汤鸡,天一亮,就钻进高粱地去,幸好出日头,他光着腔,把一件破上身,一件破裤衩绞干晒干。

天黑了,三秃饿得肚子直叫唤。三秃跑出高粱地,钻到人家菜地里头生瓜生茄子吃。慢慢地偷起生萝卜,摘生苞谷,拔生土豆吃。

白天钻高粱棵里,黑夜偷生菜吃,吃完了就在坟茔地上,找几把干的草,弄成一个狗窝似的地方睡觉,要是碰到下雨,那就得站到天亮。

在大地里"黑人"的生活,挨饿三秃倒不怕,三秃最怕的是蚊子。蚊子白天黑夜都咬他,咬得他浑身起小疙瘩,痒得了不得,一抓破了就化脓长疮,三秃已经长了满身疮。

三秃把蚊子比成二财主,他一边打吸着他的血的蚊子,一边骂道:"妈的巴子,老财喝的咱穷人的血,你也喝咱穷人的血,揍死你!"

"啪"的一声,打死了一个,三秃像报仇似的出了一口气。但另外几个蚊子又叮上了。

白天蹲高粱地,下晚偷生菜吃,这种像鬼过的日子,把三秃弄成鬼样子:蓬头散发,满身烂疮,加上受潮中毒,浑身发胖,眼睛睁不开,穿上破衣裤,谁要是晚上遇上,一定喊鬼!这种鬼日子,一直过了二十多天,到大地的高粱都刈完了,三秃再也无处藏了,才结束。

天亮了,王氏拿个菜筐上街买菜,三秃偷偷地喊:"妈呀!我回来了。"王氏回头一看,吓了一大跳。后来走近仔细看,认出是三秃,不觉得心里一酸,眼泪直淌。又怕人看见,便偷回去拿几块干粮给三秃吃,叫三秃藏好,不要露面。

下晚,王氏乘天刚黑,装着上猪圈喂猪,端了一瓢热畑子,偷偷送到院后,给三秃吃。不巧叫大儿媳妇看见,便给独眼龙报告,独眼龙一气冲到院后,抢起三秃刚喝两口的瓢,把碴子泼了一地。揍了王氏两个耳光大骂着王氏,吓唬要把三秃送分所。母子两个人跪下叩头求饶,独眼龙才气呼呼地说:"快滚开,不准再上这里来,下回再见了,敲断你的狗骨头!"

三秃流着眼泪,一拐一拐地走了。王氏在夜色里,望着三秃的背影,没有力气地坐在地上,她的心破碎了。

九、斩草除根

三秃离开家乡,跑到台安县姥姥(外祖母)家,这时正是农忙的时候,舅舅留他做活,给他一碗饭吃。

俗话说,"贫在闹市无人问,富在深山有远亲",舅舅的活做完了,怕三秃连累他,就打发他走。

三秃没法子,只得一路要饭,拐着两条腿上鞍山。到了鞍山,三秃想给人家做活,人家看他那个样子,谁也不敢留。后来碰到日满钢管工厂一个把头,留他做点杂活,但三秃每天却得把出力流汗得来的工资,拿三毛钱给那个把头,要不人家就不要他。

三秃在工厂里,每天给拉炉灰,拉坏铁管子,每天代价一块二毛钱。除了给把头三毛钱,给五毛钱店钱外,剩下四毛钱,只能每天吃一顿中饭:一斤山东大煎饼,两碗白开水,就一个子也不剩了。

很快地到了霜降的季节了。三秃还是蓬着头发,光着脚鸭子,烂疮的腿上,裹着破报纸,一件破布衫,一件破裤衩。破裤衩实在破得不能见人,三秃在垃圾堆里拾了一个又破又烂的麻袋,遮住那害羞的东西,腔上露了几个洞,他就没法管了。

三秃走过有钱人的身边,有钱人有的吐一口吐沫,有的用手掩着鼻子。三秃走过买卖门口,做买卖的要加小心。三秃走过人家的院子,人家要看着他走到看不见才放心。

五毛钱住的店,是没有铺盖的,住店的人,晚上交了五毛钱以后,可以随便往凉炕上一躺,把身子缩成一个团,用双手贴着肚皮睡。

下了头场雪那天,三秃那两只长疮的腿冻坏了,回到店里睡一宿,第二天爬起来不能干活,又睡了一天一夜。睡倒是睡足了,就是肚子里两天只喝了两碗白开水。

第三天下晚,店里掌柜的见他不能做活,怕他冻死在店里,不但交不起房钱,还得赔账,便把三秃骗到门口,门一开,把三秃往外一推,闩上门。

三秃站在街头,冷风刺着他的身子。他寻思就这样下去,再下一场雪,非冻死不成。他又想要死不如死家乡。于是拖拉拖拉地拐着两条腿,顺着家乡那条电道走。

乍一走,两条腿疼得了不得,慢慢地,也就麻木不动了。但一休息下来,又疼得站不住。

走到唐马寨,实在是走不动了。三秃找个草垛,扒了一个窟窿钻进去,像狗一样的蜷缩在里面。

天一亮,人家就把他从草垛里拉出来,并骂了他,说他是逃跑的劳工,要喊警察抓他。吓得三秃赶快走开。

三秃跑到一个穷老太太家,要了碗凉碴子吃,老太太怪可怜三秃,就让他靠着自己的草垛子晒阳。

三秃心里盘算好,等天黑再走:一来白天路过的地方,遇到警察会被当逃跑的劳工抓去;二来黑夜走路,白天休息,不至冻死;三来白天容易要到饭吃,睡觉有太阳晒。

下午,三秃又要了点东西吃,就离开唐马寨。没想到刚走了几里路,就变了天,下起细雨来,慢慢地又飘起雪花。三秃咬着牙,挨着雨雪,挨着足疼,挨着饥饿,一跛一跛地往家乡走。

走了十几里路,快到胡家窝房的路上,雪越下越大,寒冷使三秃没有力气,他再也走不动了,他走到一棵老树下,起先站着,慢慢坐下,慢慢躺下,任冷风吹,任大雪飘。

三秃迷迷糊糊地闭着眼,他想今下晚是死定了。想到死,好多心思一起涌上来:他想到死去的父亲,想到母亲在受苦,老婆不知道啥样子?他又想到血海的冤仇还未报,就这样死,实在不瞑目。慢慢地又想起李扒皮,这时也许正抽足大烟,搂着小老婆睡热炕。想了想,他咬起牙来。

大约过了两个钟头,三秃已经冻得不能动弹,只是心里还明白。他已经准备冻死了。

忽然听见一阵吱吱的马蹄声,一匹马拉着爬犁由大路上走来,三秃心里跟着亮起来,他使劲地喊出:"救命啊! 救命啊!"

爬犁在跟前停下来了,赶爬犁的人明天要办喜事,今天到唐马寨买东西,必须连夜赶回家。他问了问三秃以后,寻思救一条命也是件好事,便扶三秃上爬犁,顺路把三秃捎到槐子窝屯,送到三秃姐夫家。

三秃的姐姐李桂珍见到弟弟冻成这个样子,一边流眼泪,一边烧堆火给他烤烤。又在锅里热碴子给三秃吃,三秃烤过来后,肚子饿得利害,狼吞虎咽地吃了三大碗,身上也暖过来,只是两脚更疼得利害。

姐夫卢锡九,躺在炕上,听见三秃来了,连问也不问一句,只是心里不高兴。

李桂珍安排个地方让三秃睡觉后,回到自己的炕上。她见丈夫生气,也不去理他。没想睡了一会,丈夫却不高兴地说:"三秃是个黑人,警察到处抓他,八八胡同就是警察署,还是早点叫他走好。"

李桂珍知道小气的丈夫,是怕三秃在家吃他的饭,又怕连累他。她流着眼泪说:"你也该有点良心啊! 人家冻成那个样子,不说是自己的兄弟,就是外人也该救救他。"

"好,我没有良心! 你是财主!"丈夫有点生气。

"你有良心,上回妈妈摊事上这儿来,住几天你叽咕几天。"老婆也有点不高兴。

"妈的巴子!"丈夫气得跳起来。两口子为这事已经吵了好几仗,每次都是丈夫打胜仗,他是连打带骂。她只会哭。

"你骂你妈,你不怕舌头烂!"

于是两口子又吵起来,打起来,这一仗仍然是丈夫胜利。

三秃刚睡着。被吵架声吵醒,一听是为自己吵起来,心里好一阵难过,一夜没有好好睡,天没亮,他熬着疼,拐着脚,偷偷地把门打开。怀着一肚子难受,离开了槐子窝屯。

三秃又回到插拉屯了。这回警察见了他,只是吐吐口水,踢他两足,也不抓他了,因为三秃连站都站不起来,只能在雪地上爬。

三秃冻得浑身膀肿,脸上肿得两眼成一条线,睁也睁不开。腿肿得拿不过弯。白天爬到穷人家要口饭吃,晚上爬到草垛里睡觉。屯里的人,怕李扒皮找事,没有人敢留他在家。没有人相信他能活过冬天。

三秃的娘知道三秃回来了,有次无意中看见他在路上爬,见三秃变成那个样子,心疼得说不出,可也不敢明目张胆去看他,她怕再挨独眼龙的打。

这天下晚,慈母心的驱使,王氏再也忍不住了。她不管三七二十一,偷了独眼龙一件卫生衣,一件旧棉裤,瞒过一家人,偷偷地找到三秃那个草垛。话没说出来泪先流下来,一面给三秃穿衣服,一面说:"三秃呵! 你那辈子造了孽,弄得大庙不收,小庙不留呵! 往后你也不用惦记我,你当没有妈妈,妈也当没有你。你妈今下晚回去,不知要怎样挨打呢?"

"妈呵!"三秃光哭,说不出话来。

三秃穿着好衣裳要饭,屯里是件新闻,风快地就传到张秧子耳朵里。张秧子又出来管事了。他问三秃是那来的衣裳? 三秃不敢说实话。张秧子硬说是偷人家的，逼着他脱下来换，不然就送去蹲笆篱子。三秃没去，只得往下脱，穿上张秧子丢给他的一套破棉衣。

　　要死不死的生活，三秃挨了两个月。这天下着大雪，家家户户关紧大门，三秃没处要到饭。他爬到张庆和家，叫开了门，张大嫂给他点吃，让他进屋暖和暖和。

　　张大嫂说："三秃呵！高低你不成了，李扒皮害得你这样，你就上他家要，他能怎样你呵？他怕你死在他门口，就得给你点吃，打发你走。"

　　三秃寻思张大嫂说得不假。从此，他天天上李家大院去要饭，不给就不走。果然李扒皮怕他死在门口，就给他点吃的。后来见三秃天天来要，心里很生气。他明知三秃背后有人指使。又见三秃到了十冬腊月还不死。忽然想到"斩草不除根，逢春要发芽！"于是他又下了毒心。

　　快过大年了，家家都办点年货。日本人配给的一些东西，大部落在李扒皮手里，只配给屯里人一点点，大部分高价出卖。

　　这天下午，三秃又爬到李家大院。李扒皮破例让他进去暖和暖和。还和气地问："三秃，你那里有亲戚？"

　　三秃说："台安县有姥姥家。"

　　李扒皮说："我套个大车送你去好吗？"

　　三秃说："那敢好！"心里却不相信。

　　李扒皮真的叫人套好一辆大车，并叫那个扎吗啡叫赵狗屎的，送三秃上姥姥家。三秃上了大车，寻思李扒皮今天这样好，葫芦里不知道什么药。又想八成是李扒皮怕他天天上门要饭，反正自己是快死的人，谅他不会怎样的。想了想就放心。临走时他有意看李扒皮一眼，李扒皮说："三秃，好好回姥家（姥姥两字说得很含糊，李扒皮有意说成'老家'）去过个大年，省得天天受罪。"说完了眯着老鼠眼，狡猾地笑了笑。

　　这一笑像支针刺在三秃的心上，三秃全身打了个冷战，他猛又想不知有什么鬼把戏？后来转想，高低快死了，他能怎样？反正要真能送到姥姥家，舅舅不能看他死，留着一条命，冤仇总得报。

腊月天的黄昏，大地上铺着白茫茫的厚雪，天空是阴沉沉的。辽河上有的地方，冰冻得硬硬的，上面可以跑电车(汽车)。有的地方却是明溜子(不冻的)。载着三秃的大车，拉到一个明溜子，赵狗屎便对三秃说："到了三秃！"

"开什么玩笑？赵大哥。"

赵狗屎打扎吗啡那年起，就没听过人家喊大哥，乍一听，怪顺耳。虽然有点可怜三秃，他更怕李扒皮，为了三十块钱，完不成，回去要下汤锅的。于是叹了口气说：

"三秃，不是姓赵的开玩笑，是李扒皮让你在这明溜子里过大年。你死了别怨我，你们是冤有头，债有主！你做了鬼也不能来找我。"赵狗屎说完，就要拉三秃下明溜子。

果然不出三秃所料，三秃知道又上当了，眼看就要下水。他是不能死呀！他还天大的冤仇没有报，他给赵狗屎磕头说："赵大哥，你行行好，救了我一命，这一生忘不了你！"说着就哭起来。

赵狗屎从扎吗啡以后，是做了不少缺德事，究竟自己是穷小子出身，总有点良心没死完，他见三秃这样哭，便想：反正不推下去，冻一宿也得冻死。便对三秃说："我饶你命，你可不能回屯去，你回去我就没命。"

"我赌咒不回屯，我要是回屯，死了叫狗吃！"

赵狗屎赶着大车走了。三秃顺着辽河边的大路爬，他知道离柳条岗子还有二里多路，要是能爬到，就不至冻死。

爬呀爬，爬了不远，正好路上来了一辆牛车，三秃求赶车的捎他到柳条岗子。

十、三秃要报仇

俱乐部里坐满了一百多个战士，大家一肚子报仇的火，脸上有时紧张，有时愤怒，有的流着眼泪。在领袖像下面的桌子旁边，站着一个铁黑脸的大个子，这就是从前的三秃，现在同志们都叫他李文凤。他眼睛红得冒火，眼泪还不断流下来。

一阵激烈的复仇的口号声以后，坐在李文凤身边的政治指导员说："李文凤同志，请继续说下去。请大家静一静！"

"……我跑到柳条岗子以后，便在那里要饭，要了两个多月。

"开春了，我的腿完全好了，我的脸也不肿了，柳条岗子的大粮户李芳圃，见我病好了，叫我给他看小鸡（看园子），每天给两碗凉饭吃。李芳圃后来见我跟好人一样，就让我给他放猪，做杂活，下地。

"天下乌鸦一般黑，没有不吸血的臭虫，大粮户见我能干，想叫我给他干一辈子，他知道我抽过大烟，常常给我点大烟灰，有时候让我跟他雇的老板（赶大车的）抽大烟。那时我的病还未好利索，抽呀抽，又抽上瘾了。烟枪像一根绳子，把我捆在老财家里。

"我虽然又抽上大烟，我常常寻思：我有天大冤仇没有报，我又记得妈说过：大烟是倾家败产的东西，不抽好。我不想抽，烟灯又像一盏迷魂灯，叫我离不开它。

"八一五光复了，听说日本鬼子倒台，又听说这回世道大变了，我想到我的冤仇还没报，便下决心戒了大烟。抽上容易戒上难，我还没戒好。听说有军队在县里招兵，也不知是什么队伍，反正当兵就拿上枪杆，拿上枪报仇就有希望，我想去当兵。李芳圃不赞成，他对我说：'你去了当不上，人家不要抽过大烟的。在咱家里有吃有穿，慢慢给你说上一门亲，好好成家立业。'我上当上多了，我知道地主没有个好心眼的，我不听他那一套，还是跑出来当兵。

"乍一来，队伍里说我抽大烟不要，我对连长说：好连长，你收下罢，我一定把烟戒了。连长见我是扛大活的，就先叫我戒烟，戒掉烟才要。我下决心戒了七八天，忍着流鼻水打呵欠，我想到冤仇，我就戒掉了。

"我当上兵了，我很高兴，穿上新军装，扛上三八式。我常常想到报仇，我想请假回家一趟，杀掉狗养的李扒皮，对连长说了，连长没有准假。

"在队伍里,听指导员上课,慢慢懂得许多革命大道理,知道自己参加的是八路军,和旁的队伍不一样。也知道只有参加八路军,穷人才能报仇!

"我犯了三次错误:卖了一只靰鞡鞋;卖了一件别的同志给的日本上身;过年时和排长吵了一仗。这些都是错误,我决心改掉错误,好好进步,请上级给我处分。

"我的家还在蒋管区,李扒皮的威风还没倒。俺屯上的穷棒子还没翻身。我妈妈还在受苦,我的冤仇还没报。大老蒋打不跑,小老蒋倒不了。蒋介石不倒,我的冤仇不能报。

"从今天起,我决心努力学习,努力练兵,学好本领,替自己报仇!替穷哥们报仇!"

"打倒恶霸李扒皮!替李文凤同志报仇!"

"打倒地主恶霸!替穷哥儿们报仇!"

"打倒恶霸头子蒋介石!替全国老百姓报仇!"

一阵雷鸣的怒吼以后,指导员领导大家站起来,每个人举起右手,在毛主席脸前宣誓:

"我们是无产阶级的战士;我们是毛主席的队伍;我们要永远跟着毛主席走!做劳动人民的好儿子!做穷哥儿们的好长工!……我们要坚决遵守三大纪律八项注意。好好学习,好好练兵,好好立功。学好本事,多杀敌人!打仗要冲锋在前退却在后。我们要帮助穷人翻身,打倒地主恶霸,替穷哥儿们报仇!打倒地主头子蒋介石,替全国穷人报仇!……"

练兵的时候,李文凤比谁都加油。一有闲工夫,不是趴在桌子上写字,就是在操场上翻杠子,瞄三角,刺枪,投手榴弹。特别是刺枪的时候,他格外下苦心,每枪都有力地刺出去,好像都刺着李扒皮的大肚皮上。投弹的时候,他把那草扎的目标,当成他的仇人。

晚上,放哨回来,总得刺刺枪才睡觉,有时做梦,嘴里也在喊"杀!"

一切公差勤务，挑水扫地，他都抢在前头，上级有什么要求，他先做到，同志们都说："李文凤在抢模范。"

李文凤的进步，引起支部的注意，指导员和他谈几次话以后，便介绍他参加了中国共产党。往后，李文凤懂得更多道理，不仅要替自己报仇，还要替阶级弟兄报仇。

练兵总结的时候，李文凤射击三枪打了二十三环，投弹四十八米。上级奖他一条手巾，一块胰子。

李文凤的进步，上级提拔他当班长，当了班长，就得更加积极，处处要做榜样，不光自己好好工作学习，还得团结战士，领导战士工作学习。担子加重了，李文凤也更负责了。

李文凤常常这样想：没有共产党，就没有李文凤的今天，没有共产党，一辈子也翻不了身。于是他除了想工作想学习打仗以外，什么也不想。

李文凤只有一个心事：什么时候打到辽中县去，打到插拉屯。那时他要头一个去抓李扒皮，然后开个全屯大会公审他，让全屯的穷哥儿们都吐苦水，然后大会上一致举手，赞成把他枪毙。他要把他拉到乱死岗上，因为这岗上埋着十几个被他害死的冤鬼。让他跪下去，然后用自己的三八式，"叭咕"一声，把李扒皮打死，替自己报了冤仇，替全屯的穷哥儿们报仇！

一九四八年二月一日于哈尔滨

东北书店 1948 年 5 月初版

小周也要当英雄

一、人小心不小

小周的大号叫周元顺。看他长的那个样子,谁也不相信他有十九岁了。

他长的什么样子呢?矮矮的个子,瘦瘦的身材,黄黄的脸色,尖尖的下巴,翘翘鼻子,一闪一闪的一对大黑眼。

头一次见了小周的人,马上就会注意到他脸上那对大眼睛。注意到他瞪着大眼睛看人的神气。

受苦吃亏多的人,常常是存着防备的心情。从小周的黑眼珠里,却能看出他的机警与大胆。

"别看小周个小,他的心可不小!"这是别人对他的议论。小周不仅胆子大,心眼多,也能出点子。

屯里没有人不知道:小周十四岁那年,胡八爷的儿子三少爷,叫小周领他去游水。小周知道三少爷不会游水,把他领到河当中,一撒手,把三少爷淹了个半死,喝了一大肚子水。回来以后,三少爷害了一场病,小周挨了一大顿打。

个子长不大,不能怪小周不长,也不能怪他爹妈,应该怪胡八那个大财迷。

小周八岁就给胡八放猪,一口气当了六年猪倌,又当了两年多半拉子。

胡八这个大财迷,从来不叫扛活的吃个饱。除非是农忙的时候,他的饭里才吃不到沙粒子。

庄稼正结穗的时候,忽然碰到闹天旱,粮食能丰收吗?

小周从小就出苦力,过早的劳动,吃不饱穿不暖,挨骂挨打,个子能长好吗?

光看外表也还不成,做起庄稼活来,小周跟大人一个样。上年分给他家的三垧地,他一个人起早贪黑的,把地侍弄得好好的。

平时,小周一没有事,常常想这个想那个。今天,小周的心事特别重。从离开会场以后,他一路走一路寻思:

"孙平荣从小和我一块当猪倌,除了比我大一岁,个子比我高,那一点也不比我强。上年去参军,还不到一年,就当了战斗英雄。

"今天的会开得多热闹呀!整个屯子,像一锅开水,热腾腾的。又打锣鼓又扭秧歌,有说有笑的。区长还对大家讲话,说咱这个区出了个孙平荣,当了战斗英雄,给全区争了光荣。

"吹鼓手'呜呀呜呀'的,送着部队寄来的报喜的红帖子,镶在玻璃框子里;区上送的红底金字的光荣匾;一口活的大肥猪,两袋子白洋面……一大群人,送到老孙家里。

"孙老太太胸前挂着大红花,笑得嘴都合不拢。

"孙平荣,和我一块当猪倌的,当了战斗英雄,真光荣呀!

"我要是上年也参军,说不定也当了英雄了。上年妈说我个子小,不让去,今年不长一岁了吗?今年非去不成。"

小周寻思寻思,心里慢慢地乐起来了,他想回去和妈妈好好合计合计。

小周踏进新搬进来的大院套,很自然地先看槽头上,那匹分来的大青马,正嚼着干草。他走过去,拿起料叉子,在槽里拌了拌,用手拍拍马腮说:"地种完了,好好吃饱歇息,过两天,送我上区上参军去。"

大青马仰起头来,嗅嗅小周的手,像听懂话似的点点头,然后才低下去吃草。

走进房门,妈妈正在锅台边烧火。

"妈啊,为啥不开完会就回家?"小周天真地问。

"天黑啦,妈不先回家,谁做饭给你吃啊?"妈妈一面回答,一面烧她的火。

"妈啊,今天会开得好不好?"

"咋不好? 妈头一回见到这样热闹。"

"妈啊,你说孙老太太光荣不光荣?"

"傻孩子,咋不光荣? 挂着大红花,和区长坐在一块,大伙儿还欢迎她讲话!"

"要是妈也挂上大红花,和区长坐在一块,妈你说光荣不光荣?"

"妈那有这个福气啊?"

"妈你又封建脑瓜了,什么福气? 还不是孙大哥参军当英雄当的。"小周停了一下,又认真地说下去,"妈啊! 明日我上农会报名参军去。"

"你说啥?"起先妈妈以为儿子在和她闲唠嗑,没想小周问她的话都有意思。于是她把手里一把草塞进灶坑,抬起头来问道:"你说啥? 你想参军? 长的还没有萝卜大,参什么军?"

"上年妈说我小,不让我参加,过了一年,妈还说我小。"小周埋怨地说。

"参加八路是件好事,不是妈不让去。妈就你这个儿,妈就靠着你,你走了,地咋整?"

"妈你好糊涂,人家孙老太太,也只有一个儿。你没见孙大哥去参加,她家的地种得比谁都早,上年打的粮比谁家都多,妈没见农会给送粪种地吗?"

"元顺,妈高低不叫你去参加。"妈妈说不过儿子,只好这样说。

"好,不叫参加,大家都不参加,大老蒋不打倒,小老蒋还要翻把。分的地、房子、东西、牲口,……都得倒回去。没有共产党八路军,像咱这样人家,一辈子住得上这样大院套?"小周瞪着大黑眼,小嘴气鼓鼓的。

妈妈听了儿子一套大道理,晓得自己没有理,便改变口气地说:

"要参加,过二年个子长大了,再去也不晚啊!"

"过二年,蒋介石都打光了,我还当得上战斗英雄?"小周无意中,说出自己的心事。

"哦,闹了半天,原来想当英雄呢。"妈妈看见饭好了,有意不谈这事,便道:"元顺,该吃饭了,你肚子饿了吧!"

小周只觉得一肚子不痛快,一点也不觉得饿。他坐在小凳子上,瞪着大黑眼鼓着小嘴不吱声。

"咋整的? 跟你妈生气? 妈为你好——快吃饭吧!"

小周还是鼓着小嘴,瞪着大黑眼,好像没有听见似的。

妈妈走过来拉他,用着又疼又气的口气责备道:"你聋了吗? 这样大了,还要妈哄你啊?"

"这样大了,为啥还不叫去参军?"小周又抓着道理了。

"又是参军参军的,吃了饭再说。"

"不叫参军,就是不吃!"

"好,不吃拉倒,看你是铁打的,能不吃几顿?"

小周还是坐在小凳子上,眼珠瞪得大大的,小嘴气得鼓鼓的。

妈妈独自一个人,端起饭来,无精打采地吃。

下晚,娘儿俩睡在一个炕上:各有各的心事,谁也没理谁。

小周想:妈的脑瓜真顽固,不让去,我也得去,明天一早,我就上农会报名。

妈妈想:参加八路军是件好事,家里又光荣又优待。地也有代耕队给种,种的比自己种的都强。……儿子个子小,到前方打仗怕吃不消。……孩子他爸死后,一把屎一把尿,一把汗珠一把眼泪,好容易拉扯大了。受了十几年的苦,实在舍不得他离开……唉,儿子的脾气挺犟,说啥就是啥,他硬要去,也拉不住他,这年头,反正是儿大不由妈……参加八路打老蒋,保护翻身,保护土地,又光荣又优待,让他去吧!

天蒙蒙亮,妈妈就起来,摸索了一会,就烧火热饭。她知道儿子的肚子早饿了。

热好饭,她走到炕沿,拉着小周道:"还睡,日头出得那样高了。"

"地种妥了,没有事,不睡觉做啥?"小周说,翻了翻身,又睡下了。

"起来吃饭。"

"不吃!"

"不吃不饿啊?"

"不叫参加,就是饿了也不吃!"

"起来吃吧,妈让你去参加……"

妈妈话还没说完,小周一下就跳起来:

"妈不骗我?"

"妈不骗你。"

小周使劲地吃了四大碗饭,他肚子早就饿得很厉害。

吃完饭,小周向农会办公的地方走去,他高兴地,一边走一边哼着:"没有共产党就没有中国。"

二、坚决上前方

今天,小周打扮得多漂亮呀!穿着蓝斜纹布的新衣,戴着黑呢子鸭舌帽,踏着黑的新布鞋。衣服和帽子,是分的地主胡八家的。鞋子却是妈妈一针一针给他做成的。

妇女会和农会送他的鞋子和别的东西,小周打在一个包袱里。

小周今天确是很神气,一对大眼睛,像电灯似的,闪着快乐的光。他骑着大青马,胸前挂着大红花,肩上斜披着红绫带。

从报名那天算起,已经十来天了。这些日子,可把小周急坏了,他天天上农会去打听:"咋整的?还不走?"或者说:"为啥不走?真急死人!"

"急啥?等区里来信叫走再走。"农会主任总是慢吞吞地回答。

今天,他多乐啊,和屯里八个参军的一块到区上去。大青马载着这位想当英雄的小主人,也高兴地抬起马腿,"嘚嘚"地离开欢送会,向屯外走去。

口号声停止了,锣鼓不响了,秧歌不扭了,欢送的人回去了。

农会主任和屯长也骑着马,走在前头带路,不过他们没有披红戴花。

小周的妈妈和新参军的家属走在后面。她也高兴地骑着毛驴子,胸前挂着一朵大红花。今天她真兴奋,好像儿子去考状元。她想将来有一天,儿子打完了蒋介石,当了战斗英雄回来,一定比中状元还热闹,那时她该怎样乐啊!

下过一场雨后,大地上的青苗,已经长出来了,田野里变成一片绿色。夏风暖洋洋的,吹在参军好汉的身上,红绫带在空中飞舞。

换了新主人的土地,也像翻身农民一样的快乐。地上长着整齐的青苗,农民们第一次在这块土地上,上了这样多的粪。

小周无心留意这些,他一路上光在想:赶快到部队上,穿上新军装,扎上黄皮带,肩上扛着枪。“一二一,一二一”地走着步子,多有意思呀……打起仗来,一定要勇敢……一定要当英雄……

到区上了。许多人挤满了区政府的大门口。今天各屯子参军的,都到区上来集合。小周这个屯离区上近,他们是第二批到的。

区长和农会主任走出大门。区长笑着,和参军的一个一个地握着手。农会主任告诉他新战士的名字。

区长走到小周跟前,弓着腰和小周握手。小周看见区长脸上没有笑,还皱着眉头对农会主任说:

“这样小也送来?怕县里要退回来。”

“他是屯上最积极的,已经十九岁了。”农会主任说。

“十九岁?”区长打量一下小周,不大相信。

“十九岁。他高低要参加。”

小周听了他们的对话,身上冷了半截,后来见区长向他笑了笑点点头,才放心。

从区到县,不是骑马,而是坐汽车。

小周头一次来到这样大的地方。县城的一切,对他都是新奇

的,他心里很高兴。

第二天,不高兴的事情来了。县政府一个什么科长,到新战士招待所来,和新战士谈话。

轮到和小周谈话,他问:

"小孩子,多大岁数了?"

"十九。"小周答。

"十九? 我看顶多十六岁!"

"十九岁就是十九岁,谁还骗你呀?"

"你为什么要参军?"

"为着打蒋介石!"

"你长的还没有步枪高,怎么能打仗?"

科长讲了一大套,硬说小周不合格,到前方给部队添麻烦,要把小周送回家。

小周怎么说也不成,哭了也不成。

小周急得干瞪眼,一对黑眼珠越瞪越大。

"咋整的? 咋办啊?"又着急又生气。

后来他寻思:"现在不是讲民主吗? 我见县长去。"

在县长办公室里。

"……我从小给地主放猪,吃不饱穿不暖,挨打挨骂。八路军来了,分给土地房子和牲口,俺们才翻了身……不打倒老蒋,分的东西和土地……都保不住,我坚决要求参军上前方。"小周坐在软软的沙发上,跟县长讲起大道理。

"不是不让你去,你的个子太小了,怕送到前方又得退回来,……你还是好好在家种地,前方打仗为了打老蒋,后方生产支援前线也是打老蒋。……要参军,过二年,等个子长大了,再参加也不晚。"县长很耐心地想说服他。

"过二年,老蒋打倒了,还参加什么? 还当……"小周还想说:"还当得上战斗英雄吗?"可是没有说出口就吞回去。

这句话倒把县长一下给问住。县长脑子转了个圈,笑着说:

"就是老蒋打倒了,八路军还得要啊!"

"县长,求求你,让我上前方去。"

"上前方是好事,我怎能不让你去,实在你个子太小了,不合格。"

"县长,咱穷人从小就受苦,那能像财主的少爷养得那样好?……别看我个子小,挑一担百来斤的水,我能跑着步走,县长要不信,我试试给你看……"

话未说完,电话铃当当地响起来了,县长走过去听电话。

小周想起自己,要不是受财主的压迫,十九岁了,也该长高了,……也不会不让参加……想了想,小周伤心地哭起来。

县长听完电话,见小周在擦着眼泪,自己也很受感动。他想:这孩子一定要上前方,就让他去吧。但他立刻又想到:一个军人,一年的供给吃穿就是百把万(指当时的东北币)。这样的小孩送去,上面怕要批评他不负责任。但他又不愿让这孩子太难过,于是他对小周说:

"一定要参加,就留在县大队里吧!"

留在后方,咋能当上英雄?不成。小周想了想说:

"县长,我要打老蒋,还是让我上前方吧! 我不愿留在后方。"

县长正想说服他,突然电话铃又响了。县长听完电话,想了一会说:

"好吧,到前方可要好好学本事,好好立功,将来当个战斗英雄。"

这话正说在小周心里,小周高兴地站起来,擦干眼泪说:"我一定好好学习,好好立功,当个战斗英雄,给咱这个县争光荣!"

县长拍拍小周的肩膀,又和小周握握手,把小周送出办公室。

三、一支老套筒

小周坚决的意志,终于达到目的到了前方,下了战斗连队。

到了前方,也经过一番麻烦,部队为他个子小,也想不要他。

小周坚决地说："枪毙我也不回去！"

过了最后这一关，小周到了×师×团九连。

九连大部分的战士，是地方武装合编来的，编到独立师三个月，只打了几次小仗。自然缴获也不多。

小周在九班当战士。班长发给他一支套筒枪，一把刺刀，一袋子弹。

头一次拿到枪，小周心里高兴得了不得。班长教他怎样使用，怎样拆卸，怎样装上。

枪好像他的命，小周是那样的爱它。一有空，他就擦起来，把个老套筒，擦得亮晃晃的。甚至连准星，也给擦亮了。

班长发觉了，跑到小周身边说：

"小周，准星擦不得，擦亮了不好瞄准。"

"为什么？"小周问。

"瞄准的时候，一定要使标尺的缺口、准星和目标，三点在一个线上，子弹打出去才能命中。现在把准星擦亮了，瞄起来，准星就反光，这样就不好瞄准。"班长拿着枪，比弄给小周看。

明白了道理以后，小周懊悔了。他偷偷地弄一点锅底灰，往准星上涂。锅底灰涂上又掉了，惹得同志们哈哈大笑。

几天后，小周发觉自己的枪，和班上同志们的枪都不一样。

慢慢地，小周发觉自己的枪，和全连同志们的枪也不一样。

别人的枪，只有一个枪筒。小周的枪，枪筒比谁的都粗，里面一个筒，外面又套上一个筒。

"所以你的枪，才叫老套筒呀！"平时喜欢说俏皮话的老于，当小周问起枪筒的事，老于这样回答。

老于名叫于文海，是"八一五"以后参加的，他是一个滑稽的人物，平时喜欢"出洋相"，班里同志送他一个外号叫"洋相鬼"。

老于继续向小周讲了一套关于这支老套筒的历史：

"套筒枪为什么要加个老字呢，说起来话长……

"别小看这支老套筒，全连的枪，只有你这支枪是德国造的。

第一次世界大战，它还不能加个老字，那时候，它还是顶呱呱的武器呢！可是到现在，它至少有五十岁了，你说它资格老不老？

"上一次打中央胡子（胡子即土匪），一个家伙就拿着这棵枪，躲在一间屋里。我追过去，那家伙就'嘭嗤'、'嘭嗤'地打过来两枪，我这条小命，差一点叫这老套筒给买啦！

"后来，那家伙叫我抓住了。这棵老套筒，也成了我的胜利品了。本来这棵枪，连部要往上交，正好炊事班那个老头想要一棵枪，连长就给他。这次你来了，也就让给你。你拿这棵枪，还该感谢我哩……！"

有的同志和小周开起玩笑，便叫小周"老套筒"。

"老套筒，喂脑袋（开饭）了！"

"老套筒，上课了！"

"老套筒，放哨了！"

"老套筒，……"

小周开始听了，不觉得什么；后来听了，好不高兴。

班长知道了，开会批评了这些同志。不许再叫他"老套筒"。

这时候，队伍正在练兵。早晨三十分钟的步跑完了，一班一班地分开，前进后退地练习刺杀动作。

刺起枪来，数这老套筒省劲。它比旁的枪都轻。小周个子小，用起来正合适。

小周记住县长的话："好好学本事，将来当个战斗英雄。"他积极地学习军事、政治和文化。他学会瞄三角，刺枪，打手榴弹，爬障碍，翻杠子等要领。学会立正，稍息，各种转法，跪下，卧倒等基本动作。懂得卫兵守则，懂得许多大道理。还学会了四五十个生字。

在靶场上，小周心里扑通扑通地跳。今天他要第一次打枪。他想自己要当英雄，这次靶一定要打好。

但他心里没有把握，因为这是他第一次打枪。

全班的同志都打过了，最好是班长，他三枪打了三十环。其次是老于，三枪打了二十八环。最差的同志也打了八环。

小周个子小,站队站在最末一个。最后才轮到他打靶。

小周趴在卧射工事里,枪口对着一百米的靶子。靶子上画着一环黑一环白,当中一个大红心。

瞄好准,右手食指靠着扳机,小周的心像十五个吊桶,七上八下跳得厉害。

"嘭嗵"一声,一颗子弹飞出去了。

靶子跟前出来一个同志,用两面小旗打着旗语。

"坐飞机了!"老于说。

"嘭嗵!"第二枪响了。

"开小差了!"老于望着报靶的旗子说。

"嘭嗵!"第三枪打出去了。

"吃烧饼了!"老于又说。

小周打了三枪,两枪脱靶,只有一枪中靶不中环。

回到班里,把枪扔在一边,趴在炕上,小周呜呜地哭起来。

班长过来安慰他。他对班长说:

"班长,我不要这棵老套筒了! 你给我几颗手榴弹,打起仗来,我就用手榴弹。"

"小周,套筒枪虽然不大好,打起仗来也管用。抗战时,我们在山东打鬼子,好多同志还使着'土压五''单打一',打了一枪就拉不开闩,好一点的是'汉阳造',也不如这德国套筒好哩,可是日本鬼子一样打倒。"班长想了很多话,来安慰小周。

"好,好! 打了三枪,一环也没打上!"小周埋怨地说。

"小周,这是你头一次打靶的关系。我头一次打靶,三枪只打了两环。你这枪的枪口还不算很老,换一位有经验的同志打,一定不会脱靶。你没有把握住射击的要领,第一,你打枪的时候,我见你的大眼总是一闪一闪;第二,你没有握紧枪身,子弹打出去的时候,枪口动了;第三,你的右肩窝没有靠紧枪托,响的时候,后坐力太大,影响准确;第四,你右手把握的时候,没有用劲;第五,扣扳机的时候,你屏住呼吸没有?"

"没有。"小周想到扣扳机时,心正跳得厉害。

"那就不能怪你的枪了。……可是你也不要灰心,下一次打靶,你接受这次的经验,准能打好。你会游水吗?"班长突然转题地问。

"会。"小周答完了想:"问这干啥?"

"是你自己学会的,还是别人跟你一说要领就会的?"

"当然是自己学会的。"

"那就好了。射击和游水一样,必须自己经验。这次失败了,只要你不灰心,记住要领,加上这次经验,保险你下次能打好。"

"高低我不要这棵老套筒,人家三八式打起来,'叭咕叭咕'的,多好听,我这老套筒打起来,'嘭嗤彭嗤'的,连声音也不好听。我看上级故意给我这棵坏枪,我不要。"

"那能啊?不会的!"

"不会,你看别的同志:三八式、九九式、美国造、捷克式,挺坏的也是中正式(仿捷克式造的),偏给我这样老套筒……"

班长又耐心地向小周解释:"这支枪是咱九班老于打胡子缴的,只好归九班。因为你新来,个子又小,所以给你这棵最轻的,下一次打仗,一定给你换棵好枪。"

星期日,全连进行清洁卫生,洗衣服的洗衣服,打扫的打扫,擦枪的擦枪。

小周对他那棵老套筒,已经不大感兴趣了。他光想搞一棵三八式的黑大盖。三八式打起来,那清脆的"叭——咕"声,听起来都舒服啊!

从打靶以后,他开始感到英雄已经不是那样容易当。打了三枪,吃个大鸡蛋,还能当英雄?

班长说过:不要灰心,学好本领,只要有决心,铁条还能磨成针呢!英雄还是能当上。

这天,他和其他同志,一块在擦枪,老套筒被他拆开,一件一件地擦着。

老于先擦好枪,跑到小周身边。看了看小周的零件,"洋相鬼"

又想出"洋相"了,他有意开玩笑地说:

"小周,你丢了一个零件。"

"什么零件?"小周看看零件,一件也不少。

"你枪上的来复线丢了!"老于郑重其事地说。

小周不知道那个零件叫"来复线"。真的到处找起来,从炕上到炕下,没有找着。

"哈哈哈……"全班的同志都哈哈地笑起来,只有班长没有笑。

班长板着脸孔走过来,严格地对老于说:"老于,你这是干什么?"又转向小周说:

"小周,老于和你闹着玩,来复线不会丢的,枪筒里那一道一道的,螺旋形的小沟,就叫来复线。子弹头出枪口,能够旋转前进,就靠这来复线。"

班长让小周用一只眼看着枪筒里的来复线。

小周知道上当了,鼓起小嘴巴心里不高兴,把枪扔在一边,倒在炕上睡大觉。

老于知道自己错了,便自动地帮小周擦好枪,装好枪。晚上,开了一个班务会。老于做了个自我检讨。同志们严格批评了老于,说他不应该耍小周的"土包子",不应该出小周的"洋相",应该帮助他。

从此,小周对老套筒,更不感兴趣了。他光想着打仗,搞一棵三八式,他听说蒋匪很少三八式。他便想搞一棵冲锋枪。他和副班长说好,缴了冲锋枪,和副班长换三八式。

小周成天摸副班长的三八式,成天想搞一棵三八式。有次做梦,梦见打仗缴了一棵三八式。

四、第一次上火线

没有月亮的下晚,天上只有几颗稀疏的星星。

热风迎面吹来。队伍静肃地向南挺进。

战斗动员之后,小周今天的心情,说不上是个啥滋味。

像要出嫁的大姑娘，心里又喜欢又有点害怕。头一次上火线的人，大概都会体会到这种滋味。

这一个月的练兵，班长说小周的进步很快。各方面都有成绩：投弹三十四米远，刺杀姿势好，又有劲。特别是射击，还是那棵老套筒，这次三枪打了二十四环。头一枪打了七环，第二枪打了八环，第三枪打了九环。

团部的参谋说："这种射击的成绩是很好的，一枪比一枪准确。"

小周一路走一路想：今下晚一定要换棵好枪——缴棵冲锋枪，和副班长换三八式，再也不要这老套筒了。

第一次上火线，小周是有些胆怯。但他不断地告诉自己，打仗要勇敢，动作要猛，可不要害怕，害怕还能当上英雄吗？

他和老于，还有另外一个战士，三个人是一个战斗小组，老于是小组长。

班长小心地告诉老于：要好好指导小周，他第一次上火线，还没有战斗经验。

队伍进到敌据点附近，便迅速展开，把蒋匪的据点包围起来。

小周这个连，爬在一个洼地里。他们这个营，今晚上的任务是作为预备队。

小周趴在老于身边，心跳得非常厉害。小周也莫明其妙，他的心为啥这样"扑通通"地跳？他几次想控制它，使它静下来，但他的心并不听他指挥，还是那样"扑通通"地乱跳。

小周长到这样大，头一次碰到这样紧张，这样不自然的心情。

"吱呜——"敌人第一颗子弹，划过天空，打破战前紧张沉闷的空气。

当子弹从小周上空飞过的时候，小周全身打了一个哆嗦。

老于发觉了，对小周说："不要害怕，子弹比枪声飞得快，当你听见枪声的时候，子弹早飞得老远了。"

老于又告诉小周："吱呜——""吱呜——"的声音，是子弹离我们很远,不要紧。要是"噗嗤!""噗嗤!"就是子弹落在跟前,那就要特别注意到掩蔽身体。

敌人的机关枪,猛烈地向我们打来,炮弹不断地落在我们阵地上爆炸。

我们的山炮、小钢炮,在很近的距离,对准着敌人的碉堡,大声地咆哮! 我们的轻重机枪、六〇炮、迫击炮,接二连三地在敌据点里开花。

枪声,炮响和火光,使主攻的方向,成为一片火海。

在激烈的炮火下,小周反而镇定起来了。

老于不断地告诉他:这是六〇炮弹,是敌人的。那是九二步兵炮弹,是我们的。……这是九二重机枪,这是歪把子轻机枪。……这是爆破筒响了,大概敌人的铁丝网鹿寨炸掉了。

小周好像不是在战场上,而像是在实弹演习,只是心情不一样。

"轰隆!"一个炮弹,落在小周十米外的地方炸裂了,翻起的泥土,落在小周身上。

受到突然的震惊,小周不自主地,把头贴在地上,一动不动。

"怎样了? 小周。"老于问。

"不怎样。"小周答。

"只要掩蔽好身体,不要害怕,炮弹没有长眼睛……"老于在做鼓动工作。

暴风雨似的炮火,在蒋匪据点前面,剧烈地展开。

"我们发起总攻击了!"老于对小周说。

突然在敌据点前面,像闪电似的闪着一道很亮的强光,接着是天崩地裂的一声巨响。

小周不知怎回事,赶快趴好,把头贴在地面。

老于却拍着手喊着:"好! 好! 好! 敌人坐飞机了!"

当老于发觉小周不敢抬头,连忙拉他一把说:

"这是我们爆炸成功了,敌人的大炮楼炸垮了,部队很快就突进去! 小周,准备好,该咱们的活来了……"

话没说完，班长跑过来说：

"老于，准备好，马上就要冲上去！"

枪声在蒋匪的据点里响起来了，突击队已经突进去，正向敌人的纵深发展。

预备队也冲上去了。

小周紧跟着老于，通过架好跳板的外壕，冲过两道破坏的铁丝网和一道鹿寨，突进炸开大碉堡的缺口。

没有扫清的地雷，还在外面爆炸。

九连冲进据点以后，贴着围墙向右面发展，搜索逃跑的敌人。

小周跟着大家，像初生的牛犊，这时候，一点也觉不到害怕。

躲在地堡里的敌人，跑到房子里的敌人，一个个缴了枪，当了俘虏。

小周这个九班，也捉了八个敌人。老于一个人就抓了两个，还缴了一门六〇炮。

小周呢？一个俘虏也没抓到，手里还是那棵老套筒。

东方已经发白了，少数敌人还固守着中央几个大碉堡和几个地堡群，进行着顽强的挣扎。

小周急坏了，打了一下晚，一个俘虏也没抓到，枪也没换上，这样还当得上英雄吗？

想当英雄，胆子这样小，还成吗？

小周鼓起胆量。当他们在前进中，他发现一个敌人，一闪地跑进左边一个院里。

机会来了，小周想自己抓，他一气不吭，向左面冲过去。

小周抓敌人心急，忘掉平时学的战术，一鼓劲冲进院。

那个敌人离他十几米远。本来，一枪可以把他打死，但小周是要捉活的。

小周边追边喊："缴枪不杀，宽待你们！"

那个敌人是个老兵，他见背后追过来一个小八路。他反过来，端起枪来应战。

那家伙动作迅速,回过头来,迎面向小周刺过来一刀,小周也学过刺杀,一刀拨开。那家伙向左边又刺来一刀,小周后退两步没刺上。那家伙又刺上第三刀,小周一闪,来一个重踏步前进,狠狠地刺去一刀。那家伙缩回手,一刀拨开。

两个人的眼睛都冒着火,你一来我一去,都想刺死对方,保全自己。

像两只大雄鸡搏斗似的,前进后退都想找出对方的破绽,狠狠地啄他一嘴。

两只老虎在猛斗,张牙舞爪的,做着生死的斗争!

究竟小周是头一次拼刺刀,心里有点胆怯。加上个子小,力气不如敌人,口里喘着粗气,浑身冒着热汗。慢慢地只能招架,不能还刀。

拼了十来分钟,那家伙见小周吃不住,一刀接一刀,越来越猛。

小周向后退,不小心,被地上一块石头绊倒。

那家伙两手举起刺刀,用全身的劲,对住小周向下刺!

"这一下完啦!"小周想。

突然一声枪响,飞过来一颗子弹,穿过那家伙的右臂,那家伙一松手,枪掉在地上。

小周马上爬起来,对准那家伙的胸膛,猛一刀刺去,把那家伙刺倒在地上。

拔出来,又捅进去,捅了三四刀,那家伙只剩下低声的呻吟了。

小周喘过一口气,汗珠子不断地往下流。他拾起敌人的美式步枪,像做了一场大梦刚醒,傻里傻气地站在那里。

老于很快地在他眼前出现,小周马上意识到那一枪一定是老于打的。

原来老于正搜索前进,忽然不见小周。他估计小周可能走到左边那条路,因为没有别的路。他怕小周一个人出岔子,急忙向左边赶来。

当老于赶到大院门口,往里一瞧,小周正跌倒,那家伙正举刀往下刺。他机灵地对那家伙的头开了一枪。因为太急促,打在右臂上。

老于见小周还呆呆站住,一把把他拉在屋角下。他发觉屋里有敌人。

老于打窗户上,扔进一个手榴弹。"轰"的一声,屋里喊着:"别打了,缴枪!缴枪!"

从窗口扔出两支美式冲锋枪。

从门口走出两个浑身打战,举着双手,戴着船形帽,穿着美式军装的俘虏。

战斗胜利地结束了。

各班开着战斗检讨会。战士们热烈地发表意见,检讨战斗动作。

九班长做总结时,表扬了几位同志。特别表扬了老于,一个人捉了四个俘虏,在战斗中帮助了新同志,机警地救了小周。并提议请上面给老于记功。

对小周,班长首先表扬他:第一次上火线,勇敢大胆,为了捉活的,不怕牺牲,和敌人拼起刺刀,刺死了敌人,缴了一支冲锋枪,一支美国造。

接着班长指出,小周的战术动作还不够熟练:第一,在搜索时,不应该一个人悄悄离开小组,不告诉小组长。第二,当发现敌人在院里时,不应一下冲进去,而应该先掩蔽身体,打进一个炸弹,再喊他"缴枪!"如果敌人不缴枪,就坚决消灭他。

班长又指出:这和追击敌人不同,追击敌人时,动作一定要勇猛,不然敌人就会跑掉。

最后班长带着警惕的口气说:"敌人是狡猾的,虽然失败了,有的还很顽强。我们千万不要轻敌!要勇敢大胆,而不要粗心大意!"

第一次上火线,给了小周宝贵的经验教训。那场拼刺刀,小周一辈子也不会忘掉。

五、当英雄的要领

在医院里，小周头上包着雪白的纱布，躺在铁床上。

女护士过来给他量体温，温和地说："体温正常，喝水吗？"

"不渴。"小周回答。

小周两只大黑眼送走护士雪白的背影，又看着墙上挂的那张毛主席的画像。毛主席张开口在说话，一双手还做着表情，好像在说："小周啊，你想当英雄不得要领啊！"

是的，做什么也得抓住个要领啊，赶猪要有赶猪的要领，种地要有种地的要领，射击、刺杀、投弹、立正、稍息……都得有个要领。

没有要领，什么事情都办不好的。

那么，当英雄不是件小事情，自然更要懂得要领了。

小周刚到医院的时候，常常想他和副班长换的那棵三八式步枪。想起班里的同志，想起老于。

经过一个月的治疗，小周伤口慢慢好了，身体的健康也渐渐恢复了，于是他想的事情就更多了。

最近几天，他光在想着"要领"两个字。

从那次打仗以后，他又经过几次小战斗。小周对于打仗，已经没有第一次上火线那样的胆怯心情。虽然他还没当上英雄，也没有立过功，却锻炼得更大胆，更勇敢。

光是勇敢还不成，他对战术动作，还不熟练。所以在这次白天野外战斗中，自己没有好好地隐蔽身体，被敌人的炮弹片，打伤了后脑勺，他当时就不省人事。

当他醒来的时候，已经躺在担架上。

这些日子，他常常这样想："光勇敢还当不上英雄，头一次战斗，差一点丧了命，这次头部又挂了花，这都是不得要领的缘故。"

于是他想：当英雄的要领，大概是勇敢加上战术动作。这是他切身的经验教训。

睡在小周旁边一个铁床上，有个腿上负伤的同志，名叫张金山，胸前挂着两枚奖章。听说他是一个有名的战斗英雄,现在已经当了排长。小周很羡慕他,常常和他唠嗑,唠着战斗的故事。

张金山是关内来的,知道的事情,真是老鼻子了,小周向他学了不少知识。

每次和张金山谈话,小周都想问问他当英雄的要领,可是自己又不好意思说。

这一天,小周下了决心问:"张同志,你说当战斗英雄有些什么要领呀?"

张金山一五一十地,把他当上战斗英雄的故事讲了,最后他像下结论似的说:

"……除了听从指挥,记住任务和情况以外,第一,作战时要勇敢,动作要猛! 可是胆要大,心要细,敌人是很狡猾的,不到没有办法,总是不肯投降的! 所以千万不要轻敌,轻敌要吃亏。比如有次我们攻进城以后,一个院子里有十几个敌人,我们往里面打炸弹,敌人就喊着缴枪! 缴枪! 接着扔出来十几条枪,和一些子弹。我们以为敌人真缴枪了,枪都扔出来了,还有什么要紧,大家就疏忽起来。后来敌人开门出来了,头一个人高举着双手,我们更加放心。哪知道后面十几个敌人,一窝蜂似的涌出来,有的向我们扔手榴弹,有的打着冲锋枪,突突地打了一阵子,就冲出去,虽然后来这些敌人给我们消灭了,但我们也吃了大亏,牺牲了三个同志,这是血的教训!"

张金山一边说,一边想着三个因轻敌牺牲的同志,脸上表现着很惋惜。

小周听了点点头,他想自己那一次拼刺刀,一方面是不懂战术,一方面也是轻敌。

"第二,"张金山点上一支香烟,吸了两口,又顺手送一支给小周,接着说:"平时要认真学战术,多做演习,并且要应用在战斗中去。比如说,有次我们一个爆炸组,一共七个人,结果人太多了,有两个负了伤,一个牺牲了。下一次我们就得了教训:人太多了,容易暴露目标,伤亡大;人太少了也不成,最好是三个,顶多四个人一组。同时前进时,三个人不要在一条直线上,因为敌人打我们爆炸组,差不多都不是扫射,而是点射。在一条线上,往往一枪打中两个。"

张金山弹一弹烟灰,又接连吸了几口烟说:"所以说,光有勇敢还不成,还要懂得运用战术。"

"对对,我就吃了不会运用战术的亏。"小周附和地说。

"第三,打仗时还要加上一条机动灵活,有了这一条,常常可以使自己避免伤亡,能完成任务。比方说,过去我们爆炸组,往往只带几个手榴弹。有次我当组长,我向连长要了一棵冲锋枪。当我冒着敌人的手榴弹和枪子,冲到敌人碉堡跟前,把一个绑好炸药的架子安在碉堡上。拉了雷管,我停了一小会,才从另一条道路上跑下来。跑了二三十米远趴下,我张开口,两手堵着耳朵。你知道我为什么要这样做吗?"张金山忽然问起小周来。

"不知道!"小周听得出神,叫他这一问,瞪着大黑眼,呆笑地摇摇头。

"要是你当过爆破手,你慢慢就会知道。过去,我们总是一拉了雷管就往下跑,这样敌人会发现我们放好了炸药迅速离开碉堡;另外自己也容易被敌人打着。跑下来选择新的路,也是为了避免被敌人杀伤。至于堵着耳朵,张开大口,那是免得炸药响时受震动。"

这一些,对于小周都很新鲜,使他听得很有味道。张金山又照样地吸了几口烟,把烟头弄灭扔在地上。

"当我跑下了二十多米,趴下以后,只听见一声霹雳,碎砖块和泥土落在我身上。我马上爬起来,乘着烟雾冲上去,占领了突破口,这时敌人正迅速地组织一些人,来抢突破口,想堵住突破口,那想到敌人上来,叫我'突突突'一梭子冲锋枪,把他妈的打下去,还打倒了几个。接着,我们突击组就上来了。……这一个英雄牌,就是这次得的。"张金山指着胸前一个奖章。

"第四,这一条很重要,一定要记住:每一次战斗,都要靠全体同志的力量。一个人,没有同志们的配合,绝对当不上英雄。一次战斗的组织,就像一盘机器,我们每个人,每个组,就是机器里的小零件,机器缺一个零件,就会开不动。打仗时也是一样。就拿我那次爆炸作比吧,没有架桥组架好桥,没有人先破坏了鹿寨铁丝网,没有火力的掩护,我就是有三头六臂,也完不成任务。我这个战斗英雄,不过是在同志们帮助下,才当上的。换上任何一个同志,都一样可以当上。这就叫做集体英雄主义。光是个人勇敢吃不开。"

乍一听,小周不大懂得什么叫作集体英雄主义。

张金山又举了好多例子,小周才慢慢摸着门。

躺在床上,小周翻来覆去地想着张金山告诉他的要领,回忆到参军时的思想。

他想到参军的动机:一条是翻了身,为着保卫翻身的果实,这一条是正确的。还有一条,看到孙平荣当了英雄,以为自己并不比他差,为什么不能当英雄呢? 当了英雄多光荣呀! 这一条是糊涂的。

他又想:到了部队以后,开始以为只要勇敢就能当上英雄,那知道,光有个人勇敢还是不成,还要懂得战术,运用战术。还要机动灵活,还要依靠大家,什么集体英雄主义……

想来想去,小周想通了当英雄的要领。

小周开始觉得:英雄不是那样容易当上。

"只要下决心,只要掌握要领,英雄还是可以当上的,任何人都可以当上!"最后小周这样对自己说。

六、不愿当通信员

"报告!"

"进来!"

小周把背包放在门外,跨进门去,打了个立正,行了一个举手礼。

团部的王参谋坐在桌旁,还了一个礼以后,让小周坐在一个椅子上。

谈了半天，王参谋说："你留在团部当通信员，通信排正缺少人。"

"报告！我要求回九连工作。"小周站起来，两腿靠拢，打了个立正。

"你的伤刚好，在团部先一面休息，一面做点工作。"

"我的伤好利索了，我不愿当通信员，我要求下连去！"

说来说去，小周总是不干，他想：现在懂得当英雄的要领，正好下连去好好干一场，留在团部当通信员，管送送信，还能当上英雄吗？

可是，小周并没有这样说出来。最后，王参谋拿出命令说："你是一个革命军人，就应该服从命令，执行上级的命令。"

这一下，小周没话说。他记得三大纪律头一条，就是"一切行动听指挥"，他只好答应。

小周敬了个礼，转身出来，坐在自己的背包上，点上一支香烟。

"当通信员，平时跑跑腿，打仗时送送信，还能当上英雄？张金山同志告诉的要领，那一条也不是当通信员用的……"

"不准下连去，那支黑大盖不知谁在使，班长，老于，同志们，不能在一起了……"

越想越窝囊，越想越不高兴。

思想没有打通，小周没有说出来。自然王参谋也没法子说服他。

门口过来一个十五六岁的小勤务员，看起来，比小周还矮。

"小鬼，"小周摆起老资格似的叫他小鬼，"小鬼，你知道九连住在那个庄？"

"看你不比我大多少，你也叫我小鬼。"那小勤务瞅了瞅他，俏皮地责问他，"你是个大鬼啊，你是个大鬼啊？"

"我打过仗，负过伤！"小周傲慢地，脱下帽子，指着后脑勺上的伤疤，伤疤上光溜溜一大块，没有长头发。

"你参加了多久？"小鬼问。

"快半年了。"小周答。

"我参加一年了,资格比你老。"小鬼也傲慢地说。

"别闲扯了,请你告诉我九连在那个庄住?"小周想到自己的正经事。

"三营九连吗?"

"自然是三营九连,咱团上那来别的九连。"

小鬼想了想说:"九连我不知道!"

真泄气,瞎扯了半天,他不知道。小周又问:"三营营部呢?"

"三营营部在东屯上住,离这个屯三里多路。"

小周背起背包,一鼓劲走到东屯上。

路上,小周的心里很矛盾。他想:"这不是犯错误了吗?"他几次想转回去。但一转身,往回头走几步,站了一会,又转回去。犹疑了几次,终于走到了东屯。

一问,正好九连就在这个屯上住,也不先到营部,小周就到了九连连部。

连长和指导员,都高兴地和小周握手,问了许多后方的情形,又告诉小周这一个多月前方的情形。

因为小周是伤好归队,指导员也疏忽地没问他要介绍信,便叫通信员,领他上九班。

下晚,九班真热闹,同志们凑了几个钱,买了一些芝麻糖、瓜子,开着欢迎会。

九班的小屋里,有的坐在炕上,有的坐在板凳上;一盏豆油灯,照着同志们兴奋的脸。

开会以前,同志们问长问短,问这个问那个,大家关心着后方的情形,特别关心着分土地的情形。

同志们有的吃糖、瓜子,有的抽烟,大家都很快活。

"小周,负个伤上后方逛逛真不错,还可以看看电影哩! 我下回打仗,也挂他妈的一次花。"洋相鬼老于一面吃着芝麻糖,一面俏皮地说。

"你想得真好！要是伤重死了，看你怎样逛？"有个同志故意地说。

"死了怕什么，我的革命成功了，我就上阴司逛逛，听说阎王爷那里也有电影看哩！"

"阎王爷还给你吃芝麻糖哩！"

老于吃完第三块芝麻糖，正想伸手去拿第四块糖，听了这话，连忙把手缩回来。

"哈哈哈……"同志们一阵笑。笑得老于满脸通红。

班长和三排长进来了。欢迎会开始了。

班长先致欢迎词说："小周在咱班上打仗时勇敢，负了伤上后方，又坚决回来，这种精神很值得大家学习。我们大家鼓掌欢迎！"

一阵热烈掌声之后，班长又说：

"现在请周元顺同志，给咱们报告后方的情形。"

又是一阵热烈的掌声。

小周心里不是滋味，两只大黑眼半闭着。他听了班长的话，更觉得惭愧。"向我学什么，我犯了错误！"一阵鼓掌声，他脑子里嗡嗡叫。"我说啥好呢？"

"报告！"这个突然的声音，像发生了情况似的，大家的眼光从小周脸上，立刻转到门口。

连部的通信员走进来，在班长耳边唧咕了一阵。

一场高高兴兴的欢迎会，便泄了气地散了。

七、一样当英雄

在团部的军人大会上，小周检讨了一顿，承认了错误，表示愿意受处分。

对于自己想当英雄的思想，他一点也没有讲。

小周上了通信班，心里还是不大高兴。他的思想没有打通。

通信班长发给他一支三八式马枪，一袋子弹，四个手榴弹。

开始，小周不安心工作，成天睁着一对大黑眼，胡想一阵。

慢慢地,小周安下心了。他知道班上有六个同志立了功,其中有两个当了英雄。

和同志们闲唠嗑当中,小周懂得通信员一样可以当英雄。他懂得通信员当英雄的要领。

于是,他下决心好好干下去。

这时候,正是秋季攻势刚结束,团上开着庆功会。功臣们聚集在团部开会,个个兴高采烈。老于也被选上当功臣。

庆功会给小周很大刺激。他更着急想当英雄,他对那些功臣们又钦佩又羡慕。

庆功会也给小周很大教育。他开始知道:当英雄不应当看成为自己的光荣,而应该看成是为人民立功,人民的光荣。

接着部队进行了诉苦教育,许多同志们吐了苦水,说到受地主压迫时的苦情,大家都掉下眼泪。

整个部队挖完苦根以后,普遍燃烧起复仇的怒火,掀起立功运动。

通信排临时俱乐部的快报上,贴着同志们的决心书,把一垛墙贴得满满。

小周学着别的同志,在自己枪托上,贴上这样一首枪杆子诗:

三八枪,

叭咕叭咕响。

完成任务要坚决,

复仇立功意志强。

通信联络要迅速,

大胆灵活不转向。

敌人不缴枪,

叫他见阎王!

太阳偏西的时候,激战一天一夜的城市,炮火又逐渐猛烈起来了。

好像为蒋匪一师人送葬,整个城市,到处是一片白茫茫的大雪。

没有风。刺骨的寒气,穿进战士的棉大衣,透过棉袄,但立刻被赶出来。战士们的身上像一盆热火,全身的血在沸腾。

用积雪做起临时的工事,利用敌人地堡,在一些房子的墙上挖起窟窿。轻重机枪,各种口径的炮,正轰击着敌人对面的碉堡和地堡群的核心工事,敌人的炮弹也落在我们阵地上爆裂。

三架美式的蒋机,在城市的上空盘旋了一环,没有等投下炸弹和扫射,便被我们高射炮的火力吓跑了。

二团的指挥部,设在一间做豆腐的小民房里。团长正写着一个重要的命令。这是给二营的命令,要他们在黄昏以前,配合正面攻击,内外夹攻这边的敌人,一定要在今晚上解决战斗。

二营的动作很猛,在拂晓前,突破敌人的前沿之后,勇猛地向敌人的纵深发展,解决了几个碉堡和地堡的敌人。后续部队缓了一步,没有上来,反而被敌人三面包围起来,和主力切断了联络。

他们困守在几个大院里,利用敌人的三个碉堡和一群地堡,抵抗着敌人。

他们好像敌人的眼中钉,威胁敌人的腹部。敌人一面对付我们正面的攻击,一面拼命想消灭二营。

敌人没有办到,几次进攻被打退。

团部通二营的地方,只有一条很狭的走廊,而且被敌人火力严密地封锁住。

今天,团长派了两个通信员去联络,都没有通过,而且挂花下来了。

所以当政治委员和参谋长看完命令,在上面盖了章之后,团长便和值班参谋,谨慎地考虑派谁去。

值班参谋心里明白:步兵通信员,除了派出去的和负伤的以外,只剩下四个,都恐怕不能完成这个重大任务。

时间是那样的无情,如果通不过去,或者迟延了,那么对整个的攻击,将有很大的影响。

"报告!"声音打断了团长的考虑。团长抬起头来,看见小周正站在门口向他敬礼,团长点点头,马上下了决心。

从小周手上,接到三营的回信,他看完了交给政治委员,便对小周说:

"小鬼!"团长总是这样亲热地叫他小鬼,他喜欢小周的灵活。在前几次战斗中,每一次,小周都能很好地完成通信任务。今天,小周虽然已经送了五六次信了,团长还是觉得只有派小周去才能完成任务。

"小鬼,把这个命令送给二营营长,能完成任务吗?"

"能!"小周肯定地回答。虽然他知道这个任务很重,他却很有自信心。他想:"我已经是个候补党员了,我一定要好好完成任务。"

团长详细告诉小周周围的情况,告诉小周命令的内容,又让小周复诵一遍。万一命令丢了,可以用口头命令。

为着行动轻便,小周脱下棉大衣。团长给他穿上自己的一件美国风衣,把白里子反穿过来。

小周整理了一下绑带,绑好鞋带,放好手榴弹,扎紧皮带。然后打了一个立正,转身走出门去。

"回来,小鬼!"团长忽然想起一件事,叫他回来。又对他的警卫员说:"把冲锋枪给小鬼用。"

小周把马枪放下,又解下了弹袋。提着冲锋枪和子弹转带。

"会使用吗?小鬼。"团长问。

"会!"小周答应一声,便转身出去。

顺着墙边,敌人火力死角的地方,小周准备通过那狭窄的走廊。

三十多米远的地方,就有敌人两个乌龟壳,一挺重机枪,两挺轻机枪,专门封锁这个地方。

谁要一露头,子弹便会像雨点一样地飞过来。

小周脑子里转了一个圈,两只大黑眼睛闭了一小会。便找了一根木棍子,脱下自己的皮帽,把皮帽放在木棍的一端。自己隐蔽好身体,把木棍子向外面晃了几晃。

马上一梭子机枪子弹射过来。接着又打过来一梭子子弹。

小周把木棍子缩回来，皮帽上打了两个窟窿。再伸出去，又是一阵子弹飞过来，把皮帽打在地上。

小周用木棍子把帽子勾回来，拿起来一看，一共是五个洞。

皱了一下眉头，小周和一营的机枪排长商量道：

"敌人火力封锁得很严密，任务又急，不能等到天黑，请你们好好地掩护一下。"

排长组织好火力，规定了记号，几挺轻重机枪，同时对着敌人地堡的枪眼射击。

敌人的火力，被我们压下了，只有几个枪眼，还向外射击。

乘这个机会，小周来一个猛跑步。子弹落在他的身边，他左手的小指头被子弹打断了一节。鲜血流出来，他顾不了这些，一口气冲过这火海的走廊地带。

黄昏，总攻击开始了。

整个城市，充满了炮声和火光，枪声被压低得几乎听不见。

四个钟头的血战，解放军战士们，以英雄的姿态进行搏斗。前仆后继地向敌人冲锋。终于把敌人的核心工事、钢骨水泥的碉堡、成群的地堡、盖沟暗堡、鹿寨铁丝网、地雷群和陷坑，一个一个地摧毁与占领。

一个蒋匪的主力师，除了伤亡的以外，大部分当了俘虏。

一小部分，在敌师长率领下，突围逃跑。

×师奉纵队的命令，追击突围的敌人。

小周送完了命令之后，即准备往回转。二营长说：马上就要总攻击，那个狭窄的走廊，就要成为这一面血战的地方，叫他先不要回去。

当摧毁敌人这面的地堡和工事以后，二营长派了一个通信员，和小周回团部联络。他们走到了豆腐房的团指挥部，已经是间空空的小屋子了。

卖豆腐的老头告诉他：团指挥部已经走了好久了。

到处净是队伍，就是找不到二团的代号。他俩找回二营的地方，二营的部队也追击敌人去了。

晚上，城里到处乱七八糟。枪声不断地响着，部队正进行搜索，炮声慢慢没有了，剩下的是手榴弹的爆炸声。

找呀找，找了老半天，还是找不到×师的队伍。

后来，碰上纵队参谋长，打听一下才知道×师从东门追击敌人去了。

小周和那通信员，从东面去找部队。沿路上很杂乱，人声马叫，刚解放的城市复活了。

走出东门，听见前面几里外有枪炮声，他俩估计部队就在那里作战。

他们走错了，走上一条小路，路旁有所独立房屋。

在雪白的地上，很明显地看见有八九条黑影，跑进那间房里去。

经验告诉小周：一定是逃跑的敌人。

小周轻声告诉那通信员："大胆些，准备捉俘虏。"

"咱们只有两个人，咋办？"那通信员信心不很大。

"沉着点就成。敌人打败仗，心里害怕，别说两个人，一个人也要捉。"

两个人摸到了那所房子的前方，离房子只有十几步远，找个好地形趴下，把枪口对着门窗。

小周拿出一个手榴弹，拉出导火绳。那一个通信员也准备好一个手榴弹。

小周心眼一动，点子出来了，他大声喊：

"第一班向左，第二班向右。不要跑掉一个敌人！冲呀！"

两个手榴弹向着窗户扔过去，把窗户炸开一个大窟窿。

小周又对着门口，打了一梭子冲锋枪。

"缴枪不杀，别替蒋介石卖命！"小周大声地喊着。

敌人受了这意外的袭击，开始乱七八糟地嚷着，以后躲在屋角不吱声。

小周摸到屋跟前，从窗户上炸开的窟窿，塞进一个手榴弹，"轰"的一声！敌人屈服了。

"别打手榴弹了！缴枪缴枪！"屋里叫喊着。

"把枪从窗户扔出来！"小周命令着。

一棵棵的枪，一袋袋的子弹，从窗户炸开的窟窿扔出来。

两支卡宾式，两支手枪，小周背起来。五支步枪的枪闩，都被拿下来。

"一个个从门口出来！"小周下命令。

敌人高举双手，一个个走出来，一共九个人，其中有个便衣。

小周和那个通信员，机警地把枪口对着他们。

那个穿便衣的家伙，从怀里掏出一包东西，想跑到小周跟前来。

"不许动！"小周严厉地喊着。

"这是我的五两金子，一个金壳怀表，送给你们。我是城里的商人，叫他们抓来的。请你们放我回去。"

商人？满口南方腔。小周想了想说："不要金子。不用害怕，解放军宽待俘虏。"

两个通信员押着九个俘虏，乐得心花开放。

俘虏们背着没有枪闩的步枪，规规矩矩的，一个跟一个，低着头往前走。

战斗结束以后，小周评了两大功。一个是坚决勇敢不怕牺牲，完成了通信任务。一个是大胆机智的两个人俘虏了九个敌人。其中那个穿便衣的，还是敌人的副师长。

团的庆功会上，小周胸前挂着战斗英雄的"勇敢"奖章，还挂着一朵大红花。手上绑着白色的绷带。

同志们向他道贺。小周谦虚地说："这是同志们帮助成功的，是上级领导得正确。"

大会开完以后，小周用他参军以后学的字，亲笔给妈妈写了一封信。

一九四八年四月十五日于哈尔滨

光华书店 1948 年 11 月初版

◇ 西　虹

在零下四十度

年节

年节在风雪漫天的严寒里到来了。在冰冻的松花江以北，那些散散的村庄，稀稀的树林，密密的屋舍，到处都铺落着厚茸茸的白雪，到处都响着庆贺的音乐。那一个驻军的村子，没有丁零当啷敲打起铜器锣鼓？那一间驻军的屋子，没有把房东邀请在席桌上会餐？那条街道，那处院子，没有战士们舞动着铁头铁锨，铲刮那冻成冰硬的积雪？是呀，这是前线上的新年，指挥员们换上了干净的衬衫，手握着耳机，从电话上给各处贺喜；战士们缠上洗染好的绑带，跟上班排长去连部拜年；通信、卫生以及勤杂人员，也要你找他他找你，互送手巾、袜子，敬礼又握手。

"恭贺新禧，庆祝胜利！"锣鼓在敲。

"恭贺新禧，庆祝胜利！"歌声在响。

"恭贺新禧，庆祝胜利！"人们心里在说。

成千成万人的希望，成千成万人的声音，从温暖的屋子里飞出来，飞向雪风呼呼的村庄、树林、雪野，这声音又顺着结满了霜珠的军用电线，震动着指挥所的电铃。

"喂，喂，给团首长拜年啦，庆祝新年胜利！"声音是响亮的，热烈的,严肃的。

可是没有一个团首长接电话,接电话的是值班的电话员。

团部的人那里去了,电话员当然不知道,过年过节他们为什么不去休息,打电话的人当然也不会知道,总之,指挥员们是很忙吧。

就在这样一个节日,团的指挥员们被召集在师长那里,认真地讨论了最近的作战意图,会一散,他们又忙起自己部队的工作来。我们的张团长,他在马鞍上驮了几根竹筒似的黄色炸药,离开师部就赶着马去了二营。他是在二营长大的,是二营的老排长、老连长、老营长,现在又是这个团的老团长。二营营长姓王,早先是做教导员来的,忠厚老实,就是军事上不很老练,他要亲自帮助他的工作。

王营长一见他,站在炕上敬个礼,就盘腿坐下。团长不慌不忙,坐进炕边的破椅子,低声屏气地给他说什么,手指像敲板鼓似的敲着炕沿。随后,他两人就带着炸药出去了。

村外有一间独立屋,屋顶盖没有了,只剩了梁柱和断墙。

"就在这里吧。"团长从口袋掏出一把小钢刀,死命往炸药上挖窟窿眼儿,挖好了就剪火绳,安雷管。

营长喊通信员拿来尖嘴镐,就在墙根刨土,土冻了,镐头像砍在石板上,累得他满脸汗粒。

"好,好,再挖深点。"团长接过镐头,猛掏几下,把炸药塞进去,堆里砖石土块,两脚通通踏了踏掀土,白色火绳从墙根露出了头。

"我来点,我学一家伙。"营长伸手就从裤兜掏火柴。

团长在他身后喊:

"点着了快往这儿跑,越快越好。"

头一次没炸响,炸药发了潮。第二回响了。他俩趴在土堆后面,听得嗡隆一声,一座烟山,腾空升起,木片土块扑拉拉掉落雪地,这才满足地哈哈大笑,你一句我一句品量炸药的威力。

"咳呀,咳,咳……"团长无意将黏满药末的手摸摸鼻子,又苦又酸,呛得直咳嗽,营长抓出自己的手帕就往他脸上擦。

他俩踏着深雪，一直往村南那片起伏地走，他想看看战士们试挖的各式掩体。掩体是数九前挖的，里面已铺了厚雪。

"你也不批评他们。"团长望着几个掩体，有点生气。"方方的，也不深，埋死尸坑！"

营长看看他，没有说什么，显然觉得自己没有尽到责。

"哈哈，这个好，这个好！"团长往前跑几步，双足扑通跳进散兵坑，胸脯斜斜地转动着，双臂做射击姿势。

"哈哈，就要这样才好！又能防空，又能打枪！"营长把他从里面搀上来，给他拍落身上的雪，他还在满意地笑着。

雪风呼沙沙直吹，他俩依然站在那里，望望这，看看那，假设了各种情况，以及营长该怎样布置自己的兵力，怎样打法，谈得和真事一样。这一阵，营长往往是做学生的态度，他用皮衣领挡住风，侧了耳朵细听团长的意见。

回来时，营长领上他去各连走了走。

"敬礼！团长过年好。"战士们见了就哗地一个立正。

"算啦，小伙子！"他摆摆手，跑到班上，提起战士们捆扎好的炸药箱。他不是说这包太笨，就说是那包太轻，总要挑些毛病出来，或者亲手给他重绑一次才肯离开。

他没有立时离开营部，通信员送来开水，他俩便谈开心了。他坐在麻袋上，营长坐在炕上，他的声调是慢悠悠的，营长的声调是温厚的。

他俩刚刚把话题转到苏联军事小说上，刚谈到《恐惧与无畏》中的什么乌雷少校的练兵方法，村里就传来热闹的锣鼓声。院里忽然响起通信员的尖嗓子：

"一营秧歌队拜年来啦，快看呀！"

他俩的谈话从此停止了。营长脸上害羞得泛点红，团长一躺身睡在炕上，脸朝着墙。

锣鼓声越响越近，秧歌队已经舞进院子里来。营长喊副官赶快弄些黄烟和茶水，自己并没有出去。团长是一言不发，好似睡着了。

这是二连战士们组织的秧歌队，红红绿绿一大串，绑带条缠在头上就是飘带，褥单围在腰里就是围裙，服装虽不讲究，扭得挺卖力。当头那位耳轮上吊着红辣辣的老渔婆，将手中的镰刀斧头一晃摇，一连串演员便扭开蛇盘蛋，扭得雪吱咯吱咯响，扭得围裙飘带飞起来，扭得拍钹的，擂鼓的，像机枪连发似的，来了一阵不分点的敲打。之后，老渔婆又把手中的斧头镰刀一挥，领着演员们扭成个圆圈，节目便在激响的锣鼓声里开始了。满院笑声，叫声，掌声，满院看热闹的军人和男女老乡。

这是战士们自发的娱乐，这是在年节里表达他们欢乐心情的唯一群众性的活动。他们回江北来补充了防寒物资——靰鞡鞋，棉背心，狗皮袜，他们在深雪寒风里苦练战术，他们一封封求战书，转呈给他们的领导者，他们旺盛的情绪等待着出击。这不是闹秧歌，这是战士们急于把渴望变成实际的真情表演。

场子里出现了两排歌手，老渔婆是领唱人。

　　我叫这立正就立正，

　　我叫这鞠躬就鞠躬，

　　快下呀江南打胜仗，

　　首长你快给发命令！

　　咚个龙咚喳！咚个龙咚喳！

这歌像雄壮的进行曲，这歌是热情的求战歌，连躺在屋子里，害羞不愿出来的团长他们，不由也被这简明有力的歌声打动了心。

"呵！这帮小伙子们，倒挺能行的！"团长擦擦窗玻璃上的厚霜，透过圆圆的小洞眼往院里瞅，他的心不禁扑通通直跳。

看那李有光！他怎么扮了个老渔婆？洋相，洋相！你看他站在人圈里，眼睛鸢子似的，骨溜骨溜，一下往乐队摆摆手，一下给演员暗送记号，他简直成了宣传队长了！什么地方有他，就多了三分热闹。团长暗里笑了。

"来，快看呀！"团长一招呼，营长也擦去窗玻璃上的厚霜，从小洞眼往外瞅。

> 元旦这新年过新春，
> 飓风这下雪不怕冷，
> 咱们喊声冲和杀啊，
> 横跨江南歼敌人！

歌声又响了，人们又扭了，歌声把人们带到风雪茫茫的江南战场，歌声振奋了人们的心。老渔婆一比手势，演员们那双响成牛角似的靰鞡鞋，扭得雪吱咯吱咯响，扭得围裙飘带飞起来。又是笑声、叫声、掌声，满院充满了年节的快乐。

丁零零……丁零……值班的小电话员拿起耳机。

"喂，那里？是的，是的，等一下。"小电话员从里间走出来，扯扯团长的衣角。

"师部找你，团长。"他把团长领进里间，团长在锣鼓声里听不清对方的话，放下耳机就向院里喊：

"喂，喂，等会再扭！锣鼓家伙停一停！"

"哎呀！快休息吧！小心把你们冻坏了！"营长也对着窗玻璃向外喊。

院里人谁也听不见，锣鼓声依然机枪连发似的激烈敲打，演员们进进退退，摇头晃脑，正扭上劲儿，满院是围裙飘带满天飞。

团长发了急，把耳机搁下，几步闯出门来。

"李有光！你们等会再闹！李有光！李有光！"

老渔婆被喊出场，汗淋淋地向团长敬个礼，锣鼓声跟着也轻了。

"你们等会扭吧，吵得我接不成电话。"

"好，好。"李有光转身跳入场里，手势一比，锣鼓不响了，围裙飘带不飞了，满院静静的，只听到足步踩得雪吱咯响。

就在这短短的沉静里，团长跟师部通了话。话很短促：饬令部队随时待命出发。但这正像列车行进前的一声汽笛，全部队的一切活动都受着这短促的话语的控制和操纵。当下，团长把电话机的把手摇了又摇，把这句简洁紧要的话转送到各单位。

"李有光,你们别闹啦,快回去吧!"团长走出来,望着场子喊,演员们都愣眼看着他,又看着老渔婆。

老渔婆又一次走出场子,看神气他是向团长办什么交涉来的。

"你们别扭啦,天又冷,快回去吧。"

老渔婆见团长的口气是平常而认真的。凭他多年对团长的了解,愈是紧急时候,团长愈沉着,电话上必定是有什么命令来了,因此他要秧歌队给团长唱首歌子的提议,马上就在内心里放弃了。他听罢团长的话,只得嗯嗯地连连点头。

"排长,我们回呀。"演员们在场子里说。恰好王营长也出来了,他打算劝演员们略等一会,喝点水,吸棵烟再走。

不知怎的,老渔婆立在团长跟前不想走了。

"团长,你是俺老上级啦,请你在战斗上给俺主要任务,俺得争一个银牌牌挂呀!"

团长瞅见他涂了脂粉的麻脸上一阵阵发红,声音也不像以前了。以前,人们喊他老兵,奚落他不进步,"诉苦"教育以后,又经过一下江南,后来又升了排长,他一天天积极起来,向这个挑战,向那个应战,一股子劲弄得他走路也成了小跑步。这次年节文化娱乐,二连全团数第一,这里头一名骨干分子就是他了,这件事团长恐怕还不大知道。他只知道他是有名的"文化干事",三句话可以和一个新同志混熟,三句话可以逗得人哈哈大笑,三句话又可以说得对方脸红。上了战场,他和平常打野外似的,天不怕地不怕,一人当先,谁也追不上他。只要他能把一排人好好掌握住,还是个很能出息的干部呢。团长拍拍他的肩头:

"你能争个英雄吗? 我看……"

"你看吧!"老渔婆截断对方的话,冷得踏踏足。"你只要交给我任务,我如不死,就非争不行,我不是那忘本的人。"

"哈哈,谁要你死! 是要你掌握部队,用你的指挥技术消灭敌人!"

"反正我有决心。"老渔婆开始念起他的顺口溜来了:"往常呀,你来看！一排打，二排干，三排照顾伙夫担，人家缴抢抓俘虏，咱在一边站，好难看！这回我说了算，死是英雄鬼，活是英雄汉！团长，你给俺当评判。"

"好，好，哈……"团长照肩膊捶了他一拳："你可不要是铁嘴豆腐心，丢人呀！"

老渔婆红了脸还想说什么，团长已走出篱栅，解下马缰绳。

"嗨，茶水香烟，茶水香烟！"副官咋唬着闯进院里，抱来几袋后方慰劳的烟丝。他后面跟着个挑水桶的炊事员。

"李有光，你们快唱快回去。"

"好！"老渔婆望着团长的背，拼命喊了一声。

这时候，一匹快马拖着小巧的爬犁，在风雪旋飞的野地里飞跑着。爬犁上坐着一位剪发女人，一身黑色棉大衣，脸儿包在大衣领子里。他怀里搂抱着一个小被卷，另带随身的几捆行李。马夫正吆喝着调皮鬼向附近那个村子转弯，爬犁便滑溜溜地在岔道里了。

团长望着这只爬犁是往团部驻地来的，他隐隐约约在心里起了一点怀疑。他走的路向正和爬犁迎头斜面，怎么也望不清爬犁上那女人的面貌。他不愿意想他心里的事，啪啪地用短鞭抽打着马。马腹下飞翻着雪浪，他在马鞍上颠晃着。

他回到自己的屋子里，心里冲上一股烦躁。这是为什么呢？也许正是那只爬犁所引起的。

他吩咐警卫员们收拾团部的东西，吩咐大司釜烙干粮，自己又坐在炕桌边清理一些文件。以后，他才腾出时间思考自己的事。

他随手摸出一封信，满纸是流利洒落的水笔字，这是他的爱人从远后方寄来的，随着这封信，还给他捎来了一条衬褛，这已是年前的事了。两月前，部队在江南进退的时候，他也收到过她的信。她说过已经在一个城市里教了中学，每天上午八点出去，下午四点回来，挺忙的。小女儿长得很漂亮，正呀呀呀学话呢。她鼓励他努力作战，关心他负过五次伤的身体，叫他少吃些带刺激性的辣椒一类东西。他虽然处在集结备战的环境，收信后第二天，就用他那支轻易不让人知道的派克笔给她写了回信。他说他就要打仗了,一见信上说小孩和她妈都健康,他这天多吃了两碗饭。他说他还年青,正是为人民作战的时候,祝胜利后夫妻再团圆。这信还是托专人带给她的。至于回江北以后的这封来信,她给他提出了一个新问题。

"现在学校放寒假了,我希望能见到你,叫你看看小孩。"她特意把着小孩的手,用铅笔写道:"爸爸,祝你打胜仗!"最后,她带着决定的口气写道:"我一定要你在年节看见孩子。"

这问题他当时是默许了,既没回信,又没拒绝,同事们也热情好心地给他另找了一间屋子。可是,她始终没有来,若是那只爬犁……他烦躁地把信装了起来。

你干脆不要来了!老夫老妻的,就在后方住着算啦!或者,把你和孩子的照片寄给我几张。要知道这是生死斗争的战斗环境呀!我成天忙得要命,眼看就要打仗,许多战斗任务还等着我去完成呢!……他近乎在思想里责备她。

他俯伏在炕桌上,翻看一些军事性战术性的文件,默无一言。

屋门闪了一下,吹进一股冷气。警卫员抱着个圆滚滚的小被卷闯进来。

被卷一头露出一双乌溜溜的小眼睛,小眼睛像看生人似的瞪着他。似乎在说:你是谁呀?我怕你。

"小花,小花,喊爸爸!"说着,警卫员已经把被卷递到团长怀里。

他心爱地抱着他的小骨肉,连嘴带胡子在她圆蛋蛋的小脸上乱擦。"好花儿,小女子……我的臭女子!"

孩子以吃惊的眼光盯他,鼻孔里呼呼地喘气,她不认他。是的,他离开她太久了,在她幼小的心眼里,已经对爸爸的印象模糊了。

他又一次想要吻她。小眼睛似乎早看穿了他的心思,两只肉滚滚的小手,忽然伸了出来,直抓他的下巴壳,抵抗他。接着,小被卷一滚动,从她尖嫩的喉咙里,发出了害怕的哭叫声。

恰好门里闪进来一位黑色制服的剪发头,她浑身冷气,微微踏落足上的雪钉子，搓搓手，便把小被卷从他手里抱过来，轻手拍打着，左右摇荡着，悠悠地哼哼着，哭声渐停了。

"孩子闹睡哩，半年没见，不认得你啦。"

"我们马上要出动啦。"

"啥时候？"她着急地问。

"通知一来就走。随时待命。"

"唉！"她有口无心地吁了口气，眼光沉沉地落在他身上。"该是我命苦！"

她是有思想修养的女同志，贤良的母亲，她所说的命苦是失口的，这是她真正从自己身上体味到战争生活的开始。就拿这间小小的屋子来说，人们也会同时看出来两种生活的面貌：他的行李早装好了麻袋，手巾、肥皂也给收藏在红皮挂包里。行动命令一到，他马上就冒着风雪远去作战了。她呢，一个有了孩子的女同志，走到那里都得像住家一样，而且还好心地给他捎来一些零碎穿戴，这是不适于前线生活的。现在，她自己也痛恨起自己来了。

他两人三言两语之后，谁都默不作声。这种静默绝不是由于爱人们之间的什么发生的，这是艰苦的战争生活教给人们的，这种静默里同时包含着亲爱和仇恨的感情。战争，现在战争就是一切，打下去，打下去，直到全国胜利，把土地、自由交给人民，把每一个人交给战争去考验，只有一切服务于战争，他才会从战争里学会和取得一切，这已经是人们重复谈说过千百次的定理了。

那么，我不如回去，这是何苦呢？早知这样，我就不会来了。她抱着小被卷，摇荡着，默想着。

这情况不是我们团圆的时候，我疼你，也疼小孩子！我走时你就回去，请你在后方听我们的捷报吧，我要狠狠地打仗呀！

他站在地上，拨弄着火炉里的劈柴，烈红的火焰呼呼呼烧着，他两人长久地静默，立时在温暖里消解了。

"我还是回去吧。"

"你先暖一暖，我们走时再说。"

她从他眼光里得到了谅解,她微微笑了。

会议

魏政委是晚于团长一步回来的。他离开师部以后,脑子里时时纠缠着一个问题:这次出击的动员口号该怎样提法?用几句什么样的浅显有力的口号,来组织和发扬部队的战斗情绪呢?这往往是做政委的在每次接受了上级的新任务,考虑到本单位怎样去完成之前,所最感费脑筋的事。这件工作做好了,下面就会像开足马力的机器似的,互相配合着,加速度地转动着。那时,数千个人的力量,将会在这个号召之下,结成刚强的意志,无敌可挡地去克服一切困难,战胜任何需要他们去战胜的敌人。所有这一切,他都是亲身参加者,直接领导者。可是,他现在才开始着工作的第一步。

他是个急性子人,上级有什么工作布置下来,他总想在最短时间里把握住要点,再把工作布置下去,这样,既合乎战斗环境,又能及时解决问题。他当政委主任期间就是这样;当政委这几年,他感到自己的工作是更熟练了,但这熟练不是来自书本子,而是在工作中自然形成的。每当有什么问题苦恼着他的时候,他感到自己无能为力,必须得去成千成百的战士们之间跑一跑,问一问,他很重视战士们的才能和智慧。有时,他会从战士那里得到启示,或者把战士们对某一个问题的看法——简单说,就是战士们的话语,牢牢地记在脑子里,然后再经过思考,组织,把它改变得更有全国意义,更适合任何一个战士的口味。这时,他就喜欢得了不得,饭量也会增加一半;反之,这个问题想不好,他就是少吃一顿饭,肚里还是胀闷的。

这一次,他还是一样做法。一个人在冰雪上滑溜着,有时就站一会,又像等待什么,又像想心思。随行的骑兵冻得直踏足,几次催他上马,他待理不理的样子。最后还是让骑兵先回去,他自己步行了。

一路上经过的驻军村庄,他总要去连上找一些战士谈谈。战士们对他的到来,敬礼也带着笑容,说话也偎在他跟前,好像是战士们把他拖来的,不是他自己来的。他竖起耳朵直往里听,听了再问,问了再听,慢慢分别着那些是假说假道的顽皮话,那些是有思想内容的,又把它归成类;那些人是真正不怕困难和寒冷的,那些人是积极求战的,又那些人是不怕走路摸空的。占有了一大堆材料之后,他便想着走着赶路回来。

他一直走进团长的屋子。团长正伏在桌上,费力地往笔记本上写什么。旁边那位女同志首先笑嘻嘻地迎他。

"政委,你看我来得正是时候呀!"

"是,是,"政委一时找不出恰当的话,含含糊糊地说:"小孩长了几个牙了?"

"整整十二个了,咬东西咬得嘎嘣嘎嘣的哪!"

政委轻轻地摸了摸被卷里的红脸蛋,说:

"叔叔还有事哩,顾不得抱你。"

他本来认识团长的老婆,他的未婚妻以前也和她在一个地方住过。他看见她,觉得没有什么可说的,他不想从她口里问问她的爱人,也不想和她多来几句问候的话,他一来就靠着桌子和团长计划工作。完了,他才又对她说:

"好吧,今天我们过年,请你吃团圆饺子!"

政委转身就回了自己的住处。

警卫员跟着政委身后,打进一盆洗脸水。政委看也没看,摘掉帽子,抓抓头,翻开小小的笔记本,水笔尖在上面跳动着,他的嘴唇也在微微地念叨什么。

"政委,洗脸吧。"

政委没有抬头,笔尖在本子上跳动着。

"洗脸吧,政委。"警卫员又一次催他。

"你也不看我能顾上?"政委愣眼看着他说:"我在想问题呢,没空儿。"

警卫员倒好一碗茶,慢慢腾腾地出去了。

　　过一会,屋子外间不断有人开关着风门,说笑声也时起时落。他在这些杂乱的声音里,不言不语地忙着自己的工作,思想更集中了。眼看就要开会,他得快点准备好发言提纲呀!

　　各营干部们已经陆续到齐了。他们在炕上、地下互相挤闹着,你看看我的笔,我摸摸你的表,或者各人随便谈谈本单位的一些事。这是因为他们都是多年的战友,彼此熟悉,还是因为这次的会议,使他们预感到马上要发生的打仗,而唤起大家快乐的心情。

　　他们之中,二营长是不爱玩笑的,走在哪里他总是默默地待着,自己决不先说话。三营长和他正相反,谁的嗓门也压不住他,谁也赶不上他的话多,什么场合只要有他在,别人就难以插话。可惜他文笔不行,许多事全凭他这副记忆力好的脑子才干好的。要是比个子,一营长算最高大,熟悉他的人,都知道他兼具了二、三营长身上的一些特点。他埋头干事,不爱说话,这点跟二营长一样,上级问起他什么来,他总是"对""可以""好的",回答得简单而含糊,这点就不如二营长有条理。但由于识字少,心里想得很透亮,这点就和三营长一样。他们之间有一种共同的习惯,不言不语地完成了任务之后,又等着完成第二件,不愿意在上级面前夸耀自己,觉得干了就算了,上级也都看见了,多说没什么必要。至于在战士面前,他们往往是连说带笑,跟他们打打闹闹,甚至战士们主动地找他们开坑笑,他们也顺着他来。如有个别战士真的是调皮,那他们一句话就能把他唬住,真像在战场上发命令一样威严,可是战士们从来也不在这些上面计较他们的营长。他们都是战士出身的指挥员,自己当战士的时候,和上级也是这样一种关系,这是没有理由可以改变的。他们还有一种根深蒂固的习性,这也是长期军人生活中养成的:那一个营都喜欢别人说他英勇顽强,天下无敌,那一个营都对别人有一种爱慕的忌妒,自己决不甘心落人之后。他们在战场上,不压倒敌人誓不休,一次猛冲不奏效,眼睛一红,连三带四地再冲,剩到最后一个人也要冲。往往在紧要关头,他们自己就挺身而出,领上部队跟敌人混战,直至把敌人消灭。以后,他们就在实战中取得了经验,并在实战中试出了对手的分量,这个营如果抓了一百个俘虏,那个营就嚷着要抓三百个,你能吃掉新一军,我就要打烂新一军,他们红着眼喊叫:"吃菜要吃白菜心,打仗要打新一军!"战士们就喊得更响。这种情绪是那里来的?他们谁也不作为一个问题去推敲,他们都记得自己当战士的时候,指导员连长就这样教养了他们。以后,自己当了干部,自然而然觉得这东西是不能丢的,便也照样地拿它教给战士。每逢战斗任务来到,他们就在战士面前,悲愤激昂地喊:"同志们!我们不要给毛主席脸上抹灰,保持井冈山的老红军老传统呀!"真的,这几声喊叫的效力,远胜过机枪大炮,每次都是这几句话,使战士们信心百倍地一气战胜了敌人。下连三天的新战士,他就可以把这个部队的历史数说出来,他也马上会挺胸直脖地走路,老乡长老乡短地进出宣传。站起队来,你简直看不出谁是新来的,那些是旧有的。他们就是在这样一个部队里长大的,现在他们又成了这个部队的指挥员。其中的二连是半年前重新编制的新连队,他们除习染了这些之外,还生长着一股新鲜活泼之气,刚才给二营拜年的秧歌队,便是二连组织起来的。

"老孙呀!你这个教导员真会领导,看你们二连多活跃!不愧你当过几天宣传员呀!"

人们在谈笑中又瞄准了二连,这些话多少带了几分玩笑式的责备,话里有话:算啦,活跃啥哩,马上要打仗了。这么冷的天气,你们也不怕把战士们冻坏了。

"又是休息,战士们自愿的,我不能泼凉水。"一营长以短而不大连贯的话,为教导员申辩着。

"哈哈……狗日的,你们两个就闹了个对!一色的,一样的……"

人们无意跟一营的干部开起玩笑来。

一营孙教导员是个宣传员出身的中学生,他除了完成自己的政治工作,还时刻去帮助营长。作战时,他除了照顾后梯队,还可以帮助营长上前面掌握部队,领上突击队冲锋。这样,营长也可以喘喘气,再仔细地去考虑敌情,冲锋道路,以及战术上的一切问题。通令来了,他一字一句念给他听,或者自己先抄好,趁他有空再告诉他。营长有许多字是认得写不得,他常向人说:"这都是教导员帮助我的,要不可困难多多了。"他俩在一起工作,就像是组织上有意调度的,也像自愿结合的,是那样配置得合适,以至别人都羡慕起他俩来了。

其实,其他两个营的干部,也是同样安配得很合适,只不过在一些具体事情上,他们常不约而同地要拿一营做榜样。

"人到齐了就开始,大家坐拢点。"团长抱着他红脸腮的小女儿进来,宽大的身子一闪就坐上炕头,守着那只小炕桌。

人们互相看了看,似乎都在问:"谁还没有来?政委那去啦?"

"喂,喂,等一下,你们先开着。"里间传出政委短促的闷闷的话声,声音像从鼓里发出来。人们便安静了。

参谋长在这种场合,往往像会议上的主席。他坐在炕桌另一边,面前摆着一叠纸,自来水笔皮蛋里早喂足了墨水,他以探问的眼光看看团长,就是说,他可要宣布开会了。

他是精于自己的职务的,打了多年仗,如今又干了参谋长,成了团长工作上很好的配手。若是领发弹药武器,他就哗啦啦写好通知,派通信员送去;若是行军作战,他把手关节往军事地图上一比量,路线距离马上就一目了然地画了出来。他常常走在最前面布置队伍宿营;他常常单独带一个营作战;他还习惯于一边走路一边写通知或通令,夜间也照样可以。为此,团长常常当着众人的面夸说他。

"人家老陈知识分子化了,能文能武,咱们老落后啦!"

这一次,团长在大家面前的神气,比素常还要稳静,不过比今天以前更显得快活了些。这是因为小女孩尖脆稚气的嗓子喊了他声爸爸吗?还是因为部队有了新的任务呢?这当然是后者引起的,人们也正是这样猜测他的。

"好啦,开会啦。"

参谋长向大家招招手,人们差不多都挤围到炕上来了。

团长一手拦着小女孩,一手翻动着笔记本。大部分人也都迅速掏出笔记本,检点自己的水笔。屋里空气马上由静默变为庄重严肃。

团长的声音故意放得很低,但每字每句都含有钢铁样的分量和气味。他的话只能允许屋里人听见,当他的话音一顿,满屋里便只有窗户上被阳光融解的霜水,滴答滴答地敲击着窗台的声音。

坚持南满,保卫北满,打破敌人先南后北的各个击破企图,便是我军当前的艰苦任务。我军必须在零下四十度的奇寒中,来个紧急行动,二下江南,主动地攻击敌人,以减轻南满压力。

团长伸出一只拳头,说:"两天赶到目的地,坚决完成战斗任务,这是东北人民的生死斗争啊!"他的臂腕晃动着,拳头直往高举,就像是宣誓。在他这个手势里,人们感到有一种克服一切困难的力量,从内里迸发出来,并且这力量是水火不怕,风雪无阻的。连他身边的小女儿,也不禁张圆黑油亮的毛桃眼,惊呆呆地望着爸爸的拳头出神。

传达过任务之后,团长向里间望了望。

"老魏,准备吧,该你的啦。"

政委手抓着头皮,嗯嗯地走了出来,他急速地向在场的人扫了一眼。

"还没想好,先随便谈谈吧。"

于是,他看着手里的小本,坐也不是,站也不是,在原地转了半天圈子,才开始了说话。

他的话语是通俗生动,富于战士感情的,没有半点做作,没有空洞的术语,他单刀直入把离开公路铁路交通线的敌人比作被我军用绳子牵着的蠢牛,把我军的前进后退比作猛虎扑羊、回马枪。上次一下江南,他把运动中歼灭敌人比作老鹰抓小鸡,以后,他感觉分量太轻,今天才正式改换了这个比喻。这次是在零下四十度的奇寒中作战,他从严寒里找到了敌人的重大困难:筑工事困难,士兵怕冷,行动困难,这正便于我军消灭其一部或大部。但不宜急躁,要沉着。至于部队本身,他也想了几条,主要也还是从寒冷里想起的。他概括地提出了三不怕:不怕寒冷,不怕跑路,不怕牺牲。并把这三点联系到为爹妈报仇,为人民立功,而忍寒立功报仇,又是最主要的动员内容。因为部队在一下江南之前,都进行过诉苦教育,战士们都憋了一肚子恶气,急于打仗。

他说话的时间并不久,内容极重要。他说话很急促,人们做笔记都赶不上。但他的话,人们易于记忆。他的这些话是向营级干部们说的,也是向战士们说的,因为他们回去之后,还要把这些话告诉战士,使它再变成战士的行动。

这时候,阳光照进窗户里来,屋里也渐渐变得温暖。人们在烟草气味里咳嗽,喝水,由于精神过分集中,许多人脸上还出了汗珠。

政委合上本子之后,参谋长将手从人们中间一劈两开,叫军政干部分两处讨论。军事干部在外间,政治干部在里间。里间以政委为中心,讨论这次出击的动员口号,和组织挑战立功一类政治工作。外间以团长为中心,研究一些战术指挥问题。警卫员们进进出出,提壶倒水,为这场重要的集会,忙得无处停留。

"爸爸! 呀,呀,呀!"小女儿抓着团长手里的红蓝铅笔乱晃着,她似乎要学着写字。

"啊! 不要捣乱!"一营长用两手把眼嘴撑得挺大,吓得她发了愣,甩掉铅笔就躲在爸爸怀里。

"你算赶上好时候啦!"谁有所感似的说:"我们打仗,你吃奶,你睡觉,长大了见了叔叔可要给敬礼倒茶呀!"

"她什么都不知道,狗日的就会吃,她爸爸打了多少年仗,她一点都不知道。快找妈去吧!"说着,团长把孩子交给警卫员抱了出去。

"我们这些人也是给老百姓打天下,也是给这些小娃娃打糖,打饼干……哈……"一营长在小孩走后,漫无目标地插了这么一句。

"对,对,就这样,就这样。"里间传出来政委的声音,他的话一字追逐着一字,非常急速。

"那么是……动员起来,组织起来,一心一意,英勇顽强,忍苦忍寒,歼灭敌人,为爹妈报仇,为人民立功。警卫员!"政委伸出光头来,一个胖憨憨的年青人便迎着他进去。

"我问你,你听这是什么意思?"政委把刚才诵念的口号重新说给他,想在他身上得到反应。

"知道!"胖子本来就没太听清楚那一长串话语,可是对着开会的人他也不敢说不知道,便含糊而认真地说:"就是忠诚老实吧。"

政委一下皱了眉,向屋里人失声地说:

"坏了,还是太长,不明显,大家再想简单些吧!"

里间刚陷入静默,外间的声音又闹起来。

"是呀,我就知道狗日的新一军好鬼呀!"一营长还是初次这样热烈发言,他把皮帽一甩,两手比画着:"咱们把他一吸引,大步一退,狗日的头天撵咱六十里,二一天就撵咱三十里,三一天他就不动了,再一天他就溜回据点了,你看狗日的好鬼!"这时,他便给自己的话做了决断:"逮住他了,一个猛冲就吃掉它,谁有工夫跟他打麻缠呢?哼!"

"嗳,嗳,"团长扭转头说:"你先看看这份文件好不好?"

"我不认字,咱们大老粗没文化。"

"来,我给你念。"参谋长凑过去,压低声音说。

"我知道,知道!"一营长拉长声音说:"狗日的新一军就凭他的工事,凭他的火力,他还有什么野战的老本钱呢?"

"人家就是不离开工事,你上去了,他给你一家伙,来个轻重火器突然开火,你不倒霉?"

"倒霉?他倒霉!"

"可是,打村落战可不能一冲上围子就算是战斗结束了,这是入了虎口,虎口!人家在院里屋里,明的暗的,都有工事,我们当指挥员的可莽撞不得呀!"说着,团长拿起一份文件,有意味地说道:

"大家听听敌人对我们说的话吧:'……无所谓战术,完全像亡命之死拼乱撞,训练不精,成群集队,蜂拥而来,直若肉弹攻击……'"

"妈的比,蒋介石反动派侮辱我!"听的人都气呼呼地骂开,就是团长也不在例外。

其实,这只是指挥员们对敌仇狠心的发作,细细一想大家也都默然了。在这几句话里,一方面包含着我军顽强的攻击力,是敌人最感头疼的;另一面即是我们的突击部队有时摆不好三三制队形,容易遭到伤亡。敌人从我们军事思想上学不到什么,而往往是我们从敌人那里,取得了一些改进指挥技术的材料,使自己每一次都战胜敌人。

对于指挥员们来说,战争是通过敌我两方面的军事机构、战术思想,必须在那一处山地、那一个村庄进行的。敌情地形查明了,冲锋道路选择好了,炮火一掩护,这就进入了生死决斗。战斗结束后,内部一检讨,指挥员们再去烟火未消的战场上,看看敌人的工事和火力配置,从此就取得了下一次打漂亮仗的经验。至于政治干部,他们时时给千万战士们身上注入了百倍勇敢和百倍信心的精神力量,这力量一和战术动作结合,战士们就不是在进行普通的,机械的,战斗动作的演习了,而是自觉地,主动地,无论如何要把敌人消灭。因为在他面前的敌人,不是穿着军衣,手持枪支的某某番号,某某阶级的部属,而是满身血腥,杀害过他们亲人,使他们长期劳动而又长期饥饿的罪犯。当这些罪犯一交枪求饶,他们也不去杀害他,反而和他交朋友,同情起他来了。因为他们是唱傀儡戏的,他们的主人还隔得挺远,这就使人的仇恨心滋生起一种甜意,就像刨甜甘草一样,人们何时挖尽他的老根才算过了瘾。于是,战术的武器再一次经过磨练,这百倍信心与勇敢,就千倍万倍地激增起来。我们的军政干部们,就是这样从战斗中,带领部队走过战争之路的。

往下,里外间的声响一直混合在一起,听不出是属于军事性的,还是政治性的,总之,许多声音都是有了一个目的:忍寒忍苦打胜仗。

电话铃响了,团长赶紧抓起耳机来。嗯嗯一阵之后,团长望着大家说:

"下午五点钟出发,快回去准备吧。"

里间的人,在他的话落音之后,同时拍手笑起来。人们眼巴巴等待了好久的事,这时总算等到了,清清亮亮地听到了。指挥员们也和战士一样,战斗任务来到,就等于喜事来到,这也是部队里成年累月的老习惯了。

"好啦,忍寒忍苦打胜仗,为自己报仇,为人民立功! 就这样啦,哈,正好会也完了。"

说着,政委从里间走出来。人们在他后面,跳跳蹦蹦的,几乎站不住脚。

团长随时给人们说了几句什么,人们便收拾收拾自己的衣帽文件,向团长政委他们敬个礼,陆续往屋外涌动。

"回去要赶快动员啊!"政委把他们送到门外,急急慌慌说。

"回去要赶快准备呀!"团长见政委的话还不够全面,他这话是专为营长们才补充说的。

誓愿

二连秧歌队不声不响回来了,人们把包头的绑带抓下来,三下五除二缠在腿上,叠成围裙的褥单也唰啦从腰上撕下来,一并连彩衣丢给老渔婆,带点赌气地说:

"排长,原物交还,当面查清,以后再扭秧歌可没我的事了!"心里却暗嘀咕:刮风吹雪扭秧歌,再冷人家也情愿,为什么正扭在节骨眼上,偏把人家挡回来呢? 至于脸上的油粉,他们随便用废纸和手巾擦一擦,谁也懒得去洗,默呆呆地坐在班上,两眼噙着泪水,鼻子一抽一抽,就像受了委屈的小孩似的。谁一逗他,他踢你一足,揍你一拳,扭转头偷偷笑了,原来是在耍小孩脾气。

老渔婆以及大胡子老田,他们是连队上生活较久的人,一看到这番情景,由不住捂了鼻子发笑:这些小同志真有意思,他就不全面地想一想,上级平白无故地舍得叫咱们秧歌队散伙吗?团长还爱唱几句京戏呢!一定是上面有任务下来了,八成不会错。如果在一般场合,他们还可以互相议论,进行解释工作;这类事是属于军事秘密的,上级不正式宣布,就是知道也不能随便讲的。这事难就难在这里,他们只得暂且装着不知道,避开他们,检点检点锣鼓家伙,该还的还,该送的送,完了再收拾班上的零碎东西,心里平平悠悠的直若无事。

嘟嘟嘟一阵哨笛响后,战士们被值星排长带到一溜大房子里。指导员摇着长脖子,有神有气地说话了:

"同志们,咱们要是打仗,大家高兴不高兴?"

满屋哇啦一声:"高兴,高兴,我们早愿意打啦!"

"你怎么不哼气?"大胡子老田推了小吴一下。

"同志们!"指导员摇摇头:"天气这么冷,你们不怕?我不信!"

满屋又哇啦一声:"不怕,不怕,啥也不怕!死了也要跟着共产党走,死了也要拉老蒋的腿报仇!"

大家举起拳头拼命喊,老田见小吴也跟着喊,他这个当组长的才算放了心。

指导员拳头在半空里一播:"对,同志们!我不欺骗大家,告诉同志们,准备出动打仗!"

"好哇,好哇!我们早准备好啦!"

满屋里又喊又叫不停点,指导员的讲话变成了和大家对话。小吴喜笑哈哈,老田也满脸喜气。之后,人们在歌声里蹦出屋子,径直跑回了自己的班排。

老渔婆一直没有顾得回排,他从连部得到了准备行动的通知,就忙着清理秧歌队的工作,借人家的花衣衫,花裤子,一堆一堆,简直像摆开了估衣摊子。他把衣服叠好,点好,打包好,然后就以急行军的速度,东家还,西家送,连客气带道谢,费了他不少时间,一直到路过营部门口,他才有工夫喘口气,停下来。

迎街奔过来两匹马,他看得清楚:大红马上骑的高个子营长,小青马上骑的教导员,这两匹马是从通团部的那条大道回来的。他的心跳了一下:再问问营长吧,营长也是俺老上级。便把风纪扣整了整,皮带紧了紧,没等营长的马跑来,他先迎了上去,咔地来一个敬礼。

"营长回来啦! 冷呀!"

"快准备出发吧! 冷呀!"营长拉紧马嚼子,还了他礼,就翻身跳下马来。

李有光若无其事地从营长手里接过马缰,又若无其事地跟营长回了营部。

他帮助营长拍打皮帽上的冰霜,给营长递手巾擦脸,一旁的通信员用感谢的眼光看他。

"好好干吧,李有光,"营长冻僵了的嘴唇还没有暖过来,用有点发抖的声音说:"你准备得怎么样啦?"

李有光摇摇头,一转身靠炕沿边坐下。

"怎么啦,打仗还不高兴?"

"没有劲,我没有劲!"李有光卷起一支烟,吸着,他不看营长一眼。

营长暗里笑了,老下级们在他面前有什么要求的时候,常常就是这股神气。

"他妈,你真怪! 世界上就没有你高兴的事。"营长不紧不忙地刺了他一句,但声音是爱惜人的。

停了停,李有光才把身子靠近营长,眼珠子一转:

"战斗上,你是不是可以把我们三排放到前面去?"

"哎!"营长长吁口气,摆了摆手:"情况还没有来,将来再说。"

"情况是情况,使用是使用,营长,"李有光这下把营长的胳膊腕抓住了,他带点强迫性的口气,一句紧跟一句:"情况来了,不管别的连怎样,你先拉出我们三排去干一下,怎样?"

"别急,别急! 我准备好好用你们一下,不要急!"

李有光明知自己的要求营长一时也很难答复,不过他有自己的想法:先在上级面前露露口气,引起上级对他的注意,一到正式场合,他就有理由郑重其事地第二次再去要求。这正如去司务长那里领东西一样,那个班第一个跑去,他就有理由先于别人领回去,这些事上李有光是个老经验。

往下,李有光摸着自己匣枪柄上的红丝穗,给营长又一次介绍了他上回的立功计划,声明他这回要把计划提高,决心也要下绝,决不会给老上级丢人,而且把他自己对胜利必然性的认识,也当着营长的面发挥了一通。

"看,那时候咱们打夜战可艰苦呀!"他开始引证三年前,他在抗战期间所体味到的一些事。

"那时候子弹像金子,打个胜仗,每人的口袋,饭包装满了……还要拾战利品,还要拾子弹,还要追敌人……"他见营长点头,似乎在说:李有光的记性真好,这都是事实,是困难呀! 于是他的话就越发说得起劲:"哎呀,不得了! 现在武器好了,大炮有,坦克有,什么都有。哎呀,坦克一过一股旋风,大炮八个骡子拉不动,哎呀,够他妈反动派呛的……"这时,他把自己的话又落在原先的意图上:"这回我们三排可要好好干一下哩! 我还要跟别的单位的老伙计挑战哩!"

营长见他声音有点发十,满了一碗茶递给他,他暂且才停止了说话。

"好,李有光,你回去好好干吧。"营长半咧着嘴,伸出一只拳头,玩笑地说:"我要是听说你调皮,可要揍你啦!"

"嗯,嗯。"李有光认真地答应着。

"老杨,"教导员从门里探进头来,看着营长说:"你来谈谈意见吧,人都来齐了!"

营长说了声好,就往足上套棉鞋。

"敬礼! 走啦。"李有光看营长一眼,营长正笑着看他的手:"好,你回去快点准备吧,可要立大功哟!"

这时,在营部屋子里,全营连以上干部,听了教导员和营长传达任务之后,人们又很快讨论了全营军人大会的意义和开法,一致认为出发前要把各连的情绪轰一下,趁现在各班排分别酝酿时间,这个大会一定要提前准备好。于是,有的连队答应给纸张,有的连队答应出人布置,教导员又自告奋勇写标语,并立时选定了会场,一切都表现了军队里惯有的作风:说干就干,干起来要快,要彻底。这一来,全营干部战士从上到下,真的都变成活的机器,这机器各部份互相配合着转动得又快又有规律。

李有光回到连上时候,每间屋子里都传出来愤愤昂昂的声音,他脑筋里正在考虑的一些事,不觉被这些声音融在一起,他随步走进了八班的房间。

炕头上,战士们正围着火盆,一个紧接一个发表意见,班长伏在那张小炕桌上,费力地摇动着手里的水笔,谁也顾不上给他们的排长打招呼。

李有光在这种认真严肃的场合,轻脚步挨着炕桌坐下,给班长说句悄声话,便以排长的身份,参加战士们的会议。

在全连来说,三排还算是主力排,在三排来说,八班又是有名的拥爱模范班,八班班长还是全连数一数二的好班长。这些荣誉和成绩的创造,李有光是热心参加,热心领导了的,可是他非常不满足。平时战时,他跟八班一块睡,一块吃,有空就说:"我希望同志们在战斗上加把劲,咱们要打出个作风来!"战士们自然很高兴,当着他的面就喊:"我们响亮地回答排长的要求!""我们坚决争取战斗模范!"今天他一进来,忽然感觉到战士们这股热情劲比往常高得多,简直跟火线上的动员会一样。他一时不想说话,他在用心地听,用心地想,神色很沉静。

大胡子老田手里抓着小烟锅,在火盆边沿上打锣似的直敲:

"反动派不让我们过好日子,到战场上我就不让他活,复仇的时机来了!"他的手乱搅了几下,似乎那烟袋就是刺刀。

"我一定跟老同志打仗比赛!"小吴同志紧插了一嘴,由于抢着发言,团团脸涨得通红。

"班长呀!"他把眼光从大家身上移过来,稚气地说:"不要看我人小个子小,参军不算早,我们要知道金刚钻那么小,还能钻破磁石呢!所以我决心抓俘虏缴枪,决不给老同志丢人!"这时,他把自己的意见归结成一句:"所以我要请老同志帮助。"

大胡子老田的意见,本来发表完了,小吴同志这么一说,他的头上不由冒出了热汗。他说话由于气愤,一时疏忽了,没有提到帮助新同志,真伤心!小吴同志是他组的小战士,人又年轻心又灵,他非常喜欢他,待他像小兄弟,看他像小老虎,吃饭、睡觉、军事、政治,他素来就很关心他。可是到发言的时候,为什么忘记了呢!唉,真是!他心想插句话补充补充,小吴这同志的嘴巴,叭叭叭,叭叭叭,比画眉鸟还巧,他还没有说完呢。

"我要请组长帮助我,他仗打得多,有经验。"小吴这话是瞅着老田说的,因为他是他的战斗小组组长,战斗上他要听他的指挥。

唉,还用你请哩!不请我也要帮助啦!你看,我这个当组长的就没尽到责任,自己没有提,反叫人家提出来了!唉!老田干急没办法,因为小吴的声音还在响,他插不了话。

"咱们一次没打过仗,不知是啥味道,也许真干起来就闷点子了。老田呀!"小吴瞅着老田说:"战斗上你也是我的大哥呀!"

"嗯,嗯……你也年轻灵活。"老田半客气地唔唔了几声,这才一条一条,不紧不慢地补充了几句。最后就负责任地说:

"打仗这玩意没啥不得了,你只要胆大,灵活,咱到那里,你就跟到那里,保管你吃不了亏!你说对不对,小吴?"

小吴点了点头,扭身就把两手伸到火盆上。

"放心,放心,没有什么问题。"班长向大家看了一眼,补充道:"这责任也该我负,战斗上我看好了地形,先让你们占上,我看好目标了先让你们去,我在后面掩护。"

立时,战士们眼对眼笑了笑,那笑里包含着同志间的互相信托,互相爱护——谁都是谁心上的一块肉,谁都不允许被割离。

"唉！我家还在国民党地区，家里不知受了多少冤枉气，听说打仗，我的心快跳出来了！我非跟反动派干到底不解！……"

这是第三战斗小组长说的。他以前哭过他被抓兵的苦，哭过他妈被地主逼死的苦，他的仇恨也跟别人的一样，一直憋在肚里无处发作。他的话，勾起了大家的回想，他的话，无形把大家拖在复仇的战场上。

"同志们！"班长像在号召："大家谈谈自己的决心吧！我们跟反动派拼老命！"战士们头低下来了，每个人都在想自己的心思，这好像刚拉了火线的炸弹，正在准备着爆发呢！

战士们的家，有的刚过上饱暖的日子，有的还在蒋管区，有的就没有下落；至于他们的仇恨，不管那个人都数说不完的。比如腊月天光着脚丫子放牛的小吴同志，比如当劳工几乎捣死在煤窑里的大胡子老田，比如扛了十年大活的班长，不管什么时候，他们窝在心里的仇恨，一被什么东西触动，马上就心嘴子搏跳，浑身发抖，恨不能一口一口把敌人咬死。

这时，他们讨论了严寒作战，讨论了互助友爱，又讨论了各人的计划，他们什么都讨论到了。在他们面前，什么艰苦困难，都会被复仇立功的决心湮没了的。这三面新的军装，暖烘烘的皮帽，绵松松的靰鞡鞋，厚墩墩的棉大衣，风呀雪呀，真能叫人害怕吗？他们的心，他们的骨头，是火炼的，是铁打的，他们就像风雪里飞跑的火车头一样，惯于在严寒里燃烧，奔跑，嚎叫！于是，人们不再议论了，手都在动，眼都在冒火，有的翻弄着自己的衣兜，包袱，有的摸出自己的小小本子和秃头铅笔，好像要从那里找出什么来。

李有光在一旁听了半天，看了半天，心里实在憋不住劲儿了。他是排长，他们是他排的战士，有这股火热的劲儿，那还有打不垮的敌人？他认为当排长的人，指挥的好坏，这还得在战场上考验，这时间该在大家面前，说几句什么忠心实意的话才好呢？忽然，他看到大家的眼在动，手也在动，他也不觉得把那只抖抖擞擞的手挨到手腕上，黏黏地落在他那颗亮哗哗的圆表上。

门开了，指导员进来了，他手里拿的一卷小纸片是战士们交给他的决心书。好啊，连首长自己来了，大伙向他各表决心吧，这正是好时机呀！

八班长第一个下了地。他提着一套崭新的单衣，捏着一叠流通券，近乎宣誓地说：

"指导员！我把这半年的津贴费交给党，衣服也交上去，死不了就坚决完成任务，如若死了就算作永远党费！"

这简单的几句话，是他的誓言，是他的一切，是他参军保田的坚强意志。——他给战士缝衣补鞋，他深夜替战士放哨盖被子，他给战士碗里挑肥肉，自己喝肉汤，他把战士当成亲哥兄弟，自己吃尽艰苦，冲杀在前，所有这一切，都来自他这个简单的动作，和这几句带血的誓言。

他的忠诚，他的坚定，战士们看着谁能不急得眼红？一下，所有人都挤在指导员周围了，所有人都按不住跳动的心了。

"给，指导员，这是我的决心书。"大胡子老田喳啦啦从小小本子上撕下一片纸来，递给指导员。那上面有爬爬拉拉的字句，那上面有赤红的指印，一字一句都是他的决心和希望，一字一句都会在敌人面前变成炸弹。从他那青筋暴涨，不住发抖的手上，可以看出他的心已激动到了十分、十二分。他的声音跟他的手一样，此刻也是抖抖搭搭的。

"上级……指到……那里，……我就……打到那里，……帮助……新同志……决不怕冷……和艰苦，……挂上……英雄牌牌！……"

家在蒋管区的第三战斗小组长交上决心书，又展开一封家信。

"指导员，"他干哑着喉咙，向指导员敬个礼，发红的眼睛便停留在信纸上。

"我死后，你把这信转给我家，我是候补党员，我用党籍保证我的决心。"

指导员在战士们的包围里，平时笑哈哈的面色没有了，他的心随着战士们跳,他的感情随着战士们烧,他不说话,他沉静,庄严,他的手也在发抖,他眼前那封信也在发抖。

"……这是儿的最后谈话。儿被解放后,走入革命道路,为人民服务,十分光荣。我的肉体虽然没有了,可是我的名誉万古流芳。请大人教育我弟弟,一定要他十八岁的时候,走向革命战线,随着我的血迹,给我报仇,为穷人服务。我死后精神也是快乐的。……毛主席万岁!……儿景才叩。"

看着信,指导员眼眶里,不由滚动着两颗圆晶晶的热泪,他偷偷把它擦掉了。

这信是愤昂慷慨的誓词,也是他悲痛和眼泪凝结成的血书,多纯洁!多高贵!周围的人和指导员一样,偏了头,揉揉发红的眼,沉静,沉静,满屋是悲愤和庄严。

小吴同志抽泣了一声,他也是出于感动。他家已翻身了,他也是报仇,人家的家还受压迫,人家也是报仇,既然大家都碰到一块堆来,那个人家里还受压迫,那个人的仇没有报,就是革命还没有成功,这些事指导员早说过了,他小心眼里也明亮了。他手不由己地翻开决心书叫班长给补了一条:"愿当突击队,完成主攻任务。"以后就双手递交指导员,说了几句决心话。

站在指导员身边的李有光脑子里早嗡嗡铮铮地响满了各种声音。他想到八班跟三排挑战,八班跟全连挑战,三排跟全连挑,他跟老伙计们挑……但这是今后的事,他想不下去。他低头瞅着地,想什么,他的手在手腕上摸着,摸什么?是了,人们看出来了,他在摸他的手表,他在想他那十三颗宝石,三道轮,走得铮铮的手表。有了那表,他行军打仗可以计算时间;有了那表,他值星吹哨子都方便;有了那表,他把袖头一翻,人们看见了光闪闪的挺漂亮。但这又有什么不得了呢?可是,这是他所有积蓄的老底子,除了他就是这颗心爱的表,下雨怕它淋湿,冬天怕它冻着,做什么事还得耽心碰着它,睡觉还得小心压着它,许多老伙计抢过几次,他谁都没有给，这是他自己爱而不舍的"三宝"之一呀！"三宝"之中，匣枪是公家发的，水笔又是杂牌货，只有这颗手表，才是他称心满意的一宝呐！现在，他很干脆了，他老军人的豪爽脾气拿出来了。在党的面前他是至诚至忠的，他既然能把性命交给人民交给党，就首先把这件心爱的东西交给党吧，他是主张行动的人。……疙巴巴，疙巴巴，他手关节伸屈着，很快摘下那颗扁扁的，圆溜溜，光闪闪的小手表。

"指导员！"他直杠杠地说，声音里带点发狠："我把这块表交给党，不死的话，坚决完成任务，死了的话，留作纪念。"

指导员接了表，还了他敬礼，又握了他的手。屋里人的眼睛都转向他，亲爱信赖的眼光包围了他。

"好，李排长，我代表支部鼓励你的决心。……"李有光害羞了，麻脸红喷喷的，涨下满头汗。指导员又以豁亮真挚的眼光，看着大家说：

"同志们这种为人民牺牲的决心，很值得全连同志学习。我保证把大家的决心计划很快转达全连，转达上级，请同志们放心。刺刀擦得亮亮的准备干吧！"

这时，八班战士在指导员鼓励下，当场又拟了一个全班立功计划，要求主攻任务，要求完成最艰难的战斗任务，要坚决争取战斗模范班的称号，要把八班变成全面模范，李有光便是这个计划的积极支持者。

"对不对？同意不同意？"班长每字每句都征求战士们的意见。有谁突然提议道：

"这是生死问题，可不是说着玩儿的，咱们得盖个章子负责任呢！"指导员笑了，大家嗷嗷地同意了。因为没有章子，人们便把手指在笔矛子上擦一擦，计划书上立时就爬满了红色的指印。

嗒嗒嘀，嗒嗒嘀，集合号响了，那声音冲破寒空，震动着每间屋子里每个战士的心。人们耳边回响着进军和胜利的声音，人们披挂上枪弹、背包，顺着这声音奔去。

这是村边上一个堆放杂物的场院，场院里到处贴挂着红绿标语，标语字黑黑的，亮亮的，冻得鼓起来，鼓得像亮闪闪的眼睛。场院正面，那座高峰似的禾垛上，红艳艳的镶着一幅大旗，毛主席的画像就在那红色的大旗下凸现出来。这像是全场人时时所注目的，这像是大家心熟眼悉与至尊至敬的。部队里每逢有什么重要集会，他的画像都要在大家面前出现的，战士们看见他，就像看见了胜利；战士们看见他，就浑身奔放出力量，豪气万丈，不管是寒夜露宿，忍饥挨饿，甚至英勇牺牲，都会从他那里得到最大安慰，都会无形地从他那里取得勇敢和力量。

现在，满场枪支都哗啦啦上起刺刀，满场人哗地站了起来，人们望着高大的营长，望着他手里的决心书，望着他发誓似的当众讲话。

教导员也在大家面前出现了，他手里抱着一卷卷印着红色指印的决心书，这是大家的誓愿，这是大家的希望，这是大家的英雄主义和战表。

"同志们，我们再也忍不住了！"教导员举臂高呼："我们要杀过江南，歼灭敌人，为人民立功！"

马上，全场里暴雷雨般轰起了喊声，叫声，挑战声：机关枪要好好掩护步枪；炮手要打开道路，叫步兵顺利冲锋；刺刀要扎进敌人胸膛，白的进红的出；炸弹要叫敌人脑袋开花，卫生员要炮火下救护，炊事员要炮火下送饭……各单位，各部门，各班排，各连队，都呼喊着胜利，都呼喊着立功，杀敌的情绪，求战的决心，直若万里大海浪花滚滚。

忽然一个人蹦出行列，他捏拳摇臂，领头呼喊道：

"寒风不怕冷，咱们有决心！

雪漫大腿弯，咱们要硬干！

武器缴成堆，俘虏逮成串！

大家争英雄，大家当好汉！"

人们看见是李有光，这带头的口号明明是他当场想出来的，阖会场的人不由跟随着他的声音喊起来,也不由望着他发出羡慕的笑声。

"好啦,好啦! 同志们!"教导员和营长急得直喊,手直往会场压,好容易会场才安静下来。

"同志们! 我们来念誓词,大家跟着我喊。"教导员说着,他已经举起臂膊来了。

"……我们的枪擦好了! 我们的刺刀磨亮了! 我们的手榴弹揭盖了! 我们的眼像老虎,瞪得红红的! 我们的嘴像狮子,张得大大的! 我们不怕寒冷,我们要杀出去,我们要把敌人一口吃掉! 为人民立功! ……"

全场人在风雪中呼喊着,人们望着高远的毛主席的画像呼喊着。这声音在风雪中震遍了全村,老乡们从房上,从墙上,从禾垛上,飘着发绺,伸长脖子,往这里瞭望,忘记了寒冷,哈! 这是自己的军队要出征了,多威风!

别离

她从满院扑隆扑隆的脚步声里,辨别那走得最快,脚步最响的人;她从乱嚷嚷的说笑声里,分清那音调拖得缓慢,声气刚强的人。这个熟悉的声音在她脑子里一响,她的眼睛就光闪闪地望着怀里的小孩。

"女子! 爸爸要抱你啦,爸爸来抱你啦!"她忽然发现孩子的衣服穿得太厚,连小耳朵都包住了,爸爸怎么好抱这颗肉蛋子呢? 随手就把孩子的衣角扯一扯,往展压一压。

"女子! 听妈的话,……爸爸来抱你啦!"

可是,他并没有回来,上屋门空隆一关,院里又没有了声音。

好久好久,她听见他的声音,政委的声音,一直在上屋里响着。政委嗓音细细的,一句紧追一句;他嗓音粗粗的,一字跟着一字,他好像忘记了下屋里还坐着个她似的。不过,她心里一点也没有怪他,她从他热烈坚决的话声里,直接听到是他在跟她说话:

你看，我的精力还很旺盛，虽说战争生活是艰苦紧张的，我却早习惯了，一有战斗任务，我就浑身是劲。

她心里畅快了，也在跟他说话：你就是这么个人，我在你身边你也这样忙，我不在你身边你一定更忙，原来你给人写信是撒谎呀！

我不忙，不打仗就吃饭休息，比你教书辛苦不了多少……

她更感到自己丈夫的可爱，也更从心里尊敬他。

慢慢，慢慢，肉蛋子软溜溜地吊在她臂腕里，眼睫毛搭拉下来，她轻手把小东西卧在炕上，盖好小花被，一个人静静地坐着，等待他。

这是自己丈夫的屋子，这是他的皮挂包和马袋，一个老军人的全部家当就这么简单，他真朴素呀！现在，孩子躺在他的炕上，她也坐在他的屋里，这又是不凑巧的，几乎是即合即离的团圆，他一点都不在意。他的声音，他的情绪，依然忙于几千个人的事，依然忙于战争，这是他顶可贵的品质，也是她所熟悉的。她跟他结婚这几年，安慰他，体贴他，不管是遥隔千里，或是近在身边，她常常以此来衡量他，也衡量自己的幸福，她感到这种幸福鼓励了她，她所以带着孩子教书，也是这种幸福在支持她。这几年，夫妻们在战争里，各自成长起一种新的爱情，这爱情不是和平环境的小家庭生活，这爱情是合乎战争需要，爱工作，爱胜利，个人之间离合的苦痛被紧张的工作融化了，互相之间关心工作，关心健康，已成了夫妻生活的全部内容，而且谁都习惯了。这一次，她亲眼看见了他，也亲耳听到了他的声音，她对自己说：他还健康，他还那样努力！于是，她对丈夫放心了，她感到夫妻之间都幸福。

前几年，她俩也有过热烈的恋爱生活，现在想起来，那也是为了战争和工作，为了俩人的进步和幸福，绝不是什么空洞的爱所能概括的。那时候，她是旅部的油印科长，他是这个团的团长，恰好两个人被组织上调到后方上党校学习，两人又恰好编在一个小组，她又恰好是他的学习组长。他生性就小孩似的，大说大笑，爱蹦爱跳，在学校目标挺大，人容易认识他，他也容易认识人，在热闹场合总少不了他。这个生气勃勃的小伙子,攀杠子撕破衣服,跳木马蹲了腿,打篮球跑白了脸,越是凶马他越爱骑,半个月就能跑坏一双鞋子。开会时,他发言老打头炮,他常常用举出事实的办法,战胜别人的议论。小组里的人都佩服他:"啊呀!不简单!他小时是卖凉粉,当长工的,参加了革命锻炼成这样啦!"可是他不识字,学习组长便以文化教员的架势,一字一句地教他。有时,他嫌识字扎脑子,要出去打篮球,组长就劝他,带点威胁性的口气责备他,还要当面检查他。他在组长面前很规矩,不敢调皮,如果在团上,他说一句话就是命令,几千个人都得听他。他现在是学员,自己又没文化,翻开报纸就张飞大瞪眼,只得从心里感谢人家。组长站在他跟前,他低了头一字一句念,念对了她就笑,鼓励他,念上半句"卡了壳",她就告诉他。他记性还好,组长抓得紧,他也学得快,他很尊重她。

以后,小组里议论开了,说她追求他。可不是,她一来学校,就以友好的眼光注意上他,他呢,心里终觉着离不开她,见了她就高兴,听见她的声音也高兴,他便以一个未婚男子的热情修饰着自己:留个小分头,时常照照小镜,衬衣领子老是硬硬的,净净的,衣服合身得不让有一点皱纹。黑黑的眉毛越发浓了,大而沉静的眼也灵活了。别人议论他,他心直跳,一想,也有几分道理,便在一个礼拜六的晚上,鼓了最大的勇气走进她的房间。

她正在桌旁看报,还没抬眼看他,就听到他那紧张到发抖的声音:

"组长,我给你谈个问题。"

她的心也跳了一下,却装作很镇静,轻轻地把报纸一撩,眼睛沉沉地看定他。

"谈什么,谈吧!"她眼睛还是沉沉地没从他身上离开。

他一下满脸发烧,嗓子发干,憋出一头虚汗,半天说不出一个字。后来弯了头,从鼻子里说:

"我说……我说……"一肚子话一下都忘了,再也找不到下文。

"不谈了。"他摇摇手,转身蹽回宿舍,连夜起了几次草稿,写给她一封求爱信。

以后,她不理他,见了他不说话,他也不好意思接近她,两人弄得很僵。

小组里的人又在议论了:"看,他俩一定有问题,狗日的恋上了。"他没法,心老怦怦跳,静不下来,便又一次去找她,决心是爱就爱,不爱就算了,我顾不得跟你细磨细缠。

"毕业时再说吧,不要耽误学习。"她这两句话,可把他结在肚里的疙疸化成水了。

自此,他俩一天天更像一双弟兄,她旁边的凳子给他空着,他在那儿坐,身旁的凳子也空给她,别人都不去抢坐,都好心地照顾他俩人。天冷了,他俩挨着坐,他把皮衣分她一半披上,两人看书,写字,努力学习。他打篮球汗湿了衣服,她也主动帮他洗,两人一天里尽谈些学习上的事,谁也不谈一个爱字,但这就是真挚热烈的爱情。时间久了,两人也各自谈谈家庭,历史,出身,有空了就一道散散步,毕业前三天,他俩就正式成了一双新夫妇……这已经是遥远的过去了,自那以后,他俩就回了部队,自那以后,他俩的离合就随着战争摆布了,老夫老妻的,谁也无心去回想那些甜腻腻的过去。

她所考虑的是另外一件事。他后面是和平的城市,电车、汽车在街上窜,电灯明晃晃,商店的大玻璃擦得晶亮,街上繁华热闹,她就在那里工作、生活。他前面是万里冰雪,歼灭敌人的战场,她自认他是她的以及城市的保护者,她该对他说些什么呢?他以前似乎在信上说过,他很想知道一些后方的事,前方对后方的消息太闭塞了。可是事实上他会知道后方工作的,大批慰劳品送到前方,千千万万人民参加了战勤工作,后方的一切都在为前方着想,都是为了前方,这些他会看见的,不必跟他说了。如果从她和他的关系上说,她把节省的薪金给他封了两只鸡,写信鼓励他作战,自己一天工作八小时,孩子也带得挺健康,而且屡次在信上说:"我真想见见我久别的爱人呀!"这一切,都说明她无时无刻不在关心他,她对他，和后方对前方，其关心和爱护是一体的，这些他也会从自己身上体验出来，对他说也是多余的。她所以这样想，无非是想叫他明白，她在后方也是为战争辛苦的人，可是绝不是和他比较，而是想让他了解，她不简单是他的妻子，她同样是一个积极的战争工作者，他的战友和同志。她想得很多，甚至想不及，谈不及，最后，她感到这些话有点理论化，赶不上谈谈两人的琐事亲切，这种亲切也包含着静静地坐在他屋里，也包含着由于看到他所引起的幸福。

上屋门又响了一声，脚步空隆隆越响越近，她的心随着脚步声跳一下，手指头不由翘起来，撩撩自己的头发。

他带进一股冷风，跳到炕沿边。

"哎呀！小女子睡着了。"

"会开完了？"她关心地问他。

"早完了。"他没有看她，几下把孩子弄醒来。孩子又闹睡，哭叫不停。

"你快哄她。"他赶快把肉蛋子塞到她怀里。

似乎他这时才看出来，她比以前瘦了些，颧骨上下的红色没有了。

"你在学校很忙吧。"

当然很忙，又讲历史，又讲政治，还得照顾小孩，她一天就在工作里打转，不愿意休息，她把爱情都投在工作里了。可是她觉得要他来关心她，倒不如说她关心他不够，因而对他的问话，只简单地说了句没什么。

他又一连气问了她许多话，有关别人的她就答得很仔细，只要是问她的，她都哼哼过去，因为她也有许多话想跟他说，这也正是她有权利跟他谈心的时候。

她认真地非认真地注意着自己的爱人，见他面色老点了，但还保持着老军人那股豪爽。他的棉衣还比不上她的干净，一定是土里坐，草上躺，那老习惯又犯了，衣领上，袖头上，厚厚的一层油腻，战争期间他忙得顾不上洗刷，而且她不在跟前时候，他多半是不大注意修饰的。他跟她新婚时期,他跟她都爱漂亮,最近一两年,两人都变了,他变得更厉害,这是在战争中改变的。她有心给他把棉衣拆洗干净,但又想起他马上就要出发,来不及了。她不知怎么回事,看见自己的丈夫——一个主力团的首长,是这样朴实艰苦,为工作忘了自己的一切,她鼻子忽然酸溜溜的,眼圈有点泛红。

"你病啦?"他见她低头不说话,随时问了一句。

她没有说话,简单地只摇了摇头。

此刻,他们一家人都团圆在这间小小的屋子里,夫妻俩谁也不看谁,谁也不说话,这种静默是互疼互谅的沉思。他到底忍耐不住了,双手往她跟前一伸,说:

"来,小女子!"他从她那里接过孩子,牵她在炕上学步。

肉蛋子衣服太厚,两条小腿在炕上绞起麻花,他抓住她的手腕摆弄她。

"向右转! 立正! 向前看!"肉蛋子愣起两眼不懂得,直向他稚气地呵呵。

"敬礼!"他把她的小手猛地往头上一架,肉蛋子通身晃了又晃,骇得张口要哭,他赶快递给她一个空烟盒。

她在一旁看着肉蛋子,看着他非常喜欢肉蛋子,做母亲的人不由也添了几分欢喜。可是他粗大的手,把她摆布得很猛,他没有她那双适于抚爱孩子的手,她只担心他把小孩的嫩骨头捏痛了,便冲前去把肉蛋子接过来。

"哈,我要刮胡子了。"他向她说,也是对自己说。他在战斗期间,一有战斗任务就要高兴地刮胡子,换衬衣,或者换鞋子,这回又是这种情况,而且还多了一个夫妻团圆,因此他的话说得很响,很天真,她也被他逗笑了。

他从皮包抓出保险刀,换上薄薄的刀片,拧了个手巾包,通脸擦一擦,满嘴满脸擦上肥皂沫,照着化学框小方镜,用心用意地刮着脸颊,下颏;刮好后,又将脸擦净,轻轻地哼了几声京戏,然后照着镜子摸摸脸。

"这下可年青漂亮了。"这又是跟她说的,也是跟自己说的。

肉蛋子望着爸爸出神,她怀疑爸爸的脸变得这样快,她又几乎不认得他了。

"女子!爸爸要去打仗了!"他向肉蛋子晃了晃脑袋,肉蛋子舞手要他抱。

他收拾起刀片,看看表,跳到地上,一头伸出门外。

"老魏!收线了没有?"

"收了。"政委在上屋用尖细的高音回答他。

他原想再往营上通通话,问问出发的准备工作,线收了,他也就无心再问了。

"我昨天作了个梦。"他看着她。在地上转来转去,神情很畅快。

……他模模糊糊在个什么地方,已经指挥部队跟敌人厮杀开。敌人一个营和他们碰了头,那边问:"你们还打什么?"他就说:"你是敌人。"那边乱了阵,乱喳喳地喊:"我们是叫抓了壮丁的老百姓,别打呀!"于是,整整一个营都叫他们活捉过来。以后,部队又扩张战果,他在什么地方,碰着了她跟小女儿要找他,他正要跟她说话,听得谁在问:"怎么摇不到呢?"他也多事地插了嘴:"什么摇不到?"他一睁眼,值班的电话员正拿了耳机,面向他说:"摇你哩!"他这才完全醒过来,接了师长的电话,赶早就去师部开会。

"你看,这是个真梦,你今天来了。"

"真也凑巧,来了就走。"

他俩半认真半玩笑地谈着,趁这出发前的短促时间,他要使自己在妻子面前变得更年青,更活泼,好使她心里也舒快点。

政委第二次来下屋时候,团部大师傅已做好了晚饭。他手捏大卷信件,交给团长看,这是各营骑兵通信员赶路送来的,每封信尾上的红图章,一个挤一个,各营连的干部们签名盖章,向他们要求战斗任务,决心与勇气充满纸上,其中一营营长还交上自己的残废证和照片。

政委先是站地上，讲说这次出击动员的收效，他弯着身，晃着臂，踏着足，兴奋得像个小孩，以后，他实在压制不住自己的感情了，身靠着屋柱，低歪着头沉思，好久说不出一句话。

他还写好几封鼓励信，鼓励各营干部们的决心，要求他们把勇敢和战术好好结合起来。团长把一封封信读过之后，也说不出什么话来，他为了表明自己对这事的重视和负责，随手掏出小巧的印色盒，往政委写好的回信上，逐一压上手章。以后，他随手拿起一营长的照片看了又看，轻声说："老伙计挺能打，这回也下决心了，战斗上可不要光记着死冲硬冲呀！"

政委同意地点了点头。

屋里静了一会，肉蛋子她妈先插了嘴。她和政委谈一些后方的支援前线工作，群众工作，她在丈夫面前说话并不多，这时却不同了，她直若一个教书有经验的人，说得有条理，声音有顿挫，面部的表情也随着话语的内容来变化，一点不拘束，讲得他俩简直插不了嘴，只是默默地听，嗯嗯地点头。直到小警卫员端来菜饭，政委才客客气气地离开下屋。

团长望着桌上的饺子，没有说话，平时，他们都在一起吃饭一起工作，这回是政委特意要关心他，使他俩在一起吃吃别离饭。

他俩静静地围桌子坐下。她抱着孩子，慢慢嚼慢慢咬，似乎肚子并不饿，吃着是专为做做样子。他呢，她看着他还像往常一样，大口吃大口咽，吃得顾不上说话。

她记得很清楚，几年来，他俩在一块吃过三次有纪念意义的饺子，每次都是这种离合匆匆的场合，她俩都把这叫作别离饭，永远忘不了。头一次是俩人刚成了幸福的夫妻不几天，他要回团时候。那也是为了战争，他要领上部队在根据地进行反扫荡，和日军作战。第二次是来了东北，英勇的四平保卫战以后，他回到她那里不几天，部队就写来信，要他回去领导练兵，这也是为了战争。这一回，她原以为两人可以互相不耽误工作，满心满意地一起生活上几天，事实上，她和他这一回见面时间，比以前任何一次都来得短促，从这里她就感觉到东北斗争的艰苦性、长期性,她也更深一步认识了战争对革命者的严格要求,至于两人之间的离合,到底还是轻微得多。

他对她的来到,也没有引起反感,他是为她想得多。以前,夫妻们吃别离饭的时候,习惯地要自己包饺子,亲手煮好,以表示俩人的亲爱和诚意,这一回因为来不及了,那种形式也就难以使用。他很敬爱自己的妻子,她帮助了他文化,她生了孩子,她又参加了工作,做丈夫的人实在关照她太差,且她处处体谅他,从来也不提到自己,他就更爱她了。他在妻子面前也不愿提自己胸部的旧伤怎样了,或是身体弱了,他反而处处表现出自己不需要她关心,他要叫她相信,他还是粗中有细,坚决顽强的老模样。他跟她分别期间,何时想起她来,就看看照片,看看信,从这上面取得热情,得到安慰,但一经见面,他也不去提这件事了。

他吃过几个饺子之后,忽然把筷子往桌上一放,碗一推,不吃了。

"你怎么才吃这么点?"她看着他,又给他碗里夹了一个。

他没有说话,手把壶盖啪啪啪敲了几下,小警卫员闻声奔进来。

"辣子!"团长看着他说。

小警卫员走过去,从衣兜摸出几个大红的来,说:

"老乡家才买的,不太辣。"

"我倒你狗日的今天故意治我!"团长一看着辣子就欢喜了,小警卫员也在一旁低头红脸的,几乎笑出声来。

显然他俩的笑是不同的。团长是高兴有了辣子,他吃饭就有滋有味了。小警卫员却不是这样,他知道常给团长写信的,就是炕上这位抱孩子的女同志,她每次来信,团长都要在政委他们要求之下,当众念一遍,每次来信,她总是叫他少吃辣子。念信时,小警卫员往往在场倒水,点火,每次他都听到了。他暗里想:站在爱护首长的立场,我就顿顿饭应该给他吃辣子,可是她在跟前,这就不大好意思。直到团长主动地向他要,他才从衣兜里抓出来。他静静地站在一边,注意她有没有不满意他的反应。

团长抓起大辣子,一撕两片,吹吹里面的籽子,用袖头擦擦上面的灰尘,一口一片地吃下去,毫不在乎。

"哎呀!你怎么这样吃呢!"她猛然夺住他的手腕,耽心地说。

"天冷,又快要打仗,我冲冲劲儿。"说着,团长倒吸口气,满额浸出汗珠。"啊!真过劲!"

于是,他又一次给她解释,这也是战争里习惯了的;打起仗来,人有时饿得没劲,有时吃得肚胀,冷热生熟不保险,什么时间吃不一定,不吃带刺激性的东西就吃不下饭,要改也得和平以后。她只好长吁口气,让他吃下去。

饭后,团长默默地看了看表,她知道该是她走的时候了,便轻足步走出门外望了望,正好老乡的马已套上爬犁,在等她赶路。

团长弯了头,没说什么话,伸手在内衣口袋里摸来摸去抓什么,等她转身进来,他才把那支珍爱的二号派克笔亮在她面前,认真地说:

"你拿去吧,写教材什么的……"

"你使什么呀!"她截住他的话。

他原来还有一支半新的日本造水笔,将就着还可使用,派克笔是他藏了很久,实心给她留着的。

她没来得及说声要或者不要,他已经给她装进衣兜里。

肉蛋子也看出妈妈要离开爸爸走了,她非找爸爸抱不解。爸爸抱她之后,再叫她跟妈妈,她真怪,又哭又叫怎么也不离开爸爸,爸爸心里更爱她了。

妈妈上了爬犁,她哭死哭活不跟妈妈。爸爸对着肉蛋子一变脸,咋呼道:

"啊呀!狗咬肉蛋子,我打狗去!"他乘势把发愣的肉蛋子抛给她,几步跑出大院,藏在墙角不见她。

爬犁滑溜溜出了大门,那上面发出尖哑的小孩的哭叫声,这声音刺痛了他的心。他望着渐渐远去的爬犁,心里恋疼着自己的

110

小孩。

这时,村外雪地里涌动着人马的行列,东一股西一股,正往这里开进;歌声,号声在他脑子里嗡嗡响,他耳边已没有了孩子的哭声,他要领上部队远去打仗了。

进军

日头傍落,雪风呼呼地刮得更猛。部队、马匹、车辆……黑压压挤了满街,冷得人伸不出手,张不开眼,几千个人呼出来的气浓雾似的腾满了村庄,几千双冻硬的靰鞡铁锤子似的擂打着雪地,谁都在心里说:快点出动吧,人心急得不能等啦。

细高高的政委和粗大的团长,头一次换上圆头圆脑的靰鞡鞋,一滑一溜地插入人缝,沿街察看自己的部队。团长的眼光,一落就落在部队的行列、服装和武器装备上,再落就落在车辆马匹的顺序上,他觉得不管平时战时,冷天热天,老部队要保持自己的军容。他通令各单位在供给标准之内,尽力调剂给养,他给各营配备了崭新的三八大盖,他给骑兵队换上一色的冲锋式,他给驮骡弄来乌亮结实的铁鞍,甚至警卫班包匣枪的红丝绸他也乐于叫它露出一片来,总之,他要叫生人从外表上看出这支部队的威势来。这一回,他什么都满意,只是又想起部队中小炮不多,有些日本造机枪也老得没牙了,要是一个连换儿挺美式机枪,添几门六〇小炮,那该多好! 这本来是个装备问题,他觉得这也是军容,是他没有把部队打扮漂亮。"这一回换装备吧!"他暗里说。他这想法,也是我们许许多多指战员的传统思想,自己喜欢什么武器,就靠双手夺来敌人的武器装备自己,一点也不去依靠上级给发。政委的眼光,除了团长所注意的,他还注意战士们的手、足和脸,看他们靰鞡鞋绑好没有,手套戴好没有,围脸的帽耳扣好没有,要是发生了病号和冻伤,那就会影响和减少战斗力。各营干部们望着自己的上级敬礼,他们还礼之后,又一滑一溜地往前走。"哈,老杨来得真早。"团长随便向一营长打了个招呼。因为一营长有个老习惯,他常常把手表拨快十分钟,影响得各连也拨快五分钟,团里有什么集会,他都提先到场,今天又是一营来团部最早。二营长晚到了几分钟,团长就不太满意他,他只向二营长还了个礼,没说一句话。他俩转了一阵,团长便沉眼看着围在他身边的各营干部,命令似的说:"无论干部战士,都不能掉队,能走路才能打胜仗!"政委也歪着头插了一句:"大家要发扬阶级友爱,互相帮助,告诉战士们,走路就是战术呀!"

部队顺着冰硬的雪道,滑滑溜溜地出了村庄,团长政委走在部队最前面,他们是领队的,是开路的,是几千个人结成的活的列车的车头,是这支部队前进与后退、快跑与慢走的操纵者。遍处是深没脚脖子的雪地,漫天是流沙似的雪粉,部队、车马,简直不是走,而是滑雪跑,顺雪溜,弯弯折折的行列,长长的,黑黑的,谁也望不到排头与排尾,谁也看不清左右邻有多少兄弟部队。漫天野地,雪山雪海,到处是黑黑的人马行列,无头无尾,风雪遮天的江北夜,主力部队正向江南大进军呢。

这支部队不是最前面的,也不是最后面的,它是遮天盖地的部队网的一个网格,它在寒风冷夜里,正以一小时十五里的急行军速度,往江南赶路,它要随着这面网,在雪海里浮游,它要用快速的动作,网上蒋匪军占领的据点、围寨,活活地网住那些蒋匪军。

往南进,一直往南进,雪窝里没有道,几千双靰鞡踩开它,风吹得人透骨冷,几千个人的间隔靠紧点,前面的给后面的挡风,干部们给战士挡风,老战士给新战士挡风,无管冻得手腕像刀砍,冻得足掌在雪地停不得半分钟,冻得人头疼,冻得不能吸气,这有什么?冻了我的肉,冻不了我的硬骨头!冻了我的人,冻不了我复仇立功的心!于是,黑黑的行列转动得更快,走得人皮肉发汗,衣服结冰,走得人两腿练成铁棍。走!胜利是走出来的,走路就是战术!走!夜里走,风雪地里走蒋匪军缩在据点里烤火,怕冷不敢出来,我们要像敏捷的老鹰似的,一翅膀扇到敌人窝,快去抓他个兔子!

团长就是头一名铁脚汉,他打了十五年仗,走了十五年,走过雪山草地,走过江河大海,走过华北华中的高山平地,两腿练出硬功夫来了。他头一次穿靰鞡，还不习惯，左一歪右一闪，直不住身子，他为了不使自己摔跤，哗哗啦啦走得更快了，身边的测绘员、警卫员，用跑步追赶他。他不骑马，天冷得不能骑，马蹄上又结了拳头大的冰球，连马也晃起蹄腕子滑溜着跑。政委的腿脚也练过十来年，他也是头一次穿靰鞡，不大习惯。他比团长脚小，身个又比团长高，走起来一扭一歪的更不稳当，他摔倒爬起来，摔倒爬起来，还是带头走。

"老张，我晚走一步。"忽然，政委轻声说了一句，停下了，他站在行列一边，细瞅着一个个飞快急行的黑影。

他为什么站下？他为什么看他们？他想起了战士，想起了战士的寒冷与疲劳，他怕他们掉队。其实，各营连的干部，有领队的，有殿后的，有收容小组，有同志间互助，用他操心干啥？他可不这么想，他是首长，他们是他的下级、同志、战友，他跟他们生死在一道，他跟他们一样走路，一样打仗，他的职务注定了他无时无刻不替战士想，他也最会替战士想。他们冷，就是他冷，他们走不动，就是他走不动，他们掉队，就是他掉队，他要亲眼看看他们怎样走，他要使大家贯彻忍寒思想和号召。

他随时柔声问问这个，又拍肩问问那个。

"怎么？够呛吧？"

"放心吧，政委，我这两条腿，就是打胜仗的老本钱。"人们的回答是刚强的。

他心里乐了，又往后面瞅。有的人腿脚打弯，走道像扭秧歌，他就伸手夺他的枪支和背包。对方哼哼呀呀的死命不让，他就架着他的腋窝，像爱护病人似的扶他走了一段路。

"哈，政委，这事还用你来，给我！"另一个身强力壮的小伙子，来势暴躁地把政委拖开，他自己扶着他走了。

一会，行列里吵吵嚷嚷的，好像多少人在打架。"给我，给我！""不行，不行，走你的！"政委听出是战士们争着替别人背东西的声音，他认为这是士气饱满和友爱精神的表现。以后，争吵声停止

113

了,另一种自言自语的声调,不时从黑黑的人列里发出来。"哎,真是无产阶级的干部!""我再要掉队就对不起你了! 走不动我就爬!"这声音是感激的,包含着说话人的决心。政委听着心里怪舒畅。

"快跟上,别掉队,谁要掉队就吃累,咬牙练他三五回,保你是好汉是铁腿!"

这声音把人们逗起一片轻轻的笑声,政委听着这个人的声音很熟耳,他就伸长脖子喊:

"李有光! 你怎么这么高兴?"

"政委,是你呀!"行列里一个黑影停下来,那黑影仰了脖子向政委直瞅。

政委见他肩扛三支步枪,外带两个背包,走得呼呼的,还给别人说鼓励话,便夸奖他说:

"你真好样的,真模范!"

李有光似乎没把政委的话当回事,他一气解释了一大片。他说机枪连一排长是他的老伙计,他俩已经挑了战,两人这回可要胶(读标)劲干哩,今天出发前,他就自告奋勇当双枪队长,组织大家帮助体弱的战士背东西。他把他想说的话说完了,也不问政委有没有说的,就扭身插入队列,躬躬了腰,迈大步子,走着喊:

"越走越少,怕他干刁! 咱们腿赛铁棍,敌人可是面条,该他糟糕!"他两腿轻沙沙地在雪窝里搅动着,一直给大家逗乐、开心,看起来他是不知疲劳和寒冷的。

队尾上一个挑油盐担的炊事员,身子在人列里打晃,他沙拉着嗓子,骂空道:

"你给老子滑! 滑! 奶奶的。"他一下跌倒了,孩子似的哭出声来。

政委顺着哭声走过去,挑起他的油盐担就走,他忍住哭,一把抓紧扁担,分辩道:

"我有劲,我不累,我有劲!"忽然后面又伸来两只粗大有力的手,把担子抢去了,原来这是他们指导员干的。

炊事员再不骂空了,也不哭了,他紧紧地跟着队尾,一步不落地走着。

政委亲自注意了一两个连队的行军情况之后,他觉得全团的情绪也就易于掌握了。他深信:同志间的友爱互助,可以保证行军不掉队,可以增强行军力,还可以提高大家的情绪,顺利克服行军中的困难,各营连干部对这件工作抓得还紧。他于是放了心,赶到最前面排头的位置上,又跟团长并排着走。

走着,走着,夜渐深了。可是老乡们并没有睡觉,家家屋里的灯火照得窗户红彤彤,照得街道通亮,好像给夜行人点了路灯似的。屋里间或传出简短的对话声:

"呀,呀,老鼻子啦,有两三万吧!"

"谁晓得有几十万,几天几宿就没有断过头。"

老乡们有的提着红灯笼给军队带道,有的手拿勺碗,身边放了冒着蒸气的水桶。

"喝吧,同志们。"

天太冷,人们口干心急,谁也顾不得喝,但听着这父母般的亲切的招呼,身上都来劲了,走得也就更快速了,连借上老乡的刀斧砍削马蹄上雪球的骑兵,也远远地掉在步兵后面。

行列前进的速度一直就是呼呼呼像刮风,几千双靰鞡踏得雪地吱吱喳喳要裂开,几千双靰鞡,把深雪窝踏成光滑的冰道,人们都明白这是"大踏步前进",人们都鼓足吃娘奶的力气,连走带跑地奔向江南,要暴雷雨似的打一个过瘾的歼灭战。

团长是用战术眼光对待这次行军的。他认为行军就是战斗任务,如果晚一刻到达指定地点,就会影响战斗,上级叫走一百就走一百,叫走五十就走五十,一定得准时到达,苦点冷点不要紧,这是革命军人应有的锻炼,越锻炼部队就越像铜铁,因此他要从自己开始,领头同大家赶路。

政委对这次行军是多从政治工作的眼光上思考的。他的责任是教育战士把行军的意义提到战术上来认识，是使战士从心里发出不怕冷冻不怕辛苦的情绪，并使这种情绪真正来自复仇决心和立功计划上，行军中群众性的友爱互助，互助鼓励，都该是在这个思想上自然爆发出来的。除这以外，他还要亲自关照他身后的行列，大家冷、苦，他也一样，但他要表现出能忍冷，能忍苦，还有精力帮助人。这样，他的话就会变成大家的话，他的思想才会变成大家的思想，他也才不会因为职务和地位的关系，使自己和战士之间隔离开。

团长也一样注意政委的工作，不过，也许是各人的业务关系，他还有指挥员们特有的注意力。沿路经过的庄子是什么样式，路旁是岗子还是树林，他的眼看得很准，这是他多年夜战里习惯了的。他把这些地势，道路，用指挥员的眼光记在心上，把它和记得烂熟的军事地图联到一起思考。他看到村庄道路，就像看见军事地图，他就像在地图上赶路一样，因为这一带的地形，交通，他走过好几遍，早熟悉了。每过一个村子，他就能算到走了几里，走够二十里，他就说走了一个拳头。渐渐，他脑子里出现了一幅较大的军事地图，这支人马，明天就跨过图上的江岔子了，再往前走上几个拳头，就是敌人的据点，据点有的安在花卷似的高地，有的安在棋盘似的镇甸里，到底先打那一个呢？

"打个丈人！这回又该他那个据点倒霉啦！"他自言自语说，他已经把心思用到作战了。

"老魏！"他用肩膀撞了一下政委，说："咱们这一个突然行动，他再鬼也斗不过咱们了。"

"是，是，光凭我们这士气和行军力，也能把他拖垮了。"政委另有所思地说。

此刻，团长紧抓住"该他那个据点倒霉？"这个既定又未定的思想，默默地对敌情进行着分析。

年前，他拿着一份《东北敌情位置图》，给战士们做过一次报告，这次报告他事先有过充分的准备，这时候他还记得真真的。

　　他把守备各交通线、各城市的敌人算了算,说明敌人兵力是分散的,我军的机动部队和敌人的对一对,足足超过他好几倍,集中兵力,歼灭敌人,绝对有把握。他向战士们说过:

　　"我们团要在战斗中担任主攻,同志们都写信这样要求,这很快,他狗日的占我一城一地,我就这里一个师,那里一个团地消灭他,你没有人,光有城,管刁用,以后还不是我们的!"

　　到底我军面前,是怎么样的敌人?这点,他也给战士们讲说过:

　　"妈个皮!国民党军队腐化堕落,战斗力降落,一晚上,一个连就跑几十个,在乡下吃猪肉,炖小鸡,没花一个钱,抢老百姓的。同志们,坚定我们的革命意志,打他狗日的个脑袋开花!吃掉他新一军,新六军,下剩部队就是杂牌猴子兵了。我们一定要胜利!"

　　这是他能够叫战士们知道的一般性的分析。此外,他还有许多亲身体验,这体验是他跟敌人历次作战中得来的,这些就不必要告诉战士,这是指挥员们眼里的敌人,纯粹属于战术性的,团长现在用心思想的,也就是这个问题。

　　东北敌人的大番号并不算少,团长那个也不想,劈头就抓住一个新一军。比如六十军这个半美械化部队,他只给他下了一句话的评语:"跑得快,挖工事快。"经不起他的部队碰。新一军却不同,他和他打过好几回,他也从缴到新一军的文件里,看到上面有他这个部队的番号,他把新一军当作死对头,老冤家,他要跟他拼老命。

　　他认为新一军是东北蒋军中的头等部队,是美帝国主义一手给训练与装备起来的机械化部队,至于他们自吹是天下第一军,或者士兵们指着自己符号上的鹰鸟,说他们是神鹰,那他就气火了,他大声骂:"天下第一熊!奶奶,美国造的!我非吃掉他不可!"真的,他在秀水河子吃过他一个营,他在塔子山上也阻击过他一整天。他看过敌人复写的军事文件,从那上面,他知道敌人花费过不少脑子,研究我军的战术。有份文件把他肚子笑痛了,敌人一个团长给他的上级建议,要求实行"四四制"战术,来对付我军的"三三制"。所谓"四四制",不过是多配给突击组一件火器,还是唱的"唯武器论"的老调。他们的战斗组织,是火器、工事,工事、火器,只能被动地防守。他们有严密配备火器的"才能",他们有便于互相策应的交通线,但他们没有野战的本钱,他们在我军的战术面前是没有腿脚的残废,除掉枪弹炮弹的密射之外,他们再没有一点攻击力的。这种从美帝国主义那里照本抄来的机械性的战术,也确定了敌人必败,我军必胜。

这时,他脑子里那幅细密的军事地图,又出现了。他看到江南一带新一军的驻扎区,他看到了他几次征服过的敌人,他看到敌人的指挥员酒醉汹汹,装出平安逍遥的挨打架势,他的心里冲上来胜利感情,他走得更快了。

"走,换装备去! 奶奶的!"团长随口把自己的思想,道了出来。

"好啊! 打个丈人。"这是政委从冻木的嘴唇里,发出来的声音。

团长的话本来是对自己说的,政委却以为是团长猜透了他的心情,在给他有意识地加油。原来政委在团长一边胶(读标)劲走着的时候,他脑子里也紧紧抓住了我军的士气和行军力,并跟敌人的士气做一番明显的对比。天太冷,又是急行军,他不便跟团长交谈什么的,加之他又有沉思默想的习惯,团长分析敌情的时候,他也在默默地思考着敌人。

他脑子里也有更多的关于敌人方面的事,这是在历次战斗中,他亲口所问,亲眼所见的,这就是他研究敌人内部问题的主要材料。在他说,敌人装备再好,交通再方便,工事再坚固,只是在军事上暂时性的优势。他的士兵,都是勒脖子抓来的老百姓,都是官长用手枪紧逼着走上战场的。他看见过不少敌人,在战场上举着手,缴了枪,当场痛哭流涕,骂道:"我不给老蒋干啦,他害了我!"他也见过一些年轻的敌人,直着脖子缴了枪,不在乎地说:"枪是蒋介石的,命是我的。"就是敌人训练过数年的老兵和下级干部也在反对他,他看过他们的信件和日记,他们亲手把妻子母亲从遥远的关里寄来的家信给他看,那上面还染着泪的痕迹,那上面死活要自己的丈夫儿子回家去。他记得一位中士班长的母亲从广西给他儿子寄来一封信，那上面说："……我想你想瞎眼了！抗战八年你为国尽了忠，现在你该尽孝了，你还打谁呢？你跟你长官请长假吧！你长官的心也是肉长的呀！"这位中士很感激我军解放了他，他甚至想当个革命战士了。还有不少被解放的军官和士兵，我军给开了护照，发了路费，送他们还乡，这些人也是跳出内战火坑，重新做人的，这是敌人任何一个番号、部属存在和发展着的危机，就连自吹自得的新一军也是一样。政委对这些事很感兴趣，每一个战士对这些事也一样感兴趣。他认为这次紧急行动，不管指向那个据点，敌人都会垮到底的。他相信随便那一个战士都会明白这个道理，通信员，炊事员，也会把敌人一定失败的种种原因述说出来。在他的脑子里，敌人的面貌是使他呕心发噎的：他们走不动路，只坐过车，士兵面黄肌瘦，官长是酒色之徒，他们迷信蒋介石是古今圣人，他们在世界上只崇拜美国，他们要说美国从大西洋把一根输油管通到中国了，马上就会有使不尽的汽油流来了，中国要文明了。他们指着自己的武器，制服，说是美国奉送的，他们公开认可美国是他的干爸，他们为了叫人相信他们和普通的中国人有区别，逛市场使用美钞，看时间使美国表，写字使美国笔，连走路的步子也学起美国来了。他们愈是当官长的，愈是这样，士兵们却享受不上这种清福，士兵们在暗地里爱咒骂他们的长官。

"就凭我们这士气和行军力，也会把敌人拖垮的。"政委又重复着自己的论断，他迈得更快了。

部队急行着，行列急行着，快赶到冰冻的江边时候，雪风不吹了，天色已蒙蒙发亮。满眼浓雾对面不见人，雾把人的衣服浸湿了，湿气在衣帽上冻结了；棉墩墩的大衣冻得像僵硬的油布，上面挂出一层冰霜来；暖烘烘的皮帽耳像两扇棉花片，包在里面的人脸、嘴巴、眼睛，一样堆满了冰冻的霜块；枪支、炸弹也成了白色，几千双靴鞡都弯弯了，扑通扑通的比铁锤还硬；前后联络的骑兵，连人带马都披着冰霜，像披了防空衣；弯弯转转，急行快赶的部队行列,和雪地成了一个颜色,简直是雪人雪马,雾天雪地。

"哈,白胡子老头。"

"哎,咱们是白毛男人,是'白毛女'的哥哥。"

"那你快救你妹妹去!"

"这不是正给她报仇去呀!"

行列中随处传出来打哈哈的人声,看样子谁都没有把寒冷当回事。人们紧走一夜,本来够困够累了,但白天一来,人们的精神更旺盛了。

擦擦眼上的霜粒,尽力往远望吧! 左右前后,望不尽的茫茫雪地,望不尽的弯弯折折的白色人列,这人列遍处都是,这人列头从南,足从北,这人列就像万里雪海筑起来的堤岸,这人列就像庄稼似的,从所有土地上长起来,这是遮天盖地,兵山兵海的世界! 人们在这种气势里,寒冷、疲劳都忘记了,人们的心扑腾腾地直跳,看,我们的友邻来了! 看,我们的兄弟部队有多少! 兴奋、欢喜、招手、呼叫,足上也突然增加了力量,雪路也突然光光的好走了,几千双靰鞡,滑溜溜的,轻沙沙的,像登上了冰刀,快滑呀! 快前进呀!

遭遇

冰雪把急流千里的松花江封盖起来,冰雪把江南和江北紧紧地联结起来,冰雪使江南人民睡不着觉,吃不下饭,苦苦地等待我军,冰雪给我军前进道路上搭起了天然浮桥。快过! 快进! 人马,车辆、大炮……震动得厚厚的冰桥空隆隆响,震动得深远的冰面圪巴巴响,几千双靰鞡一踏上岸边,这就是江南了。是的,这就是江南,我们好几回来过这里,我们无时无刻不想念这里。我们在这里淋过雨。我们在这里帮老乡打过场,碾过高粱。我们在歪斜的草屋里,送过老大娘衬衣。我们给难舍难离的孩子们擦过鼻涕。现在,我们又回来了,披雪的村庄再不冷清清了,透风的窗格里,到处是圆溜溜的眼睛,窄窄的门缝里,到处是黑沙沙的头发和扎扎煞煞的胡子,连躺在柴堆里的大黄狗,也晃着头摇起尾巴来了。

"八路叔叔回来啦！八路叔叔回来啦!"小嘴巴尖叫着,小指头从窗户眼点画着,孩子们赤身露体,冷得出不了门。

"唉! 爬冰卧雪的,全都是为俺们呀!"老声老气,慢慢腾腾的,门缝里的老脸早变成了泪人。老人家披一块破麻袋片发抖,出来会冻僵的。

几千双眼睛忍不住发了红,几千颗愤怒的心多窝火! 这就是遭苦的人民,这就是父母们的面貌,往南进! 箭直地往南进! 枪炮一响,管叫他×匪军遭殃,快叫我们念念不忘的老乡们,带着眼泪喜笑吧!

漫长的人列在雪海里浮游,几千双铁足在雪窝里搅动。远远地,远远地,风天雪地里,隆起来一重重盖雪的山岭,这山岭是江南的山岳地带,这山岭是部队要到的宿营地,这山岭给长途急行军的人们带来希望,这山岭使大家的腿脚增长了力气。人列越行越快,铁足越搅越快,近了,近了,淡黄的日头照到雪岭上,军队已赶到了岭下的村庄,翻上岭,就可以煮饭烧水,翻上岭,就可以睡觉休息,温暖这冻木了的身体的。这时候,司务长、副官,心里已计划上油盐柴米,连长、指导员已瞅望放哨的位置,团长、营长也默默地评论开这处地形的军事意义。

"加油呀! 离宿营地不到一指宽了。"团长用肉眼测量了面前的山岭,扭头向身后的人们招呼。

战士们看着这几步就到的宿营地,行列中立时响起乱喳喳的声音,有的指手画脚说笑话,有的从发青嘴唇里哼出歌曲,疏拉拉的行列渐渐挤紧来,每个人都现出活蹦乱跳的神气。人们就盼那打前站的参谋长快点从前面转回来,布置宿营,划分房子,一天一夜的疲劳和寒冷,可该着痛痛快快休息一场了。

就在这时,意外的事情发生了,山岭上不紧不慢地打来冷枪,一颗颗炮弹在雪地上爆炸起烟土。密密的人列马上在雪地上斜斜疏散开,枪栓都哗啦啦拉开又推上,几千双眼睛鸢子似的监视着岭上的动静。

团长确定是发生了情况,他皱起双眉,在雪地里直立着,他在辨别枪炮打来的方向。嗖,嗖,子弹从他头顶擦过,子弹飞得挺高,他不理它,他还在静默地观察和思想。

尖兵班的一位战士急急匆匆打前面跑来。他向团长一敬礼,就咬口结舌地说:

"报告!营长说前面发现敌情了。"

团长嫌他不沉着,心里生他的气,没理他,通信员站在那里也不动。

"去吧,知道啦。"团长看出他是个新手,心里原谅了他,便催他转回去。

小警卫员在这种场合是非常灵活的,他早已揭开望远镜的盒套,站在团长跟前,甚至那两条不太粗的腿,已摆好跑步姿势,准备着跟随团长的快腿。

"妈的个比,倒怪!"团长向岭上骂了一声,伸手接过来镜子,绿绸镜帕掖进皮带,哗地把镜子挂在胸前,斜穿一垄一沟的雪地,得往岭坡上疾走。不管是蒿草地,小树丛,他两腿拨开它,微微弯了身,隐蔽着向岭上注视。淡黄色的日头正对着他,耀得他睁不开眼,他斜步绕到草丛后面,不时用镜子观察,愈往上走,他愈走得快,两眼始终瞅着打枪的地点。

"离远点,靠洼处走!"他向身后摆摆手,警卫员们便停在暗坡上,斜躺在雪里。

一阵激烈的爬山,累得他眼珠又黑又大,眼眶上泛起一圈阴影,他喘着气,蹲坐在岭头的雪滩上,双手架起镜子来。

岭上的一切景物离他是这样近,那一起一伏的岭头,那高高低低的小小村子,村子当空还冒起一股股灶烟,村外漫岭上有点点人影在动,有的人影还在岭边的草木后面游动,向岭下打枪的就正是这些人。至于炮是那里打来的,他一时照不到,他所注意的是岭上散小的村子确定给敌人占住了,因为那是高出岭头的有利地形。

他快步返下岭来,部队还一线线侧卧在深雪中。他向身边的营

长们挥挥手,说:

"情况不明,不要暴露主力,快隐蔽休息,准备战斗。"

他指着附近几个扁长的小村子,叫部队去那里集中。

在一列列往附近急速运动的行列中,一个瘦长的人,撩起大衣,两腿在深雪中拔来拔去,横插行列,直往前跑,团长看出是参谋长,忙向他无声地招手。

"老张,有任务,我实在跑不动了。"参谋长就像传送紧急命令的通信员一样,喘着气跑来,伸手就把那封折好的三角信递给团长。

"我刚到这里,山上就打枪,我就跑到师部,查问情况,师部侦察科长刚好回来了。"

他喘着气解说着,使手帕擦擦迎风流泪的发砂的眼。团长随听随展开信纸。

满纸是铅笔草体字,团长一眼就看出师参谋长写信的时候,是非常快速的,这信告诉了他目前所发现的紧急情况,并命令他这个团准备投入战斗。

"准备干吧,好买卖。"他两眼又在纸片上扫了一过,满足地把信装起来。他为了更细密地查明敌情,立时派出骑兵侦察。他一直望着披霜的马匹盘绕上岭道,这才转回部队所在的村子来。

说也奇怪,老乡们不知是怎么回事,家家锅里都煮好了热气腾腾的䅟子米、小豆腐,招待这支突然住在他们家里的部队。战士们知道老乡的日子困难,且各单位又有伙房,都推说有任务,不忍心吃。老乡们解释道:

"人是铁,饭是钢,吃饱了好打仗呀!"

也有的抱怨道:

"俺早做好了饭等你们吃,同志们一过就过去了,人马可老鼻子啦,就是谁也不进来。这回好容易把同志等上门,你们不吃能行吗?!"

这样,有的单位就只好把饭吃下去,把自带的粮食还给老乡;有的单位因饭不够,就抓紧战前时间,自己烧饭。村里看去还跟往常的傍黑天一样,灶烟从屋顶升起,街上也少行人,静静的,静静的。

对面山岭上还像先前一样,漫无目标地,稀稀地打来枪炮,敌人并没走,他们叫我军网住了,他们正呆在那里等死。他们想也想不到这一溜扁扁的,散散的村子里,会装得下数千人,更不会想到这数千个人要张口吃他们了。

团长他们不时出现在昏暗的街道上,向山岭上观望,这观望是一种急切的等待,等待骑兵回来,等待骑兵对敌人情况的报告,等待师里通知他们去正式讨论作战计划,正式接受任务,这是指挥员们下决心之前的重要工作,又是非常使人心焦的。

警卫员们为了使自己的首长能在战前得到适当的休息,早往窄小的屋地上铺了厚厚的谷草,又把自己的大衣垫在上面,这就是战斗环境下顶舒服的床铺。

团长吸着烟,顺劲一躺,半个身子埋在厚厚的谷草里。一时,他又坐起来,眼睛沉沉地看着地,思考什么。忽而,他仿京戏道白,自言自语道:"掌握情况是第一,兵力部署围绕他,活捉敌人缴枪炮,个个同志逞英豪。"停一停,他又边想边白:"带领人马往前行,寻找机会打胜仗,不怕×军武器好,只道我军战术高。"他默声了,他此刻的心情都吐露出来了。但他还感到不足,头不住摇动,皮帽耳一扇一扇不停,好像要把逼在他脑子里的紊乱心思摇出头绪来。一支烟吸完,他又接上一支,好长日子,他还没有这样猛吸过烟哩。

他看看表,骑兵已派出去一两个钟头,大概该回来报告情况了。等着,等着,时间过得多慢呀!为了时间不这样白白等过去,他弓弯着背,把小本子架在膝头上,使水笔涂了又涂,画了又画,笔矛子嚓嚓嚓直响。小警卫员以为他写什么,拨起蜡烛移近他身边,他发现灯亮一照,合起本子又不想写了,直直地趺在谷草上躺着。一下,他把足蹲疼了,赶紧脱下靰鞡鞋,摸摸足跟上的擦伤。小警卫员注意着他的动作,随手从皮包翻出个小瓶,那里面装的红汞水,他把它递给团长,以后,他又找来一团破棉絮。

参谋长本来一进屋子就躺下了。他赶路打前站,跑路从师部往回带信,累得够受,他想乘空休息一会,准备具体任务来到,随便跟着一个营作战。平时,他的工作零杂些,作战期间就有中心了,也有机会参加战斗,这是他盼也盼不到的时机。看吧,他那瘦瘦的身个,黑黑的面色,棉裤改做得像毛裤一样瘦,绑带打得上下一般粗,正跟一般能走路,爱打仗,又爱修饰腿脚的人一样,他是早准备好了作战的。他半睡不醒地躺着,别人说一句话,他就要动一动,或坐起来闷声闷气地问一声,他实际并没有睡着。他翻了下身,看见团长用棉絮擦足,又收拾靴鞡,忽然也想起自己的足来,赶紧把靴鞡重来包扎一下,两足在地上踏一踏,两眼往足上瞅一瞅,似乎在说:"打起仗来你给我好好地跑呀!"

政委好久时间没有说话,他安安静静,坐在屋角的苞谷囤上,照着一截烛头,忙于赶写一份动员口号,想着、写着,不言不语。

"……打响第一炮,建立头一功,炮是胜利炮,功是人民的功……"这差不多是想得比较成熟的动员口号了,他笔尖跳得更快,想一口气把他写完。

"好菜,我非吃掉他!"团长的话使他吃了一惊,他抬起圆圆的眼睛往一旁望了望,团长正又一次翻看参谋长从师部带回来的信。

"骑兵还没回来吧?"政委向团长沉思地说,

好像这时候团长才记起政委的工作来,他收起信,走到政委跟前。

"写起了吗?可把你脑子忙坏了。"

"写起你给修一修。"

"对,写起给我学一学。"团长故意把自己的话说成另一种思想,一笑走开了。

门口响起沉甸甸的脚步声,夹着一声"报告",闯进来一个人,带来一股冷气,团长他们都亲切地望着他。

这是团上的老侦查员,才从前面回来,他满脸冰霜,搓揉着两手,眼睛直直地看住团长。

"敌人在山头上占了庄子啦,庄子外头还点的火堆,妈的,直往四外乱打枪。"他端端正正站在一边,报告着他侦察来的情况。

"你们没有问问老百姓?"团长问他。

"这边的老百姓都不知道,敌人也今天才来呀。"

团长又问了他几句敌人方面的事,知道他既没吃饭,又没顾得喂马,便叫他转回去休息。

这时,指挥员们眼里的敌人越来越明确了,他们在山岭上冻得烤火,他们心虚得往各处打枪,他们原是因为别的据点的敌人被包围,派他们去增援的,不想增援未成,反叫我军网住了。他们跑又不敢跑,又摸不清我军主力的位置,只好在山上和山上的村子里,赶筑好工事,采取孤守形势,他们是胆怯心惊的。

团长和政委商量了一阵,决定先派三营插到山岭侧面靠近公路的地方,一来扫清岭上的外围敌人,找机会控制一两处高地,二来截住敌人的退路,从那里发起总攻,把敌人吸引住。

三营长进来后,团长挨着他靠炕沿坐下,热情地给他讲说着情况、任务,营长操起手,低了头静听。

"你们的任务,又机动,又明确。"团长好像针对三营长的性体似的,给他分配战斗任务。他不转眼地看住三营长说:

"你们掌握侧翼山岭,向顶上围子警戒敌人,敌人在一个连以内跟你们打就坚决消灭,一个连以上就监视住他,可不要放跑他!"

营长嗯嗯点头,团长递给他一支烟,似乎把任务一交代,再不需要他对自己的老战友说什么了。

"各连开过饭没有?"团长见营长要走,关心地问了一句。

"算开过了,我告他们抓紧时间休息。"

"那就这样,回去马上执行任务。"

营长两眼闪闪的,挺着胸脯向团长喊了声"敬礼",暗示他精神挺大,马上执行任务正合他的意思。

"哎,哎,我跟你们去。"参谋长跳到三营长身边,扭头看了下团长:

"我跟三营。"

团长同意，看他一眼，也不说什么，因为作战期间，团的干部去营上帮助，早就成了一种老习惯，谁也不用分配谁，到时候自己就会安排好自己的。

参谋长他们跟团长对对表，扭身就走，谁也没什么说的，但谁的神情都是坚决镇静的。

深夜，团长政委被召到师长那里去了。

师部在离此地不满二里路的村子里。师长他们正挤在一间草屋里，围着炕桌上的军事地图，研究此次的作战计划。师长的身子在灯影下晃动着，他紧紧地挤在炕桌正面，手里的红蓝铅不断在地图上点画。团长紧挨他身边蹲着，眼睛跟随着师长的红蓝铅转着，其他人也围着他俩，静静地注意着地图，有时也伸出指头在图上点一点，轻声讲出自己的意见。屋里非常肃静，人们的眉头一皱一皱，都在慎重地思考着。"好啦，好啦，就这样干！"师长拍拍膝头，站了起来，两手从两下里交叉一下，说明会议已经完了，单等到时间就开始作战。

山岭下，冷风吹得呼呼响，红红的曳光弹嗤嗤嗤在月亮地乱飞，不远的村子里腾起烟火，敌人的炮弹把老乡的房子打着了，从三营前去的方向上，也开始响起了较密的枪声，一切都说明着一句话：到时间就开始作战。

团长很满意师里分配给他的任务，他要在拂晓打突击，最后解决战斗，他感到这个任务是光荣又沉重的。敌人是新一军，是骄傲顽强的敌人，但这又有什么不得了呢？他倒觉得和这样的敌人打仗，还可以痛痛快快地出出战士们肚里憋了好久的恶气。因此他返回来的时候，走路特别有劲，又穿过封了深雪的山路，又滑过冰冻的水泡子，又撩开树胡子抄直路，又望着起火的村子吁气：

"唉！老百姓倒霉！"他一路上不是走，几乎是跑了回来，连政委也叫他落下一截路。

不多时，部队集中起来，战勤单位画定了地点，战斗部队统统集中在两个大院里,这是一二营,这是肩负突击任务的部队,风冷,房少,挤得够呛,人简直走不进屋子。炕上地下到处躺着打鼾的人,锅台上、箱子上、瓦缸上,只要有一点空隙,就可以挤一个人。马棚里,草堆里,也都挤满人,人简直没有插足的地方。这是如醉如蜜的休息,这是战前最宝贵的休息,战斗时间一到,这些人就会有使不尽的精力,三天三夜不吃不睡也能挺得住劲。

院角上那间少门缺窗的小草屋,满地干草,满屋灰土,团营指挥员们蹲在草上,以团长政委为中心围了一圈。团长在木板上点起蜡烛,摊开一张地图,交代一二营攻击任务,并报告敌情和师里的决心。蜡光在冷风里摇摇欲熄,人们赶快围紧点,用身子挡着风。

说话之间,团长手冷得不能活动了,他赶快把手插在袖筒里。别人也冷得用大衣领包了头,听他说话。

团长对三个营的使用,营长们也是从心里感到满意的。三营已去拖敌人的尾巴去了,二营拦头打,一营拦腰切。用突击精神解决战斗,正是各营连纷纷向团里所要求的主攻任务,且敌人又是新一军老对头,这又到战士们显威风立功劳的时候了。

营长们并没有在这里停留多久,他们也没有向团长说什么保证话,提出什么困难,各人记住各人的任务,嗯嗯地点点头,这就够了。他们成年在一块作战,不用说谁都了解谁,这时候,营长们暗暗在心里说:"上级给我们突击任务,是看得起我们,可得打好呀!"团长心里当然也有底,他又不必公开地说:"你们长于突击,我就使用你们打突击。"因此,营长们不声不响地接受了任务,又要不声不响地走开,那意思是说:"话是空的,干出来给大家看吧。"

团长分别给营长们递去一支烟,拔起蜡烛给他们点着。政委伸手扒开一片空地,烧起一堆火,叫大家暖暖手足。营长们不想烤火,他们还想抓紧时间去连上看一看,政委这才简单亲切地嘱咐道:"千万叫部队休息好,不要弄醒他们。"

正好,三营通信员喘着气跑来了,他带了一封三角信,政委揉揉微肿的眼,干沙着嗓子给大家念了一遍。信上说,三营已占了个敌人外围的小屯子,正派兵向岭上搜索前进。

这消息使大家明白了敌我的形势:三营已有了立足的地方,敌人从来路跑不了的。一、二营也就可以把敌人圈住,狠狠地干一下了。

"他一定是集中在围子,孤立待援。"团长判断道,声音很果决。

"是呀,"政委看着大家说:"早点准备好,早点干吧。"

团长也同意地点点头,立时站地上伸个懒腰,摸出手套戴上。

屋里烟火呛得人咳嗽,淌眼泪,营长们烤烤火,搓搓手,掏出表来跟团长对对时间,就各个走了出去,照顾自己的部队去了。

第一营

岭沟里阴冷发暗,雪风呼沙沙劈头劈脸吹,部队反穿棉大衣,在深雪里横穿竖插,一线白,一片白,吱咯吱咯,哗啦哗啦,急步往岭上运动。行列里间或有轻轻的咳嗽声,揉眼打盹的人此刻都抖起了精神,老战士们还在袖筒里藏上半截烟屁股,跑着吸着,山岭上打下来的冷枪冷炮谁都不大在意,"哎,小心,不要咬我的脚跟。"他们互相警告着身后的人,直然像在进行操场动作。

杨营长看着部队这股劲,心里暗暗乐了。他相信,只有经过战斗锻炼,而又在他指挥下打过仗的人,才会有这股老军人的傲气。他随时抬眼往岭上望望,不觉两眼发红:你他妈真胆大,还敢朝我往下打冷枪!你他妈大摇大摆在那里晃悠吧,看我逮住你狗日的!

真的,敌人三三两两躲在岭头上,躲在树条子后面,东跑跑,西跑跑,噔噔地直往下打冷枪,明知大部队朝岭上冲来了,他们还假装镇静地不跑开。杨营长心里下了决断:"就从这儿冲家伙!"他将手晃了晃。

"快给我冲!冲!"声音是坚决有力的。

立时,整股部队哗地散开,像一把长长的铁叉子似的,往山岭上叉去。

这里是敌人的前沿,是敌人的前哨部队,战士们连喊带冲,没费什么大劲就冲了上去，那几个探头探脑的敌人掉头就跑，最前面的一位战士还夺到一枝冲锋式，因为手冻得没有了劲，眼看抓到手的敌人，又给放跑了。

杨营长站在山岭上。刚刚上升的太阳，红光四射，耀花了他的眼。他将手架在额头，望着逃跑无影的敌人，望着起伏的岭头，望着正迎着雪风在深雪中前进的部队，不觉增长了信心：你他妈吓跑了，老子顺劲追进你老窝去！他随时给各连大体指了个方向，命令部队冲锋。他耳边的冲杀声渐渐模糊了，战士们的身影也越来越小，以后就看不见了。

"好！冲上去了，冲上去了！"杨营长心里说，提起匣枪就追赶前面的部队。

此时，二营已从一营的侧面绕沟上去，战士们正沿斜岭急跑，从各处接近敌人，岭上守敌已处于我军的圆形包围圈里。杨营长心急腿快，他高大的个子在雪窝里一闪一歪，经过岭沟时，他往那处院子瞥了一眼，院里已架上电线，营的指挥所正在这里，他无心进去，还是迈大步子往岭上跑。

团长看到杨营长的背影在岭头上闪了一下就不见了，心想他正去前面组织火力，便返身进入房子，暂时在一营指挥所待一待。

"你叫什么名字？"团长一屁股坐上炕沿，问话机子跟前的小电话员说。

"李树林。"小电话员轻声答了一句。

"梨树林，哈，渴啦！有梨子吃倒不坏。"团长刚闹笑了一句，岭上疏疏的枪声一时密了起来。

"打上啦，等下就交叉火力吃掉他。"团长望着窗外，脸色变严肃了，他开始注意了前面的枪炮声。岭头上正是一营的位置，他想从枪炮声里辨别一营方面的情况。

怎么听不见一营的机枪开叫？还没组织好火力吗？听这美式机枪，打得又连又脆，妈的，嗖嗖的飞到院子里来了。听这炮弹，闷闷的像擂鼓，轰轰地炸到岭这边来了……一营大概跟敌人干上了，他走出外屋,靠门框往岭上望着。岭头上呜呜卷起大风,土雪漫天飞,黑老鸦呱呱呱从岭上扑下来,什么都望不清,且他的眼累得有点发肿,他只好凭耳朵听。

他一下就抓住了敌人用多大的火力压制一营,他听出有三挺重机,一门迫击炮,这有什么呢? 他是压不住一营的。不过,从枪炮声里判断,一营的处境大概是不大有利的,给他去几门炮罢,炮呢? 不是也跟着上来了吗!

骨隆隆,骨隆隆,他一抬眼,炮车正经过这里往岭上拉,他向炮手们喊道:

"伙计,快一点,前面正打得热闹!"

他顺着炮车走,沿着岭坡绕,骑兵正翻岭穿沟往各处联络,零零星星的担架正往挂红十字旗的那间小茅屋里去。好啦,炮来啦,掩护步兵干吧。他挺着胸脯,在风雪里快步穿行,风声里夹着尖哨子似的子弹的怪叫,硬土块被炮弹崩炸开,他一点不去躲闪,稳稳地站上岭头,又开粗腿,望远镜他也不用了,他只用肉眼看敌情。

他身旁是一丛小树,大炮从那里伸出长长的脖颈,连连向敌方喷射钢铁,敌方已经把这里瞄上了,机枪弹密密地贴地飞来,但炮手们的协同动作熟练而紧张,炮弹呼呼呼飞向敌方,一团团黑烟平地爆发,腾空高飞……步兵队在雪岭上出现了,飘飘地冲前去了。这是扇形的冲锋部队,从各营位置上同时出现的。战士们飘呀飘地飞卷起大衣,横一步竖一步,在风雪里飘摆起来,又在雪风里遮掩起来。是卧倒了? 是爬行前进? 还是找到了地形? 雪沙子老往人眼里钻,谁还能看得清!

在整个岭头上,一营方面步兵线消失得最快,差不多是忽而出现,忽而消失,敌方的火力也向那里射击得最激烈。一营长挺站在雪地里,眼看离炮烟昂昂的房子那儿仅仅三百来米,自己的部队连头都不能抬,他右臂直摇,口里直喊,眼珠急得鼓起来。

"冲! 给我冲!"他急得跳脚,可是步兵起不来,密密的枪弹都往雪里钻。

"冲！冲！机枪怎么不打！机枪怎么不打！"他还在喊，可是步兵起不来，机枪也打不叫。

连着有这么几次，步兵叫他吼起来，前进几步又趴下了，始终上不去。是战士不勇敢吗？他心里没有这样想；是敌人厉害吗？他更不会这样想，好像这时他才有工夫注意到他这个营所处的情况。

眼前的事实很明显，步兵趴在雪窝里，劈面吹来顶风，人满身冰雪，枪也包了冰雪，枪栓都很难拉得开。满岭又是平地，高粱楂密密地伸出来，刀尖似的绊脚又绊腿，跑都不好跑。敌人恰恰在平岭上占的房子，他们守在工事里，武器还没有冻哑巴，这几百米的开阔地，随处都跑不出人家的火力网，不容易冲上去的。至于战士们，他们既没有叫苦叫冷，也没有怪他们的上级随便让人冲，倒下的英勇地倒下了，活着的依然装着一肚子恶气。那怕是能前进一步，他就硬要从雪窝里滚上去，那怕是对方有一秒钟停止了射击，他就会虎地跳起来，猛蹿几步，他的双手冻得发了白，他还是紧握枪械，时时准备射击，他的腿脚冻得不知是谁的了，他就死命磕足跟，但那双包在冰霜里的眼睛一直都是监视着敌人的。可是，他们冲不上去，他们的勇敢力得不到发挥。

"唉！这里就没地形嘛，这怎么能冲哩！"营长吁口气，急火下去一点，他的眼睛望着风雪地，找寻什么似的。之后，便把部队拉下来，拉到岭边可作隐蔽的攻击位置上。

他转到二连，这是营的突击队。二连指导员丧气地说：

"三排不见啦，李有光拉上部队直往前冲，和连里也没有联系上，兴许是丢啦！"

营长皱眉吁气地低了头。一排人怎么一下就丢了？怎么就能丢了？战斗才开始呀！……妈的，一上来就碰到这么一些倒霉事，这得快报告团长，唉！丢我的人！

这时候，一营侧面的大炮还在向敌方阵地上轰击。政委赶上岭来，小电话员跟着他，把话机子放在雪沟里往下拉线。团长从敌火下穿来，迎着政委说：

"炮打得好,房子那儿烧着了。"

政委也注视着敌方阵地。

哧溜一声,政委抓一抓大衣袖,笑着说:

"妈的,刚穿了个洞,没挨着肉。"

团长也以笑回答他。

"好,摧垮房子就发起攻击。"因山头指挥所未跟师里拉上线,团长就稳步下岭,进到一营指挥所,给师里通话。

团长的心情,此刻是非常兴奋的。师长从电话上告诉他,坚决歼灭这股敌人,具体点说,他的决心也是如此。另外,兄弟部队已经在另一据点歼灭了一股敌人,这就是说,他也应该很快把自己的捷报传播出去。他坐上炕头,靠上枕头,点着一枝烟卷,静听着岭上的炮火,默默地计算着攻击时间。一时他又把思想转到敌人方面,他盼望能得到一两个俘虏,再确切对证一下他对敌方情况的了解。自己的部队已从各方面运动到敌人近边了,地形,天候,会增加部队攻击上的一些困难,但,营连长们细心点指挥,困难是可以克服的。

一营长进来了,他满脸冰霜,张开糊了泥土的火眼,看着团长。团长望着他这副急躁的神情,坐了起来。

"这面是顶风,人睁不开眼,"营长靠炕沿坐下,一句不连一句地说:"又没地形! 火力不能发挥。机枪打不叫,一拉杠杆,一层冰碴子。步枪也冻了。部队叫压得抬不起头。"

营长把部队进行攻击的困难一一提了出来,便低着头,两眼死死地看住地,像是有什么还待考虑的话要说。

团长想静静这位老伙伴的心,默默地掏出烟盒,递给对方一枝烟卷,又给他倒好一碗开水。营长本来是一闻烟味就头疼的人,这时便一口烟,一口水地忙了起来。

"李有光那个排大概丢他妈的了,连里就没跟他联系上。"营长脸色闷闷的,就像是指导员报告他这个消息时的神气。

团长皱起眉头,随声吁了口气,也像营长听了指导员报告这个消息之后的神气。

"怎么一排人随随便便就能丢掉？连的指挥那里去了？"团长近乎责备似的说。

营长一言不发，两眼还是死死地看着地。

"那你们就不要攻了，看二营的吧。"团长的话慢慢沉沉，声音里有点生气。营长像受了什么大的刺激，霎眼满脸冒汗，脸上土搅汗像个花脸，他紧合着发干的嘴唇，一时说不出话来。

"看二营的吧，你们先守着好了。"团长又一次慢沉沉地说。

营长两眼还死沉沉地看着地。不行，不行！自己的任务完不成，反而加到别人头上，这叫我心上过不去呀！紧等慢等，等到个主攻任务，我蛮想一仗打出个作风来，狗日的，就因你是新一军老招牌，老子这回跟你拼了！他抬眼看看团长，显出恳求的神色。

"最好再让我们攻，我是说……"他声气有点急得发抖。

"你那里地形不利，我们也不能叫部队打肉仗呀！"

营长的心忽然感觉像刀割一样的疼，他这个营，一向就有死打硬拼的老作风，但死打硬拼也不是不讲战术的。"我们不能叫部队打肉仗呀！"这句话在他脑子里嗡嗡响，就像他自己在说，就像师长在说，也像是那一份文件在说。这是说我吗？我就是这样吗？不能，不能，我要摘掉这顶高帽子。

"给不给我们攻啦？"他这是第二次请求，声音由发抖变得干燥了，两眼也骨溜骨溜地直看团长。

团长一时没有表示态度。他看见营长那股神气，就猜着了他的心事，老伙计仗打得不少，决心也顽强，但满身老军人的豪强心，只怕人家说他不中用，这场合刺伤了他的弱点，正是激起了他的责任心和自觉。

"也行，只要你能把不利形势行转过来。"团长试探性地说。

营长转了转眼睛，他的心里发火又发烧。对呀！团首长的话说得在理，我得有本领改变部队的不利形势，不改变是谈不到完成任务的。怎么改变呢？怎么改变呢？他想着，他陷入了沉思。

他埋怨自己粗心,更埋怨因自己的粗心而加深了部队攻击上的困难。开始,前沿敌人叫冲垮了,他满以为一猛冲就能解决问题,疲乏的眼睛只往岭上扫了扫,手只那么晃了晃,简单地给部队指了个大的方向,就喊叫着叫部队冲去。到底在那个方向上,有些什么地势,连他也不大知道,他顶多是隐隐糊糊看见了几绺树条子。以后,部队一冲就冲到了敌人的火网,但他只气呼呼地在那里喊冲,这是把勇敢的战士们推在火口里,这是不爱惜自己的血。

"首长呀!我没有完成任务……"下行的担架碰上他,彩号病人望着他,好像他对自己的伤口是抱着反抗态度的,意思是说:"我还不知道我是怎么叫打倒的!我不该这么早挂花呀!"对彩号说,这是他的勇敢坚决和革命战士的英雄主义,但营长听了,只是心里同情他,疼他,并没有联系到自己的指挥上。一些战士勇敢顽强地倒下了,他们几乎是在密密的敌火里倒下的,部队拉上去拉下来,拉上去拉下来,你叫他们从那儿冲呢?往那儿冲呢?结果怎样呢?……

"首长,多会再冲呀?"雪窝里抬起一张张冰雪包着的面孔,望着他。

他气昂昂地站着,眼前正是敌人的火口,他不能叫战士再往火口里冲的。可是,他并没有发现土包子、壕沟这一类可借以前进的地形,部队依然面对着顶风,面对着漫斜的雪岭趴卧着,他是不能轻易改变这个形势的。

"唉!"营长吁口气,咕地喝了一碗水,既不回答团长的话,也不急忙走开,他甩掉帽子直抓头。

团长对一营的形势也很耽心,他当即给营长谈了谈另选冲锋道路的问题,想具体地帮助营长的指挥。话是那么说,不让他攻了,但少一个营参加突击,必定要影响战斗的进展,就是战斗时间也会拖长的。

"喂,喂,一营那里怎么样?能不能配合?……"政委从岭上给团长通了话。

"……一营风不顺,嗯! ……没有地形……"团长懒懒地放下耳机,顺身往墙上一靠,猛吸开烟卷,他的心情是沉重的。

小警卫员看出首长们这股神情,自己心里也不安,急得在地上直转圈,他认为该给他们弄点饭吃了,便轻脚步出去,端着个平时不舍得使用的洋瓷盘进来! 盘里盛了半只野鸡,这是小花妈捎来,他让大师傅故意留起来的。

"不吃,不饿,老子气饱了。"团长抬头看一眼营长,招呼道:"你快吃罢!"

"我也不饿,吃不下去。"营长向小警卫员摇摇手。

小警卫员觉得自己的计划失败了,难为情地从衣兜抓出几个红辣椒和几颗大蒜,不声不响地丢到炕上。心想:这回看你怎么样?

团长两眼沉沉地往炕上看一眼,懒懒地把东西揣入衣兜,没有顶他,小警卫员才相信团长的心情没有什么,因为他还顾得上辣椒大蒜一类细小事,便打好两碗开水,放心地坐在屋角,不再走动。

"进! 进!"门一开,一位背双枪的小战士,把个大个子推进来,两人都满身冰雪,就像从火线上滚着下来的。

团长抬眼一看,由不住咧嘴笑了笑。这两个人,一个是胡子拉碴的大个子,光脑袋穿件灰大衣,耳朵冻得通红,另一个是小小身个的孩子兵,满脸胜利者的骄气。"报告。"小战士面向着炕头,两足跟一碰,小手举到耳朵上。"他是我逮的,前面没地方搁,排长叫送下来。"他见营长也在注意他,最后一句话几乎是面向营长说的。

"官长,你老人家不要杀我……"那人赶快弯了腰,抖着破嗓子嚎起来。"我什么都能说,咱们都是中国人……啊……"

"装啥,又不杀又不打的,我们一律优待。"小战士劝他几句,那人才暂且收起哭声。

接着,小战士急嘴急舌地回答了团长他们一些问话,并报告了前面一些情况。他说他是李有光排的小吴同志,这回战斗上他当排的通信员,一来往下送俘虏,二来主要还是跟后面联络,这消息大大兴奋了团长他们的心。

"我们都看见敌人了，看得真真的，"小吴同志抬手比画着，他在营团首长面前说话，还不大习惯，两眼瞅着窗户，说："排长领我们一下就从岭半拉冲上去了，赶又要往下冲，他就有两排人朝我们冲，排长把人组织了一下，硬把他顶下去了。再以后，两家伙就干上了。……再，我就把他逮住了。"

团长满足地点点头。就像丢掉了什么心爱的东西，又拾回来了似的，满心欢喜。

"好，这就好。"营长脸上也露出笑味来，他关心地看着小吴，说："回去告你们排长，叫大家坚决守住阵地，一时我们就派人增援你们。"

小吴同志把营长的话重复背一遍，表明他已经记住了，便向炕上来个扇形敬礼，扫一眼俘虏，昂起脖子就走。

"我什么都能说，都是中国人……"那人见小吴走了，突然害怕地哭起来。"我自己过来的，我知道这儿有宽大……"

屋里人围住他，以同情的眼光看他。他很不安，两只惊呆呆的眼睛死瞅着地。

团长让俘虏坐下，慢慢地跟他谈着话，他想从俘虏那里得到敌方的具体情况。营长没有注意这事，他是从李有光那个排的情况上考虑全营的形势。他认为李有光能冲到全营最前面，又死死地在那里守住阵地，一定是那里有死守的必要。敌人拼命跟他们争夺山头，一定是那里直接威胁了敌人。他心里忽然生长出希望，他决心再向团长要求一次任务，并亲自去前面看看地形。

"我有一句谎，炸子炸死我！"俘虏赌咒似的喊，似乎对方所问的，他都照实讲了。

团长把眼光离开地图，听听敌方的炮火声，不由向他笑了笑。

"到底给不给我们攻啦？"营长跳地上，双手插入手套，也以笑脸迎住团长，那笑里包含着一种信心。

"好的，你们配合二营干吧。"团长很爽快地说了一句，揉揉眼，搅动电话机的把手，跟政委通了话。

"喂，喂……告诉炮兵，敌人都在房子外面，是的，是的，喂，喂……"屋外风声呜呜嚎，密集的炮火声里，又加上飞机的嗡嗡声，虽是很近的距离，电话上大声喊叫还是不容易听得清，团长只得抓住话机子等一等。

"老杨，叫部队隐蔽好，飞机真他妈捣乱，低飞就打个丈人！"

营长走后，岭上的炮火声一时沉静下来，只听着敌方的机枪脆声连响，再就是敌机在半空里哼哼叫。团长又对准话机子说："喂，喂，是的，飞机走后，再集中炮火，摧毁他的工事……叫部队好好隐蔽……是的，是的，飞机走后再发起攻击。喂，一营配合，一营配合……大概不会有什么问题，我一时就去。"

两架美式飞机在半空里乱打旋，它既不投弹，也不扫射，因为敌我两方的山头阵地几乎连到了一起。李有光那里是最受不到敌机扰乱的，他一直蹲在雪窝里，两眼监视着近在眼前的敌人，他连天空望都不望一眼。

"泡上啦，跟老母猪哼哼一样，真难听。"一位战士讨厌地骂了一声。

"我看跟牛叫一样。"另一战士仰天指着说："铁老刮，你找不着自己人了，刮刮也不顶事。"

"理它干吗！"李有光轻蔑地说，他向身周围扫了一眼。

好像这时，他才听出来我方的炮火由密集变得沉静了，且这种沉静是非常严肃的。至于敌人方面，密密的机枪弹依然一串串从他们头顶扫过，他又一次感到自己的处境是孤立而危险的。这是全营最前面的阵地，是插入敌人腰窝的一把尖刀，他到底经过了多大的危险才领着战士们冲到这里来，此时他很难记得清楚。他只知道他所以停止在这里不能前进，是因为岭上岭下的敌人，直接用猛烈的火力挡住了他。从他这里绕着岭坡上去，就是敌人所占的房子，他们身边的岭沟里，又是敌人调动部队的唯一道路，这就是说，他们以少量兵力严重地威胁着敌人。可是，他们所在的地点，仅仅是岭头上一条足脖子深的雪沟，人躺在雪沟里还露出鼓膨膨的背包，怎么好待得住呢？本来沟边上还有一溜稀稀的树条子，人可以借着它隐隐身体，经过敌方的炮炸枪扫之后，树条子早给炸折炸飞了，战士们只好全身埋在雪里，时时遭受着被枪弹碰着的危险。现在，他们还未跟主力取上联系，他们后面是营团指挥所，又是战勤单位，又是敌人可经此突围的岭道，他们能让这些家伙把岭头占去吗？只要一寻思，人们就会明白在孤立危险的情况下，坚持这块阵地的重大意义，李有光他们是用最大的毅力与勇敢，来坚持这块阵地的。

跟李有光在一起的战士并不多，但在战场上，李有光有种指挥员特具的组织能力，他把他们及时编制起来，分别安置在雪堆的工事里，并给自己选好了指挥位置，与敌方对抗。他认为即使是三五个人作战，也不能轻视战斗力的组织，在敌人面前，往往是极小的战斗机构所发挥的力量，足以使敌人感到头疼，甚至难于应付。于是，他在阵地最前面放上一个观察哨，其他人就个个伏在雪里，既可缩小目标，又能防备敌方炮火对他们的杀伤，岭下有什么动静，哨位上就即时报告了他。只有真的看着敌人上来了，把敌人的鼻子眼眉都看得清了，他才发出射击命令，这时，岭头上就会忽然出现一个个活的雪人，步枪炸弹直往敌人头顶盖下来，用不到几分钟，敌人就散伙溜跑了，有的跑不动，还害怕缴了枪。之后，他们又照原样来，隐蔽的隐蔽，观察的观察，对方枪火来得再猛，他们理都不理，等对方炮火一静，一溜溜部队又要冲上来的时候，他们正好也完成了打反击战的准备工作，敌人对他们是没有便宜可占的。

这些敌人是从遥远的南方带着美帝国主义的兵器，来到东北的。他们到处宣扬自己是"中央军"，像商人似的，到处打起恶心的国军的牌号。他们走到那里，那里的地主就摇头摆尾。他们抓穷人当兵，他们强迫穷人把分到的土地房屋照原样退还给地主。他们像瘟疫似的到处毒害人民，老百姓都叫他们"二满洲"，"遭殃军"，痛骂他们是大地主的派头。但他们满身傲气，自吹为"天下第一军"，官长们的口袋里装着褪色的照片。他们的士兵却不像他们的官长，士兵们都是满手茧子的庄稼汉，都是被勒脖子当兵的，他们根本和官长们不是一个心眼,他们是受官长的欺骗、压迫,而又反对官长们的。至于我军战士,他们都是为自己为人民而战斗的,他们随身的东西,除了武器弹药之外,每人口袋里装着手订的汗污的小笔记本,内中还夹着立功决心书;秃头铅笔、钢笔尖,都用纸片珍爱地包起来。他们也在年节收到了家信,上面写着他家分了多少地,几间房,政府怎样优待军属,每封信都是鼓励自己的儿子丈夫作战的。现在,我军战士面对着这样的敌人战斗着,一次又一次打下去他们的反冲锋,他们有什么威风,就请在人民战士面前摆摆看看!

"排长,排长!"雪窝里抬起一张冰雪不分的面孔,望着李有光。

李有光知道岭下又有了什么新的动静,爬前几步,擦擦霜花包起来的眼睛,往下探了探脑袋。

"你他妈玩的什么把戏!"他望着岭下自言自语地说。

他把匣枪举起来,用眼瞄上——好家伙! 你又从沟里往岭上房子那儿调动哩! 一串一串,灰溜溜的,缩头缩脑地乱咕涌什么? 飞机真给你壮胆啦! 看那肩上扛的,担子挑的,都他妈子弹箱子,你大摇大摆咕涌吧,好,咱们来照量照量。"造你妈,不是你,老子也不会在这儿受冻!"老田把枪栓划拉了一下,扭头向李有光看一眼。

"排长,打吧!"

当然要打他,要扰乱他,要扯住他的腿! 不的话,他就满不在乎地增援到岭上房子那儿去了。李有光嗯了一声,眼睛不离开机头。

老田心上一来劲,手把枪托顶到肩膊上,满胡子冰雪也粘到枪托上。

岭上脆脆地响了几声,岭沟里的阵势一时陷入混乱,有的丢了子弹箱就跑,人也叫撂倒四五个,只见一细长个子挥手乱喊,灰溜溜的人影散爬满沟,头都插在雪窝里。那细长个歪歪扭扭往前走了几步,解开大衣钮子,傲里傲气地把个望远镜举在头上。

"家伙是个官儿,是个官儿。"老田叽叽喳喳地说,端枪就瞄。

"小点声,看他听见了。"一位新战士往前嘱咐一句。

"不怕,不要紧,他快吃不上高粱米了。"说着,李有光扭头看看,那战士有点脸红,但马上又镇静下来。

岭上又脆脆地响了一枪,这是老田打的。那人两臂一晃,缩着身子弯在雪地上。

李有光红眼了,好几次领上部队来夺山头的,就是这家伙,一些战士冲在半道上倒下了,也怪这家伙,得把这家伙打结实才解恨。

那人弯在雪地上往两边摇手,似乎在喊叫他的部队往上冲,李有光当的一枪,那家伙就蹬腿了,雪沟里散爬的部队也都隐了起来。一时,岭上飞来一串串枪弹,弹头嗖嗖地都钻进雪里。

"他还想来报仇!"老田愤愤地说。

李有光见战士们趴在雪沟隐蔽了,便沉着地蹲在老田那里,静观敌方的动静。

"排长,你枪法准,是怎么……"老田想叫李有光讲讲打枪经验,但头顶隆隆隆的飞机声跟机枪搅在一起,震得人听不清,他只说了半句。

"打一次仗消耗他几十发子弹,仗打多了枪就有中了。"李有光眼瞅岭沟,声音慢沉沉的,好似在想着多少年前的事。"我在关里打日本时候,树枝上吊个棉花球,专叫风把他摆得团团转,我离他二百米站着,眼一瞄,气一拼,喀一枪就把他打上了,这也是死练出来的。"

"我是有股恶气,"老田跟着说:"打一枪我就咬一下牙,人肚里扑扑跳,直想揍倒他。"

"妈的,想吃肉啦。"李有光头顶上啪啪了几声,他听出子弹飞得不高,顺手推一下老田。"姿势放低点。"

"排长,咱们子弹不多了。主力怎么还不来?"老田听出枪声是从前面那座房子扫来的,他静了静,忽然想起了这件事。

李有光明白了,他也静了静,用耳朵听了听——你准是又想来反冲锋了,我保险把你打下去! 是的,主力若能来了,我们就好往前扩展胜利,主力也该着来了。他抬眼看看老田。

"坚决守着吧,主力就会来的。"

"没问题，就拿刺刀也能把他拼下去！"老田恨恨地说。

就在这时，美式飞机丧兴地飞走了，敌方的炮火又开始激烈起来，这是敌人害怕我方的沉静，又在用炮火抵抗我方的沉静。可是，我方阵地上并不沉静，骑兵们通过密密的弹火，开始飞马往各处阵地上联络。炮骡从树缝里出来，大炮上的白衣掀开了。背包上插了枝草的部队，从岭洼，从树林，整列整列开出来，枪刺刀亮光光的，枪身上的土雪早擦掉了。指导员们正在部队行列中昂头摇臂进行火线动员。营团长们探着头在各处阵地上观望。沉静眼看要雷一样地爆发了，沉静眼看要爆发出勇猛冲杀的力量。

李有光他们并没想错，当他跟老田谈起主力的时候，他们身后的部队正排成散散的行列，通过树林翻上岭坡，前去援助他们去了。

这里是这样难以通过，敌方的枪弹漫岭乱飞，人几乎不是走，而是在雪窝里打着滚上去的。就是跑在前面的杨营长，他也不得不时而弯腰快跑，时而蹲下。

"这是谁呀？"杨营长在雪窝里发现了个小背包，赶紧弯下身去。他把盖在雪上的大衣领子撩开，雪窝里露出个圆脸孩子的头来。

"你那儿挂花啦？那儿？"营长认出是小吴同志，连忙关心地问。

"没有吧？没有吧？"他结结巴巴，眼睛不敢正视营长，就像做错事的孩子在长者面前似的。他近乎解释地说："不怕，我不怕。"便从雪窝里站起来，但脸色还有点发黄。

营长没说话，不由笑眼看他。

这是怎么回事呢？营长当然明白，初次上战场的人，谁也免不了在敌方激烈的枪火下发蒙的。这是实战经验太少，还不能给小战士扣顶帽子说他怕死，且一个机灵的小孩子初次作战就能在敌火下来回跑，也还算不错。因此，他对小吴一点也未加责备，反而很体谅他。

至于小吴这方面，他跟大家在一道，互相说几句鼓动话，胆子无形就壮了，当他担任排的通信员往下送俘虏的时候，敌方的枪火一样激烈，他向排长表示，对自己挺有信心，确实他也圆满完成了任务。可是他一个人转回前面的时候，漫岭密密的子弹都朝他吱吱叫，他忽然感到无以对付。到底子弹从那里打来他听不出，子弹飞得多高他也听不出，一时间他就有点蒙头转向了。但他并没有往下跑的念头，他一心要跑回前面去，这边飞来一弹他就往那边跑，那边飞来一弹他就往这边跑，子弹戳地飞他就蹽起足，一闪一闪跑，子弹飞得腿柄子高他就一蹦一蹿像跳高，这个怪办法，还是他在危急中想出来的。他两足在雪窝里拔来拔去，怎么都跑不出敌方密密的火网，实在没办法了，他就扑身卧倒在这处小雪洼，一时不得起来。

此刻，他站在营长面前，自己也觉得脸发烧。但他心慌是事实，他不愿拿初次参加战斗为理由，来辩护自己的缺点。

"子弹挺高，没关系，跟我走吧。"营长见小吴神气不大安静，给他说了句壮胆话，扭身就走。

小吴忽然从营长身上得到了力量，不知怎的，他相信只要跟上营长，就是炮弹掉在头上，也怎么不了他。他飞开小腿，急步追随营长，一径插过岭背，转入了安全前进的道路。

营长从敌方的激烈火网里，直截感到了李有光他们的困难情况，他用非常严肃的心情关心他们，他为全营的问题关心他们。他急步走着，忽而敌方飞来的枪弹很稀了，他断定他们那里又发生什么事了，他招呼部队跑步往前赶。

是的，李有光他们一直就是用最大的顽强性跟敌人对打的，他们是用确信和希望等待主力上来的。现在，危险又临到了他们头上，他们在主力赶来以前，又一次跟敌方展开了艰难斗争。很明显，敌方大概以为他们被炮火埋葬了，或者以为他们人数太少，机枪也不叫了，炮也不打了，便采取了一种断然的办法，想用绝对优势的人数来抓他们活的。

李有光到底还是有胆识的指挥员,他瞅着敌人鬼鬼气气,从几方面往他这儿圈来,心里一静,办法就来了。他把匣枪插在腰间,手里捏颗炸弹,在雪沟里爬来爬去,给战士们说了几句悄声话,而后就返回他的指挥位置上。

"注意啦,手榴弹刺刀准备好!"李有光的嗓音拉得很长,他把十几个人当成一个连队来指挥。他放大声音给各排长下命令,战士们就应声,之后,战士们又拉开嗓门给各班长下命令,风声里、雪岭上喊得嗷嗷叫,但谁都不露面。

敌人闻声之后,真的停在半道上,缓步不前。李有光偷着点了点人数,大约有七八十个,稀稀的分了三路。他胆气一壮,忽然出现在山岭上。

"来吧!老子给你个铁锤锤吃!"他晃了晃手中的炸弹。

"你下来!"对方从下面吵嚷起来。

两方你上来你下来的相骂几句,李有光蹿前几步,嗖地甩下去炸弹,敌人便哗地散倒在雪坡上,乱了阵势,但并未退下去。

李有光拔出打光了子弹的匣枪,直直地立在那里,他两眼尖刀似的刺住敌人。

几个端冲锋式的,大概是班排长,首先从雪窝里爬起来,呼喊着散躺着的士兵前进。

"来吧!共产党的队伍不怕你!你敢来咱们就拼!"李有光理直气壮地喊叫。战士们也都瞅住敌人,准备跳起来拼刺刀。

岭上噔噔地响了两枪,两个端冲锋式的一头栽倒了。李有光一转头,见老田正在退弹壳。接着便是两声炸弹,炸烟被雪风吹散的时候,岭坡上除去一溜死尸,活着的都不见了。

"排长,排长!你快看!"李有光顺着战士所指的方向一望,一长溜部队正急步翻上岭来。为首的是个大个子,他身旁跟着个小个子,人们认出来是小吴跟营长。

"同志们!营首长来了,我们坚持到主力来了!"李有光声气昂昂地说。

夜战

总攻击开始的时候,日头快要落山。团长在岭头上稳步穿行,足步正如他的心情一样沉重。他慢慢爬上一处岭尖,想从树缝里观察敌人,一下,对方的机枪向他点射,他不理,也没有停留,还是稳稳地走他的。他沿着二营阵地转了转,微斜的岭洼里,战士们静静地集合着,二营长正忙着组织部队冲锋,政委也在那里,团长过去说了几句什么,便一气赶到炮跟前。这是岭头上平面较高的地势,炮都摆好了,炮手们或蹲或卧地出现在雪地上。

敌方的炮火不时往这里打来,子弹头叮叮当当地敲击着方盾,炸烟雪土在急风里乱飞,参谋通信人员在附近贴地伏着,他们不必要给指挥位置上增加目标。这时间,只团长直立在炮位一边,在敌火扫射下,观察,思考,两眼紧紧地注视着前面。他从这里毫无阻碍地注视着前进的部队,他的一切都被敌方的炮火吸引住,他已忘记了自己的存在和时时围在他身边的死的威胁。妈的,你的机枪在那个鬼地方!炮也不过开叫了一两门,等着吧,看我揍你!他直然是一个久经锻炼的指挥员,在危险情况下,反而变得比平时更镇静,更严肃,谁看着他,都会从他那里激起更大的勇猛冲杀的力量和信心,这也是战士们所希望于指挥员们的。

一颗炮弹在他身后不远爆炸了,团长动也不动,好像没有觉得,他依然默默地观察着往前运动的二营战士们。

警卫班长是个挺结实的年青人,炮弹一炸,他就虎地一下从雪地蹦前来,双手搬住团长的胳膊,命令似的喊道:

"快隐蔽,团长! 快隐蔽!"团长不理他,眼光没从敌人那里移开。忽然,团长挥起胳膊,在炮火里大声喊叫:

"开始! 打!"他张大的嘴巴就像是炮口。经他这么一喊,一串串炮弹呼呼呼地接连向敌人那里飞去,一颗又一颗地爆发了。黑烟里,敌人占领的房子越看越模糊,冲上去的一列列白团团,也在黑烟中望不清了。

"上去啦,上去啦!"政委从炮阵地一边赶来,站在团长那里,两人又观望了一个时候。之后,他俩急步往一营那里走去,他们要看看一营的进展情形。敌人的火力把一二营的阵地分割开了,他们就在弹火中坦然走着,谁也顾不得隐蔽。

天色渐渐发了暗,我方阵地上静静的,岭上的风声也小了。遍岭穿飞着紫红色的曳光弹,敌方阵地上不时升起雪亮的照明弹,爆炸声随着烟火腾起来。隐隐还可以听到人的呼喊声,这是战士们正在跟敌人进行肉搏。

团长他们再向敌方望望,那里雷响电闪似的,一时还难于确定突击队的攻击情形。尽管派通信员几次去联络,但得到的消息依然是简单的一句话:"正在跟敌人争夺房子哩。"就从枪炮声中听来,团长他们也还是不怀疑这个报告的。不过,部队既然上去了,指挥员们期待胜利消息的心情,也就更加急切。山头指挥所已移在紧靠岭坡的一处草屋里,团长他们只好返回那里,等待通信员们正式来报告前面的消息。

此时,二营方面的突击队冲到敌占房子五十多米左右,因为无地形可利用,半数战士在敌火下英勇地倒下了。一位年青的班长,他即时把现有人员组织起来,每人的手榴弹集中交给投弹组,另以刺刀组随后紧跟,他号召大家为牺牲的同志报仇,为人民立功。一阵排子手榴弹,一猛冲插到房墙那儿,与敌人刺刀相见。他们炸死敌人的机枪手,跟敌人的弹药手摔跤,用死打硬拼的精神,夺得了一两间房子。

至于一营方面,杨营长亲自在李有光那里观察了地形,使突击队绕着那个坳坡进行攻击。从坳坡上去,又正是敌人的侧背,突击队伏地前进,望见侧面的机关枪口火亮红红的,连串的子弹斜着他们扫去,他们快接近房子了,敌人才发觉,赶敌人调过机枪口嘟嘟他们的时候,几声炸弹一响,连射手带机枪都给他炸翻了。其时,二营突击队刚上去,敌人也刚要向他们进行反扑,一营突击队恰好适时地冲上去了,两方面的战士一会合,此处院子的敌人便受到包围,我军战士立即以刺刀手榴弹跟敌人展开混战,夺取了这处院子,控制了雪岭上的第一处制高点。

但,新的困难和危险紧随着到来了。这处院子斜对过,还隐隐糊糊有一处院子,两厢只隔百来米,那面的机枪,六〇炮,不停点地直往这处院子射过来。这个院子并不大,只一溜西偏屋,一溜正房,面对百余米的敌人,只有院里的一溜短墙,真是不大好守的,加之他们人数又不多,继续攻击也不可能,总之,他们每秒钟都在敌人的火网里坚持着,如果从外面看去,他们所处的地点已成了一个大的火团。

杨营长在突击队冲上去的时候,他自己也尾随着上了坳坡。他蹲在雪地,用眼睛看,用耳朵听,他无时无刻不关心着攻击部队的进展情形,部队上去了,他心里兴奋了,因为敌人已失掉了阻挡我军突击队之力。一时,他见敌方的火力从各处向那座院子封锁,他这里也不断飞来发红的子弹头,心里一疼,而后就气火上来,他想派部队前去接替他们。他知道夜战不在乎人多,派个把班先上去,也足够支持一个时候了。如果照过去的脾气,他早会拿上步枪,脱光衣服,单人独马地冲上去,可是,现在不是那时候了,白天他稍疏忽了一下,就使部队遭到了一些可避免的伤亡。他得把这事果断处理之后,再去团里谈谈情况以及往后的攻击问题。

他转下坳坡,二梯队的战士们正在背风洼里蹲坐着,人们在昏黑后,蹲在雪窝,有的捂了嘴咳嗽,有的嘎嘣嘎嘣啃着冻成铁硬的干粮,多少双受冻的脚不停地磕碰着,有种等待作战的急躁情绪。

"营长,我们再上去吧。"一个人影迎头顶住他。营长瞅出他是李有光,便以关心的口气责问道:

"你们怎么还没下去?"

是的,营长先是叫他下去休息的,他们排的人都不乐意,因为他们还想继续战斗,再担任攻打制高点的任务。突击队上去了,他们看着挺眼热,那座院变成了一团火,他们就眼红了,他们想自动上去增援。他向营长解释几句之后,硬以他熟悉地形为理由,要自告奋勇带上他排那部份战士打上去。

营长考虑他们太疲劳，一时没有答应。一下，李有光招呼了一声什么，营长跟前忽然探头探脑地围上来一圈白团团。

"请营首长交给我们攻击任务，完不成不回来见你！"这是老田的声音。

"首长发命令吧，我们都准备好了。"这是个小孩子的声音，营长听着很熟悉。

"我的表早交上支部去了。"李有光突然插了这么一嘴，他想用这话来提醒营长。

营长见这些人苦战一天，情绪还这样饱满，当即决定李有光带他们上去。他嘱咐了又嘱咐，鼓励了又鼓励，叫他们坚决打，且亲自领着他们上了坳坡。他从黑暗里跟着前去的影子，招呼他们姿势放低点，他感到敌方的机枪扫得不高，红弹头都哧哧地钻进雪里，雪亮的照明弹也给岭上罩了一层闪闪的白光，他想看着他们冲过危险地带就下来。他走着瞅着，觉得有人把他的手扯了一下，他没在意，再一抬眼，越冲越远的白团团已看不着了，他遂从弹火中返下来，转到团指挥所。

在指挥所小小的草屋里，团长政委早已把前面的消息电告了师部，并正式提出夜间攻击计划，取得了师部的同意。烛光下，政委两眼发了红，团长两眼发了青，两人围了炕桌，以干沙沙的嗓音说夜战，谈夺取制高点，有股不可挡的力量与决心——必须不惜牺牲，彻底歼灭敌人。但从声音里听来，团长他们的心情是沉重严肃的。

炕桌上摆着几碗早已冷了的高粱米饭，还有一小碟大酱，筷子也是从那里折来的细树条，团长他们嘴苦舌干，只喝了几口冷汤，不想吃饭，他们的心力全操在山岭上，不时倾听前面的动静。

杨营长默默地进来之后，不由把右手抬近胸脯，这时，他才看见手套上结满了血块。

"怎么？伤了骨头没有？"团长政委几乎同时发出了这句关心的问话。

营长摇摇头,神情很镇静,他眼色沉沉地瞅着桌上的蜡烛。

"部队拉上去啦。狗日的,他还有座院子,朝咱们封锁。"他简单报告了一下前面的情况,说他已派了部队去支援突击队。之后,就顺步靠炕沿坐下,默不作声,他认为一般的情况通信员早来报告了,他这里不必再去重复,至于他自己的手伤,他一句也不提,因战斗正打得激烈,他是准备接受新的任务的。

"你们再配合二营,部队休息休息再干!"团长把组织夜间攻击的决定讲了讲,看着营长的右手说:"你下去吧,看把手冻坏了。"

营长没说话,眼睛还瞅着蜡烛。

"你下去吧,回头我们下营里组织攻击。"政委也劝了他一句。

好像这时,营长才感到手伤有点发疼。他随时把伤手伸前来,轻轻地往牙缝里吸了口气,说:

"不疼,不疼,麻麻的,没什么。"

这就是说,营长是要带伤工作的。政委他们知道再劝也无效,且他这个顽强劲又是部队里的传统习性,对他个人说他就是这种刚脾气,对战士说这又能给士气以很大鼓励,于是,政委他们不再劝他下去,随把谈话又转到战斗上。

"喂,医生来了没有?"团长向外屋喊了一声。一时,屋里走进个年青人,他抓着营长的手腕看了看。

天太冷,营长伤口流出来的血把手套跟手掌冻在一起了。医生开了剪刀,把手套一块块撕碎,之后,营长伸出那只血肿的手,听由医生给他包扎。

"我这是第五次挂花了。"营长低声老实地说。他开始简单地计算着历次挂花的地点,时间,以及参加革命以来的战斗生活,好像他在证明自己是从炮火里长大似的,他已经忘记了手伤发疼。

团长他们并没有在这个问题上插嘴,因为在战斗上挂花是平常事,不论谁挂了花,其政治意义都是光荣的。政委见营长包好绷带的手又肿又大,生怕再给冻伤了,便把自己布袋似的呢质大手套送给他。营长没说话,拾起来慢慢套在手上,立在地上要走。

"再好好组织一下部队。你们这回就比白天干得好。"团长连批评带鼓励地向营长说了一句。

"那当然是我没弄对头,"营长想起白天的攻击未奏效,此刻便自我检讨似的说:"这是一个教训。"

团长微微笑了笑。老伙计接受教训还快,认识了自己有缺点,马上就能在行动上改过来,负了伤还要继续指挥,到底还是根老骨干!

"一块走,我上二营去。"政委在营长身后,很快绑了绑靰鞡腰子,虎地出去了。

半夜过去,满岭满沟又吹起呼呼的雪风,部队又一次对岭上敌人展开了顽强的攻击。从枪炮声的位置上,团长听出部队又前进了,他听出响得近的是二营,响得隐隐的远的是一营,他忽然喊了一声:

"外面亮不亮?"在外屋的警卫员忽隆跑出门,又跑回来,将头伸进门里,说:

"亮,月亮大,挺亮。"

团长没吭气,他低头默默地想。他想到月亮大,部队冲锋时容易被敌人找着目标,但又没有别的法子,只有手榴弹刺刀跟敌人混战。他吸着烟,依然静静地听着枪炮声。

"哎,打信号弹啦,一颗,两颗……"警卫员们高兴地在门外数算着,这是攻击信号,这是从我军阵地上升起的,他给人们带来了兴奋和欢喜。

一时,单调的机枪声里,轰轰轰加进了炸弹响,团长立时坐直身子,随着这声音说:

"手榴弹,好,打得好!"他听出这是部队靠近了敌人,起先是二营这面响的炸弹,接着,一营那里也响开,他在这连续爆响的声音里,真想跑上岭去看看,可是他离不得电话,他时时准备跟师里通话呢。

政委一推门,喘气进来,他劈头就说:

"开始干啦,老杨又上去啦,这回许差不多。"

"他的猛劲真大!"团长在手榴弹的不断爆响里,同意地说:"好,这样打就进去了。"

外屋里的人们也叽叽喳喳,压低声音议论着,谁都很关心这次的攻击,因为这是一次有决定意义的夜间攻击,且这个部队又是长于夜战的。

此时,手榴弹声偶尔可听到一下,不断在响的依然是岭上敌人隆隆的机枪声,不过这机枪听起来较远,打的位置也较高,声音也不如刚才紧密,激烈。这声音引起团长他们两个想法:敌人在退了,他们部队打进院子去了,一定打进去了。可是,狗日的是不是想突围?

"老魏,你看电话。"说着,团长跑出门,绕山岭细细听了听,往岭头烟火腾腾的院子望了望,而后才放心地回来,疲困地揉揉眼,靠墙坐下。

"怎么样?"政委也揉揉累红了的眼,问。

"刚派通信员联络去啦。"团长稳稳地回答了一句。

跟团长他们关心攻击部队的进展情形一样,李有光也早盼望着后续部队前去接应他们了。在他们据守的院子里,在被敌方炮火封锁成火团似的危险情况里,李有光接替了突击队的阵地,组织起排里的战士们分别把守着敌人先用以对付他们的墙窟窿,窗户,来对付敌人,他们一直在那里坚持着,顽强地坚持着。

也许敌方不会知道他们的人数会少得不足一个班,每次一二十穿灰大衣的敌人在雪地上出现的时候,总要嚷嚷喊叫,甚至在雪地打着滚来。李有光他们心平气稳地迎面监视着,待他们鬼里鬼气地来到不远了,一声口令,排子枪或者排子炸弹就把他们打了下去。有一次,几个钢盔铮亮铮亮的在前,大模大样地随后跟来了一堆,枪枝都挂在脖子上,还假惺惺地拍着手。黑地里看得清楚,李有光一看就知道是"诈降计",又一次领着大家把他们打了下去。

这以后,他们的弹药很少了,人们便在屋里屋角找了找,拾了一些敌人跑丢的弹药。谁想，他们在屋里不能待了，屋顶上，窗户上，连连落了几团火球，雪风吹烈了火焰，屋里烟腾雾罩，呛得人咳嗽淌泪。

他们转出院子来，在那堵坍倒的短墙后面，露天雪地伏卧着，一时也不放松对迎面那所黑乎乎的院子的监视。这短墙离着火的屋子很近，烟土火星嘎巴嘎巴直往这儿落。救火吧，上不了房，这里又是唯一可隐身的地方；离开吧，这是用血肉换来的阵地，根本不可能。人们在夜风里透身冷冻，烟火烤热了手脸，火星把棉衣也给烧着了，焦布味刺鼻，被烧得直到大衣烧掉半截，发觉皮肉疼时，才扑身在地上滚一滚，把火块在雪里滚熄。

雪风刮得更烈了，屋子上的烟火更大了，火焰照得半空通红，敌方的枪弹一串串瞄着他们打来，眼看很难待下去。战士们又急又气，赶紧在烟火中工作起来，短墙那儿只留一个人向敌方监视，其他都围绕在屋子左右，有的用大衣包了雪往屋里洒，有的用刺刀挑打着了火的房木，李有光一边忙，一边指挥着大家，活像一个有经验的火警一样。

"排长，屋里东西快给抢出来吧。"老田提议道，当头从烟火中闯入房里。李有光随后进去，接着，又闯进去几个战士，一个个白团团在烟火中飞出飞进，箱子，柜子，瓦缸……一时都抬出院来。慢慢火熄了，黑烟飘飘把他们笼罩起来，敌方的枪弹既找不到他们的目标，老乡的东西又可以完好地保存下来。他们是在部队未上来之前，死死地坚持着阵地；他们是在见不到房东的战斗环境下，注意爱民工作。

"同志们，我们要死死一块！剩一个人也要守住阵地！"这是李有光在短墙下跟战士们发的誓言、提的口号，他认为这不光是为了保护老乡家的东西，不光是为了对得住牺牲流血的同志，更重要的还是为了部队能从这里得步进步，向敌人进行决战。此刻，他们在短墙后亲密地挤靠着，各人上好刺刀，将最后一排子弹压上枪膛，炸弹也揭盖拢在身边，敌人来就拼吧，这正是考验决心的时候。连初上阵的小吴同志,他的意志也跟别人凝到了一块,他没点胆怯的表现,他在炮火中锻炼得勇敢了。

一个白团从他们身后爬来,这是一位负伤的战士。他打弯着一条腿,跟大家挤在一堆,坚持作战来了,人们劝他不住。

"好!"李有光咬牙道:"这才是共产党员的骨头!"他一抬眼,雪地上忽然出现了一线儿灰色的人影,这人影正打着滚冲来了。

"注意!"李有光压低嗓音嘱咐一句,短墙后立时隐隐地露出一溜脑瓜顶,铁亮的刺刀也架平在墙头上。

"穷小子,缴枪吧!"灰影子招呼着,这面没回答,人们气得心跳身发抖。

灰影子站起来了,散散地分两边往上围来。短墙后猛地发出排枪声,还夹着一两声炸弹,灰影子一下退缩了回去,密密的枪弹又从那里飞来。

就在这时,半空里腾起几颗信号弹,他们身后隐隐悠悠响起了冲锋号,枪声,爆炸声,接二连三响起,月夜风声里,一道道闪光,一声声爆响,烟团铁块密雨般从他们头顶飞过,投向敌方阵地,这是团的主力发起了总攻击,李有光他们在这处阵地上又坚持到胜利了。

"听,我们的主力攻上来了!"战士们从干裂的嘴唇发出兴奋的声音。

落网

烛光下,团长张着闷而发肿的眼睛思考着,他肩负这次战斗的重大责任,他在艰难情况下,掌握着部队的攻击力,他的耳朵没有一刻不注意最前面的炮火声,他的心力没有一刻不用在对敌人的打击上。当这次夜战开始,他那种因战斗时间拖长而引起的愁苦,马上减轻了许多,他一下就从密集的炮火中,抓住了战斗的中心问题,爆炸声渐渐远去,渐渐稀疏起来,这是他的部队在前进。闷声闷气的机关枪,开始时,指挥所的草屋里还能清清楚楚地听到它的击发声，以后，就只能听到它的叫声，且这种声音越来越远了，这是敌人在后退。此刻，通信员虽还没有来报告部队攻击的发展情形，但凭他的作战经验，他确定刚才的攻击是奏效了。

"敌人退了，妈的。"他揉揉眼，一足蹬开门，放大步子奔出去。

按照往常的习惯，一到战斗上，他往往从这营跑到那营，看着这个连的阵地，问问那个连的指导员连长。他走到那里，那里便会异乎平常地欢迎他，那怕他只讲三两句话，他的下级马上就会把这当成命令，即时在阵地上向全体进行有力的号召，就等于是胜利的力量。这场合，那怕他们还没有完成任务，或者部队有了些伤亡，但言语间从来是充满信心的。至于团长这方面，炮火越激烈他的脑筋就越有条理，他无管在那一个阵地上出现一面，那都是有他的意义的。

天色已微微放明。他出门就抄了直路，径往他要去的地方奔去。在昨天，人在这些地方是不能抬头的，敌人的机枪把平岭封锁得很严，现在只不时有一些流弹飞来，流弹是没有准头的，引不起他的注意。他从深雪窝爬上岭坡，在高凹不平的垄沟上走，两腿在高粱茬上绊来绊去，雪还滑足，他也顾不得绕路，他的两眼亮闪闪地望着前面云头似的烟火，望着岭尖上最后一所院子，望着在烟气中涌动的部队，他一口气向那里赶上去。

岭头上是一片激烈战斗后的胜利景象，冉冉上升的太阳，给风冷的雪岭上铺了一层暖意，这阳光跟淡淡的烟火搅在一起，这阳光在照射着我军的胜利。要知敌人打了多少枪炮，就请看一看死在鸭绒被里的射手，他周围美式子弹箱一垛一垛，弹壳一堆一堆，歪倒在炮阵地的死尸左右，尽是炮弹箱，炮弹壳，够你一眼看的。所有这些，都盖着烟土，落着血滴，都在我军的顽强攻击之下被毁灭了。团长随便恶心地瞅了眼这些，他的眼睛便碰到战士们身上。战士们满脸烟土，正在刚占领的大院前面堆筑着雪工事，对退缩在岭崖坡的敌人采取了从上而下的扇面形包围。房院上空，飘飘地卷飞着胜利者的红旗，这旗下是横躺竖躺的死尸，人马车辆随处歪倒着，弹药武器随处丢落,一些战士正弯腰在那里捡拾弹药。

看来,敌人是退却得非常匆促的。破烂的鸭绒被,冻成冰硬的刚洗好的衬衣,以及脂粉香的信件,折皱的公文表格,和美装军官同长发赤膊的女郎的合照……散落在焦臭的战场上,飘飞在厚厚的雪地上,钩挂在高粱茬上。人们可以看出,这些属于官儿一类的逃跑者,除了自己幸免的肉体以外,什么都遗弃在这里了。团长踏着这些东西过去,用轻蔑的眼光瞟它一眼,赶快沿着墙根或者土坎,冲前几步,注意着最前面的部队,因为敌人还在抵抗,战斗并没有结束。

房院前面有一溜歪歪斜斜的秫秸障,在团长心里,忽而觉得这东西比钢板还结实,他就从它后面探出半个脑袋。他此时有一个想法:"妈的皮,你还要抵抗,老子看你在搞啥鬼名堂!"他知道这里是便于观察敌情而又较危险的地方,但他明白,敌人刚退了,部署乱了,他还没有组织好火力,不要紧。这是他总合作战经验得出的认识,也是他所以大胆停留在这里的根据。他瞪着黑大肿胀的眼,把崖坡的地形都摄入眼里,那稀稀的几处房子,弯弯的小沟,还有一处小围子,都说明敌人还可以借以隐蔽,抵抗,甚至还会来争夺失去的高地,因为敌人的主力都收缩了回去,还没有暴露其所在地点。

他身后是在院里钻来钻去的小警卫员。小警卫员因为在院里多看了几眼,一转身就没有赶上团长的快腿,他找不着团长那去了。以前,他在警卫班会议上说:"团长一到战斗上就愣跑,人喊他都不理,一霎眼就找不到他了,以后出了事我可不负责任,这是他的缺点,非要克服。"这时,他没有理由再说这些话,一种责任心把他的脸蛋急红了,头上汗湿淋淋的,见人就打问团长所在的地点。

"那不是,你往那儿看呢!"一位战士带点责备的口气,指给他说。

小警卫员沿墙根往前转动着,一些冷枪他也顾不上注意,赶他望见团长的时候,岭洼里轰轰几声,几颗炮弹飞在院房上,爆起黑烟，跟着，屋顶着了火，烟焰笼满了院子。

"团长，快蹲下!"小警卫员快步穿过秫秸障，怒眉急眼地扯住团长的胳膊，说。

团长气鼓着眼，判定敌人是想来夺房子。他一扭头，一溜战士正弯腰跑步前进，他挥手命令道：

"小心敌人反冲锋，坚决打下去!"战士们跑得更快了。

"谁在院里? 有人没有?"团长离开秫秸障，贴院墙转回来，一些收拾弹药的战士在烟火注满的屋子里穿进穿出，正抢救敌人的伤号，卫生员也在那里开始了包扎工作。这些伤号是敌人遗弃在这里的，敌人临退时，就用燃烧弹烧着房子，一心要把他们烧死在里面。我军一冲来，见屋子无处不冒烟，屋子里还传出死命的哼叫声，战士们闻声进去，从烟火里抬出一个个衣裤冒火的伤号，抓起冰雪把他们身上的火团压熄，又把他们安放在另一间完好的房子里，准备一时领担架运他们下去。不幸这间屋子又被敌人的炮火打着了，这些离别妻母，被勒着脖子拉去当兵的穷苦农民，给他们无人性的官长残害了，战士们看着，有谁不同情怜惜他们呢？

"要不是咱们军队佛心，他们早就完啦!"这是一位满脸烟黑的老大爷亲口向团长说的。他老人家才从地窖里钻出来，也参加了抬救敌人伤号的工作，他讲他是这件事的见证人。

团长看着这番情景，心里也怪恼火。他此刻还顾不得在这件事上多想，他紧紧抓住了一个问题：赶快把敌人消灭，这比什么都重要，急切。

"你们小心点，敌人想打反冲锋了!"他随时嘱咐那些战士道。

他觉得在这样紧张危险的场合，战士们都能按平时说的那样，遵守战场纪律，不犯俘房政策，的确是很好的战士了。从这里，他忽然联系到此后战斗的发展，一定会很顺利，便放心地挺着胸脯，顺路往回走去，他身边飞来稀稀的机枪弹。

他直立在岭边阵地上，继续往前面观察了一刻。他听出敌方的机枪依然打得不密。这里守卫岭道的侧面部队，又是这样平静，战士们斜躺在雪里，脸冻得发青，僵冻的手还误不了卷烟草吸，也误不了说笑，直然跟平时一样。有什么呢？敌人要真敢从这里"出水"，就捉他活的。

团长放心地返回指挥所，马上给师里打了电话，报告了战斗情况。之后，他准备传令各营抓紧时间弄饭，部队两天没顾得吃饭了，让主力好到指定地点休息休息，简单地整理一下组织，准备再战。这个打算刚刚在他脑子里转了转，前面就噼里啪啦地干开了，机枪声，爆炸声，搅成了一团，一时，枪炮声又变得稀稀零零的，这情况就像一场暴雨一样，来势猛，但停得也痛快。

"狗日的，想反冲锋，想突围！不行，不行！"团长捏了捏拳头，自言自语地说，就像敌人已被他掌握在手一样。他想得很周密，那里是什么地形，什么道路，敌人摆在那里，他的部队又摆在那里，而且这种阵势又还是不断变化，自己的部队又不断前进，所有这些，早在他脑子里构成了一幅活的作战地图。真的，他的判断证实了，一位通信员喘气跑来，说敌人想夺取岭上的房子，被压下去了。

"叫他碰碰看，越碰他的傲气就越快完蛋。"团长漫无目标地说，随手吸着一枝香烟，疲困的脸色显出了笑容。

一时，前面又响起激烈的枪炮声，时间又没有继续多久。不过在枪炮声的方向上，比上次不同了，偏了一点侧面，正就是一营那个方向。

"妈的，真的他想突围了！"团长侧了头，皱起双眉细听着。

他的判断又没有错。他说这话的时候，一营那里刚好取得了打捞"出水"敌人的初步胜利。电话铃急促地一响，杨营长就急急喘喘，简单地给他报告了几句情况：得了两门六〇炮，轻重机共四挺，捉了六十多个俘虏。

"喂，喂，是怎么回事？你细讲一下。喂，喂……"团长抓着耳机紧追几句，那边一言不答，他想是营长在前面很忙，便不再问了。

这时，政委手捂着耳朵，冷得抖搭着身子走进来。

"老魏，一营刚打来电话，逮了六十几个……"

"知道,知道,我才从一营来。"政委劈口把团长的话截住,一连气谈了些前面的情况,谈得很有劲,两人眼对眼地笑开,这番神气对他俩说来,两天来还是第一次。

"再干! 干掉他再说!"团长眯一眯累肿的眼,兴奋地喊叫起来。

政委手托脑盖想了想,望着团长说:

"趁他们这个乱劲,来他个政治攻势。"

"好,等一下各营就动作。"团长同意了。

政委急步出去,穿过小树遮路的雪沟,径直去了一营。沟边雪地里,几个老战士正领着刚过来的一部份俘虏演习机枪,人一线儿排着队,忽而架枪,忽而卸枪,口令声粗壮,操作的人胸脯挺起,就像平时的操场动作一样。他心里很佩服战士们的本领,他们跟俘虏在一起,几分钟就成了熟人,甚至几分钟就能把他们带上战场。

"你们吃过饭没有?"政委走过去,关心地问。

"吃得挺好。"

"那边怎么样?"那些人直摇头。

"谁干他那个熊队伍,早想过这边啦。"俘虏中的一个直截说。

政委盘问一阵,知道他们都是被抓去当兵的,便深深地从心里同情他们。以后,政委问了问那边的情形,和他们的朋友,熟人,有几个便垂了头,说:

"我们是先跑的,他们不敢过来,怕这边活埋杀头哪。"

"要是知道这边不杀不打,还好招待,人早都过来了。"

政委提议让他们上前面喊话去,这些人便停止了操作,跟随着老战士翻岭上山。

政委走进营部那处院子,他先进的西偏屋。这是战士们暂时休息的地方,屋里光线发暗,战士们并没有躺着,三三两两地坐在炕头,正擦拭枪上的烟土;有的脱去冻弯的靴鞋往里面絮草,有的正解开自己的小包袱,把鞋子送给身边的战友。有时,人们只头对头简单亲切地说一两句话。屋角上还围着一圈战士,他们把一个刚才缴获来的留声机放在炕头在那里玩儿,留声机的发条坏了,片子安上去转不动,战士们便用手指头急速地拨动唱片,静听那断断续续的歌唱声,谁都是认真严肃的。政委在地上转了转,战士们抬起诚实的眼光看看他,便又静静地干自己的事。

他见这些都是二连的战士,他突然觉得有点心疼。一些熟悉的面孔在这里找不到了。就在屋里的战士们,同样也有一种怀念伤亡战友们的悲痛心情,这种心情谁都是含之于内,不去当着别人的面说出来,因为敌人还未被消灭,决定性的战斗就要来到,准备再战实际上在他们心里就是复仇,加之他们还缴得了枪枝,捉了一些俘虏,这就使部队的情绪变得更高了。政委很知道自己战士们的脾气,一个连队即使有较大的伤亡,只要捞到了缴获,这个连队就可以硬碰硬地再战下去,士气丝毫不会受到影响,这也是多年养成了的作风,因此他不愿意向战士们说什么,在屋里稍待一刻,就去了正屋。

教导员正抱着水瓢咕咕地喝凉水,他满脸烟土,喝得发呛,笨重的棉鞋被上面的冰雪融湿了,显然是刚从前面回来。

"营长又上去了。"教导员放下水瓢,跟政委坐上炕沿,谈了谈敌人方面的情况。

"你们再加一把油,再准备干。"政委鼓励道。

"干,干,主要任务一定交给我们!"教导员两眼溜圆,射出雄猛的光彩。之后,他要求政委给部队讲几句话,因为部队已集中院里来了,战士们苦战了将近两天,谁都愿意听听上级给他们说几句鼓励话。

和平时一样,战士们搂着枪,坐在雪地上,密林似的枪刺刀亮闪闪的,军容依然雄壮而严肃。所不同的是行列中少了一部份老人,又添加了一部份新人,这些新人是刚解放过来的,他们的衣服还是另一种式样和颜色,但他们的面色情绪跟原有的战士们很难分别出来。

政委在队列前面,很像个慈和的老妈妈,他的话并不多,战士们听着,入神地听着,他们的情绪紧紧地跟政委的结合到了一起。

"报告首长,"李有光从队列中挺出来,手往身后晃了晃。"请首长不要忘了我们,敌人突围的时候,我们还要抓去。"

"我们也要抓去。"

"也有我们一份!"留在后面的这部份战士,都直言直语地给本连争取任务,教导员一旁看着很兴奋,两足不由在雪地上跳了跳。

其时,团长在指挥所也正忙于组织再战。屋里又添了一架电话机,一时团里往营上摇铃,一时师里往团摇铃,团长干脆推开电话员,守在那里,一足蹬着箱盖,两手抓着两个耳机,有声有色地往各处通话。

"好的……好的……什么时候突围,就什么时候打他……"他口沫满嘴,摇晃着头,往师里喊叫:"什么时候有利……就什么时候吃他。……哈,很快……怎么样?"

"……我军的指示,今天一定要消灭了这股敌人……"

"行,行,我们马上就干啦。"

团长放下耳机,出门站岭头望一望。前面的枪声依然稀稀零零,后续攻击部队正从雪沟里穿出来,吱咯吱咯地沿着岭坡往前面运动。雪岭上,那远远地在疾风里飘摆着的红旗,正是我军的胜利标志,部队正迎着那面旗帜快步前进,他们将要从那里发动决定性的攻击。

决战前的沉静过去了。情况变化的是这样快,敌方机枪忽然连连发射,响成一团,子弹嗖嗖地漫天乱飞,在这些声音里,还混入了此起彼落的爆炸声。团长一听不对味,往漫岭无目标地喊道:

"是不是敌人突围?"

正好通信员带下来一个俘虏。俘虏说敌人不能打了,一听这边喊话都想跑。

政委也带着一个俘虏跑回来。他又惊又喜地大喊:"敌人跑了,我遇上了,部队正漫山抓哩!"

团长急忙转回屋子,往营上打电话。他传令各营从指定的方向上出动,万勿打枪,他说敌人已乱了建制,喊话就会缴枪。

山头上的主力也已发现了敌人的逃跑企图,起先,他们在两方炮火沉静的时候进行喊话,三三两两地捕捉着敌人,这时,各营主力都按照指示出动了。

一营长领着部队,从岭上直插沟底,把敌人拦腰截断;二三营长分别将部队沿山岭网样地撒了开去。白雪茫茫的山岭上,到处是飞跑的人群,到处是宏大热烈的喊叫:"捉活的,缴枪不杀! 捉活的,缴枪不杀!"人也在喊,风也在喊,披雪的树林也在喊。落魄的敌人跑丢了枪弹,跑得滑倒在岭坡上,跑得在雪窝里打滚,可是,岭上岭下,大路小道,到处都有我军包围着,敌人只有一条路:缴枪。

于是,指挥所的工作变成了收听胜利消息,这个营刚报告过缴获数字,那个营又来报告,或者刚刚报告了的数字,马上又被推翻,往高增长了许多。至于指挥所小小的草屋,几乎也变成了接收俘虏的地方,通信员,警卫员,电话员,什么人都去捉俘虏,满屋哄哄嚷嚷的没有个停。俘虏们天真朴实地说:

"枪是蒋介石的,命是我的。"

"我是东北人,谁给他妈蒋介石效这份劳!"

团长手把耳机,脸上闪着笑容,他一次又一次往师里通话,一次又一次从电话上发出笑声。

他跟政委刚一出门,正好沿岭坡走下来一大批少大衣缺帽子的俘虏。领头的是李有光,他肩扛两挺轻机,三枝冲锋式,旁边还有十几个战士,也是机枪,冲锋式,六〇炮,要啥有啥的,一个人扛了一满肩。

"首长,"李有光兴冲冲地喊道:"一网捞尽啦,这回咱可换装备啦!"

团长会意地笑了。

安慰

参谋长在炕角擦摸他那架望远镜,团长也把自己的望远镜拿出来,两人在一块摸了又摸,比了又比,从他们神情上看,只要仗打胜了,再比这持久的战斗也不会感到疲劳的。

也许是因为缴获的弹药武器和抓的俘虏不少,乐得他们在屋里坐不住;也许是他们想从具体地形下,赏识赏识敌人的工事,团长硬要参谋长把镜子收起来,同他上山岭走走。

"等一下,等我一下。"政委手指上沾了点吐沫,赶紧把一叠东北银行流通券点完,补充道:"等老杨走后再去吧。"

"行,行。"团长随把头伸出门外看了看。

岭沟里正赶来一挂挂大车,车上装满了机步枪,弹药箱,老乡们扬起鞭子,大声大气地吆喝着牲口。大车骨隆隆拉到团部院里,看热闹来的战士们一班又一班,一批又一批,挤满了院子。他们靠近大车,这个伸手摸摸炮筒,那个试拉一下枪栓,跟身边的战友们笑笑谈谈,说不出的荣耀。

"喂,让路,让路!"通信员尖起嗓子直咋唬,他们领着一队队俘虏往这里集中来了。

俘虏们望着院里,不好意思地说:"你们辛苦了!"战士们当即关心地回答:"叫你们受惊了。"有些俘虏互相间认识,两人一对眼就满不在乎地喊:"哈,你也过来了。""喂,你老兄也来了。"两人便走出队列,握握手,谈一些突围时的笑话,他们懊恼自己把什么都跑丢了,他们骂他们的官长骗他们打仗。战士们欢喜地围起他们,掏出烟口袋给他们卷烟,问这问那的,总想多看他们几眼。

团长忽然从这里想起各营统计来的缴获数字恐怕不大确实,在他的印象里,总觉得实有的数目比统计来的多,师里来电话催了几次缴获统计表,马上要编印捷报,他决定用电话补救一下,便摇开话机,给各营重新订正数目字。

他摇到一营的时候,电话员说营长教导员上团里了,他只得等他们来。

门外闷声闷气地响了一声报告,一营长慢慢稳稳进来,他后面跟的教导员。他俩人几乎同时把手伸到帽檐上,不过营长的右手缠着绷带,他不习惯地用左手行了敬礼。

"老杨,你把工作结束一下,上后方休养去吧。"政委用关心的眼光看着他,声调不像往常那样急促。

营长没有哼气,两眼看着地。教导员替他接上话。

"他想在营上休养哩! 根本那双手伤着骨头了,他还不想去后方。"

"我是说,不要紧。"营长解释一句,伸手就把绷带解开,用另只手捏了捏肿胀的手掌。"一点不觉疼,一点没关系。"他还是昨晚那句话。

"那里,那里,"政委指着他的伤手说:"把它冻着就麻烦了,你这手恐怕得动一下手术。"

"是炸子打的,里头又没有炸弹片。"营长平平常常地说。

其实政委早猜着他的心事了。营长也跟别的在部队里待久了的人一样,乍一跟战士和上级离开了,就觉得是远离开了自己的家,一天终能往回捎几次信,问这问那,好像一天不在部队,他这一天就生活得很空洞,这种滋味营长不想受,这是一点。另外,一营一开头没有打漂亮,连上有些伤亡,伤了营长的自尊心,以后一营又转变了不利形势,且缴获也不少,士气越战越旺盛,营长大概是想在连继续战斗中,再一次考验自己的指挥。政委暗暗想着,他抬眼看看营长,营长依然在一旁默声坐着,别人也没有插话,屋里沉静严肃。

"我们决定你休养去,还是身体要紧。"政委以命令的口气望着营长说,伸手把一叠流通券塞入对方手里。"这是咱们的老规矩,以后需要什么零星东西,离团里又远,带去用吧。"

"就这样吧,一时就去,我要给你的伤口负责任呢。"团长见营长没表示意见,直截插了一句。

营长默默地点点头,不再争执,他开始把营上的情形简单讲一下,如整理组织,提调干部一类战后工作,都斟酌提出自己的意见,给团里做参考,并提醒教导员注意。

"老杨，你们这个统计确不确实？"团长把一张缴获统计表递到营长鼻子尖。

"我不认字，你念吧。"营长把长长的下巴颏儿探进大衣领，背靠着墙准备听的样子。

团长一屁股坐上炕桌，两足蹬了炕沿，摆开要念的姿势，一抬眼看着教导员也在注意他，便把纸片往他跟前一伸，笑说：

"你知识份子自己看。"可是团长并没有把纸片递给他，依然在那里照着上面的类别，数目，念一下叫他俩订正一下，又即时用笔改过来。结果，冲锋式缴了二十八挺，登记了十七挺，镜子七个，登记了四个……团长连责备带解释似的说：

"说了实话，上级又不向你要，不能抹杀成绩呀！我们这些人就不会宣传，做了好事还怕人家知道，奇怪！"

"我不知道。"营长用大衣领挡着嘴笑了，不好意思地说："就是冲锋式子弹缴得多，别的我也不知道，以后才晓得。"

"步枪四十枝？"团长又问。

"多，多。"营长说。这时，什么东西也多了，都比报的多了。

"连上工作很乱，忙得顾不上，指导员，连长也统计不确实。"教导员没奈何地分辩着。

"这回就这样，马虎点吧，我们这些人反正不会夸大。"团长吁吁气，把各营的统计表叠在一起，嘱咐营长道：

"在那里休养，给我们来信取联系，部队很快还会有行动，一时怕回不到江北去。"

"记住给我们写信取联系。"政委紧追一句，那神气好似送别知心朋友时，满肚子话找不到个头尾，等到终于不得不分手了，才用一句话概括一切想说的话。

营长直直地站地上，给团长他们敬个礼。

"以后，对营的指挥检讨出啥意见来，你们写信告诉我。"营长说这话时，态度很中肯。之后，便同教导员出去了。

看看天色还早，大车，俘房也都转送师里了，团长他们一人挂了根炮杆,沿着冰滑的雪道,爬岭上山。走到不大滑足的地方,几个人就拿起炮杆对刺,"冲锋哩! 冲锋哩!"孩子似的闹着玩。因为炮杆上安着矛头,挺像小扎枪。

岭上的风雪依然吹得人睁不开眼,顶面风一股发燥的焦臭味,他们只好侧着身子走。满岭随处有敌人跑丢的子弹,炸弹,皮帽,跟不成双的棉鞋,还有撕掉的符号。密密的高粱茬子上,搭挂着的一片片纸张,家信,在疾风里飘摆,直像清明时节的坟园一样。一些战士们和担架队员,正在雪地里抬运掩埋敌人的死尸……这就是山岭上的战后景象,但他们几个人并不是在岭上闲来闲去地看好看,他们的行动是有目的的。开始,团长就快步领路,先看部队第一步攻下来的那两座院子,就是所谓制高点。敌人从这里刚撤退,他就来过一次,不过,那时间敌人正在组织火力,他没有来得及看敌方的火力配备。

这两座院子的烟火都被战士们救灭了,只留有战后的火药味,焦毛味。院里院外,战士们也给打扫了,敌人在屋墙上挖的枪眼战士们已用冻土块修补起来,箱柜缸子也搬进了屋里,且从地窖里把房东请出来,让他们重回自己的家。

但院子四外满眼是炮火痕迹,团长他们站在一处被毁的敌方阵地上,品评敌人的机枪位置,炮兵阵地和步兵的摆布,更从两处院子的工事上,看出敌人的一层二层火力组织,能从各处互相策应。

"敌人在具体地形下,火力是组织得严密。"团长用战术眼光估量着敌人这方面的长处。

"呀呀,真不好往上攻,他妈都是侧射够着的地方!"参谋长看着各营的攻击道路,都无地形,他突然对战士们的勇猛顽强表示莫大惊呀。

"战士是好啊!"政委补充了一句。"又还是风雪眯眼,冻得够呛。"

他三人顺步再往敌人据守的岭洼走去。雪岭上有一条浅壕直通沟底,沟旁有一大坑,里面堆积着满盖烟土的美式炮弹箱,炮弹壳,沟里又架着门板,竖起秫秸,里面缠绕着炸飞的电线,一旁还丢着炸烂的电话机,咖啡烟盒,糖果纸,信件,满满都是,这分明是敌人指挥员的保险窝。可是他跑得太急了,围巾、手套都没顾得带上。

从这里下去是一个小围子,四角四个炮楼,上中下三层枪眼,它附近还有几座屋子,屋墙上都挖了方方的枪眼,可惜这些地方敌人并没有施展他的火力,也落得不是死伤就是跑,丢了枪炮弹药,死尸还得我军给掩埋,战场还得我军来打扫,新一军主力的命运也不过如此。

"敌人在具体地形下,火力组织得是严密。"团长又一次重覆这句话。不过,这话对敌人已是老老实实的讽刺了。

因为这一带攻下来不久,战士们正忙了收拾残留的弹药武器,另一些战士准备在这里住宿,也开始给房东打扫院子。他们清除敌人拉在屋里的粪便,把铺成狗窝似的又脏又臭的柴草从屋里抱出来,依然堆上老乡的柴火垛。他们拆毁院里院外的工事,把老乡的门板,窗户找回来,照原样安上,这都是为的安置老乡们过正常日子。两天前,老乡们逃躲到山那边,离开了生养自己的房子,现在,他们放心地回来了,迎着黄闪闪的日头回来了,男男女女,牵着孩子,挟着包袱,被卷,从风雪地里跑回来,小牛崽子也呜呼地嚎着,望着家门奔来。战士们刚才还是这里的看门人,一下子又成了这里的喜客,老乡们受惊的心,此刻又平稳正常地跳起来。

"同志,贼中央可叫咱们给灭啦!"

"同志,头年咱们队伍走后,咱们分的房子地,贼中央给地主要走了,这回可挨着咱们好过了。"

所有这些,都安慰了团长他们的心。

"老百姓又可以好过了。"他几人有所感慨地说。

返回指挥所,已是傍黑天。马兵赶路给指挥员们送来麻袋,警卫员们很快在炕上地下铺上厚厚的柴草,好让首长们睡起来舒服点,好让指挥员们尽快恢复激战后的疲劳。大师傅提回一水壶酒,拿来几节香肠,这是供给处慰劳的,指挥员们两天没顾得吃饭,或者有饭吃不下去,这会儿也该痛痛快快吃一顿了。

"首长,开饭吧!"小警卫员规规矩矩说。

"等下吃,别忙。"团长说了一句,依然跟政委他们围着炕桌,照着蜡烛,眼睛脑子忙得不能休息。

炕桌上是一堆污秽散乱的纸片和小小本子,这是各营从火线上拾回来的。团长伸手抓起一个黑皮小本,本子厚厚的,四角都磨秃了,上面有一个透亮的小窟窿眼,窟窿转圈糊了发紫的血丝。

"这家伙一定给揍死了。"团长随口说。

政委把头伸过来,恰好本子里掉出一叠折好的格子纸,翻开一看,才知是敌人一个副团长的自传。自传上也带了弹伤,染了血,人们便有兴趣地阅读开。

"这准是那家伙的日记。"参谋长丢开那份复写的战术性的文件,肯定地说。

团长把本子一页页翻动着,几个人挤在一起伙看着。本子还没记完,最后两页正记着这两天的事,晚天的日记上只草草了了地写了几句,似乎还没记完,字句也文文绉绉,干燥老气,正跟第一页上那个干枯的小老头的照片一样。

"听,听,我念啦。"团长拉开念古文的声调,很困难地给大家欣赏看他的朗诵。"这是前天的。此处零下四十度之北方,风雪之大,令人发指。……孤军深入,进退维谷,饬令官兵冒风雪以筑工事。……我部整武扬威,当可置奸匪于死地。……"团长又翻一页往下读,他的声调直若京戏道白,很逗人笑。

小警卫员很懂得自己首长们的脾气,当里屋传出说笑声的时候,他早把酒菜安置好了,乌木筷子从小木盒里取出来,擦净,碗碟也擦亮,他劈头进来,不言不语,以发布命令的头脸,哗啦啦擦抹了桌面,摆上碗筷酒菜。

"好,吃点吧。"团长端起酒碗,猛饮一口。"啊,杀杀肚里的闷气。"

参谋长也猛喝一口。政委一向不爱酒,他慢慢举起筷子夹菜吃。

如拿平常的饭量来说,或者拿他们激战两天的辛苦来说,这顿饭他们无论如何应该多吃点才对,可是,他们一举起筷子来就觉得胃里有什么东西塞满了,谁也吃不下去,刚才那股乐劲很快被另一种感情所代替。团长默沉沉地看看政委,政委默沉沉地看看参谋长,忽而,各人的眼光又随便停留在什么地方死盯着,谁也不多说话。

"敌人终算叫歼灭了!"团长说。好像战斗胜利结束是一回事,还有什么东西重甸甸地压在心里,使他喘不过气。

"终算叫歼灭了!"政委接了他的下音,声音也一样沉慢。

"歼灭了。"参谋长慢慢地重复了半句。

"不吃就睡觉啦。"小警卫员在一旁喊道。他早从这股神气上发现了团长他们的心思,搬动麻袋,手拿扫把,就要从那里往出掏被子。

"滚,谁要你!"团长一摇手,把他顶了回去。

"等一下。"政委也制止了正在给他铺被子的警卫员。

夜很静,岭上岭下没有吹风,漫天雪片轻沙沙地飘下来,屋里也变得又静又闷气。团长他们在灯亮下,带着沉痛的心情,商讨着提调干部,整理组织,准备再战。他们展开伤亡统计表,研究参战连队的指战人员现状,表格上是些简单的数目字,但人们看着他,一下就记起那些熟悉的面孔,是光荣牺牲了,或是负伤送后方了。这些记忆中的人,他们的英勇行为是悲壮动人的,他们对自己的生死看得那样淡漠,艰难任务一来,都毫不讲价担在肩上。他们刚才还在活蹦活跳地跟战友们谈心,吸烟,几分钟以后就倒下了,为人民事业流尽了自己最后一滴血,团长他们深深地为指战员们的英雄气概所感动,悲痛和仇恨之情从心头冲上来。

"妈的皮,刚培养好就给打掉了。"团长愤恨又惋惜地说,这是指挥员们惯用的语气。他们都知道自己的部队,即使在战斗中伤了元气，马上补充，整顿，接着再投入战斗，对战斗力是决无丝毫影响的；但忽然死去的烈士们是自己的战友，又是自己亲手培养起来的，打掉一个人，就像被活剌剌地从身上剜掉一块肉，谁能不伤心痛心呢！

此时，一辆辆胶轮车在雪夜里轻轻转动着，烈士们静静地躺在棺木里，被载往江北去了。待不久春暖花开，将会在烈士们的坟园里栽上花木，修起巨塔；部队里也将请上吹手，扎起花圈，开个庄严悲痛的追悼会。至于烈士们的遗物，写字的笔、小小的日记本，卡片式的决心书，血红的手印，所有这些，部队里将会给他们牢牢地保存起来，这将是烈士们最珍贵的纪念品，使人永远记着他，如同他活着一样。

"妈的皮，刚培养好就给打掉了。"

这话又在屋子里响了几次！这话已成了复仇再战的声音，它传到往江北运转的枢车和担架，传到山岭上被毁的房子里；它随着雪片漫天漫地飞，它沿着电话线，把总部、总队、师、团……一级一级的决心和意志结合起来：复仇再战，猛打硬拼，连续战斗下去，把敌人一口口吃掉！

"报告！"骑兵通信员披着雪衣闯进来，手里递上一卷信件。

团长打开一封，众人围着看。

这是从远远的总队部写来的，总队首长签了名，盖了章，满纸关心鼓励话，句句庆贺胜利词。

"他是鼓励我们哩。"团长抿嘴笑了。

"战斗中缺点还多，以后要好好检讨。"政委手托住下巴颏儿，把团长的话意加以发挥。

"给营上传看一下也好。"参谋长提议道，伸手擦擦发砂的眼。

团长又拿起一封信，脸色突然沉下来，出手就把信装进衣兜。政委早从封皮上认出是谁的笔题，他只装着不知。参谋长脱口就喊：

"老张的秘情信，狗日的有秘密。"

团长没有答话。他经过考虑，自己先看一次，再当众公开。原来也是可喜的消息，小花妈路过师卫生部，被熟人留住了，她跟随医院参加了一次战动工作，体验了一下前方生活。信上还问候他所认识的营团干部，祝他们继续打胜仗，保持光荣。

"老张，马上写回信去。"参谋长劝道。

"老魏，我给老婆写回信呀！"团长孩气地望着政委说，随手拔出水笔来。

"她很关心我们，我们叫老张给她带个好吧。"政委望一眼参谋长，慎重地说。

丁零零，丁零零……政委抓起耳机接了话。

"嗯，是的，是的，多少？嗯，嗯，什么时候？……好的，好的。……"

政委欢喜地跳上炕，尽力慢慢地说：

"明天一早叫上师里领队伍去，师长答应给我们一个警卫连。"

"我去。"参谋长劈口就报了奋勇。

团长抓住水笔，气昂昂地喊：

"再干！再打个丈人！"

一九四八年于哈尔滨

东北书店 1948 年 11 月初版

◇ 安 危

土地底儿女们

> 一切革命的文艺工作者,都应该学鲁迅的榜样,做无产
> 阶级和人民大众的"牛",鞠躬尽瘁,死而后已。
>
> 毛泽东:《在延安文艺座谈会上的讲话》

一九四七年初,我来到东北,在伟大的土地改革中,在东北一万二千干部下乡工作的时候,适逢其会,我也赶上了这个时机。使我有机会能够受到锻炼。而且,能够和农民们——中国伟大的土地的主人——朝夕与共。这对我还是头一回。作为一个知识分子,实际地与群众相结合,这还只是一个开始。但我将永远纪念这个开始,永远纪念在那些日子里教育我,启示我,帮助我的人们。四八年的二月,当我离开乡下——从双城到呼兰的乡下,回到哈尔滨的时候,一种迫使我不得不写和不能不写的心情,使我鼓起勇气,拿起笔来。终于写就了这篇东西。

实在说来,这原算不得什么小说,只不过是我在参加了土改之后的一点记录式的文字。比起那些丰富磅礴的生活,比起那些生龙活虎似的人物,这是无法比拟的。只是深深感到,当我抱着忠诚与决心要"做无产阶级和人民大众的'牛'"的时候,我还只是一头"小牛",虽然服务了,但自知效力不大,而且是很有限很有限的啊。

因此我在写的时候,我只希望,它能够完成一本通俗的文化课

本的任务,或多或少地,为翻了身的农民们,以及他们的优秀分子——干部们,当他们正迫切地需要文化,尤其需要反映他们、歌颂他们的作品的时候,尽一点"送炭"的义务。可是,等写完了,也改过了,自己再重新看过一遍,这时候,却又感到它并不如自己所想象的那样"差强人意"。因为这样,我迟疑不决很久很久地不敢拿出去。……

然而,也只好如此吧。因为我还希望着:第一再不要老是当"小牛"下去;第二还需要人们不断多给些草吃和多给些鞭子。这样也许会壮大得快起来的。

一九四九年四月十三日记于沈阳北陵

姜二啰啰

村上通讯员临进村子,瞅着有的烟囱在冒烟,快吃下晌饭了,又狠狠踢了两脚马肚,那马驱�蹓驱蹓地三蹦两蹦就跑进农会院里。

这座大院套正在村子当间十字街口,原先这村两头高,当腰洼;两头树也多,看去像个破木船。后来姜大白虎立起大院,平地加了三尺高,形势可就变了:当街两座大炮楼,日日夜夜,像庙里的催命判官,恶眉恶眼地蹲在转圈穷家小户头上,看起来也怕人。从这以后,红旗村人都管它叫"小京城",并且暗暗流传着两句嗑:"正红旗村黑气腾腾,老姜家房子赛北京。"一直到砍挖①以后,这"小京城"才算归了农会。

红旗村虽然经过几次运动,可远远落在四外村子后边。远近的人都说:孤山子头一份,白旗村差不离,封建堡垒数红旗。这村原来姓姜姓周的都是大粮户,东头姓周的多,西头姓姜的多;等煮过

---

① 砍挖即砍大树、挖财宝,为东北土地改革后期继煮"夹生饭"之后的另一阶段。

"夹生饭"①,工作队一走,又有人编了一段嗑道:"东头一锅粥,西头一团酱,农会跟人屁股转。"……现在的村长姜士斌,外号姜二啰啰,偏巧也是那一团酱的数儿。所以这套嗑在村子里却还有人常念叨。

通讯员进院,农会正在开会,合计分房子房场。立冬已经过了几天,有的还没有开始打场,有的苫房、漫炕、抹墙的事也没有敢下手,就等这件事闹妥了好煞下心去干活。屋里吵吵了一阵,听见院里响动,靠玻璃窗的一溜后脑勺都拧了过来,贴着窗看。村长蹬一脚跳上炕趴到窗跟前,大声喊道:"我说老疙瘩,区上有公事吗?"这老疙瘩只顾一面拴马,也没搭理就冲那马敞口骂道:"这马才熊哩!应名叫菊花青,中看不中用!"说罢递过一卷报纸,取笑道:"拿去!公事!"就走了。姜二啰啰喀吧喀吧眼,骂骂讥讥地转过身去,当大家发表道:"看这小鬼头谁惹得了? 还谁有意见,快说! 炕上失火,响登登的——不要不吱声。"南北两炕的人,抽烟的抽烟,咬耳朵的咬耳朵;闷了一会,有人发话催促道:"麻利归拢归拢得了! 不是讲的不兴眯吗?"

这时干部都围在桌旁,个挨个头碰头地看着书记算账(书记姓计,外号二明白)。姜二啰啰把铰了边的黑毡帽推开贴到后脑勺,露出分发,踮着腿挤过去溜了一阵眼珠子,又回头走过来面冲大家,冷笑热哈地说道:"我说,今天房号摆弄妥了,这就算了结了一宗大事。咱们伪满受了十四年痛苦,地无一条垄,房无一根椽,现在又劈地又分房,这阵就算翻好身了吧? 彻底了吧? 可光咱们干部也不当啥,'好人出在嘴上,好马出在腿上',谁有谁提,不要背后捏窝窝! 日后一时又出反映,可不怪我话不到,对不对?"等他说完了,这才有人伸头喊一声:"对!"接着四处圪崂里也有人喊:"那还不对,一棵榆树撑得起大梁吗?"

----

① 指半生不熟地区。像做饭没有煮熟。其特征是:封建势力没有彻底摧毁;基本群众没有当权;干部成分不好,脱离群众。

　　村长讲完话，书记也算完账，接着站起说声"请大家压压言"，然后照着一张红纸单宣布道："蒋士全分姜仲义东二号腰街六丈；周焕仁分周世恺壕外西四号四丈；牛占山分姜仲义壕外东一号五丈……"不等念完，下面便议论纷纷，有嫌窄了的，有说等差了的，都不甘服，到处磨磨叽叽的。制止两三回，才接着念完。村长一来看势头不好，二来快吃饭，紧忙嘱咐大家记住插牌子，就宣布散会。

　　一听说散会，"哗"家伙就空了半截屋。后屋的人涌到外屋，挤也挤不动。这时打炕上叮当跳下一个人来，三闯两挤走到桌子跟前，架着膀粗声说道："我倒要试叨问询问询，当干部的兴不兴向亲薄外？"一双眼紧盯着村长、书记。众人回头见是牛占山质问干部，就都止了步。连挤到外屋地的也往回挤，不霎眼地奔里屋看。牛占山外号叫"大傻牛"，是个老住地场的老跑腿（单身汉），只他一人一身，没有忧挂。他本该分到房子，可是他古古怪怪的不要，却想来年自己立个窝棚，因此指定要块房场。偏偏分他的那段地基又洼又远。书记正想圆和两句，姜二啰啰看当这么多人顶了他，忙拦住说："你话说清楚！不要啷当一棒，丢头不落尾的！"

　　牛占山说："咱不管头尾，你别虚唬了，叫书记说！东南那段老洼地怎么就该分到我头上？你拿蒋士全比吧！"书记说："不用比了！该怎么分我怎么算。我一不向旁，二不向阳；再说我又不包打承讼，上面拿这东西落账，如今分好了怎么办？"姜二啰啰抢话道："真是，这又不是给谁家写红白礼事，短了笔画，还给你添上？"

　　众人看得明白，干部里头，主任不当令，爱直言直语的武装委员也不在场，其余都是随和性。眼看"大傻牛"拗也拗不过，早有人敞开嘴笑道："走吧！大鹰不见小鹰怪……"姜二啰啰见堵住门的人渐渐松散，同时就话接话对牛占山说："对！这谁也不用怪谁，'人不错还成神'哩，谁也挡不了有个一差二错。解释解释清楚就算为对。"牛占山这人是碰硬不碰软，吃不住两句软话心就活了。他说："话得说开了，我牛占山没有它也活着！"便不再计较，抱着膀跟众人走开了。最后干部也各自回家吃饭去了。

吃过晚饭，农会一伙人又聚到一块。——这已成为习惯了。反正不论有事无事，也不论什么人，只要当上干部，就有这习惯。书记刚打开通讯员带回的报纸卷，发现里面夹的有张白纸，忙喊道："包是大布告！"姜二啰啰正唠谈牛占山的笑话，忙问道："什么布告？快掌灯啊！"又责骂了那通讯员一顿。等掌燃灯，才知道是用大字印的《中国土地法大纲》。有人叫书记念，书记念了一段就叫村长拦开了。并指挥道："得啦，囫囵咔叽念的也听不懂，贴起来吧！"并接着笑道："我说，那家伙双膀一抱，虎头虎脑的，可把他气炸了！"正说得高兴，门砰砰推开了，是武装委员赵玉珍。他扛着洋炮，慌慌张张问道："老张呢？他没有来？"

大家齐问道："哪个老张？"赵玉珍道："工作队张同志来了。我吃完饭在井边打水，他先喊的我，我叫他到屋，他说：'不早了，上会吧。'我回家撂下水桶就跑来了。"村长问道："就他自个？"赵玉珍顾不上细说，转身就走："叫我看看去。"村长向书记使个眼色，悄声说道："必是有什么紧要事！……"

一霎眼工夫，院里一嘎嘎乐呵呵叫道："我说你能走多远啦……"脚步越来越响，姜二啰啰听出来了，便向大家道："人多着哩，趁早预备好睡觉的地方！"说着忙迎出来，为首的是张同志。他一进来，姜士斌便连连招呼："请进屋，进屋！"再仔细一看，跟随进来的都不是外人，赵玉珍后面，是牛占山他们一伙跟来了。材长书记彼此挤了挤眼，就张罗烧水去了。

砍挖时期张同志是这村工作组长，后来就在这带工作。因他参加区上的思想站队①，好久没来；进屋看大家坐立不定，又是茶来烟到，不免笑道："才半拉多月不来，倒变成客人啦。"姜士斌听听口风不对，一面招呼大家坐好，一面解释道："多时不见，不是客也是客呗！……"张同志取过挂兜，一边插言一边说明来意道："好吧，咱

---

① 研究文件，联系检查工作，进行整顿思想。

念点东西大家听听吧。"并把来此试验土地法①和它的重要，说了一遍。姜士斌听了，忙指着墙上新贴的《土地法大纲》说："这真叫不谋而合！张同志你看，才刚书记还念来的！不过他到底丢三落四，你给我们再念一遍，就更明白啦。"张同志一心朴实，考虑半天说："既然念过就不用再念吧！"大家笑道："念吧，多念多开脑筋！"赵玉珍道："我提议念不如讲好。你念这一条忘了那一款，那算没有门；左耳进，右耳冒，我横是一个字也不能往心里入！"张同志又征求意见，也都赞成讲，他就拣土地法最重要的意思简单扼要地讲了一遍。讲到"彻底摧毁封建"，姜二啰啰偷着捏了把汗，咧咧吧吧地道："那算对！土地法共产党就是给咱穷棒子撑腰！不的能翻了身吗？"说着悄悄抽身溜走了。其余的人等张同志说完，又闲拉一气白，才散。

赵玉珍把洋炮扣上泡（扣上火），提在手里，就催人送张同志睡觉去了。

舐马肚的故事

姜大白虎，是姜三爷姜从周的外号。

这人现在五十出头，因他吃得肥胖白嫩，恶如老虎。——这倒不是说他生得长相难看；其实在早，人们脑筋不开，穷家小户还相信命运的时候，都曾羡慕过他圆头大脸，发福发贵的样子。那时候，一说一笑，眼窝子叫肉蛋脸挤得就像没睁眼的豆荚。夏天穿绸挂缎，到了冬天，头戴獭皮子三元大帽，脚蹬高腰筒的毛皮靴，要多神气！查起边来，近地迈着四方步，远地跨上高头大马，挥起二龙吐须鞭，方圆十来里，跑到哪里地在哪里。

自从经过砍挖，姜大白虎眼看叫他的佃户搬进大院，自己搬了出来，一家九口窝到一间偏厦子里，姜大白虎也就不成其为"白龙"了，眉眼嘴脸，愁成一疙瘩。

---

① 试验土地法，为当时东北各地相当普遍的试点办法。

这偏厦子原是姜家地基，后来租给老佃户孙瘸子，才盖的三戳房。孙瘸子和他儿子死了，就白收回来做了仓房。孙瘸子老娘们也给撵走了。老孙大娘现在还住在她姑爷赵玉珍家里。

提起赵玉珍，红旗村人都是拿他比做"武松"。皆因他腿长，走路快，干活快，平常人都叫他赵大步。砍挖时候，因逮捕姜大白虎，赵玉珍从大院后炮楼顺炮眼三下两闯通开一个窟窿，纵身跨进院去，才抓住的他，所以"武松"这名也远近出了名。斗争后，赵玉珍领民兵到偏厦子去听墙根，听屋里正发狠咒骂："这帮穷犊子欢起来了！"赵玉珍领头破门而入，当面指斥道："穷犊子不该欢吗？你还不卑服咋的！"姜大白虎缩成疙瘩，吓哭了。后来民兵四处宣传，讲得更是有声有色。

姜大白虎只一个独子，名叫姜士容，在哈尔滨三高毕业，当过一年候补警尉，于"八一五"后逃走的。儿子一走，姜大白虎就掐算好了，还不等闹起斗争，就杀口猪，办两桌酒席，当着屯亲父老宣布了两条：一是分家，一是不认姜士容做儿子。吃了肉喝了酒的人，老周家的便在东头说："三爷脑筋真开了，这真叫'大义灭亲'……"老姜家的便在西头说："姜家出了个小坏蛋，可也出了个明白人。"当初，这些话传到老实巴交庄稼人耳里，不是经也是佛：即便明知不是，也害怕出头的椽子先烂掉。

可是不怕烂的椽子，就数赵玉珍。赵玉珍从小死了爹妈，靠外婆拉拔成人。孙瘸子是他二舅，外婆只有这么一个外孙，临死嘱咐他二舅，便把小孙女翠花许配给他，从小订的亲。

孙瘸子原来也并不瘸，有年三月初，姜大白虎叫他去山里拉椽子，这时正化雪，地上稀溜净滑的，回来过孤山子小桥翻了车，连人带马扣在桥底下，闯折了踝子骨。从此成了残废！人穷不得干活，心里窝着一股火，一年以后因此得病死了。

翠花爹死的这年，翠花哥祥生才十七岁。他爹在姜家大院当老板子这两年，看儿子长大了，求三爷给租了两块地种。爹死之后，拉下来一屁股饥荒，欠大院一石租子，没有东西给。姜大白虎看翠花哥跟他爹一样,膀大腿粗,人又老实;并把地抽回,吩咐管事的姜魁武(就是姜二啰啰叔父)去雇他扛活,想拿租子顶。祥生嘴笨心不笨,见爹死得冤,不愿去。就顶了管事两句:"靠人吃饭的,不愿还能逼着干?"他娘怕他惹出事来,骂了一顿这才去。他娘说:"常说的:'打墙离不开墙根土,办事离不了圆事人',还短不得人家圆全你两句!"

祥生别别楞楞扛了两个月活,到铲地时候,就闹出事来了。(提起来老孙大娘又该止不住流泪……)

一天,祥生铲完地回来,路过家门前,翠花和一帮子小孩,正蹦蹦跶跶唱歌玩,唱的《三个蛤蟆会说话》:

> 你别看我红,地主要受穷;
>
> 你别看我黑,日本子要吃亏;
>
> 你别看我白,穷人要发财。

这歌也不知来路,那时小孩都会。祥生听熟悉了,也夹在中间凑趣打哈。这时一匹白马和一匹红马上骑着两个人,跑来了。骑白马的青帽白箍,身旁挂的大洋刀,是远近闻名的警察分所曹所长"曹大巴掌",后面是姜家大院的大少爷。小孩子早已吓得躲躲藏藏不见了。祥生把马牵回大院,拌过草料,就来了暴雨,曹所长嘱咐他:"不准马趴下!"就进里屋喝酒去了。

姜大白虎请客人炕头一坐,酒壶一提道:"来! 交心杯一盅!"接着低一阵高一阵,说说笑笑,闹了半天。喝完酒,曹大巴掌仰躺炕上,鼻里不住夯夯昂昂打着响鼻。姜大白虎笑道:"这人福大!"又轻声喊他二房的说:"快来下,看他肚子着凉啦! 快拿床毯子……"二房的在里屋回道:"你长着手干什么? 你来拿!"等姜大白虎走进里屋,女人也出来了,悄声笑道:"看这四脚朝天癞蛤蟆样! ……"曹大巴掌冷丁扑哧一笑:"快来! ……"忽然门外嘭咚一声,吓得一个往内跑,一个往外跑……

祥生喂过马回到外屋地歇着,里屋的事他都听得真亮。刚眯盹了一会,睁眼一看,马趴下了! 正是那匹白马,要不黑骏骏的还看不见。他赶忙出来就拉,那马挣两挣才起来。曹大巴掌跑出来连声喊道:"你怎么?"上去捎了两个大巴掌:"拿灯来!"

祥生去拿来灯,马肚皮都趴埋汰了。曹大巴掌看了更火了:"给我舐了!杂种造的!"

一刹工夫,三爷、三爷二房的,大少爷、管事的,都围在马圈跟前。曹大巴掌看见二房娘们,更是火上加油,又气又恼,吼道:"乖乖舐了!老子没有嘱咐过你?"那二房的也夹在里面滔滔不绝哼哼咳咳地说:"看你这个烂熊包!拿个人看不住一匹马,还哭呢?所长叫你舐你就舐呀!有啥说的?……"大少爷气得连叫:"撵了!"三爷双手提着裤腿,跳道:"这这这明天要上县衙门去的,你这混种!"祥生蒙了。最后管事的姜魁武出头替祥生圆全道:"这一肚子净泥,舐也够他舐一夜的;这么着,叫他舐三舌头,余下就用水刷吧,所长你说?……"姜魁武去把灯夺过来,推着祥生:"快,这算饶付过你了!"祥生脚像生了根似的,推也推不动。曹大巴掌在一旁炸了,小手枪掐在手里,喊道:"快!迟一分钟叫你舐干净!"祥生眼泪唰啦一下止也止不住,蹲下去,照着管事说的做去。舐了两下,马一惊,抬腿一脚把他刨倒了。……

不到一个月,祥生吐呕黄水,全身发肿,临死时他望着娘和翠花,喉咙呼噜呼噜上不来气。勉强说了一句话,叫了一声:"珍兄弟……到你们……"字音未吐清就咽了气。那时赵玉珍刚叫姜大白虎把他逼去鹤立岗出"劳工"不久,翠花后来才告诉的他。

就这样,翠花一家子造散花了……

查　岗

自从庄稼割倒了,家家垛的谷垛、麦垛,码的高粱码子,冒起屋檐高。日夜二十来个基干队轮班放哨,怕地主翻把。赵玉珍每天下晚都要查一回岗。

把张同志送去歇了,赵玉珍返回腰街,正预备查东头岗去。看见北大坑那边影影绰绰有人走动,临时主意一变,就顺着墙根绕到农会大院后面去了。那里什么也没有。只见北大坑那边座塘水叫月亮映得银晃晃，周围芦秆稗草吹得唰唰响。回头见岗棚也空空的，气得他端起洋炮，自言自语骂道："老子偏不见信！不出来就通你两下看！"

他是说出也能做出，正要搂火，忽然后面有人叫道："喂，别通别通！"回过身来，却又不见半个人影；只是声音听去很熟，一时心里又气又急，止不住骂道："谁？不吭声看老子通你个仰八壳冲天！"接着有人回骂道："妈的，你磨磨叽叽吵啥？"赵玉珍这才听出来了，那声音是在头上。连忙抬头一看，后炮楼角上一把红缨穗子直晃浪，接着钻出一个人来，是基干队的周焕仁。因他人小心眼鬼，都叫他"小坏包"。

这后炮楼是搁土垒的，也比前面砖砌得矮。开头院里那老槐树把他锅头盖脑遮得漆黑，后来小坏包爬出那缺口——就正是赵玉珍抓人时轰开的——看见他的白毡帽才认出来，又见他不敢跳下，赵玉珍故意笑道："让你再趴一宿吧！谁叫你消消停停睡觉去的？"话不完，连人带枪呼啦就蹦下来了，立起身气呼呼地骂道："扯王八犊子，你看我睡觉？"说着就要撕打，赵玉珍忙笑道："唉唉，别吃五个蛋放五个屁，来五（武）去五！我问你正经的，你说你没睡，才刚这圪塄有人翻谷垛，你哪里去了？"赵玉珍正想搁话诈他一下，小坏包听了更生气道："你这不是耳朵里放屁，哪有这么回事？才刚是人家大干部过去了。"赵玉珍暗暗想道："必是二啰啰，老张一来他那神色就差着了。"又忙问道："你说谁吧？"小坏包鬼头鬼脑道："谁？秃子头上的虱子，明摆着的嘛！"接着他俩走进岗棚，小坏包就将刚才姜士斌跟富农周翻眼皮叽叽咕咕串什么鼻子的事，对他说了。笑道："你没见那样子才笑人！就像小叭拉狗儿哼哼哼围着人家屁股转！"

赵玉珍听说周翻眼皮，早就冒火了。还在春期时候，赵玉珍派他去担架，临出发了他装病不去。把小米饭掺和些土，浇上水，人躲在炕上，头上还拔几个火罐。见赵玉珍去就指着地上说："你看，刚吐了,实在不能去呀!"赵玉珍出来闪在一边。他假哼两声,叫过老娘们问道:"走了吗? 快把饭拾掇了!"赵玉珍跑进屋喊道:"早拾掇好了! 担架现成的,就等你走!"把鬼把戏给揭穿了。赵玉珍想起坐也坐不住,忙提着洋炮就要出去哨听。小坏包拦他说:"忙啥?"赵玉珍说:"那家伙插圈弄套,可花花的!"小坏包说:"要走等我一道!"赵玉珍提醒他说:"那哪能! 你走了这圪塄谁担责任?"说着起身就走了。

远远东边大道上有人吆喝着:"吓吓——呃咳!"一辆胶皮车进村来了。赵玉珍跑上去,见是老田头送公粮返回的车,忙问:"回啦! 见上小牛吗?"这老田头一儿一女,打山东一挑挑过来的。儿子小牛去年参的军,他听说从前方开回来扎在车站附近,就带了双鞋去看儿子。赵玉珍到跟前见带去的鞋又带回了,问道:"咋没见上?"老田头低声说:"嗯哪,昨下晌开回哈尔滨了。"

赵玉珍笑道:"下回见吧!"正要迈步走开,老田头拉住他,满脸大胡楂毛乎乎的,笑道:"不是说,我没有见上也乐! 他们也不管兵不管官,打闹说笑,那可乐呀! 肉有的是,鞋子坏了换新的;唱歌,耍闹,像亲哥兄弟。老百姓咱们评不上人家一半呀! ……不是我说,不讲良心总得有个良心,这送去的麦子粒打粒颗打颗都经我手挑的! 你不寻思寻思,现在还指望糊弄谁? 咱们队伍不吃饱能行吗?"

这老头脾气古怪,话说高了兴,就根根蔓蔓非得叫你听完。赵玉珍催他说:"歇着吧大叔,我要查查岗去!"老田头慌忙道:"啊哟! 可不东头岗撤了? 差点误了事……"便各自分开了。

赵玉珍蹽到岗棚一看,果然没有人。扎枪还在,头头儿磨得铮亮。他认出是牛占山的,心里来气道:"这大傻牛! 净干这号事!"他想一定不会走远,到壕边柳条通里喊了两声,也没动静。左等右等,还不见人来。忽然听见前街狗叫,赵玉珍掐枪跑过去,走到周翻眼皮后院草垛跟前,听见一阵小跑的脚步响,声音很碎,他怕是周家那条大狼狗,压着嗓发狠骂道:"杂种造的! 你来?"悄悄连走带听,还是没有响动。再走两步再听,却听见自己脚响:这么且听且走,走过路旁豁开的夹障口,正疑惑不定,就听见前院有人开门,接着狗哼了一声,一个人往西蹓走了。

赵玉珍忙抢走几步,那人已走得无影无踪。暗暗骂道:"跑你狗入的吧!"正把不定心,突然从背后夹障豁口走出一个人来,抓住他说:"你咋蹓来啦?"吓得赵玉珍大吃一惊,回头见是牛占山,又不由生气起来,说:"你问我?我问谁?……"牛占山看他急成那样,一边嘿嘿发笑,一边咧咧吧吧凑他耳朵边说:"悄悄!你听!"指着周翻眼皮东屋,两人走去,不声不响地齐趴在后窗户底下了。

趴了半天,只听见屋里烟袋磕得老响。过不一会,有人磕磕巴巴地说:"睡吧,睡天热炕头算一天!"接着老娘们声音说:"到底这一茬怎么个作法,还得好好削摩削摩①不的?"说着扑哒扑哒两响,听得出是打柜里往外扔枕头。牛占山小声粗气地道:"走吧,人家钻热被窝啦!"赵玉珍正听得入神,闭住气只顾摆手。那男的回道:"反正咱们现在是村里的头,这步棋我算早见到了。……"女的说:"还是二明白这人法高!"男的说:"他还能高过三爷?三爷的话,'他走群众,我们也走群众',这真是绝着!"女的喊道:"啥绝着死着?看变天了吧!才刚月亮明空朗地,一会就起云彩了。那点粮食叫你快打,还等啥时候?换成钱别在腰里再说话!不的吃了喝了,看他咋的?"男的叹道:"赶趟!……"往下就不出声了。

牛占山气喘喘地拉着赵玉珍说:"快走!"赵玉珍抬头一看,天漆黑锅黑,轻声说:"当心些!来是你走也是你?"走出那豁口,牛占山大声说道:"来可不是我!谁来问他安来了?"赵玉珍说:"是谁?"牛占山说:"谁?我接上王三有的岗,他说村长书记一帮子都在老周家开小会哩!赶我蹓去,人就散了,赶我蹓出来,你又去了!"

赵玉珍一时也没话说,两人就分手了。

---

① 探听的意思。

研究土地法

第二天张同志看后半夜下过场雨,前晌不能出门干活,便决定吃过饭召开农会会员大会,讨论《中国土地法大纲》。——这两天他老考虑:怎样把平分土地搞成一个运动,并且要快、猛、深、透。临走区委还再三指示:应改变过去小手小脚偷偷摸摸的方式,因此他后悔昨晚一来就开那么个小会……。"要大胆相信群众!"他似乎想通了,自言自语走去。

东西两头的人路远,正在朝农会走。井边一堆人在围着打鼓的。不知什么时候起,张同志屁股后头,早有拨人跟上了(书记靠得最近);鼓响闹得看见人张嘴,听不清人说话。

赵玉珍什么时候都是他那老样:手里掐着枪,嘴里带唧当。冲出来就骂打鼓的民兵:"肚皮都叫你们敲炸了,还敲?"小坏包领头喊道:"欢干! 不听那一套!"一手抢过鼓棒子,拼命"嘣里扑通,嘣里扑通"擂了一气才歇手。

回过头去,赵玉珍一眼看见跟在老张后面那拨人,心里一拉糊,打招呼也不起劲了。书记抢着跑进屋,一口一个主任地叫道:"主任,张同志来了,快开吧。"

今天会场显得很活跃,人也多;妇女到了十多名。翠花也抱着个孩子,叫赵玉珍动员来了。她瞅着丈夫刚才张罗得挺欢,自己的话也多了,夹在十几个妇女当中,左说说,右唠唠,一边呵呵地哄孩子。张同志到过翠花家,她看张同志老眯着眼笑,常在家念叨他好。这工夫她又念叨说:"这人老也不拉架,可好!"村长屋里的斜眉溜眼的,从旁不知说了句什么刺人的话,翠花气红了脸,啐骂道:"谁跟你说! 你再咬舌子?"抬头碰见赵玉珍,那两道黑眉鼓起一条棱,正生气哩。翠花便低下头奶孩子去了。

这工夫张同志把开头要说的话讲了一遍,接着朗读土地法前面的决议。村长派人泡了壶水端上去了。见老张也不搭顾,并敞嘴说道:"谁喝谁倒,啊?"大家也没有理他。众人听说这土地法是打从毛主席那儿来的,眼睛忽啦都亮了。只有书记在一旁搭了句腔:"搁那儿呗!"

当讲解到过去,咱们中国百分之七八十劳动农民没有土地时,大家抢着说:"我们这屯子里就是这样!"老田头靠着炕柱,听得入了神,补充道:"俺山东老家也是这样!"一句话把好些人说笑了。老田头昨天进街看儿子打回来一点酒,今早晨都喝了,他怕人闻出酒味,刚才还两手托着下巴,捂住嘴。这时嘴也不捂了,满脸大胡楂毛楞楞的,只顾张着嘴巴听。当继续读到"……这种严重情况,是我们民族被侵略、被压迫,穷苦及落后的根源……"的时候,不等解释,老田头说:"我算听好了……"抬头望了老张一眼,张同志一笑,他接下去说:"我爷爷那辈就没有地,我父亲手里,到我……我今年五十二岁了,我从十二岁就给人家扛活,从关里到关外,几十年来,地主逼得咱连口气也喘不上来!咱缺襟少袖,手刨脚蹬的,一年还是吃穿不上。种地吧,是人家的。咱穷人起五更,爬半夜,三根肠子得饿断两根半;常说:'扛活不用本,越扛越加紧。'越种越穷,越干越没劲。咱穷人多,这样,咱中国怎么不一年比一年穷?"

说到这里,姜二啰啰喀吧喀吧眼,溜溜老张又溜溜周围的人,撕着皮脸一笑:"这,这又不是开诉苦会,到开诉苦会你横是又不说了!"接着,四个炕角同时有人喊道:"真是!""你唠起来三天三夜也没有头!"这个叫那个喊的,张同志迟迟疑疑,也不晓得怎么好。赵玉珍看在眼里,早生气了;忽然"哐"一声响,赵玉珍把住他那杆洋炮立起来说:"要照这样唧唧半天,是不是早说完了?"

喊得人都怔住了。赵玉珍迈了两步,对老田头说:"你说完了吧大叔?我说说!这过去的'国'该是人家大地主,大财阀的'国'吧!这租那税有咱穷人的份,除了这租那税,横是有人家坐的,没有咱站的份。无论他西洋鬼子东洋鬼子,人家一个鼻孔里串气,咱穷人活活叫压在脚底下,国家怎么不弱?就拿我出劳工说,你要不去,他妈巴子他就先缴'通账'①后缴户口,灶火坑上插犁杖,崩锅带调灶! 现在地分了,国成咱大伙的了。咱生产组织好,地种得有劲,粮食打得多了,无论谁来欺负,咱老娘们小孩拿扎枪、洋炮、掏火棒、剪子、锤子也得和他干到底。你说这样咱中国还有个不富? 不强? 毛主席那上面说的就是这个道眼儿!"

说完赵玉珍把手一甩,指着当间毛主席的挂像。全场哄的一声,人人缓过一口气来,连声喊:"好!""对劲!"张同志差点掌握不住了。到后来,每讲一条,就有人抢着发言;讲到一半,干脆就不能继续下去了。像掀开锅似的,七嘴八舌,议论纷纷。有的说:虽然分了地,可是脑筋没转个,分地时还口口声声说地是地主的;有的说:我分的那地不等长庄稼就叫欺麻菜欺死了;还有的说:我的地全分在五里以外,铲踏不上都荒了。……

张同志没有领导这村分地,一时材料这多,就忙掏出笔记本来记录。可是划拉两下之后,听南炕一句,北炕半句,记也记不全。私下暗暗摇头道:"这是谁作的工作,真乱七八糟!"一边指挥书记帮他记录。

这时蹲在炕圪塔里的一个秃子,咳两声说:"这地不是不公吗? 我唠两句,我看这谁也不怨,怨只怨先期干部个个私心大!"说着就搁眼睛去睄赵玉珍。故意笑道:"道南道北,老姜那地一个棱也没有,是叫他们十部分了吧? 论说我是中农,分地摊着了摊不着不说,话可不得往公说么!"这秃子叫周焕斗,村里有名的"周尖头"。为人疙里疙瘩,看风使舵。他讲完话,四个角又有人喊:"那不假!"赵玉珍一瞅,发现圪塔里蹲的净是老姜和老周家的亲亲故故,想起夜天查岗发生的事,就明白了。气得他一声雷似的吼着"打乱重分!"老张立时着了慌,忙说明"现在还是研究性质",才按下来。

赵玉珍感觉着一身不快,一言不发地,就蹿到外屋地抱着水缸咕咕咕地喝了两瓢凉水。屋里正说到富农,老田头说道:"过去还

---

① "通账"即伪满民户领配给品的小本。

以为得点地,有个小苞米仓就不错了,现在一想,人家富农牲口多,农具多,粪水足,咱什么也缺,——人家尾巴多老长呀!"大家齐笑了。老田头女婿杨景荣,也跟上他丈人不慌不忙地说:"说是带尾巴,咱讲一骨碌,头年劈地我劈老姜家东北地,大家可也知道:一条垄掐两截,一头高,一头洼;南半头留下,北半头分了。说高的是头,洼的就是个尾,咱还带着一个封建尾巴呢。"说得满屋哗笑。有人插问道:"你这算什么农?"杨景荣慢慢回道:"不带尾巴是雇农,论带尾巴就是富农呗!"又说得人人大笑。

小坏包笑嚷道:"你这算连升几级呀?"杨景荣早不笑了,吧嗒吧嗒他的小旱烟袋说:"几级?那漩泥洼子,春天种地马也进不去,你说算几级吧?"牛占山插两回嘴没插上去,架着膀忽地立起来,钢钢叫道:"这回非要把好地拿出来不介! 富农也剥削,这回该征收征收啦!"见赵玉珍蹲在门口垂头耷拉脑不吱声,敞口骂道:"捣鬼中吗?"姜二啰啰听他话里有话,就清清嗓子,忙去捧着主任说:"主任说吧! 主任说叫斗,咱们就斗;说分,咱们就分。"主任也没吭声。众人心里明白,光溜溜眼珠子笑个人的。剩下就只周尖头他们搭搭腔乱嚷了一气。

张同志看群众情绪很好,正想鼓励几句,村上通讯员老疙瘩送信进来了。老张看完信,把王队长叫他去基点村的话说了,也顾不得讲什么,就匆忙走了。屋里吵哄哄的。

立时姜二啰啰压下杂音,大声指挥道:"坐下! 主任还有话说!"一看院里走散了十来个,赵玉珍也走了,姜二啰啰故意问道:"是谁领头走的? 啊? 像这号人就是知法犯法……主任不说我说两句,咱们翻身要齐心吧? 不一条心定规是翻不好。讲的是人多势众,不怕人多嘴众,是不是? 一句话归了:咱们穷人得照着一部经念! ……"

散了会,翠花寻半天不见赵玉珍,出来招喊老田头说:"老田大叔! 看见他劳你捎句话叫他快回去担两担水,那口死井又远!"说着往东走了。往西走的有几个撺上老田头,说笑去了。

闲唠嗑

出了农会大院，张同志前脚出门，赵玉珍后脚便赶来了。回头见他底下赤双大脚丫，踩得矻哧矻哧响，头上却戴顶破毡帽。老张笑道："你这是上头过冬天，下头过夏天。"赵玉珍因无心说笑，快走几步，便领着张同志抄近道往南拐去。

走不大会，赵玉珍就把昨下黑查岗发生的事对他说了，心里立时像一块疙瘩落了底，轻巧半截。回来步子迈得越快越大，路过老田头家门口，听见里面吵吵嘈嘈，就猫腰走进屋凑热闹去了。

老田头跟他女婿伙住一屋。南北炕，一家占一铺。他单独在外屋地炕头边垒了个小锅灶。常常做一顿管三餐。只早晨冒一次烟，剩下的晃常搁姑娘家锅里热热；晃常自己添把柴火热热，但也不等烟囱大冒烟，饭早咽下肚了。因此大家叫他"早冒烟"。他姑娘女婿劝他"合灶"，老田头不肯，还说："常说的，'穷灶炕，富水缸'，我这就挺好！"以后他们也就不说了。

赵玉珍进屋，小坏包，大傻牛五六个人都在这里，像开小会似的，大家有说有笑。只有孤山子杨景荣姑表弟是个客人。这客人的兄弟跟老田头家小牛是同时参加的，又在一个部队，因此特来探问信息来了。这老头一提起部队，话就特别多。"不是我说，就是没有见上你也乐！"他说，像昨天对赵玉珍说的一样，当大家重复道："他们也不论兵不兵，官不官的，那么取闹说笑，那可真乐呀！猪肉白面啥都有，鞋子踢荡了换新的；唱的唱，笑的笑，像亲哥兄弟，咱们老百姓能赶上人家一半吗？不是说……我就爱喝两盅，'酒壮熊人胆'！个人知道个人……"

小坏包跳到他前面说道："我说大叔，你也不熊呀！"叫这一句顶得，闹得满屋大笑。赵玉珍笑得劲最大。老田头这才发现他，连说："快回，你蹽哪里去了？叫你媳妇好找！"赵玉珍起身就走，慌忙一头磕到门槛上了，牛占山抢着笑道："这才叫熊哩，娘们一句话腿也拿不动了。"赵玉珍说："谁能比你？怕架三副套也拉不动！"大家笑道："看这话说的！"

阴天吃晌的少，大家你一言我一语，越扯越上劲。只有杨景荣媳妇在炕上缝东西，插不进嘴。她表弟坐在旁边，悄悄说道："都说你这村封建大，这回我看发动差不离了。你们妇女发动怎么样？"牛占山听了哼声接过去说："你是不常来，住两天你看？"小坏包笑道："你没听才刚老杨哥开会说的，真不怕笑破人肚子——他还是个大封建呢！"大家想起来，又禁不住笑了一气。惟独他们姑表两个不知笑什么，都愣住了，解释之后，那客人也不由得发笑道："原来这样！要果真是富农，常说：穷人也有三门富亲，这回咱可攀上门来了。"杨景荣刚从外边背回两捆湿柴火，听他们取笑，跑进屋说道："你认我这门富亲，咱还有一包笼破铺陈，求你给咱寄放寄放，二八提成，行不行？"众人还没顾上笑，牛占山嚷叫道："捆了！捆了！谁当你狗腿？"马上吵翻天似的闹了一阵。

杨景荣等别人不笑不嚷，他吧嗒吧嗒着小烟袋，有一句，冒一句道："说是说笑是笑，那个花舌子算能糟践人，"他指着他女人怀里一堆碎布块，"看这不假吧？不怕笑，她的屁股都装不住了，还翻身呢？"女人偏过头去，忍不住小声对他表弟道："这不就见着了！"老杨表弟低声问道："哪个花舌子？"他表嫂扁扁嘴回道："姜士斌，姜二啰啰呗！"说着冲破窗眼里吐了口口水，含着烟袋做活去了。

小坏包把踏住炕沿的双腿一伸，抓着头上白毡帽，跳下地说道："人家是干部！人家嘴大，咱们嘴小，哪还能说过他？"那客人插问道："你们村干部都这样？"小坏包道："一个就够呛的，都这样得了！"牛占山生怕丢脸丢狠了，连忙补充说："才刚走的不是咱们队长？那人心直。主任也是好人。"

那客人惊异道："原来他就是你们村抓大白虎的'武松'吗？哎呀，你们也不介绍介绍？"小坏包道："介绍不介绍当啥，你不见着了他那愣劲头？"杨景荣道："你这是光看浮面，不看内瓤！好比瓜吧，越细皮溜光那样的，不见得就熟透了，越那样长相粗糙些的，它越熟得早！这人是好是歹，不在一时，还看他是不是一心朴实，坚决性大不大。老赵这人就这点主贵!"老田头侧歪炕上,呼呼睡了一阵,听他们议论干部,也不知道说谁,忙爬起来说:"小声点,小声点。"牛占山道:"怕什么?"老田头笑道:"人家今天不提出来了:一千个和尚得抱着一部经念哪!他说这是葫芦,你就说是葫芦,不能说瓢;他说这是瓢,你就说瓢,不能说成葫芦。反正他说一是一,说二是二。……"几个年青人不耐烦嚷道:"好你大叔,不对茬了!"老田头道:"你们不说的二啰啰么?"大家还要争吵,杨景荣笑面颜悦地道:"不论谁吧,常说,'怪人不知理,知理不怪人',话说回来,还得怪个人脑瓜筋不开的过。他说鸭子,咱就真得扁扁嘴么?在早那时候,咱们净开闷会来的吧,人家工作同志说:'伪满把你们大梁压倒,现在还没有抬起来。'明知这话像打自己心里掏出的,可还不敢上前!这是不是怪个人自己?"

老杨表弟点点头说:"实在事!春期我们村煮夹生,工作同志找咱诉苦,斗争吴半夜,咱还说:'苦么?端人家碗你不得服人家管?'闹个拿麻秆打狼,两头怕!就没寻思过味来……"接着你一嘴他一舌,纷纷唠起过去不开脑筋的事。小坏包说:"寡这屋里几个人,一半天就唠不完。"老田头临了捋着胡,吱吱发笑,先将小坏包春天顾虑参军的事肘出来了。小坏包脸一红,叫道:"你怕我肘你老底座子不?"老田头不作声。大傻牛在一旁助威道:"肘!肘!"小坏包道:"都忘了吗?头一次斗争老区划长(外号'二朝廷'),头一拨去老姜家和老周家,咱们一拨去抓老区划长,走到角门那里,都停下来了。他说:'你招呼声呀!'还说:'到这院子头一趟!'推了阵进去了,屋内也没有灯,站在院里就问:'老李大叔开门啦!'老娘们出来答应:'不在家。'矬子①二哥说:'你找一下吧?'屋里话也不回。挺不大会,外面有脚响,……刚到角门,狗就咬了,他一张声,狗就不咬了。……大伙在当院私下嚷:'那不是老区划长,回来了。'我说:'老田大叔,你领头你招呼啊!'你们说他说个啥?"小坏

---

① 矬子的意思。

包望老田头做个鬼脸道："说呀不？哼，立刻嗓门变小了，冲我拐一胳膊子：'你招呼啊。我要撒泡屎！'他老人家钻到人缝子里就溜之乎也了。"说得他姑娘也哈哈大笑。可是最后一句话把老头说毛了，大声争辩道："撒泡屎不假，倒赖我钻了人缝子？幸亏二矬子在这场，不的叫你白赖了！"

正说着，门外有人笑道："这里倒热闹！"大家回头一看：姜士斌甩着两膀，进来了。黑毡帽没有戴，分发也两边甩着。一进屋，就老田头吱呼了一声，别人谁也没有理睬。他一喀吧眼溜见炕上有个生人，忙搭上说："这客人面熟，好像在哪里见过？"杨景荣女人睄他两眼就下地做饭去了。一看都是一伙子积极分子，听他们在唠个人糊涂事，顺便认识了那客人，就想乘此机会卖个好，唠唠他的。

"你们说你们脑瓜死，我比你们还死百倍！信不信？"姜二啰啰一边开场一边试探着，说道："光复那年，有次区上传席①讲学，都记得吧？——谁也不去。二次下来通知，我去了。一个老头，拿个小烟袋，穿个大褂……步子可挺快！进屋大家没有站起来，心想：这是怎么一回事呢？我扒拉下我旁边的问：'怎么，还没有行礼呢？'就有人说：'八路宽大政策，平起平坐……'我就坐在后面，心里老寻思：'说不定有埋伏吧？'他就给讲唠讲唠革命……也不懂啊，在早只听说过'中央军'，蒋介石；哪听说过有共产党，八路军……"大傻牛插嘴道："八路就是早先山里红军，专打日本坏蛋！咋没听见过？你？"

牛占山抄着膀，索性要肘他昨晚上干的勾当，刚冒个话头，见有外人，又把话收了。姜士斌暗暗一阵心怯，一面分辩，一面说道："你去过山里你兴见过……那时咱们就议论这个：反正蒋介石要来就行了……再不总也不吱声。有次上课在黑板上写着：'共产党，是毛泽东。'他问：'谁领导穷人翻身？'——大家举手，嗥一声'蒋介石！'我喊得又快声音还大。你说这算个啥？是不是死脑瓜？"他独

---

① 即开会。

个一人笑着。小坏包早看出他来卖好来了,他领头递了个眼色,北炕人都歪歪头,叫道:"那死什么? 谁都那个心情!"南炕人一个个撇撇嘴,说道:"啥时候说啥话,老皇历算不得了!"

碰了个钉子,姜二啰啰皮笑脸不笑的,心里格外恼恨,可又不好说得。正狼狈得出不来屋,听外屋地"哗"一声,接着满屋一股味喷香:炸油炒黄豆芽哩。他连忙说声:"好香好香,搁这待客呢?"便搭讪着走了。

接着大家也走了,老田头陪着客,他那小灶这顿又没有冒烟。

打　场

后半晌天晴了,地也干了,没有打完场的正赶紧套马拉碌子打场。赵玉珍怕翠花等水用,回家挑了两担水,就往外蹽,想找王三有问问他站岗的事。翠花喊他说:"人家都着忙打场,你呆家把这点谷子收拾了吧!"赵玉珍说:"忙不着! 那才几把东西,回头搓也搓完了。"便径直找三有去了。

基干队员里面数三有这人胆小,又多心多眼的。昨天晚上的事他一直就没报告。开会时候,也不敢照牛占山的面,生怕炸庙了把他攀扯出来,开罢会他也没着家,就到他叔伯大爷王贵家去。王贵门前的大场园铺了半边谷子,他家三丫头和四小子在那里吼叫什么。王贵正趴槽上拌马料(一匹白马,一匹兔红的)。三有进院,上屋有人贴着半截玻璃窗吼了他一声:"看有人来了!"他才拧过头来。三有嚷道:"大爷你又没参加会去?"

王贵拍打下两膀,一眼看见他姑娘随后也回了,忙笑着说:"那不是,我叫你二妹子顶我去了。我这耳朵一避,往圪塔一蹲,别个人再一嚷,去了也顶不了好大个事。……走,进屋吧! 要不昨夜儿下雨,我也去了;我看晌午头场园风扫干了,就把浮面层湿谷晾起来了,过晌就能动手打。一想就叫二丫头去吧,备不住又是讨论打场,咱们家还剩下点,你这不是外人,怕一时间叨起来就觉着不好看的! 才刚我还说,等开罢会就去找你商量商量,看我们这小组怎么个轮法,想不到你就来了。……"

他姑娘靠门站着,半天想插句嘴也没插上,等他呛住嗓去舀水喝,才愤声愤气说:"人家是讨论土地法大纲!"王贵道:"什么'大缸'?快去给马看看草去!"他姑娘气冲冲的,不回嘴也不去看草,扭过身进屋和她娘咕叨着说笑去了。三有低声笑道:"二妹子,你说,这'缸'可大啦,无边无岸,啥都盛了了!"又说得里屋人都笑了。王贵怎么聋的,这秘密只有他老伴明白。他自有两垧近地,除外净租地种(四五垧不等)。原报"佃户",后来定的佃中农。虽说头年他还分过两垧地,可是因他前后左右——东院周尖头是个富裕中农,西院是家富农,偏后是老姜家大地主——都是大家,工作队来了要问起个什么,他就指指耳朵,哼哈着支应两声。后来七传八传,便传出了个"王贵聋"的名儿。大家看他是个老扛活底,因此也不疑心他。

王三有是他们这组生产小组长。说该轮到他家打场,就答应着去张罗人去。周尖头也在这组,三有一想昨晚偷开小会他也在场,怕去叫了沾包,临走对王贵聋说:"我去招呼远的,附近的你们知会声吧!"

门外远远有人吼叫道:"看猪把庄稼都祸害了!"正吆喝着,王贵跟三有一齐出来了,三有眼尖,早看出是赵玉珍,就把脚步放慢了说:"你哪去,大哥?"想打个招呼便走。赵玉珍找了他半天,又见他迷瞪在中农家里,出了事也不吭声,早不耐烦了。挺铳个声回道:"哪去?我哪圪垯没找遍你!"王贵撵走猪转来见他们嘀咕什么,老远招呼道:"进屋说话!忙不着,进屋歇歇!"赵玉珍看他走拢来,大声说道:"不啦!"又把三有拉到一边问道:"你报告也不报告,出了事咋办?"三有被逼问得吞吞吐吐说:"我我,我又没钻进他的心里去呢。"赵玉珍一听,心里更来火啦,训斥道:"他要放火呢?"三有翻眼回道:"你这又说忙话,不是不到这场吗!"赵玉珍道:"到那场横是迟了!"两人争得耳红脖子粗。王贵老远站在一旁,见赵玉珍头也不回地走了,也不明白什么事情,忙问三有道:"是不是生气咱们场打迟了吧?"三有含糊地说:"嗯哪。"王贵催促道:"你就去叫人吧!"三有又低低"嗯哪"一声,就走了。

王贵嘱咐家里人特别焖的豆子干饭,熬的豆芽汤,炒的土豆片,大葱鲜酱,摆满两炕桌。人齐了,就差张懒双一个,王贵吼进吼出打发三丫头去叫了,一会又派四小子去请。等的人着急了,又议论起张懒双的笑话。周大尖头摸着光头笑道:"上回他分了床炕毡,可把他乐坏了,进门就对他媳妇说:这下好了,不搂柴火烧炕也能过一冬!"大家笑道:"等他来了问问他,看他这冬不烧炕的?"正说着,四小子双手拖着一个瘦条身板,像滚绣球似的,哈腰走来了,是张懒双。进屋果然有人取笑道:"你还等日头打西边照屁股才起来么?"说得妇女都撇开脸去围着锅台边笑。

王贵看他脸上发臊,喊他真名说:"玉双,上炕!"玉双脸更红,闷下头来就去扒饭。王贵看他划划速扒两碗,眼瞪得溜圆说:"饿大劲了吧?"他看看摆在桌面上的菜饭,一想填他这样人肚子,怕不知好歹,寻思要说两句话开导开导他——吃饱了饭可要干吃饱了的活。

"共产党来了没有地主,真是头一宗大好事。"王贵摸掉胡楂上沾的饭说:"现在这国家,吃饭,干活都一样;要搁往年……拿我年青时候给老吴家扛活说吧,割地前每天净给稀粥喝,我说:'干活吃这个不抗劲!'东家说:'你干活不好,吃饭可倒强:槽中有草饿不死驴,爱吃不呆!'开口就刺你!到打场时候,半夜起来就得干,那时老吴家养活枪雇炮手——半夜伙计吃完饭,把大门一开推出去,再把大门一关,伙计冻得满场园跑,也暖和不过来。……"他说说搁眼瞅瞅张懒双。他已吃完,撂下碗筷卷黄烟抽去了。有人截住问道:"是哪个老吴家? 孤山子的'吴半夜'吧?"张懒双抽足两口烟道:"哪个不一样? 有钱的没一个好东西!"王贵听听话头,怕扯开了,便装聋不提。回头看他儿子还架起膀吃,骂道:"快呀,人前吃在人后。"吃完饭,场园上马上人马哄哄的。王贵怕别人碾不干净,自己赶场。四匹马一个连一个，"圈子"①上石磙"嘎唧——嘎唧"地围着他响。其余人翻场、扬场、铡谷穗、垛谷垛，都忙起来了。张懒双自己拣了个轻活，爬到谷垛上往下扔个子。周大尖头来回递送。张懒双最多一气扔五个，便立直伸伸腰，四处望望。他一闲下来，铡的人、递的人、垛的人，也跟他闲下来。王三有只怕散伙了挨上面批评，谁勤谁懒，他也管不了：王贵生怕出不来活，又气又急，又磨不开说，只好自己闷劲干。

垛子盘完了一半，张懒双伸伸腰喊着三有说："歇会吧！小心闷大劲煳锅啦！谁唠两句？"三有因挨了赵玉珍批评，老也不痛快，强打起精神说："有啥好唠哩！"张懒双道："啥好唠？不说又要分一茬吗？人穷志短，上回你们把我搁会外'反映'，照说就不能依！错不过我是贫雇农吧？大伙说。"有人笑道："依不依马后炮当啥用？"周尖头说："这一茬不比先前，法可高啦！听说工作队带的米达绳子，非把地拉实了！……"又暗暗试试众人眼色道："反正我那地好说，八坰零二亩，分厘毫丝也不带差半点。"他故意少说了三亩，一看谁也不搭腔，便乘机又说了几句讨好的话。

王贵人在那边赶场，心却老早不在那边了。听张懒双说"又要分……"并尖着耳朵听着。石磙子拉得"嘎——唧"老响，下面的话到底没听清楚；加上二姑娘生气，晌午也没摸准开会的事；赵玉珍请也请不进屋……心里一乱，脚稍稍停了一会，去注意听话去了，不知不觉留钢绳把他缠了大半个圈，马也不走了。他手一动，有理无理一鞭梢下去，头马哗哗一奔，石磙轱辘飞转起来，一下人栽倒了。

全场乱了一气，他儿子才接手去赶。三有忙叫他歇息去。王贵摇摇头说："看太阳还剩一竿来高了！"揉揉屁股，又干别的零活去了。四小子跑进屋去拉着他娘和二姐，都慌忙跑来。一见没有事，都愣了。四小子娘说："怎么啦？"王贵看见他二姑娘，早火了："走

① 打场分打"懒场"（即糜子、高粱、豆类）和打"圈子"（即谷子），一般先打"懒场"后打"圈子"。

远些！我又没有死呢！”反而讨个没趣，他老伴生气道：“颠三倒四说些啥呀？”娘儿俩才噘着嘴嘀嘀咕咕走开。

“留籽的茄子先拴着！”

自从讨论过土地法以后，赵玉珍督促民兵巡风逻哨比以前更紧。姜大白虎见无人制服他，有钱也不能挖弄挖弄[①]，犯愁不了。白天窝在偏厦子里，又出不去门。就叫他二房的去村长家里哨听去了。出来恰好碰见王三有；姜二啰啰怕露出破绽，急中生智忙抓根棒子一边撵一边熊道：“这娘们啊！溜溜达达往哪儿跑？”三有反而害怕，装做不见地撇开脸避走了。

姜士斌随后跟去了，大白虎娘们吓得色还没有变过来。大白虎告诉他说：“使个反计吧！他越认真，越多奉承两句，说红旗村少了你赵玉珍，地主不早起哄了！叫他心里痒痒的……这两天正忙，白天累了晚上再睡不好，你怕没人反对他？”姜士斌皱皱眉，乱喀吧眼，表示困难。大白虎笑道：“怕不行么？”姜士斌道：“他那一把连都是一帮‘积极’，咋整？”大白虎搔搔头，坚持道：“好办。什么事你得走群众！好比中农吧，他们明里怕暗里也怕；咱就明里打暗里拉。一头烧火，一头泼水，叫他们老也凑不到一块去！懂吗？这是一。二一桩呢，这土地法上也有了，反正杀了大鸡杀小鸡，老周家几门富农他不怕？论说他们现在是村里头，咱出头露面一来不便，二来也多余！”说罢看一眼姜士斌，又低低自语道：“唉，现在多说几句话气也不足，歇着吧！”

姜士斌果然人前人后替赵玉珍捧了一顿。一时碰到什么不如意，果然态度也来了。接着闲话、谣言也多了。第一个不满意的是三有。有次因他放哨去慢了，赵玉珍当着大家面嚷道：“要兴随便迟来晚到，立那公约还有啥屁用？”三有叫他拿住了理，气得也没啥话说。姜二啰啰因为怕大院娘们串门的事被他识破了，想拉拉近

---

① 私下运动的意思。

便，便花言花语笑道："这算啥，小心哪天迟了他揭你热被窝！"马上三有挨搋的事，周翻眼皮知道了，便随意编说道："这一定有门！三有那孩子娶了个俏媳妇，队长看上了必定去串老门子，敢是叫三有碰上了，不然怎么三有会气哭了？论说这是'杀父之仇，夺妻之恨'，给谁谁不气？……"又说给他寡妇儿媳妇，就暗暗传开了。并添油加醋说了很多难听的。跟他们有个三亲两戚的，不用去说；就是像牛占山、杨景荣、小坏包几个，虽说"耳听为虚"，又觉得无风不起浪，也很是纳闷。小坏包老想刺探他一下，又怕闹炸了，大家没趣。……

隔了三天，张同志带四个工作队员，马上召集全村贫雇农，带到基点村开基点大会去了。一去一来半晌午，又由老张带回了。去的时候，小坏包把最近听来的话对赵玉珍刚露个头儿，他就炸了："你听谁说？"小坏包一扬脸道："没有就算！"说着抢着跑到头前打鼓去了。赵玉珍追上去，耳朵也给震破了，气冲冲说："回去再说！……"

看见开会的回了，王贵、周尖头他们也跟去农会，人都快进屋，姜士斌甩着胳膊，在上屋叫进叫出道："看看有中农没有？这是贫雇农会，是中农的都出去！"周尖头一手掖着头上黑毡帽，遮着脸，姜士斌略吧下眼让他溜进去了。王贵他们退出来的，见门外一大堆人正围着小坏包，他们也围上去了。只听他说："那家伙人山人海……"他先数了一阵孤山子白旗各村打着红旗、敲着锣鼓的热烈劲头，然后兴致勃勃地说：

"今天王队长主席，——那家伙，登上台三句话嗓门就喊哑了。他妈风一哇哇地叫……我尿泡尿转来就插不进当去，叫我三拐两撞，这才扒开个缝子。他问：'去年分地谁作主？'大伙说：'是官家作主。'又问：'今年夏天谁作主？'大伙说：'二流子作主。'问道：'去年吃过什么亏？'大伙说：'没有分到好地！'又问道：'今年夏天吃过什么亏？'大伙说：'好东西都给二流子贪污了。'又问：'往后谁作主好？'大伙说：'贫雇农作主好。'这下他乐了，跟着底下人喊：

'对！贫雇农……'他又问：'贫雇农靠谁来领导？'台底下呼啦一声：'共产党！'——好了，散会散会。"他一边推开众人一边叫道："快走呀！"大家失望地说："完了？"小坏包笑道："多啦！我能说全我又当王队长去了！"

屋里呱咭呱咭①一片响。小坏包进屋，张同志正向大家道歉，说："大家见到什么要尽管提，好帮助我改正。"讲到选代表——坏干部可以罢免，好干部可以再选——特别说明"一个鱼腥一锅汤"的，大家要认真审查。最后把贫雇农带头紧紧团结中农的道理，又说了一遍。屋里鸦雀无声。听他讲完话，都连连点头喊道："这回有底了！"可是一催着叫提意见，就不吱声。有人瞅瞅赵玉珍，有人溜溜姜士斌。一时憋得咳咳咔咔的。

赵玉珍敞开胸来，露出白汗衫，抓住衣襟不住拭汗。发急道："兴我说不的？我可是连这次当了两茬干部，大伙要调查先调查我！"姜士斌看他开了头，慌忙咳嗽一声，就有人叫道："不兴你讲话！现在是干部下台了，兴咱们老百姓说话了。"赵玉珍道："我坦白还不行？"牛占山两膀一抱站出来说："行！八路讲的是宽大政策……谁说不行？"他嘴像吹猪似的，坐下去又站起补了一句道："不坦白横是不行！"赵玉珍见有人替他撑腰眼，胆更壮了，喊道："冲我开刀！我得打他妈头上说到梢上，我自从当干部……"有人截住他道："谁叫你报家谱哩，过去的事谁还不知道？那就不用说了。"赵玉珍听了，上前一把拖住周焕仁道："眼前的事你跟咱说吧！"看他俩扭来扭去，老张忙催道："你自个说吧！"赵玉珍回过头来郑重其事地说：

"我有错我领。我姓赵的一不偷二不摸，三不嫖四不赌。这该不吹吧？可是今天开会去，周老五说：'大哥，你咋不老实呀？'我说：'你说我咋个不老实法？'他说：'哼，你跟谁家娘们咋鬼捣的？……'他也没有说出人来，我一听就炸了。越寻思越生气，这不

---

① 呱咭，鼓掌的意思。

是耳朵眼放屁,哪来这一巴拉回事? ——我爱发态度不假,一时得罪了人也兴许有,可也不该给咱贴这号黑膏药呀!"

暗暗有人议论道:"还没说你'强奸'呢!"赵玉珍也没听见议论什么,接着又把村长、书记同富农开秘密会的事说了一遍,末了指着王三有说:"这也有证人在,叫三有说,看我赖不赖他们!"牛占山也跑出做证人,一下子像揭开了锅似的,满屋冒起气来。主任听了说:"你们啥啥都瞒我?"张同志听他说起许多详情也很吃惊,待要发问,小坏包一伙早嚷叫起来了:"说你大炮大炮,这么大事你咋不放炮?"老田头一冲跑到他跟前问道:"你承想跟他们勾打连环是咋的?"叫的叫,喊的喊,东一锤子西一棒,质问得赵玉珍傻头傻脑,手足无措。老张正替他解释了一句:"他对我说过⋯⋯"说着讷讷地脸也愧红了。

门口忽然有人叫道:"哪里去?"众人看去,一个小伙一把扣住姜二啰啰老领,把他从人缝里"提溜"出来,也不知有多少人喊叫:"你想遁土啊?"牛占山说声:"捆了!"哗啦一伙人钻上来,七手八脚把他捆了个五花大绑。姜士斌歪着个头说:"怎么捆我?"赵玉珍吼道:"怎么捆你? 留籽的茄子先拴着!"并指挥民兵道:"把大门堵住!"众人见他鼻子呼扇呼扇哭唧唧的样子,越看越气,直喊:"叫他坦白!"张同志这时吩咐叫人押他下去,也没有谁听。老田头去指着他鼻子尖道:"你这东西,原来你是地主富农一个圆桌面上的弟兄?你叔叔跟大地效了一辈子劳,你又来接任,真他妈什么脑瓜?"杨景荣接住道:"什么脑瓜? 一下当了干部,就好比剃了头,换了换样,这头发一长呢,就成了旧脑瓜,又是伪满脑瓜。"说得大家想笑。小坏包喊道:"别跟他啰啰这些事! 叫他游三趟街,取这个脚色。"老张拦也不是,说也不是,等大家提完处理意见,第二次才顺利地叫人把他带下去了。

接着,为罢免书记,意见就不一致。他父亲(已经死了)是个刀笔邪神,靠他父亲指点,他也操练得写算俱会。又因他无房无地,都捧他是"穷人里头一枝花"。有的说"他是受村长指挥,过不在他";有的说"贫雇农里囫囵半片认几个字的也不多,撤了公事无人办"。计二明白也献殷勤说:"自己走路看不见自己脚板正不正,看大伙意思吧?"因此选的时候也就把他选上了。老张见是群众意见,也就没有话说。

这次全村共提了十五名候补代表,选了十三名。老田头、周焕仁、牛占山、杨景荣都当了选。原来农会干部,除武装委员赵玉珍,还有个生产委员,其余都罢免了。书记原不算在委员数内,现在仍然照旧。

当天,二明白不敢露面,就躲在屋里私下写好两封信,串连人递给姜大白虎和周翻眼皮去了。信上写的是:

> 今去寸草,非为别事,我村村长无故被押,实在令人痛心!鄙人势单力薄,亦无法可想,且此次工作全不摸底,盼求相机示知为荷……

这天晚上,姜大白虎看完了信,一家大小都不说话。最担心的是不摸底怎么一下押起姜士斌,怕他敞口儿说出与他们有联手的事来。姜大白虎想吩咐小孩子到外边去探听一下,看天太晚,也就作罢了。回头一想二明白还留在会上,高兴地拍拍腿道:"不怕,有根就好说话!"他二房的道:"你还高兴?有什么该打点的快打点吧。"大白虎道:"忙什么?细软东西好办,我看先尽那两口肥猪收拾了,免得叫那帮穷犊子肥了口劲大!"大老婆说道:"看它嗷嗷叫,谁敢动手?"二房的说:"这好办,搁条麻袋装些灰,猪一叫唤就呛嗓子……"大白虎道:"不妥!那么太麻烦,不如用烧酒搁些麦子泡上,给它吃醉了再杀!这一来猪享了福,二来不叫唤,三来还吃个新鲜。"二房的啐骂道:"什么非得依你呀!"大白虎吓得连连摆手,不由得发慌说:"轻声点!听墙根的又快来了!"

这样,一家大小又不说话了。

千年难遇

选举完了,张同志为姜士斌引起的事,心里很不痛快;怪赵玉珍对他报告太简单，把他叫过一旁责备地说："你这人心直口快，可也粗心大意！"联系他的作风，也指责了几句。赵玉珍一边听着一边觉着怪憋屈，想道："怎么就怪我？对你说了你叫我注意，我也注意来的呀！你也没说出个啥道道？"心里不服，嘴上到底没漏，只改了口说："我寻思你一听巴是知道什么花结个什么果？谁知这就大意点了。"当下也没说多少话，就悄悄走了。

代表之中有人提议，说："现在农会散了，光有代表怎么办？"大家说："你们代表商量吧！"散了会，吃过晚饭，代表又接着开会。有些爱热闹的，零零落落凑拢去，还是一大堆人，张同志把晌午提议重述了一遍，有人听了笑道："那空架架废了，还舍不得吗？"有的说："代表就是打头的。"有的说："头多了乱套。"吵了半天，结果决定再由代表中产生代表委员会，经管日常事情。

张同志叫查查代表人数，一看人都不缺，就短个赵玉珍。大家笑道："这可怪了，必是饭吃晚了吧？"小坏包道："不能！我回去他家烟囱还嗞噜嗞噜直冒烟哩！"大家奇怪道："这咱了还有什么？地了场光的！"老田头便提议快派谁去叫叫他，门口杨景荣兄弟二傻答应一声："我去！"就咚咚跑走了。不多一会，就听外面又有人咚咚跑来，不等进屋，牛占山忙拦住门号召大家说："来了！罚他二斤大炮药！"进屋了，还是二傻。他气喘呼呼地说："他也不在家呀！"杨景荣问道："你也不问问？"二傻回道："人不在，问谁去！"说得人人又笑又急。小坏包说他必是查岗去了，主张再等；大家齐反对，说："他一人耽误大家活，不等了！"

张同志说："不等就开吧！"把临时缺席的选的时候也可以推选的道理，先说明了一遍。大家合计从代表里互推五个人出来，成立委员会。主任委员是杨景荣，赵玉珍是副的，兼武装委员。另外老田头是分地委员，周焕仁是保管委员。算来算去，还短一个组织委员，有人提议牛占山，说他嗓门粗，不用敲家巴什，保险"一呼百诺"。小坏包笑道："我看叫他就住在炮楼上，搁炮眼里往外叫！"牛占山火了，骂道："放屁！老子不干！"小坏包道："不干？你那身牛力气还没叫你上套呢。"说了阵笑话,牛占山板起脸说:"咱是正经不能干!"老田头解劝道:"众人费了多少心思选了咱,你这不是说二话?"大家说道:"你这扭的什么劲?"你一言我一语,斗得牛占山傻头怪相,眼泪也冒出来了。小坏包更得意道:"看这丢人不的?"杨景荣忙支开他:"你那两片嘴就爱呱嗒①人。"又去问牛占山道:"你有啥费难的只管说!"牛占山道:"我一不识字,二呢?……"小坏包接过去学说道:"二呢?……短上一个老婆。"大家齐笑了。牛占山笑骂道:"不是咋的!啥都我一个人,要叫我住炮楼,你供我吃烧?"杨景荣慢搭搭地笑道:"我当啥了不起的事!困难谁都兴有,数咱贫雇农里缺少人手,你跑腿再叫困难,别人一人拖一家,不更困难?可是咱这翻身大事,千年难遇!你不干他不干,还能闹着玩吗?"牛占山高兴叫道:"对!话是带把的,咱收回来,干!"大家看他做那派气势,喜做一团地喊道:"带架!带架!"趁他们分好工,张同志轮后又鼓励了一番,就走了。

屋里留下小坏包几个正议论赵玉珍,待想要上他家去,只见二傻跑来喊道:"哥!王队长来了!"大家齐问:"在哪里?"小坏包的白毡帽放在桌上,顾不得抓就往外奔,牛占山正抓虱子,肩上搭的腰带也跑掉了,出门一看,外面飘雪了,谁也不问二傻二句话,乱嚷乱骂道:"人呢?你这傻里吧叽孩子!"二傻道:"在赵玉珍家里。"有的更不信。小坏包几个原就想去的,经这一说撒开腿便跑走了。

去了,屋里悄没声的。牛占山正来气去骂二傻,小坏包眼快,远远看见窗户上罩着挺大个军帽影影,做个手势断定道:"保险,保险!"拉开门走进去,只见翠花招呼道:"谁呀?巴是他们一伙人来了!"王队长笑道:"电话倒快!"他盘着的腿刚伸直了准备下炕,小坏包、牛占山上去也不及握手,就一人按一只腿,只喊"坐着,坐着"。王队长也只顾叫"坐,坐"。他两个手还没放,屁股往后一挪动,就仰倒了。乐得满屋人笑道:"看你自己还没坐稳呢!"翠花娘

---

① 呱嗒,讽刺的意思。

在一旁担心道："小心眼镜啦队长！近视眼睛就得寸步留心。……"

笑了一气，大家见赵玉珍愁眉愣眼的，笑也不大起劲的样子，小坏包问道："开会也不到，你蹽哪儿去了？"见他不搭腔，又忙问翠花道："咋的？病了？"翠花噘着嘴："什么病，你们问问王队长？"说得大家莫明其妙。王队长笑了笑，把碰见他两口子吵嘴的事，简短说了两句。大家还是不明白。又问翠花，翠花才把原委叙述了一遍。原来赵玉珍受了张同志批评，回家吃饭，越想越气，觉得受了委屈。心想："我赵玉珍一个大老粗，在早只知闷头干大活，流大汗；从小无家无业，净给人家大地主溜房檐，嘴搭在人家锅沿上，连脚板大地场也没有！共产党来了，咱穷人闹翻身，得了好啦，出了气啦，咱遇事煞下腰干！可是坏根子没去净，横挡竖截的，咱成了他们眼中钉！这回拔去了，你反倒说咱粗心！'有理三扁担，无理扁担三'，咱就不吃！哼，要不我一字不漏，他横是早穿了兔子鞋？怎么怪咱？反讨个夹板子气受？再当还有个啥意味？……"越想越窄，眼泪也噗噗滴到碗里了。黑了翠花也没看见，他撂下碗就躲开了。回家翠花说有人来找过，催了一遍，赵玉珍来气道："不去！说啥也不干了！"两人正吵，王队长一来就遇上了。

小坏包听了讥诮道："我说呀，我还说给你贺喜来了，你这像猪头八戒似的，谁短你欠你的不成？"牛占山喊道："痛快说吧！不的罚你四斤炮药也不一定！"王队长插进来问道："你们来贺什么喜？"杨景荣见问，就接过去把刚才推选各委员的事，也说了一遍。王队长笑道："你看，还是众人眼睛亮！"小坏包笑道："哪亮什么？倒相中他这耍死狗的！"赵玉珍和王队长谈了一阵，本已回心转意，不过老是憋着一股劲，因此啥话不说。经小坏包一刺，又开叫了："怎么？咱不干还能强死巴活硬逼着！"牛占山道："你这什么脑瓜？"杨景荣也沉不住气道："什么脑瓜？他想比二啰啰——好了疮疤忘了痛，怕得罪了谁似的！"三句话又激将得赵玉珍脸红脖粗，争辩道："我怕谁？怕地主坏蛋我赵玉珍早不干了！心眼搁不正，也早不让我干了。我这就是大老粗,干不来! 不怕队长在这搭,该怎么说我还怎么说!"小坏包道:"咱们不用拐带队长,你说你大老粗,谁是大老细? 老杨哥说的话:穷人翻身,千年难遇! 咱头一遭掌权当家,你说那话也不怕嫌乎'砢碜'①?"赵玉珍又像刚才似的愁眉愣眼,翠花悄悄看他一眼道:"谁不说的! ……"王队长最后说道:"这也不怪老赵,还怪领导不深入! 我明天还要回区上,你们对张同志有什么意见,趁着这机会再提提吧。"大家说:"没有了,就像队长说的,那人有时细作上还差点!"

王队长临走又嘱咐赵玉珍道:"好好干吧。前方打仗立功,咱后方翻身也立功! 啥时候都不要往窄处想……听懂我这话吧!"赵玉珍低声答道:"嗯哪。记住了。"翠花站在门口,听她娘在屋里吩咐什么,忙喊着说:"看我忘了,……你送送队长呀,这雪挺老大的!"王队长拦住他们说:"回去,回去。雪大怕什么,照得亮堂更好走。"赵玉珍喊道:"队长等我去把枪拿上!"王队长道:"不要了……"赵玉珍掐枪出来,雪把眼盖蒙了,瞅也没有人,喊也听不见。回头叫了声翠花:"听住门啦!"随后又追上去了。

抓　人

接连两天下雪。土队长来的那伇,发现了些问题,第二天头响,便留下参加了一次"倒糊涂"会。——会开失败了,不等开完,王队长就用提议方式把会结束了。过晌才走。会后王队长对工作同志检讨说:"你们没有听见群众反映吗? 同志! 他们说:'稀里糊涂越倒越糊涂……'这是什么意思? 这话里就有话:第一没有酝酿,第二还有顾虑。比方一个人上来三代一报,爷扛活,爹扛活,他也扛活;又是庄稼底,庄稼汉,庄稼活。十句就把'糊涂'倒完了,这不是摆样子么? 第三,主要的责任还在我们,大胆放手并不等于粗枝大

---

① 砢碜,害羞、可耻的意思。

叶,这点千万要注意。"最后关于赵玉珍要对他好好爱护培养的话,临走又嘱咐了一遍。

农会大院黑漆大门敞着,人们出出进进,头带雪脚带泥的,每天还是照常开会。有时小会,大家嗡嗡往外挤;有时大会,又嗡嗡往里挤。张同志也跟着来回两头跑。

这天傍黑天前,雪停了,去开会的人反而少了,一个个沥沥夯夯的,也挺不带劲。里屋一个矮子正搭着凳在往梁柁上挂的油灯里添油,老张看人到的少,代表们也都不在,门也不进就退出来了。只见三三两两的人,压低了嗓叨咕着什么。等走出门来拐过炮楼角,冷丁碰见有人过来才耳蒙上一句话,说是"将来,一拉平",他心里才敞亮一截。盘算着找赵玉珍去了。

一进屋,翠花正捏着茶壶站在锅台边倒开水,屋里不知说了句什么话,正哄哄大笑。热气灌进屋里,也看不清多少人。谁也没有留意他,老张悄声喝道:"你们笑什么?"把一屋人全冷丁喝呆了,翠花随后跟上来笑道:"我说谁呀?张同志快喝水!"接着给他倒了一杯(几个委员都在这里),小坏包看翠花又按着壶嘴,指给老张笑道:"就笑这个,'茶壶嘴扳掉了'!"翠花骂道:"就数你嘴涝!有啥学说头?"老张问道:"究竟怎么个典故?"小坏包道:"你还打破沙锅问到底咋的?就这么个笑谈……"赵玉珍催着大家说:"唠正经的吧,闲扯淡就没有个完。"

老张趁这机会提醒大家说:"你们听说了么?村里怎么流言蜚语的?"大家齐道:"咋没听说!"杨景荣道:"咱们才刚还说找你讨论去哩,中农现在正经老嚷嚷:不要咱们'听会',说不定会一拉平!他们就说这个。"赵玉珍抢着说道:"昨天队长还说了……"一句话未了,炕上炕下叮当大笑道:"看你迷迷怔怔的,队长走两天了还昨天昨天?"赵玉珍道:"不管哪天吧,反正队长说过:贫雇农好比火车头一样,中农在后面跟着,团结不好,光火车头跑,碴咚碴咚直响,没车厢还是不能拉东西。咱能动他们东西吗?"张同志光着眼也不摸头脑,反问道:"谁说动他们东西?怎么今黑夜这么多典故呀?"

杨景荣笑道："你看，光说话尾没说话头！"接着，把白天周大尖头、王贵聋三个中农去农会要"自动"牲口的事，说了一遍。原来老张今天只参加了半截会，上半截讨论怎么"倒糊涂"——糊涂究竟搁哪儿来？有说"认命"的，认为"命里八尺，难求一丈"。有说"脚踏两只船"——对地主"慈心"的，认为三亲六故，"不看金面也得看佛面"等等。……下半截会他就忙着整表去了，因此听了半天，没弄明白。小坏包勒起胳膊说道：

"叫我描给你听。王贵聋那老'架势'，浑身哆哆嗦嗦，毡帽掖进胳膊窝里，上牙磕下牙地说：'这我现今脑瓜算打开了，我通齐两头牲口，咱穷人都一家，心甘情愿献出大家使！'照周大尖头说的一字不差！错不过一个说三头，一个说两头，看这鬼不鬼？叫我说那老家伙连魂也叫尖头勾跑了！"他一边说一边学，逗得大伙老笑。翠花娘听说也笑了，唔唔哄着翠花孩子说："纯粹的！尖头那人家干事可花花，谁沾谁吃亏。"赵玉珍跟随他娘说："像这样人家就不能算中农里数，不买他那个账！"老田头这时也来了，听了从中反驳道："这不瞎扯，从去年到今年，每每开会都说是中农不动，囫囵咔叽的那能行？你反正得认准毛主席的道走！"赵玉珍一听炸了："咱反对毛主席吗？"气得两眼翻白，话也说不出。杨景荣连忙制止，翠花也插进嘴说："他就是这路性体，听话也不听落点。"小坏包堵着他们说："吵吵的啥？我诂述没说完哩！这事要怪就怪张懒双，王贵聋磕磕巴巴讲完话不是么，他站起像个吊死鬼似的，长脖一伸细声细气问他：'你说甘心乐意，是真的吗？能不反悔吗？'王贵聋只当听成说'马'，连说：'是，两马两马。'吓的那样，猴猴的！……"老张道："这不得了！阶级没认准，团结也团结不好。"接着并说划分阶级重要，这一步得先作好。决定召开全体大会。牛占山听了先就蹍出去满街吆喊："开大会啦，开全体大会，一家不落！"翻来覆去，往西喊去了。

张同志在屋里急得跺脚："这个二虎，话还没说完呢！"杨景荣道："早哩，不急。"老张笑了笑说："不是急，我想起一句什么话说到嘴边，叫他一喊给喊没了，你们看！"众人笑道："还是急的过呗！"老张本想先在他们几个当中作好一个样子，算了细账，把代表和贫雇农小组长思想打通了，再开大会。可是牛占山已经喊出去了，说也无用。灰心灰意说："倒不是我急，这次我看大家都急！"屋里冷了一阵，翠花忽听窗外好像有人，便喊道："谁呀？"赵玉珍压低嗓门说："是听声的吧？"小坏包跟他掐着洋炮到门外一看，迎面走来两个人，一前一后，小坏包眼尖，先认出王队长通讯员，欢嚷道："队长来了！还当是谁呢！"屋里翠花正奶孩子，慌忙下炕腾出位来顺门站着。王队长进门伸手逗逗她小孩，那孩子要抓眼镜就把他吓跑了。翠花娘担心道："这也是玩的？快给我吧。队长要没眼镜可就抓瞎了！外婆瞎眼睛不怕你抓！"王队长说："老孙大娘，你明儿也配副老花眼镜戴戴不好？"翠花笑道："那算不用一时半刻就得坠稀碎！"她娘叹口气说："还用上那？这就托你福不浅……"说着眼圈红了，王队长知她瞎眼来历，怕勾起她悲痛，连忙转向众人唠别的事了。

二明白听牛占山吆吼着叫开大会，猜出都在赵玉珍家里，就悄悄跟声追过来了，恰好在路上遇见王队长，慌忙闪开避了一会，等他进屋，趁屋里说笑，他也随后跟来，不声不响地顺墙根贴着。听听还是在议论中农。二明白暗暗笑道："卡住一个中农就顶了大事！怪道三爷说'明打暗拉'一齐来，妙，妙！"想着也忘了细听。忽然听见王队长说："我来人还不齐，这阵大概到齐了吧？"接着门响，人都出来了。二明白吓了一跳，走走不得，跑跑不得，就硬挺着迎上去道："队长来了？"连哈了两个腰。赵玉珍认出是二明白，连跑带颠冲过来问道："有事吗？"二明白道："人齐了！请队长就去！"说罢就跑走了。小坏包道："这家伙要瞅着点，看他大摇大摆的！"

果然人都齐了。连周翻眼皮也去了。都想听听王队长讲什么。特别是中农，胆怯怯的，叫周大尖头一下"自动"怕了。中农都坐在一块，暗暗嘀咕道："说不定今晚就叫'自动'，听听！"眼巴巴地瞅着里屋，听杨景荣叫"压压言！"才静了下来。接着，第一个发言的是小坏包,他问了句:"咱们怎么穷的? 都知道吧?"大家回答了一声:"剥削!"也像平常一样说了说"春借秋还"这类零了巴碎的剥削。

王队长站起来笑道:"我来算算这笔账好不好?"下面一声喊:"好!"就马上找了个雇农和一个租地户,按一年作为标准,把平均种多少地,种些什么,打多少粮;除去劳金籽种,再刨除人吃马喂的,一一算过。话音未落,只听哄哄一声喊道:"那可老了①!"一个小伙从北炕立起来钢钢地说:"不用问了! 一年就剥削三十几石,这才是他妈的死封建哩,这阵不干还等几时? 斗!"人人左顾右盼,乱喊乱叫,杨景荣只顾说:"不忙,不忙。"小坏包埋怨道:"还不忙啥? 老赵哥大虎牛已经带一帮人出去了,你没有看见?"老田头站在女婿这边说:"等回来检讨他!"杨景荣对小坏包指着周翻眼皮道:"看见没有? 问问他这大尾巴算哪头?"

一屋眼睛都忽地朝着翻眼皮。他满口辩护自己不能算做富农,起先争着发言反对的还只是贫雇农,后来中农也有人说话了:"你那地我们也租过,刚才算的那剥削之中,就有你一份!"他站起来质问道:"怎么就有我一份呢?"小坏包跑去指着他麻糟鼻说:"你还哼儿哈儿的呀? 你五口人,车马全套,你地种不完,年年雇劳金还出租,你说说你? ……"赵玉珍这时踏进门来,浑身是雪,眼睛看也不看,就去拨开小坏包吼道:"说这干屁! 人家是红旗村大头大脸的人物头,谁还不晓得?"随后三有也把他挑拨造谣勾当,肘了几句。起先他还站着大声对抗,后来便坐下去小声小抗,最后无理可辩,就低头不声不抗了。

牛占山进屋更直截了当喊了一声道:"跟我来!"便就手把他带下去了。

破了"空城计"

梁柁上挂的油灯,又有人去添了第三遍油。连夜逮捕了三家地

---

① 老了,多了的意思。

主、两个恶霸富农，大家又回到农会集合。已经半夜了，还一点不困。老田头提出赵玉珍闹独立性，检讨他不该一人先领头去抓姜大白虎；话才说了一半，就遭到反对。牛占山第一个反对得厉害，他架着膀唬唬地说："你叫大伙说，看晚去一步行不行？"赵玉珍看他上火，倒反去劝他，自己却不紧不慢接过去道："也行，就是跑了抓不着。"说得大家好个乐。老田头道："行了，那我这话收回来。"大家笑道："收回去不是冷了台？"接着，赵玉珍就将他们去包围姜大白虎，又怎么不在家，后来又怎么发现的，叙述了一遍。

"那老家伙心眼真奸！"赵玉珍骂道："那会雪下得正经大，他蒙着一方大白布，蹲在夹障里谁也没认出！正好这时不知哪家大黑狗跑来了，往那里钻；老牛大哥去撵狗，怕狗坏事，可是那狗来了又赶，赶走又来，大伙说：'那地方准有什么东西！'老牛大哥上去就一扎枪杆，只听'嗯'一声，一个无头无尾的黑东西趴倒了……他这时也不敢上，站着发愣，咱们也他妈傻了似的。老牛大哥喊道：'你是人是鬼？'我说：'不忙，叫老子开他一枪看！'这下子那东西开腔了：'是我，不打……'大伙这才呼啦捆了那个老狐狸！常说：'人心隔肚皮，虎心隔毛皮。'好险没有跑了。"小坏包道："跑？蒋介石还捉他活的哩！他能有那个本领上天，咱们就有那个本领叫他下地！"大家一嚷嚷嚷叫道："对！这回是'老牛'有功！明儿再叫老田大叔家'小牛'把蒋介石活抓回来，叫他在红旗村游三趟街！"

老田头乐得大胡子直飞，连声答道："那算二棒子敲锣，没有冒！"说得全场上下，哈哈大笑。赵玉珍的话因为小坏包当腰岔开就没续上，急得满地转，连说"没有完，没有完"，也没有人听他的。等笑完了，杨景荣叫他说，他又急得满头是汗，连说："没有了！"连翠花也替他着急说："没有你叫什么？"妇女那一伙又笑了。

最后牛占山把姜大白虎家怎么杀的猪，他们二次进屋又怎么看见饭盆里盛着猪肉面条，以及赵玉珍飞起一脚把盆子踢碎的事，都当大家说了。听了人人生气：有的埋怨不该踢碎盆子；有的马上要去搬东西，张懒双首先伸头赞成说："就说这个理吧，你动他一根汗毛,他心里也得老'硌硬'你,这次不讲客气!快走!"有人反问道:"现在啥时候?天狗吃月还有老爷①,明日去也不晚。"他见谁都不动,悄悄自言自语道:"这也不是张某人一个独吞哩。"又见大家都在吵着丈地分地,站站就走了。吵了半天,后来决定明天同时进行:男子去丈地;妇女去接收地主和征收富农的东西。翠花说:"咱们妇女还装坐家女呢,你们代表也不管!"有的故意逗笑说:"男同志选男代表,你们女同志不选还怪咱们男代表?"妇女齐声攻击道:"哟!几时分的家呀?"翠花说:"怕要闹个男红旗,一个女红旗吧?咱们也选!"大家都笑了。结果就选了翠花。

散会之后,赵玉珍几个没有回家,就跟查夜的民兵挤在外边炕上,睡不一会就亮天了。

第二天大雪止了,天放了晴。老田头他们先下地去了。家里接收征收东西的分成三组。当腰一组往姜大白虎家;往东一组去老周家;往西的去前区长家。光女的人少,男的老头小孩加起来,还是比女的多。气得翠花说:"分家分到底!"妇女叫她一鼓动,一窝蜂地都跟她跑了。

翠花领一帮人先到周翻眼皮家里。下屋放农具、粮食地方,门上卡上锁了;上屋满是炸过猪油的油香味。大家进屋便嚷:"你闻这味!"翠花说:"看把这些家伙吃肥了!连个'壳郎'②也没见!"屋里翻眼皮老娘们,一个哼声接一个哼声,她儿子堵在房门口拦住翠花说:"我娘有病!"翠花说:"有病能挡住就不进了?"她儿子赔笑说:"我娘说怕众人嫌乎埋汰。"众人喧喝道:"嘻呀,担当不起!"闷着头就涌进去了。翠花直截了当叫他们快实报东西,又张罗人登记东西。老娘们撑不住气了,恶声厉语故意咒骂她一家老小:"就是你们害的呀,你们这些死东西!"忽然有人回骂她一声:"看你这张臭嘴!"她才不作声了。这时对面屋又有人大哭大闹起来,只听呀

---

① 老爷,这里指太阳。

② 壳郎,指小猪。

呀呀嚎叫道："这是前世冤孽呀，早知后手落这步呀，怪我个人封建呀，我可怜呀，……"翠花忙过到这边来，早有一群人围着周家寡妇媳妇，不断有人质问她说："你封建？你可怜？谁不知道你是二当家？"索性把她跟翻眼皮勾搭的事也肘出来了。翠花见她身体胳膊圆鼓鼓的，不似平常那么瘦窄，翠花想起前些时候她放谣言挑拨她男人是非，不由得刻薄道："看这样！怪道有人疼的呢？"那寡妇低声说："我准备走娘家……"炕上的人发现她穿着两件大布衫，强死巴活要她脱，她却抵死不脱，又呜呜哭起来。

正拉扯间，忽听后院鬼叫一般，听着手忙脚乱来了人，走道踏雪嘎吱嘎吱地响，一边夹着嚷叫："叫她进屋当大家说去！"接着一群人推了个挺着大肚皮的女人，低头走进来了。等大家认出是周家二姑娘，全吃了一惊。年纪大的还惋惜说："这怎么说？"年青妇女就抿住嘴连笑带催："快说。"推了半天，还是别人代为宣布道："我们到茅房找着她，啊呀一看，肚子挺老大的！问她：'你这是什么？'她说：'我有……我有孩子！'咱们几个骂了一顿：'你也有孩子？你不害臊？你那孩子是谁的？'她答不上了。叫她解开衣服，她死不肯，脸也不是色了，解开一看，原来弄个包笼给肚子围上了！"说得众人哄哄笑骂不止："真猴头！""把她孩子给征收了！"这时杨景荣、赵玉珍、小坏包他们分头去那两组查封了东西，又到这组来了，都堵住门发笑。接着听翠花在屋里叫道："你妹子一个姑娘还捣鬼，你不比她更奸？快脱！"一时满屋又闹成一片，互相奔告。结果发现寡妇媳妇一人竟穿了四双袜子，两条毛裤，三件夹袄，大布衫还不算。

杨景荣他们去找周老疙疸，把下屋粮食、农具留下一部分，其余都搬走了。赵玉珍又跑去对翠花悄悄说了句什么，翠花便领着妇女一路浩浩荡荡直奔姜大白虎家去了。搬东西时候，王三有当着周老疙疸，拿不下情面，在一旁溜溜达达，赵玉珍指着他说："我算看透了你，你要前怕狼后怕虎你就走！"三有回嘴道："这算啥话？……"两人顶了两句，张同志去把他们说住，随后也跟翠花她们走了。

原来赵玉珍打听出姜大白虎二房的，还私藏着金银，老爷们搜查不便，就把这任务说给翠花她们了。姜大白虎二房的见妇女去了，小脸蛋吓得眺白。搜搜问问，还是没有。因为屋里人挤，翠花便商量着一伙人领那二房的出来，拦到旁边夹障里命令她脱衣服。大家不知道这是干什么，都围拢去看。那二房的趁机说道："看这多的人不好？"立刻有驳正她的说："哼，偏这会你装起正经了？不怕臭了咱们嘴就说出你好听的！"翠花笑道："得了吧！你就和她戴高帽也不行，没有脸没有皮的……"翠花见来来往往站住脚的人越来越多，也不好说"轰"走；一时急中生智，便指挥大家围了个圈，一声喊："向后转！"于是一个个脸朝外。看的人知道是搜东西，便一边议论着一边散开了。不大会儿，圈里两个人跳起喊"完了！"接着一个传一个，才知道起出了一副金钳子。有人远远看见二房的正哆哆嗦嗦立起身系裤腰带儿，这才恍然大悟，并当做笑话传开了。最后小坏包拿去保管的时候，上了账，又掂掂那金钳子说："你们看，这不大点点东西真亏她藏住了！"说得众人哈哈大笑。

这一天，在农会大院里挖出的东西最多，光后院大槐树底下就刨出两大缸衣物，三百粒连珠枪弹。大家一时都回想起当初撵姜大白虎出院，一说有鬼谁也害怕的情形，人人觉得好笑。赵玉珍道："只承想地主说鬼无非怕住小趴趴房，舍不得走；哪承想他'鬼'有这大？"小坏包补充说："你这说我又想起二啰啰，那家伙才会打'马虎眼'，为怕咱们搬进来出娄子，提议将来办学校，咱们一声不响中了人家'空城计'！"大家笑道："这回算破了'空城计'了！"

丈地的回来听说接收、征收过来无数东西，便都欢欢喜喜回家吃饭去了。只有书记一个人夹着账簿、算盘去农会打了个照面才走。

叫胜利冲昏了

姜大白虎自从关进笆篱子，接二连三发生的事：审问、接收、丈地，进行得这么又猛又快，简直完全出乎他的意料。尤其丈地，更使他措手不及，觉得事情越来越对他不妙。前思后想，便偷偷用铅笔头划了一封信,叠成一块小膏药似的方块儿,等他小姑娘送饭来,就把信贴着碗底放进破篓里带走了。

姜大白虎生怕碰见了人,贴着窗户(笆篱子就在农会东下屋)一看,院里犁耙家什,箱柜,板片,和缺这少那的车板,快垒起屋檐高;玻璃窗也堵得不通气了。什么也没看见。恶狠狠地咒骂道:"这帮恶鬼,穷不起就分地,我这点祖业算完了!"拖声拖调叹了口气,只听门上镣吊子(门环)扒拉一响,门给推开了,不等人进屋,一眼看见洋炮头上那小格溜红飘穗,满屋都哆嗦着。姜大白虎更吓贴壳了,明知是赵玉珍,也不敢看他一眼。赵玉珍看看人数,啥话没说,又随手扣上门走了。

丈地这天晚上,老田头回来就病了。王队长随去跑了一天,回来也感冒了。还强打着精神听完了张同志的汇报。说到翠花起金首饰和周家大姑娘养孩子的事,大家齐笑道:"妇女真挺积极!"另一个工作队员补充道:"赵大步那家伙更愣实!姜家他大老婆子看人拉东西,坐炕上像观音老母似的,挺那儿不动。我老发疑,也没敢说。后来老赵去了,就叫她挪开,那老娘们脸变色了,把头一低,嘴里嘎巴嘎巴念佛哩!老赵来火了:'你念佛?我就扣你佛爷屁股!'抓过一个小铜佛像就叭叭扔地下了。那家伙也不管你神不神佛不佛的!那老娘们呢,也只当没看见,佛也不念了,可就不动。"大家岔开笑道:"佛爷也救不了驾了!"

正说正笑,赵玉珍几个去了,进屋就问王队长的病。王队长笑道:"没有什么。大家正说你哩!"小坏包道:"难怪他一路好打喷嚏,我还说天刚晴又要变天了!"说得大家又好个笑。赵玉珍也笑也骂的,咧咧吧吧只愣眼。张同志催那个同志把话说完,见赵玉珍也在,就说终归从炕洞里刨出来好多东西,就完了。接着,王队长趁大家都在,把丈地当中东扑一绳,西扑一绳,指手画脚的混乱现象,也讲了一遍。最后归纳成三点说道:"群众情绪是高的,比方有人跑渴了抓雪嚼着吃。不过第一,准备不够;第二看得太容易,结果乱打一气;第三呢,可能还有乘机捣鬼的……"说完又把有人提防他的话解释了几句。大家也都细细琢磨听着。赵玉珍道："队长这话哪一条都重要，咱是笨嘴拙舌，说不到个然处……"只老张不大相信，说是群众眼睛亮，怕它什么？牛占山闷了半天，喊道："对，人多出韩信！"又面冲王队长道："快躺下歇着吧。"就领头走了。

　　第二天王队长抱病进城向县委汇报去了。下地之前，张同志发现一张"黑呈子"，才想到昨天队长的话，因此特别注意。那黑呈子写的是：

　　　　张同志台鉴：今因本村周焕斗家养枪一支，前期会
　　长隐瞒（瞒字之误），他不与报，又摊公粮请会长下馆
　　子，不与周焕斗要粮，此事若非事实，尽可祥（详字之
　　误）细调查。……

　　下款未落名，写着"出字不出名"。张同志看了，兴趣很大，决心要追这"不出名"的名来，因此丈地的事也顾不得过问了。对笔迹，明察暗访，整整花费一天工夫，还是一无结果。因老田头病了，丈地就由书记带领，一天只打了三十多垧，大家无精打采，跟着去跟着回。

　　过了一天，第二天出发，大部分代表都参加了。张同志仍留在家里调查黑信。出发时候书记夹着个账簿，笼着袖，跟着周焕斗后面，走完东排头截地，书记便停下来，对代表讲这两天打地情形。几个未经手不摸底的，倒也听得很认真。他谦逊地说："我这庄稼地知识浅，垧有二尺一二的大垧，还有一尺七八的小垧，这次我才知道。"接着又把量地绳子怎么准备，过去按垧跑如何弊病大，等等，说了一遍。赵玉珍、小坏包随后赶去，见一伙人围着听讲，其余吸的吸烟，滚的滚雪团，漫散着也不像打地样子，赵玉珍抢走几步上去喝道："叫你磨洋工来了？怪道这么慢的！"二明白赔笑道："你这又说忙话，我嘴不住脚不停，还有这号子磨洋工的？"小坏包过去拉开赵玉珍，递了个眼色道："动手打就对了。"等他们走了，小坏包故意蹲下叫赵玉珍吸烟，赵玉珍道："说吧！你也磨洋工来啦？"说着要走。小坏包拉住他说："你听嘛！他这不光慢，里边一定还有

鬼,你老放大炮!"赵玉珍分辩道:"你不跟去,鬼不鬼你怎么能知道?"小坏包悄悄说道:"你听我说,前边挨着尖头的那半垧错拐地,原先不是我们家的? 姜从周买过去之后,把西边我们家坟地也占两垄去了,这两垄后来就成了黑地。再连两搭界不算,就是四个垄数,总够半垧黑地! 眼看就打到那里了,看他倒算多少,鬼不鬼就能看出来八九不离十!"两人说着便往坟地跑去。

赶到就恰好打完了。小坏包忙探问道:"这坟地不打?"周尖头指着坟笑道:"那除非叫死人跑出来种地!"赵玉珍不耐烦道:"谁问你坟圈?"一边去看书记的账本问道:"这块地打多少?"书记拢拢手念道:"零点五四三。"赵玉珍眼一翻说:"什么'冷的'五四三,热的五四二,咱听不懂你那洋码子!"二明白改口道:"半垧呗!"小坏包接过说道:"你那怕是外国垧吧? 这地原来是我们家卖的,不连坟圈通齐一垧地,这地也没塌没陷,也不是馅饼能够咬半拉走吗?"说得大家扑哧发笑。周尖头怕再问到他头上,忙拉开裤子故意蹽树根前撒尿去了。书记支支吾吾道:"这么多地兴许记错了也有之,丈吧,回头再查一遍!"群众里有人发话道:"还丈么? 再丈一天红旗村这点地要丈到衣兜里去了!"赵玉珍随即喊声"回去检讨!"呼啦就散了。二明白看看不妙,找出理由去拦着赵玉珍狼狈地说:"你指的那块地兴许我记差了一个码子,这半道返回去,不怕人家笑话?"赵玉珍冷冷笑道:"谁笑话? 老实对你说吧! 砍的没有旋的圆!"

会马上开了。张同志开始还不晓得为什么事,等宣布了书记包庇地主隐瞒黑地,他才大吃一惊。大家纷纷揭露计二明白的阴谋,要他立即坦白。他看大家越追越紧,也抵赖不掉,便有声没气地说:"大伙想清,地主蹲笆篱子我还包庇他,我哪能这么傻? 这、这我就算听了周大叔主意,这怪我,怪我!"大家喊道:"把尖头抓过来!"立时所有愤怒都集中周尖头一人身上去了。大家一连问了几个"什么脑瓜?"又问:"他倒算哪一头的?"只听喊叫"敌人!"也听不清一句话。张同志慌了,跳上桌子喊问道:"到底是朋友? 是敌人?"又只听喊叫"敌人!"就轰出农会大院去了。张同志找人嘱咐两句话,犹犹豫豫跟出去一看,先头奔去的人已经往回拉东西来了。到处一片吵骂声,嚷道:"不打掉他尖头看他更尖!"

临夜又进行追究书记案子。要他彻底坦白与姜大白虎的关系。赵玉珍喊道:"先撤他的职再说!"但有人从中圆和道:"看他今晚彻不彻底吧?"二明白满口答应说:"彻底!我这就是思想错误,乍一到村上帮忙写字那时候,就觉着当官不错。以后检查国兵适龄,当国兵①,那年我二十一岁,一看也不错,心想一个花熬两个花,当个官,也挺神气。可是长一身癞,又没检查上,心里还老窝火,这是不是思想不好?……"牛占山骂道:"别放屁了!谁要你扯这套熊玩意!"赵玉珍气得直咬牙,冷冷说道:"看他彻底吧?"又忍不住挥拳舞掌大叫道:"你看见二啰啰的下场吗?人不过三心,菜不过五味,这次就兴处置你!"杨景荣也来气说:"你默想不用你这写字先生,农会就塌台了?要三条腿的蛤没有,要两条腿的活人还不有的是!"大家齐喊:"撤了!叫周老五接手吧!"小坏包说:"行!反正也不是千斤闸!"一看风势不好,二明白早就"蔫巴"②了。忙向大家请求保证,然后把姜大白虎在打地那天晚间叫小孩送信给他以及串连威胁周尖头共同隐瞒黑地的事,一一说了。问到黑信,他又吞吞吐吐不肯直说。大家吼道:"把他绑起来!"才吓得鞠躬不迭,承认是他做的。张同志听了又气又愧,说不出话。大家见事情已经水落石出,明知上了地主的当,对他的火也就消了大半;纷纷提议斗争地主。有的主张立刻就斗,有的主张明天一齐斗,争吵了半天,后面的意见占了胜,人就散了。牛占山跑到门口大声喊道:"明天一早,齐下火龙关啊!"

几个代表见张同志坐在那儿像霜打了似的,抬不起头,催他道:"困了就睡吧!"他抬起头来,一眼看见王队长通讯员正踏进门来,

---

① 指伪满国兵。

② 蔫巴,软了的意思。

忙问:"队长回来了?"也不等回答就跑走了。因为他脱离群众的工作方法,王队长追究过事实,第一次严厉地批评了他,指出他犯了严重的尾巴主义错误。叫他好好深刻反省。对于群众在这次深入斗争中侵犯中农的原因和经过,王队长连夜又写了一个报告,才睡。

打山震虎

太阳刚一冒红,就有好多人去小学校场院等着开会。院里早摆好两座板仓,垒了个小台子。锣鼓家什也早挂在赵玉珍家门口夹障上。小孩子们去敲打,就叫翠花撵散了:"乱敲打啥? 看这院甩手无边,你们也不放个哨!"说着就摘下锣鼓抱进去了。老田头去得最早,翠花正捞着饭说:"你饭就吃过了,大叔?"老田头笑道:"我那不快? 一人一口的。"正说着,赵玉珍踏进屋便催问道:"饭还不熟?这又不是三碟四碗办酒席呢。"翠花说:"熟啦,快放倒炕桌吃吧!"赵玉珍看看不见翠花她娘,忙问:"娘呢?"翠花说:"她说她吃不进,我扶她到隔壁院去了。"赵玉珍说:"这又是你的主意!"翠花把头一低,说:"不是咋的? 我就不赞成你们搁这院开会,老年人心肠,短不得提起蔓来根一动……"

赵玉珍也不说话,就去闷头吃饭。刚端上碗,杨景荣、牛占山、周焕仁三个就去了。翠花忙让他们坐,杨景荣说:"吃吧。"又凑到炕沿把屁股挂了个边对赵玉珍说:"你吃你的。我看人有体性不一路,有胆小的,有怯观的——背地说得好,到观众面前就讲不出话来。"赵玉珍抢着说:"不用犯愁那个,你不看昨下晚那家伙一嗥嗥介,恨不得立时就斗!"小坏包说:"这话对。现在绝对不比从前,你的事他观着,他的事你抱着膀,……我看说不定气头上几家伙把那老王八犊子揍扁乎了哩!"牛占山叫道:"保险! 保险!"杨景荣说:"你这说我想起来了! 上回孤山子斗争吴半夜,那老家伙不坦白,领导也没领导好,不是叫大家几棒子削闭气了? 后来听说受了批评。"赵玉珍把剩下两口饭一口扒到底,撂下筷说:"咱们就斗倒他封建为对!"小坏包又记起老杨说他封建尾巴的话,说道:"记住大哥! 斗了大白虎就轮到你这个尾巴了!"牛占山一本正经道:"啥时候还拉闲白!"小坏包脸也红了,忙说:"我去打鼓吧!"杨景荣笑道:"忙啥? 好饭不怕晚!"赵玉珍随后抢出去又折回来道:"打屁的鼓?快走吧! 人都齐了!"

这时跟赵玉珍挤进来一屋人。杨景荣仍坚持说:"还有笆篱子那些个小封建呢?"进屋的人嚷道:"叫他们陪绑!"接着有人说道:"打山震虎! 封建头斗垮了,那帮小封建,小巴拉狗震也得震垮!"大家齐道:"不用说别的,一人一口唾沫也淹死他了!"

外面一声鼓响,满屋人都空了。一群人围着小坏包正看他打"梅花点"(鼓点);王队长也不知什么时候来的,正和老田头闲唠嗑,旁边也围了一圈人。老田头对王队长摇头道:"提起扛活,那时还寻思怕人家不要啦! 他动不动骂你:'我有这堆灰,不愁没有驴打滚!'你听听这话!"大家抢着说道:"刀把捏在人家手里,那算一点章程也使不出!"王队长说:"章程再好他能听吗?"老田头点头说:"这不结了!"忽听有人轻声喊道:"来了! 来了!"大家齐回过头去,果然远远两排红缨枪,当间押着几个人垂头耷拉脑走来了。

来开会的也不知有多少,四外土塄塄上也站满了人。两排扎枪头儿临逼近会场,就听那为首的连连低喝道:"闪开点!"这时候,一个大汉子突然蹦上台去,举手喊道:"什么人来了?"只听下面天塌雷劈似的,一片喊声:"仇人来了!""恶霸来了!"听声音都知道领导喊的是赵玉珍,可是眼睛都去盯着姜大白虎,人们一边闪开道,一边乱喊乱骂:"杂种造的! 看你还鬼不鬼!""拖上台去!"牛占山站在台边,见姜大白虎提不动步,就一手薅上去了。他两房娘们也由妇女押了过来。赵玉珍两手抓住腰带,大声喊着"静静!"还是静不了。看看漫地遍野的人,他觉着喊破喉咙今天一下也喊不静,突然把他背着的枪抓在手里,举了起来;立刻全场瞧着他静下了。还不等说话,就这时候,只见姜大白虎浑身发抖,偏着个头,看赵玉珍连胳膊带枪那么一下半悬空中,一声"啊呀!"吓得闭眼结舌就往下倒。赵玉珍也吃了一惊,蹬脚骂道:"杂种造的! 你敢装死!"接着对大家喊道:"说吧! 谁的理谁的非,大伙说吧!"

群众里有人说:"过去的就不用提啦! 单问他还翻不翻把?"有的人喊:"叫二明白出来!"忽然有人哼一声从地下蹦起来叫道:"为什么不提? 我他妈要从根说到梢!"大家一看,是老田头。他病刚好,头上破毡帽上还扎条毛巾,一手叉腰,一手指着台上姜大白虎:"你装死呀! 杂种造的,你的威风哪里去了? 就像现在这天气吧,那时你种百十来垧地,打场打得晚,到了黑天,不管三七二十一把门'哗啦'一下关上了,叫你死皮在那儿挺着! ——场打完了,咱们还得吭哧吭哧去扛粪,手上裂得像小孩的嘴似的,你呢他妈袖着手,看看这天气,这该说了:'你看,多暖和! ——这穷人多好做活!'衔着荷包大烟袋,四平架端着。我问你! 你那臭封建架子还端不端? 啊? 你们这般混屎虫! 咱当劳金卖身子的牛马不如,牛马累了还加点草料,两天还不出圈;咱是干重的,吃糟的,没白带黑,阴晴都有活……你打活三十岁,要睡十五年觉吧,那十五年觉咱们就给他起早贪了黑! 压根儿就没睡。"

群众里有人喊:"不是怎么光剩下一身干巴骨头?""都叫他榨干了!""叫他说是不是?"跟前的人还纷纷质问,控诉,后边离远些的却不耐烦道:"问这些干熊啊?"一吼百动,都动起来。姜大白虎眼看一人一个指拇头就要把他戳成泥酱,也不知先说什么,只连叫"我说,我说",赵玉珍也跟着喊:"叫他说叫他说。"姜大白虎张口结舌地承认了以往罪恶,把这次挑拨周焕斗的阴谋也说了。中农里有人喊道:"大伙听见了没有?"挤在前边的几个贫雇中农呼啦一声,喊骂着冲上去,一句话不问,就捆捆揍了他几个嘴巴子。

这时忽啦人山劈开两半,旁边妇女都挤得左右歪歪,只听到处悄声地说:"看见吗?""哎呀,孙大娘来了!"众人一声不响地,看着这个哭儿子哭瞎眼的老太太,扶着翠花,头上梳的那不大点小疙瘩鬏,一步一晃地走来了。赵玉珍看花眼了,等翠花跟她娘到眼面前了,他才看出来。清早他还生翠花的气,觉得几次她娘也没到过会场，这次应该把苦吐出来，如果要说不出，他还可以说。可是，一看人到场了，自己的主意也没了；翠花悄悄看他一眼，赵玉珍怕去看她，更怕看她娘，回过头去，泪汪汪地起身走开了。刚站定，孙大娘一只通点路的个半眼，头一眼就看见姜家老娘们，那娘们还直哆嗦。她冷冷指着那娘们冷笑道："哪，你三门不出四户，你也有这一天啦！"晃了晃头，末一眼她才看见姜大白虎，只说了声"是你呀！"眼泪就来了。接着说道："我孩大老小一家人叫你整得人亡四散，一家子造散花了……"后来提起丈夫和儿子，就越哭得话也连不成句。翠花还来不及扶开她娘，后面一声嘶喊："杀人还命！""打倒恶霸！""打死他！"胳膊拳头一齐轮飞轮舞冲上去了。吼声喊成一片。王队长站在土塄上，想去直接制止不是，不制止又怕三下两下打死了，只顾自言自语说："群众起来了好猛！"一边忙着派人去掌握。忽然台上杨景荣连连招架道："住手住手！打着自己人了！"大家退后一看，果然那老家伙早已滚下台去，趴在雪窝里了。

杨景荣站起来说："现在寡他就大半天，还有这些呢？"经他提醒，大家对老区划长，周翻眼皮几个的恶霸事实，拣重要的讲了十几条。他们原来都还站在台边，一听见吼声，就早吓趴了。忽听有人喊声："提上来！""看他们还有什么屁放？"一个个立也立不稳，除了坦白，再没有屁放了。周翻眼皮坦白完了，鞠一躬又一躬说："众人宽大，找再不敢来回串荞麦①了！"

最后姜士斌把他的坏事也讲了，并向全场口口声声保证说："我这算知过必改！往后如若犯了，不怕大家搁枪崩了，那我也心屈命不屈。"一对眼喀吧两下就钻不见了。斗争完了，因为姜士斌说出姜大白虎还有些地照东西送外屯去了，问他还想巧辩，说是烧了，气得小坏包直咬牙："叫这狗入的趴着去吧！"赵玉珍撸着胳膊比量道："你试试！"走到土塄上就当当放了两枪。群众大声喊："毙了！"姜大白虎吓得面色如土，鼻涕流成串地趴到地下磕了七八个

---

① 荞麦是小庄稼，容易串换地种，这里是比方两头挑唆的意思。

头说:"我交我交!"斗争才算最后结束。

绿棉裤

接着开过斗争会,农会最热闹的地方便是西屋(这里是个临时仓库),大家选出的十多个评议员,整天点件、评价、记账、写号头、贴飞子,忙手忙脚闹了三天。果实很快就分了。分的时候,先尽缺的补,自报公议,然后平分。报名缺衣服,缺锅或是缺缸的,各样不等。

要补的补完了,怕落下,大家从西往东倒着挨家又数了一遍。结果果然查出漏了老孙大娘。男的指着赵玉珍,女的指着翠花,把他俩混骂了一顿:"这好姑娘女婿!""这就叫公吗?"挨了骂翠花也不报,赵玉珍才报了。笑道:"我可是想报来的,怕说姑娘挺着,女婿倒先张嘴!"众人笑道:"这不怕得多余! 要照你这样,都不用报了!"

最后,几个妇女去挑了一件绿棉裤,带镶边的,经大家过过眼,便拉着翠花往他们家去。翠花说:"这像什么? 这大年纪人哪能穿这个?"大家谁也不服她责备,一路嚷道:"打个赌,保管大娘喜欢!""你想要还捞不着呢!"东西隔壁的媳妇还故意练成帮找话刺她说:"哼,要叫她穿上,赶明儿谁家娶新媳妇叫她代上个表,保险谁家都满意!"王贵聋三姑娘跟在后面也嘻嘻地笑。说得翠花有口难分,说不过就撺这个打撵那个骂,一路吵吵不歇。头一个抱着棉裤进屋的,是周焕仁媳妇,进屋便跌在孙大娘怀里,笑岔了气似的不住喊"大娘!"孙大娘见来了一大群,一个个都笑得抿不上嘴,也不知道什么事,不由得笑骂道:"开会就开会,凭啥疯成这样的呀!"

翠花也忍不住笑,指着她跟前棉裤说:"娘! 你看!"孙大娘看了眼那花裤子,听她们说明来历,也拍手打掌笑起来:"哎哟! 我出门子也没有穿过绿棉裤呀!"她一边问别人补的什么,一边摸着裤子细看一遍说:"你们看,这不是大院他二女人的吗? 密针密线好是好,只怕我穿糟蹋了!"周家媳妇说道:"大娘你说哪里话,她是父母年辰生,咱们也是父母年辰生,还不是一样的人!……"大家嚷道:"管他那个,穿上吧!"翠花在一旁奶孩子,炕上几个人七手八脚不等孙大娘动手,就给她穿上了。三姑娘扒着她头说:"大娘你还想儿子不呀?"孙大娘说:"不了!这国家就是我儿子!啥啥不缺!……"说着眼泪汪汪的,也不由自己泪就来了。大家惊异道:"怎么啦?说不想不想的!"孙大娘忙拭去眼泪道:"不,我是想我要像你们这年纪,我比你们还要欢!我就想不通,要翠花她哥不死共产党就来了,我眼睛也不致这样,就是老了也能跟上你们跑一阵!这算没治了!"她叹口气,泪又打着转儿了,翠花责怪道:"娘,看你老那样,大家兴兴头头,你也不说兴致点!"她娘忙笑道:"看,老糊涂了。"大家要肘她站起来看看合不合适,她这才欢天喜地跪着立起来,说道:"看这,你们该不骂大娘老妖魔吧?"说得大家笑了一气。

众人出门时候,正碰上老田头。老田头早有个寒腿病,只穿了一只狗皮套裤,左腿却光着,大家并议了他一张狗皮。自己找两根麻绳把狗皮缠在腿上,这两天就到处跑。迎门挨户,逢人便讲:"今年我这老寒病不能再犯了!"几个妇女见他便撕撕扯扯笑道:"哎呀,大叔你还到处亮你那腿,你去看看老孙大娘的?比你漂亮百倍!"老田头笑道:"我胡长摸脖还讲究这个?"

翠花迎出来道:"进屋大叔,我娘才刚还问小牛姐呢,说她衣服也单薄得下不来炕,又快猫月子,问我补了些什么。我也恍惚了!大叔你说去。"说着只听屋里翠花娘叫道:"快来呀!孩子尿巴了!"翠花慌做一团,跑进去说:"没有尿裤子吧?"她娘说:"差点没尿上!"老田头看见那绿棉裤,笑了笑说:"怪得,可真打眼!"孙大娘笑道:"她们几个丫头都说不怕不怕,我倒也不怕,可就是颜色太鲜艳怕穿不出门去!"老田头一边听又一边夸他那张狗皮配得最好。翠花也在嘀咕孩子缺这少那的。正各说各的,只见赵玉珍气喘了跑回来骂道:"快把孩子撂下!"大家惊慌问道:"什么事?"赵玉珍道:"什么事?分东西也不去个人,光我一人能拿了?"翠花娘笑道:"我说什么？孩子快点给我吧！"翠花急得满头是汗，就跟他走了。

赵玉珍跟翠花拿回东西，天就不早了。前后街大车还到处轱辘轱辘响，家家闹到掌灯才吃饭。听说翠花娘穿上绿棉裤，好多人吃罢饭就往赵玉珍家跑。王队长也跟去了，挤不进去，就靠放水缸的门圪崂待着。屋里妇女就占一半，比平日开家庭会还热闹。妇女都围着老孙大娘，两只胳膊也不知有多少手抢着抱着。唠的全是挑东西的话，都说："顺心可顺心，就是挑花眼啦！"

赵玉珍也变了个样，破毡帽换了顶新的。正围着亮谈什么笑话，翠花娘叫他大声点，赵玉珍笑道："我说的二傻！"大家问道："二傻怎么啦？"赵玉珍道："那孩子才有个意味，老杨哥挑好东西交他拿走，他走不到两步，立刻把包笼打开，看了一遍；全认不出什么衣服，就小心地包上了。才走两步，又去打开，再看一遍：'到底是啥料子？'还未看懂。紧接着走出三步，二傻又把刚包上的包笼再打开，他才看出里面有件好衣服，蓝面青里，还带花，挑起来摸了摸说：'这东西，软绵绵的呀！'裹里头的什么鞋呀线，零了巴碎的撒一地！他哥赶出来才撒开脚丫哈哈哈跑走了。"翠花笑道："到底是什么料呀？"赵玉珍道："你问我？我又没有那门亲戚，名还说不上来！"说得大家好个笑。

王队长躲在门圪崂里，也止不住笑。大家一发现他，就喊着把他拉进屋去，妇女说他偷着笑，要罚他唱歌。王队长说："我哪里会唱歌！"小坏包偷偷发动道："不唱就蹾①！"屋里屋外一时纷纷嚷着："蹾！蹾！"扭了半天也没有扭过，就唱了个《东方红》。翠花娘说："这歌我就爱听！"王队长说："这歌还是陕北那地方老百姓自己唱的。"赵玉珍道："陕北大家知不知道？"小坏包道："看你能的，毛主席在那地方谁不知道！"翠花娘低声说道："怪不得！那地方的天比咱们这地方亮天亮得早啦！"王队长觉着这话怪沉重，半天没说什么。

---

① 蹾是一种处罚人的游戏。被罚的叫人捉住往高举起再往下蹾。

又唱唱闹闹好一会，等大家散了，王队长叫几个委员、代表留下，把丈地工作中侵犯中农问题先自己做了检讨，又拿上次中农斗争地主的事实，作为例子启发教育大家。赵玉珍道："我这思想没弄通！第一队长不在，不怪队长；二来那尖头特尖，就该压一压！"互相吵了一气，赵玉珍说的两条意见也叫大家批驳了。有的说：尖头只能斗政治，不该斗经济；有的说：十指连心，斗一家中农，别的也起恐慌。王队长最后又把大家说的归结到政策上解释了一遍。

检讨完了，又唠起闲话，大家都惦记着地的事最重要，王队长顺便把这次召开代表大会讨论分地的日期通知了一下，说他明天一早就走。

王贵聋不聋了

代表从区上开会回来，接着就讨论了打地分地方法。都催着叫快："怕再下场雪，地就封严啦！"赵玉珍张罗着把丈地用的家巴什——尺杆子、绳子、插签等，都准备好了，只等绳子量准了就下地。见有人催促，更是气喘汗冒，量得不是长了就是短了，说道："我比你们还急！上次没说出个子丑寅卯，就下地去了，不叫坏蛋钻了空子？这回可是再不敢办粗糙了。"

大家齐说："对！这是几辈子的大事，细作点来！"全村分东西南北四个组，这次很顺利，打三天就完了。第四天头就剩西北角大壕外紫花垄多的一块地，四个组全去，一会也打完了。最后打完地，各人回家就去抱着自己砍好刨光的橛子往农会跑。张同志帮忙统计完全村地数，查出黑地，光姜大白虎就占了六十多垧。满屋立刻吵吵起来："听听，寡他一家？""别的不说，他妈寡这些'出荷'粮过去谁给他背？"有人骂道："提这干屌！秃子脑袋上的虱子，明摆着！"吵了半天，小坏包叫拿橛子过西屋去写号头，屋里才静下来，本来分地已经决定"两头平分，中间不动"原则，写好橛子就可以插去。

可是西屋突然吵起来了，只听牛占山一张大嗓门叫道："咱们现在是'团结国'就要'捆大段'①!"听到这话，东屋所有的人齐过去了。原来一家中农嫌自己地涝，主张全村打乱平分。牛占山第一个赞成，他什么总喜欢打头炮，说完就有人不满意道："你那么说，咱们就那么办吧!"就吵起来了。

王贵聋见张同志也紧忙跑来，心想："说不定八成是要捆。"又偷偷看牛占山一眼说："这么办我赞成。我打头年就分进地，这回献牲口也没献上，你寡嘴喊团结中农吗？我个人那点地虽说近便，拉地不用上绞锥，我也愿意捆!"马上也有叫好的，也有的尽笑，有的不说话。赵玉珍看在眼里，也拿不定主意，就催大家讲话。见都闷着，又把杨景荣拉到外屋地悄悄地道："你说吧，这意见可是从中农之中提出的，骂人话，我这算越急越摸不着门。……"杨景荣道："迟一半天也不要其紧，先开个小会吧。"张同志对这个新问题又苦恼了半天，等人走了，才派人送了封信给王队长。

王贵聋回家便嘱咐他儿子代他开会去，当着姑娘、儿媳妇面前，哼了两声。他屋里的埋怨说："叫风吹了吧?"王贵聋答了个哼哈话，又使个眉眼，老娘们就把媳妇、姑娘支走了。王贵聋才把他怎么赞成"捆大段"的话讲了一遍。老娘们听了，恶言厉语地骂道："死祖宗! 坟茔地你也不要了! 地在自己家门前，地头地脑种点瓜菜伍的也方便，要是分给别人，鸡呀什么的祸害，照料不到，我老跟人打唧唧呀？要'捆'你把我捆了去! 你这鬼使神差，活络话也不说留半句!"王贵聋半天说道："你说去!"他屋里一听更翻了："你气我哩，'说话为空，落笔为真'。我去就我去!"吵着就去叫她三姑娘带她上会去。王贵聋骂道："你去! 你人不压貌，貌不压众，看你啰啰个啥?"三姑娘也不知底细，把她娘拦住了，便悄悄对她嫂子说声"我上会啊"，就跑走了。

临吃饭，三姑娘和她哥都回了，三姑娘一边吃一边敞嘴儿说："多会儿嘴和心不一样，多会儿也得出纰漏! 你不看今天这会，他

---

① 即全部打乱平分。

说他爹愿意捆,他说他儿子不愿意,一家人就造两下去了!"她妈训斥道:"吃你的!东一扒拉西一扫帚说什么?"三姑娘争着说:"你叫哥说!"她爹听得一字不差,继续训斥道:"你别逞能!让你哥吃完了说!"儿子接着说:"我这就完了,反正说捆的多。"王贵聋住了筷问道:"没有说不捆的?"儿子道:"有是有,他们说自己侍弄得干净,分别人地,好坏不说,贼拉荒,不出苗!"王贵聋又问:"你没说吧?"儿子答道:"说了,我说依我的性就不捆。"王贵聋吃惊道:"他们没深追你么?"儿子摇摇头,王贵聋才躺下叹口气说道:"自己地干净省工还用说!我们去年的地锄草十二个工,今年四个工,明年两个就能侍弄出来。——只听一提'团结',这就没了底了!心想左不过捆了倒利索。"又悄悄指着周尖头东院说:"要像他似的,你咋整?"三姑娘插嘴说:"他那活该!谁比他那人家?"她娘骂道:"中农还有两样?"三姑娘就去讲着分什么中农的道理,她哥也插进来抢着说:"我还忘了,不管什么中农,今天张同志说了,都不能侵犯,错斗的还给补偿。"王贵聋说:"还补偿?这可不敢瞎胡扯!"三姑娘快言快语说:"真事!"又把张同志给赵玉珍他们念信的事也说了,结果还是挨了一顿骂,把三姑娘气走了。王贵聋一言不发地吸了半天烟,又当他儿子说:"不是你说,寡你妹子那话我算不听!"

等全家睡定了,王贵聋去给马添了草料回来,摸进屋时一路生气道:"这马哪里像个人自己家里的,槽里干打干净,一根草也没有!大大小小说声睡就死下躺着,啥也不管了?"他屋里的轻声回骂道:"你还一口骂尽,这不是你叫吊着点喂的?怪谁呀!"王贵聋一蹦跳上炕,更生气说:"怪我,怪我!"一脚把小孩碰哭了,又惹老娘们咒了几声,才哼着躺下睡了。

第二天王贵聋还是打发他儿子去开会。中农真正自愿捆段的,一共两家;昨天说自愿捆的,见农会允许撤销,就齐撤销了。大家高高兴兴,忙着就要下地,赵玉珍一把抓住新毡帽,挤出来拦住门说:"就这么走吗?翻身翻到如今,啥啥都随心了,就这么冷清清地走?"大家嚷道:"锣鼓家什呢?敲打着走!"有人喊道:"对!叫周老五把梅花点打起来！扛上旗走吧！"

这天后晌分完了地。王贵聋家门前一排地打过橛子，他老两口又悄悄去查看一遍，说道："这可心开两扇门啦！"等下地的回来，王贵聋就跟红旗挤在一道，走进大院。心想："这回决计要当众人把这块疙瘩解了！"屋里的人正议论地照，谁也没注意他。有的说，插了满地橛子，怕有坏人给拔扔了；有的说，早发下新照就好了，不然老惦着是回事……。王贵聋挤了两步，正想说话，叫后面来个人猛地闯一边去了，是赵玉珍。他手里拿卷东西，跑上去喊道："看见了吧？这是咱们在斗争中得的大胜利，一摊摊旧地照！那老家伙还想当命根子死捏着哩，现在念给大家听听！"当下小坏包就念了，大伙说："念完就烧了狗养的！"一面念着一面往炉子里填，都烧了。老田头指着那烧黑的硬壳说："这都是咱穷人的血债呀！若是没有共产党毛主席，还能有今天！"

王贵聋听了，冷丁站起来大声喊道："我坦白！我坦白！"大家不知是什么事情，全发愣瞅着他。赵玉珍问道："大叔是为昨天捆段的事吧？你还不摸底？"王贵聋乱挥手说："不，不，不！这说起话长，我不是聋子，我不聋呀！……"听他尾音发出怪声调，好像憋住一口痰，大家以为他得了魔怔，都害怕地看他。三姑娘跟她哥也吓得不敢拢边。赵玉珍急得只顾问他兄妹俩说："他有过这个疯病吗？聋了好够一年啦，怎么说不聋呀？"他兄妹俩一个也答不上。三姑娘情急道："我叫我娘去！"王贵聋哼了一声，正听见了，连忙起身拦住叫道："别去了！"大家更觉着奇怪，嚷着要去叫人"扎顾"，小坏包做个手势说："让我来试试。"说着上前大声问道："大叔！你叫谁不去啊？"喊得满屋一惊。王贵聋却好好说道："现在你越声大了，我还听不见，越声小倒能听见了。"接着他把怎么聋的原因，他屋里的又怎么教他装聋的"秘密"从头至尾说了一遍。末了他说："我这块疙瘩憋了快好一年，现在算憋到头了，皆因左怕右怕，哑巴子吃黄连，苦在心里啦！"大家听了，异口同声地笑道："这回该不聋了吧！"三姑娘一撇嘴，说："难怪我娘每夜净嘀嘀咕咕，我还当她自己一个说梦话哩!"又说得哄堂大笑。

从此王贵聋不聋了,张同志立刻把这新闻,亲自带到各村传播去了。

红旗营

分完地,杨景荣媳妇添了头一个小孩,又赶上快过年,更是忙趴了。因为房子窄狭,杨景荣怕猫月子没地方,早就把南炕用秫秸隔成里外炕,糊了纸,贴的年画。里炕住他媳妇,特意挑的那床青布炕幔也挂上了;便是小孩呱呱哭叫也不觉着十分吵闹。孤山子他姑姑家来的女眷睡在外炕,他跟二傻过到老田头北炕睡。两家两铺炕,都是人旺财旺——像买的过年菜,磨的面,分的猪肉,炕头炕梢挂满了。老田头添了外甥,更是喜欢,那"早冒烟"的烟囱也整天地冒烟了,什么"穷灶炕,富水缸"的话他也不提了。

过了年,阴历正月初九,小牛突然回来了。这天杨景荣他孩子过满月,请了些客,翠花和她娘也在那里。小牛叫一伙人推着嚷进屋喊道:"恭喜恭喜! 双喜临门!"嚷得满屋正发惊,小牛进门就喊声"爹!"上去恭恭敬敬行了个军礼。老田头一来没想到,二来没敢认,等听出是小牛叫他,说声"你回了!"便傻了似的瞅住他。杨景荣姑妈先看见,听他叫爹,一把抓住小牛,满脸带笑说:"哎呀! 孩子,姑妈差一点就不敢认你了!"翠花娘也去抓了一只手,瞅半天说:"哟! 你们队伍净吃些什么东西? 看这小手,伸开手背上五个窝,看! 你大叔,这雪白毛巾围在脖颈儿上,脸蛋火红,跟这身新新的绿军衣一衬,可俊啦!"小牛姐(有病还未下炕)在里炕大叫:"大娘! 叫我看啥样?"大家嚷道:"变样了! 这不是以前翻土圪拉的小牛,这是打仗立功的小牛啦!"接着小孩也哇哇哇哭起来,吵闹成一片。

小牛知道姐姐添了孩子,隔着炕幔说:"姐! 你孩有名不的?"小牛姐笑道:"这才多大点!"小牛转向杨景荣道:"大哥,叫我给你孩取个名好吧?"老田头先拦他道:"你这倒像个当舅舅的!"杨景荣笑道："你说吧！"小牛喜得跳个高,说道："现在咱们打大反攻,净打胜仗,就叫个杨得胜！"众人笑道："好！这名儿气派！"又说笑一会,杨景荣姑妈问起小牛她儿子怎么不回,小牛才把他后一两天回家和他自己升了副班长的话说了。大家笑道："双喜临门,三元及第,都有了！"姑妈听说儿子快回,不住下就走了。翠花怕她娘伤心,席一散也走了。

只赵玉珍、小坏包、牛占山几个叫小牛强留下来,一起吃的饺子。端上碗,赵玉珍就在饺子里一口咬出个小银元,他吓一跳说："这是什么?"忙去拣给小牛看。小牛姐听了,隔着炕幔笑道："那是我包的！"小牛笑道："姐那脑瓜还是穷迷信！"他姐说道："你还说哩！好几年不包饺子,我说,看谁福气大,偏碰上他？——你忘了前年你去参军,爹说包几个饺子送送行吧,我不偷偷包过一回,也是这个小银元。你们猜谁吃了?"大家齐问："谁?"小牛姐说："你们问小牛！"小牛一个劲笑着摇头,又低低说道："别听她那套！"大家也就吃吃笑笑。

可是小牛姐早听进耳里,"嗯"了一声说："不听我的？我偏说！"又喊着赵玉珍说："大哥你听！那回才包了通齐不到五十个,我想他要走了,心里虽说高兴,可也不放心,我就悄悄拈了三个饺子上供给灶王爷,求它'保佑'！——偏巧,那小银元正正就在那供食里！你看,还是人家神仙口福大！没想这回饺子这么多,偏碰到你嘴里,这不赶上比神仙还福大?"赵玉珍大笑起来："我可成活神仙啦！"小牛姐截住他说："这有规矩的,福大福浅,还看你掏多少钱作谢礼！"小坏包道："多少?"小牛姐道："至少一百元。"牛占山笑道："当真银饺子啊?"赵玉珍真掏出一百元票说："咱这头一回碰上这个彩头,正经值得！"小牛笑骂道："看你这大干部！还领导人斗封建呢？怕你就是个大封建！"小坏包笑道："这算全了！大封建有了,封建尾巴也有了。"就小牛不知道这尾巴的典故,一边问还一边觉得好笑。

正说着,杨景荣送走他姑妈,正卸了爬犁进屋来,听他们取笑,忙道："还尾巴长尾巴短，咱们都要当尾巴了！"见他一本正经，赵玉珍忙问道："什么事？"杨景荣道："人家孤山子正议论参军，我耳蒙还说要给白旗下挑战书。我问上边，有公事没有？——这现在是回到家里，也没有外人，我才说这话——人家反问一句：'什么公事？打蒋介石要什么公事？'真他妈一句话就给你呛回来了！"牛占山道："那是你！叫我就给他呛回去，问问他：巴掌大个小村子，不怕吹胀了？"小坏包道："这不得实地作去吗？也不是坐家里吹的！"牛占山道："反正我早盘算好了，这回就跟小牛吃大锅饭去！"小牛笑道："欢迎！欢迎！"赵玉珍独自纳闷道："你他妈屁股一拍，灰尘末也不带沾的，怕不干净？"牛占山看出他心思，叫道："谁不一样？怕扯后腿的就别吱声！"小坏包不服气道："看这话伤不伤人？"几个人互不相让地碰了一气。最后大家一致要小牛讲前方打仗的故事，小牛见推辞不过，也就拣他拿手的打地堡故事讲了两个，一直唠到掌灯才散。

走回家去，赵玉珍跟小坏包两人一路还骂了一顿大傻牛。赌气说："明儿叫他发动去！"过了两天，也没听说挑战的事，也就不提了。只是小牛最活跃，年青人小半拉子一心老奔小牛讲故事。大家也唠些村里闹斗争的事给他听。小牛对王贵聋为啥不聋，破地主空城计，赵玉珍查岗听墙根等，最感兴趣。小牛说："热闹热闹！"他说后方热闹，大家就说前方热闹；他说后方重要，大家就说前方最重要。各说各的理，有时便争得吵起来。

小牛只请了一星期假，十五过元宵节这天，吃罢早饭，他就吵着要走。老田头也不做声，就小牛姐听了生气道："你老吵吵！爹给你捎个信吧，捎到天寒地暖也不回，刚回又吵走！"小牛说："这是纪律，不比是在家翻土圪垃！听说他要走，年青人都来了，先还挽留，见留不住，大家便只好等着送他，赵玉珍来晚一步，去就拖住小牛："不能走，不能走！"大家笑道："看你的吧？"小牛说："不的站下一天就误号了。"

赵玉珍正为难，忽然村上通讯员跑来气喘地说："都在这圪崂啊！"说着递给他一份公事，小坏包连忙接过去了。只听他宣布道："快开会吧！"大家嚷道："什么事？"小坏包道："你们猜？——人家孤山子下来战表啦！咱们这村要成立一个翻身连……"不等说完，他手里公事就叫人抢走了，有人叫道："又是孤山子！""咱们红旗又算落后了！"大家正嚷，赵玉珍一蹦跳到猪槽上，喊道："我就不信！孤山子比红旗小两个不止，他提一个连，我们兴提一个营，比他一家伙！我先报！"大家叫道："比！就叫红旗营！"接着是喊报名的。牛占山早去抓住小牛，这时向大家赶着报功道："快报！小牛叫我抓住了，报完了叫他好带我们走！"有人取笑道："这敢是小牛带老牛！"小坏包讯笑道："问问他多大吧？还有资格说话！"牛占山骂道："你才没资格！问问小牛我是不是早报过了！"小牛也忘了走的事，望着牛占山满下巴胡楂笑道："你这胳膊抓人是没有比，押送俘房保险他跑不了，就是胡子差点劲！"说得人人大笑。

接着很快大会开了。因年青人带头的多，又有小牛说了几句话，报名参军的一会就记满三张纸，共七十二名。审查一遍，又挑出十名。其中有牛占山和赵玉珍：一个年龄不合格，一个还要他留下领导民兵。动员会立刻就变成欢送大会。

大家又要拖小牛讲话，小牛说："我已经参军了，说不上欢送，我代表我自己欢迎欢迎吧！"小牛端端正正讲完了，牛占山和赵玉珍两个抢着要讲，都叫大家哄散了："你两个都没资格！"赵玉珍道："只一句话！论说留我这倒是番好意，可我得说明了，我就不领情！"小坏包看他憋得脸红，上去推开他说："我领！"又看他妈和媳妇都来了，说了两句开场白，就拍手掌喊他妈说："妈妈！等着吧！到我参上队伍，换了新军衣，发下子弹袋，背上大杆枪，捉到大蒋介石，我一定照个相片捎回来，那时你看有多神气，有多光荣！妈妈，你乐不乐？"说得个个喜笑颜开，只听他妈连声说"乐！"又回头去看他媳妇一眼说："寡问我乐不乐，你就不问你媳妇啦！"又逗得人更笑。

正这时候，妇女把翠花推下炕来，要她代表讲话，她头一扒拉，说："说啥好？……"才说了两句，老孙大娘却不知怎么哭着哭出声来了，虽然哭声很小，可是满屋都听到了。翠花红着脸忙问道："娘，你这是怎么的了！"她娘抬起头说："我是想，你哥长得膀大腿粗，他要活着，还不跟小牛一样……"说着眼泪一唰啦一唰啦地，止不住流，大家都难过起来。周焕仁和他妈，老田头和小牛都先跑去劝她，越看见他们，喉咙越哽越哭，赵玉珍泪汪汪地瞪老大个眼去瞅着翠花，翠花低下头去，对她娘说："娘，回吧！"周焕仁也对他妈说："妈，你陪大娘回吧！"

等她们走了，小牛勒紧皮带，想起指导员在战斗前领导他们宣誓的威严，扯了扯衣角说："让我们喊两句口号！"全场男女老少，听了气也不喘。接着是惊天动地的喊声：

穷人大翻身，

打倒大地主！

解放全中国，

活捉蒋介石！

喊完了，好久屋里一片静。气还没有喘定，张同志恰在这时赶来了，进屋就叫他暗暗吃了一惊。他正在各村忙着动员参军，来了一问情形，才知道名单已经送走了。大家说笑时候，就赵玉珍不大快活，细看还能看出刚流过眼泪的样子。张同志见大家问起别村参军情形，就忙着答话去了。只觉得一个个站在他跟前的，都那么结结实实，又粗又壮，比先前大多了。

一九四八年"八一五"后三天脱稿于哈尔滨南岗

文化工作社 1951 年 4 月再版

◇那　沙

打虎记

第一章

一

倒退十二年,正是民国二十四年。当年"普天下"找不出一块干净土:地主、官府通同作恶,弄得穷苦爷们的苦情,好比长呀长江水,流不尽来说不完。

有一个小齐庄,全庄百十户人家,有两个地主,东头一个叫陈立贤,西头一个叫张全富。那陈立贤外号笑面虎,虽说是个四十来岁的老烟枪,却生得一副魁伟的身体,胖脸圆头。他喜欢说自己是"书香门第,知书识礼":其实,要说,"官宦之家"也真差不离。他爷爷是这庄的一庄之长,他父亲又是这庄的一庄之长,传到他,还是子承父业。这真是祖传的"官职"。别看这官职微小,他家的数顷良田,一座酒店,大批浮财,大都是从这"庄长"的名下混了进来。表面看来,他是个十分和善的人,那胖脸上,好像时刻都在笑,说话又有板有眼,十分斯文,一些喜欢奉承的人都称他是"佛爷相"。可也有一些人暗地里叫他做"笑面虎",意思是"笑里藏刀"。不过谁也不敢把这外号传到他耳朵里。碰巧有一回,一个自称"半仙"的"云游"僧人路过这里,陈立贤把他留下,请他相面,这僧人一住住了七八天,陈立贤摸不清这僧人爱吃酒肉的脾气,只把他当出家人服侍,每天清茶淡饭,弄得僧人十分扫兴。所以,僧人只在临走的时候,给他批了一笔,说他"相貌堂堂笑面虎,凡人不识甜中苦"。立贤一听,正要动火,这僧人赶紧补上两句,说:"你这是封侯拜相的相貌,不是凡人能以看破。"就转身走了。这两句话说得陈立贤满心欢喜,风快就把"笑面虎"这个头衔亲自传了出去。从此,背地里叫"笑面虎"的人也不算有罪了。"笑面虎",确是名符其实的,听他自己说吧:"别看我这人没脾气,要是谁惹我动了火,天老爷也压不住!"不假,不少穷爷们在他的烟床边——也就是他庄长大人问事、过堂的地方——吃过他不少的苦头。说一件顶小的事,一天,他叫愣三去跟杀猪的张老头要一副猪肝,可巧早卖与旁人了,愣三只好空着手回来。陈立贤登时从烟床上跳了起来,桌子一拍,说:"怎么,我吃不起么?"立即叫尖刀儿把那张老头带来,叫老头自己剥下褂子。陈立贤二话没说,把烧红了的烟签子在老头的心口窝上狠狠地攘了一下。这一下不要紧,可害得张老头回去躺了一秋,就此离去人世了。

陈立贤这庄长真有点官儿派头,自己光管指手画脚,发号施令。手下有一员大将,诨名尖刀儿,所有催收钱粮、摊派款项、拨拿公差、传提人"犯",统由他领着去干;再一个副手,诨名叫泥鳅。

尖刀儿是一个三十上下的人,姓胡名恩,是陈立贤的小舅子,胡庄人。他生得身高头小,说话尖声怪气,加上他为人尖酸刻薄,专一作恶为非,大伙就给了他这"尖刀儿"的诨名。有一回,他的酒肴给猫吃了,他说是他嫂子捣蛋,一手拿切菜刀,一手拿大瓦盆,盆里洒了一把盐,把他嫂子追赶了好几里地,嘴里臭骂着,说:"孬婊子,宰了你给老子作酒肴!"笑面虎正缺这样的能人,就把他招来了。

二

这一年,高粱谷子都已登场,眼看三两天就是中秋。

笑面虎和尖刀儿在烟床边上,正在给佃户们算命。笑面虎说:"三七二十一,这佃户孙该死";尖刀儿说:"四七二十八,那佃户孙该割";笑面虎说:"一一如一利滚利";尖刀儿说:"一总交上还得准地……"

说话间,长工愣三慌慌张张跑了进来,上气不接下气地说:"三爷!庄头上几匹大马飞跑……"陈立贤说:"是谁家的牲口挣脱了?"愣三说:"不!马上还骑着人。"陈立贤说:"人,什么样的人?"愣三头上急得直淌汗说:"是,是……看不清……"陈立贤两眼一瞪,脸上笑得真吓人,说:"猪!你没长眼?"愣三给这一喝,不由得倒退了几步。尖刀儿插嘴说:"许是吴营长?"陈立贤转身向正在倒茶的打杂工还穷说:"穷儿,快去望望,马上来的是什么人? 快!"还穷低头说了一声"是,三爷",跑出去了,一霎,跑回来说:"三爷! 是吴营长,跟他马弁。"陈立贤和尖刀儿把算盘一推,笔一撂,一溜烟跑到庄头上去接。

吴营长,四十正齐头,原是巴巴擦擦的一脸胡子,总是刮得十分光净,显得两腮和下巴一抹青。吴营长常说,他在什么讲武堂里习了十几年,学了一肚子"步兵操典"。谁也不知道是不是真情。说起话来总想显得有点威风,可惜嗓门不好,劈劈拉拉,给大烟熏坏了。他和陈立贤是拜把兄弟。这是有来由的:前年,割麦时节,吴营长又领了上峰命令下乡剿匪。(其实,剿过多少回了,总是兵来匪去,兵去匪来,不过是多拿几个"开差费",村庄上多开几个酒钱罢了。)这一回,吴营长一心要立功,他知道笑面虎是这一方很有面子的人,就带着几个人、一份礼来了。果然,商量了一夜,第二天,尖刀儿四外里走了一遭,这一方的土匪就"平"了。不单是"平"了,还带了一伙到镇上补充了吴营长的队伍。赏钱、开差费、酒钱,装满了吴营长的腰包,也装满了笑面虎的腰包。这一来,你好,我好,万事如意,索性来一个"桃园结义",笑面虎当了"仁兄",吴营长当了"贤弟"。

吴营长这趟来,只因为中秋节近,来"仁兄"处,见面谈心。当时,上上下下为了款待贵客,忙得不亦乐乎。只有看门的老木头还蹲在角落里打盹。虽说大热天,吴营长穿着一身细哔叽呢子的军装,一双高腰皮马靴。还穷蹲在烟床边给他脱马靴,一下两下使劲拉,拉下来了,人也坐倒了。正巧,这时候愣三正端了一杯浓茶过来,给还穷这一坐,连茶带杯也就稀里哗啦地摔碎在地上。吴营长不单没生气,反倒呵呵大笑起来。陈立贤也陪着笑了一阵,跑到后院去!把愣三和还穷叫到跟前,一声不响,左一个右一个噼啪两个耳光打在愣三脸上,左一脚右一脚踢在还穷的腔上。还穷紧绷着脸,憋了一肚子气;愣三眼泪汪汪轻轻哭了起来。两人走到老木头那里,老木头低低地说:"谁叫你又多嘴?!在三爷跟前……"再没说下去,掏出烟袋静静地抽起烟来。

别看愣三这会儿哭得怪伤心,过一夜他就忘干净了。因为他是直肠直肚的人,从小就知道给财主家出牛力听喝声。

还穷呢?今年二十了,说起来还是立贤的不出"五服"的孙子。他父亲在生的时候,在立贤家"使牛",有一年耕春地的时候,使的一头黑老犍,和别的牛打仗,把角碰掉了,给笑面虎扣了一年工钱。一肚子闷气借酒浇愁,慢慢地就成了远近知名的醉鬼了。后来,把仅有的两亩薄地也准给立贤的酒店,一下子喝饱了两斤多烧酒,死在那酒店的门前。还穷的母亲只好哀求立贤收容她娘儿俩,挣吃就算工钱,她办饭,孩子放牛。那时候,还穷才八岁。一直到大前年,正是还穷母亲死的那一天,立贤才把他提升"打杂工"。还穷一向是个老实孩子,这两年可也变了。他一个人的时候,嘴里总爱嘟嘟哝哝,不知念叨些什么。说不定什么时候,就向着家具和牲口撒气。只有在晚上,和老木头一块谈谈的时候,心里才算松快一些。老木头告诉他,他祖祖辈辈怎样受穷受苦;他父亲怎样在生下他来的时候,赌了一口气说:"臊他娘!辈辈受穷,难道天老爷没眼睛?看孩子这辈还穷不穷?!"就给他起了"还穷"这名字……老木头这五十多岁的老光棍,在主人面前真像一块木头,在还穷这可怜的孩子的脸前却有一肚子的话。

这些日子,还穷总是愁眉不展,好像有一件甩不掉解不开的大心事。老木头早已猜到了八分。这天晚上,还穷一句话没说,叹了一口大气就躺下了。老木头却开了腔,说:"穷儿,别胡寻思了,活命要紧!"还穷不明白,问道:"老木叔,你说什么?"老木头放低了声,说:"我说你和暖和那小丫头的事,甩开了算完!"

还穷不由得坐了起来,说:"老木叔,你老人家怎么说这个?!"老木头在地上磕了一阵烟灰,才慢吞吞地说:"风言风语的,你会不知道?"还穷开始着急了,说:"谁还管得着? 这是俺娘还有一口气时和暖和她娘定下了这门亲事。老木叔,你寻思……"老木头摇摇头,说:"说好了顶屁用!"还穷抢着说:"怎么?"老木头接着说:"别忘了! 咱们这样的连自己的一根头发自己也作不了主啊! 穷儿,怕你没这福分吧,你摸摸耳坠子看看。唉,你这孩子还给闷在葫芦里……"还穷问:"什么事?"老木头自言自语地说:"横竖你这孩子可怜,暖和那丫头命苦。想当年,她爹娘在那老家西乡八道岭,因了年年歉收,官府逼命,逼得爷娘三个逃到这里……"还穷打岔说:"老木叔,这个我知道。你说说,什么事我闷在葫芦里?"老木头摆摆手,说:"你听我说完。那时间暖和才三四岁,没大些日子,她爹一场黄病,就在辞灶那天死了。幸亏你娘领着她娘搭伙去要饭。后来你娘到了这里办饭,今天一点明天一点地给她弄了升多麦子,凭着她一双巧手,卖起油饼来,娘儿俩也就没饿死。唉,暖和这苦命丫头,小时候那个丑样,这两年倒长得像一朵花;学人家说来,小时好比短尾巴老鸹,长大成了长尾巴喜鹊了。真是女大十八变! 穷儿,你说能不惹是非么?"还穷烦了,说:"老木叔,你真把人急死了。你有话直说不好?"老木头到门口张望了一会,走回来凑到还穷的耳朵边上,喊喊喳喳地说起:笑面虎的小老婆今年端午死了,笑面虎好一阵心痛,过了一些日子,越觉着冷清得难受。有人劝他再说一个,他总是摇头叹气。说实话,他不是不想,只因小老婆死去不满百日,怕人笑话,说自己无情。尖刀儿是灵动人,看透了笑面虎的心。有一夜,两人在床上抽烟。尖刀儿提起来了,说:"我看姊夫这些日子瘦了,还得赶紧找个人侍候才是。"立贤还是叹了一口气说:"人死了还不满百日。再说,也没合适的人。"尖刀儿说:"姊夫真是君子之心。其实,谁还管那许多。"他停了停,说:"合适的人,依我看……"他凑到立贤耳边上,轻轻地说出了两个字。这两个字正说到立贤心里。只见立贤当时呵呵大笑起来,接着,沉下了气,出口成章地说道:

> 花儿生在棘树间,近在眼前远在天;
>
> 要采花儿先砍刺,休教千人冷眼看。

尖刀儿说:"姊夫有千条妙计,在下浑身是刀,哪有不成之理?那小丫头逃不出你我手心……"

说的"要采花儿先砍刺……",就是要想把暖和弄到手,先得去掉还穷。对这,笑面虎、尖刀儿早已定下千条妙计。老木头把这些从头到尾告诉还穷。还穷急得坐立不安,忙请老木头设法。老木头只是摇头叹气说:"没有办法!"就睡了。还穷却一夜不得安眠。

正在这当儿,那边,笑面虎、吴营长、尖刀儿三人正在烟酒取乐,不时地传出来一阵呵呵大笑。只听得吴营长说:"好法,好法!尽管做去就是,出了事找我。可是,三哥,你得好好地请我一顿喜酒哩!"三个人又是一阵呵呵大笑,鸡就叫了。

三

第二天,尖刀儿带着一包月饼,一挂猪肉,一身立贤小老婆甩下的花衣裳,去跟暖和母亲商议暖和到立贤家当丫头的事。这时暖和她娘正病在床上,哪里会肯?只说:"恩爷,你不是不知道,这丫头今年十七了。才四岁时间,就殁了她大大,甩下了娘儿俩好冷清,我才给她起了'暖和'这名儿。你说怎好让她去。再一件,恩爷也是知道的,她和还穷那孩子……"

尖刀儿打岔说:"算了算了!这些我管不着,三爷的为人你知道,行不行你看着办。"就起身走了。这一来,暖和她娘病更重了,不停地说:"暖和,我不行了,你跟还穷走你们自己的路吧!"暖和说:"不,娘,要走咱一块走。不走,我也不怕他!"转过身来就哭了。

尖刀儿回去一说,立贤倒不生气,只说:"得走下一着棋……"

没想着这时还穷正在窗外偷听。还穷听得很清楚,立贤说的下一着棋,就是——中秋晚上把暖和一定要过来,接着把还穷送到吴营长那里去当兵。还穷急得心里似火烧。

还穷怎么能不着急?打从暖和能够上山拾草,还穷给笑面虎在山上放牛,两人就常常在一起。这两年,暖和身上几处与众不同的地方:那晶明发亮黑白分明的眼珠子,那双大脚板,那条乌黑的大辫子——时刻在还穷的心里闪着、跳着。

中秋节这天晚上,月儿又圆又亮,立贤一家老少都在院中赏月。还穷偷偷跑到暖和家里去了。这晚上,用句老话说,真是"有人快乐有人愁"。不过,应该快乐的笑面虎,今晚也好像无心赏月,早早就打发众人憩息,身边只留下尖刀儿和愣三听吩咐。笑面虎对尖刀儿说:"该去了吧?早点去好。对那老娘们儿说,到今晚上子时还是好日子,赶快把女儿送来。说三爷亏不了她,只要待候我两年,期满了还是她的人,嫁娶由她。要不……唔,"他转向愣三说,"愣三儿!穷儿怎么一晚没见?"愣三说不知道。笑面虎接着向尖刀儿说:"这败坏门风的畜生,一定跑到那儿勾勾搭搭去了。也好!你依着那晚商议的法儿做去就是!愣三儿,你一块去,把穷儿捉回来。"愣三不明白怎么回事,可又不敢说个"不"字,就跟着尖刀儿向暖和的家里走去了。

还穷和暖和怕给躺在床上的老娘添病,两人悄悄跑到屋后,商议怎样担当这临头大祸。还穷先把笑面虎怎样怎样要害他们两人的事说了一遍。黑影里,暖和一阵紧一阵慢地眨着晶明的眼睛,末了说:"要走,娘可怎么办?"还穷也没办法,寻思了半天说:"这样行不?你先到别处去躲躲,我留在这里照顾你娘。"暖和抢着说:"那不行,笑面虎要送你去当兵。还是你先走,等娘不在了,我去找你。"还穷说:"你又说傻话了。你一进了鬼门关,还会有活路?"暖和猛一想起笑面虎那鬼样,心里一阵作呕,要到了他跟前,真是一天也活不下去,可又拿不定主意,走还是不走?

这时间,尖刀儿带着愣三进了暖和的屋里。尖刀儿点火照了照,只见暖和她娘哼哼哟哟地躺在床上。他推了她一下,大声问:"那丫头哪儿去了?"病人没有回音。尖刀儿又抢到门外,命令愣三说:"愣三儿!给我找,非把这对小杂种活剥了不行!"这回愣三可回话了,说:"恩爷,三爷吩咐找穷儿,怎么还找暖和?"尖刀儿一跺脚,说:"䐃你娘!捉奸要捉双!你不懂?快给我找!"接着又骂了起来:"没想着这双狗男女竟敢造反了!捉起来非零割活剥了不行!"愣三却说:"恩爷,剥人我可不会,我,我不敢!"

　　一个粗声,一个尖嗓,教屋后两人听得清亮的。还穷一手紧抓着暖和的胳膊,一手指着庄边那条大河,说:"赶紧走,顺着大河往南,我随后来。"暖和却呆住了。还穷把她推了一把,说:"你甘心一辈子受罪?"暖和急喘着说:"你可别甩下了我!"还穷点了点头。暖和这才先走了。接着还穷也赶了上去,两人前后只离十几步。走了一会,还穷回头一看,尖刀儿在前,愣三落在后头,追过来了。还听着尖刀儿的尖嗓子在骂着:"老子早看清了。看你还跑!插翅也飞不出去。……"还穷一心叫暖和脱身,狠了狠心,站下了。尖刀儿早已看见,飞跑过来,一把抓住,匣子枪对着还穷,大骂一通:"娘的!反了?你认得你尖刀儿爷爷么?你做的好事,你偷了三爷的元宝,你偷了太太的金砖,你勾通暖和那小贱人一齐逃跑……"忽然,他发觉没捉着暖和,连忙向身后的愣三说:"愣三儿,你在这儿看着他,跑了杀你的头,我撵那小贱人去!"说着,飞快顺着大河往南追去。不一会,果然看到前面一个人在飞跑,一准是暖和,他尖着嗓子吆喝:"再跑老子要开枪打了!"前面的暖和跑得更快了。尖刀儿掏出匣子枪向前打了两响。又追了一阵,只听得前面河水扑通一声,人就不见了。尖刀儿追到那传来响声的地方停下了。眼看下面河水很深,水流又急,心想,这小丫头算完了,懊悔自己刚才不该开枪,逼得她走投无路,投河自尽了。

　　尖刀儿只得把还穷拉了回来。立贤一听暖和投河自尽了,怔了好半天。末了,猛一跺脚,吩咐尖刀儿赶紧把还穷吊到牛棚里去。尖刀儿不懂立贤的主意,问:"吊他有什么用?"立贤走到尖刀儿身边，压着嗓子说："把暖和逼得投河自尽了，不设法灭口还行？"尖刀儿说："愣三儿也知道。"立贤不在意地说："那愣三，叫他东不敢西。放心！"接着在尖刀儿耳边上说了几句。尖刀儿出去了，把还穷关到牛屋里。一霎，他又拉着愣三一块到还穷和老木头的小屋里去，推醒了老木头。尖刀儿嚷着："老木头，快起，咱家出了贼了，三爷的元宝，太太的金砖，都丢失了！快，起来找找！"老木头蒙蒙眬眬地连连说了几个"是"字。尖刀儿提着灯，在还穷的铺上翻了又翻，猛地在那破枕头底下找出一对银镯子，一把杀猪刀。尖刀儿叫起来了，说："大家快来看，快来看！这不是贼赃？！好，这狗东西，竟想谋财害命了！我说我不会冤枉他！……"接着，立贤的老婆也拍拍打打地从里院嚷了出来，连叫带骂说："哪个贼羔子呀？！这样无法无天……那都是我家的传家宝……不是要我的命吗？！……"尖刀儿迎了过去，说："姊，不用吵了，贼逮住了，贼赃也搜着了一点。你看，还有一把刀……"立贤老婆接过那银镯子和杀猪刀，接着又把它扔在地上，叫骂起来："哎哟哟！真把老娘气死了！没想着是穷儿这贼羔子呀！您都说说，他还有点人味么？他爷爷奶奶，他爹他娘都是吃的我家的，穿的我家的，脚踩着头顶着都是我家的呀！这丧尽天良的穷种羔子哎……"

这时，全家上上下下都起来了，挤满了一院子。立贤慢悠悠地从书房里出来，很威严地说："算了算了！吵什么？半夜三更的惊动四邻。好在人赃俱在，赶明儿把他送到镇上，依法办理就是。那贼种呢？"他向尖刀儿瞟了一眼。尖刀儿说："关在牛屋里。"立贤说："别让他跑了！"尖刀儿说："得把小贼种吊起来。"立贤冷冷地说："你看着办吧。"他又向着众人说："都回去睡吧。您不看三星到哪儿啦？"转身回到书房里去了。

尖刀儿把还穷吊在牛屋里，又回到立贤那里。两人又在商议什么。窗外面，老木头悄悄儿蹲着，听得立贤说："事儿闹大了，等会把他扔大河里去算完！"老木头一听这话，浑身出了冷汗，急忙忙向那牛屋跑去了。

鸡叫两遍。尖刀儿到场屋叫醒了愣三,说:"跟着走,老子叫你做什么你就做什么。要不你当心这个!"把杀猪刀在他眼前一晃。愣三吓得连屁也没敢放,跟着尖刀儿走向牛屋。这时间,牛屋的门大敞着。尖刀儿进去一看,还穷没有了,不由得急得直跺脚。他疑心老木头做鬼,就带着愣三去找老木头。没寻思,一进小屋,眼看老木头身上五花大绑,嘴里塞了一块破布,直挺挺躺在地上。尖刀儿急忙给他解绳子,掏出破布,问道:"老木头! 这是怎么回事?"老木头喘了一阵气,才像说梦话似的,说:"不得了啦,不得了啦!……"尖刀儿晃了晃他,问:"什么不得了不得了啦? 你说说,怎么回事?"老木头上气不接下气地说:"两个人,两……两个人,黑……黑布……蒙……蒙着脸,一……一把把……把我按倒,就……就……"他长长地叹了一口气。尖刀儿又问:"什么样的人?说什么了?"老木头说:"一高一矮,他……他……什么话没说……"愣三插嘴说:"一……一定是鬼!"尖刀儿也给弄得有点糊涂了,无可奈何地说:"臊他妈,真见鬼啦。"只好去告诉立贤。

第二天,全庄传遍了这么一回事:说是还穷偷了笑面虎的若干金银财宝,勾着暖和逃跑了。不知怎的,病在床上的暖和她娘反倒听说她那心肝宝贝已经投河自尽,自己也就在小屋的梁头上吊死了。亏得泥鳅做"好人",凑了点钱买了副薄棺材,把她埋了。

事情本该到此了结,没寻思西头地主张全富,把这件事儿一状告到县上。原来张全富当年和笑面虎曾有"一垄之仇",那是——两家各有一块地,东西紧相连,那年种麦时节,笑面虎说张全富强耕了他一垄地,一状告到县上,张全富吃了大亏。从此,张全富怀恨在心,这一回,正是报仇的好时机。张全富的状子上说,笑面虎企图强占民女,诬赖好人,逼死两条人命。这一来,你一状我一状,两家官司打了半年多。结果,两家都卖了四十多亩地。末了,经吴营长作和人,请了一次客,算是一笔勾销,庄上人,谁也不敢再提这件事。

第二章

一

民国二十七年，鬼子到了县城和镇上。立贤的儿子天生从镇上学校里逃了回来。那在什么讲武堂里学了十几年，习了一肚子"步兵操典"的吴营长，拉着队伍溜之大吉了。齐庄上当然也人心惶惶。不过，笑面虎和尖刀儿依然原位不动，照旧作威作福。只是帮办泥鳅干得不大起劲，因他当年在关东吃过鬼子的一些苦头。

不久，这一方也来了八路军，对待百姓十分和善，一心向着穷苦爷们，反对汉奸恶棍。立贤的心，不免像十五个吊桶打水——七上八下，那座酒店也关了门。尖刀儿却在一天晚上离开了齐庄，都传言他投吴营长去了。泥鳅和庄西头一个姓张名志、诨名大刮风的货郎，一时高兴参加了八路军；不到半年，两人都因为吃不下苦，自动回来了。

接着，八路军在这一方站稳了脚跟，县、区民主政府也都有了个样。一些村子里的旧的"办事人"，都给人们算了账推下台了。笑面虎——齐庄上的村长老爷——也无心问事，倒是日夜盘算着怎样渡过将要到来的一些"难关"。而且放出了这样话语，说："闹吧！你们寻思日头会从西边出来？！"齐庄上的人们虽说都闷了一肚子冤气，也都寻思着"自己作主"的好处，可是一些人想起那"凶神"，就摇摇头叹口气算完事了。

这时候，从区里来了个工作员，这人姓莫名步晴，年纪只有二十开外，高高的个儿，长长的脸，十分白净。他是外路人，从前在城里中学念书，后来参加八路军，担任民运部门的工作；到今春上，才调到地方上来，在区里做各救会的工作。他为人十分肯干，性子好强，工作总想占先，喜欢把事情弄得轰轰烈烈，呼呼啦啦。

他提着一个小包袱，到了庄里，向街上人问庄长陈立贤住哪里。那人用下巴向那大门楼一拐，转身就走了。陈立贤迎着莫步晴，问明来历，立即嘱咐家人，腾出一间厢房，要拾掇素净，铺得软和，要好茶叶水,饭食要——包子、面条、油饼、卷子倒换着来。当晚和莫步晴谈了个通夜,立贤满口文词,说:"八路军是国家栋梁,新政府真正是人民父母。"他早就盼着实行"社会的新社会"。莫步晴觉着陈立贤倒还"开明",不过总是富户。无论如何得先找贫民谈谈。有好几个晌午和晚上,到树荫底下,街口上找人谈谈。每次都是这样,原来那里坐着一些人,一看他来了,人也就散了。莫步晴很苦恼,暗自寻思:这庄的群众太落后了。只好改变方针,先从立贤家的佣人着手试试。这天早上,愣三来送茶。莫步晴把他叫住。愣三问:"是。会长还要什么?"莫步晴说:"我不是会长,我叫莫步晴。以后叫同志就行。"愣三不明白,问:"会……同志,什么摸不清?"莫步晴解释说:"不。我说我叫莫步晴。来,坐下谈谈。"愣三说:"三爷说了,不敢打搅会长。"莫步晴说:"不要紧,坐下谈谈。"愣三有点怕,说:"三爷说的……会长,就是吧!"鞠了鞠躬就走了。莫步晴摇了摇头,叹了一口气。晚上,他又到老木头那里,先给老木头谈了谈国家大事,又谈剥削阶级和被剥削阶级,再谈穷苦爷们要做世界主人,最后谈到社会主义的苏联……老木头蹲在角落上,光吸烟,光点头,光说是,最后才发表了一个意见,说:"那敢是好。就怕咱没那福分……唉,哪一天有真龙天子降生就好了!……"接着打了个呵欠,歪到角落里睡着了。

莫步晴接到区负责人的来信,说有好几个庄子的群众都动起来了,齐庄的情形怎样?莫步晴正纳闷间,从外面进来了两个人,同志长同志短,十分热烈。这两人,一个是泥鳅,一个是大刮风张志,他俩先把个人的底细编说了一番:过去怎样受苦受难;怎样积极参加八路军,又怎样有病无可奈何请了长假;怎样自己是"无阶级"(意思是无产阶级)的人,坚决欢迎"实行";怎样热心想替大伙办事,找不到门道;最后说这庄群众很好织织,只是目前"鸟无头不飞,蛇无头不走"……说得莫步晴眉开眼笑,觉着今番可有了得力的人。

大刮风张志原来也有几亩地,因为觉得种地没有出息,加上吃不下出大力的苦,把地卖了,弄了一担杂货挑子做了货郎,现挣现吃,又喜欢赌钱,日子过得很窄拙。因为很能玩嘴,不干实事,庄里人就给起了"大刮风"这诨名。

泥鳅,是笑面虎同一宗支的一个侄子,年纪已有三十二三,家中是人没有,光棍一条。闯过关东,下过江南。人家闯外是去"混穷",他说他闯外是去"混阔"。那一年,他从奉天回来,一个大花布包袱,一个小漆皮箱,盛的什么金银财宝,谁也摸不清,只看他每饭必肉,每餐必酒,很是阔气。当时庄上有过这样的流言,说是:"小小泥鳅尺把长,嘴尖身滑真能闯,是偷是骗你别管,腰里钢洋(银元)响叮当。"不到一年,泥鳅就把东西踢蹬净了,再也不去"混阔"了,谁也不知道什么缘由。以后,留在庄中当了庄长笑面虎的帮办。他对待花户,倒比尖刀儿好得多了,只要给他一点小小的好处,他总愿上下圆成,两面落好。……

莫步晴急于开展工作。第二天晚上,凭着张志、泥鳅、老庄长陈立贤三人,连催带拉,召开了个村民大会。全村百十户人家,总算到了五六十口人。东一堆,西一伙,莫步晴费了大劲才把他们凑到一块来。莫步晴先把那一夜和老木头谈的一套照样对大伙说了一遍;末了说到了改选的事,叫大伙发表发表,民主民主。场上一些人你看我我看你,边上几个老头在噼噼啪啪地打火吸烟,有几个干脆打起呼噜来。半天没有说话的。老庄长陈立贤站了起来,说:"大伙怎么不言语?莫会长说的都是天经地义的事,叫我听了真是胜读十年书。……我这个庄长早该退休了,就是没人接替。今天好了,莫会长在这里,大伙民主民主……"莫步晴说:"我看这样:咱们先选两个——一个村长,一个农会负责人。大伙提吧!"谁提呢?谁也不提。大刮风张志站起来说:"这是怎么啦?大伙看着谁合适,就提谁,有话尽管说。现如今,八路里都兴的有意见就批评。咱这是开的哑巴会?"泥鳅紧跟着说:"莫同志好心好意给大伙民主,领导'实行',大伙倒一言不发。这不是诚心教莫同志作难?"莫步晴也不耐烦了,说:"我不能怪大家,因为大家还没有民主的习惯,我看还是我来提,张志当村长,泥鳅做农会负责人。大家看合适不合适?"这会,有几个人说了:"同志看着合适就行啦!"接着一大伙人也都说:"怎么还不行?!"莫步晴叫大伙举了举手就散会了。

大刮风张志当了村长。泥鳅做了农会负责人。老庄长陈立贤算是下台了。

<h2 style="text-align:center">二</h2>

日子飞快地过去,齐庄的工作却慢慢地在爬着走。但不管怎样,农会是成立起来了,一些穷苦爷们在会上嚷起来了,说:"新社会? 可咱这穷罪到什么时候是个头?!……"

这些日子,他们总在议论着这样一件事:减租。

对于减租的工作任务,莫步晴是十分热心的。那样的大热天气,他连夜蹲在屋里写减租计划。方式、方法,中心、步骤,一个大问题几个小问题,一个大点几个小点,写了厚厚一小本。满心想把工作搅在别人头里,弄出一点成绩来。

另一头,笑面虎陈立贤也在进行自己的工作。他连日分头找底下三个佃户谈了话,写了文书。他给佃户说:"尖刀儿还在吴营长那里,谁敢保他哪一天不回来? 谁知道八路哪一天走? 咱别糊涂,什么减租减息分明是个甜头,日后要拔兵谁好说不去? 咱多年主客,没有二话,租粮照旧,把工作人和大伙瞒过去,混一时是一时,日后少不了你的好处。咱立个文书,说是两方按照二五减租算了账,把地折给你了……"头两个佃户都说:"三爷说的是。三爷看怎样好就怎样办。……"只有一个佃户,正是当年给笑面虎攘了一烟签子病死了的张老头的儿子——子忠,他皱着眉头一言不发,拿了假文书走了。

原来陈立贤自从和张全富打了一场官司之后,只剩四十来亩地。留了二十来亩上好地,长工愣三理整十亩,三个佃户白带十来亩,其余二十多亩由张子忠他们三户佃种着。

陈立贤怕的,不是减租算账,倒是怕起了个头,大伙要和他算多年来和尖刀儿所行的——讹、诈、坑、害——血泪账，陈立贤暗自也寻思过，要算这些，连脑袋搭上也不够。

这一天，莫步晴跟泥鳅、张志他们商议减租对象。陈立贤来了。他先说几句客套话，接着就说："……这些日子我才试着'有子万事足，无官一身轻'的滋味。可我也忙着办了一件事，不知道是否合适。今天特为请莫会长和众位评议评议。……"他说他已经跟三个佃户按照新政府二五减租的法令，三一三剩一，二一添作五地算清账，正好主客两不亏，把他们原来佃租的地全部准折给他们，并且立了文书。泥鳅和张志异口同声说："三爷真开通……这一来，西头大草扒张全富要不减，得狠斗！……"莫步晴也说："陈先生这样太好了。泥鳅，咱得把这告诉大伙……这会给旁的地主很大的推动……"陈立贤呵呵大笑，说："莫会长过奖。莫会长是知道的，我早盼着实行'社会的新社会'的，为民先锋那是分内的事。……"

大草扒张全富不但没受笑面虎的"推动"，反而说："笑面虎——他带头减租，那得日头打西边出来……"也有人暗地说，笑面虎是刘备摔孩子。别的庄上，有人说笑面虎"猪八戒夹一刀草纸——假装圣人"的。莫步晴把那三家佃户找来问了问。佃户们怎敢说不是？莫步晴也就信了，还说："那些人不了解情况，没有发言权……"

结果，只斗了大草扒张全富和一家富农，斗出了十几亩地，一万五千元，一口肥猪，六头羊。钱，由张志揽着；地，由泥鳅分配几家暂时种着，他自己也分了三亩；猪和羊给参加会的人吃了一顿，算是——翻身酒。那天，张子忠喝了个烂醉如泥，胡言乱语，说："爹，你死得苦呀！……你儿我哑巴吃黄连噢！……"

莫步晴满心高兴，觉着大功告成。

笑面虎陈立贤顺利地渡过一关。

一些穷苦爷们吃了那顿"翻身酒"之后，心里有点像大闺女出嫁的味儿，又喜又怕，对未来的日子各人有各人的想法。……

三

一年来,齐庄的工作呼呼隆隆地搅起来了。农会扩大二十多人,各种组织也成立了。一来是由于莫步晴常常来督促;一来也由于大刮风张志和泥鳅抓得紧。他俩有这样一套办法:谁不听分派,不"参加",谁就是"落后",谁"落后"就得挨"斗",挨"斗"就得罚。当然也有一些真心要翻身进步的人。

陈立贤当了俱乐部(剧团)主任,因为他是会拉会唱的老玩友。他儿子天生参加了民兵。他女儿云秀当了识字班副队长。看来,真像一个进步家庭。可也有人背地里这样说:"到底人家肚子里有牙,哪朝哪代都吃得开……"莫步晴有时也很称赞他这一家。因为他一直摸不清陈立贤——笑面虎的底细。

别庄的人夸奖齐庄工作齐刷、热烈。莫步晴说不出的高兴。大刮风和泥鳅更了不得地说:"汽车不是推的,牛皮不是吹的! 鸟无头不飞,蛇无头不走。还能假啦?……"

这时候的齐庄,就像癞汉盖了一床锦被。

秋收之前,莫步晴回区上开会去了。因为区上发现了一些村子明减暗不减、假典假当,……要着手布置"查减"。莫步晴在会上报告了齐庄的工作,几乎把齐庄比成了"小延安",并且介绍了两个"典型",一个"开明的典型"陈立贤,一个"顽固的典型"张全富。有的同志听着怪馋得慌,也有的同志疑心莫步晴王婆卖瓜。莫步晴再三保证——齐庄没有问题。

就在这当口,齐庄出了事。张子忠和农会的大多数会员,反对农会长泥鳅和村长大刮风张志,嚷着非罢免他俩不可。起因是:

第一,张子忠明白了政府是真心给穷人撑腰,左思右想,就把笑面虎陈立贤当时应付减租立假文书的事明说了,要求泥鳅和张志作主。泥鳅和张志不但不信,反说他借公事报私仇。逼得张子忠和会员们动了火。

第二,上年的斗争果实——一万五千元,张志揽着,借口要成立

"合作社",自己跑了几趟买卖,买了一架洋弓(弹棉花用)。泥鳅买了陈立贤三亩上好地,娶了个老婆。

张子忠一伙人,气得都跳起来了,声言——要不弄清楚,非告到县里去。

陈立贤一面到处"喊冤",说张子忠"含血喷人";一面对旁的两个佃户说:"张子忠,他和我过不去,总有一天……你可别学他样,咱多年的主客……"

张志和泥鳅又急又怕,两人背地里牢骚了一阵,决定泥鳅赶紧去区上找莫步晴。

泥鳅悄悄地跑到区上找着莫步晴,说:"不得了啦! 张子忠领着一伙人起来闹'宗派',眼看齐庄工作要垮了! ……"又说,张子忠怎样胡铺排陈立贤的错,想借公事报私仇,怎样造他俩的谣言,蹴脚后跟,……

莫步晴听了很生气,说:"真胡闹! 这样搅法,不是故意叫坏分子钻空子么? 我一向觉着张子忠是老实人,可以培养。没想到……哎,真是知人知面不知心! ……得好好教育教育他。……"

同一天,张子忠也到了区上,找着了各救会长,说他父亲怎样给陈立贤一烟签子攘得病死了;陈立贤上年减租时怎样对他耍的鬼把戏;张志、泥鳅怎样自私自利,把穷苦爷们甩了……他哭一阵,骂一阵的,说得区各救会长十分纳闷。各救会长问:"齐庄的工作不是很好么? 怎么还有这些事?"张子忠说:"哼! 好,谁说好?"各救会长说:"常在你庄上工作的莫步晴同志。"张子忠高声说:"他?!"忽然停住了,好半天,才轻轻说:"我看他真是摸不清来!"

区各救会长找了莫步晴,问:"老莫! 齐庄这些日子出了一件大事,你知道么?"莫步晴抢着说:"哎,别提了! 一个很好的基本群众居然领头闹起宗派来了!"会长打岔说:"你怎知道是闹'宗派'?"莫步晴说:"齐庄农会长泥鳅刚才来给我回报了。"他把泥鳅的话一一给各救会长说了,末了,两手一拍说:"居然这样闹! 你说气人不?"会长却把张子忠的话对莫步晴说了一遍,接着说:"老莫!

先别发急,把事情深入调查一下……"

区上派了一个丁同志和莫步晴一齐到了齐庄。经过丁同志连日的调查,不但证明张子忠的话完全不错,还发现了这样几件事:

第一,陈立贤不仅对张子忠立假文书,对其他两个佃户也一样。

第二,陈立贤当俱乐部主任,是占着茅房不拉屎。

第三,陈立贤的儿子天生当民兵,只是有名无实。

第四,陈立贤的女儿云秀当识字班副队长,光管支派别人……光跟一个退伍军人谈恋爱,不干实事。

第五,陈立贤父子参加"工作",一来是为了表示"进步",二来是为了把持村政。

这一来,莫步晴十分丧气,暗自寻思,自己太幼稚……

张子忠一伙,坚决要求斗争陈立贤,罢免张志和泥鳅。丁同志把这些意见和莫步晴研究了一夜。莫步晴也觉着张子忠他们的意见对,就怕这一来,打了自己的嘴巴,别人笑话,太丢脸。他提出了个"折中"的办法:陈立贤要和三家佃户重新算账;张志和泥鳅暂时继续负责,等把新的干部培养成熟,再行改选。理由是:陈立贤目下财产、土地都已寥寥,斗也白斗,群众得不到多大利益;马上把张志、泥鳅选下去,没有适当的人顶替。丁同志对齐庄的全面情况不够了解,不好怎样反对,只建议提拔张子忠当农会副会长。莫步晴同意了。

丁同志回到区上去了,过了几天,区各救会来了一封信,调莫步晴到县里学习。

陈立贤听说莫步晴要走,弄了一些酒、菜要给他送行。莫步晴不理他,走了。临走之前把张志和泥鳅叫来,狠狠地训了一顿。张志和泥鳅垂头丧气没说一句话。

四

又过了一年多,齐庄上,干部原封没动,工作好比霜打了的地瓜秧。

张志、泥鳅打从莫步晴走了以后，一肚子委屈，满嘴牢骚，对分内事，爱干不干，光顾过自家的小日子去了。

笑面虎陈立贤还是很得意，过了一关又一关。连当日莫步晴还没刨他的老根，谁还敢动？好比庄头上土地庙前，一只老虎在打盹，谁也不敢惊动它。有人背地里牢骚，说："虎还是虎，羊还是羊。干个什么屌劲儿！"

亏得张子忠一伙支撑着干，庄里的工作，上级的任务，总还能完成个十分之六七。除了这个，齐庄找不出第二个优点。

这年五月间，鬼子嘘呼"百万皇军"从"满洲"开入山东，要把八路军一扫平。可是，过了半个多月，反"扫荡"胜利了。一天，一个伪军俘虏从县转到区。区上给齐庄来了一封信，说，一个伪军俘虏自称姓陈名得胜，是齐庄人，叫庄上干部去认领。张子忠问遍全庄，都说，没有叫得胜的人，就给区上回了一封信，说："齐庄并无此人。"没寻思，第二天，区上把那陈得胜送到齐庄来了。这人一来，好比平地一声雷，惊动了整个齐庄。这人是谁？正是十一年前，中秋节的下半夜，从笑面虎陈立贤牛屋里的梁上神不知鬼不觉地死里逃生了的——还穷。

大刮风和泥鳅觉着是个奇事，问长问短。只有张子忠和老木头一些人，把还穷看作亲人，心里都又欢喜又难受，连夜帮着把他那间破宅子修了起来。这一夜，还穷就和老木头睡在一起。原来老木头从那年减租以后，陈立贤把他辞退了，他只得替庄上人放牛度日。他一见还穷，禁不住老泪涟涟。还穷哭得更伤心，当年的事两人都还一字不敢提。因为十一年前中秋晚上，老木头偷听得笑面虎、尖刀儿要把还穷淹到大河里，就急忙忙跑到牛屋里把还穷放开，只怕把事情惹到自己身上，老木头想了一条妙计，叫还穷把自己反绑起来，口里塞上破布，……才把笑面虎瞒过去了。后来，还穷到了关外一个在那儿混穷的娘家兄弟那里，好歹混了下来。一直到今春上，鬼子在"满洲"大批拔兵，说是到关内换防。还穷也正摊上。这些"满军"一到这边，就出发"扫荡"。那天，小队长知道他是

250

这一方的人,叫他和两个人头里"开路"。正好遇着八路的武工队,一枪没放把他擒住了。起头,他任死不直说是哪里人,末了,他听说这一方都早已变样了,他才说出自己是齐庄人。他在八路军里,在县上、区里,人们告诉了他一些他从来没听说过的、做梦也想不到的事。他寻思,要是人们说的都是真事,可有了活路了。接着,又发愁,要笑面虎早死了,自己的冤仇就没法报了。……

还穷回到齐庄,知道笑面虎还活着,倒很高兴:再打听,知道笑面虎当了什么"主任",儿、女又当了什么什么,心就冷了半截了。

陈立贤听说还穷回来了,好比一口吞了二十五只老鼠——百爪挠心,躲在家中寻思了一天一夜。第二天天一明,他提着一挂猪肉,一身衣裳,一升麦子,去看还穷。还没进门,陈立贤就呵呵地笑着说:"穷儿,穷儿!你说这不是一件大喜事?这可好了,回来安家立业吧!"还穷蹲在那里,冷冷地说了声:"来了?三爷!"陈立贤放下手里的东西,说:"穷儿,这一点小意思,算是为老的一点……一点……小意思!呵呵……日后……"还穷还是冷冷地说:"怎好叫三爷操心?!十一年都过来了……"陈立贤捋捋胡子,说:"到底是长大了!穷儿,今年三十一了吧?"还穷没有回话。陈立贤说:"穷儿,日后要是那个……那个……尽管找我,总不能叫你难为着。呵呵……"就走了。心里话:"这小子也学乖了……"他愁着还穷早晚要刨他的老根。

过了几天,一个在"皇历"上写着好日子的日子,陈立贤的女儿云秀和齐庄上一个退伍军人——王标结婚了。起先,陈立贤是反对这门亲事的,理由是,王标是远方人,又是残废。这回,还穷回来以后,他又赞成了,又是什么理由不得而知。

请酒的当口,看样,陈立贤好像多喝了几盅,当着客人们说:"我今儿成了王标的丈人了。我该多欢喜!王标以先是八路某司令跟前的人,如今还有许多许多在八路里当干部的朋友。王标的朋友也就是我的朋友,呵呵……"

庄上的人都觉着还穷命苦、可怜,又不大敢靠近他。谁也不能说清为了什么,反正是心里盘算着两回事:还穷当年和笑面虎有过那么一回事;再呢,还穷是伪军俘虏。

只有老木头和张子忠他们几个人,常常和还穷一起耍耍、谈谈。特别是张子忠,他对还穷说了许多事。这一天,张子忠问还穷,说:"穷哥! 我早想说来,怕提起来你心里难受。……你眼前指地无有……往后怎么过? 唉! ……"还穷闷了半天,说:"我也早寻思过了。法儿是有,就是不敢提,怕是……"张子忠追着问:"怎么不敢提? 只要是正法儿,怕什么?"还穷使了使劲,只说出:当年他父亲怎样给笑面虎扣了一年工钱,怎样把二亩三分地准给了笑面虎的酒店。接着说:"人家都说,兴回地,我这二亩三分地是不是也能回?"张子忠一拍手,站了起来,说:"你看,我还不知道有这回事。你不早说! 我这就跟泥鳅他们商议去。"说着便要走。还穷叫住他,说:"子忠兄弟,你好生寻思寻思,看能行不能行。要不能行,泥鳅咱趁早……人家是……我肩膀顶窄,惹不起!"张子忠满不在乎地说:"怕谁呵? 你担不起有我。你放心!"说着急忙走了。

张子忠去找泥鳅,泥鳅说,这事他不管。去找张志,张志说,还穷早二年回来就好了,这会"查减"工作早过去了。气得张子忠来回和他两人吵得脸红脖子粗,也没办法。因为农会里的积极分子对当年的事摸不清,都不好说什么。有知道的,总怕惹"是非"。

五

过了一些日子,都说齐庄出了个"癫汉"。这癫汉成天东游西逛,嘴里嘟哝不停,说:"毛主席给了我一座宅子十亩地,一个媳子,一大包袱'北海'币。……都给大肚子讹去了,庄里的干部给扣下了!……"他东场上睡一宿,西场上过一夜,他这家要一餐,那家吃一顿。有人说他疯,有人说他傻,有人说他财迷转向……

这"癫汉"正是还穷。起因是,还穷回家之后,也一心想着"翻身",哪知道,张子忠费了九牛二虎之力,争了又争,还穷那个破饭碗——二亩三分地总归没有捞回来。笑面虎那胡同里还传出了这么两句话,说"去了汉奸皮,去不了贼心!"还穷大哭了一场,把所有一点破烂东西一把火烧了,把住的小屋子也掀了,成天就那样东游西逛,嘟嘟哝哝……

老木头看着光掉泪。张子忠见了急得直跺脚。泥鳅、张志却说:"好喜人!"

第三章

一

高粱红了。

齐庄东南百多里地的古庄上,全庄人在办着一件大喜事。什么喜事? 请听人们在唱:

> 刨穷根,人人得地,
>
> 大翻身,全村大喜!……

土地改革,实行"耕者有其田",在古庄上,胜利完成。一个外来户,姓于名桂英的小媳子,也得到了三亩地,一间房子。

于桂英,来到古庄已经十一年。当年,她独自一人两手空空逃到这里,在王姓地主家当丫头,一把鼻涕一把泪地熬了几年。那年,古庄上的穷苦人们要求减租减息,增资算账。穷人们的瘦胳膊拐断了喝血鬼们的粗腿。于桂英也向东家找回了几年的工钱,和一个孤老妈妈一块纺织,相帮着过日子。有人问她的底细。于桂英说,老家西北于家岭。父母早死,自小给人作养媳。丈夫是一个嫖、赌、饮、吹四味俱全的无赖汉,每日里非打即骂,无法安身,……逃到这里。

于桂英不是不识好歹的人。她常说:"别看我年幼,我亲历了两个朝代。旁人没受过的罪,我都受过了……"她是古庄参加识字班的头一个,当识字班队长到如今两年多了。

这一天,古庄全庄大喜,于桂英也大喜:得了三亩地,挪到分给她的一间宅子里去。和她十分要好的区妇救会长金同志和七八个识字班大姐来跟她贺喜。一下子,屋子里塞满了人,把于桂英围在当央,你一言我一语,有说有笑。于桂英喜得合不煞嘴。忽然,一个大姐说:"桂英姐这下可好了,又有了地又有了宅子。就是有一样不好。"大伙急忙插嘴,问:"还有哪一样不好?"那大姐说:"就少一个人儿!"这一说,一屋子的人都笑了。于桂英也跟着笑了一阵,接着,倒哭起来了。大伙还寻思于桂英太欢喜了。后来看她越哭越伤心,大伙全怔住了。金同志赶紧问她怎么回事。于桂英只是哭个不停。金同志把大姐们都打发走了,把她扶到床上,一边给擦眼泪,一边轻轻地问:"好姐姐,这是怎么啦?"于桂英哭着说:"好妹妹!你不知道,一把刀子在我心里攘了十一年……好妹妹,你不怪我吧?以先,我诳了旁人,诳了你……"接着,她断断续续地说:她是离古庄百多里地西北上的齐庄人。十一年前的中秋晚上,……给当庄笑面虎的爪牙尖刀儿,顺着大河追了一路,……她头晕了,腿也酸了,一块大石头把她绊倒了。眼看尖刀儿快追上了,不知哪儿来的计谋,她猛地抱起那块大石头扑通一声往大河里一扔,自己急忙趴在路旁一个凹坑里。……那时间,月亮歪西了。尖刀儿赶到那儿,只呆呆地向着河水瞅了一会儿,就往回走了。……

于桂英说的这段故事好苦情。金同志也禁不住哭了一阵。

二

"土地改革",惊动了死气沉沉的齐庄。

张子忠和几个积极分子到区里学习去了。

大刮风张志和泥鳅,自从那年减租以后,是全庄翻身"翻"得最好的两个。早就有人这样说:"翻来翻去,还不是翻人家兜里去?!"他俩眼前说来,都是富裕中农了。一听又要改革,心里怎能安得下?张志和泥鳅在一块发起牢骚来。张志说:"他娘的!咱拖下的那笔熊(果实)账,这回又得翻起来了!"泥鳅说:"还能少啦?我早说了,吃到肚子里才是自己的。……"

有人问泥鳅,这回得怎么"改"法?泥鳅说:"还能怎么了?你没听说?推平!一人匀合着三亩地就是!"问张志,张志说:"反正

254

得开半年会,挨着来!"

陈立贤倒很高兴,嬉笑着说:"可好了,这回真'实行'了!"

风快,又从陈立贤那一角上,传出了这样的话:"先斗楼,后斗牛,临晚再斗破袄头!"

有人高兴,有人愁,有人拉着架子等着瞧。

张子忠和几个积极分子回到齐庄,提出了"人人有地种,全庄大翻身!"召集了几次农救会,总是稀稀拉拉。一些新发家的中等户,也都觉着有苦难言。

有人嚷着卖地,有人大鱼大肉连吃带喝。

张子忠几个人又说:"改革"不是一抹推平,主要是清除剥削刨穷根。大伙不大相信。还有风言风语说:"留点后路吧! 谁知道将来是谁的天下?!"

陈立贤把多年的长工愣三辞退了。

"癫汉"还穷却在这当口离开了齐庄,不知道到哪里去了。

三

县里一个姓莫名得晴的同志,在齐庄附近的几个庄子里跑了整十天。这一天,莫得晴同志来到齐庄,他不找干部,不问旁人,他一直到了老木头的小场屋里。他一进门,就问:"老大爷! 还认得吧?"老木头眯着眼,仔细端详了一会,说:"你……不是当年在这儿闹减租的——摸——摸不清同志?"莫得晴笑了起来,摇摇头说:"不,老大爷! 我叫莫得晴。"老木头又端详了一会,说:"摸——得——清。看相貌跟摸不清同志差不离。"忽然想起似的:"呵,是了! 你是摸不清同志的兄弟吧?"莫得晴紧拉着老木头的手,笑得直不起腰来。

原来这人正是当年的莫步晴。

回想起:莫步晴自从在齐庄搞减租工作出了毛病,到了县里学习。起先,心里十分委屈、苦恼、难受;过了一些日子才认识自己的毛病,找到了根儿。他曾经这样检讨过,他说:"我的名儿就起得不好,莫步晴——摸不清! 真是,就因为摸不清才碰了许多钉子,出了许多毛病。事事不作深入调查研究,光听一面之词,就胡乱估计,判断,钻牛犄角。光图表面完成任务,没有真正替群众利益着想……这样,还能不歪了?! ……"就在学习结束的那一天,他改了名字,叫——莫得晴。莫得晴,后来在两次大的任务——参军、大生产——当中,都是最有成绩的模范者。理由很简单,就是:他能用心倾听群众的意见,时时刻刻为群众利害着想。

这一回,莫得晴先在齐庄附近的庄子跑了整十天,主要为了从侧面了解齐庄的情形和笑面虎陈立贤的底细。

莫得晴和老木头一起吃一起睡,一连三晚上,莫得晴给老木头讲了一些故事,哪庄哪个穷汉怎样受苦怎样翻身;哪庄哪个地主怎样恶毒怎样人味没有。老木头也给莫得晴讲了一些老故事,什么"血手印",什么"瓦岗寨"……这一晚,莫得晴又给老木头讲了一个故事,说是有一对可怜的年幼的男女,自小相好,后来双方母亲给他俩定下了亲事;怎奈当庄一个狼心狗肺的地主,一心强占那姑娘,千方百计要谋害那少年。就在一个月明如画的晚上,他教手下一个恶棍把那少年吊了起来,想在夜深人静的当儿把他淹到河里去,亏得一个好人偷偷把他放了。那姑娘也在当晚被逼得无路可走投河自尽了……讲到这里,老木头忽地站起来了。莫得晴连忙把话收住,问老木头,说:"咦! 你不信有这一回事?!"老木头笑着,走过去,抓住莫得晴的肩膀,轻轻一推,说:"你这年幼的,倒想来套我?!"莫得晴装作不懂的神气说:"怎样?!"老木头吐了一口大气,紧挨着莫得晴坐下了。他一五一十地掀出了十二年前中秋夜的那回事,莫得晴埋怨地说:"你怎么早不说?"老木头摇摇头,说:"这些日子我才看透了。"接着,他拉着莫得晴的手,说:"莫同志,要开大会,管怎样得让我说说……"莫得晴笑了。

正在这时候,"癫汉"还穷忽然从外面跑了进来。他紧紧抓住莫得晴,连连说:"莫同志,你得作主! 要不,我自己和他拼了!"

莫得晴正摸不清怎么回事的时候,张子忠他们也来了。莫得晴问张子忠:"子忠！还穷怎么了？"张子忠说:"你还不知道？刚才穷哥在街上嚷了一会了……"

原来还穷这几天走了好几个庄子,看了好几次"讲理会"。他觉着自己这些年来真是冤死了,也怪自己没骨气——孬种……他忍不下去了,急忙回到庄上,找干部喊冤了。

莫得晴拉还穷坐下,叫他好好说,怎么一回事。还穷急喘着说:"我不说了,叫老木叔说吧,他娘的,有理走遍天下……老木叔,你给莫同志说说吧,看是不是我这'癫汉'胡编瞎扯的……"

四

这一晚上,张子忠几个人和莫得晴争了一夜。争什么？张子忠他们坚持先罢免大刮风张志和泥鳅,然后和笑面虎讲理,土地改革才好开展。莫得晴倒主张先和笑面虎讲理,再行改选。他的理由是:

笑面虎是齐庄自古以来的阎王,名符其实的笑面虎,一颗大钉子。他的所作所为,谁寻思起来不寒心？别看这些年来,"老实"了,"开通"了,可谁也怕他有一天回过头来咬一口。不在乎他还有多少地,还有若干浮财,要紧的是他一向为非作恶——他的威风。为什么一些人说:"虎还是虎,羊还是羊。咱干个什么劲?!"这回,得彻底敲掉虎牙,剥去虎皮,给他个下马威,让大伙看到自己的力量,相信自己的力量。

大刮风张志和泥鳅,说起来底子都不算好,可也都是受苦的人。光顾自己日子过好,甩了大伙,就着给笑面虎当了枪使。

临完,莫得晴说:"管怎样得先和笑面虎讲理,我当年受了他的糊弄,误了大家。后来又为了要脸,把他放过了。这是我自己没站正。当时大家也说,笑面虎没大些地了,斗什么劲儿！我也那样看。这都是不对的！大刮风张志和泥鳅,这回得下台。我跟他俩谈过了,只要他把账目算清,赔偿大伙,旁的绝不动他一根毛……他俩都有点回头的意思……"

也在这一晚上,笑面虎陈立贤弄了一点酒、菜,把大刮风和泥鳅叫了去。以往,三人一齐喝酒,有说有笑。今晚大大不同。大刮风和泥鳅,都不言不语,滴酒不入。陈立贤只好自斟自酌,牢骚起来。他说:"您说我还怕什么?把我的土地、浮财、场、园、宅子全弄光了,拖着巴棍去要饭,我也不怕。就怕的大伙真睁开了眼,站起来了,跟我算老账,刨老根。那我就死无葬身之地了。您寻思,拿着当年行的那些事,他们还能轻饶了我?斗争会!打个半死是小事,这条老命反正得赔上。……唉,挖空心思,出尽计策,过了一关又一关。这回,唉,跑不了啦!"他叹了口气,又喝了一盅。问大刮风和泥鳅:"你俩打什么谱?千万别临渴掘井噢!"两人说:"打什么谱?把公家的钱赔补出来就是。"陈立贤笑了起来,说:"你听听!大家果能如此轻易放过?!张志,你寻思寻思,你当时动用公家一万五千元买'洋弓',缺一万,是我给你垫上的。泥鳅,你更得寻思寻思,你当了我多年的'帮办',我又送你三亩上好地,对外人是说卖给你的……凭这些,你俩寻思,斗倒了我,你俩就平安无事?别忘了,不少人说咱三人穿的一条裤子!"大刮风和泥鳅反驳他,说:"三爷!你可别这样说。"陈立贤说:"怎么?你跳到黄河也洗不清!"两人说:"不管怎么的,看大伙怎么办就怎么办。"说着,就一块走了。

五

张子忠他们正在对几家要"献田"的中农解释,说:大家都是祖祖辈辈吃苦受罪的人,说什么也不能要他们的地,教他们好好帮补穷苦爷们跟那些一向剥削人的人要回土地。

这时间,陈立贤来了。张子忠背过了脸不理他,莫得晴却笑着,说:"来了?坐吧!"陈立贤说:"莫得晴同志!呵呵,莫得晴同志!我有一件事要领教。"莫得晴问:"什么事?"陈立贤提高声音,说:"我知道,现如今,各地不少开明地主拥护'土地改革',踊跃献田。我虽说称不起地主,更称不起开明,可是对于公益之事,从来不甘落后。我家只有四口人,不足三十亩地,我想着,这一回我'献'二十亩。这不成意思，只是略表寸心，哈哈……"

张子忠没好气地说："别假装慈悲了。哼，'献——田'！我给你道——"莫得晴瞟了他一眼，张子忠没再说下去。莫得晴拍了拍陈立贤的肩膀，笑了笑说："自动献田当然好，你的心意我也明白；就怕大伙有意见。"陈立贤到底是点到就知的人，他抢着说："有意见？莫同志！你不明了，咱庄上的人就是有点——那个。不瞒同志说，早年时间，全是尖刀儿胡作非为败坏我的名声。……"张子忠在一旁嘲笑地说："哼！又养汉又撇清。你听他说的比唱的还好听！"陈立贤跑到张子忠跟前，有点生气地说："子忠兄弟！你怎么说这个？!"张子忠狠狠地盯着他，他才又笑了起来，说："相比起来，我好歹也是个干部，怎么大伙这样——这样——"莫得晴打断了他，说："好吧！有话留到大会上去说。"说着就干他们的事去了。

陈立贤声音有点发抖，轻轻地说："大会？!"就像一根木桩子一样钉在那儿。

六

"讲理翻身大会"的前一天，区上来了一封信，说有要紧事叫莫得晴去一趟。

天黑了。莫得晴带着一个大脚长辫的大姐悄悄地回到齐庄，把她藏到张子忠家里去。

这时节，高粱谷子都已登场，过两天就是中秋。

这一天，天气十分晴朗，蓝天上没有一朵云。齐庄庄头上一大块谷茬地里，栽了几块大门板。当央一块贴着红纸，写着六个斗大的字："要翻身，刨穷根！"十分耀眼。两旁两块贴着白纸写的一副对联："欢迎真心进步；反对假装好人！"真是黑白分明……。

黑压压的一片人，嗡嗡的说话声。除了几个病在床上的人，齐庄的人差不离都到会了。愣三也急忙忙向会场走去。一个人在后面叫住他，说："愣三儿！三爷叫你去上工了！"愣三斜着眼看那人，说："熊！他叫我？我不揍他算是给他天大面子！"那人故意皱起眉头，说："咦！愣三儿进了步啦？"愣三埋怨的口气，说："臊他娘！要早跳出虎窝早进步了。"

开会了，闹哄哄的会场一霎儿就静了下来。张子忠说清开的什么会之后，哗的一阵鼓掌声欢迎莫得晴同志讲话。莫得晴笑着把会场慢慢地扫了一眼，就好像和谁谈家常话一样开了腔，他说："……大伙有一肚子的心事，一肚子的苦水，一肚子的话，今天得把它像翻江倒海似的吐出来。或许有人说：俺不敢讲，俺怕！"莫得晴停了停，提高了嗓门，说："怕？怕什么？怕谁？日本鬼子那么厉害，咱到底把它打下去了！大肚子的头子蒋介石也正在尝着咱的铁拳头的滋味。……"莫得晴又停了停，放平了声音，说："不用我多说，大伙比我明亮得多。大伙都说说，咱翻身翻好了没有？为什么还有一大些缺吃缺穿的人？为什么齐庄老是死气沉沉，大伙不敢抬头？咱庄又怎的出了'癫汉'？……"

莫得晴讲完了话。大伙又静了一会，接着一些人说："教还穷先说吧！"一阵热烈的鼓掌声。还穷慢慢站了起来，走到前面去。这时间，蹲在主席台边的陈立贤身上一阵抖，斑白的胡子紧贴着胸膛。还穷有点发喘，说："要说，三天三夜说不完。我一肚子冤枉气，我恨不得变成鬼，变成妖精把我的仇人弄死。"他转向陈立贤，咬着牙，说："笑面虎！你抬起头来，看看你脸前的癫汉——穷儿！笑面虎，你记得不？你的一只大牛角换了我爹一条命！你忘了吧？头十一年的八月十五半夜里，你，你这不是人揍的东西，你——"他眼圈一红，喉咙一紧，哭了。大伙的心也跟着一阵紧。大伙吼了起来："有冤诉冤，有仇报仇！"还穷哭得再说不出话来。老木头倏地站了起来，雪白胡子抖着，他哑着声音吆呼着，说："让我这老不死的来说说。笑面虎，你还有点人味儿？当年八月十五，你要霸占暖和，害死还穷。你说还穷做贼，在他枕头下押赃，你说他败坏门风，捉奸捉双！逼死了暖和，还要半夜里淹死还穷。笑面虎，你说我冤枉了你没有？……"大伙叫："快说！"陈立贤直发抖。愣三跳了起来，粗黑的手指定陈立贤，说："臊你娘！你瞒过别人，还瞒得过我吗?!"大伙一齐叫:"对啊!"张子忠这时站了起来,招呼着:"大伙静静! 笑面虎不说不要紧,大伙也等等再说。现时先让一个大姐来说说。"大家都不懂。

这时间,主席台边出来了一个大姐,晶亮的眼,长辫子,大脚板。这大姐是古庄上的于桂英,也正是十一年前"死去"的暖和。全场的人登时轰动了,陈立贤也不禁抬头一看,倒退了几步,跌倒了。暖和一声不哼,直瞪着眼,一步一步走到陈立贤脸前,左一下右一下,乒乓两耳光子打在陈立贤的胖脸上,大伙也跟着吼了起来:"剥下虎皮!"

大会一直到天大黑,才算开完。

除了还穷、暖和、老木头、愣三……的申冤诉苦,大伙对笑面虎、尖刀儿提出了一百多条——讹、诈、坑、害——罪状。

接着把大刮风张志和泥鳅也选掉了。张子忠当选农救会长,一个名叫向元的积极分子当选村长。

大伙给大刮风和泥鳅提了几条大意见:说他俩是属鹰的,吃饱了仰眼;说他俩"猴嘴里掏不出枣来";说他俩歪头歪脑……

※　　※　　※

大刮风张志和泥鳅把账目算清,把以前挪用斗争果实的款项如数交给了张子忠和向元之后,到了莫得晴那里。莫得晴一见两人,很和气地说:"坐吧!"忽然叹了一口气,说:"您犯了错误,我应该担负很大的责任,也怪上面没有及时地帮助您改正。这回,大伙不是打击您,不是特为给您找难看。……千万别觉着是'宰老牛'什么什么的……"

大刮风打岔说:"莫同志,你别说了。我心里难受,大伙除了找我还账,别的一点没动。我觉着……"

泥鳅蹲在一边,用袖子揉着眼睛,偷偷地哭了。他想,大伙太宽大他了。

莫得晴走到泥鳅身旁,轻轻拍着他的肩膀,说:"这干什么? 管怎么说,咱都是好兄弟,往后好好一块干吧!"

七

半夜一场风雨，天明天又晴了。

林间的鸟儿振拍翅膀，叫着，唱着，双双地在天空中飞去又飞来。

陈立贤的一座宅子换了主儿——还穷。

街头巷尾站了一些人，都在谈论着一件事。有人说："好比一场梦！"有人问："亏了谁？"……

正忙着分配"土改"果实的干部们，今天也休息了，帮忙着办一件喜事。

全庄一片锣鼓声。庄东一队男秧歌队，庄西一队女秧歌队，这一队向西扭去，那一队朝东扭来。庄西一队：头里一对十二三的小姑娘，一身红裤褂，绿彩绸；紧跟着是两行大姐；暖和正在当央，她穿的一身崭新蓝褂黑裤，襟头上一朵大红花，肩上扛着一辆新纺车，左手夹着一捆雪白的"谷椎"……庄东一队：白胡子老头老木头带头，紧跟着的是两行年青小伙；还穷正在当央，他穿的一身崭新白裤褂，胸前一朵大红花，肩上一把新镢头挑着一只新粪筐……

秧歌扭得好，说不上多少人跟着两队人一齐到了还穷的大门口。大门上贴着耀眼的喜对：横款是——土地回家人人喜；上下联是——还穷再不穷，暖和真暖和。

大伙欢迎证婚人张子忠说话。张子忠指着门上的喜对，笑着说："我心里的话，莫得晴同志早替我写上了！"大伙哄地笑了。

一九四六年十二月

东北书店 1949 年 4 月初版

◇李尔重

第七班

张悦在村子里费了好多唇舌,起誓发愿地才得到农会的同意,参加了人民解放军。到了军队里,有吃有穿,不论到哪里老百姓都高看一眼,叫同志,再没有人叫富农,在部队以内也是同志长同志短,大家一样学习一样工作,来了以后没有看见把张悦这样的富农,小看一些或是难为一些。想起在屯下又得种地又得挨累,和地主们被斗户们到一起诉诉怨苦,又怕农会看见不答应,想和人家贫雇农多说上句话吧,人家又待理不理的——真是闷气。现在张悦可以敞开怀,黑夜白日出口顺当气了!他常常在心里念叨着:

"想不到还有这一回!"

张悦的精神劲可就来了,站队出操,小伙子显得格外有精神;打饭打菜老是抢在前头。黑夜好像夜太长,天一亮就再睡不下去,他总比别的同志起得早些,起来就打扫院子,收拾屋子,连长看到新战士中有这样一个同志,心中很喜欢:

"你是哪班的?"连长问。

"七班的!"

"你叫什么名字?"

"我叫张悦!"

"怎么你一个人扫地呢?"

"我起得早,我就扫扫,不算什么! 天天都是我先起来,就扫!"

小伙子两个大眼睛,黑白分明,两脚立正,答话精神,一句话一笑。连长也高兴地笑了。连长王文举转身要走的时候,想起来一桩事情,返回来问道:

"你念过书么?"

这一问把张悦问了个发怔。本来念过六年书,他想要说念了六年,连长一定要问家里穷富,一弄就得说到家里富农成分,再说在村的时候,有些跟着地主当腿子的读书识字的都当成"花舌子"给斗争了,谁知道队伍上是怎么个说道哇?!张悦一时拿不定主意:

"……念……过点,识不多字……"

"念了几年?"

"二年,……二年多点,零几个月!"

"能写字?"

"写不好,能够划拉。"

"好!等回头有些写写画画的时候,我找你!咱队伍上认字的不多。"

张悦这才放了心,失悔报告念书的年数太少了。他一盘算,全班里能识字能写的就是他一个,知道在这一着上别人抢不到前头,一喜欢心像小鹿似的跳着。

下午连里通知各排各班要把花名册子造上来。现在只有排没有班,排长张顺是山东老粗,来东北挖了三年煤,种过五年地,穷得光腚光,参加了人民解放军,听到这个事就抓家伙。各班并没有班长,只有从区上送来时,临时抓个人就算临时班长。七班的临时班长是刘友,他当上临时班长的原因很简单,就是因为他先到了区上,写名字把他列到他这一班人的最前头了。他真算是老实厚道,中农成分,大字不识,没有管过人,也不知道管人该打哪管起,来了这几天,他也就是当个传话筒,这回他又照老例说道:

"上边又让写名字呢!"

"那你写吧!"

"我——不会!"

张悦马上接过去说道:"我写!"

找了一截铅笔,张悦拿起来刷刷一写,不一会就写完了,全班十二个人,十一双眼睛望着他。

"真是难的不会,会的不难哪!"

别人觉着比人家差一着,张悦写完了以后,两个又光又亮的大眼睛望着刘友转了几转,问道:

"行了吧?"

"行了!"

"送去吧? 给你!"张悦本来想自己送去,顺便在连长面前再显示显示个人的本事,巴不得刘友说一声不去,要自己去才好,所以他口里说"给你",那单子却紧攥在自己手里。刘友心里生怕有些字什么的闹不清,到上头人家再问,自己认不清楚,倒不好办,听张悦一提,马上推辞着说:

"咳! 你替我去吧,到连里备不住要问问,我又认不得,不是个麻烦么!"

"好! 我送去!"

张悦狗颠肚似的跑到连部去了,未曾进连长门之前,张悦便把右手的五指拢好,把嘴也关得很紧,打算一进屋,给连长痛痛快快地来个大敬礼。不想连长没在屋,张悦心上闹了个不兴头。他把名单子交给了小鬼,在屋里抹游了两圈,也就出来了。一出门正赶上连长回来,张悦赶忙敬礼,因为没准备,姿势上连张悦自己也不满意。

"你来做什么啦? 张悦!"

"送名单子来啦! 我们七班全班的。"

"在哪里呢?"

"在屋里呢!"

"来! 等我看看你再走。"

张悦压着一肚子的欢喜,跟着连长进到屋里,连长把七班的名单子拿起来一看,脸上倒也没显出怎么样,问道:

"这是你写的么？"

"是，瞎抹，不好！"

"不错！那几个班的单子也拿来了，有许多看不大清，你再给我誊一誊！"

"我弄不好！"

"来吧！八路军还兴客气的？"

连长把纸和钢笔、钢笔水都推给了他。

张悦在桌子上抄，连长在一边坐着看着，有时也指点一下，连长问他：

"你参军是自愿么？"

"是！我要求了好几回，农会嫌我身子骨不好，怕验不上，不叫来！我不干，一定要求，好容易才来啦！"

"你为什么愿意参军呢？"

"打反动，反对美国帝国主义，不当亡国奴！我真是自愿！"

"你家里愿意你来么？"

"当老人的还能愿意？不愿意我也得来！革命么！"

"对！以后好好学习，好好干！当八路军的都有前途！"

张悦回到了班里，兴头得冒白烟，把他在连部工作的事情说了一遍，接着就夸连长好。

"连长！关里来的，真和气！"

过了没有一天，连部里根据登记了解的情况，准备指定一批人当班长，把一些不称职的临时班长去掉，连长就提出张悦可以当七班长，并介绍了他的工作积极，觉悟很高，情绪很好，青年有朝气。指导员别的没意见，只是看到区上介绍他是富农成分，觉着让他当班长不妥当。连长马上不同意。

"区上介绍的也不定可靠，这次斗错了许多，究竟人家是富农是中农还不一定；再说就是富农，一个青年，也不会和他家里人那样顽固，可以改造好的。"

指导员是个军龄二年的学生，看到连长这样意见，心里几分不同意,也就放过去了。从此张悦当了七班长,班里人对于他当班长,也都觉着满意,因为他替大家办了许多事,扫地打饭等等。

※ ※ ※

在诉苦会上,全体贫雇农都是诉说租地、吃劳金、出劳工等等各方面所受地主富农的欺负,有人哭,有的在骂街,有的拍手打掌生气。刘友是个中农,没有租过地,没有吃过劳金,他就诉说他出劳工摊花销上所受的气,他说:

"我们弟兄仨,'满洲国'时顶数我小,我也顶个大半拉子。我大哥和我二哥,都是又粗又壮的小伙子,我父亲也能动弹,我妈我嫂子也不闲着,侍弄这么四坰七亩地,哪一年也是把地侍弄得又干净又壮,哪坰地还不能下来四石五石的,按说年年都可以糊住口了。岂不知花销一下来,件件少不了。我们村孙大撅子种他妈的五十坰地,骡马成群,出车和我们出的一样多,咱们出一次,人家也不能出两次,还得拣有脚钱的官差他才去,出花销摊派,他是大拿,村长是他外甥,账目放在他们手里,说一不二。到后来出劳工,更厉害,我们弟兄仨年年躲不过,顶少去一个,多了两三不等,孙大撅子家虎羔似的四个小子,一次也没去过。凭本事,本来我们可以把日子收拾得像火炭似的,这样,把我们爷四个累死,也就弄个不断顿!别的我不知道,我就知道孙大撅子这个王八蛋算把我们整了个背气!"

贫雇农诉苦,这个人说,别个人也觉疼,这个流眼泪,那个就跟着难过。听了中农刘友的诉说,贫雇农也觉着有相同的苦味——除了他还弄了个"未断顿"之外——大家也跟着刘友难过,跟着刘友骂孙大撅子。

诉着诉着,贫雇农战士,还有中农刘友,越来越情投意合,不知不觉地就亲密了许多。散了会,大家就向一块凑,有的伸出胳膊,给别人看看被地主打出来的疤拉,有的解开腰带,让别人摸摸肚里在给地主扛活吃生饭时做下的病,……说不完,恨不完,气不完。

张悦想来想去,想不出多少苦,也并不是说张悦心上没有苦,是他没有贫雇中农那样的苦,一听说诉苦会,他心里马上就窝了个疙瘩。他觉着:我们家也没有剥削,就是雇两长劳金,放个账什么的,就算剥削? 穷人不上门来找,谁还放账? 谁还雇伙计? 这不是两家情愿? 再说我爸爸也不是不干活呀! 都是农会那伙棒子看着人家东西眼红,硬给分了,还逼着要藏的东西;牲口牵得剩了一个,地分得剩了一垧,家业一下子就弄了个光……真气死人,张悦越想越苦,越想越想哭,他听了大家所说的苦和自己的不一样,立刻就知道,他这个苦见不得这伙人,但总不能不诉一诉苦哇。想来想去,他想起来在伪满时他受青年训,挨过日本人两个耳巴子,在"命令出荷"那年为着偷吃白面,让特务给训过一家伙,他就当着大家诉说这些。他说着这个,想着家里被斗争的痛苦,一把鼻涕一把泪的,听的人也罩上一脸难过,张悦说得顺了口,把话语颠算了一下说道:

"我爸爸,我们一家谁发过黑心? 谁在'满洲国'不是受人家气呀?! '满洲国'的气才受够,都寻思到自己国家该好啦! 谁想倒闹了个瓯里啪啦! 我也不反对斗争坏蛋,我也不反对共产政策,就是我们村那伙坏小子,见着谁有点肉,他就眼红,他们说他们是贫雇农,那不过是瞒唬工作队罢啦! 人家苦熬素业地捏着肚子累出点东西,他看着眼红,就说人家是富农是地主,他就不想想他为什么受穷,从开天辟地我们村那几个下三烂也没干过活呀! 西溜溜东逛逛,今天就充开贫雇农啦! 我就觉着冤! ……"

别人不知道他村的情形,摸不清真冤假冤,因为是诉苦,诉了也就完啦,在大会上也就没人吭声。会后,七班回到自己屋子时,贫农战士曲忠孝随便问了一句:

"班长! 你家挨斗了么?"

"就是几个坏小子撮咕的! 真拿人冤大头!"

张悦又是一阵子吃黄连的嘴脸。刘友在一旁看了真切,眼一眨一眨地对张悦很可怜。

"那你也该提提,让上级帮你弄清楚,斗错了不是还退呢么!"

"退? 吃到肚里的东西再倒出来? 我才不想那个呢! 我也就是

在这儿守着大家同志提提,出口气吧! 我才不捣那个穷麻烦呢!"

"要是真斗错了,人家是退么! 你为啥不闹明白呢? 再说,背着这个黑锅也不好受哇!"曲忠孝不以为然地问。

张悦听着这话就不悦耳,用白眼仁瞟了曲忠孝一眼,把头低下去,长长叹了一口气,有声无力地说道:

"我才不找那个麻烦呢! 爱说我是什么我就是什么! 反正我情屈命不屈!"

正赶曲忠孝和张悦一句对一句叮问着,别的贫雇农成分的战士们,有的给曲忠孝帮腔,有的在旁边小声议论,好像一班的人把他包围了。从此以后,张悦和全班的战士,——除刘友以外——就有点不对劲;这一场不高兴都是曲忠孝引起的,当然和曲忠孝就更不合拍。

※　　※　　※

查阶级的时候,张悦把家里雇长工的事,都瞒过去了,只说雇些打短的,哭着叫着说不是富农,谁也不能证明,最后连里讨论了一下子,宣布眼下不定准,等闹清再说。张悦总是放心不下,偏偏有一天吃过晚饭以后,战士们在院里歇凉,朱顺和和冯有礼在一边叨咕:

"你说班长倒是富农是中农?"朱顺和问。

"也兴是中农,看那个又哭又急的样子……"冯有礼说。

"我看不是中农,你看他今年二十一,在'满洲国'时十七八岁,怎么就没出过劳工啊? 中农还有没出过劳工的?"

"对了!"曲忠孝不知什么时候也挤到跟前了,还未等小冯张嘴,他就补了一句:"我就想这个事!"

张悦打院门上走进来,他们三个没看清,正说在兴头时,声音不大,动作却很兴奋,张悦走到面前,他们才发觉,话才打住。可是张悦把最末两句听了个一清二白。张悦装着没有听见,故意搭讪了一句,才走过去。

"又拉扯什么呢? 这么高兴?"

"闲扯淡呢!"

张悦走过去之后,小冯拉朱顺和一把,曲忠孝也把头伸过来,小冯把嘴贴到他俩脸前轻轻说:

"他听见了吧?"

"听见该是个老几!"

"怕他发坏水!"

"别说啦! 以后咱们再扯离他远点!"

他们三个又扯到别的事情上去了。连部吹过了熄灯的哨子,别的人都进屋睡觉了,他们三个晚进去一步,还在咕哝着什么。张悦在屋里横着脖子叫了一声:

"谁还在外头不睡觉哇? 不是吹了熄灯哨子么!"

三个人悄悄地说了一句:"发毛央呢! 睡吧!"轻手轻脚地回屋子睡了。

第二天七班都来擦枪,仨一群,俩一伙,就是张悦一个人在一边。张悦在老百姓屋地下的墙旮旯里,把大栓卸下来,用探条带油布把枪铳子拉了半天,又把子弹膛弹仓擦了一回,从枪口向下一看,明光雪亮,来复线一圈一圈地在枪膛里回旋着。张悦抬头望了望战士们,得意地偷着笑了笑,把大栓拆开。他首先擦了擦大簧,又擦撞针。撞针有点锈,擦着费劲,找来一块石头,先在石面上蹭蹭,亮倒是亮些,张悦更用了劲来蹭,当手掌子把撞针推到石棱子上,推出一半时,手上用力过猛,一下子不小心,撞针的上半截断了。张悦怔了。

"糟糕!"

可是他没有叫出口来,别的人一点也不知道。他偷偷地把大栓安起来,向旁边一推,伸了个懒腰,扬头走到战士们跟前:

"还没有擦完? 快擦!"

"你擦完啦?"

"完啦! 我可去院里凉快去啦!"

吃过了午饭,七月的日头晒死人地热,老百姓又是热炕,谁也睡

270

不下去，每人身上好像出了泉，上下淌水。门前就是一条河，在村西头背人的地方，树荫底下，早已经有许多老百姓和战士在洗澡。七班的战士也要去洗洗，在午睡起床前回来，张悦马上答应了他们的要求。

"你们去吧！我今儿个不去，我肚子长风，不大自在！"

战士们像一群野鸭子飞着跑到村西去了。张悦到门前望了望，看他们都下水了，他转身回来，一进屋，顺手拿过来一支九九枪，把大栓卸下，拆出一个好撞针，把自己的断撞针给那支枪换上了。什么都弄停当，枪原样地放到原地之后，张悦把浑身汗水擦了几把，到屋门外头透了透空气，看看大家还没有回来，知道这个事办得神不知鬼不觉，才有点发困，躺在外屋的门板铺上睡了。

※　　※　　※

这个是贫农，那个是雇农中农，大家都有了一定，有几个地主富农成分也定了。就是张悦没有一定。在张悦想，总还比定为富农要好，不过，他家挨了斗争，大家却都知道了。这个事在贫雇农战士中间，记得更真。凑在一堆，就说谁是斗争对象，张悦也就给拉到斗争对象以内。

"那是个对象！……"

许多贫雇农脚前脚后地议论，张悦自然不高兴，断不了自己叨念："谁教的你们！"有时和五班长赵国金——一个被斗争过的伪警察——也互相说说知心话，有些被斗错了的中农虽然已经纠正过来，老早就有一股子冤气，听着贫雇农说"斗争对象"也是不舒坦。

"妈的！你们革命革饱了，我们革命差点没丧了命！……"

连队里对立的精神，弄得很明显，吃饭睡觉说话玩耍，不用人招呼，就分成两边：被斗的和斗人的。上级知道这个事情不对，领导部队贫雇中农和斗错了的中农互相检讨，也给地主富农成分的子弟指出放弃立场走向光明的出路，举行了团结大会。在这个会上，贫雇农都承认了"斗了中农，是斗了自己朋友，都怨贫雇农糊涂！"中农也承认了："也是我们有毛病，我们常像墙头上的草，哪边风硬向哪边倒,容易惹人误会!"地主富农成分的战士也表示:"人民既允许我们学好,我们一定坚决干!"在大会总结时,团政委给大家讲了很多,最后说:

"到了火线上打敌人,冲锋陷阵,地主富农被斗中农,能不能比贫雇农战士落后呢? 能不能说:你们进步,你们干吧,我们先歇歇,能这样么? ……我想不能! 所以,在咱队伍以内,都是为了人民解放,成分不同,目的一样,都是好同志,分不出你我,都一样! ……"

张悦听得最舒服的是"都一样",散会时,他抽空拉了赵国金一下:

"这回好啦! 都一样!"

赵国金黑瘦脸膛也刮起春风,龇着牙才笑呢。张悦跑到连长跟前,两个大眼滚得好像转盘珠子。

"连长! 政委讲得真好,真透脱! 听了讲话,比吃大西瓜还凉快!"

"你高兴了么?"

"连长! 我说高兴你也不信,路遥知马力,日久见人心,以后工作着看!"

小冯就和朱顺和好,因为朱顺和比他大五六岁,长得又大,活像个老大哥,小冯才十七,个子又小,说话猫声猫气的,大家都把他当兄弟。小冯想起什么,总是找朱顺和说,哪怕到茅房去看见个大癞蛤蟆,回来也得告诉朱顺和一声。这天开会回来,小冯孩子气地说:

"都一样,我就寻思不是! 都一样还有穷有富哇? 你说,能算都一样不?"

"人家政委说革命都一样么! 也不是说什么都一样。"

"革命也不能都一样啊? 我们在县里,我们进山打胡子,坏蛋们给胡子送粮食呢!"

"人家参加革命,改过了,就不能那样啦! 还能总那样?"

"反正随你说啥,我觉着不能都一样! ……"

小冯也说不出个子午卯酉来，只好这么坚持着，朱顺和也不再说什么。小冯向旁边一倒，顺口唱了起来：

"大老蒋，小老蒋，大小老蒋都够呛！……"

小冯有腔没调地唱着，唱过来唱过去，还是这两句，正赶张悦走了进来，他老早就知道大老蒋指的蒋介石，小老蒋指的是地主富农坏蛋们，往常听了他装听不见，今天一听，他马上说道：

"还唱这个干啥！都一样革命！"

"都一样了，我也唱！"

"爱唱，来！咱们唱个别的，唱'七月里七月七'好不好？"

"我不唱！你唱吧！"

小冯在铺上把两胳膊两腿一伸开，吱吱哇哇地又唱开了别的。张悦就唱七月里，怪腔怪调，做着怪模怪样，引得大家怪笑，张悦好像取得胜利地冷笑着，心里说：

"这小狗崽子也是个小坏种啊！"

第二天晚饭后做游戏，全连围了个大圈子丢手巾。天才下过雨，操场上还不大干，操场以外更是泥水不净，每个人的脚上都沾着些泥。小冯拿着手巾，丢在一个同志屁股后，撒腿就跑，跑得过猛，脚下一滑，就跌到周明月的旁边，刚好踩到周明月的脚上，把他才上脚的新皮鞋踩了一个泥窝，周明月一蹦一个高：

"你这是诈尸呢？瞎眼啦！"

"我也不是故意的呀？……"

小冯一边揉着闪疼了的腿，一边不自在地向周明月对抗。

"赔鞋！你还讲么？你瞎了眼？"周明月还气呼呼地叫。

"……"

小冯哭了起来，连长指导员把他们劝开了。晚上开班务会，班长要大家检讨一天的思想。大家有的说了点，有的没有说，小冯在一旁闷着头不说话，张悦问道：

"冯有礼，你有什么没有？"

"我没有！"

"大家谁对谁有啥没有？"

"没有啦!"大家答。

"你们没有,我还有点呢! 我觉着冯有礼把周明月的脚踩了,还和人家吵架,是不讲团结友爱,这种精神不对,应该纠正!"张悦边说着两个眼向冯有礼瞅着,才说到这地方,小冯张着个泪眼气昂昂地说:

"我也不是故意的? 他为什么像疯狗似的张嘴就咬哇……?"

"你踩了人家,人家当然生气,你为啥不注意,怎么人家别人不踩呀?"张悦把脸板得像石头。

"他不骂我,我就不吵,谁叫他张口就骂呢? ……"

"同志! 有错就认错! 那也不算丢人,这样犟个什么劲?! 这是落后表现!"张悦拉着长声撒着腔叫喊。

小冯越听越气,再也说不出话来。朱顺和他们听着小冯说的也有一部分道理,偏张悦就不听,想再说说,觉着也就是这几句话,看着张悦那个歪劲,又怕多说了不好,大家呆呆地眹了眹眼,没有哼声。

第二天张悦到排长那里汇报说道:

"我们班里别的都好,就是两宗不好。一宗是当面不讲,背后乱叽咕,喊喊喳喳的! 那天晚上曲忠孝和朱顺和他们在一堆叽咕什么政委讲革命都一样,他们说那不能,又是这个不行那个不行,我走过来,就都不说了! 再就是我们班冯有礼,人小心不小,点子多得多呢! 政委才说要团结,他回去就说大地主是大老蒋,小地主富农是小老蒋,不能革命一样,弄得我们班中农刘友都害怕! 他觉着他是贫农,贫农当然好,而不过贫农就什么都不管不顾,弄得大家散心,就不好啦! 和周明月吵架,一点错也不认,给他解释也不听! ……不好办!"

"那种精神不对! 还要批评! 批评不改,斗争他!"排长沉重地说。五班长赵国金听着张悦报告,早就在一旁小声说:"这样人要在我班里,早整他个猴啃梨啦!"看排长张顺说完,他又补充道:

"小冯那小家伙，我早就看他是个小犟驴！非把他这股子劲扳过来不能进步！"

六班长八班长听着张悦说得头头是道，也觉着小冯不对，只是和周明月吵嘴，亲自眼见，觉着不一定都怨小冯；看着排长都说了话，也就没有再说什么。

※　※　※

小冯早上饭没吃，睡在铺上，说是有了病；只是头有点发热，尿黄尿，别的倒没有啥。小冯请了假。张悦就说这小子泡病号装病，班里同志们也知道他是为了前时闹的几件不遂心的事。别的同志就给他端饭打水：

"吃点吧！出门在外，身子第一，有啥过不去的，也得想开点！"

"别着急！该怎么着还得怎么着！"曲忠孝偷偷劝他。

吃完早饭，大家都在外边刷碗的时候，朱顺和挨到小冯跟前，摸了摸他的头。问他吃饭喝水不，小冯摇摇头；问他想要什么，小冯说什么也不要。

"是不是为吵嘴难过呀？"

"……不……"小冯装着不是。

"不？我看就是这个！出来革命，人多了，什么体性，什么人品，都不能碰不上！光为难还当了？有啥过不去，大家拉拉扯扯也就过去啦！总是你年青，心眼窄巴，那还行啦？坐起来，该吃还是要吃，该喝还是要喝，不能拿身子葬葬着玩！"

朱顺和说着，拉着小冯的手，像个大哥似的扶他坐起。小冯的心里热乎乎的，听着朱顺和说话，一阵一阵地在心上刮凉风，又熨帖又有点不好意思，小冯揉着眼睛坐了起来。到了下午，小冯又可以参加游戏了——自然没有前天那样兴头。

晚上的时候，指导员讲话，批评了不重视部队内部团结不对，把地主富农成分的战士比做小老蒋不对。连长讲话又说：

"我们病号不少，病号有两种，一种真病，一种是装病。真病的应该休息，装病的不该泡蘑菇！这种人应该自觉！……"

275

小冯才高兴了些,又撞了一鼻子灰,又把头耷拉下来了,他偷偷地看着张悦那得意洋洋的样,心上好像落上了火炭。

偏巧第二天下午,全排出去打柴,大家自从离开了庄稼地,这还是第一次又和青草棵子见面。高粱谷子大豆,长了个遍地都是,七月的太阳,把叶子晒得黑绿黑绿的,一棵一棵地舒展着又厚又绿的叶子,向上长得挺棒劲,使这伙离家不久穿上军装的农民,一看就知道这是庄稼正在窜节子时候。

"嘿!长得真好!油似的!"

"现在,一黑夜高粱能长一尺啊!"

"能!正窜节子,天一黑,你听吧,满地噼啪噼啪地响!"

大家摸着庄稼叶子,赞叹着,亲热着,好像看见了相好的大姑娘。临到山坡时,哄哄得更热闹,这个拾起个蘑菇,那个捡一把木耳,拾几个鲜红的"托盘"果,……吵着,议论着,跑着,又像蜜蜂,又像野马。

每个人耍起镰刀,像战场上的无敌英雄,刷刷地把青棵子割掉。野外的空气,传送着庄稼的香味和野花的香味,大家有一股说不出的舒服劲。

小冯一边割着,汗水流着,小风一吹,身上轻了十来斤!嗓子又痒了,不知不觉地唱了起来,朱顺和、曲忠孝看着他笑,安文生在一旁喊唱得好。

在收捆时,小冯捆了比别人还大的一捆,四十多人一人扛起一捆,向回走。水塘里的癞蛤蟆,哼嘎哼嘎一应一答地叫着,引出小冯在家时的歌谣。小冯扛着柴草,学着癞蛤蟆叫了几声,尖着个嗓子用癞蛤蟆叫的腔调唱道:

> 大哥二哥,
>
> 深水没脖,
>
> 不怕别的,
>
> 就怕菜蛇!

别人听了都笑,张悦以为他在指槐骂柳,心里就恼,回头用眼一

横,偏巧小冯人小扛得多,走得慢,落在最后,气冲冲地叫道:

"快走吧! 别光打嗝! 你看你落多远!"

小冯好像树上的蝉挨了一砖头,马上撇起嘴,一声不响,像死了半截的样子,丧荡游魂地向前走。

到了班务会上,张悦又把小冯走得慢批评了一回,这回小冯一声也没有反驳。从此,小冯像个傻子,吃也吃,喝也喝,再也不说话,朱顺和他们虽然劝他,在他们面前他也说许多话,他就是再不能兴头起来了。

"我也不希望这个那个,混着吧!"

这是他经常和朱顺和他们谈话的结语。

※　　※　　※

听说又要检查枪支,曲忠孝这天下午乘着午睡时,把自己的枪拿起来照量一回,看了看枪膛,还是锃亮,又用小手指抠了抠子弹膛,也很干净,把大栓拧了两下,听着里边有点破声破气的,卸开一看,才知道撞针断了,曲忠孝大吃一惊叫道:

"是谁把撞针给我弄断啦?"

全班人都起来,这个看看,那个看看,没有一个人认账。曲忠孝急了,骂道:

"这是哪个混账王八蛋给弄的,一定是特务,坏蛋!"

"那你不小心,谁知道谁给你弄断的呀?"朱顺和说。

"谁也不用怪,还是怪你自己,为什么撞针断了就不知道呢?自己要平时爱护自己武器很周到,时刻都经心,撞针怎么会断了?还是自己检讨,不要骂这个骂那个,革命队伍里不兴这一套!"张悦瞪着两个大眼睛,一板一眼地数落着。

本来自己枪上的撞针断了,自己不知道,又找不出根苗,就是理短。曲忠孝哑子吃黄连,有苦说不出,急得两眼发湿,闭口无言,手拿着撞针翻过来掉过去地看着,看着看着看出了门道,他向大家说:

"这好像不是我枪上的撞针,我的那棵撞针烧蓝一点也没掉,怎么这个撞针白格拉吃的？好像什么磨的！……"

张悦心里明白，听到他这个说法，还没等别人发话，先抢着横道：

"我寻思你就该找替死鬼啦！那不行，自己干了坏事，还不认错，检讨求进步，还东推西推，那还当了什么？这种精神，就是不老实！……"

"看看，大家都看看，也许谁弄坏了，怕担责任偷着串到别人家枪上。"朱顺和一边说着一边就挪到曲忠孝跟前，拿起那个破撞针就看，别的几个同志也都凑过去挤着看，朱顺和说：

"这个撞针，就是不大新，烧蓝都光啦。你们都看着！……"

"……是旧的，磨了的！……"小冯看了一回，把头挤在人堆里小声说。

"从磨光的上头看，像是旧的；要打撞针头上看，尖尖的，又像是新的！"刘友说。

"这是个新撞针，你们看撞针尖都没顶过火，身子上也是磨过，也不知哪个不懂局的擦枪，大概是磨了，就显着像旧了。"张悦趁着刘友一句话，补充着说。

王金生——一个不大说话的青年——拿过撞针来，横着顺着照量了几次，最后把它在手里掂了几掂，说道：

"发表发表我的意见，对不对的大家分解！这个撞针是磨过的，还不是砖磨的，是石头磨的。砖软，三下两下磨不出这样深的道子，石头块子硬，才能磨这样。这个撞针是旧的，不能打尖上看，尖细，谁擦枪也不敢在撞针尖上用力，怕弄断了，撞针尖都是带烧蓝的；只有撞针身上，擦的回数多了，会把烧蓝擦掉。你们看这个撞针，下半截，哪还见烧蓝的影子？我说一定是旧的！……"王金生说到这里停了一下，望了望大家。安文生不耐烦地问道：

"你说这个撞针是不是曲忠孝枪上的吧？！别拐弯抹角的！"

"我说呀？！我说不是曲忠孝枪上的，曲忠孝这支枪，谁不知道，是全班全排顶新的一支，谁没有看过这个枪的里表？我说这个撞针不是他的！……"

"你说，不是他的，是谁的？"张悦红着个脸问。

"要我说呀，不怕我得罪班长你，我看着就像你枪上的，你那天磨撞针，我亲自眼见的！……"

"……"张悦脸上一红一白的，想要发作，一转念话口又和缓下来："那你，那你才是错怪了人呢！我磨撞针不假，可是我也没有磨断哪？再说，从那天擦枪以后，我始终也没有再拆过枪啊？你们大家说，是不是？"

"……"大家没有一个人哼声。

"要我说，咱们大家都表表心，把撞针都拆出来看看！"王金生提议。

"赞成！"安文生首先响应，其余的人们也都表示赞成，冯有礼一声没响，到炕上把自己的枪摘下来，马上拆出撞针，向大家面前一放：

"看吧！是你们的不是？"

紧接着各人都拆开了，曲忠孝一个一个地看了一遍，摇摇头表示不是。张悦在一旁两手抓着枪栓，龇牙咧嘴地拧来拧去也卸不开，嘴里念叨着：

"咋整的，怎么就卸不开呢！"

好容易，才卸开，他为难地把撞针拿出来，向大家面前一伸，装着有理似的说道：

"你们看，我的撞针多好，让我换别人的我也不干哪？"

曲忠孝拿过来一看，面熟得很，黑油油的引人的烧蓝，崭新的撞针，心里扑通扑通地直跳。曲忠孝愤愤地说：

"班长！这不是我那个么？你和我那枪栓各件对对，哪件颜色不一样?！你的是磨过的，这个可没有磨过！"

"我看这撞针就不是班长的！"王金生看了看补充着说，"这个压根没有磨过！"

朱顺和、安文生一伙子也都说没有磨过；张悦装出一副没事人的样子,听大家说完,然后他说道：

"你们都说够了吧？我也得说说！我这个撞针不错,不是原来的撞针,可也不是我偷来的！这是我那次领枪,在枪堆的地下捡的,我就留起来了；我心想当兵的,枪就是命,撞针又容易坏,这个玩意不能丢,我就一直放在挎包里。这回擦枪,我那个撞针一磨,连我也看着不顺眼,我就把它换上了！"

"那你那个旧的呢？"朱顺和问。

"那旧的？我记得是装在口袋里啦,两三天也就没大在意,又出操又跑步又打柴,等我想起来,一摸口袋,没有啦,也不知丢到哪里去啦！真糟糕,要不,给曲忠孝换上一个多好?!"

反过来,掉过去,张悦是个不承认,大家都冒着汗。有的忙着上自己的零件,有的出去小便,有的到水缸跟前去喝凉水。曲忠孝噘着嘴,自认倒霉,这个事就算搁下了。

张悦一个人站在穿堂门的后门口,面向外发呆,心里咕噜着："就是姓曲的姓王的这两个小子！"

小冯拉着朱顺和的手,在张悦背后伸拳头,又戳自己的脸蛋子,引得大家偷着发笑。安文生和一个战士偷指着张悦说：

"你知道这小子什么出身？"

"不是说念书的么？"

"不是,开小铺的！"

"开什么小铺？没听说过！"

"杠子头铺！"

那个战士笑了,安文生看着张悦到北边地里去大便了,又补充着说道：

"人家是老杠子头铺,祖辈流传卖大杠子头,男女老幼练得好,顶次的抬一百里地不换肩！"

安文生才说完,曲忠孝正颜正色地说道：

"你光知道这个,你不知道他的小名？"

"不知道！你知道？叫什么？"

"叫十七八的姑娘穿活裆裤,……"

"什么呀?"

"不害羞呗!"

大家正笑得高兴,朱顺和先望着张悦从北地里回来,向大家使了个眼色,大家的脸,好像云遮了太阳,刷下子就变了个样,一个一个地变成木头疙疸,有的立着,有的倒着。

※　※　※

张悦到排长面前汇报,把自己的道理哪哪地说成一串,把曲忠孝的道理,十分裁去九分,至于撞针磨过一节,压根没提。排长一听破坏了武器,就长火;又一听曲忠孝还犟嘴,赖别人,山东人的倔劲就都上来啦。

"这小子真是调皮蛋!个人错了不认错,还红口白牙诬赖别人!要好好批评他!"

排长张顺撇着个山东腔说完之后,又到连里汇报。连长一听也长火,只是指导员提了一句:"应该详细考察考察。"张顺也没当个耳旁风就过去了。

排长认为张悦反映问题很快,又听说已经把曲忠孝批评了并且有转变,认为张悦这个班长还是不错;张悦自然是看得明白,到了班里,像领了圣旨似的,才牛呢!

在操场上进行址教练,科目是装退子弹。半晌午的太阳,虽不十分热,也把人晒得直冒油,这一次做科目,做了有四十分钟,班长也没说大家做得好,也没说不好,总是没挑剔什么。就是王金生一个毛病多,张悦指出一回又一回,好像指不完似的:姿势不对,低头的时间过长,枪口未与眼平……王金生冒着大汗珠子,弄得蒙头转向,起初他还能够注意纠正,后来左也不是右也不是,他心里明白,怎么着也不行,也就喝上啦;东拨东转,西拉西转,像个死尸。张悦也看出这个劲头,气愤愤地向他威胁:

"做不好?做不好做到天黑!"

虽然没有真做到天黑,却真做到了收操时间。累点是小事,心里窝火是大事。王金生回到屋里躺下就发烧，一直到第二天早晨，也没有吃什么，光叫唤头闷心里发烧。朱顺和就给他弄稀饭喝，小冯就给他买了两块西瓜。王金生吃了一块，心里凉快了些，精神了些。

"咳！"他望了望小冯和朱顺和："我王金生活了二十年，也没有过过一天好日子，这回到了自己军队里，有的吃有的穿，干的是革命，我说良心话，没有不遂心的地方。年一年二的弟兄们凑在一起，多好，做梦也没想到，一出门碰上吊客星！"

"别着急，上级早晚会明白的！"朱顺和说，小冯在一旁孩子气地看着他。

张悦皱着个眉头子，气汹汹地走进来，大家又是鸦雀无声。他把眼向四外撒了撒，看见了曲忠孝，就盯住了。

"今夜一点到三点的岗——营部门前的——是你的么？"

"是我，还有他！"曲忠孝边指着另一个战士说。

"你们俩谁在营部门前拉一泡屎？"

"不是我，我没上岗之前，才大便的，我旁边还有人和我一起去的呢！不是他？"这个战士给自己找到了证人。

"那就一定是你啦？"张悦指着曲忠孝。

"不是我！一宿岗轮几个班，谁知道是谁呀？"

"你还犟呢！人家营长一点钟还起来看，人家记得清楚，一点以前门前没有屎，要拉一定是一点到三点的班！他没有拉，不是你是谁？"

"那就不兴是别人拉的？"曲忠孝拼着干了！

"别人在哪里不能拉屎，偏跑到营部门前去拉？你就是个犟劲，你这不进步，就是吃亏这个死犟！"

"班长！让他再好好想想吧！"

一个战士调和着，这个事情算是过去了。

七班这一伙，越来越泄气，曲忠孝、王金生、冯有礼都打灰了心，别的人虽然吃的打击不这么重，也都看准了，多磕头少说话为是。

好在张悦不能一天跟着屁股，什么时候，他一转身离开，这伙人马上就换成另一个世界：有说有笑，朱顺和成了他们不带衔的班长，有什么心里话，没有不对他说的。这样一来，大家一阵子难受，还可以找一阵子好受，就这样地过着。整训到了三个月左右的时候，部队要进行党建工作，指导员、教导员把共产党是怎么回事，讲了好几回，讲得也很详细。有些地方听不懂，有些地方听懂了又忘了，反正大家都知道：共产党是毛主席领导的，共产党员是好样的，共产党是领导老百姓翻身的。每个人都准备个人的意见。冯有礼啾啾地和刘友说：

"我报个名参加行不？你看！"

"我也摸不清啊?！谁知道是怎么个回事啊？也许行了！"刘友说。

"你参加不？"

"我又想参加，又不想参加。"

"你这人说话老是骑着墙头两边撒！"

"不是两边撒，是真这样子！我想起在党有好处，上边又另眼看待，我就想在；又想我是中农，怕人家不收，弄个难看，再说，在党得坚决，啥事抢在头前……"

刘友吞吞吐吐地说着，别的人也都凑了过来。小冯听得不耐烦，止想用话横他两句，曲忠孝在一旁插了言：

"又吃鱼又嫌腥，又怕烧着又怕烫着，等着吧，北京城的金銮殿修好了，请刘友去坐呢！赶情地等着天上掉馅饼，吃现成的，才好呢，人家蒋介石大地主不是不干么！我就是直筒子，一条道跑到黑，打我见了共产党那天，我就觉着他好，就打他来了我得烟抽，再不到处受气，分了房子分了地，……说不完，反正一句话，他让我咋着我咋着……"

刘友让他横了一下，弄得挺磨不开，想着洗白洗白自己，一下子又想不出合适的话。曲忠孝的话好像黄河开了口子，翻滚直流，也不容他抢上去，后来听得话又转到共产党领导翻身上头，离自己远

了,他也就乐得不再说什么,低着个头摩挲枪。曲忠孝的话才一落地,冯有礼抢着问:

"那你一定愿意参加,是不是?"

"我老早就参加了,还有啥愿意不愿意?! 不愿意我这是干啥呢?"

"那你已经参加了共产党啦?"

几乎是大家一齐问,七八对眼睛好奇地望着曲忠孝的脸,倒把曲忠孝弄了个莫明其妙。

"我一参加,就参加毛主席了,还不是共产党……"

冯有礼在一旁拍着屁股颠着个儿地笑,别的人们也笑。其实各人心想的也不一样,朱顺和、安文生笑他把跟着共产党走,就当成参加共产党;冯有礼笑他不是党员充党员,一边笑一边叫喊:"屁股后头夹凉扇,混充大尾巴鹰!"大家都笑他这个特别词——"参加毛主席"! 有的就问:

"老曲,你给咱们讲讲,这毛主席怎么个参加法?"

笑得曲忠孝不好意思,理直气壮地把眼一立愣,像训人似的说道:

"你们明白,你们没有参加毛主席,那你们参加蒋介石了? 你们这是参加蒋介石的?"

"对! 咱们都参加了毛主席!"冯有礼俏皮着说:"咱们都是共产党了!"

"教导员说过,咱们参加八路军,是受毛主席共产党领导,咱不都是共产党,这次才要拔好的当共产党员,谁愿意谁上个名,还得大家同意……"朱顺和也说不大清楚,"不是么?"

"不管咋的,反正我是在的! 我不怕烧着烫着!"曲忠孝野声野气地像示威似的说。

"你在我也在!"小冯叫喊。

"我也在!"

"我也在! 参加毛主席!"

好像早晨树上的麻雀，吵吵得不分个。张悦班长进到屋子，大家都没看见，他站了一下，有的就看见了。看见了的，首先把嘴关死，偷偷地撞别人，接着一个两个三个地把嘴闭起；声音好像响气的煞尾，越小越细。完了，这个向东边挪屁股，那个就向西蹭，也有的下地去，有的哼哼着什么调子，有的抽烟，也有的拿起块破布擦枪铳子。张悦早已听得明白，又看着大家这个样，就有点不高兴：

"怎么？讨论哪！挺热闹的！"

"讨论啥，瞎扯呗！"朱顺和说。

"不是讨论参加共产党么？"

"七嘴八舌地在这里闲唧唧呢！"

"多少人愿意在？"

"都愿意！"

"冯有礼也愿意？"张悦望着小冯，小冯从鼻子里说了两个字："愿意！"又问曲忠孝，曲忠孝也是照样回答；问到了王金生，王金生说：

"愿意倒愿意，谁知够格不哇？"

"这还不错！"张悦得意地俏皮着："参加党当然是好事，又光荣，又得好，你们都听见教导员说过，那得服从组织，啥叫服从组织呀？服从组织就是叫你死不能活着！当个共产党员就不能在乎自己的脑袋，爹妈老婆的事，那更不能提，你要有个二话，就不能算，就得受纪律裁制，不是铁的纪律么?! 看得那么容易，王金生还不错，还个人思乎了一下子！……"

刘友一听，首先把心扑通一沉，长出了口气："亏得没报个名！"小冯、王金生一听，心里也真犯颠算："一参加这不就是整个地卖了么?!"也就二意思思起来。别的人们也有的想看看再说，也有的想再等一年也不晚，……只有朱顺和、曲忠孝、安文生几个心里想："随你怎么说，我反正要报个名！"一直顶到开会讨论之前，一个班里的心，都是多少样子。

张悦吃了晚饭，游戏完了，在操场边上逢到了赵国金，上前一

把,把他拉到一边,一边嘴里说:

"来,我问你个事!"

"啥事啦?"

"你们开会了没有?"

"什么会?"

"党建会呗!"

"不是说明天开么?"

"我还不知道明天开? 你们班里就没有人叨咕?"

"啊! 你问那个呀? ……"赵国金把眼翻白了两下,脸沉了沉,好像挨了骂:"你这小子真是狗拿耗子!"

"我怎么多管闲事呢?"

"我不知道你,反正我是看准了,我参加不上。我也不在人前去冒高,省得让人家贫雇农给顶下来,丢人现眼! 我也不管那闲事,谁爱说谁说,谁愿意饯饯谁饯饯,我左右给他个装聋做哑,高兴了听听,不高兴了躲远点。怎么着,你还想抓闹抓闹么? 照镜子了没有?"赵国金话里挤对着,眼里闪着轻蔑的神气。

张悦听着觉着受了莫大委屈,鼓着两个大眼苦笑着,赶忙辩白:

"别他妈的损人啦! 谁抓闹来着?! 那个下三烂才不害羞呢! 我是听着我们那伙……"张悦向四外望了望,"在高兴,又是参加,又是有好处,比王八吵湾还热闹。我听着心烦,看着眼烦,想找你出出闷气,你当我想抓闹么? 不用说要不要,就是要,还得问问我愿意不愿意呢!"

"你打听那干啥?"

"我听听是不是都那么兴头!"

"那还用问?"赵国金吐了口痰,"都在兴头得难受呢! 就是剩了我这个,他们说东我说西,我不高兴,你们也不用想舒心!"

"嘿!"张悦笑得像要抱赵国金一下,"我也是那么着! 共产党好不好我也摸不清,反正把我家给分啦是真的,一拥护万岁,我就脑袋疼!"

"你脑袋疼？我屁股疼！"因为赵国金当过警察，打过人，挨斗争时，老百姓气急了，也打过他两下。

说到此处，两个人就沉默下来，慢慢地走着，心里翻弄着，直到天黑时，才懒懒地分手回班。

第二天各班讨论建党支部，个人自报公议。张悦这个班里开会了，由班长把开会目的说了一下，就让大家发言：朱顺和、安文生、曲忠孝首先报了名，冯有礼一看，有了伴，寻思着不要紧，也跟着报了。首先讨论朱顺和、安文生，除了张悦以外，全体赞成，张悦看着大势已去，也跟着赞成，喊的声音比全班都高。讨论曲忠孝的时候，朱顺和、安文生都发言说他工作积极，成分也好，对毛主席忠心，有种，可以入党。有一个战士补充道：

"我也说曲忠孝同志不错，他入党，我赞成；有个缺点，性急，有时显着不好，希望着改改！"

"谁还有？快说，别耽误时间！"张悦催。

"没有！"大家说。

"大家没有，我有点。我觉着曲忠孝工作也积极，但是不经常，最近这一段，就沉闷，我说这就犯冷热病；有了错误，检讨不虚心，上回放哨在营部前拉屎，始终没有好好承认。我觉着他虽是贫农，思想开得还不透，我看不一定可以入党，大家可以参考。"张悦说完，两眼追着大家，想找个拥护他的。冯有礼马上说：

"曲忠孝这一节是沉闷点，可是哪样也没少干，再说这几天又很积极起来，挑水打饭，样样抢先……"

朱顺和道：

"曲忠孝同志有两天是显着不高兴，可一过也就过去了。要看他的印象，不能说不好，你们看自打到队，这个也断不了想家，那个也断不了想孩子，曲忠孝就是没提过，他一听着就劝别人，一说他就参加了毛主席，咋着都行，干工作，那真是没比，我看这人印象就好。"

朱顺和一说，张悦就知道不好办，又看大家都一口咬住赞成，只好举手表决,大家通过——当然刘友是看看大家手都举齐时才举了起来。讨论到冯有礼,因他年龄十七岁,不到入党年龄,没有讨论。冯有礼扫兴地坐下了。张悦又征求报名的,冯有礼就推刘友,别的人也在旁边凑趣,刘友的心思几天来正在忽东忽西地动着。这时大家一推,报名的心事就占了上风,可是仍然有点迟疑,冯有礼看别人也有赞成的意思,替刘友站起来。

"我替刘友报个名,你们赞成不?"

刘友这个人虽然是墙头草,惹人不赞成,可是有一条公认的好处:"老实"。他没有吵过嘴,没说过横话,没有不参加过哪一样活,……大家一高兴,觉着刘友也就是不错;有几个人有点犹疑,大多数人都喊了一声:

"赞成!"

朱顺和、安文生几个看了看大家已赞成,想了想也就赞成了,只提了一句:

"还得问问刘友愿意不哇?"

刘友慢腾腾站了起来,又高兴又为难地向大家看了看,说道:

"大家都说了,我也赞成,同意!"

会散了之后,连部召集各班集体汇报,张悦翻来覆去地做难:要是把曲忠孝报告上去,他要当了党员,以后根子硬,就不好辖治,那小子又急如星火,谁知赶上个什么不合适,还呛得住他?有心不报告吧,又怕上头知道了,不好办。这时,他先到连长、指导员那里。连长一直挺喜欢张悦,从来说了就信;指导员虽不和连长一样,倒也没有什么不好的表示,更重要的是指导员也是经过张悦了解七班,三个月来,他也没有到七班看过;至于排长那就更不用说了,他只会着急,可是没有正经地和战士们唠过嗑。想到这里,张悦心宽了许多,下定决心把曲忠孝给隐瞒下。

连支委会把各班报名的人审查了一下,又经全连军人大会讨论。七班里的朱顺和、安文生、刘友都通过了。曲忠孝张着嘴听讨论自己,不想一滑就到了八班,九班……他心想也许把名字排到顶后边去了，一直地盼着，直到最后指导员说：

"今天的会，开到这里完了！"

曲忠孝的心咯噔一下子凉了下来，脑袋好像断了脖筋，耷拉下来。朱顺和他们也觉着怪，为什么没有曲忠孝的名字呢？回到班里就问了一句：

"班长？怎么没有曲忠孝呢？"

"那谁知道？班里提到连里，人多着呢，也不能都拿到军人大会上去，连里不是还裁制一层呢么！听说不是一个呢！"

大家一听，觉着也像是事实。有点子怀疑，也没有人去找连里问个究竟——问错了不是白担不是么！冯有礼他们看看曲忠孝难过的样，都偷偷地劝解：

"老曲！别心焦，这回不行还有下回呢！慢慢总能参加！"

"……"曲忠孝把牙咬得咯吱地响，脸色转黄。大家怕他骂街，赶忙劝，小冯急得光拉他的手———一顿一顿的。曲忠孝长吁一口气，小孩似的说道：

"我看准了，我在七班算没好！有一天要到火线上，人家下命令叫我一直向前，后边不援助，谁知啥时候把我卖了哇！……"

※　　※　　※

全连有一半班长没有被通过入党，有的是根本没报名，有的报了名没通过。连部营部都知道战士们还有自己的主张；决定要吸收一批好党员当副班长，加强领导，由各班挑选。第七班一选就是朱顺和，这一来，名正言顺，七班的战士都靠近他，大家都高兴。可是到底还是班副，凡事还得正班长在头里主张才行。张悦首先不能让曲忠孝、王金生他们顺心，所以，朱顺和也解不开大家的苦恼。

曲忠孝不说话，一说话就挨呲，这天开讨论会呢，全班坐在院门边上一棵不过二年的小柳树荫下，树荫的影子，一条枝一个叶摆了个分明，好像女人用的花样子。大家坐在这个树荫下，脸上印上一层花样子，才立秋的上午的太阳还有一股子热劲，又发汗，又使人发困。讨论的内容是"两年自卫战争总结"，指导员出的题目是"一九四五年咱们为什么后撤，一九四六年以后为什么反攻？"一开头大眼瞪小眼，谁也不发言，班长催了几次，冯有礼先说：

"报告，我讨论讨论！一九四五年，咱们为什么后撤？我说，后撤的原因，是因为一九四五年蒋介石发动内战，向解放区进攻，还有美国帮助，咱们兵少，就后撤。一九四六年以后，咱们为什么反攻？咱们反攻是因为咱们力量越打越大越强，蒋介石越打越泄气……完了！"

"报告！我讨论！"一个战士照例喊过报告讨论后说："一九四五年为什么咱们后撤？是因为咱们没有群众没有发动，没有组织起来，一九四六年发动了，组织起来了，咱们就反攻！完了！"

"报告！我也是那个意见，你就拿我说吧，一九四五年我的脑袋还盼'中央'呢！一九四六年一发动，不用说不盼他，恨不得一下子剿了他的窝，贫雇农就参军，就反攻啦！完了！"

这个说一回，那个说一回，反正是这几句话。曲忠孝心想说也是这几句话，不说也罢，一直就没有开口。张悦把脸一拉大长，瞭着曲忠孝道：

"你呢？发言哪！"

"我还是那个！"

"还是哪个呀？"

"还是因为组织起来啦就反攻！"

"你就记这些？指导员讲了两点多钟？"

"可不就这些，知道得多，留着也不顶饭吃！"曲忠孝话里带刺。张悦大眼睛狠狠地向曲忠孝横了一眼说道：

"这是讨论，学习！也不是在你们家，要小孩子脾气，你爹你妈没办法！学习讨论，不用心不发言，不求进步，老这样下去，不行！"

曲忠孝一听，嘻得够呛，越想越憋屈，几次想开小差，总觉着不名誉：在屯下自己第一个自愿参加，农会扭秧歌骑大马戴红花把自己送来，副班长又这样好，开小差对得起哪头呢？不开小差，什么时候算个了呢？曲忠孝偷偷地捶自己的脑袋，想来想去，想出这样个门道：

"我离开这里，到别部分去，谁能说我不革命呢?!"

一个人走，没个伴，有点孤单，曲忠孝决心找个伴。他选中了王金生，王金生一直是丢魂少魄的样子，张悦对他，他对张悦的心情，曲忠孝早就吃透了。他看着王金生去大便，也跟了进去，两个人挨着蹲下，曲忠孝话里套话，提了出来。王金生道：

"也不能说走就走哇，得找个合适的时候啦！"

商定在晚上上哨的时候一同去。王金生心里说："这家伙！上主力不上主力，反正是开小差，我不能干！"他回去就跟朱顺和说了，朱顺和把曲忠孝劝导一回，才告给张悦。张悦一听说这个消息，简单问了一句：

"是真的么?"

"是真的！"

"我看这小子越长越落后呢！"

张悦得意地笑着，三步并两步地跑到连部，还没进门就喊：

"连长！连长在么?"

"连长不在！指导员在！"小鬼说。

"指导员！指导员……"张悦喘着气。

"什么事? 什么事?"指导员问。

"嘿呀！指导员！万想不到我们班出了组织开小差的事！……"

"谁?"

"曲忠孝！他组织王金生要开小差，王金生报告了，幸亏没闹成，要闹成了，说不定勾串三个五个呢！曲忠孝一来就是蔫坏，我早看他不把稳！"

"好！回去好好和他谈谈，让他检讨检讨；等我们商量一下，顶好让他在大会上坦白坦白！"

张悦回去也没有和曲忠孝谈，反而找别人偷偷地咬耳朵："注意点呀！大便小便的，以后得看着点！"他故意做个样子给曲忠孝看着难受,曲忠孝低头叹气。

正赶上一班三班有两个逃亡战士,由地方政府给送了回来,连里就组织了一个反逃亡大会,想是教育大家,把逃亡的邪劲压一压。

吃了早饭,乘着天还凉快的时候,全连集合在用草搭的凉棚下边。早晨的初秋的太阳,从前面屋脊上爬起来,穿过棚上稀稀的草空,漏到人们的身上。起初,有点舒服,慢慢地就发痒,一会就有点烧得慌,才吃了热高粱米干饭,喝了一肚子热倭瓜汤,小伙们的黑红脸上又给涨上一层红,外边又蒙上一层稀稀的小汗珠,大家一边抹着脸上的汗珠,一边喘呼呼地坐下。两个逃亡战士刘士元和徐洪业站在凉棚的右角边,挨着指导员发呆。

人们坐好,指导员摸了摸皮带的铜扣,又扶了扶帽子,向大家面前一站:

"同志们! 安静点,咱们现在开会。今天咱们开个反逃亡大会,咱们有两个逃亡同志,一个叫刘士元,一个叫徐洪业,他俩开小差,脱离革命,犯了错误,今天要他俩自己检讨,大家要好好帮助,使他们进步,这是第一;第二呢,他俩犯了错误,就是违犯了革命纪律,要受纪律制裁,怎样处理,大家民主,大家都要负责,勇敢发言! ……"

指导员话一落地,就有人提议要他俩先坦白一回,又有的提议:"让他们站到正面,让大家看看!""不能让他们站在荫凉,要他们立正,站在太阳地里! ……"马上吵成一片,有几个人过去把刘士元、徐洪业推到大家面前。指导员直着嗓子喊:"不要吵!"好容易才平静下来,决定让他俩先坦白。刘士元先讲,脸上冒着汗,身上发潮,口里发渴,他吃吃顿顿地说道:

"同志们! 我来坦白,我错误,因为我革命思想不坚决,想家,观念重,我开小差,脱离革命……"

"我问你为什么想家? 怎么别人不想,偏你想? 你想什么?"

"我想家,落后,我想我媳妇,还有小孩,我落后! ……"

赵国金听到这里，刀条脸一抽，眼一挤弄，霍地立了起来，一手持枪，一手指着刘士元，可嗓子喊叫，抖着威风：

"媳妇是你妈？你怎么那样想她？！有媳妇的多着呢，我也有，怎么都不想，偏你想？都像你这样，还能革命么？我看你这印象，就是反革命！……"

有些别的人，学着赵国金的样，也骂了许多，还是经过指导员提议，才让徐洪业坦白。徐洪业是个小个，大脑袋，他看了刘士元的一场，轮到他就更发窘：

"我是因为钱花光了，买点黄烟也没个钱，光抽人家的，谁是有的呢？短了小铺五千块；又听说要向远处开，我一落后，就开小差啦！以后，我知过必改……"

赵国金、张悦领头，别的有几个人不自觉地跟着，都一个比一个厉害地骂着。等他们的声音稍小了，朱顺和才站了起来：

"我问问他俩是什么成分？"

"好！问问他是什么成分！"大家叫。

"我是贫农！"刘士元说。

"我活了二十一岁，扛了六年活，是雇农！"徐洪业说。

"我说你这两位同志就叫忘了根本！"朱顺和说，"想想咱们贫雇农祖祖辈辈受了多少气，吃了多少苦，给人家地主大肚皮挣的是金山银山，咱们孩子老婆无冬历夏，围麻袋片。走在街上，看见人家，没笑强笑，老远地施礼，人家高兴了拿眼睖一睖，不好了，不定挑个什么眼！做梦也没想到会有今天，队伍为老百姓打天下，单打地主红眼队，保着老百姓坐江山。地主们见了咱们赔笑施礼，可真是翻了天，咱们贫雇农参加自己队伍，有的吃，有的穿，又长知识，一个想不开，就走了，这又不是在蒋介石队伍，……我说你不是忘了根本？"

"我说他不是想媳妇，是忘了媳妇！"小冯学着朱顺和的意思，"有解放军，你有媳妇；没解放军，穷人的媳妇，谁知啥时候是人家的呀？！你想她就该坚决打倒蒋介石！"

多少个贫雇农战士都跟着发了言,刘士元、徐洪业头轰轰的,听了朱顺和的话,又难过又熨帖,等到听到赵国金吱哇一叫,比挨一炸弹还难受。大家的发言,逐渐稀了,指导员提议讨论处理的办法,这时张悦站了起来,两眼翻弄着,摆着十分得理的架子:

"开小差的犯纪律,组织开小差的也得犯纪律!我们班曲忠孝勾引王金生开小差,破坏革命,我说也该坦白!对不对?"

"对!"大家应着。

"叫他站出来!"赵国金叫着。

曲忠孝梗着脖子站了出来,心想:"老子没想破坏革命!不怕你造谣!"直挺挺地站在队前,两眼瞅着大家,大家就要他坦白。他把一只手叉腰,一只手摆花:

"同志们!我想开小差,不对!错误!可我不是想不革命!我参军是真自愿,真想打蒋介石,不让地主富农坏蛋翻身!不让我来我要来,我来了撵也撵不走,我是在我班里待得憋气,我决心要上主力,王金生知道。破坏革命,王八蛋才干呢!完啦!"

"我说曲忠孝不坦白,不认错,到现在还以为自己对!……"张悦叫着。

"不坦白,不改过,就该处分!"赵国金叫着。曲忠孝气极了,破罐子破摔,一定不能服你俩的软,被斗争户,富农!他把眼眉一皱,叫道:

"只要不在七班,我什么都会好!我就是不想在七班!我就不是不想革命!……"

"揍这个不坦白的东西!"

张悦一叫,赵国金也叫,伸出拳头,张悦就蹦过去,赵国金也蹦过去,有一伙不大明了的,也觉着曲忠孝不坦白,生了气也跟过去,一凑一群,把个曲忠孝按倒就打。指导员紧拉慢拉,已经打了个猴啃梨。刘士元、徐洪业在一旁发抖,曲忠孝蹲在地下抹着脸上的土,吐着嘴吃的土,呼呼喘气。指导员心知道打骂是不对,又看着曲忠孝这个讨厌倔劲,觉着顽固,该压一压,一时又有点觉着这样

一来也许能帮他明白得快些;待已经制止,他才说道:

"同志们! 会开的时间已经很长了,最后处理办法,还没有提出意见,希望大家赶快提,可是再不能打。我们是为了帮助教育,要说理,不能动手,可是逃亡的同志,也不要以为不会挨打就死顽固不认错,那是不对的! 你要顽固,把大家惹急了,真要像刚才那样,组织上也没办法! ……"

有几个人要求枪毙,大家一致不同意;有人提议送矿山去挖煤,赵国金、张悦也跟着赞成;大多数人意见还是让他扫院子一个月,好好反省改过。

散会以后,张悦撞赵国金一把,向他伸了伸舌头,说了句:

"真来得冲! 有两下子!"

赵国金得意地笑着,看大家都走到前边时,他俩落在后边,赵国金伏到张悦耳朵上去,啾啾地说:

"他们打了我,我也得打他们几下,捞个本!"

※   ※   ※

指导员听到曲忠孝说离开七班什么都能干好,本想找他来谈谈,许多别的事情一纠缠,就忘了。曲忠孝仍然在七班生活,他一天扫院子扫茅房,担水,不出操。这样少和张悦到一起,眼不见心不烦,曲忠孝倒落个开怀,可是总是不舒心,想起来就愁眉不展。他一个人坐在墙荫下发呆,安文生凑过来,他掐上一掐烟面,两个人吸着了,吧嗒吧嗒的谁也没说话。对面地里的玉蜀黍,抽出了比大油瓶子还长的穗子,上边秀着粉红的缨,绿油油的叶子,硬邦邦的茎子,在太阳下长得又新鲜又舒展。

"你看! 今年这庄稼长得多好!"安文生眼望着玉蜀黍说。

"好! ……挨不了饿啦!"

"你分的几等地?"

"头等地!"

"保险吧? 涝不着,旱不着吧!"

"旱涝保得!"

"那就好了！不用惦家了！"

"还惦家呢！顾个人还顾不了呢！"曲忠孝深深地吸了一口，又长长地吹出去。

安文生一下子不知从何说起，看着曲忠孝的脸，胖胖的，才入伍时有说有笑的活泼劲，一点也没有了；那胖脸一绷劲，百儿八十斤东西一撅就起，现在他好像瘫了，拿把扫帚都像举个千斤担子。安文生完全知道他为什么变成这个样，也知道自己没有办法，也就不愿多谈。

"不要老难过么！一手遮不住天，是真是假，总有一天闹明白！……"

"我就希望打仗，上火线……"

"……那怎么？……"

"大家站在机关枪跟前叫叫劲，让这群丫头养的现现原形！……"

"还是得忍着点，有什么难为，咱们大家拉拉，就过去了。"

"放心吧！死我也不开小差啦！我开小差也不能在他眼前！让他称愿！"

排长张顺带着两个人，走进院来，使安文生他们俩的谈话终止了。他们看着他们三个走进来，一声没响。排长看了他俩一看：

"班长在屋没有？"

"在屋！"安文生说。

他们三个就进到屋里，停了没一袋烟的工夫，张悦把全班集合，排长给大家介绍了那两个生人，一个是团政治处张主任，另一个是组织股王干事。张主任简单说了两句：

"我们来想和大家说个话，了解了解下边情况，大家不要害怕，有什么问题，什么意见，都可以说。……"

排长张顺敬了个礼，说是还有事，走了。

张悦一连问了几次，要大家发言，一个人也不说话，他乘着这个空子，说道：

"我们这个班从成立就是这伙,没有一个逃亡的。大家都很努力,就是我领导不好,没干过,不懂,顶好换一个。"

"有想家的没有?"

"你说没有,可也备不住有人记挂着;你说有吧,可没有人为想家跑了。没听大家说过!有没有?主任不是问么!"

"你们有打唧唧的没有?"

"没有!一直都团结!没有吧?"张悦脸望着大家。

张主任知道再谈两年也是这些,赶快把话就收起来。他听说副班长是个党员,工作和思想都不错,想找他单个谈谈,也许能了解些东西,马上把这个会结束,由王干事和张悦继续谈,他把朱顺和带到院里一边去谈。朱顺和看着张主任一张和气的脸,很想亲近亲近,又摸不清他跑这里干啥。班里是有些事,不知说了合适不合适,拿不定主意。

"你是什么成分哪?"

"我是贫农!"

"有中农没有?你们班里?"

"有一个,叫刘友。"

"他怎样,好不好?"

"顶老实,不说东不说西的,当了党员!"

"有挨斗争的么?"

"张悦——班长——挨过斗争,分啦,他不承认是富农。"

"除了他俩,都是贫雇农么?"

"都是!"

"那怎么让张悦当班长呢?"张主任睁大了眼睛问。

"连里派的么!"

"你们都愿意?"

"才一来,大家啥也不懂,寻思这些事咱们也管不着,麻麻烦烦,谁爱当谁当,谁也就没有管。赶人家当上了之后,日子长了……人家总是能!"朱顺和露了个头,觉着不合适,突然又转了弯。张主

297

任已经看明白,解释道:

"有什么还是要说,队伍不是咱们穷人的么! 大家有责任,尤其贫雇农,想到哪,看到哪,都要提,上边好明白。大家不说,下边有问题,憋得难受,上边觉着没事,越来越糟! ……"

朱顺和听到"大家有责任,尤其贫雇农",心里扑腾地跳了一下,他知道主任是真心诚意,也觉到自己的责任,望了主任一眼,把头低下沉吟了一下,想了想,才慢慢说道:

"我们这个班,看起来没事,说起来一锅粥! 大家都很和睦,意见都在班长身上! ……"

一五一十地,他说得很详细,越说越有气,越说声越粗,嘴里直冒沫。末了,他归总地说了几句:

"我看不论王金生、曲忠孝、冯有礼,革命印象都好,为啥像死秧子呢? 为啥落后呢? 就是班长一个人挤对的! 全班都赞成曲忠孝入党,也不知张悦怎么日咕的,就没有他的名,这一下子把他造得发蒙,以后凡事撒劲! 病是有,病根坐在班长一人身上!"朱顺和好像十来天没大便,一下子都拉出来,通身舒畅。

正在他讲的时候,小冯、王金生、安文生还有几个别的人都凑了过来。大家看着朱顺和,像听大讲演。王金生直端肩膀;冯有礼嘴直动,攒着劲要说话;安文生听着点头;别的人有的笑,有的小声给朱顺和提着"还有××呢,也说说!"朱顺和话一停,还没喘过一口气,小冯就抢着说了:

"我们这个班长可好! 才一来,像个走马灯;以后一诉苦查阶级,他就气不顺,好像走马灯里没了蜡,不转啦! 他一天除了睡觉就是躺着! 人家别班里,闲时都有人教着学个字,我们看着眼热,说咱们也学一个吧! 别的同志说,学啥呀,班长还睡觉呢,咱们还学呢! 就这样,我们就落后!"

"你说那还不对,人家班长可不光睡觉,人家到了连部小嘴像机关枪,说得可花哨啦,把连长、指导员哄得够呛,你看连长不是老说他不错么?"王金生补充着。

"我说句不好听的吧! 反正有他在我跟前,我一辈子也不能进步,有我在他跟前,他睁眼合眼也不能舒心就是! 他算黑上了我,我也就恨上了他!"不知什么时候,曲忠孝也凑了上来,猛然插了一句。

朱顺和给张主任介绍了一下子,张主任又让他把自己不满的事说了一回,大致和朱顺和说的一样。张主任又问道:

"意见是意见,怎么你想起开小差呢?"

"那还说啥! 才一来,从头顶到脚跟浑身高兴,就是弄了这些不遂心的事,我又变得从头顶到脚跟浑身憋屈! 我就想家,我就想到主力去,就犯错误!"

"那一点不差!"王金生说:"要说才参加不高兴是假的,要说闹到后一步,高兴也是假的! 一不高兴,我也常想家!"

"我也是那样!"小冯说:"也不知咋整的,人家这挨斗户心情就和咱们心情格路,大事小情闹别扭,没个顺当,三不来就哈你一顿!"

这时刘友放哨才回来,向屋里走,小冯老远地看见了,跑过去,把他拉了过来,说道:

"我们都是贫雇农,也许编排人家,你问问我们班这位善人!"

刘友弄了个蒙头转向,不知他们说什么,也不知自己该说什么,瞪着眼发呆。大伙你一嘴找一嘴地给他介绍了张主住,又把将才谈过的事给他说了一个大概,他才有了点底,慢吞吞地说道:

"说我们班长,就是有点霸道,好喜压人! 我们当然也有短处! ……"

张主任和大家又扯了一会,就散了。他走在后头,低着头想着什么,把刘友叫住,问道:

"你是党员么?"

"是!"

"你为什么入党?"

"他们说我行,撮咕着给我上了个名……"

"你自己没有报名？"

"没有！"

"那你愿意入党？"

"愿意，都说在党好么！"

张主任知道再谈也谈不出什么，他还没有打开思想，也就不谈了。哪知这些话，偏偏被小冯和曲忠孝听见了。

"都是我多管闲事，压迫人家上名！"小冯高声说着给刘友听。

"一辈子他就是这个种，翻来覆去！"曲忠孝说。

张主任和刘友都听见了，刘友低着头不哼气，张主任又向前抢了两步，和大家走在一起，随便问道：

"你们这伙参军，有强迫来的没有？"

"没有！都自愿！"好像喊口号。

"为啥自愿呢？"

"保田自卫，打倒大老蒋，打倒小老蒋！"

小冯学着指导员的词和调，大家都跟着笑了。

从开头到煞尾，这一伙子好像由泥人变成了活人；特别是小冯，几乎又变成了个猴子，你看他一边走着，一会踢着一块石头，一会蹿起来折个柳条，手脚闲不着。

张主任回到七班屋子时，张悦立正敬礼，倒了开水，给张主任端了个凳子坐下。王干事已经不在，别的人们一看他在屋，转了个身就出来了。张主任喝了口水，想起他是个挨斗争的富农，问道：

"你家挨斗争了么？"

"给分啦！"

"分走了什么？"

"十坰大田三坰水地，六匹马，六间房，还有衣裳、车什么的！"

"你觉着农会做的对么？"

"分了我没意见，这是国家政策！就是我们村农会那伙都是花脖子绿脑袋的——没个正经人，硬说我们是富农，其实我们连长工都没雇过……"

张悦哇啦哇啦地说开没头,张主任不愿听,横着插了一句:

"那你还愿意参军么?"

"怎么不愿意,革命么! 到啥时候穿啥衣裳,有的吃,有的睡,多好!"

张主任回去会到王干事,王干事把张悦说的事情汇报一下,无非是曲忠孝落后组织逃亡,冯有礼调皮,王金生和曲忠孝有私人感情之类,说了一遍。张主任又和连长、指导员、排长和别班同志们谈了几天,带着别连检查工作同志回到团里去了。

※　※　※

经过这次检查,发现全团有许多班排干部是斗争对象,在建党支部时未能入党,战士们普遍对他们有意见。团党委经过讨论决定,进行评干,由群众批评鉴定,把不称职的去掉,把优秀的提上来。

这个决定,一经动员下来,贫雇农啾啾地高兴地叨咕着,七班的一伙,更是与往日不同:曲忠孝学习勤务,样样来劲,王金生、冯有礼也一样。张悦心里长了小鹿,跳个不停,走动起来,总要往后看,他总觉着背后有人指他,看也没有看见什么,总还要看。

说是要评干,因为转移地方,耽误四五天没有提起,张悦希望着把这个事压过去,贫雇农们就断不了问指导员:

"什么时候升会呀?"

"快啦,就这一两天里!"

张悦看着大家兴头得讨厌,没有别处去散散心,就找赵国金。

"你看,都兴头啦! 等着吧! 又得来一场桦子炖肉①!"张悦泄气地说着。

"你说啥?"赵国金不以为然地:"我看还没那么便宜事呢! 我看不透谁能把连长把排长推下去! 评! 你让他们去评吧! 评完了,人家还是人家,还是干部,谁评得多,吃不了叫他兜着!"一边说着,

---

①　桦子炖肉就是用木桦子打屁股的意思。

赵国金的眼一斜一斜的,鼻子里哼着,表示着很有把握。

张悦回到班里和这个谈谈,和那个谈谈,临开会的头一天,把全班召集一起又谈了一回。谈到末尾,他拉着长声,眯缝着眼,摆着一副十二分关心的样子:

"千万可注意——呀!没有把握乱说,吃了亏,可是个人的呀!……"

大家心里都给撒上了一层灰,都打算看看别人怎样再说。到了第二天正式开会的时候,指导员讲了一回,要大家从他批评起。一个发言的也没有,足足坐了有十分钟,没人说话。好容易有一个人发言了:

"我觉着指导员工作积极,吃苦耐劳,埋头苦干,完了!"

"我觉着指导员为我们受累不少,为了教我们,恨不得掰着手指头,比爹妈都上心!我也觉着指导员有个小缺点,给我们上课还嫌少,应该天天讲,好开脑筋!"赵国金接着说。

开了有一点钟,有意见的人一点意见也没有提出来,一个跟着一个给指导员夸开了功。蔡教导员看着这个会不成功,宣布散会了。支部里召集党员研究了一下大家的顾虑,才发现了上边的问题,决定明天由指导员先做自我批评,把许多事揭出来,大家见其检讨真实,就敢发言;另外由教导员帮忙给大家把这层顾虑解释一回,党员们再起个带头作用。这样一做,大家胆大了,发言的一个接着一个。曲忠孝立起了,望了望大家,看看大家并未冷眼看他,自然地说道:

"我觉着指导员有个毛病,就是耳朵软,偏听一面,班长说黑就黑,说白就白。撞针是我弄断了,营部门上的屎是我拉的,有什么证据呀?我说以后光听一头的不行,应该也听听我们当兵的!"

"我说指导员还有个毛病!"王金生说:"光喜欢能说会道的,不注意我们老粗,岂不知我们老粗顶实诚!忠心保国。指导员见了能说能写的就有说有笑,和我们庄稼人好像说不上话!……"

大家对指导员的意见,提得很多,越提越胆大,越提越兴奋,你起来我坐下,我坐下你又起来,好像塘里的蛤蟆一沉一露的。开了有五个钟头,最后指导员很诚恳地检讨一回,完全接受大家的意见,特别说道:

"由于我领导的官僚主义,不重视本阶级的好同志,使许多同志如曲忠孝,受了很大委屈,妨碍了大家进步!我承认这是我对党对同志们负责不够!我以后一定要改正,多接近大家,商量问题!……"

大家听得真舒服,曲忠孝对朱顺和说:"能有这么一天,我就没意见!我就痛快!"

朱顺和微笑着:"你知道为啥会有这一天哪?"

"啥也不为,就因为有毛主席共产党。有大地主蒋介石,一辈子也不会有这一天!"

"真比吃什么都如做①!"小冯吧唧着嘴,做着嚼味的样子。

张悦灰溜溜地和大家搭讪着,笑得很响,脸上发干。"指导员这种虚心精神真好!应该学习!"一边说着一边征求大家意见:

"我希望大家也像这样帮助我!我这个糨糊瓶子,乱七八糟地胡造,错处不知多少呢!你说是不?刘友!"

"谁没点错误呢!"刘友说。

"小冯,老弟!你可得给我提呀!可不能不好意思!是不?王金生你也得给我提,怎么样?……"还没等小冯和王金生答话,张悦一眼看到王金生脚上露着脚趾的鞋,很怜惜地说:"王金生!你没鞋了么?你看你那鞋还能穿?回去换换吧,我那里还有一双鞋呢!"

"我不要,我有鞋!"王金生沉着个脸。

"别撒谎啦!我还不知道?!"

回到班里,张悦把自己一双新夹鞋拿出来,递给王金生。王金生不穿,说有,张悦拉着他的脚给他穿。

---

① 舒服之意。

"怎么这么大个人,这么小气!你怕我要你打利呀?快穿!"

王金生恶心得要吐,与其让他这么作弄,还不如痛快穿上呢。小冯在一旁做着鬼脸招呼着:"穿就穿么!怎么装开小奴家啦!"王金生这才穿上了。到了晚上,张悦拉王金生出去谈谈,王金生不去,想找别人,别的几个好像胶黏在一起的,滚过来滚过去,滚在一堆。张悦过来过去,和这个笑笑,给那个装烟,一刻也不停脚,好像天上打了个大闪电,霹雷就要到来,捂着耳朵?蹲在屋里?站在外头?张着嘴?……谁知道怎么好哇!

终于来了这一场:评七班长张悦。张悦像个临刑的罪犯,低头弓腰,身上酥酥,就差还没有打战战,心里飕飕地刮凉风,吃吃地像学话的孩子说了几句:

"我一定,一定错误很多,希望大家,帮助……我!我一定,知过必改!我糊涂,参加时间短,有什么不到,还求大家,大家原谅,我完啦!"

曲忠孝这几天已经完全没有顾虑了,他相信共产党真是要检查毛病,要找好人,他心里念了无数千遍:"可盼到了这一天!"待张悦说完,还没有坐下,他就站了起来,满脸涨得通红,肚子里千万句话,一齐挤到喉咙口上,气喘不匀,话挤不出,曲忠孝像哑巴似的站了两三分钟:

"七班长!张悦!参加了解放军!没有穷人的心!……没有穷人的心情!……他,他把我们当成眼中钉,他和我作对,欺负我,不让我在党,他想把我整死不偿命!……"曲忠孝眼流泪,右手把枪托子在地上点着,嘴里呼呼地喘,再也说不出来,还是朱顺和从头到尾详细地给他说了一遍。曲忠孝休息了一下,精神缓了过来,听朱顺和把自己心事都说了出来,也就消了气。当朱顺和问他对不对时,他才说道:

"说得对!就是那些事!我提个意见:张悦得开除,送回农会管教,换换心再来!他要打仗,这个心,还不定打谁呢!"

小冯跟着喊赞成,又诉说自己受的委屈,王金生也说了一回,每一个说完了就提议开除，全连就跟着大喊：“开除！”“不要坏蛋破坏！”张悦哆嗦着在地下偎着，连看大家也不敢看，从人缝里看了看赵国金和别的一伙斗争对象子弟，都像小鸡见了老鹰似的萎缩着。起初他听到“没有穷人的心”，“破坏！”觉着曲忠孝在拿自己煞气，慢慢地听下来，大家把自己办的事翻来覆去地翻了几遍，他才看到“大家落后是自己闹的”，“破坏！”“破坏！”“没有穷人的心情！”像雹子似的在自己心上捶打着，生怕有人领头来揍一顿，越害怕越哆嗦，大家吵闹，在耳朵里也听不清什么了，只听轰轰地响。这时指导员要大家安静下来，问明了大家没有新的意见，营教导员——关里来的老同志——站起来，说道：

“大家都提议把张悦开除，要是张悦还是那个心情不改，我也赞成！要是张悦认了过，下决心，把旧思想丢开，换个心，要他行不？”

“换上咱们穷人的心，可以！”

“不行！他一下子换不了！”

“问问他自己，看他想换不想换？”

“好！咱们先让张悦说说！”教导员喊了半天，才又平稳下来。

张悦畏畏缩缩地站了起来，说道：“同志们！我今天，才，才认识了我的心，不是穷人的心，还是富农的心情！我真是觉着贫雇农越不高兴，我才越高兴。我故意把破撞针换给曲忠孝，故意不报他的名不让他入党。贫雇农越逃亡越显我进步，我越高兴，他要捉回来，我就想整他！……我的心，不好，不疼穷兄弟们！我要改……只要大家给我留一条路！……送回村去，我成了罪人，我一辈子翻不了身！我要求大家同志，给我留条路，改过！……”

大家仍然不满意。把他留下，通不过，吵到最后没有办法，教导员又给大家解释：

“张悦同志，他脑筋没有开，参加了人民的队伍，没有放弃富农的立场，做了许多坏事，这是人民解放军里不能容许的！同志们批评，向这种非无产阶级的立场，不是穷人的心情斗争，是对的。可是张悦同志是个青年,念过书,想进步,要求进步,咱们应该帮助他进步,不能把路堵死! 把张悦改造了,也是减少一个敌人,增加咱们自己一分力量,你们说对不?"

"那他要不改呢?"一伙子问。

"当然,放弃富农立场,换个新心情,不容易,要经过长期斗争,可是只要想改,决心为人民服务,他就会一点一点地进步,张悦要能进步,不就可以慢慢变好么? 对不对?"

"对不对,还得慢慢看看……"大家嗡嗡着。

"对! 就是咱们大家得慢慢看,谁没有放弃地主富农立场,就要批评,推着他改。咱们今天这个会,不但推着张悦改,也是推着所有没有放弃地主富农立场的人改,有这种心情的并不是张悦一个! 对不对?"

"对!"

"给他留条路,改过,行不?"

大家没有答声,教导员又解释了几遍,大家才勉强地说了句:"可以吧!"张悦又向大家表示改过决心,大家才算平服下来。

七班全体提议把张悦撤职,要朱顺和当班长;接着有几个班排也都提议调换班长排长,要求把被斗争过的不进步的坏成分拉下来。教导员答应提交组织考虑。过了两天,大部批准下来,各班各排都欢迎新的合意的班长排长。

七班里来得更热闹,小冯像个猴子,跑过来跑过去,他妈妈才给他送来三万元,用了一万买了个西瓜,又买了三千元的毛豆;曲忠孝手里只有三千元,想买鸡蛋又太少,大家吃不到口,想买毛豆,小冯已经买了,最后决定买了十二穗苞米;安文生买了五个鸡蛋,曲忠孝、王金生都说还不够全班塞牙缝呢,自己倒作了难,还是由王金生买了二斤韭菜,熬了半锅汤。别的战士们有的买了些甜秆,几个凑着买了四两烧酒。晚饭时,七班便开了个盛大晚会,酒少,不能一人敬班长一杯,三个人合敬一杯。三个人合吃一杯,酒当然不够喝,黄豆苞米鸡蛋汤见面。

"班长！你不能不吃我的毛豆！"

"班长！你一定得吃我的苞米！"

"班长！瓜子不饱是个仁心！"安文生、王金生一人捧着一大碗韭菜鸡蛋汤。

朱顺和当然谁的面子也不能驳回，要驳回也驳不了。肚子已经吃胀了，小冯又上了一道西瓜，把朱顺和弄得没办法。

"不行啦！胀死啦！"

"不行！你多吃点！好领导我们大家进步！"

许多班排都闹了个热闹，从此以后，战士们又活泼起来，逃亡也没有了，到处都说是：

"早这样，我们早痛快啦，谁还逃亡干啥！"

"到底还是自己队伍，真不一样！"

※ ※ ※

指导员怕张悦想不开，特别把他找去解释了一回，叫他放心，只要好好进步，党和同志们一定不能外看他。他要求调一调班，指导员答应他可以考虑一下，待把干部调整之后再做。虽然心里不十分满意，却也敞亮了许多。张悦一个人离开指导员的房子，向七班住处走。满天星斗，向他眨眼，和小冯那双专好俏皮人的眼睛一样；那北斗七星高高地挂起，端庄明朗，又好像曲忠孝的大眼睛。张悦的脑子里像长满了蛆，钻来钻去钻不完。庄稼地里风一吹，刷刷地响，张悦把耳根子一立，两眼一直：

"不是老曲等着我吧?!"

他心里这样叫着，呆了呆，并没有什么，才蒙着个头向前走。砰一下子把头撞到树上，眼里直冒红绿火花，张悦"呀"地叫了一声，回头想跑。不远的地方，大栓一响，叫了一声：

"干什么的？站住！"

"是我！是我！"张悦才清醒了。

"你是谁?"

"我是七班的，张悦！"

"口令!"

"打!"

张悦悄悄地像做贼似的进入七班的住院。他希望屋里别点灯,希望他们都睡了,一看到屋子灯还亮着,腿就像挨了一枪,一拐一拐地走不动,特意拐到暗处去小便,小便完了,又想大便,边想着,自己已经解开了裤子,蹲下时才明白自己并没有大便。站起来系裤子,系了一扣,又站着发呆。

"谁?"小冯一边撒尿一边问。

"我,张悦!"

"张悦同志么?"小冯的声音变得从来没有地和气,使张悦一听就知道那两个眼一定没有俏皮他:"怎么才回来?给你留的饭菜都凉啦!"

"我不饿!"

到了屋子,朱顺和把留的饭和菜给他端来,摸了摸还温乎,老人家似的说:

"吃点吧!还温乎呢!别上火,大家都是为你好!"

"张悦同志!别看我这人说话难听,心里可不记仇,说过就过。以后,我有什么错误,你只管批评!你也不用难过。我看别人和我都一样,谁要不望着张悦进步,那一定是个大混蛋!⋯⋯"曲忠孝拧拧着鼻子,指手画脚地说着,嘴角上笑着,卷起来纸烟抽着。

张悦的心这才落了地,不声不响地吃饭,原不打算吃,一吃开了,肚子倒饿了许多,紧吃慢吃干了四碗。朱顺和看他也安顿些了,吃饭之后,又找他在一边唧唧哝哝地劝说:大家为革命,为老百姓打江山,一定得一个心眼,才能闹好⋯⋯还是那些话,朱顺和看着张悦待听不听的,也没有劲头再说下去;张悦直着两个大眼,望着屋顶盖,听着朱顺和的说话,心里说:你知道的我都知道!

张悦像害了一场大病,一天懒洋洋的,不大说话,工作也使不起劲。和他刚来时那个活劲一比,完全变成了两个人。几天下来,小冯几个人就有点不耐烦:

"我们也不缺个老太爷供香!"

断不了有人嘟哝,朱顺和当着班长,大家在他耳旁说的时候更多。小冯说说还不要紧,因为他小,孩子脾气;连安文生他们也说起来了。朱顺和这个班长当得很为难,觉着大家这样不对头,又不好深说,怕引得他们窝火。他把安文生和曲忠孝叫到一边,满脸犯愁。

"老安老曲!你们也知道我吃几碗干饭,我有个事和你俩讨论一下,因为都要成为党员!……"

"啥事?说吧!"

"我心想张悦是个富农,在咱们军队里,咱们是要把他改造好,不是想把他挤对走了,你们说是不是?"

"只要他学好,谁还挤对他?!"

"我觉着咱们不能拿话敲打他!老太爷长老太爷短的,越说多了,他越不好受,不更难过么?他还有心进步?咱们把他带得欢欢乐乐,热乎起来,不是一带就进步了么?你们说是不是?"

"他不快乐,谁还能摆着他嘴笑?!"曲忠孝说。

"不是那样说,当初共产党来,给咱们牲口土地,实心实意,咱都不敢要,弄了好久,才算开了脑筋。他是个富农,一下子转过劲来,事事和咱们一样高兴,不能那样容易,咱们不能任他坏思想长大,就要耐心帮助,我觉着是这个样子。"

安文生和曲忠孝没有说对也没说不对,回来以后,再不说那些话,吃饭睡觉断不了招呼张悦;小冯和朱顺和谈了一回,也变了。逐渐地,张悦也不一个人倒在一边望房箔了,是下五道,是扫院子担水,是打柴,……张悦都自然地合在一起了。

张悦睡觉睡得平稳了,大家弄得合炉了。

选自《文学战线》,1949 年第 2 卷第 1、2、3 期

◇杨　朔

北　线

胜利决定于两腿，
胳膊只是胜利的手段。
主要的武器是人。

一

一九四六年秋后的一天，天色黄昏，怀来平原上浸着一层苍苍茫茫的烟雾。满野熟透的庄稼，无数压得弯了腰的向日葵，一时好像也化成烟，模模糊糊看不真了。白天一整天，进攻张家口的敌人十六军拿大炮不断朝怀来轰，轰得尘土障天，末尾又像头几天一样，半步也没进，天一黑先怯了，累得皮靴子都拖不动，蹒蹒跚跚退回原阵地去了。这时从怀来南山上却扑下无数队伍，穿过密密的庄稼地，葵花地，赛跑似的越过敌人的火网，直扑着敌人的两个团奔去。从大清早起，敌人只吃了些半生不熟的大米饭，饿了一天，正在村里烧火做饭，手榴弹一响，机关炮还在牲口上驮着，解放军早像老鹰抓小鸡似的，一阵猛冲，把敌人从村南直压到村北。敌人乱开枪，还想挣扎，解放军一支轻巧的部队冷不防迂回到屁股后，一排手榴弹打开道路，当头的是个叫马铁头的战士，喊一声杀，朝前一扑，一把抓住挺重机枪。枪筒打得火热，烫伤马铁头的手。他也不觉得痛，夺过枪冲着敌人扫起来。敌人往小巷里，往屋里，四处

310

乱窜。有个敌人手脚像猫一样快，身子一纵，扳住墙头想跳墙逃跑。马铁头窜上去，用铁钳子似的手一把逮住。星月的光亮里，影影绰绰望见那人的右腮上有块儿伤疤，像只飞鸟一样。

附近村庄的敌人谁不怕夜战？也不敢出来，光是瞎打枪。一时间四围响起流水似的枪声，红绿色的闪光弹满空乱飞。月牙儿卧在向日葵的头上，解放军带着大群的俘虏，扛着大批新缴的枪炮，天不放亮，又翻回南山去了。老百姓们迎着胜利归来的战士，喜地围上来说："有你们这些同志啊，反动派要想占张家口，可应了那句古话，鼻子上抹蜜糖，干馋捞不着！"

谁知就在当天下午，部队忽然奉到紧急命令，立时往山里撤退。

二

为什么说撤就撤呢？战士们又纳闷，又丧气，个个弯着满肚子不舒服，无缘无故直想发脾气。私下里也听到风声，说是西边绥远的敌人配合东面夹击张家口，已经偷偷摸摸逼到跟前了。来了就揍他狗肏的，干啥偏要撤呢！战士们走过大片大片的葡萄园，正当大熟的时候，一架一架的，挂得挺厚，从心里觉得难过。这些土地，这些田园，都是劳苦人跟着解放军苦斗了八年，从日寇手里解放过来的，熬星星，熬月亮，手磨得起了茧，才用血汗摆弄出这些果实。蒋介石这号人却像那专吃等食的野雀子，瞅人不防备，就想飞上去乱啷乱啄。战士们谁服这口气，一面走一面哇哇地叫："好杂种肏的，先别得意！老子要不叫你把吞下去的再吐出来，就算我娘没给我安上骨头！"

马铁头夹在队伍里，丧着个脸，格外怄气。他就是这么泼泼辣辣的，直出直入。人长得也是这样：长方脸，黑里透红，总挺着胸脯，像是只斗胜了的大公鸡。家在河南信阳，无父无母，十五岁跟着乡亲来到口外当矿工，和家乡断了消息，张家口从日寇手里一解放，高高兴兴参了军，又参加了党，从此就跟革命血肉难分了。品

性最好,有了钱就化在旁人身上,有了东西就给了人,一天到晚欢欢喜喜的,胸襟永远那么敞亮。这回一撇,他只觉得浑身的力气没处使,心里窝着股火,拾起块石头朝着偷葡萄吃的野雀子摔去,嘴里骂道:"滚你娘的蛋!你倒会藏奸取巧,净吃现走的!"

在马铁头背后的是在丰镇解放过来的乔文海,左腮长着个瘤子,都叫他疙瘩乔,这时直着嗓子干嚷道:"渴死我啦!渴死我啦!"一插插到葡萄地里,摘下一嘟噜紫葡萄就吃。

马铁头睁大眼说:"你怎么犯群众纪律呀?"

疙瘩乔吃得更欢,呜噜呜噜说道:"大纪律不犯,小纪律不断,横竖不是枪毙的罪!这年月,今天伤五个,明天伤六个,说不定哪天就死了,不吃才是傻瓜!"就掉过脸,对一个叫魏三宝的新战士道:"你说是不是?当这个解放军,死不了也活不成!人家有的是火车汽车,飞机大炮,还净美国造。咱们呢,光靠两条腿,枪又是那么些破枪,还会不打败仗!"

魏三宝是河北安国的农民,才十八岁,长脸蛋,高鼻子,在家里当过民兵,跟一个亲戚到张家口一家电料行当学徒,情况一紧,自己跑到队伍上来。他缺乏锻炼,脚上又穿着双新鞋,磨得脚痛,瘸瘸点点走不动,惹得班长杜富海蹙起扫帚眉,又发了"花机关"①的暴躁脾气叫:"快点走啊!你也不是新媳妇,还用人搀!"骂得魏三宝憋着一肚子委屈。

马铁头闪过身来,要替他背枪。魏三宝要强不让,马铁头硬夺过来说:"给我吧!明天我有困难,你再帮我。"

部队走了两天,一爬山,敌人的飞机在头上打了几个圈,扫了几梭子机关枪,有些战士发了慌。疙瘩乔也不听班长的指挥,各自瞎跑,对着战士们说:"这不完球蛋啦!咱们就是长着兔子腿,也跑不过飞机!"

飞机一走,疙瘩乔躺在沟里不起来,杜富海招呼前进,他闭着眼

---

① "花机关"是种枪,容易走火,战士用它比爱发脾气的人。

干喘道："我的腿走拧筋啦,你们先走吧,我一会儿赶你们。"

杜富海叫道："你耍什么油腻! 游击队也不能这样吊儿郎当的!"

疙瘩乔嘟囔道："吊儿郎当做皇上,八路军就是这个劲嘛!"僵得没法,临末了只好给他找了头毛驴骑。

这黑夜宿营,山旮旯里村小,房子不够住,许多部队都露营。马铁头他们找个背风的地方,割些草铺上,将就着睡下。半夜偏偏变了天,雨夹着雪,淅淅沥沥下起来。疙瘩乔一淋醒,大呼小叫地乱嚷。马铁头在黑影里叫道："别光乱糟糟的,正经地想个遮雨的办法!"大伙儿七手八脚忙了一阵,头顶上搭起个棚,罗垛似的又挤着躺下。马铁头却蹲在一旁光抽烟。魏三宝问他,才发现他拿出被子搭了棚,自己冻得不能睡。他倒还说："你们睡吧,明天好赶路。我身板骨硬,淋点冻点不碍事。"魏三宝拉他过来,两个人盖着一条小被子熬了一夜。

第二天早晨一看,雨早变了雪,露营的人都埋着一层雪。疙瘩乔一肚子气没处出,对着一块石头骂道："禽你娘啊,给你一枪!"砰的就是一枪。出发以前,全连集合起来,连长龙起云迈到队前。他人长得魁肥,大脸盘冻得通红,带着激愤的神情打开粗嗓门说:

"我们在怀来打了胜仗,冷丁又撤啦,别说你们纳闷,上级不说,我也想不迪。难道说我们愿意随随便便撤么? 谁也不愿意! 我们要永远记住这个仇! 张家口东边有狼,西边有虎,起根就没安好心肠! 我们决不肯当傻瓜,跟敌人在张家口拼伤亡! 敌人发了疯进攻,我们就闪开他,打到旁处去! 东方不亮西方亮,黑了南方有北方,眼前也不必在意一城一地的得失,只要拿出全力歼灭敌人,有一天一定能重新拿回张家口来! 这正是按着毛主席的主张行事。撤出张家口,也丢下个大包袱,以后可以大踏步前进,大踏步后退,跟敌人打运动战,消灭敌人!"

疙瘩乔在嗓子眼里咕哝道："什么运动不运动,我看是叫人追得鸡不下蛋!"也有人想道："哼,什么不在意一城一地的得失! 反正力量小,力量大为什么不守着呢? 多一个地方总比少一个地方好!"

龙起云继续说道:"有些人认为咱们打不过敌人,逼得才退,我说咱们一直就在前进,从来也没后退! 想想早年在冀中平原上刚成立那时候,一个连只有八九十人,一挺歪把子,步枪也无非是大套筒,四套环,汉阳造,净没口的杂半货! 地里解手,随便撅老乡的甜高粱吃,黑间行军,报告班长去解手,可去摘人家两个梨。打起仗来,谁懂得利用地形地物? 人家老百姓场上堆的谷糠,也当了工事,还有钻到秫秸垛当间的。以后会打小伏击了,会打增援了,眼时呢,枪也不错,炮也有啦,够自然不够,这就得咱们卖一把力气,再多夺敌人的枪、敌人的炮才行。同志们,难道说这是退么? 现在听我的口令:起立,前进!"

说是说,战士们可大半不信。不过劲鼓起来了,腰挺起来了,灰心丧气的情绪一时也压倒了。一星期后,队伍转到平汉北段,背靠着山地驻扎下来。

三

这一路长行军,雨淋汗溻,战士们的衣服湿了干,干了湿,滚得不像样子。一驻军,头一件事是进行清洁卫生。上午休息半天,下半天,连部的伙房烧了两大锅滚开的水,叫大伙儿烫衣服。理发员在连部院里放了张板凳子,挽起袖子,忙忙碌碌地给大家剃头。

马铁头独自个儿挑了两半筲热水,回到班里,一进院就叫:"同志们,快起来消灭小蒋介石吧!"

疙瘩乔躺在炕上咕哝道:"消灭个屌! 我的骨头都走酥啦,几时回家,睡他一辈子也不下炕,报报这个仇!"可是虱子咬得浑身发痒,还是爬起来换了衬衣,跟大家来到院里,把脏衣服丢到瓦盆里,倒上开水烫着。

入冬了,河北平原刚见霜,太阳地里依旧暖洋洋的。大伙儿在院里搓衣服,洗裹腿,马铁头刷着双插得净泥的山鞋,揪住鞋跟连摔几下说："你们瞧，这鞋多硬邦，穿上去踢死牛，再爬两趟山也坏不了！"

一个战士伸了伸舌头说："你还没过够山瘾哪！这一道光穿山沟，把我脑袋都给挤扁啦。"

马铁头笑起来道："你怎么啦？是不是也要给山磕个头？"这一说，大家想起出山那天，疙瘩乔回身对山磕了个响头，还说："阿弥陀佛，这回可离开你了！"——一时忍不住都笑了。

班长杜富海道："笑话多着呢。去年秋里日本投降，队伍从冀中往张家口开，乍一见山，青糊糊的，真稀罕。进山头一天，累得要命，可是不等吃饭，排长就领大家上山玩去了。——那时候排长还是卢文保。"

魏三宝晃着个青鸭蛋似的头道："对啦，我才在连部理发，大家嚷嚷说卢文保被派到咱连当指导员，一会儿就来，说是还有些新同志一道来。"

杜富海早得到信了。原先那个指导员在前线上雨地里淋着，湿地里趴着，长了疥，又害回归热，半道送到医院休养去了。卢文保和杜富海差不多是一九四四年前脚后脚参军的。卢文保进步快，日本投降时候升做排长，打国民党反动派，负了伤，养好伤后进了随营学校学习，现时又派回本连来。杜富海嘴里说："咱落后，比不了人家！"内里可装着一肚子意见，老觉得自己早年在旧军队里干过，军事上有一套，比别人强。同志们批评他从旧军队里也染了点军阀残余的旧习气，他很不服气，辩白道："惯兵如杀兵，不严怎么行？"部队从游击队编做主力，强调正规化，他自以为占了理说："我早就说嘛，人无头不走，鸟无头不飞，一家人也得有个当家的，军队怎么能不讲究个上下级？"于是更发展了强迫命令的作风。战士们怪他暴躁，背后都叫他花"花机关"。

大伙儿洗了阵衣服，又在院里吊起几根背包绳，搭起来晒，连部的通信员小张跑来告诉说补充的战士到了，叫杜富海去领人。不大工夫，杜富海就领回两个新同志了。

这两人一个是安国的翻身农民,叫李全喜,大耳朵,厚嘴唇,黏黏糊糊的,闷着头不大吭声,跟魏三宝一碰面,原来还是一个村的老街坊邻居。另一个叫林四牙,河南人,长身材,上眼皮子挺厚,总搭拉着,显得有点阴,有时一抬眼,印堂皱起四条竖纹。马铁头觉得这人有点儿面熟,望着他右腮一个飞鸟似的伤疤,左思右想,猛一下记起来了,不禁心里笑道:"噢,这不是我在怀来俘虏的那个人么!"

班里人笑着让他们坐,马铁头忙着递烟,林四牙赶紧说:"我来我来!"夺过烟去,反倒一支一支敬大家,还说:"俺新来乍到的,什么事不懂,有什么错,同志们多包涵点。"大家正讲着眼前的话,司号员在房顶上吹了开饭号。林四牙又抢着跟大家去打饭。李全喜却显得怪认生的,吃饭不大好意思夹菜。有人笑道:"吃吧!你这是做新媳妇?你娘嘱咐你别吃饱了,怕人笑话!"

疙瘩乔捧着碗干饭蹲到菜盆前,拿筷子搅了搅熬白菜,皱着眉说:"这算什么菜?照镜子倒好!"

杜富海瞪起眼道:"你说什么?我看你真是猪八戒照镜子,不知道丑!——想坐禁闭了!"

疙瘩乔一扭头,在嗓子眼里咕哝道:"坐禁闭大休息,掉了脑袋透空气!反正论堆说一百多斤,爱怎么就怎么的!"幸好杜富海没听真。

大伙儿本来正在热热闹闹地吃饭,这下子弄得挺不对劲,谁也不说话了。正在这时,门口有人问道:

"这是哪班住在这儿?"随着走进个人,约莫二十四五岁,高颧骨,两只大眼又深又黑,透出股深思的神情。

来的正是新指导员卢文保。他一把抓住杜富海的胳膊,跟大家笑着招呼道:"我刚来,怪想大家的,先来看看。棉衣都发了吧?天凉了,黑间睡觉冷不冷?"一连串问了几句,又走进屋去,摸摸战士的被子,按按炕席,回头对杜富海说:"不行,不弄点铺头,黑间受不了。跟房东说一声,顶好借点花秸。可别借人家干草呀,干草一铺,牲口就不吃了。"一转身又到了院里,扫了大家一眼,点点头笑道:"你们先吃饭吧。停一会儿咱们再说话。"出溜儿地不见影了。他那一眼,可一直钻到每个战士的心眼儿里。

四

卢文保在各班打了个转,也不用深问,一眼看出战士们的情绪不大对头。他本人是战士当中的一个,摸得准战士的心事,喜欢什么,怕什么,从神色表情,行动言论,一看就猜到八九分。自己从小当长工,数不清受了多少折磨,最能体贴旁人的苦楚,处处也最能替人着想。在排里时,战士就常说:"老卢,你怎么像钻到我心里看了一样!"眼时他还捉摸不透连队不稳定的道理,光觉得班里懒懒散散的,好像缺乏主心骨。

回到连部,连长龙起云先吃了饭,正跟通信员小张下象棋,车叫人家马踩了,赖得按着小张夺棋子,一见卢文保回来就说:"你怎么回来得这样晚?饭菜都撂凉啦。"

卢文保笑道:"唉,我落后!"一面坐到炕上,往嘴里扒拉着冷干饭说:"连长,趁这个间空,你给我念叨念叨连里的情形吧。"

龙起云推了棋盘说:"念叨什么?你才离开几个月,也不是不知道。大胆做去得啦。我顶看不惯小手小脚的那个别扭劲儿。"说着点点头出去了。

卢文保低下眼,露出深思的模样。连长是他的老上级,老脾气依旧没改。战斗作风硬,做起事来雷厉风行,就是主观性太强,多年的游击习气一时改不了,也不十分重视政治。卢文保再没心思吃饭,搁下饭碗,正一正帽子又往班里走,焦急要闹清楚连队的情况。走不几步,迎面碰见马铁头背着一大垛谷秸,压得腰都弯了,紧后边跟着房东老大伯,也背着草。

老大伯一见卢文保是个干部模样,笑着朝马铁头一扬脸说:"你瞧瞧这个同志,真仁义! 我从场上往家弄柴火,他非帮不行。一背就是百十来斤,赛半匹牛!"

卢文保提起嗓子笑道:"你光见他能做,还没见他能吃呢。吃炸糕,一吃就是二十四个。——来,老大伯,我帮你背这一段。"

老大伯拼命摆着手不肯,卢文保硬给他把草搬下来,自己背上肩膀,一直送到他家里。

马铁头摺下谷秸,脑瓜子上冒了汗珠,热得要解扣子,卢文保止住他说:"小心着凉! 歇一歇汗就消了。"便拉他坐到门外碾盘上,问道:"你们是不是天天帮群众做活?"

马铁头道:"说不上天天,反正谁爱做就做,不做拉倒。"

卢文保奇怪道:"班长也不管?"

马铁头面对面望着卢文保说:"指导员,你知道我这个人是有一说一,有二说二,藏不住话。班长坏是不坏,就是爱耍态度,一说话吹胡子瞪眼的,正经事倒不管了。班里闹得挺不团结,一个疙瘩乔,净说破坏话,你叫他帮房东挑水,听他嘟囔吧:'你爱护老百姓,有本领多增加点地盘不好,何必替他们当长工?'这家伙说不定有问题,又找不到他的证据。班长光会骂,也不讲究教育。"

卢文保瞪大眼道:"班里问题这样多,你们也不汇报?"

马铁头哼了一声说:"向谁汇报? 支部自古以来都不开会,小组生活也不过,我连支部书记是谁都不知道。咱们的连长操场上真有一套,可就不肯找咱谈谈。"

卢文保的心就像针扎的一样痛,但这下子也摸到连队的痛处。这天,他到处找支部委员谈,找战士谈,直到吹了熄灯号一会儿后,才摸着黑回去。连部的人早睡了,灯也灭了,龙起云躺在黑影里问了一声,卢文保应了一句,轻手轻脚解开背包,挤到炕头上躺下去,然后悄悄说道:"连长,咱们明天召集个支部会好不好?"

龙起云翻个身说:"往后闲着再召集吧。现在军事要紧,别把军事课目占住了。"

卢文保略略提高声音说:"军事要紧,政治也要紧。咱们的支部生活太散漫,党员不做党的工作,支部要垮台;支部不能保证连队工作,还能打什么胜仗?"

龙起云老声老气说:"咱是个大老粗,比碾盘还粗,光会出死力打仗,哪敢跟你比政治理论!"

卢文保笑道:"连长,我们都是革命同志,我说话也不会转弯——战士们对你可有点儿意见。"

龙起云呼啦地起来,亮开粗嗓门说:"什么意见?又是不讲民主!你别听见风,就是雨,信他们那一套。家有千百口,主事在一人,十八口乱当家,目无组织,那不成了没王的蜂啦!"

卢文保平心静气道:"一人没有两人能,两人没有三人精,旁的先不管,党的力量必得发挥起来,党做最高领导,军队才能有主心骨。"

龙起云憋着口气,一头倒下去,不再做声。卢文保心里盘算来,盘算去,直顶到半夜驴叫,才迷糊过去。第二天召开支部大会,全支部有四十多个党员,只来了二十几个,卢文保亲自去叫,二三十分钟才叫齐。当场规定出经常的汇报会议制度,这样拿党员做骨干,可以掌握部队的思想情绪,进行教育,又要党员事事带头,推动大家。也有人不满意说:"怎么指导员一来,事就多了?"还是依了他的主意,互助组普遍组织起来,三人一组,不论行军打仗,规定要一起行动,互相帮助。马铁头当了互助组长,林四牙、李全喜都是他的组员。

五

这一来,可忙坏了马铁头。素常不用他管的事,还抢着插手做,再一把任务交代给他,自然更挂心,吃饭睡觉也不忘了林四牙和李全喜。他拉他俩走到院里的谷秸垛前,放倒两个谷秸垫着坐下,晒着太阳,跟他们谈心。他谈自己的历史,谈解放军的情形,想叫他们了解自己,也想引他们多谈谈个人的事。林四牙搭拉着厚眼皮,留心地听着,末了眼皮一翻,笑着说道:"组长,你放心好啦。人心换人心,八两换半斤,解放军的好处谁都看得见,我参加也是自个儿要求的。"

马铁头见李全喜低着个头，无精打采的，就问道："你先前没出过远门，乍一到部队上来，是不是过不惯？"

李全喜拿树枝在地上乱划拉着，也不说话，林四牙把眼眉一皱说："瞧你这个窝囊劲儿，压死也挤不出一个响屁来！组长问你话，倒是说呀！"

李全喜横了他一眼，有点脸红，半天嘟囔出几句话道："谁参军也不是逼出来的！我家里分到地，更是自愿。"

可是李全喜并不想参加野战军。他家里有娘，一个刚成人的兄弟，再就是自己去年新娶的媳妇。土地改革后动员参军，他原以为是保卫本乡本土，不离开本地面，跟着参军的大溜报了名。赶往外一拉，傻了眼，这一出去山南海北，说不定扯到天边去，又惦记着兄弟年轻，撑不起门户，少夫少妻的，更难免有点依恋。心里就绾了个套，一时解不开，弄得没情没绪的，光想睡觉。往前方开时，一步挪不动二趾，多好走的路，也拉上段距离，后边催他，他就更加恼闷，心想在家里，赶集上市，爱走多慢走多慢，这可好，简直像追命一样。补到班里后，整天恍恍惚惚，开会就打盹，坐着坐着就睡了，再不就呆头呆脑地发愣。惹得杜富海呲嗒他说："我活这么大，从来没见你这号人，真是属核桃的，非砸着吃不行！"

马铁头见他情绪越来越坏，明知他是想家，又不便当面点破他，只说："你是不大精神，歇几天就好了。"扶他躺到炕上。李全喜一躺下去，拉过被子蒙住头，委屈得心里发酸。在家里，有个病啊灾的，老的给刮刮，媳妇端汤送水的，如今倒好，死了又是谁的儿子？本来没病，心情一坏，不想吃，不想喝，倒果真发起烧来。杜富海冷言冷语说道："我看他是没病，没病，天天想病！"马铁头见他这样，去跟指导员借了点钱，买些酸干，熬了碗水端到他眼前说："起来喝了吧，发发汗就轻松了，出门在外的，身子骨要紧。"

李全喜刚喝了酸干水，卢文保就来了，手里提着个小篮子，里边装着鸡蛋白面，往炕上一搁，问李全喜道："听说你发烧，厉不厉害？"一面爬上炕摸摸他的脑袋，又问道："你想不想吃东西？——

不吃就睡吧，别胡思乱想，给自己添病。"转过脸又问马铁头道："有尿盆没有？给他找个吧。黑间冷，别叫他出去再闪着。几时他想吃东西，就替他擀点儿面条，多照顾他些。"说完轻轻走了，顺手带上房门。

李全喜一阵感激，差一点没掉下泪来。在家里，老的、媳妇也不过这样，自己倒闹情绪，抱怨这个，抱怨那个，实在对不住人。不过那个家真叫他撂不开。庄稼是不是都收回去了？下过好几场霜，园子里种的卷心白菜长得什么样啦？他挂家挂得要命，又骂自己不该挂家，翻来覆去闹腾半夜，不知几时才睡过去。

早晨一睁眼，满窗都是太阳光，照得他眼花。班里的同志早起来了，背包打得又紧又光，并排摆在炕里边，屋里一个人也没有，想是都出操去了。他翻了个身，叹了口气，马铁头从外屋迈进来，笑嘻嘻地说："你醒啦？出汗没有？我看你睡得挺香，也不敢惊动你。面早擀得啦，水也开啦，你先喝碗水，我这就下面给你吃。"便忙着替他端水，一会又端进面来，擀得挺细致，面里还打了两个白果。

李全喜吃着面，心里真不是滋味，眼泪吧嗒吧嗒掉到碗里去。马铁头趁机问道："你难受什么？是不是想家？"

李全喜窝窝囊囊说道："我太落后啦，你们还对我这样好！"

马铁头劝道："这也难怪，谁乍离家，还不像丢了魂似的？哪个人也不能越了锅台上炕，都有这一步，过一阵就惯啦。我给你找了点儿纸，写封信回家吧。"

可是两个人都不会写，犯了阵愁，直等魏三宝从操场上跳跳蹦蹦回来，趴在炕上，拿舌尖舔着铅笔，好歹帮着写成。写完信，魏三宝一翻身仰脸躺着，两手扣在后脑袋上，望着李全喜说："你怎么老是愁眉不展的？换个人，家里分到地，乐都乐不够呢。你瞧瞧察南的老百姓，刚翻身，吃豆腐还扎牙根，又落到反动派手里。往常听人说'不消灭蒋介石，翻身翻不彻底'这个明理，现时我才懂了。你过去的日子，也够苦的，不要拔出锥子忘了痛，光图家里舒服。"

说得李全喜的脑门子渗出汗珠，抬不起头，半天半天吞吞吐吐说道："我心里就是恼闷……你知道我没打过仗，想起来有点儿发冷……"

马铁头喜眉笑眼说道："艺高人胆大，胆子都是练出来的。你没见我头一遭打仗，又淋了点雨，一个劲儿哆嗦，使力憋气也憋不住。其实打仗也不算难，等你病好了，我教你。"

李全喜多一半害的是心病，心略微一松，第二天便跟马铁头出操去了。部队正抓紧战争的空隙上课练兵。操场上这里练投弹，那里练刺杀。跑步突刺，防左刺，防右刺，哇哇地叫得挺带劲。机枪班的战士拿手巾蒙着眼，练习不用眼装卸机枪零件。

马铁头领李全喜、林四牙来到块土坡前，比比画画讲了一阵，教李全喜放枪。林四牙站在旁边，手发痒，直想露一手。马铁头看出他的意思，腾出地方说："来，林四牙，你放一枪给他瞧瞧。"

林四牙卧下去，瞄着前面的枪靶，一搂火，正打在红心上。马铁头叫李全喜也试一枪，他犹豫一会儿，也就趴下去，拿指头勾着扳机，心里扑腾扑腾乱跳，枪一响，子弹都不知飞到哪里去了。马铁头叫他起来，他却说："组长，让我再试一下……"

从此以后，李全喜慢慢地也不那么死板了。杜富海可不放心，怕他开小差，老盯着他，也盯旁的战士。一见有人上茅厕工夫久了，杜富海就要假装解手，进去看看；黑夜睡觉，不管天多冷，总借口炕上挤不开，在当门口支起扇门板睡，堵着门。马铁头看不入眼，把这情形都对卢文保说了。卢文保跟他个别谈了好几回，批评他不从思想教育着手的错误。杜富海把头一扭，只当耳旁风，心里想道："你去思想教育吧！不等你教育好，人早跑光了！"

李全喜发觉班长像个尾巴似的跟着他，寻思自己是老解放区的战士，再不争气，也不肯开小差，怄着一肚子气。林四牙跟班长却是一个针尖，一个麦芒，谁也不让谁。

六

起先，马铁头觉得林四牙非常积极。你看他能说会道的，操场动作又熟练,打饭扫院子,事事抢着干,手脚利索得不行。日久天长,又觉得难于捉摸。你想跟他谈谈心里话,他光在嘴皮上说几句漂亮话,喀嗍一声,心口插上道闩,关得风雨不透。

林四牙这人机灵倒真机灵,就是没用在正道上,有点奸猾。先前在河南当过保安团,又在十六军混了几年,满脑子灌的是共产党杀人放火,共产共妻一类邪魔鬼道的话。在怀来刚一解放,提心吊胆的,心想究竟活不了,碰运气吧。有人招呼他洗脸,给他熬粥喝,他倒想:"也许是先顺着毛摸我,等我什么都说出来了,再料理死我!不管你有千变万计,反正我有一定之规!"自个儿是国民党,单怕国民党点名册子弄着了,没有活命,便想跑。怎么跑呢?一个虼蚤顶不起被单来,不如拉几个人一齐干,又苦于同屋的俘虏都是人生面不熟的,不敢轻易说出这个心事。这当儿,有个过来早一点的解放战士是他相隔二十来里的老乡,坐下来跟他闲谈。一谈谈到宽大政策,他抢白道:"你不用瞒哄我,我什么不知道!"心里可有了点儿底,猜想性命也许没多大关系了。过了几天,人家待情得挺好,问大伙儿愿意干什么。有的说愿意回家,林四牙挺着身子站起来说:"我参军!"当时写了挑战书,带动许多人到了前线。私下里,他可这样想:"问还不是装装样子!自个儿是炮灰里清出来的,不参军行吗?刘备摔孩子,装假就装假!"从此表面上处处积极,骨子里可藏着另外一套花样。

补到班里,开头实在过不惯。吃的穿的,都不如意,规矩又多,吃老乡几个长生果也算犯纪律。傍晚全连点名,指导员几次表扬他工作积极,军事动作好,他就觉得自己那两手真了不起,眼睛里不大有别人。

疙瘩乔的眼风话口中间,跟他倒挺靠近,一次眼前没人,指着他的绿军装说:"我看咱们俩准是一道的。"林四牙瞟了他一眼,也不搭理他。疙瘩乔又悄悄说道:"反正咱们这些解放战士,天生比人家子弟兵矮一头!别看他们捧你捧上天,其实是蜜糖嘴,刀子心,根本不拿你当人待。"

这话是真是假呢？林四牙当时不响，可存了心。碰巧当天大伙儿擦枪，李全喜伸出脚，指着一个疮说："你们看看，我脚上这么个疮，班长还叫我出操，能不能行？"杜富海嚷道："你说这话，就该把你脸藏到裤裆里！亏你还是个翻身农民，连林四牙都不如！"

林四牙听了，好像有个毛毛虫掉到脖子里，浑身都不舒服。像李全喜这样的一个大脓包，还不应该不如自己？为什么要拿自己跟他比呢！心眼儿一不顺，别扭事都来了。冬天炕凉，马铁头主张大伙儿把棉袄平铺开，连在一起，垫着睡暖和。他认定这是故意叫左右的人压着他的棉袄，防备他黑更半夜开小差。一个人有事出去，猛一回头，准碰上杜富海的眼睛。西瓜皮擦屁股，越擦越腻味，心就烦了。

这天傍黑，点完名散了队，他对杜富海说："班长，我要解手，你派个人跟我去吧。"杜富海说："不用。"却偷偷地看着，眼瞅着他进了当街一个厕所，不上半袋烟工夫，忽然从后墙跳出去，撒腿就跑。杜富海这一急，立时叫起来，全班闹哄哄的，分头去追，哪追到个影？赶他们吵吵嚷嚷回到班里，进屋一看，林四牙先自回来了，挺安闲地坐在屋里，嗫着嘴唇吹口哨。众人都僵住了，也有暗暗发笑的。马铁头半天才找出句话笑道："老林，你真会开玩笑！"

林四牙把眼眉一皱，眉心皱起四条竖纹说："还不知道是谁开谁的玩笑呢？我实心实意来革命，你们倒拿人家当贼待，世间上哪有这个道理？"

马铁头见他急了眼，拉着他的手笑道："走，咱们出去蹓跶蹓跶。"林四牙摔着手不肯去，马铁头好劝歹劝，才把他哄出去。天黑了，有点儿风，挺冷。两人找个背风的墙旮旯蹲下去，抽着烟，烟头的火光一闪一闪的，喊喊喳喳好一阵。临了马铁头说："哪个庙没有龇牙鬼？班长的缺点是不少，赶明天我把你的意见反映上去，帮助他进步。你工作积极，谁也不是没长眼睛……"

林四牙接口道："积极也是白搭，咱们这号人，横竖没有前途，也就是当一辈子兵，卖多大力气，死了算了！"

马铁头道："你这可说错了。解放战士当连排长的有的是，不信我数给你听——"便说出一大串人名。

林四牙冷笑道："人家跟咱又不一样，咱有政治嫌疑。你没见班长老在会上问谁是国民党员，明指的是我。"

马铁头说："真是也没有妨碍，说了事情就完啦。"

林四牙想道："你不用套我，一露馅，还不要了我的命！"眼一转，马上来了个心计道："我是我就说，有什么怕的？反正我知道有几个三青团员，缩着头不吭气。"便掰着指头说了三四个怀来解放的战士。

马铁头叮问道："你闹不错吧？"林四牙说："还错得了？"一面从旁边悄悄看风色。那几个人先还不肯承认，林四牙出来作证，才没有赖了。这可该他们遭殃啦。可是一天两天，屁事也没有，自个儿肚子里装着块心病，反倒老不安稳。有一天指导员给全连战士上政治课，讲共产党的斗争历史。听着听着，林四牙的心里好像冷不丁开了扇窗，这才明白共产党是怎么回事。下了课，他一把抓住马铁头的手说："组长，我要写退党书。"马铁头摸不着头脑，闹愣了。林四牙搭拉着厚眼皮道："我是个国民党员，我要退出国民党。"

心病一挖掉，又受到连长指导员的褒奖，林四牙干得倒真有几分起劲儿了。不过每逢听说解放军的力量多大多大，就不入耳。头阳历年，有一回指导员又讲胜利消息，说是豫北滑县一带歼灭了国民党两个整旅，他的汗毛直发麻，暗暗冷笑道："王婆子卖瓜，自卖自夸！解放军算个什么？无非是些土头土脑的土游击队，哪敌得过国民党的机械化兵团？打不过人家，地方丢了，丢就丢了吧，还卖乖说不在乎一城一地的得失！瞎猫碰上死耗子，碰巧歼灭几个敌人，就吹牛说连旅长也俘虏了。人家一个旅长有多少卫队，听你那一套？"

他正在心里冷嘲热骂，通信员小张慌里慌张跑到卢文保跟前，递上一张连长写的拧成个花的纸条。卢文保拆开纸条扫了几眼，望着大家说："任务来啦！现在提前吃饭，准备行动。"

林四牙耳朵尖,恍恍惚惚听见野炮响了。

七

平地上,没有山挡着,野炮能听四五十里地。战士们一时紧起来,武器弹药拾掇好,塞饱了肚子,班长领着头擦枪,准备战斗。这种时候,大伙儿最喜欢瞎猜,你一言我一语的,揣摩着情况。这个说:"咱们倒是往前走,还是往后走呢?"那个说:"杀了我的头,我也不退了!光说不怕丢地方,没地方,你吃什么?"第三个人又说:"你听,炮紧着响呢,找上门来欺负你!"疙瘩乔侧着耳朵听了一会儿道:"这是美国炮呢!原子弹要拿出来,一炸广岛一个岛,更够咱呛的!"杜富海把大枪放在地上一顿骂道:"放你的屁!你几时叫美国鬼子吓怕了,净说没影的话!"

傍黑子,司号员嘀嘀嗒嘀嘀嗒吹起紧急集合号来,战士们跑步奔到集合点去。马铁头百忙里跟房东老大伯说了道别的话,然后才走了。队伍一到齐,连长亮开粗嗓门说:"敌人起保定出来啦,有三个团。一个是蒋介石他美国干爸爸装备的,再有两个杂半团。眼时正向满城进攻,已经到了北大流那一块,离城还有二十来里。你们想不想报仇?想不想过个好阳历年?"

战士们雷似的应道:"想!"

连长直着嗓子喊道:"想,咱们就先开开荤,吃掉敌人再讲!"说完一挥手,带着队伍就走。

路挺黑,越往前走,炮响得越厉害。疙瘩乔走在林四牙背后,说起小话道:"前方打得一定很急,你瞅吧,一会准拿咱解放战士挡炮眼!"

林四牙早先也听说过什么逼着解放战士身上绑炸弹去炸地堡。可不可靠呢?是也罢,不是也罢,经一回战斗再说,死不了另想门路。临到离北大流八里路光景,队伍开进一个村,坐到道边上休息,等候命令。街上黑压压的,挤满了兄弟部队。有的战士走乏了,靠在墙上打起呼噜来,后边上来的人马弹药,不断地往前开。

炮正在钢钢地响,有敌人的,也有我们的,红光一闪一闪的,东北方一会儿照得锃亮,一会又变得漆黑。林四牙心想:"平常不出眼,解放军的队伍还真不少呢。"再一看,有些老战士正拼命鼓大伙儿的劲。是不是想叫我挡炮眼呢?心里直犯嘀咕,就想试探试探口气。炮火一闪,看见龙起云从人缝里挤过来,他就故意站起来要求突击任务。龙起云拍拍他的肩膀说:"有种!一会儿听指挥吧。"还是没试探出个道理来。

天亮以前,队伍继续朝前开,离北大流三里路又停下了,林四牙正在思疑不定,龙起云叫大家先挖工事隐蔽,防备天亮来飞机,指导员也吩咐炊事员煮山药粥喝。他们做了预备队。

李全喜一接近火线,吓迷了,东西南北也分不清。炮火够吓人了,平空又添出一小团一小团的红光,像鬼火一样,四处乱飞。这是些什么玩意儿呢?马铁头告诉他说:"那是发光弹,黑夜能看弹落点,并不厉害。你跟紧我好啦,保险没事。"李全喜就像个不识数的小孩儿,半步也不敢离开马铁头。一个眼错不见,便急得哇哇地叫组长。挖工事本来是笨手活,下惯庄稼地不难做。李全喜心慌,地又冻了,挖了老半天还藏不住个人。马铁头把自己挖好的让给他,又接手挖他的。

李全喜一钻进坑里,缩着头再也不出来。山药粥熬熟了,炊事员送上来,叫吃饭。李全喜心慌得哪里吃得下,又怕一探头,炮弹子弹碰着他。马铁头说:"打仗这事情,吃一顿算一顿,下一顿不定什么时候才沾嘴,可不能饿着。"便给他盛了一碗送过去。吃完饭,天也在东方亮了,一架小飞机出现在灰蒙蒙的天空里,绕着北大流直打旋,脑袋猛一低,一头扎下来,嘎嘎嘎嘎一阵机枪,仰着头又窜到云彩里去。李全喜的厚嘴唇都吓白了,只觉得要拉屎,飞机一走,急忙说道:"组长,我肚子坏了,要跑肚!"哈着腰跑到一块土坡后,蹲了半天,只拉出根干屎橛。林四牙笑道:"你不是跑肚么?怎么跑肚拉橛屎?"疙瘩乔帮腔笑道:"人家不是拉屎,人家是怕死!"

李全喜吃不住劲儿了。他这个人,不说话就不说话,说起话来一杠子也能打死人。只听他嘟囔道:"你们不怕死,为什么缴枪?"

林四牙唰地变了脸说:"打人不打脸,揭人不揭短,我也没挖你家的祖坟,何必这样?"

马铁头急得两边摆着手笑道:"算啦算啦!看你们都像小孩子,闹着闹着就恼了!"又对林四牙说:"他没经历过,你也该帮着他点儿,别光笑他。"这一来,林四牙虽说受了批评,倒也有脸,气也就消了。

可是前边究竟怎么回事呢?我们的大炮轰隆轰隆紧响,折腾了大半天,光见往下抬伤号,还是没解决战斗。龙起云耐不住,见到伤号便打听消息,才知道攻击的部队过分迷信炮,总盼望炮火先把敌人的前沿打烂了,再发起冲锋。冲锋时上得又慢,几次叫敌人反突下来,伤了些人。赶过晌,有人喊道:"贾团长上来了!"这是个经过十年内战的老红军,小个子,眼神非常灵活,显然是个判断力很强的人。他带着两个警卫员,走得挺快,扑着营指挥所去了。炮火一时停了。老战士都明白这是团长在重新组织火力。果真不错,个把钟头后,炮又响了,轰得烟气腾腾的。就在这个节骨眼,冲锋号吹起来了……

冬天日子短,早黑了。龙起云这一连人也开上去,准备投入战斗。村里敌人慌了神,直打照明弹,亮光里照见离村边一百米远左右,躺着三个战士,不知是牺牲了,还是挂了花。杜富海这个班接受了个轻任务,叫去弄下那几个同志来。一个战士跑到半路上,被敌人发觉,中了机枪,跌在那儿不动了。

杜富海拧起两道扫帚眉,脱下棉袄往地上一摔,咬着牙骂道:"肏他个奶奶,我上去!"哈着腰就窜出几步去。敌人的机枪一响,他朝前一扑,就地几滚滚上去。照明弹照得雪亮,子弹扑扑地打得他四周直冒烟。杜富海也不动了。战士们惊得瞪大了眼,喘不过气来。几分钟后,照明弹灭了,忽然看见一团黑影像个轮子,忽忽地滚下来。原来正是杜富海。他坐起身,撂下三条枪说:"都牺牲了!"便要了根绳子,在敌人的照明弹底下,冒着子弹滚上滚下,不歇气地把三个烈士都拖下来。末了又滚到那个刚刚打倒的战士跟前，伸手一拉，那个战士哼起来道："班长，我不中用啦……你不用管我了！"杜富海说："什么话？我不管你还算个人！"就把那战士背到自己身上，爬起来便跑。子弹贴着他的头皮乱飞，他喘得嗓子眼冒烟，东倒西歪地跑着，跑几步一个筋斗，跑几步一个筋斗，力气差不多用干了。

林四牙早看呆了。平常总恨"花机关"光会骂人，到了腰眼上，竟这样仁义，从来也没见像解放军这样团结的！人家好赖是个班长，还这样不要命地干，自己倒狗眼看人低，净拿坏心揣度人！他的心一阵翻腾，说不出的难过。

这工夫，敌人忽然打了两个信号弹，一个绿的，一个红的。贾团长从营指挥所传出命令，判断敌人准要突围，叫队伍立时冲。李全喜正缩着脑袋蹲在工事里，马铁头戳了他一下说："敌人要跑了，冲锋的好机会来啦！"李全喜探出头一看，到处净自己人，哗哗地往上跑，他也就夹在马铁头和林四牙当间，跟着跑。

敌人正集合在村里一条街上，黑糊糊的一大片，预备突击，冷不防四外叫道："交枪交枪！"猛一惊，许多敌人颤着音叫道："是，是，我们交枪！"也有想跑的，手榴弹就撩过去。马铁头等撵着几个散兵，满野地跑。马铁头撩手榴弹，李全喜也撩，可是他撩的都不响。马铁头一边跑一边笑道："你不打开保险盖就会响啦？"李全喜说："那不炸了自己啦！"马铁头打开个手榴弹的保险盖，递给他。他接过来一扔，果真炸了，还炸倒个敌人，乐得跳了跳脚道："打仗就这样打呀？往后我也行喽！"马铁头说："你看你的胆练得也不赖乊的了。"他们俘虏了那几个散兵，回头一望，村边敌人的小地堡都点了火。

俘获的又是美国枪，又是美国炮，还有反坦克枪。战士们七嘴八舌地笑着嚷道："不是说美国装备厉害么？怎么像块嫩豆腐，一滑溜就吞下去啦！"也有人说："赶明儿该换武器了，咱们也变成美械化了！"

马铁头拿起枝美国枪,上上下下端量着。魏三宝从旁边一把夺过去,朝天放了一枪,眉开眼笑地说:"震动力不算大,就是苗子太短,拼刺刀不及三八枪!"马铁头咧着嘴说:"这行子啊,老太太赶集,有限(线)!"

但在战后总结这次战斗经验时,上级首长认为打得不够坚决,才增加了伤亡,号召以后要发扬中国红军的顽强精神,提倡猛打猛冲猛追的三猛战术。龙起云拍拍宽胸脯,望着卢文保笑道:"这一仗要包给我呀,管保不会出这个毛病!"

八

自从北大流这一仗后,战士们尝到了歼灭战的滋味,一听说有敌情就摩拳擦掌地叫着"吃掉它!"可是敌人在保定一带挤了个大疙瘩,我们也挤了个疙瘩,两边扭来扭去,老不能下手。战士们急了眼,每逢听到友邻地区的捷报便嚷道:"人家净是吃香的喝辣的,咱们这算干什么,光跟敌人顶牛,顶得头昏眼花,连牛骨头也啃不上!"高级首长及时改变了作战计划,决定"先打分散孤立之敌……",就在阴历大年初一,拉着队伍往南便走,直奔着定县的敌人扑去。

傍黑出发,天正下着大雪,飘飘扬扬的,北风一卷,迷得人睁不开眼。大雪坎子一二尺深,一脚插进去,直湿到勃罗盖儿。雪又硌脚,许多新战士腿没跑惯,不会走路,脚都打了泡,远呀累呀瞎嘟囔。李全喜一边走一边喘粗气,队伍过村时,看见有的人家带着灯纺线,白纸窗上映着灯光,真想敲开门进去暖暖。马铁头瞧他一拐一拐的挺吃劲,把他的背包和枪都抢到自己肩膀上。李全喜好难受。人家组长不累呀?待咱这样有恩情,便硬挺着跟上去。

疙瘩乔一路不住嘴地发牢骚:"这算什么战?简直是瞎拉扯着玩,拿着人当狗熊耍!"

马铁头说:"这就叫运动,运动不灵,就缴不到大炮。"

疙瘩乔冷笑道:"哼!大炮没缴成,先缴了一脚小炮(泡)!"瞅人不看见,好几回拿拳头戳林四牙。

林四牙头也不回,只装不知道。前些天,疙瘩乔老告诉他解放军怎样苦,几次拉拢他开小差,还说:"要在北平,进戏园子,吃饭馆子,多自在! 在这,可倒好,穷得咱一个大钱没有,一个大地方去不了,有钱也买不到东西!"又说:"铁打的营盘流水的兵,吃粮当差,哪里不是一样,何必单在这受罪?"林四牙故意吓他说:"要跑咱们就带枪跑。"疙瘩乔伸了伸舌头说:"带枪可是死罪呀!"林四牙说:"你怕死还跑什么?"可也没对马铁头汇报这件事,自个儿肚子里另有划算。这回走在路上,心想先前在国民党那边,说声走,迈迈腿就上了火车汽车,两脚不动地方,转眼千儿八百里。这可倒好,光靠两条腿没昼没夜地死走,有什么指望? 越往南离家越近了,能打下定县就干,要是打不下来,可见解放军势力还小,队伍尽管是好队伍,出路不大,也没干头。千顷地,万顷庄,也是为了吃穿,那时不如回家当老百姓,混口饭吃。

龙起云的精神可正鼓得十足。任凭风吹雪打,你看他略微偏着个通红的大脸,依旧像飞似的走在前头,有时脚一滑,咕咚地摔倒,两手只顾护着枪,爬起来说:"摔了人不要紧,可不能摔枪! 摔坏枪,战斗上人也吃亏!"接着又走,旁人跟不上他也不理,惹得疙瘩乔嘟嘟囔囔说怪话:

"我看咱们连长八成是兔子做的!"

龙起云这时巴不得长出两只翅膀,一飞飞进定县城,把敌人捂在窝里。当夜人不歇脚,马不停蹄,直撵到定县城边,四面大军都围上了,围了个风雨不透。城里的敌人耳闻有点情况,做梦也料不到解放军会上来得这样快,天亮一望,雪停了,到处白茫茫的,积雪照得人眼发花,连一个解放军的影子也不见。其实解放军个个人都反穿着棉袄,白袄里跟雪一个颜色,悄悄掩藏在四外村里,睡足吃饱,正准备黄昏攻城。

卢文保抓紧空隙,先召集了党员大会,号召每个党员要在战斗里拿出冲锋在前,退却在后的精神,带动群众,接着又开了全连的动员大会。龙起云布置了战斗任务：一排抬梯子，二排爬城，三排做预备队。马铁头是一排的战士，当时蹦起来，挺着胸脯，像只大公鸡，对二排挑战说："我们保险安上梯子，送你们上城！"二排像回音似的即刻应道："只要你们安上梯子，我们准上城！"开完会，卢文保约龙起云去看地形，走到村外，看见一铲平地上雪铺冰盖，远在几里外的定县城墙显得格外黑。龙起云瞭了瞭，停下脚说："这个地形，一眼望到头，看不看不吃劲，还是留着力气等打仗吧。"便半路退回去了。

顶太阳压山，一排二十多人扛着梯子悄悄运动到离城半里来路的一块坟圈子后。大梯子是由两截梯子绑在一起的，足有两丈五尺高，上下两头都有骨轮，上边那头还绾着根粗绳子。马铁头力气大，出名的半匹牛，扛梯子排头第一位，杜富海专管拉那根大绳子。炮手刚试巴了两炮，掩护攻击的轻重机枪还没准备妥当，龙起云急得像团火，一个劲挥着手叫："冲啊！冲啊！"

号令一下，这个排扛着大梯子就上。眼前一片大平地，到城墙还有七八十弓，天不黑，又没有炮火掩护，城上的敌人看得真真的，自然开了火。一个战士倒了，跑着跑着又倒了一个……有人趔趔趄趄的想靠后退，马铁头像支箭，扯着梯子硬往上抢。积雪一脚深一脚浅，子弹打得雪冒了烟。李全喜的脚插到雪窟窿里，使力一拔，拔出个光袜底，急得咋唬道："组长，组长，我的鞋掉啦！"马铁头只顾上说："不要叫！不要叫！掉了一会再找。"眼看跑到城根底下，再加几把劲儿，就能搭梯子了。马铁头打了个冷战，绕着原地打起转来。

原来前面挡着条护城河，水没冻严，靠边的冰凌上漫着层雪，衬得河水像墨一样黑。谁也没料到有这条河，一时过不去，弄得抓了瞎。城上打得更急，又有几个人撂倒了。杜富海急得骂道："你们乱个什么屌劲，还不赶紧趴下！"大伙儿就哄的一声扑到雪地上，拿出小铁锹忙着做工事。

龙起云在后边还是亮着粗嗓门嚷道："上啊！上啊！怎么不

上啦？"

杜富海探着短脖子照量照量护城河，皱着扫帚眉叫道："把梯子搭到对岸上，架个桥！"

马铁头听说一声，朝前猛一窜，顺着挺陡的河堤溜下去。冰冻得太薄，架不住人，哗啦地碎了，他的两腿插到河里，水齐到勃罗盖儿上。林四牙心想："要死也不能装孬包！"跟着滑下去。紧接着魏三宝等几个战士也扑腾扑腾下了河。天色已经黑糊糊的了，城头上的敌人乱嚷乱笑，机枪对着河心一味地扫射，压得他们不能动弹。炮又响了，只见刺溜刺溜一道火光，轰的一下，正在城根底炸起一大团尘土。这不像敌人的炮，倒像自己的。果然不错，跟着炮就不停了，都砸到城顶上去。敌人的火力被压得稀稀拉拉的，趁这个节骨眼，马铁头领人蹚着齐勃罗盖儿深的冰水，把梯子的一头戳到河对岸上。这样一来，爬城的云梯横搁在护城河上，恰好搭成个桥。剩下的人踏着梯子跑过去，二排的战士也趁机过了河，各自挖个坑隐蔽好。

马铁头领着人在水里蹚来蹚去，又帮着岸上的战士把梯子运过河去，才爬上岸，棉裤里外都湿透了，冻得直打颤。远远近近，枪炮连成一片，黑糊影里，净看见一闪一闪的红光，总攻开始了。马铁头忘了冷，立时夹在众人当间去架梯子。大伙儿一撮，杜富海憋着气一拉绳子，云梯前端的骨轮顺着城墙滚上去。接连又是几戳几拉，梯子便搭好了。二排的战士拥上来，猴子爬竿似的一个连一个爬上去。刚到半腰，当头的战士中了枪，一撒手滚下来，打得后边的人忽拉忽拉都跌下去。

马铁头动了火，一手拿着手榴弹，抓着梯子往上就爬，后边紧跟着又上来许多人。城上瞎打枪，也不看目标，慌得不行。马铁头冒着子弹爬到顶上去，左手扳着城墙，刚要朝上翻，不想人多梯子不牢，只听喀嚓一声，当间压断了，连人带梯子都摔下去。马铁头的两脚落了空，身子一坠，丢当几丢当，急忙把右手的手榴弹摔上去。一把也扳住城墙边，悬空吊在那儿。城上敌人的动静，听得清清楚楚,只听有人呼呼地喘着粗气说:"好险,好险,打下去啦!"也不知道挂了多大工夫,马铁头只觉得手冻得发木,胳膊腕子又酸又软,一时一刻也熬不住了。我们的炮紧响,砸得城墙一震一震的,他的身子也震得乱颤。掩护登城的机枪又响了,子弹一溜歪斜从他头顶飞过去。他急得乱蹬脚,只想用脚尖找个砖缝缓缓力气,忽然触到个什么硬实东西,马上明白这是云梯绑好又顺上来了。他的精神一振,力量凭空添了十倍,脚踏着梯子,从腰里拔出手榴弹,嗖地撩上去,爆炸一响,趁势跳上城,就地一滚滚到旁边去,接连又扔出几个手榴弹,炸倒了眼前的敌人,占领了阵地。这当儿,战士们不断地涌上城,轰轰地直扔炸弹,立时朝两翼扩张。有人点了颗信号,一道火光冲上天去,但见漆黑的天空亮着一团火,越坠越长,转眼变成一条金龙。东城上照样腾起一条火龙,知道那面也攻破了。马铁头领着人正往左压缩敌人,一颗手榴弹正巧打到他的头上,蒙了,东倒西歪退后好几步,那颗手榴弹也就炸了,碎片子扑着他飞来,把他打了个大筋斗。他的脑子忽忽悠悠的,先还听见战士们冲锋喊杀的声音,一会儿迷迷糊糊的,什么不知道,死过去了……

赶天亮战斗结束,敌人全部被歼灭,部队撤到四围乡村里吃饭睡觉。卢文保又困又乏,眼皮子直打架,单好使草棍支起来。他顺手捞起把雪搓了搓脸,清醒些了,像条鱼似的串来串去,转到各排各班去检查伤亡,整顿组织。一排只剩了十七八个人,个个滚得浑身净泥,炕上炕下倒满了,呼噜呼噜睡得正酣。排长跟杜富海夹在人缝里,轻言轻语地合计事情,卢文保问过伤亡情况,又打听马铁头。杜富海两眼血红,胡子扎煞得像个刺猬,摇摇头说:"怕是完了!"抬下的伤号不见马铁头,尸首也不见,也许埋到炮弹坑里去了。卢文保又问战士的情绪,一排长说:"打了胜仗,情绪倒是挺欢,就是伤亡大,有些人对连长指挥上有意见,觉得太冒失。"

卢文保立在那儿不言声了。高颧骨像是一对小山,搭拉着又深又黑的大眼,又显出那副深思的神情。这话恰恰碰了他的心,当时也不多说,又到各班走了一阵,然后回到连部。通信员小张打回饭来,叫连长吃饭。龙起云正贪睡,一摇他的腿,呼啦地坐起来。这是老军人的习性,睡也睡得警醒。他用大手揉揉眼眵,拿起饭碗,望着卢文保笑道:"老卢,你怎么老像猴子一样精神,也不知道困?"

卢文保回答道:"我是挂着班里的事,才去转了转,士气还不坏。"

龙起云乐得用大巴掌使劲一拍卢文保的肩膀,亮开粗嗓门笑道:"自然不坏喽!这一仗打得总算硬吧?"

卢文保淡淡地笑道:"硬是硬,就是伤亡大,没做到'消灭敌人,保存自己'的地步。"

龙起云显得有点不耐烦地说:"你怎么学得婆婆妈妈的?吃饭还拉拉米粒,难免有一星半点儿伤亡。"

卢文保说:"要看伤亡能不能避免。你打仗猛是猛,一点儿不含糊,可就有点粗枝大叶。不看地形,准备得也不细,弄得净出错,这个仗打得就没有准备,没有把握……"

龙起云把筷子一放说:"你真是四十里不换肩,抬杠好手!这是你的意见么?"

卢文保说:"还不只是我自己的,许多战士都有这个意见。"

龙起云生气道:"我过去也没听说过,单你一来,事就多了。不管怎么说,你提三百六十遍,我也不听。带兵要没个正主意可不行,你这是扰乱干部的决心,做了战士的尾巴!"

卢文保说:"尾巴不尾巴我不知道,反正我们不能不听群众的意见,这是个原则。"

龙起云急红了脸,一下子在炕上站起来,嚷道:"你懂得什么叫原则?我当排长那时候,你还是个兵,难道我不比你知道得多!这样可成了极端民主化了!"

卢文保平心静气地笑道:"你这可是讹人的话。咱们是一个人看好几百人,战士是好几百人看一个人,毛主席就是能听群众意见。"

说得龙起云又笑了,坐下道:"好,好,你给我上起政治课了!

瞧你啰哩啰唆的,还有点儿门道。"

可是卢文保明白连长并没心服。吃完饭,召开支部会,检讨这次战斗,转到评伤亡,卢文保又提起这篇话,着重批评了连长的粗心主观,还说要是不能发挥士兵的民主,连队样样工作也搞不好。旁的人也当面对连长提出了批评。龙起云是个直肠子人,打仗勇敢,一旦回过劲儿来,改正错误也勇敢。卢文保最后问他:"你说对不对?"他光是笑。卢文保追问道:"你笑什么? 到底对不对呀?"他把腰一挺道:"我现在没说的,骑驴看唱本,走着瞧吧!"

正在这时,街门口有人大声问道:"这是连部么?"接着是许多脚踩得雪咯吱咯吱响。卢文保立时迎出去,却见四个老乡抬着扇门进来,上面用棉被盖着个人。他跑上去揭开被一看,竟是马铁头。原来马铁头的天灵盖和大腿全挂了花,当时昏过去,赶缓醒回来,同志们都冲下城去,往街心压缩敌人去了。他又冷又痛,想动一动,一翻身滚下城坡去,滚到一家种菜园子的老乡门口,又跌了个半死,哼哼呀呀地叫人。老乡隔着门问明白是解放军,急忙把他救进屋去,给他包伤,喂他鸡蛋吃,体贴得什么似的。天一明,就找了几个邻居抬着他往部队送。可是他一定要回原部队,绕了许多冤枉路才算找到。

卢文保赶忙动手把他抬进屋,又派人到村里去要担架,准备送他到后方去住医院。马铁头硬撑着抬起身说:"指导员,别送我走……我的伤不重,随队休养几天就好了。"实际他的伤可真不轻,血流得又多,那张长方脸本来黑里透红,现时变得煞白。卢文保好歹把他说服,化钱买了点儿团粉,冲了一碗喂他吃了,又叫卫生员给他换了换药,然后才送他走。李全喜、林四牙等人也赶来送他。他却像小孩儿初次离家,难舍难分,拉着指导员的手,望着众人,眼泪转在眼圈里,差一点没掉下来,老重复着一句话说:"大家千万给我来信哪!"

九

马铁头叫人抬着走了两天,一站捣一站,每站都有村里妇女端水端饭,关心着痛痒,最后到了后方医院。医院就设在安国的一个小乡村里,病房都是农民临时腾出的屋子,收拾得干干净净,窗也用白纸糊得严严实实的。马铁头的伤本来不轻,路上又受了点风,一到就发起高烧来。迷迷糊糊当中,也知道医生来给他治病疗伤,卫生员给他打饭换药,出出进进还常见两个妇道人家,一个青年,冷啊热的照应他。这天晚间,热退了,心里清醒些,嘴是苦的,觉得肚子有点儿空,想吃东西,睁眼一看,桌子上点着盏棉花籽油灯,灯影里坐着个花白头发的老大娘,正在上一只纳得挺结实的军鞋。他才一动弹,老大娘连忙搁下鞋走到炕前,笑着问道:"同志,你好点没? 饭坐在锅里,想不想吃?"

马铁头点了点脑袋,老大娘回过脸去,朝着对面屋大声说道:"你先不要纺线了,给同志把饭端来吧。"

对面屋应了一声,呜呜响着的纺车立时停了,不一会儿门帘一撩,走进个粗手粗脚的媳妇,端着碗热腾腾的京米稀饭,随着又闪进个刚成年的半大小子,闯闯辣辣的,也学大人的模样,叼着根小烟袋。那个半大小子挤上前来,动手要扶马铁头坐起来吃饭,可是手脚重,不小心弄痛了病人头上的伤口,惹得老大娘骂了一句,亲手来扶病人。马铁头喝了几口粥,又躺下去,望着老大娘轻轻说道:"唉,太麻烦你们了! 几时等我养好了,再报大娘的恩吧。"

老大娘道:"都是一家人,别说这样见外话了。我儿子也在野战军里,跟你一样,你知不知他在哪呀?"

那个粗手粗脚的媳妇笑道:"人家同志连他的名字都不知道,怎么会知道他在哪儿?"

老大娘就笑着说:"可也是,我真是老糊涂了! 我那小子名叫喜子,大名叫李全喜。"

马铁头听了一愣,还怕是重了名字,细一追问,才知这果真就是他班里那个李全喜的家。那个粗手粗脚的妇道人家正是李全喜的媳妇，愣头愣脑的青年是他兄弟，小名二愣子。再一打听魏三宝，原来就住在斜对门，家里光剩叔叔婶子了。李全喜阖家人一听说马铁头跟李全喜的关系，变得格外亲热。当时已经是三月末，天气还冷，一天三顿饭，有两顿火烧到马铁头睡的炕里。不管是焖粥还是焖山药，总端一碗到马铁头枕头前，好心好意劝他吃。马铁头连伤带病，虚弱得厉害，汤饭水药，不用开口，一家人都抢着替卫生员做了。

全喜媳妇更能耐，炕上炕下，家里地里，样样拿得起，赛过个男人。也不用村里代耕，有活儿就跟二愣子一块下地，要不就听她摇的纺车呜呜响。她几次对马铁头说："你们在前方打仗，俺们妇女要是好吃懒做不生产，哪对得住人！"

马铁头告诉他李全喜怎样挂家，怕荒了地，老大娘啧啧着舌头说："用得着他挂！那孩子天生是老太太的脚指头，窝囊一辈子！明天写封信告诉他，他连他媳妇的小拇指头也不敌呢！"

提起写信，马铁头心里乱糟糟的，不能安生。这些天，也不知军队开到哪去了，每逢见了医生和卫生员，不断地问，一点儿音讯也没有。日里夜里，吃饭睡觉，无时无刻不巴望着指导员他们的信，巴望久了，难免埋怨起来，以为同志们忘了他。有一天，麦子长到没脚脖子深了，二愣子闯到他的炕前说："你知道么，老马，队伍八成往南开啦，老百姓的担架都奔着西南下去了。"

他娘一听这信儿，急了，拍着大腿说："哎呀，队伍一走，要是保定敌人出来，咱们这块不又遭殃啦！"

马铁头可另有一番见解。老跟敌人在保定一带顶牛，实在不是事儿。上级三番五次说要打运动战，这回兴许运动开了。从此以后，他不再盼信，天天光盼着胜利消息。这倒没叫他空盼。梨花开的时候，打下平汉线南段的正定，麦子秀穗的当儿，又打下正太线上的井陉、娘子关、寿阳等地，前后歼灭了上万的敌人，把个石家庄孤零零地陷在那儿。村公所天天有人站在房顶上，拿大喇叭筒子对全村广播,听得马铁头心都飞了,恨不得马上赶到前线去。单恨自己的伤,经过一场病,身板骨软,格外不容易好,到于今刚能挂着拐杖迈几步。

这些好消息也给村里添上把火。交公粮,做军鞋,出担架,更撂不下生产,忙得大伙儿没一刻闲空,像打仗一样紧。赶六七月,村里又进行土地复查。正是雨水勤的时候,庄稼要锄,全村人就白天下地,黑间一筛锣,都集合到村头大庙里开会。有好一阵子,全喜媳妇和二愣子跟马铁头连话也说不上几句,天一亮,小叔嫂子带着露水去下地,两顿饭在地里吃,傍黑回家,胡乱填饱肚子,脚不沾地又赶到大庙去了。全喜娘也是忙得滴溜转,烧饭送饭,都是老婆子的事,马铁头更分她的心,照应得跟从前一样,有空就坐到炕边上,做着针线,念叨些复查的事。有一回学着区干部的口气说:"这也是打仗嘛!消灭封建,不卖力气哪行?"又说:"土地改革起初可有点二五眼,大地主掏出些地,像拔了根汗毛一样,照样抖威风,嘴巧的都给编成歌啦,说什么:行走骑着高头马,摇摇摆摆赛活神,水晶石头架子镜,画眉笼子有人抢……又是:九间九进朝王殿,七间七进宝厦厅,一对棋杆一对棍,一对狮子把大门……编的真是活灵活现。这回老天爷有眼,可灭了地主的威风,顶多给他们丢下点儿吃喝,剥削穷人的东西都得归还原主。真是冤有头,债有主,世界上也算有了公道!"

马铁头先还听她说话,后来竖着耳朵,光听远处去了。正赶上顺风,只听见大庙里又拍巴掌,又喊口号,一会儿还敲锣敲鼓,会开得正在热闹头上。土地改革做得一到家,你看老百姓的情绪这个高啊!努力山成玉,同心土变金,前后方一齐心,还会不打胜仗?顶叫他牵肠挂肚的还是军队。他心眼实落,别看打仗像猛虎,一想起连里那些同志,比小孩儿还软,难过得直想哭。第二天见了医生便要求归队。医生说他伤没养好,不答应。他急得说话都结巴了,又用好话哄惠医生道:"我真好了嘛,不信走给你看看!"便不听人劝,也不挂棍子,硬到院里来往走了几趟。可是腿有点儿软,头更发晕，要不是医生把他扶住，险乎没跌倒。

隔不几天，军队上到底有了信啦。那是纵队给魏三宝家捎的报功信，说是魏三宝在井陉立了大功。区公所打发专人把信送来，还要给魏家送匾庆功。这天大的喜事一时轰动开了，送匾那一天，村里比唱戏都热闹，男男女女，老老少少，站在街上尽等着看新鲜。

马铁头挂着拐杖，一早就坐到魏三宝家里，像个主人一样，乐得闭不上嘴，呱呱地净说他跟魏三宝在一块的事。魏大叔和魏大婶都换了一套新衣裳，屋里院里打扫得没一根草棍，听见狗咬就走出去瞧瞧。赶晌，村外传来了锣鼓音，小喇叭吹着《得胜令》，响得挺欢。马铁头跟着魏大叔迎出门去，只见街上挤满了人，外村的也来赶热闹。一队锣鼓正排开众人走过来，后边是四个人抬着块匾，挂着彩绸，横写着"人民功臣"四个大字。在后边走着区长等许许多多的人。

魏大叔闪到门旁，让匾抬进去，陪着区长走进家。贺喜的亲朋邻居哄地拥进院，拥进屋子，里外挤得满满登登。抬匾的七手八脚往正屋迎面墙上挂匾，有些上年纪的人便瞎三话四，说七道八地议论起来。这个说："你看三宝那孩子，才是几天还光着屁股绕街跑，鼻涕抹着个蝴蝶嘴，现在就中了武状元，你说稀罕不稀罕？"那个道："这也是他老人坟地出的。他爹他娘埋的真是地方，两条大道是轿杆，坟坐在当中，主着出贵人。"第三个又道："怪不得头几天黑间一个星星呼啦地落到村里来！"年轻人忍不住哈哈大笑，嘴直地高声笑道："别说这种落后话啦！成神不论人，修行在个人，这是人家三宝拿血汗挣的功劳，星星不星星有什么相干！"

一点儿不错。区长立起身报告立功经过，从怀里掏出张纵队捎来的油印报纸，照着上面记的事情念起来：

　　这次南线战役，队伍甩开保定的敌人，集中兵力攻击南线，是我们争取主动的起点。魏三宝在连续作战当中，不怕疲劳，不怕牺牲，还用团结友爱的精神感动了落后战士疙瘩乔，立了大功。疙瘩乔是出名的怪话大王，浪里浪荡,惯说破坏话,许多人疑心他有政治问题,指导员卢文保却一直主张用教育方式感化他。魏三宝是疙瘩乔的互助组长,主要的任务自然落到他的肩膀上。疙瘩乔见他年轻,蹦蹦跳跳打打闹闹的,带着十足的孩子气,时常冷言冷语刺他道:"哼,你不过是新鞋新袜,两天半的新兵,成得了什么器!"要不就说:"吃饭打冲锋,打仗就发憷——我早看透你们的本领了! 不用猪鼻子插大葱,在我面前装象!"魏三宝要强好胜,哪受得了? 可是他现时是个党员,转变落后战士是党给他的任务,就压下一口火,也不记恨,照样接近疙瘩乔,倒把疙瘩乔当成个老大哥看待,事事跟他商量。人总不是木头做的,日久天长,疙瘩乔倒也喜欢魏三宝性子爽朗,彼此渐渐有几分投契了。不过人心隔肚皮,里外不相知,魏三宝始终吃不透疙瘩乔是怎样个人。

　　打下正定的第二天晚上,旅宣传队演戏,疙瘩乔推说头痛,告假不去。魏三宝不放心,买了包烟,从火房提着壶水回去,想找他谈谈。一进院望见他的影子在纸窗上乱晃,赶进屋,他又躺在炕上装睡。魏三宝见他鞋上绑着带,头下枕的背包打得绷紧,有八九分明白他是要开小差,只假装不知,笑着叫他起来喝水抽烟。疙瘩乔翻身坐起,黑着个脸问道:"你回来监视我做什么?"

　　"魏三宝叫起屈道:"你这话真冤枉人! 我怕你闷出病来,好意回来看你,你倒说这个!"随着坐到疙瘩乔对面,给他倒水递烟,好言好语哄恿他,哄得他忍不住笑了。魏三宝就说:"来,老乔,坐着也是坐着,你走过南京,到过西京,告诉告诉我你都见过些什么场面,叫我也开开眼。"

　　疙瘩乔正眼也不看他一眼说:"你有屎去拉去,有屁去放去,别来缠我! 我过的桥,接起来比你走的路都长,你算老几?"可是触动了他的旧日的事,不觉夸起富来,他说他家原来怎样是绥远隆盛庄的首富,住的什么,吃的什么,穿的什么,越说越有味,说到后来,又带着夸耀的口气叹道:"我这一辈子总算也没白活,十岁上抽大烟,十九岁就娶了两房姨太太,吃喝玩乐,家业踢蹬光了,福也享尽了,混来混去当了兵,于今也算活该倒霉!"他屡次想开小差,心想当"国军"还能掏摸几个钱,再开开瘾,可一想跑过去早晚还不是得抓过来,就弄得恍恍惚惚,二心不定。这些话他没说出口,这晚间的一篇话却叫大家明白了他的来历根性。

打井陉那天,拂晓攻击,魏三宝参加了突击组,夺取矿上的一个大碉堡。碉堡围着道一丈多深的大沟,沟外是一层电网,两层铁丝网,战士们拿铡刀一连砍断两层铁丝网,对电网可傻了眼,不敢动手去破。魏三宝住过电料行,人又灵,先藏好一把包着橡皮的钳子,由机枪掩护着,跑上去三下两下铰断了电网,首先钻过去。前面就是那道大沟,上边有块跳板,敌人慌慌张张忘记撤,临时才发现,赶紧抢着撤,却叫魏三宝用手榴弹炸倒两个人。碉堡上的敌人红了眼,朝魏三宝乱打机枪。魏三宝趴在沟沿上,手脸全是血,也不知哪里挂了花,一味往对面打枪,不让敌人接近跳板,立待我们的战士纷纷突过电网,踏着跳板跑过沟去,冲进了碉堡。天傍明,有副担架要抬魏三宝下去。这当儿,魏三宝发现疙瘩乔躺在电网旁边,前胸净是血,受了重伤,便一定叫人先抬疙瘩乔,还说:"不要救我,先救他,他的伤比我重!"人在生死关头,感情最真。疙瘩乔躺在担架上,拉着魏三宝的小手不放,似乎想说什么,脸上露出懊悔的神气,末尾才有气无力地说道:"三宝……我真对不住你们!只要我不死……"可是赶魏三宝到绑带所时,疙瘩乔先一刻死了……

马铁头听到这儿,浑身酥酥的,感动得不行。区长念完报,锣鼓喇叭又大吹大擂起来,老乡们争着给魏大叔魏大婶作揖道贺。个个人都是一脸喜色,只有全喜媳妇藏在人背后,脸色冷淡淡的,笑得也怪勉强,像有什么不顺心的事。

十

顶到散会,马铁头回去一看,全喜媳妇不知几时先回来了,盘着腿坐在院里阴凉儿地方纺线,头也不抬,避着脸不愿见人。二愣子逗他道:"嫂子,你是不是想我哥了?"她翻了翻眼,一扭身说:"我恨都恨不死他,还想他呢!"马铁头嘻嘻地笑道:"这可不是实心话,老李现在要回来,你就不恨他了。"全喜媳妇是个泼泼辣辣的人,当时把纺车一撂,生气道:"你这个同志怎么也不懂事? 人要脸,树要皮,你看对门三宝家,庆功挂匾的,祖宗三代都光彩! 他呢,可倒好,一千锥子也扎不出滴血,净给我丢脸,叫我见了人都挺不起腰来!"马铁头翘起大拇指头笑道:"大嫂,你真是这样的! 明天我见了他,非叫他替你立一功不可。"全喜媳妇又噗哧地笑道:"你不用油嘴滑舌的,净讲驴粪球外面光的话! 说正经的,以后你回到队伍上,可得多开导开导他,省得他不进步。"

马铁头果真准备走了。伤差不离快好利索,人还有点弱,架不住他三番五次要求归队,医生只好答应替他打听打听部队的方向。事情也算凑巧,不出半月,碰上大队又从南往北开了。这时候早交秋凉,部队又在津浦线上青沧一带打了个大胜仗,抓紧空隙休整了几天,不等敌人喘过口气,现在又扑着保定以北开上去。头一天先头部队一露面,老百姓就知道要过大队了,凡是过路口的村庄都烧好几锅水凉着,街里摆着桌子,烧饼油条,鸡蛋枣子,堆得满桌子都是。马铁头这个村弯脚,队伍走不上,吃完下午饭,早早赶到大路口去等着,全喜媳妇和二愣子也拐着篮子吃食东西去慰劳。太阳落山的当儿,远处蹱起烟瘴瘴的灰尘,一转眼工夫,凡是眼睛望得见的大道上都有了队伍,像是几个浪头滚过来,黑压压的不知有多少,比天上的星星都厚。近前一看,马铁头惊得变成根木头橛子了。这是原先那个队伍吗？你瞧吧，过去一个连又一个连，一个营又一个营，一个团又一个团……战士们扛的不是三八大盖，就是美国式，净顶呱呱的好家伙。轻机枪、重机枪、六零炮、掷弹筒，看得够花眼了，不曾想又过来大炮，骡子驮的，大车拉的——还有八个骡子拉的大野炮呢，一尊又一尊，碾得地面乱震。离开军队才几个月，装备一下子这样强，难道说是从天上掉下来的？马铁头兴奋得直起鸡皮疙瘩，拉着一个战士问道："这些炮都是咱们的么？"这个战士笑道："原本是美国给老蒋的，现在可送给咱啦！"

从傍晚到半夜，月亮挂得多高，队伍还是忽隆忽隆地过，仿佛永没个完。马铁头认来认去，不见一个熟人，打听他那个团也打听不着，急得乱打磨磨。全喜媳妇早把那篮子吃食东西往战士口袋里塞光了，看看七星都要落了，就劝马铁头先回去歇歇，明天再找。

三个人带着月光，一路走一路讲，回到家时，做娘的还没睡，正在灶口前烧水，一面跟房门槛上坐的个战士拉家常话。马铁头先只当是新来的伤病号，不想那人迎着他站起来。灯影里一端量，大耳朵，厚嘴唇，原来是李全喜。乐得马铁头跳上去抱着他的肩膀，拿拳头乱揍他说："肏你奶奶，到处找你们找不着，你倒回家来啦！"

李全喜瞟了媳妇一眼，脸一红，驴头不对马嘴地回答着马铁头的话。马铁头心里一闪：他是不是开小差回来的？抱着李全喜的那只胳膊也就松了。

媳妇似乎也起了疑心，盯着他问道："你怎么回来啦？"

李全喜半半截截地说："唉，唉，我一路没歇脚，连夜撵回来的。"

媳妇没好气道："谁问你这个！你一没立功，二没受奖，难道还会披红挂彩，拿高头大马送你回来？我问你回来做什么？"

"你看喜子那个笨人，嘴也学巧了，可见人是撵打出来了。"马铁头望着全喜媳妇笑道。

这几句话顶得李全喜真够呛。他本来是怕马铁头笑他想老婆，才显得不尴不尬的，老婆这一凶，弄得更难堪，窝了半天火，一赌气说:"我也不是自己要回来的! 指导员看我离家近了,叫我回来住一宿,明天赶队伍,你们不高兴我这就走!"说着真做出要走的样子。

马铁头按住他笑道:"算了,算了,别耍牛脾气啦。"又望着他媳妇道:"你不是说老李一千锥子也扎不出血来,怎么叫你一锥子就冒了火?"

媳妇红着脸赔笑道:"我才见他蝎蝎蛰蛰的,还当他做了什么见不得人的事。"

李全喜叹口气道:"我当了这些日子解放军,好赖也有了点儿政治,难道还会开小差?"接着慢吞吞地说起他在正太线上无人区所见情形,那里的老百姓怎样穷得吃树叶,屁股露着肉,饿得像金人一样。末了说道:"回头再看看咱们解放区,家家乐呵呵的,土地复查后更好了,自家槽头上也拴了只大叫驴。大家要不保田保家,万一敌人打过来,这好日子岂不叫人一脚踹了!"这番话说得入情入理,听得人都挺顺耳。他娘瘪着嘴笑道:"你看看喜子那么个人,嘴也学巧了,可见人是摔打出来的。"马铁头望着全喜媳妇笑道:"嫂子,你再敢不敢小视人了? 请等着戴凤冠霞帔吧!"

马铁头插在一家人当间,说东道西的,正在热闹当口,鸡笼子里的大公鸡冷丁拍拍翅膀,咯咯地叫起来了。做娘的忙道:"哎呀,光顾说闲话,眼看大就亮啦。"便催大家去睡觉。

才眯瞪眯瞪眼,太阳就露了嘴。李全喜爬起来,把水缸挑满,用土垫了垫驴栏,又把自己捎回来的小包袱撂给他娘说:"这净是些破衣烂衫,囫囵点儿的补一补,二愣子能穿,太破的你们留着打补丁吧。"

吃完早饭,马铁头拿着医院开的介绍信,和李全喜搭着伴去撵队伍。出村不远,马铁头笑嘻嘻地说道:"老李,你记得你刚到队伍上,高低也是想家,旁人还当你叫裹脚条子缠住了呢。"

李全喜心情顺适,心眼也变机灵了,蔫不唧地笑道:"早先我有思想病,思想一开窍,病也自然好了。"从此,他果然变成另一个人,行军打仗,总是吭哧吭哧闷着头干,不叫苦,也不显摆自己。

十一

变的不光是李全喜一个人,马铁头当天赶回原部队后,碰见的净新鲜事。相熟的同志一见他,热呼得要命,正好把贴己话一口气说完。班里原先的熟人可并不多。疙瘩乔牺牲了,魏三宝在后方养伤,除了杜富海、林四牙、李全喜等人外,大半是生脸,多一半还是新补充的解放战士。这天恰巧休息,战士们歇过乏来,也不用杜富海发话,自个儿就去挑水扫院子,也有帮房东到地里收桃子的。卢文保像条鱼似的哧溜哧溜各班串,原不奇怪。龙起云也下来了,走到那儿大说大笑,活像个顽皮的大小子。先前谁见他来看过战士?吃下午饭的时候,班里凑出点钱,切了两大盘枣糕,欢迎马铁头。还没动筷,龙起云咕咚地跳进来,笑着叫道:"啊,请客不请我,还瞒得过我!"端起一盘糕往外就跑。战士们拦住他不放,他用手抓起一块往嘴里填,其余的还给战士,呜噜呜噜笑着:"小气死了,当我真抢你们的嘴!"又对马铁头说:"吃完饭到连部来一趟,跟你有话谈。"笑着走了。

马铁头怕有要紧事,胡乱吃饱,放下筷子就跑去,却见龙起云在院里跟通信员、司号员等掰腕子,见了他乐得叫道:"来,来,他们都不行,试试你的!"便跟马铁头角起力来。正掰到吃紧关口,卢文保走出屋子叫道:"喂,别闪了你的杨柳细腰!"龙起云一笑,松了劲儿,就叫马铁头把手腕子掰下去。他不认输,吵着要再掰,卢文保说:"别玩不够了,谈点正经的吧。"三个人便坐到台阶上。

卢文保望着马铁头开口道:"我们打算提升你做副班长,你的意见怎样?"

马铁头愣了愣道:"我怕不行吧。"

龙起云说:"别前怕狼后怕虎的,干就是了。老杜打起来,真是员虎将,就是有个花机关的暴躁脾气,做事不讲方式,你得帮着他点儿。"

马铁头立刻说："上级叫我干我就干，我没有意见。不过我脱离部队太久，部队进步得又快，一时半时恐怕摸不着头。"

卢文保笑道："水大没不了鸭子，你愁什么？南线战役加强了政策纪律教育，部队的情绪是比从前饱满多了。领导上说：'要打胜仗，一半靠军事，一半靠纪律。'庄稼话也说：'没有规矩不能成方圆'，这点你要牢牢记住。"

龙起云插嘴笑道："老卢，你知道有个调皮鬼，背后叫你三八枪，因为你张口三大纪律八项注意，闭口三大纪律八项注意，天天点名唱歌，也唱：'革命军人个个要记牢，三大纪律八项注意……'"

卢文保正正经经说道："不这样紧重念着点儿就不行！——你有什么对他说的？"

龙起云拿大手摸摸方嘴巴子，想了想道："别的先不说，反正我算认识军事民主的好处了。先前我总认为打仗讲民主是脱裤子放屁，白费一道手续。这回打南线，你看吧，飞雷，手榴弹绑炸药，掷弹筒平射，都是战士想出来的巧办法。三个臭皮匠，一个诸葛亮，光凭指挥员的脑瓜子呀，反攻就不容易胜利！"

反攻？莫非说反攻了么？马铁头听得真真的，探着脖子叮问道："你说我们反攻了么？"

龙起云奇怪道："怎么，难道你还不知道？头六月底刘邓大军过了黄河，咱们就转到战略进攻了。你看咱们说打哪里，咪嚓喀嚓一阵，就把他打得个稀里哗啦！照这样下去，我们越来越大，敌人越来越小，有一天，定准能把敌人歼灭个精光！"

马铁头听呆了，眼睛瞪得像灯笼，闪亮闪亮的，插嘴问道："这回咱们往北去，也要咪嚓喀嚓给他一阵么？"

龙起云哈哈笑道："不咪嚓喀嚓给他一阵，谁有闲空去蹓跶着玩？"

马铁头可又问道："明天就走吗？"

明天队伍继续前进。

十二

队伍越过保定,到了徐水地面。一路上,你看战士们又笑又唱,走得可欢啦。怎么能不欢呢?刘邓大军过了黄河,再有三四个月,不过长江才怪呢。咱们的任务呢?拿保定?拿北平?好肥的羊肉摆在嘴边,哪个不乐?卢文保忙着解释道:"大家可不能中了速胜论的毒!仗打得正紧,胜利不是摸摸脑瓜子就拿到手的。"这是个明理,战士们可总盼着会有什么奇迹发生。马铁头好几回对林四牙说:"这遭快了,我看咱们老家也该解放了!"

林四牙应声轻轻笑道:"呃,我看蒋介石就像那痨病鬼,紧七慢八十个月,没几天活头!"

自从打下定县以后,林四牙早不大要什么心计了。本来嘛,许多事都是他自己疑神疑鬼,自找苦恼。要论解放军,凭良心说话,一点不含糊。自己不混军队便罢,想混军队,只有这条出路。一朝天子一朝臣,以后可得好好干,弄个露水官坐坐,也算有脸。从此,他不再表面假装积极,倒真上了劲儿,样样事抢着做,伸伸手就做好了。马铁头屡次想拿话口套问他的底细,他可有意回避道:"唉!净鸡毛蒜皮的事,不值得提。"弄得马铁头干瞪眼。

队伍进了敌区,光景大不一样了。到处有烧坏的房子,老百姓愁眉苦脸的,衣裳遮不住屁股,憔悴得不像人样。有的门口还挂着红灯,一问才知道都是解放军的家属,敌人挂上灯,谁进去也可以糟蹋这家的妇女。老百姓见到军队,就像快冻死的人见到火,一围一大群,拉着战士的手硬往家拖,哭着诉说敌人怎样抢东西抓人,糟害人民,说到后尾抹抹泪又笑了:"幸亏你们又来了!这可好了!"

当夜宿营,房子分配好,杜富海领着本班人进屋一看,气得蹙着扫帚眉叫道:"这是谁分配的房子,叫我们跟死人打交道吗?"原来外屋停着口黑棺材,棺材前点着盏萤火虫似的小油灯。他要换房子,部队住得太密,再也找不到插脚的地方,只好气鼓鼓地住下。

348

第二天清早起，卢文保听说这个班对房子有意见，特意跑来看大家，一进门却见灶口前坐着个老太太，罗锅着腰，眼肿得像烂桃，摸摸索索地正在做饭。这景象好惨，他蹲下去要帮老太太烧火，老太太不依，他顺便问道："老大娘，你家里几口人呢？"

老太太叹口气说："命苦啊，光我孤人一个！"

卢文保又问死的是她什么人，老太太才说了句："媳妇！"眼里扑落扑落直掉泪，赶紧扯着袖口擦，越擦泪越多，末尾忍不住抽抽咽咽哭道："同志，你不知道，我那媳妇死得好屈呀！"再三再四问，可就不肯告诉是怎么死的，光用袖口捂着眼哭道："这种丢脸事，叫我老婆子怎么说得出口啊！"

卢文保早猜到七八分，叫老太太哭得好难受，抹了把泪道："有什么难心事你就说吧，老大娘！这不是丢脸的事，我们大家就是来给你报仇的！"一面用手朝旁边一指。

老太太这两天哭得火蒙了眼，瞎摸索看不真，光看见棺材前黑糊糊地站着一片人。卢文保派人招呼一声，转眼又来了几个班。门里门外站满了，齐崭崭的，望着老太太异口同音催促道："说吧，说吧，老大娘！多大的冤屈，我们也要给你出这口气！"

老太太招着卢文保的肩膀立起身，一手扶着棺材，颤颤哆嗦地哭着数落道："说了你们别见笑，我那媳妇是叫顽固军奸死的呀！同志们早来两天，她就死不了！也是她心孝，那天顽固军来抢东西，贵贱不肯丢下家跑，就叫人堵住了……那群伤天害理的畜牲呀，没一个是娘养的，不顾死活地糟蹋她，直糟蹋得她光剩出气，没有入气，挨到黑也就……"

说到这儿，老太太哭得断了音。有人忽然陪着她哭起来，大家一看是林四牙，脸对着墙圪垯，踩着脚哭道："这些王八蛋禽的，真是害人精啊！我不吃了他们的肉，爹娘也不饶我！"

马铁头上去拉着他的胳膊道："别哭了！你有什么憋屈事，当着众人也说说吧，大家给你做主！"

林四牙转过脸抹抹眼泪说道："我说！我说！我原先怕丢脸，

不愿说……你们光知道我当过顽固军,不知道我也被他们害过! 我十四岁那年,我爹就叫顽固军抓去了! 我爹已经四五十的年纪,怎么能当兵呢? 甲长那个王八蛋说:'把你的胡子剃去,不就行了吗?'硬绑走了。我娘拉着我没法过,跟当地保安团一个营长家借了三斗米,滚来滚去还不起,营长翻了脸说:'要账不是要饭的,还不起卖你活人妻!'半夜三更赶来个黑毛驴,硬把我娘卖给人。娘抓脸碰头,满脸流血,我拉着驴尾巴不让走。营长一脚把我踢倒,拿着卖娘的钱说欠他的账还差着个零,眼皮也不抬往外走,还骂什么:'差两块钱你们还不起,只当我逛了趟窑子!'……过不几天,把我又抓到保安团,给他老婆当勤务……"

这以后,他每天两个饱一个倒,胡混瞎混。染坊缸哪有干净手,日久天长,也学会了喝酒耍钱,坏了根性。有一回输大了,拿起腿溜了,半道儿又叫十六军抓去,下了迫击炮连。他忘了爹娘的仇,只图眼前快活,也跟着讹诈穷人,还开枪抢过老百姓。有时想起当年的苦楚,反而觉得丢人,不愿提。今天他才回过味儿来,又痛苦,又悔恨,哪忍得住眼泪不哗哗地直流呢!

卢文保听着挂下了泪,气昂昂地喊道:"穷人杂蓬菜,不灭了敌人,我们永世也不能翻身!"

林四牙几步抢到死人的灵前,擎起拳头高叫道:"我对天起誓,要不替我爹娘和老大娘报这个仇,叫我天诛地灭! 现在当着指导员的面,我提出要求,这回打仗,让我抱炸药!"

战士们接二连三叫道:"让我扛梯子!""让我登城!"……马铁头跳出来说:"我提议给团首长写信,要求主攻任务!"四下里一迭连声应道:"赞成! 赞成! 叫指导员马上就写!"卢文保的大眼好像要喷出火来,一句话不说,把指头伸到嘴里使力一咬,就在灵前滴着血写成封决心书,送给上级。

第二天黄昏打徐水,命令下来了,他们的任务却是阻击定兴的敌人。徐水的工事强,连打几夜没打下,粘住了。迷信速胜论的吃不住气,发急道:"这是怎么搞的? 打不着狐子惹一身臊,没用的废物!"也有人说:"羊肉吃不上,倒碰掉大牙,那才冤呢!"正议论着,连部猛地吹起紧急集合号。全团以营为单位,营又把各连分散开,马上出发。往哪个方向去呢? 大白天行军,也是自古少有的事。天哪,怎么往南开呢! 老乡一见队伍要走,男人、妇女、老头、小孩儿,哄地围上来,拦住了路,死拉住战士不放。一个一哭,许多人都喊喊地哭起来,一面哭一面说:"同志,你们不要走,走了我们活不了!"弄得战士们个个心酸,不知说什么好。卢文保挂着两行泪说:"大娘大伯,你们也不用难过,我们走了还要回来的! 你们的仇,就是我们的仇,我们走到哪也要打敌人,好救出大娘大伯!"战士们硬着心肠离开这些哭哭啼啼的老乡亲,如果不是命令,谁肯走? 心里都想:不是说反攻了吗? 怎么越走越远? 是不是敌人增援,情况紧急,队伍撤了? 要不为什么赶路赶得这样急呢?

十三

急得简直像追命,十里不歇,三十里也不大休息,一个劲儿往前撺,撺得个个人呼哧带喘的,直冒大汗。顶到大后晌,一口气走了五十里地,靠近保定地面,肚子都饿瘪了。队伍进了村,龙起云吩咐号房子休息,吃完饭再走。这一停下,队伍扑通一声,仰面朝天躺下去,塞满了当街。龙起云学着卢文保的作风,到处先看看有没有病号,问问冷热,战士们却哼呀哈的,爱理不理,急得他想发脾气,憋得大脸通红,拉着卢文保说道:"你怎么也不敲敲巩固部队的头通鼓? 你看部队软骨丢当的,哪有骨头?"

卢文保擦着脑瓜子的汗笑道:"政治本来是部队的骨头嘛! 我早通知党的小组长来开个会,你慌什么?"

不一会儿,部队进了房子,小组长集合到连部里来。一问部队情绪,都说原本求战的情绪挺高,就怕打不上仗,猛一撤,都觉得北边人民的灾难太重了,不应该离开。林四牙那天激起了仇,有空就磨刺刀,恨不得捅敌人几个透眼透的大窟窿,今早晨一上路,好像谁该他几吊钱,厚眼皮子更搭拉着,动不动寻事,常爱说个反话:

"哼,这回可真反攻了!反攻要不拿屁股对着敌人,怎么能使臭炮崩?"还无缘无故地出大气:"唉,烧鸡窝脖,气都给你噎住了!"马铁头说:"这是任务!"他摆着手冷笑道:"不用卖狗皮膏药啦!又是大踏步进退,是不是?"

卢文保低着又深又黑的大眼,听着汇报,觉得这些不正常的思想后也藏着饱满的战斗情绪。今天猛然来了个大变化,他也是丈二的和尚,摸不着头脑,光接到上级的死命令,叫队伍不管夜行军、急行军,吃没吃饭、喝没喝水,也得往望都一带赶。只有党才能保证这个任务。他号召每个共产党员都得发挥带头作用,人人当指导员,人人做政治工作,克服各种困难,又吩咐事务长拿柴票跟老乡换些谷草,发到各班,每人编个防空圈,也好遮太阳。

一个半钟头后,队伍重新集合,每人头上戴着个防空圈,上面插满蒿子,也有插上些杂七杂八的野花的,像个大花冠。吃过饭,党内分别经过动员,四下里又听到嘻嘻哈哈的笑音了。卢文保混在当间问道:"吃饱了没有?"只听一个音答道:"吃饱了!"卢文保笑道:"吃惯的嘴,跑惯的腿,吃饱了可得跑路。这是上级的命令!你们要说服从毛主席,就得服从上级命令。毛主席往光明大道领咱们,不会领咱们到黑路去,跟着他走保险没错!"杜富海挺一挺腰应道:"走就走!老子英雄儿好汉,强将手下无弱兵,咱们不能给毛主席丢脸!"李全喜好像对自己说:"这一顿饭,再走百八十里也行!"

精神头一大,走得又带劲儿了。正是阳历十月二十头左右,秋末天气,正晌午走得冒汗,太阳一落,小风凉飕飕的,露水挺大,又有点儿冷。每走个十里八里,便歇一歇。屁股一沾地,战士们把腿直挺挺地搁到高处,歇不几分钟,爬起来又走。摸着黑走到半夜,又蹽出六七十里地去,队伍真乏了,有肿脚的,有打泡的,有时候不知道谁哼哼道:"哎呀,我痛得走不了啦!"可是瘸瘸点点的还是一骨碌不落。有个解放战士越走腿肚子越软,两只脚也像插在烂泥塘里,拔也拔不动,走几步一个筋斗,走几步一个筋斗,末尾摔倒了再也爬不起来。马铁头去扶他,那人上气不接下气地喘道:"我一步……也走不动了！……副班长……你打……打死我吧！"马铁头看看拉不动他，招呼林四牙把他撮到自己身上，背着走了三四里地，队伍大休息时，才放下来。那人早睡熟了，身子一仰歪到一边，呼呼地醒都不醒。

马铁头也是又困又乏，狠命一咬手指头，提起精神，从后腰解下个包袱，笑着叫道："同志们，会餐来呀！"原来白天打尖时，他带了些剩饭，留给大家半道儿吃。战士们像饿虎扑食似的，一人抓一把，转眼光了。可是困比饿更厉害。有人饭放进嘴里，嚼着嚼着就睡了。

马铁头直发迷糊，光想睡觉，笑着哀求杜富海说："班长，你打我一巴掌吧！"杜富海迷迷瞪瞪说："我打你你也得打我呀！"马铁头笑道："那是自然，同志们要讲互助嘛！"杜富海就使劲儿扇了马铁头一个耳光子，马铁头也结结实实给了他一拳，两个人精神一振，抱着大笑起来。

这工夫，连长张着大嗓门叫道："村里给咱烧好水，大家赶紧洗脚喝水！"杜富海和马铁头分头叫醒大家，洗过脚，挑了泡，接着赶路。正是黎明前那一阵，最困最乏。李全喜一边走一边打盹，脚底下猛然叫土疙瘩一绊，自言自语地说："哎呀，我做了个大梦！"走着走着离开了队伍，歪到旁边去。林四牙叫他一声，他吃吃地傻笑道："哎呀，又做了个大梦！"

自然会有说小话的："走，走，不等反攻胜利，还不走死了！"也有人念念叨叨说："怎么天还不亮啊！"夜行军乏透了，谁不巴着天亮？天一亮，也怪，人马上有了精神，前前后后也有了说笑的声音。

前面来到个大镇子，烟气腾腾的，早雾还没消。当街乱哄哄的净本营的人，洗脚的洗脚，吃饭的吃饭。房顶上有人拿着大喇叭筒子喊起来道："又来队伍啦，赶快往外抬水！"不一时，就有许多老百姓抬出一桶一桶的热水，倒到盆里，叫大家洗脚。连龙起云、卢文保都闹愣了，猜不透究竟是怎么回事。洗就洗吧。洗完脚，妇女们又抬出一大筐烙饼，发给大家。战士们狼吞虎咽地吃着饼，喝着开

水,正在乱猜一气,就见短小精悍的贾团长不知从哪里闪出来,满脸带着喜色,朝着他们走来,劈头说道:

"同志们,你们不到一天一夜走了一百五十里,走得好! 你们愿不愿意打大胜仗? 愿不愿意报仇? 要报仇告诉你们一个好消息:石家庄的匪首带着四个团出来了,要到保定夹击咱们,已经走了两天,过了定县。这口菜可送来了! 现在敌人离保定还有一百多里,我们赶得离敌人也就是一百多里了。我们能不能歼灭敌人,就看这两条腿能不能走过敌人,我们一定要不分昼夜地走,走不动爬,爬不动滚,滚也要滚上去,把敌人挡住,消灭个干净,立大功!"

战士们听说一声,早丢了饼,乐得直拍巴掌。卢文保涨红着脸,领着头喊着:"我们要为人民立功,替人民报仇! 谁是英雄谁好汉,走路比比看!"林四牙的心火辣辣的,肚子里好像点起把火,跳起来也喊:"看谁缴的枪多? 看谁抓的俘虏多? 咱们打胜仗大比赛!"累呀,痛呀,饿呀,大伙儿早忘个干净,光顾嗡嗡地嚷道:"走走走,还坐着等什么?"

队伍这一走,全营集结起来。也不止一个营,你望吧,漫野忽忽的净是人,不知有几个团! 五路纵队,六路纵队,八路纵队,一扑面子涌上去。你帮他背枪,他帮你背背包,就怕旁人走不动。机枪班的机枪变成宝贝,争都争不到肩。卢文保瞅不冷子从后边把机枪夺过去,扛着就跑。前边跑后边追,一插插到旁的连里,战士们就叫:"指导员开小差了!"

马铁头一路没断过替旁人背东西,脊梁上堆得像个骡驮子。人总是肉长的,累得脚拐了,胯裆也磨破了,走一步就像针尖扎的一样痛。卢文保看出来,轻轻问道:"你觉着怎么样?"马铁头的鼻子一酸,扑落地掉下滴泪,急忙掉过脸擦干净,笑道:"指导员,你放心吧,我死也不能沾污共产党员这个名字!"林四牙见他走路有点扭,笑着问他道:"副班长,你怎么扭起秧歌来啦?"马铁头索性拉扒开腿,笑着叫道:"我就是扭个秧歌给你们看!"便用嘴打着锣鼓,趁着腿脚那个痛劲儿,一扭一扭的可欢啦,惹得大伙儿哄笑起来。

老乡都知道信儿了，每逢队伍过村，街上挤得满满的，只留出当间一条缝。不少人套起大车，拦住路说："把背包放下吧，同志，我给你们送去！"

顶着后半晌，飞机来了，又扔炸弹又扫射，想阻止队伍前进。谁睬他呢！四面八方，漫地漫野，队伍扑面子散开，一步也不停。飞机朝哪块打，哪块的人才趴下，飞机一过去，爬起来又紧走。战士们早把自己的生死扔到脑后，一分一秒，一尺一寸也不放松，就怕走得慢，敌人跑了。

可是敌人到底哪去了呢？怎么过了望都，来到定县地面，还是不见影？个个人急得心口冒火，脚步也就更紧。林四牙人精，耳朵也尖，忽然立住脚道："听啊，这不是枪响！"不光步枪，还有机枪呢。先是隐隐约约的，越往前走，听得越真。这当儿，一匹大青马冲着队伍跑来，蹄子仿佛离了地，尾巴后踢起一团黄烟，转眼到了贾团长跟前。通信员翻身下马，递上一封信。这是旅部的命令，叫本团从东逼近清风店，包围一个叫西南合的村庄。

当天晚上，队伍及时到达指定地点，前后三十三个钟头，走了二百七十里地。战士们竟像铁打的一样，枪炮一紧，一点儿不累了，脚也不痛了，纷纷给团长写信，提出立功计划，要求当突击队，跟敌人拼刺刀。团长却按兵不动，拿出一部分兵力监视敌人，命令其余的人洗脚吃饭，争取时间睡觉。

十四

贾团长自己可没工夫睡，一到就跟团政委到旅指挥所去接受任务，开完会又打着马往回跑，立时要召集各营干部布置战斗。情况弄清楚，心里有底，不过精神也更紧了。原来敌人起石家庄出发后，也知道要走过二百多里的解放区是刀尖上翻筋斗——玩命的事，一路球到一起，紧往前奔。这天奔到清风店附近，隔保定只剩九十里，再有一天路程就到了，刚松了半口气，不料解放军一个大运动，迎头堵住，前哨一接触，连忙缩到西南合等五个村里。贾团长带着人连夜上来时，先一脚赶到的兄弟部队早打上了。捉到的俘虏说他们的军部就在西南合，恰巧是贾团长所属这个旅的攻击目标。

马跑到半路，贾团长想亲自到前边察看情形，便跳下马，叫政委先回指挥所召集人，自己拿起腿往前走了。天上黑得乎的，阴得挺厚。飞机在头顶上一个劲儿转，尾巴上亮着小灯，嗡嗡嗡嗡，也不敢炸。西南合的敌人也怕炸错了，当村烧起堆柴火做信号，映红了半边天。西北上枪声挺急，知道是兄弟部队正在加紧压缩敌人。村里截长补短地直打照明弹，嗔地一个，嗔地一个，照得四围锃亮。战士们也不理，光顾挖工事。有人悄悄叫道："你看，这怎么大黑间变成白天了！"

照明弹一亮，贾团长看见许多战士也不管深夜多冷，脱光膀子，呼哧呼哧地抢着铁锹紧挖。累了就直起腰，往手心吐两口唾沫，对搓一搓，接着又挖。问他们累不累，他们笑道："不累！消灭了敌人咱们再大铺大盖睡他两天两夜！"

贾团长走到个坟堆后，挨着哨兵趴下去，借着照明弹的光探着脖子看地形。前面就是西南合，相隔不到一里地，中间是一溜平地，荞麦、红薯、花生一类晚庄稼还没收。村里那堆柴火烧得更旺，叭叭地常朝外打冷枪。贾团长说："可得留心，别叫敌人扑咱一家伙！"那个哨兵轻轻笑道："他还敢扑？早慌啦！别看他又打照明弹又放枪，明明是害怕想壮胆！"贾团长一听就知道这是个久经战斗的战士，问道："你叫什么名字？"哨兵说："我叫林四牙。"忽然照明弹一灭，林四牙推上子弹，朝前喝问道："口令？"

贾团长的眼力也不弱，早看见前面跳起两个黑影，一前一后，插着野地跑过来。林四牙紧接着又喝一声道："口令？再不言语开枪啦！"这时一个挺脆的嗓子答道："是我们——我和连长！"

一转眼，龙起云带着通信员小张跑到跟前，前身净土，看样子是在地上爬来爬去了好久。贾团长叫住他问道："前边情形怎样？"龙起云没想到团长在这儿，好像无意中找到要找的东西那么高兴，单腿跪到贾团长旁边,远远点划着村沿说:"我才爬到近前边看地形,看见敌人正修工事,大小道口都堵死了,地堡也不在少数。不过依我看,只要突破口选对了,要突破也不算难。"

贾团长回过头问道:"你说该选在哪儿?"

龙起云拘拘束束地笑道:"我觉得那一带最好……"说着伸手一指,敌人的照明弹正好给照出一片大砖房,高高的,房顶上还有早日用砖垒的小炮楼。这是村沿上顶牢固的地方,看起来顶不好攻。龙起云赶着解释道:"越是这样地方,敌人的守备越弱,也不会修那么多地堡,只要集中炮火炸他一阵,用全力一突,说突破就突破了。"

贾团长灵活的眼神动了动,立刻肯定了这个意见,也肯定了龙起云这个人。原先龙起云是个多莽撞的人哪!战斗作风硬,可就不大用脑子,一冲了事。战争本身终于把他教乖了。他已经会精心计划地去选择突破点,组织步炮火力,更懂得了集中兵力,集中火力的诀窍。这些歼灭战的基本战术说起来容易,可是要受过多少教训才能学会运用啊!

这时,龙起云像个孩子向大人讨不该讨的东西似的,磨磨蹭蹭说道:"团长,把这次的突击任务给我们吧!"

贾团长忍不住想笑,跳起来抱住龙起云,使力捶着对方的宽脊梁笑道:"好小子,好小子,拿出你的猛劲儿吧!猛打!猛冲!猛追!哪里有敌人上哪打!哪里响枪上哪打!——一定有你的任务。"

当夜贾团长对各营布置战斗时,就把龙起云选择的地方指定是主要的突破点。可是龙起云并没得到突击任务,又当了预备队。

十五

第二天黄昏,各兄弟部队从四面八方发起总攻,包围圈越来越紧,敌人由五个村缩到三个,末尾万把人都球到不足四百户的西南合去。龙起云这连人可热了眼,正擦的梭子刺刀都丢了手,光顾看了,看得干焦急使不上力气。你听这个排炮吧,钢钢的,四围响成一个音,砸得西南合变成一团烟,百么不见。李全喜咧着厚嘴唇笑道:"这个炮啊,震也把你震得鼻子嘴流血!"

马铁头嚷道:"步兵上啦!"炮火一闪,就见许多黑影溜溜的,一个劲儿上,趁着敌人叫炮打得蒙头转向,一直逼到敌人的眼皮子底下近迫作业。可是炮怎么停了?傻瓜!再打不打了自己人?炮喘了口气,又响了,这回不再打前沿,专打纵深了。

突啊!突啊。龙起云真急坏了,大拳头握得绷紧,眼睛直盯着那片黑糊糊的大砖房。轰!爆炸响了。轰!又是一下。哪儿炸开了口子呢?反正不是他选的那个突破点。急得他直踩脚道:"怎么回事?睡觉了吗?要是让我上去,不给他突个大窟窿才怪呢!"

李全喜蹲到背风的地方,卷着支烟说:"抽支烟吧。运动战像包饺子,有擀皮的,有拌馅的,有包的,有烧水的……不临到咱的事,急也白搭。"

林四牙早急得火烧心,顶他道:"我就要当个吃饺子的,谁耐烦光站在旁边傻看,看得叫人眼馋!"

马铁头笑道:"这样一大锅饺子,你还愁吃不到嘴!照说蒋介石真够笨了,千里迢迢地给咱来送吃的,这种指挥法准是喝了迷魂汤!"

杜富海绷着胡子扎撒的刺猬脸说:"哼,蒋介石也不能做主,上边还有人指挥他!"

大家奇怪道:"谁呀?"

杜富海说:"解放军呗!"这一说,他自己也绷不住,跟着大家笑了。

可是从黄昏打到半夜,前边到底打出个什么名堂呢?卢文保派通信员去探听消息,小张回来报告道:"好几面都炸开口子了,就是敌人反突得凶,一个反突就把我们挫到墙圈外,我们用手榴弹飞雷又突上去,敌人又把我们突出来,来回拉锯,老钉不住脚。"

龙起云粗声粗气问道:"咱们这面呢?"小张没闹清楚。可巧营部通信员来了,叫他去接受任务。马铁头拍着屁股跳道:"下雨不打伞,淋(临)着咱啦!"

营长在一片柏树坟里迎住龙起云道:"那片大砖房炸倒三间了,你快上去巩固住突破口,得手就自纵深发展。"龙起云二话不说,带着队伍跑步上去。

敌人正反扑,突破口上的情形真是屁股眼拔火罐子,紧上紧。只听敌人喊道:"上刺刀,准备冲锋!"一排手榴弹撇过来,随着像挨刀的猪似的,哇哇地叫着胡冲乱撞。

这可惹起了龙起云那股蛮劲儿,吼了一声,领着头冲上去。一颗手榴弹迎面撇来,轰地炸了,把他摧了一跤。他翻身坐起来,一扬手扔出个飞雷去,吐着满嘴的泥土叫道:"投弹组上,砸这些狗养的!"

投弹组马上抢占了阵地,手榴弹、飞雷唰唰地盖过去,红光闪闪里,一个敌人两手一张朝后跌倒,又一个跌倒了,剩下的夹着尾巴就跑。龙起云把手里的驳壳枪一挥,带着人猛扑上去,接连夺取了七八间房子。可是敌人狗急跳墙,并不死心。当官的连叫带骂,又是一排手榴弹撇过来,哇哇地又反突上来。我们的战士脚跟还没站稳,有人经受不起,掉头想跑。只听卢文保在黑地里叫道:"共产党员起模范作用! 我们能进一尺,不退一寸!"手榴弹、飞雷立时又像雨点似的压住了敌人……

李全喜等好几个人每人挎着一篮子手榴弹,到处爬着分给大家,分完了又从反边往上运。战士们一见手榴弹,争着拿,一边叫道:"嘿,大白馒头! 嘿,大白馒头!"转眼光了。

不知不觉天就亮了,敌人的劲头儿也衰了。原来正像龙起云判断的那样,这一面的敌人兵力最弱,几次反突失败,缺口越来越大,一时调不上部队,自然乱了营了。解放军却像潮水似的,又从这个突破口涌进两个团,忽隆忽隆的,三路纵队,不一时漫了小半个村。龙起云决不会错过腰眼,当时便向纵深发展下去。

马铁头扔手榴弹扔得胳膊发木,甩了甩笑道:"真是个贱胎!

几天不打仗,就养娇了!"林四牙伸过手说:"副班长,你看看我!"原来他打了满把的手榴弹弦。自从那天诉苦以后,林四牙的思想一咬破口,狡猾变成机警,但总有点逞强好胜,不大服人。从此又多了个心眼儿,暗暗跟马铁头摽上了。最刺他的是马铁头是个党员,他不是。常在心里憋着股劲儿想:"别看你是党员,我就不信比你差!我不是党员,照样也干革命工作!"骨子里可恨不得立时变成党员。夜来黑间一上战场,他就一直摽着马铁头打,存心要立功,抓到俘虏就问军部在哪,问到第三个,俘虏哆哆嗦嗦朝远处一指说:"那不就在那边! 我就是军部特务营的。"

战士们抢着往那边跑,林四牙抢头抢得更厉害。但在一个要路口,敌人军部的特务营占着个地堡,机枪扫得满街冒烟,挡住了路。绕路也绕不过去,有人急得拍屁股。杜富海骂道:"肏他祖宗,揭掉他的王八盖! 炸药呢?"

偏偏没带。马铁头望着李全喜说:"老李,你快到后边去拿去!"

卢文保往前靠了靠,张开嗓子叫道:"乡亲们,缴枪吧,不要替蒋介石卖命了!"

地堡里还是打枪。好些战士也叫道:"枪是老蒋的,命是自己的,解放军要枪不要命!"

地堡里的机枪有点松劲儿,就听见有个公鸭嗓儿骂道:"打呀!打呀! 别听这些六亲不认的共产党放屁! 咱们的援军昨晚上就到了望都,再顶一顶就到了!"

卢文保笑着嚷道:"这才是大瞪两眼说瞎话! 你们的援军不到保定早给挡住啦,一辈子也来不了!"

机枪一下子停了。那个公鸭嗓子恶狠狠地叫起来:"你打不打? 不打我先崩了你!"机枪便又响了。

龙起云抢着驳壳枪叫道:"简直是成心找死——下炸药去!"

可是李全喜还不见影。拿药拿到哪去了呢? 人在这时候顶容易发火,杜富海的"花机关"脾气又走了火,骂道:"叫谁去不好,偏叫他去！我看他就是那软盖子王八，早晚是敌人的刺刀库！"

林四牙一挺腰说："炸药没来就用手榴弹炸——给我这个任务！"当时绑了一把手榴弹，闪到一家大梢门旁边。龙起云说一声："火力掩护！"几挺机枪开了腔，压得地堡变成个大哑巴。机枪一停，林四牙三窜两窜窜出三四丈远，不等地堡打枪，早趴到个粪堆后。机枪再一掩护，便窜上去了，伸手把那捆手榴弹塞进地堡眼去，扭头跑出三十步，背后咣地响了，爆炸的气浪掀了他个大筋斗。回头一看，地堡好好的，敌人把手榴弹又扔出来，差一点儿没炸着他。

杜富海把脚一跺，气得脸色铁青，咬着牙骂道："我𣎴他祖宗！看老子的，我就不信玩不过你！"一面便扒棉袄。

龙起云拿大手拍着他的肩膀说："老杜，我许你一功。"

杜富海眼皮也不抬，拿着一把绑结实的手榴弹便走，嘴里说道："功不功是小事，我干革命不为这个！"走几步又转回来，拾起棉袄掏摸一阵，把口袋的钱都掏出来，一股脑儿交给卢文保。卢文保不明白他的意思，杜富海说："这是我最后一回的党费，都交啦！"卢文保的心一颤，使力握着他的手，才要说话，他早挣脱手，扭回头望着机枪射手叫道："你们是死人吗？打呀！不打我怎么上？"

机枪一掩护，只见杜富海像支箭，飞似的向前跃进。跑到半路，敌人的枪响了，他的身子一震，一头攮到地下去，左膀子的衬衣透出血来。他挂花了，也许完了——怎么一动不动呢？大家正在发急，眼前一晃，他忽地又跳起来，一阵风冲上去，伸手把手榴弹塞进地堡去。敌人又要往外扔，才塞出个头，却叫他拿手堵住。里边拼命朝外推，他就拼命往里按，谁也不让谁。马铁头急地嚷道："班长，快跑吧，手榴弹要炸啦！"杜富海一个大转身，却不下去，倒用后脊梁挡住枪眼，咬着牙，瞪着眼，胡子眉毛都炸起来。就在这一眨眼的工夫，轰的一声，地堡冒了烟，砖头瓦块四处乱飞，杜富海的影子也不见了。

卢文保激昂地喊道："我们要替杜班长报仇，坚决消灭敌人！"

战士们一时像是火里加了盐,吼了一声,直冲到军部去。

军部占了两个大院,砖墙都有一丈五尺高,屋顶上摆着十挺重机枪。当官的一面欺骗,一面威逼,当兵的只好昏头昏脑地瞎打。这时各路解放军全涌上来,里三层,外三层,把军部围了个严。炮吊近了,打得更准;手榴弹像大龙蛋,砰拉叭拉都砸到军部房顶上去。两边的距离也就是房子挨房子,敌人的飞机急疯了,炸又不敢炸,在半空干扑拉着翅膀打磨磨。爆炸响了,一面墙上炸了个大缺口,解放军哗哗地冲进去,敌人吓得吱哇乱叫:"别打,别打,我们交枪!"美国步枪,机枪,六零小炮……转眼堆了满院子,足有半人高。房顶上有几挺重机枪还在乱嚓,忽然有个人提着挺美国冲锋枪跳上房去,几梭子便把敌人扫倒。马铁头在下边望得清楚,叫起来道:"李全喜!李全喜!"

不是他是谁?他是去取炸药,半道挨了敌人一炮,震出一丈多远,懵了,心里也知道数,就是爬不起来。过了半拉钟头才能动,前后都找不到本部队了。心想上级不是叫哪里有敌人上哪打,机动作战吗?便跟上个兄弟部队,自动叫人家指挥他,一路打到军部来……

这当儿早晌午了,战斗结束,大群大群的俘虏押出了村。师长,团长……个个人垂头丧气的,夹在俘虏当间,叫被害的老百姓数落得大气都不敢出,恨不能把脑袋装到裤裆里去。解放军的伤员躺在担架上吹着口琴,唱着歌。战士们驾着新缴的美国山炮、平射炮、步兵炮,扛着火箭筒、火焰喷射器等,一路打打闹闹撤出战场。有些同志牺牲了,不在眼前了,自然有点难过,可是还是高兴的面多,互相怪腔怪调地俏皮道:"哎呀,我痛得走不了啦!"

马铁头笑嘻嘻地问林四牙道:"还卖不卖狗皮膏药啦?"

林四牙脸一红说:"可不卖膏药。不大踏步前进就不能打胜仗!"接着他东摇西晃地,学着李全喜的声调说:"哎呀,我做了个大梦!"

李全喜叫他冤成个大红脸,半天把手里的冲锋枪一扬说:"就你好！你缴到几支这样的枪？"

林四牙不服气道："你不用得意，打石家庄再瞧！"

马铁头道："可真是，这一仗，石家庄可以拿了！"

打石家庄！打石家庄！从下到上，许许多多人异口同音地叫着。就那么个孤零零的据点，原本靠三军撑门面，眼时吃掉了他的军部和一个师，剩下个三十二师，再加上七零八碎的杂半武装，顶多两万来人，拾掇起来还费事？于是箭头一指，大军便包围了石家庄。

十六

但这是个设防坚固的城市。一道外市沟，又一道内市沟，都有两丈多宽，两丈多深，拦着电网，隔十来公尺一个伏地堡，摆一挺机枪，隔两米远又是一个散兵掩体。两道市沟当间修着条环城铁路，火车来回转着警戒。市内的高楼上、马路上，到处有钢骨水泥工事。在市中心，更拿火车站、大石桥、正太饭店等做主体，挖满了枪眼，遍地是暗堡、高堡、伏地堡，一道壕沟，又一道壕沟，一层电网，又一层电网，重重叠叠，密密麻麻——叫做核心工事。

解放军是头一回打这样的大城，自然有那信心不足的人想："打不打得下呢？"觉得好像狗咬刺猬，没法下嘴。

上级传达下来朱总司令的号召："勇敢加技术！"战士们便提出"人到工事到"的响应，到处叫着："多流汗，少流血！""工事做得牢，炮弹打不着！"交通壕好像蜘蛛网，一直挖到敌人的前沿。挑战啊！竞赛啊！立功计划呀！每个连部都挂着石家庄的小地图，做一个演习的地堡，清风店新解放过来的战士报告内里情况。"诸葛亮会"开起来了，捉摸，讨论，大家想办法。林四牙在敌人方面混得久，摸得熟，想得最周密。有人担心满街是钢骨水泥伏地堡，炸又不好炸，他一撩厚眼皮说："别看皮表，其实光一层洋灰，一炸，哼，秃子头上的虱子，露出来了！要不躲着走也行，房掏房，墙掏墙，不要走街。"

马铁头已经补了杜富海那个坑,摸着嘴巴子问道:"不走街,部队怎么运动得开呢?"

林四牙轻轻笑道:"要像清风店那样,忽隆忽隆挤一大堆,光剩吃亏了!城市楼房高,工事又多,应当拿互助小组做单位。"

外边闹哄哄地正讲究打技术,内里的敌人却打肿脸装胖子,说石家庄设有"永久性强固防御工事","铜墙铁壁,万无一失"!打个游击战、运动战嘛,共产党还有两套,要攻坚,力量差远了。哪知正是敌人自己给解放军送上门来的美国榴弹炮、山炮、野炮……轰隆轰隆,一齐开了火,不等敌人清醒过来——

铜墙铁壁的外市沟突破了!

环城铁路炸断了!

内市沟又突破了!爆炸的黑烟正往上升,龙起云便带着人冲进黑烟,楔入市区。这天正是一九四七年十一月十日,靠近傍晚,四面的重炮连成一个音,突破口到处是爆炸的红光,一闪一闪的,好像雷电。大火烧起来,遍地都是,烘烘的,形成一片火海。敌人从好几处侧射,子弹飞得很低。龙起云一扬头,耳朵旁刺的一声,帽子歪了。摘下帽子一看,刚巧打了个窟窿,望着卢文保笑道:"吓,上靶不上环!"

市内倒是挺静,大马路上不见个人。营长来了命令:龙起云这个连做第一梯队,朝市中心挺。当下把三个排分散开,贴着墙根一条线前进。每个排又分成三个班,马路左首一个,右首一个,机枪班在后边支应两面,像个大蟹子钳。马铁头那个班就是大钳当中的一个,又分做三个战斗小组,林四牙、李全喜各带一个,他本人带一个压后,形成个三角,慢慢搜索着前进。

冬天日子短,早黑了。队伍漫过几座楼房,也不见动静。忽然听见李全喜按着规定的记号拍了三下枪把子,马铁头连忙赶过去。李全喜把嘴凑到他的耳朵上说:"你瞧,里边有人呢!"原来到了个大院前,里边有座楼房,点得灯火通明,窗上乱晃着人影。

马铁头跟机枪班接上头,带着摸进院,吩咐架起机枪,远远趴下，自己悄悄闪到楼房旁边，隔着玻璃窗一望，只见屋里东倒西歪的净敌人，有的睡觉，有的掷小骰，靠窗有伙人围着盆炭火说话。当中一个叹口气道："哎，这个炮啊，还说人家没炮呢！军长的消息也不知是真是假，怎么背后都嗓嗓着？"一个冬瓜脸的人道："谁说是假的？我亲自听那些放回来的人说的。他们的鼻子眼也都好好的，从前说剜心挖眼的事也是瞎话。"先前那人便说："回来做什么？大炮打死了，没人买棺材，死到督战队手里更冤枉！"第三个人忙道："说话可得留点神，叫人加个通匪的罪，脑袋该搬家了……前面打得怎么更紧，你也不去看看去？"那个冬瓜脸便站起来，顺手拿起把腰刀，懒洋洋地往外走。

马铁头赶紧退回来，蹲到黑树影里，等那人走到跟前，一下子跳起来，刺刀堵住了他的心口窝。那人吓得刀也掉了，接着笑道："老兄，你是哪一部分的，别闹误会了？"马铁头明白他是真误会了，有意诈他道："你不是解放军的坐探？"那人急得辩白道："什么话？我就是这个营部的侦察！"马铁头笑道："你要叫解放军俘虏了怕不怕？"那人生起气来："我干么要叫他们俘虏去呢？"马铁头忍着笑往亮处一闪，露出前胸的符号。冬瓜脸吓傻了，像个泥胎子塑在那儿。马铁头笑着解释道："不用怕，解放军保证宽大。"那人透出口气道："知道，知道，早听说了。你们莫非会腾云驾雾，怎么神不知鬼不觉就进来了？"马铁头说："进来的多着呢，到师部就有十来个团，师长也抓住了。你能领我去缴营部的枪吗？"冬瓜脸认为大势已去，爽爽快快应道："能！"马铁头朝后虚张声势叫道："一连向左，二连向右，三连跟我来，带两挺机枪上来！"林四牙机灵地应了一声，跟着机枪跑上去。

靠前一走，楼里听见咋唬，打了两颗手榴弹。冬瓜脸连忙喊道："别打，是我！"里边说："怎么嚷呢？"马铁头接嘴道："发生误会了。"一面说一面跑上去，瞅不冷子拿机枪堵住楼门。敌人都发了毛，动弹不得。冬瓜脸从旁劝道："转遭都包围好了，咱们一动，就死到无命之地！赶紧交枪吧，也好找条活路！"靠门口的先扔下枪，随着砰拉叭拉一阵,扔得满地都是。林四牙马上架起敌人的歪把子,马铁头挥着手喊:"靠外带!"

什么地方忽然响了枪。原来楼窗上,楼梯口,都探出敌人的机枪。真疏忽!光顾下边,忘记楼上会有人!一个俘虏说:"是我们营长在上面!"怪不得还耍死狗。马铁头喊话,楼上也不理。冲又不好冲,只能使手榴弹往上砸,也砸不准。大伙儿正在瞪着眼发急,楼上忽然连炸了好几声,一时只听见大呼小叫的,楼板踩得嗵嗵乱响。趁这个乱劲儿,马铁头领着人跑上楼去,却见李全喜带着本组几个人把敌人都逼到墙角上,两挺机枪也抢到手。敌人的营长戴着顶"牛屁朝天"帽,威风也灭了,两手举得比谁都高。

马铁头乐得大声问道:"老李,你是从哪攻上来的?"

李全喜也不多说,憨头憨脑地笑着朝后楼一个小窗指了指,一边拿手抹去满脸网的蜘蛛丝。你瞧他不声不响的,摸摸索索地不知从哪搜寻到一架梯子,悄悄钻进小窗,冷不防把敌人都吓昏了。刚才爬梯子,他弄掉一只鞋,又没穿袜子,光脚走在冷地板上,里里外外忙着收枪,真够受的。地板上丢着几双破鞋,他顺手拾起一只穿在脚上,走几步又停下,一撩脚把鞋甩掉,难为情地望着马铁头说:"我又犯农民意识了!雁过留声,人过留名,挨点儿冻不算啥,城市纪律要紧!"使用自己的手巾包起脚来。

也有人望着沙发上的丝绒眼馋,想用刺刀割下来做棉鞋垫,李全喜就说:"同志啊,东西有限,名誉不好!这是咱们自己的城市了,弄坏了,化钱修,也是自己的钱!"

营部派人接收了俘虏,队伍像把锥子,继续朝前钻。摸不清哪儿有敌人,怕吃亏,全排便分做两拨,马铁头这个班带着挺机枪走楼顶上,盖顶警戒,另一个班配着挺机枪在楼底下挖房子,掏墙,打邻居交通前进。

天阴着,也没个星星,估摸着有半夜了。站在楼顶上一望,四面炮火闪着红光,炮弹一炸,楼房也震得打颤。市内好几处发生了枪声,想必又突进几路来。马铁头等人在楼顶上一会儿跳,一会儿窜，一会儿爬，一会儿又朝下溜，压到哪里，楼下也进到哪里。将要搜索完一条街，林四牙眼快，影影绰绰瞭见前面街口按着挺机枪。他一时一刻也没忘记立功计划，总想胜过旁人，心里更有个热辣辣的愿望，便从马铁头要到任务，下楼去跟排长联络。排长要派人两面包抄，林四牙道："斗智不斗力，这事交给我一个人就行了。"当时闪到街上，大咧咧地走在马路当间，冲着机枪一直过去。敌人听见脚步响，喝问道："哪一部分？"林四牙赚他道："自己人。"一面走到眼前，见枪口正对着他，灵机一动说："敌人都过来了，你们怎么还做梦？"敌人岔了声问道："在哪？"林四牙胡乱朝旁边一指，趁敌人回头的当儿，伸手把枪口一推，一把抓过枪来，恰好对准了敌人，嘴里说道："这不就在这！"

从俘虏嘴里知道前面便是敌人的师部，还有炮。马铁头一帮人都下了楼，全排又摆成三角形，由一个俘虏领路，朝师部搜索前进。不一会儿，马铁头等人逼近大院，里边黑糊糊的，也不见啥，光看见右首有一溜马棚，马嚼得秆草咯吱咯吱响，也有刨蹄子的。马铁头叫林四牙那一组顺着马棚搜索，李全喜贴着左墙根，自己居中。走到尽头，来到一道横墙前，只见墙上有个窟窿，墙下一个防炮洞，里边发出一片齁齁的鼾睡声。隔着墙，望得见有两尊黑糊糊的大炮，还有一辆装甲车。马铁头急忙拍着枪把子，那两个组立刻赶过来。他做个手势叫李全喜守住洞，又把林四牙靠窟窿一推，林四牙立即带着人钻过墙去。他自己那组人迂回到隔院的正门，轻手轻脚摸进去，却叫守炮的敌人发觉了，气呼呼地喝道："干什么的？到这瞎串！"

马铁头骗他道："师部来的。敌人进了街，有紧急情况！"

装甲车上的机枪手骂起来道："肏他娘的！水筲没梁，都是饭桶，怎么就叫人进来了？"

马铁头说："你下来，我给你说！"

机枪手粗声说道："说就说吧，何必下去！"一面却立起身，从顶盖上跨出一条腿，才要往下跳，有个战士沉不住气，先自喊道："交枪不杀!"机枪手立时缩进去,也来不及关盖,抓住机枪就扫,瞅不冷子脖子上却挨了一刺刀,人断了气,枪也断了气。这是林四牙从后边跳上去干的。

几个炮手吓掉了魂,钻过墙窟窿想跑,李全喜他们拦住喊道:"交枪!交枪!"防炮洞里的炮兵射手和弹药手睡得迷离马糊的,还当是做梦,慌慌张张也举起手来。

可惊动了核心工事的敌人,响了六零炮,打得挺密。有人趴下去躲,林四牙拉着他跑开说:"跑过去就没事了。这种炮一打一个梅花形,不动准挨揍!"贾团长传来命令,说敌人已经混乱,不要再剥皮,干脆动手掏心。全连一汇合,马上协同旁的连队朝核心工事进攻。刚逼近车站,就听见踢蹬咕咚踢蹬咕咚一阵紧响,一辆火车头闪着雪亮的光,直冲过来,枪炮立时像飞沙走石一样,挡住了去路。战士们赶紧隐蔽好,只见一辆坦克横在火车上,火车后尾又拖着一列铁甲车,飞似的开过去,转眼又开回来。战士们恼了火,照着铁甲车一顿乱枪,那物件却像个大狗熊叫蚊子叮了几口似的,满不在乎,照样忽忽地过来,忽忽地过去,拿火力逼住人,简直不肯离开这一带了。

龙起云审到前边,一个劲儿叫:"战防炮!战防炮!叫战防炮上来!"偏巧战防炮一时运不上来。敌人的坦克和铁甲车可得了意,又是炮,又是枪,沿着铁道来回扫,你进也进,你退也退,你想越过铁道去,几回都把你的队伍插断,受了损失。

龙起云真急了眼,抢着驳壳枪喊道:"崩!崩!拿炸药崩!"当时已经扑明,能够辨出人影了。只见两个战士跳起来,一个抱着炸药,一个拿着小铁锹,哈着腰朝前飞跑。跑到半路,铁甲车却像通人事似的,猛地转回来,一阵机枪,两个人都扑倒了。铁甲车开过去后,拿锹的跳起来又跑,抱炸药的却不动了。马铁头急得冒汗,蹦起来就往前上,另一个人却先一脚窜出去了。这是林四牙。他的两腿像是车轮子,赶上去捡起炸药,奔命似的奔到铁道上。拿锹的早跪在那儿,拼命挖坑。挖呀!挖呀!赶快挖呀!刚挖一半,火车头就开过来了,灯光发红,照得两个人没一点遮掩。林四牙把同伴一推,躺到铁轨旁边,不跑,也不动。车头照直冲过来了,子弹像泼水似的,打得他的脚一麻,腿也一震。这时他脑子里什么不想,只有一个念头:炸!炸!一定要把敌人炸成烂泥,炸得稀碎!铁甲车碾过去了,他爬起来摇摇同伴,死了。死也要炸!他拿起铁锹,浑身的力气都度到手上,接手又挖。可是杂种禽的,铁甲车明明存心作对,屁股一偎,立时又退回来了。离他只剩四十公尺了,三十公尺了,二十公尺了……他把炸药埋到坑里,一拉火,扭头就跑,跑出十来步,腿一软,扑通地摔倒。他的腿脚都挂了花,满是血,又痛又软,再也迈不动步。不跑又怎么行呢?炸药马上要响了!就咬着牙,连滚带爬,往前死挣。这当口,红光一闪,嗡的一下,前后铁甲车一阵乱碰,滑出轨道,翻了几辆,就像那仰壳的王八,干蹬腿,再也翻不过来。

龙起云扩着嗓子叫了声:"冲啊!"抢着驳壳枪,闪着大身量,第一个冲上前去。他不睬铁甲车,也不抓俘虏,三步两步跳上火车,爬到坦克顶上,拿枪敲着铁盖,朝下叫道:"开!开!开了没事!"下边不响,他气得又叫:"不开老子就再崩你!"坦克盖吓得揭开了,他钻进去,朝前一指喝道:"掉转炮口!"炮口转了。"开炮!"炮就响了,咚的一声,正好落到正太饭店去。龙起云喝起彩来:"打得好!再来!"于是咚咚咚,一发连一发,一发也不落空。突击队早越过铁路,冲进核心工事去了……

林四牙看得热眼,忘了痛,爬起来又要冲,有人却把他搀住,扶他躺下。卢文保的大眼闪着火热的感情,连连说道:"四牙,你该立功,你该立大功!"一面撕碎自己的衬衣,替他绑伤。林四牙心里那个热辣辣的愿望拨楞地跳出来,眼睛直挺挺地望着卢文保,想说又不知道该不该说。

卢文保一抬头觉察他的眼神,探过身子问道:"四牙,你有什么话说么?"

林四牙轻轻说道:"指导员,我只够立功的条件么?"

卢文保没弄清他的意思,直愣愣地望着他。林四牙搭拉下厚眼皮说:"我不知道够不够入党的资格?"

卢文保一把抓住他的手,提高嗓音说:"不够?你还不够?你为了解放石家庄二十几万人民,流了血,性命都不顾,石家庄的人民就是你最好的介绍人!我现在就代表组织,批准你入党!"

林四牙又是欢喜,又是感动,唰地流下泪来,硬撑着坐起身,抓住卢文保的胳膊说道:"指导员,只要我不死,我一辈子都要把命交给人民!"只在这一刹那,他才从心眼里明白一个道理:个人的争强好胜,狗屁不值,只有跟人民的解放事业结合在一起,光荣才真光荣,英雄才真英雄。正是这种革命的英雄主义燃烧着龙起云,燃烧着马铁头,燃烧着李全喜,更燃烧着千千万万个战士,现在正从四面包围了核心工事,动手要干净彻底全部地消灭敌人⋯⋯

西北风吹得正紧,呜呜的,刮得满树的干叶子哗哗直落,绕地打滚。也不知从哪来那么多乌鸦,叫炮火震懵了,满天都是,乱飞乱叫,天却已经大亮了。

十七

钢要使在刀刃上,不要使在刀背上。这支大军经过千锤百炼,磨刀加钢,就在解放石家庄后,全军进行了三查诉苦,新式整军。平时看马铁头一天到晚笑嘻嘻的,无忧无虑,哪知却是个在苦水里泡大的孩子。听他在全连诉苦大会上的谈话吧:

"谁都知道我无父无母,是孤人一个。可是我也不是石头缝里蹦出来的呀!我爹我娘哪去了呢?我爹原给一家姓刘的老财扛长活,娘做奶妈。还有一个姐姐,一个兄弟。后来又养活个妹妹,刚生下来就叫娘掐死了。娘哭着说:'不是做娘的狠心,留下你,奶就不够人家少爷吃的了!'转年大灾荒,到三四月没落滴雨,到处一片白地。老财天天吃香的,喝辣的,倒说粮食不够吃,把俺一家人都轰出来了。爹愁了两天,上外乡走了,设法弄点东西。他走以后,全家望干了眼。娘说:'叫咱喝西北风等着他么?'就把十五岁的姐姐卖给人家当童养媳,换了一斗棒子。吃完这斗粮食,姐姐也叫人折磨死了。那年五月端午晚上,娘病在床上,哼哼着要吃馍。我给娘烧了一碗水,咦,怎么听不见俺兄弟闹啦?一看,娘呀,兄弟死了,肚皮塌在骨头上,可睁着眼!我哭了一大会儿,问娘还喝水不?你猜怎么样,娘也没气了!我守着两具死尸,哭了一夜,哭了几个死。天快明了,听见外边有突突擦擦的声音,吓了一跳。我问:'谁呀?''我!'呀,爹回来了!我连说带哭把走后的事都告诉他,只说他累了在躺着听我呢,谁知他也没气啦!叫了半天才醒过来,只说:'你记住给你老的争口气,现在是有苦难讲的世界!'说话不清了,再喊也是不行,爹又死了!我跑到口外去挖煤,直到八路军来了,福也来了,上赶着参加了军队……"

马铁头说得一字一泪,听的人也是伤心伤肝。一引起头,战士们争着诉说自己的苦楚。也怪,解放战士也好,子弟兵也好,人不是一样人,模不是一样模,受的气却都差不多。真是苦瓜秧,结苦瓜,苦娘抱着苦娃娃,原来都是一条蔓串的苦孩子!

魏三宝刚从医院归队,转了转眼珠,手一拍,猛然明白过来道:"我说呀!怪不得蒋介石有他美国干爸爸撑腰,飞机大炮有的是,可总打败仗!"

卢文保急忙问道:"你说这个病根子在哪?"

魏三宝道:"在哪?蒋介石的兵十有八九是抓来的受苦人,在家就受这号人的欺压,恨都恨不死他,谁肯替他卖力气?解放军呢?一起根就是解救穷苦人的队伍。你看吧:土地一翻身,忽隆忽隆净参军的;俘虏一过来,隔不几天都补上了。打仗就是打他们的死对头,解放就是解放自己,谁不豁出命干!"

许多解放战士一齐道:"你真说到痛处了。在那边,有个病啊灾的,当官的恨不得你死了,好吃你的空名字!到这,生点疖,指导员也给你上药,帮你拿秆草烤。过去是左手打右手,眼时算认清谁是敌人了。"

这天诉苦会开到掌灯才散。晚上起了风,半夜掉下几点小雪花来。睡到傍明,还没吹起床号,卢文保起来解手,老远望见操场上有伙儿人,刺刀一闪一闪的,不知在搞什么鬼。扣着扣子走过去,一看是群战士早早起来练刺刀,便笑道:"嗐,天这么冷,这早起来干什么!"战士们对他又信服,又喜欢,热呼呼地围上来,抢着说:"练本领嘛,好打老蒋!"有人递给他一支烟卷,划根洋火帮他点着,照见是支咖啡牌的。卢文保多了心,笑着问道:"石家庄捡的洋捞儿吧?"那人忙道:"可不敢犯城市纪律!这是石家庄新解放的同志随身带的,分给班里同志们抽。"那个新解放战士正好在场,就问道:"不是说解放军不要城么?怎么又这样保护石家庄,连一丁点儿东西也不许动?"

卢文保夹着烟也忘记抽,光顾解释道:"我们说不在一城一地之得失,是说首先要歼灭敌人,然后才能拿到城市。没有清风店,就没有石家庄。石家庄就是清风店歼灭战的结果!仗打得不到一年半,一转就转到进攻,正是因为已经歼灭了蒋介石一百六十九万人,我们的力量大大地超过了敌人!这都是毛主席的十大军事原则领导正确——噢,还有不懂十大原则的么?一时说也说不完,改一天上课细细讲,反正上面说的就是顶要紧的一条。"

忽然有人哈哈笑道:"你脸也不洗,倒在这摆开龙门阵了。别光讲战略,也该讲讲战术呀!"大家一看是龙起云,大脸通红,五冬六夏用冷水洗脸,叫冷风一吹,脸色显得格外新鲜。他摆着手走过来笑道:"想想早先那个蹩脚劲儿,笑话多得多呢!日本乍一投降,去打静海,个个人顶一脑袋高粱花子,军装也没有。鬼子守着个破岗楼,不肯交枪。打吧,就两发迫击炮,打一发不敢打了。干瞪着眼看,鬼子也看,两边愣着,后尾还是让鬼子跑了。"

上操的陆陆续续都来了。一些老战士听见说,忍不住笑了。有人说道:"后来缴到炮,起初也是不会使。有一回我们占了阵地,后边的炮还是一个劲儿在自己站的地方落!"

马铁头没张嘴先笑起来:"你没见守怀来那工夫,小飞机一来,争着看,一打,子弹这么长,指头一比,有五六寸!飞机投东西,一撒,咕哧咕哧十来个。这是什么? 还有人混充明公说:'这是母机下小飞机!'"说得大家哄地笑了。龙起云笑得更凶,哈着腰,笑出泪来。

李全喜两手抄在袄袖筒里,笑了一会,蔫巴唧儿地说道:"那会子蒋介石还逞能呢! 现在呀,哼,我看一到年底,准得完蛋!"

通信员小张用脆生生的嗓子问道:"你怎么知道呢?"

李全喜一本正经说:"我会掐算!"

笑声又像浪似的掀起来。魏三宝拿指头点着他笑道:"你呀,老李,简直是个庄户孙!"

李全喜咧着厚嘴,慢吞吞地说道:"逗笑嘛! 要不闷着有啥意思!"

笑话是笑话,谁不愿意蒋介石早一天完蛋哪! 诉苦运动一开展,战士们觉悟提高,请求书像雪片似的飞到上级首长手里,要求早日出征。腹地的敌人扫光了,不打出去还等什么? 当年春天,各旅各团都轰轰烈烈地开着出征宣誓大会。就在一个春风飘荡的早晨,大军北上了。战士们真是雄赳赳,气昂昂的,一路不停地叫着:"好啊,这回可该报张家口那个仇了!"走路有点热,人又兴奋,个个脸色黑里透红,闪耀着青春的光彩。每逢过村,老乡们都挤在街上,小学生打着霸王鞭,唱着歌,欢送出征。老太太们总是更能体贴人,拿着些花生枣子,往战士口袋里硬塞,一面像对自己儿子一样叮咛道:"这回出去,可打好仗啊!"战士们就扬起声音笑道:"老大娘,你等着听胜利消息吧!"老头们叼着烟袋,笑眯眯地点着头,不住嘴地说:"看这个队伍,真是人强马壮!"他们看得顶细,一张脸也不放,只想认出熟人来。熟人可真不少。瞧吧! 那不是龙起云过来了? 他已经升做副营长;卢文保过来了,他当了连长。那个挺着高胸脯,像只斗胜了的大公鸡的不是马铁头么? 人家喊他马排长了。李全喜、魏三保,咦,林四牙也养好伤回来了,个个都当了班长。就是这些经过千锤百炼的人民功臣,以及千千万万像这样的英雄,组成了钢铁的连队,组成了这支无敌于天下的人民大军,从游击战运动战转入攻坚,从乡村开始转入城市,现在正顺着一年半前从张家口撤退的原路,浩浩荡荡转到大进攻了。队伍的最前端竖着面大旗,风一飘,一团火焰似的飞舞……

一九四九年二月二十三日,新华社记者对华北以后的战局这样写道:

> ……在北线,华北解放军配合了东北解放军解放全东北的作战。这时北线出现了这样的局势,解放军首先在华北敌人的东头平古线上展开进攻,当敌人集中兵力增援到平古线时,解放军就又在敌人的西线横扫平绥线的张家口至集宁段;当敌人自东线回援时,解放军又在平绥线北平至张家口段展开了进攻,接着又打向平绥线的西端,攻克了包头……这时,东北国民党匪军全军崩溃了。

> 一九四八年十一月二十三日解放全东北后不过二十天,东北解放军汹涌入关,解放全华北的伟大战争开始了。

> 像疾风暴雨一样从东西两端,接着是从四面八方打来的东北解放军和华北解放军,没有让敌人来得及收缩集结兵力,就把敌人完全分割包围于张家口、新保安、北平、天津和塘沽五个孤立据点内。紧接着于十二月十二日至二十四日先后歼灭了新保安和张家口的敌人,一九四九年一月十五日又歼灭了坚决抵抗的天津守敌并解放了塘沽。这些胜利使完全陷于绝境的北平国民党军最后接受了解放军的提议,和平解决了北平问题。一月三十一日,解放军正式开入北平城,这个世界著名的古都从此解放。

> 从抗日战争以来,经过了十一年七个月长期的残酷的斗争的华北解放区军民,在华北战场不仅战胜了日本帝国主义及其走狗,而且战胜了美帝国主义扶助的国民

党反动派。华北的历史现在正翻开新的一页。

一九四九年八月三十一日于北京西山

新华书店 1950 年 1 月初版

◇但娣

血　族

隔离病院的门前,停着一辆汽车。

哥哥扶着妹妹从病室中走出。妹妹苍瘦的脸和一双无光的眼睛,她病弱得那么可怜,不住地在石子路上打着晃。

哥哥满面的风尘,因为他是从遥远的地方赶来的。

兄妹默默地走向门外,在汽车前停住了脚步。

车夫正在修理一件车上的机关,他一边扭动着发动机,一边向登进车厢的兄妹说:

"真是命大,几个进过病院的都是死着出来的。"

哥哥瞧了瞧病弱的妹妹,心中十分喜悦,也异常地难过。

汽车夫修理好了发动机,就将车子驰向前面的一条大路上了。

在哥哥苦笑的脸上浮动着苦涩的微笑:

"连他也这样地说呢,你活过来真是幸运呀!"

妹妹靠着车背子,她感到有些寒冷,因为她病得太久了的缘故,她耐不住一点风寒了。

"我有些受不了,这风太硬了。"

妹妹望着那掉了玻璃的窗子颤声地向哥哥说。

哥哥伸出一只粗黑的大手,将自己的破大衣脱了下来,替妹妹披上了。

妹妹向窗外望去,她看见街上的行人,全都是那么的健康,新

376

鲜,明朗,喜气洋洋地走着路子。

"人们都是那么的快活!"

"唔……"

他仿佛没有听见妹妹在说什么似的哼了一声,便在膝盖上展开了一个破布包裹,那里面装着一些煮熟的土豆,递给病弱的妹妹了。

"吃点吧!"

"不,我什么都不想吃。"

"半夜三点钟就从八百垄出发了。"

哥哥低着头贪婪地吞食。

"嫂子好吗?"

"孩子一天把她快累死了,照从前瘦多了,也老了!"

"小茉莉好吗?"

"没有奶吃。"

"茉莉的哥哥不是因为没有奶吃死了吗? 这一个可别马虎了。"

"不马虎又能怎的呢?"

汽车闷的一声在车站门前便停下了。

哥哥掏五元票子,他道歉地向车夫说:

"太对不起了,没有更多的钱了,不然就多给你几个啦。"

哥哥扶着妹妹走下车,向票房子走去,哥哥用手扒拉着拥挤的人群喊着说:

"借借光,借光。"

妹妹踉跄地跟在哥哥的后面走向三等候车室了。座位也没有,哥哥就把包裹放在地下,替妹妹做了一个座位。妹妹无力地倚着墙壁坐下了。

"你坐着等一等,我去买票。"

她因为病得太久了,极度地衰弱,她觉得头有些发昏了。她倚着墙壁紧闭着眼睛,她想,六个月了,也许是没有人关心她已病得

377

这样了吧？思想使她感到了无限的优伤……

哥哥买来票，就倚着一个角落里坐下了，烦闷地燃起一支纸烟。

※　　※　　※

候车室的壁钟到了三点。候车室的扩大机放送了。

"××行的列车，请到三号出栅口排起来，不久就要剪票。请注意：往××行的列车……"

哥哥扶着妹妹走出候车室。

出栅口处拥挤着许多背着包裹的旅客群，乱嚷嚷的，吵个不止。

妹妹被挤得几乎要跌倒了，她颤声地喊：

"别挤我呀，我有病。"

"这位老太太借借光，她有病，给她让个位置不好吗？"

"老太太，我病了。"

妹妹也恳求般地说。

"病了吗，看样子是病了呢，颜色这样不好，就站在这吧！"

老太太让开了一个位置给妹妹了。

"小妹！你把东西放在地下，站不住，坐着等车吧！"

妹妹便无力地坐下了。

"这姑娘病得把头发都脱落了呢！"

"是的。她得了一场大病，差不多死了呢！我从病院将她接出来的！"

"打算往哪去呢！"

"回××去。"

"不要挤呀！我有病。"

大队里又拥进了许多人，使妹妹喘不上气了。

"姑娘！你得站起来呀，不然一会就被挤出去了。"

妹妹便站了起来，哥哥看一看时间还早，就走到卖店去了。他想替妹妹买点水果在火车上吃，但是掏掏衣袋，只有三块钱了，他又空着手走回来。

开始剪票了，大队拥动着。

"小妹，出了票口，我先跑上去找座，你慢慢走，小心别跌倒了。"

大队拥出了出栅口，便都向停着的列车跑去。

妹妹一个人慢慢地落在后边了。

※　※　※

妹妹赶登上车，在一个车厢中，她找到了哥哥，他们便坐在靠北边的一列车厢中了。

妹妹无力地倚着车窗在休息，她感到异常的疲倦。

哥哥将包裹放置在车架上。他有些热了，敞开制服，于是黑脏的脱掉纽扣的衬衣就露了出来。

车厢对面的朝鲜人也热了，就将窗子打开了。

风吹进来。

妹妹用手挡着她的前额，向哥哥说：

"三哥！我有些受不了这风。"

哥哥就把座位换过来了。

车在绿色的原野中穿行着。

哥哥看着妹妹那难受的样子，向她说：

"小妹！你倒一会吧！"

妹妹的瘦骨骼被硬的车板硌得有些发痛，于是她便在哥哥的身后躺下了。

黄昏时候，就落起小雨来。

火车怒吼着进了××站驿。

哥哥伏向妹妹说：

"小妹！我先下车去找马车，你慢慢地下吧，小心别跌倒了。"

车停在站驿了，人们喧哗地拥挤地下了车。

妹妹落在人群的后面，一步一步地往前移动着。

那时下车的人几乎都走尽了，她才移出了出栅口。

雨已住了，她无力地掩紧衣襟在风中打着寒颤。

379

许多从后边走来的男人、女人都赶过她的前面了。夜雾迷蒙着,找马车的地方站了许多人,她在人群中找不到哥哥,只好衰弱地坐在一个角落里休息。

许久,哥哥从三轮车的行列走出来,向妹妹摇着手喊:

"小妹!我在这里呢!"

妹妹走过去。

"已经没有车了,这是同事找的车,让给我们坐了。"

哥哥就将妹妹介绍给一位站在车旁的青年了。

"这是家妹,我今天才从病院接出来的,她病了半年多。"

妹妹向那青年说:

"太对不起了!"

"哪儿的话呢!"

妹妹坐上了三轮车,哥哥喊:

"把这钱拿去!"

妹妹握着三元钱,向哥哥说:

"你怎么办呢?"

"我走着回去。"

妹妹的三轮车向前面的一条大路驰去了。

哥哥落在后边,疲惫地跋涉在泥泞的夜道上。

妹妹的车在夜街上驰跑着,那全是去年走过的熟悉的旧道,每个角落都给她莫大的感伤,她用眼睛望着那些旧街道自语:

"我又活了,又重新地见到这些了。"

松花江的波涛,临江的街房……

她瞧瞧自己,自己消瘦的样子。用一只瘦手搂了一下她憔落的发丝……

车子走到八百垄的时候,她便听到那旷野响着一片蛙声……

"已经是夏天了吗?"

老车夫喃喃地答:

"五月啦!小姐!还有多远路呀?"

"这条路子我很熟,但是我却看不清这是哪儿了。"

"前面便是火车道了,再走走便是柴草市啦!"

"过去火车道,那排红房子的近旁就是了。"

※　※　※

"站下吧!"

车停在一个长满芦苇的门外。门前面有潺潺的流水。一座灰色的灰砖小房,仿佛没有人居住一样宁静得无一点声息,也没有灯光……

院落里响着一片寂寂的虫声……

妹妹走下车子,向里面喊:

"三嫂! 你睡了吗?"

嫂子搂着孩子,并没有睡,她听到了妹妹的声音,推开孩子说:

"你听,老姑回来了!"

她走下去替妹妹开了门:

"妹妹,你好了吗?"

"我又活过来了。"

屋子黑黑的,她嫂子看不见对面的脸相。

"怎么没有点灯呢?"

"老也没有倒出钱安电灯。"

嫂子燃一根火柴,点了一盏豆油灯,屋子便放亮了。

妹妹爬向炕上,看见了小茉莉。那孩子撅着屁股爬着,仰着头凝视着新回来的姑姑。

"嫂子! 快给我倒出一个地方吧! 我有些耐不了。"

嫂子在炕头上将破褥子铺好,妹妹便躺在上面了。

在幽暗的灯光下,妹妹和嫂子相望着。

嫂子伏向妹妹的枕旁惊疑地说:

"怎么瘦成这样子了呀?"

"嫂子! 我差点儿喂了狗呢!"

"已经不像你了呀!"

"我想：我不会再和你们见面了，就那样和人间没有说一句话地死了！"

妹妹用疲倦无光的眼睛瞧了瞧嫂子。

"三嫂！你再靠近一点，我看看你。"

许久她又说：

"你怎么这样老了呢？"

"怎能不老呢？生活把我弄完了。"

"小茉莉也长得那么大啦。茉莉你过来，你认识姑姑不？"

小茉莉看着病得可怕的姑姑，含着眼泪仿佛想哭了。

嫂子拖着破鞋，拿着油灯走到厨室去，她在暗黑的厨室里伸出两只凸露青筋的手，拿着斧子劈着劈柴，在锅底燃着了。

※　※　※

"鹭荻呀！把门开开！"

门开了，哥哥走进来，他疲倦地问嫂子说：

"小妹回来了吗？"

"一个多钟头前便回来了，她在躺着呢。"

饭好了，嫂子轻悄地摇着妹妹的一只骨头的手：

"小妹！起来喝点稀粥吧！"

妹妹蒙蒙地醒了。

哥哥吃着高粱米红饭。

妹妹吃着黄色的粟米。

"只要病好了，比什么都强。"

哥哥和嫂子都这样地瞧着病得可怜的妹妹叹息着。

夜里，孩子哭，嫂子便醒了。

妹妹并没有睡去，她很久便在失着眠。

"孩子怎么的了？"

"孩子胃不好，夜里就肚子痛！你还没睡吗？"

"没有！嫂子，我一想到爸爸我就难过。"

"想爸爸做什么呀？"

"爸爸不是也病了吗？"

"谁告诉你的！"

"三哥告诉我的。"

"你三哥顶不好了，我还嘱咐他别告诉妹妹，因为妹妹病将好。"

夜是那么长，妹妹觉得身子很难过，不住地在呻吟着。一只猫从她头上跳向地下去了。

※　※　※

早晨晨光从玻璃窗透进来，妹妹醒了。那时哥嫂都醒了。

"小妹！你好了吗？"

"很好，我算知道了，还是家里好，下半夜睡得很好。"

孩子不住地哭泣着。

"小茉莉！姑姑有病，你不许闹呀！"

哥哥就将小茉莉背了出去，不一会又从外面背进来。

"小茉莉，你好好的，爸爸得喂小鸡了。"

哥哥因为生活，他买来十只小鸡，预备下蛋好卖掉换些青菜吃。哥哥一边喂着那棉花团似的小鸡，高兴地说：

"六个月就会下蛋了。"

哥哥喂完了鸡，便戴着油污的帽子上班了。

嫂子在替孩子洗脸。

妹妹向嫂子说：

"卢先生结婚了吗？"

"听说订婚了。"

"六个月什么都变了。"

"你是不是有些后悔了？"

"没有,我决不会轻易就结婚的,而且那时我绝对不能结婚。"

"真是错过一个好机会呢。家产、人品什么都很好。"

"那并不是我所希望的。"

"鹭获! 把门打开呀!"

哥哥端着一个大木箱子,里面装满孵出的小鸡,唧唧地叫着。走进屋子,他把箱子放置在炕上。嫂子望着那木箱子吃惊地问:

"你疯了吗?"

"又买来一百,这小东西,到秋天就给我们下蛋了呀!"

"你等着吧!"

"这就是一笔大财呀!"

他一边摆弄着木箱子中的小鸡,一边叽叽咕咕地自语着:

"这就是公鸡,这就是母鸡,我一看屁眼的凸凹就会看出来的。"

嫂子看着那些鸡就不高兴起来了,她就讨厌给她找麻烦的工作,因此她不满地闷闷生着气。

"什么公的,母的,我问问你,你买来那些给人钱了吗?"

"赊来的。"

"动不动就赊,我看你拿什么给。"

"拿什么给,也不能拿你去还。"

"你说什么? 难为你说出口来。"

哥哥小心翼翼地瞧了许久那白色棉花团似的小鸡,看一看表已经下午一时了,他又抓起帽子戴在满是灰尘的蓬发上,走出去了。

哥哥走后,嫂子就不住地叨咕着:

"穷光蛋竟想发财。"

妹妹坐了一会有些挺不住,就又躺在破褥子上了。

小鸡不住地在箱子中唧唧地叫着。

※　※　※

一百个小鸡使哥哥忙乱起来,哥哥把整个的精神注意在他的一百个小鸡上了。很早地,他便从被窝爬起来给小鸡弄食了。

每天他忙得很迟才肯休息。

妹妹向哥哥说：

"什么时候了，还不上班呀？"

"我得把小鸡喂完了才能去。"

每天哥哥喂完了鸡，就将木箱子从屋内搬到院中的窗前的土台去。临走的时候他总是一样地嘱咐着嫂子：

"你要好好地看着这些鸡呀！"

每天午间，哥哥为了那些小鸡得从会社跑回来。

嫂子问他：

"你饿不？"

他总是摇着头说：

"我没有工夫吃了！"

※　　※　　※

哥哥从街上买来一本养鸡法，每天，上班下班都将那本厚书放在破衣袋中。睡觉的时候，就把它放在枕旁，守着睡着了。

日子滑过去许多，小鸡一天一天地长大了。唧唧的叫声也大了起来，那声音使妹妹异常地烦恼。

"嫂子，把小鸡拿一边去吧！我心有些发焦。"

"不行啊！你哥哥说，养鸡法上说这是电气孵出来的小鸡，最怕着凉的。"

妹妹一点也没有办法。

妹妹躺在炕上，她想了许多好吃的，但是她知道可可是没有钱，自己也没有钱。

每天，哥哥很早地起来，到鸭架去取回来两个鸭蛋，每天当他拿着蛋，从外面走回来的时候，都是一样高兴地喊：

"这鸭子真添乎人，一天一个大蛋。"

他拿回来蛋就向嫂子说：

"把这蛋煮了给小妹吃吧,她是需要养分的。"

嫂子每天就把蛋给妹妹煮上,妹妹每天辛酸地吃着那鸭蛋,自己吃半个,分给小侄女半个。

※　※　※

小鸡一天一天地大了,然而每天就有死亡发生了。

哥哥开始对那些死亡的小鸡有些难过了。但他总是在安慰自己说:

"死的,都是些先天不健康的,一定是蛋黄没有吸上去的缘故。"

哥哥把死了的小鸡,用力将内脏解剖开,他精细地观察了许久,高声向嫂子喊:

"我说的一点也不错,果真是没有吸上蛋黄的呀!"

"你瞧着吧!死了这几只算什么呀?"

"我一定叫它剩下九十多只。"

"九十多吗?瞧着吧,五十就是好的。"

嫂子习惯了,无论哥哥在说什么,她总是想驳倒他,仿佛是仇人一样在反对着。

连天的阴雨。

小鸡便无法拿到外面去了,都留在屋子的地下。潮湿的土地,使那些怕冷的小鸡缩着脖子挤成了一团,唧唧地叫个不止。

哥哥从班上回来,就看见那些鸡中有闭着眼睛、不爱走动的鸡了。他有些焦急,抱怨起嫂子来:

"你死了吗?这些小鸡都怎么打起蔫来了!"

"谁知道它们怎的了,谁也不是神仙。"

"你给它们什么吃的了?"

"你不是告诉给稗子米吗?"

"那么到底是怎的了呢?"

晚上就从鸡群中拿出来两个死了的小鸡。

　　小鸡的死亡,使哥哥十分地苦恼。整天地计算那些死亡的数目了。嫂子不愿听他的计算,常常一当哥哥用手计算死亡的数目时,她便照样地说:

　　"叨鬼呢!"

　　但是哥哥总是用手指数着说:

　　"两只是下雨那天死的,一只是那天夜里死的,再加上前几天死的四只,这一共是七只。不对呀,怎么还少一只呢?"

　　妹妹便向他说:

　　"你算上那只烂屁眼死的了吗?"

　　"对了,对了,我想起来了,这都是吃苞米面的缘故。明天还是喂稗子面吧!"

　　"你给我留着那点稗子面吧,孩子还吃呢!"

　　哥哥和嫂子为了稗子面口角起来了。

　　嫂子将稗子面藏到后屋的缸里了。

　　哥哥早晨起来去喂鸡的时候,大声地向嫂子喊:

　　"稗子面哪去了呀?"

　　嫂子打马虎地问他说:

　　"哪里去,不都叫你喂小鸡吗?"

　　"胡说,我记得还有半小口袋呢!"

　　说着就噘起嘴来了。

　　妹妹的病还没有太好,她觉得有些不耐烦了。但是她却找不到另外的一个养病的地方,因此她不时地劝起哥哥说:

　　"不要为小鸡吵嘴了,多么不值得呀!"

　　日子滑过着,小鸡渐渐地长出了翅膀,都张着翅膀从木箱中跳了出来,跑散了满屋,唧唧地叫着。

　　"不要踏了小鸡呀!"

　　哥哥整天地吆着,嫂子烦躁得常常背着哥哥向妹妹叨着:

　　"都踏死了才好呢,谁有那么大的时间一天老看着!"

一天,茉莉就在地下踏死了一只白色的鸡。

哥哥愤怒地伸出巴掌给了茉莉一个耳光。从那天起,茉莉就不敢在地下走路了。

她常常地哭叫着:

"妈妈!妈妈!你来抱孩孩呀!孩怕踏死小鸡呀!"

嫂子实在不耐烦这些鸡了,但是她有时也在想:

"如果六个月能下蛋的话,就会有蛋吃了。"

※　　※　　※

哥哥为了鸡的房舍问题忧愁着,他整天地和嫂子商量,和妹妹商量。

"得给小鸡搭架了!"

"用什么搭呀?要不我就反对这些了,没有地方还想发外财。"

哥哥用了种种的方法找了些木材,他开始变成一个木工了,在院子中钉锤着。同院的老头子向他说:

"那怎么能行呢?木头也不够长呀!"

"老爷子你瞧着吧!一定会成的。"

小茉莉在屋子里,将脸贴着窗玻璃喊:

"爸爸!吃饭了,爸爸饭凉了呀!"

哥哥仿佛什么都没有听见,他弯着腰不住地锤打着,出了许多汗水。

饭都凉了的时候,他才从外边走回屋去。

嫂子就抱怨他:

"傻子一样,问你饿不饿呀,就好像没有知觉一样,哼呀哼呀的。"

夜里哥哥就常常地讲起来造成的鸡舍了。

"把门向东开好呢?向西开好呢?"

嫂子觉得那些小鸡留在屋子中太讨厌了,所以她也十分希望鸡架早些完成,她边拍着孩子边说:

"不管哪边都好,你赶快搭吧!"

　　　　※　　※　　※

几天后,鸡栏搭起来了。他们将小鸡都放进鸡栏去。嫂子向妹妹说:

"这下子可好啦,可把人麻烦死了!"

　　　　※　　※　　※

一天,新生农园的伙计来要鸡钱了。

那时,大家都在吃饭,哥哥也正在吃饭,哥哥的眼睛充满沮丧的光,脸上浮动着一种无可奈何的苦笑向伙计说:

"你回去告诉你们场长一声吧! 晚上我还去,给带去。"

伙计走后,他懊丧地放下了筷子。嫂子向哥哥说:

"你说一会送过去,你借钱来了吗?"

"到哪里去借呀?"

"没有借,你说那话做什么?"

"你少管闲事。"

哥哥急躁地抓起被油污的帽子走出去。

妹妹向嫂子说:

"怎么办呢? 哥哥多余买那些小鸡。"

"活该! 叫他受去吧!"

午间,哥哥又从班上回来喂小鸡。他走进鸡栏去向屋里喊:

"鹭荻! 把鸡食拿来呀!"

嫂子宛如没有听见似的,仍然坐着不动,燃着一支烟。

"鹭荻! 你聋了吗? 拿鸡食来呀。"

嫂子仍然不动,她安然地吐出一个烟圈来。

妹妹向嫂子说:

"嫂子! 哥哥叫你把鸡食拿去呢!"

嫂子仍然不动。

哥哥走进来了,他气愤地撕打起嫂子来。

"他妈的,我知道你,你算没心思过日子。"

嫂子尖声地哭起来了。

"三哥,你这是何苦来的呢?"

哥哥用力地踢着嫂子:

"你她妈的不愿意过,给我滚出去,我这里不养活猪。"

门前已经拥挤了许多拉架的邻人。妹妹苍白地站在一隅。

"这是何苦来的呢? 算了吧! 算了吧!"

哥哥住了手,他又抓起帽子,一边走出一边向嫂子说:

"今天把你的大衣给我当了去,不当我拿刀杀了你。"

哥哥走出后,嫂子气恼得一边响着鼻子,一边咒骂着。

妹妹苦恼地睡去了。

欢喜岭村子里张老婶来了,她瞧着妹妹说:

"呀! 老丫头怎么病成这样了呢? 我一点也不敢认了。"

"瘦了吗? 我这还胖多了呢,差一点没有死了呀!"

"给你老妹子做点好吃的吧! 伤寒病都馋呀!"

"哪有什么可吃的呀!"

张老婶走了,妹妹就想了许多好吃的。她闭着眼睛,于是那些山珍海味都浮在眼前了,在诱惑着她。

※　　※　　※

小鸡渐渐地长大了,小鸡没有什么可喂的,只好将杂货面弄熟了喂,于是那些鸡,便有的烂屁眼了。

哥哥下班回来,伏在木栅外,呆呆地向鸡栏里望着,他发现几个打蔫了。

次日,那些打蔫的小鸡就死了一只。

过了两日,打蔫的接连地都死了。

小鸡的死亡,仿佛带给哥哥无限灾难一样,他整日地烦躁,烦恼得不住地在院中走动着。他想不出什么好的方法来，于是他到邻家的高桥的鸡房去了。

他看见高桥的鸡，都长得那么肥大，那么光润……

高桥的太太背着孩子从屋里走出来，向哥哥说：

"早呀！"

"你早啊！你们的小鸡都喂些什么呀？"

"我们喂的是鱼粉，你们喂什么呢？"

"我们喂的是熟杂货面，可是小鸡都拉稀了呢！"

"那个大大的不行啊！熟的吃了小鸡会拉稀的。"

哥哥从高桥的家走回来，就把鸡吃熟杂货面拉稀的事讲给了嫂子。

"不许弄熟的了，喂生的吧！"

从那以后就喂生的了。

然而涂满了一地碎粉，小鸡拾不起来的。

嫂子一看见那地上的白粉就生气般地说：

"败家子的！"

杂货面是领来预备给孩子做饽饽吃的，但是都喂小鸡了。

每天，孩子向妈妈说：

"妈！我饿了，我要吃饽饽。"

"哪有饽饽了，杂货面都叫你爸爸喂小鸡了。"

孩子就常含着眼泪叨念着：

"爸爸不好，爸爸爱小鸡不爱我了。"

一天爸爸听见了，爸爸也很难过，爸爸说：

"爸爸真不好，爸爸太穷了。"

"爸爸每天出去给人当马呀！爸爸是马呀！"

妹妹听见哥哥的话，她十分难过，当她一看见哥哥苦劳得那么苍老了，她默默地想：

"我快点好了，就好了，出去赚点钱呀！"

※　※　※

一日，哥哥出发了，哥哥到远地方去看望病了的父亲，他临走的时候，只是告诉嫂子：

"要好好看着小鸡呀！"

嫂子很生气，她喃喃地自语着：

"说东就是东，说西就是西。没有钱还想走。"

妹妹说：

"因为爸爸病了！"

"可是他回去，能当什么呢？"

"不能当什么，那是做儿子的责任呀！"

"责任！临走一个钱也没留下，过什么呀？"

哥哥走了，鸡就在哥哥走的第二天死了一只，第三天就丢掉了两只。

妹妹一向是厌烦着那些骚乱的动物的，但她一想起了苦劳的哥哥就不安起来。于是妹妹便代替哥哥看守那群鸡了，黎明一过了，她就走到鸡栏去饲喂那群鸡了。她一迈进鸡栏的时候，那些鸡就围着她唧唧地叫了起来。

鸡没有什么可吃的了，妹妹就伏着邻家的窗玻璃说：

"大妹子！我们到野地摘些穷民菜去呀！"

因为大妹子家也养小鸡，她们常是到野地去采取穷民菜的。

六月的太阳暴烈地照着妹妹，她有些发昏了。

鸡的翅膀一天比一天大了，栅栏已关不住它们了，强壮的就从木栅栏中飞跃出来，跑散了满院。

妹妹耐心地将飞出来的鸡都用杆子赶了进去。

在傍晚，妹妹和嫂子将小鸡又装向那两个大木箱去的时候，她们就发觉少了三只。

夜里妹妹向嫂子说：

"已经没了六只了，哥哥回来一定会发脾气的。"

"发就发吧！"

妹妹担心着哥哥，因此妹妹整天地守坐在鸡栏的外面，手中拿着一根长杆，她等待着鸡飞出来，就用杆子打了进去。

这样的看鸡工作，一天过去了，三天过去了，妹妹便开始对这种无聊的工作厌烦而焦躁了。而且妹妹是一个异常珍惜时间的女孩子，那时她已经恢复了读书的健康了。但是，她什么也不能读，整天地看守着那一群白色的鸡。

她懊丧而焦躁地自语：

"我变成鸡倌了，谁也不是看鸡的。"

但是她为了怕鸡损失，便忍耐地整天地看守在鸡栏的外面。

嫂嫂因为快临产了，她就整日地坐在炕上，替没降生的小宝宝做被子、衣衫之类的针线。

妹妹有些倦累了，使没有恢复健康的身体又衰弱起来，因此她又无力地躺在屋中了。

※　　※　　※

木栅栏中的鸡，都张着翅子跃过木栅栏，飞出来了。

自由地跑动着，满院中，后园，它们开散地跑着，几只鸡就越过了门槛，向街道跑去了。

一只狗便衔走了一只白色的大鸡。

那只狗衔着鸡，从大道跑过了。靠街的房子里走出一些人来，大家嚷着：

"老陈家的鸡叫狗衔去了呀！"

妹妹随着喧哗声吃惊地从屋中跑了出来。

"你们的大白鸡叫狗衔跑了，是一只黑色大狗呀！"

邻家的女人一面用手比划着，一面向她说。

妹妹向街头望去,那只狗早已看不见了。

妹妹忧愁地又坐在鸡栏的门外了。

但是次日妹妹又病了。

于是那些鸡又跃过了鸡栏,跑散了满院,满堂屋地。

水缸中有鸡淹死了。

屎窟中有鸡淹死了。

街上的那只黑狗常来吃鸡了。

鸡走到后园的林子里去,寻觅虫子吃,黄皮子嗅到鸡的香气,于是将那些鸡很快地捉去吸了血。

妹妹躺了五天,又从床上走下来,将那些无人照管的鸡圈进木栏去,她数了数目,知道鸡已损失十七只了。

她含着眼泪,一边编织着,一边看守在那鸡栏外。

※　　※　　※

哥哥从家乡回来了,他背着行囊走进院的时候,他看见看守在鸡栏外的妹妹,不安地问:

"为什么坐在这儿呀?"

"这些小鸡翅膀长大了,一门往出飞。"

"飞就让它飞吧!"

"飞出来,就会叫狗吃掉了。这街上出来一只狼狗,常到这里来吃小鸡。"

"我们的小鸡,也被狗吃掉了吗?"

"是的!"

哥哥急忙地走近鸡栏去,看那些鸡都长得很大,张着翅膀在沙场上游戏着,决斗着,他就有些高兴起来。他看鸡栏被妹妹收拾得十分干净,而且家乡的父亲已经退院了,他便没有计较死几只了,向妹妹说:

"父亲退院了。"

妹妹听见父亲退院了,她激动得快活得几乎流出眼泪了,她跟在哥哥的后面走进屋去。

"哥哥,父亲好了,我们大家都高兴点活吧!"

"唔!"

哥哥将行囊放在炕上,就又走出去看鸡了。

嫂子向妹妹说:

"鸡倌回来了,这次该你休息了!"

妹妹并没有高兴,她担心着去看鸡的哥哥的发怒。

"嫂子! 怎么办,一会哥哥知道死了那么多的鸡一定会发脾气的。"

"不要紧,让我来说谎,发他就发。"

哥哥看了许久,就急忙地走回来向嫂子问:

"小鸡少了几个?"

"有十五六个吧!"

哥哥听到这个数目立时暴躁地吵了起来:

"你们都死了吗?"

"这四只手,四只眼睛,都在看守着,死了,那么有什么办法呢?"

"都叫狗吃了吗?"

"有的阴天受寒抽风死了,有的烂屁眼死了,还有的耷拉耷拉膀子就死了,狗只吃了一只。黄皮子在夜里也来吃了……"

嫂子一边说着一边做着戏。

哥哥十分生气,不,他十分可惜那些失掉了的鸡,他在地下走来走去叹着气。

后来就又走到外面去,走进鸡栏中去。

"咕咕……"

他开始叫着那些鸡,他在地下撒些米粒。

于是那群鸡就都集聚在他的周围了。他用手开始数着那群鸡。

"一二三四……七八……十六……"

鸡吃着吃着就都跑乱了。

"他妈的,又跑乱了。"

他只好又重新地数了。

妹妹看见哥哥在数鸡,她便向哥哥说:

"三哥! 那怎么会数过来呢?"

"这得非练习数不可,然后好知道丢了没有。"

"太可笑了,这么多的鸡,而且鸡又不是睡着的,一门乱跑。"

然而仿佛哥哥没有听见妹妹的话一样,他蹲下身去,随着那些乱动的鸡转着身子,左右地数着,他数着数着鸡又跑乱了。

嫂子看见他那傻头傻脑的转动的样子,她就尖声地笑了起来:

"大傻瓜! 真是头号的大傻瓜,那么多的鸡能数过来吗?"

哥哥仍然没有意识到有谁在旁边笑他,他继续不断地在一五一十地数着。

那群白色的鸡总是乱跑,于是哥哥的眼睛有些发花了。

后来妹妹和哥哥商量着,就把能飞出来的鸡染上了红色,于是鸡栅栏里,就变成了红头的鸡、红背脊的鸡和红尾巴的鸡了。

从那以后便分出了大号的、中号的、小号的鸡了。

起初跑出来只有那大号的。

于是哥哥和妹妹就把大号的翅膀剪去了,使它们再也飞不出来。

妹妹和嫂子都放了心,去做自己的工作。

※　※　※

一日,哥哥站在木栅栏外,凝视着栅内的鸡群,他在跑动着的鸡群中,忽然发现了那些脱毛的鸡了。全部是从脑瓜壳脱,渐渐地翅膀的肩部也脱掉了,屁股也脱落了。

哥哥十分奇怪,整天地在叨念着:

"这都是什么原因呢? 毛都脱落了!"

这种病的现象,先发生在小号的鸡群中,一天比一天数目多了起来,竟有一只全身都脱落光了。因此大家就给它起了一个外号叫作"小光腚"。

一天落大雨,在鸡群中,忽然小光腚就不见了。后来雨停了就发现小光腚在一个角落里了。

哥哥把小光腚从木栅栏底下提了出来,他喃喃地说:

"小光腚到底死了!"

哥哥就把它埋在地下了。

※　　※　　※

哥哥又到邻家的高桥家去看鸡了,高桥家的鸡长得那么美丽肥大,他真有些羡慕着。

"我们的鸡都脱起毛来了,这是什么病呢?"

"噢!你不懂吗?那是缺少动物质饲料的关系。"

后来,哥哥就把那木栅栏的门打开了。

于是成群的鸡都飞奔了出来,唧唧地,张着翅膀,在院中飞跑着,在后园子中飞跑着,在木柴底下找着虫子,在菜圃中寻着虫子,在屎窟吃着蛆虫……

院子是用秫秸栅的低矮的篱栅,因此小鸡就从没有门的篱栅溜出去了,跑到旷场去,跑到林子里去了……

傍晚哥哥从班上回来,就看见鸡栅栏里都跑散空落了。他向妹妹说:

"你一天做什么呢,不看看鸡呀!"

他的声调充满了抱怨的味道。

妹妹虽然恢复了,但还是那么弱,她总不能很快地恢复了健康,她听到了哥哥的话,心中觉得十分地难过。

到晚上收鸡的时候,鸡就少了两个,哥哥喃喃地咒骂着:

"难道都死了吗?难道都是吃粮不管事的吗?我这里不养活猪的!"

哥哥的抱怨深深刺痛了妹妹的心，她觉得十分难过。

妹妹整天里希望强健起来，希求自己去劳作。

但是妹妹还没有恢复，她的腿子总是打着晃。整日地留在家里，她望着天际的白云，她感到了无限的寂寞。她在黄昏落下的时候，想起自己的遭遇，想起一些远离开的朋友们，她感到了无限的悲哀，因此她向嫂子说：

"给我一支烟吸呀！"

嫂子向她说：

"吸什么烟呢，烟这么贵。"

妹妹就不向嫂子要烟了。她整天地在沙地上写着自己的名字，自己的诗，消磨她的寂寞了。

嫂子把烟藏了起来。妹妹没有雪花膏使用了，嫂子把雪花膏也藏了起来。妹妹的皮鞋该打油了，她拉开抽屉去找鞋油，但鞋油也被嫂子藏起来了。

妹妹的心中充满了辛酸。她想离开这里了，但是她一点钱也没有。

季节已经是盛夏时候了，旷野里盛开了许多芬芳的花朵。街上喊着一些叫卖声：

"香瓜甜脆！"

妹妹想吃一个香瓜，但是没有，于是妹妹只好走到园子里去拔些大葱走回来吃了。

妹妹常靠着墙壁，沉默着，她想再健康一点就离开哥哥的家了。

一天，家中父亲来信了，父亲在家十分想看看远方的女儿，希望女儿早些归去。女儿也十分想看看久病的父亲，晚上她向哥哥说：

"我想回家去。"

"唔……"

妹妹等哥哥放薪，她想向哥哥索取路费。她终于盼到哥哥放薪的时候了，哥哥将薪水交给嫂子说：

"不许随便花了。"

夜里,嫂子和哥哥又谈起妹妹来了。

"小妹有意思要回家去。"

"回去也好,可以省下一个人的负担了。"

妹妹虽然想回去,但她无法回去,只好又留在哥哥的家里了。

一天她出去抱柴,就被大木柴将脚扎伤了。

妹妹带着一只伤脚在厨房中烧饭。

家中来了一个女客人,她就向嫂子说:

"她是这家的老妈子吗?"

妹妹说:

"对了! 你们不想雇老妈子吗?"

那时哥哥正在替小鸡切白菜。

哥哥说:

"那是我的妹妹。"

"哟! 我认错了,我以为你们雇的老妈子呢!"

妹妹含着眼泪,什么也没有说,她又去烧饭。

※　　※　　※

季节由夏近秋了,家家都忙乱地搭着冬天的鸡舍了。

哥哥看着那些鸡将脱毛的很多,然而没脱毛的却长得很好,哥哥就想将脱毛的卖出去。但是哥哥总不肯小价钱售出。

嫂子已经近临产三个月了。

她天天向丈夫说:

"鸡倌! 我告诉你!"

嫂子因为哥哥天天看守着那群鸡,于是便给哥哥起了个外号叫做鸡倌了。起初的时候,哥哥一听到这样讽刺他,他就生气般向嫂子骂:"他妈的!"然而长了,哥哥就将这外号自然地当做了自己的名字一样了。

哥哥听见嫂子在叫他,他便答应着:

"告诉我什么呀？"

"你得预备鸡蛋了。"

哥哥看了看嫂子的凸出的肚子，伸出一只粗而有力的大手指，算了算日子。

"那时我们的鸡就会下出很多的蛋了。"

"哪能那么快呢？"

"这是洋鸡，洋鸡六个月就会下蛋的。那时有五十只鸡的话，一天管保收四十个蛋，一个蛋九毛钱的话，一天总可收入三十元哪！好了！一年二年我就会发很好的财了。"

夜晚，哥哥、妹妹和嫂子，都走到大道上去捡砖头去了，预备给小鸡盖鸡舍。

哥哥将拾来的砖头都摞在鸡栅的一个角落里，他等待着假日来建造。

一天，忽然落起雨来了，刮着暴风，于是那座高高的砖头堆都坍倒了下来，将躲避在那下面的鸡全部压死了。

妹妹走出来，她看见了那些死在砖下的鸡，她吃惊地向屋子里的嫂子喊：

"嫂子！小鸡都压死了呀！"

※　　※　　※

哥哥回来了，他发现了被砖压死了那许多的鸡，他暴怒般地向妻子骂：

"你们都死绝了吗？我这不是养活活猪的。"

妹妹听见了这些，仿佛有什么压迫在她的心中一样，气闷闷地说不出什么。

嫂子叨咕着：

"也不看看我是什么身子，这么大肚子！"

哥哥看着妻子的凸出的肚子，他就把气转向妹妹的身上了，他觉得妹妹也太不照顾家事了。于是他更气愤了。

他不住地抓着蓬长的头发粗声地喊：

"他妈的,都死了,我这不是养活活猪的。"

这种沉闷的隔膜,忧郁了整个的家,许多日才消失了。

一天,吃完晚饭,哥哥在鸡栅外,看望他的余下来的鸡,走进院来两个陌生的朝鲜青年,走进鸡栅,向哥哥问：

"这些鸡卖不卖呢?"

哥哥摇着头说：

"不卖,不卖!"

两个朝鲜青年就伏向鸡栅去。

"你们这鸡舍太糟了,你看看我们那鸡舍,那简直比你们这强一百倍。"

"你们养多少鸡呢?"

"一只也没有,只是把鸡舍先盖好了,然后想买鸡。"

"哈哈……这个时候正是快下蛋了,谁肯卖掉呢?"

哥哥一边说着,一边心里想把那些脱毛的不出息的都趁早卖掉吧！于是他说：

"我很爱鸡,我也知道别一个爱鸡的人的心情。好在我的鸡很多,看了面子我倒可以匀给你几只,不过我可不是卖鸡的。"

于是那两个朝鲜青年低声地商量了一会,就向哥哥说：

"那么匀给我们些吧!"

哥哥走进木栅去,他向地下撒了些米粒,"咕咕……"地叫了起来。

于是那些鸡都挤拢到一起了。

两个青年伏在木栅上向哥哥说：

"要那个,那个顶大的几个。"

哥哥笑了：

"顶大的,不卖,卖就拿小的,而且十五元一个。"

两个青年又商量了好久：

"好吧！你抓吧！"

哥哥将小的捉了六个。于是被捉住的六只鸡喳喳地叫个不止，就被那两个青年拿走了。

哥哥拿着九十元走进屋去向妻说：

"我卖了六只鸡本钱就都回来了。"

嫂子将钱收了过去。哥哥就高兴地想了许多事，后来他又想到卖鸡的事上了。

"我应该把光腚的鸡都卖了就好了。那他妈小子是不认货的，噢！我把瞎眼睛的也卖了，把瘸子也卖了，里边就是大马贼很精神，但是大马贼是公鸡呀！不会下蛋的。"

妹妹伏着窗子望着天际的白云，她感到浓重的乡愁。

※　　※　　※

妹妹终于想出了法子，她把衣服找出来，包上一个包子想到临江门去典当了。很早，她便夹着包子，走出去了。她的脚还没有好，因此走路十分吃力。′

她走向临江门去。

但是她走了一天，傍晚的时候气愤地走回来了，仍然夹着她拿出的包裹。嫂子向她问：

"怎么又拿回来了呢？"

"只给我二十元，二十元够什么呀？"

她想了一夜。

哥哥把钱放在手中，他在想买些什么呢，什么能得一点利呢。

次日，妹妹就把所有的衣服都放在一起，从早晨就走出去了。

她从临江门往北走，走向德盛门去了。

因为嫂子告诉她德盛门的当铺最多。

晚上她回到家的时候，天已很迟了。

次日的早晨,她就离开了哥哥的家。

那时哥哥还在鸡栏中喂着第一次鸡食。小鸡唧唧地成群地叫着,跑着。

妹妹走到木栅栏去看了看那群鸡,就向哥哥说:

"哥哥! 我要走了。"

"噢!"

哥哥一边答着,一边捉住了一只鸡,那只鸡的腿被头绊住了。

※　※　※

哥哥将那些鸡养大了,但是哥哥已经变得那么老了。他走到亲戚家去弄鸡食去的时候,亲戚就对他那突急的苍老而感到惊奇:

"你怎么操劳成这个样子了呵?"

"人都是在生活中老了呵!"

在十月的一天,妹妹又回来了,从遥远的家乡。她走进院时,她便看见院落已不像夏天那样空旷了,堆满了许多柴草,几只田鸭在门前摆去走动着。

白色的鸡飞散了满院,蹲落在窗台上、柴草堆上。

小茉莉在门前玩弄着一只要死了的瘦猫。她看见便喊起"姑姑"来。

她又向妈妈喊:

"妈妈,我姑姑回来了呀!"

妈妈没有回声,姑姑走近了茉莉,弯下身去,向她那柔嫩的双颊亲着嘴,不住地说:

"茉莉想姑了没有?"

"想姑了!"

姑姑抚摸着茉莉的头发:

"你妈在哪呢?"

"妈妈喂猪呢! 爸爸买猪来了!"茉莉用小手指向后院。妹妹走向后院,她看见嫂子穿着哥哥的一件肥大的毛衣,破落的袖子卷到肘部,肚子更凸高了起来,头发蓬乱得和一个乡下的女人一样,坐在柴草堆上在缝补一件破衣服。

妹妹看见嫂子便喊了起来:

"三嫂! 怎么坐在这里呀?"

"呀! 你回来了呀! 才下车吗?"

"怎么在这缝呢?"

"你三哥又买了些猪,我在这看猪呢!"

"猪看它做什么呀!"

"傻姑姑,不看就都跑掉了哪!"

"三哥呢?"

"你三哥去追猪去了!"

妹妹走向猪圈去,她看见那里有三只黑色的猪在哼着,用鼻子掘着泥土。

妹妹看见那些猪,她觉得十分讨厌,因为她认为猪是最污脏而最懒惰的东西。

许久,哥哥从栅栏后赶着两只猪回来了。

哥哥的脸和老头子一样涂满风尘埃,和庄稼人一样污脏。他用一个长杆子赶着一边喊:

"圈! 圈! 圈!"

"三哥!"

哥哥抬起头来,他才看见妹妹:

"唔! 小妹回来了!"然后他又喊道:

"圈! 圈! 圈! 赶呀! 你们赶一赶呀!"

"圈! 圈! 圈!"

然后他向妹妹说:

"家里都好吗?"

"都好! 父亲来了,到长春开教育委员会来了,明天到这里来。"

"到这里来吗？那太好了。"然后他又喊起来了：

"圈！圈！圈！"

猪顽固地不肯进去，哥哥用一根木棒打着那猪的屁股：

"他妈的，进去！"

猪就从木栅栏外钻了进去。

哥哥把猪圈进木栅后，他看见了弄他一手的尿粪。

"他妈的！"

※　　※　　※

夜里的时候，屋子里仍然没有电灯燃着，暗黑的。大家都躺下了。哥哥和妹妹谈着：

"怎么还不来呢？"

"也许今天晚上会到的。"

"父亲这次来，你叫父亲拿出钱来，我好给父亲买点肠子。"

妹妹许久没有回答，因为她知道父亲没有那么多的钱。哥哥又向妹妹说：

"这里肠子很好呢！"

许久，妹妹说：

"怕父亲也没带来多少钱。"

哥哥有些气恼了：

"我史没有钱呀！"

妹妹没有回答什么，她只想父亲是新从病院中走出来的。

……

许久，哥哥睡了。妹妹也睡了。

外面是宁静的夜，鸡栏的鸡挤成了一团闭着眼睛睡了。猪圈中的猪也互相拥卧着睡了。鸭子将脖子插在翅膀中也睡了。

静静的。

一条石道，浴在朦胧的月光中，一个影子，背着行囊走着，那就是父亲了。父亲赶着夜车走来的。车站已经没有往远处的车辆了，父亲就徒步赶着路子走来的。一个年迈的老人，他的脸还有些苍白

和水肿,眼睛闪着衰弱的光芒……。但他想在今夜,就会看见自己的儿子和儿子的孩子们了。虽然他有些疲乏,但他仍然很高兴地在夜道上赶着路子。

他在一座无声息的静静的砖的平房前站住了。老人走近那无灯光的紧闭着的窗子,用棍子敲着窗扉喊:

"国栋! 国栋睡了吗?"

屋子黑黑的,炕上全都在睡着。

"国栋! 开门!"

老人仍然在敲着。那时妹妹醒了,她听见是父亲的声音,她喊哥哥:

"哥哥! 三哥! 父亲来了。"

哥哥仍旧打着呼噜睡着,因为他白日太苦劳的缘故。

嫂子却被喊醒了,她推哥哥,于是屋子中就传出来回答声:

"是了! 听见了。"

嫂子穿上衣服,她燃着一盏幽暗的油灯,于是屋子里就发亮了。

哥哥出去开门,父亲走进来了。

父亲将行囊放在炕上,就去看孙女小茉莉去了。茉莉正在那里做梦,祖父就伏下身去亲了一个嘴。

"这丫头出息这么大了。"

于是父亲和孩子们就谈得很迟才睡去。

※　　※　　※

次日,哥哥和嫂子起来很早,哥哥走出去,先把鸡放出来了。于是那些鸡就开始欢耍在院子中,张着翅子在菜园中寻找着虫类。

他又走向猪圈去,猪仿佛是饿了,在吱吱吱地哼着,不住地用鼻子拱着地,将地拱成了许多深的坑。

嫂子在厨室中忙乱着。

妹妹因为想陪着父亲说话,就留在屋子中打扫,没有到厨室去。

孙女抚摸着爷爷的胡须,爷爷便向孙女呵呵地玩起来了。

哥哥去弄猪食,他把一些野菜和糠混在一起,放进锅里去了。他又去砍木柴。他将柴燃起来,一直等到锅开了,他将猪食用木勺盛向木桶中,掐提着走向猪圈去,然而猪已经都跑出去了。他向院中喊:

"来来来来来来!"

"鹭荻! 来看看猪哪去了呀?!"

但是猪却没有在院中,他气恼着,他从那时更恨妹妹了。

"死了! 怎么不病死了!"

他喃喃地骂着妹妹,就走出院子,跑到后边的园子去喊:

"来来来来来!"

杜老哥正弯着腰在大地中锄地,他向杜老哥问:

"杜老哥! 你看见我们猪跑过来没有?"

"猪! 我没有理会猪呀!"

哥哥又通过菜园子走向一条大道,他遇到了高桥太太。他向高桥太太问:

"高桥欧库桑! 猪的看见没有?"

"那边的跑了的有。"

她用手指向北方。

哥哥又问:

"拐弯的不用?"

"不用!"

哥哥照着高桥太太的指示,他便奔向欢喜岭去了。

他一边跋涉在凸凹的荒地,一边恨着妹妹。

他在很远的山坡下找了他的四只猪,他慢慢地将猪赶了回来。赶进了院,他气恼着将猪赶进圈了。

他走进厨房去,那时嫂子已经把饭做好,父亲在吃着早饭,哥哥

看见妹妹还没有走出去喂鸡或到厨室去做饭,他十分地气恼,就喃喃地自语:

"混蛋!怎不病死了!"

他的声音说得很低,只有他自己可以听见他说的什么。

他从厨房走进屋去,妹妹就替他打了洗脸水,他愤怒地洗着脸,将水溅了满地。

妹妹将自己碗中的肉块埋在哥哥的碗中了,她想哥哥吃比自己吃了好得多。

哥哥一边洗着脸,一边叨念着:

"人家毕业都受家中援助,咱们什么援助也没有。"

妹妹知道哥哥的话是说给她听的,也是说给父亲听的。她很生气,因为在事实上父亲帮助哥哥的最多。但她什么也没说,低着头抚弄着衣襟。

父亲听见也什么没有说,只是将筷子放下不再吃了。

哥哥很窘地就把话题转了:

"老陈家有钱,就他妈的不给咱们花。"

"这是什么话,人家有钱是人家自己的。"

哥哥就气闷地去吃饭,他喃喃地说:

"他妈的!我一天就给你们当奴隶了!"

"……"

"一天喂猪打狗的!"

妹妹觉得这话真不顺耳,她便说:

"喂猪打狗的,那是你们过日子呀!"

"我们过日子,说得好。"

"那不是你们自己的日子吗?"

"混蛋!你没有吃饭,你在这里喝西北风活着了吗?"

"就吃三个月饭,你吃抱屈了吗?"

"当然了!我也不是养活活猪的!"

"我早就知道你抱屈了,别说我是得了病,就不得了病,你当哥哥的也应该有抚养的义务！"

"义务！养活猪的义务吗？"

父亲气愤地向哥哥喊：

"混蛋！你还受过高等教育吗？"

父亲是一位正义的老教育家，他对于儿子的这种样子十分地失望。

"我知道我吃了人家饭就该受人家气的，住三个月，可是这三个月怎样过的，你们自己也会知道。"

"自己会知道，养活老太太一样。"

"你们问问你们良心吧！我哪天不替你们做活，饭也不是白吃的。"她说着就伤心地流下泪来了。

"混蛋，我非打死你不介！"

哥哥拿着碗向妹子打去。

那时邻人也都走来了，但是哥哥一边骂着，一边打向妹妹。妹妹便负伤了，她的一只手流了血。

哥哥仍旧汹汹地打向妹妹，他在邻人群中挣着，那些邻人解劝着说：

"你是哥哥，漫说妹妹没有不对的地方，就是有的话，还有你父亲呢，而且当哥哥的只有劝说并没有打的权力呀！"

"我没有那样的妹妹，趁早给我滚！"

父亲给了儿子两个耳光：

"是的！你是我的爹，我算管不了你啦！"

※　※　※

哥哥被邻人拉了出去。

父亲向哭泣着的女儿说：

"收拾收拾走吧！都是我不好，我要知道哥哥对你这样，我无论如何也不能叫你上这来养病呀！"

女儿怕父亲难过，向父亲说：

"父亲！没有什么，我知道哥哥是给生活磨成这个样子的。"

"玲！我们要饭,也不能在这呀!"

哥哥站在猪圈外看着那些猪气恼地想:
"有饭喂口活猪,也不能给玲吃!"
他站了许久,又走到鸡栅栏去,那群鸡就唧唧地向他叫了起来,但是他的心焦乱极了。

门外走进一辆车子。
"马车站下！马车!"
父亲叫来车子,父女就上了车子,离开哥哥的家走向车站了。

车手通过了许多街道向站上驰去。
父亲悲伤地向女儿说:
"玲！你说我老了还是上庙去呢？还是上道德会去呢?"
"父亲不要说那样的话吧!"
女儿的眼泪也流下来了。
一路上父女都是悲哀的。
但是父亲总想安慰着不幸的女儿,他向女儿说:
"无论对你怎样,他总是自己的血族,是不该往心里去的。"
妹妹看着自己受伤的手,心中很难过。但是她担心着不幸的父亲,于是她说:
"我了解哥哥,我也谅解他的一切！唉！他全是被生活给压得成那样地吝啬了。"

马车到了车站的时候,离开车还很早,女儿就在站前的卖店替父亲买了些高粱糖,买了些地瓜和黄米面饼子。
在车站上候车,父亲坐在椅子上,女儿替着父亲剥着地瓜皮。
在父亲身旁坐着的一个妇人,她向父亲说:
"这老爷子,真有福呢！有这样的一个好女儿。"

父亲冷冷地苦笑了：

"有福！可不是有福，有个豆腐。"

妹妹想也许一会三哥会赶来向父亲赔罪。

但是车开了，三哥并没有赶来。父女就很快地离开了××的车站。

※　※　※

到长春，已经是夜了。父女就停留在一个旅馆里。

夜，渐渐地深了。父亲坐在幽暗的灯下，他低垂着头。他想到病后的刺激，想到了老迈的暮年，他向女儿说：

"我今年已到了退职的年岁了。可是到哪里去呢？靠什么生活呢？"

"……"

这话深深地刺痛了女儿的心，她用一双哀伤的眼睛望了望伤痛的父亲。

父亲又向女儿说：

"我，这一生把希望全交给你三哥了，记得他在中学的时候，我拉着他到旷野去，我流着泪向他说：爹就盼望你一个人了。可是现在他长大就把那话忘了。现在能想到我的只有你，可是你不定哪天就把我也忘了。"

女儿低下头去想了许久，她向父亲说：

"爸！我一定不结婚了！我来养活爸妈。"

"不要胡说，你一天不结婚，当父母的一天不放心。而且女人是要归宿的，怎能不结婚呢？"

那一夜父亲没有睡觉。他宛如秋深的芦苇，他感到了暮年的无限的凄凉……

次日很早，戴着星子，女儿就把父亲送走了，父亲是北行回家，女儿就留在长春就职。

在要离开车的时候，父亲向女儿说：

"没有钱的时候给我打电报吧！"

女儿低着头说：

"钱够了，我没有什么可花的。"

父亲说：

"凡事要小心！"

女儿向父亲说：

"是的！不要挂心我，回去好好地保养着身体吧！不要再病了！"

汽笛响了，父女便悲哀地分开了。

妹妹回到旅舍去，她就一个人低头伏在桌子上哭了。

她想了许多身世的不幸。过去的，未来的，那茫茫的未来的天涯路。

她正哭泣着的时候，有谁在敲门了。

她走近门旁，去开了门扉，走进来的却是哥哥。

哥哥仓皇地向妹妹问：

"爹走了吗？"

"走了！"

"什么时候走的？"

"今天早车。"

"我来得太晚了，我以为父亲会留在这里的！"

"留在这有什么用？"

"父亲生气了吗？"

"父亲伤心极了。"

哥哥捉着自己的头发，他难过地说：

"我太不是人了！"

他就伏在桌子上也哭了。

"父亲会原谅你的！"

"那么你原谅我吗?"

"当然了! 我懂得这全是生活将哥哥变得这样的。"

"我太不是人了!"

哥哥望着妹妹那只受伤的手,一种痛苦堵塞住他的声音,他又低下头去……

选自《东北文学》,1945 年 12 月第 1 卷第 1 期

国家出版基金项目
NATIONAL PUBLICATION FOUNDATION

本卷主编◎金　钢

1945—1949年

东北解放区文学大系

中篇小说卷②

总主编◎丛　坤

黑龙江大学出版社

《1945—1949 年东北解放区文学大系》

中篇小说卷②

◇陆　地

生死斗争

前言

　　一九四〇年六月,我在延安鲁迅艺术学院结束了学习计划后就参加一个文学团体。紧接着,大家都要深入农村、工厂和部队去学习、体验工农兵的生活。当时,我的选择是到部队去。记得临走的那天,在文艺俱乐部的欢送晚会上,周扬同志还邀同茅盾先生来给我们这些初上阵的"新兵"讲了一番话。话的详细意思到今天已经记不起来了,而当时以至于到后来好些年,都觉得那是一个启示:以为处在今天这样伟大的时代,特别是处在新社会的环境里,可歌可泣,惊天动地的事情太丰富了,对于一个文艺工作者来说,应该是一种幸运;同时也是一种艰巨而光荣的工作。

　　我就怀着无比的欢喜和崇敬去接触我们的武装部队的。

　　这是抵御着日寇的侵略,曾经驰骋于华北大平原,转战于雁北,表现了无数次生死斗争的贺龙将军领导下的人民武装部队。可惜,我在那里只待了六个月。大部分时间是整训,其间有很短的一个来月,才是到黄河东岸去参加了有名的"百团大战"。这新的生活和新的人物给我好多的感动。只是由于时间太短,对生活理解不深,写了一两篇以后就不敢再尝试了。

　　但是,部队中指战员们的勇敢、单纯、忠贞、坚定……这许许多

1

多的美德,宝石一般时常在记忆中闪光。有过好多夜晚,把思索都让给了想像了,私自曾有个大愿:企图把这些为人民解放而战的英雄们的形象塑成典型,让他们永留于人间。为了这,第二年我又再次进入军事部门,重新又把皮带扎起来。以后,不论是在部队艺术学校的教书生活,还是在部队报纸的编辑工作里,都有意地跟那些从部队中长大的同学学习,或是从部队的通讯中去琢磨部队的特点和搜集一些材料。但是,总也没有写出什么东西来。因没有写,所以心里好像负债似的,老是放不下。

到一九四四年冬,西虹从部队带来好大的欢喜,说是他记录了一份动人的材料,是指导员任书天同志的一段悲壮的英雄的故事。叫我拿来好好给他写成一篇小说。这虽然是一个素材,然而,它已经使我不安,觉得非把它写出不可了。曾经写了两万多字,但是我们的一位批评家给这不足月份的婴儿指出了弱点:说是作者对生活体会不深,作品显得虚弱。那样,只好松手了。可是,对于任书天们的英雄事业的向往,并没有因此忘怀。

一九四五年六月,一个较大规模的行动等待着我。我把笔放下了,换来一支步枪,加入了南下的一支武装部队的行列。从此,在白杨声萧萧,或是秋雨连绵的夜里,我曾经是一个游动哨的步兵,守卫我们的宿营地;曾经在一天一夜中连续不停地急行军,走了二百三十多里,强渡过汾河和同蒲路的封锁线;曾经在陇海路上,在豫北,奔驰于火线下。这样,经历了四个半月零两天的"兵"的生活。在这里,也许我是一个扛着枪的战斗者,而不是五年前拿着笔的文人,比起来,这回的生活对我是提供着更深更多的内容了。眼看到日寇三光政策下的无人区的颓垣,和那"美丽"的鸦片烟的花朵,因而使我认识到每一个指战员在炮火中,那种钢铁般的斗志的原因。自己的思想水平也提高了,想像也因而涌现多样的色彩。

到今天,当六十年来的民族的大敌——日寇被打败了,而阶级的敌人蒋家匪帮也正加速崩溃,人民快要彻底解放的时候,回顾这段生死斗争过来的道路,当中是由于千千万万的任书天们的不屈不挠,再接再厉的斗志和英勇牺牲的血铺起来的。为了纪念,也为了表示对武装战士们的敬仰,使我又再次拿起笔来,写了如下一篇东西。虽然,这里与四年前一样,长进不多。可能还是"对生活体验不深,作品显得虚弱"。不过,对于为抗日战争而牺牲的烈士们来说,当它是一个花环,表示我衷心的挽悼;对于读者,当它作为一个朋友的劝勉,希望有人从这个故事中学习"马化龙"坚贞不屈的气节,而为革命事业奋斗到底;或者说,就当它是一个故事来讲,也让大家知道:在我们中国伟大的八年抗日战争中,八路军、新四军(人民解放军的前身)是怎样战斗过来的,敌人是怎样地败亡了,我们是怎样地赢得了胜利。这就是我所要写出来的意思。

一九四八年十一月四日于松花江

一

要我讲起打仗的故事来可多啦,扯上三天三宵也不能有个头。打我十六岁那年,八路军在我老家打日本鬼子,我在老财家把看牛的鞭子扔了,参加了八路,第二天早上就跟鬼子干上了,一直干到今天。扳开手指头一数,不多不少,整整十年。你想想看,得经过多少仗?

起始,我是当的小鬼,招呼教导员的工作,后来才当的宣传员。可是,我个人就爱上火线、打仗痛快。再说,岁数一年比一年大了,唱歌演戏那一路玩艺老觉得不对劲,成天总也不安心。现在说起来,当时那个思想是不对头,闹个人主义,要不得,是不是? 不过,那时候我就不管,一股劲跟上级蘑菇,成天要下连队,要下连队地闹,凭我学来几个字文化,成天打报告,最后,算是达到目的了。临走时,上级对我说:

"好,你下连去吧,好好干呵,可不敢再调皮了!"

我自己也不知道,那时节我哪来的劲,就是觉得摆弄摆弄枪比啥都上瘾。我到连上去见了连长,连长看了看,完了,对我说:我年纪还小,也有点文化(是的,那倒不假,我当宣传员时候马马虎虎凑合也学了点把子文化）。有文化能看个通知啥的,叫我在连部搞个时期通讯员再说。

"通讯员能有枪吗?"我赶紧问一句。

连长说:"枪有你背的就是了。"

我说:"有枪就中!"

当天下晚班长就拿来一支马步枪,还有一百发子子。我可是高兴死了,比小孩过年穿新衣裳还乐。把枪擦了又擦。寻思:通讯就通讯,妈的,骑着毛驴看唱本,走着瞧吧。

就这样,干了几个月通讯员,我又不安心了,又要求当战士。连长看我要求得挺干啥,让我下班上去了。这时换了一支七九步枪。这"七斤半"我一直就把它扛了两三年。以后大大小小的仗就跟吃饭拉屎那样,没个数了。你瞧吧,我身上的窟窿就有三四个。没打过仗的人不懂得"打枪眼钻出来"那句话的滋味,那可是有味道哩。有一回,可是悬,差点我就完个屁的了。你听我说吧,事情的头尾是这样的:

那是一九四二年三月二十七晚间。

当时,我才当连长不多日子。我们一连人在冀鲁豫边缘区跟日本鬼子和伪军捉迷藏一样打麻雀战。早上指导员领第一第二两个排到挺老远的南边陇海路附近催给养去了。我跟第三排在家开个动员会,讨论对付敌人春季"扫荡"的办法。晚间都快鸡叫了,老乡才送来一封鸡毛信。在解放区信上插上鸡毛就是表示万万火急的意思。我赶紧打开一瞧,是团长和政委写的命令:叫咱这个连在天亮之前赶到马路集团部集中。我愣了半天,也不知道怎么回事了:马路集离这五十来里地,现在快十二点了,一个钟头赶十里地,怎么的也赶到了。就是不知干么要往回撤。这两天不是叫咱们侦察敌人行动,破坏他的春季"扫荡"的计划吗?怎么回事?哎!咱没掌握全盘情况,没有发言权。反正听从命令吧!我马上叫大伙赶紧出发,直奔团部来了。

五十里地总算是走到了。赶到村边时候,启明星在东边已经闪亮。这时旁的啥声音也没有，挺静。我还担心团部转移了哪，谁晓得一进到村口，黑蠕蠕一大堆人马，全给街上塞满了。战士们一堆一堆，抱着枪排成长长一趟，坐在那。牲口驮着行李和重机枪、迫击炮，跟骆驼一个样高大，躲在院场一边，突突地喷鼻子。

"乖乖隆的咚。都来了！"三排副这个活宝，他一下子嚷起来。

旁人马上"嘘嘘"地制止了他。有的像哨兵问口令一样，喊：

"不要讲话！"

紧张极了。大伙静静的，照我的手势就地坐下。天上全是一片乌黑的云彩，要落雪的样子。有人偷偷点烟抽，偶然见到一两点星火。

我才要招呼队伍休息，还来不及去团部报到。紧接着前面有什么消息传来了，一个一个咬耳朵传话。最后，右边的一个同志在我耳边问：

"三连来到了没有？"

我回答道：

"来了！"

人们又一个一个接着传回去。不多一会，又传来话了。右边的同志在我耳边说：

"叫三连连长跟指导员马上到团部去！"

我对三排长说，叫同志们不要随便离开队伍。我到团部去了。

团部是在一家老百姓的东上屋，这镇上现在就只有这间屋子还点亮。

一进门，旁的连长指导员满满地坐了一屋子。团长、政委和参谋长他们聚在一支洋蜡下边，对准一张地图比量。我喊了一声：

"报告！"

这时，团长他们抬起头来，朝我身上看了看。政委对着大伙问：

"都来了吧？三连长，指导员呢？"

我说，指导员今早带一、二排到前面催给养去了。团长愣了一下。参谋长马上说：

"好吧，我来谈咱们这次情况：现在情况挺紧。"

参谋长讲到这句话顿了顿，掸一掸烟灰。大伙的眼都睁得发亮，直瞅他。他紧接就说："这回敌人拿一个旅团的兵力再配合孙良诚三四个团的伪军向我们解放区作五路大规模的'扫荡'，估计他们明天一早有一部分就赶到这儿。我们暂时把地方让给他，把主力绕到他们屁股后面去搞他一家伙！"

"现在大伙都准备好了吧？"最后，参谋长瞅着大伙问。

"好了！"大伙一个声音回答。

我却不哼。

参谋长把纸烟屁股搁桌上捻灭了。说道：

"准备好就走，叫大伙努一把力，赶天亮以前到达目的地。"

参谋长把话交待完了。团长接过来问：

"大伙还有什么困难没有？病号，身体不好的都搞好了吧？"

这时大伙都说，搞好了。就等下命令走吧。

"好吧，挨着走！"

大伙嗯一下站起来，都往门口挤。我实在累得还缓不过来，站在后面。团长在旁边叫我说：

"马连长，你请慢点走！"

我转回头一看，团长不慌不忙拉过凳子来，请我坐下。我也照着坐下，弄不明白到是啥回事。团长是个挺会说笑话的人，这时候变得正经起来了。看他那个干巴脸特别严肃。他想了半天才问我：

"你是哪一年参加党？"

我寻思：这时候问这干啥？可是，嘴巴马上回答：

"三八年。"

团长扳着手指头数一下，说：

"五年啦！"他说完话，直瞅着我。我都不好意思啦。

我说：

"差不离，就这样。"

团长打兜里掏出一包纸烟，还是缴日本鬼子来的好纸烟哩，樱

花牌,锡包的,他给了我一棵,还划根洋火给我点了,才点他自己的。他慢慢吐了一口烟,才说:

"马连长,有一件艰苦的任务交给你。我们酌量了半天,只有你来担任合适。你们刚到还没休息不是吗?"

我马上抢过去说:

"那倒不要紧。"

团长又说:

"休息是需要的,为了要战斗,足够的休息是需要的。才刚参谋长说的,你听明白了吧?"

我听到这,真急眼了,干么团长今天讲话绕那么大个弯呢?奇怪!

他说:

"敌人马上就要到这地方来了,他们有汽车、骑兵,比我们两条腿走得快。我们不愿跟他拼硬仗,坚决把主力撤退,完了找机会绕到他屁股后去吃掉他!要做到这,就得留一小部分人在这儿迷惑他们,牵制住他们朝前撵咱们的主力。你们就在这扯他的腿。他们人来多少不一定,不过,估计可能是一场猛烈的战斗。如果你们打到最后没法抵抗时,可以换上衣服,变成老百姓,跟他作地下斗争,等我们回来!我们一定会回来的。可能就是一场剧烈的战斗。看你有什么话要说的。"

我有什么话呢?妈的,打仗已经不是今天才开头了。我说:

"那还有啥说的,干呗!只是估计守到啥时候能撤?"

"你们就在这一带村子布置一道防线,敌人要来得多,抵不住,就一步一步往后撤。最好能抵抗到十二点钟,到那时我们主力就可以走到目的地了。他们要撵也撵不到了。这是咱们整个团的生死问题,关系重大。全靠你们这一下显功夫了。"

我说:

"反正我不多说你也知道。你刚才不是问我什么时候参加党吗?我是五年党龄的党员,为着党,我一定会忠实到底!你放心领大伙走吧。"

团长这会可真别扭，他站起来又坐下，问：

"可是你没有什么话说了吗？"

我说：

"这样的吧，要我打死了，你给我在坟上立个碑，说'马化龙是共产党员，为了打日本鬼子死的'就得了。"

团长不哼声，把他刚打开的那盒纸烟交给了我。还伸开手来，给我拉了半天。说：

"好吧，再见……"

我说：

"放心吧，我还不能那样容易死的。"

就这样，我同团长他们分开了。队伍联成了好长一趟，大伙都不得吱声，一个跟一个移动了。

我回到自己连队跟前时候，三排长焦急了，劈头就问：

"连长，咱们到是怎办？人家都走光鸡巴了。"

我说：

"走吧，大伙跟我来！"

我把大伙领到区政府找地方做饭去了。

有的战士憋不住，嚷嚷起来，有的就问：

"怎么搞的？咱们不走啦？"

我说：

"刚才大伙不是嚷肚子饿扁了吗？把饭做好，吃饱了再说。"

这时，我们就在区政府煮的饭，把一部分人派到村外边东南角的破庙去放了军士哨。我看大伙都挺困的，叫他们就在小学校把桌子拼起来当着床，眯一会。桌子少，我拣到一块缺了腿的桌面，随便搁在发潮的屋角。衣服、鞋子也没脱就躺下了。桌子太短，只好让半截腿搁在地上。不知道是跳蚤还是臭虫，把我咬了一身疙瘩。才刚走道老要打瞌睡，眼皮有斤来沉，现在倒反精神了，睡不成。三排长和九班副，二虎他们也都没睡，唧唧咕咕闲扯。

九班副说：

"我看这两天得有一场大仗打！"

二虎问：

"你怎知道？"

九班副说：

"唔。你可别笑话我，我这两天眼皮可是跳得厉害，一定有什么大事情了。"

三排长笑着说：

"乖乖隆的咚，照你这一算，你可当参谋长了。"

二虎紧接着问：

"问你：你倒是哪一边眼皮跳？"

九班副说：

"左边。"

二虎说：

"那你快发财了：左眼跳财，右眼跳灾。明个儿打开仗，准是缴挺歪把子机枪了。"

九班副低着声问：

"打仗？你听说打谁？"

二虎说：

"打谁还不一样？咱们的迫击炮还不都是日本鬼子送的。"

这时，一个外号叫"死角"的吴世泰，翻了个身，半醒半睡地咕嘟说：

"得啦吧，什么鸡巴跳灾跳财的，你们不睡，人家不睡吗？"

这一下，声音才停住了。原来有人在墙角那边早已打呼噜了。

等到天才蒙蒙亮，我就到村边去看看警戒，观察观察地形。一看眼前是一片大平川地，往东南瞅，地边跟天上连成一块去了。就在村子近边才有几个地方是凸起的黄河旧道的沙梁，梢树，和坟堆。北边五六里地方有个小村子，西边就是通到水口去的大道。我把三排长叫过来，告诉给他的任务。把七班布置到南边的树林一带去,八班就让他到南边的黄河旧道的沙梁。九班就在沙梁后边的坟堆。我自个带两个通讯员在村边一个倒塌了的小房子安了指挥位置。我正琢磨这场硬仗是怎么打,这周围就是这么些可利用的梢林,沙梁,坟堆,交通沟,和村落。我们就是这么二三十人。妈的,今天到我来唱"空城计"啦。我对三排长说了几条原则:把火力散开,迷惑敌人的目标,节省子弹,拖时间。

我的这两个通讯员各人有各人的特点:一个叫孙振元,十八岁小伙子,结实得像一头小牛;另外一个灵巧得跟猴子一样。他本姓侯,人家都叫他小侯。

今天天气灰蒙蒙的,要刮风沙的样子。我正瞅瞅云彩,再看看这一带附近的村子和道道。突然,打南边响了一枪,凭我五来年的老经验,这是六七里地的三八大盖的声音。我们都站起来注意听。紧接着"哒哒"的轻机枪叫了。南面的梢林子挡住了,看不见啥动静,我对通讯员说:

"孙振元,你去叫三排长加小心,不要随便暴露目标。"

孙振元把马步枪往肩上一摔,握紧胸前的枪皮带,挺利索地奔到前面的梢林去了。

小侯睁开黑黑的眼珠子瞅我,问:

"连长,这回是打孙良诚部队吧?"

我随便哼了一声,顺手把盒子枪掏出来,把子子推上膛。

"你怕了吧?"我对小侯问。

小侯把脸一沉,说:

"怕?鸡巴毛,我才不怕哪。"

"你今年十九,还是二十?"

"二十少两岁。唔,连长,我问你,你同我这样岁数时候也参军了不是?"

我说,我十八岁那年已经穿破好几套军衣了。

我们正说着话,"忽隆"猛一下,像打一声闷雷从东南边轰起来。

10

"打炮了!"小侯脸色变青了,顺手拉开枪栓。

"别慌!"我站起来往外看看。

声音又静了。

这时,太阳快出啦,东面天边的云彩发紫啦,老远的地边起一道灰白的雾气。一溜平川地还是平静的,同小孩睡熟了的脸。我又坐回来,擦我的盒子枪。

过一会,小侯突然扯我的袖子,朝东南面指着说:

"连长,你瞅,前面是人吧? 敌人来了!"

前面的确有几点黑影越来越大了⋯⋯一会,小侯嚷:

"连长,连长,坏了。是骑兵,你瞅,你瞅!"

"轰隆!"又是一声炮弹爆炸。

这是敌人的斥候兵了。我叫小侯到七班那里去,叫他们派两个人到大堤附近去侦察。这里的人等敌人再前进时就打枪,瞄准好再打。

小侯刚走不远,一颗炮弹在一里地附近落下,马上起了一股灰尘。火药味呛鼻子。一会,机枪响起来了。孙振元跑回来结结巴巴得说不成话,说是日本鬼子已经到大堤,快进前面的梢林来了。这时,大堤南边有好几个骑兵正要奔西边来,跑一跑又折回,跑一跑又折回。太阳已经出了地面上来了,像铁匠炉的铁块似的,烧红了半个天。

敌人骑兵发现了我们的目标的样子,直奔八班的阵地来,"叭叭",连放了几枪。我马上跑到八班那边去,叫吴世泰打枪。

"叭"一下,敌人骑兵站住了。我们又连打了一排枪,敌人退了退。

"这下子可有戏看了!"机枪手二虎乐得说笑话哪。

别人说:

"别骚情了,看,骑兵又来了!"

"叭叭,叭叭叭!"骑兵开枪了。而且一股劲奔来。

"开枪!"我叫一声。

"呵呵！翻了一个了！"

"叭！"

"两个人！"

我一看，前面两匹马的鞍子掉到肚子下边去了，拼命奔跑。可是，敌人还是涌上来。二虎愣头愣脑地凑到他的机枪前，眯起左眼。机枪哒哒叫唤开了……

"三个了，三个了！"小侯叫。

"狗入的。"二虎抬起头瞅瞅。

骑兵往东拐去了。东边我们的七班的枪又响了起来，马蹄子又停住。尘土成了旋风，扬起挺老高。

枪子子越来越密了，嗤嗤地直叫。大炮轰轰地叫唤。老远的地边，起了云一个样，黑鸦鸦一大片敌人步兵涌来了。我叫机枪手瞄准好。敌人再前进就坚决打！

敌人一步步往前来了。

乒乒乓乓，我们三四个地方一打，敌人摸不准我们的阵地到是哪儿为主，四面八方乱七八糟地打起来，到处是枪声。把敌人打得团团转。这样抵抗了一个多钟头。最后，他们人来多了，而且他们决定往我们东、南、北三面包围。我马上下命令，慢慢往后退。

我们顺着交通沟退。这沟直往东瞅能看到好远的地方。一个战士猛一喊：

"汽车，敌人汽车来了！"

一发现汽车，有的新战士慌了。我的裹腿太紧，干脆把它解掉，捆在腰上。盒子枪就别在皮带里。我在战士中间来回跑，照顾大伙的情绪。每个人都淌了一脸汗。

汽车接连来了五六辆，车上插的膏药牌旗子，架的机关枪，气势汹汹地向我们面前冲过来。我马上命令大伙趴在交通沟边边上不让乱动。看汽车来近了。我喊一声：

"打！二虎的机枪打！"

机枪，步枪，手榴弹，乒乓打起来了。战士们的情绪可高了，有的嫌沟里窄,不好运动,二虎急眼了,爬上沟边打机枪。汽车"呜"一声,轮子不转了,敌人从汽车蹦下来,趴在汽车旁边朝我们这边开枪。枪声可热闹啦,就跟往年过大年夜放爆□,把耳朵都震得嗡嗡响。敌人有的死啦,倒挂在车架上,给他们当肉盾牌。

八班的机枪手过来,挺难过的样子,对我说:

"机枪弹巢崩啦!"

"使步枪打! 打!"我说。我自己也掂起另外一个挂了彩的战士的步枪,紧接着就是打。

"呜!"第二辆汽车又停住了。敌人又同蛤蟆跳下水似的,蹦下来,躲在汽车底下,跟我们抵抗⋯⋯

这下子,不到一两个钟头,这一带地场就成了泥塘子似的,打得稀烂。我们看看鬼子的包围圈越来越小了,再继续下去就吃亏、上当。

突围! 退后一步,到小林庄再抵抗!

我脑瓜子这一闪亮。叫三排长过来,对他说:我们分两伙人突围。三排长先带九班朝北边的水口冲出去,叫敌人一迷惑,我就领八班和七班朝西冲到小林庄去。三排长依我的命令同九班的同志冲出去了,敌人一乱,我就对七、八班喊:

"同志们跟我冲!"

我领头跳上交通沟,紧接着扔出去几个手榴弹,人伙都跟上来了。我又喊:

"大家快跑,到前面小林庄集合!"

我们一股气直向前面奔去。敌人的马蹄和子弹在身边乱成一团。通讯员孙振元"哎呀"一声,在我身边倒下了。脑袋淌了一地血,马上不哼声了。我哈着腰去抱他,大腿上一麻,膝盖抬不起来了,血马上打裤管往下滴。小侯过来挽住我的胳膊说:

"连长,我背你!"

紧跟着有两个战士也过来,一个人一边架着我的两只胳膊往前就走。

走不多远,前面的小坟堆,突然响起一排机枪,呵哈,二三十个敌人在那儿堵住了。战士们急眼了,马上扔开手榴弹,手榴弹一个两个地连接炸开了,烟土大,好比下黄雾,又搞成一团了,分不清敌人。只听他们猪一样咕咕地乱叫唤。咱们的战士有的也挂彩了。我看看离村子还有里把地,得鼓把劲才行啦。这时也忘了腿上的伤口疼,就是要在头前领着大伙扔一阵手榴弹,打开一条血路。快到村子附近的小凹地,爬着一个鬼子,我瞄了他一下,打他一手枪,他手上的枪一松,枪掉到地上来了。旁边的敌人一惊,一个个往后一退。

"冲呀!"我又喊。大伙猛劲一冲,进到小林庄来了。

小林庄只有四五户人家的房院。村边有一道一人高的围墙,有的地方倒塌了。村外就是平地,可以看到敌人在外面运动。

敌人紧跟我们后边撵,马上又把小村子包围了。

我们一进村,赶紧把彩号拉的拉,抱的抱,安置好了以后,很快占领了有利的防御的地形地物。

不知什么时候,小侯也挂彩啦。他睁开眼对我说:

"连长,我挂彩啦!不能招呼你啦,任务不能完成了!"

我把他的马步枪接过来,安慰他一下。

战士们疯一个样了,嗷嗷叫,把脑袋露在墙头上架起枪就打。一下子,有一个头上挨了一家伙,"哎哟"一声,昏过去了。

我说:

"赶快挖枪眼才行呀。快挖!敌人来就打。不来就别打,子弹不多啦。"

战士们用刺刀,咬着牙,挖开枪眼,枪声停了一会。敌人也不敢冲锋。只是光喊:

"缴枪不杀。"

"缴枪不杀。"

"缴你妈的屄!"二虎恨恨地吐一口唾沫在手上,又继续挖他的枪眼。

七班副脸色怪难看,跑过来对我低声说:

"这怎么办?"

我拉他到一边去,对他说:事情已经是这样了。我们掩护了主力退却,保证了主力不受损失,咱们就算牺牲了也是光荣的。叫大伙坚决打,要死就死在一块堆,让敌人抓去,那就太亏人啦!

"中!死咱们就死在一起!"七班副转回身走到墙跟前去。

人到这节骨眼,也没啥可怕的了。我一寻思,我是个党员,为了党,死,就像去完成一件工作任务似的。没想到有啥难过。倒是一心想怎样多打死几个敌人,没有想自己会死。可是,也奇怪,我却打挂包掏出一本油印的《党建》,一本《中国革命问题》,想把它们扯了,又舍不得。是的,真舍不得!这几年来我是被这些党的文件,把思想搞通,使我一心一意为党奋斗。但事到如今,只好用刺刀挖了个小坑,把它埋了。才埋好,一个战士叫:

"连长,来,你来看。"

我腿上有点疼了,一拐一拐走到他刚挖好的枪眼旁边去。七班长指着外边的敌人说:

"那不是吗?那脖子围块红布的,是当官吧?"

"是,当官的。"我一边回了他一句,一边瞭望外边敌人。敌人也正在准备火力再向我们冲锋的样子。

七班长一声不哼,掂起身边两颗手榴弹插在腰带上,拿起枪,顺墙跳出去,迈开脚码,扑到那个挂红领章的小官跟前,一连扔了两颗手榴弹,地上震动起来。那个红脖子一晃,等到炸弹扬起的灰尘吹散了,看到交通沟边上倒竖起两条腿,脚上的皮鞋钉子朝太阳发亮。战士们都高兴地叫:

"打死啦,打死啦!"

有的人眼睛都乐得淌出泪来了。

可是,敌人机枪和步枪集中火力往七班长猛扫!七班长倒了!这下敌人更加发狠了:炮弹在房顶和院里爆炸,加上冲锋号,人声,枪声响成一片。鬼子不要命地冲来了,朝墙上跳,爬,跑……可热闹了。我急眼了，直喊：

"打！打死他！狗入的，打！"

战士们也嗷嗷地叫开了：

"同志们，咱们豁出命来了，拼吧！"

"来啦！来啦！"

"打，狠狠地打！"

"打死他，消灭干……"

声音叫得乱七八糟，打得也乱七八糟，大伙都咬着牙，恨恨地叫，眼睛都鼓得发红了。

鬼子猛一下，泄了气了。没有人再继续来了。墙外面躺下一二十付尸骸，有的躺在地上哼呵地叫唤。

八班长说：

"我要冲！"他拿了两三颗手榴弹跳出去。

旁边吴世泰跟另外一个战士紧跟着也说：

"我去！"

我还来不及阻拦，他们已经翻过墙去了。刚一出去，鬼子的步枪，"叭"一声，打中了八班长的脑盖，白里掺红的脑浆溅回墙上来。吴世泰他两个一气冲了十几步，打完了手榴弹，也倒在敌人火网里了。

我看这样拼法不上算。看看才剩下四五个人了。子弹也不多了。再呆下去就要吃大亏。趁着敌人歇气，我就领大伙赶快转移到另一个房院来。

这是三间大瓦房，有一个宽敞的大院套。屋里空空的，老百姓准是"坚壁"走了。本来我是打算照团长指示的话，化装老百姓。可是，老百姓把啥都"坚壁"完了，捞不到衣服换。有的找地窖又找不着。大伙口干得想喝口水，也找不到。

这时，看看窗口的日头，快到晌午了。我寻思：咱们主力现在该到目的地了吧？我们是完成了任务了。完成了任务，牺牲也就牺牲……我一想到这地方，心可就放宽了。战士们把衣服裹腿扯下来，把挂彩的地方扎上。稍微休息一下。这下子我记起团长给的一包纸烟,我分给战士一人一支抽起来。团长的干巴脸,他最后同我说的话,又在我脑里出现:"你是哪一年参加党?"团长的这句话又在我耳朵边响。我瞅了瞅大伙,大伙都是一样,沉住气,准备拼命的神气。

二虎把机枪拿过来说:这家伙没子子了,怎办?大伙都同意把它"坚壁"起来。可是那么大一辘轳不好搁到哪儿去。后来有人说,把它的零件都卸了,埋到牛圈的粪底下去。

"对啰!就这么的吧!"二虎说。

大伙马上动手动脚,把机枪卸了,又用手去扒牛粪。谁提醒一句说:

"咱们给墙上画个记号,将来咱们回来,记得把它起出来。"

"对,我来画。"二虎马溜跳起来,拿他的刺刀在挂满塌灰的墙上画个大公鸡。完了,他笑着说:

"大伙记着:在这公鸡下面有蛋!"

把机枪埋完了。我就叫大伙把剩下的手榴弹揭开盖,准备好。鬼子要进来,先把他炸死,最后,没办法再炸死自己,死也不做俘虏。我的话还没落音,马上就有人说:

"王八才做俘虏。咱们活就活得荣耀,死也死得英勇!谁要做俘虏就不是人养的!"

"别嚷嚷啦,敌人来啦!"有一个战士一边捏紧手榴弹,死死地盯住门缝。门缝正对着院子。有两个鬼子并排走进来搜索我们了。

"叭,叭!"

七班副和另外一个战士把枪搁在窗格子上,连打了两下。

"好,都倒了,狗入的!"有人叫。

敌人的尸骸躺在院子当央,有一个还抽筋一样动一动,血道道打肚子上淌出来沾了一大片。他们的枪扔在一边。二虎才想出去把他们的枪取回来,汽车呜呜地开进来了。另外一个战士把二虎一揪,右手顺着一扔,手榴弹轰一声,正在车头开了花,一阵烟把什么都蒙上了。我们抬头一瞅，外面一阵喊杀喊打，轰轰隆隆地响起来，屋子直打哆嗦。咱们大伙眼睛发直，都不哼气。紧握住手榴弹，没有手榴弹的就紧握着刺刀。直瞅门缝。院里的汽车烧起一股汽油味。

扑哧一声，一个炮弹打进门窗来，冒了一屋子蓝烟。马上，一股辣辣的像芥末气味刺人鼻子，一下子头晕，直咳嗽，呼吸特别困难……

大伙一个一个晕倒了。

二

我醒来时候，一看，只剩下我跟二虎两个人了。一个穿黑缎大褂，日本皮帽子的汉奸，手拿短枪看着咱们。他回头看了看左近没有人，才小声对我说：

"你们打得真坚决！"

我没哼，二虎狠狠地瞪他一眼。

这时我才看到裤腿都叫血糊了，就像叫狗咬，一阵一阵疼得不能说啦。外边还听到一声两声枪响。是不是三排长他们还在抵抗？兴许是民兵打来啦？……脑里尽是胡思乱想。一个小鬼子手里抓来三四个小鸡，气势汹汹地对汉奸叽叽呱呱说话，完了，汉奸支使我说：

"走，到外面去！"

我的腿都软不拉之的啦，提也提不起，哪能走？小鬼子拿脚踢我，叫我往外爬。我真想给他一脚，可是，一动，血又往外淌。妈呀，今天算我倒了邪霉，可是，要不死，瞧以后的吧！我心里就是不服气。二虎也气呼呼地鼓起眼睛。他一脸全是血道道，不知道血打哪儿流下来的。

到围墙外边来一看，地上都是死人。胳膊上都戴孝似的，挂个膏药的臂章。一个围着红布的死人也叫小鬼子抬来了。二虎对我说："这是七班长打的！"小鬼子好像老乡们收瓜似的，把死人一个一个往汽车搬。汽车夫跑来跑去修理车,挺焦急的样子。

太阳已经往西南斜了。"晌午过了吧!"我想到这,心里松快一下。今天正刮开风沙,太阳像蒙上一层纱布的灯笼,黄黄的。村子叫糟踏得不成样子了:烧一堆破烂似的,冒起烟火,一股一股腥臭味,呛鼻子。一只老母猪打野地跑回来,准是叫老乡赶走又逃回来的了。鬼子"叭"一枪,把它打倒了,肚子流出血花花的肠子。旁的鬼子伸开拇指,拍大腿,咕咕嘟嘟叫好。

一个挎刀子的官,手上拿个小本子过来,咕咕嘟嘟地说。完了,那个穿黑缎大褂的汉奸对我叫唤:

"走,走!"

旁边几个鬼子过来把我同二虎连拉带推到村北头的一棵柳树底下去。那儿有个土坑。鬼子抽出刀子叫我跪下。我寻思:死都要死了,不跪他能怎的?我硬是站住不动,二虎也是木桩子似的站着。鬼子的刀在我后尾一晃,噗一声落在我脖子上,凉凉的,耳朵嗡一下,眼睛一黑,冒了火星。寻思:这下"革命成功"——完了!可是,一睁开眼,坑还是在眼前,二虎还是老样子:木桩子似的站着。怪了,我的脖子成了钢的了,鬼子的刀子吃不住?挂洋刀子的鬼子官跑来,说了两句鬼话。两个鬼子生了气,把我推回来,往汽车拉。用裹腿把我两只胳膊绑起来。鬼子同汉奸又来问:

"你们的人都往哪儿跑了的?"

我寻思:这可来门了,原来是想问我要"这个"!见你们的鬼吧。我瞪他们一眼,不哼。鬼子又对汉奸说了两句,汉奸又问:

"你们的人都往哪儿跑了的?"

"不知道!"我说了一句。

"你怎么不知道?"

"我是个新兵知道啥?"

鬼子可气急了,把嘴上的纸烟使劲一扔,又咕咕地对汉奸说,汉奸挺恭恭敬敬地注意听,完了,对我们吓唬说:

"你们不说还是拉到那地方去!"他指了指刚才那个坑。

我说：

"去就去,怕你?"

汉奸看看我,摇摇头。转回头来问二虎说:

"你知道他是干啥的?"

二虎不急不忙地说:

"才刚他自个不是说了吗?是新兵呗!"

"新兵?他是当官你不知道?"

"不知道,不知道!"二虎疯了一个样直喊。

鬼子拿手朝二虎拍一下,二虎头一晃,耳朵上挨了一把。我上来火了,就是手脚都不能动弹。

不多会,汽车呜呜开走了。回头看,小林庄还冒烟。"七班长他们的尸首,老乡们等会会来埋葬他们的!"我这么一想才好受些。可是,二虎的眼倒是发红了。我说:

"哭它个卵,不死还要干它一家伙!"

汽车开出去不多远,前面摇晃旗子,停住了。

空礧!地雷炸开了。汉奸和鬼子的脸刷一下都发了青。二虎笑了笑,我们交换了个眼色。

汽车绕了老半天道,好像不能照他们预定到达的目的地。天黑时候,才勉强在一个村子住下了。看他们的脸色就知道战斗没有结束,不准定是民兵还是我们的主力,打到他们屁股来了,鬼子慌里慌张乱杀村上老乡们的猪。猪毛也没来得及刮,就拿洋刀往猪腔挖一大口,割下一大块一大块肉往锅里煮,煮南瓜一个样。完了,就拼命塞。老乡的粮都"坚壁"到山地里去了,鬼子只好啃干粮。

我跟二虎两人住一间东下屋。这村老百姓没全跑,西下屋和正屋都有人来回走。开头鬼子在我们门口看着,后来到什么地方喝酒去了,汉奸走进走出,不知弄啥名堂。二虎提醒我说:

"走吧!"

我想,可也对。不过,这时候还早,等半夜他们都睡得烂熟了再走。二虎还说,仔细瞅他们的武器往哪搁,出去时捞他一支枪,他要攥来就给他一家伙！我们正在商量，汉奸和两个鬼子一身酒气，拿来一碗他们吃剩的鸡骨头和肥猪肉，几块窝窝头叫我们吃。我把碗接过来，哗啦，摔了一地。他们醉了，疯疯颠颠地也不说话。

穿黑缎大褂的汉奸熊一样蹲在床上吸烟。妈的，他可是穷阔，一支又一支地接着抽，老没个断似的，眼珠子跟猫头鹰一个样。我们都不睬他。他眯起一只猪眼睛瞅我半天，问：

"小连副，你会唱打日本歌不会？"

我说：

"打日本能不会唱打日本歌子？"

"唱一支听听！"

"毙我的时候再唱。"

"你这鸡巴小连副混蛋透啦！"

另外一个汉奸在旁插了一句说：

"拉倒吧，他们八路的脑瓜子坏了，改造不过来的。"

等汉奸都出去了，二虎小声对我说：

"咱们对汉奸的态度较好一点也要得，你太硬了。"

"鸡巴毛，对这些王八蛋还讲客气？"

"我看等会他们准是给咱们来一家伙！"

"来什么吧？"

"还不是要口供吗？要不，干么今天不把咱们填坑？"

二虎这一说，倒是叫我想到事情严重起来。我不说话，直盯了二虎一阵。他人挺机灵，马上说：

"放心，我二虎决不能没有良心的人。"

我的心一软，觉得同志们一块堆战斗那么些年，话说的："打虎不离亲兄弟。"可是，咱们革命同志比亲兄弟还亲是不是。我拉起二虎的手来，好一会说不出话。我这才看他脸上的血道道是他头上叫子弹擦破了一块皮，头发还黏了一片血。他是抗战第三年以后参加的，老家是山东，性情就是道地的山东人的直爽劲。打开仗就是个猛。

天一说黑马上就黑下来了。这村子一到下晚就同棺木落了坑似的,什么都静了。只有牲口有时喷鼻子突突地响。窗外面院里一片冷清清的月亮。说不上是鬼子还是那个穿黑缎大褂的汉奸,他呼噜呼噜打开鼾了。二虎说:

"鞋底抹油,咱俩蹓吧!"

我还来不及说啥,猛一下,窗下有轻轻的脚步响,紧接着就是窗纸突进来一根棍子一样的东西,木棍子挺短,卜一声掉地上了。二虎紧忙捡起来,凑到窗边的亮地一瞅:

"呵,地瓜!"二虎可乐坏了。就像小孩从母亲手里拿到糖果似的。

跟后尾又是卜卜好几个往下掉,外边的脚步跟猫一个样轻轻地蹓掉了。我打破纸洞瞅见一个小黑影在屋拐角晃了一下。

我把地瓜捡起来,比打胜仗得到表扬还乐哪!二虎在平常时候铁蛋一个样,像今早上打成那样剧烈他怎的也不怎的,现在倒反淌了一泡眼泪,对我说:

"连长,老乡这份恩情,咱们就打死也不冤了!"

咱俩吃得可香啦,从来也没有尝到过这样甜的地瓜。咱们正在吃哪,叮当,一只脚把门踢开了。一道闪亮的电棒往屋里扫射了一圈。一个鬼子同汉奸进来了。汉奸猫头鹰似的眼挺尖,一眼就看到我们的动作了。二虎把手藏在背后,鬼子挺横,一手扭转他,把他手上的地瓜就朝他脸上抹,二虎一动不动成了金刚一个样,一脸全是稀烂的地瓜。

鬼子把他肩上摇了几摇。汉奸在后尾吆喝:

"走,走!"

二虎叫他们半推半拉出去了。

"该叫毙了吧?"我直哆嗦,也不知怎回事,这时候胆子倒变怯了。手里的地瓜也顾不得吃了。把耳朵贴到窗边边上听枪响,可是,四外静得叫人发抖。一股风吹得凉丝丝的在脊背上像虫子爬。天上一片云彩也没有,老远地方轰隆轰隆好像在打炮。可是,再往细听，又听不见了。怕是今早上留在耳边的声音吧？还是咱们主力绕到鬼子的屁股来了呢？说不准是民兵打地堡去啦？我一脑子就胡想这胡想那的。

"哎呀！"

一声惨叫，好像炸开了半边天似的，把我的心也要撕开了半个，手一松，地瓜掉到地上了。

哨兵狗熊似的在院里来回走。我心一横，要出去把他撩倒，拿过枪来蹽。可是，我的老天爷，一提开腿，可疼得像猫咬。两手一握，呵呀，腿粗啦！水桶一个样啦！"我入他奶奶！"心可火了，骂也不解恨。

"哎呀！"

又是一声，叫得凄惨极了。我寻思：二虎遭罪了！这帮家伙可不是人养。要能用牙咬，真想咬死他这些王八蛋！

不多一会，我也叫两个鬼子推推拉拉到另外一间屋子来了。这屋准是个老财，屋里满干净，墙上又是镜子又是画片，花花绿绿。屋当间吊着个点石油的白磁灯罩，捻子捻得老高，屋子照得通亮。两个鬼子官坐在桌边，正瞅桌上的地图犯愁哩，烟卷和茶水都没工夫用似的，两碗茶都满满的，凉了都没人动过的样子。

两个鬼子兵叫了一声，对两个官敬个礼，就分两边站在我左右。一个有仁丹胡须的军官瞪了旁边的汉奸一眼，汉奸马溜站起来，凑近跟前去听吩咐。鬼子咕噜咕噜地说，汉奸就对我发问：

"你叫什么名字？"

"马化龙。"

底下他又问什么地方人，几岁。

"你当过什么职务？"汉奸问。

"当兵。"

仁丹胡须的鬼子吆喝了一声。

我睬也不睬他。

另外鬼子对汉奸说了句什么，汉奸点点头，对我说：

"你们有多少部队？都往哪走了？"

"不知道！"

"怎么不知道？"

"不知道就不知道！"

鬼子官又吆喝了一声，好像说："混蛋！给我打！"

两个鬼子兵，立刻抽出皮带来，噼噼叭叭给我抽了好几下。我的脸、脑袋、背上，全麻了。

鬼子官又咕嘟咕嘟说了两句。

汉奸低声对我说：

"老乡，你瞅你后面的吧，看你挺不住哩！"

这时我才转回来一瞅，哎呀，老天爷，二虎两手叫绑起来，挂在门边上，脸上青一块红一块。汉奸看我不哼，大声叫：

"喂，说不说真话？"

我咬了牙，决定再不哼了，看他咬我个卵。

一个鬼子到二虎背后去，把绳子一拉，脚跟离地一尺来高，二虎拼命压住气，哼也不哼。眼睛却冒火似的瞅我。我对他交换了个眼色。

汉奸讨厌透了，又过来说：

"说不说？不说就——"

我瞪他一眼。

"揍！"

这下，叮当，什么都来了。皮带、拳头、枪尖、皮鞋，上上下下，擂鼓一样……

我给推倒了，可是，我成了哑巴，一句话也不说。我寻思：看你咬我个卵！我越想越发上火，越上火越不理他那一套，我就是拿定主意：不哼！

一个鬼子拿来了绳子，把我拉拉扯扯的，要绑了，仁丹胡须的鬼子军官又咕噜说了啥，他才又停住，另一个鬼子出门去。

二虎还是挂在门边，死了一个样了。

这时,部队上同志们的脸一个一个地都来我脑里出现:平时闹着玩的笑脸,工作时候认真埋头苦干的样子,战斗时候的英勇冲杀……还有咱们好多房东的老太婆,小孩……接着,司令员也出现了,他的湖南口音说:

"我们要战斗下去! 我们坚决吃掉他!"

这话在耳边嗡嗡地响,好像他就在我眼前,就在村外边对着部队讲话。完了,我一闭眼,团长昨晚对我说话的情景,他问我"你什么时候参加党"的那句话又活现在眼里。是的,我是共产党员! 共产党员应该保持光荣的传统,英勇奋斗到底! 我心这样一想。可是,睁开眼一瞅,却见二虎挂在门边,他也睁开眼来,两个眼光碰上了,我们都好像有共同的意思说:

"坚决不能投降!"

鬼子拿一把什么东西往桌上放。鬼子官对汉奸使了个眼色,汉奸过来把我推到桌边去,说:

"你瞧,这是啥? 你就老实说了得啰!"

我一瞅,哎呀,我的妈呀,这是一包大头针! 我咬了咬嘴唇,头有点发晕。

仁丹胡须鬼子见我不响,把桌一拍,大头针都叫拍散了,茶水洒了出来,把地图溅湿一大片。两个鬼子兵马上抓我两只手,用细绳子把两个大拇指并在一起绑紧,拿两根针插进指甲上来了,拿起刺刀准备要往针头上打!

"真是不说话吗?"汉奸问。

我不哼。

啪! 一个鬼子给我一个巴掌。

桌边的两个官一起咕咕嘟嘟说了。

两个鬼子兵就举起刺刀往针头上一打……我的妈呀! 心口像叫插上一刀似的,我把牙一咬,两眼发黑,直冒火星,全身疼得麻了,什么也不知道了。

但是,我没有死。

三

第二天,天才发亮,我们又叫拉到汽车上,往南边运走了。晌午,在一个村子歇一会。老乡们来看我们,有的看鬼子没注意,打兜里掏出黄米面馍馍往车上掷。我们拣起来看了又看,当宝贝似的舍不得吃。几个老太婆站在屋边瞅我们。二虎眼里发红了,我也一阵心软,挺不自在的。那个汉奸一只手提一罐开水,另一只手抓几张煎饼回转来,把围在左近的老乡赶走。瞪开眼珠子,朝咱俩哼:

"要饿就吃吧!"

他的心可真使得出来,把煎饼往全是泥土的车板上一扔,随你爱吃不吃。他自个掉转头,找洋火抽烟卷去了。

二虎两只胳膊昨晚叫绑得不能动弹了;我的两只拇指头肿得木榔头似的,也不好动。

汉奸回头瞅我们,把烟卷屁股一扔,说:

"你们要给谁守孝呀?傻瓜!"

鬼子吃饱了,一个一个跳上汽车。车一开,罐里的水一晃荡,溢出来溅了鬼子的裤腿,他就顺手把罐往车外一掷。我回头瞅,一个老乡在后面拣起破了的罐子,恨恨地直瞅车上这帮畜生。

汽车直朝南开,到铁路上一个站等了有点把钟,火车来了,才上的火车,往西边开走。

几天没睡觉,坐上火车厢来,一下子就迷迷糊糊地睡着了。到我给鬼子踢了一脚醒过来时,一看,天好像变低了,星星就在眼跟前闪亮似的。再揉揉眼睛细瞅,才知道到了一个大地方了,这星星都是电灯。等我出了车厢,到车台来看了看,站牌子写"洛阳"两个字,下边还横写一道洋文。二十多个鬼子,车上车下来回串,不知找啥,一个当官的咕嘟地直骂。后尾一个鬼子找来一根绳子把二虎绑上了。拿绳头拴住我的一只胳膊。完了就赶咱俩人走。汉奸不来了。他妈巴子,他走得挺快,我的腿挂彩不是吗?拖都拖不动了,鬼子还狠狠地给枪托揍两下。后尾实在走不动了,他们才叫一

辆三轮洋车让我坐上。鬼子不让车夫快跑。走了一段路,车夫才小声偷偷问我说:

"你们是哪一部分队伍?"

"八路!"我回答。

老乡又问:

"现在外面怎么回事?"

我说:

"外面八路多着哩,瞅着吧,再过两年鬼子就该回他老家啦!"

老乡一边踏着他的洋车,一边又问:

"八路为穷人打天下不是吗? 早来吧,咱们这日子过不下去啦!"

说到这地方时候,叫后头一个鬼子听到了,他跑上两步,吆喝一声说:

"喂喂,你的不要跟他的说话,他的脑筋坏了的!"

车夫马上不哼了,把脚加快踏,鬼子又喊:

"喂喂,你的慢慢地。"

鬼子有会说中国话的哩,难怪不要翻译的汉奸跟来了。

我的车子拐到热闹的大街来了。电灯亮得直闪眼,馆子放的尽是肉香酒味,汽车波波地直叫唤,日本娘们窑姐一个样,穿得花花绿绿的,背上还背个背兜,拖木屐子,游游荡荡,另外有好些要饭的在街头向路过的阔太太伸开手叫唤:

"大娘,小姐,奶奶呀,好心可怜我呀……"

阔太太、小姐理也不理地过去了。我寻思,这个真他妈的鬼世界了。猛一下,两个小学生一准是看我们的衣服特别,撵到我后尾来问:

"你们是什么队伍?"

我大声说:

"八路!"

小学生乐得拍手说:

“好队伍,打鬼子的!”

鬼子气势汹汹地伸手去想揍那两三个小孩。他们跑到一边去,还是跟着我的车走,直瞅我和二虎。鬼子对他们说:

“他的脑子坏了的,不好,不好的。”

小孩子顽皮地对鬼子噘嘴,做个鬼脸,跑了。

又走了一段路,一个鬼子撵上来咕嘟说了两句话,车夫好像懂得这两句鬼子话,把车往右边街口拐过去。朝前走,街道就冷清清了。隔不老远才有一盏发黄的路灯。风一吹,电线上呼呼地直响。我寻思:“电线上正说话吧?咱们部队现在可能绕到敌人屁股后了,说不定咱们政委跟延安毛主席通电报呢!”我就胡乱想这想那。这时觉得冷了。这大概是到城外了吧,一长溜都没有房子,较远的地场还有狗咬。

不多会,前面一个黑洞洞的大门,像个鬼怪蹲着,张开个口,要把人吞吃似的。车夫停下了。我坐了老半天,脚麻酥酥的,不好动弹,二虎过来架着我走进这个漆黑的门洞。

院里一股阴森森,两边是两排房子,两三个鬼子哨兵来回走。有时听到唉声叹气的。我在炮火中死去活来地干了那么些年了,还有啥怕头呢?可是,说真心话,当时不知哪来的心情,竟是哆嗦起来,说不出怎个味道。

两个看守的更夫提来一盏马灯。一个年轻的把灯稍为提高,照了照我的脸,细声问:

“你们是哪一部分队伍?”

我说八路军。他惊讶起来,好像觉得挺稀罕,又把灯凑近我和二虎脸上照了照。又问:

“真的吗?”

说不上他这是好意呢?还是坏心眼。另外一个老头拦住他说:

“小点声,胡说啥?走吧!”

鬼子催我同二虎跟这马灯走进左边那排监房去。我一瞅,门上钉一块牌子,上边写:“107”。更夫打开锁,鬼子用脚踢开门,把我和二虎使劲往里一推,门咔哒一声,落了锁了。

二虎还傻里傻气地问我:

"这是监房吧?"

"不是监房,你寻思他还叫咱们住旅馆吗?"我说。

这是一间一间小房,用砖墙间开。门板上挖一个碗口大的小洞,房后边墙上开个铁格子的小窗户;窗纸破了,风呼呼直往里灌。墙根有个小便窟窿,一股尿骚味呛鼻子,地上东一把西一把稻草撒了一地;还有两三块砖头,大概先前人家拿来当枕头用,右边的隔壁上,谁给揭开一块砖,通了一个洞,能看到隔壁房子。那边有人低声讲话,还有哎哟哎哟的哼哼。墙上全是鸡爪印一样的鼻涕,也有歪嘴歪脸的小人,还有东一句西一句的诗。当间记得有两句说:

"身在曹营心在汉,铁塔想压精神难上难。"

另外还有:

"打倒日本,共产×万岁。"党字模糊不清,不知谁把它抹了。

更夫照看了一下,把灯拿走了。二虎追着问:

"喂,咱们还没吃饭哩!"

"没吃就饿一晚呗,明天有你一份口粮!"老更夫嘟哝两句走了。

"妈妈的!"二虎骂了一句,坐到砖头上来了。

门洞的最后一线光亮马上没了,眼前一片漆黑,二虎伸过手来摸摸我的手,问:

"连长!"

我说:

"往后叫我老马吧。"

二虎停了一会才说:

"唔?……对!"

铁窗的破纸刷刷地发响,凉气从背脊爬到头顶来,我们缩成一团,两人紧抱着想暖和些。隔壁忽一下,"哎哟"叫了一声。二虎又叫我:

"连……唔,老马,要不是——这时候正是咱们的好机会了!"

我随便哼一声。二虎以为我的彩重了,马上又改了口气,关心地问:

"你的彩疼不?"

我怎么说呢? 就是痛,可是叫二虎这一问,再痛也忘了。

第二天,才亮天我再也睡不着了。起来把头伸出门洞去,瞅外边到是啥样。走廊一个鬼子兵像一只饿狗,来回走。对面一排房子,一个一个都打洞口伸出脑袋来瞅。都是又长又乱的头发,脸黄黄的,眼窝又深又大。二虎拉我往通右边的小洞口指划着说:

"你瞧,多惨!"

我凑合上去,把脑袋顶到隔壁那破洞洞去,那边屋有四五个人,好像都得病;有一个躺着,腰里黏了一大片血,哼哼唧唧,老也不停,牙齿全露在外头,都没气把嘴闭住了。

一会,院里来一帮人,老百姓模样,可是,全穿的犯人号衣。他们有提装着开水的铁桶的,有在手巾里包十多支纸烟。好像火车站卖零食似的。

我两天没喝上一口水了,口干得要死。我向提开水罐子的招招手,他们一哄都来了,五六个都要往我这小洞挤。我问他们要多少钱一碗。摸摸兜里,这才发觉票子前天在小林庄撕掉了,没有钱,哪能拿老百姓东西呢? 我一下懊糟起来。二虎倒机灵,他把脖子上一条发黑的新手巾拉下来,给了卖开水的,换了两碗水。这可是蜂蜜一个样,咕嘟一口气喝光了。老乡看我们还不解渴,又自动多给一碗,我跟二虎一人喝了一半。

老乡告诉我们:他们也是犯人——是叫鬼子打四乡抓来的。他们说,这里边可不得了,前些日子这地方尽是抓来的老乡,年轻小伙,都叫鬼子挑拣送到东北下煤窑去了。他们这十几个人岁数大了,叫挑剩下来的;白天可以让在这里边卖开水纸烟,下晚又叫进监房去。他们说,回家去也捞不到吃喝,这几年又是水涝,又是旱,再闹蝗灾,完了加上汤恩伯的"种殃"军一糟践,真是"水旱蝗汤",

把河南老百姓闹得没法过了。这下子又来了鬼子……可是马尾穿豆腐，没法提啦。

有人就问我是哪一部分，我说是八路军。他们很奇怪，半信不信地直瞅我老半天。一个老头，胡须都花白了，他卖的纸烟，戴一顶破毡帽，说：

"不能吧？人说八路是神兵神将，哪能叫抓嘛？"

二虎说：

"咱们是把子弹打没了，叫鬼子使唤毒瓦斯蒙住啦。"

这一说，老乡都嘀咕起来。有的说：

"可是吗？"

二虎趁势就宣传开了，说咱们一个排怎么抵住了鬼子一个团的进攻，把鬼子都打死了不老少……

那位老头越听越发感动似的，他挤到我们洞口来，小声说：

"你们说话可要小心呵！"

日本鬼子来了，老乡跟小鸡看到老鹰似的，都吓得走散了。我跟二虎也蹲下来，鬼子拿枪上的刺刀顺洞口一戳，完了再钻进头来瞅了瞅，气汹汹地走了。他的皮鞋笃笃地发响。

皮鞋的声音走远了。二虎站起来凑到隔壁的洞口去，问：

"老乡，你们府上是哪地方？"

有人回答：

"咱们是河南怀德府。老乡，你是哪？"

二虎告诉他们说，我们两个是八路军。他们几个就同时呵一声，站起来靠近洞口要瞧我和二虎。我也站起来看他们。我问他们那个躺着的彩号，是怎么回事。他们说：他叫鬼子抓到半道上，逃跑了，叫鬼子打枪打的，怕不得好了。我说：

"老乡，大伙得团结一条心才抵得住鬼子哪！"

老乡"嗯"了一声，好像不大懂我的意思。有一个问：

"听说你们边区地方可好了！到是怎么回事呵？"

二虎又宣传开了。我的腿疼，站不多时候就得蹲下来。只听二

31

虎正说的时候，老乡们插上嘴说：

"是的，听说你们那边军民讲平等，丰衣足食什么的。"

有的就说：

"那是，不假！"

"实在！"

……

到开饭时候，老监手给提来一桶白开水煮的大豆，一个屋一个屋地分。我同二虎没碗盛，只好让他一碗一碗打洞口往我们衣襟倒。完了我们两人就用手一抓一抓往嘴里塞。几天没吃了，这会就是没油没盐的白水煮豆子也吃得挺香。

吃过饭稍停一会，一个老监手进来叫我们去上药，后边还有一个拿枪的鬼子跟着。到卫生所那边，有两个穿白衣服，说不上是大夫还是卫生员。旁边还有一个翻译。一个年轻的穿白衣服的人，过来看了看我的裤腿黏了一片血，眉眼一皱。他妈的巴子，嫌脏哩！他拿剪子把我的裤腿全铰了。用温水给伤口洗了一下，完了拿镊子夹上药棉塞进伤口使劲搅了一家伙，翻译的汉奸看都不敢看走出去了。我咬牙挺着也不哼，可是冒了一头冷汗。一会汉奸进来，问：

"痛不痛？"

我瞪他一眼，反问他：

"你瞧痛不痛？"

他说：

"你真中！"

我心想，王八蛋你倒会说风凉话。

二虎的彩快收口了，鬼子只给他洗了洗，扎上一小块胶布。我却叫他把剩下那半截的裤腿挽上，把大腿扎了一大堆绷带。完了，汉奸对我假笑，说：

"怎样？好好养着吧？"

我寻思："这家伙准是来收买人心了？吓，去你妈的吧，你瞎了眼啦。好好养，还要你吩咐哪？我要不死，砖头也要砸死你狗入的一两个。"

上药回来,我和二虎就靠着墙蹲着。这几天紧张得过劲了,二虎一下子就呼呼地睡了。我自个也不知啥时候迷糊地眯了一会。等我醒过来,一瞅门洞口有一个人探头探脑的,眼睛直直地瞅着我同二虎,好像要说什么话。我站起来,凑上去一看,原来是今早上那个卖纸烟的老头。他往左右看了看没有人,才压着嗓门,问:

"你俩真是八路不是?"

我觉得奇怪,问他:

"你打听干么?"

老头又看了看左右才说:他有个大儿子也参加八路了。汉奸告诉鬼子说他家通八路,把他和他的二小子抓到这来。二小子在前一个月叫送到关东去了。他问我见不见过他的大儿子。他的儿子是高高个,眼眉梢有颗红痣。我说,咱们八路部队大,人多,不容易遇上。不过,将来要出去了,一准替他留心打听打听。老头说:

"我那个儿子叫张振华。你要真遇上了,千万……"

老头认真地交待着我。态度一下子高兴起来。他是卖的纸烟,可是,他知道我需要开水,马上去替我弄来一瓦盆开水。

打那以后,我看他是老老实实一个人,也就想在他口里打听这监狱里情形。他说这里边都是抓来做劳工的老乡,来不几天都得送到关东去下煤窑。管得倒不怎么严,也有能逃掉的……

到半夜,隔壁的那个伤号哼叫把我弄醒了。他一叫,就像我自己伤口疼似的,心里挺难受。他上气不接下气地哼:

"我真不中了,你们记得给我家捎个信,我……"

他咬牙切齿地,话说得含糊不清,不多一会,好像就落了气了。隔壁的人唧唧喳喳,有叹气的,有发狠的,有哭的。

"什么事?"二虎醒过来问我。

我对他说了,他自己也听了一会,说:

"鬼子总会有一天得报应的。"

我说:

"什么报应不报应，你可是迷信脑瓜。"

二虎说：

"不叫报应也一样，反正有一天得翻个个，你等着瞧吧！"

这时候静极了。只听到风吹窗口糊的破纸飕飕发响。不知怎么搞的，我就老合不上眼皮了。东想西想：一个共产党员，该时时刻刻记住在敌人面前，不是敌人消灭我，就是我消灭敌人，当间没有第二条路。他们今天给我上药治疗，那是他们想进一步消灭我，不是消灭我身体就是消灭我的良心！我得怎样对付他们呢？那位姓张的老头，好像又在小洞口探头探脑地看我和二虎。隔壁的人好像在虑论啥事情。我寻思：我得从这些人身上想办法！想到这地方，好比在摸黑的道上猛一下来了一道光，心敞亮开了。一高兴，叫了一声二虎，想把这意思跟他说。可是，他呼呼地睡得挺甜。我心想：睡吧，同志，把身体养好，看咱们以后的吧。

第二天早上，放风时候，隔壁的死人叫拖出去搁在走廊。这死人才难看哩，真是话说的："人死不如狗。"大伙都停一下瞅着，脸上都表示难过地说不出话，有的眼睛红的，还淌了眼泪。我沉不住气，冒了一句，说：

"大伙记住吧，这是日本鬼子给咱们中国老百姓的恩典！"

我这一说，老乡们都抬起脑袋来，瞅住我，意思好像说：

"可不是怎的！"

这以后，我思想更加坚定了：第一步要抓住这些群众，组织他们，团结他们。从我那个监房的隔壁起始，完了一个屋一个屋传开去……

一个人一有了个主意，有了计划和希望以后，就好比划船有了摆桨，不那么东转西转地胡乱想了。

有一天，一个什么教育处长来了。是个大汉奸，看他穿日本衣服，留仁丹胡须，还戴眼镜，准是老财。老财都是跟鬼子一个鼻子出气，都是汉奸，狗入的。他一个屋一个屋挨着检查。他来到我小洞口，先瞅门楣上的号牌，再对他的本子看一下才问：

"你们是八路军吧?"

"是呀!"

二虎态度挺横,回答了他。他才气死人啦,装模作样的,说:

"你们脑筋都坏啦,叫共产党教育坏啦! 你们好好反省转向,把脑子变了,大皇军不杀你!"

二虎撅不拉的,来了火,说:

"混账,谁跟你一样不要脸,当汉奸! 干革命还怕你杀头? 吓!"

汉奸教育处长,摇摇头,走了。

往后,我和二虎就一心一意先把伤养好。平时我们就通过姓张的老头打听鬼子的消息,了解这里边的情况。再就是跟隔壁的老乡讲些解放区老乡们的生活,讲八路军和老百姓的关系,讲解放区民主政府怎样替老百姓办事啥的。老乡挺爱听,很快我们都搞得挺熟。

十来八天过了。二虎看我的伤口的肉芽一天一天长起来了。有一天,他就跟我商量说:

"你的腿好了,咱们得想办法!"

二虎说他这些天来,每天出外放风,他把这周围的情况瞭望了一下,认为出了这监房,就可以爬上围墙,完了就往下跳,据说,外边是全地场,鬼子的岗哨到半夜都打瞌睡,早先有人就这样跑掉的。他提议每天下晚把后边墙根小便的小洞的砖墙揭开,白天把稻草什么的塞住,遮遮眼。等到揭开大了,就打洞口往外窜出去。事先把腿绊接起来,出去后就爬上围墙,把腿绊拴在电线杆,完了揣着腿绊顺着墙蹓下去。

我寻思这是个办法,反正豁出这条命来了,干吧!

二虎把这计划也告了隔壁的老乡,他们有的起始并不很热心,后来见有的坚决要干,怕人家真是跑得出去了,自己也才跟着轮流揭开砖墙,一到晚间,我们都听到使力气,和掉土的声音,大伙打心里都明白。二虎说:

"咱们人出去多了，鬼子要发觉，用砖头都能砸死他几个！"

洞口一股尿骚味，可是，也顾不得了。我同二虎两人轮着来，啥家具也没有，有时就拿砖头去崩，又怕叫鬼子听见；胳膊累了，有时用脚去蹬，急得想用牙咬。把两只手指头都弄得生痛。拇指头上回叫鬼子用大头针钉得现在还疼哪，白天一看，都擦破了。

下晚我们干这活计，白天二虎跟我学文化。说起来挺好笑，我当上老师来了。每天教二虎认五个单字。先教他认我们素常的名词，比方："夜行军"，"侦察"，"伏击"，"持久战，游击战"，"拂晓"，"天亮"，"完成"，"胜利"……

二虎学得上了瘾了。每天早上放风回来，就问：

"战斗的斗正写怎么写呢？简笔字又怎么写呢？跟一升一斗的斗怎么分别呢？"

他心眼可灵了。觉得每天学五个字，或者学一句话还少了，要我增加，保证第二天早上能默写得出来。有一回，他把"灭"字写成"减"字，懊糟了老半天。把自个脑袋捶了两下。他就用小块砖头当红粉笔朝墙上写字。起始写得挺大，后来又怕把墙写满了，将来没地方写字了，改写小了些。

二虎那样认真地学习，对于前途满有信心，同一个侍弄庄稼的人盼他的年景似的。他说，他将来要当个指挥员的话，他一定把鬼子狠狠打一家伙。

我说：

"你尽是一脑袋的地位观念！"

他马上辩驳我说：

"啥地位不地位，人还不是有个上进心吗？"

我们就这样过了半拉多月。洞口已经揭得一天一天大了。

四

我们决定下晚要行动了。

早晨放风时候，我们约好了老乡：当天晚上鸡叫第一遍时候一齐动作。大伙都同意。二虎乐得又蹦又跳。

我问他说：

"昨天认的字忘了吧？认认看！"

"不认了，毕业了！"

二虎半开玩笑说。可是，他马上蹲下来，抓到一小块砖头，朝墙上写了歪歪扭扭的几个大字：

"我们要战斗下去！"

写完了，直盯我，笑了笑。

我们正逗乐子，院套里吹开哨子，叮叮当当的房门开开了。鬼子的皮鞋笃笃响，一个一个房子喊。翻译的汉奸跟鬼子屁股转，叫大伙出去集合。二虎鼓起两只圆圆的眼珠子瞅我。好像说是：

"要调换监房就白瞎了！"

我也一肚子窝囊气，好像这监房是咱们的阵地，舍不得撤退似的。

集合的地点是刚一进大门的大院场。四五百人稀稀拉拉地站在那儿。人都黄瘦黄瘦得不成形了，就同打过霜的草那样。一二十个端枪的鬼子看着我们。

等一会，那个留仁丹胡须的大汉奸来了，他说：什么"不叫你们受罪啦，你们到'满洲国'去做工，那边能吃好穿好……"啰啰嗦嗦说了半天，我都没心听，就只觉得背上太阳晒得挺暖和的。寻思，这下又来门道了。王八才听你骗到东北去下煤洞哪，二虎拿眼睛瞅我，意思好像说：

"快'毕业'了！"

这时把啥事都忘了，还没有吃饭也不知道饿。

大汉奸说完话就开始挑选人，老人和小孩都不要，挑到一边去。有一个长一身疖子，他对一个翻译汉奸说：

"我不能走……"

汉奸低声说：

"你到路上找出路嘛！"

这话把我也提醒了。二虎也对我笑。

正在挑人时候，大伙一块堆一块堆聚在一起，像个小市，议论起来，鬼子要管也管不住那些。这时，老张头走到我跟前来，死盯我老半天，说：

"我……我去不中呀，你……哎，你们到那边去，许能见到我的二小子，他名叫张振国……"老张头说梦话一个样老盯着我说，一边用他发抖的手在腰兜掏了老半天，掏出个小布包出来。看了看四近，完了小心地解开麻绳，才拿出一小包红纸包，再摊开才是汪精卫伪中央政府的华北联合准备银行的票子。他说，这是他卖开水攒下的钱，叫我要见到振国就给他。完了，他还交待我说：

"我那二小子，个子长得不高，身板单薄，脑盖小时候叫牲口踢了一下，现在还有个疤……"

他话还没说完，鬼子过来咕嘟了两句，拿枪托搂了他一下，再狠狠地一推，老头踉踉跄跄地要倒了；手上的票子撒了一地……人叫推开了，鬼子就紧忙把票子捡了。

二虎看得气鼓鼓的，我怕他这时候闹出乱子来，把他拉住。老张头回头来瞅他的票子，瞅着我们，要哭脸的样子。

鬼子还在每个人身上搜腰包，说是有票子的拿出来换吧，到"满洲国"就不好使了。这样来回搜，弄了一天。到天都快麻眼了，才一人发半碗又是白开水煮的大豆。说是路上做干粮。我问一个翻译汉奸说：

"怎么一天也不给吃饭，怎整？"

汉奸翻一翻白眼，说：

"你急啥急的？"

"肚子都唱小戏了，不急。妈妈的！"

"你骂谁？"

"你说骂谁就骂谁！"我顶他一句。

那小子伸开手，叭叭，给我两记耳光。狗入的，我可上火了。瞪他一眼，问他：

"你是中国人不是？"

他又伸开手，想再给我来两下。二虎马溜跳过来揪住他的手。我喊一声：

"打！你敢！"

大伙一呼啦都凑上来了，都伸出手，对着他。那小子看风头不对劲，夹着尾巴蹓了。

等一会，伙伕又抬来两大桶豆子，再发一人一碗。我同二虎拿到手就吃开了。旁人说：

"你两人怎么吃啦？做干粮哪，明儿才准吃。"

二虎一边吃，一边说：

"现在吃和明天吃还不是一个屌样！"

这一说，旁人也有挺不住的，都偷偷地把豆子往嘴里塞，却不敢大口咀嚼。我心老想：这滋味真憋屈。快完了吧？妈妈的，受够了！

电灯霎一下亮了。

猛一下来了百八十个拿枪的鬼子，叫我们站好队。汉奸还来揩二道油水，饿狗一个样，在我们身边转，假装好意地说：

"谁有家信啥的，我代邮。票子到那边不顶事了，捎回家去吧。"

大伙谁也不理睬他。

最后，我们排成二路纵队，走出那个黑洞洞的监狱的大门来了。这一路全是菜园子，也没围子，菠菜和水萝卜的缨子都绿得可爱。我们在排后尾的，赶快利索，走上两步，顺手拔了一把，管它菠菜还是水萝卜缨子，紧忙往嘴里就咬，真是话说的："肚饥吃糠甜如蜜。"吃了两口填了填肚子。

穿过了几条黑道，唿一下到热闹的大街来了。又是汽车、洋车流来流去，又是饭铺酒馆的酒香肉味，又是拖着木屐的花花绿绿的日本娘们；就是光这些娘们跟鬼子吊膀子，中国老百姓叫鬼子吓唬站在老远，直瞅着咱们。要饭的花子还是可怜地伸开瘦猴一样的手在奶奶小姐的屁股后撵着，叫着。

我腿上的伤口本来好得差不离了,这下一猛走,又有点儿疼。二虎老回头来看我。鬼子在两边来回走,怕咱们蹓掉。我寻思:"等着吧,这鬼地方老子还不想待呢!"这一想,解放区的情景又到眼跟前来了:我们的老房东们;我们熟悉的那些村子的一棵树、一口井;常常给我们领路的游击队员;替我们缝缝联联的妇女会的同志。……太多了,就是房东的一盏豆油灯都叫我好像看在眼里,都挺亲。因为我们常常在半夜三更来了,就靠这样的豆油灯,照见老大娘们忙这忙那的笑脸。我寻思寻思,一下子,监狱里又使我亲热起来。这真莫明其妙;这恐怕是老张头那几个人叫我忘不了的缘故。说不定我有一天真会遇到他的大儿子张振华同志?

一个人走路时候,胡思乱想,容易忘记疲劳,也忘记道的远近。才只走不多一会,车站就在眼前了。一看,站牌子又是"洛阳"两个字。回头一看,城里电灯又是天上的星星似的。

站上电灯通亮。车道上停下好长串塞满鬼子的兵车,敞篷的车皮叫油布盖着。这时站上没有洋车,也不准旁的老百姓走近。只有几个工友搭拉个脑袋走过,偷偷扫我们一眼。一股凉森森的气吹得叫人哆嗦。站外边的岗哨猛喊一声口令,鬼子咕咕嘟嘟骂两句。

我们人分开了,一百二十个人一个车皮。都上完了车以后,鬼子进来看了看,叫工友把窗口都锁上。工友表面点头哈腰地答应,把打眼的地方锁一锁,偏角的地方就敷敷衍衍,把窗子拉下来就完了。

我同二虎又偷偷挤到一块来,就在靠近茅房的犄角那个位子。鬼子出去时,把车里的灯关闭了,黑咕隆咚,谁也看不见谁。我同二虎手拉手靠得挺紧,坐在地板上——因为车里椅子都破烂不成形了,只好坐地板上。

一会,咔嚓咔嚓,车头来了,空隆,车厢一震,挂上钩了。紧跟着猪叫似的,汽笛子哇哇直响,车开动了。

我捏了二虎一把,说:

"好啦!"可是,我又把嗓门压低,凑到二虎耳边去说:"一准跳车！"

"对劲！"二虎拍我大腿，说："等到归德再跳。到那边朝北边一直走就是咱们的'家'啦！"

火车越来越快了，咔嗤咔嗤地直奔。我心思荡荡游游的，老惦着跳车一件事。

我同二虎站起来，摸到窗边去，把门窗的两边小铁钮一按，往上一拉，呵，可乐坏了，星星直卡巴眼，半边的月亮也早出来了，二虎把头钻出去马上又缩回来，说：

"快关上。好啦，这没横铁棍子，头能钻出去。"

我们又坐回来，心口卜卜地跳，怀里像揣个小兔子。我们又合计：到归德时是个大站，车准能停下来上水什么的，刚出站时开得慢，那时就硬死头皮往下跳。反正死不了，再多又挂一回彩到头了。反正比到东北去下煤窑强。

我们合计合计，火车不知什么时候开始慢了。"丁零卜徐"，"丁零卜徐"地响，忽一下，停了。我又偷偷打开窗缝一瞅，是归德了。

卜笃一声，车门开开，电灯亮了，眼睛猛一下睁都睁不开。两个鬼子进来瞅瞅，又走了。电灯又霎一下黑了。

停了有一顿饭工夫火车头才来，卡当一响，车震了一下，挂上钩。

"快啦！"我说。

二虎说：

"把裤带扎紧，妈的，肚子饿扁了，裤子老爱往下掉。"

紧跟着二虎低声问我，要不要招呼有愿意跟咱们走的老乡一块跳？我寻思一会，觉得老乡没我们那样拼生拼死地干过，未必有这样大胆，算了吧。弄不成倒反害事。

二虎说：

"可是，我们隔壁那几个老乡大伙闹熟了，真舍不得他们！"

车门开出站不多一会，我捅了二虎一下。我们再不吱声，轻手轻脚地站起来。我说：

"下了！"

二虎说：

"我先下！"

我忽然想起来，我们跳下去，不能都在一块堆，得先约定个信号。二虎说他先下去，对准北斗星一直朝北边走。拍巴掌做信号。能两人又在一块堆走最好，找不到就个人想办法。

"反正到乡下就同鱼掉回大江去了，怕啥！"二虎说。

我们就这样商量完了。二虎赶紧把窗口揭开。把腿伸出窗洞洞，慢慢地把身板都钻出去了，只剩个脑袋了，最后手把住窗口。

"来吧，狗入的！"二虎说一声。紧跟着把两手一松，像掉下一个大麻袋。我伸出脑袋去瞅，黑咕隆咚，啥也没见。旁边老乡小声嚷：

"跳死啦，跳死啦！"他们都凑过来。

我说：

"死也要跳！"

那工夫可紧张了。我紧忙先把腿伸出去，妈的，左腿还没好利索，可不带劲了，出了半截，出不去啦，肚子夹在窗口边边上，急得出一头汗。这时有个老乡说："来，我帮你一手！"他把我的腰一运，我才整个人钻出车外边来。外面风刮得挺大，一下子把我脑盖上的汗吹得凉丝丝的，我死劲抓住窗口，把腿朝下伸直了，完了咬咬牙，闭住眼，一松手，"卜塌"一响，脑袋一晕……等会手才能动弹，一摸，下边是碎石子。

我躺在轨道边边上了。

这时候，"叭叭"车后尾打了两枪。我睁开眼，车已经到前面一里多地了。

我爬起来，也顾不得身上哪儿疼，就知道紧忙往北边爬过封锁沟去。走不远，听到有拍巴掌的声音，我就比啥都乐，知道准是二虎了。我一边听，一边也拍巴掌，朝他那声音走。这时左边大腿疼起来了,狗入的,挑百八十斤担子似的,不能走得轻巧。

"谁?"二虎像哨兵叫口令,吆喝一声。

"我!"我应了他一句。

"老马——连长吧?"

我们拉起手了。这时月亮还没出来,一片漆黑。清明都过了,可是野地的虫子啥的还不大活动,静得好比死人一个样,风一吹,冰凉冰凉的,叫人直打哆嗦。

我们离封锁沟远些了,就坐下来喘口气。二虎这小子动作灵巧,跳下来,只是手掌擦破一块皮,旁的地方怎的也不怎的。我个人不中啦,伤口又痛开啦。

歇一会我们马上又得走了。怕一亮天遇上鬼子就不得了。可是,这夜黑头地打哪走呢?我们可叫考住了。看了看天,决定还是对准北斗星方向走,直往北边去,错不了。

二虎搀着我,一步一步迈。

"连长,咱们白天躲起来,黑夜走,两三天就到'家'了!"二虎说。

"不准定两天三天,反正是回到'家'了!"

"妈妈的,留了一回学!"二虎又来门了,尽挑好笑的话讲。

一会,他又说:

"你说,咱们埋的机枪能起出来吧?"

"咋不能呢?"

"起出来还是给我扛它吧?"二虎说。

我们一路走,一路说。忘了是逃跑,也忘了冷,忘了伤口发疼,忘了肚子饥了。我就一心一意地盼着咱们的解放区,解放区就是我们的家,想起来就是一股热乎劲。

五

北斗星做了我们的目标。我们直瞅着它走。约摸走了二十里地,一片黑压压的树林,走到近边才认出有草垛,土地庙什么的,准是个村子了。没听到狗咬,这大约是游击区,狗都叫咱们打死了,省得下晚活动时候,咬醒了敌人。这村子没有围子。我们轻手轻脚地进村子去,摸到一家人家,用咱们游击队晚间打门的信号叩门,一个老头轻轻地起来听准了才出来把门开开,挺害怕的样子。我说:

"别怕,咱们是一家子人……"

"咱们是八……"二虎接过来说,但是没说完又把话咽回去了。

"进屋吧!"老乡小声说。

我们不敢多吱声,跟老乡进屋去。这地方老乡穷得没油点灯,只烘一堆火照亮。他家的儿子和媳妇都叫鬼子抓走了,只剩下一个小孙子和老伴。老大娘听我们说是八路,赶紧下地,凑合到我们跟前来痴痴呆呆地瞅了半天,好像要认他的亲人似的。二虎怕她不相信我们,特别说了好些关于我们的来历,老大娘说:

"得了,快别说那些了,我就眯着眼睛,光听你们说话那和和气气的样,不用问,十个就准猜中八个。……哎,你们受这份灾难,为的啥? 还不是为的大伙。"

老大娘又叨叨咕咕说:没啥能吃的,给烧碗开水喝,暖和暖和吧。

一个五六岁的小孩,咬着扣子,睁开眼瞅我们。

我们喝了碗开水,又要求老乡换了身破衣服。我穿的青大褂,破了好多个洞,风直往里灌。二虎穿小棉袄。他人长得粗,短秃秃的,没长翅膀的蚂蚱似的。

老乡送我们出来,边走边说:这地方离城才二十来里地,鬼子同皇协军天天来抓伕、抢粮,老百姓快过不下去了。走了三里地样子,老乡才站住,说:

"同志,咱不敢陪了,你俩顺这道沟直走,没错。"

我们谢谢了老乡就往前走。这时,我的伤口一阵比一阵疼,一步高一步低地迈。二虎搀着我的胳膊走,觉得不带劲,让他在前边先走,我自个慢慢拖吧。二虎走不几步又停一停等我。

走不多一点，启明星打东边发亮了。肚子饿得一点劲也没有。快亮天时，我们就在地里胡乱拔嫩苗往嘴塞。我的妈呀，一股涩味道，满嘴黏糊糊的。

亮天以后一看，这地方村子挺密，十来八里就是一个村子，鬼子的岗楼左一个右一个的。我们又高兴又害怕。

二虎说：

"进村吧，咱们说是要饭的。"

我瞅瞅二虎的长头发，又黄又瘦的脸；又看我自个的衣裳，就不说自己要饭也差不离了。可是，过了三四个村子也不敢进，怕伪军逮住了。最后，实在挺不住了，到一个叫刘庄的村子前面的一个小庙，我们就坐下。村里出来一个四十来岁的老乡，看样子是个老实的庄稼人。他先向我们俩说：

"你们是干啥的？"

我看了看前后左右，完了对他说这地方不好说话。二虎愣头愣脑冒了一句说：

"咱们是八……"

"呵。"老乡呵了一声，马上笑起来。可是，马上又沉了脸，仔细瞅了瞅我俩。完了他才低声叫我们跟他进村。我们不敢跟他走得太靠近了，远远地盯他屁股走。

进屋以后，老乡说，离这五里地就有鬼子的岗楼，鬼子常下来催给养什么的，叫我们别露脸。把我俩弄到牛圈去烤烤火。二虎对自个说似的喃喃说：

"又到牛圈来了。咱们在小林庄埋的机枪能在吧？"

这牛圈好像早没有牛了，地上的牛粪挺硬实，犄角还堆柴火。

一会，老乡端来一锅地瓜叶子煮的汤，还有一人一个棉子□馍。后尾还跟来两个小孩和一个老大娘。她们都围上来看我们俩。老大娘说：

"同志，咱们也没东西吃，将就吃饱肚子吧。"

我一边吃，一边说我们的来历。老大娘站在一边听，眼睛淌下

泪来了。她挺小的女孩子拉她的衣角,睁着眼盯我们俩人。二虎等我把话一停,就对他们指着我说:

"他是我们的马连长!"

"什么?马连长?"老乡马上站起来,跟他的老伴交换了一个眼色。

"是呀!"二虎回答。

"哎呀,闹了老半天,原来是……你们是十八团的吧?"

"是。"我说。

老乡这才笑开了,说:

"我还见过你一回面呢,你忘了吗?那是去年腊八晚间,我去的担架,那时是你带的队,是打牛庄的岗楼口,哎,你现在瘦成这个样了。才刚在外头就说好像在哪见过似的,可是,老也想不起来。哎,老马老马的,大伙对你可熟了。今天怎的也不能走了。"

我这时才真不知说啥好了,眼泪倒要往外淌。老乡又说:十八团就在这不多远地来回绕。小林庄、马路集,一个月前,当天早上咱们队伍退,下晚又打回来了。现在还是在八路手里。打这去,小路有三四十,走汽道就得六十里地,一天准走到了。

天很快就黑了。老乡看我左腿伤口肿那么老粗,说什么也不让走了。收拾了间壁一间草屋;老大娘送来一床破麻花被,两个枕头,把我们俩人安顿住下。二虎瞅瞅我腿上的伤口又肿了。他说,这怎么办?明天走也不行,在这呆吧,也不保准。得赶紧想办法!我说,走吧,六十里地,分三天走,一天拖它十多二十里地到头了,爬也爬到了。

二虎寻思一阵以后,嗯一下高兴地说:

"来门了,就这么办!"

"啥好招?"我问他。

"别着忙,叫老乡来。"

正说话,老乡端一个大饭碗进来。碗上搁的咸菜,凑到我床边来说:

"同志,再尝点吧!"

二虎说:

"老乡,咱们不用客气,是吧?"

老乡说:

"那还用说啦!"

二虎说我一休息下来,伤口越发糟了,叫老乡,明天送一送行不行?回头给他些辛苦钱!

老乡马上说:

"那好说,那好说。钱不钱呢,老百姓八路军是一家子嘛,这话能白说就算啦?"

老乡原先是慢吞吞地吃他的饭,这下子紧赶吃完饭就走了。这叫二虎多心了,偷偷跟他屁股盯去。我实在乏得要命,一下子就睡着了。

过一会,二虎回来把我弄醒过来说:

"连长,你猜老乡干啥去了?"

"什么?他做什么去了?"我心一惊,坐起来,态度一定是挺难看。二虎笑着说:

"老乡两口子推苞米面呢。他说是给咱们预备明个儿路上的干粮。狗入的,我当是他上岗楼给鬼子送情报去啦!"

"你真是把人家好心当作驴肝肺了!"

"人心隔肚皮,谁能摸透?反正提高警惕性是错不了。"

到夜里,二虎说他个人明天打小道先回去叫连上派人来半道上接我。叫我个人同老乡打汽道上走。到鸡叫头遍,他拿上四个苞米面馍馍就走了。

我等亮天才起来,老大娘还给我端来洗脸水,叫我抹抹脸。吃过了早饭,老乡才弄来一挂小车,铺上谷草,把我安顿在车上,盖上破被子。这车没牲口拉,老乡和另外请来一位也是四五十岁老头,他俩人一个拉,一个推,嘎吱嘎吱往汽车道走了。好几年没在大天白日里往这道上走过了,心里有点害怕,老乡却满有把握地说:

"没啥紧要,放心吧!"

晌午,到一个村子附近,遇上二三十个皇协军的便衣队,这帮王八犊子,比胡子还横,大声吆喝:

"去哪?"

"东边。"老乡回答。

"干啥去?"

"我这兄弟闹疮啦,请个大夫瞅瞅。"

那王八犊子掀开我被子来啦,我心可要跳出来了。我寻思:"妈妈的,这下可没招了!"头嗡一下冒了汗。这王八犊子大约看我又瘦又臭,赶快把被子盖住就走开了。

过一会,那帮家伙走远了,老乡才揭开被头,对我说:

"同志,受惊了吧?这帮王八犊子得多咱报应呀,善有善报,恶有恶报,逃不了!"

"说不准又到咱村子去糟践了!"另一个老乡叹了口气。

老乡气力总是有限,车嘎吱嘎吱地越来越走得慢了。到太阳快落时候,一问才走了三十来里地。还有三十里怎么的也赶不到了。就到前面顺合集住下吧,这是游击区,在早,我们队伍住这来的,北头还有我们连上的面户。我叫老乡把车直推到他家去。

我们的面户叫王学贵,我们都叫他老王。他现在老婆孩子一共三口人就靠给人家推面过日子的。

我们乍一见面,各人都有说不出来的一股酸、甜、苦、辣的味道。找不来话说。过后,老王才又是照原先老样:见人又笑眯眯的,小辫子盘在头上,人挺干净利索。

"受了老罪啦!真是!"老大娘一边说,一边赶紧叫她小孩抱一床被子来,收拾一铺床叫我休息。完了又找来一条她大儿子的裤子,叫我把脏裤子换了。

"哎,贵人多难。打你去了那么些天,我一天也没忘叨念你!咱们八路真是命大,说没了的人又都回来了!哎!"

老王从外边抱了柴火回来,听他老伴啰里巴嗦地,就说:

"别瞎叽叽啦，快烧水做饭吧。"

"来了，来了！"老大娘一边说，一边赶忙就走。老王进屋来问："老马，你爱吃啥？面条还是烙饼？"

老王好像办喜事似的，一家子都那样高兴。我也不去阻拦他们了，顺他们乐意怎样弄就怎样弄吧。实在不让他们做，反而使他们实心眼的人难过。

当天下晚，我睡得可甜啦，啥也不能比地舒服。

第二天早上，送我来的两个老乡要回去了。我跟老王借了四十斤麦子给他们带回去。

本来我是要请老王送我回马路集去的，老王说，马路集没有队伍，往那边走，摸不准。等他打听好了再回去吧。反正就算到家了，等伤口养好了回去也不迟。这地方有个中医能替我找些草药，扎咕扎咕，过几天伤好了，找到了队伍再回去。

我那时候不听他话，自己也走不动，只好听他。

二虎不知找到队伍了没有？我一天就叨念他。

过了三四天，二虎还没个讯来。这地方抗救会、民兵，都帮我打听消息去啦。可是，这是游击区，队伍的番号一天换几回，谁也摸不准倒是哪一个团的。驻地也不一定，有时候半夜才到，睡一觉，天没亮又走了。搭铺用的门板桌椅又放回去周周正正的，连房东也不知道啥时候走了。鬼子的碉堡、铁道、汽道、电线常常叫破坏。

"二虎回去打开仗，上了瘾，把我忘啦？"我个人没事时，就胡思乱想。

老王两口见我一天一天好了，都高兴得不得了。

"老马胖啦！"老王晚上吃饭时候就爱瞅着我说。

我在家闷得呆不住，有时也到村边溜达溜达。一天，快煮晚饭时候，村边站岗的儿童团，突然敲开锣了，直嚷鬼子下岗楼啦，鬼子下岗楼啦！

老王饮牲口去了，老大娘慌慌张张，把我拖拖拉拉到后屋去，揭开地洞，叫我下地窖。

"你可别出来呵!"老大娘把地洞盖上了。

我的妈呀,里边黑咕隆咚,真憋气。马上听到乒乒乓乓的枪响。不知鬼子又糟蹋啥样了!心里挺焦急的。直想往上跳出来,可是,手上啥也没得,想想还是没法。

呆了老半天,老大娘揭开板,叫我出来。她老人家眼睛哭得不成形了。

"大娘,怎的啦?"我问。

小孩一边抽泣,一边说:

"爹叫鬼子拉到岗楼去了!"

老大娘哭得越发厉害。间壁的老乡对我说是,离这八九里地有个岗楼,住十来个鬼子。这些日子来,怕八路,不敢出来了。今儿不知怎的,来了,说是老王家藏八路,硬逼老王交出人来。老王叫打得东倒西歪,到底也不哼。最后叫拉到岗楼去了。

掌灯时候,老大娘端着饭碗筷子送到我跟前来,叫我吃饭。我真难受极了,寻思我是八路军,不能保护老百姓过好日子,倒是叫老百姓为自己受罪,这不是该犯错误了吗?我饭也吃不下了,就想明儿得找队伍去,快来搭救老王。

夜里,我怎的也合不上眼皮。老王那个盘在脑袋上的小辫子老在我眼里闪晃。

半夜了,猛一下,手榴弹、机枪,一阵打雷暴雨似的,村里的民兵也吆喝起来了。说是八路打岗楼来啦。

整个村子好像一锅开水,都乱嚷嚷的。老大娘也爬起来,赶紧点上灯。

我走到街上朝西边一瞅,半个天都叫一道火光烧红啦,老百姓发疯一个样,自动找门板、绳子做担架,有的就空着手准备去背胜利品。

"妇女同志快回屋烧水,等会八路同志下来喝呵!"

有人边叫唤边朝岗楼走。

"老马你腿不灵便,回屋吧!"老大娘跑来叫我。

不大一会,枪炮声才少了。人乱嚷嚷的,越来越近。

"老王,不碍事吧?"

"到了吧?"

"到了。这儿,这儿!"

一大堆人一呼啦都围上来了,都挤进老王家来了。

"连长,……受惊啦!"二虎先蹦到我跟前来拉住我的手。

原来,二虎同我们连上的人拔这个据点来了。说是拔完这个据点就到顺合集去迎我的,想不到在这遇上了。指导员、三排长、班长和战士他们都来了,围了一大群。叫我的手不知跟谁拉才好,大伙都一团火一样热乎乎的,心软的人眼泪都要淌下了。

他们带来新衣裳、短褂、帽子,指导员叫我换上,好像催出门子的姑娘上妆似的。

"连长,看,认得吧?"二虎拉过一挺轻机枪,叫我看。

原来是埋在小林庄牛粪里的机枪,二虎回去起出来了。

"还好使吧?"我问。

"不好使?才刚两个鬼子就叫它开了荤了。"

大伙都乐得什么似的。我只想到七班长和八班长他们没了,再也看不见了,今天见了大伙,心里倒有点难受。

老王叫鬼子打得红一块,紫一块的,躺在床上不能动弹。可也不哼,眼睛睁睁地听着我们说话。我问他说:

"老王,怎的啦?"

"没事,好人终有报。你不说嘛,我才刚就这么寻思,现在不是你们八路来了吗?有了你们八路老百姓就不能遭罪,鬼子也就不长远。你信不信?"

马上,门口挤来一大堆妇女来了:

"同志,让开点。"

"同志,辛苦啦!"

"吃点饼,喝碗水吧!"

妇女会员端碗、提罐、拿的烙饼,把屋子挤得站也没地站了。

第二天,我回到我们连上的驻地。团首长派了通讯员来请我去团部。团长一见面就高兴得了不得。又拿出一盒纸烟来,还是缴日本鬼子来的好纸烟哩,樱花牌锡包的。给了我一支说:

"抽吧,猛劲抽吧! 喂,通讯员,去叫大司伙把菜弄好一点。"

当天晚上没什么情况,不打仗。团首长就叫我讲这段经历。

半个来月以后,上边军分区来了一道文件:说我这段经历,在战斗中坚决执行了上级命令,领导队伍顽强抵抗,英勇牺牲,坚定不屈,完成了掩护主力,表现了共产党应有最高的革命气节! 应在全党广泛地表扬,以教育全体党员、干部。

故事就这样完了。当然啰,我们八路军在八年抗战中英勇不屈的共产党员气节比这生动有的是,我不过是千千万万人中之一个就是了。

一九四八年七月一日于哈尔滨

东北书店 1949 年 4 月初版

◇ 范　政

夏红秋

这是我们从安东撤出以后的一个新年晚上。

部落里的秧歌闹过了，老乡们都回家去吃团圆饺子。我和我们团体几十个首次在外过年的男女同志，坐在热炕上，用军大衣盖着腿，互相偎依着，交谈着自己的往事：怎样从"同学"变为"同志"的。

因为都喝了点酒，豆油灯照得脸蛋儿通红的。

在我们屋子的周围，是参天的白桦林，军人似的排列着，戴着白雪制的帽子。森林里不时传来狼嚎和狍子叫。在村南头，是结了冰的鸭绿江，彼岸有解放了的朝鲜人跳舞唱歌。如果爬上东边的那座小山岗，就可以望见长白山的高峰，老乡们都用亲切的口吻称它为"老白山"。老白山有龙岗龙头和天池，老年人自然给我们讲了许多令人向往的神话——可惜现在不可能多讲，在这里只告诉你们，我们是在这样一个有趣的环境里开"新年回忆晚会"的。

大家互相补充着、同情着、嘻笑着，有时也流着眼泪，就这样，我们跟亲兄弟、亲姊妹一样地倾谈着。

最动人的要算是夏红秋同志的回忆了。当她述说的时候，大家都竖起耳朵，甚至连呼吸都跟她一致了！灯里的油添了二三回，鸡叫了她才说完。同志们都觉得很有意思，因为她的故事不仅是说明了她一个人，她差不多成了我们这一群青年的代表，不过她的经历更复杂更丰富罢啦。后来大家要我把她这故事写下来；我也觉得有这个责任,我应当把她写成。

夏红秋——安东有不少中学生都认得她,无论在会议上、舞台上、运动场上,都能看到她的影子。

家里人给她起个小名"假小子";她从小就穿男装,脸是黑红色的,长睫毛,大眼睛,高鼻子,宽宽的肩膀;走起路来挺胸阔步,现出一种运动员的姿态。

她有一副好嗓子,在小学校时,她的笑声能波及全校,因此又叫"震全球"。

男同学都愿跟她一起玩,但也都怕她,因为当她一发现有人对她轻佻的时候,她就狠狠地给他一个"下不去";加之她常爱独唱一首《野蔷薇》的歌,所以中学时,有些无聊的男同学给她起了一个"野蔷薇"的外号,并说是有刺的。

我愿尽力把这样一个女孩子的不平常的故事告诉读者们,为了描写方便起见,我采取了第一人称的口气。

那么,你们就听夏红秋同志自己说吧。

一

同志,你说我中了些"奴化教育"的毒吗? 是的。

但,这能完全怪我自己吗? 不! 同志,我实在被日本人愚弄摆布得太可怜了;我过去真是个自以为聪明的傻瓜。

为什么不早告诉我是中国人呢? 我真恨我的父母。

但仔细想想也不能怨人家,因为那时父母要说明了我的祖国,我这张好说的嘴说不定什么时候就会把二老变成"思想犯"的。

同学们之间,更没有提到自己是中国人的,因为除了少数年纪大的同学知道又不敢说外,她们大半都和我一样,——以为自己就是"满洲国"人。

我还真有些丢人的事情呢。

"女高"的川畑老师,她名义上是个体育教员,其实全校的事没有一件她不管的。连年老的校长,精明的王老师说了也不算数,当同学们迟到或背错了"诏书"的时候,她就打耳光或骂"八嘎"! 同学请假她总是不答应,但你送她些白糖或鸡蛋,她就笑着准假了;所以有不少同学都恨她,偷偷地骂她:"死日本婆子!"我也是一样。

可是后来,川畑对有些同学变了,譬如对我吧,就总是用那日本女性所特有的温柔跟我谈笑,常常搂着我的肩膀说:

"夏桑,去打网球吧?"

"夏桑,请到我的屋子里谈谈。"

为什么呢? 是经过这件事开始的:

那天太阳简直像一个大火炉,闷热的操场上,全校学生在开着庆祝会,队伍整齐地立正着,形成三条线:上边是露着半个耳朵的短发,当中是遮不了膝盖的裙子,下边是白胶皮鞋。汗从鼻尖、眼窝、脸颊里冒出来,流下去,多么难受,多么痒痒啊。

"八嘎!"紧接着"啪"的一声。我不敢回头去看,但知道是川畑打了旁边的汪乃芳同学,原因一定是她抓痒了。据川畑说这样开会是锻炼"新国民"精神,因此我竭力做出"尚武"的样子,双腿笔直,用劲听着台上那位佩着军刀的日本少佐的训话。他说得很平淡,声音没有高低,手总是像钟摆似的动着,他也流汗,但并不擦,日本人处处都在想叫我们佩服他呢。

忽然汪乃芳中暑晕倒在我的前面,少佐也闭了嘴,我用立正姿势问:"我可以把她扶起来吗?"

"可以。"川畑答。

我把她搀到教室里,这勤俭用功的学生,瘦弱苍白的脸上,滚着大粒的冷汗,我用凉水把她喷醒,她咕哝着:"这个死日本婆子!"我说:"你别乱说啦!"就回到队伍里去了。

少佐训话已毕,王老师走上讲台,很恭敬地向他鞠了一躬,然后说了几句感谢少佐的话,就指着前排的"小妹妹"任明问:"你说,大东亚战争的胜利是谁赐给我们的?"

任明被冷不防地一问,就匆促地答:"日本友邦"。

全体同学都悚然了! 川畑瞪起眼球,从牙缝里吐出几个字:

"八嘎！任明，站到前面来。"她又指着李凤枝问："她刚才回答得对吗？"

"不对，应该是日本亲邦。"川畑紧接着问："'满洲帝国'和大日本是什么关系？快说！快说！"

李同学吓得嘴唇发抖，说不出话来。

"笨蛋，站到前面来！"川畑像要猎取什么对象似的来回走着，大家都提心吊胆，生怕问到自己的头上，一下子，她的眼睛盯住了我，我呢，就大胆地背着书说：

"给我们辉煌胜利的是大日本亲邦！日本和'满洲国'就像父亲和儿子一样。"

我担心我这发言会挨骂，可是她笑了，我心里却扑通扑通地跳着。

川畑走到任明和李凤枝面前发布命令：

"跪下！"任慢慢地跪下了，李还犹豫着。

"跪——下！"第二个口令之后她也跪下了。一千多只眼睛看着她俩，火热的太阳也看着她俩。

川畑用上嘴唇咬着下嘴唇，像要咬出血来似的："哼！跪都不会跪吗？夏桑！你出来做个榜样。"

我像被电触了似的，只好服从："哈衣！"把披在前额的头发用劲一甩，大踏步走到队前，和她俩并排跪在地下。

地是小沙子铺的，而我又裸着腿，火辣辣地疼。我看见李凤枝眼睛下挂着泪珠，我想："这个一向娇生惯养的小姐，怎么能受这个罪呢？"

"夏红秋才是服从精神的模范，都看见了吗？"川畑问全体。

"看见了！"轰然一声响在我的身后。

散会后，川畑摸着我的大腿问："痛吗？"我不敢说痛，只能表示："不，老师。"

就从那天起，她就对我好起来，尤其当每星期日，几个日本老师开过秘密会以后，川畑总是介绍书籍给我，教我日语，并讲着日本的"宝冢的歌舞团",女学生在樱花节的欢乐,圣洁的女人在"忠灵塔"的遥拜,日本强盛的原因。不知不觉地我被迷住了。

"将来我带你到东京去,将来做个音乐家,好吗?"她一向鼓励女学生做贤妻良母的,而她竟叫我当音乐家了,她是多么器重我呀!

同时我又开始幻想起来:"什么时候'满洲国'能和日本一样的文明和强盛呢?"走到"大和区",看到马路干净,日本人懂礼貌,文化程度又很高,"大和女高"出来的学生,一个个像蝴蝶似的洁白好看。而"满系人"呢?无秩序,不团结,并且有不少要饭抽大烟打吗啡的,大部分都目不识丁,更谈不上科学了。

有时我也看见日本人欺侮"满洲人",当时心里也很难过和不平,后来我想:"有什么办法! 谁让咱自己不争气!"

回到家里,照样看到爸爸妈妈那副哭丧的脸,我的家境不大好,只靠着两匹马的平车给人拉脚维持生活。

爸爸以前是个很乐天的人,但"大东亚圣战"后,马车生意被警察限制得很厉害,爸爸就变了,常常皱着眉头发脾气。

吃饭啦,妈妈总是说:"孩子,你可别怨你妈呀! 只怨你一生下来就赶上这么个世界,连点大米也吃不着。"

记得有一次"勤奉"时,和日本学生在一个食堂里吃饭,他们吃白的,我们吃红的,我就问川畑:"我们怎么不能吃大米呢?"她说:"因为大米太少了。"为这事我气愤难过了很多日子,而我却对妈妈说:"不要多废话吧,打仗的时候,就应忍耐点。"于是我就大口吃着高粱,爸和妈互相对看着,半天说不出话来。有时爸爸就说:"假小子! 什么鬼迷住了你的心窍了? 明天不要夫念书了!"紧接着我就跟爸爸吵一顿,第二天还是背着书包去上学,一路上还热情地想着:"将来川畑老师送我上东京,我要做个音乐家⋯⋯"

二

七月的闷热以后,连日阴雨。

爸爸时常带回许多惊人的消息,我不信,我不信战争之神会飞到"满洲"来,我想日本军队总是无敌的。

爸爸这几天特别高兴,坐立不安,嘴里老是哼哼着京戏,把个收音机弄得吱吱乱叫。

有一天,爸爸突然大声叫我:"假小子,假小子! 你快来听!"

收音机像个病了的歌手,唱着又沉重又缓慢的日本国歌,接着是"天皇"宣读"停止战争"的诏书。

我茫然了,像个木偶一样。

而爸爸呢! 他"啊"的一声跳起来,一把把我抱到怀里——我记得从我变成大姑娘以后,他从没有这样抱过我——他的胡子刺着我的脸,他像发了疯似的狂叫着:

"这下可好了!"然后把我放开来端详了一会,又紧紧地一抱,爸爸在笑,笑的声音那么大,连眼泪都淌出来了,我也像受传染似的跟着傻笑了一阵。

"今天晚上爸爸请客,请客!"他用了青年的步伐,一溜风跑到街上去了。

街上沸腾着,人们像醉了似的谈笑着。在学校门口,正碰上川畑老师,她身上背着一个很大的包袱,手里提着一口小皮箱;我照例行了一个礼:"川畑老师,你上哪儿去?"

"我——回家去,再会,夏桑。"她扭过那蜡黄色的脸,匆匆地走上了马路。校门口正有一群小同学指着她的背影和包袱骂起来:"噢! 日本婆子回家了!"

"'友邦'还是'亲邦'?"

"哈哈哈……"

我被她们这种不礼貌的行动吓住了,我问:

"怎么回事?"

"祖国光复了!"小同学们答。

"什么? 你说清楚些。"我说。

"刚才王老师说的,我们是大中国人,中国啊,就像一个秋海棠花一样。"

我翻身进了校门,学校闹欢了,楼上楼下都是愉快的歌声,同学们在楼梯上砰砰地乱跑,有些人嗓子都叫哑了。这时候我才意识"祖国光复"一定是一件很好的事情。

□□□□□□

十天的乌云像被神人注定了一样逃散了,天晴啦!王老师特别穿上一件蓝布长衫,用一种诗人的姿势演说了:

"同胞们!在安东已经有十四年没有见过祖国的旗帜了,可怜的孩子们,你们做了十四年的亡国奴啊!"

□□□□□□

我——被这种空气给溶化了。

爸爸请过客之后,我和弟妹们围着爸妈,爸爸用讲故事的口吻叙述着"九一八"和老中国,妈妈还不时地插嘴补充;一会儿,许多亲戚邻居都带着满头大汗来串门子,我立刻买了些冰棍分给大家,他们争先恐后地报告着新消息:

——小鼻子要缴枪了,听说"老毛子"到了新义州!

——"五番通"有一家日本人七口都自杀了。

——真是他妈的报应!

——嗳!咱中国军什么时候来啊?

——冉有几天不光复,咱们就都得叫鬼子弄死,你不知道咱的名字都上了生死簿的。

□□□□□□

平时在这样场合下,我是吵闹顶凶的,可是今天我说什么呢?照爸爸的说法,变成"满洲国"的时候我才三岁呢。我只好贪婪地听着这些新鲜事儿。

很晚很晚才上床,模模糊糊就做起梦来。

我仿佛看到川畑走到鸭绿江边上,先把包袱扔进江去,然后自己就纵身往江里一跳,她就沉到浪花里去了,以后,又做了一个好的——

□□□□□□

终于被轰隆隆的苏联飞机声把我惊醒了。

三

每个东北人,大概都曾经历过这一场混乱,现在回想起来,还像是摆在眼前。

仓库冲破了!人们扛着崭新的布匹、军毯、皮鞋……疯狂地奔跑着。物价空前地降低,尤其是军用品。

日本人已失去"优良民族"的尊严,而蹲在道旁摆小摊子。出售东京和大阪制造的东西。

警察把绿衣服染成黑的,仍然站在街头。

□□□□□□

※ ※ ※

就在这时候,街上无声无息地出现了一种奇怪的兵,大家都叫他们"黄大褂兵",王老师则叫"共匪"或"八路"。

我猛然想起在二年前川畑老师曾借给我一本杂志,上面有四个问答题,其中有一条是:"问:你知道八路是什么军队?答:是世界最坏的军队。"啊!这最坏的军队怎么会跑到安东来了?

那天放学回家,看到两个兵,一个提着石灰水桶,另一个拿着把小刷子,穿的果然是黄而旧的大褂军装,长得简直没了膝盖,系着一根细皮带,帽子因风吹日晒变成灰白色,那绑腿呢?打得像一根棍子一样,上下一般粗。黑色的大布鞋还有两个补丁,脸色比我还黑,黑得有点发紫,看上去似乎没有什么特别的表情。

"刘同志,这里写一条吧!"一口山东音。

"好!"

于是他们就在墙上很清楚地写了一行字:"中国人民领袖毛泽东同志万岁!"后面还有一行小字:"辽东人民自卫军宣",然后就提着桶走了。

这一下给我脑子里打了许多问号:"毛泽东是谁呢?既是'领

袖'为什么又叫'同志'呢？……光复后的花样真太多了！"

后来"黄大褂兵"在街上一天天多起来，他们说起话来总是老乡长老乡短的，买东西按价给钱；说实话，他们并没有一点得罪我们的地方，可是许多人都莫名其妙地讨厌他们，就连爸爸也在内。

"'中央军'没来，倒来了一群穷八路。"

"山东棒子没有一个好玩意！"一个邻居说。

这一下可惹火了另外一个邻居，他是去年才从海南来的"山东棒子"。他理直气壮地说："山东棒子？穷八路？告诉你们：遍海南都是他们的天下，日本鬼子听见'八路'两个字，就吓得没魂了。就是你们才大惊小怪的，光看人家穿得不起眼。"过几天这个伙计竟去参加"八路"了。

警察被"八路"缴了械，维持会也解散了，八路省政府的大布告贴在墙头上。

学校里开始议论起来。

"八路都是乡下佬进城，连电灯都没见过。"任明学着山东口音说："噜！真神了，这个玻璃泡子怎么会亮的？"

"哈哈哈……"我们笑得透不过气来。

"你说八路傻不傻，仓库里那么多大米他们不吃，天天啃包米楂子！……也许，他们吃了大米不消化呢！"

"嘻嘻嘻嘻——"又是一阵得意的笑声。

"你说黄大褂难看，人家就是舍不得脱呢！"李凤枝是我们当中最看不起八路的，就好像她天生下来就跟八路有仇似的，她笑得特别响，不时将她那崭亮的皮鞋扬起来。

同学们都任意发挥自己说俏皮话的天才，弄得大家笑得前仰合的。王老师也参加，说共产党只会破坏城市的文明。还叫我们当心，别叫他给"共"了"产"去。

在这样场合里，只有汪乃芳默默地坐在那里一言不发。

十一月七号，安东电影院里开了一个"八路会"。一点派头也没有，简直跟看戏一样，人们来回地走着议论着，喊着不起劲的口

61

号,至于那位"政委"到底说了些什么,我们根本也没听进去,只顾议论着:"政委"是个什么官呢?

四

过了几天我们学校里发生了一件新鲜的事情,那就是来了一个"女八路"。

她是来教歌的,王老师介绍说她是抗战八年的"老干部"。还说是北平贝满中学的毕业生。"八路哪里来的北平学生? 一定是吹牛!"我们都这么想。

级长照样地喊:"起——立——坐!"她从容地走上讲台没说什么,转过身来在讲台上写起歌来:"我们的国旗到处飘扬",一会儿就把歌教会了。

王老师咳嗽了两声,就开了口:

"同学们! 你们,你们受了十四年的奴化教育,许多国家大事都不懂,阮先生是精通一切革命理论的,大家可以多提问题,她一定给我们很满意的答复!"他转过身去好像很谦逊地对女兵笑着说:"阮先生,请指教!"女兵微微地点了点头。

我们互相交换了一下眼色,都会意地笑了:"她是一个乡下姑娘,能懂什么! 一定不是我们的对手,非难倒她不可!"于是我第一个站了起来,算是总攻击的信号。

"请问阮先生——"

"请你叫我阮同志吧!"女兵说。

"阮同志,请问:东北是苏联出兵光复的? 还是美国原子炸弹光复的?"我满意地坐下,看见王老师正向我顽皮地挤眼睛,我歪着头盯着女兵等她回答。

女兵用着北平腔,像广播员似的说话啦:

"这位同学的提法很有趣,要知道法西斯强盗的崩溃,东北的解放,这是全世界反法西斯人民用血汗换来的果实,英美的海战,中国人民和八路军敌后的苦斗,尤其是苏联红军在西方打败了日本老大哥德国，在东方又打败了日本，才解放了咱们东北，至于原子弹，那不是神仙，它是不能基本上解决战斗的，没有用原子弹不是也把德国打垮了吗？"

她并反问了我一句："你说是不是？"这意外的一问，把我问得措手不及，我只好点了点头。

我们的气焰被扑灭了大半，但终于不服气，于是问题又像风一般地刮着，有些同学都兴奋地站起来，一个接连一个：

"你说蒋委员长不抗日，难道他就一点功劳都没有吗？"

"八路军没有飞机大炮怎么能打胜仗呢？"

"国民党共产党都是中国人，为什么要打仗？谁该负责？"

提问题的态度由客气而强硬，后来甚至于敌对起来，恨不得咬那女兵一口才痛快的样子。而我呢，就在舌战里尽量想办法找她的漏洞和空隙，可是我失望了，她的话说得滔滔不绝，风雨不透，而且说了许多新鲜而深奥的名词，后来连头和手也动起来，矮矮的胖胖的个儿，睁着一双略微近视的大眼睛，雪白牙齿吐出尖利而洪亮的声音，她俨如一个永远推不倒的塑像似的站在讲台上。

大家的眼光都转向王老师求救，然而这中年的教员却像一头牛似的低着脑袋，细看自己那双穿鞋的蹄子，我们都急得要哭了。

于是全体静默了。

"……我愿意和你们做朋友，我是辽东文工团的教导员，名叫阮岳山，现在住在省政府，你们有什么问题可以去找我谈，真理是越争论越清楚的，再见！"她来了一个举手敬礼就大方地走了——留给我们的是片刻沉默，紧接着是一阵吵闹，弄得桌凳噼啪乱响，连王老师也维持不住。

过几天我们看到她演戏，演的是一个乡村的妇女，台风又自然又生动，看了她的戏，伪满时代的"吴影""鸣石"之流完全被我们踏到脚底下去了。

她的影子天天在我们脑子里转，尤其是李凤枝，她的样子长得很像阮同志，她常站在讲台上学阮同志演戏，她嘴里还不断地说：

"哎！这么好的姑娘，为什么要参加八路军呢？"

"真可惜，真可惜！"我也附和着。

"要是在'中央军'里那该多好啊！"

我们惋惜着，同情着，恨不得给她换上一套美丽衣裳，脱掉她的"黄大褂"。

五

这以后，好像日子过得非常快，新的事情不断地发生，使我感到不习惯，过去一套完全打破了。我心里非常烦乱，我不知道自己应该怎样才好。这心情继续了有半年之久。我曾把这心情写在自己的日记里，下面就是我这时期的日记。

三月十八日

停战，开战，和平了可又战争！八路硬说"中央军"进攻他，但如果你不抵抗不就没有战争了吗？

国军收复了沈阳，同学邻居们纷纷地传说着：

——"中央军"到凤凰城了。

——本月底国军一定接收安东！

——美海军在大孤山登陆了。

北平广播电台也有不少好消息，可是太多，竟弄得精神麻木。街上八路正在修理各种建筑，工厂大半也冒烟了，人们安闲地买卖着，"四道桥子"附近简直挤得水泄不通。

三月二十日

爸爸从街上回来，手里抱着一大包衣裳，是刚买的，我和弟妹都拥上去，爸爸一件一件地发给我们，有一套碧蓝色的男式西服正合我身，爸爸说：

"假小子，我就知道你乐意穿男人衣服。"

弟妹们争试着海军服，爸爸说：

"现在想买点什么就买点什么，没有谁限制你，明天咱们吃大对虾红烧螃蟹好不好？"我们都跳起来。

爸爸的平车生意很顺利,家里的生活挺宽裕,爸爸这个人,只要能把一家人弄得乐乐呵呵,他就心满意足了。

可是我呢,虽比他小二十几岁,脑子里却堆满了难题,终日里在左思右想。

三月二十二日

男女合校的高中招生广告已经登了好几天了,早饭后汪乃芳来约我去报名,我不愿意去念"八路书",但乃芳说:"年轻人呆在家里干什么?"爸爸也说:"当然要去了,好歹总是中国学校,比念鬼子书强,再说,只要学会本事有了学问,哪边还不一样做事。"

我咬一咬牙,就跟乃芳走了,一路上她告诉我,她爸爸和哥哥在铁路机关区做工,而且都成了职工会的"积极分子"了。她爸爸很赞成她念"八路书"。乃芳是一个很刻苦的学生,我曾记得,她一支铅笔用过一年多,她的性情沉默,不爱玩笑,但却蕴藏着一种潜在的力。

四月十五日

我爱好的是英文、乐理和钢琴,而功课却是什么近代史和时事,这几天还讨论"人为什么要学习",真叫人不耐烦,人为什么要学习?人生下来就得学习,不学习还行吗?这还要讨论?如此下去怎么能成音乐家呢?

最近还号召"从课堂走向街头"。同学们推举我去提意见,而级任王老师却说:"我有什么办法,我还不是人家一条狗?要不为了这几千块钱薪水,我才不干这份臭教员呢,有本事跟校长提意见去,人家说了才算数哪!"王老师做出一种特别难看的表情,真的,他教了半辈子书也没挣下什么家业,可不就是为了薪水。这回,他一定受什么委屈了。

我不敢去见校长,贾飞同学说:"你去嘛!他们不是口口声声讲民主吗?你告诉他如果再不上点正经课,我们就不念了!"我并不喜欢听贾飞的话,尤其讨厌看他那副尊容——大包牙,金边黑眼镜,但我还是被同学们推进了校长室。

话到嘴边,又吞了回去,并不是我怕校长。

他是广东人,说起话来有点像外国人讲中国话:"我听说你很有艺术天才,等毕业以后我介绍你参加文工团好不好,如今艺术要为人民服务呢!"接着就和蔼地笑起来,我吞吞吐吐地说了声:"谢谢!我不够资格。"他还说:"我们南方才好呢,冬天连棉衣都不用穿,那香蕉啊,把芭蕉树枝都压断了!嗨!要不是为了革命,我才不上北方来呢!将来我带你们到广东去玩好吗?"我又客气地说了声谢谢,就逃出来了,大家把我好一顿埋怨,尤其是贾飞。

四月二十八日

歌咏队选我当队长,我不愿意,可是结果还是推到我身上,下午领大家练《跟着共产党走》,真奇怪,我沉醉在雄壮的歌声里,好像增加了新生命力似的,我简直忘了是在唱"八路歌"了。

唱过歌,李凤枝悄悄地对我说:"你别'跟着共产党走'啦!你知道八路军把学生训练好了,将来送上战场去当炮灰!"

"谁说的?不见得吧?"我说。

"你还呆在鼓里呢!你看今天咱们班里不缺席了十几个吗?"她说完就扭着腰走了,到门口又回过头来做个鬼脸说:"你爱信不信,不信拉倒!""砰"的一声把门关上。

我赶快追上去问:"真的,李凤枝我告诉你,上次校长还叫我参加文工团呢,是不是想把我带走?"

"那谁知道?反正我现在就是这个主意:不迟到也不旷课,叫我参加什么活动我可不干!我爸爸说,要是逼狠了,我就不念了,爸爸说,可以给我们姐妹请个家庭教师,反正也化不了多少钱!"

"你爸爸是大阔佬,想干啥就干啥,我怎么请得起家庭教师呢?死了也得在这念下去!"我最讨厌她在我面前显示自己有钱,因此就说了这么一段话,她气着说:"穷还不好?现在正是'无产阶级'吃香的时候!"她轻视地对我用鼻子笑了一笑。

五月十日

散了工作会议,去打网球,球场上那位戴黑眼镜的贾飞,大惊小怪地咋呼起来：

"闪开点，民主分子来啦！"

大家都瞪眼看着我，我真气极了，要依以前的性子，我非骂他不可，这回我只用力质问他：

"你这是什么意思？"

"本来吗？民主人士还不光荣！"他皮笑肉不笑地露着黄色大包牙。

同学们都哄起来，我真忍不住了，抢过网球拍就向他扔过去，打了个空，惹得全场笑声更大，这个节骨眼儿，乃芳叫我去集合歌咏队，我就没好声气地说："他妈的不唱了。"就往校外跑，感到心里说不出的委屈，终于"哇"的一声哭了，我的手扶在校门上，头发都被眼泪粘在脸上啦，我一边哭一边想：

"他妈的！一向是野蔷薇的我，怎么当着这么些人哭呢？真丢人！"

乃芳替我擦着眼泪说道："哭什么？各走各的路，将来看谁对。"但是我却在想："耻辱啊，以后再不能夸自己是从来没哭过的女性了。"

其实，我现在一天天长大了，对事情不应该这么孩子气；像对贾飞吧，他今天这样对我也许不是没有原因的，人家都说他是"地下军"呢，是不是他想拿"民主分子"这个话来暗示我一下？也许他认为我已经"八路脑瓜"了吧？真是天知道！

我虽然也喜欢乃芳任明她们干得好像很起劲似的，但这多少是有点拿自己的前途开玩笑，我真怕她们堕入可怕的深渊里，而不能自拔，也许她们是太幼稚啦，还是李凤枝的"等待主义"保险，但我这可恨的性情，像火烧似的，恨不得一下子弄个水落石出。

共产党净说自己好，可是谁知道国民党怎么样呢？过去日本不是也说自己天下第一吗，可是现在……我真想骂一声"他妈的"了。

也许川畑会对我国齿冷吧？——哎！怎么奴化思想又来了。

六月一日

校长叫我做学生的代表到参议会去朗读"献词",并说:"你的嗓门大,咬字清楚,有派头,你不去谁去?"可是我记起"民主人士"来,就不愿意,乃芳把我拉到无人的地方说:"红秋,你看你,以前那么活跃,现在中国啦,你倒畏缩了,鼓起勇气来!"我答应了。

隆重的参议会上,我用银幕演员的姿势朗读了献词,参议员们给我一阵热烈的鼓掌,新闻记者还照了相,我满怀着光荣回到教室里。

打开书桌,泼下一盆冷水——是一个铅笔写的纸条:

"献词念得很好,这难道是你的真心话吗?"署名是个"飞"字。这一定又是贾飞,他就坐在我的后面。

贾飞真是一个谜,平常开会、宣传,他满口又是"民主"又是"革命"的,可是暗地里鬼鬼祟祟流里流气地竟乱"鼓捣",你既是为国为民的"地下军",干吗不光明正大一点?也许,校长他们还把他当成"积极分子"呢?!

六月十二日

昨晚广播了唱歌,很晚才回家。

字条今天又"飞"来三个,看字体不是一个人写的。

"八路给你多少钱你替他们宣传?"

"你他妈的乱喳喳什么?你的小命值不了一颗子弹!"

"告诉你,国军最近就要来了,先杀随八路的学生!"

我的妈呀,你的女儿受人欺侮了!

恐怖,我觉得四周都有"黑眼镜"监视我。

我向谁告发呢?校长吗?王老师吗?乃芳吗?爸爸吗?不,谁我也不相信,谁也不能了解我!

将字条撕碎,落在地下。

眼泪吞到肚子里,我竟成了软弱的猫儿。

七月三日

计算起来,我自动脱离歌咏队已经二十多天了。

七月学生演出大比赛进行到第二天了，我不能不去看看，今天是我有生以来第一次穿花旗袍，静静地坐在会场的角落里，为的是不愿意叫任何人看见我。

我校歌咏队在乃芳领导下进行，他们并不因我不在而减弱，他们唱得很好，我在台下嗓子也痒起来，但我怎么能走上台去高歌一曲呢？我是落伍者吗？不，我有我的苦衷，我有我的主意。

一只胖胖的小手拍在我的肩上，我回头一看，女兵阮同志笑眯眯地看着我。

"夏红秋，你怎么不上台唱歌呀？你的嗓子跟银铃似的！"她说。

"阮同志，你怎么知道我的名字啊？"

"那一天，不是你第一个向我提问题的吗？我听说你很爱音乐，你今天怎么不上去啊？"

我害羞了，我不愿意撒谎，我晓得是骗不过她的，但又叫我怎么说呢？如果说"我怕，我不愿意"，她岂不笑话我吗？如果她要追问下去，牵扯了别人，那更严重了，只好支吾着：

"我，我病了，阮同志，我病了。"

她睁着温柔的眼睛看了我半天，就说："那就该好好地保护身体呀，健康是革命的资本。"握握我的手上后台去了。

七月十七日

学校成立了学生暑期工作团。准备下乡。

乃芳叫我参加，我不干。我最近和她疏远多了，我怕和她接近，因为人家都偷偷管她叫"八路腿子"，她最近更忙了，身体好像也壮了一点，脸上有时也泛起一层红晕。

王老师被校方辞退了，我送他出了校门，他仍然是诗人的热情："夏同学，记着你王老师忠告：认清方向，不要为假象所迷惑，你是有希望的孩子。"还说："最近我也许要离开这里，愿我们相会在凯旋的歌声里。"还回头向我招招手。

我一定要牢牢记住他的临别赠言。

国军既占领了本溪湖，为什么还不到安东来呀？我到底要亲眼看看他们什么样儿，一切宣传都是不可靠的。

国军啊，国军！你真叫我望眼欲穿了！

七月二十四日

据传说王老师上了沈阳，并立志要去从军，他到"祖国"的地方去啦，祝他一路顺风！

李凤枝今天告诉我，她决定下学期不念了，请个家庭教师。

四婶进城来，一进门就抱头痛哭：

"可了不得啦，俺家的地都被穷棒子分啦！粮食也抢光啦！你四叔给'豆蒸'啦！穷人给他戴大帽子游街，还打了嘴巴子，家里给翻个箱柜底朝上，鸡飞狗跳墙，哎呀！这还了得，翻了天啦！"她一把鼻涕一把泪，怎么劝也劝不住。

"俺家的地是祖先传下来的，他们凭什么要分？租给他们种还不领情呢……都是那个死八路给他们撑的腰，要不穷人哪里来的狗胆。"她用大烟袋杆狠狠地指着天："非遭五雷轰顶不可！"

我真不懂，这难道就是"共产主义""土地政策"吗？我非去问问他们不可！

到学校，我气汹汹地走到校长室说："校长，我有个问题不懂。"

"什么问题？欢迎你问。"他安详地看着我。

"平均地权我不是不赞成，但是为什么要斗争呢？斗争讲理也可以，为什么要打人翻人家东西呢？弄得人心惶惶，社会没有秩序……"

"人心惶惶？谁人心惶惶？"他问。

"乡下人。"

"乡下人什么人？地主还是农民？"他问。

我本想说是我四婶，一想她是地主，就把话收回来了，就说：

"校长，我总想：政府下个命令，叫各处分地，地主自己也留一点，这样大家安居乐业多好。"

他笑了一阵说："夏红秋，我现在跟你说道理没有用，过些日子

70

你们自己到乡下去看看就知道啦!"

不论到哪去看,我死了也不服这个劲!

八月一日

昨晚听到北平广播说:"欢迎中共区的青年去沈阳求学,可以完全免费。"祖国多么爱护我们这些可怜的青年啊! 啊,啊! 我决定最后去巡视一下安东。

镇江山的樱花已经凋零了,没有什么好玩的,出了神社,过镇江桥直奔日本小市场,在百货公司的玻璃窗里我看到自己的影子,我长大了,更健康了,我像是可以飞啦!

在小市场遇见了川畑,她在卖鲜花。她轻轻地叫了一声:"夏桑!"我就变成感情的俘虏了:"你,你,还没回国吗? 老师。"

"慢慢我就要回去的,请你不要叫我老师了。"她说。

她苍老了,像许多在街头干苦力的日本女人一样,再也看不见当年她那股威风的气概了。

"夏桑,过去你不恨我吧?"

"……"

我不知道怎么回答,慌乱地从兜儿里摸了几张钞票塞到她的手里,顺手拿了一枝小花,匆忙地撞着人群走开了。

路过安东剧场门前,贴着文工团演出《李闯王》巨型的广告,阮同志站在门口说:"夏红秋,今晚上来看我们顶演吧。"

"谢谢你。"我很冷淡的。

"夏红秋,你要能参加我们文工团才好呢。"

"唔,我不够资格……"我忽然对阮同志讨厌起来,认为她是对我的前途最危险的人,因为这时我的心,已经完全飞到另一个境地里去。

六

我决定到沈阳去,虽然那里一无亲戚,二无朋友。

我不能呆在闷葫芦里,我敢说:这种日子是人生最痛苦的,我不能像李凤枝她们那样等待,等待,等到哪一天才是个头啊? 我要探求真理的所在——虽然也有人说那里很黑暗。

我从来没单独出过门,这是第一次,也是决定我命运的一次,犹豫和怯懦都会耽误大事的。

决心下定了,心里倒觉得松快些。

当家人都睡熟了的时候,我偷了妈妈一只戒指,我是做贼吗? 不! 亲爱的妈妈请你原谅我,你的女儿决不是那种"败家子"。我写了小纸条放到箱子里:"为了我光明的前程,暂借金戒指一用,女红秋。"

学生装外面罩了妈的一件半截大褂,用块布包了头,妈问我干什么,我说:"今天学校演新剧,我演个乡下大嫂子,你看像不像?"妈就笑着做饭去了。

我不愿意在安东站上车,因为怕碰上熟人,恰好那天是旧历七月十五,很多人下乡上坟,我就混在一起,一口气走到了蛤蟆塘,我想:"不坐车我徒步也走到沈阳了。"车站上宣布不卖票,今天是军用专车。

火车拉了两声笛,车身一动,我跑过去拉着铁扶手一跃就上了火车,我赖皮似的想:"反正八路军讲理,总不能打我。"其实我站在两个货车厢的交界处,根本没人看见我,火车一开动,我不由得一阵心酸:"就这样离开故乡了吗?"我回头一望,一粒烟灰迷了我的眼睛……

黄昏时候到了连山关。

一个小八路军拦住我的去路:"有路条吗?""没有啊。""那对不起,不能进街。"我急中生智就撒了个谎:"小同志,你不认识我吗? 我就是当街上人,刚打这出来,这还要路条吗?"那个小八路把枪一背就说:

"对不起! 我刚换的岗。"我竟这样幸运地逃过了这一关,自己开始埋怨没有出门经验,事先没开通行证。

拂晓,沿着铁路向北走,过了下马塘,一口气赶到南坟;脚磨破了,腰累酸了,但仍走着,因为过了一个大山洞就是交界,绕过火线就到桥头镇,那儿有国军驻扎着。

"只要说明了来意,他们一定会优待我,欢迎我,于是把我护送到沈阳,然后进学校,然后安静地学音乐,然后留洋,然后——音乐家。"想着想着就到了山洞口。

山洞背负着沉重的长满了树木和野花的大山,洞口被烟薰得发黑;铁轨顽强地伸进洞里,我踏着枕木一步一步向黑黝黝的深处走,像希腊神话上的骑士似的,昂着头,挺着胸,睁大了眼睛闭紧了嘴,心里还不断地想:"我现在的样子一定很威武吧?可惜没有一个人在这里欣赏。"

走着走着身后洞口进来的阳光消逝了,前面是一片漆黑;啊!骑士走到坟墓里来了!洞顶上开始漏下水来,这几十年不曾见过阳光的山洞简直是个大冰箱,我连连打着寒噤,牙也咯咯地直打架。

"当炸这山洞的时候,不知有多少劳工,变成了屈死的鬼魂,他们的血也许仍在我的脚下流着……"越想心越跳,任凭什么"不入虎穴焉得虎子"的精神胜利,也止不住我浑身的颤抖,我简直有点后悔此行了。

好容易前面才出现了像鸡窝门那么小的一个亮孔——洞口,我才算得了救,走出来,我向着山林和天空,像野人似的大叫起来:

"啊!啊——"似乎震得整个天地都嗡嗡地回响, 只野鸡扑打着翅膀从草巢里飞走了。

"谁呀?"把我吓了一跳。

一个矮小的慈善的老人,坐在石头上抽烟,我多么高兴啊,这下可看见个"人"了。

"您上哪儿去?老大爷?"

"上奉天去,我是个背卷烟纸的。"他指指背上的麻包。

啊!有了同伴了,而且是一个老头,这对于一个姑娘的我,是多么可贵呀,难道是什么仙女差他下来帮助我的吗?

"老大爷,那咱们是同路人,请您多照顾啊!"

"怎么？你也上奉天？去干啥？"

"我，实不瞒您说，我是去念书的。"我坐在他旁边，脱下鞋往外倒土。

"唉！念书啥地方不能念，还要上奉天？又是个单身妇道，你胆子可真不小呀！"他惊奇地看看我，然后把烟袋在石头上敲了两下就揣到腰里，背起麻袋说："天不早了，走吧，到了'卡子'上要小心，珍贵的东西可得收好。"我虽不懂他的意思，却也把那唯一的金戒指放到包头布里去。

太阳落了，才看到桥头镇的黑轮廓，我的心立刻收缩起来，远远的淡黄的电灯光底下站着两个穿灰军装的兵士，这一定是国军了！我的脚像竟走似的飞起来，那老头累得跟不上趟，直说："你这姑娘真是世上少有，脚都走肿了，还这么有劲。"我微笑地回头看看他想道：这老头怎么能知道我的心情呢？——啊！到那边拿什么做见面礼呢？要按外国电影上的办法应该来一个拥抱！那可不行！应该握握手，啊！这是多么有意义的握手啊！一九四六年八月十二日的黄昏，是我生平永远不能忘记的一天。

快到了，我正考虑第一句说什么的时候，那老头忽然说："你一句话也别说，你要说话我可不能保险！"

"什么？"我莫明其妙地一怔，把刚才想好的话全忘了。

"这个女的是什么人？"一个镶金牙的国军说。

"这是我的儿媳妇，她娘家住在安东，老总。"老人将他在沈阳的居住证给他看，接着用笑脸交给那金牙国军一叠钞票，国军数了一数就挥手说：

"过去吧！"我的"公公"连忙拉着我过了卡子。

夜宿桥头小店，吃过饭我问：

"老大爷，你干吗给他钱哪？"

"不给买路钱就能过来了吗？傻丫头！"

"在八路那边，也得给吗？"

"在那边？"他用手比个"八"字："上赶子给人家，人家也不要啊！"

那位"金牙国军"开始给我留下很不好的印象，但睡下来却想："这是个别不良分子，为生活所迫才干的，大多数……"

七

到沈阳，在车站卡子上，看见警察乱打行人，我很气不忿，就说："同志，你别……"结果挨了重重的一个耳光，还说我是"八路间谍"，没有那深知世故的"公公"，我几乎被带到"局子"里去。

"公公"和我分手，他劝我以后说话待人都得小心些，他真是个好人。

我被"红帽子"带进一座大旅馆，住在一间充满了臭虫的屋子里。虽然被吸血，起先还可以迷糊过去，后来终于被隔壁的牌声把我震醒了。想来他们一定是很快活的，要不怎么会不时发出"哈哈""嘿嘿"的笑声呢。其中一个女人笑的声音特别尖，好像是女高音，另一个粗鲁的南方口音则是男低音："哈哈，碰，可惜这一把清平牌啰！"再加上砰啪的牌响真是一个大合唱呢。

茶房来登记旅客，我都照实写了，他小声地问我：

"安东不错吧？"

"嗯，还好。"我答。

"包米面多少钱一斤？"

"十二三块吧。"

"真便宜！安东没有中学？"

"有，我不喜欢。"

"奉天的，您喜欢？"

"嗯，总该好一点。"他问得我不大好回答。

他向我笑一笑，又说："到安东的路好走吗？明天请你给我开个路线，我想到那去混饭吃去……"我想："为什么我往沈阳来，他倒向安东去呢？真奇怪！"他拿着登记本要走了，我说：

"茶房，请你叫隔壁房间轻一点好吧？时间不早了。"

"您亲自去说吧,我可不敢。"他伸伸舌头说。

"怎么不敢?"

"他是主任哪,你没听见这口音?——重庆来的,人家开房间就是为的玩儿嘛!"他出去了,到门口还来了一句:"先生,请安息吧。"

这真是个奇怪的地方,隔壁又唱起歌来,是一曲细腻缠绵的《满洲姑娘》,这难道是日本女人唱的吗?不会错的,发声咬字都是那么准确。

出去上厕所,正碰见一位穿着白睡衣的男人,右边脸上有一块红痣,真是个奇怪的脸儿!他跟跄着走进隔壁房间。

他们胡闹了一通夜,但我没有去干涉的勇气,因为我已经得到教训了。

第二天早上,母亲的戒指被戴在一个肥胖商人的无名指上,递给我五千元长条钞票——东北九省流通券。

街上,我前面走着几个女人,脸蛋、嘴唇、手指盖、脚趾盖几乎都涂得一样鲜红。后面跟着几个军官,用南方话跟女人打着招呼,女人们也有时回头答话,把我加到当中真叫人难堪,我赶快跑到道旁,一会儿他们就笑到一团去了。

跳舞场门口军官很挤,而我自然没有细看,因为我要赶快办我的大事。

走进一个学校,问一问,说是"长官子弟"专有的,怪不得校舍这样堂皇,门口还停着几辆哈叭狗似的小汽车。

叫了洋车拉到东大先修班,我的学问不够,又无文凭,连考也不敢考,最后才到了一个高中,冷淡的门房总算赏光把我引去见训育主任——他先生正在沙发上打盹呢,我就悄悄地站在门口等他醒来,他张开睡眼问道:

"怎么?你是从安东来的?"

"是,主任。"

"谁指使你来的?"他忽然口气严重了。

"没有谁,我自己。"

"你自己？不对吧？老实说没有关系。"他完全是法官的态度。

"实在的,北平广播——"

"哈哈哈……北平广播？这个,没有征求我们同意,乱吹牛皮!"他伸了伸懒腰接着说:

"你带了学费吗？二千五百块一个学期,膳宿在外。"

"中共区来的,也要学费吗？"

"那吃饭总得自备呀! 国家正困难的时候。"

我一时不知道怎样答复好。他想了半天说:

"这样吧,你参加青年团做些工作,既能解决生活问题,又能学习,如何？"

"青年团?"我问。

"对了! 就是三民主义青年团,蒋主席是总团长啊!"他特别夸张这"蒋主席"三个字。

"不,我要求学,不想参加政治团体。"我是听说过"三青团"的,紧接着我就说了一篇恳求的话:"主任,您知道我是抱着多大希望来的,您再不帮助我,那我……我就变成无家可归的人啦! 请主任……"

主任的睡眼,端详了我半天,右手慢慢地拍着大腿,嘴里只顾说:"难呀! 难!"然后突然眼珠一转,站了起来:

"好! 我做一桩好事! 你住到我的公馆里去吧,我供你念书,供你吃饭穿衣。"

"啊! 主任,这……这是真的么?"多么意外的收获呀!

"我还能骗你们这些青年吗? 嘿嘿嘿,我看你很纯洁,很有志向,大可造就! 我一定要好好地培养你,将来,能成为建国的人材,……嗯,这个这个,你当然也可以给我许多的帮助,许多的安慰……我这个人就是好交朋友,就是……"他得意地抹一抹嘴边的吐沫星子,在地板上来回地走动起来;突然,右脸上一块红痣刺到我的眼睛里,我本能地"啊"了一声,把他也吓了一大跳。

原来就是昨晚在旅馆里那场叫嚣的总指挥站在我的面前,我慌

乱地站起来说:"谢谢你,主任,我——我去取行李去。"连礼也没有行,就走出来了。那主任紧紧地跟我出来,热情地叫着:

"一定要回来啊! 我派校工去帮你拿吧。"

"不,不用!"我逃出了学校的大门。

我生怕他追上来,就拼命地跑了一阵,转了一个弯才停下来,抬头一看:啊! 这是什么地方?电杆像魔手似的向我抓来,大厦张着巨口,好像要把我吞下去……

我的眼睛里不断地闪出许多的红色:红色的脸蛋,嘴唇,红色的手指脚趾,红色的痣,红色的酗酒男人的眼睛。

我毫无目的地走着,眼睛虽然睁得很大,却看不到什么东西,只有过去在安东时人们的影子来回地跳动:汪乃芳在写字,阮同志在演戏……同时,校长讲的"蒋管区的黑暗"也一幕一幕地映出来……"怎么办? 我往哪儿投奔呢? 这冷酷的都市啊!"我感到眼前一阵阵地发黑。

"是夏红秋吗?"难道是鬼在叫我?

你们猜这是谁? 原来是王老师,——你们以为我会哭吗? 不!我连一滴眼泪也没有流,只是默默地望着他——他是这个天下我惟一的亲人啊!

"王老师,怎么你现在卖这个吗?"我指着他的烟摊子问。

"嗯,"他苦笑了笑说,"投笔从戎的好结果!"

王老师用着十分平静的语调,告诉我他来沈的经过:先是用两万块钱买了个少尉,名义上是个排长,其实一兵一卒也没有,后来兵少官多,连长就叫他当兵,他不干,向连长索还买官钱,连长说早就用光了,他叫连长跟他去找团长去,连长就用手枪把他撵出来,结果四处投奔无门,只好摆烟摊糊口。

"现在,一切我都明白了,在这个地方你若没有亲戚,没有门路,没有钱,你纵然有天大本领也找不着工作!"王老师叹着气说,完全失去了以前那副诗人的腔调。

"老师,咱们上救济行署去想想办法吧?"

"我已经去过了,我在这二十几天,什么滋味都尝过了!"

"难道,我们真连一点办法也没有了吗?"

"嗯,要不,我也不会卖烟卷了。"

静默。

"那,那咱们回安东去吧。"

"不,夏同学,我没脸回去了,再说我回去共产党非杀我不可。"

"那我,我呢?"

"你出来人家不知道,我看你还是回去吧!"

天慢慢晚了,大楼上挂着的"蒋主席"大幅像,被黯黑的夜幕渐渐遮住,他的面孔上,往日浮着的伟人神气已经看不见了,模糊地看去,却像华君武漫画中那副丑相。

※　　※　　※

火车站的红灯,把铁轨照得好像一条条的血管,绿灯反映在铁轨上,却像一道道的青筋;这种可怕的景致,只有在当时的我才能体验出来的。

王老师送我上了车,闷热吵杂又拥挤的车厢里,叫我们说什么好呢? 我们又敢说什么呢?

"夏红秋,你回去到我家里告诉我的内人,就说我一时不能回去了,当然也不能把她接到沈阳来,让她骂我吧,有什么办法! 还有我的明明和玲玲,你告诉他们,就说你爸爸不能养活你们啦……"王老师的脸变成铁青色的,满脸的胡子,像枯草似的蓬松着。

"老师咱们一起回安东去吧。"

"不行,"他附在我的耳朵上说,"共产党虽然好,可是我害怕……因为我做了对不起他的事……"火车尖叫一声,像荒山中的虎啸,他颤抖了一下说:"啊呀! 车要开了,夏红秋,再会了! 将来,你真的有了前途,不会忘记你这可怜无知的老师吧?!"

叫我说什么呢? 我将九省流通券的大部分塞到他的口袋里,他目光炯炯地望着我,从他那干燥的嘴唇里送出这几个字来:"我把你引错了路，你反倒……"

<h1 style="text-align:center">八</h1>

归家的路上，还没到连山关就漆黑了，晚风呼呼地作响，坟墓上飘着"鬼火"。我正在发愁的时候，看见前面有一线光亮，走近看原来是一栋小茅屋，小狗拼命地要咬我，门"呀"的一声开了，一个小姑娘把狗喝住，我被引进屋子里。

老太太急忙下了炕，很亲热地拉住我的手说："是张同志吗？嗜！你看我老眼昏花的！"她难为情地揉揉眼睛说："先生，请坐。"我很快地跟她说明了我是来借宿的，那个老太太立即叫小姑娘烧火，自己用那枯瘦粗骨节的手做起"面疙疸"来，还一面咕哝着："在家靠父母，出外靠朋友，你看这么黑灯瞎火的，要是找不到个人家，怎么过夜啊？"

在一盏油灯下，我把这屋子看了一遍：一张破旧烤煳了的炕席上，放着一堆露出黑棉花的被，几件衣服也不比抹布干净多少；小姑娘长得倒挺俊，却全身一丝不挂，锅灶里熊熊的火光照着她那胃扩张的大肚子。墙上连半张画也没有，只有那串红辣椒还显得有点生气。

"农民原来是这样生活着的啊！"我想。

"老太太你家的男人呢？"

"二儿子去年腊月当了八路军，大儿子找张同志他们开会去啦，合计斗争赵大院的事。"她接着说，"张同志啊，也是你这么大个岁数的姑娘，能文能武，说起咱穷人的道理，简直就说到俺心里去啦，连县长都满口称赞她呢。"我不愿意听她老在我面前夸另外一个和我一样大的姑娘，于是就插嘴问："你家有几天地啊？"

"哎，别提了，连她爷爷的尸首还埋在赵家的地里哪，这不是，上月张同志来给咱分了三天地……"

面疙疸做好了，她端给我一面说："唉！咱扛活的家哪有好吃的，不像人家赵大院，顿顿都有鱼肉上桌，连张同志还跟我们啃包米楂子呢,赵大院几次三番下帖子请她去坐席,人家可就是不去。"她给我盛完满满一碗,就盘腿坐在炕上拉起呱来,她告诉我她家给人家扛了三代的活了。"那苦可就别提了,真是顶星星下地出月亮回家,田里滚地里爬,我们老疙瘩都活活累死了,到年底一算账,总还亏人家赵大院的呢。"她把灯花拨了一拨,屋子里立刻明亮了一些,小姑娘已在炕头上呼呼过去了,她还很有兴趣地谈着:"你说,张同志她再不来闹斗争,咱穷人还有出头的日子吗?"

"斗争,斗争!老大娘,地也分了,房子也有了,还斗争干啥?大家伙安安静静太太平平地过日子,谁也不管谁,谁也不欺侮谁,这该多好!"这是我心里闷了几个月的问题,竟跟这乡下老太太提出来了,她笑了笑说:

"先生,你们这些大学生,怎么还没'开脑筋'呢?"说着她咯咯地笑起来,我只好陪着她笑笑,但恐怕有点脸红的吧?她说:"你想,咱穷人谁不想种自己的地,住自个的房,消消停停地过几年?人家'有力者'可不让哪,今天说'中央军'来了要杀穷棒子退地,明天又想翻把,后天又要勾胡子破屯子,人家还是有钱说了算哪……告诉你先生,张同志说了,这回就得把'有力者'斗得再不能兴妖作怪了……"她又在灯里添了点油,还想谈下去,可是我已经连连打呵欠,她就说:"先生,你倒下吧,这有被,你盖上,秋天就爱着凉。"我一看这床破被,我心想:"盖一晚上被弄一身虫子叫不合算。"就说:"老太太,你盖吧,我不冷。"就穿着衣服睡着了。

等我醒来时正是夜半,原来我是被冻醒的,两边看看,她俩睡得正甜呢,开会的男人还没回来,没有办法就把身子团在一起,但冻得怎么也睡不着,而且喉管发痒咳嗽了好几声,好容易才闭上眼睛。一会儿,只觉得身上渐渐地暖和起来,好像是睡在母亲的怀里一样,我用手摸一摸,原来还是那床破被呀,来不及思想,我又睡着了。

直到天亮才起来,老太太已经把面疙瘩做好,端给我吃,我这时想:"这回一定要多给她几个钱,要不她何苦来这么招待我。"我掏出二百块钱给她,她死也不要,给小姑娘,小姑娘就跑了。真想不到,受苦的人,一个没有受过一天教育的老太太,竟有着一颗珍珠似的发光的心。

临别,她焦虑地问我:"那个反动派能不能来啊?来了咱穷人可就什么都完了。"我安慰她:"老太太,他们——不会来的。"她还招着手喊:"再路过这,来串门啊!"

我想我再也不走这条上鬼门关的路了!

"张同志她们还是对的……"我想着,同时四婶那副哭丧脸的滑稽相也出现在我的眼前了。

九

当我看见雄伟的鸭绿江铁桥的时候,我完全迷惑了,这就是故乡吗?故乡,我为什么这样轻易地离开你,又匆匆地回来了呢?

在沙河镇下车,顺着毛泽东大路向前走,道旁的树叶依然很绿;楼房虽不如沈阳的高矗,但也清秀,隔百余步,头顶上就有横跨马路的标语如"为建设民主、幸福、繁荣的新东北而奋斗!"等。路上,有粗笨的碾路机滚动着。

第一个强烈的感觉就是那些艳妆、烫发和高跟鞋都不知道哪里去了。代替的是短发男装——这不能不说是受了女同志的影响。

杨靖宇路口竖立着高耸入云的彩楼,它告诉我今天是"八·一五"一周年了,不怪家家户户张灯结彩的。我不由得把眼睛闭上,让那些红绿的颜色不要刺激得我太兴奋,我要回味一下这一年来:"啊!这一年的变化比我过去的十七年加起来还要多啊!"

真奇怪,不知是我的脑子变了呢,还是安东变了,总之,分别了仅一个礼拜的安东,我发现她非常可爱了。

随着一阵军乐声,一支黑制服的队伍向我逼近,队前飘着一面红地白字的旗帜:"暑期学生工作团。"

哎呀妈呀!这时候我全身的血好像都涌到脸上,脸上烧得火辣辣的,大概出世以来从未像今天这样难为情过,我赶忙躲到一家商店里。

乃芳、任明以及我熟悉的许多同学甚至连那贾飞也在内，一个个神气活现地迈着步子，好像故意要逗我似的，鼻子翘着，眼睛翻上天，嘴角上现出一种骄傲的微笑。起先，我只停留在羡慕的心情上，后来我变恼了，心里想："你神气什么？我夏红秋要在，恐怕还走到你的前头呢！"是的，我以前不管什么大事小情都走在前面，可是这回……我摸摸我的脸，依然烫手呢。

我怎么也不敢插进队伍里，只好远远地尾随着，而后面文工团的歌声又起：

"我们是东北的青年，站在斗争的最前线，面对着辽阔的海洋，背负着黑水长白山……"阮同志走在前面，后面是一列深绿色的军装队伍，左臂上的符号是"东北民主联军"。

一会儿，整个的城市都撼动起来，从工厂、学校、机关、商店，从四面八方汇集来好几万人，各样的服装，各样的歌声，各种样快乐的表情……

"这世界上就是我一个人心里不痛快呢。"我想。

会场上，旗帜飘扬，秧歌队飞舞着彩绸，台右面站着整齐的队伍，好几排粗口径的大炮，像狮子似的蹲在那里……正看得出神的时候，有人一把抓住我，你们猜是谁？原来是我的妈妈呀！她抓得我那么紧，好像我还会从她手里跑掉似的："孩子，这些日子我跟你爸爸什么地方都把你找遍了，你怎么还不回家去？你就忍心丢了你的妈妈吗？"她揉了揉她那红肿的眼圈，拉着我就走，上了马车，她把我搂住说："你看你，瘦了……你到底上哪儿去了？"

"没上哪去。"

"金镏子呢？"

"……"

"没有了就拉倒吧，好孩子，妈疼你，回家妈给你做点好的吃就养胖了。"她用软绵绵的手抚着我的脸。我依偎着她说："妈，您放心，我死也不离开您了！"于是就在她的腕上睡着了。

※　　※　　※

乃芳动员我参加了学生工作团。

按理说这回我可该很安心了,可是这时候我身上的那股勇气好像被谁抽去了一样,我老想睡觉,集体生活又不允许这样,我就想:"回家去每天吃吃饭睡睡觉得了,再也不出头啦。"

同学们开讨论会,我却紧闭着嘴,或者想东想西,爱漂亮的女同学,反复地照着镜子,我却懒得梳,头也不梳甚至于不洗脸,他们吵着闹着打球扭秧歌,我却睡在床上,倚在大树上,同学们都说我变成林黛玉了,我却想:"你们谁能了解我内心的创伤啊?"

"夏红秋,我最能了解你。"那天,我正一个人坐在屋子里看天花板的时候,贾飞进来对我说。

"那你猜猜看。"我连看都不看他,随便地说。

"你这种心理我是很熟悉的,你老实告诉我,这团体你满意吗?"他一面搓着双手,一面在我身边坐下来。

"不满意又能怎么样呢?"我故意要试试他。

他,这笨蛋,装着一股正经气说:"自然,咱们都是同学,我以十二万分的忠诚劝告你,如果你在这里很不舒服的话,倒不如退出……"

"退出又能怎么办呢?"

"自己回家去自修,或者,找一个理想的地方去求学……我敢给你打包票,你将来一定是一个音乐家! 不过这样下去,你的天才被浪费了。"他呲着包牙笑着。

"唉! 到哪去求学呢?"我耸耸肩膀说。

"现代的青年,"他站起来英雄似的说,"现代的青年必须有崇高的理想,有冒险追求真理的决心,你自己去考虑吧!"

我看他真好笑,就说:"贾飞,伪满的时候,你天天想当警察,是阁下的理想吗? 那回领着流氓学生打毁电影院子也是阁下的理想吗? 写那种吓人的条子给我,也是阁下的理想吗?"

"这……何必翻老底儿呢? 现在,我不是也很积极吗?"他说。

"对了,我正要问你这个,难道你对这个团体很满意吗?我看你吵吵得比谁都欢呢。"

"我?"他神秘地笑了一笑说,"这也是需要啊,将来我会脱离的,你放心吧。"他临走的时候还说:"为了大家的前途和友谊,请千万不要把今天的谈话告诉给任何第三者,因为那对你,一点好处也没有!"他敏捷地出了门。

这鬼家伙!他还嫌我受罪不够吗?我恨不得报告校长去,但一想,自己还有不可告人的事情呢……

十

临下乡的前一天,萧司令用汽车把我们接到饭店里,他自己已经先到啦。

同学们都很害怕,一走进饭厅,大家都屏住呼吸,穿皮鞋的任明像小猫似的轻起轻落,生怕弄出声音来;我正想咳嗽,但不敢,只好忍着,让喉管像小虫爬动一样地痒痒。因为我忽然记起以前老师们教训我的那些"礼节"。

萧将军——整个辽东大军的总指挥,完全不是我的脑子里所想的那么神圣不可侵犯;他矮个儿,瘦瘦的脸和疲倦的眼睛——听说他睡眠时间很少,总是被那些电报、开会、地图、谈话所忙碌着——他穿着一套黄呢军装,因为没有系皮带,倒像是中山装丁。

他和我们握手,他的手很软,与其说是个拿枪的倒不如说是像拿笔的。他居然和我们交谈起来,问我们家里生活如何?有下乡的决心吗?对民主联军有什么意见?他是那么轻松自然,使我们的血液也渐渐地畅流起来,四肢也活动了。

但,谁也不敢轻视他,因为我们都听过他的历史:十六岁参加中国红军,十八岁当了政治委员,在红军长征的时候,他曾用他的勇敢机智,交好了野蛮的猓猓,使红军安全渡过险地,抗战中他的萧华支队曾威震鲁苏,本来称他为"小娃娃"的伪军头子后来却闻风而逃。

"他该是个上将！"一个男同学偷偷跟我说。

我很幸运地坐在他的旁边。

他举起酒杯，打着细嗓的南方官话："为预祝同学们到社会大学里去锻炼，为工农兵服务，大家干一杯！"他首先一饮而尽了。

当我正在回味他说的话的时候，他给我斟上了一杯酒，我慌张地站起来，而他说："坐下，坐下。"就拿着酒瓶到别桌去了。

我拿起酒杯，脑子纷乱已极，一口就喝了下去，一股热力一直滚到我的心脏。

后来大家纷纷给他敬酒，我却没有，我想：我有什么资格和他碰杯呢？我这糊涂虫！我一个人闷头喝酒，在酒杯里，在紫红色通化葡萄酒的波纹里，似乎有日本军官那副倨傲死板的面孔和"红痣主任"那双野兽似的睡眼在摇曳着。

不知什么时候开始的，大家唱起歌来，一连唱了好几首，然后任明忽然站起来，张开她的小嘴喊道：

"请萧司令唱一个歌好不好？"

"好！"大家鼓掌，可是我却被他们这大胆的要求所惊吓了，我很着急地想："任明真是孩子气，刚来的时候，顶属她胆小，现在怎么又敢叫将军唱歌呢？"但大家的掌声仍旧连续着，我真怕萧司令板着脸说："你们简直是胡闹！"我用乞怜的眼光转向萧司令，立刻我觉得我的眼睛放出愉快的光芒来。

萧司令红着脸，用手理理他的头发说："这是大家的意见叫我唱，少数服从多数，我不会也得唱，这也是民主啊！"他笑了，他把他的笑声传播到每个人的嘴角上，心坎里，整个饭厅欢笑在他的歌声中。

玩了一会，萧司令开始讲话了：

"……我们东北的青年学生有很多优点：勇敢、热情、刻苦和强烈的爱国心；因此，只要我们能放弃那些个人的空想，坚决和广大工农兵站在一起，那就是伟大的革命力量！同学们！共产党和革命军队里有许多高级领袖和干部都是我们学生、知识分子出身的……"他不用"你们"而用"我们",好像他也是我们中间的一个似的。

"当然,因为我们隔了'一二·九'和'七七'这两个时代,对于祖国太生疏,加之受了日本鬼子反动的奴化教育,因此就产生了比较严重的正统观念,实际上,你们如果谁愿意,到蒋管区去看看就知道了。"我觉得他似乎是看了我一眼,我的手不知怎么动好,半杯酒洒在我的身上,他又继续说:"同学们!世界上本来没有什么叫做正统的,如果说有的话,'正统'是属于人民及其代表者的。"萧司令的话我全部都听进去了,一点抗拒也没有。他又用像母亲告诉孩子的口气说:"这一次下乡,到工厂里去,是最好的一课,在那里我们可以学会许多从来不懂的东西,我们更可以了解工人农民的痛苦要求,和力量,中国为什么一定要革命,革命为什么一定会胜利……"他沉着的口气,大方的姿势,显出一种青年政治家的风度。

回来后,我写了一篇墙报,但没署我的名字:

"谁说共产党不要青年知识分子呢?

你们以前和司令握手谈笑过吗?

谁说共产党没有人才?

你们见过这样年少的将军吗?

如果你还不佩服他的话,

请问:一八四师是怎样起义的?"

十一

刘副主席曾说过:"劳苦群众是人类力的海,智慧的源泉。"我倒不以为然。

我想:机器——是外国的科学家瓦特、牛顿等发明的。艺术——是贝多芬、高尔基们所有的,他们的名字响遍了全球,但从未听过一个劳苦群众的名字。

乡下人上街买东西,一个个是土头土脑,工人一个个都黑手黑脚,农民的脑子简直像土豆一样,而工人的也只能和他的铁锤差不多——不然商人们怎么专门欺骗"乡下佬"呢？

虽然我自己在学校也"勤奉"过，可是我总想不通。

这回上新开岭，我也想："'为工农兵服务'一次吧，我是个中学生，总比他们懂得多！"

下了车，矿山、电料厂、兵工厂派了很多工人代表来招待我们，并说已搭好舞台明天请我们演出，我们慨然地允许了。后来一打听，知道我们准备的三个戏，其中有两个，工人剧团已经排好，而且准备为欢迎我们而演出。这下子可坐了蜡了，大众都慌张地问：

"怎么？你们工人也能演戏？"

"我们演过好几次了，只是演不好。"

于是我们狼狈地赶排新戏。

次日，去参观獾子沟煤矿，一个年老的工人做向导。煤矿里的滋味比我过山洞还难受，好多同学都"妈呀，妈呀"地叫着，而那老工人拿着个瓦斯灯，大步地走着，还不时地回头说："不要害怕，煤矿是个险地，可是你看我干二三十年了，不是还活着？"然后他一连串给我们介绍了十几种煤炭的名字和用途。（过去我只知道两种：煤块、煤球，哈哈！）他又告诉我们有一种煤里有硫磺质，一不小心，一镐头就能造成火灾，日本人就把洞口堵上，整千的同胞都烧死在里边。他又说："哼！我们也不好好给小鼻子干，推'辘辘马'往外运煤，我们就把大棉袄放在底下，上边盖一层煤，推出去一倒，棉袄往身上一披……查出来是有死罪的，咱工人就是不怕死！"

我问那老工人现在怎么样。

"现在……那还用说吗，煤矿是咱国家的，是咱工人自个的……"他笑一笑，表示说你们学生懂得自然比我还多。

"新开岭附近还有不少好矿没动呢，慢慢地咱们都得开采出来！"他俨然是一种主人的口气。

"我们天天喊爱国，实际上啥事也没做，工人才是真正的爱国者啊！"我对乃芳说。

※　※　※

下午参观电料厂,好几百个工人都放下工作鼓掌欢迎我们。

研究室里有几个工程师,他们都是"八·一五"以前的工人(那时的工程师是日本人),他们正在研究一种新式军用发电机,计划改造得比缴获美国的还轻便耐用,他们在画着图样,摆弄着零件,厂长说他们已经有好几夜没好好睡觉了。

"再有两天就研究成功了。"工程师说。

"机器并不是死东西,只要咱们专心,就能发明出来。"

我也兴奋地插上一句:

"对了,世界上本来是没有机器的!"

※　※　※

又到了兵工厂,那庞大的机器里,每天都在吐出许多大炮、机枪、信号枪和地雷来,原来如此! 我们以前都以为:"八路军就靠着日本人扔下点武器,打完了就完蛋了! 人家'中央军'有美国兵工厂的后援呢。"

※　※　※

开工人座谈会,实际上就是给我们上课,虽然他们并没有摆出教师的架子。他们纷纷发言:

"在以前,你们见了我们矿工就得吓一跳,除了眼球和牙以外都是黑的,因为牙要天天吃饭能磨白,眼睛也不能揉黑。那时我们只能在夏天下河去洗洗澡,现在呢:职工会在獾子背、唐家沟、长山子都修了澡堂,你看我现在不是挺干净,像个人样了吗?"大家都哈哈地笑起来。

"以前我们生了病,火烧摔坏,日本人不管,自己又没钱,动不动就残废了,现在就是工人家属有病,一个电话就把医生请到家里来了。"

他们说工厂里已经没有小偷了,他们自己组织了自卫队,实行了"三八"制,他们为了支援前线还自动要求多做一小时工。

这时我想:"劳苦群众是人类智慧的源泉,力的海! 一点也不错。"

在都市里,我们以为工农是很少的,这回才知道是这么多啊!

"红秋,你说,共产党在工人和农民里扎了根,他们怎么会不胜利呢?"乃芳跟我说,我点点头。

晚上,露天公演,下雨了,他们还要看到底,结果浑身都湿了。演完,雷闪交加,幕布上都通上了电,我们都愁得没法子卸下,但工人们就勇敢地爬上去,我赶快给他们扶着梯子,仰着头说:

"小心点,上面有电!"

"不要紧,女同志!"这是人们第一次叫我"同志"呢,我实在不配。

十二

我们恋恋不舍地和工人告别了。

火车行至半路,忽然"哐当"一下停止了,紧接着是枪声和人声,护送我们的警卫连长立即拔出盒子枪,跳下火车,紧跟着一排战士也持着枪跳下去。

我们都紧张地站起来,面面相觑,手足无措,任明竟哭了,她的心里一定在想:"为什么要出来旅行呢,要是死了……"

一会儿一个有着宽阔的肩膀和粗眉毛的战士上来说:"诸位同志不要怕,是土匪扒了铁道,连长到前面了解情况去了,要是有土匪来袭击,你们就躲在车厢里不要动,我一个人就够他们受的了!"他把子弹推上膛,站在门口。

在我们的眼睛里,他已经不是什么"黄大褂兵",而是我们的总指挥,生命的主宰者。我问:"同志,不要紧吧?"

"咳,还怕他个把小土匪! 老子在山东一个人还抓过二十几个汉奸队哪!"说完又把刺刀插在枪头上。掀开一个手榴弹的铁盖。

连长回来了,我们赶快围住他,他笑着说:

"同志们,没有什么,要有什么危险我一个人负全责!"大家还不能松一口气,他看看我们的表情又说:

"萧首长命令我们保护你们这些文化人,我们就是全都牺牲了,也不能叫土匪特务碰你们一根汗毛啊!"

"连长说得对!"战士们也高喊着。

通讯员来报告说铁路正在抢修,今天要在这里过夜,车厢里又起了一阵骚动,直到警卫连把自己带的干粮给我们,才算堵上了嘴,但战士们却饿着肚子。

夜深了,白天还很不安的同学们都呼呼地睡去,有的盖着大衣和毯子,有的挤在人堆中取暖,车箱里充满了一种安逸的梦乡气息。似乎大家都以为车厢就是铜墙铁壁,可以抵住一切似的。

半夜里我醒来,下车去小便,夜是黑的,迎面吹来一阵秋风,高粱叶哗哗作响。

"谁?"战士从高粱地里发出来的声音。

"我,学生。"我走上前去仔细一看,四五个战士伏在地上,有一个握着一挺重机枪的把手,"还没睡吗,同志?"我的嗓子里觉得有一块东西堵住,鼻子发酸,眼睛流出一股热水来。

"我们都在等天亮,天亮就没事啦!"战士说。

前面坟丘上也隐约地有步哨在守望。

"同志们! 你们真,真太辛苦了。"我选不出一句适当的话来表达我衷心的感激。

"这是我们的任务啊,同志,保卫本溪的时候,我们这个连牺牲了三十几个同志,我们还十呢;为人民服务嘛,就得吃苦,就得牺牲——"战士的话像铁铸的。

我回到车厢里,一阵暖气扑到脸上,同学们还呼呼地睡得很香呢。

但我却好久不能入睡。后来干脆睁着眼睛:"等天亮,天亮就没事啦。"我好像手里也握着机枪似的。

十三

小组会已经开到深夜,大家都很疲倦,可是我还"守口如瓶",问题又被大家接连地提出来:

"你为什么半途退出歌咏队呢？"

"那一个多礼拜,你到底干什么去了? 你妈到处找你。"

"前些日子你总是翻着大眼睛乱想,你想什么?"

小组长乃芳叫我答复,我就胡乱支吾,越讲越不对头,只好说:"我没有什么好讲的。"

"那你怎么解释呢?"

"你到底是干了些甚么勾当? 你痛快地说呀!"那位叫做"小钢炮"的同学已经很不耐烦了。

"你怎么不开壳? 宽大政策你还不相信吗?"

"你们干吗要这样追问我呢? 我是犯人吗? 笑话!"我说过好像很生气地背过脸去。

"你不坦白咱们就等到你天亮!"小钢炮说。

"天亮就天亮,反正我也能熬!"我勉强睁大了眼睛。

汪乃芳终于宣布散会,同学们带着厌恶我的表情睡去了。

我也滚在床上,看着灯泡放出的一圈圈红绿的光芒,盘算起来:"说了吧,多丢面子! 立即传为全校的话柄:'夏红秋上沈阳碰了一鼻子灰!'而且,而且校长和同学们还能信任我吗? '哼! 一个典型的正统观念者!'……反正我已经决心进步了,过去的缺点放在心里慢慢克服就是啦,干吗要'坦白'呢? 实在逼得我没办法我就回家去,不革命了!"翻过一个身又想:"不说吧,叫同学们多伤心啊,明明自己都掩饰不了的事情……而且,而且别在心里哪年是个头啊?"

睡在我旁边的乃芳对我耳边轻轻地说:"红秋,我知道你在想什么。"

"想什么?"我问。她虽是我的好友,可是现在却已经有一层隔膜。

"你在想:该不该坦白,是不是? 你在思想斗争呢!"她说。

我咬着嘴唇不做声。

她坐起来,用一只手放在我的身上说:

"红秋,我们都是五六年的老同学了,我的为人你是了解的,我从来没有说过谎话骗过人,没有做过不正派的事情,你说是吧?"

"嗯。"

"那么你就应该相信我的话,红秋,过去走错了路,并不能怪我们,只能怪受奴化教育太深,太幼稚,对事情的认识太浅薄。要怪就得怪那个把我们从三四岁就抛弃了的蒋介石!怪那想尽了千方百计迷惑我们、毒害我们的日本鬼子!坦白吧,大家都等着你,你说了,大家放下重担,而你自己也就轻松愉快了。是吧?下下决心。"

屋子里是安静的,只有她一个坐在我的身边。

她抚弄着我的头发说:"我知道你想进步了,从新开岭回来以来,你就不像刚参加的时候那么颓废了,但你要真正进步,使大家相信你的决心,只有弄清楚自己的历史,不是吗?革命队伍里能允许有一个面目不清的人吗?你说……"

我怎么能说呢,我把被子蒙到头上,双脚用力地蹬那床铺,弄得像打鼓似的咚咚乱响。

"夏红秋,你的身体这样健康,又有着果敢的性格和稀有的聪明,大自然注定了你可以成为一个优秀的女性,只是你愿意把自己献给劳苦群众呢,还是卖给压迫劳苦群众的狐狸们?而狐狸们是活不长的,是快要被劳苦群众和民主联军打死了,……红秋,将来人类幸福之花开放的时候,你不愿意在花根下有你的一份血汗吗?你说呀!"她的声音,化为一道热气,钻进我的耳朵里,我把被子打开,像小孩子似的努着嘴说:

"我又没有参加特务组织!"

"谁说你一定参加特务组织呢?来,把被服盖好,你想喝水吗?不喝?好,睡下,慢慢说。"她也躺下了,我鼓足了勇气,开始给她讲沈阳那一幕。想不到她是那么同情我,她抱着我睡了一夜。

第二天,同学们热烈地欢迎我的归来,并拿我做例子去教育别人,我又重新驰骋在球场上了。

"红萝卜"（表示外面红里面白的意思）贾飞悄悄地拉着我的衣角："夏同学,你告诉我,你的坦白是真的吗?"

"谁还给自己造谣?"

"夏红秋,你真把自己的一生交给八路军啦?"

"怎么的? 你不赞成吗?"

"我要求你,不要宣扬我的事情!"

"你的什么事? 我这个人一向就是直性子,既然决心革命,那一切妨害革命的事,我当然是忍受不住的!"

"真的? 你就一点交情也不讲?"

"现在不是讲交情的时代,不然前线上也不会打仗了!"

他满脸横肉都颤动起来,把袖子卷了一卷,瞪着三角眼说:

"好,姓夏的! 我记住你,将来,将来再说!"他像乌贼放了一道烟幕,打算逃走。

我不知哪来的那么股劲,跑上去一把抓住:

"怎么? 还想写字条吓我吗? 还叫我'民主人士'吗? 还想动员我逃跑吗? 走! 找校长去!"我扭着他就走,这家伙吓坏了,连连求饶:

"哎哎哎,何必那么认真呢……你撒手,你撒手……"但终于到了校长室,我气愤地报告了一切。

校长对他倒很和气,只是劝他坦白重新做人,而贾飞却总是抵赖着。

过几天坦白大会上,贾飞报告了他当国特和破坏青年工作的经过,他到底在真理面前低头了。

汪乃芳兴奋地说:"红秋,贾飞的事是给你自己一个很好的考验,你胜利了!"

"乃芳,我想参加文工团去,你看好不好?"

"我赞成,那你就成了一个女战士啦!"

我和乃芳拉着手散步到火车站附近,她忽然说:

"你看,那是谁?"

我顺着她指的方向看去,发现一堆日本侨民中,川畑翘首向我俩张望着。

"她要回国了。"乃芳说。

"嗯。"我低着头,用脚狠命地踢那些散在马路上的小石头子,一句话也不说。

"你不去送送她吗?"她故意说。

我忽然扭转了头,向来的路上向学校跑去,乃芳在后面追喊着:

"你狂跑什么? 你疯了吗?"她好容易才赶上我。

"没疯! 我不想见她的面……我恨死她了!"我说。"前几天写反省自传时我总是想:以前川畑完全是有计划地谋害我,要用可爱的笑脸把我培养成一颗法西斯的种子,……乃芳,我为什么进步得这样慢呢? 就是她! ……我所以崇拜蒋介石是因为我把他当成了神仙一样的天皇。我为什么看不起八路军和共产党? 是因为我看惯了'皇军'和'国兵'的装备和'神气',我中了日本鬼子的毒,你说,我怎么能不拒绝生动的革命思想呢? 乃芳,这一年来,我受了许多无味的烦恼,奔波,总是徘徊在真正人民祖国怀抱的边缘上,不全怪她,不全怪川畑这个死日本婆子吗? 你说!"

"还有王老师,你忘了吗?"乃芳问。

"忘不了,他是个坏老师!"我回答。

十四

虽然没有老乡欢送参军勇士那么热闹,但对我已经是很大的鼓励了,同学们在校门口和我握手,为我喊口号,请我写纪念册,乃芳一直把我送到文工团——她是帮助我进步最重要的一个,我永远不能忘了她,但我觉得她的进步是飞快的,我好像始终追不上她,也许因为她是由工人家庭中出来的吧?

阮教导员和同志们都欢迎我,说我是"生力军"。

总务股长发给我一套崭新的军装皮带和绑腿,阮教导员说:"你穿军装一定很好看呢,穿穿看!"我迅速地穿上了,一照镜子发现脖子底下露出红衬衣的领子,她连忙给我扣上风纪扣,又问:"不会打绑腿吧?我来教你。"她真是个老大姐啊。——我看看自己这身"黄大褂",回想起一年前,不由得失笑起来。

"你来得真巧,今天晚上我们要乘最后一列车,从安东撤退了。"她说。

"啊?!"这消息使我大吃一惊,街上怎么一点动静也没有呢?

"你不回家去看看吗?"

这时我才想到我要永远和我的家,爸妈弟妹分开了,眼圈立刻湿了,但嘴上还说:"不,不回家。"

"那好,不要难过,这只是暂时的撤退,将来,我们还会回来的,不但这儿,全中国也将属于人民的,你信吗?"

"我信,阮教导员。"我立正地答道。

她是那么安然,好像一点也不觉得有什么慌张和难过似的说:"革命者离开家是常有的事,像我吧,家在北平,自己却在东北,将来还不知会到哪儿去。年轻的时候,应该不怕任何暴风雨……外面吹哨子了,你去集合吧——别忘了背上背包。"

就这样,我排到民主联军的队伍里。

行军,行军,有一个晚上在炮火的督促下竟走了一百二十里,我一直走在前头,只是轻了几次装。

是在一个月夜里,在高山的汽车路上,我们和学生工作团汇合了,他们一个个背着行李,穿着饱满的大黑棉袄,简直像可爱的小熊一样,我不顾一切地跑上去,和乃芳拥抱起来,半天没说什么,过去听阮同志说:"同志爱,同志爱。"现在才体验到了。

"同学们都出来了吗?"我问。

"除了工作团的,都没有出来。"

"大家的情绪怎么样?"这时我是一板正经的。

"除了任明昨天哭了一次,大家都还好。"

"唔!"我似乎有个担子卸下来了,忽然又回想起李凤枝来:"这下李凤枝可'等待'着了吧?叫国民党反动派好好教训她一下吧!"

"可不是,我们这几天老想,将来有那么一天,咱们胜利地打回安东去,李凤枝他们看见咱们不知道是什么表情呢?"被乃芳这么一说,我高兴地跳起来,立刻脑子里展开了一幅向安东进军的画面,但我忽然严肃地说:"就看咱们争取了,好好干,就能快一些。"因为行军的关系,我们又分手了。

快到达辑安城的时候,萧司令和警卫员们骑着大马赶上来,他正因歼灭蒋军二十五师而兴奋着,他报告了好消息以后就说:"同志们! 如果再经过这样几次锻炼,你们就由新同志变为坚强的干部了。"

但我自己知道,我身上还有很多毛病,这不过是我进步的开始,今后还要不断地努力,改造自己。

东北书店 1948 年 5 月再版

◇草　沙

东霸天的故事

一　到杨家洼的第一天

今天是旧历正月初三,我们工作队到了杨家洼。行李还没全卸下来,就来了一队秧歌,在门口打了场子,锣鼓喧天地扭起来,正要出去观赏,一个人闯进来了。这人中等身材,年岁有四十左右,脸有点臃肿,眼睛贼溜溜地乱转着。他身上穿一件半旧棉袍,头上戴一顶狗皮帽子,毛挺长的,脚上穿一双牛皮靰鞡,也是半旧的。我心想:"看外表,有点像中农;……中农为什么对我们这样有兴趣呢?"

哪知这家伙,开口就来个自我介绍:"敝人姓杨。"他用食指指着自己的鼻尖说:"大号叫文海,是本屯的屯长,……哪一位,是团长大人?"

我指着马同志说:"这是我们的队长。"

杨文海把一张红纸喜帖向马同志递过去:"这秧歌,是小的张罗的,也是小的领着扭,……嗨……"他装出一种卑躬折节的神气说:"民户都是死脑筋! 我跟他们宣传:现在是咱们穷人翻身的日子;毛主席为咱们穷人翻身操尽了心;咱们理应闹共产党、八路军的新秧歌! 他们不听我劝说,还是要扭旧玩意。哦,我只顾嘀咕啦,……队长大人和众位同志,请劳驾看一下,……请多加指教!"

马同志不高兴地把手慢慢伸出去,接了喜帖:"我们自己会去看的,用不着费心。"

杨文海这才行了一个九十度的鞠躬礼:"是,队长大人!"

"你们猜这家伙是谁?"杨文海走出去后,马同志低声问我们:"好,先去看秧歌吧,等会儿再谈。"

我们刚走出门,离场子还有几十步远,这时候,锣鼓敲打得很响,秧歌也扭得挺紧张,好像正在扭一个什么复杂的花样;杨文海一瞅见我们,赶忙从人群外边纵进场子中间,举起手大声喊:"共产党万岁!"

立即,锣鼓不响了,人们不扭了,大家都跟着杨文海喊口号。第一声喊过去了,接着是第二声:"毛主席万岁!"第三声:"八路军万岁!"第四声:"穷人翻身胜利万岁!"第五声,却是在这样喊:"工作队身体健康万岁!"第六声,更是突兀,而又莫明其妙:"队长大人平安万岁!"

他们的口号喊得很快,很整齐,好像事先训练过。我身旁站着一个挂棍的瘸子农民,衣服穿得很破烂,旧棉絮都露在外面,我低声问他:"杨文海是个穷人吗?"

"我是才从别处搬来的新户,"那个瘸子农民说,"你问旁人罢。"

我们工作队的小同志张生,天真地插上说:"杨文海的成分如果好,历史如果清白,咱们可以找他当积极分子。"

"那你就找他吧!"马同志笑着说。

秧歌队总是使劲地扭,似乎都要扭出油来,向前一扭,头低垂下去;向后一扭,脸就朝天仰着。要说有点新鲜味儿,只不过多了个《东方红》的歌子。我们很奇怪:杨家洼统共才五六十户人家,单是化装来扭的,就有七八十人,加上干杂的,跟着看热闹的,足有两百人。

二 假冒穷棒子头

当天晚上,马同志就告诉我们:杨文海这家伙,就是那有名的,绰号叫东霸天的;和前半个月江西村枪毙的西霸天,是两个同样罪大恶极的坏蛋。在伪满的时候,杨文海当伪甲长约有十年左右。

"前几天,我们还在别屯住的时候,杨文海就领着一帮街溜子,来要求我们工作队快点到杨家洼去,帮助他(杨文海自称是穷人)和大伙穷人翻身;并自称他就是穷棒子头,而且,翻身会已经组织好了。"

"凡是真正的好穷人,他是一定会先来找工作队的,但,凡是大胆来找工作队的'穷人',不一定都是真正的好穷人,有些可能不是地主及坏蛋伪装的,就是他们收买的狗腿子,或是流氓一类的人……当时,我看穿了杨文海的鬼把戏,就问杨文海:'穷人为什么要翻身?要分地?'杨文海说:'因为要打倒大地主,大资本家!'我又问:'什么叫大地主,大资本家?'他说:'土地多,粮食多,钱多的就是。'我再问:'土地多,粮食多,钱多的就该打倒吗?'他说:'现在是共产党的年头,凡是比穷棒子好过的民户,一律共他们的产!'"

"问完了杨文海之后,他领的十几个人,我都挨个问了,每个人的说法、口气都和杨文海一样,好像是一个师傅传授出来的。没有问题,这伙人的师傅就是杨文海。这坏蛋,一方面是想掩饰自己的罪状,另方面是要破坏我们的政策。当时,我气极了,但我压抑住我的愤怒,用软钉子把他碰回去,告诉他:'我们工作队是帮助穷人翻身的,不是领导穷人共产,谁领导穷人共产,你去找谁吧!'"

当马同志讲完杨文海的这段插曲之后,我们的张生又天真地叫起来:"唉呀,真危险! 发动群众,的确要有一套经验。如果是我一个人,一定要上他的当。这家伙,对象倒是个好对象:是斗争的对象,而不是积极分子的对象。我做了现象的俘虏啦!"

接着,专为杨文海的问题,我们又开了一个会,大家的意见是:杨家洼的群众不好发动;如果搞得不机密,杨文海会溜之大吉。

三　不会扭秧歌的人

我们到杨家洼已经两天了。工作的第一步,打算先发动劳而又苦的基本群众;但,已经动起来的才有很少几个。工作队的同志走到穷人家里,有时候,竟连男人的面也见不着。

杨文海领的秧歌,仍旧在闹着,天天扭,到处扭;早上,太阳一露头就走了,晚上,到掌灯时候才回来。据我们初步调查,凡是男人:小孩子、小伙子、中年人、老头子,总之只要不是瘸子、瞎子、瘫子,都一律参加了秧歌队。家里净留些妇道人,我们去了,她们开口是"老总",闭口还是"老总",反而弄得我们很狼狈。不知道她们是从没有见过八路军,害怕八路军呢,还是有人教给她们这样称呼我们。

扭秧歌的男人,脚上一律是靰鞡鞋,身上一律是披红挂绿,⋯⋯辨别不出来谁穷谁富。

工作队晚上也睡得很迟;⋯⋯当群众扭秧歌还没有回来的时候,我们就在屯里和屯外溜达;⋯⋯我和小同志张生正溜达着,扭秧歌的人,三三两两地回来了,他们也不敲打锣鼓,悄悄地进了屯子。这天晚上,有月亮,我俩看清楚迎面走来的那个人是杨文海,我俩赶快闪开。在杨文海后面不远,还跟着两个人,于是,我俩便迎上去,故意问他俩:"你们干啥去啦?"

"扭秧歌呗!"他俩一齐回答。

张生指着一个年岁较小的问:"你叫什么名字?"

"我叫杨世林。"他的声调有点发颤。

张生说:"好吧,你就扭一下我看看。"

这杨世林真的扭起来,扭得挺自然,挺熟练。我问那一个年岁较大的:"你叫什么名字?"

"我叫张三。"他有点口吃地说。

杨世林逗笑说:"又叫张三猴子。"

"别胡扯了!"张三瞪了杨世林一眼。

我又问张三："你们哥儿几个？"

"我们弟兄三个，"张三说，"我排行老三。"

"你两个哥哥都干啥？"张生问。

"二哥吃劳金，"张三很不愉快地说，"大哥病……死……啦！"

杨世林带着惊讶而又疑问的口吻说："病死啦——"他把话猛一顿，又拉回来："可不是病死的呢！"

我对张三说："你也扭一下我们看看。"

张三却闷着头，总是不肯扭；张生又催了他一次："扭呀？有啥怕的！"

张三这才高一脚，低一脚，东倒西歪地扭起来，扭得一点儿也不像，——好像一个瘸子，吓慌了乱跑。我笑着说："好张三呢！你这能算扭秧歌吗？"

"我是跟着去卖呆儿（看热闹）呗！"张三口吃地说。

"这么冷的天气，你整天跟着卖呆儿，你真行！"我又像斥责他，又像规劝他地说，"你一天上山挑一趟干柴换米吃，不是比卖呆儿强得多吗？"

张生问："你家日子过得挺好吗？"

"好啥呀?! 我常卖工夫！"张三说。

杨世林又插嘴说："跟我家一样，吃了上顿少下顿！"

我先打发杨世林回去，把张三猴子叫到我们住的地方。张三一进屋，浑身就直打哆嗦，并不是完全因为冷。我问他："你害怕什么呀？"

"我自小一见官相就害怕！"他打着颤声说。

我问他："你听谁说我们是官相？"

"我听杨……"他没往下说，改口道，"凡是上头派来的都是官相！"

"我们是工作队！"张生好像是在教训张三，他插嘴说，"我们是侍候老百姓的勤务员！"

"你家有粮食吃吗？"我问他。

张三渐渐有点镇静,率直地回答:"没有!"

"那怎么办呢?"我又问,"不吃饭行吗?"

"杨屯长说,大粮户给借……卖我一点……"这次,他又口吃起来了。

我还是故意追问:"吃完了呢?"

"慢慢对付着哄弄呗!"他说。

张生又问:"是杨文海要你去卖呆儿吗?"

"不是,"张三说,"我自己心愿。"

我接着问:"杨文海说我们是官相吗?"

"杨屯长没有提过你们的事。"张三说。

"你哥哥,"我突然又问,"听说是伪满时候,一个姓杨的甲长害死的,是不是?"

张三摇摇头:"不,病死的!"

张生从炕上跳到地上,半开玩笑,半认真地说:"你撒谎! 你敢赌个咒吗? 你这样说:'我要是真撒谎,天打五雷轰!'你要敢赌咒,你就不是撒谎。"

张三急得说不出话来,满头憋出大颗的汗珠,愣了很久,才口吃地说:"杨屯长说:八……路……军……不……兴……赌……咒……"

我和张生都忍不住笑了。

四　杨瘸子和王大钢

第二天,刚吃过早饭,我就在屯里挨家逐户地串。在屯子的西北角,有一间矮小的破草房,从远处乍一看,很像大地主的狗窝。刚走近这门口,听见里面有男人说话的声音,我就立刻走进去了。屋里烟熏得像一个黑洞,炕上的一边是露土的,蹲着一个老头子,一边铺着一块破苇席,躺着一个中年农民,身上盖着一条破麻袋。他们见我一进来,那个老头子忙站起身来,那个中年农民却一骨碌翻起来,声音有点发颤地说:"哦,老总来了,请坐,小户人家,屋里实在埋汰（脏）得邪火（很）！"

中年农民还要挣着下地，我定睛一看，就认出来了：这中年农民，就是前天我们刚到看秧歌的时候，我搭话的那个瘸子。

我只是和蔼地笑着。顺便就坐在露土的炕上了。那个瘸子忙把破麻袋片递过来，声音还是有点发颤地说："老总，小心衣服弄脏了，把这个垫上……"

我没有移动，把麻袋仍旧给他递过去。首先，我问清楚了这两个人的名字：老头子名王大钢，瘸子叫杨世清。（昨天晚上遇见的那个杨世林，大概就是他的亲兄弟吧。）这是杨世清的家，王大钢是他邻居，来串门子的。杨家洼的秧歌队，今天一大早就出了门。杨世清是瘸子，自然不能去扭秧歌；而王大钢为什么没去呢？我很奇怪，问王大钢："王大爷，你为什么没去扭秧歌呀？"

王大钢还没有开口，杨世清就接了话："我是瘸子，摊不到我名下；派他一名……不，不是这么回事：他这个人有个倔脾气，说不扭就不扭。"

"我活了四五十岁，没听说过要强迫人家扭秧歌！"王大钢气呼呼地说。

"谁强迫你扭？"我忙追问一句。

王大钢说："就是杨屯长嘛！"

"人家啥时候强迫你的？！"杨世清有点着慌了，霎着眼说："青天在上，有一句说一句。扭秧歌嘛，谁心愿扭，谁就扭呗。我兄弟也参加了，那是他自个心愿。"

王大钢带刺儿地说："鸡巴毛，什么心愿！穷得精鸡巴打的土炕叮当响，还心愿哪……"

"家贫不算丑呀！"杨世清脸红脖子粗地分辩："我姓杨的穷了多半辈子，啥人啥命，我穷怪我命苦，扭秧歌也扭不穷啊！"

"你真是迷信脑袋瓜子！"王大钢说。

三言两语，杨瘸子和王大钢就大吵起来了，我忙调解说："扭秧歌是个小事情，就是真强迫了，王大爷说了也没啥关系。"我望一眼王大钢，又继续说："王大爷说的，我揣摸着也有几分对：比方，你们杨家洼，这是个小屯子；哪能会有这么多人心愿扭。还有，扭几天就行了；天天扭，大伙儿心愿吗？我不信。"

王大钢说："你这可说对了！"他反问我："你猜他怎么说的？他的道儿可多啦，今天他这样说：'这是上头的命令；谁也拉（少）不下；大伙儿都得扭。'明天他可又那么说：'现在，穷棒子到处闹翻身，什么大地主，大粮户！就拿咱这屯子说吧，像没有波浪的水面上行船，大伙儿都是一漫平呀；——要是张三多吃一碗干的，李四少吃一碗稀的，这李四就眼红了，说张三是大粮户；岂不知张三那一碗稠的，也是汗一把，血一把挣来的。再说，工作队一来了，屯里闹得像蜂窝一样，大伙儿都不团结。前两天，我向工作队要求过，他们定会相信我是真心要他们来；工作队要真来了，咱们就天天扭——从初一扭到十五。工作队又兴什么穷种（群众）路线，反正他们得听咱们的；……他们等得不耐烦了，就走了；咱们还是过咱们的日子。'穷人的脑袋瓜子简单，给他这一哄弄，大伙儿都糊涂了。杨文海又是屯长，反正他说了算嘛。"

"老王头，说话要留神呵！"杨世清警告王大钢："说上头有命令，我也听说过，有那回事；……这位老总——"他指着我说："也是打上头派来的吧。上头到底有没有命令，我们当民户的也摸不清；这年头，山高皇路远，巴掌知县管；　反正屯长就是上头。"

杨世清的脑筋有点活动了。我对他说："老杨，八路军不兴叫老总，你有啥话随便说吧；咱们你哥哥、我兄弟地称呼就行。"

杨世清说："是，以前见官相就害怕，那么称呼惯了。"他把话又转到王大钢身上："老王头，将才你说的话，这位……哦，他也在跟前，要是出了什么岔子，我可担不起。你的嘴碎，爱嘀咕；……你又是个跑腿子的（没有老婆），要是一出事，你的尾巴一扎，就溜远了。"

"呵，看你那个耗子胆！"王大钢跳起来说，"搬倒葫芦洒了油，妈拉个巴子！反正他把咱们这帮穷哥儿们也熊（欺压）够了！该到咱们吐苦水的时候了。凭良心讲,咱屯里,数你的苦水多,数你受杨文海……男子汉大丈夫,我有啥说啥。我知道工作队是干啥的。"

我说:"老杨,我就是工作队,你有苦水可以吐;工作队就是为的穷人!"

"穷人哪能没有苦处呢?"杨世清叹息地说,"苦处只怪自己没有能耐,没有家底子;……唉,穷人的拳头软,怎么能惹得起人家呀?!"

杨世清说到这里,眼眶里溢出来泪水,我极力启发他吐苦水。到末了,杨世清才说出了一些杨文海的坏事……

五　自己控告自己

中午,我们在家里开了个会,讨论如何发动更多的基本群众;抓本屯的大坏蛋,大财主;……会快结束的时候,杨世清挂着棍子来了,还领着他兄弟杨世林。据杨世清讲:杨文海还是他的叔父,不过,不是一个太爷,亲族关系有些远。

"这家伙害人,有亲无亲是一样的。"杨世林咬牙切齿地说,"我爹就是他谋害的。——杀父之仇,哪能不报!"

当杨世林把他爹被害的经过讲完之后,马同志对他弟兄俩说:"是呀,穷人是要翻身,是要报仇,……但,你们只吐苦水,只流眼泪是不顶事的。"

"你能寻思出一个好办法吗?"我问杨世林。

"大伙儿都不抱团体,光靠我们弟兄两个,能把人家咋的?!"杨世清有点消极地说:"这事要全靠工作队做主:官家说话好使……"

我正要给他们弟兄俩解释这是一种"国法"观点;依靠心理。张生却抢着小声插了一句:"老杨,你估量杨文海会不会跑呀?"

杨家弟兄一时答不上来,急得只搔脑袋。门外,忽然一声:"报告!"跟着就进来了杨文海。照例是一个九十度的鞠躬礼;接着,又是老称呼："队长大人！"

"你有什么事？"马同志很生气地问。

"我来——只有两件事："杨文海拉长声，把食指和中指伸出来说，"第一件事告状；我不是告别人，我是告我自己；——队长大人听来一定不顺耳。队长大人，你们官家叫坦白，我们民户叫告状，事情说起来是一样的。现在不是穷哥儿们要翻身吗？要报仇吗？要打倒大地主，大坏蛋吗？"

张生激动地截断杨文海的话问他："穷人翻身你不乐意吗？"

"哪有的话，我也是欢迎穷人翻身，"杨文海假惺惺地笑着说，"只是因为在'满洲国'的时候，我当过几天甲长；没有人来告我，我来告我自己：我从没有苦害过哪个哥哥兄弟，也没有熊过哪个父老乡亲；……当甲长，那是国法逼着的，不干也没有法子。这些话，我都是打心底里说出来的。众人是圣人，大伙儿底眼睛是亮的；——这不是我两个侄儿都在眼前吗？"杨文海用手指着杨世清和杨世林："队长大人，可以让他们弟兄两个说一说：我干过些什么坏事，得罪过些什么人，他俩都知道，我敢保险！"

杨家弟兄窘极了，两个都憋出满头大汗来；看样子，真有点骑虎难下：说杨文海是坏蛋罢，好像还没有下最后的决心，又没有那个胆子，而且，现在也不是说的时候。说杨文海是好人吧，他却真是个人坏蛋；而且，他弟兄俩，又三番两次对工作队说过，自己也恨极了他！就是单凭良心，也有些说不过去。盘算了一阵，还是杨世林解了围。

"你是好人，还是坏蛋，大伙儿知道，大伙儿说了算！"杨世林说，"这年头，谁能保谁的险呢？"

杨文海却对杨世林说："孩子，得凭良心说话呀，官家也不是不讲理：共产党，八路军是天下最好的清官。"

"什么良心不良心，——你还有良心！"这回，杨世清的胆子也壮了，挖苦了杨文海两句。

我们的张生竟急眼了，——"你快回去吧！工作队不管这些事。"他近乎发脾气了。"你有什么事？可以找穷人，现在是穷人说了算！"

"我——我还有一件事没禀告呢。"杨文海这家伙一点儿也不感到狼狈，继续说下去，"第二件事：我是来领罪；队长大人，你们看我有些什么罪过，有多大的罪，就该受多大的罚；罚我什么，我领什么；就是犯了杀头之罪，也讲不了，这是国法，没有法子！"

马同志把手一挥："你快走吧……"

杨文海这才又行了个九十度的鞠躬礼说："好吧，队长大人看着办吧！"

说完，他出去了。我们都忙爬到窗洞里去偷看。

六　两套鬼把戏

这两天，大部分的基本群众已经动起来了，也抓了几个大地主、大坏蛋（十分之五是外屯的），但是，基本群众的阶级觉悟还不很高，还有点果实观点；因此，就斗远不斗近，到处寻果实……

敢说杨文海是大坏蛋（他又是经营大地主），并主张斗争他的，已经有这些人：杨世清、杨世林、王大钢、张三猴子（他是由杨家弟兄俩启发了阶级觉悟的）、陈小牛、老李头、关金福……这一些个雇贫农。

杨文海领的秧歌队，已经有两三天不闹了，他天天到外屯去，也不知道他干啥。我们很担心他跑了。

上午，我们工作队正在讨论如何对付东霸天，王大钢却跑来向我们报告杨文海的消息。

"同志，你不是前儿到杨世清家里，我们三个唠闲嗑吗？"王大钢说，"不知咋整的，这事让东霸天知道了。（许是他女人偷听去了。）昨儿晚上，他把我叫去，还有杨世清——"

刚提到杨世清的名字，杨世清就拄着棍子进来了；他也没有即刻插嘴，王大钢接着说下去："他一张口，就先问杨世清：'工作队到你家里去了吗？'杨世清说……"

"哦,你是说的这回事,我也是为这事来的;"杨世清这才截断了王大钢的话,自己插上说,"是呀,我就说:'来了,咋的?'他问:'为啥偏到你家里?'我说:'腿在人家身上长的,人家爱到哪里就到哪里。'他又问:'都唠些啥?'我说:'还不是唠些没头没尾的家常话。'他说:'你撒谎!工作队有心思跟你唠家常话吗?工作队是唠家常话的人吗?'他又问老王头……"

"我故意不吱声,"王大钢接上说,"东霸天这家伙就炸(暴怒)啦,他说:'反正我还是屯长,工作队也不敢撤换我。先前,我看你们,都像老实人,把你们当亲人样一样看待:借给你们粮食。咱们讲好的:工作队来了,咱们全屯的民户,大伙儿都要抱团体,现在你们想拆我的台,好吧!……八路军先甜后苦,往后可别后悔!……你们借我的粮还了吗?咱们走着瞧吧。'他眼睛瞪得有牛眼大!"

张生问:"你们真的借了他底粮吗?"

"有借的。"王大钢说。

张生又问王大钢:"你借了没有?"

"我借了二斗。"

"你明白他借粮是什么意思吗?"我问王大钢,"俗话说:'吃人家的嘴短,拿人家的手短。'要是斗东霸天的时候,你敢斗争吗?"

王大钢说:"那时候,咱的脑筋不开,不知道东霸天借粮是刁买人心。"

"这家伙的鬼把戏可多啦:软硬都有,刚才说的那算硬一点;他还有软办法;"杨世清说,"东霸天的老娘们,这两天像疯婆子一样,凡是穷棒子的家里,她都去串门子,——送东西;认干妈、干姐姐、干妹妹的……"

"老李头的老娘们,比东霸天的老娘们才大十岁,"王大钢说,"她就认她干妈。"

我说:"这是大地主,大坏蛋的软翻把,你们还没有斗争他,他就设法使你们心软,要你们遮盖他的坏处,说他是好人,不抓他,不斗他,把工作队哄弄走,对不对?"

"这家伙可就是这么寻思的。"王大钢说,"只是大伙儿都不抱团体,没有法治,单是我们这几个人就能整倒他吗?"

七　翻身就是和敌人打仗

晚上,要开全村的穷人大会。杨家弟兄俩、张三猴子、王大钢、陈小牛、关金福、老李头等雇贫农先到了。

大伙儿还没有来齐的时候,首先,马同志就激动地讲了一些翻身的道理,最后鼓励大伙儿说:"大地主、大坏蛋只有一颗脑袋,穷棒子也只有一颗脑袋;豁上脑袋干吧,看谁干过谁。反正摆一针是得罪人,戳一刀也是得罪人。……共产党、八路军为的谁?你们斗来的粮食、土地、牲口、钱、衣物,……我们连一斗,一亩,一条,一元,一件,也拿不走……"他突然问杨世清:"你爹是怎么死的?你忘了吗?"

杨世清说:"我不是对你们提过好几回啦。"

"你光说说也是白搭,"马同志继续说,"穷人翻身就是跟自己的敌人打仗,主要是靠自己干;我们工作队只是当个参谋,引个头,帮个忙。工作队不是清官,你们也不是向清官告状。大地主、大坏蛋是你们的死对头:阶级敌人!你们打了胜仗,把他们完全斗倒,你们就能彻底翻身。"

"还有一件事也顶要紧,"我接着说,"你们净跑远处抓人,……你们要不把家门跟前的敌人整倒,你们的身也是白翻!"

王大钢说:"一根椽子盖不成房,——大伙儿都不抱团体:人心不齐呀!我敢说……"他把声音极力压低:"本屯的坏蛋、地主,本屯的穷人,十个有十个对他们有条件:头一个就是东霸天!穷人苦水顶多的,头一个是杨世清他们弟兄俩;再数下来就是张三猴子、陈小牛、关金福、老李头、我自己……"

我忙插一句:"那你们赶快干呀!"

"这还要看官家的意思,"杨世清说,"你们工作队得要帮我们报仇!"

"你真是死脑筋；用斧头也劈不开；"杨世林埋怨他哥哥，"将才你没有听马同志说：穷人翻身就是跟大地主、大坏蛋打仗！东霸天把我们父亲害了，他就是我们的敌人！也是大伙儿的敌人！工作队能替我们穷人把敌人斗倒吗？穷哥儿们，把你们的苦水都吐出来。"

王大钢说："兄弟到比哥哥灵醒：脑筋开得快；咱们以后选他当头行人。"

"咱们把全村的穷人都找来，"杨世林说，"开大会的时候，我自己先吐苦水！"

不多时，全村的穷人都来了：共有四五十个。杨世林并不先讲开会的意义，劈头就说："众位穷哥儿们，我哥哥是个瘸子，三十多岁的人啦，到如今还是个跑腿子的，我们弟兄两个都是自小就吃劳金，我哥哥现在腿瘸了，吃劳金没有人要了。我们弟兄俩吃劳金是小事。我主要是说我爹……"提到爹的时候，他底声调哽咽了："我爹也是吃了一辈子劳金，早先的不提了，临死那几年，是给东霸天吃劳金的。这大伙儿都知道：我爹还是杨文海的叔伯哥呢。东霸天早头也是个穷棒子，自他当了伪甲长，刮苦穷人发了财，我爹给他吃劳金，吃劳金就吃劳金：——东霸天结交一伙鬼子的狗腿子，夜里在他家放大局（赌博）。我爹白天干了活，还强逼着给他打更。有一夜，他老人家实在累之了，就睡着了。他出米撒尿，看我爹睡着了，没给他好好打更，掏出来枪就把我爹打死了，你们说：这恶道不恶道！"

说到这里，杨世林还没有变声色，杨世清却伤心地啜泣起来了。到会的穷人都齐声说："是，有这回事，斗争东霸天合理！"

"大伙儿都听着，俺对东霸天也有苦水，"陈小牛说，"俺是山东人，在俺山东家遭灾啦，都传说这牛骨塔是个好地方，俺就跟俺爹逃到这圪塔（这地方）落了户。（俺妈和哥哥留在山东。）好歹的，俺爷儿俩挣了几垧地，盖了几间房子。凭良心讲，来得不易呵！偏巧俺山东家的妈死了，俺爷儿俩要回关里去发送，就把地照寄放在一个亲戚家。等俺们走后，东霸天就仗势逼着把地照要去，改成他的名字。等俺们回来，地也卖了，房子也卖了；……跟他打了一场官司，地和房子不但没有要回来，还花了不少钱；——俗语说：官向官，有钱使得鬼推磨。大伙儿评评理吧，这有多冤，这有多屈。"

"是，有这回事。"大伙儿齐声说，"斗争东霸天合理！"

陈小牛又说："马同志说得对劲：咱们要报仇，就要跟敌人打仗。有共产党领导，咱们穷人一定能斗倒东霸天这个王八蛋！"

"像我跟陈小牛吐的苦水，大伙儿都老鼻子（太多）啦！"杨世林说，"吐苦水先不忙。现在先合计：像东霸天这么个大坏蛋！穷人的死对头！我们怎样才能跟他打仗，怎样才能打败他。"他又问："到底怎么办？大伙儿都说话呀？"

……停了很久，全体到会的人都说话了——只说了这么两句话："大伙儿合计，大伙儿说了算。"

每个人都是这样的说法，再别的一句话也不说。杨世林和陈小牛虽有点急火了，但，还是很好地又劝说，又鼓励大伙儿："东霸天不管他有多厉害，才一个人；咱们是人多力量大，就是有十个东霸天，也能把他斗倒；——大伙儿放心干吧。"

群众普遍地还是没有下决心，也就不能抓破脸。今天还是不能抓，只是有一件事要注意，所以，我站起来说："大伙今天不想办法也行，只是回去一定——"

"大伙儿听着，"王大钢把我的话截断，他插嘴说，"今天回去，谁也不要把合计抓东霸天的事嘀咕出去。一嘀咕出去，对咱穷哥儿们翻身没有好处。"

八　不爱做官的穷哥儿

天刚亮，我们正在和几个积极分子合计如何去监视杨文海，张生喘吁吁地跑进来了，他说："事情不妙，这家伙大概要跑啊！"

"谁呀？"马同志问，"怎么一回事？"

"我到十字街口去溜达，看见杨文海和王大钢从城里坐车回来。"张生说,"车和马都是杨文海自己的。这家伙大概是把东西拉到城里去啦。"

"王大钢是不是杨文海派来的狗腿子?"刘同志说。

"这不一定,"马同志说,他又对张生说,"你去把王大钢叫来。"

王大钢来了,他胡子上冻结的细冰珠,还没有完全化干净,一进屋,他就先问:"队长找我有要紧事吗?"

马同志问他:"你大早上哪儿去啦?"

"上街去啦,"王大钢若无其事地说,"我妹妹在街上住,昨儿半夜里死了!天不亮,我外甥就来找我。唉,我妹妹也是个穷人,死得挺可怜!"

"你和谁一齐回来的?"马同志又问。

"哦,你这一提,我可就要马上说啦,——这事真邪火!"王大钢很惊讶地说,即刻,他又以同样的惊讶问马同志,"队长,你们工作队毙不毙东霸天?!咳!"他又叹息起来:"我这个人的心肠顶软啦!不怕平常嘴里说得硬,一看见毙人就害怕!"

"我们工作队怎么能够随便枪毙人呢。不管谁犯了甚么罪,也得你们穷人先提条件。"马同志说。

王大钢说:"凭良心讲,这家伙早该够枪毙的资格啦。"他突然又问我们:"你们猜东霸天对我说些啥话?"

"我们又不是诸葛亮,怎么能猜得着。"我说。

"这家伙的道儿可真多,"王大钢接着说,"'满洲国'的时候,他小看咱们穷人,连我王大钢的名字他都懒得叫;现在他可是常溜咱的须(拍马屁)啦:一见面,他就陪着笑脸叫我老王哥。——今儿大早,我一出街口,就碰上他赶着车往回走(看样子许是拉什么东西啦),他一看见我,就忙从车上跳下来。'挺冷的天气,'他说,'老王哥,兄弟有的是车坐,你就不用走路啦。'他强拉着我上车,我心想:'坐就坐呗,老子斗争你,还要坐你的车。这就叫做:'心里恨死你;脸上装和气。'许是他看出来我们穷人要对他发生问题啦,……他总是想要跟我唠嗑;我故意装困,闭着眼睛不吱声;他别不住啦,

113

先叨咕起来：'工作队来了好些天，还不走，本屯的，外屯的，抓的人也不少啦！'他问我：'你看他们还要抓谁呀？'我说：'你这才问得怪啦！我又不是工作队长，再说，坏蛋也不是人家工作队抓的。我虽说是参加了翻身会，有啥事还得大伙儿说了算！'停了一会，他又悄悄问我：'老王哥，你看"中央军"好呢？还是八路军好呢？'我寻思，这又是他的鬼把戏，我故意说：'我是个庄稼佬，哪里摸得透这么大的事情，我只知道：肚子饿了多吃几个锅贴（包米面饼）。'我故意反问他：'你看谁好呢？你比我见的世面多。''我看都不大离（都好），'他说，'八路军嘛，打了几天日本子，又给穷人分了点地，分了点粮食；……这算是他们的好处！'我说：'对呀，人家是待穷哥儿们不错。'他说：'你怕是没有见过"中央军"吧，那中央嘛，好处更多：不说旁的，光那飞机、大炮、坦克，八路军就比不上。我听我朋友说：长春的飞机老鼻子啦，一飞起来就遮满了天，连日头都看不见……''我的妈呀！'我故意大叫一声，'光飞机的响声就把人吓死了！'他说：'你才是少见多怪，老鼠拉木掀，大头儿在后面呢；美国还给蒋主席送了不少金子、银子、好吃的、好穿的，一辈子也享受不完……八路军嘛，就只有几支破枪，——这我可看得明白：没有重武器，总是呆不长——'他猛凑到我的耳朵上问：'你听见消息了吗？"中央军"到哈尔滨啦！'我故意吃惊地说：'你听谁说的？''我和"中央军"有联络，'他说，'长春飞来的飞机，在街上给我扔了一封信，信上这么说：杨委员，你赶快告诉全城的老百姓，限三天以内，大家都要搬到城外四十里的地方去住，"中央军"马上就要进城和八路军打仗！'……我问他：'人家怎么能称呼你委员！这是啥意思？'他说：'你还不知道我已经做了官啦！委员就是我的官名字。'我又问：'这委员，官有多大？'他说：'比县长大一点。'他问我：'你愿意做官吗？现在还有很多缺没补上。'很大一会，我不吱声，他追问：'你别不在意呀？这种事轻易捞不着。''我能做个尿官！'我冷冷地说，'我小时候，还当过猪倌、羊倌、牛倌；这你怕不知道吧。我穷了一辈子，当穷棒子当上了瘾：我这个穷哥儿，不爱做官，爱当穷棒子!'他看我不上钩,急得只搔脑袋瓜子;……他随即改口说:'老王哥,将才我可是随便说笑话,你回去可不要乱嘀咕。'我说:'咱们哥儿们有交情,你放心吧。'"

我问王大钢:"东霸天这家伙像不像国民党的特务?"

"这哪能不像呢?"王大钢说。

马同志问他:"你看该不该抓他?"

"早十天就该抓啦!"王大钢说,"唉呀,就是我害怕枪毙人!"

"你看杨文海会不会跑?"张生问他。

王大钢说:"这备不住(有可能)。"

"啥时候抓呢?"刘同志问他。

王大钢说:"今晚上……"

九 第二次吐苦水

掌灯时候,由杨世林他们几个积极分子带头,群众自己主动地召开全村穷人翻身大会。穷哥儿们都到齐了。我们工作队是最后才去的。

杨世林第一个先说:"大伙儿都听着,我们杨家洼的穷人已经翻了半个月身啦,还是翻得半生不熟;俗话说:'打虎不死反遭殃!'杨文海这个大坏蛋,咱们还没有斗争他呢,他就想翻把啦。"

"今儿个该轮到了我吐苦水啦;"王大钢说,"我这个穷棒子顶穷啦:穷得吊蛋净光,房无一间,地无一垄,我整吃了半辈子劳金。前几年,我想租一点地种,……东霸天自己没有多少地,他还想当大地主(说公道话,他算个二地主);他问着租给我两垧地(他那地是租的庙田和学田),他说:'老王头,你不是自己要想侍弄地吗?我江西的那两垧地,眼看快要撩荒了,你种吧。'我说:'先把租子说个数。'他说:'自家人,没有关系,秋后看着给吧。'……他那地本是三斗租来的,秋后跟我要七斗,我说:'杨屯长,你多要一点也行嘛,总得有个分寸。'他倒先火起来了:'妈拉个巴子,你想讹我吗?我给你白跑腿吗?少一颗也不行!'死逼梁山,没有法子,给他装够数，——就算我把七斗粮喂了狗！这还不饶我：第二年，他要我把租子加到八斗，要不，地就不让我种，他说我把地侍弄糟啦！大伙儿都知道，我种那地比姑娘绣花还细心。"王大钢吐完了自己的苦水，又对张三说："三猴子，你那苦水也该吐啦，眼看快要烂在肚子里了！"

"你心肠软，怕枪毙人；我可不跟你一样，要是枪毙穷人的死对头，我打他一枪还不过瘾。眼下，我的脑筋也开啦。"张三说。

张三猴子吐苦水从挖坏根开始了：八年前，东霸天因为剥削穷人，他的日子渐渐过好了。那时候，他干三种事情：第一，他当伪甲长，是敌人的走狗。第二，他租来很多地，再转租给穷人，是二地主。第三，他招骗很多穷人，给敌人砍木棒子，他是把头。张三的哥哥就是他强抓去的。工价开得很低。不管是刮大风，下大雪，穷人都得干。冬天，山沟里有风雪，穷人的衣服又单薄，手冻得捏不住斧头，张三的哥哥，砍一会，把斧头扔下，捧一块雪，双手对着搓一会，手就暖一点了；再砍一会，再搓一会。

东霸天常骑着马到山里来监工，他穿着大氅，长统皮靴子，戴着虎皮帽子，皮手套。他看见张三的哥哥搓手取暖，他说这是磨洋工，下了命令：不准穷棒子搓手；张三的哥哥照旧搓他的手，有一回，东霸天把斧头拾起来，照张三哥哥的手上劈下去了——劈歪了——劈在头上了；张三的哥哥倒下就死了。

"东霸天为啥对我哥哥有这样大的仇恨？"张三猴子的眼眶里溢出了泪水，"他少给工人开钱，我哥哥在日本子跟前告了他。就为这事他记下了大仇！"

"对东霸天有'条件'的，不光我们这几个人，"王大钢说，接着，他又批评翻身会内部的一小部分人，"我们翻身会里有不少翻身油子，他们想吃油糕，又怕油了嘴，想分点果实，又怕得罪人，天下哪有这么自在的事！我活了一辈子，也没有得罪过人，一看见枪毙人，我就浑身直发颤。要是枪毙这个大坏蛋，我也要硬起心肠，喂他一颗子弹吃！"

116

王大钢今天忽然变得这样胆大,说话的口气这样强硬;我心里暗自惊讶和佩服。当他的话刚说完,有几个穷人同时说:"老王头,你不要囉囉,我们的苦水比你的还多得多:我们对东霸天都有'条件'。"

"吐苦水先不用忙。——这家伙跑了,可就沾了包儿。"杨世林说,"马上就抓他!我跟他的仇最大。我先进去。我捆他。"他又问着大伙儿:"敢去抓东霸天的请举手!"

手举起来了,数了一下,大约有三十多只,凡是到会的人,只有很少的几个人没有举手。杨世清对没有举手的人说:"东霸天也不是咱们穷人底亲人,有啥怕的,胆放大一点。"

最后,没有举手的那些人,他们也慢慢举起手来了。

十 当捉虎的时候

抓东霸天的时候,我和张生也跟着去了。我们跟去,并不是想要包办代替,或干涉群众自己的行动;只是想由这个行动中,观察群众的阶级觉悟;还有,就是借这个机会,想看看地主生活各方面的情形。平常抓坏蛋,最多去十几个人,而今晚上,全体翻身会的穷人都出动。连杨世清这样一个瘸子,也拄着棍子夹在人群中间。穷哥儿们真像上战场,一个个都是卷袖筒,撸胳臂,摩拳擦掌;算是第一回把穷棒子的威风摆出来,让大地主、大坏蛋们瞧吧!

参加抓东霸天的这三四十个人,临时组成一个队伍,总指挥,民主选出杨世林;张三猴子和陈小牛自动报名,愿担任拿绳子捆绑的任务。

夜深了,屯子静悄悄的。出了门,大伙儿都散开了。我和张牛跟着杨世林直奔杨文海的院子。等我们赶到大门前,四面已经包围起来了。杨世林派一个人传达了命令,大伙儿都从墙上往进爬。先进去的人开了大门,我们才进去的。东霸天的大花狗,是条有名的恶犬,常放开乱咬人;今天却比往常驯服些;原来早被张三溜进去用锅贴骗着把它拴起来了。当它听见动静,刚一出声,陈小牛扔给它一块锅贴,狗再也不出声了。

院子中间停放着一辆大车(是胶皮轮子的),绳索都拴好了,车上装满了乱七八糟的东西。(这家伙大概是准备好,在天不亮时要跑呀,但,有点晚了。)大伙儿也顾不得仔细检查车上的东西,都一齐拥上去,有的堵在门口,有的堵在窗口;杨世林和张三猴子用手使劲拍门,……很大工夫,屋里没有声音,外面,大家不用手拍了,用脚乱踢起来。这时候,屋里才有女人的声音叫着。

"掌柜的不在家——"能听出来是杨文海的女人;这家伙的声音有点发颤,声调有点读台词式的,而且老是这样地叫:"他——他,上,牡,丹,江,嘞!"

劈喳一声,张三猴子把门踢开了。杨世林喊一声:"冲!"他自己先进去了;后面大伙儿都跟着往里拥。张生把手枪掏出来,准备第一个先拥进去,我把他拉住:"小张,你先进去不好,等一下。"

"我给群众壮胆嘛!"他嘟哝着。

当我和张生进去的时候,屋里的灯已经点着了。东霸天正在穿衣服。他女人只穿一条短裤,上身光着,露着两个乳房,一句话也不说。

"实在对不起!用不着这样惊动四邻。"杨文海看见工作队的人进来了,一边穿衣服,一边说,"用不着麻烦队长大人!只要派个人来叫一声,我就去了……"他仔细一看,不是马同志,然后又改口说:"同志!"

"谁是你的同志?!"张生顶了他一句。

"这是我的过处!你不要上火,请坐!"东霸天继续说,"黑天半夜的,你们真辛苦!你们为穷人办事情,算是费尽了心血,吃尽了苦……"他转过身去,又斥骂他女人:"你死了吗?快下去给同志们烧水。"

这时候,杨文海的两个孩子也惊醒了,一看屋里这么多人,便坐着大声嚷起来了。他女人看见张三猴子和陈小牛正在拾掇绳子要绑,王大钢他们几个把柜子里的新衣服、布匹都翻出来,……她也哇的一声，大哭起来了；……这情景，像死了人，像刚要往地下抬；像刚要装棺材；像刚要下葬……

"哭，哭，你们，——我没有死！"东霸天又骂起来，"我是去死吗?! 你们给我送葬吗?!"

王大钢从柜子里拉出一件水红色的新棉袄，杨文海的女人扑过去，一把拉住不放——"这是我娘家陪送的，你们不能拿走，我死也要穿进棺材里！"

"去你的吧！"杨世林踢她一脚。

东霸天的女人骂杨世林："你凭什么拿我的东西？ 我犯了什么国法？ 天呀!"她更泼起来了："你还是我的侄子呢！ 忤逆不孝的东西！ 你敢打婶娘！ 真没个王法！"

杨世林又踢了她一脚："滚蛋！"

女人哭得更凶了。杨文海对她说："人家只是点一点数，东西有你的东西在。"

这当儿，我抓紧时间，把这房子，这房子里的一切陈设，仔细打量了一下：这房子确实是漂亮，虽不是雕梁画柱，却是硬花纸裱糊的顶棚。粉白的墙壁上，贴满了各种洋画：双禧临门；金玉满堂；招财进宝；三娘教子；王祥卧冰……窗棂上刻着弯曲的花纹，镶着玻璃。门则是日本式的，有弹簧，门外还挂着棉布帘子。地下，靠炕的对面，立着大红油彩的地柜，上面放的是几个大皮箱。靠窗子跟前，放一张八仙桌，上面摆的是坐钟、花瓶、挂镜之类的东西，桌子两旁是两把靠椅。一进门向左拐，放一个小茶几，上面是茶盘，茶杯，一个闹钟。茶几旁放一个小沙发。炕上，放的则是一个长红炕柜，上面垒叠的被褥（料子多是绸缎）有六七尺高，几乎快挨着天棚。

东霸天的这房子，这一房子东西，把全屯子穷人的都合拢和他比，也没有他的值钱。

小茶几上放着两个铁蛋，很圆，比鸡蛋大些。铁蛋中间是空的，里面不知装些什么碎东西。把两个都放在手掌上，滚动的时候，便叮当地响起来,声音很清脆;这是两种声响的混合:一种是外面的表皮互相撞击发出的;一种是空心里的碎东西互相撞击发出的。铁蛋磨得很明亮,在灯光下闪着锐光。大地主在无聊的时候,就拿这东西消遣的。张三猴子把铁蛋拿在手里,总是不会玩。杨世林说:"这是大地主调算(谋害人的方法)穷人的宝贝!"

"好我的世林呢!"东霸天佯装亲切地说,"谁家还没有一点破铜烂铁。"

啪!张三照杨文海的脸上就是一巴掌:"没有坏蛋说话的必要。"

"嗯哪,我的过处!"杨文海说。

"这东西是穷人的血汗做的!"杨世清把铁蛋接过去说,"大地主就拿这东西剥削穷人:他低下头一纳闷,把这东西一拨拉,刮苦穷人的道儿就来了……"说着,他把铁蛋往外一扔,玻璃碎了,铁蛋出去了:"妈拉个巴子,这东西害得穷人好苦!"

杨文海极力佯装出他是在匆忙地穿着衣服;其实,他是故意蘑菇时间,已经足有十分钟了,他还没有完全穿好衣服。

"绑起来!"杨世林下了命令,"还怕把坏蛋冻着了吗?"

东霸天的扣子还没有完全扣上,忙把两只胳膊向后一伸——"来,绑上,"他说,"这是国法,没有法子。"

"这是穷人跟大地主、大坏蛋打仗!"张三说,"什么国法家法!"

王大钢他们几个,把屋里的东西都检验好了,箱子和柜子都贴上了封条。我们从屋里出来一看,院子里、粮囤子也都封好了,大车也套起来了。把杨文海牵出来,在他女人和小孩子的哭声中,大伙儿拥着他出了大门。

十一　又是两大罪状

东霸天抓住的第二天,翻身会的穷人和工作队,正准备开一个会,人刚到齐,杨文海的女人领着她那两个小孩子来了。一进门,她们母女三个,扑通一下子,都跪下了。

"求求队长大人!"她们母女三个,眼泪一把,鼻涕一把,一面哭着一面磕头,"队长大人开恩呀!给我们留一点粮食吃,……大人犯了法,小孩子没有犯呀,饿得挺可怜!"

"你这是干什么呢?"马同志生气地问她,"人是我们工作队抓的吗?"

她们立即又转身对翻身会的穷人哭:"求众位叔叔、大爷大发慈悲!大人饿着不要紧,小孩子饿得实在不忍心,……千万给她爹留一条活命!"

我看见有几个穷人(王大钢也在内),心似乎有点软了,有的把头低下,有的把脸向后歪,……杨世林把桌子一拍:"我们穷人在难处的时候,向谁去求告呢?你们大地主可怜过我们吗?"他质问得她没有话说:"不错,前半个月,你们给穷人借了点粮,那不是你们可怜穷人——你们要刁买穷人的心;不让我们翻身!"

"……那一年……发大水……我拉了饥荒……"王大钢鼓起劲,慢吞吞地说:"你们吃大米,白面,……我们吃树皮草根,……你们拿豆饼喂牲口,……我那个饿死的小嘎(小孩子)饿得直嚎叫!我求告你们给我借点豆饼吃,我给你们铲地;……你们东霸天说:'我有豆饼嘛,宁可喂牲口,也舍不得给你们穷棒子吃!'……你们快滚蛋吧!"最后,他骂了一句,但没有用脚踢。

杨世林把脚一跷——"滚蛋!"他的脚还没有踢过去,杨文海的女人及孩子就吓得忙往后爬。大伙儿也跟着一齐喊:"滚蛋!"

她们三个,这才乖乖地走了。

"东霸天的女人一求情,你又心软啦!"我对王大钢说。

"慢慢地演习着,心肠就硬啦!"王大钢说,"这好像当兵打仗一样,第一回上火线,心总是要跳的。"

"现在,咱们就开会吧,"杨世林宣布着,"大坏蛋东霸天是抓住了,怎么处治他?!大伙儿合计。"

有一大部分人喊:"枪毙!"

"净身出户!"又有一小部分人喊。

"我们工作队提一点意见,"马同志说,"净身出户,这办法好是好:——你们怕斗争了的大地主往后要翻把,你们嫌麻烦;那大坏蛋住在别的屯,人家乐意吗?别屯斗争了的大地主到你们杨家洼来住,你们不嫌麻烦吗?"

张生接上说:"枪毙他!你还得要多讲东霸天的罪状!毙他要毙得合理。"

"对!我们还要吐苦水!"杨世林说,"……我们穷人是最讲道理的;……我们不是胡匪,我们不是随便勒大脖子,谋财害命;……我们枪毙他是有理由的。我们已经分了他的粮食、东西,以后还要分他的土地、牲口、房屋;……都是有理由的!"

"我说他是个东霸天,真正是个东霸天;一点儿也没有说屈他!"老李头突兀地,又诙谐,又挖苦地说,"王八操的!反正我把脑袋豁上啦!骂他就要骂个痛快!我说的是这么回事:我的房子挨着他的房子,当间有一块空地,当初成立本'集团部落',在买地号的时候,言明那地算大路,大伙儿摊钱;他仗着自己是甲长,强逼我多出了一份。——日后,他在那块地上埋了很多大石头,尖子朝外,露出地面有四五寸高;……我那个四岁的小孩,常在地上刨土玩,有一回,一下栽倒了,头碰在大石尖子上,戳了一个大窟窿;血流了一大碗,差一点完蛋了!老娘们吓得直哭。我对东霸天说:'杨屯长,你看,这石头埋在这圪塔不相当,碰死了人,到底该怪谁?!你懒得挖,哪怕我挖都成。'你们猜他怎么说?"老李头把话停住,问大伙儿:"他蹦了一丈高,张口大骂:'妈拉个巴子!我埋那石头,为的夜里防小偷;——我的东西要是丢了,你能担得起吗?那块地是我的,没有你们穷棒子说话的必要!'你们看这家伙是不是个东霸天?!"

"我对东霸天有'条件',"关金福接着说,"在'康德'——是几年,我记不清了。那年,鬼子派很多军队围剿抗日军,那时候,这一带的抗日军还少些,不跟鬼子打,……夜里常到咱们屯来买粮,话说是买,穷哥儿们就不愿要钱;他们为咱们穷人打鬼子;咱们自己不吃,也乐意给他们送军粮!大伙儿许还没有忘记吧?"他问大家。

122

"没有呀！"大伙儿齐声说，"要把这宗事忘了，那还能算个中国人吗？！"

"常到我家里来的那个客人，就是化装的抗日军。"关金福继续说："他们夜里常来；我夜里常跟着他们往山里拉粮食；……不知道谁走漏了风声，这事让杨文海知道了，——幸亏那两个同志跑掉了，——他把我抓住，送进警察署。日本子审问了几回，上了几回刑。我身上被鬼子打烂的地方，长的干血疤现如今还有，你们看——"

关金福真的脱下破棉袄来，满身是又青又紫的血疤；肉还没有完全长好，有的地方高出一块圪塔，有的地方陷下去一个窟窿。大伙儿说："斗争他的时候，先把他的浑身打个稀巴烂，随后再枪毙！"

这天的吐苦水，整一天还没有吐完。

十二　大闹笆篱子

杨家洼所有抓的大地主和大坏蛋，已经斗争了有一半。杨文海算是最大的一个；准备放在中间斗。查封的粮食及物品，经翻身会民主讨论，一大部分分给穷哥儿们了。杨世林分了一头牛；张三猴子分了一匹马；陈小牛分了一条骡子；这三个牲口都是杨文海的。特意优待他们三个，也是大家的民主讨论。

分了果实以后，群众的斗争情绪高涨起来了。

群众打算要选几个暂时负责的头行人，经小组酝酿，经全体大会的民主讨论，选举的结果，当选的有三个人：正队长是杨世林（本打算选他哥哥，因杨世清腿瘸，走路不方便；选上他兄弟，他可以当参谋，多出主意）。张三猴子和陈小牛是副队长。（王大钢没有当选，有点不满意。）选这三个人当干部，都是因为他们的优点比别人多：第一，杨世林吃过很多年劳金，也常卖工夫，苦水多，脑筋开得快，对大地主和大坏蛋能撕开情面，不心软。第二，张三猴子也是常吃劳金，常卖工夫；受的苦恼、剥削大；他的脑筋虽开得晚，但一经开了，他就敢吐苦水，敢豁上脑袋和大地主和大坏蛋干。第三，陈小牛的条件,和杨世林及张三猴子不差上下。

选举的时候,正值陈小牛站岗,刚选完,正要去叫他来发表一点意见,而他却慌张地跑来了。

"不好了!"陈小牛叫起来,"这家伙,真个的是大闹笆篱子!"

"是谁呀?好大的狗胆!"大伙儿问。

"东霸天这个大坏蛋呗!"陈小牛说,"起先,他只骂杨世清和杨世林,后来连大伙儿都骂上啦……大伙儿快去听吧!还在骂呢……"

全体翻身会的穷人,都赶忙去听。我们工作队的同志也跟着去了。当大伙儿走到门口的时候,看守的一位贫农把手向大伙儿一挥,大伙儿就没有往屋里走,在门口和窗前散开了。屋里是杨文海的声音:"陈小牛,你两个是武装队是不是?"

"嗯哪,你能把我们咋的?!"贫农说。

"你两个不光把老子看守住,还要把杨世林和杨世清看守住;他两个要跑了,我就拿你两个说话——"

"东霸天,你这个大坏蛋!"陈小牛急火了,骂起来,"你给谁当老子?你嘴里干净一点!"

"妈拉个巴子!他们弟兄两个诬赖老子是什么特务坏蛋,又是什么地主坏蛋;……伪满时候,他家里窝藏日本的特务,现在又窝藏'中央军'的特务;——他弟兄俩这就不算特务坏蛋吗?他两个给特务探消息,放毒药,暗杀人……"杨文海的声音断了,一会儿,又接下去,"你们弟兄两个要跟我做对,要谋害我;……好!有老子就没有你们弟兄俩,有你们弟兄俩就没有老子,……冤家对头!……水火不相容!"

显然的,东霸天是还没有发觉大伙儿都来了。他越骂声音越大:"这些穷棒子也跟着这两个坏蛋来诬害我。好,——有老子就没有你们,有你们就没有老子。老子跟这些穷棒子干一下!老子犯了死罪,快把老子拉出去枪毙了吧!陈小牛!"他喊着:"把那些该死的穷棒子都给我叫来……"

轰隆一下子，全体翻身会的穷人都拥进屋里去了。马同志、张生，我们三个人也忙跟进来。大家进去之后，把杨文海从炕上拉下来，就是一顿暴打。足有五分钟。打过之后，我弯下腰一看，杨文海是脸青鼻肿，嘴里流出血来，两只眼睛闭紧，仰躺着，腿伸展的，好像是死过去了；但却还在喘气。杨世清又踢了他一脚。

"东霸天，你记得不记得？"杨世清问他，"大前年的时候，你家里常来两个穿便衣、背匣子枪的人，每逢一来，你不是给他们炒鸡蛋，就是煎鱼。这还不算。江西有个老何头，种瓜的，你向他要西瓜，他给你孝敬得少了，你就报告那两个家伙，说老何头是抗日军的密探，——那两个家伙就把老何头枪毙了；——那两个家伙不是日本子的特务，难道是你干老子吗？你家里窝藏的不是特务，难道是你老娘儿们的嫖客吗？"

"走，哥哥，"杨世林拉着杨世清的手说，"现在不跟他讲，有的是讲话的时候。"

大伙儿都出去了，我们三个还站着。一会儿，杨文海慢慢睁开了眼睛，——这一次，他再不叫队长大人了，再也不假惺惺地阿谀谄媚了；他愤怒地瞅我们一眼，然后又愤怒地闭上了眼睛。

张生好像按捺不住自己对阶级敌人的仇恨，立即喊着张三猴子："把绳子拿来，——把坏蛋捆起来。"

"张生同志，你的毛病总是改不掉，"当我们三个走出门，马同志对张生说，"你有强烈的阶级仇恨，这是好的。但你必须压抑，暂且先放在心里。比如刚才这件事，群众自己会知道，会去做的。因为经你这样一闹，我们就有点像包办代替。"

十三 这是破天荒的第一回

抓住后的第四天，全杨家洼的村民，举行东霸天的公审大会，并联络附近十几个屯子的群众来参加。昨天晚上，全体翻身会的穷人，花费了几乎是半夜的时间，先是没有吐苦水的人吐净了苦水，接着，讨论怎样才能把东霸天斗得好，单是讲斗争的内容和方法，也是复杂得很:包括吐苦水,讲道理,用尖刻的话挖苦,斗掉威风,文斗好,还是武斗好,真斗,假斗,其次讨论并具体决定了如何处决东霸天。最后,才合计一些零碎的事情:如像谁先打头一炮;谁放在中间造成高潮;谁煞尾;谁当主席……这个会也算是决心会;大伙儿一齐赌咒:"谁不下狠斗争东霸天,谁就是太阳落他落!"因为嫌这个有点迷信,又订了一个规矩:"谁不下狠斗杨文海,谁就不是真心翻身。"

今儿的天气,好像也在跟东霸天为难,——没有太阳;大块的阴云互相往一堆挤。浸骨的冷风,刮得挺大。但会还是开了。会场就设在牡丹江边的东霸天自己的一块地里。各屯的代表已经快到齐了。

东霸天从笆篱子带出来。先游街。东霸天头上戴着一顶有三尺多高的纸帽子,纸帽子上:一边画着一条恶狗,画着一群穿着破靰鞡鞋,握着扎枪的穷人,用扎抢活活把它戳死。一边却写着:"我是有名的东霸天!我是日本法西斯和蒋介石的走狗!我的罪恶比天大!我该枪毙!"他很吃力地迈着步,好像几天没有吃饭;或是几夜没有睡觉似的。张三猴子推他一下,他才走一步。王大钢牵着绳子,这老头子的手,还是有点哆嗦。游街的时候,东霸天的手里还提着一面破锣,他有气无力地敲着。杨世林把高帽子上写的那四句话教给他,要他照样大声喊,他先是不肯喊,后来,他才小声地慢慢喊出来。

自从东霸天大闹笆篱子之后,穷哥儿们对他的仇恨,好像是一把杀猪刀,先只戳进猪脖颈里半截,后来不但刀刃子完全戳进去,而且,连刀的木柄也完全戳进去了;——这就是由表皮的恨,到恨入骨髓。东霸天自己大概也预料到了他的下场一定是凶多吉少。当东霸天刚走出围子门,脸就变成蜡黄色了,——平常开斗争会,都是在屯子里;唯独斗争他的时候,偏要到江边去,这是不祥之兆。东霸天的腿软了,挪不动了;……浑身的骨头好像酥了,……大伙儿硬把他拖到江边。

今天,杨家洼的人民,第一次翻天覆地地干这样大的事情!今天,杨家洼是自有史以来的第一次大会:这样多的人呀;人群围在江沿上,像筑了一道肉堤。穷哥儿们虽穿得单薄,都不怕冷;在冷风里,大伙儿都笑着,闹着,唠着,……战斗似乎就要开始了……

大会的主席是杨世清。杨世清站在桌子的后面。桌子放在人群中间。东霸天跪在桌子的前面。主席宣布开会:"众位穷哥儿们、乡亲们,今天,我们杨家洼开大会斗争,公审大坏蛋杨文海,这家伙又叫东霸天!牡丹江东西两岸,几十里地以内的穷人都知道他,都受过他的害;……这家伙,不光是当过伪甲长,还当过大特务;……他是我们穷人的死对头!……我们杨家洼的穷人把他抓起来,我们要下狠斗这个大坏蛋!我们要整绝这个大坏蛋!"

"打倒特务、汉奸、坏蛋东霸天!"这不像在喊口号,像巨大的人群在怒吼,要震撼了牡丹江似的。

"穷哥儿们,"主席又大声喊,"我们穷人是最讲道理的,——我们在共产党、毛主席领导下翻身,今天,我们把苦水吐净,把道理讲清楚;我们就是斗死这个大坏蛋!我们也不屈他!……有冤的伸冤!有仇的报仇!现在,谁有条件,就快上来讲。"

十四　公审枪毙

……第一个是张三猴子。他才上来,照杨文海底脸上就是一巴掌,并大骂:"东霸天,你这个大坏蛋;你还认得我张三吗?!……"

张三开始吐苦水;……当讲到在雪山上,杨文海拿斧头砍死他哥哥的时候,他禁不住簌簌地流下泪来。他气得刚又要动手打,大伙儿却喊着:"不光打,还得多吐苦水,讲道理;像他这样的大坏蛋,自有办法处置他。"

张三实在气愤地忍不住,又揍了东霸天一阵。打得并不重,但,东霸天却虚声假气地喊叫着:"哎吆,好我的亲叔叔大爷呀,饶了我吧!我再不敢做坏事了。"

"为啥要饶你?!"张三吐完苦水之后,质问似的骂着,"你咋不饶咱们穷棒子。"

陈小牛接着斗的。陈小牛刚走进场子中间,连苦水都没有吐呢,东霸天就嚎叫开了:"哎呀,你是我底亲哥哥! ……从今后,我要重新做好人……"

"妈拉个巴子! 你怎么早不做好人?!"陈小牛骂着,"眼下已经迟了,——你没有资格做好人。"

当陈小牛底苦水吐到他由山东老家逃到牛骨塔的时候,他也因气怒而忍不住地用拳头揍东霸天:"……老子变了驴,再变人的;……好容易挣了一点……"陈小牛气愤得有点哽咽,暂时不往下讲下了。

第三个上来了,——一个年轻的媳妇;她,劈头也是张三那么个问法:"你还认得老娘吗? 抬起你底狗头来! 东霸天!"接着,她底苦水吐出来了:"你不只霸占土地、粮食、房子、银钱,你还霸占老娘儿们,……方圆几十里地以内的老娘儿们,被你霸占过的,能够编一个排。"她吐这样的苦水,一点儿害臊的意思也没有,而且,越吐越伤心,越气愤:"老娘自嫁到杨家洼来,你就对老娘存了邪心,白日黑夜地你总是要生方子糟蹋老娘;——大前年七月,刚住了雨,老娘到地里刨蘑菇,你跟屁股撵上来,老娘看着劲头不对;刚扭回头走到江洼子,你就迎面把老娘拉到大榆树下,强要……"

说到这里,她也用拳头揍起来。东霸天还是在嚎叫:"我叫你亲妈好吧! 你积点德吧! 你高抬贵手!"

"没有坏蛋说话的必要!"杨世林大喊一声。

年轻媳妇底手打痛了,在杨文海底脖颈上狠狠地咬了一口:"你咋不积德呢?! 老娘不在坏蛋底身上积德。"

东霸天哇的一声嚎起来。他底脖颈咬破了;流着鲜血。年轻媳妇底嘴唇上、牙齿上都沾着血滴。

第四个是关金福;……苦水吐到杨文海把他抓住送进警察署,严刑拷打的时候,他真把衣服脱下来,光着上身站在冷风里让大伙儿看,并大骂:"老子今天也要你个皮破,肉烂,血飞溅……"

关金福刚穿上衣服，顾不得扣扣子，就动手打起来。东霸天竟白眼珠子一翻，腿和胳膊一伸，闭紧眼睛，憋住气不喘了。

"这王八蛋倒会装死！"大伙儿喊着。

"你装死嘛，老子就要把你弄成活的。"关金福用脚踢起来，"你不让老子给抗日军送军粮，"踢得东霸天杀猪似的叫，——"你再叫；……你这个汉奸，特务，狗东西！"

"不要用脚踢！"大伙儿喊着，"用家使打带劲！"

第五个是王大钢；他劈头就先问大伙儿："这坏蛋该打不该打？！"

大伙儿没有应声。王大钢也就没有动手打，可是，他底手总是有点哆嗦。始终，他只是空喊着，而且，老是重复着这么一句话："打倒坏蛋吃饱饭。"干叫了一阵，王大钢开始吐苦水，他叙说着他如何把像草甸子一样的撩荒地，下了大苦工，刚侍弄成好地，东霸天就不让他种了……

"你要是没有力气斗，可以不用斗啦。"杨世林挖苦地对王大钢说，接着，车转身叫着杨世清，"哥哥，该我们弟兄俩斗啦。我们得多吐苦水，多讲道理；——让大伙儿都听清楚，都知道才为对。"

大伙儿把杨世清架到桌子上站着。他开始说话的声音还低，还和缓；……越说越高，越愤激……杨世林激怒得有点捺不住愤火了，开始拣起一条木棒于米就打。他狠狠地打着。

"侄儿呵！"东霸天哀叫着，"看在你妹妹底情份上吧，饶我一条命吧！"

"杀父之仇呀！"杨世林连哭带骂，"血海深仇呵！"

杨家弟兄俩都落下泪来。杨世清在桌子上跳着骂，哭，讲；杨世林在地上跳着哭，骂，讲道理；……到极悲愤的时候，他就又打起来。

"你还没有枪毙我爹的时候，……"杨世清哭着说，"我们还有叔侄关系……"

"有点亲能顶个啥？……"杨世林哭着说。

杨世清仍旧哭着说:"你是大地主,大坏蛋嘛。……我们是穷棒子呵!"

"共产党来了,……"杨世林也仍旧是哭着说,"我们穷人才能翻身呵!"

杨世林打东霸天,虽比大家打得重一些,但,并不是一直不住手地打。

而东霸天却故意躺在地上乱滚着,故意声嘶力竭地喊叫着:"完了!……我算完了!"

这时候,从江上刮来的风挺猛,挺冷,但,四周的人群仍旧凝神地看着,听着。会场很静,空气很沉重。

"你知道我爹是怎么把我们弟兄俩扶养大的?!"杨世清底泪水还没有干;还是哭着骂,"你是穷人底死对头!"

"你坏蛋使手段不让我们穷人翻身,……"杨世林底泪水也还是没有干;也还是哭着骂,"我们已经翻起来了……"

杨家弟兄俩哭诉完了,临尾,杨世林又把东霸天打了一阵。

接着,有五六个小姑娘上来斗;她们底苦水都是一样的:不管是谁从东霸天底地边上一走过,他就诬她们偷了他底小蒜啦,茄子啦,辣椒啦,土豆子啦;抓住她们就是顿狠打。小姑娘吐完苦水,都气得往东霸天底脸上吐唾沫。用小拳头像擂鼓一般地在东霸天底身上打起来……

这时,有一个中年农民在斗。他已经是第二十个人了。他是个佃贫农。

"'满洲国'以前,"他说,"东霸天穷得,锅灶里连一根多余的柴棍子都没有;随烧随得上山砍。自他当上伪甲长,也就算当上大坏蛋、大地主啦;——穷哥儿们开的荒地,他说那都是他的祖遗荒产,都得给他拿租子。我们爷儿两个,两年开了三垧地,他硬要我拿租子,我说:'人凭名号;地凭契照:你把证据拿出来——'他弄了一张假的;咱不识字,又是才来的新户,人家又是甲长;胳膊拧不过大腿嘛;只得给人家……每垧地七斗租呵!还是上打;从'康德'三年到如今。东霸天的坏蛋大地主就是这么当的。"

佃贫农吐完苦水，照例也是打。继续斗的又有十四五个。最后，老李头煞尾，当他吐完苦水之后，他大声骂着问："东霸天！你到底霸占下了什么呀？你霸占下了恶狗一条！死尸一个！等一下，让恶狗来霸占你这个死尸吧！"

主席大声喊："现在已经斗倒了！把东霸天怎么办吧？！"

"枪毙呀！"大伙儿大声喊。

"赞成枪毙的请举手！"

手举起来了，手的森林，密得像一挑麻秸子。当在昨天的会上，全体群众一致要求要枪毙东霸天的时候，我们就曾向总工作团部请示，并把东霸天的具体罪状告诉总团部；总团部的答复是：如果实属罪大恶极，又是因广大群众的公愤，那可以处决的。现在，马同志为了慎重，又在电话里请示总团部……马同志放下耳机之后，兴奋地说："正式批准了！"他遂即向大伙儿宣布了总团部的命令。当还没有喊枪毙的时候，东霸天还是故意乱动着，故意乱叫着。这时，他浑身的肢体，忽然好像都酥散了，完全死过去一般。穷哥儿们硬把他拖到江下。枪声响了。大概有四五十支枪在射击，枪声连续响了几分钟，像机枪的连发。枪声停止之后，杨世林先跑下去了，他踢了几脚死尸，然后，又用扎枪头乱戳。江岸上的人都跑下去了。每个人都踢了死尸一脚。

东霸天的女人哭着来了（正斗争的时候，把她们母女三个关起来的）。她好像有点害怕，离死尸还很远，她就坐下来了。

"你死得好可怜！"她一壁哭，一壁叨咕着，"你死了！留下我和孩子怎么办呵？……你是心屈命不屈呵！……你该死呵！……"

这时候，风把阴霾吹散了，太阳完全出来了，——穷哥儿们不单是身上感到暖一些，心里大概也是暖的呵！都轻松地走回家去。

一九四七年七月于哈尔滨南岗

光华书店 1948 年 6 月初版

◇草　明

原动力

第一章　冲不净的仇恨

李占春在宿舍里冻得没办法，跑了出来，顺道溜到朱自珍的小屋子里。朱自珍正在冻着手修理一千五百度的电炉子呢。李占春看见了忍不住哈哈大笑说：

"傻小子！你没看见发电机躺着不动了吗？你没看见它冻成一个冰坨子那个样吗？还修这破电炉子干啥？有本事的先修机器呀。"

朱自珍满不在乎，还是很热心地盘着炉丝，一面低下头来修一面回答说：

"手艺人一天到晚两手闲着算个啥？你说水车不动，它能躺个三年两载吗？能吗？"

"谁知道呢？现时世道可难捉摸。日本人走了之后，中国人倒是来了好几楂，有些人叫他们做胡子，又有人说是国民党；管他们叫啥；一句话，他们都瞅不上电。"

"胡子也罢国民党也罢，日本工程师不回来，机器别指望修啦。"

"七月天谈雪，别说修不修了，咱们出去晒会太阳，暖和暖和再说吧。人家说光棍难当，我说冬天不烤火也真够呛。"李占春不由分说，一把拉着朱自珍朝办公室门前走去。

李占春原是水电厂制材股的锯木工人，壮大结实，力气大，人老实，只是脾气有点倔。朱自珍是个小工，日本人在时，他每天到机器房去扫地，偷偷地留心机器；可是他没有机会用手去碰碰它，或者详细地去看看它的转动。油压泵泵每隔两三分钟便扎扎地响一阵，特别吸引他的注意。他老寻思道："什么时候日本人才让咱照管这个怪物。"他和李占春一般大，今年都二十三岁了；只是他娶了媳妇，李占春还没娶亲。他特别不爱说话，像女孩子那么害臊，只有和李占春那种老实人才合得上来。这时候他俩远远便看见老孙头斜靠在办公室前的台阶上，他正眯着眼睛盯着"白骨沟"那边呢。

"瞅，他又自个儿在那儿发呆了呢。朱自珍，这两天你觉着了么？老头儿心上可有点儿活动啦。"李占春眼望着老孙头，用拐肘碰了朱自珍一下。

"难道他看中了屯子里那个老寡妇不成？"

"我不是说的那个。他老打量下面那所发电所啊。他在盘算，也许——他到过县衙门领过粮，唔，他年纪大了，也许有点儿门道。"

李占春猜得对，老孙头这些天来的确盘算着发电厂呢。他坐在办公室门前低头望着山坡下面的发电厂，可以坐上几个钟头。发电厂从来就没有过像这时期那样寂寞。寂寞得真难受啊。瞅，不论哪一个山头，远的近的，都被厚厚的白雪埋住了。——然而往年冬天，在这冰天雪地的角落里，机器可吵嚷得利害啦。夏天呢，更不用提了，山上尽是苍绿的柞树、山杏、山梨红，低矮的榛丛，鲜红的野百合花，娇艳的野玫瑰，紫色的大马莲花和各色各样的野花。鸟儿在歌唱，老鹰在蔚蓝的高空上飞翔；山坡下的发电机嘈杂地叫。玉带湖的北湖头平明如镜，鱼儿的蹦跳，常常突破平静的湖面。但如今湖面已经冻结住了，鲜花野草都凋零了，盖了一层白雪；山林里的野兽已匿迹；小屯里的几户人家也都躲藏在茅草房里过着严冬。除了风吼，什么声音也没有啊。说到发电厂，更是可怜得很：机器被日本人在撤退时破坏了；八·一五后，又被一度占领该厂的国民党，打开了检查孔，放水把机器淹冲过，如今已结成坚冰。发电厂外边，临着小河的变电所，更是零落不堪，白铁架子和绝缘瓶子乱七八糟；O、C、B，东倒西歪；螺丝帽、电线、铁片、零件满地皆是。那四台风冷式的大变压器，屹然不动地站在那儿。——不发电，那些家伙像个大废物。

看看这一切，参加开辟电厂的孙怀德真有点难受。他伸直两条长长的腿，让温暖的太阳光晒着。这个高大的山东汉全身长得很相衬，长胳膊，长脸，长鼻子；动作起来可迟笨。小伙们常因此欺负他，讨他的便宜或揍他两下；等他站起来要报复时，小伙们已跑下半山腰去了。其实他也只是装腔作势罢了，他多咱也不生小伙们的气；他爱护他们像爱护自己的儿子一样。老孙头有一处叫人讨厌的地方：碰着二三十岁的熟人，他便开玩笑自称起爸爸来，特别对年轻女人。年轻人呢，便用种种友爱的语气去抵抗他："谁是你的儿子。""谁要你这样的爸爸。"不管别人怎样说，他从来不冒火，心满意足地大笑一阵。只有一次，一个知他底细的中年人顶了他一句："你的爸爸瘾还没过够么？"他才伤了心。

老孙头原是山东人，在家给人扛活，打十九岁上，他爹便去世了。父亲快咽气的时候，指着门外的田野说："地啊，农人离不了地啊。干活，拼命干活，老天，不负，好，好人……"

他依了父亲的话，辛辛苦苦地扛了五年活，可是挣不上一寸土地；他妈死了，倒扯了一身饥荒。他就生了气，把锄头一撂，离开了妻儿，跑外县学木匠去了。他原是个勤快人，心眼也灵活，三年，学会了一身好手艺回来。赶他回到家来，他的虎儿已经九岁，会烧火，会帮他娘拐线。老婆纺一手好线，三年来母子俩好歹把日子对付过了。乡里的木匠数孙怀德的手艺好，干起活来利索，不脱期，因此他的活路挺不错。一家大小三口人，都能劳动，光景过得挺不错。他重复他爹的遗言对他儿说：

"人要勤快，拼命干，没有走不完的路，穷人穷不了一辈子。"有时候，虎儿放学回家，坐在小木凳上拐线，他便坐在儿子跟前，一面给他摇扇子，一面说：

"多可耻，不干活，光吃饭，拉屎，养孩子；养出来的孩子呢，还是不干活，光吃饭，拉屎，养孩子。呸，这是财主们的道道！"跟着他屈着手指头数上十来个人的名字：谁家的儿子光吃喝，啥事不管；谁家的儿子耍钱；谁家的少爷净穿好的，逛窑子；谁又仗着家里有钱，为非作歹，无所不为。

虎儿听得发呆，仰起脸来净望他爹，手里的活也停了。孙怀德就住了嘴，放下手中的扇子，温和地微笑着，扶着儿子手里的线拐架子，帮他转动。虎儿不好意思地，却也甜蜜地笑一笑，赶忙继续拐线，稚气地要求说：

"爹你说下去。"

这样的光景过了两年，虎儿初小快毕业，他娘便得了痨病，不能干活，老吃药，钱没少花；辛辛苦苦攒了几年的钱，又都吃光了。过了两年，她身体好一点，可是旱灾又来啦。旱得可邪乎，地里裂成一块一块，河见了底，包米像珍珠子那么贵。孙怀德眼看着一家三口就得饿死，打定了主意，便携妻儿跑关东。

虎儿慢慢长大了，他娘三天两头病，父子俩净卖力气：打铁，木匠，侍候机器，当脚夫，小工，可是好光景再也不上他们家来啦。

"康德"五年，日本人招工修玉带湖水电厂。父子俩便应征上玉带湖去了。孙怀德把老伴安置在西凉镇住下，就领孙虎上这荒沟来。这时孙虎已二十二，是个长瘦力大的青年。

想起他的儿子孙虎，这位老头儿更伤心啦。如果虎儿没有死，已比李占春他们大了，兴许已娶了儿媳妇，生了孙子了。啊，这里原是一座多么可怕的荒沟啊，满山都是狼粪。打从日本人把这一两万工人招来之后，狼给赶到对面的摸顶山去了。——原来由狼统治的天地，现在由日本人来统治了。

轻便铁道架起来，爆炸，盘石，运土，小斗车咕噜咕噜成天价响，把平平的河滩堆成了大山。铲土的，推斗车的，抬石头的，好长的一支队伍啊；这支队伍，不分昼夜，不分冬夏，囚徒似的在斥骂、鞭子的逼迫、死亡的威胁下干活！现在老孙头回想起来，心上好像还给日本工头的鞭子一鞭一鞭地打着似的。李占春和朱自珍挨近了他，他还没察觉出来；李占春狠狠地在肩膀上打了一下。他正想着日本人的凶相，肩上着了一打，受惊地吓了一跳，回过头来一看，原来是那个忠厚可爱的小伙子，便亲昵地笑一笑说：

"是你俩。和爸爸一块坐下来！"

"你当是谁？"李占春满脸孩子气地嘻笑着。在老孙头眼前，他觉得像在自己的叔伯跟前一样。

"我当是川岛太郎。"老孙头随口回答说。他这一说，把朱自珍说笑了，把李占春说恼了。朱自珍和李占春同时抢着说话。

"好老头儿，原来你还想念川岛太郎！"朱自珍笑着说。

李占春气咕咕地说："打从事变，你天天叨咕：咱是中国人，咱是中国人；别人提一提'满洲国'你都生气，今天你把我这个中国人认作川岛太郎啦！"

"哪能把你认作川岛呢，"老孙头叹了口气，拿宽阔的手掌摸着下巴，"只是我想起了川岛，想起了铃木，那些狼狗，也想起了成千成万屈死的伙计。"老孙头显然被沉思弄得不痛快，不说话了。李占春听他一说，不特不生他气，反而被他的不痛快感染着，也低头望着山坡下面那破烂的变压所。过了一会，老孙头用平静的严肃的口气问那两个年轻人说：

"哼，你们这些小伙们成天呆着，眼见机器动都不动，心里好过吗？"

李占春站了起来，用并不带恶意的冷笑反问说：

"老孙头，你安的是啥心肠呀？日本那时代，我几时都看见你像生了谁的气似的，成天不说话。日本人来了便干一阵，剩下我们几个，你就唉声叹气说：'有啥办法呢？头上顶着是他的，脚下踏着是他的，吃也是他的。来了，便干一阵；走了，大伙歇歇再说。'你教会我们懒；国民党大员来那一阵子，你也教我们：'瞅一瞅再说。'眼下,机器也停了,人也闲了,你倒问起咱们闲得慌不,你安的是啥心肠呀？好比水车那盖子,骗大员打开是你,不叫关上也是你……"这几天李占春其实和大伙一样,闲得慌,一天到晚不晓得怎么过好,可是他把心里话藏过,有意挑剔老孙头。

　　因为今天天气好,没有风,太阳有点儿劲,从屋里钻出来的人越过越多。他们都很自然地紧拢在台阶上凑热闹来啦。他们多半是小伙子,其中有个五十六岁的老关头;一个还信佛的老刘头;另一个是三十多岁的老佟,他是本屯人,打从修水电厂起就有他。——已往,大伙不乐意和他在一起,因为他爱拿大伙说的话告诉日本人;可是他呢,只要人多的地方便钻前去。国民党大员来发电厂那几天,大伙摸不着底,都害怕;老佟却自个儿去见国民党的大员,拿从前对付日本人的嘴脸去逢迎他们。从此,他又高高地坐在工友们的头上,指挥这个到四十里外的西凉镇去买肉打酒,支使那个打扫房间做饭;叫这个献鸡,派那个献面。谁知大员们来这儿不是打算修复水电厂,只想来拣点洋捞,并欣赏欣赏风景。不久,八路军收复了鹿鸣江,大员们吓得魂飞魄散,一心要再彻底破坏一下机器便逃跑。那一天一个大员看见只有潘玉山和老孙头在机器房里收拾房子,他便问这小伙和老头,机器最重要的是哪一部分。潘玉山胆小,既不明白机器又不明白他问的是啥意思,一下答不出来。老孙头一下就猜着大员的意思,担心他想把这破机器再破坏。丁是计上心来:"他想套我呢还是想……要是他想破坏机器,咱可不让!"他正踌躇着,大员便问到他头上来了。他心里扑通扑通跳,老实说,他怕大员就和怕日本人一样。他怕他故意把机器说错了,大员会枪崩他;如果说了老实话,他又怕大员要破坏机器。"这机器再炸一回,还指望修么?!"他的心一横,便撒了个谎。他装成老实巴交的样子,指着水车上的检查孔盖,对大员悄声说:

　　"咱不明白机器,听说就数那玩艺儿要紧,只要把它打开,便天神来了也盖不上,机器房全叫水淹了,水一直会淹上山顶。"

　　果然,大员撤退时匆匆忙忙把检查孔打开,便逃命去了。水从检查孔口猛力地冒出,每天把水车冲洗,把机器房淹上了尺来高的水。水到了尺来高,便往外流,流到变电所跟前的河水里,汇合于鹿鸣江去了。

老孙头的机智把恶毒愚蠢的大员骗了,救了机器。至今,"水一直会淹上山顶"已成为一个天大的笑话。工人们乐起来便爱提起这个笑话,和亲昵地赞扬老孙头的机智。老佟每次听着,都记在心里,他寻思,将来国民党再来,他又有了献功的材料了。说起来他和老孙头也没仇恨,不过他总喜欢给上头拍马,说说别人的坏话来显显自己的"忠心"罢了。

其实要盖上这检查孔也太容易,只要把北湖头那边水闸一关,水流停止以后,便能盖上了。只是老孙头怕胡子和国民党再来捣乱机器,不叫盖上。等冬天来了,老孙头才叫盖上,可是就盖不严实了,冒出来丝丝的水,积少成多,把机器和机器房地面都冻结住了。

老孙头是水电厂的一个普通工人,只不过他来的日子最长,为人正派,他说出来的话和他做的事情,都能符合大伙心里所想的,因此大伙都听他的话。特别在中央胡子马玉山抢劫以后,他提议工人派代表去请县政府救济,得圆满解决;和他智骗大员,救了机器这两件事以后,大伙更佩服他。

老佟瞅着他有点眼红,但是国民党大员一走,他便失去了靠山,大家更瞧不起他。他觉得自己身体里没有一根骨头,好比一只蜗牛一样,如果有一个硬壳子给他掩护,他便大着胆横冲直撞;没有了那个硬壳呢,他便瘫软,便垂头丧气。

这时老孙头想着:检查孔打开,原是自己想救机器,骗大员们打开的;后来又是怕坏人来捣乱不叫盖上,以致后来盖不严实,把机器冰冻得不像样,心里着实有点难过。现在听了李占春顶他一句,他就更不好受。看着那么些人,他心眼又活动起来,乘机严肃地纠正李占春说:

"占春,你可不能这么说。什么时候说什么话,什么时候干什么事。我活了四十八个年头,这四十多年里面,咳,我学会了偷懒,学会了骂人,骗人,学会了啥也不敢信,学会了……说起来话可长啦。我还是个小伙子的时候,干起庄稼活来莫说一个人顶我不过,就算两个李占春也会落在我后头;自然,那是老中华时代了。"

"哼,原来是个老庄稼人哩。"潘玉山插嘴说。

"我的两只手,哪有半袋烟工夫闲的? 莫说我自个不闲,看见别人闲我也会生气。"

"那你什么时候学会偷懒的?"有人问道。

"你听吗? 说来话长,意思倒挺简便,人穷呗,种地没地,干手艺没本钱,再加上闹病,天旱,还有咱们的好日子? 到了东北,日本人的天下,更不用提了。打比修这水电厂,日本人说的吃大米白面呀,工钱高呀,招来的工人老鼻子啦。呸,他们骗人啦,咱吃的是楂子、小米、豆饼;工钱两个月三个月才开一回,扣了伙食钱,剩下的养不起家口! 死的有的是呀,病死的,累死的,来干活的人有两万,等修好电厂回去的就没有几个了,至少死了一万五千人!"

这老头儿想起了夏天,打着赤膊的人们接连不断地从洞口把土和石头推到五里地外,走一步路淌一身汗,走五里地要淌多少汗? 人们来时满肚子希望:大米,白面,电业有前途,但是,呆上几天,人们总算瞅清楚了,希望也只好随着汗水流出来,一滴一滴沁进土里去。

出了汗,喝上凉水,得绞肠痧病的,拉痢的有的是,肚子痛上一天半天,在炕上滚几下,人就完啦。如果害个头痛发烧,一样得干活,一直到两腿伸直,两眼朝天,才算脱离了灾难。好多人要逃跑,运气好的逃出去了,倒霉的便给抓回来,说是抗联派来的,说是国事犯,活活地给折磨死。开头,人一死,日本人叫撂到湖里去喂鱼;后来人死多了,便叫撂到荒沟里去喂狼。——前面那道沟,臭气盖天,白骨累累,工人叫它做"白骨沟"。想起了上万的屈死的工友,他就想到自己那屈死的儿子。到玉带湖不久,老孙头瞅着这光景,早就凉了半截,可是虎儿可兴致勃勃,和他父亲年轻的时候一样,一股劲干活。——也就是这股劲,断送了他的性命。事情是这样的：

有一回要爆炸一块很危险的大石，日本人图省工省料，没装铁架子，没有一个人敢去钻洞子上炸药，——不赶趟呀，可恨的日本人，这时他也不骂也不命令，只用激将的办法嚷："'满洲国'噢，胆子大大的有赏噢，不怕死的有……"年轻人的劲在孙虎身上作怪了，他胸膛一挺便走进洞里去了，他爹要拦阻他也不赶趟。孙怀德只好闭上眼睛，心里像等待枪毙那么难受。一秒钟一秒钟过去啦，平常，他不明白一秒钟里面包含些啥意思，这时他懂啦，他儿子的性命就系在这几秒钟上头啦！爆炸声一过，孙虎像只山兔那样敏捷地跑出来了，一丝也没受伤。洞口外的工友都为他的再生透了口气，孙怀德高兴得掉下了眼泪；可恨的日本监工们笑着拍他的肩膀。以后每逢危险的爆炸都叫他去。一个月后，在一次爆炸中孙虎给压死了。

老孙头把这故事说着，说到工友们的死，说到他儿子的死；听的人很多，还有女的。老头和女人早就听得掉下了眼泪，老孙头却那么平静，好像他并不悲痛；不，他的悲痛已变成顽强的反抗了。

"他说得掉下泪啦。"

"不，男人流血不流泪。听他说吧。"有人替老孙头分辩。

"我瞅清楚啦！咱穷人，不劳动，饿死，劳动呢，累死或病死！只有死路一条。什么苦尽甘来啦，什么没有走不完的路——我一概不信啦！"老孙头轻轻吁了口气之后，继续说，"咋办呢，除了磨洋工之外，还有别的更好办法么？那时候，中国苦力谁不磨洋工！"

"康德九年电厂修好了，水闸一开，湖水便顺着水道奔流下来。水车动了，发电了，这三千米长的水道，花了多少中国苦力的血呀，牺牲了多少性命呀！每天每天流出来的水算不清，但怎么的也冲不净咱们心中的仇恨呀！"

听了老孙头的长长的故事，大家都掉进各自的痛苦的回忆里了。哪一个老头没有儿子？哪一个年轻人没有父母？不说起来就忘了，或者说，日本人的罪行，看多了，看惯了，兴许麻痹了；现在听老孙头一说,大家都想起自己的苦楚来啦。老关头的儿媳给警察糟蹋过;李占春的叔父出劳工至今没回来;谁家的地和房子因归大屯给占了;谁家做了小买卖犯了经济给押起;至于打呀骂呀,那真是家常便饭了。

"他说得一点不差,完全是那个样!"老关头抬起了头,胡子一翘,肯定地说。

"手艺人可受他妈一辈子气! 连机器也不让看一眼。"朱自珍也气愤地插嘴。

"说来说去,还是怪咱不会做人。管他妈给不给气受,多将就人家一些,不也有好日子过了么?"老佟说话了,他一面说一面用小眼睛瞅瞅大家的神气。停一会,他咬了咬嘴唇,扯动着脸上的肥肉,再说下去,"日求三餐,夜求一宿,人们为的是这个。顺人家还不是为的自己。——'满洲国'人就不明白这个道理。"

"老佟,你今天还是个'满洲国'人吗? 你当'满洲国'人还没当够吗? 你说的是啥意思? 嗤缨子,拍马,行是行呀,可不是咱手艺人干的事! 中国人都像你说的,那,那还有去年的事变吗? 有今天吗?"这时候,老孙头那高大的个儿笨重地站起来了。老佟的话真叫他不能忍受,他失去了涵养,失去了素日的稳重和平静,像喝醉了酒的人一样,把心里头的话痛痛快快说出来才舒服。

老佟也不服气,可是他不动气,只嗤嗤地冷笑着:"今天? 今天又有啥好处? 机器坏了,没人来修,没人给咱开工钱。哼,穷人要活,还能不受点气?"

"这倒不假。今天,没穿没吃的啦。"

"饭得吃,气可不能受!"

"今天? 今天没人管,可也比日本人压在咱头上强一点。"

"有理,长了两只手,怕饿死咱不成!"

大家议论纷纷,老孙头和老佟的争执没有了结。电工刘福瞅瞅这个僵局,站起来调解似的嚷着说:

"老孙头,依你说,日本人走了,大员走了,八路国家又不来,依你说,该咋整?"

听听大伙的话,知道赞成老佟的不多,老孙头安慰地松了口气;经刘福一问,他又微笑着说:

"我也不晓得该怎么办,大伙合计呗。八路国家今天不来,明天能不来?"

"那也不一定,'中央'兴许会再来。"老佟确信地说。

老孙头没有理他,继续说自己的:"我听山东来的人说,那边的八路对庄稼人可好,老百姓可服他。不知道他对咱工人咋样?"

"对咱工人可也不算咋的,那一回县衙门听说马玉山把咱东西抢光,便马上给咱放衣服,放粮食。听说城里也给老百姓放过粮食。看来他们不同日本,和'中央'也两样。"

刘福又沉不着气,嚷叫着:"我不是问你八路军咋的咋的,我问你咱厂该咋办。"

老孙头正经地听刘福说完,随后,连连点头笑着提高嗓子说:

"是了,不管谁来接收,咱厂总算是中国人的了。好歹得想个办法,机器像个机器,厂子像个厂子——"他没说完,大伙争着说话,嚷成一片了。

"可不是中国的怎么的!"

"那么,得想想办法。"

"咱们能行吗? 得找个头呀,到城里去请吕小调回来吧。人家到日本留过洋,对机器啥都明白。"

"不错,就请吕工程师回来吧,他和官家打个交道还像个样。上一回咱几个代表去县衙门才不像话呢,穿得破破烂烂,讲得结结巴巴,还亏得有个老佟能说会道。"

刘福分辩说:"穿得好不好倒没啥,他们县政委穿得也挺寒碜。只是吕小调怕胡子,不敢到玉带湖来,这咋整?"

老孙头站起来张着两条沉重的胳膊摇摆着,要求大家静一静。他提议说:"这么的吧,咱先把冰刨掉,把破机器零件拾掇好再说也不迟。"立刻有人赞成:

"也好，拾掇好再去请他去。"

"不大离，就这么的吧。说不定哪时候上头会派人来接收的。"

老孙头毫不放松，趁势钉一句："咱要手艺人说干就干到底。干对了，不用提；干坏了，也是大伙的主意，免得日后上头来接收，挑一个两个人的眼吃不消呀。"

"对嘛，干对了，大伙的功劳；错了，大伙来领受。"有人支持老孙头的意见。

冬天的日头特别短，不经不觉，太阳已偏西了。大伙感到异常的寒冷，才逐渐回宿舍去。

第二章　和冰的斗争

从山顶的宿舍到山坡下面的发电厂，有七八十米达高，阶梯共有二百八十多墩。山坡下面修理室的两个老头，一天难得上去一两次；年轻人呢，却跑个三四趟。虽然高，但下面发电厂的声音，山顶上听得清清楚楚。听啊，洋镐碰在坚冰上的尖锐的声音，不是透过凝冻的空气，冲进山上人们的耳朵里吗？原来下面有十一二个工人正在刨冰呢。开汽车的张荣才出了自己的小屋子，绕过大宿舍、办公室，刚迈步头一墩洋灰墩，便又踌躇起来了。这几个月来，把他住懒啦，他到西凉镇，到城里去倒动破烂。有了钱，他便捎回来十斤八斤肉，请人家吃一顿；没有钱，便闷在家里睡觉，啥也不管。现在，他低头往发电厂一瞅，要迈将近三百墩，一个开汽车的人几时走过这多的路。他索性坐在洋灰墩上晒会太阳再说。

"刨什么冰，二月啦。再过几天，冰自然就会化。"张荣才心里嘀咕着。

张大嫂从家里冲了出来，看见丈夫还留在山上，着实生气。她身段不高，穿了一件棉袍；颧高大眼，上唇很尖，看样子是个又能干又利害的女人，丈夫也的确很怕她。可是这一回她没有立时骂他，撩起棉袍的后下摆，和他并排坐下来，督促他说：

"你怎么不下去呢？"

"我是开汽车的,又不是刨冰的,也不是小工。"张荣才索性赌气了。

"嗯哪,你是个师傅,不是小工。可是,唔,你现在不加上一分力气,将来电厂开工,还有你的一份吗? 把你开除出去,咱不是要饿肚子了吗? 你说得好容易!"

张大嫂十四岁上死了母亲,父亲和哥哥给人租种地,他就在家里把弟妹三人拉帮大了;喂猪养鸡,灶头炕沿的活,粗细都能。父亲爱她爱得要命,因此也养成了她的一个坏毛病:家里的事,只有她说了算。自然,哥哥、弟妹都怕她,父亲哪样都依她;然而,穷苦家的孩子,再惯纵也是讲理的,正直的;所以张大嫂从小就锻炼成一个能干、有主张、勇敢的女孩子了。十九岁嫁给老张,便跟着他在铁路沿线几个小城市过活。张荣才本来是个倔家伙,不好惹,但是在老婆跟前却服服帖帖。啥也得依她。只是在两口子谈得顺当,乐乐和和在开玩笑时,老张便卡着她脖子问她:"女人还有啥用,除了会喘气和会叫还会啥?"张大嫂虽然给卡住了,但一点也不示弱,回敬他一句:"你不喘,哼,像个进站的火车头,又喘又没劲!"事实上她一面说一面已笑得发软了。

老张本来安分开车,自从事变以后,玉带湖也着实变得利害。这几个月来,好的本事他没有学到,城里乡里地溜达溜达,倒动一回破烂,比他过去挣一个月的薪水还强,他就再也不耐烦坐在机器旁边了。今早,老婆掀开他被子,提他起来,要他参加刨冰。他在床上赖了半天,现在她又撵在后头,在他耳边嘟哝着,怪讨厌的,他没好气地回答她说:

"你说的,难道我非饿死在玉带湖不成,我没腿跑长春不成? 手艺人哪里不能挣两碗饭吃?"

看见丈夫口气硬了,她便缓和一点说:"长春是长春,这里是这里,生地头不如熟地头好,你为啥摸不开? 你下去干它几天又有啥不好?"

"到底是哪个来叫刨冰的?"

"叫是老佟来叫的。我们这里就数这个三朝元老打吆啊。还有谁能比得上他能说会道吗？"

"哼，我就不服他，好处净是他的，倒霉净是人家的。我瞅他爹和他哥在屯里种地挺老实，偏出他这个兔崽子！"

"自古说好人不当道。过两天上头来了人，还不是老佟这一号人吃香。像老孙头、老关头那样的老实人谁也看不中啊。不过，刨冰却是老孙头提起的。听说前天他老人家，又提起他儿子来了，说哭了。他多咱也不愿提起他儿的，昨儿不明白哪一根汗毛动了，你听我说，他说他儿子说哭啦，后尾儿他说：'把厂子拾掇出来呀，为我的虎儿吐口气呀！把水闸开开，把大伙的冤气冲一冲！'那么，大伙就听了他的。问良心，谁不盼开工，为吃碗饭呀。"

张荣才不在意地听老婆说了几句，便蹒跚地走下去。

山坡下，那个破汽车框子给雪埋了一半，歪在那里，他瞅着便觉伤神。心里面叹惜着："日本人一走，啥也完了。我们瞅着这个厂，一点办法也没有，刨冰刨冰，还不是白费事儿！"

厚厚的白雪掩埋着许多零件，因此地上显得高低不平。他沿着人们已踏平的小道，走进了机器房。

第一号发电机和第二号发电机高高地、粗壮地耸立在机器房当中，一百二十吨的大起重机和三十吨的小起重机毫无光彩地、静悄悄地挂在高高的屋顶上。地面上积了一层冰，最薄的地方也有一二尺高，厚的地方便有一米多厚。油压系统制御盘，和附在第一号与第二号发电机的，每样两套的调速机，自动水车制御盘的脚底都给冰埋住了。两部油压机因为检查孔打开，水是自上流下的，现在却变成两座小冰山了。五六个小工在调速机、自动水车制御盘下面拿洋镐刨冰。老孙头怕小伙力气大，粗心，损坏了机器，自己便领着两个老头在油压机上轻轻地刨。在两座发电机中间，潘玉山正在冰上燃着木桦子。李占春在修理室那边锯木头，朱自珍把锯下来的圆轱辘劈成桦子，然后运到机器房来。老佟呢，什么事也没有干，只在房子当中跑来跑去，把碎冰踩得喊喳响；他给人们递递小鹤嘴锄，送送黄烟；大声吆喝着这不成，那不对；好像他比谁都忙，也好像他是个工头似的。

东北二月的天气还是那么冷，一出手，便冻僵住了。平常像这样的天气，就算说黄土下面有金子，人们也懒得去取呢。然而，劳动战胜了一切，抡上两下镐头，血液便都流畅了，力气也大了，信心也提高了。说到这一次的刨冰，也不是谁下的命令，谁也没有勉强谁；就是那一天老孙头提了一下，大伙七嘴八舌地商量了一阵，便动手干起来了。谁也不明白是什么力量驱使自己在九九天干这件又艰苦又笨拙的工作。

朱自珍运一回木柈又看一回油压机刨出来没有。他想着，将来有这么一天，机器会动了，他一定要在油压泵泵跟前站一天，看看它的扎扎的响是个什么道理。他又寻思，假如上头乐意叫他在机器旁边当个徒弟，替机器擦擦油，他会乐坏啦。——想到这，他就特别有劲，劈起木头来也特别快。

李占春独个儿在修理室，锯木头也挺有劲，他觉得老孙头说的话总是对的，跟他走准没错。他回想起日本人那威风，国民党大员的架子，还觉得有点害怕和恨。他有一肚子直气，看不得奸猾，不正派的人。谁对他好，他会对谁更好；谁瞧不起他，他便也不佩服那人。他一面锯木，一面吐了一口吐沫说："已往多好，也不过是日本人的；现在多破，到底是咱中国的啊。"

两个五六十岁的老头，虽然劲不大，热情可不少。他们觉得自己身上的火，差点儿便能把冰化掉啦。他们比小伙子们不同些，他们是在老中华过活的，虽然日本把东北统治了十四年，但他们一天也没忘记祖国啊。

老孙头呢，瞅着大家，瞅着这一切，乐得浑身是劲。是的，每个人都有他的幻想和信念，而且每个人都会用尽一切方法争取自己幻想的实现，和坚持自己的信念。老孙头也不例外。他的幻想，当然不是寄托在冤死的儿子和气死的老伴那上头；他只幻想有一天，机器房拾掇好，再过几天，上头派人来修机器；机器修好，发出来电,大家好好干活,过几天"人过"的日子。他的信念呢,本来给旧社会残酷的事实捣得粉碎了;但是新时代带来的一线光明却在鼓舞他,引逗他。他不知道这个社会会怎样变下去,但他已确实知道这个社会已经在变动了。"日本人是主人,中国工人是奴隶"这种刻板式的社会已经给捣碎了。——这就燃起了他新的希望,给他以力量、机智和勇气。

其实他摸不清这工厂将由谁来经管,咋样经管,他只知道厂子离不了工人,工人离不了厂子和机器。不管谁来经管,假如机器坏了,对工人都是不利的。因此他才有胆量和聪明哄骗大员,救了机器;现在,又有耐心来引导大家刨冰,保护机器。和他目的一样的,他就自然地和他团结起来;和他的目的相反的,他也自然地去纠正他;他帮助懒散的人勤快;他甘于吃苦耐劳,自我牺牲。——他的幻想、信念、目的,和工人们的一样。一个人做事没有私心时,便会觉得心安理得。老孙头正是这样。

本来,大家的观念并不是那么明显,但是在看见了别人的兴奋,自己便增加了一分力量,添了一分劲;反过来呢,自己的劲儿,却也增添别人的兴奋。——这样互相影响着,互相鼓励着,劲儿便渐渐更大,兴头也更大了。——他们觉着这样的劲儿是新的,从来没有过的,也不知道是从哪儿来的。

张荣才在修理室走了一转,在机器房到处看了一下,便也不多问,勉强蹲下来加入大家一伙。老孙头看见他来了,和和气气递给他一把镐头,笑着说:"张师傅,你明白点儿机器,上咱这儿来先把这机器刨出来吧。咱净是老头儿,不济事。"

"你说哪里话,自古说老来宝,越老越行。"张荣才不自然地笑着说。

"不,力气不行啦,上岁数啦。不过,好歹得把厂子收拾出来啊。不管谁来接收,总不会是日本人了。再不拾掇出来,别说机器上了锈,咱们双手也上锈啦。"老关头抬起头来,模仿着老孙头的口气,边歇边说。

佟金贵看见三个老头和张荣才说得挺对劲，有点眼红，便也过来献殷勤，给他们每个人卷上一颗黄烟。张荣才连瞅也没瞅他一眼，便接过卷烟，自言自语着：

"今天是什么好日子哪，连佟大哥也给咱装烟啦。"

老佟晓得张荣才嘲讽他，只装不知道，用谦虚的口气说：

"你们辛苦啦，有功劳啦。过几天国民党来恢复本厂，几位那时该当上个股长啥的，不要忘记把兄弟拉帮拉帮。"

"不要说笑话吧。咱还能当上个官？日后政府来了，你当了一官半职，要念念老同行，多包涵咱们一点，对上头藏藏咱的毛病就恩典不尽了。"

佟金贵正给老张抢白得下不来台的时候，小伙子们却在那边嚷成一片。老孙头留心一听，原来他们不是吵架也不是别的，是在凑一首歌呢：

"叮叮哒，叮哒叮，咱们一心要刨冰；

老孙头，人品正，说话大家乐意听。

领粮食，为大伙，数这老汉主意多；

骗大员，救机器，厂子这才免了祸。

破厂子，拾掇好，工人本事真不少。

你一镐，我一镐，年轻小伙力气好。"

老关头在这边抢着高声接下去说：

"三老头，不毛草，保护机器挺细心。"

年轻小伙不服气，齐声嚷着："咱也不毛草啊，咱也细心啊。"

"不要嚷嚷了，"老孙头要求大家说，"接下去吧，一面刨一面接下去吧。"

"拉大木，劈木桦，占春自珍一头汗，

潘玉山，张荣才，烧火掌锄都不赖。

佟金贵，到处跑，东吆西喊干不少。"

但是有人马上低声纠正说："不，应该改作：东吆西喊干得少。"

"得啦，这种人少得罪他得啦。"又有人说。

"睡懒觉,不来干,山顶躲着四条大汉。"

老孙头听了这一句,暗地里把人数一点,真的发现四个人没来干活,他暗自笑了:"我的好儿子,多利害,啥事瞒他们不得。"

"你们凑了半天,还没说出个道理来啊。你们各人刨冰,为的是啥?"张荣才说。

"收拾好,扫干净,等待'中央'来接收。"老佟插上了一句。

"大员早跑啦,不敢来啦。"谁反驳老佟说。

"八路军,国民党,咱们工人全不管,"刘福在那角落里铲碎冰块,直起腰来接上编道,"修理好,发出电,咱们才算吃上饭!"

"对哪,咱工人要吃饭离不了厂。"有人同意了。

"破破烂,乱一团,沙包马达炸了一半,

冷却油槽,油压汽桶,油槽上盖全遭难。

线巴金,断烩路,这里那里一团团,

咱瞅着,怎么办,咱们瞅着怎么办?"

……

工作没有完,他们的歌子也没有编完;他们赶到哪就编到哪。刨冰刨了四五天才算把机器房的冰去掉。因为不分日夜地烤火,冰就慢慢化了。但是水压调整机呀,地下室的主辨呀,涡转筐呀等处都陆续又结上冰,却又都经工友们陆续刨干净。

这一个多月,发电厂没有受到过任何骚扰,工友们怀着各种不同的心情与耐心和冰作斗争。在这一个多月里面,工友们推举了老孙头、老佟,和电工刘福三个人到县衙门去请求过两次粮食。最后一次说不给了,他们三人听见一位干部在里屋大声嚷着:

"哪里来那么多的粮食,把他们解散得了,或者把他们介绍到专署去吧。一个县哪能要得起一个发电厂?什么电不电,老子抗战八年还不是点的菜油灯?况且,现在是集中力量打土匪、打老蒋的时候。"

另一个说道:"厂子是现成的,又不是花钱去修,何必推出去?技术工人难找,我们应该想办法维持维持他们。你没听说吗?他们自动把冰刨了保护机器呢。"

他们三个人在外面听到这,才放下了心。老佟悄声猜着:"头一个是政委。"

"不,那是陈营长,"刘福说,"后头说话那个才是政委。我认得他的声音。"

领了半个月粮食回去之后,老佟净对大家夸嘴说他的功劳。老孙头看着老佟扯谎,一言不发;后来他提议一天吃一顿干的一顿稀的,可以多吃几天,大家都赞成了。

阳历四月下旬,冰都化尽;地下室浸的满是水,水面上浮着一层厚厚的油。那是日本人撤退时毁坏了的油槽流下来的特尔宾油。别人都没事了,在宿舍里耍纸牌的耍纸牌,睡觉的睡觉,谈鬼和说破鞋的谈鬼和说破鞋。老孙头却爱在机器房里蘑菇半天,要看看什么地方不顺眼的,看看有些什么事情还要拾掇的,这一下看见地下室水面上浮的一层油,他便寻思了!

"这是操作油,日本人在的时候挺贵重;现在,得到新京、奉天去买去。多可惜,多可惜……"

他想出办法来了:找两只大桶,把这些油捞起来,将来滤一滤,还能用。"还得和小伙子们合计合计。大家不乐意干的话,啥事也干不了。"可是他马上又犯愁。"这几天他们劲儿散啦——每天喝稀的,没个指望,净干活,也难怪,得好好想个办法……"

他一出地下室,便遇着了佟金贵。佟金贵也常爱到机器房来,不过他常来的目的和孙怀德不一样。他到这里来是看有什么轻便的、能卖个钱的零件,顺便捎上一两件回家,叫他哥哥去卖去。老孙头把捞油的打算告诉了他。他一听,便寻思:"净他立的功,过两天上头来了人,对他太顺当啦。"便自告奋勇说:"好极了,今天晚上我下通知,叫他们明天一早就都到这儿来,看谁敢不来。你不要操心,让我来摆布。"

两个多月来,大家给这种渺茫的、没有目的的工作拖疲了。头一次刨冰的劲儿和热情下降了。第二天,早饭后,到地下室来干活的只有小潘、老关头两个。老佟看这情形生了气,跳来跳去说:"为啥不来? 不干活,不想吃这门饭了吗?"

老孙头劝住了他,自己跑到山顶上,平静地对大伙说:"我们多干点活,免得将来有人来接收时,说我们混饭吃。让上头瞅瞅,没日本人压在头上,咱中国苦力也能自动干活! 来,跟我下去,油是好油哩! 捞不起它来? 试试看。今天下午煮干的吃。"

大伙只好懒懒散散地陆续走下去,张大嫂拉着刘大嫂也跟在大家的后头,到了地下室,看见黑油油的水,便各自盘起手来,这个说该把水抽出一点再捞油,那个说油根本不能用了。老孙头瞅瞅浮着的厚厚的油,瞅瞅大伙,便解开腰带,脱光了衣服,沿着阶梯探脚下水。"待我来试试水有多深。"

张大嫂和刘大嫂本来站在人群后面,看见老孙头脱得精光,她们一边骂一边回身便跑。老孙头咬着牙根让冰冷的脏水刺激着皮肤,一面对准两个妇女笑着说道:"跑什么? 难道还没看见过吗?"大家便都开怀大笑起来了。

"喂,老孙头的老鸡巴也冻不坏哩,咱年轻人怕啥?"李占春说着,也脱得精光地跳下水去了。

这样,大家动起来了。人们有的提筐打水的,有的捞油的,还有人从水底捞出小蛤蟆来嚷着要炒来吃的。

这几天张大嫂也高了兴,领着刘大嫂、朱自坽的年轻的媳妇,和小玲、小"电滚"到那条泛着黄泥水的小河边去捉蝲蛄,让水把手泡得通红。她们一共给他们做了几顿蝲蛄豆腐吃。下了一场雨以后,她又领着大家去捡电泡,拣野菜。

十天工夫,便捞起了四大桶油。

第三章　来客

"妈,电车啊,电车冲咱这儿来啦。"

刘大嫂的女孩子小玲这一叫,山顶上男男女女,都跑到办公室门前来往远远的山坡那边观望了。那条依着山势的起伏,弯弯曲曲的汽车道上，出现了一部甲虫似的卡车，转弯抹角地冲发电厂来。人们猜测起来了。有人猜是来接收的，有人猜是来搬器材的，也有人猜是衙门派来买鲜鱼的。正议论纷纷的时候，老佟嚷着提醒大家说：

"赶快把客厅收拾干净，刘大嫂赶紧去烧壶开水，咱还得站个队到大门口去迎一迎。"

人们便又忙乱起来了。幸亏那部车子是个老车子，上坡时远看简直不动似的，半个钟头以后，才算走近了发电厂。那时候，茶已泡好，办公室里面摆了两只不知从谁家搬出来的破沙发。不晓得为什么，老佟身上来了劲，忙得出了一身汗。那样的劲儿，日本人在时他满身都是；后来国民党大员来了，他曾来过这一股劲，可是大员走掉，劲也就没有了。老孙头原是个慢吞吞的人，他很冷静地坐在石头上，在这样的场合，他觉得没有他干的事。

"这时候他们来得正好，机器收拾好了，油也捞起来了。唔，要是……"他这样一寻思，便觉得挺安心。

老佟领头，几个年纪较大的跟在后面，迎到大门前来了。小伙们远远地站在路旁，妇女和孩子躲在刚出了嫩叶的树丫子后面。汽车一停，几个穿了深灰色的和浅灰色军服的人都跳下车来了，其中四个是带长枪的，一个挂的盒子。从司机座旁，走下来一个三十三四岁的，中等身材的男子。他也穿的灰色军服，只是没有挂枪，胸前只扣了三个扣子，另外一个扣子打开着，上面那个扣子掉了。他态度很亲热地，也很自然地向大家走来，笑着说：

"工友们，你们辛苦啦。哪一位是负责人啊？"

谁也没有说话，只是张着嘴笑，唔唔哈哈地干哼着。老佟趁势迎上去，深深地鞠了个九十度的躬，恭敬地回答说：

"咱们这里还没有责任者，只是为了粮食，兄弟曾被大家推选做代表，到县衙门见过几次政委。未知长官是从哪来的？我叫佟金贵，打从……"

"好嘛，好嘛。我姓王。专署叫我来看望看望大家。——厂里还好吧，机器怎样了呢？"

他们把来客接进办公室，背枪的人没有进去，就在外边，和和气气地逗孩子玩，打听打听这里的情形。这时候除了小孩之外，没一个闲人；倒茶，打脸水，做饭，把大家忙得一塌糊涂；也有下屯子去找鸡子的，也有人拔野藤蒿的。大司釜决心做一顿好面条；张大嫂把土豆丝切得挺细；刘大嫂把她那个陪嫁的铜脸盆也拿了出来。每个忙着的人各有各的想法和期待，但大家都有一个共同的目的："他们赶紧把机器修好就好啦。"

张荣才在城里早就看见过八路军那个破破烂烂的样子，有人叫他们做"叫化子队"他觉得一点也不屈。问良心，八路军和他无仇无怨，说不上恨；他只是瞧不起，看见他们的样子便觉好笑。"屁股后面跟一个背盒子枪的便算了不起的大官。还没'满洲国'的警长威风！"在大家都忙着招待来客的时候，他躲在小屋子里呼呼地睡去了。

这位客人姓王，名叫永明，是专署委派他当电业公司的经理，在他管理下面，有两个小的火力发电厂，和玉带湖的水力发电厂。他是一心来修复水电厂的，因为如果水电厂发出电来的话，那么，那两个火力发电厂都可以不用，只管变电就行了，便能节省了许多人力和物力。他刚从大盛水力发电厂撤退下来，并从那儿带出了两个工人，现在都领到这儿来了。

王经理喝了杯茶，擦一擦脸，便下山到发电厂里里外外详细地参观了一遍，和四五个工人谈了谈话，以后和全体工人开了一个会，说明民主政府现在决心来修复水电厂，要依靠大家努力，想办法；要求大家积极提意见，有啥说啥。下午，王经理把大盛带出来的两个工人留下，就乘着来时的卡车回去了。

大盛厂出来的两个工人，一个叫陈祖庭，二十九岁了；一个叫刘月轩，才二十四岁。打从八路军接收大盛厂时，陈祖庭是第一个接近八路军的，后来工会成立，他是积极分子之一。八路军自大盛撤退时，他怕国民党为难他，便坚决要携老婆孩子跟王永明同志出来参加革命。说起来呢，他懂得的革命道理并不比别人多，只是他的性子容易冲动，有浮躁的热情；像油圈子一样，水一来他就浮在上面了。每个运动的初期都会有这样的人的。刘月轩呢，念过初中，他很爱研究机器。日本统治的时代，他只能偷偷地自己研究，看点书。八路军刚到大盛时，他觉得各方面都比日本人在时松懈得多，于是就把书本带在身边，随时都拿出来看。那一天他值班，正在看小矶的电学看得入神，王永明悄悄站在他后面，随后轻轻咳嗽了一声，问道：

"看的是啥书？"

刘月轩回过头来看见是王经理，不觉吓得发抖，书也掉地了。王永明弯腰拾起了书，看了看，笑着用四川口音安慰他说："很好嘛。工人不仅要懂得怎样去管理电，还应懂得电是怎样来的。你念过几年书？"

刘月轩看看八路军的干部和日本人完全两样，才倒抽了口气，低下头来回答说："我念到初中第二年，我爹死了，没念下去，便学了电工了。"

以后王永明很注意他，常常和他谈话，鼓励他。他呢，叫他做什么，他就做什么，只是不爱说话，一有空便动手修拆他的小零件，配这样，搭那样，和看他的书。他最不乐意开会，也不愿意和人家拉拉扯扯。快撤退时，王永明问他愿不愿意跟八路军走。他干脆地说："只要让我学机器的地方，我哪都去。"

……

王经理走后第三天，便又领着技师吕屏珍和在日本长大的杨福田杨森田兄弟，陈祖庭的家小和一排武装回玉带湖来了。这时候，他正式出了一张通知，宣布自己兼任厂长，吕屏珍副厂长，陈祖庭人事股长兼总务股长，刘月轩电器股长。并号召大家合力恢复电厂。

陈祖庭开始工作了，一天召集两三次大会宣传工人要组织工会。又找了老佟、潘玉山、刘福和新来的李希贤等人作为骨干，不久,玉带湖水力发电厂工会成立了。陈祖庭被选为主任兼宣传,刘月轩是组织委员,佟金贵为福利委员;刘福、潘玉山、老孙头是小组长。

发电厂新招了八九个人,其中一个是老佟的外甥,叫李希贤。小宋、杨福山和金永顺又是李希贤拉来的。

这里动工修理机器已有一个礼拜了,王经理觉得水电厂已经有点基础:工会组织起来了,积极分子也有了,陈祖庭又挺能干,可以把这骨架子撑下去;他准备回城里。临走的前夜,他把陈祖庭和刘月轩叫到小房子里来。

"王经理你不能再呆一星期吗? 我,不相当呀,怕干不了。再说,吕工程师是副厂长,咱怎好随便说话呢? 说到工会,也不如大盛时顺手,工友们都不熟,咱又是后到的。"陈祖庭说。

"我不是已经交代你们好多遍了吗?"王永明鼓起大眼睛说。他很富于四川人那种热情的特点,话也说得简单、直率。受了多年压迫的东北工人听他说话,受他信任,会爱他的。陈祖庭便是如此。"关于技术上的,归吕厂长管,工会呢,全由你们两个负责。听着,工会搞得好搞不好全由你们两个负责! 至于吕厂长,还有两个工程师,你们在生活上好好照管他们。自然,他们的思想和你们工人是有很大距离的,但这都无关重要,只要他们把机器修好就行。工会的目的,为了团结工友,为了赶快把厂子修复。积极分子很重要。唔,你们想想自己是怎样起来的,积极分子好比是屋子的架子。不过,对积极分子要加以考察,这是你的事。刘月轩,你不是组织委员吗?"他把双手反背着,在小房子里踱来踱去。陈祖庭抬起头来绷着脸看他,刘月轩坐在角落里低下了头。他俩在这位上级跟前总是那么呆呆的,虽然王永明对他俩那么信赖。

"老佟这个人你们觉得怎么样?"王永明有意要考一考他们的认识力,但还没有等他们回答,便觉得还不如把自己的看法教给他们来得近便。他常常如是,总以为下面的同志考虑问题没有他考虑得周到,与其逐样逐样去试验他们,耐心帮助他们,还不如直接告诉他们,或动手做给他们看好,因此他经常放弃启发、诱导等方法。"你们别看他积极,我看他品质不大好,——人品不大好,风头主义。"

"不过,大家还听他话,他说了,大伙不敢怎么的。"陈祖庭心里有点不以为然,试探着说。

"哼,你看他在王经理跟前一个样,在咱们跟前又一个样,在大家面前呢,又另一个样了。像他那样人,咱大盛也有,不止一个。"刘月轩回想着大盛的人物,微笑着。

"对哪,刘月轩分析得一点不错,他这种人叫买上欺下,伪满脑瓜子。开头可以利用他出来做点工作,但绝不能完全听他的话。"

"王经理,担子太重啦,我害怕工作搞坏了。不说别的,光工会工课,我就——我知道的道理早说完啦。"

"你们大胆做,你们是工人,做起事来不要忘记工人。要依着一个原则:为大家,为工作,有自我牺牲的精神,事情就办得通。我三天五天便来一趟。三天五天我便来一趟,那两个火力发电厂动都还没动呢,我一离开,准会出问题。但目前还必须倚靠它们发电,我们的工厂、机关,和许多地方还得靠它。"

的确,王经理就这样两头跑,他回城里,牵挂玉带湖;到了玉带湖,便又牵挂城里。为了要维持继续发电,他的责任离不开两个火力发电厂。整个电力公司,除了他,吕柳依秘书——他的老婆——和李总务科长三个是关里来的以外,其他所有人员都是原封不动的伪满时代的人员。那些职员对上级是很讲究的,想尽办法来迎合八路军的作风,但是无论怎么样,嘴里高谈民主也罢,把九十度的鞠躬改为握手礼也罢,敢于和王经理坐在一块或向他借个火也罢,改来换去,就剩思想没有改。王经理的感觉很敏锐,他知道这些职员的思想基本上没有动过,而工作要做好,必须要他们弄清楚了究竟为谁工作,才能把他们的被动的雇佣思想成为主动的、积极的。然而他的性子急躁得很,他恨不得三天五天之内就把工作做好。因此他常抱怨他老婆说:

"要是我说声你是女人，你又得生气。可是有什么办法，女同志究竟比不上男同志呀。不说别的，假如你把这批旧职员改造好，我好集中精力把业务搞一搞，我过去在同济大学学来的理论几乎全忘了。"

"我耐心督促你那一次，你便说：'思想改造得经过长时间的，我们才来个把月呢。如果都像你那样进步，马克思主义不是早都在全世界实现了吗？'假如我躁急一点，对你欠恭敬一些，那一次，你就说：'急性病一定会犯错的，如果党交给你更大的局面，我真担忧你这个急性鬼把工作搞垮。'柳依，说句老实话，我不担忧自己把工作搞垮；倒是，像你那样慢吞吞的人，哼，我倒发愁你把革命的成功不晓得拖到哪一天！"

吕柳依是个胖子，有极好的脾气，从来不躁急，从来不生气。和气、谦虚，富于忍耐力是她的特点；因此，不管是老干部和旧职员对她都有很好的印象。然而，人类的优点和缺点往往是互相联系的，不可分的。她的和气与谦虚不是因为她老练和善于诱导与纠正别人不正确的思想；而往往是由于缺乏明确的认识和斗争的勇气。所以与她的优点同时，她还有疲塌、一团和气、主见不强的毛病，此外，不管她是个多么虚心的人，可是对于丈夫，她却很难接受他的意见，特别在生活问题上，总要想理由来反驳他。他呢，原也不是个爱挑毛病的人，不过因为她是他老婆，对她的缺点比别人看得更清楚；还有谁比夫妻更亲呢，于是也就特别爱说她。夫妻俩就常常拌拌嘴，有时是吵着玩的，有时认真了，也就当真生气了；生气的往往是吕柳依。她想，他应比别人更尊重她，他应比别人更体谅她。

不过无论如何，他俩对工作是极认真的，对人民是负责任的；因为他们和所有的革命的同志一样，只有一个目的：怎样才能把工作搞得更好，对人民更有利。

夏天，玉带湖太阳出得特别早。五点半钟吃早饭，所以五点钟，全厂的男女老幼都起来了。

吕屏珍起得并不迟，可是他要等到八点后，杨家兄弟起来了，才一块吃饭，因此在早饭前他坐在窗前温习他的书籍。一直到大司釜来催促两三遍，说已经开饭了，别人已到齐了，他才斯斯文文地到办公室去吃饭。以前有一次，大司釜把他请去，坐了半天别的人才来，他便不高兴，对大司釜发了脾气。以后大司釜非等人们到齐了不敢去请他。他对两个工程师很客气，和伪满的时候没多大差别；只不同的，过去日本人当权，他可以更将就他们一些；现在他们已跟着日本人而失去了气焰，应回过头来将就他一些；况且，他是这儿的副厂长，——不论任何人，连他自己在内，不能损害他的体面。他尊重他们，那是因为他们是有知识、有教养的人。

他原在鹿鸣江复兴工程处当工程师，也常到玉带湖协助日本人修理机器，他的理论修养很好，只是爱面子爱得利害。工人们对他有一点粗鲁，他都会不高兴。因此工人替他起了个绰号叫吕小调。他不高兴时决不破口大骂，只保持他的文雅的姿态说："当你们也有了知识，会尊重知识的时候，全世界不是都已达到文明之邦了吗？"或者说："没有教养多么可怕！"他认为自己的轻蔑的话会刺得人很痛。可是工人们听了，当着他面时点头立正称是，一到了现场，便拿他爱说的话来开玩笑。特别是外线工人，爬到高高的电杆上，捏着"拜斯"，歪着嘴唇用力紧线的时候便说："操你奶奶，当你们更紧一些的时候，全世界不是都达到了文明之邦了吗？"也有些工人两腿跨在高压线架子上时唱着："有本事的不戴胶皮手套，有教养的带回个日本老婆！"原来吕屏珍在日本念书时讨了个日本女人，后来他毕业回国，日本女人不愿跟他回来。这虽然是十年前的事，现在他的中国老婆已替他生了三个孩子了，但工友们都知道这件事，并且作为他的弱点背地里拿来取笑他。

杨福田兄弟，母亲是日本人，在日本长大，在早不讲中国话，以日本人自居。工人们都讨厌他俩。但他俩学得一手好技术。八一五以后曾经很倒霉，跑哈尔滨，靠卖东西过生活。现在电业公司把他们请回来，他们便认为自己的威风虽然随着日本统治地位而垮台；然而他们的臭架子，还可以由他们的本事保持一部分。打小时候起便被日本法西斯的思想教育着：仇视工人农民，仇视共产党。现在他们看见八路军，看见了解放了的工人，觉得头痛。在机器房，碰着工人不小心，或不顺他们意的时候，他们便骂声"八嘎"，动手安装机件，他们便先把工人支使开，生怕别人偷了师。

他们八点才起床，八点半才吃早饭，如果陈祖庭在他们跟前走上两三趟的那一天，他们九点钟便下山上班，否则要蘑菇到十点才下去。

第四章　陈主任

王经理回城去后第二天，刘福便到陈祖庭那儿要求辞去小组长之职。

"是大伙选你的，我姓陈的能让你辞？"陈祖庭严正地回答他。

"陈主任能作主！"刘福胆小地，但坚持着，"陈主任的话好使唤。"

"你为啥要辞这个小组长呢？"

"我不相当呀！另挑有能耐的。"

"不是吧？怕国民党来吧？"陈祖庭很骄傲自己高明的判断，为了表示他的斩钉截铁精神，他抬起他的方脸，眼睛朝天说，"你放心好啦，谁动你一根汗毛，我赔；你一家三口，我也一家三口啦。"

刘福碰了一个钉子，回去便埋怨老婆说："净是你这些娘儿们坑人，让我去碰了一鼻子灰。"

"人家都这样说的，明儿国民党来，当过干部的一个不留。"刘大嫂说。

"明儿是明儿，今天是今天，明儿的事我不管！"

刘大嫂还是不放心，他跑到老孙头那里，打算听听他的口气。恰好潘玉山也正和老孙头谈论他要辞小组长的事。潘玉山看见刘大嫂来便住了口，刘大嫂故意接上去说："玉山，你说的是啥呀，什么选谁谁也不乐意干呀？"

潘玉山不愿意明说，只"嗯哪"一声敷衍着。老孙头却不躲避

刘大嫂,慢条斯理地说:

"选出来了嘛,就干呗。要是件正事,人家不乐意干的,咱还得去干;如果人家抢着干的,咱把双手盘起来也没啥。"

当天晚上上政治课时,陈祖庭便批评了要辞职的人一顿:"这是'满洲国'的脑瓜筋,落后啦。日后谁要辞小组长、委员啥的,就是个落后分子。咱是工人呀,工人是新世界的主人呀!"

果然,以后便没人开口辞职的。陈祖庭觉得这种办法行得通,他暗地里总结出一条经验来:"没办法,'满洲国'的脑筋,还是得用'满洲国'的办法来治。"

自从来了领导人以后,佟金贵便忙碌起来了。他找机会在王经理、陈祖庭和吕副厂长跟前走动,并在他们跟前三番五次地把刨冰捞油的功劳揽到自己身上;说大家原不乐意干,亏得他鼓励了大家,大家才干起来。他把老孙头的种种功劳通通压下。

王经理对于工人保护机器的事情很感动,但是他不相信是老佟领头干的。"这是无产阶级最可贵的品质。他们的劳动离不了机器,离不了厂。"有一次王经理告诉陈祖庭说,"但是绝不是老佟这种人干出来。假如他领头干的话,也一定是强迫命令。他绝不,唔,这种人根本就没有群众领袖的条件。"

王经理的看法,陈祖庭大不以为然,可是他又找不到理由说服他,就只好当面点头,背着王经理,在开会或上政治课的时候,他就大加表扬老佟。这一表扬,叫工人们十分不满。有人对领导失望的,有人对老孙头抱不平的,也有用沉默来表示对多变的局面冷淡的。

水电厂新旧工人一共有三十来人,分成两组。第一组是搬运,洗刷的,这一组人数最多,干的活也重;老佟是组长。第二组叫修理组,只有刘月轩、刘福、潘玉山、老孙头、朱自珍和新来的两个焊匠和两个电工;刘月轩是组长。所谓修理,不过是把洗刷好的零件运到工程师跟前,帮着焊焊补补,抢抢锤子。杨家兄弟还把他们当苦力看,宁肯闭臭了嘴也不肯告诉告诉大家关于机器的事。不过日子长了,工人们怎么的也得偷看上一两眼,学一点东西。第一组的工人对第二组的工人有点眼红,特别张荣才和李占春两个。人们议论纷纷哪:有人说,"第一组的人心眼笨",也有人说,"第二组的人全是干部,四个新来的又有来历,朱自珍呢,媳妇长得漂亮"。闲言闲语像"没娘藤"一样到处攀,也像柳絮一样到处飞。大伙随时听来,随时传播出去。

那一天天气特别热,没有风,高空是碧蓝碧蓝的,山坡上长的小柞树给晒得一声不响;鸟儿也不歌唱;羊齿草蹲在树荫下面挺消停;除了现场修机器金属的碰撞声,什么动静也没有。张荣才看看大家滴着汗去干活,还挺有劲,他便悄悄拉了李占春一把,往山坡上那小柞树林子一指,说:"去,乘会儿荫凉再说,干活的人多着啦。"他俩便爬上了坡,坐到叶子遮蔽的地方。李占春随手拔了一根羊齿草,瞅着,骂道:"你倒会享福呢,净拣荫凉的地方长。"

"管它,它能享几天福?秋天一来它就死啦。"张荣才无心地说。他又转过话来,鼓动李占春说,"咱多少时候没吃鱼了,去礵它几斤吃吃。走。"

"给人家在会上批评开小差,多可耻!"

"管它,人家说的时候,鱼已经到我肚子里啦。"张荣才怕回去给老婆说,便央李占春回去取炸药、帽子、短裤。李占春是个直性人,被人家说上两句,便依了。

湖面离电厂共有四里地,他俩连礵鱼、划船带玩耍,一直到太阳偏西了才回来。这一回礵了有二十来斤。两条大鲤子,其余的有扁路、花路、狗鱼、拗花、鲫鱼,大的尺来长,小的才三四寸。他们从一只破汽船上解下了两根铁丝,把鱼串起来,用一根小树干两个人扛了回来。回到宿舍,大家都很高兴,七手八脚地动手去鳞破肚。

陈祖庭为缺乏上课材料愁闷了好久,今天他偶然想起有一次王经理曾经和他谈过人生观。他倒觉得这个题目怪新鲜,便决心今晚上课讲一讲。到了七点钟,铜钟敲过了,他便到总务科那个当作临时课堂的大房子去了。到了那里,一个人也没有,他正寻思,老佟却从门口冲了进来，一面擦着嘴巴一面抱歉地说："我迟到啦！"

"你迟到了，可是你头一个到。"总算有人来了，陈祖庭有点高兴。

老佟觉得对方称赞自己，便得意地说："我们在那里吃鱼呢，我才吃了一口，听见敲钟，我就来了。"他又捏造上一句说："我嚷着叫大家快来，可是谁也没听见。"

这时候，小宋、杨福山、李希贤都跟着跑了进来。陈祖庭赶到宿舍那边去。

宿舍是个长形的大房子，两面炕，共能睡下四十个人。炕上铺着破烂的炕席，上面放了一些灰暗的破旧的被子、毯子。——自从中央胡子马玉山来抢劫过一次以后，这里便没有一件好东西了。这所房子是七年前修的，修的时候很简陋，年代一长，更破烂了。有家小的，住到后面那排低矮的小房子那边。其余老佟和外甥，陈祖庭一家子，吕屏珍，和杨家兄弟各占了一所小洋房；其余的单身的工人共二十几人全住在这个大宿舍里。

陈祖庭一踏进宿舍，一股汗酸味便冲着他的鼻子。暗淡的菜油灯光照着黑压压的三堆人，他们正聚精会神地围着三个盘子吃鱼呢。本来，一盏菜油灯在发电所来说是微小得非常可笑的，不过在它还没有发出电来的时候，它却被大家所欢迎和拥护。陈祖庭走了进去，谁也没看见，他先开口叫道："你们吃鱼不招呼我一声呀。"

老孙头、老关头几个年纪大的站起来让着他，大家也跟着散开了，有下地的，有靠墙根蹲着的；张荣才身子没有动，一面吃一面说：

"今天�的是小鱼，怕你们在大盛吃惯大鱼，也就没敢请你们来。"

陈祖庭寻思："我上炕吃鱼，太不像话了，人家会叫我馋主任啦。欲待不吃，工人们又说我瞧不起他。——听，张荣才的话里有刺。"他想了一会，相关地针对着张荣才的话回答说："鱼在好赖，不在大小，大的狗鱼比不上小的拗花。照理，玉带湖的鱼定必比大盛的鱼好吃。为啥呢，这里是个大湖，水又深，流得不急，鱼肉一定嫩。"

直率的李占春听了，觉得很顺耳，便把最后的两口白酒递给了他。他哪里有心吃鱼呢，接过了酒，一口喝了，便催促大家说：

"该上课啦，早过了时间啦！"

大伙一听上课两个字，觉得扫兴得很，都不啃气了，只是不知谁在"嗯哪"一声，表示表示承认还得上课，实际上，谁也没把身子动弹一下。牟为梁蹲在角落里和曹万发小声说："民主哪，工人是新世界的主人哪。——连课堂里那块黑板也听腻哪！"

"今晚上我和大伙研究人生观的问题，赶紧走吧。"

"人生观是啥，是按在水车上头是咋的？"

陈祖庭忍不住笑了，一面带头走出了宿舍，一面向大家解释着："人生观？就是，对哪，要做个怎么样的人。工人有工人的人生观，大肚子有大肚子的人生观；总之，意思是挺复杂。"

"我的人生观是吃饭吃鱼！"李占春说。

"那么，张荣才，你的人生观便是怕老婆了。"谁在后面开张荣才的玩笑。

大伙笑了。

"没啥。有活干，有饭吃，我就要这样的人生观。"新来的焊匠李胜说。老关头同意了，在薄暗里拼命点头。

到了课堂，谁也没吱声，陈祖庭独自兴高采烈地把人生观翻来覆去说了一个多钟头。听的人打盹的打盹，抓痒的抓痒，小伙们做鬼脸的做鬼脸。末尾，陈祖庭照例问道："大家听明白了没有？"大伙一声雷似的答道："明白了。"这声回答是很有劲的，因为这一问，表示讲课已完毕，大家就能回去睡觉啦。

陈祖庭认为自己讲得很圆满。他出了课堂顺道走到刘月轩那边转一转，这差不多已成了习惯了。到了那，刘月轩在看书，正如每晚上一样。陈祖庭走前去一手抢了他的书本子合起来拿在手里，说："你的人生观大概是想做个工程师吧。"

刘月轩不在意地抬头看了看他,随即又看自己纸上的作图。懒洋洋地问:"你的人生观呢,你想当个厂长是不是?"

"哼,我当个工会主任也当不成啦。我管不住他们啦。你瞅,吃鱼不上课,上班时去磞鱼!你叫我咋整?在宿舍里头和他们谈人生观,他们七扯八扯,胡说一阵;把他们领到课堂里哩,谁也不啃气了。"他把刚才的情形对刘月轩说了一遍。

刘月轩听了,还是引不起兴趣,伸手过去想把陈祖庭手里拿着的书拿过来;但陈祖庭有意把书捏着不放,他又作罢,拿起铅笔继续画他的保护环与接续子外翘,不经意地说:"你为啥不趁势在宿舍上课?"

陈祖庭得不到对方的同情和慰藉,心里更烦恼,话也说得不好听了:"得啦,技术解决一切啦,你还是搞你的机器,工人就会积极,工作就会顺利啦。"他从王经理那里学了不少"八路话"。

刘月轩这时倒有点自疚,接过陈祖庭还给他的书,看着油灯说:"我不好,上头交给我的任务没有完成。我满脑瓜是电、水车,吃饭也想它,做梦也梦见它,怎么的也放不下!"他希望自己把意思说得更清楚一些。"你说你管不了他们,我看他们怕你怕得很!不,兴许他们把你看成个官;你瞅,对你客客气气,你一到,便都不说也不笑了。"他低下了头,想了一会,提起勇气来说,"依我看,你和已往有点两样啦,变啦。"说完了,又后悔自己多嘴,低了头。

"这是怎么着?"陈祖庭真是想也没有想到刘月轩说这句话,他不相信自己变了,"老弟,请你说清楚些。"

"我也说不上是怎么回事。自从你参加,当了干部以后,大伙就觉得你不是我们这一路的了。"刘月轩觉得已经说出来了,收不回去了,那就痛快一点吧。

"你不也是参了加,当了干部吗?大伙对你怎样?"陈祖庭不服气说。

"不错,我也参了加,当了干部,可是我没管过事。好赖不知,大伙说不上对我咋样。……他们,眼红你了不价,他们自己倒是不乐意出来干啥,别人出来管管不是挺好?"刘月轩从来没那么爱说话过的,这一回他怕陈祖庭误会,并且也着实希望陈祖庭和大伙的关系搞得好一些,他在努力把自己的意思表达出来,"谁看不出来?王经理就相信你一个,不相信别人;自古说不怕官,只怕管,人家犯不着操这份心;人家会不会寻思'我是伪满脑瓜子','我是落后分子','又没叫我,关我啥事','工作做好了,还不是积极分子的功劳?'——人家这样一寻思,还不是你说你的,他睡他的!"

"你说你也觉得我变了呢,那又是怎样说?"陈祖庭追问一句。

刘月轩笑了笑,说:"你的脾气变啦。过去你很耐心,不顺心的事咽下去也不说啥,眼下你动不动就跳起来。过去你对人可客气、耐心,眼下你动不动眼睛一瞪,嘴里便说:'那是怎么的呢,我不是说了好几遍了吗?你们没听见还是故意不干?'或者你就说:'好吧,等王经理来时再处理吧'——这句话比汽锤子还重啊!我有时也怕你三分。——事情本来是这样,你一说,已经走了样,再经王经理一寻思,又更走样了。谁不头痛呢!自然,你对我倒是万分的好,只是我不长进啦!"

两下都没有做声,四周什么声音都没有,只有老孙头借出来给办公室用的那只闹钟喊沙喊沙响。这情景叫他俩感到已夜深了。可是陈祖庭一点也不疲乏,倒兴奋起来了。他诚恳地叫道:

"老弟,咱俩是五八年的伙计啦,我不是来当官的,是来参加革命的,你知道啦。吃苦行,受气也行,为人民服务呗!只要大家能团结,工会搞好,我的责任才算完成啦。可是你瞅,大家对我怎样?哼,我又不是来拣洋捞,我的老婆孩子也没比别人吃得好。"

"你说得实在,你没有比别人多拿一根针,多使一条线。眼下大家都怕你,不和你团结也是实在。他们在你跟前说话一个样,在现场说话又一个样!就是,开会、上课,他们说的都是假话,不是心里话。"

"老弟,你听到了些啥话了?"陈祖庭并不虚心听群众的意见来改正自己,只是对别人的闲话感到兴趣,追根究底。

"我告诉你倒不要紧，怕只怕你明天下晚上课，噼里啪啦都说了出来，把大家训一顿；以后，大家说话就会躲开我，心里也会更不舒服。他们怎样说哩，他们说的：'八路好是好，只是七路半真够呛。'他们又编着歌，唱道：'积极分子——三朝元老；大好人——不当道。'这样的话老鼻子哩。"刘月轩歇一下又说道，

"唉，这些事没有什么好气的，只是今天我问森田水车的事情，他用鼻子笑着说：'你也想当工程师吗，你的妈不送你到日本念的书？'你说气人不气人，工程师都是日本制的呀！"

"那么，七路半指的是咱呀。"陈祖庭想着最不高兴的一句。

"可不是，妈的，想当工程师还得有钱到日本去念书！"刘月轩也想着自己最不高兴的一句，牛头不对马嘴地回答。

"我说，他们说的七路半，指的像咱这种事变后才参加的，不够八路的人？"

"谁知道哩。"

正在他俩谈得带劲的时候，宿舍那边潘玉山却和李占春也在争论呢，原因是潘玉山批评了李占春不该不干活去磞鱼。这时候大家都已睡下，油灯也灭了。鼾呼此起彼落地响着。

"我没福气当积极分子，也不想当这个积极分子。我知道自己连六路都不够啦，更没指望学机器了。"李占春本来牢骚并不多，不过他受了批评，觉得憋屈，便倔起来；把平常瞅着不顺眼的事也搬了出来。

"打二月前刨冰的时候，你不是也挺乐和，挺起劲吗？现时，你生了谁的气？"

"谁也没有得罪我，我也没生谁的气。只是心里憋屈得慌！那时刨冰捞油，大伙乐和和的，说平等，那时候才真是平等国家，谁也管不着谁。眼下呢，有的人住大猪圈，有些人住小洋房；有些人当啥长，有些人当苦力。刚出了窠，这没长好毛就抖起来啦，瞅着真不顺眼。你别看大伙不哨气，别看我是个草包。——"

"咱是来干活的，管那些干啥？人家抖也抖不到你身上去。人

家明白的道理多一些,总比咱强。"潘玉山还是一心想帮助他把那股倔劲压下去。

李占春还嘟哝着:"你真信人家的话,工人当了主人哪,你也当了主人哪!"

"我们还没当上主人,我们还是个工人。——这我知道。工人,干活就得了呗!"

老孙头给他们闹醒了,含糊地问:"什么主人工人的,我的好孩子,该睡觉啦。"

"老孙头快来评评理,今儿上课陈股长批了他的评啦,我在劝劝他,他倒发我的气。你来评评吧。"潘玉山求援地叫着。

"谁也没有定了律条,我硼鱼犯了什么国法?还有去河里洗澡的哩。"

老孙头坐了起来,拿着一块洋铁给两个年轻人扇着,自己擦着汗。洋铁一摇一晃,咕呱咕呱地响着,和此起彼落的鼾声相应。半天,老孙头才开口:

"大树,都是在山林里悄悄地长起来的;珊瑚珍珠也是在海底里不言不语地生出来的;英雄好汉要从百般磨折里炼出来。——你们嚷啥呀。"他从侧面轻轻淡淡地说了几句话,潘玉山觉得没有再争吵下去的必要。李占春心里还有点不平:"对啦,对啦,哼,像你这样的老头,活该倒一辈子霉!"

老孙头听了李占春说的,从容地接下去说:

"那我不怨,倒一辈子霉我一点也不怨!只是,机器总得把它修起来,越快越好。你们说,咱们双手除了侍候机器,还会侍候什么?硼鱼好是好,不过吃了还不是拉出来?机器是百年大业呀。"

"可不是百年大业怎么的。手艺是个正道,是铁饭碗,砸不破!"

有谁同意地插了一句,老孙头细听是新来电工吴祥泰的声音。

年轻人不说话,一会就扯起呼来了。

"老吴,原来你还没睡着。"老孙头在黑暗里和吴祥泰打了个招呼。

"他俩嚷了半天哪，哪能睡得熟。老大哥，你多吃几年饭，多长几年智，你瞅这个世道，大大地变了吧？"吴祥泰的声音是诚恳的，他说着，爬过去，挨着老孙头躺下来。

"可不是，变啦。你瞅这些年轻小伙。"这位饱经风霜的老年人摸不清对方的意思，只好含含糊糊地答。

"咱们，解放啦，肚子里要说话啦；我说给你一个解放的故事听听。"吴祥泰意味深长地说道，"我是'电建'出身的，打事变后，我便失了业，进了训练班，一个八路军教员对我们说：'工人同志，你们好啦，解放啦，共产党来解放你们啦。'我当时不明白共产党是咋样的，听了挺气忿，站起来说：'是呀，我们解放了。过去日本人在时，好比一根铁链子捆住了咱，眼下你们来了，一刀便把铁链子斩断了。我们自由了，不过我们腿上的肉也裂开一条刀口的缝儿。'大伙笑了。那教员涨红了脸，记起了我的名字，也不说什么。过了三天，李主任叫我去谈话了。我寻思，完了，我已经盘算好回奉天啦。那个李主任见了我，第一句便说：'你真是个中国工人，顶呱呱。你说得对呀——共产党来，你们解放了，可是你们也失业了。'你说，我听到这句话咋样？就好比七月暑旱天下场大雨那么痛快！他随后又说：'你想你们为什么失业呢？'这一句可把我问住啦。你们八路不明白技术——但又不好意思说出口。半天没回答。他才向我解释，因为打仗，因为工人的觉悟不是每个人都很高，因为……他说了原因，又说再过几天，工人们努力恢复工厂，打垮老蒋，就有好日子过。他说得很多，我记不住，后尾儿，我毕了业，一直跟他在城里工作。一个月前他调哈尔滨，我死也要跟他去，他说：'我为人民办事，你也为人民办事，你不是为我姓李的。到处都有人民，到处都考验我们是不是真正为人民办事。你在这儿把工作做好了也就算对得起人民；我们也不愧做一场朋友。'我从来不哭的，这时我掉泪啦。我哭的并不是舍不得他，我哭的是世界上真有这样的好人。我没白活啦——我看见了这样的共产党员啦。我老爱把这段事告诉别人，后来有一位同志说，共产党里面，像这样的干部有的是，有的是呀。老大哥，有这样的共产党，世道还能不变？不变，天也真没眼了。"

"世道变了。变是变了，可是……"老孙头自言自语说。他也感到世道变了，不过不像吴祥泰那样乐观。他不轻易相信一样事。——连他自己也咒诅自己这种保守、迟钝和顽固的思想。他怨恨自己赶不上人家，赶不上老吴。不过，他也了解自己有一个好处：当他完全相信了之后，他可以为它赌身拼命。

吴祥泰还在连声说："变啦，大大地变啦，越过越往好里变。——我真相信呢！老孙哥，过去我也是啥也不相信的，打和李主任相处几个月，我瞅这世道算瞅清楚了。"

"你遇着了对心眼的人啦。"老孙头叹了口气。

"我看王经理也挺好。"吴祥泰悄声说。

"说句良心话，他是个好人，他们共产党都是大好人。——一不为财，二不为势！只是他呢，耳朵偏一些，再加上那个，那个七路半——打个比方，王经理说咱伪满脑瓜，大伙心里服呀；他说呢，大伙肚子里笑话啦：你呢，你的脑瓜是啥牌子？已往刨冰捞油啥的，王经理口口声声说是大伙的功劳；他呢，说是三朝元老的功劳，叫人学习他！呸，他？顶风也臭四十里，学他？"

"看见杨家兄弟磨洋工，我冒火了。哼，已往，咱替他们磨洋工；眼下他们给咱磨洋工！——只是没法说。有时对那一位露一露，他便一句回你：'有啥办法，人家明白技术，咱不明白。你去修修好不好？'找王经理说去呢？又不明白他安的啥心肠，说不好，我就完了。活到四十八，犯不着啦！"

"再等几天吧，能说的时候，要说呀！反正这世道不会越变越坏，不会。"吴祥泰安慰并鼓励老孙头。

"我说，那位李主任来就好啦。他的耳朵能搁得下一根骨头。"

老孙头这一说，两人便在黑暗里会心地笑了。从此之后，他俩便成为投契的朋友。

第五章　满湖是非

　　王经理第三次到玉带湖来了,陈祖庭照例向他汇报厂里的情形,大都加了许多主观的判断。王永明听完,也照例苦苦地想了一阵,大概有半点钟不说话,净在小房子当中踱来踱去。他有这样的习惯:集中一切精力来想问题,没有考虑成熟,他不愿意发表意见;当他想透了,决定了他便不马虎地坚决地照着做。在他每一次踱来踱去的当儿,陈祖庭总是害怕得很,好像等待一个严厉的批评,一直到王经理给以斩钉截铁的,尖锐的,然而火爆的指示之后,他才安了心。到王经理离开玉带湖,他才觉得自己在工人中间恢复了权力。

　　"谁最肯干活,谁不肯干活?"王永明问。

　　"第二组还不大离,第一组的都不上劲,特别是张荣才、曹万发、牟为梁几个。"陈祖庭看着王经理的脸色,紧张地说。

　　"干活好的数老孙头、吴祥泰、小潘、小胡、朱自珍几个。"刘月轩插嘴。

　　"今晚上咱们来研究一下,定下几条劳动的纪律。开个会先让大家打通打通思想,最好是等大家自觉地执行纪律。如果有人调皮捣蛋,那就不客气了,光是民主,没有纪律还行?革命队伍是一支那大的队伍,没有纪律还行?另外呢,还要赏罚分明,好的及时表扬,坏的也要立时纠正。"

　　陈祖庭随即骄傲地对王经理说:"别的没有做到,及时的表扬呀,批评呀我早就这样做啦。"

　　"那好嘛!"王永明不细察,也不细问,立刻就相信了他的话,并立刻奖励了一句。

　　刘月轩肚子里笑了,偷偷瞅王经理一眼:"你光说好嘛好嘛,不瞅瞅他真好假好。"可是他没敢明说,他怕陈祖庭反驳他,一缠就得半天。依他的想法,什么工会呀之类都是不必要的,只要机器动了,大家干活就成。

170

第二天,王永明觉得应该了解了解情况,便和几个工人谈了话。

第一个是潘玉山,他在机器房里听说王经理叫他,心里摸不着底,有点儿心跳,急急忙忙上了二百八十墩阶梯以后,简直连气也喘不上来。听了王经理问问他厂里的事情,问问他有什么意见没有,他才安了心,把上课时听来的那些词句编一编,流利地回答说:

"厂里都挺好,大伙都挺卖劲;成立了工会,工友特别团结,大伙也改变了伪满的脑瓜筋,懂得了民主的道理。"

王永明觉得从潘玉山身上问不出什么,便叫小胡上来,小胡也是十九岁,说话还老实,只一味推托说:"我是新来的,不知底细,眼下大伙都挺乐和,大家都说比'满洲国'时不同了。"最后他求饶地低头说:"我嘴笨,说不上,请经理问问老玉带湖的。"

王永明失望地点了点头之后,他便一溜烟地飞奔下山去了。

叫到张荣才,他躲着不肯上山。陈祖庭知道了,急得没法,亲自下去拉他袖子说:"得上去一趟呀,王经理不同别人呢。"

"宁肯开革我也不上去,"张荣才绝望地说,一会,他抬起头来,又恐惧又憎厌地问道,"陈主任,你是新来,我姓张的跟你无仇无怨,你为啥挑到我身上来呢? 就是,硼鱼犯了——"

陈祖庭没等他说完,便哈哈大笑起来:"你误会啦,大大地误会啦。人家堂堂一个经理还用得着挑你的错吗? 你没看见还叫别人吗? 他为的是了解情况。你怕啥呢? 犯了硼鱼就犯了呗,自占说知过必改便是圣贤。我不是常说,共产党是宽大的吗?"

张荣才还是带着又恐惧又憎厌的感情跑上山。他抱怨自己今年过新年时为啥不跟表哥一道上长春,留在这儿白操心。

"豁出去吧。"他也就跑到王永明跟前了。王永明对他特别和气,问他开了几年车,在那疙疸干过活,又夸赞技术工人对国家的贡献,鼓励他好好干活。

"有人说工会主任不得劲,委员们又不管事,希望改选一下。你觉得下一届选谁好?"王永明转了话题。

"还是照选头一楂的好。"张荣才言不由衷地冷冷地回答。

"为什么呢?"王经理追问。

张荣才想了一下,仍是冷冷地回答:"他们摸熟啦,别人不明白咋样办工会。"往后王经理没有说什么,张荣才经过这一次谈话,觉得自己到底是个脓泡,骂自己道:"八路也没啥了不起,就那么一回事。"

王永明一连谈了七八个,觉得什么也得不□,他不怨自己谈话的方法没弄对,一味怨工人是旧脑筋,不敢说。他已心灰意冷了,但刘月轩提议他最好和老孙头谈谈。

这边老孙头看见王经理叫工友们一个一个去谈话,他盼着:"回头他也叫我。我呢,我就说三件事,我说。王经理,你最好也住到电厂来;第二我就说:王经理,给咱找个好教员吧,陈主任忙不过来;末了我便把吴祥泰那个李主任的故事告诉了他……"他那么想着,自个笑起来了。等着等着,晌午过了,后晌了,也没叫他,他已冷了半截,再向玉山、小胡一打听,原来谈的是不着边际的事,他完全失望了。快下班,听说叫他上去谈话,老孙头的神经才又紧张起来。没有遇过这样的□面,他心里有点不平静。走到王经理跟前,看见王经理面容很疲倦,皱着眉心,看着另一个本子。他垂着两只黑油油的手站住了。

"听说你是唯一的,最初修建水电厂的老工人。"王永明让过老孙头坐,开口问了。说着说着,他的倦容消失了。

"还有老佟也是最初修建水电厂的。他是本屯人,他知道得更多些。"习惯了谦虚、稳重的老孙头还是用他平日的迟缓的调子说话。

王永明寻思:"看这老头儿到底年纪大些,比小伙更世故。"他继续问了一些过去日本人在时工友们的生活。谈到刨冰捞油,老孙头肯定地替大伙表功:

"那全是大伙自动的。你瞅,活不轻啦,又是九九天气,三两个人干得了吗?"

王永明觉得这老头还公正,点点头。随后他转到另外的话题上去："你那个小组,工作难做吗?"

"小组没做啥,说不上难不难。"

"听说工作情绪不太高呢,有人吊儿郎当的?"

"慢慢就会好起来的。个把子偷懒的人,看看比别人占不了啥便宜,也就会回过头来的。"

王永明听了觉得好笑,暗自说:"和我老婆一派,长期派,等待派。"他忍住了笑,又问:"假如他不回过头来,又咋办?"他说时态度很随便,只想难一难那老头罢了。

老孙头觉得说话的时机来了,他应该把工会里真实的情形反映给王经理知道。平常在他肚子里存着的话,这时候都涌上喉咙来。但是,他长年在旧社会里受尽的迫害和磨折,损伤了他的锐气。话一到舌尖,又退回去。"再不说要对不起大家的。"他责备自己,恨不得捶自己的心口,想硬把心里话挤出来。他偷眼瞅瞅王经理那轻率的态度,他的保守、怀疑的弱点,又得到了保障。"他信得着我吗?"这一来,他改变了主意,只试探着说:

"懒人有懒根,坏人有坏根,什么人都有条根,把懒根拔掉就不懒啦。干手艺的人原是懒不得,为啥呢,机器不让懒啊。再说咱们工人是直肠子的人,说怎么的就怎么的,只是心里憋屈不得。合理了,就叫他往死里干也行呀,只是憋屈不得!"

王经理觉得他说得还有理,但他想:

"像这样世故的老头,问他一两句也不中用;我说过工会工人的事让陈祖庭去管,那就让他管到底吧。他是工人出身,接近工人总比我强些,有办法些,我何必包揽一切?"他这样一想,也就放了心,转过头来殷切地拍着老孙头的肩膀说:"有话尽管对陈主任说。工人应该大胆说话,陈主任也是工人,有话尽管向他说。"

谈话以后,老孙头闷闷不乐。"说来说去离不了陈主任! 还说啥。"但是他又记起了吴祥泰的话:"能说时就说吧,——可是还早啦。"他不快乐地想。一会,他又责备自己:"你年轻的劲儿上哪去了? 你快成个哑巴啦!"一会他抱怨王经理,一会又责备自己,一会又后悔,弄得心神不安,吃也吃不痛快,睡也睡不舒服。只好在半夜醒来时,背着大家悄悄叹气。

劳动规律出来以后,的确再没人去碥鱼、洗澡,在现场说怪话的也少了些。但是一回到宿舍,还是谁也管不着谁。

佟金贵一看见王经理来,便赶紧下屯子叫哥哥去碥几条大鱼送来。以后,他哥哥懂得了,每隔十天八天,远远看见有卡车来,他便撩下庄稼活去碥鱼送来。不大点儿事情,老佟要亲自找王经理,但是每一回呢,王经理不是给他钉子碰,便对他很冷淡地说:"你去找陈主任谈谈吧。"他感到世道变了,——那是从他所熟悉的那一套做人方法不好使唤感觉出来的。不多久,他改变了方法:拼命和陈祖庭接近,给他送鱼送菜,第一次送东西,老佟便挨了一个钉子。陈祖庭对他说:"佟大哥,请你不要见怪,八路军不接受人家东西,我要学习八路军这种好作风,改一改自己的封建!无论如何,我不能收你的东西。"

老佟顺着陈祖庭的意思,并连连称赞他:"你够得上一个八路啦,你进步得真彻底,我这个死封建脑瓜一下还改不过来,我非向你学学。不过,这也说不上送礼呀,只是匀来吃吃。我家在这儿,碥鱼近便,又不要花本钱。咱都是工人,天下工人不是一家人么?"

但是陈祖庭认真拒绝了。以后老佟也不敢再送。

陈祖庭老想自己好处,没有察觉出来自己的弱点,比方:自己的思想有很多落后的地方,因此有时给老佟的迎合性迷糊住了,却反以为老佟的思想挺进步,接受力快,什么问题一说就懂了,并且照着做。有一次他叹着气对老佟说:"佟大哥,我和你在一块,觉得谈得来一些。"

老佟装成老实巴交人受称赞时那种窘态说:"不,我手笨,脚笨,嘴更笨。赶不上我那外甥,能写会说。"

陈祖庭却装成很清醒地大笑说:"不,你不笨,手不笨,脚不笨,嘴更不笨。你倒是太,"他本来打算说"你太滑了"却又觉得太不留情面,便改口说,"你倒太机灵啦。笨,不要紧,毛主席叫人老老实实。你应该学老实一点才对……"这几个月来,陈祖庭的确觉得自己懂得了不少道理,开口便是真理,闭口又是毛主席;一说就长篇大论。听他说的人有些给他唬住了,有些却不愿再听下去。老佟呢,听下去了,心里只是笑:"怪不得人家说,他真够七路半啦。"

有一天夜里下大雨,不上课了,老佟和外甥李希贤、小宋三个闷在小洋房里。老佟站在窗前呆了一会,叹口气说:"真闷人!"

小宋心不在肝地说:"可不是,要不是下那大的雨,到吕厂长那儿走动走动还有意思一点。"

"我不是说的雨,指的是这疙疸。——厂子不像个厂子,衙门不像个衙门。晓得哪一天才顺顺当当,和已往那样。"

"你怕他们能呆上三年五载吗?"李希贤突然生了气似的冷丁一问。

"可是你也不能保险他们哪一年哪一月滚蛋。"小宋插嘴了。

"你瞅着吧,松花江上了冻,瞅他们穿上兔子鞋跑也不赶趟!"李希贤的脸上是铁青色的。

老佟觉得外甥的话有点来历,便再追一句:"难道马玉山还能再来?"

"马玉山顶个啥?"李希贤轻视地说。

"马玉山到底是哪一派呢?那一次他来抢劫,我把'海底'露了,可是不好使。他不在教吗?"老佟聚精会神地等候那个年轻人的回答。他突然觉得很伤心,自己年岁比他大,又是个长辈,只是一生呆在山沟里,外头的国家大势都不详细了。

"瞅着吧,到底谁的天下,不远啦。说到马玉山我不详细,看样子他也归顺了中央啦,中央招的不少绿林豪杰。我在一位朋友家里看见过马玉山的副官,他实在没啥了不起,只在鹿道、玉带湖一带站住了。比他大的有的是呀。"

"有的是?"老佟侧着矮胖的身子,脸上臃肿的肉跟着他那五体投地的羡慕的神气而向下垂着。这时他才隐约感到他的外甥不平常,同时又不相信,却也担心,"你结交了几个大的?可是,你还年轻呢,可不能随便随人家!吃碗平安饭就得啦,管它哪边胜负不好。要是你出了什么岔子,我大姊可活不下去啦。再说,要捣蛋,也让别人去,犯不着你这个那个呀!"

李希贤本来是国民党派来的特务,暗藏在水电厂里找机会来捣乱,平常净利用娘舅、小宋和落后的分子散播各种失败的情绪,和各种谣言,现在看见娘舅那胆小的样子,他把脸色放下,笑着安慰他:"看你干啥说这么一大串,我啥玩艺儿也没干,不是安安分分怎么的! 在这疙疸,你要你的手艺,我办我的司务,那不安分是怎么的,何况我还不是个笨家伙,能自寻麻烦吗?"

"那就好哪,那就好哪,"老佟连声说道,"我说的也是这个意思。咱不管吃谁的饭,总得和上头联络得感情点儿,上头才能相信,这一份饭才吃得长远啦。"

从这一天以后,老佟便特别留心他的外甥;而他呢,只跟平日一样,说说笑笑的,也问他娘舅这样那样;不过谈到什么党呀派呀,他就一问三不知。过得几天,老佟也就把那一夕话忘了。

出乎老佟意料之外的,李希贤和陈祖庭联络得比他更好。陈祖庭并且借给他许多书看。他寻思:"到底念书识字的人吃香,咱是老粗!"再往深一想,他是他外甥,犯不着眼红,也就没啥了。

不久,李希贤便给工人上文化课了,一星期上三课。这一来,陈祖庭的负担便减轻得多了。李希贤不仅上课很认真,教不识字的人识字,识字的人教造句、作文、算术。他懂和八路军汇报的规矩,每隔三天,便把自己的工作向陈祖庭汇报一次。开头说的全是学习上的话,后来熟了,便把听来的闲言冷语也告诉了他,听来的说完之后,便捏造一些上去。一个月工夫,便闹得玉带湖满湖是非了。什么"刘大嫂的小玲捏死了张大嫂的小鸡,张大嫂暗地里去陈主任那儿告了一状","日本人撤退时,刘福捡了两桶变压油,朱自珍捡了五大捆线巴金,李占春捡了一支三八大盖……","老孙头在教,收买年轻小伙当门徒;吴祥泰眼红和他明和暗斗","王经理瞧得起陈主任,瞧不起刘月轩",还有什么"陈字下面两个口,动得手来动不得口"和"真真不假,陈家天下"等等谣言像春天的杨花似的飞开了。每种谣言一起,不两天,陈主任定必在上课时大大斥骂一番,好像一有谣言,谁都该负责似的。这一来,谁听到什么,也不传出去了。

人们有些暗中叫屈,有些莫明其妙,有些的确受了谣言的中伤,两下不和起来。但干活大家还照样干。因为谁也盼工厂快点开工。

受了多年压迫的东北工人是善于自卫的,他们知道谣言有来历,大家用沉默来抵制它。——因为日本的残暴统治的结果,人们对不利于自己的东西,已经失去追究它、揭露它的勇气了。

奇怪得很,不约而同地,大家看见李希贤的一伙,便都不晴气了。

有一次王经理到玉带湖检查工作时,曾经问陈祖庭说:"李希贤这个人怎么样,叫他担任一门课行吗?"

"他担当的是文化课,我想不要紧。政治课我自己上。"一看他那样子很有把握。

"伪满职员不简单,家里恐怕还是个地主什么的,光他一脑瓜伪满思想就够呛。"王经理还是摇头。

"听说他家里有点地,家景过得不错,但是他自己既念了书,又学了手艺,外线的活他能干得了,真是个奇怪的人。最近他进步得很快,不过,将来有更合适的人,换一换也好。"陈祖庭比刚来时已胆大得多了,因为觉得自己对付工作、领导工人已有了一套办法。——这套办法就是他下了命令,或者绷起了脸,甚至发一阵脾气,于是什么事情都办得通;最调皮的人也不说怪话了,他遇到的都是温驯的脸了。

"这一位真不简单,有一天他在办公室后面那排小树那儿自个儿走来走去,面上颜色很不好看,好像心里有啥事。我和他打了个照面,他冷丁挂上了笑脸。嘿,真快,变得真快,曹操也甘拜下风。"刘月轩插嘴了。他最近也不乐意向陈祖庭汇报什么了。他倒不是受谣言中伤,只是觉得他太主观,几乎完全不接受别人的意见,开口便对他说:"你想得多简单啊。"或者:"你算你的方程式去吧。"他分明瞅着李希贤比老佟更不顺眼,对他说了两次他也没有听,现在趁王经理在,他又提一下。陈祖庭马上反驳他说:"假如他是个坏人,也不能在路上想心事呀,他为啥给许多人看见?念书人总会有那样的怪脾气,什么散散步啦,看看月亮呀,那也没伤肝呀。说起他的为人,真有修养,无论对上对下,都是那样和气,那样文雅,听说工友们对他很恭敬。"

王经理告诫陈祖庭说:"外表也不足为凭,要提防人笑里藏刀!"他转过来对刘月轩说:"刘月轩,你看人倒很尖锐,就是不爱管事。——这叫明哲保身。算了吧,你还是专心搞你的机器也好,把你培养成一个技术人才也好。不过你应该常常向他提点意见,你们两个应该好好地合作。"

王经理回到鹿鸣江,和李科长、吕柳依谈起了玉带湖的事。他们谈话常常在夜深,大家都已睡觉的时候。因为白天很忙,来往的人也很复杂,他们没交换意见的机会。

"玉带湖的情形不简单。"他看见吕柳依睡着了,轻轻碰了她一下。

柳依的肥胖的身体沉重地斜靠在椅子上睡着了,呼吸是那么匀整。她的脸又圆又白,那又黑又长的睫毛贴着紧闭的眼睛划下了两道漆黑的弧线;小鼻子突起来,嘴巴撅着。她是美丽温柔的江南女性中比较勇敢的那种型。王永明一连碰了她三下她才醒转来。

"发现了些什么问题吗?"李科长抽着纸烟说。"难,山高皇帝远,真是鞭长莫及!"他乱用着大套名词。他向来就有这样的习惯:买些什么,花多少钱,他算得精,扣得紧;谈政治呀,组织呀,他就一点也不感兴趣,即使开口,也是白扯淡。

"有没有问题倒谈不上,只是造谣、挑拨离间的事不断发生。"

"什么,那里不全是工人吗?"吕柳依问。

"那边没有一个老干部实在不好搞,我又不能住到那边去。"

"让我去!"柳依诚意地叫道。

"你去当然好，只是……"

"只是不用脑筋？斗争性不强？"她认真地问。

"哪里！"他否认了，表示他一向都很看重她，"那儿过去是匪窠，现在好一点，但还没肃清。女同志不方便。"

"为了工作，还顾得上这些！况且还有一排武装。"她稍停一会接着说，"我愿意一个人在另外一个地方工作，考验考验自己到底是否没本事。"她几次提出要和丈夫分开地方工作，这时她又重提一遍。

他不愿意和她缠这个问题，干脆回答她："这里的工作根本就离不开你。"他又说："陈祖庭好是好，政治上可靠，可是没经验。"

"照你说，只是陈祖庭可靠，别人都不可靠了。"她说中了他的弱点。

"别来抠字眼啦。他是经过考验的呀。据说吴祥泰是个新党员，但关系还没有转来。"

"吴祥泰我虽然接触不多，但是我觉得他品质好，也稳重。你看怎样？"李科长说。

"你不能看轻陈祖庭。"王永明替陈祖庭辩护，"他有锋芒，有办法。就是办事不会转弯，可是大家都怕他。"

"你的心眼真偏，就喜欢和你一样性急的、肯干的人。你就不会省事，什么都要亲手干。"

"什么事情都让下面人干，那不是官僚主义是什么？"

柳依不能驳倒他，但心里却不服气。她心里总等着有一天她离开王永明单独去做工作。

因为疲劳过度，王永明越过越瘦了。那一天李总务科长告诉他买来了一些电石、钨金和线卷，货又好，价钱又便宜，经过这里许多识货的人看没一个不点头的。可是王永明要亲自过江去看。李科长拍胸说："不用看，如果买吃亏了，我以后也不当这份总务了。"王永明哪里肯听，他本来头很痛，但到底过江去看了。看了十分满意，叫立刻付钱。回家的时候，浇了一场大雨，他就发起高烧来了。

送到医院,经诊断和检验,证明是猩红热,柳依亲自去陪伴他。因为体温过高,他三天三夜都在糊涂的昏迷的状况里。有时低声呓语,有时高声狂叫:"变压器着火啦!""逮着他,特务,逮着他!"等到体温下降,人已瘦得不成样子,柳依也疲乏不堪,脸色苍白了。退烧的第二天,陈祖庭才得到消息从玉带湖赶来看病。看见王经理这付瘦弱的样子,他几乎不认得了。他轻轻坐在床沿,低下头,眼泪就滴了下来,幸亏没有给病人看见。

"谁叫你来的。"王永明用发抖的声音说话。

"我到城里来给小孩买点东西,顺便到公司去找你,他们说你病了,我就顺道来看看你。"陈祖庭随便撒了个谎。

"我病了有大夫看,你离开玉带湖谁看家!"王永明显然没有相信他的谎话,责备他说。

"不要紧,家里有吕厂长。"陈祖庭嘴里这么说,心里也好笑:"那个厂长啥事也不管。"事实上厂里的事,他已拜托刘月轩和李希贤两个人。在他的思想里面,最有感情、最可靠的数刘月轩;最有能力,他最佩服的算李希贤。

"这几天厂里怎么样了?"王永明没力地问。

"不大离了,还差几件零件,只是固定子还潮湿——对啦,吴祥泰、刘福、刘月轩都主张烤烤干;福田理也没理。说到电,总是他们懂得多一些。"

"不着忙,等我去看看再说。后天我就能出院,晚后天我去玉带湖。"

柳依拼命对陈祖庭使眼色,陈祖庭会意,马上改口说:"运转还早哪,配电盘还没收拾,就是要烤固定子,也得十天以后的事。你还是多将养几天,身体要紧。"

事实上,他已经坐起来了。这是病后第一次坐起来。想起了工作,想起了党交给他的责任,他全部神经紧张起来。修了三个月,快能发电啦,他哪能不兴奋呢。他考虑着发电时要注意些什么,人力应该怎样分配;脑子里仅提出了问题,他便不能支持,一阵头晕,软软地倒下去了。柳依吓得不知道怎么好，只顾用肥厚的手掌揉他的胸口。陈祖庭立刻叫来了医生，注射了强心针，他慢慢恢复了知觉。

第六章　燃烧

这几天因为机器快修好了，工友们都高兴。越接近完工，他们越带劲。

和工友们同样，这几天吕屏珍也高兴了，眼看着发电机就要发电啦。这种快乐，只有那顺利地完成严重的手术的医生，或快要结束胜仗的指挥员，和等待收割的庄稼汉才会理解。不过他的快乐和工友的快乐有点不同，——他缺乏由于集体劳动而产生的热情。因为过去，他一个人学，后来又一个人干，现在独个儿快乐。

他和杨家两兄弟商量了一下，决定了试验运转。虽然陈祖庭透露过王经理打算来参加试运转的意思，但他没理，心里轻视地笑："他来又怎么的！"嘴里却说："发出了电，咱们亮着灯照着道欢迎他吧。"杨福田也主张马上试验。

老孙头、刘月轩和吴祥泰三个却替发潮的固定子操心，特别是刘月轩，他鼓励别人去提意见。吴祥泰认为自己是个共产党员，应该不怕难，不怕碰钉子，便自告奋勇跑到福田跟前提议固定子是否应烤一烤。福田狂妄地笑，用蹩脚的中国话说："这是什么的电学？'满洲国'的电学！"

福田管配电盘，森田管水车速度，吕屏珍把布雷机，祖庭注意听是否有杂音。工友们张张脸孔都是紧张地绷着。在配电盘室、机器房、地下室，一直到变电所都分配了传话的岗哨。夜晚八点钟，吕屏珍庄严地走到水车制御盘跟前，把开关一举，水车转动了；调速机、发电机、油压机也跟着动起来了。附在机器上的紫铜细曲管子可爱地抖动起来了。吱唔……吱唔……吱唔那样匀整的声音又重新在机器房响起来了。水电厂的老工友们听着这种一年来没有听的声音，心里说不出的痛快。——啊，他们听过著名的大鼓、洛子、相声,和梅兰芳的京戏;他们听过乡下少女用娇声唱的小调,和自己孩子甜蜜的呀呀的歌唱;他们也听过林中清脆的鸟语,和春风吹皱玉带湖面的那种低微和煦的音响;但那些都成为可笑的,不足道的了,怎么的也比不上今天机器房里机器发动的声音那么好听,美妙!

大家都紧张地等待着,屏着声息听传话。

"一百五。"福田说。

"一百五。"传话的哨岗传下去。

"三百。"

"三百。"

一分钟一分钟地过去,电压也慢慢地增加,五百,一千,二千,三千;数目字越大,人们胜利的把握就更大,那种紧张的,小心翼翼的警惕性也开始逐渐减轻。加到三千以后,福田感到嗓子已有点发哑,但眼见自己心血的成功也已毫无问题,他便不继续喊,并且增加电压也不如开始那样慢。一直增加到七千,他觉得够了。欲待停止下来,他便听见机器房有人悄声喊:"咋的,冒烟!"不多一会,人们骚动起来,说话声、脚步声响起来。传话过来"立即停止!"那边吕屏珍把布雷机扳得太快。虽然机器事实已经停止了,但是,已来不及了,电机烧起来了。不一会,一团漆黑的浓烟里,吐出红色的火焰来啦。人们乱起来了。陈祖庭赶紧上山命令警卫班山上山下布置哨岗维持秩序;老孙头指挥大伙挑水救火;老佟在人丛里着急地干嚷着。水桶啦,担挑啦,盆盆罐罐都翻出来取水;有吓得脸上苍白的,发抖的。朱自珍抓了两个半截炮筒,一手提溜一个,盛满了水,一面爬上铁梯子浇到浓烟里一面滴眼泪,好像死了母亲似的。

吴祥泰爬上了保护发电机周围的铁架子上,为了叫那些来得很慢的水能有效地浇到火焰当中,他便利用两条小铁条从铁架子这边搭到励磁机的小孔里,作一道小桥梁;自己便站在这道危险的桥梁当中,接递人们送来的水。如果他身子稍为一歪,他便会掉在给浓烟埋住的励磁机外面的空槽里的。他这勇敢、机智、冒险的行为对灭火是最有效的。跟着,老孙头、刘月轩、陈祖庭都仿效了他的办法,各自在励磁机的周围搭个小桥去抢灭火灾。

吴祥泰因为烟薰得太久,觉得眼睛有点发花,身子一歪,便掉到空槽里去了,旁边送水的李占春解下腰带放下去让吴祥泰抓紧腰带的一头,自己便和曹万发两人拉这一头,一刻多钟,才把他拉上来,他的脚板、手掌给热的铁板烫得发红。李占春让他躺在地上,用冷水喷了他的脸;便又赶紧爬上去代替了他的岗位。吴祥泰躺了一会,清醒了一点,站起来,用手掌弄了点油磨在脚板上,上前抢了气喘汗流地念佛的老刘头的水桶,到河边打水去。他的鞋子没有啦,烫伤的脚板压在石子上痛得要命,可是顾不上痛。——这时候他和大家一样,只有一个思想:要把自己花了不少心血修来的机器,从凶恶的火魔手里救出来。小河虽然就在发电所脚下,但因为缺乏救火设备,从八点半烧起,一直到夜里一点钟才救熄。救熄了火,谁也没有散去,都不约而同地跑进机器房来。城里来的电灯的光亮照着这油烟薰得暗暗的机器房,从工程师到工人都垂头丧气;适才工友们的兴高采烈,杨福田的趾高气扬都给这场火焰烧毁了。

老孙头伤心而且疲劳,老泪不断地往下流。他觉得心里隐隐作痛,寻思道:"灾难,迟早是灾难,免了国民党的破坏,免不了这场火灾。这是谁的错？我的错？——我的错,怪我没好好对上头说明白下面的情形——说了就烧不了机器吗？不,只怪我没有好好求福田烤烤固定子。"他被焦急、后悔煎灼着。吴祥泰这时觉得脚板和手掌烧得利害,便把双脚泡在一桶冷水里。老孙头急忙走过去禁止;替他抹干了又红又起泡的脚板,涂上了油。他自己挺着十分疲劳的身体,一个一个地去检看着擦伤的、烫伤的工友,并且都给他们涂上了机油。看起来就数他一个人有劲;实际他比任何人更累,更心焦。当他瞅一瞅那几个垂头丧气地轻率地对待工作,因而受到了严重损失的杨家兄弟,气得直哆嗦。

朱自珍头俯在油压泵泵的粗管上,忍不住号啕起来。听见有人哭出声来，全体工友也就再也不愿把心中的悲伤和痛惜掩盖，有大声哭的，有悄声流泪的，有紧握住旁边同伴的臂膀来镇静自己的。即使一向保持着文雅风格的吕工程师，这时也狼狈不堪，脸上给油和烟涂抹上一块一块的黑色，袖子扯碎了。工友们的痛哭震荡着他的心：他头一次感到工人们的真诚挚意和工人对劳动的珍惜，与对机器的爱护。他也流下泪来了，他一面惋惜自己三个月来心血的白费，一方面也是对工人引起了共鸣。

杨家兄弟检查完发电机烧毁的情形后，爬下来，像头年八·一五事变时那样颓唐；但他们仍装起那付武士道的精神，挺着胸脯站着。

这样难堪的僵局继续了半小时，陈祖庭悄悄地和吕屏珍说了一阵。吕屏珍站了起来宣布道："现在已夜深了，大家先回去。机器暂时一概不动，人也不要离开本厂，我们静候王经理来处理。"

暗淡的月亮这时伸出半个头来瞅着这一批送葬似的迈着沉重的脚步上山去的人们。

第二天一早，陈祖庭交代下不许任何人请假离厂，便和吕屏珍、刘月轩上城里向王经理请罪。因为吴祥泰伤得重，必须到城里去治，他们便雇了一辆车子到西凉镇转乘火车。

王经理接着他们四个，先打发人把吴祥泰送到医院去。他听了吕屏珍和陈祖庭的详细报告之后，低头深思，一言不发，过了二十分钟，他用比较缓慢的调子问：

"一号发电机还能修吗？"

三个人还不明白这句话是什么用意。吕屏珍还是绝望地想着："能修又怎么样，咱们总得蹲一蹲笆篱子呀。"陈祖庭不敢回答，刘月轩硬着头皮说："能修！"

"如果你们有把握修好第一号机，那就回去计划修吧。过两天我也去。"他用安慰的口气说，"不要紧，我们烧毁了一部，还可以修第二部。经验往往是从错误中得来的！"

听了这句话，他们宽心了，心里感动得一下说不出话来。

"民主政府这样宽大,我们回去就是不睡觉,不要工资,吃稀的,也得把一号机修好。"陈祖庭擦干眼泪说。

他们三个人凑了点钱,买了一些鸡子饼干送给吴祥泰,便赶回玉带湖去了。

王永明到专署去把烧机器的事汇报了。李秘书主任、何专员、钱政委都在座,何专员详细地问了电厂里的情形和修复的经过。钱政委却注意厂里人员,和工人的生活,工会的领导方面的状况;王永明都据实回答了。钱政委首先同意王永明这个处理办法:继续修第二部。

经过长时间的研究,他们初步肯定这一次烧机器可能由于技术上错误的居多。最后钱政委着重地对王永明说:

"你鞠躬尽瘁的精神,我们都知道,而且你的工作是有成绩的。首先我们得承认地委工作重心放在打土匪、清算、分地上,因此对城里的事,特别对电业方面,关心和帮助得很少。"钱政委右眼梢有个枪疤,说起话来右眼老往上扯,样子有点滑稽。他讲话很慢,语气也很轻淡,但是很严正。"但是你的工作方法是否得考虑一下?比方说,你通过陈祖庭一个人包揽一切,忽略了倚靠大家的力量,这是否对? 吴祥泰是个党员,是个很好的工人,可是你没有信赖他,藉以了解工友的情绪……现在屯子里做土改工作也犯这种毛病,我们干部一下去,先找几个积极分子,然后死心塌地依赖这几个积极分子去包办一切。要是积极分子挑得好的屯子,那屯子问题便少一些;可是头楂的积极分子总是好的不多。好像扬场一样,结实的谷子总是往下沉,皮子灰土总是往上升。如果不会扬场的人不识风向,扬了半天,皮子谷子还在一堆,皮子盖上了谷子。"他动手做着比方,香烟的烟灰跟着他的手势到处飞扬着。他和许多英明的领导人一样,说话那么尖锐、明确、恳切,使干部听了只有心服。"你的原则性很强,责任心也很强,只是缺了一条,就是毛主席三番五次告诉我们的:走群众路线。……相信群众,倚靠群众,自然,这不等于不要领导……如果要第二部修成功,得把第一次的失败经验总结总结。"

王永明接受了上级的指示和批评,他打算自己亲自到玉带湖去住一个时期,深入了解了解那边的情况。但因为要买一点器材(不可缺少的云母片),他必须到哈尔滨去一趟,因此又耽搁了两天。这时哈尔滨工商业比较兴旺些,前方传来打胜仗的消息,哈尔滨人嚷着巩固后方支援前线;在这样的氛围里,又振作了他对电业的兴趣和热情。而重要的是他在哈尔滨听了一次报告;这一次报告对他的思想有一点启示。他住在招待所,并在那儿遇着了一个老同学,和他倾谈了两夜。

往鹿鸣江虽然是十点钟的早车,但是王永明早晨四点半钟就醒来,这几天他睡得更少了。他想起自己的弱点有些歉疚和伤心,但当他意识到自己有勇气正视自己的弱点时,又觉得兴奋,产生了快感,增加了自信。这样的心情,大概每个共产党员都会经历过,而且不断地经历着;而这种经历,正是使他们在政治上不断地提高,使他们的人格日趋完善的重要因素之一。

"蔡杰,你醒醒,"他摇着他的老同学,"闹了半天,原来我是个官僚主义!"

蔡杰睁开了眼睛,看见老朋友那付兴奋、严肃的样子,摸不着底,只说声"怎样哪?"

王永明坐了起来,鼓起兴奋的大眼睛,全神注意着自己的事。"昨天东北局李政委在干部会议上的一个报告,中间有一条是说官僚主义的。他说官僚主义有五种表现。唉,我正是犯了第五种!"

"你什么都自己动手,又不摆半点架子,也算个官僚主义吗?"

"你听我说,第五种是雷厉风行,包办代替!平常有些同志批评我原来有很多是对的!我认真是认真,但是我不放手,没有信赖群众的力量!不能发挥人们的智能。我不亲自深入检查——对大伙扣得紧,对个别人却放任。"他很沉痛却也很冷静地继续说,"当我发现了自己这个严重的毛病的时候,我觉得痛呀!蔡杰,我不算一个好党员,你说呢?因为,我,把工作搅坏了,党受了某些损失了！"

蔡杰发现他激动得声音也发抖了，他充满尊敬和同情地安慰他道：

"不，你是个好党员，永明。——因为你能发现自己的弱点，并勇于纠正它，这就够得上一个好党员。你忘了刘少奇同志的话了吗？共产党员不是天掉下来的，是从旧社会来的，因此我们身上一定有很多尘垢；这免不了。但是我们一定要去掉这些尘垢呀……"

王永明沉默了很久，然后感激地对蔡杰说：

"你真不愧是我们的老同学：不在一起，你常时写信提醒我；现在我需要鼓励的时候，你给了我自信！"

上玉带湖之前，王永明到医院和吴祥泰谈了一次。吴祥泰的脚板恶性化脓，体温很高。他说话很没次序，只着重提醒王经理注意李希贤这个人。最后又连声说："电厂好人老鼻子啦。有的是呀，有的是呀。"王永明不让他太费劲，安慰他一番便走掉了。到了电厂之后，原来他们还没动手修，只吕屏珍一个人在那里摸索，谁也不敢动手。王永明暂且不提修机器，只到处钻，走到哪里看到哪里，碰见谁便和谁唠嗑；过了两天，他仍旧得不到什么，工人们还是不敢和他说心里话；开过两次会，和大伙合计怎样修第一号发电机，谁也说不上什么办法来。

晚上，他苦闷地想，工人为啥起不来，是怕我？恨工程师？讨厌陈祖庭？——如果把陈祖庭换下来，谁顶他这个位置？吴祥泰又在医院里。再说，陈祖庭究竟有些啥毛病，他也不知底细。在小房子里想不通，他跑外头来了。那是下旬天，没有月亮，四周连叠着山峰，和黑暗的天幕连成一片。山坡西面的变压所蹲在那条闪着暗淡的水光的河边，机器房是个又高又大的灰色怪物，一声不吱地蹲在那儿。他瞅着这个寂寥的辽阔的黑暗的天地，觉得有点生气。如果发电机没有烧毁，这座山头就会照着灯光，这个角落会给机器的响声所震荡。他转过身来，山坡北面好像有点灯光，那光亮暗淡得只能叫人判断那儿是一个小小的屯子，——这是水电厂的唯一的邻居,三姓屯。他绕过办公室,在那排柳树下面走着,有小孩的哭声,他判断可能是陈祖庭的孩子哭叫;每幢小房子的窗户都透着黄弱的灯光,可见大家还没有睡觉。

宿舍里爆发出来一阵哈哈大笑,王永明好奇地往那边走去。怕打扰他们的兴头,他只在窗缝那儿偷看。

原来两面炕坐满了人,有躺着的,有坐着的,有靠着的,因灯光很弱,也看不清谁是谁,地上站着一个小伙,在那里模仿另一个人的动作,大概因为看见他学得像大家才大笑的。

"潘玉山,你还不算学得顶像,已往我那虎儿,学谁像谁,比本人还像。"

王永明听出来这迟缓的调子,是老孙头在说话。

"你又说得奇了,咋能比本人还像?"

"喂,老孙头,你再说说你的虎儿吧,"另一个小伙说,是个胖子的嗓音,好像是李占春,"大伙还记得吗?打二月前老孙头说了孙虎惨死的故事,不晓得怎么的引起来大伙要刨冰保护机器啦,捞油啦;今儿再说个孙虎,咱又来个啥玩艺儿干干吧,这两天机器烧了,正闷得慌!"

"得啦得啦,还来个啥玩艺儿吗? 刨冰捞油——大伙流的汗,三朝元老一人的功劳。还说啥!"有人气愤地说。

潘玉山趁势又模仿起陈祖庭上课时的动作和口气来:"大伙要向老佟学习呀,刨冰捞油啥的样样带头。有人笑他三朝元老,这样的三朝元老多几个怕啥? 他为无产阶级忠心怕啥? 过去日本人在时,他也是出于无奈呀!"

又有人大笑了,高叫道:"比七路半本人还像啦。"

王永明听得不觉咬着牙齿,悄悄问自己:"真有这样的事?"他又敛着气再听,大伙七嘴八舌地各自回忆刨冰捞油时的情景。潘玉山又继续模仿大员问他和老孙头机器最重要是哪一部分,和老孙头又如何骗大员那一段故事。大家想起大员那愚蠢的样子,也都笑开了。跟着又有人说起老孙头脱光衣服下水,羞跑了刘大嫂张大嫂那一段,人们更是笑个前仰后翻。屋子外面的王永明没有笑,他不是觉得不好笑,而是有比笑更重要的东西——他感动啦。他尊敬这位保存着无产阶级的优良传统的中国老工人;尊敬这位富于自我牺牲精神的老头;他尊敬这位埋头苦干的无名英雄。而他更惭愧自己为啥四个月来都没有发现这样动人的事实。

"老孙头,你的老鸡巴冻坏了,绝了种才活该啦,谁还知道有这么一个苦命的老孙头呢。我说你这个人就是倒一辈子霉的你不信。听说人家快要升总务股长啦,你还住的大猪圈呀。你有出头的日子,我姓李的把脑瓜摘下来送给你!"又是李占春的声音。

"你们的心眼装不下一个小螺丝帽,吵吵嚷嚷的啥呀,眼下难道比伪满更坏么,还不如中央大员来的那个时代好么?烧坏了机器,不蹲笆篱,还叫咱再修,已往能有吗,能吗?管他三朝元老又怎么的,七路半又怎么的?"老孙头靠在窗下说,他说得并不全神在意,好像另外还想别的问题。

"两下哪还能比!"一个人从角落里说,"只是,过去是'满洲国',今天是民主国呀。说民主,就得说个透,三朝元老当权,七路半撑腰,还能算得上民主国家?"

"人家当权就当权呗,你能怎么的?"

"还不是说一说就算了,谁还管这些闲事。"

因为恨自己用人不适当,王永明气得全身血液转得好快,快得使他站也站不安,像一只打满气的球,一点儿动弹就能蹦跳起来。他不听下去,离开了宿舍,净拣杏树和柳树下面打转转。

"离开了群众,就会成为瞎子、聋子或傻子。"这个深刻的教训在他脑子里打转转。一直到夜深,他的通讯员到处找他,他才回房子里去。

第二天早上,他找了个机会和老孙头谈了一次话,谈得很痛快。

"毛主席叫我们在工人里面,在农民里面,在士兵和劳苦的人们里面找老师,我没有完全依他的话去做。在大盛,我找过一些老师,但是没有找好;他们当了老师,就不再找老师了。"王永明的声音是那么恳切，因此他的思想强烈地传到对方的脑筋里面，"你是我的好老师，玉带湖的人都喜欢你。——我来了四个多月到今天才看出来，我白长了一双眼睛！但是，不怕错呀，错能改呀。过去我用人用得不合适，大伙心里怨我，现在我知道了，如果我不改，他们会更怨我。如果我改了呢，大伙会喜欢我的，他们一定能喜欢我的。"

老孙头认为吴祥泰说的"要说，能说时就说吧"的时机到了，他感奋得拿粗大的手掌一把抓住了王永明的手，也就把心里积下来的话通通对他说了出来。末尾他说：

"不怪你，只怪我们，怪我这老顽固，我，没敢对你说。已往，咱们和你们之间有一堵板障，——也好，火把机器烧了，也把咱这堵板障烧了！"

不过对于要他领头搞工会，他怎么也不愿意。王永明解释并说服了他，说将来选出谁来就谁当。最后关于怎样修机器，他也征求老孙头的意见。老孙头想了一想，回答说：

"晌午招呼大伙一声，大家合计一下看吧。不和他们合计，保管啥事干不成。——为啥？三个臭皮匠顶个诸葛亮，人多主意高。再说，活是靠大伙干的，他们自己说定的，还能不干？"

"不忙，"王永明说，"先别合计，你回去先和大家酝酿酝酿，把工会改选改选，等新的工会委员选出来，大伙不乐意的人去掉，大伙才说心里话啦。你觉得怎样？"

老孙头同意了。他第一次感到八路军做事的方法和步骤是鲜明的，有分寸的，又是非常实在的。

王永明继续和许许多多工人谈了话，谈话的主要内容只有一点：就是对自己的检讨；而检讨方式却采取了各种各样。改选工会经过一天一夜大会小会的讨论，酝酿成熟了，才开始改选。改选的结果，老孙头当主任，吴祥泰组织委员，刘福福利委员，陈祖庭宣传委员。

李占春看见大部选出了可心的人，高兴地连连说："四个我选中了三个,早就该这样!"

最不管事的老刘头,这时也点头说:"这一楂还不大离。"

第七章　动员大会

吴祥泰听说要修第二部发电机,他不听医生的劝告,连被子都不要,偷偷开小差离开医院,一路乘马车、火车、大车回玉带湖来。为了避免走路脚痛,他没穿鞋,脚板下裹了很厚的棉花,到了家,比登天还困难地爬上了山顶。这一天是工会召集全体工人开会,讨论怎样修复第一号发电机。现在他们正热烈讨论怎样处置这杨家兄弟,有人主张撵走他们,有人主张逮捕起来交政府处理;提起和日本人一鼻孔出气的杨家兄弟大伙便自动诉起苦来,说着他两人的不是。孙怀德当主席,他让大伙痛痛快快地说话,虽然是有生以来第二次当大会的主席,但是他的沉毅、耐心、撑腰的态度引导大家去说心里想说的话。正说得挺紧张的时候,吴祥泰狼狈地走进会场来。他是结实、中等身材的汉子;皮肤黑,大眼睛,眉毛又浓密,头发剃光了,有点发蓝。他皱起眉,闭着嘴时便觉很严肃,很有胆量;可是一笑起来呢,人们会觉得他很可亲,很滑稽。他的笑,常叫妇道们高兴。不过他死了老婆之后一直没有再娶。因为钱一到了他手上,他就请伙计们吃喝,给孩子妇道们买玩具和点心;不事积蓄,总讨不起一个老婆。

吴祥泰的回来是突然的,看见了他,大家暂时放下对烧机器的愤怒,转为高兴了,不约而同地走向他来。老孙头也忘了在开会,在讨论严肃的问题,走到吴祥泰跟前,双手摇撼着他的双肩,像看见了久别的兄弟一样,他是那样爱他,及那样佩服他;但是他一句话也说不出来。的确,说什么呢,要说的话太多啦,这别后的十天,水电厂的变化太大啦,不知从哪说起好。等到大家看见了吴祥泰的双脚时,记起了他救火的勇猛和自我牺牲的精神,尊敬和同情都涌在工友们的心上来了。大家瞅着那双棉脚,有人摸捏那双棉脚。

大家静了下来,回到原来的坐位去以后,李占春一把拉吴祥泰到角落里，一五一十地把最近十天来的情形告诉他；结尾，抢着嘴遥对着佟金贵说："不行啦，眼下不吃香啦。"跟着又悄悄往陈祖庭那边一指："这两天老实多啦！"

经过这一阵子乱，大家提不出啥意见来了，老孙头张罗着："咱该怎样修机器，说吧，该怎样处理……"

"再没啥啦。"

"不大离啦。"

又经过一阵沉默，老孙头看看大家，开口说："大伙说完；我也来说一条意见，大伙看相当不相当。不相当就取消得啦。说到杨家兄弟，心里就冒火，他们忘了本啦。可是他们在日本长大的，在日本上的学，日本的书本儿把他们脑瓜灌坏啦。他们瞧不起咱，那是他们的错，想远点儿，也是日本鬼子之过呀。日本坑了他啦！再说，他俩也是动手的人，对咱新社会能有贡献，咱也该原谅得点。撵走？不相当，谁来修机器？修机器不同劈柈子，不同刷锅子；劈柈子劈大点小点没相干，机件粗一米厘喔就不动啦，多一粒沙子也不能运转啦。再说，锅子是个死物，机器是个活的啦；它会使性子，闹别扭……总之，把他们怎么的也不犯难，在咱手里呀；只是机器咋整？眼下不向人学，能修起来吗？"

老孙头说完，下面议论纷纷，抽烟的人，也趁这当儿掏出烟纸和黄烟来卷。

"机器让他们来修行呀，只是，像已往那个样开口就'八嘎'，动不动就瞪眼，受不了啦。"刘福要大伙听见，便大声说了。

一向不做声的刘月轩，这时也忍不住要说啦，他眼望着地说："技术在人家手里，咱不挨骂受气咋行？要不挨骂受气，非得把技术学过来。"

老孙头兴奋地接着说："老刘兄弟说得对啦；别人不明白，要手艺人可明白啦，不懂技术，吃老亏啦！"

"修好了，把他们撵走行，把他们怎么的也行！"李占春也在叫着。朱自珍马上用手碰了他一下，反问他："撵走他们，日后机器又坏了,你咋整?"

一阵混乱,大家都在原来的位置上交谈。陈祖庭觉得很沉闷,自己暗暗想道:"像这样的讨论,没头啦! 七嘴八舌,还能有个好主张?"他瞅着老孙头那缓慢的作风,真不耐烦,轻佻地暗笑着:"他像个三天不添煤的锅炉,没火力啦。瞅瞅他,再讨论十天他都不腻歪。要我,去问问王经理就得了呗,合计啥呀。"

这时候,吴祥泰又忘记自己脚痛,推开众人走到前面要求大伙静一些。他挺起胸脯,提高嗓音说:"我也来发表发表啦。杨家兄弟,留下来修机器,可得有个条件,他们一边修,咱一边看,等他们修好,咱也看明白啦,这一来,就得看他们心诚不心诚;好,就将功折罪,不好,就不必客气了。这也是考验考验呀。"

吴祥泰还没说完,人群里爆发了一阵鼓掌表示赞成。许多人同时说:"对啦。""是个好办法。""好老吴!""这一下可把他们治住了!"刘月轩这一下高兴得很,赶快找把椅子来放在吴祥泰眼前让他坐下。人们比较平静了一点,老孙头又说了:

"老吴兄弟说得很对,这一来既把他们治住了,咱也学会技术了。咱工人要当主人,就得当个彻底。工人不懂使唤机器,还像个主人的模样?"

人群里带着愉快的情调回答着老孙头:"可不是。""当主人当个彻底也好。"也有人悄声怀疑着:"他们肯讲吗?"又有人回答:"不讲,他不怕咱?"

"老吴兄弟提的意见,我也来补充补充,"老孙头继续说,"他们一边修,我们一边看好呢,还是他们只动口讲,咱大伙,动手修好呢? ——为啥? 他们动手,一来怕他们捣蛋,二来——"

没等老孙头说下去,刘月轩已理解他的意思,兴奋得,抬起头来抢着说:"二来,我知道啦,动手比耳听来得亲呀,安过一次,记一辈子啦。"

吴祥泰又从椅子上站了起来,雄亮地说:"老孙哥,我拥护你啦,你的主见比我的高一级。就这么的吧。"

大伙全体都同意老孙头的意见了,经过一阵鼓掌和喧嚷,老孙头便又征求着大家的意思:"咱们再想详细些,看有更好的法子没有……如果没啥意见,咱还得把这些意见提上去,得问问吕副厂长,问问王经理呀,他们是咱们的领导呀。"

…………

王经理同意工会提出来的意见。第二天紧接着开了一个动员大会,从王经理到工人、伙夫、职员,全体人员都参加。这个会是开得很成功的,不看别的,只看看杨家兄弟低着头、垂着手走进了会场那害怕颓唐的样子,看看大家忿怒情绪的高涨就够啦。

已往开会怕大家不说话,现在都抢着说啦。把大会主席忙得够呛。这几天,老孙头从王经理那里,从大伙那里学了不少东西。——"这半个月顶得上我四十八年。"他寻思。夜里,他想着自己的进步,高兴得睡不着。他和大伙一样,开始爱他们的上级。"共产党真有能人!"他衷心佩服共产党人勇于纠正毛病的精神。他独自翘起大拇指说:"伟大,伟大!会改,就不能错。凭这,就能坐稳江山。"

我们又看看大家的痛快劲吧,大会整整开了一天,人们始终都很兴奋。连从来不说话的刘老汉也开了口,连连叫道:"'满洲国'完蛋了。眼下真是民主国家了!"著名的懒汉曹万发和牟为梁开会时也不打盹,留心听大伙说话,人家热烈地鼓掌时,他俩也跟着鼓掌。张大嫂高兴得领着妇道们烧开水,倒茶,连朱自珍的年轻媳妇顾不上害羞不害羞,顾不上丈夫同意不同意,居然也到会场去倒茶。这时候工人家属已搬来八家,都穿上比较干净的衣服,轮流到会场里倒茶。张大嫂有一次斜着含怒的大眼睛,用力吐了一口吐沫到福田的脚上。

大会决定了即日动工修第一号发电机,又提出了劳动竞赛。末尾,王经理还讲了话。他在讲话中检讨了自己,夸赞了工人的力量;特别称赞老孙头;他又强调技术的重要,说:"旧世界人们各自把技术保守着,生怕第一被人家抢了去,因此技术不能提高。新的世界呢,应当把技术献给大家,启发大家,然后从旧的基础上创造新的。我们要从不断的创造与发明中争取第一。要是保守,别人已创造新的,你这第一还是保不住。"最后他表扬了工人家属为大伙服务的精神,他提议妇道们也加入了工会,成为工会的妇女小组,共同为发电而努力。

王经理说着的时候,老孙头早已一拉二扯地把妇女们都拉进来了。真奇怪,没叫她们进去时,她们想进去得不成,现在请她们进去呢,她们都躲躲闪闪。主席征求大家的意见是否欢迎妇女小组时,老爷们都狂热地鼓掌了。只有朱自珍一个人在那边偷眼瞅着自己媳妇直生气。

让她们选举小组长的时候才有趣呢,她们都唧唧咕咕地商量起来。

刘大嫂指着张大嫂说:"就选她得了呗。"

"不大离,也没有比她更相当的了。"有人附和。

"别推了,张大嫂,就这么的吧。"另一个大嫂子说。

张大嫂觉得很别扭,打了刘大嫂两下,拧了李大嫂一把,结果还是辞不掉,便只好挺着,在大伙的鼓掌声中讲了话:

"大伙瞅,我咋相当呀。说识字,数李大嫂,论利落,还有许多大嫂们,偏选我这个黑灯瞎火的。"她说着,觉得好一点,敢抬起头来看看妇道们,"妇道得有个名儿呀。咱妇道也解了放。该各个有个名儿。我娘家本姓唐,为啥姓他的张?——"

她没说完,人们齐整地大笑起来。张大嫂有点发急,面对着王永明,要求他:"王经理,你给我起个名儿好不好? 不要花呀草呀的,你给我起个解放点儿的名儿,姐妹们也每个人起个名儿吧……"

"叫新华好不好?"王永明高兴地站起来,笑着说:"为啥呢? 过去是老中华,后来是'满洲国',那些国家都不好,都压迫我们。现在是新中华的国家,是民主国家,是工农当家的国家,叫新华,就表示解放啦。"

大伙又都欢闹地鼓了掌,女人们没有名的都要求王经理、吕副厂长和李希贤给她们起名字。

大会直到太阳偏西才散会。

这回修机器可不同啦,吃了早饭,一吹哨,各小组长便领着他的组员到机器房上班,可没有一个敢拉后的。到了机器房,杨家兄弟带领着工人们检查机器,说明每一机件的位置、作用,坏的地方在哪,该怎样修。然后大家才动手拆的拆,洗的洗,锉的锉,焊的焊,按的按;每按一个零件,也得大伙瞅着。开头,杨家兄弟讲得含含糊糊,但是经过工人们的追问、讨论,逐渐把他们的偷懒打破了。

每天晚上还是上课,一星期减为三次。一次是检讨一星期以来大家工作的成绩,好的坏的都要经过民主讨论;老孙头、刘福,和陈祖庭轮流担任上政治课;李希贤上一次文化课;吕屏珍的保守思想给王经理的话打破了,也自动承担了一次技术课,对研究技术很积极。工会要求妇女小组参加上政治课。

张大嫂原是个热心肠,好动的妇女,自从被选做小组长,又听了不少的道理,心里开朗了不少。

那一次动员大会散了之后,朱自珍曾经揍了他媳妇一次,为的是讨厌她到会场倒茶,参加妇女小组。平常他老婆挨了揍,不敢吱声,只偷偷流泪;现在看见有了个妇女组,胆子壮了点,丈夫揍了她,她便放声大哭大叫起来。一闹开,张大嫂便领了几个妇女前去劝架,几个女人说好说歹,又硬又软地把朱自珍好一顿说。朱自珍觉得没趣,便溜掉了。朱大嫂从此就争取了合法的地位和大伙一样出来开会,上课,学歌子,和参加劳作,生产。

"咱妇女小组干些啥好?人家一天净忙着干活,竞赛,咱不劳动,不拉后了吗?"有一天张大嫂和妇女们合计,大伙想了半天,七嘴八舌地商量了好久,最后,决定了每天午间送饭到现场给干活的人吃,省得他们跑上山一次,此外还给没家口的老爷们大拆洗缝补一次。

196

第八章　老孙头在屯子里

下了一场大雨,机器房的屋顶漏了。好几个大窟窿流下的雨水把机器也浇了。晚上上课时大家讨论怎样克服这个新的困难。

自从工会改选后,老佟便很少出头露面的机会。这时他献献殷勤,提议道:"本厂原来有很多马口铁,上好的。打八·一五后,都给屯子里的老百姓拿跑了。不信,下屯里一瞅,猪圈羊圈都用马口铁围的。咱可以取回来,莫说一个房顶,修两个房顶也足够用。"

"那么,你去取回来吧,老佟。"张荣才故意给老佟一个难题。

陈祖庭想立点功,并且觉得这个差使只有他一个人能办。"谁都磨不开情面,老孙头更不成,他怕得罪人——"他就站起来说,"那么的吧,这件事交给我好了。"

有人鼓掌,表示通过。自从开动员大会以来,大家学会了鼓掌,动不动就拿鼓掌来表示同意。特别是妇女们,认为鼓掌是最时髦的东西。

老佟提完意见又后悔了,因为他家里马口铁拿得特别多。第二天天没亮,他便下屯告诉他父亲赶快把马口铁拆下藏起来。"可不敢告诉别人。"他嘱咐说。但是他父亲却把这消息告诉了弟弟和表妹家;那两家也就悄悄地把这消息告诉了相好的;相好的又告诉了相好的。结果,不知道这消息的只有两家。陈祖庭是个机灵人,他怕走漏了消息,一吃过早饭,便领了潘玉山,带了几条绳子下屯子去。他一到,有一家正在拆马口铁。陈祖庭趁势上去,很客气地说:"老乡,这马口铁是咱厂里的啦,咱要收回去修房子啦。眼下的国家不同'满洲国',军民是一家子,公家的东西,咱应该送还才对呀。"

老乡回答他这马口铁是从西凉镇买来的。陈祖庭又说:"你不要磨不开啦老乡,这屯子的马口铁都是水电厂来的,咱用不着时,你们用用没关系;可是眼下修房子要紧呀。"他一面说一面叫潘玉山动手捆马口铁,那老乡自知理屈,也只好让他们拆。他到各家门前瞅，看见猪圈鸡窠羊圈都拆过了，有些已新搭上些木板，高粱秆啥的，但大部分都是拆下来还没装上。他寻思："这一定有鬼，他们为啥都拆去了呢，难道有人通了消息？"再往前走，另外有一家还没拆，陈祖庭对那老乡说明来意，要动手拆时，老乡坚决不让拆。嚷叫着："不错呀，这是电厂的材料，可是眼下是我的啦。谁叫你们那时不来经管呀；马玉山还抢去不少东西哩，你们为啥不问马玉山要去？咱这是明拿的。你拆走了，我这猪崽子就完了。"他老婆也从屋里跑出来哭着，陈祖庭怕事情闹大了，只好作罢，和潘玉山扛着几块马口铁回厂来。

晚上上课，陈祖庭把这件事情经过说了，大家要讨论，老孙头对大家说："先不讨论吧，今天待我去试试，不行时，大伙再合计。"

大伙听了孙主任的话，便放了心，安心上课了。

晚上下了班，不等吃晚饭，老孙头便下屯子去。他一股劲跑到老刘家门口坐下来。老刘是三姓屯的老户，历来租种别屯的地，家有六口，缺牲口，家景过得不好，他是个二岁子，比老孙头小不大点，和他一唠起来，挺对劲。屯子里人家刚吃过晚饭，看见老孙头来了，都三三两两地各人叼了支烟袋走近他来。

"听说你升了主任啦。"有人恭维地问。

"眼下当主任就是当差的，听候大伙支使就是了；不同伪满啦，眼下是民主国了。"老孙头谦虚着。

"那还用说，眼下不同啦。'满洲国'还选得上你老孙头？"老刘说了，"咱种地的，也不同已往啦。人家别的屯子都斗争呀，分地呀，咱这小屯，工作队瞅不上。又没老财，斗谁？唉！"

"可也不能这么说，工作队是心向着穷人的，今天不来，明儿能来。"

"什么？老孙头，你说工作队明儿能来？"一个中年的庄稼汉着急问，可是，他立刻又叹气，"工作队能来也没用，这里都是穷人，没地主。"

"我问你们，没地主，你们租种的是谁的地？"老孙头大声问。

"是外屯地主的,人家斗倒他们与咱没相干!"

"不啦,"孙怀德高声叫道,"那儿地主倒了,地给分了,也有你们一份呀,还忘得了你们受苦人吗?"

老孙头的话,给三姓屯带来了很大的兴奋。来听的人越来越多,从人们嘴里喷出来的青烟也越来越浓。老孙头便转到别的话题上:

"豆油多钱一斤?"

"不用提啦,一百六,又涨了。"老刘回答说。

"你们点灯每个月要点多少斤?"

"还谈得上点灯? 只是有小崽子,夜里哭呀闹的,没灯不成。吃都顾不上,还要点灯? 困难呀!"另一个庄稼汉说。

"已往用电灯花多钱?"老孙头皱着眉问。

"你老忘啦,那是小鬼在的时代装的电灯,为的是火锯工厂,不是给的咱。电,还让咱用吗? 再说也用不起啊!"一位妇女说。

"明儿发出了电,这屯子可以用电。眼下民主国不同'满洲国',它心向老百姓,让用的。"老孙头有把握地说。

"听说上头又叫修啦,真的吗? 一个也没叫蹲笆篱子,度量真大! 将来发了电,全靠孙主任对上头说句好话,好让咱这屯子亮一些。"另一位妇女说。

"李嫂子,现在上头最爱护老百姓,让用的。共产党是听大伙的话,用不着我姓孙的说也让用。"老孙头接过老刘递给他的烟杆,吸了一口,又说,"眼下,机器修是修,只是缺一样东西,怕修不成!"

"缺啥呀?"一位妇女着急地问。女人们唧唧咕咕地交头接耳;老爷们也从嘴里拔出了烟杆静听老孙头的回答。

"啥也不缺,机器也保险修得好。只是机器房顶儿漏了,要修。不修呢? 机器修好也会浇坏。要是盖上一层洋铁皮,那就保险。"老孙头慢吞吞地说了,又吸一口烟。

"那容易,我家就有几块马口铁,就是怕不够。"老刘热心地说着,他老婆不乐意地瞅了他一眼;他那十八岁的儿子不等父亲说完就跑开,从水稻垛子下面抽出了六大张马口铁来,一直拖到老孙头跟前。并且补充着说:"屋里还有两张。"

老刘站起来,把烟杆插在腰围上,瞅着马口铁,说:"大伙合计一下吧,这几张不够啦,得想想办法。"随即他又蹲下来,用手去掉铁皮上的脏土。

"我家的也匀出来吧。"姓李的说。他就是早上和陈祖庭闹,不让拆他的猪圈的那一家。现在他头一个响应老刘的话;这一来,好几家也自动拿了出来,有些心里不愿拿的,又怕将来点不上电灯,也只好随众;老佟爹也说服了老婆和儿子,交出了一半。

一时百来张马口铁在老刘门前堆放着。孙怀德站起来皱着眉说:

"把你们的猪圈揭了顶也不像话啊。还得——"

"拿去吧,机器要紧!"有一个老乡说。

"那么的吧,"孙怀德张着两条长长的胳膊,笑眯眯地表示着感谢的意思说,"厂里有一些零碎的木板,你们交出铁皮来的,就拿个三块五块回来凑合凑合,修修圈顶;咋样?"

老乡们高兴了,当下年轻的便自告奋勇替老孙头把洋铁皮背回电厂。

老孙头把上课耽误啦。把铁皮安置好,把背着木板欢天喜地往回走的老乡们打发走,他便摸到厨房里去吃了一点凉饭。饭吃罢,他才发现别人给他留了一大碗菜,可是他已吃不下了,擦一擦嘴,便赶到课堂里去。

当天夜里老孙头汇报时,王永明从头到尾详详细细地问了一遍,越听便越觉有意思;后来他又和他谈到过去他如何哄骗大员,如何引导大伙刨冰捞油;说得王经理连连点头佩服。

"这就是群众路线,你真正和群众结合起来;你不仅和工人弟兄结合,还能和农民结合,难怪,你原是庄稼人出身!"王经理用许多理论来证实这些范例。

老孙头被夸赞,略带拘束,随即就坦然了,回答说:"这没啥,这没啥。支使一个人,支使两个人,挺容易;支使大伙,不容易。支使大伙,首先要明白他们怨啥,盼啥,然后能去了他们怨的,告诉他们盼的能盼到,该咋样盼法,——这样,就叫他们往死里拼也干啦!"

王永明全神倾注地听,寻思道:"他是从实际中得来的规律,我懂的是死的教条。怪不得毛主席叫我们向工、农、兵学习!"可是他没有说什么,只紧紧握住了老孙头那双粗大的手掌。老孙头呢,老觉得王永明懂得的又多,办法又好,还那么谦虚,说不出地心服他,他想:"咱王经理比那个李主任也不赖。"

对于老孙头的工作方式,王永明特别过细研究了多次:他用诉苦的方法发动大家刨冰保护机器;用激将、带头的办法叫大家捞油;以启发诱导的办法带引大伙创造集体修机器;到屯子里呢,又能站在群众的利益中,替群众解决了困难,收回了许多洋铁皮;——这许多事实,王永明觉得值得他今后在工作中不断地去体现。他并又拿这些范例三番五次地反复向陈祖庭进行教育;也特别在工会上了一课,叫大家向老孙头这种精神和方法学习。

这一次王永明在玉带湖只住了十天,但这十天对他是很充实的,很宝贵的。他打算把陈祖庭调到公司里工作,但孙怀德和吴祥泰都表示厂里离不了他,并相信他的弱点慢慢能克服。王永明觉得把他留下跟大伙学,跟老孙老吴学也有好处,便取消原来的打算。

玉带湖一切都在变动着,李希贤虽然外表还能保持住冷静和谦虚,可是脑子里也乱了套。人们越兴奋,他越觉寂寞;大伙越团结,他越孤独;人们一天到晚高高兴兴,干活也有劲,说笑也有劲,他却从早到晚烦恼、懒散。再说,他也没处消遣消遣,或出出气,娘舅老佟和小宋呢,虽然说话投机,但这些日子来他们也垂头丧气。跑到吕屏珍那儿,过去他都是用文雅悠闲的态度迎他的;现在上他家,他总忙着技术的问题,要不就和杨家兄弟开小会。

那一天傍晚,吃过饭,他感到实在无聊,便跑到住宅那边闲蹓,刚好张大嫂出来泼水,和他打了个招呼:"李大哥,好久不上咱家来啦,进来呆会吧!"张大嫂自从加入了工会,当了小组长,在大伙跟前说过话之后，便觉得自己和老爷们平等起来了。说话时总喜欢"你们，我们"地称呼着；人多的地方，她总上前去看一会；人家谈论问题，她总得发表一点意见。李希贤依了张大嫂的话，走了进去。张荣才正盘着腿坐在炕上卷黄烟。他那刚会走道的男孩子正吃饭，自己拿着筷子，让楂子粥糊了一嘴一鼻子。

"张大哥，你好久没上城里溜达啦。"

"可不是，两三个月啦。"张荣才递给他一颗烟卷。

"不闷气吗？活动惯的人静不得。"

"没法，凑合凑合得了呗。"他吸了口烟，"现在厂里好歹有个眉目啦。"

"那比起'满洲国'远去啦。在'满洲国'，还能委屈得一个开车的。瞅瞅你现在过的啥生活，自己吃不上粳米白面也就罢了，连孩子也吃不上粳米白面！"

"伪满那时代钱多是多一些，"张荣才现在把"满洲国"改叫伪满了，他自己并不觉得，只是李希贤一听就听出来了。他继续说，"可是心里憋屈得慌，挨耳光，挨靴子，混蛋，八嘎不少骂，真够呛！眼下穷是穷，穷得平等！"

"共产党就拿平等来收买人家。"李希贤冷冷地说。

"你说得可有点不相当，自古上头能用钱收买人，几时听过用平等来收买百姓的呢？几时见过让老娘们和老爷们一块站，一块开会的呢？"张大嫂拉起衣襟擦手，认真地说。

"让老爷们和老娘们一块站自然不错，听说还让老娘们随便和老爷们一块睡觉呢。"李希贤还是冷冷地，轻蔑地说。

李希贤这句话可叫张荣才冒了火，他听了好像受了污辱似的。自从他老婆当了小组长以后，他虽然有点眼红，但心里总还高兴，觉得光荣。他大声叫道：

"你亲眼看见过吗？"

李希贤吃了一惊，他并不怕老张生气，他只惊诧张荣才变了，过去最喜欢说八路军坏话，现在却站在八路军这边来辩正啦。他觉得不对头,便马上收回他那付阴狠的冷面孔,换上笑容道:"那是听来的,头年听来的,谁亲眼见过。"他觉得谈不下去,只好搭讪着走了出来。走到外面,人们来来去去,似乎忙得很;不呢,便是三三五五地坐在一块,谈论机器或讨论问题。过去人们看见他,客客气气地鞠躬点头,或者招呼说:"李司务,来,唠一会。"现在人们忙得好像没看见他。他一个人好不闷气,后来他想着好久没到陈祖庭那里了,便顺步走到他家。陈祖庭一手抱着孩子,一手拿铅笔不晓得写什么,看见他来,便把纸藏起来。李希贤装作没注意,文雅地笑着说:

"陈主任。"他又立刻改口说:"哦,陈股长,你好清闲呀,抱着孩子享天伦之乐呢!大嫂呢,到妇女小组开会了吧?"

这半个月来,陈祖庭受了许多教育。开头,王经理批评他的作风是包办代替,他不能接受;对老孙头,他不佩服。不过这半个月来,工作进行的确顺利多了,大家团结了;再加上老孙头和吴祥泰耐心处处帮助他;他心里面的自满和嫉妒扑了一个空。当初工会改选时,他垂头丧气,抱怨组织,又害怕受处罚,情绪十分低落。大家都在不断前进,而且进得那么快;他好像本来在队伍中和大家一块儿走,突然他自个站住了,而大家仍然继续前进,他拉在后头啦,孤独地拉在后头啦。经过了苦恼,经过和不正确思想的斗争;他寻思:"人家是工人,我也是工人,人家能进步,我不能进步?人家王经理也处处检讨自己,说自己不接近群众,说犯了官僚;我还能不犯官僚?"他摸开了,心也放宽了。听吴祥泰常说共产党员怎样好,当一个共产党员多光荣,他寻思:"好不好当一个共产党员呢?"他和老婆商量,老婆的意见是过两三年看看也不迟;和刘月轩商量,刘月轩说:"不是共产党员也能开机器";和吴祥泰老孙头商量,他们两个都说好,并说准备找共产党去,老孙头还担忧地说:"怕人家不要咱!"陈祖庭独个儿下了决心,也不再和谁说,便向王经理提出入党要求。王经理叫他好好虚心向大家学习,反省自己,加紧工作,过几天可写个自传,写明自己的历史和思想。这几天夜里,他正苦苦地写他的自传。他一拿起笔,便觉不如拿钳子锤子自在。平常,他还以为自己认得不少字,一动笔写,那些字便都翻了脸,不认他了。这时候他正写他的思想,他想写"我犯了官僚",但犯不会写,僚字也不会写,烦恼得很。李希贤进来了,想问他字,又怕他追根究底,识破他脑子里的秘密,便只好藏过纸,没精打采地应付着。

李希贤看见第一句话没打动他,便进一步试探说:"你辞了主任,大家都在想你呢! 这也是群众的力量呀。"

陈祖庭才注意听,把孩子横抱起来,想了一想:"溜须来啦,我可不再上当啦,老佟把我坑够啦!"可是他口里说:"我应该趁这时机多向大家学习学习。"

"自然也有人赞成孙主任,说他行,有能耐;可是一个人安一个心,世上难免有偏心人。"

"你说得可有点不合理,谁当主任都是为人民服务,谁当得好,大伙就拥护谁,这也不算偏心。"陈祖庭有点慷慨激昂地说了。他觉得只有这样说才对得起老孙头,对得起工会,并对得起自己的良心;也只有这么说才能表示自己的政治认识强,公正,比李希贤高出一等。

李希贤感到陈祖庭态度有点变硬,说不进去,便装成严肃地说:"陈股长的宽宏大量真叫我佩服,我恐怕学一辈子也学不到。"

陈祖庭趁势给李希贤说了一大篇道理,说得李希贤不耐烦得很。怀抱里的小孩哭闹得不成,李希贤就趁势告辞出来。回到屋子里,闷得慌,直想发脾气。老佟瞅着他那铁青的面孔,胆怯地说:

"谁又招了你的气了?"等了半天,外甥不搭理,他又叹口气说:"没有肉的时候,吃点蔬菜也成,你非要肉,那不自寻苦恼。你瞅,'满洲国'的时代还能再来么? 中央也盼不着! 管它什么国家不好,有饭吃就得啦。"

"你懂啥? 你懂啥?"李希贤躺在铺上,忧伤地拿胳膊压住脸说,"吃肉吃菜都不随我呀,你懂啥,我也出于无奈呀!"

舅甥俩都懒点灯,房子里暗黑得很,李希贤那没力的声音给越来越浓的黑暗吞噬了。

第九章　庆祝胜利

第一号发电机的副励磁机和主励磁机都没有坏，只浸过，要干燥；直流励磁机也没坏，只是固定子有许多地方漏铜线，工人们用云母片和黄胶布缠上了。

发电机轴承上翘冰坏啦，歪扭得不像样，刘月轩、张荣才几个人商量的结果，用千斤来压它，才恢复了原状。螺丝钉锈住不动了，用扳子一转，钉头断掉，钉子便锈住在洞孔里。瞅着是个小事，但是要把钉子去掉，却费了工人们多少心思。碰着类似这样的事，有时候连工程师们也束手无策，因为书上没有写过这样的问题。

水压系统有许多处胶皮巴金接头的地方都坏了，工人们都把它修好。只是水门主瓣给炸得邪乎。工程师和工人们为它曾开了几次讨论会。后来，工人们决定分昼夜两班，突击了六天六夜，才算把主瓣修好。其余少的缺的，从第二号发电机烧毁剩下的，取下来补充。

一共花了十六天工夫，第一号发电机全部修好了，连干燥，一共花了二十四天。刘月轩和吴祥泰两个人十天没回过宿舍，十天没洗脸，也顾不得上课，累得不成就睡在机器旁边，睡醒了又干，虽然大家规定每班干十二小时，但他俩每天平均都干十五六小时；其余的工人，至少的每天每人干十小时，多的十三四小时。

机器修好时，大家累得都瘦了，特别是刘月轩和吴祥泰两个黄瘦得不像话；张荣才拿汽车上掉了玻璃的灯框比他俩的眼睛。可是大家的精神都那么好，仿佛再熬半月一个月也不在乎的样子。吴祥泰的烫伤，也在紧张的工作中好起来了。

王永明离开玉带湖已经半个多月。第一次修发电机他很放心，因为他寻思，技术有那些工程师，发动工人有陈祖庭。第二次修发电机，他也很放心，却是因为他觉得他已把发电厂交给全体工人。要是说第一次是盲目的放心，那么第二次应该算作受过痛苦教训后的对群众的信赖。

"你是不是该到玉带湖去看看?"那一天晚上李科长提醒王永明说。

"明天吧,大概这一两天得试运转了,我要去看看。那边已和火力发电厂接上了电话了,有事能联络。"

王永明正说着,灯亮突然暗了一些,跟着火力发电厂来电话告诉他,玉带湖已于三小时前发电,现在使用的已是那边的电了。王永明兴奋得不知道怎样才好,拿起耳机又放下了,提起钢笔来,却又不打算写什么;他戴上帽子,穿上外衣,还没等扣扣子,便又脱下来。在房子里急步走来走去,后来他偶然抬起了头,看见毛主席相片跟前,像碰见了熟人似的,那么热烈,那么高兴地站住了,声音激动得发抖地说:

"毛主席,有了你,有了你的思想的领导,我们啥事都会成功。——五谷会丰收,军队会打漂亮的胜仗,破电机会发出电来,人们的错误会纠正。有了你,破的会变整的,旧的会变新的,懒的转勤快……"

一天到晚都在算账的李科长这时也紧张得很,在那里自言自语:"那么,该告诉他们,电压力不能太大啦。"

王永明心不在焉地点了点头,又匆忙地走到电话跟前,用力摇了几下摇把,大声叫道:"火力发电厂么……多少电压? 五千? 多少负荷? 不太亮呀,线路之过?"

这一夜王永明没有睡好。第二天早上,火力发电厂来了人,他问了他,但知道的情形并不多。一直到后响,陈祖庭从玉带湖来了,才满足了王永明所要知道的。陈祖庭也没有好好说话,昨夜夜里运转成功那种狂喜还保存在他身上,说起话来有点疯疯癫癫,没头没尾。

"刘月轩掌的水车,老吴管的配电盘,还是昌厂长把的布雷机,消防和警卫,便是老孙头和我。福田他们垂手站在旁边,李占春朱自珍监视着他们和可疑的人。"陈祖庭气喘着。王永明插问说:

"谁是可疑的人？"

陈祖庭不好意思地低下头："那还有谁，就那个姓佟的，修机器以来，数他的怪话最多。"

"那么，你说下去吧。"王永明温和地说。

"发电前，宣布了纪律啦，除了把机器的，谁乱动就捆起谁来。唉，难说——心跳啦，磞磞的，五里路都听得见；汗直淌呀。这一回跟头一回不一样，电压越高就越操心。那时候，谁敢透气呢！运转成功了，人们还不敢大声说话，小伙们高兴得没法，便到机器房外面去翻筋斗。真好笑，准备好的水和水管，到现在还不敢去掉。"

"慢一点，听我讲呀，人们为啥高兴，为啥比头回高兴得邪乎？难怪，——自己亲手修好的机器，自己亲手发的电呀！"

吕柳依在旁热心地重复他的话："工人们自己修好的机器，自己发的电呀！"

王永明听完他叙述，又问了他许多他遗漏的，特别关于技术上的问题，他开始在房子里有规律地踱来踱去，大概有一刻钟不说话。这一刻钟里，吕柳依早已因事走开，陈祖庭却闷得慌，他了解王经理一陷在沉思里就不再说话。他不敢吱声，可是满肚子的话，说三天三夜都说不完。

最后，王经理叫他回去和工会商量，布置五天后的庆祝发电大会。他又告诉他开会时可能发给大家物资的奖励，专署和司令部首长可能去参加；但随后又嘱咐说："可是你不必预先宣布。"

陈祖庭向公司领了一点钱，到店里扎了两面旗子，买了毛主席、朱总司令的相片，和准备写标语的各色有光纸、纸花、万国旗、瓜子、榛子、茶杯……他一路回去，一路计划布置一个出色的会场，还准备请吴祥泰耍个拳，李希贤李占春来个双簧，妇女会来个唱歌……

听说要开大会，张大嫂领四个妇女，到外边去采山里红、榛子、蘑菇、野花，准备开会用。她们一律用帕子包了头，手里提着提篮，一路走一路说说笑笑。

"开了机器,明儿就会发薪水,咱小玲该扯点布给她缝一件裈子。"刘大嫂说。

"可不是,他的鞋也完啦,白布裈子也不像话了,破的破、油的油;下了班一股味可薰人得慌!"朱自珍媳妇插嘴。

"唉唷,瞅,什么娇嫩的媳妇,油味把你薰啦,你不用嫁给耍手艺的啦。"

"大嫂们不明白,他太埋汰啦。伪满那时代,几时见过耍手艺的不分昼夜干的? 这些日子,他回家住过两夜,叫他脱下衣服来洗洗,他一声不吱就走了。我把干净衣服送下去,他把脸一板又走开了。"

"唔,他只回去住过两夜? 那委屈了你啦。要我就找个男人来陪陪。"

几个女人齐声笑了,年轻的朱大嫂给羞得不成,摔下提篮,追逐着她们,抓到一个便狠狠地打,鲜花撒满一地。

她们沿着不宽的汽车道,向大湖走去,但为了阴凉,有时也穿过狭隘的小道。野草已长得很繁茂,高的已过膝;快秋天了,树叶子绿得发黑,鲜艳的野玫瑰和野百合花早已开罢,只剩白的点星花,末槎的芍药和各色的野菊花。山里红熟透了,一团一团挂在树丫上,榛子粒可不小,但是不够熟,不好打。她们不知不觉走到湖边。这儿湖面有七八里宽,最宽的地方数南湖头,有三十里;湖长据说有一百八十里,是个长条湖,所以叫玉带湖。湖的那面是摸顶山,山顶上是毛茸茸的森林,森林里有黑瞎子,有豹子。日本人在这儿采过不少木材,至今还一排一排用粗铁丝系在湖边;那时候抗日联军也常出没于摸顶山,把采木的日本工头杀死在森林里;中国工人躲在树林后面瞅着,看见日本人死了,便把身上带的干粮送给抗日联军,才散去。这些故事女人们听得不少,可是现在她们坐在湖边,瞅着摸顶山,把故事忘了,不,给新的生活、新的兴奋代替了。

没有风,天空是蔚蓝的,太阳照耀着这深绿色的平静的湖面,活像一面平平的、起着反光的镜子。阳光猛烈的时候,湖面是白色的，闪亮的；平时，湖却是柔和的深绿色，像一块厚玻璃似的。有星光的夏夜里，吹着一点微风，长长的黑色的玉带湖便跳跃着许多闪光的星点，和天上的银河比美着。啊，她比银河更富于风韵。下起细雨来，玉带湖更是迷人的美丽，那是银灰色的朦胧的一片，像半醒的美女，又像带泪的婴孩——那么单纯，那么可爱。它那雄浑的银灰色，启示着人懂得用力量去冲破困难，去追求光明。玉带湖也有愤怒的时候，刮着大风，她便兴起两三丈高的浪，风吼的声响，由浪的尖顶一个接一个地传开去。

女人们脱了鞋，并排坐在一只倒扣在湖边的破木船上，让脚丫子浸在水里。刘大嫂谈着鱼，年轻的朱大嫂净瞅着镜子似的湖面。她想起了五年前在亲戚家看见一块柔软的蓝绸子，一直盼望自己有这样一块绸子，但一直没有盼到手。可是那块绸子没有湖水柔软，好看。她又记起了在财主家看见一面大镜子，曾照过她美丽的姿影；玉带湖是一面多大的镜子呀。"我能站在湖面上照一照多好！"她寻思。

远远的对面，出现了一点小黑点，那小黑点慢慢变大，像只蚂蚁在玻璃上爬着似的往湖当中来。不久，后面又出现了一个小黑点。

"啊，那是老金头两父子的打鱼船。"李大嫂判断说。

"咱工会定了三百斤鱼，这该是咱的了吧。"张大嫂说着，站起身来远望一下，但除了两只浮起来的鞋了似的往这边漂来的渔船之外，啥也看不见。

"开会还得三天，鱼不臭了！"朱大嫂说。

"不，放在水车旁边，放在风口跟前，莫说三两天，半个月也臭不了。"

"三天？明儿得动手做啦，百多人吃饭啊。"

朱大嫂提议到瀑布那儿看看。她们便穿过一座小山和许多小树林，跑到瀑布跟前。这瀑布原是大湖里的水，来到这一道隘口，地势突然中断，低下去，成一个椭圆的大池子。池子那一头是一条沟。大湖来的水到了隘口，跟着地势的突然低陷便成为瀑布；椭圆的池子很深,所以倾泻而下的瀑布到了池子以后,水便平静地沿着沟流下去,进了江。瀑布有十来丈宽,有七八丈高,声势有如万马奔腾,有如冲锋陷阵,有如十万游行队伍的高呼口号。瀑布激起了无数泡沫,飞溅到几丈外;瀑布充溢着力和光,叫看久的人头晕;瀑布像南方夏天那种飞卷前进的闪亮的白云,使欣赏的人感到压迫。女人们紧紧挤在一起坐在边沿上。朱大嫂每次来湖边总想去看瀑布,一看见瀑布她又害怕,心里叨咕着:"他在多好,我扶着他胳膊。"张大嫂胆子比较粗,她不害怕,但是当她瞅瞅那怒号的雄壮的瀑布,瞅瞅下面据说有十五丈深的深奥不测的平静的池子的时候,马上便会想起自己的孩子会害怕的,于是她庆幸地想:"幸亏我没抱孩子来。"

大自然的雄伟景象洗涤人们胸怀中可笑的琐碎、烦扰。它给人以威迫的感觉,同时又刺激人们的智慧和雄心:"超过它!战胜它!"女人们看着瀑布,各人幻想着各人的心事,并都从这天神的织布机似的飞泻的瀑布中得到解答和满足。幻想,往往引导人们前进,往往使人们精力充溢!她们和别人一样,都愿意为自己的幻想而奋斗!但她们似乎更现实一些,从今天的基础上去想明天。她们虽然暂时忘了琐碎和烦扰,但她们还惦念着要采花、果,要看看老金头打了多少鱼,又惦念着家里的孩子要哭和闹……呆呆想了一会,她们都不约而同地要回去。

"回去吧,老金的船要靠岸了。"李大嫂一说,大伙动身往大湖走去。

到了湖边,船已靠了岸,女人们抢着上前,杂七杂八地问。老金头解下腰围里的腰带擦着汗,坐到破船上,用手指拨开银色的短须,慢吞吞地说:

"净是拗花和花路,四五条拗花都十来斤重。我老金头多年没打过这多这大的拗花呀,也是那共产党当官的有口福。"

"你老心眼好,给他们打大拗花。"刘大嫂说。

"不价,我老金头在这疙疸打了五十七年鱼,清时代我打鱼,中华时代我打鱼,'满洲国'时代我打鱼,八路国家我也是打鱼。我心不偏向谁,谁有口福便吃上大鱼。"老金头神气飘逸地仰望着天说。

"咱厂里有一个三朝元老,你却是个四代遗民。"

"你们这些小丫头抖啦,比我看得多,见得广!可是你们听不懂风在唠嗑,看不到湖啥时候笑啥时候哭……"

"湖是个湖,还能笑、还能哭?"朱大嫂嘻嘻地笑着问。

七十岁的老金头和妇女们说笑了一阵,便提出警告说:"有一场雨,你们瞅瞅顶上那块云彩。你们走快的能赶到家,走慢的,正好洗个澡。"

女人们在湖边玩够了,也就起身往回走。张大嫂觉得那朵云很淡,不能下大雨,要是刮点风,作兴下不成;便建议一路再捡点东西回去。她们分了一下工,张大嫂派上了捡蘑菇,她独个儿净往草里寻。开头,她还听见后头她们的笑声,一会便什么也听不见了。她捡满了一提篮蘑菇,满心高兴地准备寻她们一块回去,但是突然肚子痛起来,她一瞅,四面无人,便在密密的榛树丛里蹲下来解了大便,肚子也轻松了。正待站起来,却听有男人的声音,她吓得往下缩,也不敢透气。

"饶了我吧,叫我叩头下跪,刨我的祖宗行呀,我就没有胆量干这一手。"那分明是老佟的声音。

"论时间,我没工夫和你讲条件;论教规,你是二十四辈,我比你大一辈。"一个中年男子的声音,"你乐意干就干,不乐意干也得干……不干呢,你自个跑得了,你的家也跑不了,大小十来条命,迟早在咱手里;干成功了呢,'中央'会赏。"

"我不是心肠软,只是没胆量,一眼就给人看出破绽来,害了你们。"又是老佟那颤抖的声音,"你们去请我外甥吧,他……"

"哼,你是你,你外甥是你外甥,他又不在机器房……你怕的啥呀,也不动刀动枪,大伙吃得醉醺醺,只听枪一响,你把那玩艺儿一扳,不就都黑天暗地了吗?谁也不知是你干的。"另一个男子说。

"你说的,人家电话都装起来了,不会往城里联络,往西凉镇联络,救兵一来,连你们也——"老佟企图用反问来压服他们。

"用不着你操心,电话有别人管。"

"得啦,别和他扯了,喂,佟大哥,今天你答应了最好,不答应也休想回去……咱把机密告了你,让——,那咱还能和八路争天下!"那个中年男人的口音。

随后张大嫂听见了压低的声音,听见了扳枪机的声音,听见了哭求的颤抖声:

"我答应啦。问良心,你们逼我……反正只有死……死……照管照管我那可怜的老父亲! 我那可怜……"

"呸,左一个死、右一个死。死不了啊。"

"记住,黑夜九点钟,第一声枪响为记。小心你的脑瓜,……这点钱你先拿去用……"

张大嫂都听明白了,她蹲在草丛里直哆嗦,与其说她害怕,不如说她愤怒。等那批坏蛋走远了,有半个钟头,她才探着脑袋,瞅着四周都没人,挽起一提篮蘑菇,咬着牙根镇静着扑通扑通跳着的心儿,急急忙忙地跑回家。在路上浇了一点小雨。到了家幸喜没碰见老佟,女人们都争着质问她为啥这时候才回来;她随便撒了个谎,便自个躲在屋里不晓得怎样好。她把孩子领回屋里,哄他睡觉,自己一会坐着发呆,一会躺下想哭,一会想站起来去找老张,经过长时间的寻思,她觉得万万不能告诉老张,老张这牛脾气一来,和老佟干开;那么,他们一家三口,完了,厂还是保不住。"这是大伙的事,我该告诉大家,等大伙向老佟问问。"但是她又觉得这样不好,大家嘴不严实,老佟一定抵赖,厂还是保不住。

"老孙头嘴严实,人也有见地,大伙信服他,王经理也看重他,我讲给他听咋样?"她觉得这条主张对,后来又再补充上一条理由,"唔,他是工会主任不是? 我应当对他说。我也不算多管闲事,这是性命相关,我又是妇女小组长……"

在屋子里蘑菇了半天,心里已平静了一点,下决心找老孙头去。一出门口,刘大嫂却缠着她问明儿杀的猪该做几样菜,她和她扯了一阵,对付过了,随即跑到工会,老孙头总算在那儿坐着,但是小宋、李希贤和陈祖庭正在那儿和他计划开庆祝大会的事情。她一进去,没头没脑地说:

"啊,老张不在吗?"

没人搭理她,她走出工会,在外头转了两转,踱回去正碰着李希贤打里面出来:这两个人心里都有事,神经都很紧张,走路又急,因此撞了个满怀。张大嫂在肚子里骂道:"看你这狼心贼胆!"可是她勉强笑一笑,说:"你忙坏啦!"

"可不是!"李希贤笑嘻嘻地,邀功地回答一声。

"老张还没上来么?"进了屋子,张大嫂又问了一声。

"我的好闺女,还没上灯哩,就等不得了么?我女婿要八点才下班呀。"老孙头一看见了年轻女人,便倚老卖老地俏皮着人家,仿佛自己也年轻起来似的,"来,妇女小组也应该来一块合计合计晚后天咋样开会,妇女的事儿可不少哩。"

"别开心啦,我的老祖宗,我有事找老张回去,家里有事啦。开会?你们决定得了呗。妇道还能出啥主张?"她着了急,皱起了眉头,欲待再说什么,又咽下去了。闷闷地退回屋里,靠孩子躺在炕上。半天,听见外头有脚步声。

"你着急老张回家干啥?有事,我代他办一办一样呀。要劈柴呢还是提水?"

听见有人说话,她抬起了半截身子,看见高大的老孙头已站在她这矮小的屋子当中了。

"啊,没啥,劈柴提水还敢劳你老的驾。只是,不,我也不找老张,我想问问你;我做了个梦吧,作兴是梦。"

"大嫂子,你的神色有点不对劲,到底有啥事,我特意来看看你。难道又听谁说了怪话不成?"老孙头一开口,声音便像父亲那么慈爱、诚恳,使人立刻信赖他。张大嫂觉得没有拐弯抹角的必要,便一五一十地把刚才采菌子偷听来的话复述了一遍,最后又把自己心情的矛盾、难受,反复的考虑也都说了。老孙头一面沉思一面不住地点头，连连点了三四十下，没说一句话。张大嫂望着他，瞅他不说话，自己又怀疑起来："难道我真做了个梦。"

"你真是个好嫂子，你真是个好丫头！你不愧是咱们工人屋里的！"老孙头拿手替睡熟了的孩子赶蝇子，边说，"这事得向王经理汇报汇报；咱没遇过这样的事，作不得主。"他本想独个儿上城里一次，可是他一寻思把张大嫂留下，说不定她嘴不严实，透露了风声，或者对李希贤和老佟他们表示了怀疑，这就糟啦。于是他下决心带她一块走，他怕伤害她的自尊心，没敢直说，只往别的方面和她商量起来："王经理这人挺仔细，我嘴又笨，他问这问那，我定必答不详细，你最好自己去一趟，当面说得一清二楚，我和你走一趟行呀。你看咋样？"他有意让张大嫂考虑一会；怕她犹疑，又补充说："你撒个谎，说孩子得了急病，趁我进城之便，叫我带你一块进城找大夫，咱不吃晚饭就走，连老张也不告诉，咋样？这一回你也算立了一功啦。"

张大嫂听了，心服得一下说不出话来，一把抓住工会主任的袖子摇着，半天，词不达意地说："咱厂子好比一只船，咱厂里连男带女、连老带少好比是乘船的，你老好比是老船夫；有了你这个老船夫，咱不怕刮风，不怕兴浪！有了你……"

张大嫂咬着牙狠狠地在睡得甜甜的孩子的屁股上扭了一把，孩子就拼命哭起来。老孙头便趁势说孩子一定是肚子痛，给张大嫂烧水，找万人油，惊动了四周的妇女们。小孩本没睡够，看见那多人，哭得更利害，大伙忙了一会，老孙头便大嚷他时刻到了，要赶着进城；便有人向张大嫂建议，叫她和老孙头作伴进城，瞧大夫，张大嫂故意迟疑了一下，也就答应了。半小时后，他们便离开玉带湖往西凉镇趁晚班火车去了。

王经理听完了一切，一点也不感到惊异，特别镇静地点了点头，老孙头暗地里奇怪着："他早就知道了！"

王经理同意张大嫂留在公司里，并特意交代老婆小心照料她母子。他和老孙头细谈了一次之后，漏夜到地委、到司令部接了头；

一夜没有睡。第二天又和老孙头商量了一阵，叫他回去布置厂内的事情，嘱咐他应该注意的一切。

老孙头从王经理的耐心的倾谈中，更深刻地，更正确地了解了阶级和政党，了解了两个敌对阶级你死我活的斗争；学到了许多做保卫工作的方法。他又一次地坚决地向王经理提出来要当一个共产党员。

庆祝大会如期举行。当天下午，王经理陪同何专员、司令部的伍参谋长到玉带湖来，吕柳依也首次和大家来到玉带湖；从吕柳依那里学到不少可贵的新的道理和作风的张大嫂也抱着孩子回来了。——这三天，她体验着一个初上阵的战士那种新奇、紧张、兴奋和畏怯、顾虑的复杂的心情。"我够得上半个八路了吧？"有时她寻思。

由于陈祖庭和年轻小伙花了心思，那个破旧低矮的礼堂居然布置得很像样，各色纸花标语使屋子焕然一新。地委的大红横匾写道："修建人民的线路，开展人民的电业。"司令部的黄绸黑字对联是："打胜仗搞生产支援前线，修线路保证电巩固后方。""工人是世界文明的创造者，只有无产阶级领导的民主政府，才能保障工人的权利和发挥生产力与创造力。"这是专署的赠匾，其余市、县、区，电业公司、火力发电厂、铁工厂、火锯工厂都有贺联。

在首长的讲话中，都指出一切成绩和功劳离不开工人，并特别夸赞老孙头用智保存机器的大胆、忠诚的行为，和工人自动保护机器——刨冰捞油的功劳。王经理在这次会上也捎带检讨了过去自己工作上没走群众路线，使工作受了损失。他话还没说完，下面李占春冷丁站起来抢着说：

"孙主任，我有话要发言。王经理说得不相当，咋能有错净往他身上拉？咱工人也有错呀，那时候咱还没觉悟，还没民主，有话不提，背地里乱叨咕，咱也没走民主路线！"他生怕别人拦阻他，喘着气一字紧接着一字说："日本那时代，功劳净是当官的，错过净是咱的；民主国家，错过净是上级的，功劳全是咱的。这也不公平呀，

215

没有王经理,咱厂能有成绩? 再说,他累病了,他病得迷糊还惦着厂里,这也是他的大功。——"李占春还想说下去,可是给那被浮躁和热情刺激着的陈祖庭抢过去说:

"错处应算在我身上。我官僚,我独裁方式,一人包办,不接受大家意见,我伪满残余脑瓜。"

主席孙怀德好容易劝住了抢着说话的工友们,让王经理讲下去。首长来宾讲完话,工友们也讲了话。跟着吕副厂长发奖品,奖分三等,三等奖每个工人都有:一套白布衣服,一条毛巾,一把牙刷,两块肥皂;二等奖加两千元钱;一等奖加五千元钱。妇女小组参加送饭、拆洗、打扫等劳作的也受到一套布衣的奖励。最后是工友们自己编了些双簧之类来助兴。李希贤为了不叫别人怀疑自己,也上台演了双簧。黑夜,四个四百度的灯泡把礼堂照得亮亮的,礼堂里摆满了筵席,院子里也摆了筵席,席上十来盘鱼和肉,把桌面占满了,酒碗没地方搁。两坛酒放在角落里,逗引着那些好酒的人馋得慌。快九点钟了,席都准备好,但酒坛还没打开,把张荣才急得不成。他远远躲开老婆,因为她曾严厉地嘱咐他今晚上不许喝一滴酒。"今晚上不醉,留着明天喝不成!"他不快活地寻思,后来他一打听才知道王经理有命令:他不动手,谁也不能动酒坛。他听了垂头丧气地光咽唾沫,肚子里的牛劲又来了:"什么民主,喝酒就不民主!"他不高兴得很,望望旁边的李希贤,铁青的脸,又焦急又不安的样子,他想:"他大概也发了酒瘾了。"正想着,听见有人喊王经理去接电话。五分钟左右,王经理回到礼堂来。他一路进来一路嚷,血管在他的颤抖的手背、在他跳跃的太阳穴上突露起来;他的眼睛鼓得那么大;经过伍参谋长和何专员跟前,他和他们打了个招呼,低声说了一阵:

"完了。全部就歼,没一个漏网的……"随即号召大家说:

"来呀,上酒呀。"

大家都倒好酒,王经理正立起来要说话,两个武装同志便把老佟押上前来。大家吃了一惊,在院子里的人也靠拢了礼堂,敛着呼吸看是什么一回事。王经理说道：

"工友们,我们的庆祝发电大会,总算在平安中胜利愉快地进行。破坏人民电业的罪人,已在十里以外被民主联军全部歼灭。"他的话被一阵突然爆发的鼓掌声所中断。"我们的内奸,也已经缚起来了。因为三小时以前,我们这座发电厂的周围增加了许多扛枪的兄弟。……有了共产党,有了民主政府,有了民主联军,有了工人的团结,咱们啥也不怕,三头六臂的敌人也要在我们面前粉碎。让咱们来干这碗吧。"他首先把手上的玻璃杯举起,在空中划了个半圆形,一口便喝光了。

原来国民党派了中央胡子打算在欢庆的晚上来电厂捣乱,破坏机器,杀害干部,厂内奸细李希贤作为内应,并利用小宋、老佟协助。但是我们早就严密布置和戒备好了,事前一小时半就把敌人全部歼灭。王经理宣布完毕,惊诧、叹服、感激、欢喜、对领导的信任等等复杂的心情,迅速地在人们的脑子里展开,急剧地震动着他们的思想。经过一刹那的静默,人们有狂热地鼓掌的,有欢叫的,有把酒杯酒碗碰得叮当乱响的,也有不知不觉流欢喜的眼泪的。陈祖庭羞惭地躲着;害怕、苦恼、后悔咬着他的心。后来另一种思想鼓舞着他,他才想起了李希贤也一定有毛病,欲待对王经理提意见,可是李希贤已不见了,他下决心去侦察他,便走出了礼堂去寻去。

老佟可笑地爬在王经理的脚边,不住地叩头,嘴里含含糊糊不知哭诉的啥。张大嫂这时气得发抖,把怀里的孩子交给别人,冷丁走上前,一手揪住囚犯的衣领,使他脑袋提高,指着他鼻子骂道:

"一点也不冤屈你,你答应了胡子破坏机器,里应外合,亏你也是个工人,可没一点儿工人的血色! 亏你父亲兄弟也是庄稼汉,偏出你这个兔崽子!"

让张大嫂骂一阵,吐吐气,王经理就叫把犯人佟金贵带下去。大伙痛快地吃喝,两坛酒都倒出来的时候,警卫排长和陈祖庭来报告,李希贤和小宋已缚住,问要不要拿上来。王经理摇了摇手,叫分别寄押,加意看守李希贤;随即便和伍参谋长、何专员离开欢醉的人群,分别去审问犯人去了。工人们欢闹了个通宵;几个领导人和工会正副主任却忙个通宵。

…………

经过这件事情,工人们的警惕性提高了,加强了组织工作,建立了汇报制度。第二天刘月轩对陈祖庭说:"老陈,还是你说得对,光看重机器不重政治也不行。瞅,这一回要是没有政治,那么咱厂完了,给胡子特务糟踏完了,莫说机器没有,连人也不保啦!"

陈祖庭却惭愧地回答:"对的不是我,我全错啦。——除了我坚决要跟共产党走没错之外,我啥都错呀。你瞅,我没有技术,也没有政治,方法又坏,我把坏人当好人看! 我是个空坛子。装上了酒,坛子是香的,空坛子,有啥? 孙主任、吴主任、张大嫂才算有政治;我比不上人家一个妇道!"

那一回张荣才抱着孩子说:"你妈能当上个英雄好汉啦!"

张大嫂在旁听了,斜着眼梢瞅他一下说:"还说不说我光会喘,光会叫?"

老张不好意思地笑说:"你呀,又会喘,又会叫,还会捉贼子。问良心,已往我只是怕你,现在我服你啦。"

张大嫂也笑了:"在早,我不敢信妇道还能干些啥事。唉,就数共产党对妇女好,真正解放咱,教咱干大事。……吕秘书可好,胆子可粗,见识可广……要是没有小元,我要去参加……"

庆祝会以后,老孙头和吴祥泰把得奖的五千元拿出来,捐给工会做福利事业,试办一个小小的合作社。吴祥泰还把他个人的电压表一只,两捆黄胶布,大开闭器一个,小开闭器三个,软铜线三十来米都拿出来捐给厂。他在工会号召大家说:"这些玩艺儿留在我身边没用,可惜。日本的时代,叫我捐他们四两粪我也不干。为啥? 粪还能肥地啊。现时,厂子是工人自己的,我各个还抱着这些玩艺儿干啥呢。"

当下刘月轩也把自己单相式两马力的小电滚、小轮带也拿了出来。一时献机器献零件的有的是,朱自珍也高兴地把自己一千五百度的电炉子拿出来。屯里老佟头听说厂里大家都在献物,也就率领着大儿子、小儿子和孙子,把佟金贵以前陆续偷回家的变压油、线巴金、胶皮巴金、熔接机一台,和许多零件共两挑,挑到山上。找到孙主任,他又啼哭起来:"没啥说的,这原是电厂的家当,眼下归还电厂,天公地道! 本来,庄稼人看见机器,也就是老鼠咬乌龟,没法下手。我儿的坏根在于贪和怕。贪呢,净拣不正当的;怕呢,怕死、怕枪、怕人家有钱、怕人家有势。"老佟头拿粗大的手擦着多皱的脸上的泪,竭力使自己镇静一点。"他罪该死,我也,没,没话说;怨只怨自己没教好儿子,打小时候起让他一个人在镇上混! 如果,他,他还能改,政府宽大,求求孙主任说句好话。"

老孙头安慰了这个七十七岁还种地的老佟头,并送他下屯子,趁便在屯子里和老乡们开了个会,说明屯子和电厂是一家人,哪一头遭了祸都没好处,叫大家警惕不让坏人藏身。随后又表扬了老佟头还物的行为,号召大家如果藏有电厂东西的都拿出来,好拿去换电线和灯泡,给屯子装电灯。当下即收回了十几桶变压油和许多电线零件。

一个月以后,三姓屯的老百姓每家都有电灯了。

第十章　英雄受奖

一九四七年三月,专署举行的工业界劳动英雄大会时,水电厂占了三个,他们就是孙怀德、刘月轩、吴祥泰三位。

本来二月间水电厂曾举行过预选,共选出来七个功臣,那是孙怀德、吴祥泰、刘月轩、张大嫂、吕屏珍、朱自珍和李占春。张大嫂揭发特务暴动阴谋有功;吕屏珍埋头苦干,领导有方,修复了水压表和熔接机;朱自珍创造了二分四十秒换好过滤网,发明滤过纸节省办法;李占春奋不顾身,率领工友恢复火锯工厂:都有不少功劳。不过和鹿鸣江全区的许多英雄们一比,那就只剩孙怀德、刘月轩、吴祥泰三位了。孙怀德、刘月轩是特等英雄,吴祥泰是一等英雄。

孙怀德的好处是大家知道的:善于团结大家,发挥群众的力量;

保卫机器,领头和推动大家保护工厂,节省和收回原料器材;并善于促进领导和群众打成一片。吴祥泰呢?大家指出来的好处是吃苦在前,舍己为公;善于帮助别人进步。至于刘月轩,在创造与发明方面有很大的贡献,比方:在研究代用品方面,制水办室本来用特尔滨油,但特尔滨油很缺,价钱又贵;他便试用毛必鲁油代替,先试试滑阔咋样,后测验压力,结果都很好,因此节省了财力和物力。他又领着三四位工友修好了小水车,准备电机出了故障,又没有外援时,可用小水车起动发电。又有一次,保护环与接续子外翘黏在一起,停电了。那些工程师都摇了头,吕屏珍查遍了许多书也找不出原因;刘月轩苦想了两天两夜,经过仔细研究,判断是因为机件有锈,摩擦生热,发涨,黏起来了。他领着大家用嘎斯把它割开,然后该焊的焊上,该锉的锉平,总共停电十八天,才全部修复。经过这一次的修理,工友们的技术水平又提高了一步。此外他还设备了阻力线,提高供给城里的电压。——从厂里到鹿鸣江,沿路损失电不少,城里电灯不亮。如果提高电压,则厂内每天都坏灯泡。他试在本厂用电的归路上盘卷了三根五百米长,四米厘粗的八号铁线,使厂内电力受阻而减少。供给城里的电压得以提高。结果成功了。

孙怀德、刘月轩、吴祥泰三位劳动英雄到城里去受了奖之后,便到学校、医院和机关去参观。那所医院是吴祥泰去住过的,在病室参观时,吴祥泰顺手把电灯开关扭开,看看灯泡,笑着对刘月轩说了一句:"比我住在这儿时亮多啦。"

一位护士班长接着说:"比年前亮多啦,那时候像条红线。"

吴祥泰轻轻指一指刘月轩向护士介绍说:"就是他在水电厂设了阻力线,城里电灯才亮起来的。"

护士班长和听见的人们,都用尊敬的眼色钉着这位年轻的英雄。

他们又继续参观了铁工厂,军需被服厂,制弹厂。制弹厂一位业务股长概略介绍他们制造的过程,一分钟能出多少颗子弹,多少颗炮弹。老孙头听了,想着每一颗子弹都是穿进进攻人民、进攻解放区的敌人的肉里的；他又想："因为能够大量歼灭敌人，咱才能在后方建设创造，分地分房子，安心念书，自由做买卖。"于是他不觉兴奋得一手抓着刘月轩，一手拉着吴祥泰，激动地说："咱可不让停一分钟电。你瞅，停一分钟电，要少做多少子弹！"

王经理在后面听见了，抢前一步补充说："如果你们停一分钟电，咱们这地区就要损失一百多万！如果你们再努力，把电业搅得更好，那么，嘿，咱们还能创造更多的财富！"

他们三个人听了，血管都在鼓着，心儿扑通扑通地跳，觉得自己责任重大；各人都暗自发誓："保证不出故障。"但是谁也没有说出来。

晚上，专署招待他们看了电影，一个片子是《民主东北》第二集，另一个是苏联的打仗片子。

"把厂里的事也拍进去多好！"吴祥泰看《民主东北》时说。

"咱向王经理提意见行呀。"老孙头同意地加上一句。话犹未了，电突然停了，小伙们吹着鼓噪的口哨，台上早有人嚷着：

"电力公司的同志，请劳驾上来修一修电灯吧。"

吴祥泰三脚两步便跳前去修去了。刘月轩闭上眼睛想着刚才老孙头告诉他自己已被批准入党的事，心里很高兴，严肃地，激励地在心里说着："如今我是个共产党员啦！"但他同时又替陈祖庭惋惜："他还不行，还要考验！"正想着，电影已继续放映，吴祥泰也已回到座位来。刘月轩随便问了一句：

"什么地方坏了？"

吴祥泰注视着电影，不在意地答："没啥，内线活，不犯难。"

第二天一个美术工作者来替电业老英雄画像。孙怀德摆手说：

"我这付老丑像有啥好画！来，同志，你替我画一幅画；不，要画几幅连住的：这一头是发电机，有人在看着；第二张是学生们在灯下念书，又一张机关同志在灯下办公；再一幅铁工厂工友在干活；另一幅全家福，父母领着孩子们在灯下吃饭；也画上一幅大家在看电影的；最后一幅画配电盘，一个工友鼓起眼睛在钉着电表；

不少啦,就这样吧。"

那一位画好了连环画送给老孙头看时,他缓缓点头说:"画得不大离,只是看配电盘那人的眼睛鼓得不够大;鼓得越大越好。"他自己又连笑带说:"我就是会说不会画,我的虎儿念初小时净爱乱画,……谢谢你,同志!"

…………

半年来,水电厂的人事有了一些更动。吕屏珍任厂长,孙怀德被全体工友选做副厂长。吴祥泰被选为工会主任,行政上兼任人事股长;刘月轩仍旧是电气股长。陈祖庭调电力公司工作,公司另派一个新人来代替他总务的职务。朱自珍早先的愿望已变为事实,他现在已能掌握油压原泵泵,并带上两个徒弟。李占春升作制材股长,已往那股吊儿郎当劲和倔劲,慢慢克服了;只是在早上起来,实在睁不开眼睛,和吃完饭后那种胖子的懒洋洋的困态,还叫人想起他从前那个样子。如果任务不完成,他的倔劲又来了,他可以不吃饭,不睡觉;制材工友不知不觉也随着他拼。他除了努力工作之外还努力学文化,在墙报上他写了一首歌:

> 我叫李占春,
> 制材一工人;
> 火锯嘎嘎响,
> 锯末弄一身。
> 鬼子那时代,
> 谁肯好好干;
> 民主政府来,
> 王八才偷懒。

张大嫂虽然还带着许多女人所特有的狭隘、琐碎等缺点,但还能随着大伙一起进步。这次她被选为工会的组织委员;今年她领导全体妇女种菜园,喂猪喂鸡。汽车已恢复了两台,张荣才常来回于城里和玉带湖之间。

玉带湖本来是风景地,水力发电厂工人的英雄事迹又特别丰富,好些有关机关的负责首长常有到那边看看的。——东北局的李部长、王主任等都曾经访问过。外地有关的生产机关也有来参观的。

有一次,一位负责同志领着一些干部来厂参观,老孙头和历次一样,领着来客详细地介绍各种机器的功能和修复的经过。听完了他的说明之后,一位较年轻的干部敏捷地说:

"哦,它的原动力主要是水和油。"

那位负责同志带笑地补充说:"主要的是这些优秀的工人!"

老孙头用他素来缓慢的稳重的调子说道:"没有民主政府领导,光有工人也不成呀!"

大伙听了,都会心地笑了。

…………

五月的天气,晚饭后,上班的上班,种地的种地,洗澡的洗澡,山上净是些孩子在玩闹。老孙头坐在山坡一个木桩子上,眺望着下面给小河绕着的变电所。他瞅着这所整齐的、生气勃勃的变电所,觉得自己也年轻起来。他一算,距去年捞油已相隔一年了。这一年来,厂里是有不少改变,许多地方改好了;但有一些地方还是差得很。照老孙头想到的:大宿舍虽然建了个新的,但许多小宿舍、礼堂、办公处都还待修建。厂里没一个医生,和城里隔得很远,假如来个急病,汽车送也不赶趟,所以得设个医务所。厂里没一个教员,大家的政治理论和文化很难提高。合作社应该办得更好一些,让大家的生活能改善一些。应该开辟一个俱乐部,买些棋子胡琴之类让大家乐一乐,"老是不分昼夜干活不行"。又如,打扫卫生啦,孩子们上学啦,哪一样不是等着要干的。

"不说别的,吴祥泰,该给他寻个媳妇啦;不小了,三十三了。"老孙头想着。可是,另一个思想又跳到他心上:"我呢?——你老啦!——我不老,还没满五十,年轻着呢!"的确,一个快五十的人没有一个孩子,在天赋的情感上是一宗缺陷。虽然这个缺陷给不断地为人民工作所产生的快乐,和工作的成绩所填补;但在某一刹那间,这位冷静、公正的老头,也不能不承认这是个遗憾。他安慰自己说:"不忙,再放后三年五载还来得及。"他站起身来,想到地里走一走,过小桥时,大水管那雄亮的奔流冲激的水声撞进他的耳朵里。他注意细听,啊,奇怪!已往鬼子在的时候,他感到那水声力量不大,多少年来也没有把他们心头的怨恨冲掉;但是现在,不幸和怨恨已远离开他了。听,那水声多么有力量呀,像小伙子那么快乐!他站住了脚,俯首细听着。这时候他瞅见山坡下变电所脚下的小河出现了一个奇迹:傍晚的太阳是那么大,那么红,又那么圆,它那辉煌美丽的影子投在被晚风吹皱的江面上,撒下了一大片闪亮的、鲜艳的玫瑰红的细鳞片。这种吉祥的、可爱的颜色,能消除劳动者一天的疲劳,并重新给他们以力量。他看得发呆。那边,工友们正好扛着锄头,妇女们提了一筐一筐的青菜,打从地里回来;孩子们跳跃着去迎接他们的父母。老孙头指着浸在江里的夕阳影子对大家说:

"瞅瞅,多好看,可惜我们这里没有会画画的,把它画上该多好。"

小玲一步跳上去抓住老孙头的手嚷叫着:

"明儿我进了学校,非要学画画,把这画上了。"

老孙头一手搂着小玲,一手摸着还是光溜溜的下巴,缓缓地说:"等你会画画的时候,世界上又有更好的更漂亮的东西,够你画的。"

看了一会美丽的夕阳,男男女女、老老少少便都转回宿舍去了。

一九四八年六月十五日于哈尔滨

东北书店 1948 年 9 月初版

◇洪 林

一支运粮队

一

一九四七年六月中旬,我从战地回来,中途投宿在一个民站里。

民站站长出发开会去了,招待股长是张芝兰同志。他和我曾在一处工作过,知道我是搞文艺工作的。那天晚上,我们闲谈起来,他笑着问我:

"怎么样?同志,这一趟搜集了不少材料吧?又写了什么东西了?"

我回答他道:"说起来惭愧得很,这几个月光跑了腿。听到的事情倒不少,可是一提起笔来,就什么也写不出来了。"

他像是忽然触动了一件什么事,急急地问道:"喂,我问你,运粮的事情也能写成一本文艺作品吗?"

"写,只要材料充分,当然是可以写的……"

"我告诉你,这个县里吴相林同志带运输队出发,才复员回来。昨天晚上,他也在这里住下的,和我们谈到半夜,里面动人的故事太多了。我在这里后方工作,想不到一支运粮的队伍竟能克服那样多的困难。"接着他便把他听来的故事说了许多给我听。

他的这种热情深深地激动了我,因此我没有怎么犹豫,就说:"好,他现在哪里?我明天晚走一天,去找他拉拉。"

"他还在这里,今天出去了,明天清晨就回来,等他来的时候,我替你介绍一下就是了。"

"好吧,谢谢你!"

…………

第二天早饭后,张芝兰同志果然领了一位同志到我屋里,并介绍道:"这就是吴相林同志,在运输队里担任教导员。"他又介绍了我,然后嘱咐了几句,就转身出去了。

我邀请吴相林同志坐下,说明了我的意图。他笑了,说:"我已经听张芝兰同志说过了。他是长期处在后方的,听了这些事,大概很新鲜,其实是很平常的,恐怕你听了,是会失望的。你要再写出来,也不会成为很精彩的作品的。"

我说:"请你不要太谦虚,我相信人民战争的每一个角落,都是不平凡的。只要你把最真实的情况说出来,那么即使你的口才不好,我的技巧不高,人们也会从平凡的文字中,看出不平凡的事迹来的。"

"这样吧! 我先找出一件事情来拉给你听听,要是你觉得还行的话,我就接着谈下去;要是不行,那就算了,你看怎样呢?"

"好吧!"我表示同意。

他于是说起下面的一段故事——

"我先讲一个我们运输队员中的事情,作为我们全大队运粮故事的引子。

"这是在我们运粮第四大队刚集合的第五天,我们开了一个诉苦大会。当时诉苦的人很多,其中有一个刘元彬,他谈得真是苦极啦! 我告诉你,我是一个向来不大流泪的人,可是这回我怎么也禁止不住,流了一行,又流一行。我看见全场有一半以上的人,也和我一样,流了泪。所以我先和你谈谈这个事。

"刘元彬是个佃户,他已经给孟家地主当了三辈子奴才了。早先刘家也有几亩地,但是被孟家剥削去了。这些事不去说它。到了民国二十四年正月里,旧政府摊派款项,一张又一张的条子下来。

刘元彬的地被孟家剥削去了,可是银两还得他负担,他自己一个冬天吃的是:用糠和野菜捏成的饼子,蒸熟了一碰就碎,当庄的人都叫这饼子是'慢拿一捏酥',就在过年的时候,他也还是啃的糠窝窝。当然,一切捐项他是拿不上的。三逼四逼,挨了不少耳光,刘元彬没有办法,便把全家财产典干卖净,凑了几块现洋,买了一车窑货,想推到城里去卖。正月二十,他刚推了车子走出家门不到五里路,后面村里派人追上来说,孟家要修炮楼,拨着刘元彬的工,叫他马上回去。刘元彬和那些团丁争辩了几句,那些团丁火了,手起车翻,将刘元彬辛辛苦苦凑钱贩来的盆罐全部掀到沟底,砸得稀烂。这不说,那些人套上绳子就把刘元彬绑回村里。以后一连七八天,风里雪里,刘元彬饿着肚子,噙着眼泪,去给孟家财主修炮楼。村子上流行一个歌谣,是:'孟家寨,修炮楼,去得晚了顶石头。''孟家寨,修炮楼,歇一歇,鞭子抽。'这都是实情。有一次,刘元彬两天没有吃饭,修楼的时候饿昏了眼,从半截炮楼上摔了下来,不能动弹,孟家的人还说他是装的,打了一顿,关在炮楼里。半夜,刘元彬越想越没有活路,下决心逃走,硬撑着跑了三里路,到了前面,一道大河拦住去路。这时正是正月寒天,河上面结了一层薄冻,刘元彬用脚试了一下,冷得刺骨。这时怎么办呢?回去吗?那是死路一条。过河吗?那还不冻个半死。刘元彬个人坐在河边,呜呜地哭了。

　　"唉,我讲得太简单,那天诉苦会上刘元彬拉得真是动人。他讲到这里,话也说不出来了,像是又回到十几年前去。哭着哭着,全场一点声音没有,大家也都像是站在那条冰冻的河边一样。好半天,刘元彬才接着说,他最后是咬着牙,脱了裤子,光着腚,跳到河里,走过河去。到了对岸,软瘫在沙滩上,拿着裤子也不会穿了,浑身冻成一个冰葫芦。向腿上一摸,一颗沙粒一个小血口。很久很久,他才爬到一家穷人家里,暖和了身子,休息了一天,第二夜才安全逃出虎口。

　　"他在外面又受了好几年的苦,到民国三十四年回家,八路军已经来到他的家乡。三十五年他翻了身,斗争了孟家地主,算了算旧债,分得了土地。他最后在诉苦会上对大伙说:'我今年整三十岁,受了二十九年的苦,才享了一年的福。难道还叫我受二遍罪吗?还叫我下半辈子再过前半辈的日子吗?不行,这年头,不是鱼死,就是网破,我要翻身翻到底,也就要和他干到底!大家说,我们今天出伕苦,我们出伕为了谁?在早我出伕,是饿着肚子去给财主家修炮楼,你们想想:去晚了,顶石头;歇一歇,鞭子抽,那是什么味?!我一想到那年正月里半夜过河,冻成冰葫芦的事情,这现在觉得,什么事都不算苦,什么事也是甜的了。'

"唉,他讲得很有力,大家真是腊月的萝卜,动(冻)了心。许多人都把从前受苦受罪的事记起来了,又拿现在出伕和过去一比,思想上像是开了一扇大门。

"我对你说,这次诉苦会对于我们大队以后的巩固是有很大的关系的,我也常常提醒大家:'还记得诉苦会上的事情吗?''还记得冰冻葫芦的味儿吗?''还记得刘元彬的话吗?'好几次证明,我一提起这些,民工们就低了头,不吭气了。"

吴相林同志结束了他的这一段话,然后笑着问我:"同志,怎么样?这个材料能不能用?"

我是一直用最快的速度来作记录的,到现在抬起我的头,我说:"很好,很好!你拉的就是我所要知道的,也是读者们所要知道的,你继续说下去罢。"

"那么,让我歇一歇,我们喝杯开水吧!"

二

几分钟后,我又打开笔记本,聚精会神地听着,想不遗漏吴相林同志讲的每一个字。

吴相林同志靠在椅背上,慢慢地把他所领导的第四大队的情况说给我听。

以下全部是他说的话——

我还得从头说起。

先请你记几个数目字：我们第四大队有三个中队，九个分队，一共是二百八十八辆小车，连同干部，有六百二十七人。大队长是岳云光，原先担任区长；我原来在县里做宣传工作，这次派到这个大队里担任教导员。我们两人这次都是第一次带领民工。

我们得到支前司令部的命令，叫在四月十一号集合，待命出发。我和岳云光同志带了几个人在十号早晨就赶到集合点。

我来告诉你我们初集合时的情景。同志，我不打算光对你说好的。一切都好，这是不可能的事，我们在初集合时，情形是相当不好的。

十一号早饭后，我到大路上去看看，一辆小车的影子也没有。回来，我和老岳商议，恐怕小车当天到不齐，这倒给我们时间，把准备工作做得更充分。老岳便又去催给养，看房子，称铺草，我和几个同志在家划登记表。到了中午，还是没有一点动静，我急了，走到街上看看，咦，奇怪，有十多辆车子停在大街上，可是一个人没有。

这是来集合的车子吗？怎么不来队部呢？我在小车旁边吆喝："推小车的人呢？哪里去了？"没有回答。半天，胡同里出来一个人，我问他："你是来推车子的吗？""是的。""那些人呢？""谁知道，各人都有各人的地方。"我立刻派人去找，好久，找到十几个人，据说，有的到亲戚家里去了，有的在庄外歇歇，有的到卖花生开铺子的那里去了。我当时埋怨他们："怎么不到队部来登记呢？"他们说："咱不知道，叫咱到这庄咱就到这庄，谁知道你们还有个队部。"我当时又气又不好说，便领着他们来登记，又叫人在队部门前插面旗子。登完记的人领到屋里休息，小车也推到树林子里去了。

接着，来集合的小车纷纷到了。有的一进庄就吆喝："谁在这儿？小车来了到哪里去？"有的一声不响，小车一放就自己钻到别处去了。于是我又派人在路口等着，到了黄昏时分，一共登记的有一百七十多辆小车，因为事前有准备，都安排得很好。晚饭后，又来了一辆，是个叫于家才的推着的。这人一来就引起我的注意，他满脸剃得净光，可是样子看去很老，我问他的年纪，他说四十六，我问他怎么来的，他说是"自动报名"。我怀疑他是替子出伕，他笑了一笑，指着那个拉车的说："这不他也来了！"原来那就是他的儿子。这一下引起我的许多问题，但是他说："过天再拉吧！"外面又来了一些人登记，我只得叫人领他去休息，我却牢牢记住于家才的名字。

十二号清晨，一下子来了七八十辆车子，看来满街是民工，处处是小车。这时最要紧的事，是编制起来，分了班队，指定了中队长、分队长，选了班长。

早饭后，大队部通知集合，整整集合了一个半钟头，才到齐了，在树林子里坐下。岳大队长上去讲话，没有说到五句，后面两三个人忽然站起来就跑。什么事？谁也不知道。有几个带着恐怖的神情说："飞机！"其实，那是见鬼，大概附近有几辆大车过去，这就惊动起来，幸亏绝大部分民工没有动，跑的几个人也叫回来了。

岳大队长开始讲我们的任务、服务期间、负责人姓名，可是，忽然地，又有谁叫了一声："飞机！"我凝神一听，不错，这回是真的来了！我立刻站起来，下命令："不许动！"可是白搭，人站起来，像一窝蜂子，用棒子一捣，到处奔跑起来。我和岳大队长用力叫着："在树林里不要紧，站住！"有几个站住了，回头看看我们，又撒腿跑了。

两架重轰炸机越飞越近。但是我们的人，在山岭上，河滩上，路上，到处跑的是。好像别处都好，就是这树林子里最不安全，离开这里越远越好。

现在在树林子里的不到一百人。飞机到了头顶，马达沉重地响着，大部分人都伏下了，但还看见个别的在山岭上跑着。老岳对我说："老吴，防空常识的教育今后得好好进行一下。"我却说："这给我们一个教训，我们这次带的完全是新民工，什么经验也没有，恐怕不仅是防空，将来问题还多哩！"

飞机走了，但转了一圈又回来。奇怪，飞机走了的时候，没有一个动的,一听飞机回来,又有人在跑了。

终于飞机走了,我们吹哨子集合。三个的,两个的,懒懒散散地走到树林子里来。直到中午,才又集合齐了,我们迅速地编制好,回到屋里休息。

但是还有两个人直到下午饭时没回来。查查登记簿,一个叫余福生,一个叫叶祥。我没有和任何人谈,可是我心里在想:"毁了,一定跑了,刚集合起来第二天,就有人开小差,往后怎么办呢?"

晚饭后,我到郭继琳的班里,和班里的民工们闲谈。曾经为我所注意的于家才也在这个班里,我去的时候,他正在打草垫子。我问他这干什么? 他说:"你不知道,口袋装了粮食,搁在车上,三撞两磨,口袋就要破了,打个草垫搁在口袋下面,便好一些。"我知道这老头讲的话有理,便立即掏出笔记本,记了下来,准备在全队里号召实行。

正谈着,一个人出现在门边。青年人高波第一个跳了起来,叫道:"喂,叶祥,你还敢回来,我们都当你吓回家去了哩!"

进来的叶祥毫无惭愧之色,他振振有词地说:"那会子,你们在沟里看不见,我在岭顶上,看得清清楚楚,飞机上坐着一个人,一直就朝着我的头顶上开过来。我赶快爬在一棵树下面,他像是没找着,就绕了一个圈又飞回来,我一翻身,又躲到一块大石头旁边,他又没找着。我看他是发现了我的目标,所以趁他飞开的时候,一口气就翻了两道岭……"

高波早已不耐烦,一下子截住了他的话,说:"得了,得了,那只飞机大概在上面闻着臭烘烘的味,所以朝着你的头顶上飞去!"一句话说得叶祥脸通红,别人莫明其妙,只有班长郭继琳带着笑排解说:"不要说了,叶祥一定还没有吃饭,赶快到伙房里去吧!"

那天晚上,几个中队分队里的干部,不约而同地到了队部里。这个说:"队长同志,我们分队里出了谣言,说余福生被飞机射伤了。"那个说:"队长同志,第六班里的陈道生太胆小了,今天下午连饭也吃不下去了。"又一个说:"队长同志,有人讲,到了西边蒙山上有飞机站岗,过去了就回不来。"又一个说:"队长同志,还有说那一回飞机下面伸出一个爪子,把一辆小车勾去了。"再一个说:"队长同志……"

我们根据这形形色色的反映,分析了民工对飞机的一切想法,规定了第二天防空教育的内容。

正当要散会的时候,通讯员领了余福生进来。大家都很高兴:"你也到底回来了。"余福生一点不像叶祥,他强堆着笑脸,半吞半吐地叙述他躲飞机的经过。原来他跑了一处又一处,竟跑出驻地十八里路。事情很明白,他是一个典型的胆小鬼,我查一查登记表,他是一个小商人,一定是一个又爱财又爱命的家伙。

把余福生打发走了,中队分队的干部们也都回去,郭继琳班长进来,他说了叶祥的详细情况。郭继琳和叶祥同庄,据他说:叶祥外号"臭炮",为人好吹牛,说话不中听,在一个庄里都臭遍了;过去接近封建势力,是一个狗腿子,对民主政府常说一些怪话。我叫郭继琳特别注意对他的教育,随时反映他的情况。

临睡以前,我整理了当天的情况,记在我的小本子上,并特别把余福生和叶祥的为人记载下来。

全大队的车子在十三号的早晨都到齐了。早饭后,我们便开始按支队部颁发的整训计划进行工作。如进行"为谁出伕"的教育,座谈各人来出伕的思想,讲防空常识、运粮常识,订立功计划,以及我在前面告诉你的诉苦大会等等。直到十八号的晚上,我们在庄外一个空场子上,挂上毛主席的像,进行了隆重的宣誓典礼。

经过六七天的整训,全大队的情况和初集合时是大不一样了。队伍集合时间不用十分钟,小车子都严密地搁在树林子里,尤其在诉苦和宣誓以后,正气初步树立,人人都有完成任务的决心。有的说:"不立功,不回家!"有的说:"火炉里炼好钢,战争里出好汉!"有的说:"只要打败了蒋贼,田边就打了铁墙,饭碗就添上金箍!"(意思就是说能保得住了。)这些话,我一一记了下来,后来都成了全队中的口号。

　　但是,同志,你以为事情就这样简单吗?你以为单纯整训就能全部解决问题吗?不,不是的。什么人的思想都不是一下子就通到底的,艰苦,危险,在宣誓时的一股热情下,是好像没有什么可怕的。谁都可以讲:"任何"情况下,我都能保证如何如何,可是领导上千万不要以为这样就百事大吉。到了真正等不上给养的时候,到了除去树林子就找不到第二处宿营地的时候,到了炸弹就落在你身旁一二百步的时候,也就是当艰苦、危险毫不容情地找到你头上的时候,那时问题就来了,热情可能就要变化了。这一点,我和老岳早讨论过了,但是我们到底有信心,只要我们掌握得好,民工的情绪是可以坚持,而且可以向前发展的。

三

　　四月二十日,支队部通知我们和另外三个大队到某地装粮,并命令我们第二夜向西出发。

　　装粮的时候,自然有一阵纷乱。有些都挤上去,有些找不到门,有些一个劲儿要求:"够了,够了,再别装了,口袋不结实,车子不行,人推不动……"全大队只有刘元彬等几个人,是再三要求:"多装一点,多装一点。"刘元彬那辆车子装到二百八九十斤。其他的一般的是在二百斤左右。

　　二十　号晚上,我们开始西去。我们根据支队部命令,决定这晚只走三十里路。

　　小车队刚出庄的时候,一支军队从后面赶上来。大队长下令:"小车靠路边休息,等部队过完再走。"于是民工们都坐在一旁阅起兵来。这个在叫着:"炮!炮!"那个在数机枪。民工们过去很少见到这样多队伍行军,这会儿都吐了舌头:"啊,这么多大炮!""这么些人,这是几个师?"一个走着的战士听了这话,把头一歪,笑了笑,说:"几个师?!俺这一个师还没过完哩!"当然,这一次"阅兵",对民工教育意义很大;但是同时,也把我们的大队长教育了一下:这种等法,是没有头的,如果我们小车要一直"等队伍走完再走",那就等于下了道命令"原地休息到天明"！因此在半小时后，大队长还是下令前进了。

路不算窄，可是，人也实在太多了。军队、牲口、小车、担架、挑子，大部分是向西去，可是也有些是向东来。没有问题，我们前进的速度是很慢的。

大队长在前领头，我在后面押后。我跟着车子，慢慢地走。我这是第一次在夜里领着民工行军。当我看到那样多的军队和老百姓涌上前线时，我的情绪是十分兴奋的。

一付担架在我们旁边走着，其中的一个担架队员背着一个背包，是个圆筒形的，就像背了个小辘轴，他走一步，背包摇一下，他又是一个驼背，大家见了，没有一个不笑的。可是他不管，低着头，只顾走。我随便问问他："同志，你是哪一县的？"他头也不抬，只说了两个字"振华"。我又问道："振华县？我怎么没听说过，离这里多远？"他仍然没有抬头，说："在渤海区，离这儿远啦，有七八百里路。"我听了他的答话，立刻消失了对他的背包和驼背的笑话的意思，而产生了对他的无限敬意。七八百里赶来出伕，真是山东人民的大聚会。

又有一队挑子走过，他们扛着扁担，没有挑东西，有的一面走，一面唱歌，有的还批评我们的车子，说："这些小车，拉开的距离太大，真是一点也不严格。"我看他们确是后脚跟前脚，没有一个拉下几步的。

有一次，走到一个水沟旁边，大家挤着过，忽然，扑通一声，也不知谁掉到沟里去了，掉下去的人和路上的一个吵起来，那个说："你怎么挤我？"这个说："我还不知道谁挤的我！"两个骂起来，可是又听到第三个人的声音："快走，快走，别在这里吵了，大家都是来支前的。"果然，他两个就不吵了，又各走各的路。

我不要再多说了，反正路上热闹极了。我是到过上海的，我觉得这山沟里的夜，比上海的夜里还要热闹。我当时想：真是全民战争！真是全民战争！你看，这条路上的每一个人，他那么急匆匆地奔跑着,像是乱七八糟糊里糊涂的,其实不然。他到哪里去?去干什么?为何而来?这在每一个人心里是明明白白的。他是为了大家,同时也是为了自己;他知道仗打胜了怎么样,打败了又怎么样。在他的脑子里,并不是什么空洞的民主要胜利,新中国要胜利,而就是他自己要胜利!他自己,他的妻子,他的后代,都要求着战争的胜利。所以他们走着,跑着,不怕累,不怨苦。即使离家千里,他也如同在自己地里,为着个人和家庭而耕种劳动一样。

我一边走,一边想,这样走了一点多钟,车子忽然停了。前面吆喝起来(我告诉你,民工是不大会传口令的,有一件事,就是吆喝吆喝):"请教导员上来!"

我赶上前去,半路上碰到第三中队长贾得干(他们中队的人都叫他"加油干"),他满脸大汗,对我报告:"我们中队走错路了,和前面失了联络。"我问怎么回事,他说:"路上人太乱了,也不知道在什么时候,三中队前面插进来几辆小车,我们当是第二中队的,就紧跟着他们走。哪知道这里歇下一问,他们是别的县的车子,他们的目的地另是一个地方,我们跟着他们走错了路。"

这真是麻烦事!到底在哪里走错的呢?多走了几里冤枉路?我们没有办法,只得到附近庄里找来一个向导,据他告诉我们,多走了四里路,现在必须向后转,由原路回去。民工们自然有了怨言,我首先听到"臭炮"叶祥在说:"推小车的腿不算腿,领导人拿咱开玩笑。"

半夜的时候,我们找上了岳大队长和另外两个中队,大家休息下来。这里靠公路很近,公路上汽车来来往往,民工们有一些还是从未见过汽车的,这时兴奋得很,目光随着这辆汽车的灯光而去,又随着另一辆的灯光回来。

接着继续前进。我到前面和老岳谈了两个问题,又回到队伍的最后面,我发现最后面的一个班并没有跟上来。

他们到哪里去了呢?我又跑到原来休息的地方,但是一个人也没有。我真有些急了。难道又走错了路?我走到几条岔路的地方,大声叫着班长的名字,可是一点回响也没有。我在路上跑来跑去,汗浸透了我的内衣,我敞开棉袄的扣子,坐在一块石头上,设想一切可能发生的情况。

正在这个时候,我听到路边上一百多步远的地方,一间小屋里传出来笑声。我拔脚就向这间屋子走去。转到屋门口一看,十几个人围在那里烤火,一个个都脱下上衣披着,露出胸膛,两手不住地在胸前抚摸着,看样子他们是透"恣"的。一见到我,余福生(这个胆小鬼,他也在这里!)首先强堆着笑容,说:"队长同志(他还弄不清我的职位!)烤烤火吧,半夜里,怪凉的!"

我不用烤火,我肚子里满都是火。虽然压住了一些,但是声音仍然是十分严厉的。我问:"谁叫你们到这里来烤火的?"别人不说话,还是余福生,他说:"咳咳,队长,刚才休息了一会,怪凉的,我记着这屋里有我一个亲戚(他指着屋角上的一个老头),就同大伙儿一块过来了。一刹刹,嗳,就一刹刹,咱就赶上去了!"

我环顾屋里每一个人,他们都低着头,一言不发。沉默了一会,不知谁先站起来,低低地说道:"走吧!"就一个个都穿上衣服,出了门,到屋边找着车子,推起来走了……

我随着他们,一句话没说,我考虑:应不应该处罚他们? 我思想里斗争。农民,散漫性,没有集体行动的观念;可是,这样下去,那还了得,非处理一下不可! 最后,我决定,在明天集合时,进行一次当众批评。

将近天明的时候,人是困乏极了,路上人多,还是挤不开,山路又难走,三步一停,五步一歇。这时候虽然已是将近谷雨,天气却还是很冷。我穿了一件小袄,还觉得凉飕飕的。民工们怪话又出来了:"走就走,歇就歇,咱是来出伕的,不是在半夜里到这里来挨冻的!""这样走路,十里顶五十里,上级一点计划没有。""……"

我是在最后面的,说良心话,这一夜我走路的时间还没有休息的时间多,天大明了,我们走到一个村边歇下。我问了一个老乡,离我们出发的地方有多远? 同志,你猜一猜,我们这晚走了多少路？四十里路？三十里路？不，你都没猜对，我们一共走了二十二里。

我把后面车子安排好后，便到前面去找大队长。走一大段路，见到我们几辆小车；又走一段，又见到几辆。我一直走了四五里路，才找到第二中队；再走四五里，才找到第一中队，问问大队长，说"还在前面"。当我最后找到大队长时，他第一句话对我说："老吴，我们第一夜行军，就超过原定计划，多走了五里路。"我笑了笑，说："大队长同志，你慢一点高兴，咱们小车队现在成了腰斩一百零八段，首尾十三四里路的一条大长虫了！"

这就是我们第一夜的尝试。

四

第二夜，临出发以前，我们把这条大长虫接好了，集拢来，作了队前讲话，批评了昨夜烤火的班，然后下令出发。

这一夜的头半夜比较好，小车子一辆紧接着一辆，平安无事地向前推着。

约莫在夜半以后，我们过沂河大桥，这一个桥，足足过了两小时，河滩上挤满了车子和人，热闹得和赶大集一样。全体干部都下了手，提灯笼的，拉车子的，整理桥板的。我始终站在桥头上，照顾着全队的过桥行动，但是正当第一中队才过桥以后，三中队长贾得干气吁吁地跑到我面前，说："吴教导员，六班的陈道生在那里哭着非回家不可！"我说："你去和他好好拉拉！"他说："不管用，他已经回到河沿上的树林子里去了。"我没有办法，只得随他回来，到树林子边一看，果然，陈道生一个人低头在哭。

我叫了声："陈道生！"他一看我，越发嚎嚎地大哭起来。我坐下和他谈话，问他什么事。好半天，他不说一个字，只是哭！

最后，这个二十来岁的青年人带哭着说："俺不过河！要死死在沂河东边！"我说："过道河怕什么？一道河才半里宽，几步就走过去了……"他说："不，俺起小没出过远门，东西南北没出去过二十里路,这走了一天,俺庄后的小山已经看不见了,俺不过河! 俺死也不能过沂河!"越说越哭得厉害,最后竟叫起妈来。

我好说歹说,拉他的手,抚他的肩,可是怎么也不行。忽然,他止了哭,把我的手一甩,回头就向东走。

我怎么办呢? 他现在当我的面要开小差,我拉住他? 我绑起他? 不行,我又不能这样做。我追上去,和他又说了几句,安慰他,劝告他,可是他猛然把我一推,撒腿就跑开了……

在这样的黑夜里,追一个人是不容易的事,而且,说实在话,我也没有追的决心。我跟着跑了两步,叫了两声,看看事情已无可挽回,我便又转身回到河边,找着贾得干(他又去忙着照顾车子去了),告诉他这一件事,吩咐他写一封信寄到陈道生的庄里,动员他迅速归队,我便向桥上走去。

就这样,我们队里出现了第一个也是唯一的逃亡者。

当我回到桥头时,车子已快过完了。我随着郭继琳的车子,也向西前进。当我走到桥中央时,又一件事情发生了——只听前面轰然一声,桥断了,一辆车子连人带小车翻到大河里去。

这桥有屋檐那么高,摔下去是不会轻的。我一时愣住了,不知如何是好,可是,就在这一刹那的时候,我连听得"通,通,通,通"四声,郭继琳、于家才父子和另一个民工都跳下水去,他们把摔下的人背到对岸,把车子抬到对岸,接着于家才回到桥上来,我问:"那人伤着没有?"他说:"还好!"我放宽了心,可是又一个问题来了:桥是断了,现在在桥上的还有十几辆小车,怎么过去呢? 这里离庄很远,等修好了桥,恐怕天也明了。大家看着我,我看着大家,正当没有办法的时候,我又听得"扑通"一声,于家才又跳到水里去了。我问:"你干什么?"他一声不响,从水里一直往回跑,隔了好大一会,又见他从水里"呼喳呼喳"地背了一块大门板回来,原来他把上桥的地方的一块门板拆了,拿到这里来。我把他接住了,铺在断了的地方,十几辆车子都安全地过了河。

当这一座断了的桥接好的时候,我思想上的一座桥也搭好了。

我曾经几天来都愁着:这样几百人的一个大队,只几个干部,怎么掌握得过来。我现在看看于家才他们,我想起了干部和群众中的这座大桥:积极分子!我决定仔细发现各中队的积极分子,通过他们去团结这几百民工。

这一夜就算这么过去了罢!啊,不,我又想起一件小事,就在快天明的时候,有一辆车子又不走了,原来是余福生,又是他,他躺在路上,抱着肚子,东翻西滚,"痛呀!痛呀!"我问他是什么病,他说是老症候——肚子痛。一痛起来,得十几天才好,我掏出一瓶十滴水给他喝,他喝了还是在叫。我叫他休息一会再赶上来,我自己站了起来,推起他的车子,向前走去。说也奇怪,不到十几分钟,余福生在后面赶上来了,他说已经好了,要继续推车。我拒绝了他。我虽然过去没怎么推过车子,可是这天我咬着牙,坚持推到目的地。从此以后,没有听见余福生再叫肚子痛了。

由于这一夜赶了四十多里路,又过河,又翻岭,直到早饭时才安排下住的地方,所以大家都十分疲劳。可是,偏巧,这一天给养又十分难筹,我和大队长也当了事务员,东跑西借,才搞来几百斤爬豆。

你吃过小米爬豆饭吗?你一定觉得那是挺好吃的。可是,同志,要完全吃爬豆,味道并不怎样太好的。我是听说过有一队民工在吃了一顿爬豆饭后连跑了七八个的。

当各班做好了饭,叫起正在睡觉中的民工时(这时已经响午了),民工们揉揉眼,拿着水瓢缸子,到锅屋里一看,是一锅红通通的爬豆,有的已煮成了红泥。于是怪话又来了。有的干脆不吃,有的吃了两口又放下,有的像"臭炮"那样的,吃得也很多,怪话也不少。当干部们说"立功就要吃苦"时,"臭炮"在下面说:"对,爬豆是功劳豆,爬豆饭是立功饭,吃!吃!"

黄昏,临出发前,全体集合,我把昨夜过沂河断桥的事情说了一下,大家的情绪有很大的上升。当场就有许多人提议,给于家才他们立一小功。这事全体通过,并且欢迎于家才讲话。

于家才,这个老头,几天来似乎胡子长得特别快,我记得那天他来登记时还满脸净光,而现在已经白须满腮。他上去了,头一句就说:"我先得坦白坦白,我一到这里就扯了个大谎。"大家问他坦白什么事,他接下去说了许多:

"我把岁数瞒了。吴教导员那天问我多大年纪,我说四十六,说坦白的,我是属猪的,今年六十一岁。那天我来,怕过了年龄,人家不要,所以瞒了岁数,还剃了胡子。可是,你们别看我老,我干活可不孬起你这些年幼的。在庄里,人都叫我老青年。

"我这个人受了将近六十年的罪。我亘古是个穷汉,上无片瓦,下无指地,早年受财主家压迫,一打一个死,吃了一辈子果子饼,当了半辈子觅汉。那年为着欠财主家两个钱,他们找我没找到,把小孩他娘抓去关了黑房子,又冻又饿,回来犯了老病,熬了七个月还是死了。自从八路军过来,我这才翻了身,回了地,报了仇,解了恨。

"我这回来出伏,是完全自报名。村干部劝我别来,我是怎么也得来。我来不为旁的,一来是反对国民党,保饭碗;二来是争功劳。我对大伙说实话,我这已是六十一岁的老头儿了,说不定哪刹就断了气。常言道,'人过留名,雁过留声',这现在就是个留名的好时机。我在村里,见了人家的立功证就馋得要命,这回出来,管怎样也得弄一张回家,将来死了,留给子孙,也不枉活这一世。"

他说到这里,大家都笑着,连说:"好!""好!""老青年真有个青年劲!"有的中队叫口号:"功劳最值钱,黄金也不换;黄金能用完,功劳百世传!""进步不进步,立了功劳才算数!"老头听着起了劲,又拉起来,说:

"咱今天吃了一顿爬豆饭,就有人说怪话,叫苦,这一点我看不好。苦,出来哪有个不苦的,可是咱寻思寻思,苦是谁给的?大队长给的?八路军给的?照我老头看法,还是那些反动派给的,要想不吃苦,就得加油打反动派。反动派要过来了,那才是大苦呢!再说,吃爬豆,还比早年吃果子饼、吃糠、吃榆树叶子还要好?! 八路军不来,咱连爬豆还捞不到吃哩!"

他的一席话,对大家教育意义很大,当场就有人站起来叫着:"对,能吃短苦,不吃长苦;能吃小苦,不吃大苦!"还有的叫着:"熬过眼前苦,能享万年福!"这一来把午间的不好情绪完全一扫而空了。

正当口号热烈的时候,一个民工站起来,他手里拿着一张纸条,说:"我也来坦白坦白吧。我在没出发前,就打好了谱,一过沂水河,非开小差不可!我在家也是个小干部,那天我偷偷打了个路条,盖上村公所的戳,准备开小差时好用。这条子一直带在身边十几天,昨天晚上,咱过了沂水河了,我走在桥上,下定了决心;下定决心干什么?我下定决心非完成任务不可!刚才又听那位大爷一拉,我寻思,人家那么大年纪还要立功,我这年轻力壮的,还能落在后面吗?我现在当大伙的面,把坏思想检讨出来,向大家保证,决不开小差,还要立功。现在我不当和尚也就用不着念经了,这张路条没有用,交给教导员吧!"说罢,他走到我面前,把路条交给我。大家又是一阵鼓掌,一阵口号。

接着,我们就开始我们第三夜的行军。

五

喂,同志,你记笔记的手大概已经很酸了吧!我说得太啰嗦,实在的,我不能再这么一夜一夜地讲下去了。现在让我把我印象中最深刻的几段告诉你。

当我们把在沂河东面装的粮食,卸在西面以后,支队部又来命令叫我们装上第二批粮食,迅速赶到新泰境内,供给某纵队的战士们。

我忘记日子了,只记得是在四月下旬,我们大军集中西去,敌人的主力伸到沂蒙山区以南,占领了青驼、垛庄,并且继续北进,威胁岸堤、依汶、蒙阴。我们的小车,要到新泰,便不能走岸堤的那条大路,一定要经过黄台官庄,向西北到坦埠。而走这条路,是要翻两个山口的。

那天傍晚，我走到一个村里，找到办公处，只有几个青年妇女在里面。我问："村长在哪里住？"别人指着一个年纪较大的妇女说："她就是。"我略一惊讶，就转身向她道："今天天气太黑，又是山路，我们任务很急，请找三个向导给我们。"女村长说："今天来要向导的，已经有十几批了。我们庄里男人出了伕，留在家里的也都当了向导。现在实在没有办法。"我说："但是，我们不摸路，前方又急等着要粮食……"她没等我说完，转身向另一个妇女说："翠英，怎么样？妇女们去一趟吧！"叫翠英的那个点点头，说："行，去吧！"当场就有几个报名，又到外面找了几个，共是六个人，分到三个中队，带路出发。翠英也去了，她在出来后，和我说："我们已经有两个晚上没有睡觉了，磨面、碾米，今天白天在地里还干了一整天活，本想今晚好好歇歇的，可是，你们又来了！"我表示了感激，并且又解释了几句。她却笑着说："别动员了，谁还不知道支前要紧，快走吧，推车的同志们还等着哩！"

这一夜特别黑，路又特别难走，大家的心情也都特别沉重紧张。大队部下命令：各班带的两三盏马灯，全部点上。

我还是跟着三中队，慢慢地走着。山路一高一低，尽是石头。刚出去不到一二里，就有一辆车子砸了车耳；又走不久，又有一辆坏了车轴；又走了二三里，郭继琳一跤摔倒了。车子翻了不用说，他自己脚又受了伤，我拿灯一照，右脚大拇指盖揭去大半个，血呼呼地淌。随军医生替他包扎了一下。他站起来还要继续推。我想替他推一会他不让，贾得干要替他推，他也不让，他两个人吵起来，到底让贾得干推了一阵。

当车子过第一道山口时，真费了大劲。所有干部、医生，连跟着三中队的两个女向导，都下手来拉车子，大家吆喝着，骂着石头，一步一步地走着。忽然，山头上传来一些妇女讲话的声音，越说越近，不多会，就听清了话音："同志们，慢慢推，俺来帮你拉车子！"一个妇女走到我拉的那辆车子旁，分过一根绳子，就拉起来。我忙说:"不用,不用。"她已经使上劲了,在这一阵鼓励下,车子都一辆一辆地到了山顶。

到了山顶,这批妇女对我们说:"俺就在附近庄子住,因为听说今夜过小车,知道山路难走,所以组织了三四十个人,来帮着拉车。已经拉了好几趟了。"

天上一颗星也没有,黑得什么也看不出来,只有近处几座大山,像几尊大佛坐在那里,阴森而可怕。但是,就在这黑洞洞的夜里,你可以听到到处嘈杂的声音,也辨不出方向,四面八方都有。偶尔的也听到几声马嘶。在黑暗的山谷里,二三百盏马灯照耀着,随着山路的起伏,而形成一道曲折的火龙。高波喜得跳起来,说:"比正月十五放灯还好看!"虽然爬山的时候是那样累,可是大家在山头上,还是有说有笑,特别增加了这一批妇女,更加热闹。

我见到这种情景,也不能不感动。我默默地告诉远在新泰的队伍:"你们不要急,我们全大队每一个人正在这黑暗里翻山越岭,向你们送给养哩!不能叫你饿着的!"我默默地告诉我们县里的党政干部:"你们放心,我们县里的民工是要光荣而来,光荣而回的。我们不怕苦,我们将把立功的红旗带回给你们。"我又默默地警告敌人:"请你们来看看吧!这里每一个人都在和你们作战!你到这里一看,就知道你们为什么老吃败仗了!"

我们在山顶上休息了一会,就继续前进。来拉车的妇女走了,临走时,集体地喊:"同志们!加油干!"一个民工回答说:"不成问题,我们的中队长就叫加油干,咱就是加油干的中队!"大家笑了起来,贾得干自己也笑了!

当我们刚开始下山的时候,一件很不好的事情来了——天很不客气,下开雨了。开始是一点一滴的,以后慢慢大起来。这真是一件最讨厌的事,大家骂起天来:"歇娘,你也帮着反动派吗?"

雨点很凉,打在冒着热气的脸上,手臂上,倒有一种快感,可是心里却很着急。我想:毁了,这到黄台官庄还有十五里,再翻一道山,还有三十里。要是这么下大了,那么走到那地方恐怕人人都要淋成落汤鸡,我们推的面粉,也得和成面饼了。

队伍立刻就显得有些零乱,我加快脚步,向前赶去。走过"臭炮"的地方,"臭炮"对我说:"教导员,不能走了,这个雨顶少得下一夜,到山脚下边那个庄歇下吧!"我没有回答,继续向前赶。雨确是越下越大,大家似乎越性急,在下山的道上,连着翻了好几辆车子。

在半山腰一片比较平和的道旁,歇下了二三十辆车子,他们忙着从车上拿下他们的蓑衣。我到了那块地方,向大家说道:"同志们,立功的时候到了。我们今夜顶少得赶到黄台官庄,大家一定要坚持,在这里停下是不成的!"

正说着,山上又推来几辆小车,内中有刘元彬(你记得吗?就是我在前面谈到他在诉苦会上拉他冻成冰葫芦的那一个)。他一到,见到大家都把蓑衣披在身上,他叫起来:"喂!这时候还能把蓑衣向身上披吗?口袋淋湿了,面粉就不行了,咱还是把蓑衣盖在口袋上吧,自己挨点淋算什么!"他一面说,一面插了车子,取下蓑衣,首先盖在口袋上。

雨,刷刷地下着,民工们是只有这一件棉袄,一条单裤的,淋湿了就得一直穿在身上把它晾干,那么,是把蓑衣披在个人的身上呢?还是盖在粮食口袋上呢?公呢?私呢?这在每个民工心里斗争着。我借着刘元彬的话,和他自己的模范行动,立刻号召:"能叫个人挨淋挨冻,不叫面粉受损失!谁把蓑衣盖在车子上的立一功!"

当时,有几个积极分子先响应了这一号召,接着他们又动员别人,于是一个一个地,解下自己身上的蓑衣,盖在车上。叶祥,这个"臭炮",在大家的影响下,叹着气,嘴里嘟哝着:"个人立了功,身上挨了冻,这种事,唉,真是叫人为难。"但他到底也解下了身上的蓑衣。

于是,继续下山。

路上开始有了烂泥,很滑,车子不大好推。拉车的抬着前面车把,推车的把身子向后坐,一步步地向山下走去。

灯还在点着，火龙还在雨中闪耀。可是，同志，这时我一点欣赏的情绪也没有了。汗，湿透了我的内衣；雨，湿透了我的小袄。鞋子里灌了些水，鞋底下沾着大块的泥。

由于我们在半山歇了那么一会，竟和前面的车子失去联系。前面的灯光像减少了很多，只见到很少的几盏，最近处的一盏灯，已经离我们大半里路。

山路很难辨认，大家默默地走着，路是越来越小，当走了二三百步以后，临着一个很高的崖头。车子停了，我走前去一看，又对照着前面的灯光，我怀疑走错了路。派个人下了崖头看看，他回来说，下面的路是很宽的。大家心急着下山，都说："不错，走吧！"于是车子（这时在后面的约有四十多辆车子）便都下了崖头。确是走了一段很平和的路，但不过三五百步以后，路却极端难走起来。

这时，事情很明显：我们已经走错了路。怎么办呢？回去，再上了崖头，重找大路；还是坚决走下去？民工们几乎一致主张坚决走下去。他们说："快到了山脚了，方向没有错，回头上那个崖头更费事。"我拿不定主意，也就依了他们继续向下走。

在又下了一层崖头，过了一道大沟以后，便是一大段极难走的下坡路。左面是山石，右面是山沟，路窄，山陡，石多，单身人往下走都不易，何况载重二三百斤的小车？！这时，民工们插了车子，都到这里来看，个个伸了舌头。叶祥的怪话又来了："这是谁领的路？领到刀山上来了。我可不走了，谁有本事谁推车子下山。"

回去，至少得走二三里路，而且重新上山过沟，民工们极不愿意；下去，这段路太难走了。可是，现在事已至此，没有别的办法，只得下去，坚决下去。

三个人挽扶着一辆车子，一半推着，一半抬着，慢慢地向下走。这真是危险得很，一不小心，车子就要翻到沟里去了。我帮着第一辆车子下山，足足费了十五分钟的时间，我又回来，又帮助第二辆。当两三辆车子安全下山以后，民工们开始自己互相帮助，接连着好几辆向下走开了。

这样,花费了一个多小时的工夫,车子才全部到了山下。这其中,刘元彬、于家才、郭继琳等人,他们一直不歇地帮助推抬,有上下五个来回的。

下了山,路比较好走了,约摸又走了二三里路,入了大道。奇怪,雨不知道在什么时候已经停了,大概是刚才下山时,精力全集中在车子上,忘了注意天上的变化吧!

当我们到了黄台官庄时,天已大明,这时,清查了一下人数,发现了两辆车子没到。

全大队已经接上联系,大部分人不顾湿淋淋的棉袄没干,不顾地上拖泥带水很不干净,都倒头大睡起来。他们实在太累了,庄里庄外,到处躺的是我们的人。

我着急的是,那两辆车子怎么还没来?有什么意外吗?派人回原路到山上去看,回来报告,大道小路,没有一辆小车。我不信,又派人去找,回来报告,依然没有找到。

我躺在一块门板上,反复思索,这一天始终没有睡着。

六

论理,我们应该再休息一夜,以便养养精神,烤烤衣服,整理整理队伍,修修工具。但是我们明白,前线的战争快开始了,队伍是如何切盼着这一批给养。我们在雨地里夜间推车子很累很苦,难道他们在雨里夜里打仗不更苦吗?我们必须继续西去,必须西去!

下午,我们先召集了干部会议,说明了我们的任务,叫他们回去在班里进行讨论动员,一定要克服困难,保证今夜能继续前进,早到新泰。

各班的会议开始了。我又很自然地走到郭继琳班里。

他们全班讨论得很热烈。于家才的发言最中肯。他说:"立功,立功,现在功劳立了一大半了,咱还能到这里半途而废吗?这现在就像是麦子快掉头的时候那么急,咱还有工夫歇晌吗?今晚再走五六十里路,我这个老青年保证不拉下一步!"

别的人都发了言,都说前线急需军粮,自己受点累不算什么。

叶祥始终沉默着,等大家都说过了,他慢吞吞地,好似还没有睡醒的那副神气,开始发言了:"这个,这个,牲口打场,转了几十圈,还得歇一歇,咱这已经,已经是十拉夜,那晚上不走到天明?昨天夜里,头顶上下着雨,脚底下绊着石头,你想——"

"住嘴!"高波,这个青年人,自叶祥一说话,就瞪着两只铜铃大的眼睛望着他,"你一张开你那腔门,我就知道你放什么屁!现在你又放开你那臭炮啦!"

青年人就好揭人短,叶祥一听到"臭炮"二字,就涨红了脸。

这回,大家很不客气,联系着叶祥平日说的那些怪话,都批评起来,这个说:"你今晚上不去,你在这儿歇歇,粮食大家分着推,斗里的芝麻,少你一个人也不算什么!"那个说:"像你这样的,不好好在自卫战争中洗洗灰,出来时是一门臭炮,回去时还是臭炮一门,永世也去不了这个臭名!"这个说:"你在庄里就跟着那些坏地主一路,溜他们的腚沟子,他们能给你什么好处?国民党反动派过来,他们是泥菩萨过河,自身难保,还顾得你这个当狗腿子的!"那个说:"你要趁此改邪归正,在自卫战争中立下功劳,和大伙兄弟爷们一路,臭名换了香名,那不是流芳百世,后代子孙也光荣……"

你一言,我一语,把个叶祥说得脸一阵红又一阵白,低着头,一句话不说。

大家批评了以后,沉默了一会,我对他说:"叶祥,你真是听了大伙儿的话吧!在这回自卫战争中立个功,臭炮改为香炮。你昨天夜里把蓑衣盖着面袋子,自己挨着淋推着车子下山,已经立了一小功,将来再使使劲,立个大功,回去也给庄中众人看看,重新做个好人,那多么好呢!何必再像现在——"

我的话没完,叶祥红着脸,就说:"大伙既这么说,那今晚就再干下去,只要大伙能做到的事,我也没有做不到的!"

这一说,首先是高波跳了起来,说:"你要早就如此说,不是省了大伙儿一番口舌,好,只要你今后能改变,咱班里争个模范班,一定不成问题！"

别人也很高兴，都说要争模范班，会议就在这种热烈的情形下结束了。

会后，大家站起来，我一眼看见于家才穿了一条短裤，便随口问道："于家才，这个天还很凉，你怎么就穿了短裤子了！"于家才笑了，说："裤子原来倒是长的。昨儿晚上上山下山，粮袋子颠得厉害，磨了一个洞，我旁没有布，怕撒了面，就把裤子下半截裁下，补了口袋了。"

接着，大家都发言了，说粮食口袋破了好几条了。有的说："我把包煎饼的布补了。"有的说："我把棉袄里子裂下一块来补了。"

我发现了一个新问题，我记录下来，并且决定把爱护公粮、爱护口袋作为政治工作的经常内容之一。

当我回到队部以后，各班的班长先后都来汇报了，大家一致同意今晚继续西运，他们说："宁愿我们多吃苦，也叫部队少饿肚！"

岳大队长和我都很兴奋。我说："我们在早对群众的情绪估计得过低一点。"岳大队长点点头。

但是昨夜掉队的两辆车子还是没有音信。

一天没出太阳，到了黄昏时忽然云散天青，空气很清凉。我们已经通知，今天不集合全队了，由各中队带领，日落时出发。

正当大家忙忙碌碌，整理鞋袜，检查粮袋、小车，准备行动的时候，远远地从庄外来了十几个妇女，挑着挑子，向这里走来。大家（我们大部分是在庄边上休息的）不自觉地都望着她们，心想："她们挑的什么呢？"

来的妇女们走近了，这时已经看清楚，她们的脸上流着汗，有的肩膀像是压得很难受，把脖子伸得很长，有的像是曾经裹过了脚，走起来一歪一扭的。

她们到了这里就把挑子放下。喘着气问："你们的岳大队长在哪里？"

我们都愣了一下，她们怎么知道有个岳大队长的呢？别人没有说话，还是我指着大队长，说："这就是！你们找他干什么？"

为首的一位剪发的妇女，一面擦着汗，一面说："俺是南山上的那个小庄里的。今天早晨天不明的时候，你们队里有两个同志，摸到俺庄里，说是他们推的车子掉在山沟里了，要俺庄里去人弄到这里来，俺庄的男人大半出了伕，临时就约着十几个妇女到山沟里，先把车子和面弄到俺庄里，又把两车子面粉分成十几个挑子，装了，挑到你们这里来！"

事情是明白了。我是多么地激动啊！我看着这一群妇女们，她们朴素的面孔，她们结实的身子，我感动极了。

岳大队长再三谢过她们，问道："我们的那几个同志呢？"

"他们抬着两辆破车子，走在后面，大概也快来了——喂，你看，那不是他们！"

果然，四个失联络的人员也来了。我们大家上去，接过破车子（那已经完全不能用了），询问他们的情形。他们自己的事情倒拉得很少，光拉那十几位妇女怎样帮着挑粮食，失联络的四个民工一再谢谢她们。而她们却客气地说："俺这些人都不能挑，一个人才挑四五十斤。从早晨集合，借口袋，装粮食，一直弄到现在才赶到。俺在路上真着急，怕你们开了，还好，来得正好，还见到你们了。"看样子她们也是挺高兴的。

民工们忙着提来开水给她们喝。今天没有下令集合，但是所有的人几乎都来了。这比上节课还要好。本村的一些群众也挤来，参加这一场聚会。

太阳落山时，我们依照原定计划出发。挑来的面粉，没有用着分配，都悄悄地自动地分装在自己的口袋里了。那十几位妇女一直等到送我们出发，我们走得很远，回头还看见她们的影子。

七

等我们赶到新泰时，泰安战斗已经结束，国民党的七十二师全部被歼。我们运输队所供给的某纵队，没有等到吃我们的面粉，已经西去泰安参加战斗了,这是一件遗憾的事,我们落后的运输工具终于赶不上我们人民军队的神速的行动。但是他们回到新泰时,却吃上了我们运去的面。

接着我们又作一次短距离的运输。

五月八号,支前司令部来了命令,叫我们抓紧时间,利用战斗空隙,迅速进行短期休整。

支队部指定我们在沂水城西某村为驻地。我们请示了支队政委,订出简单的五天休整计划。

下面,我只和你说说我们整训时的情绪吧。

如果要和我们初集合整训时情况对比一下的话,那我不得不向你说,我们是有了很大的进步。想家、开小差的情绪已经一扫而空,全大队充满了愉快旺盛的情绪,大家自动唱起歌,扭起秧歌来。第三中队在"加油干"的领导下,一天的时间就排了幕小戏,当晚演出,还有许多新编的武老二、快板、故事、大鼓。

那时候群众正忙着锄地,我们全大队同志都动了手。有一次,我和岳大队长也帮助一家军属锄地,中午的时候,他家大嫂竟到地里去送饭,新烙的煎饼,还炒了鸡蛋,我们真不好意思,推辞不吃,那位大嫂子死也不乐意,说了半个多钟头,她才又挑回去。下午回来,我们大队里都互相告诉:谁家擀了面条,谁家煎了咸鱼,谁家送去一大包咸菜,谁家……这些,民工们绝大部分都推辞了。

那天晚上,忽然区里来了通知,指定那庄烙很多煎饼,限明天交到,村长很发愁,烙煎饼的事妇女还可以连夜赶办,但是推磨怎么办呢?家里男人大多数出了伕,限期又那样急。我们大队长知道了,向村长说:"这事好办;我们六百多人帮帮忙,推个千儿八百斤的煎饼糊子,是不成问题的。"果然,天黑以后,家家动手,每一盘磨都转动起来。不到半夜都推好了,妇女们接着就烙,天还不明,全部任务完成了,把个村长喜得合不拢嘴来。

人多了,人才也多了。我们大队里有木匠,有医生,有会补锅的,有会盖屋的,有会做锅盖的,有会杀猪的……在这几天中,大家

250

的本领都使出来了！看到房东的猪栏坏了，就说："我给你垒垒吧！"看到房东的小板凳断了腿，就说："我给你修理修理吧！"看到房东的草垫子破了，就说："我给你打一个新的吧！"他们到处找活干，到处给房东解决困难。全庄的老百姓真是对我们好极了，有的偷偷地给民工们补袜子，掌鞋，有的把仅有的一点面拿出来，有的特地上集割了肉。这真叫做"两好合一好"。本村群众说："看到您这些人，俺也不惦记俺家里在外边出伕的了。"本队民工说："到了这里俺也不想家了。"我在这一次，也深深体会到，解放区确是一个大家庭。在我们民工的心目中，不仅把这村的男女看成是自己的兄弟姊妹，而且把地里的庄稼、房屋、家具、猪栏……都看成和自家的东西一样。他们在这庄做活，并不只是为了加强与驻村群众的关系，而就是为自己干，在他自己的家里做工。

有一天晚饭后，我随便出来逛逛，到了一个院子里。看见余福生（你还记得这个小商人吗？）正在那里磨剪子。左边搁的是磨过的，有四五把，右边搁的是没有磨的，还有七八把。他一见我，就笑嘻嘻地招呼着。我问："余福生！你是给老百姓磨的吗？"

奇怪！这一次余福生说话也不是吞吞吐吐的了，他一面磨，一面说："啊，教导员，我活了这么二十多年，旁的手艺一样也不会，地里的事也不大摸门，除了买卖，就学会了这一样——磨刀磨剪子。在俺庄里，大人小孩，没有一个不知道的，都说：我磨的剪子，鹅绒也能说绞成几段就绞几段；我磨的刀，头发朝着刀口吹也能割断；俺庄的人都叫我'剪刀手'。这一路没有使出我的手艺。到了这庄，我挨门挨户去叫：'谁家有剪子拿出来磨呀！'这两天就磨了五十七把。教导员，你说我能立个几等功呀？"我连声说："好，好，我给你到评功委员会里去报，一定立功，一定立功！"

我又走进第二个院子，一眼看见于家才在打草鞋。我问："你这草鞋是给老百姓打的吗？"他笑起来说："老百姓？当然，咱民工还不是老百姓！"原来他是给我们本队民工们打的。

这老头，一面打草鞋，一面和我说："教导员，我告诉你，我们民工有三宝:草鞋、蓑衣、水瓢。蓑衣睡下可铺,下雨可披,人人离不了它。水瓢又贱又轻便,咱买不起茶缸子,使水瓢盛饭盛水,一下子顶两三碗,也是个好东西。再就是草鞋,贱不用说,还能在雨地里穿,走山路不滑,坏了一双丢了,马上就能打第二双。所以也是一宝。我这已经打了四十六双了,你要吗?我还能打一双送你。"我连忙说:"不必了,别人一些鞋坏了的,你打了送给他们吧!往后咱节约的柴火,拿来换一些黄草,专门留给你打草鞋。"

我走进第三个院子,郭继琳和高波正在拉呱,我也凑上去坐了下来,郭继琳首先笑着对我说:"教导员,你还不知道,俺班里有个喜事哩!"我惊奇地问:"喜事?哪里来的?"郭继琳说:"咱班里有人娶媳妇,你说这不是一大喜吗?"我问:"是谁?"郭继琳笑着不说,两眼只望着高波,高波脸红了,我越发奇怪,问道:"难道是高波吗?"郭继琳说:"可不就是他!"我问:"哪一天呢?"郭继琳说:"哪一天?就是今天!"我瞅着他们两个,显出十分惊讶的神气。一会儿,郭继琳说:"教导员,你不要觉得奇怪,告诉你实话吧,高波实在是今天娶亲的。这事我知道,从庄里出来的时候,高波他娘就想不叫他来,说喜期太近了。庄里也说换一个,可是高波一定要来,说一定要等到出伕立功回家以后再成亲。别人劝他也劝不住,到底来了,今天就是原定的好日子。"

我说:"我还真不知道有这么回事呢!那不耽误了吗?"高波说:"不要紧,我有个妹妹,她代替着我。今天娶过去再说——这是我出发前和俺娘商议好的。"

我很为这事所感动。本来,生儿、娶亲,是庄户人一生的大事,可是他却把打反动派看做比这一切更重大,这在一般庄户人身上,是多么不容易的啊!

当我回到队部的时候,有两个人在我屋里等候着,其中那个年轻的,像是在哪里见过似的,只是想不起。我的通讯员告诉那个年纪大的,说:"这就是教导员!"那人立刻就朝着我说:"啊!教导员,这事,这事真做得不对,真对不住大伙兄弟爷们,真对不住前线弟兄!"我问:"什么事?什么事?"他这才指着那年轻的说:"教导员,我是这孩子的父亲,这孩子,从小没出过门,舍不得他娘,所以,那天,那天过沂河的时候开了小差……"

我朝着那年轻的望着,这才想起沂河桥边的那段事:这个青年人就是陈道生,他在黑暗里,当着我面跑回去了,他是我们队里第一个也是唯一的逃亡者。现在他又站在我面前,低着头,脸上发红。我一把抓住他的手,高兴地对他说:"好,好,陈道生,我们真欢迎极了。你回来,我们大队就是百分之百地坚持到底,没有一个开小差的了。你到了家吗?你怎样回来的?"

这个年轻人见我这样亲热,原来害羞的神气也逐渐退了,他和他父亲把详细情况拉给我听。怎么回家,怎样被全家全村看不起,他父亲怎样不高兴,又怎样动员他归队,怎样到了这里……完完全全谈给我听。我拍着老汉的肩,说:"大爷,你好啊!你这样送子归队,我们得给你写篇稿,登登报。"老汉捋着胡须,说:"不要登了,不要登了,小孩开小差,是丢人的事。"我说:"不,知过改过,有错回头,这是光荣的。我一定给你写稿,还给你编个小戏!"

那天晚上,我躺在床上,很久很久没有睡着。我想到当天所遇到的事情,想到我们大队从出发到现在的情况,也想到我们大队里的每一个队员,从刘元彬、于家才、高波、贾得干、郭继琳,一直到叶祥、余福生,以及今天归队的陈道生,我忽然产生了对他们深厚的爱情。他们真是太好了!我平常总感觉这个落后,那个自私,但是我今天一想,他们忍饥受寒,翻山越岭,日日夜夜,推着二百多斤沉的车子,历尽辛苦,要是没有一定的觉悟,没有一个坚定的认识,他们如何能坚持啊?谁说他们落后呢?谁说他们自私呢?他们每一个人,都在消灭中国反动派这件艰巨的斗争中尽了他或多或少的力量。就是这些人,就是这些平凡的、朴素的、诚实的人们,他们参加了战争,支援了战争,同时也赢得了战争!

我越想越多。我想起我们大队初集合的时候,三个一群,五个一伙,集合一次得费一个多钟头,听见飞机就跑得像一窝蜂,一夜才走二十二里路。而到了现在,他们已经经历了几次严重的锻炼,已经建立了严密的组织,有了很强的集体观念。我想起有一晚在公路上行军的时候,一辆车子落在后面,他拼命地赶。别人问他为什么这样着急?他说:"俺找俺的班。"他一直赶了二里多路,才赶到他的班里。又有一次飞机来的时候,民工们都在庄外休息,岳大队长一吹哨子,各班排分别带开,伏在地上,秩序井然,没有一个乱跑乱动的。旁边有一个战士,看了这情形,说:"啊呀!这比部队还有秩序哩!"这些事,如果是在初集合的时候,简直是想像不到的,而现在却是很平常的事情。如果有一个人,在战争当中,睡了一大觉,当战争结束后他醒来时,将会不认识这些新的群众了。这个时代的进步太快,真是打个盹就赶不上趟了!同志,你说是吗?

第二天,陈道生的父亲走了。临走再三嘱托他的孩子:"不完成任务,不许回家。不立功不许来见我!"陈道生点着头。我们一直送老汉到庄头,望着他结实的背影消失在远处的林中。

回来,我老远看见庄长领头,后面跟着男男女女一大群,提着篮子,带着小包,我一看,就知道事情来了。他们找着大队长和我说:"这是一点心意,完全是自觉的,俺庄各家自己凑起来的一点咸菜、鸡蛋,送给全大队的同志们,你们帮俺干活,招呼你们吃饭你们也不来,实在太感激了。这点东西不成话,只是表示表示俺庄老少爷们的一点心意。"我们推辞再三,他们非把东西留下不可。一个小闺女说:"俺早起在鸡窝旁边等了一个早晨,才等着鸡下了两个蛋,凑起昨天两个是四个,送到你这里来,要是不收,俺就坐在这里不走了。"

我知道再推辞就不对了,于是和大队长商议,把全部东西留下,他们高兴极了。那个小闺女亲手把四个鸡蛋递给我,脸上笑嘻嘻地表示出她无限的欢喜。当场我们与村长议定,在晚间举行一次晚会,全大队民工与全村群众联欢,拉拉呱,娱乐娱乐。大家都同意。临走时,我和那小闺女开玩笑:"晚会上,你得把你早起蹲在鸡窝旁边等鸡下蛋的事情表演表演哩!"

　　但是，晚会没有开成，在晌午的时候，忽然接到支队部的紧急命令：叫今晚立即装粮出发。命令上说：新的战争又要开始了！

　　我记得这天是五月十三号。

八

　　这次装粮打破了过去每一次装粮的记录，一般装到二百四五十斤，有的装到三百斤，刘元彬最多，装到四百一十斤。

　　这夜的炮声已经响了，我们就朝着炮响的方向走去。大家都明白这次运粮任务是重要的，也是艰巨的。每个人都决心尽自己最大的努力，来争取这一战役的胜利。头一夜，装了粮，还赶了四十里路。我们不顾空袭的危险，直走到日头照了树梢才休息。

　　十四号的夜里，继续前进。炮声越发响了，路也越发难走。一夜工夫，连翻了两个山口，四道小岭，赶了七十里路。这当中还过了一道大河。当我们走到河边的时候，河上的桥，正好过着前线下来的伤号，要等，得等好大一会。有人下去试了一试，河水深处齐着腰。这时候，连大队部的意见，也是等一等再过。可是刘元彬头一个脱了裤子，响亮地嗐呼着："不能等，多走一里是一里，前线上需用粮食如火急，大伙使使劲，扛过去！"他首先和另外三人扛起一辆车子过河。一些积极分子、干部也跟着脱了裤子，扛着车子下了水。后面还有人犹豫。这时，我也坚决地脱下衣服，帮助扛起车子，向河里走去。于是所有的人，也都扛起车子来。这道河水很宽，虽说，这时已经是旧历三月底，可是夜里的河水还是十分凉！尤其是到了腰深的地方，我的腿冻得发抖，脚背上的骨头像刺进去一根针，痛得难忍。我拼命咬着牙，支持着到了对岸。我在这时候，很自然地想到当年刘元彬，正月寒天的夜里，脱了裤子过冰冻的河水的滋味。我想，他在过这道河的时候，也一定正在想这一件事罢，大概也就因为想起来这一件事，他才那样坚决地第一个跳下河去的。当我到了对岸的沙滩，放下车子时，回头一看，成百的小车子正在向这里走来。半夜里，炮声在远处响着，近处人们的叫声,过河的水声,抬担架的同志们的前后呼唤的声音,桥上桥下到处是人。宽宽的河面上,高抬着一辆辆装重二三百斤沉粮食的小车。你说,我们怎么能不胜利呢?

完成七十里路长途运输以后的全队同志,实在是累极了。有的一到地方,就呼呼大睡起来。我们的贾得干中队长,到了地方还得筹办给养,等饭做好了,他用饭瓢盛了一些,走到院子里,刚蹲下来,竟然就这么端着饭瓢睡着了。你可以从这里想像到我们当时累到什么程度。可是,大家都说:"累,累不死人,(前线的战士是比咱还累的)没有粮食吃,却能饿死人。咱管怎么也得快把粮食送到前方战士们的嘴里。"还有的说:"不累就不能立功,出来支前还怕累吗?!"

我这时看了看全队同志们的衣服,没有不磨破了的。小袄上的棉花一块块拖在外面,裤腿撕得一边长一边短,屁股上露了肉,鞋子开了口。再问问各人的身体,十个有八个有点小毛病,有的肩磨破了,有的腿肿了,有的脚起了泡,有的胳膊碰坏了,但是,全大队的意志,却是从来未有地集中,全大队的情绪,是从来未有地高涨。大家有一个坚强而明确的信念:快把粮食送到前线!快!快!多送去一斤也好,快走上一里路也好!郭继琳比方得对:"咱这就像庄户人家送饭。在地里干活的,已经干了大半天,咱去送饭,要是再在路上耽搁了,真是对不起在地里干活的了。"

这一天,本来我们应该好好休息一下的,但连着几件事,使我们睡不着觉。

这个庄子,是敌人占据了七八天,由于我军南下,敌人前天才走了的。呀,同志,我怎么也不能想像,好好的一个村庄就在这七八天当中,变成那个样子!屋顶拆了,院子和院子都打通了,大小树木一概杀光,鸡毛遍地,猪栏里外都是血。到我们去的时候,还有些猪头猪爪子扔在街心上的。有一口锅里,还煮着四五只刚下生二十多天的小猪。全庄所有喘气的东西,据我们所知,就只剩下一条癞狗。西街上的一溜屋是烧得只剩下屋框子张口朝天。

民工们忘了疲倦，大家庄前庄后地走着。虽然，平常也知道蒋匪残暴，到底耳闻不如目见，当我们亲眼看到这种景象时，内心是激起怎样的仇恨啊！

晌午的时候，山上下来一个老大娘。她是全村唯一没走的一个人，这几天也躲在附近的山沟里。我们成百的人围着她，问这问那。她眼泪纵横地告诉我们这几天的情景。她说："匪军来了是不分贫富的。头两天有两家地主寻思没事，跑到半路又回来，结果媳妇给糟蹋了，老头被打了，好东西全部抢走了。这两家子这才尝到'中央'的'好处'，半夜里跑出去找本村的兄弟爷们去了。"她说她自己六十多岁了，那天被蒋匪发现，叫她带着去刨窖子，她不知道，就用皮鞋朝着她的腰里踢了三四脚，她软瘫在地上，一天不能动。她说："有一天蒋匪不知从哪里抓来一个老百姓，先是百般苦打，叫他说出民兵活动的地方，那人始终不说，他们就从庄里找来一些旧棉花套，紧紧地裹在那人身上，点着火，又不叫起火苗，就是用这种阴火烧着那人的身子，那人惨叫了半个多钟头，就叫也叫不出来了。又熬了三四个钟头，就这样活活地痛死了。她说……"

半数以上的民工听了这些话，流出眼泪来。他们咬牙切齿，痛骂蒋贼。叶祥一把抓住郭继琳，说："班长，我在早听你们说老蒋怎么怎么不好，总是信一半，疑一半。我想，'老中央'总不能比鬼子还孬。呀！我到这里一看，这才知道真就是比鬼子还孬。我的思想这一回是通到底了。我听这位老大娘拉的，在这庄里见的，比我在家里开一百个会得到的教育还大。我现在是真下了决心，得和老蒋干到底了！"

最后，老大娘对我们说："真得拼呀！你们在外面出伕，俺知道一定得受一些辛苦，可是，你想想，什么苦也比不了蒋匪过来了的那个苦呀！"

以后这位老大娘见到一些民工的鞋破了，她便从怀里摸了半天，摸出一个小包，打开来，拿出一大块新布、针线，要给民工缝补，民工不要，老大娘说："你们还讲什么客气，只要打败蒋匪，我什么拿上也是心甘情愿的,别说这一点布了,要我拿出这条老命来,我也是愿意的,你们先自己用这块布缝着,我再上山给你们找一些麻来钉鞋。"她说完,丢下布,就拄着拐棍向山里走去了。

这是多么生动的一次动员课!

下午,有几个伤号抬下来。民工们又围了上去。伤号同志告诉我们:蒋匪七十四师已经被围在孟良岗山里了,有的已经缴了枪,战斗今晚或明早就可结束。大家真是兴奋到了极点。伤号同志又说前方非常需要粮食,再不送上去,就要断顿了。民工们一个个急得像热锅上的蚂蚁一样,恨不得太阳快落,立即出发。

大家把前天群众送来的一些鸡蛋,又拿出来,送给伤号同志。大概那位小闺女等着鸡下的两个蛋,也转到受伤的同志们的手里了吧!我如果有机会,一定要把这事去告诉那位小妹妹,我想她一定会更高兴的。

十五号的黄昏,正当炮火十二分猛烈的当儿,我们全大队继续出发了。这里到前线还有六十里路,也都是十分难走的山路,不管昨夜如何疲劳,我们决定全队在明晨一定赶到目的地。我们向民工提出的口号是:"二亩地耕了一亩九,最后一分要格外加油!""好男儿,志气高,紧急关头立功劳!""真干不真干,就在今晚看!"

九

夜里,乌云密布,一颗星星也不见。我们马灯里的油大多数用尽了,只有几盏还点着,现在几乎完全是在黑暗里推着车子。一不小心,就推到沟里去,车子便会翻倒了,立刻前后的人就上来帮助扶起,继续前进。平常我们车子每走七八里路,总得休息休息,可是这一夜,一上来就走了十八里路。汗从额上流到颊上、嘴上,人们也不去管它,一个劲儿地推,推,推。

不远的炮声隆隆地响,震动着每个人的心弦,就像是为我们打着前进的战鼓一般。一到休息的时候,大家很自然地倾听着炮声,有的说,这像是几千个铜鼓在敲,有的说,这像是几十挂鞭炮在放。

大多数民工是从来没有到过战场的,这一次听大炮总算是过足了瘾。有个别民工以前是上过前线的,这时候摆出有经验的样子,说:"这一定是总攻击,不的话不会打得这么紧的。""这一炮是开花弹,你听特别响。""这几炮是连珠炮,一放出来就是二三十个炮弹。""这是过山龙,后音拉得特别长。"

不久,大雨下了起来。哗哗地,下得很起劲。可是,这一回大家根本不去管它,谁也不愿意停下车子耽误时间。蓑衣仍然绑在车子上,反正小米明晨就得下锅,淋一淋也不要紧,至于各人身上的衣服,那就听它去淋吧!湿了明天就可以晾干的。有的人还干脆脱了衣服,光着脊梁在雨地里走,这时每个人的脑子里,只有一件事,就是赶快送粮到前线。

雨下了一点多钟,停了。我们已经离前线只有三十多里,机枪的声音也已听见,大家的心里更加着急,似乎有这么一个意思:不要去晚了,人家再打完了仗,说不定缴获一大堆白面大米,或许不吃俺这些粮食了。因此,现在要快些,无论如何要快些。

由于出发前没有喝足了水,所以现在十分干渴。同志,你曾经经受过十分干渴的事情吗?噢,你经过,那好,那你一定明白,这是十分难受的事。"怎么有一小碗水也好,"我脑子里胡思乱想起来,"或者有个小西瓜,不,现在不是伏天,西瓜是没有的,黄瓜不知道下来了没有,那东西如果弄一条来,也能解决个大问题。"我想得很多:"以后每人出伏,都得带一个小水壶才好。"可是,想来想去,西瓜、黄瓜、水壶,都不能解决这干渴。

休息的时候,几个民工找到了一个小水坑,都争着去喝起水来。可以想像,这水一定是很脏的。如果在白天,一定可以看出是一坑又黄又黑的臭水,说不定里面还有病菌、小虫子。这时候,我的思想里斗争起来:"我去不去喝一点呢?嘴里实在渴得厉害。""去吧,喝一点吧,只喝一小碗就行了。""不行,不能去,水是不卫生的。你不但自己不应该去,而且还得制止他们。"于是,我站了起来,叫着:"不要喝,水太不干净了,不要喝呀!"这是近来我的话第一次失了效用,谁也不理我,都仍然抢着去喝。我是动摇的,我知道多说也没有用,叫了两声,又退回来,坐到原来的地方。一会儿,又下令继续前进。

天将明的时候,我们已经走了五十里路,再有十几里就完成最后的任务了。但是就在这最后一段,发生了最严重的困难:一座大山耸立在我们前面。扛车子吗?不行,根本不可能,路窄山陡,四个人扛起车子就没法走路。推吗?好,我们先试一试,两三个人在前面拉着,但刚走几步,就怎么也拉不动了,接着"咣"的一声,小车子翻到大山沟里去了。再试一辆,猛力一拉,车轴断了,车子又倒在石头上。

不行,推车子上山已是根本不可能的了,上下有十几里,任何人也没有本事推过山去的。

炮声越发响了,我们的战士就在山那边,他们已没有了粮食,粮食在我们的小车子上,中间隔了这一座可恨的大山,怎么办呢?怎么办呢?

现在只有一个办法,就是搁下车子,扛着粮食口袋过山。是的,这是唯一的办法了。我和岳大队长商议了一下,决定就这样做。

用不着动员,只一道命令下去后,各人都把车子搁在隐蔽的地方,扛起口袋来。一切的人们,没有例外。老头、青年、干部,都来执行这一艰巨而光荣的任务。

口袋真是不轻呀!我们这里面最年轻的是一个十八岁的青年,他也扛了六十斤。最多的扛到一百零五斤,一般的都在八十斤左右。我站在路边上,看着一个个肩上扛着那样沉重的粮食,向山上走去。陈道生,当他走过我面前的时候,朝我望了望。我见他扛的口袋,也至少有七八十斤重。这青年人,一定想着他父亲临走时的话:"不立功不要回来见我。"我想,这孩子经过这一次,是可以挺着胸膛回到他父亲的面前去了。

我也尽了我的力量,扛了一条六十多斤的口袋,走在最后。

到了半山腰里,前面的民工在上头叫着:"同志们! 加油呀!

咬紧牙关爬山头呀!"下面的民工也应着:"加油呀! 山那边的同志们就等着这些粮食呀!"呼声在山谷里来回地激荡着,山那边的枪炮声又与这呼声和应,共同形成一种伟大的力量,鼓励着人们前进。

到了山顶,天已大明。下山的时候,敌人的飞机就开始在天空上盘旋了。我数了数,一共是十一架,在不远的地方丢着炸弹,打着机枪,可是我们害怕的心情已经毫不存在。只有当它飞到头顶的时候,我们才在路边略略隐蔽,作为休息。当它略一飞远的时候,我们便又扛着口袋前进了。

一条六百多人的长长的行列,从山上走了下来。这是一条生命的线,它负担着能供给几万个战士的一天给养。它是从一百七八十里以外的地方运来,现在,它,这一道生命之线,一直走下大山,一直走到我们的部队里去!

十

这是十六号的清晨,战争已经基本上结束了。大部分的敌人已被歼灭,只有很少的一部分还在那里作绝望的挣扎。

打了两天三夜的仗,敌人已经挨着饿,我们的部队也已经发生给养的困难。但是敌人的挨饿只得挨饿,我们的部队却有一条一直通到人民中的牢固的生命之线。现在,从这条线上送来了小米,头一批五万,还有两万多在山那边。

当我们的行列走到我们战士们所在的地方时,他们是怎样的高兴啊! 他们老远地跑来抢着接下口袋,拍着我们的肩,拉着我们的手。掏出他们的手巾,借给我们擦汗。"呀! 老乡们,你们太辛苦了!"我们说:"不,同志们! 你们才辛苦哩!"

岳大队长走到粮秣科长面前,说:"报告科长,小米运到了!"粮秣科长感动得几乎流下眼泪,他颤抖地握紧老岳的双手,说:"报告大队长,敌人最顽强最精锐的七十四师被我们歼灭了!"

于是,立刻在队伍里传开了:"小米运来了!"

于是，立刻在民工里传开了："七十四师被消灭了！"

同志，你见过战争胜利后的前方战士吗？你见过完成艰巨任务后的民工吗？你见过胜利后的战士和完成任务后的民工在一起拉呱的神情吗？这简直不是什么愉快、兴奋、荣耀等等字眼所能形容的。我没有办法描写当时的情景，我甚至连我自己的心情也说不清楚。

谈话到处开始了。过去素不相识的农民和战士，在一块亲热地拉着呱。他们都已经几天几夜未睡，但是他们各人有各人的故事，各人有各人要说而说不完的话。到处都在谈着：七十四师，小米。

我们又分配一半的人数，回去扛那些留在山那边的二万多斤粮食。他们回来的时候，并且把我们大队自带的三千斤小米也带来了。部队的粮秣科长怎么也不收，可是岳大队长说："我们自己还有煎饼和地瓜干，尽够吃的。你们在前方连打几天，太辛苦了，还是给你们吧！"

虽然我们大队里的人已经三夜没有睡觉，可是大家仍然兴奋地不想去睡。部队里的同志领我们去看俘虏，他们都坐在那里，占了八九亩地的地方。有的民工还想数数目，可是数不清。他们看俘虏们的衣服、帽子、神气，从头到脚，从脚到头。有的说："这些人比俺那两三个庄的人还多！"有的说："这比俺那里××集上的人还多！"有的说："得问问他们，是谁到那个庄里烧死那个老百姓的！"有的要揍他们，说："不是他们，我们怎么到这里来出伕！"

部队同志又领着我们去看缴获的武器：这是火箭筒，这是战防炮，这是喷火器。民工们量着炮口，比着高度。我明白，这些都将是他们回到家里以后的拉呱材料。部队的同志又指着一堆枪，说这是汤姆式，那是卡宾枪，又检了几棵步枪，送给我们大队，民工们高兴得要命，争着来扛。

当我们回到原来的地方时，我们亲眼见到，开水已经烧开，伙伕同志正在把我们运来的米下在锅里。我们的任务光荣地完成了。我浑身觉得从来未有的轻松愉快。

好吧，我和你谈的，就到此为止。有机会，咱们以后再拉吧！

东北书店 1949 年 4 月初版

◇骆宾基

罪　　证

一

　　一九三八年一个午阳炎炎的日子。溽暑将尽了，高空飘散着轻软的鹅毛似的流云，玲珑麦和熟透了的玉蜀黍放着稀淡的香气，桦木林子却显得瑟缩了。流云边际，有雀群在高飞着。

　　老远峰峦踞峙的山峡间，有黑黑的圆形的小东西沿顺山脚露头了，逐渐很快地拖出一条长长的身尾，并且放着尖的叫啸，迅速地驶入四围山峰圈围的平原来。沿着京津线铁轨，在南戍驿停止急行的速率，车头于是喘吁起来，大量的浓气一朵一朵地喷吐着，终于停止不动了。

　　神色匆匆的旅客们，从每一节车厢的甬道上，流出来。车尾，最后跳下来的是吴玉芳小姐。身穿整洁的反领衬衫，人造丝的质料闪着光润，下身是高等黑色洋纱裙。轻轻放下大连皮箱和滚圆的一线网元山苹果、天红蜜橘——之后，又抹转身子，向两肩峰峭的青年，伸出两手。这人的脖颈麻秆儿似的瘦，眼睛闪着空虚的光。这时并没有领悟玉芳小姐的举动，就高擎两臂，猛扑到后者的肩上。她的身子剧烈地晃了晃，可并没有埋怨，只蹙了蹙眉尖，看着自己哥哥的一只脚尖，在离月台阶寸把近的工夫发抖。显然他是想朝地下落步。玉芳小姐顺手拖了他一把，嘴里说着什么，声音含糊得像是特意不愿使对方听清楚似的。

透了口气,她摸摸柔发,玉芳小姐弯腰拿起了东西。胳臂在挟俄罗斯羊毛毯的工夫,一个头上晃动着红帽子的朝鲜汉子跑来,玉芳小姐很快地擎手挡住了搬运夫有礼貌的夺取,且用日语说了声:"对不起!"然后,挺着她那饱满的胸脯,冲过麇集在堆栈周遭的苦力群,拐入那高大的堆积火药箱的地方,所闪出的一条人行道上了。

"你还认识这地界吗?"玉芳小姐低低说,"过去就是咱们中国地场了——下水湾子。大哥——"

没听到应声,朝后望了望,她立即睁大吃惊的眼睛,因为视觉里失去了吴占奎的影子,来往除了些朝鲜旅客们一色的白衣外;左边只有一对日本炮兵在搬动什么,还有来往巡回着的几个日本宪兵。(他们都骑在骠伟的军用马背上)右边靠近岔道旁,就尽是些高过人头的军用堆物了。其间还夹着套雨布的野炮,套衣的马克沁式重机关枪,柔皮马鞍……

火车高亢地叫了一声,玉芳小姐就急步跑回来。这时车轮开始滚动了,玉芳小姐突然发现他大哥是裹入弥漫月台的那团儿浓雾里了。但她前胸还是遗留着余惊,而车尾加猛地喷放着浓雾,从她眼前隐失了。雾层随了车轮带起的风力,直顺铁轨飞扑着,飘散开来。

"大哥,你老是这么叫人提心吊胆的。"玉芳小姐两条细细的眉毛,扭结着说。

吴占奎背靠月台上的灯柱,眼睛微闭着,并脚站在那儿,一声不响。他感觉到阳光跳跃,大地也像飘舞在旋风里似的动荡,胸口有什么向上涌,而且被黑暗而寂寞的监狱生活所磨损细弱的神经,这时也发着颤抖了,耳朵又嗡鸣不绝。玉芳小姐这时望着他那在强烈阳光中抖动的睫毛,突然觉得完全是陌生人的脸像了。在他整个身子上,找不到一点儿是她自己所熟习的肌肉和线条。高颧骨,尖下巴,虽然脸刮得光光的,却不能掩蔽监禁日子赐予他的萎缩,尤其是眉骨下给黑影罩住的那两个深陷的眼窝，显得怪瘆人。他的头发虽是新剃不久，并且狮子鼻型的鼻尖上辉映着午阳发亮，但玉芳小姐的印象却完全像是顶着早露的一棵枯草。渐渐，玉芳小姐感到恐怖了，像深夜窥见窗外黑影似的，既胆怯又得故装镇静。

"大哥！"玉芳小姐的声音微微有些抖，"你到底怎么的？"

吴占奎的脸上，闪了闪苍白的颜色，猛低头，哇地呕吐了些混杂的面屑，接着有唾涎从他口角垂挂下来，像是蜘蛛垂下的丝。玉芳小姐在那工夫拍着他的脊梁。

"我迷晕了。"吴占奎眯着酒醉似的眼睛。

这时，玉芳小姐望见腰挂警刀的日本巡查，从岔道旁沿着轨道走来，一种叮当叮当的金属音，响着。为了避去缠身的种种盘询和麻烦，玉芳小姐用力扯了扯哥哥那木偶似的身子："转过身——你倒是伸开腿走呀！"

玉芳小姐看见哥哥睁开的棕黄色眼睛，那眼光是被黑暗的日子磨平了，又迟钝，又空静；仿佛猫头鹰在大天白日的那种空静的眼神。

现在吴占奎两脚贴地平劈着挪动了，并且用手背揩揩嘴唇和眼睛。在他的步法上留着一种眼力看不见的东西，这东西好像搁置在两只腿踝间，形成他这样有规律的挪动，花柳病患者，和这步法有些相似。而吴占奎就这样迈着熟练的步子拐进展向车站去的沙铺甬道上。玉芳小姐的手感觉着被哥哥握得有点痛，以致顺风吹来的一股马骚气，她也没法抽出这只闲手来掏手绢，只有低头闭住嘴，想快点越过这段风头，这时他听到日本炮兵们爆发着粗野的"呵哈"！搬运伕从她身侧惊讶地瞅了一眼，吴占奎立刻又低下头，不作声地闪过去。

交出乘车证给收票员的辰光，那个挂警刀的日本巡查赶到了。

"请停一停，带着'身份证明书'吗？对不起得很。"玉芳小姐弯腰放下东西，巡查接着问："这是你的男人么？刑事犯吧！"

"不是的，巡查先生——大哥，你撒开我的手。"后一句是用中国话说的,另一只手搬开吴占奎紧握自己手的那只手掌,玉芳发觉他的脸色苍白了,手也在抖。

"身体有毛病吧!须要医生敲敲胸口。"日本巡查接过新京特别侦察机关的批文,还有另外一叠居留证等件,又向吴占奎望了一眼,不想得人回答似的说,"是这样的——"

玉芳不作声。栅栏外,一个毯子蒙身的朝鲜老婆朝里探探头,玉芳很快地向她盯一眼,那老婆连忙缩回去,悄悄走了。

"'国境居留证'也可以给我看看。"日本巡查的眼睛并没有离开那些文件,手在急速地择抄上面的要句,一边说,"你知道,现在时局紧急么?"

玉芳拉开吴占奎的身子,让开栏外闯进来的军用马的枣红色的硕大头颅。

"什么?"宪兵官长在马背上还了个举手礼。

"开释的政治嫌疑犯。"日本巡查低声说。

枣红马在吴占奎头上喷着鼻沫,玉芳又将哥哥朝后拉了一把,让马蹄敲着三合土台阶,响过去。

"对不起。"日本巡查松下脸,最后递过"国境居留证","到珲春的火车,下午一点开。"

一出小栅栏门,玉芳小姐就觉得浑身轻了许多,扶着吴占奎走进轻便铁路的候车室。让吴占奎贴门坐下,自己面朝着窗,两手捏着衣领抖了抖,因为胸口早已经被汗浸透了。吴占奎直直望着什么似的在想;什么都变了,珲春也有小铁路了——可是为什么这许多人,自己并没有认识的呢?已经是故乡了;他们为什么这样寂静?——他感觉到类乎有重大事变发生前的那种兆头,这使他胸肺都感受到有力的压迫,几乎气都喘不出来了。他觉得多可怕呀!埋藏在这静的深渊里的恐怖。

吴玉芳这时望见隐约在远远的桦木林子、小村、陌野之间的一连串日本陆军。尘土在林子旁飞扬着。玉芳的身子冷冷地透过一阵惶惶不安的颤栗。于是掉回头,意思是找个熟人打听打听,可是静静的人丛里,竟都是陌生的脸子。靠近久已没生火的铁炉子边,站着高丽老头,从那顶苎麻织的高装纱帽说,定是个阔气的乡绅。这老头正在默默窥着吴占奎。玉芳从他背后走过去,那里有个菜贩打扮的山东跑腿子的,扭结着眉毛在抽烟卷儿的最后两口。

"你也到珲春去的么?"

"不,俺想到延吉,可是又不能出口。"

"为什么?"

"听说是限制人口出境呀。"

"珲春太平吗?"

"鸡蛋都买不到呀!豆芽儿都涨到五毛钱一斤了,这还供不上日本兵的买量。"这汉子抬腿踏灭烟卷儿头,朝四下望望说。

"没和老毛子开火吗?"

"别说这些,小姐,刚才有人绑去了。"低低地说,并作了个机密的眼色,然后袖着手,直起腰板走开了。

玉芳木然地瞅着这汉子的背影,顿时心神无主了。像旅人彷徨在岔路口,而又当黄昏日落后似的。

吴占奎这时从陌生情景里,发掘出新鲜东西来了,一切都像含蕴着浓郁香气的花苞似的,使他感到极大的兴趣。窗外的火车、军用马、草地、桦木林子、山谷……以及阔别了长久岁月的阳光,都使他印了个深刻的影子。他的头脑,逐渐从迷惑圈子里滑入清新的思野。

直到钟声洪亮地当当响过后,吴占奎才给玉芳半扶半拖地离开这稍感趣味的车站。因为玉芳的一口流利日语,在海关检查场吴占奎也没用解开纽扣,就穿过走廊挤上仅有的客车了。可是这里的车厢已经是满塞着人身,肩头上显出杂乱的形色了。乘客并没因玉芳的日语和东京式服装而让路,几个朝鲜商人尽自站在排椅间,默然瞅着窗外。除了挪动东西,和鞋底、木屐磨擦车板所发出的响声,这里没有说笑的动静。

用高丽绸手绢揩揩额汗,玉芳觉着进不得出不得,贴在车门里边，一阵刺心的焦躁，连气都透不出来——想推起一扇升降窗，可是连容胳膊的空子都没有。瞅一眼吴占奎更加厌烦了，简直头有点发晕。若是身边没有累赘，玉芳凭着一口日语，前边那几挂军用车厢，还不任着自己性子挑选着坐吗？

车开后，玉芳稍微觉得松快了，并立刻平心静气地照顾着哥哥左右摆晃的身子，极力想用柔颜悦色的举动，不使哥哥感到一点自己是给她累赘。

——走路那种架把，又不怕羞，又不响，真丢人，可是一想到这是自己的哥哥，她的眼睛立刻就有些湿润，喉管一抖，于是赶快低头摸出高丽绸巾，故意咳嗽一声，顺手搓搓那明朗而又忧郁的眼睛。

"你不要乱晃。"一个朝鲜商人皱着眉命令。

发现这话是向哥哥说的，玉芳挺臂扶住吴占奎的峭瘦肩头。

"你看那满洲青年的眼睛。"日本艺妓用拐肘触了触另一个旅伴。

"是醉汉。"

"不，有肺病吧。"玉芳耳朵里刺入这尖低微语。

然而吴占奎自己并没有听到这些，即使听到这些也不懂。窗外，满洲的山群正把他引诱到悠远的冥想里。他看到被山尖阻挡住的半块高空，是多么忧闷，虽然是这样高拔到云霄，也是显不出满洲的特色，他觉得反而平淡，可以说都是些高堆的巨墓，因为在他记忆里的那带原始性的旷野丛生的林木，在这现实的周遭，都不存在了。那些成群成片的桦木林子呢？那些傲岸雄立的赤柏松林子呢？光秃秃的多么贫弱呀！在这里只有几千年来饱受风雨侵蚀的苍老岩石的残余，还在露着赤裸裸的烟黑的面孔，那是满洲忧郁的标记。吴占奎默默望着，山群渐渐不见了，猛然又出现在窗前，折斜过身子，山峰极迅速地闪过去，车厢激烈地震动了一下。

这时玉芳睁大了恐怖的眼睛望着，被踢开来的客车门，那儿蜂涌地挤进一群高声乱嚷着的日本陆军，人群里立刻爆发了巨大的骚扰,有些哗然高叫了,这里夹着女人特有的尖呼,接着小孩子激烈的啼哭,所有的人,完全站起来了。

"什么事?"朝鲜汉子在玉芳鼻尖前跳起来。

"挤死小孩子了呀!你这个牤牛。"

"这里有病人。"玉芳用日语高喊,并像母鸡展开翅膀似的伸开两臂,护住吴占奎的身子。

人群激烈地喧叫着,扭打成一团。在火车隆重的雷响中,飘泛起零碎的咆哮:

"我拧断你的胳臂。"

"一定露西亚军截击了。"谁用日语说。

"打开玻璃窗跳下去,快。"

大量浓烟冲门狂舞着灌进来。

火车急剧地开始飞驶了。旅客东倒西歪的,彼此撞跌着撕扯着,车厢也激烈地震抖起来。

迷眩又在侵袭吴占奎了,于是他拼力抓住车窗上挂帽用的弯钉,大豆垄、高粱地像无数巨蛇似的朝后扑去,山也倒塌在车后似的,他觉得心脏轻轻飘到胸口了,吴占奎把眼睛深深埋在睫毛里,他听到身后霹雳般爆响着炸裂声。

"火,火呀!"

"关上门,挤死了。"

"不能再进来了。"一片乱喊。

酸鼻辣眼的浓烟塞满了空间,咳嗽声在玉芳四遭爆响着,她望见护路警挥着枪柄冲到门口,耸起公牛似的阔肩膀,用力抗着门扇,可是外面的日本陆军们一股劲阻挡着门扇的关闭,且咬着牙朝门隙间插进腿来。

"打破玻璃窗,快,打破,用力——"

"跳呀!"

"你先跳出去。"

前面劈剥劈剥的燃烧声,很清楚地听到了。凝结的人群,突然像爆炸的建筑物般平空倒下去。

"别挤！别挤!"

"这里有病人——妈呀!"玉芳的身子,抵制不住背上的压力,脚跟起空了,吴占奎立时栽倒了,紧接着人群又朝前边伏压过来。当一只手掌扑抓玉芳肩头的当儿,她扭头咬了口,于是人群以手被咬的汉子为中心,重新朝后仰翻去。

"打窗跳呀！混蛋。"

"敲碎你的肉球,你不会跳吗?"

"火药车要爆炸了,——你不要压我。"

"谁说的,谁?"护路警用鹰的眼神注视着那声音的来向。

"一定是露西亚探子。"

"抓住造谣的。"

"独立党。"

"苹果踏烂了,你这蹄子。"玉芳在人们吵闹的当儿,向眼前那个朝鲜汉子,用日语骂了句,喉管一阵痒,又大声咳起来了。

二

玉芳小姐挟着吴占奎在人群中塞住,日本兵士混杂在旅客间,朝月台上布好的警探们打着招呼,彼此扬声询问。"火怎么起的?"及"没有受惊吗?"之类的声音,极清楚像在一片黑林子里说话一样,并且树林子或许偶尔会有风涛动静,可是这旅客群却哑悄无声,更显得话音的嘹亮了。

玉芳把所有的东西都堆在脚下,她是没有方法一边搬走它,一边使吴占奎不至于颓倒在人们脚踝间的,只好牢牢站在月台上,在挪动步子。焦躁引诱出来的愤怒,在玉芳的眼光里闪了闪,接着变成尴尬似的神气了。这是愤恨经压制而歪曲了的感情。她尴尬地看着人群从她身边慢顿顿地移过去,在他们前边是一列侦查员警,按个盘问、搜身,然后放过去。

一种没醒酒以前的迷离不清的状态,侵蚀着吴占奎全部的意识,连月台末尾严布的护路警,他都没有看到。一双像累了整夜的赌鬼眼睛,潜伏着渴睡的暗影。他不知道自己的两脚是落在哪里,同时也不知道自己是在作什么站着。等到他辨别出鼻子前,确立着一个嗅觉的眼神,挑剔自己的脸色时,他的感觉还是茫然地凝结着。他弄不清楚,是日本探警走到自己跟前,还是自己走到他底跟前。现在他发觉是站在一座洋楼的门口了,并且在判断究竟是不是完结了这场噩梦的情景,或是还在继续。渐渐吴占奎从迷茫深渊的极底,抽出身上所有的本能了。

展眼望望,尽是些高挂楼壁的广告牌,"富士楼""朝阳旅馆"等的彩色汉字,格外触目。挂"邮政局"壁牌的红砖楼角下,有平行的三层楼建筑——下面沙铺的街口,一些朝鲜人自这边走。站外,已停有多辆大板汽车,其间四轮的俄罗斯式篷车,忽动忽止的,马匹在互相闻嗅、低啸。驾车夫的鞭哨,配合着当当的马项铃,响成一串。

一切都给吴占奎某种新的刺激,血在他的脑子里鸣叫。呵!这么阔广的视野,这视野带来的烦忧、喧闹的景色!

玉芳小姐这时和一个满语学生继续谈着。

"是的,中村先生。指导官近来健康吗?"

"他刚从间岛回来,这次事件你没有什么感觉么?"中村特务官说话的时候,用手摸着他的光光嘴巴。他的个子挺高,有着硕大头颅,宽肩,不过两腿很短,穿着带马刺的帮腿皮鞋,两只猪眼,闪耀着磷光。

"吓死了,我以为将在车厢里火葬呢!"玉芳小姐接着爽朗地笑了阵。之后,摇手招呼马车了。

马车夫身着哥萨克式绣花衬衫,高丽绒黑裤,一边口里响着命令马匹的口啸,一边扬着粗壮的握缰手臂:"吴小姐,我老远就认出是您了。"车贴近来,玉芳就搀着吴占奎先后扶篷上去了。中村特务官向马车招了招手。于是吴占奎听见车夫打了个尖口哨,马缰一抖,四轮车绕过消防队的载水汽车了,那汽车在一瞥间,吴占奎很清楚地看见上面一小队戴铜帽的消防队员,正在压着射水机。现在马蹄嘚嘚地沿顺沙铺的石道敲打了。两边是些疏散的柳树叶,车站落在车尾后了。

"吴小姐,火车上没有烧死日本兵吗?"车夫并没有掉过头来小声地说。

"不知道。火灭了吗?"玉芳小姐眼睛瞅着车夫的宽背问。

"没灭!"扭转熊似的阔肩,车夫继续向后望着:"你看黑烟都满天了,直像大雾——我看是他们自己人干的,说不定给谁栽赃。日本子真是——"

打了个尖哨,车子转了弯。

一切多么新鲜呀?吴占奎觉得春雷震醒冬蛰的雨蛙那样欣悦。他重新见到午阳在路树的枝叶上所闪的光辉了。远方是眼睛望不见的天边,地上是无止境的道路,还有情色不同的行人嘴脸。并且从马车夫的鞭条挥舞的空间,吴占奎望见洋楼上矗立着的数不清的烟囱了。有什么东西闪了闪,顺着这光找去,他又望见一个少女面孔现在银辉的玻璃上。

这时玉芳只顾一手擎着镜子,一手在自己腮颊上施搽杏黄色的美容香粉,按照日本式的化装,她正想粉白自己的鼻梁,冷丁地神经一抖,她发觉镜子里映出一双眼睛,立刻她感觉到一阵震身的恐怖,心口就咚咚地跳起来。

吴占奎可还在凝神冥想着;那里面的影子不是陌生的,她在做什么呀!

"到家了,少财东。"车夫打着招呼。

吴占奎的眼睛动了动,意识从驰思的旷野缩回来,他发现篷车上只有自己了。他又望见眼睛所熟悉的板障子,一点也没有改变,不过仅仅露着终年给风吹雨淋所造成的曲裂痕迹。他猛然想到自己现在是回家来了。黑漆角门;方正的院子;贴窗下的酱缸;现在也许挤着酸菜——家可什么也没变。他脑子里想。

和母亲在房门口,面对面了。吴占奎望见她那挑着欣悦光辉的眼睛,有笑意的泪珠滴下来了。

"小奎——"母亲掀起衣襟,又朝里间大声说:"快出来看看,咱们的小奎——这样瘦了——"

吴占奎听见母亲声调颤抖着,仿佛琴弦般的尾音,他咧嘴笑了:"妈!哭啥!"

"唉!"母亲幸福地叹息着,"你看你瘦的——"

吴占奎迈进房门,望见了父亲,吴大鹏。他这时蹲在套间,仔细而准确地在木柴上起落着短柄小斧。头才剃不几天,短短的一层发芽,在瓜皮帽边下闪着白辉。下额有一层还没完全白的灰须,面颊瘦瘦的,眼光混沌。望见站在眼前的亲生儿子,像在感情的海里被投了块石子,他觉得胸间有什么动了动。之后,周身泛起了快乐的圈子,这在他是稀有的冲动。

"你还不快看看——瘦的。"吴大鹏听到老婆在呜咽地说。

"在大狱里,你还会找出胖子来么?"吴大鹏裂开绛紫嘴唇,直起微驼的锅腰。边跟儿子走进屋去,边说,"这小兔羔子,连声爸爸也不喊。"

麻脸车夫瞅到献殷勤的机会了。他把马缰一丢,朝飘溢着兴奋气息的屋里搬着毛毯、水果绳网、提箱等物件。玉芳小姐从自己房间跑出来,接过去。

"老财东真福气,得摆酒请客哩,不是福气大,火药车老早就爆炸了,光车厢就烧了两节。谁干的,哪能知道,有人说老毛子密探放的火。"车夫站在吴占奎旁边说。

"抓到没有?"吴大鹏显然很注意,为了帮助自己对日俄冲突上的估计,他不吝啬地这样追究。

"抓到两个,耳朵都叫他们打出血了。"车夫说,"马车全叫光了,看热闹的人,海啦。若不是我看到少财东回来,管保拉个来回座。"

吴大鹏知道不能继续探问下去了,车夫在话风里已经卖人情,吴大鹏意想到若再问下去,就会失去他讨额外价的推却。他打开帖包,抽出三毛满币。

"不用,照正理,我不该朝老财东,伸手——"车夫抓下鸭嘴帽。

"哪里话,哪里话,拿着。你也不容易。"

"真不好意思,老财东嘻嘻——一个烟泡涨到三元了。"

"我不会少给你,——好了,好了。"在车夫手掌上又加了一毛。

"老财东。百年遇不到一遭。给个喜烟钱。"手还伸着,车夫看着吴大鹏的脸色说。

"好了,好了。"吴大鹏望望伸到眼前的手掌说。

"老财东——"车夫翘翘嘴巴。

"不少了!"又加了五分,吴大鹏并伸手替对方弯曲了手指,帮助他缩回去。

车夫没有十分满意地走出去了,屋里立刻寂静下来,母亲也没有按照平时习惯去望月影的斜度,就炊火做晚饭了,显然是手忙脚乱的。她那枯索而机械的生活规律,完全给这少碰到的兴奋所扰乱了。像木棒扰转了的静水一样,不着实地在外间打旋。里间也没话声传出来,只有乌嘴的鼻吟,低低的使人听着怪不舒服,可是吴占奎却亲昵地接受着它的热忱。从它那高高卷着摇摆的尾巴上,吴占奎完全了解乌嘴对它主人的重归,是怀着怎样的快乐。所以吴占奎就任顺乌嘴的性子,让它用狼青色身毛磨擦着自己的腿。因之吴占奎的感情,被这热忱的感情温暖了。这时他发觉父亲坐在炕沿上说什么,于是使自己的眼睛离开了这蒙古种的狗。

"我问你,在什么地方让日本子捉去的——在大连吗? 那么为什么?"

"呵! 不为什么。"

"不为什么怎么会坐了二年大狱。"吴大鹏那两只埋在皱褶肌肉里的眼睛,并没望吴占奎。

"他们也没说为什么。"吴占奎弯腰用两手抚摸着乌嘴的尖颊,于是它的全身在他眼前不动了。一双棕黄眼珠没有什么意思地望着它久别了的主人,似乎又有为享受主人对自己的温存的气息。

"你弄狗做什么？听着，我问你！"吴大鹏说，"你说，到底怎么样坐的狱。"

"街里传说很多呢！当时有人说你犯了死罪——"母亲在外屋悄悄听着，抽空插了句。

"我也说不上为什么。"吴占奎低着头想，"父亲是在问什么呢？"

"问你话，你老是摆弄狗做什么？"怒意的腔调开始波荡了。

"你让他歇歇，不会明天再问。"接着母亲低低一声叹息。

全屋又暂时沉寂了。大豆秸在沙沙燃烧的声音，都能极清楚地听到。母亲一面躲着灶门扑出来的火苗子，一面自己对自己说："一回到家就看不顺眼，也不想想孩子刚脱下手铐脚镣——"掀起衣襟揩揩眼，继续小声嘟哝下去，甚至于她自己也不知道是在嘟哝什么。

晚饭的时候，吴玉芳推开自己的房门出现了，看见爸爸的脸色不欢喜，就哑默悄静地收拾炕上矮脚桌，又静静端上牛肉炒土豆丝，一碟野鸡爪，咸胡萝卜，最后端来一盏子葱油饼。

"你连筷子也不拿，我的酒呢？"吴大鹏阴沉着脸。

欣喜的气息早被吹散了。餐桌上，没有谁敢作声，吴占奎不时瞅瞅乌嘴像恐怕它会失掉似的。听到轻轻的叹息，才发现坐在炕沿上的母亲。

"妈不吃么？"

"我歇一歇，你吃你的好了。"母亲说。

吴大鹏每啜口酒，就停顿一下。睁眼窥着自己的儿子想些什么。手指不离开下颏的山羊须，总是那么摸捻着。眼睛露着随时要说话的神气。但又终于沉了脸，继续吸吮般啜酒了。

窗外门环响了声，接着这余韵，就几乎高叫般孕育着快活的呼声。

"大喜呀！——没有人在家么？——怎么连灯也不扭开。"

"他二婶儿进来坐。"母亲说着扭开电灯，"还忘了呢！"

"怎么连点响声都没有？他大哥不是回来了吗？"朝屋里边走边像春天母燕子似的呢喃着，"我来贺喜呢？做什么娇锅吃。"

"坐坐，上炕暖暖脚，怎么没抱双喜来。"

"闹眼睛呢！——柱子快给大哥行个礼。"一个四十年纪的妇人，在吴占奎眼前出现了，她一边望着他一边说，"你这样瘦了，不认识你这傻二婶儿子吧？快快讲讲你在道上的见闻——噢——我的天，这乌嘴吓了我一跳，活像个日本特务，老是在人腿上转圈。"

"这就是老王家二婶儿。"母亲在炕沿下朝吴占奎说，而且极力想唤起他的记忆，"你二叔开烧锅的。"

"这是你的傻兄弟柱子。"老王家二婶指指躲在自己身后的半大孩子说，"你看他，见人都不敢抬头。他大爷真真福气，姑娘、儿子，翅膀都硬实了——听说火车着火，没有伤一个人。"接着玉芳小姐有声有色地描述着她的遭遇了。

整个房间都飘起悦心的气氛，吴大鹏的嘴唇没有碰到酒钟，就又放到桌上，让老王家二婶儿朝炕里坐。似乎小菜里加了味之素似的，吴占奎对这娘儿们也感觉到极浓的兴趣了。他有时应对着她的问词，并给她解释得很明白，虽然句子短短的，可是在吴占奎已经是尽量抒散他所觉到的感情了。可是一谈到车上起火的事情，他就又茫然了。那像隔了悠久岁月的一片一片的记忆，模模糊糊。她又问吴占奎听到关里什么消息没有，同时告诉她珲春是埋在谣言中。她追述珲春以往的繁华了。问吴占奎还记得不？她断定他若是到城里溜达一圈，他必然会吃惊，什么都起了一个巨大的变化，正像鲜妍花卉被秋霜掩遮了一样，这里所有的全是假纸花，和腊造草。偶尔玉芳插一两句反驳的话，老王家二婶儿立刻会用"他姐姐你不知道从前的珲春是多么好呀！说句笑话那时你还是在人家怀抱撒尿的孩子呢！"一类的话，来抵挡玉芳投来的辩驳。吴占奎的注意力松散了。他发觉老王家二婶儿身后有什么东西。

"妈！我怕！——"柱子在低叫，一手扯住老王家二婶的衣襟。

"悄默声的，你再响，我就斫下你的脑袋来。"老王家二婶儿的手掌在柱子眼前闪了闪。

"谁！柱子也来了吗？"吴大鹏说。他正喝最后的一滴酒，手在捻着额须，在深深地思索老王家二婶儿的某一句话。一面撕一块小饼递给柱子。

"他刚吃过，不要给他糟蹋了。"老王家二婶儿说。

"小孩子转眼就饿了，整天蹦跳的。"

于是吴大鹏又思索起来。他活了大半辈子，从来没拿女人见识当块事儿。可是现在他觉着王家二婶儿的话头有点道理。现在她正说的，他可没留神去听。他觉得现在的珲春，真有些变了。譬如，街道是广阔了，并且晚上小火车的尖汽笛，可以传遍全城，他没有感到十分惹他反感的地方。虽是自己儿子被关到囚犯堆里住了二年，但在他以为那完全吴占奎自己不走正道，怨谁！——吴大鹏挟了口酱瓜夹在油饼里。这时望见吴占奎轻轻放下筷子了，像把鸡蛋放在玻璃瓶中那样轻微。

"这孩子怎样有点傻里傻气的，也不作声。"吴大鹏脑子里想，还瞅着吴占奎歪过去的脸。吃完饭，吴大鹏猛地抬起眼睛："写好户口报告单没有？ 快写！ 吃饭怎么不忘？ 来了查夜的人又该鸡狗不安的，陆甲长恐怕要睡了。"

"我不会送到区公署去！"玉芳小姐带煞门，把自己关到布置朴雅的房间里了。

一切停当，就把预备妥的咖啡色秋大衣，穿上了。她仔细望着壁镜里的自己，于是从心底发出一层娇美的自负，同时眼睛又挑着傲岸的光，偏左偏右周而再地望了两遍。她称心这新京裁缝的手艺了。可是她在爸爸跟前没露一点口风。她知道这货色会带来恶语的。她在屋里，尽自回顾着。她看到镜里的自己，默默地咧嘴哑笑了。冷丁地她给她打了个东京流行的飞吻，悄悄走到门边。

"我也回去睡了，怕双喜醒了又要哭。"玉芳小姐望见老王家二婶儿拉起柱子的手。

"他大叔不在家么？"吴大鹏说。

"在家,他哪有耐心烦哄孩子?和你的脾气一样躁。"老王家二婶儿走到外屋的时候,柱子又在说:"怕——眼睛——"她轻轻推了下孩子:"再说怕,我捶死你——头前走。"后一句是大声说的。

"他二婶儿小心走呀!我这给你侄子铺被也不送了。"玉芳听出是母亲在西间的声音。

"不送,还用送——这天道又要下雨,你们的酱缸好搬进去了。"听动静,老王家二婶儿走出院外了。

玉芳趁着爸爸转身挪转向炕里的时候,拔脚越过东间,跑到外屋。在近门的灶台上,有只豆油碗灯闪着一片忧郁的光,角落影影障障的,显得豆大灯火,格外孤寂,玉芳小姐悄悄摸到门边。

"小芳吗?黑灯瞎火的你又到哪去?"吴大鹏在门扇吱的一声响时高声问。

"爸爸不是说报户口吗!我到区公署呀!"

听不到吴大鹏回响的顷间。玉芳贴门立了一会儿,就偷偷溜出房门。外边有人影从黑暗的夜色中移近。

"谁?"

"大姑娘么?你大哥睡了没有?"

"爸爸,王大叔来了。"

"快进屋,老六。"

玉芳望见土老烧的旧棉罩袍,在油灯光前闪过去。于是慢慢走了出来,她听出爸爸的半高声音是含有稀有的高兴,出了角门,在夜的胡同上,她还能够清楚地听到屋里飘出来的"今天买了——两批好豆子——"爸爸的话声。

玉芳的高跟鞋敲打在沙石道的响声,泄流着满身的愉快,脑子里幻想着指导官见着她之后的笑容,两手插入咖啡色新大衣兜里,任凭秋风吹散着自己的头发,两眼虽是望着地下,可是并没有看到路灯在石道上划描出的自己的身影,是在怎样地移动、伸缩、浓淡。刚到胡同口,后边传来了喊声。

"去到逍遥楼叫一盏灯来,不知道你爹又有什么高兴了。"母亲扶着胡同说。

玉芳没有看清她的脸，也没有问问几份烟泡，就那样哽了声，接着拐进大街口了。

三

西屋一间贮积麻袋用的房间，响着吴占奎的浓鼾。他的头朝着壁窗，眉眼给被子掩盖了，仅露着染了层灰影的前额。炕沿上，有凝结成圆块的白烛油，可是没燃尽的两指长短的洋烛，却站在壁窗台上，显然吴占奎夜里曾起身做过什么，也许长久地患着失眠。并且褥子也挪了原有的位子，贴墙闪出一块不等边的三角炕席。

现在吴占奎在凶险的梦境里，听见有一种声音隐约地扰绕着。他于是醒了。

"滚，你给我滚。"吴大鹏一腿门里，一腿门外，抓着另一人的胳膊，半推半拖地用着力气。被扯拉的人，一脸灰色，为了使吴占奎极容易认清他的面目，就蜷起一腿跪在炕下，下巴几乎挨近吴占奎的鼻子。

"真不要脸——你又来，又来——"声音像是母亲站在门外发出的。

吴占奎还没有完全清醒，睁着两只失光的眼睛，却不作一点响声。

"请安——给少爷请安——赏个烟泡钱——"那身子遮在炕下的人，一面挣着被吴大鹏握的臂膀说。

吴占奎还没有来得及动嘴，那汉子的半面身影就被吴大鹏的身子挡住了。在吴占奎眼睛里一闪的，只有那身破碎布片像秋风里的凋零树叶似的飘动着的袍子。接着乌嘴骄狂地吠叫，院子里咒骂和驱斥的词句，低下去了。

"作什么的呢？"母亲进来时，吴占奎问。

"你不认识么？李汉臣那没皮没脸的东西。"母亲开始叙述吴占奎离家后，李汉臣的生活堕落的过程。她肯定那家伙之所以披麻袋,完全是由于大烟瘾的作用,并且连自己的老婆都卖给朝鲜人了。

"我到豆子市去了,你还说什么?"吴大鹏在院子里喊。

"知道了。"母亲朝窗口送着声音。

"鹁鸽子要下来了,豆子粒满地都是。"这声音一出角门,就听不见了。

偏过脸来,母亲继续讲李汉臣那家伙。她说,第一次来,她是怎样规劝他,而那家伙当面是没有一点迟疑地接受了规劝,于是她给那家伙五元"满"币,为了帮助他跑到屯城过戒烟的日子:"你想,他娘尿的。"母亲骂着:"临走他就偷去你爹那件狐狸腿的皮马褂子,你知道,你爹做了它,都没有舍得穿。就是宣统回关外做皇帝那年,开什么会,沾了沾身儿,他娘尿的,——叫人心痛不心痛?"她结束的时候说:"你知道,金三的烟瘾也不小了,一天得一两土,还不知道,哪辈子欠了雅亭的孽债,偿不清,还不完。——可是你歇两天,还得去看看你五大爷,他常常打听你——你还要睡么?"

吴占奎没有响,整个意识都给李汉臣的影子占据了。母亲起初说的那些话,吴占奎的听觉还能够有传达力,传达到脑子里,可是不久一切本能,都被自己脑子的以往记忆所溶化了,所驱逐了。吴占奎记忆里出现的李汉臣,完全是个朝气勃勃的小学教员,他还清清楚楚地记忆着李汉臣那双傲光闪闪的眼睛。吴占奎因为某种事情被训斥时,自己是常常见到的。

"想什么呀:你还睡不睡? 不睡,我好收拾饭,我们可是都吃了,你看日头快歪了。"

吴占奎的耳朵抓到母亲后尾所说的几个字音,想想,母亲一定是在催着自己起身,于是不说一句话,就爬起来了。接着又听到母亲离开这屋,留下的低低叹息。

早餐还有油饼,这是母亲特地给儿子留下来的。因为饼页受了多量的蒸气,有点发黏。母亲并告诉吴占奎:"锅里整天糊锅贴,吃得起白面的人家比沙里的金粒还少,只有官厅没改谱儿。"可是她预备晌午还给他包顿饺子吃。她虽然明明知道自己那个糟老头子吴大鹏会给几句话听，但她是会用"五月节买的一袋面，吃到今儿个，还得要怎样省"的话来遮挡。这话，母亲早早就预备好了。

"吃完饭，不要到街上去吧！碰到喝醉的日本子，又是个岔儿。"母亲两眼望着吴占奎说，"你不知道说话都不能不顾地方，特务比苍蝇还多，这几天听说又要和老毛子打——"

"娘，李汉臣就是当教员的那个吗？"

"不是他是谁，你怎么又想起他来呢？别想吧！——你可千万别往零卖所里跑。金三天天和雅亭混，秤锤不离秤杆，人家谁不笑话。"

吴占奎望见乌嘴第三次摇着卷尾进来了，咧嘴朝自己善意地睁着两眼。吴占奎觉得昨晚某种情绪，已经离开自己远远的了。它没有煽惑起主人的感情；并且吴占奎也似乎没有得到它对自己的亲昵。他出门的时候，没有望它，也没有吓吓它，因为吴占奎像完全没有见到乌嘴跟随着自己似的，虽然它还用脚爪来嬉弄过他的脚踝。

"你到哪去？"母亲在院上提着扫帚问。

"陆洪达还住在前街吗？"

"那小伙子，两年没见了，听说搬到屯坡去种地，为什么要到那条街去？"听不到儿子的动静，于是又低低叹息了。

李汉臣的影子，抗拒着吴占奎另外的想头，在拼命扰闹着他的脑子。他不知道自己的两脚，已经走过门前的桥；而且那桥已改造成三合土的新型式了。就那么低着头，踽踽地走到胡同口。发觉身后有喊声的时候，才停下来，并且也发现自己是快走到大街上了。

"怎么这样叫都听不见？"母亲追来说："你别往西大庙那边跑，知道吗？那里都是老高丽日本子闹事的地方。"

"啊！"

吴占奎稍微踌躇一下，顺脚向西街走去。老远有一座日本式酒楼似的木筑高厦，映入他的眼睛里。他这时开始注意到，他的周围都变成陌生的了，只有街道边的地板，是熟习的；还有王家小铺的古老的茅草房子，他是连颜色都认识的。走过时，他想朝里瞥一眼，可是门外的招牌已引他注目了："大东采木公司作啥的？"他想。路过木筑高厦，因为有一个少女，站在门口，吴占奎就失去朝门里探视的兴趣；同时躲开一辆驾着两匹俄罗斯种马的四轮车，让它从身旁驰闪过去。

"吓吓，你是啥辰光到珲春的？"迎面的人问。

"噢，金立吾么？"吴占奎不知道对这身穿日本和服的青年，怎样说话了。这时，对方的眼睛，穿过他的肩膀，似乎是朝吴占奎身后的人，打招呼。他转脸的工夫，被认作金立吾的青年已经从身旁走去，并且和一个戴宽边眼镜的汉子握手了。

"不是他么？"吴占奎想。——"可是很像呢，也许那汉子也是从什么地方新到这儿的。"吴占奎感到认错人所应有的窘赧，低下头，不看两边行人，又开始迟迟疑疑地走动起来。那步调像是他随时可以转回身子，朝原路走回去似的。

"占奎，你向哪走？"金立吾追上来，握住吴占奎的胳膊："你不会走大步么——到我家去坐坐。"

吴占奎嘴唇动了动，不知道推却，还是顺从，可是就那么跟在金立吾身后走起来。他像跟随不上前者的脚步，又似乎前者有意让他离开远一点似的。立刻吴占奎觉到，他是不该不在前会子谢绝的；虽然他的父亲是被自己称作五大爷，可是想到前者是东京留学生，对自己的傲性又涌上一种不适合的恶感。但他是一直进入宽大而有朝天杨树的院落中心了。吴占奎现在才撇弃了那种不愉快的感情，望见上屋的歪斜东墙，被粗椽子支撑着。

"房子柱脚要修了。"金立吾似乎窥出观望者的心思，解释着，"这是我结婚的那年，修了修西间，东间没敢动，慢慢地东墙才朝外斜了。因为那年东方有太岁星，所以没敢轻易动土。"

"这棵白杨，就是从陆洪达家里要的栽子吗？"

"是的，你还记得呀？——进屋。"

“这树——那样大了。”

金立吾领着这位幼时代的好友，进谒父亲的当儿，先嘱咐吴占奎，为了顾忌父亲的健康，得少说话。吴占奎点头小声答应着，身子穿过了房门。

金会长被半身麻痹症缠磨了五六年，除了脸上和别的老人一样没有血色外，吴占奎觉得病者的腮颊肌肉，完全没有了，光剩了一层皱皮。金会长躺在绣花的垫褥上，衣服还是闪着华丽的光，不过颜色油灰了。起初，金会长闪着对来客有点疑迷的眼色。接着金立吾介绍了。意外地，金会长掷掉手握的《三国演义》，似乎为了要坐起身来，挣扎着身子。这艰窘的动作，立刻给金立吾阻止了；同时吴占奎也发觉这动作，对自己的辈分是不妥当的；可是没有说什么。接着，零碎的询问开始用颤抖的嗓音，穿进吴占奎的耳朵里。吴占奎并不逐一解答，只在对方问到中日战争的问题上，发挥了些意见。金会长并没有闪露厌烦或疲乏的脸色，相反地，他继续追问着；甚至于吴占奎二年的囚犯生活怎样熬过的都要知道。有时金立吾替他的很少说话的友人，向自己父亲解释着；然而金会长并不满足，他忽然用很少有的兴奋语气，讲述自己的家庭生活变迁了，很明显地，他不认为吴占奎是晚一辈的人；那口吻完全和有年纪那一流人谈天一样，这在吴占奎是高兴的。

“……就这样结婚了，”金会长也似乎怪机灵，见到儿媳给来客沏茶，于是转了口风，“就这样也抽上大烟了。我们爷俩两只烟枪，你想想——”

“你看到了吧，那就是她。”金立吾站在炕沿边朝老婆站的方向噘噘嘴。

金立吾老婆有着年轻女人所有的一个健康色的红嘴唇，可是眼睛似乎不敢朝来客看，还露着少妇脸中所常见的羞怯。不同的只有蹀蹀躞躞的步法，不用看，吴占奎就知道那两腿底下定是穿着小红绣鞋的。她把茶端到客人眼前，垂着眼皮走开了，并轻轻放下门布帘。

"……粳米吧！政府又统制。"吴占奎不知道五大爷是怎样牵扯到这上来，"打了一百多石粳米，你想想，政府当时就硬逼着收买了九十石。我本来打算八月节卖出去——眼前珲春的粳米涨到二百多元了，你想想，不生气？"

"老会长和谁谈天，谈得这样起劲儿。"门帘掀开，走进来的是吴占奎从小认识的刘尖嘴子。

"我们磕头老六的儿子，你看几年就长得这样高了，我们这辈人还有不老的！"

"我在日本领事馆当差的时候，他还满街撒尿呢——背着个小书包。"

吴占奎并不看刘尖嘴子一眼，就趁机退出来。走进对面屋，金立吾的老婆立即抱着不满周岁的孩子，下了炕。

"抱过来，"金立吾又转向吴占奎说，"这是我的孩子，名叫和尚——和尚叫叫叔叔，啥——又哭了，见了生人，就哭，妈妈的，把你掷到井里去——"

"和尚他娘，——"金会长在东间喊，"把灯点着。"

于是金立吾老婆，像早晨出笼的母鸡似的，把孩子递给自己男人，一面高声应着出去了。

"我的那盏灯，也拿过来。"金立吾命令般说。

吴占奎把整个脑力，又投到追溯以往记忆的深渊，那储蓄着无穷事迹的深渊，感到对这不相信又摆在眼前的小生命，有些零碎的感触：——妈的，人家都有孩子了。

"嫂子是从山东接来的么！"他禁不住问。

"就是你到北平那年接来的，我夫年春从东京回来，就有这小东西了。"

吴占奎窥出金立吾那双眼睛挑着欣然的满足的光辉。并且他现在才注意到对方下巴刮得青青的，从他脸上一丝忧郁都找不出来。虽然烟气很浓，精神倒十足。

"在这儿吃晌午饭吧！"

"不。"

"为什么！还有事么？"

吴占奎顺口嗯了声，门帘缝里有只端铜盆的手伸进来了。随着金立吾老婆现身走进来，金立吾立刻递过孩子去，放身躺到炕褥上。

"来一口。"

"不。"

"我这杆是万年蒿的呢！"金立吾用手敲了敲自己所爱惜的烟枪，"住两个月，你就学会了，不怕你骨头硬。"

"为什么？"

"苦恼。"

"你也苦恼吗？"

"我是过来的人了，孩子都有了。"

于是吴占奎望见金立吾眼睛里闪出金磷似的光了，那是烟灯反射的作用。这一刻工夫，金立吾沉默而聚精会神地注意着烟泡的成色，边用熟练的手法捻转着。而吴占奎却记不起他的一时前的面目了。这时对方的宽额似乎闪出了另一种阴郁的影子，那对吴占奎完全是陌生的。直到金立吾说话的声音和烟雾从嘴唇间一齐吐出来的时候，才把吴占奎的注意力移到听觉上。金立吾在感叹似的说着自己结婚后的心理变态。现在他决定把自己的一部分青春，赌在未来的事业上了，他悔恨过去没有远见能想到这一点，而新生的孩子，才提醒了他。

"我知道什么是家庭了，并且家庭的基础，也需要我来稳固。老头子可从来不这样想。我曾经提过好几回，把东洼子的地押出去，开买卖。合兴公司的股子，也抽出来凑上。占奎，珲春有份好生意，管保发财，那就是酒馆，当然说的是啤酒，你没注意，开来的日本军队是多么能喝。听说王老烧今年得赚这个数。"金立吾一手挑着第三个烟泡，一手展开五个指头晃了晃，"可是我们要弄得比他们出色，第一样少不了的，是日本酿造手，再就是缺不了的味之素——女招待……"

吴占奎并没感觉到兴趣,他觉得该走了;但给金立吾顿然坐起来的神气吸住了。那样子似乎有机密的话,必须自己挨近才能有权力听到,可是吴占奎并不那样依从,虽然脑里是明明白白的。

"占奎。"金立吾喷出口烟说,"怎么样?我们来合伙开制酒厂。我告诉你,想找事做的念头,趁早打消。你看刘尖嘴子多神气,他是和三浦打伙干豆子行起家的……你怎样?要走吗?"

"嗳。"吴占奎直起身子来。

"一块儿走,我也要出去。"金立吾转脸朝老婆望了望,"端到那儿,道理都不懂。"

吴占奎没有注意到,眼前有盘橘子出现了。金立吾塞给他一把,他接到手又放在炕上,眼睛在壁墙那幅回銮诏书的挂轴上,凝视着,可是那究竟是什么,他都没看见,更可说连想都没想。

"你有什么心事么?"金立吾说,"不要看它,我和你说正经话,你不干,能想法替我取几百块现钱吗?——我是等钱用。"

"我今天看见李汉臣了。李汉臣你知道吗?"

"别提他吧,自己打自己耳光,当初我们劝他,还有陆洪达也在场,希望他和父亲的关系,还凑合着维持下去,他不听……怎么的,你不高兴叫我说话么?"

"我要病。"吴占奎用只能自己听到的声音说。李汉臣的事情他完全忘光了,不知金立吾在说些什么。几次想问雅亭那女人,然而要说时,这影子又溜走了。现在他还追索:——脑筋真糟糕!到底我想说什么?而金立吾对他出神的眼色,他一点也没发觉,就那样走了,连"再见"都没说;或许他完全没想到身子是在什么场合。

"你不好大步走么?有特务密查跟你。"在门口,吴占奎听到这声音。

"什么?"他问。

"就是我在街上碰到你的辰光,不是你背后有个戴眼镜的么?他就是特务密查……好了,再见。"

吴占奎边走边尽自想着——究竟自己有什么值得追踪的,他没有智力来解答,然而又不肯不深一层追究,于是疑团越来越凝结了,混乱了……接着他又失去了这思索线。记忆力像迷失在深茂草丛里的雨蛙似的,始终爬不到对象边——池塘。随之也就失去了主宰力,于是他的脸色又有苍白的影子闪露了。脑子似乎蒸发起云雾,而且这云雾缭绕成一团。他感到过分劳动后所有的那种疲乏,并且身子越来越沉重了。他极想随便地倒下来困一会儿。他知道自己这时用手扶着什么停顿下来了;也知道用手扶着那东西,是为了支持自己的身子不至于跌倒下去。不久之后,吴占奎扶着墙壁抹转身子了。他在想:我要到哪里去,回去睡一会儿再说。他摸索到门环,用力敲了敲;因为推门的力量,他似乎也失掉了。

"谁呀!"

"我。"

"他叔叔,你忘了什么吗?"

现在吴占奎完全清醒了,在金立吾老婆问自己"要进屋去不"的时候,吴占奎摇了摇头;并且望见了金立吾老婆在门空现出来的两只吃惊的大眼睛。吴占奎迅速地转回身,超乎平常那样第三次在这条胡同上伸动脚步了,可是周遭的景况,还是他第一次注意到。他发觉附近找不出一丝是自己幼年时期所熟习的。他认为左手该是一条矮矮的土墙,但现在眼前的却是一片高砌红砖的楼壁,上空还有拔过墙的一小节朝天杨,另外半道矮墙的位置,则变成纯日本式的炭木黑板障子了。贴胡同口的右手,是新修造的两层西式洋楼;原先,那是磨坊主儿住的朝阳草屋;并且门口经常拴着一匹老毛驴子,这是吴占奎最熟习的。即便有时没有毛驴子,粪堆可总存留在这条道旁的。他这时听到碾米机嘟嘟响了,顺声望去,两层楼角,有青烟一朵朵冒着。吴占奎怀着一种又感喟又新奇的心情,走到后街口。这里对他更加陌生,在麇集的朝鲜住屋左近,找不到一小块空场,更哪里有坟墓间的绵羊群呢!直越过去,终于吴占奎望见那条阔别了很久岁月的红旗河了,仅仅它本身是没有变化,像为着观望人间而倔强地存在着似的。这时吴占奎的胸襟，荡漾起少有的亲切感。他用第一次疑视乌嘴的眼色，让河身在自己视觉里多温暖一会儿。

然后，又疑疑思思地顺着河沿走下去。一时前的迷离混沌的神情，完全失去了；以至吴占奎忘记了他曾有过那种感觉。

"到河南沿去做啥？你不回家吗！"吴玉芳在桥的另一头喊。

吴占奎抬起低了许久而不觉乏的脑袋，朝河北沿咧嘴笑了笑，因为他没听清楚她在说什么，同时在想：——那天空是多么高大辽阔呀！

四

玉芳碰到吴占奎的时候，是刚从国防妇女会出来，因为她没有碰到松本指挥官。现在她预备到学校去了。

她的全身打扮得像逢到节日或赴喜宴去似的，穿着剪裁时兴的新大衣，下身是超等高丽绸做的轻飘的裙子。那肉色的人造丝袜，显着两只小腿肚非常结实。还有大连皮的高跟鞋，那上有闪着光的镀银钮扣。她迅速地扭着两股，健美的步子敲打着商店前的水门汀嘚嘚响着。宽阔的砂石街路，半明半暗，阳光把高矗的建筑物的线影，描画到街心。吴玉芳能够极清楚地望见。阳光下走着的农校学生，他们都集群结伙地议论着什么，男生一律穿着协和服，女生则是一色颈后飘着大方领的黑纱衣裙，这是最流行的东京式的无袖的装束。两只胳膊，隐在衬衣的白的短袖里。玉芳小姐没有和她们打招呼，一直拐进铺满阳光的宽胡同，迎头是一个二等日本兵，他那肥胖的身躯，贴着墙，背着脸，站在那儿。另一个有满腮黑须的，等着他的伙伴，一边解开衣扣，畅开怀，一边说什么。玉芳小姐轻轻从他的背后走过去。在学校门口，她又遇见一个矮身巴骨的日本兵走出来，她很快地预料到学校是驻扎军队了，可是街上明明有些学生出来吗？她想：也许搬了校舍。然而她没有退回来，仍旧朝池月芙子主事①的寝室走去，绕过一连七间的空虚教室。

"日安，池月样。"玉芳两掌贴着膝盖，深深弯了下腰。

"噢！吴样，新京回来多久了？"池月主事在席上双腿叠臀，像虾似的躬躬身子。

她们之间，开始有礼貌地酬对了。在玉芳小姐脱掉鞋，迈上细致的台湾席上之后，又诉说了一遍火车上发生的火灾了。为了把自己的不平凡遭遇表示得更有趣一点，她有声有色渲染着当时这样的混乱，并夸大了那危险性，池月偶尔紧张着脸静听，偶尔止不住嘻笑起来，不久就又静听了。

这时屋外传来淆杂的吵闹声，混合着稍远的马匹的嘶鸣；尤其是马蹄刨蹴着石质东西的声音，特别响亮。谁高声咒叫着："你这蠢渔夫……我的喂马豆，都给我炒焦了。醉鬼。"

"还有马队吗？池月样。"玉芳尖着耳朵，眼睛并不望池月主事，那马匹的低嘶，像从办公室后的体育场那儿发出来的。

"教室东边的空场，也变成马厩了。这是中村骑兵队。"

"主事，你拿你的眼光估计，日露真有战争发生的可能性吗？"

"为什么没有？"偶然池月主事说了句"满"语，然后又用日语说，"而且最近就有可能，大日本帝国需要敲敲露西亚的高鼻梁了。我们不要谈这些吧！"

池月主事站起来，把七月号的妇女俱乐部顺手放入窗边的书橱里："我们到城外运动场去，学生都集合在那里。"

"又欢迎过境的'皇军'吗？"玉芳望着池月主事的两脚。那光润闪眼的丝袜，连脚趾轮廓都清清楚楚地显露出来了。

"说不定，郎校长也在那里。"

"主事，你的丝袜是在这里买的么？"

"不是，从大阪邮来的，朋友邮给我的。"

于是两人，一前一后，下了台阶，这才穿鞋走出来。院落里几个

---

① 学校除校长由"满"人担任外，设主事一人，由日人任之，握有全校主权。

年轻的日本马夫,在挑喂马的草料。从第三教室窗口突然飞来一个有力的啤酒瓶,显然是醉鬼们和马夫的胡调,啤酒瓶跌在池月主事的脚后,爆裂开了。

"对不起。"窗户里爆发的哄笑夹着这句话,落在池月主事的身后了。

"他们看见你这满洲姑娘很高兴,不是吗?"

"不要卖弄舌片子,这些兵士一定才入伍。"

"不知道,可是松本指导官,找你两趟了,你们遇见过了吗?"

"没有,派仆人来的吗?"

"当然是'亲自出马'。"池月主事的眼睛深深地向玉芳小姐瞥了下。

"别的不好,'满'语你可学得进步了。"

于是她俩静默着了,谁也不再说话,尽自肩靠肩走着,像是彼此各自怀着某种心事似的。玉芳小姐嗅到城外飘送来的七月的草香了。路侧一亩高粱丛,欣欣地舒展开阔长的叶子。铺沙的马车路,沿顺着两边的谷地和豆子垄沟,直伸入远方的旷场,一种少有的兴致,在玉芳小姐的脸上,泛出喜气扬溢的光辉。像骄阳下抖着羽毛的百灵鸟似的,她挥动着一臂,撕摸着路柳的枝条,这时忘了自己,也似乎忘了身边的池月主事。突然她望见朝自己走来的父亲了。她不知道吴大鹏是在寻找她,还是有另外的事,向经过这条路的。她迎过去,等着父亲朝自己吩咐。

"你到哪去,穿了谁的衣裳?"吴大鹏问。

"借的。参加……"

吴大鹏没听清楚下面的话,已经走过她们的身边了。他本预备申斥她几句:"为什么自己衣裳不穿,借人家的呢?"然而他顾忌到自己女儿的身份,他不想在她的同事跟前,给她羞辱。

贴着城墙边,吴大鹏走到豆子市。

这里除了两辆牛车外,没有什么货色;连他日常所碰到的几个同是买户的敌手,一个都没有露面。朝鲜农夫的裹头巾,在他眼前出现了,那汉子正提着一筒水,走到牛车前,用嘴打着命令牛喝水的口哨。

"从哪拉来的?"吴大鹏用高丽话问。

"W镇。"朝鲜农夫蹲着说。

"就这一车吗?"用探筒敲敲麻袋之后,吴大鹏蹲下来。

"很多,有五六十石……都逃难呀!还有玉蜀黍。"朝鲜农夫轻轻摸着黄牛的耳朵。

背后,有大轮牛车赶来了,车轴老远就吱吱响。吴大鹏回脸望着,大轮车上装满锅、木橱、高丽柜子、淘米盆、吃粮麻袋等等零乱家伙。坐在上面的朝鲜女人,花毯蒙着上半身,看不出包掩在里面的脸色。合兴油坊的外柜老董,一个红眼圈、小鼻子的小伙子,从车后跑过来。

"吴财东,W镇进来一大批豆子,大公、鸿记都迎到二颗柳去了。"

"他们买妥了吗?"吴大鹏迅速地站起来。

"没买妥,正递价呢!"

吴大鹏跟着老董,越过空旷周遭极其喧嚷的饭馆,左近是宽阔无涯的山坡了。老远就望见车队的连串隐约的影子,尘土飞扬有丈把高,雾沉沉地罩在上面。

"一定让鸿记收去了。"

"他们都是逃难的,听说W镇住了五六百国境监视队,都是些老毛子和高丽人,喝醉酒就闹得男女不安——"

"大公家是让尖嘴子来的吗?——那么买不成也抬高价钱了。"吴大鹏朝远处望着,肯定地说。

斜岔公路上,横飞过两匹马,一个胖得麻袋似的日本军官躬身在马背上,一耸一耸地消溶在尘土里了。

尖嘴子已从领车前,掀起前衫襟走过来。

"吴财东!这批豆子拿起价来了。"

"你们给到什么价了?"

"起初鸿记给四十九,后来三弄两弄加成零这个数了。"尖嘴子伸手在吴大鹏袖筒里作着暗码。

"成交了没有?抬得太高了。"望着尖嘴子抓起瓜皮帽,那热气就从他发间不止地飘腾。吴大鹏想:——力气可卖得不小——尖嘴子想要揩汗了,把手帕里包的大豆样抖落在左掌上,然后又递给吴大鹏。

"你先看看成色。"

吴大鹏抓一把送到眼前,成色满好,又极匀净:"倒可以,不过价太高了。"

"吴财东,咱们这样办。"尖嘴子擦擦脸说,"商量着递价,反正这批东西非从鸿记洋行手里夺回来不可。"

吴大鹏点点头,没说什么。牛车队已来到眼前了。领车旁,披花毯子的朝鲜女人,赤脚顶着一口锅走来,吴大鹏斜身让她闪过去。她背后一个长脸车夫,扬着牛鞭,在赶牛车。吴大鹏转身和他并肩走着问:"豆子什么价肯出手?"

"到豆子市再讲,我也摸不着行市。"

吴大鹏挪到车尾,在从稻草空间露出的麻袋肚上,插入探筒。车夫立即转回身高喊着:"麻袋都给你们的探筒戳碎了,不要再探了。"

"不要紧,伙计。"

"不可以,不可以。"车夫撒开牛缰让牛车自管走去。

"看一看,怕什么!"吴大鹏还在朝里探。

"你要试试我的力气吗?"

"老崔盖,你发什么脾气,你的牛要跑到垄沟里打滚了。"尖嘴子跟住车轮子,用熟练的高丽话说。

"打鱼还怕大鱼撞坏网么?"吴大鹏抽出探筒。一擎手探筒吐出豆子,积满了一手掌。吴大鹏再用空探筒扒弄了一下,找不出碎粒或沙砾,后来又塞到口里两粒,咬了咬,挺结实。

"老董拿纸包包。"

吴大鹏站住,让领车驶过去,接连的是牛车,那是匹肚皮有花纹的母牛。吴大鹏绕到车尾向前望望,隔了麻袋垛的另一面,泛出一个红鼻子的脸,眼睛正朝自己盯着。于是吴大鹏装作漠不关心的样子,袖了探筒,小步走着。

"吴财东来晚一步。"鸿记洋行的外掌柜李骏发从他身后赶过来。他光着头,圆脸,凸肚,一只金边门牙,从他那咧着的嘴唇间露出来。

"妥了吗?"吴大鹏的两眼并不望李骏发,在那花牛车尾又插入探筒,手就离开了豆袋。

"八成妥——听说少财东回来了,老大哥得杀喜猪呢!"

"在大狱里,得病了,疑疑魔魔的,你不,我早叫他看看你了。"

"不是因为日俄情势紧张,赦出他来,再抽他当兵吗?"李骏发低声问。

"谁知道,我也懒得问他。"吴大鹏默默抽出了探筒。

现在吴大鹏像看完牲口的屠户在估计出肉分量似的,哑默悄静地合算着该出的豆价。当他合计好,就追上尖嘴子,这时候,平空突然高拔起来警报的鸣笛。

豆市口的人群,混乱了。喧叫声爆响着,有的顺街跑开去,吴大鹏冲出车队,紧拉住尖嘴子的手。

"这一定又是防空演习,我问你,豆价要拿住,不要再朝高里放了。"

刘尖嘴子没说话,一个满洲警察响了警笛,从他俩之间撞过去。

"八成是俄罗斯飞机。"刘尖嘴子说,"吴财东,我们还是到福兴馆去避避吧!"

福兴馆是坐在豆市口的回教馆,一连三间门面,贴门是肉床,上面摆着一只新鲜的肥牛腿,对面烧卖笼的砖灶间,喷放着热腾腾的蒸气。围着包头巾的朝鲜领车,正蹲在老婆裙边,两掌捧着惨白的脸喘吁。老董从他身旁跑过来,似乎有话说;等到看见吴大鹏在和朝鲜领车低声倾谈,就悄悄站在一旁,不响了。

"老崔盖。"吴大鹏抓起那汉子一只手,"这个价,给我送去。"

"露西亚飞机来了吗?"

"那谁敢说,炸弹下来,你连豆粒都检不及。"

"吴财东我们得拼到一堆儿递价。"刘尖嘴子一刻不放松眼前的影子,这时他没有靠近吴大鹏和那朝鲜汉子的身边,距离尺多远,把手扶着肉床说,"二一添作五,反正我也不往上抬价。"

"进来,慢慢商量,老崔盖——进来,坐坐。"

街上有人高声嚷着:"防空演习呀,怕啥!"空气立刻松弛了,吴大鹏发觉老崔盖的眼睛,重新扬溢起光辉来。

阳光像地毡似的,在豆市场卷放开一片金光色。马蝇贴着牛群肚皮,嗡嗡地鸣叫。公牛们兴致勃勃地闪着蛋大的眼,有的更拉长喉带掀起阔嘴鸣叫不绝。噪杂的人声,在其间起伏。吴大鹏眼望着刘尖嘴子消逝入豆车群里了。

"老董递到四九八的数,你出头买进,我找鸿记去商量商量。"吴大鹏两手分拨着人群,挤到圆脸凸肚的汉子跟前了。后者正小声说着什么,肩膀靠紧领车车夫,周遭的短柄牛鞭,像蛇似的在人群腿骨间抖跳着。

"我们这样办——老大哥你过来。"吴大鹏拉过鸿记外掌柜,走到朝鲜车夫们背后有母牛车的宽夹道,小声说:"我们该拿拿了,反正大公也嫌贱,讲卜去,一巴掌的数,他们也许不肯出手,要买呢,反正'三一三十一',外手当然不准他们插进来。"

毛色光泽的小牛犊,像兔子样纵着四个蹄子,跳到吴大鹏身侧,翘嘴撕嚼起车上的麻袋来了。

"你说是不是,——去。"吴大鹏挥吓跑小牛犊接着说,"三一三十一。"

"好的,不过一句话算数。"

"那自然。"

人群又汹涌地散开来,像爆炸物扬起的尘屑。向市场四围飞跑,牛犊可兴致淋漓地在吴大鹏眼前踪东跳西的。杂乱的牛车空隙间，现出满洲警察的黑帽子。那家伙在和一个光头汉子撕扯，并且高声吵闹着。于是吴大鹏绕着车走过去，还没到他们跟前，望见那光头汉子的一双眼睛，吴大鹏就立刻证实了他的猜疑没有错。

"你在这场儿做啥？妈的，还不给我滚开。"吴大鹏老远就开口骂了。可是吴占奎像等待斗角的公牛一样，插腰直立着身子，并不动。吴大鹏知道这话没显出效能，就走到警察跟前去。

吴占奎望着警察朝自己翻翻眼皮，有力地歪着脖颈走开去了，听不清那张嘴说的是什么。

"你还站在这做啥？"吴大鹏望见儿子，"你不知道，还没解除警报吗？"

吴占奎现在纳罕父亲的出现了，并且不知道自己刚才是在做什么着，像铁屑遇到磁石似的，也被父亲引到福兴馆里去了。

解除警报的汽笛，震耳地叫起来，吴大鹏撇掉吴占奎一斜身挤到豆市场。提鞭的车夫从四边涌来，噪杂声喧天地响，有人使劲挥着鞭哨，朝车队间跑。因为牛犊已经撕裂开某辆车上麻袋，大豆像瀑布般流着。

"吴财东，妥了。"

"不是大公放平了吗？"

"这个零数——老崔盖，往吴家大院拉。"老董扬了扬臂，一手作了个码子。

"拉到合兴油坊去。"吴大鹏欣然地说。

"吴财东，你收去了吗？"刘尖嘴子追上来问。

"不是，合兴收的，放的价也不便宜。"

车群有次序地头尾相接着动起来，拉成一长串。有的车轴吱吱响，吴大鹏找着给牛犊撕开麻袋的那辆车，撕起把稻草把漏洞儿堵塞了。

五

正如读者们所知道的，吴占奎是一个在北平读书的知识分子。

一九三一年春天就和中国北方那些高级中学毕业的学生一样，怀着一颗热烈的求知心以及对大都市生活的欲望，来到北平，他考取了北京大学的法学院。不管是必修课、选修课，他都是按时按班挟着讲义夹子走进课堂去，从来不迟到，更不要说旷课了；若是有校外学者来讲学，他也是照例坐在前两排的地位上，不声不响，摘录着他所要记的笔记。相反，他对课外的活动，从来不参加，而且也不注意。有一次，他在学生会的布告牌前，站立了五分钟，看完那上面征求同学参加青龙桥游览团的布告，已经使某些同学惊奇了，自然，这年的"九一八"事变，也没有在他脑子里夺得多大的位置，正如当时那些当权名贵所号召的："学生的职责是读书，你们吵着，闹着，罢课，请愿，就能救国吗？"他是道地的奉行者，这也不是有心遵从那些当权名贵的意旨，而是他本身的习性使然。他没有什么相投的同窗；然而每天埋头在法学的书籍和讲义上，却也不觉得寂寞。若是说他有什么课外的娱乐的话，唯一的场所，就是哈尔飞京戏院子了。那时候荀慧生、郝寿臣等名伶，都时常在这里挂牌。而吴占奎是独来独往，并且每次全是买座位在阴暗角落里的低价票。散场了，就叹一口气，这就是表达他内心的赞美和愉快的感情了，回到公寓，依然还读两小时英文版的《国际法》，从这里又可知道他是怎样的平静。

　　完全像是一个森林里的猛虎的姿态一样，当他吃饱了的时候，舔舔自己的嘴唇，低俯着头颅，那眼睛就分外温顺，仿佛只有一个找地方困觉的想头了。吴占奎的日子，就是这样平静地度过的，眼睛就是这样温顺，在人丛间——不管是同窗们的集群，还是哈尔飞京戏院的观众们当中，他就是这样，如同饱餍的猛虎穿越森林一样穿越过去。不管同窗们的眼睛是怎样地向他露着歧视（那一瞬间，都会为他走过的影子而抬起脸来），但可以看出他的孤独和自负，给予同窗们的印象不是可轻视的，而是面对一个有力的敌人那样严肃。本来嘻笑着的，就减低了这种可能更轻狂的成分，为了避免加重吴占奎对自己的蔑视，而且脸色虽然严肃了，但只要吴占奎点点头,就又准备着笑意去接受他的注意的。自然另一部分作着课外政治活动的进步分子们,对于吴占奎是如同一列司空见惯的路树看待的。彼此走过,却从来不打招呼,仿佛陌生人对陌生人。

这年冬天,吴占奎要回到关外的故乡来度假期。由于书籍和笔记全部封在旅行箱里,一年来他第一次感到胸襟的轻快,第一次望见冬季天空下的一望无际的雪野,沿途那些埋在雪堆里的丛草,那些顶尖露出寸把高的草枝,那些在雪上低飞着的寒雀……想着时光的交替,想着离家一年的异乡作客的日子,想着故乡里的幼年小友,恐怕都变化了,随着年月变化了。自己呢,该怎样用功,才不辜负这宝贵的青春呀!

在天津住了一天,当夜因为办理"入国证"的手续,吴占奎才开始注意到东三省事变对他自己的影响。简直是一道长城分作两个国家的组织呢!虽然偶尔从过目的报纸上,吴占奎也知道溥仪的回銮大典,然而那究竟是文字上的东西,等待亲手从大东公司领到印有"满洲国"字样的"入国证",就惊讶了。唯有在书本上读到火车两字而一旦目睹火车的行列并且置身在火车的车厢里,才会有这种惊讶的感觉。

第二天青岛丸起程。在无边无际的渤海湾,航行一夜,天傍亮,到达大连了。

吴占奎是愉快的,有谁在航海的邮船上第一眼望见和自己家乡同属一块土的陆地而不愉快呢? 就在他站立甲板上,瞭望着渐移近来的大连码头而神往的那时候,他突然听见有人问他:"喂!有'入国证'吗?"

他望见身傍一个体面的公务人员,戴着时式的呢帽,穿着灰色有方格的西装,仿佛一个富有的绅士,神色是那么匆忙,把"入国证"一接到手,就夹在手指间那一叠卡片里去,同时询问着另一个大学生式的青年。那是说蓝色长袍的肩襟上挂只自来水钢笔,脚下一双闪光的皮鞋,给西式裤的裤腿掩盖着鞋口,外加一件竖立着领子的外套,这是北平当时最流行的大学生的冬装。自然吴占奎的穿戴也不例外。

现在就走过去问："先生！怎么的？"

"等会子再说啦！"那体面的公务人员回答，也不望一眼问询者，尽自走到另外一个鼻梁夹着金边眼镜的青年面前去，"你的呢？"

那时候，吴占奎望见前一个给那公务人员收去"入国证"的大学生型的青年的眼睛，向自己同样现着惊疑不安的神情，只这视线交触的一瞬间，他们仿佛全了解，被收去"入国证"的不只是自己一个人，于是重新安定了。谁也不再向谁的眼睛里探讨这事情的真相，更不要说互相询问了。这是一般受过北平那古老文化都市的高等教养的青年的一种特殊心理，尤其是在一个盛会上，哪怕是两个识面的同学，只要没有交换过一句话，他们就会用互相没有注意的严肃眼神，擦肩走过去。完全是由于青春的高傲呀！仿佛谁要是露出观望对方的脸色，谁就降低了身份，往往被观望的人即使也有心窥探一下对方是否注意到自己，但一感到（那又是多么微妙的感觉呀！）对方观望自己，也确乎会两手插入衣袋里，跨着鹅步，故意给对方摆出高贵的神圣不可侵犯的姿态，像孔雀开屏一样走过去。

吴占奎既不去探询，那大学生装束的青年也不来探询。他们并肩站在船栏前，向逐渐移近的大连码头注望着。当那大学生装束的青年回过脸去的时候，吴占奎也回过脸米，他看见鼻梁架着金边眼镜的青年和那公务员辩解着："为什么你收去呢？"那公务员完全是一个聋汉似的，退后两步站在船桅下，左顾右盼，显然继续寻找他所要注意的旅客。

"请问你，先生！"那个架眼镜的青年又进前两步说，"你收去我的'入国证'，我是不是还能下船呢？"

现在那公务员又向另一个对象身前匆匆走去了，完全没有望见立在他身前的问询者一样。

吴占奎在观望当中，注意了一下身边那个大学生装束的青年的胸脯，他的大衣领下掩盖着南开大学的校徽。这时，他望了望吴占奎，仿佛从吴占奎脸上没有得到什么，就一个箭步跳到那架有金边眼镜的青年背后，显然他要说什么，但是那架有金边眼镜的青年，走得那么匆碌，差不多是追逐着那公务员的脚步。因之，他停下来，这次他又向吴占奎注望了。

"他是干什么的？把我们的'入国证'收去了？"吴占奎就用眼睛问。

"是呀！"那南开大学的学生用眼睛这样说，随后又追上去。那时，体面绅士一般的公务员，在二等舱的高层梯口站住了，架有金边眼镜的青年就站在距离梯口两格的梯板上，垂着手声辩什么。吴占奎就走到梯脚下，许多旅客都聚集在梯脚下，向上仰望着。那许多旅客全是初离乡土的农民，有的来自山东，有的来自河北，他们是抛弃了土地，到关外去谋生的，自然他们穿戴得挺褴褛，没有人注意他们，而他们是注意着每个形色触目的旅客的。

"等会子下船再给你。"那公务员说，"这就靠码头了，你们没有'入国证'的在船上等着吧：着什么急，不会扣留你们的！"

就这样，他在二等舱的甲板上消逝了；就这样，吴占奎和那些失去"入国证"的知识分子被留在船上。听着他们之间低声地议论，望着逐渐靠近船侧的水门汀码头，以及那些麇集的挑夫，码头外的有铁栅栏的大门，船坞旁的高厦，站立在船搭板一端的持枪的日本哨兵——望着那些褴褛的旅客们蛇形地经过日本哨兵的胸前，而且两手捧着"入国证"，任凭日本哨兵验对像片和自己的脸型——一个一个走过去了，向高厦的宽广的楼梯口蜿蜒上去，一直伸展到面海的走廊上，队形又隐没了，仿佛走下了另一个楼梯。

站立在船上的一共十二个。全是青年，全是学生的装束。

"他是不是要把咱们原船载回天津去呢？"吴占奎向那个南开大学的学生问了。

"不会。"他说，"一定是把咱们带到什么地方去盘问。"

于是另外那些低声议论的学生们，也凑近来谛听。有谁说："那个家伙来了！"吴占奎望见面海走廊上，出现了那个体面绅士型的公务人员。他急匆匆走来，谁也不知道他是乘验关的小电舶早先下岸的呢，还是经过船搭板时，他们没有看见。总之全很惊奇，全注视着他，注视着他走下那高厦的楼梯，注视着他走上货堆散布的水门汀码头，注视着他走近搭板的气色。只见他和那日本哨兵低声说句什么，就向船上扬手："没有'入国证'的全下来，带着自己的东西，跟我来！"

吴占奎一手提着皮箱，一手挟着行囊，自然也顾不得体面，没法雇挑夫了。

"到什么地方去？"有人问。

"跟着我走好了。"

就这样，吴占奎走入了高厦的背海的阔门，望见前面的临街的大门和持枪的日本哨岗。直到第二天他才知道这高厦就是日本的特务机关。当时，吴占奎随着队形，走上室内楼梯，而且在一个挂着"高等侦查系"木牌的房门外给那公务人员分散开来，吴占奎被驱入单独的一间办公室。

经过五小时的审问，那个中国通译官已经记录了一叠足以作吴占奎半生史的材料，于是用刺钉穿在一起说："你知道，我是认识你的。我也在北大法学院读过书，我有一次在反满抗日的小组会上碰见过你，你就不用说废话。是我说呢？还是你说呢？别在我跟前装傻了。我知道，我通通知道，你不是叫吴占奎吗？你不是间岛人吗？什么我还不明白。在北京你有个同乡叫……在这里，在这里，你看，这里都是你们间岛在北京留学的名册，什么也瞒不了我……是，是穆世武，穆世武你认识吗？他是不是抗日分子？郎一达呢？你怎么能说你不知道呀！你们都是间岛同乡，怎么会说不知道呀！这话不说得太含糊一点吗？顾不得，我还忘了，你是学法官的哪！法官自然是最懂犯人怎么辩白了，撒谎也会撒得周密一点。是不是？我不问你，我问郎一达。郎一达是不是个抗日排满的分子？那么他在朝阳学院就从来没出席过你们的小组会议吗？那么你说在间岛的同乡里边，谁是最激烈的呢？穆世武这个人怎么样？他今年暑假就回来了，你自然半年来没看见他。这话我相信，不过你太聪明了，故装惊讶，表示你确实和他少来往，确实不知道他暑假就回来了。是不是？不要装糊涂！你看你填的表，对'满洲国'没有什么感想，一点也没有吗？对共产党没有感想？对国民党也是空白！对'日德义一体化'又是空白，你光隐蔽不行呀！我知道，你的活动，我通通都知道！你是不是常到东城去活动？一礼拜去一趟，你看，怎么样，我知道吧？你什么是到图书馆去！不要扯白话！我再问你，郎一达在东北中山中学兼课吗？他都教些什么呢？那么他都和什么人接近呢？你说吧！你说你最熟习的间岛同乡是谁？你知道最清楚的是谁？没有吗？真的没有吗？穆世武回来没有和你通信吗？他到哈尔滨以后呢？"最后，他用手指节在吴占奎前额敲了一下。从办公桌子上，跳下来了。

吴占奎的脸色，由于那一敲的轻蔑和侮辱，完全灰败起来。那通译官说话时，常常用手绢握着鼻子大声哼嚏两声，一会子又掀起案上的宗卷，一会子又在安乐椅旁旋转着，一会子又叠膝坐在窗台上，他是那么骄傲自得，愉快地玩弄着听他摆布的被审者。

现在他按着呼唤铃，后门立刻走进两个持枪的日本兵，那中国通译官向他们扬扬下额，意思是"带去"，又弹弹西装领子上的灰尘，重新坐到安乐椅上；并且用日语招唤一声，递给那个退转来的日本兵一件公文。

这以后吴占奎转解到近渤海的大连市第一监狱。第一年还提审过三次，第二年就全无提审的消息了；并且两腿加上刑具，迁移到后院一座两间囚屋的泥壁房子里去。

五年过去，吴占奎又衰老又憔悴，但已养成默坐冥想的习惯，眼睛里所现出来的感情，是极大的平静，甚至于可以说是空虚，不再有学术上的欲望，也失去了青春的孤傲。仿佛他对世界上没有一点儿希求，只是注意着小窗口的亮光，看看是不是好发囚粮了；听着隔壁的脚步声，听听是不是有新的囚犯关进来，还是有的老囚犯得到提审的幸福。偶尔有燕子闪过，他知道是春天了，然而春天又离得他那么遥远；偶尔院心出现一片落叶，他感到秋天了，然而秋天又是那么渺茫。

当吴玉芳在他面前出现时，他还是神志清楚的，而且对那居处五年的泥屋、小窗、狭院，以及甬道上铺的石块感到这样的亲切，竟吃惊他会有离开它们的这一天了。

吴玉芳小姐本来是抱着一见就欣喜淋漓告诉他一切。五年来家庭的变迁，她自己的职业，以及关心他的亲族。尤其是幻想着吴占奎一见她，就会跳跃起来欢呼：——她是这样高大，而且漂亮了；或是抱着她痛哭一回。但是完全出乎她意料之外的：他是那么平静，而且衰老。当时她的眼睛是多吃惊呀！而且一句话也说不出来。

"大赦了！'陛下'大赦了——我是玉芳呀！大哥！"她嗫嚅地说，声音是那么低。

等到吴占奎的眼睛里出现了广阔的马路，人群，牲口，车辆，绿的树，亮的电灯，以及火红的夕阳和海边的暮霭，完全晕眩了。

六

吴大鹏当时回来找吴占奎的时候，吴占奎老早已经离开豆子市了。他自己也不知道是向什么地方走，豆子市那些麇集的车辆和乱哄哄的人群给他的印象是那么纷乱，他疑问着，人们为什么像夏季苍蝇那样起哄呢？抖动着它们的闪光的小薄翅子，赶着凑热闹，它们真的有对于生活的愉快感吗？嗡嗡飞到东，嗡嗡飞到西，它们究竟有着什么目的呢！而且他的父亲也是其中之一，从前他是那样地尊重他，仿佛父亲的生命价值是极高的，岂知现在他竟在豆子市场，忙碌地东奔西走！他的全部的生活意义就建筑在这上吗？

吴占奎是这样的疲乏，全没有想他自身是在什么地方，就停下来，借着行人板的高阶坐下来了，像是坐在河崖上把脚伸在水流里一样，把脚伸到行人板下的街道上。他望见一双穿胶鞋的腿，从他眼前闪过去，接着是旋转着奔驰的自行车轮子，那踏脚上的白裤腿膨胀着,除了高丽人自然不穿这种灯笼裤子的。一会子又是一双羊毛高筒靴,补着牛皮补钉,在吴占奎眼前停住了,只微微移挪了一点位置,又在这双羊毛高腿靴的旁边出现了一对绵布鞋,黑的裤腿还扎着白腿带子。吴占奎当时想,他们怎么不移动呢?立刻是稠密的脚掌了。其间还夹有日本的木底拖鞋和壮实的农民穿的靰鞡,而且全移动着,有的翻着脚尖,有的向前边腿丛间穿插。最前一排脚尖,划成马蹄形,坚定不动。吴占奎想:他们是干什么呢?都站在这里,许是发生了什么事情吗?那时候,他望见左鬓有一个红脸颊向他窥望,他的头上戴着黑毡帽,是属于扎白腿带那双腿的人,显然他是弯俯着腰,正像站立者要看清楚坐在脚下的人的面目那样俯着腰。吴占奎就抬起脸,原来有两三个前额抵触着膝盖的人窥望他,而且这瞬间全躲闪开了,仿佛他是一个可怕的刚从睡眠醒来的野兽似的。吴占奎望着那些环绕着他的人们,想道:——他们为什么用那样吃惊的眼睛望我呀!而且有的眼光还露出怜悯的神气来。那时,人丛向后倒退着,一如他要猛力跳到他们脸前撕嚼他们一样。他们彼此用眼睛传递着警戒的意思,他们的嘴唇都在迅速地拨动着。直到这时,吴占奎才听见他的周围,响着嗡鸣的语言,只能断断续续摄取到"是谁家的?""你看,他知道。""他爸爸呢?""什么病?"等等字眼。

吴占奎一手撑着行人板屈膝将要站立的时候,那些环绕在他周围的人们,又一次倒退。同时有一种有力的声音从街中心传来,随着这声音,人丛之间裂开一道空隙,那声音就更清楚了:"看什么?一个疯子又有什么可看的!"吴占奎想:——这是指谁呢?谁是疯子呢?他向前走了一步,那些围绕着他的人们,就向后退开一步。有一个戴着高等小学制帽的孩子,还伸展开两手,阻挡着两边的群众。就在这时,吴占奎的身前出现了一个中国警察。

"你在这里作什么?"

"你是问谁呀?"吴占奎说。

"没你的事!没你的事!"一个戴眼镜的壮实汉子走到吴占奎

身边,抓住他的胳臂,向那警察说:"我知道他,你去吧!"

吴占奎向他的眼睛望了一望,立刻感到那一双眼睛的光辉是那么甜蜜,愉快。他依稀记得曾经见过一次,但是什么时候见过的呢?他又记不清楚了。"是的!"他想,"那一副眼镜,我是遇见过的。"

"你向什么地方送我呢?"吴占奎问。

"你不想回去吗?"

"回到哪儿去?"

"回家呀!"

吴占奎这才突然明白,他是回到自己的家乡来了,但是从什么地方回来的,又一时记不起来。他现在一句话也不说了,就和那个戴眼镜的汉子并肩走着;而且给他挟着一只胳臂。

人群嗡鸣着,散落到吴占奎的身后去,有两个高等小学的学生还紧随着他,时时抢到他面前去探望他的眼睛。当他向其中一个微笑的时候,他俩都恐怖地跳开去,并且发着尖锐的狂欢声,仿佛没有受到这一笑的刺伤而欢叫一样。

街道上那些商店的玻璃窗的排列,全闪着光,另一边又全埋在阴影里。大街尽端的上空,染着一片淡黄的阳光,又似一团儿金黄色的尘雾。吴占奎也不知是早晨还是黄昏。

行人经过他身边,都用惊讶的眼光望他,他每遇到这种眼光,自己也就吃惊他们为什么那样惊讶。

在迎面走着的行人丛间,突然有一个人影溜开去,这引起吴占奎的注意。那人披着破烂的麻袋,头发蓬蓬,赤脚,拖着一双布鞋,下截腿肚是那么枯瘦地露在短裤外边。吴占奎立刻认识是李汉臣,就叫道:"你跑到哪去? 我看见你了,我看见你了!"

"你别喊呀! 伙计!"

吴占奎向身侧望望,立刻就摆脱开他,他认识这个挽着他臂的汉子,是追踪他的日本特务。他想:"为什么这家伙挽着我的手臂呢!"

"你怎么的了?"

"你要作什么呀?"

"我不是送你吗?"

"你要送到我哪儿去?"

"送到你家呀!"

"为什么要你送呢?"

"嗳——我们是朋友啊!"

"谁和你是朋友?为什么你老是抓我的手呢!你放开!放开不?"

吴占奎说话时,脸部的肌肉是不动丝毫的,仿佛一个死人的气色,只有那对空大的眼睛,表示着还是一个有生命的人,只有嘴唇里发出的声音,表达出他的意识还存在着,然而他的眼睛又是那么空大,不像一般人的眼睛,看起来那么充实;而且所发的声音,又是低弱得骇人。

那个戴眼镜的汉子的穿戴,现在才反映到吴占奎的眼睛里。他戴着黑呢帽子,穿着纯粹的中国装,那就是说,黑长衫套了一件黑马褂,而从袍襟下时时闪现出来的裤腿,是扎着白腿带子的。他的名字叫余士德,出身的门第不高,却是清朝的镶红旗的皇族。父亲的职业是丧仪班的头目,母亲倒是一个能说善谈的直心肠的妇人。而余士德从小是嗜赌的,日常很少在家住宿,一则憎恶母亲的唠叨,二则赌友们凑在一块,是不易舍离的。他父亲死的那夜,他还在一家暗门子里赌纸牌,并且知道了这个不幸的消息,还央告一位朋友代代手,声说回家转一趟就回来的。不久,他就娶了亲,正像年龄到达成人时期一样,他知道自己是要成家立业了,而且又加母亲的丧事,亏空一些债务,日子一天天惨淡下来,他就以牛马交易行的经纪人的姿态出现了。吴占奎在县立高等小学读书的时候,正是余士德在牲口市场忙碌得最幸福也最愉快的时期,不知怎样余士德突然失踪了,有人说在牲口市得罪了一个有名的马贩子,有人说他代人家卖一匹盗马贼的牲口犯了案子;总之他是失踪了,谁也不知道他的下落。他的老婆怀着孕,改嫁一个在当地警察局干差事的巡长,当时虽然有许多人替那巡长担心,可是他们俩的日子过得也挺平稳。"九一八"事变,余士德终于回来了,这时,人们已经对他的来踪去迹,失去了兴趣,只知道他是日本宪兵队的特务。因为要他老婆的那个巡长也在那年携家投靠升迁哈尔滨第二区警佐的一个同僚那里去了。起初,人们视若无睹,后来可不同了。不知是从他那一口流利的日语上,还是因为他时常跨着日本宪兵队的自行车(那时他自然改了装,西服,白外套,俨然一个日本学校的英人教授),人们的态度全改变了,即使他还没有看见的,也老远脱帽打个招呼,仿佛得到他那微微一笑,是十二分荣幸似的;即使还只见过一面的人,碰到他,也总愉快地攀谈一会子,仿佛从前日常相处的老友在异地重逢似的。从那时起,余士德的眼睛总是笑眯眯的,哪怕他的嘴唇冰冷,然而那一双眼睛是热情的,愉快的,一直向你微笑着。他的交游一天天广阔起来,可是也并没有因为社会地位的提高,而对他的职务有稍微的忽视。当吴占奎回乡的第一天,他就在火车站上向他长久地注目了。当天晚上他又接到日本领事馆的秘密通知,说是大连市有一个思想嫌疑犯释放出来,据派遣的暗探报告,他确已回到他的家乡——珲春来,请这边的领事馆加以注意——不想,在余士德开始追踪的时候,就碰见金立吾,当时他还微笑着说,不知道是咱们自己的朋友,答应以后不会麻烦自己的朋友的,但是他并没有放弃他的职责,不过跟踪的距离远一些而已。初步的任务,他是要知道吴占奎所要接触的人物,以及他的日常的谈吐。

现在,他还是用那饱含愉快的眼睛,笑眯眯望着吴占奎,表示自己是极温善的,随时要对这青年的执拗发笑,正像一个慈祥的长者,对于孩子的天真的嗔怒发笑一样。"嗳——我看你是累了,别发躁,我送你回去,睡一觉吧!"他说。

吴占奎是激怒的,他的嘴唇惨白地抖着。谁在要摆脱一个自己所反感的人而摆脱不开,不激怒呢!而且那个人又嘻皮笑脸全不把他的激怒当会子事,仍要违背着他的心意去作。而且余士德的微笑,又是那么明显,仿佛说:"你知道我是干什么的,就知道吧! 我是没有权力不让你那样想的;可是我也必定要送你回去,这是我的好意。"

吴占奎背脊贴着路灯的柱子站在那儿,尽管他说什么也不动,预备要倚靠着路灯柱子过夜似的。等到行人又在这路灯柱子周围聚集了一圈儿的时候,吴占奎用眼睛巡视着他们,由于没有遇见使他灵魂苦痛的那副眼镜,他就惶惑起来,自问着:他们为什么这样向我闪着光锐可怕的眼神儿呢! 我作出什么使他们惊奇的事情吗? 或是我刚才杀害了谁呢?

"你们看我作什么?"他的两手支着背后的灯柱子问。

于是人群散作几团儿,而且最前的人在那瞬间奔逃开去。

"混蛋!"吴占奎咒骂着,仍旧倚靠在灯柱子上,继而一想:"为什么还站在这里呢?"就掉头走开了。这次发现街道上的电灯光,在黑暗里闪耀着,一朵儿一朵儿的,更觉着那黑暗的浓厚,除了电灯光点,几乎一无所见了。吴占奎走了一会子,才从阴黑的气氛间,辨别出几个游魂似的行人来,全是阴惨惨的,仿佛是些一撞就觉得空虚的幻影。

"你要找死呀! 你要找死呀! 嘻——你是聋子呀还是眼睛瞎了,向马头上撞呀!"

吴占奎站住不动,在他脸前出现了两匹马头,他望着仿佛是两匹小狗似的,而且四轮车上有个矮小的车夫跳下来,他听不清楚那车夫吵嚷些什么,只见他用马鞭子朝自己肩背上抽打了两下。吴占奎想:"这小的车夫是干什么呀! 是打我吗? 还是玩儿呢?"

实在他几乎闯了祸。站在他面前的马车夫是个来往高丽珲春拉载货物的人,身量也并不矮小,肩背相当的宽阔。那匹前左套的二马子,是刚从高丽地界购买来的,已经换了十几个主儿,都驾驭不住它,两耳不停地跳动,只要有块红布就吃惊,幸而它这时跳了两下,而辕马挺然地站着没有感受到它的诱惑,因之车辆也没有抛开车夫,奔驰开去。

那时候,余士德又出现了。他大声诃斥着那赶脚的,把吴占奎搀扶起来,向街道一边的幽暗胡同里走去了。

吴占奎的耳朵上滴着血,但他没有感到鞭子给予他的痛楚。他的脑子仍在想:"他们这都是干什么呀! 他们为什么把我像一块糖那样嗡嗡地包围着呢? 为什么那家伙追踪着我,干预我? 实在我又没妨害到他们。"

他不知道他身边就是这个追踪他的人,更明白点说他连自己是给人挟持着走,还不知道呢!

夜是相当的深了。满天出现了星斗,那星斗还是摆着从太平年月沿袭下来的阵列,又安静又有兴致地俯视着人间。

吴占奎偶尔注意及这神秘的天宇,想到他骂混蛋以前那些奔跑的人们,是多惊慌呀! 就凝视着星斗嗤嗤地笑出声来。余士德是一路和他谈着话的,到现在才突然知道他是一句也没听到,脸色不由得一阵错愕。

等到把吴占奎送过河桥去,余士德就从吴占奎身臂间抽出手来,一溜烟儿逃开了。

七

吴占奎走进自己的院子。等到在房屋门口出现时,他的母亲顿然吓了一跳。那时,她正喃喃自语着,当一般人孤身自语的寂静当儿,发现完全意想不到的有个人立在门口,就突然会觉得吃惊。

"你什么时候进来的? 怎么一点响声也没有?"吴占奎的母亲说,心口还遗留着余惊,急激地跳动着。她说话时,发现吴占奎的那双眼睛,阴沉而且怕人。他还站在房门口,全身浸在灯光照不到的阴影里。所以望见的不是黑眼珠儿,而是那两点眼白,由于眼白而反映出漆黑的眼珠儿来。当时吴占奎的母亲想:"敢情是孩子中了邪气,怎么这样不正常?"

吴占奎就走进来,他的母亲越发吃惊了。因为他的耳边挂着血痕。而且他的气色是灰暗的,衣裳的肩部有一道给鞭子裂开的口子。最初,她还以为吴占奎是给旧交拖去吃夜饭的,现在看来,他不定是在什么地方和人撕打过。

她惶惑地望着他。

"刚才好像是那个戴眼镜的在我背后!……我知道你在我背后!"吴占奎低低地说。

"别瞎说了!"她的脸色顿然苍白起来,"说得怪怕人的。"她那瞬间却用不注意的神气,真的望了望他的背后,而且觉着汗毛陡然竖立起来。往往在孩童时期,独自走过坟墓,听见某种可疑的动静,会有这样感觉的。若不是自己的儿子,她那瞬间会逃开去。虽然她知道他不会对自己有什么迫害,可是坐在炕上,望着他那双眼睛,那空虚而无光的眼睛,她是怎样的恐怖呀!

"我知道是你……为什么还在我背后呢……"吴占奎仿佛在自语。

"小奎呀,你别吓你妈妈了……全是鬼话,哪有什么戴眼镜的?——过来,我看看你的耳朵,和谁打过架?"他的母亲虽然嘴里这样说,心里却想:他前额上有股妖气,一定中了邪。

吴占奎仿佛在漆黑的旷野里,周围全是阴黑的空气。现在又见到适才所望见的灯光,那灯光是很辽远,很辽远的。似乎他忘记了在门外感受的印象——那个一闪即逝的戴眼镜的人。他注意着灯光,那灯光逐渐飘到自己眼前一般,吴占奎突然晕眩而且倒在地下了。在这以前,吴占奎的母亲是故作安然地坐在炕上,又怕他走近来(她是那么小心而恐惧地暗暗窥伺着他的脸色),又呼唤他"走过来"。可是自己一动不敢动。现在才跳下炕,完全安心地,把他架到炕上。就跑出去,她的脸色惶惶无主,说明她是寻找邻居来帮助她安置她的孩子的;而且一到王老烧家的大门就开始哭泣起来。

正在这时,吴大鹏回来了。走到院心,他就听见老王家二婶儿的响亮声音:"怕什么!别难过。许是遇见不正气的精灵了,烧几张纸送送再说啦!"

"谁病了吗?"吴大鹏等待老王家二婶走进院子问。

"他大哥呀!你回来得正好!"

"他回家来了吗?这孽种!我找了他大半夜,街上都戒严了,我才回来。他们有人说在西门外大街上看见他倚着灯柱站在那儿!"

"他二婶儿!你说我们老两口的日子怎样过呀!"吴占奎的母亲啜泣着说。

"这孽种!"吴大鹏往日总堵他老婆一句,"过不了,也得过呀!"但现在他只说:"这孽种!"实在他心里还想着另一件事,那就是消息紧张,他打算明天骑匹快马到沙子岭去收豆子,那里是俄"满"交界的地方,粮户们一定向外抛豆子,所以嘴里这么说。等见到吴占奎跪着一只膝伏在炕沿下,就把他抱起来,放在炕上,老王家二婶儿帮他把吴占奎的腿蜷缩到炕里去。

"你听他的鼾声,他是累了!一定是累了!就叫他睡吧!"老王家二婶儿叹一口气,"唉!若是往年也可以请个医生来把把脉;这年月,三天两日就戒严。"说话时她还挪移着吴占奎的胳臂,使他睡得舒服一些。"怎么……这是什么?你看看……血呀!"

"那是一进屋就有的,不知叫什么东西伤了耳朵。"吴占奎的母亲说。

"不要管他啦!随他去吧!不会怎么样的,你听他那鼾声吧!玉芳呢?玉芳!"

"玉芳还没回来?"

"怎么还没回来?"吴大鹏想起在南城碰见过她,也许她会带回什么消息,也就不响了。

院外的街道上有种声音传来,那是静悄悄的深夜,军队调防的声音,只从那些有韵律的皮底敲打街石的步声,就知道是日本步兵,而且有种严肃的气氛飘到这屋里来。吴大鹏凝神地谛听着,在那瞬间他望见老王家二婶儿的眼睛,也现出注神这种声音的姿态,而且向他老婆摇手示意,不要作响。接着是车轮和马蹄子的响动。

"还有炮车呢?"老王家二婶儿轻声说。

吴大鹏就叹息一声,表示没有什么可听的,脸上依然恢复了原有的思虑,坐在炕沿上,两手把脸埋起来。

老王家二婶儿也受了他的感染,神情顿然松懈下来:"你拿开手吧!"这是对吴占奎的母亲说的,因为她在老王家二婶儿注神谛听的时候,自己给吴占奎耳朵的伤口擦起牙粉来。这时老王家二婶代替了她,同时用眼睛望看吴大鹏说:"大哥,看样子会打起来呢!"

"玉芳怎么还不回来?"吴大鹏突然问,继之又说:"横竖有一点钟了吧!"

老王家二婶儿声说得回去看看灶,因为酒坊烧灶的一打盹,不是把锅烧得太旺了,就是不够火,糟蹋柴火是小事,若把酒烧坏,可糟糕。不是顾忌成本,而是到期交不出货,和酒行里又是一场争吵。实在她是不放心,正像一般妇女在邻居家里听到紧张消息而又是深更半夜,仿佛得立刻回去看守孩子,而且一站在孩子旁边,心就铁实了。

老王家二婶儿刚走,吴大鹏就听见手指节叩门声,这声音在他听来是那么机密而且使他吃惊。吴玉芳小姐每夜回家是不这么叩门的,而且回来得也不这样迟。

"爸爸,日本和俄国要开仗了!"

吴大鹏立刻发出一种警戒她声扬的响声,虽然她说的是很低,但她那激动而且兴奋的口气,已足够吴大鹏吃惊了,况且是站在门口外,又当密云遮星的阴霾天。

吴玉芳是刚从国防妇女会回来。从她那兴致淋漓的眼光中,从她那随时随地要微笑的嘴唇间,从她进屋门时,那种两脚一跃而入的步法,以及高声叫"妈"的嘹亮音调,都能觉到她是浸在怎样大的狂欢的情景中,她望见母亲用眼睛瞅了一下,那是禁止她发声的暗号。在一个不幸的家庭里,那些守望着将要和人世永久告别的病人的卧榻旁,望见撞入者的愉快面影,就会用这种警告的眼色望人的。当时吴玉芳小姐伸了伸舌头,仿佛暗庆自己幸而没有作出失当的话腔来,就低声问:"怎么的了?"及至看见母亲连这种话声都嫌太高的眼色,就用脚尖慢慢走到炕沿下。

吴大鹏把吴玉芳小姐招唤到她的寝室去。

从他的女儿嘴里,他得获了足以供他投机事业上参考的一点资料。他知道女儿是从国防妇女会回来,所以这样晚,因为国防妇女会举行战地救护的演习,并且有关于防空的讲演,欢迎某联队的日本官佐的宴会,那是傍晚才到达县城的几位以马代步的骑手。她还说,他们的睫毛全挑着黄土,像是从豆子仓里窜出来的扬大豆的斗倌儿那样,满头发,满鼻孔,也全是土了。这一些话吴大鹏就没有听清楚,和普通人面对着一个和自己事业有关的叙述者一样,不管怎么注意听,自自然然会把多余的描述忽略了,因为他的内心还在随着叙述的情节而不断地决定着:"是……是呀! 就这样办!"或是"一定十拿九稳的了! 没有什么再犹疑的!"总之,吴大鹏连玉芳小姐身着的新式大衣也没有注意问。玉芳呢,自然也忽略了遮掩,仿佛她是真的从女友那儿借来穿穿一样,举止是极自然的。

这晚,吴大鹏和吴占奎睡在一面炕上。他最后一次催促他的老婆:"你在这儿守着他,不想睡了呀! 我告诉你要扭灭电灯,要扭灭电灯,你磨磨游游地又在他旁边坐下了。你不知日本人节制电流吗?"

"我是防他醒了……"

"醒了就醒了吧! 生叫你们婆娘家娇养的!"

"说得倒好听!"吴占奎的母亲说,"你知道小奎一天没吃什么东西,醒了若是要喝口水什么的!"

"好啦! 好啦! 到你姑娘那里睡去吧?"吴大鹏用不愿再听她的辩解的声音堵她,"明天,说不定我还要下乡去趟呢! 睡去吧? 醒了,我会叫你的。"

他说着话的时候,还听见玉芳小姐的寝室那儿飘来的愉快而又低微的歌声,那歌声是由鼻音代替的。听那鼻吟的动静,她是在脱袜子了,果然那时候就有木底拖鞋落地的响声。接着是:"妈……"

"半夜三更的，叫什么，你哥哥……"由于声音给门关闭住，吴大鹏躺在炕上想，自己老婆已走进女儿的寝室了。又望望吴占奎，见他睁着两只空虚的黑眼珠儿，睫毛像石膏塑像般死僵而不动。吴大鹏本想扭灯就寝了，现在他那充满脂肪的手臂，逐渐离开灯扭，离开墙壁。吴大鹏注望着吴占奎，披着衣服坐起来了。那时吴大鹏的脸色显示着惊疑，正像一个孤独的旅客在两边丛草蓬生的山路间，吹着口哨，愉快地走着，而突然发现脚前一条蜿蜒徐行的毒蛇，横路而过的情景一样，停下来，就会用这种眼神注望，又寂静，又惊疑。

吴大鹏就这样凝望着，足有十分钟。他还听见玉芳小姐和她母亲的说话声，他没有听清楚什么，但从那慵懒而困怠的口气里，知道她娘儿俩是扭灭灯在黑暗中彼此望不见彼此的脸色，各自缩在被窝里就要瞌眼了。窗外，呜呜的风声，寓有暴雨将临的征兆。远远还有霹雳声，颤抖作响，时时要狂声吐泄一口气似的，而又吐不出来，使人替它焦急而又不平。但吴大鹏是没有这种感觉的，他的注意力完全集中在两只眼睛上了。直到吴占奎又闭瞌了眼睛，他才叹一口气，而且那凝然注视的眼光，才又现出平静的神情来。他心里想："这是哪辈子作了孽呀！"于是扭灭电灯，躺下去，等到听见吴占奎鼾睡中切齿的吱吱声，他已经睡意蒙眬了。

就在这时候，吴占奎第二次醒来。他从噩梦中醒来。他是在攀爬一座巉岩，不是上升，而是下降，为了到巉岩底下的泉傍去取水，他是这样的渴，喉腔有股燥热的火焰，他依稀地感到自己的嘴唇吐出来的缕缕的烟火气。四围是高有千丈的黄风，尘沙在风的漩涡里翻腾着，什么也看不清，混沌的宇宙，混沌的视野，只有那一口发光的山泉，诱惑着他，而他又是疲乏得要命，两手抓住岩石的一角，脚下再探索不到可以落脚尖的地方了。还距离泉水有二百公尺呢，他的两脚跳跃着，左右全触不到什么，全是一样平滑的石身，用膝盖儿也找不到可以抵支一下的陡处，又不容许他低头望，又不允许他依旧回到原来的位置，因为那上面还有个他所熟识而又似陌生的戴眼镜的人。他悬空地垂在那里……当他的手指抓不住那岩石一角的时候,他就醒来了。若是这时他能望见光亮,也许他的心里会明白,他现在是在什么地方。然而眼前一片黑雾,黑雾……吴占奎完全不知道他是从睡梦中醒来了。他是在无边无际的旷野里,什么也看不见,什么也听不清楚。连他的唯一的生命意识——原始的渴欲也死灭了。他用两手探索着,心里默祷着:让那人离开我吧! 就偷偷地摸下炕来,轻手轻脚在黑暗中探索着。他摸到一个光滑的圆东西,知道是门抓手。当时他想,我是做梦吗! 这是什么呢! 我是给他们关在笼子里了,我要逃出去,我要逃出去。

他的脚尖又抵触到一个障碍物,那是椅子脚,他摸一道一道的小栅栏。他向左手挪了挪脚,又是一件什么物体,大而低,他摸到那上面的光滑的小摆设。于是倒退回来向右手走,这次他摸到两个圆瓜一类的东西,而且须蔓蓬松,又触到其中之一的耳朵,于是听见一声尖锐的惊叫,那瞬间灯光一亮,吴占奎的脸色苍白,站在吴玉芳小姐的炕下。玉芳小姐是恐怖地站在炕上,脸色同样的苍白,手指颤抖着,向他望呢。

"怎么的了?"她母亲突然问。

吴占奎立刻像贼一样逃出去,椅子全给他括倒了。椅上的瓷壶跌得稀碎。

八

吴大鹏连声高喊着:"你跑到哪去,小奎! 小奎——"他一手扶着门框,在黑暗中提上鞋,并且有一滴雨点儿落在他的前额上。因为风势正从门口卷进来。"拿把伞来! 伞呀! 伞呀!"他匆匆地跑回寝室喊,一抓到就又匆匆走出来。他还听见他老婆在喊:"你不带个灯笼吗?"他当时想:"这样大的风,有灯笼也给吹灭了!"却忘记这一夜是戒严的,说不定日本哨兵会在阴暗的街角上向他开枪。

刚出院子,他就觉得街道上的风实际比屋里所听到的风声大,而且天空也比院心黑暗,那些电杆上的路灯,本来就惨淡,现在由于天空的渲染，更浓黑的了。空间仿佛荡漾着黑雾，实际上吴大鹏也确实嗅到新鲜的雨露的气息。没有走出一丈路，吴大鹏的雨伞就在他手里摇晃着，跳动着，继而油纸破裂开来，而且雷声滚动，黑暗的天空时时裂开一道亮的电光，大雨骤然降临了。远近一片狂暴的风雨声，风势还带着呜儿呜儿的惨叫，只有这时候，人们才会想像到什么是鬼鸣。吴大鹏走两步，就停一下，空喊着："小奎！小奎——"他所以站立着呼喊，仿佛听不见回音就想折身退回来，向东去寻找；但是实际上他空喊两声，依然向前走去。街道是乌黑乌黑的，他没法子能够看清楚十步以外的东西。雨水从他的头发上流滴着，他的面颊有着若干急流，一会子他得用手刮一下脸，一会子他又得刮一下头发。

当他走到街端听见雨水淋击河流的声音时，就站住了，他没有喊叫"小奎"，仿佛感到是没有一线希望了。站在那儿想："是不是向西跑下去了呢？"在他踌躇的这一瞬间，天空突然一亮，那是多么清楚的一刹那呀！他望见了绿辉下面的水流，河对岸的旷野，以及河身的远方那一道石桥，石桥上一长串日本步兵，像一条索链儿似的伸展到无际的旷野里去，两端不见头。

吴大鹏突然意识到：战争的来临。并且吃惊自己竟在深夜戒严的时候，忘记挑灯笼，悄默地急匆匆往回走。

从那一片激雨敲打这城市的屋顶的声音中，吴大鹏听见有一种声音是两页在狂风中扇打的门板动静，若不是这动静的标记，吴大鹏是绝对寻不见自己的院落的。一走进门，他就觉得风势减低，同时也听见他老婆的呼喊声："小奎！我是你妈呀……"原来吴占奎是蹲在屋檐上，借着电光，吴大鹏清清楚楚望见他是环抱着烟筒，回着脸，向他母亲露着咬人的牙齿；因为她是踏在高凳子顶上，两手扼住他的一只脚向下拖。

"大哥！是咱娘呀！"玉芳站立在屋檐底下仰脸叫。

"小奎——你下来！我是你妈呀！怎么连你妈的声音也听不出来了！"她高声喊叫，因为风雨的激鸣，听来又是那么含糊。

吴大鹏在屋檐底下旋转着，谁也没注意他的招呼和问询。直到他跳上那高脚凳子，吴占奎的母亲才惊呼："你把我挤下去呀！"

"你给我吧？"

"我怎么撒手呢？一撒手他就逃了。"

吴大鹏扼住吴占奎的两臂，终于用力给他挣脱开，尽管吴占奎怎样挣扎，到底给吴大鹏抱下来了。手背给吴占奎咬出血来。

九

第二天鸡叫的时候，吴大鹏披着油布打着灯笼到合兴油坊去，叫老董备好了那匹腿力挺妥的公马。那时天色已经傍亮，吴大鹏带着一身赌徒刚走出赌场的疲倦，跨上马，向俄"满"交界的沙子岭出行了。摆在他脑子里的是战争，他要在战争中寻找他的家业复兴的机遇。昨晚那些不愉快的印象还纠缠着他，脑间时时现出吴占奎的疯狂的眼睛来，但他极力摈弃了这些不愉快的印象所给他的灰败的情绪，他要在这次战争中翻身。"九一八"事变以来，他的营业年年亏空，刘尖嘴的洋行借着日本股东的力量，把持了这个县城的豆子市场，而他要在这一次弥补历年的亏空，谁都是在这种事业的成败在眼前的当儿，摈弃开他的因家事而来的不愉快的感情的。因之，在昨晚所目睹的日本军队过桥的印象，比吴占奎攀抱住烟筒而且回颈作看咬人的切齿姿态史深刻。虽然他的手背，还遗留着齿痕，而且痛疼，然而脑间在那站立河边而得的闪电的绿辉的景象太强烈了，在他困盹欲睡的状态中，他的神经没法传达他的痛疼感，脑子完全给那闪电间的大地上的反映现象占据了。雨水从他那油布制的三角帽子的边缘卜流滴着，城外的旷野，一色是蒙蒙的灰雾，灰雾之间是天宇垂下的雨流，无数的雨线，排列得那么整齐而且稠密。望不到一丈远，全给灰雾掩蔽了。仿佛大地和天宇之间，只是眼力所见的距离是那些雨线，以外的远处完全是浓雾了。吴大鹏的气色阴沉得有如患伤寒病者。若不是那匹公马奔跑的步子使他的身子不时跃动，他或许在闪电的绿辉的回忆中，走入梦境。

当那匹壮实而骠美的公马，奔上大盘岭的顶峰，吴大鹏从昏沉的疲乏的情景中，醒来了。大盘岭离城五十里的路程，只从山顶到山脚就占六十里路，虽然并不算高，但岭背露出阴云的边陲，而且离岭脚五里远的村庄是浸在初秋的阳光里。那一片铺着阳光的无际的旷野，是多么宁静多么诱惑人呀！吴大鹏清清楚楚望见高粱林子的顶端那片红色的穗子，望见包着白布头巾的高丽妇女在一块马铃薯田里挖掘什么，望见离岭背村的边缘上的一曲小溪，和溪边上行走着的用头顶着罐子取水的高丽姑娘。实际上那条河离开村庄有半里路呢！望来是那么近，就贴在岭背村的边上，而岭背村离开岭子五里路，就仿佛靠在岭脚跟下。

吴大鹏听见两边的楸木林子里的野鸡的鸣声。那公马竖立着两耳，也咴儿咴儿鼻啸起来，仿佛探看岭脚下的村落有没有牲口似的，又仿佛望见那一片阳光下的绿野而愉快似的。走到岭脚，就听见远远传来的公鸡的啼声，是晌午天了。

岭背村就在大路边上，而路是个广旷的平场。老远，吴大鹏就看见那广场上停着几辆农车，只从那些没有卸套的牲口和牲口嘴巴下放着草料口袋来看，就知道这是忙着赶路的拉长途的农车，不知是进县城的还是从岭北过来，总之是在这村落的客店里打尖。吴大鹏当时想，这些空车是作什么的呢？敢情是刘尖嘴子先一步雇齐车辆抢着取购豆子？那时车辆之间跳出三条公狗来，摇摆着尾巴，狂傲地吠叫着欢迎投店的这位县城里来的旅客。于是寂静无人的广场，出现了一个扎着围裙的店主，一边用围裙擦着手，一边凝望着来人，等一见是熟客，那年有六十而不留须的老人，就愉快地欢叫着："稀客呀！老财东，怎么今年这样早就下乡呀？"又说："路上怎么样？岭前还下雨吗？你的衣裳湿透了吧！快进屋吧！"

吴大鹏脸上透露出来到达一大站的旅客所有的欢快，跳下车，就问："这里还太平吗？"同时倒退了几步，因为那公马刨蹾着蹄子而且抖了抖身子，仿佛要抖落身上的雨珠儿，实际上雨水全化作蒸气了，缕缕地上升。于是又望着农车上的马匹，咴儿咴儿畅啸起来。所以吴大鹏只听清楚那老店主的第一句话："昨晚过了一夜兵……"说得又低以致下边的话给马啸掩没，不过从他那机密的眼色上看，吴大鹏懂得屋里一定有什么人，老店主的意思是悄悄警戒他。

这老店主，姓王名叫得福，原先在海参崴做过中国菜馆的厨师助手，日俄战争的那年，逃到这里，因为当时来往贩私货的行商多，就开起客店来，本来生意还好，可是十几年总是剩不下一点财富，因为在当地私通了一个满洲女人，这也说明了他的下颏为什么整年是刮得光光的。

当时王得福又大声说："喂干草是喂拌料？"这是指那匹牲口说的。

"干草，干草。"

"老财东还是这样省呀！马挺累的，给它一槽料草吧！我不多算你的，一角七分钱就中了！"

"干草，干草。"

王得福看见吴大鹏那不欲多说的样子，就笑嘻嘻地牵着马走开了。吴大鹏所以不愿多说就急匆匆走进那屋檐挂着"王家老店"招牌的房子里去，完全是为了要急于知道屋里是些什么人。走到门口，身上披的油布和油布制的三角帽就全解开，提在手里了。

反映到吴大鹏视觉里的，是这么意外，一时使他惶惑起来。余士德竟和那个车夫坐在一起吃饭。他和他们打个招呼，和在珲春县城的街上遇到一样，只点点头就想另外找坐的地方，实际上也可说是另找熟人。满屋都是蹲在地上聚饮的车夫，所以余士德最后招呼他的时候，他也不推辞，就坐到炕桌边，另外向跑堂的叫了一客打尖的饭食，那是说烙饼和绿豆芽炒牛肉；外加一碟酱，几根葱，是又合胃口，制作又迅速的。对于余士德那热烈的谈吐，吴大鹏向来是用不言不语而且心不在焉的眼神对付的，不是憎厌他的职业，而是嫌恶他那对隐在眼镜下的狡黠的眼锋，尤其是那眼锋时时表示着他的愉快，仿佛要诱惑你上钩，攀谈亲密了好让你会钞。

"老财东,咱们一块儿喝两钟嘛？你放开手,放开,我不倒满,一点点,一点点呢！你要喝点,消消寒气。岭北的雨真不小呀！来吧！不让你请客呀！老财东！"

吴大鹏笑了笑,表示他没有在乎这个玩笑话,只说:"我要赶路呢。"等王得福一进来,他的脸色失去了那种虚伪的笑容,而高声说:"喂上了吗？那么快点拿饼来吧！"

"不喝点酒么？"

"好,来四两白干儿吧！快一点！"吴大鹏说。

"你看,老财东就是这样不给脸……"

"一样吗,你们先喝！"

"老财东！你们家的少爷怎么样了？昨晚上我送到他门口的！"余士德问。

"是你送回去的呀！真是——他着邪了？"

"上边还调查他呢！老财东,我不是在你老跟前讨好,我都给挡过去了。实话呀！人都不正常了,还会有什么秘密活动呢！我说这话对不对？老财东,你没有给他找个医生看看吗？是不是痰迷了心窍！"余士德说话时,眼睛就调换了一种悯惜的神气,仿佛他是吴占奎的亲近的好友一样。

"我也说不清楚,到底是什么病,疑神疑鬼的！"吴大鹏说的声音很低,但当王得福在炕左手的灶锅间问询时,他的声音就提高了:"不知道是什么病呢？我也想呀！想给他找个清净地方休养休养,可是哪里有清净地方呢？人慌马乱的年月？"

车夫一直是骄矜自得地坐在那里不作声,现在突然说:"老财东你是来找安排你少爷的地方呀？我劝你还是别到沙子岭去找。"说完就喝口酒,仿佛他必待吴大鹏回问时,再说理由,以显郑重。

"唔！"吴大鹏不再说什么,两手擦着筷子,因为他望着绿豆芽炒牛肉出锅了,脸上只现着预备安心就餐的神气,其实,他没有听清楚那车夫说的是什么,鼻息间仿佛是说:"可不知道牛肉可口不可口？"

"酒哪?"当堂倌端上菜来,吴大鹏问。接着说:"烫热就中了,烫热就中了!"又向余士德和身里的车夫让着:"尝尝吧。"就自管喝起酒来。

"老财东是到哪儿去?"这次车夫用一种平静的口气问,眉眼间失去原有的骄矜,并不是由于吴大鹏长久没有注意他,而是由于吴大鹏向他也让了让那盘菜,这样,所有在他进来时那种不过分注意自己的眼神造成的不快感,全都消逝了。他就是这样一个人,心顺了,卖命都可以,心逆了就作威作福地胁迫人。

"到沙子岭去!"当时吴大鹏说,"你们呢?"

"老财东!"王得福说,"你去收豆子吗? 老财东! 我劝你再在这住两天吧! 风声挺紧的,你收了豆子也没法向城里运呀,怎么样? 这里的车辆都给官家抓去运军火啦!"他说话时,间断了两次,加上别的字眼儿;一次是"酱油! 酱油!"第二次是:"这就来啦! 堂倌! 那边要葱呢!"而他自己是全神集中在蒸气腾腾的锅里,他手握的勺子,在锅心叮当地乱响。

吴大鹏只唔唔地应对着,实在他是聚神地听着那车夫的话,不过唔唔地向王得福送着声音,表示他一句一句都听见了,说真话,又是一字也没有入耳。

那麻脸的车夫说:"你知我来作什么? 凭着拉车站的座儿,那辆篷车一大还给我赚个三元五元的烟泡钱。可是过去一趟有四十元金票的酬劳呢。不要紧,那些山头我全熟,俄国的边界巡防队,都是白天在山顶上走一圈儿,入夜他们还守在山上作什么? 我带过他去,把他送到海参崴,就回来了,我又顺便带进几筒火酒去,听说那边的火酒要几万卢布一筒呢。"

"老财东!"余士德的眼睛微笑着说:"怎么样? 跟我们过去作趟生意吧!"

"老了,不是年轻的时候啦!"吴大鹏吓吓吓地笑着说,已经有点酒意了。

"那么回头见了呀!"余士德又走到王得福面前去说,"老掌柜的,没带现钱呀! 记记账吧! 回来一块儿算,麻子! 赶快去备牲口呀! 得赶到沙子岭吃晚饭呀!"

不一会儿,院子里响起马蹄和牲口套的声音,有人吆喝着倒卧地下休息的马匹,那些农车预备出发了。

吴大鹏干了最后一口酒,又走出来探望一下拴马桩上的那匹骠美的枣红公马。

"老王! 得加点草呀! 快吃完了!"又退回去,用餐。他望见那些离开院子的车辆,听见牲口项铃和鞭哨的响声,急切地等待着餐毕好出发,赶长路的人,有谁不想和大队一块儿走,被孤独地丢在客店而不焦急呢! 况且他又有着抢收豆子的心事。

十

那天晚上吴占奎给他父亲倒背着捆起双手,放弃在那间阴暗的贮蓄麻袋用的房间的土炕上,想使他安静下来,能够睡一会儿。吴大鹏离家之后,他的老婆喃喃着,守望着他。她的脸色依然是朽木屑那样不红不白,手里擎着一支蜡烛。站在炕下说:"就是这样,你看,孩子病得这样,就这么丢下走掉了。……"他既没有为这不幸的事情而伤心,像一般妇女那样哭泣,也没有为吴占奎那失去生命的眼睛而忧郁,尽是絮聒着,又说:"你看,捆起手来了,还不老实,还要摔头摆脑的,还想挣开!"仿佛她是向自己说的,又说:"绳子捆得那么紧,好像不是自己的骨肉似的。全不当是自己的儿子。活了大半辈子了——倒是惦念着鸽子群从瓦檐上飞下来吃豆子。"又从鸽子说到鸽子的主人。"也不知道养护那些鸽子是安的什么心思? 若是遇见不讲理的人,还有不拿枪打的? 横竖打伤也就打伤了,能把人家怎么样? 谁叫他不管,任着它们的性子,飞到这儿,飞到那儿,找粮食吃。"到头,连她自己也不知道说到什么地方去了。

这些话,吴占奎是一滴儿也没有听入耳朵里去。正像吴占奎的母亲尽自喃喃自语,没有听见窗外的雷雨交鸣的声音一样,虽然电光的绿色光辉,不时地在窗上闪现。

　　吴占奎也并没有疲乏,相反他的精力超乎日常地旺盛。额角有爆跳的血管痕迹,时时想挣脱开两腕上纠缠着的绳子。他不只是没有听见他的母亲的絮聒的语句,就是他母亲的形象也没有反映入他的视觉。他的脑子仿佛是一座烛火辉煌的客厅,在深夜,那一双玻璃窗完全失了它的作用,就是不遮窗帷,它的存在也失去了存在意义,犹之他的那双眼睛虽不交睫,也失去了存在的意义一样。外界所有的一切,都已经和吴占奎隔绝了,那些传达外界的景象和声音的器官完全自然而然地封闭起来,他的全部生命只在脑子里活跃着。他翻来覆去想着:"我要逃开,我要逃开呀!"

　　那时候,玉芳小姐吃惊地坐在暖炕上。两腿曲立着,一个手指尖点着炕席,从她那一会子移到左边一会子挪到右边的那双大眼睛中,可以知道,她是在怎样的惊惶无主的心情当中。那一双眼光,又黑又亮,从她听见父亲走出便门的脚步声以后,她就这么直背坐着,寂静地一动不动,只是那双黑眼睛时而移到东,时而移到西,从雷雨的交鸣间,她听见什么,这时候,她仿佛正在判断那动静所属。自然这又是她母亲在外间喃喃自语以外的声音。夜是多么静呀!就是霹雳和雨打屋瓦的响声这样混淆,她还能听见最低微的不可辨的动静。她的脸色逐渐由凝静的谛听而激动起来,喊:"妈!妈!"

　　"做什么?天还不亮,你不好好地睡,大喊大叫的!"

　　"你过来呀!"

　　"我还不过去了?"她母亲喃喃着,"孩子——孩子又这样;闺女——闺女又没有闺女气!谁家半夜三更这么尖呼高叫的!我可看够了,这个家!"这么絮聒着,把蜡烛拿出那间贮蓄麻袋用的屋子。

　　"妈!你快过来呀!"玉芳小姐又听见母亲返身走回那间屋子去。

　　她是回身送那只蜡烛的,仿佛孩子的炕头上该有这么个亮儿,仍旧喃喃道:"你在那里叫吧……"

当她在玉芳寝室的门口出现时，玉芳的一双眼睛正凝定在房间的一角上，可以看出她是继续在谛听什么，这眼神立刻传染到她母亲的眼睛上，但立刻就说："那是狗——疑神疑鬼的——"

原来乌嘴卧伏在吴大鹏的寝室里，它的低幽的鼻吟，是那么使人不安，仿佛它望见了这个家庭的不祥的征兆。只有深夜在荒村里，听远处狼的饥寒嗥叫的时候，狗类才会这样低幽地鼻吟的，声音里带着不安而又凄凉的气味。玉芳小姐是第一次感到乌嘴的声音使她恐怖，而吴大鹏的老婆若是退回十年去，听见乌嘴这种凄凉的鼻吟，也一定会有种不祥的预感；因为她的父亲死亡的前夕，她是听见过黑头这样低幽的鼻吟的。黑头是她娘家村子里的看家狗，不知它是嗅觉到病人的特种气味，还是它望见了什么不祥的征兆，它哀鸣了一夜，第二天，天傍亮，她的父亲就咽了最后一口气。现在她说："怕什么！睡吧！"

"为什么乌嘴这样叫呢？"

"天上打雷呀！它就不害怕了？你当是狗不知道天发怒吗？狗比什么都机灵！"她上了炕，拉一把被子。那时她的脸色还平静，仿佛一心一意想困觉似的，实在她也太疲乏了，何况是激雨直泄的深夜。她嘴里还说："你那上半身露在外面，也不怕受凉，快倒下来！"可是心里开始不安："今天晚上怎么乌嘴神哭鬼泣的呢！"终于她又穿上鞋，一边叫着："乌嘴！乌嘴！你不好好困在那儿，做什么呀！"

乌嘴这时在门口现出头来，仿佛为她的两声呼唤所吸引，但是眼睛却露出无限的怅惘，像是丧失了主人而一无依恋似的。只在一个闪电划亮窗户的当儿，它仰了仰脸，这时候玉芳小姐从它的眼睛上，又望到母亲的气色，从母亲的气色上又望到乌嘴的嘴巴和鼻尖上去。她的面色透露出内心的极大的不安，而她母亲那喃喃自语的姿态，又完全似乎一个陌生人，充满妖气。

她说："妈，你别老是叨念了。我怪害怕的！"

"我叨念什么！我不叨念！我是说乌嘴，乌嘴不是怕雷殛呀！你看它那样子！它难过呢！它难过——它知道你大哥病啦！它是和你大哥挺亲热的——它什么都懂呀！乌嘴还是你大哥没出远门儿时抱进家来的呢！那年你大哥刚在县立中学毕业，第二年就走了——算起来，乌嘴也该六岁了！睡吧！玉芳！天八成快亮啦！乌嘴——出去！出去！"她说话的时候，向地下擤了把鼻涕，就走下炕来，把门关上，并伸脚向外踢了踢。玉芳小姐知道她是驱逐乌嘴，等到她母亲回转脸来，她望见母亲的眼睫间，是湿润的。

"妈！"她又似谴责又似安慰那样低柔地叫了声。

于是她的母亲哭泣起来，正像一般暗地悲痛的女人，给最亲近的儿女一触破她的内心的苦痛就哭泣起来一样。有的会放声痛哭一回，有的不作声只管啜泣，但她是喃喃着："你爹爹就这么丢开不管了——"

"妈！你听……乌嘴又嚎起来了！"玉芳小姐说。

接着是天宇滚动的霹雳声，逐渐高昂，眼看要爆发一声巨雷的响声，闪闪的电光，迅捷地一暗一亮，玉芳的母亲突然开开门，玉芳小姐望见她那隐约不清的背影消逝了，就提高声音叫："妈！妈呀！"

"叫什么！你大哥一人在屋子里害怕呀！"她迅速地跑到外间去，仿佛在那声巨雷来临之前，要赶到吴占奎的炕边上似的，实际上她自己也是恐怖的，而且不是去守护吴占奎，而是坐在他身旁，仿佛心有所依而安慰一些似的。

"小奎——你别怕呀，妈来了。"

一进门，望见吴占奎是极安静地躺在那儿。眼睛依然睁得挺大，气色灰暗。吴大鹏老婆俯在他耳旁高叫了两声，他脸上还是没有一点表示听见这呼声的象征。吴大鹏的老婆叹息一声，表示放弃了她的意志，就在这时候，窗外一明，一声巨大的响雷爆裂似的响了，那瞬间吴大鹏的老婆不由自主地向吴占奎身旁斜了斜肩膀，而吴占奎依然是安静的，他浸入自己的幻想里，已经距离外界很悠远的了。

他回忆到小学时代，第一次下屯去参加李汉臣的结婚典礼。

那是春季一个艳阳天儿，吴占奎和两个同学结伴同行，离城五里就是李汉臣父亲的庄园。太阳的光辉，普照着大地上各种生物，草地绿茵间，开遍一朵朵小的黄色婆蒲丁花，有些挖小姑菜的农村的女孩子在这绿茵上嬉笑着。每人手里都提着空的柳条筐，草地还没有耕种，野艾山蒿全把地垄遮掩了；而且大地在春天的暖阳下仿佛发出缕缕的蒸气。当时，吴占奎才十一岁，第一次离开城市，第一次望见这广阔无际的乡景，这儿一块松柏密集的森林，那儿一块牛马欢鸣的牧场，这儿一块有着残碑断碣的墓地，那儿一块家屋聚集的村庄，吴占奎深切地感到春天的自然界所给他的愉快。现在想着，还觉得那时是自己半生中最幸福的一瞬间了。他们不自觉地歌唱着，刚走近李汉臣父亲的村庄的时候，蓦地路边一堆高草里，飞出一对蓝靛鸟，吴占奎吓得脸色一阵苍白而且尖声欢呼着："哪去了？哪去了？"另外两个同学就奔跑着追寻蓝靛鸟的投落处了。他自己不去追，却老远望着他们，并高声问："看见它们飞到哪去了吗？看见没有？"他们向他招手，他也就飞奔前去，离开大路，跑到一条河崖上了。他们没有寻见蓝靛鸟投落的地点，却又给这河崖下的羊群所吸引了，这里没有一个牧童和人影，羊群在自由地散布着，有的空鸣，有的吃草。而他们向一个昂着头寻找斗角对手的山羊，丢着石子，不是气它欺侮同类，而是用它作目标，试试谁的石子投得准确，——就这样耗费了他们大半天的光阴。等赶到李汉臣父亲的村庄，喜宴已经散场了，他们在临时搭的客棚里，只望见一些零乱的桌椅，椅面桌面全是一无所有的空寂。他们就是不吃这顿酒席，已满足了，大自然给他们的愉快，是那么丰富，只要两碗白饭充充饥，他们就幸福了，何必稀罕那一两块鸡骨和鱼肉。

"到厨房去！到厨房去！"一个同学这么喊。

"吴占奎——你们怎么才来呀！他们都跟着关老师到前岭骑马玩去了；你们没吃饭吧！等着呀！我给你们看看去。"

说这话的是李汉臣，他给吴占奎的印象是这样深，不只是他那套西式的有绣花领带的服装，最大的不同，还是他脸上那红的光润和幸福的笑容。他是这么新颖而又快乐,头上涂着发油,散着淡的芳香。他不再是提着教鞭在教室里走来走去那种权威者所有的严肃气色了,他的眼睛也失去用教鞭指人鼻尖时那种骄矜的锋芒,而且笑容也和他要想用戒尺打人手心时的阴辣的笑不同,他的心地是非常柔和而谈话的口气也格外体贴人;然而这并不能更变了吴占奎对他的因畏惧而恭顺的态度,他的来参加他的婚礼,也是完全由于这种畏惧的心理使然,怕李汉臣因为他的不到场而在课堂上找机报复。他一滴儿恭敬他的心都没有,有的只是轻视和潜恨。那时他垂手地站在一旁,没有说话,等他一走,吴占奎望见同学中的一个人伸伸舌头,自己也就笑了。

冷盘热碗的宴余菜肉端来,只有一个装鲈鱼的盘子是残剩的,除了鲈鱼的头部和一条完整的有尾无肉的脊骨之外,还有一只鸡腿,两块肥的蒸肉。李汉臣站在跟前,他们一句话也不说,安安静静地吃着。李汉臣一走,他们就开始议论起来。谁都想吃鱼,谁都不敢吃鱼头。因为当地有种传说,说是小孩子吃鱼头,长大了,娶媳妇的那天,一定要落雨。抬轿的得在泥泞里走,贺喜的也离不开雨伞和油布鞋。有谁愿意把结婚穿的新衣裳的前襟和后襟,弄得泥点淋漓呢!

"怕什么?那全是迷信,刘喜春!还是你吃了吧!"吴占奎说,他自己叫一口也不动。

"我不怕!"到底刘喜春吃掉了。吴占奎几次从自己碗里离开眼睛,偷偷望着他,纳罕他何以这么狂妄贪嘴,一点也不顾虑日后的忌讳。

现在他想起来,不全是为了那可迷恋的天真时代,而是怀恋李汉臣的高傲的青春,他现在完全把他当作一个可敬的人了。可敬的人还当壮年,就乞讨过活,是时间的残酷吗!

这里没有了蓝靛鸟!没有了森林,没有了羊群,原因是秋天吗?春天的郊野,还能有提着筐子挖小姑菜的农家女孩吗?

他们完全要谋害我了!那个戴眼镜的人是谁呢?为什么想谋

害我？他们捆起我来是作什么？这些人——我要逃开去！

在他回忆的时候，吴大鹏的老婆早就离开他了，因为那声巨雷响后，玉芳小姐的呼唤，一声比一声尖锐，而且有鸣咽的声气了。

屋里只有一只烛火，闪动着不安定的光辉。乌嘴给关在屋里，吴大鹏的老婆一直没有发觉它进屋，它走动十分轻微，一点没有落脚的动静，唯有狗和猫才能这么轻悄地走动，以致吴大鹏把它关在屋里还不知道。

乌嘴静静注视着吴占奎的侧影，垂着耳朵，眼睫的下面，挂着一粒圆润的东西，闪着光，似乎一滴儿泪。

第二遍鸡叫，乌嘴才不胜疲倦地卧伏下来。卧伏不久，又开始凄楚而又苦痛地鸣咽了，用鼻尖闻嗅着炕脚，用爪子刨蹴着炕下的土地。

远近一片激雨敲打屋瓦和街道的声音，而乌嘴的鸣咽又是多么刺耳呀，周围仿佛没有以外的声音，宇宙间也似乎没有以外的动静，只有这低幽的鼻吟，是怎样不安而又彷徨的声音呀！偶尔还能听见吴大鹏老婆在里间的叹息声，那时乌嘴会竖竖两只耳朵。

十一

吴大鹏骑着油坊那匹枣红马，赶到离沙子岭三里路的时候，就望见岭前沙尘弥漫成一片的三岔口集市了。老远地望着那雾蒙蒙的尘沙，仿佛是面临一个蒸发着早雾的池塘。同时也听见从那市集上传来的牛鸣马嘶的声音，而且连狗吠和人群的呼叫声，闹耳地响。吴大鹏一时不知是这市集发生了火灾，还是有什么变故，用鞭子催着牲口，奔驰起来了。

从市集口展列到市集中心的街道上去的，是一串农车的队伍，有牛拉的两轮高丽车，有一匹马拉的花轱轮车，有四匹套的四轮车，全载着火药箱和军械，外表用稻草遮蔽着，而且每轮车上都有押运的日本兵。最末尾的也就是停在三岔口市郊的这一辆，是有着高丽赶车夫的两轮牛车，那车夫，穿着灯笼裤，头上包着白头巾，本来吴大鹏是认识他的，可是从他眼睛上看出来，他是用受了禁止谈话的警告的神气注视他，一如陌生人一样，吴大鹏也就不打招呼走过去了。同时那牛车上有三个竖膝而坐的日本步兵，他们把持着有刺刀的枪杆儿，满脸严肃的杀气，望着这个骑马走过的中国绅士。吴大鹏知道他们并不是对他有什么观感，而是他们自己眼看要投入战争了，就不自觉地会用那种将赴刑场的囚犯的严肃的脸色望着路人。仿佛他们知道自己的生命只有几小时的活头儿了，而对世界有种距离渺远的感觉。

吴大鹏给这意外气象的感染，也切觉战争将临前所有的惊慌，而这惊慌和以前的不同，它是这样超越了他的事业心，收买豆子的计划已降落到第二位了。

街两边的家屋，都是泥壁茅草顶，屋子既歪斜，窗口又小，所有的门口和窗口，全给住民的脸孔堵塞了。他望见左手的小窗口上，有一个高丽姑娘的面孔，细眉厚唇，她是用那么惊奇的眼光注视这街上的车辆和来往在车辆之间的日本兵，以致吴大鹏骑着马从她面前经过时，她都不挪眼望望这位城市来的旅客。这是一家高丽旅店，门口还飘着白布招子，在这里吴大鹏又碰见中国话非常流利的店主。他的坎肩那排胸扣没有结，两手插在肥大的裤子里。一看，就知道是个善谈的又懒又喜欢吃酒的老头子，每次见了吴大鹏都热烈地打招呼，用中国话问着城里各种货物的行市，因为他兼营着秘密的走私生意，从对江的高丽境界偷运布匹和盐到县城去。但现在见了吴大鹏，他向他笑了笑，仿佛吴大鹏是前两天就来到这里似的，既没有迎住马头，也没有打招呼。他低声和身旁的讲着简短的高丽话，可见那也是关于街上这些装载军火的车辆的。

第四家，就是中国人开设的旅店了。旅店主人是个胖子，三岔口市集上的人，都叫他肥猪老三。当面称呼他三掌柜的，因为他家底很富，同样兼营着走私买卖，而且住店的人，也多半是来往海参崴和高丽的私贩子。这时他也站在门口，一望见吴大鹏就说："财东来了……把牲口交给我，进屋歇息！"

"怎么？今天过兵吗？"

"过了一天啦！进屋洗脸吧！"

屋子挺大，两边是两面广大的火炕，当中摆设着方桌，和可容两人并坐的四脚凳。平日是极宽畅的，但现在全是拥挤的住客了，每个方桌上堆满了行李和家庭用的锅、碗、盆、橱……那些农民，把家庭的使用东西都带到这客店里来了，除了孩子的哭声，听不到他们交谈。当吴大鹏进来时，所有的人都对他注视着，仿佛从他脸上能发觉到什么似的。他们的眼光是这样惶恐不安，又仿佛是要从他的眼光里找安慰。

"怎么像逃难似的？"吴大鹏自语似的说，实在他是要探问，又没有熟人。

"老财东！"一个白发农民，红眼角，有一丛山羊须，从第二张方桌走过来，分拨着挡路的人们，"我们怎么办呀！老财东，他们把我们就这样赶出来了，连袋子玉蜀黍都不许带。"

"打起来了吗？"

"打还没打，要打呀！张高峰山下大小村子的人，都给赶出来了……"

"爷爷！"有人隔离着一张方桌叫，"爷爷……别说了！"

"莫谈国事呀！"三掌柜的进来喊，"墙上贴着的告示要注意，咱们老百姓别管国事……老财东，怎么样？在外屋洗脸吧！这里没有地方。"

吴大鹏明白他那一部分警戒的话，是暗示给自己的。也就退出来说："水怎么这样热呀！搀点凉的好吧？"又小声说："怎么，真要打吗？"

三掌柜的就俯在他耳边说："日本探子到处都是，里屋就有，歇会子再说吧！"就又高声招呼："伙计！给客人搀凉水，尽站在门口看什么？"

"我还想收豆子呢！"

"收豆子呀！"三掌柜的笑着说，"你连一粒豆也没法收呀！有几十块地都捉官车啦！就是收了，你也没法运呀！官车还不够用呢！这里是手巾，胰子在那边面案子头上。"

三掌柜的点灯去了，两脚踏在凳子上。吴大鹏就开始洗脸，耳际响着淋漓的水声，然而他还是听清楚有谁站在门口低语："走了，走了……"那时屋里寂静得很，吴大鹏听见街路上响起鞭哨和驱策牲口的声音，轮声辗动，但没有牲口项铃的动静，有人的脚步奔跑过去。

吴大鹏洗完脸，站立在门口，瞭望的观众，已经退进屋里来，脸上有无限的安慰和感欢，正像去观望什么出奇事情的人，得到满足一样。他们还自语式地告诉旁人："还有野炮呢！都拆卸开来！"若有人说没见到，他就会说："你没见到呀，真是……就在那辆车上呀！"并能说出那车辆的特征，以示真实，暗含着对忽略它的人的轻视。镇市里的小市民，对这些事物是有着高度兴趣的，要不他们吃饱了又不能整天打盹，怎么消磨这个大好的日子呢！

三掌柜的又一次用眼色暗地警告："不要多说话。"就向吴大鹏说："要吃点什么吗?"又说镇上没有面粉可买了，不过对这位老客人，是格外的，三掌柜吩咐灶上的伙计，打开封闭起来为自己店里的人手作吃食的面柜，给吴大鹏挖面打饼，可是葱花和猪肉是没有办法得到的，因为三岔口镇市的屠户，已经两天没有收进一口猪来宰了。屯落里来的又全是难民，除了家私连一袋粗粮没有带进来。

吴大鹏实际上一点食欲的胃口也没有，从门口望见屋里的炕角，那些蹲聚在男人背后的妇孺的夜深也不想睡的忧郁的眼睛，那些时时企待着发生什么变故的不安的眼睛，已经失去自信力了，而且又没有和三掌柜的交谈的机会，只见他依然镇静地应付着这些来自近屯落的农民："哪有麦粉呀！这个时候还要吃麦面，留着钱过年再用吧！"自己并对这俏皮话满意地嘻笑着："要吃呢，就弄点儿玉蜀黍吃吧！这还是我们自己要留着吃的呢！可得先说下，没有咸盐！"

这天晚上一直到半夜，大部分人还是没有睡，除了叹息，听不见什么声音。吴大鹏盘膝坐在暖炕上,心想再抽袋烟就睡,突然一声圆润的响声从不远的地方传来,山头发着钢琴键般的回响,吴大鹏凝神地昂起颈子。

足有五分钟,一息声音也没有。

当第二次响声传来的时候,吴大鹏观望着人们的机警有光的眼睛,立刻就下了暖炕。

"是炮弹……"

"打起来了!"有人低低地说。

吴大鹏像一朵浪花似的涌出来,一句话也没有说,虽然人们现在的注意又集在他的背后。他是非常匆急地开启了门,而且并不关闭,抛弃开了这座客店。十分钟后,他跨在马背上,在密星满布的夜宇之下的灰白色山路上,奔驰起来了。

那时炮声稠密,能够清楚地望见左手的山峰有火光时闪时隐,他断定是张高峰的左右,心想:"把全家都丢在城里怎么办呢! 尤其是贮藏在炕橱里的一些欠人和人欠的借据……"

十二

吴大鹏那晚上迷失了方向,等投奔到有灯光的村落里,才知道他是越过图们江的江桥走到朝鲜国境里去了。在那名叫十八大集的高丽屯子,拘禁了一夜,第二天给日本外务警察押解到偏粮城,而且病倒了。起因是两天前的深夜受了凉。

战争很短的几天就结束了,等到玉芳小姐得到驻珲春的日本领事的越境签字,去保释她的父亲的时候,吴大鹏已经死去两天了。临时埋在图们江边一块荒墓场上,因为没有标石,竟找不到了。日本狱医的病征调查书上写的是心脏麻痹,而狱吏交给她的遗嘱是注明亡人殁前的呓语:"回海南吧! 你们折当折当家底回海南去吧!"

而吴占奎母子们却依旧住在县城里。吴占奎还是整天给捆着两手,而且时时要挣脱开来,见着人就用口咬。有人劝她最好带领着吴占奎到屯子去让他静养一下,但她却喃喃地说:"屯子和城里还有什么两样?我还没有住过,一样也得受高丽人的气。"从这她又说道:"我是住不惯和牲口睡在一个房间里的大火炕。烧柴吧,一烧就得十三四普特儿。"玉芳小姐呢,也改变了,一天到晚寂静地坐在家里,不爱说话了,而且学着作起女工来,一时一刻离不开针和线。说话也轻柔而且低微了,只是一个人时候,会不知不觉地叹气。

后　记

《罪证》是一九三八年冬天在金华完成的,那时候金华是东南的一个抗敌文化的堡垒,然而就在这个作为文化堡垒的地方,知识青年有的还会遭遇到吴占奎的命运,一个宁中的教员发疯了,据说到后来用绳子捆到家去的。一个青年歌手发疯了,竟在夜半登上城墙,在狂风暴雨中大声高歌。是的,用发疯的作者的话来说:"疯子发疯的唯一理由,是以他自己的真实,恰恰碰触到社会的真实。"因为他要真实,他才怀疑,竟至怀疑到历史,实际上他所怀疑的正是那历史和社会的真实,然而他又不相信那就是真实,就这样吴占奎发疯了。

自然当时二十二岁的作者,对于当时的历史和社会是把握不住的,因之也就不能更深一层地发掘。而且等到《文艺阵地》的代编人通知我,稿子连载了三分之二被迫停刊了,我也没有怎样难过,因为能保持住生命的健康度过这段艰苦的人圣与恶魔相战的时期,在我已经是望外地满足了,不是么?

有的战友确也被残杀,和我同住在一个院子里,读过我的《罪证》原稿的诗人辛劳,就是被屠杀的千万中的一个。何况,就是发表了的这一部分,我自觉并没有达到能给读者一种生活和战斗的勇力的东西呢?

一九四一年四月,作者从敌国日本占领地的香港逃回桂林来,承《中学生》编者约,《罪证》又以《被损害的人》的题名在那刊物上连载，就便还结了尾，当时还以为出书的时候，能再向《文艺阵地》代编人找回全稿，在这点上某位以战友姿态相交的理论家，批评过我说："这就是他的弱点，不认真，不深入，全部丢掉，不会再写吗?"笑谈之中，也确有可感的关注之意。这是指着全稿整部遗失在香港的人与土地而说的。

可见我在这上实在也过于不认真了：因为来上海后，在一个集会上偶然碰见了《文艺阵地》代编人，说是这部原稿恰恰丢了，原来是藏在友人夹壁之内的，而且其他的原稿都保藏得完好如初，而我现在也就这样交给书店印出来了，不再作"完整的"续写打算。假如我现在续写起七年前的原稿，依旧如初那样，我想，我的日后的生命也就没有什么值得自己珍贵的了。

然而我的书就这样失去意义了吗? 作为人类精神的大摧残者日本帝国确实是崩毁了，可是那摧残力和损害力在我们中国依然是存在着的，那位歌颂田间为擂鼓诗人的诗人，不是就在前天晚上被暴徒暗杀了吗? 那么我说，我这部残稿，还可读的。虽然它本身是不完整，那么永远带着你的损伤到人间去走走吧! 也许有人收留你，也许有人在你的残废者的体力获得一点触发。

在这里再摘录一段《发疯》，恭谨地送给我的残废的书，作为一根到人间走走去的拐杖。

"社会就在找着强者碰击，社会在找着坚强的东西来强折，以证明它自己的坚硬。

社会在找着弱者作溃口。它压榨着一切的软弱的东西，向着软弱的地方压倒过去———一切软弱的就都是一切看得见的和看不见的魔群所扑击的目标，也就都是种种的积脓的溃决的出口。

社会适合于不强不弱者生存。一切中庸主义者是不会发疯的，也不会灭亡的。

一切市侩和市侩主义者，也不会发疯，也不会灭亡。

一切聪明的人都不会发疯，都不会灭亡。

然而一切最强者也不会发疯，因为他碰得过社会。

而一切最弱者也不会发疯,因为早被压死了。

因此,只有疯子从此走到发疯,也从此走到灭亡。因为他是强者,而又是弱者;他是弱者,然而又自以为强者。

疯子是这社会的这时代的恰好的牺牲者。

这时代、这社会,在要求着这样的牺牲,这牺牲是实在的,因此,还赢得了人们的同情和厌恶。

这样牺牲是实在的,因此,据说现在发疯最多的就是青年了。

青年是以为应该反抗社会,能够反抗社会,然而又以为社会原是应该容易支使的,应该温暖,一切都不应该碰壁的。他是强者,然而又是弱者。自然,青年是要供这时代的牺牲了。

这牺牲自然是实在的,因此又据说现在发疯最多的就是妇女了。

妇女是以为应该觉醒,已经觉醒,应该反抗传统,反抗一切压迫的,然而又以为社会是应该公平,也应该温暖,她的觉醒与反抗应该受赞许,受欢迎的。她是觉醒者,然而又还没有完全地觉醒。自然,妇女又应该供这时代的牺牲了。

…………

因此,据说发疯最多的,任何时代,都是那有反抗传统和社会的狂气的人。

任何时代,一切有狂气的人,一切天才,半天才,和自以为天才的人,都要试着去反抗传统,反抗社会,然而又都是小孩一般的天真,青年一般的‘不聪明’。

任何时代,一切有狂气的人,都是强者。然而又都是弱者。

强者然而又是弱者,因此,任何时代,一切疯子从此走到发疯,也从此走到灭亡。

因此,疯子是这时代的这社会的恰好的牺牲者。

这时代,这社会,在要求着这样的牺牲;然而因此,就在要求着疯子以上的大疯狂者,要求着强者以上的强者。

要求着大疯狂者的肉搏。

要求着最强者的反抗。"

一九四六年七月十九日于上海

北新书店 1946 年 8 月初版

◇ 袁 犀

狱中记

欲知亡国恨多少，

红似乱山无限花！

感谢《文化报》编者的好意，允许连载我的小说《狱中记》。

其实过去十四年的东北，八年的华北，便是一个大监牢。每个忍辱含恨偷生下来的人民，即使未曾亲尝日本宪兵队的"留置场"、"校正院"或"军事法庭"的监牢的滋味，但都在精神上尝受了。日寇是以监牢和毒刑统治沦陷区人民的——恰与蒋匪一样。时至今日，无论和哪一个百姓谈起"灌凉水"，恐未有不悚然而惊、勃然变色者。"灌凉水"！那时谁敢说"灌凉水"不在明天、不在一小时之后等候他呢！"灌凉水"是沦陷人民的常识。"灌凉水"是沦陷人民的宿命。每个人民都不会忘记这个。每个人民都不该忘记这个。我们的子孙也不该不知道这个——对法西斯日本的深仇大恨。

我们——特别是东北人民，以巨大憎恨温习一下沦亡十四年的血腥历史吧！正当美国帝国主义在远东国际法庭上卑鄙地包庇日本战犯的时候，我们——特别是东北人民，深深地纪念那些英勇不屈丧命于监牢、刑场和战场的千万个无名英雄吧！

十八个日本战犯污浊可耻的生命，怎能抵偿我们千万英雄忠烈的灵魂呢！无名英雄们！伟大人民的坚强意志将不容法西斯日本再起。

我们由日本野兽的血爪之下,投入祖国母亲的双臂中来。我们沐浴民主的阳光,呼吸自由的空气。让我们不忘昨天的痛苦、侮辱和伤害,时时刻刻纪念它,它才能成为有价值的和有意义的,转化为建设我们今日和明日的幸福生活的无穷的"力"。我们过去的痛苦何等深重! 我们对将来幸福的信心当百倍于人。

一九四八年三月二十一日

午前两点钟

我醒来时,板床上有十几条手枪对着我。我的低矮黑暗的公寓小屋里站满着人。电灯开着,一个短小的人已在灯下检看书籍。我立刻懂得:要来的终于来了,只是来得太快了点。仿佛我一直就在期待这件事似的,并不慌张,出乎我自己意料之外的镇静。这和我会无数次在疲倦的不眠的夜晚,在我的冰冷的板床上所幻想过的被捕时的情景完全不同。

"穿上衣服,起来!"一个生着凶恶眉毛、宽大下巴的、穿黑色棉袍的人说。他中国话说得再流利,我也听得出来是一个日寇。这张蜡黄的脸是熟悉的,我立刻记起有几次在公共汽车里遇见过他,他紧紧站在我前边。但那时,我竟不知他是日本人。

我故意缓慢地穿着衣服,思索着一切可能被破坏的原因,和同时被捕的还会有谁,以便考虑我的对策。

"妈的,你倒不慌不忙!"一个高大的、穿藏青色流行冬大衣的人大声叫。辽宁口音,我在心里断定这是一个翻译。看他一眼,原来是颇为漂亮的男子,年轻,两颊红润,鼻子端正。

"这小子有经验!"他两手插在衣袋里,对身旁的人说。走过去,拉开我的抽屉:

"当票倒不少!"

日寇给我戴上手铐,冰冷地,闪着光。然后又用麻绳拦腰一捆。我想这个倒没有必要;后来才知道是用来牵着我走的。

"怎么样?"日寇点上一根烟。偏着头,露出他的宽大而惨白的牙齿,轻蔑地笑着。

他坐在我的破烂的藤椅上,用嘲弄的目光看我:

"认得我吧?"他指着他的蜡黄色鼻子:"我叫尾崎,有名的尾崎。"

尾崎诚然是有名的,我知道他。他是北京宪兵队有名的残忍的酷刑使用家。但想不到就是这个蜡黄的鼻子。

搜查开始了。我渐渐注意到来人之中倒有三四个熟悉的面孔。其中之一竟是每夜在公寓前边"打小碗儿的"①。我不能不佩服特务们的苦心,不能不恼恨自己的粗心。另外一个是侦缉队员,老头子,这是我早已知道了的。他手里仍然玩弄着一对胡桃,②咯啦啦响着。

挑开纸棚的时候,我珍藏的二十几本书落了下来。我听见被惊扰了的老鼠,骚乱地奔跑。

床下,墙角,被子棉絮里,草垫夹缝……没有一处不搜查,甚至悬在壁上、落满灰尘的装着"裁缝格斯"照片的镜框背后,提琴盒子的里层。但我心里知道,他们一无所得。

"你很聪明。"蜡黄鼻子说,"但是,怎么样?比你再聪明的,宪兵队也等着他。"

"喂,你认得王玉山吗?"那个短小的、戴着眼镜的、那脸像——那脸像一只穿旧了的皮鞋的、无法形容的脸的人,突然转过身来问我。

我知道王玉山是谁的化名。心里猛烈地震荡了一下。

——如果王玉山也被捕了,那就是说……

"他在哪里?"这句话无异是福音。我立刻平静下来了。

---

① 北平卖零食的小贩,都以一种铜制的小碗为标志。

② 北平侦缉队,据说全国有名。他们有一种"作风",即是往往将大褂搭在肩上(有其特殊的用法),还有就是每人手中都玩弄一对胡桃或线球、玉球,不知是故意令人知道还是别有用意。老北平往往可以辨认得出他们。

宪兵用凶暴的目光——恨不得用他的牙齿咬断他那不中用的狗的脖子似的。这个不中用的家伙深深垂下了头,他知道了回去后有什么等待他。

"我不认识。"我回答。

宪兵冷笑着,站起来,厉声喊:

"快!"

十几个人慌忙地捆扎那些报纸、书信、原稿、破旧的纸片,以及不知我什么时候丢在地下的一块石头——一切他们认为可疑的东西。

那个"打小碗儿的",低着头在我身前走来走去,他始终不肯抬头看我。——难道这个家伙也知道羞耻吗?我想。——我和他是很熟的,我常常照顾他的小车子:几毛钱的花生米,几个柿子,夏天时候一碗廉价冰激凌、果子干、梨糕糖……而且温和地开开玩笑,甚至可以说:我们的感情很不坏。

后来,他发现纸堆里我的一支注射器和一匣药针,他抬起头,嘴唇颤抖,难看地笑着:

"你有病吧……这个,我替你拿着,留到里边用……"他声音低弱,眼睛仍不看我。

我默然无语。他把注射器和药针装进衣袋里,走开了。

漂亮翻译下命令:

"老许和老秦,在这'蹲'①着!"

然后,他猛力把我向前一推,喊道:

"妈的,走!"不知是哪个,把大衣披在我肩上。

我回头望一下枕边的手表:午前三点钟(后来,我发现我的"西玛表"戴在漂亮翻译的腕上,他们懂得什么是好东西的)。

---

① "蹲"是他们的术语,叫"蹲坑",即是犯人捕走之后,派人守在家里,以便逮捕来访犯人的人或收书信。

泪

寒冷、晴朗的冬天的夜晚。天上，群星熠熠。

万籁俱寂，宇宙深沉地静默——我仿佛有生以来初次领悟了这种静默。这是怎样的静默呵。也许惟有即将走进监牢的人，才懂得这种静默。这静默，给人勇气和镇定。

一个扛着梯子的大汉，走在我左边，我才知道他们原来是越房而入的。

我记得很清晰；走在夜的微光中。走过曲折的熟悉的小巷，我只在心中想：

——为什么宇宙的沉默使"巴斯喀"恐怖呢？

这是我所不解的。

我贪婪地瞩望一进监牢便无从再见的一切。古老的庭园墙上疏朗的、无叶的树丛，质朴、陈旧的房屋，剥落的朱门上铜环暗暗的闪光，谁家窗上温暖的灯火……

巷口有一辆大卡车等候我，他们竟然这般致密。

人们把我拥上车子，我发现车内已有一男一女先在，仔细看去，并不认识。不知这两个和我这一案有什么关系——或者全无关系，心中捉摸不定。男子垂着头，好像陷于沉思之中，女人用大而黑的眼睛惊惶地望着我。

车子向北开动。柏油路上，没有一个行人。北平城在沉睡中。仿佛现在全世界上只有这一辆卡车向不可知的处所行驶——实在是不可知的处所，倘到警察局应该向南开行，倘到宪兵队应该向东，但这是怎么回事？它向北开去。也许北城有什么秘密特务机关吗？可能有；那里会比宪兵队更凶残……

忽然，车子停下了。仍然在巷口上。

"哎，又来抓人……"女人独自叹口气，小声说。

车上留下两个特务，其余一律下车，走进巷去。

特务取出烟来吸着，把大衣领子紧紧裹住脸。

"喂，你不冷吗？"他问我。

我摇摇头。我刚刚辨认出来这条胡同，我的先生就住在这胡同里。我心中骚乱起来了……

"你们到这儿抓谁来了？"我问抽烟的人。

"少说用不着的。"他说。

另外一个却说：

"抓来就知道了。"

假如从前我少来几回，也许这次不会连累他——我在心里咒骂自己。这样突如其来的灾难，在他是承受不了的。孩子们，年老的母亲，多病。素来胆小的妻子……当这群野兽持枪闯入的时候，他们由恬适的梦境里惊醒……那家庭的情景是可想而知的了。

"先生，我们到底是为了什么啊？"忽然那女人问着。

"自己做的事，自己知道。"特务把烟尾向车外一丢，笑了起来，"你当着这些人们装懵懂呵！"

人们回来的时候，并没有我的先生在内。我忘记我自己是在囚车之上，长长吁了一口气。

"姓刘的到什么地方去了？"车开以后，尾崎问我。

"我不知道。"

"他家里说你知道？"他的凶恶的双眉倒竖，厉声喊叫。

——这家伙在卡车里就过堂呢！我想。

"他和你是什么关系？"

"他是我的先生。"

"我问你工作关系。"

"什么工作关系？"

"好！"他咬着牙齿，"一壶凉水，管教你什么都说。"

车子开上"金鳌玉蝀桥"。"北海"里，莽莽苍苍的林木之间，灯火与星光交辉。

人在灾难临头的时候，心中却往往出现一个奇异的空隙。我曾数次经验过，这次又重新经验一回。有赖于这个空隙，我才能够保持一定的冷静。在车上望冬夜的"北海"时,十年以前晚春时候夜宿北海"长亭"上的情景,忽然浮现脑际。这却是十年来一次也未曾想到的。

"好好看看外边吧。"日寇敲着我的膝盖,"外边好得多。"

"外边好得多!"我完全同意他的话。

那个漂亮翻译,伏在我耳旁轻轻说:

"进去以后,有一是一,有二是二,原原本本说出来,马上就放!"

"唔,"我说,"那么,宪兵队太好了!"

"当然,"他继续说,"我们是同乡,我知道。我不给你亏吃。你若不说呀,嗯,你这体格——别说你这体格,铁打石塑的也受不了。噼里啪啦一说,不藏不掖,马上就放! 我保险! 老乡!"

"我说什么呢?"

"妈的。你装得真像! 我看你人挺聪明,指你一条明路,你他妈跟我装混蛋!"他好像生气得很,"你不可救药!"他叹息似的说:"中国人都像你,都得叫人家日本人杀光!"

这倒是妙,我吃了一惊。

"老乡,"我说,"凡事帮帮忙!"

"四个字:'有啥说啥'! 我保险,说完就放! 我当然帮忙……"

"可是,我说什么呢?"

"去你妈个的,"他猛力在我肋下打一拳,"你跟老爷们玩这一套!"

我没有注意车子在什么地方停下的;可能是宪兵队的后门。阴森而且古怪的所在,好像左右是水门汀的墙壁,小而黑暗的门上有一盏惨黄的灯。这简直不像是在"北平"城里,"北平"城里有这样令人一见之下就毛骨悚然的所在吗?

两个特务先拖那女人下车,我才发觉这是个怀孕很久了的妇人,她将要在监牢里把新生命送给世间。中华民族的婴儿在日寇的监牢里落草! 何等可怖的象征! 一种说不出的永恒的伤感直刺我灵魂深部，我无法压抑我自己，任凭热泪流泉般涌落……

门槛以内

跨进冰冷的、阴暗的、水门汀窄门的门槛，我在另外一个世界里了。

沿着石阶下降，经过曲折、狭窄的通道。寒气袭人，并且混杂着尸臭似的气味。灯火昏暗，不辨道路，我不时踏进泥水里——不知这地下监牢里何来泥水……忽然，从什么地方呢？传来一声惨厉的绝叫，好像全生命都从这一声绝叫里喊尽……我不知这人所受者是何等样的酷刑。也许十分钟之后同样的酷刑在等候着我……

走进门上用粉笔写着"尾崎曹长取调室"的房间，房间之内仍是阴惨的灯光。草绳、木棒、铁链、水壶、长凳……散乱地堆在墙隅。水门汀地上满是泥水。

漂亮翻译整理着我的书籍、信件……

忽然进来一个头大身短的日寇，穿西装，四十岁左右的样子。我第一次看见这等凶恶面貌的人，他的头和身的比例，恐怕是五分之一甚至四分之一。真正是一个"奇人"！他整个头恰恰像一个南瓜，特别是脸上各种大大小小凸起的部分。他的肥厚的紫黑的唇，像风干了的牛肉块。褐色的小眼在浓密的眉和汗毛丛里凶恶地在闪动……

由一个穿着带针毫的貉皮领大衣的瘦小的人做翻译，他郑重其事地说：

"现在先由中国的警官审问你，你要有一句说一句，不要自讨苦吃！"

后米我才知道这个南瓜脑袋叫做"犬口"——"特高系"长。

中国警官就是那穿貉领大衣的男子。漂亮翻译姓"隋"，做记录。另外一个"陪审"，原来是那个破皮鞋面孔的先生，他的眉毛、眼睛、鼻子、嘴，胡乱排列着，都排列在不应当排的地位，大约是"上帝"吃醉酒时的"创作"！

344

警官装作颇为严肃,但不知为何忍不住要笑的样子。大约他也觉得这种"仪式"很滑稽;这种"仪式"恐怕是因为日寇在华北和在东北的"政策"不同——在"北平"的日寇还要处处表示"尊重中国主权"——所以先由中国警官审问。而一般案件都先到"中国"的警察局特务科,认为特别严重的才直送日本宪兵队。

姓字名谁,年岁、籍贯、职业……之后,貂绒领子把一张纸一根笔推到我面前来,说道:

"写上你朋友的名字、住所! 一个不许漏!"

我仔细观察一下警官:面孔平板得很,头发梳得很光滑,戴平光眼镜。嘴唇是薄的;鼻子是尖的;眼睛是小的,狡猾地扇动着。从口音上听出:也是"我们"的同乡——我们的同乡们在北平干这种"光荣的"职业的很不少,据说十之六七是沈阳"南满中学堂"出身。

我写上他们可能已经知道了的几个"社会关系"。

"还有,不只这些! 坐下来慢慢想,慢慢写!"

"没有了,我到北平的日子很短……"我放下笔,对他说。

"放屁!"那位五官不整的特务,大声喊起来,用他手里早已准备好的木棍,猛力打在我的背上。

"写! 写!"小小的单薄的警官不耐烦地说,"心眼灵活一点少遭罪!"

"中国警官"加给我的刑法是"夹铅笔",这虽是刑中最轻的(四个手指之间夹上三支铅笔,然后用手或用绳尽力压迫手指),但已痛彻骨髓;也许因为我早已知道还有比这更残忍的刑法,当时倒颇为泰然。激怒了这三个"腿子"的原因,是因为我开了一纸满是"新民会""政委会""情报局"的"大员"们的名单。

"中国警官"停止讯问,"尾崎"含笑站在我面前:

"魏青,是你不是?"

"不是。"在我不了解全案——被捕原因和被牵涉的人们等真相以前,不能有任何承认。

他抱着双臂,故意装作笑容。——他在和我做"神经战"。

"好的，"他点着头，"你认识'周大光'吧？"

周大光还是半年前在"沈阳"被捕，难道他竟至于出卖……我略一沉吟；"尾崎"仍然笑容满面，两眼却狰恶有光，他猛然挥拳向我脸上打来，毫无戒备之下，跄踉向墙角，墙角上有人在我头上打了一棒，于是我昏倒下去……

醒来以后，扑打继续着，宪兵和特务大声哄笑，并且叫喊。

我像击拳家们用以做练习用的"沙袋"一样，被十几个宪兵打来打去，对于这些丧尽人性的人们，大概是一种很有趣的"娱乐"吧？ 他们不想讯问什么，一直到我由第三次昏厥后醒来，他们才把我送到"留置场"①去。

"你的'留置场'是第一名，你会看得见你的所有好朋友都来了，一个没有漏掉……""尾崎"最后对我说。

第一号"留置场"

在"留置场"又受一次检查。审讯当时已经把我衣袋里的自来水笔、小刀子、手簿、烟匣等物搜去。这一次却连领带、围巾、腰带等都搜去，大概防备犯人在监禁中自缢。走路要用手提着裤子，这实在狼狈不堪。

"这个，顶好！"看守是个二等兵，拿着我的领带，赞美着。然后，十分自然地装进他自己的裤袋里。

我忽然很惊讶：在我被捕当时竟有系上领带的余裕。

看守把我推进一个二尺高的小栅门里，我跌在门口，看不清这监房内都是什么样子，一片黑暗。伏在板地上，我开始觉得头部、腰部、胸部剧烈地痛楚起来，我费尽力气想向里移动一下，但是好像身体忽然不属于我了，它变得这样沉重……

"不要着急，不要着急。"低低的、慈和的声音在我身边响着。

这是对我说的吗？ 我举目四顾，好像并没有人在我身边，说这

---

① "留置场"是日本话，即是"拘留所"的意思。

话的是谁呢？

我原来以为这一定是所谓"独身监"。等我眼睛习惯于黑暗的时候，我看见一个老人伏在我身边，他小声劝慰：

"既进来了，就不要上火……"

不知为什么，当我知道这屋子里不只我一个时，我便安宁下来了。

我慢慢移到老人的毛毯旁边，倚墙坐下。

由高高的、豆腐块似的铁窗子，透进薄明的晓色。

"毛布！"宪兵的佩刀响着，大声喊。由木栅间投进两块灰色毛毯来。

我的难友替我折叠好，叫我坐在上边。

我的难友并不是老人，他自己说他四十五岁。胡须有两个月没剃了。某私立大学的教授。

"为什么被捕的呢？"

"思想问题——特高科长这样对我说的。你说怎么办呢？"教授是天津人，很冷静，但也很忧愁："思想的犯罪！有什么证据呢？我一无著作，二无演说——学术讲演关涉不到'思想犯'，我是地质学教授……只审问过一次，关两个多月了，不问也不放……"他抚着胡须叹息着，反问道："你呢？"

我摇摇头，没法子回答他。

"上刑了吗？"他问。接着说："好在他们倒没有给我上刑……"

早饭是一碗大麦粥，一块咸菜。我两手手指淤血，肿得很粗，无法拿筷子，两手捧来喝。教授劝我一定多吃些，然而一点食欲也没有，我吃不下去；把粥送给教授。他说：

"刚来时，三四天不能下咽，现在每顿不饱……"他把两碗粥吃尽，用手帕拭着胡须，盘起腿来，摇着头。

由教授口里，我知道昨天一夜"留置场"里十分忙碌。押送犯人，往来不断。看样子所有空监都满了。

难道都是和我有关的一案吗？我心里疑虑。

我注意由木栅前边往来的人。但是，太黑暗了，加上我戴的是一副浅度近视眼镜，完全看不清。

陆续由各监房提审，有的翻译高声喊着犯人名字；我得以知道几个普通的熟人也在这里——其中有只见过一次的某书店的跑外。我可以估计这案子是因我而起的，我即是主犯。大约我在北平所有的朋友、亲戚，都一网打尽。倘若如此，这事件便简单了。——但也可能因此反而更纠缠不清⋯⋯现在我最应该知道的是：他们根据什么线索而进行逮捕的？我忘记了周身痛楚，沉入反复的思考里，然而我冷静不下来，愤怒、焦躁、不安的情绪不断升起⋯⋯我想着因我而被捕的这些人们之中，十之八九是完全无辜的，他们是那样善良、温和，甚至有点怯懦的人。他们是安静地、小心地希望着平安生活的，宁肯再穷苦些，再受些欺辱，只要平安就好——这是他们的"哲学"。这是天大的灾难，在这些温和的人们生活里，正是所谓："闭门家中坐，祸从天上来。"谁也不会料到的。那些情人，妻子，孩子，母亲，朋友们的这个早晨是怎样过去的呵！惊慌，恐怖，伤心，哭泣⋯⋯我虽然感到愧疚，但又觉得这愧疚之感也并无理由。⋯⋯而且，假如我的新朋友——那一对做小学教员的夫妇也在这里的话⋯⋯这是不可能的，他们——那一对年轻的夫妇应该幸福，他们为什么进监牢呢？他们还不知道在日寇黑手之下，幸福永不会存在⋯⋯但他们——不只他们，谁不渴望着幸福呢？⋯⋯那个小孩子似的、爱笑的、花朵般的妻子，结婚不满三个礼拜，你把她放进这地狱里来吗？仅只因为她是一个中国人的缘故？⋯⋯让那些胆怯的人，借此明了一下日寇怎样对付中国人，也许这对他们是好的教育，但我知道：他们反而会更加胆怯起来⋯⋯

忽然，一个人被宪兵一脚踢了进来，他伏在地板上，呜呜地哭泣。

良久以后，他止住哭声，两手抓住木栅，大声叫道：

"太君！"

"太君"用佩刀鞘打在他的头上，叫道：

"说话不行！"

这是一个二十二岁的男子，面孔瘦枯、黧黑，两眼大而无神采；好像不知哭过多少次，眼泡浮肿着。

"为什么事进来的？"教授问。

"咳！"他叹口气，"一言难尽。"摇着头："我真想不到，我也进来了……"

他凑到我们身前，不知是夸耀还是悔恨地说道：

"我是警察局特务科的呢……我刚干两个月……"

"那么，为什么……"

"只为，咳，一言难尽，不说了罢！"这倒颇似京戏道白的腔调。

他擦着眼睛，但到底说了下去：

"这年头，人心越好越倒霉……"他先发议论；然后继续道："特务科抓一个女学生，脱去衣服灌凉水，我在旁边，实在看不下去，用衣服替她盖上下身……指导官说我思想不良，打一顿，送到这儿来了……"他用手在地板上划着："好心没有好报，如果叫我出去，他妈的……"话没说完，他蜷缩到墙角里呻吟起来。

中饭是两个坚硬的馒头，一碗不晓得是什么的菜汤。

教授这一餐中饭是很丰满的，他一人吞食了三人份。

我现在才懂得使自己冷静这件事，何等困难。我冷静不下去。肉体上的痛苦、愤怒、担心，以及一种奇怪的羞愧的感情骚扰找。

——因为我忽然觉得我不配做这种工作，我是粗心大意易于相信人的。这工作是另外一种人做的，一种伟大的人做的。我心想我所熟悉的那几个人——那是做任何事业都能做得好的人，他们有天生的沉着、冷静、机智、警觉心，他们可以超越监牢。一个印象在我脑里明朗起来：F穿着雪白的衬衫悠然地行走在北平的人群里的姿态，刺痛了我。那时他负重要的责任，我常常惊服于他的悠然自适的丰采。在沈阳时，一个人称我为"热情的工作者"——这是讽刺；这"热情"就是傻瓜——或比傻瓜更坏的意思。坐在监牢里我得承认，凭了热情冲动工作的结果我已在亲身尝受着了。在我想到沈阳的时候,我有了一个觉悟,即是倘若他们把我和"××事件"相关联时,我便有被解回"满洲"去的可能,也就是无期惩役在等候我。我惟一希望是:他们单纯当做北平的事件来处置。

打断了我的思索的是第一号监房里,又来了第三个客人。教授竟然笑了——这笑里包含着幸灾乐祸的意味,也许他一个人住两个月感到寂寞了。

第三个客人脸上肿胀得很厉害,看来是在被猛烈地掌嘴之后。我下意识地抚摸一下自己的脸,原来也在肿胀着。他在喘吁,这是个肥胖的人——原来是个商人。

教授殷勤地招待他。说着同样的话:

"不要着急,不要上火……什么事呢?……"

商人摇头不语。两行清泪由他那浮肿的眼泡里流落下来。

"想不到,我死在这里了!……"他呜咽着说。

"不会的,别想到死呀!"教授安慰他。

"进宪兵队的人,还会活着出去吗!"

翻译和宪兵往来传讯犯人,我希望能看见几张熟识的面影,或熟识的姿势。但太暗了,竭尽目力也看不清。

教授的晚餐更加丰满,他独自享受了四人份的菜饭;他说:

"刚来,谁也吃不下。但过了三天,保险你们的胃口比我还好!"

第一夜

宪兵用刀鞘敲打着木栅,吼道:

"睡觉!"

教授已经警告我几次,叫我躺下来;他说钟鸣八下的时候,必须躺下睡觉。然而,我怎能睡得着呢?我依旧坐在那里,倚着墙壁。

"睡觉!"宪兵吼着,"妈拉×的!"他用中国话骂人,骂得这样流利。

教授扯着我,我和他并头躺了下来。

"盖上毛毯!"他说,"脱掉大衣,好好睡……"

我们用毛毯掩住头,悄声谈起心来。

"已经进来了,就要把一切事都抛开……好好注意身体,盼望着活着出去。"他劝慰我,"伤心没有用,伤心只有把身体弄得更坏。"

我所担心的倒是只怕身体被他们弄得更坏。身体被摧毁以后,那就什么都完了。

"你想不坏也不成的。"我说,"他们用各种刑法摧毁你……"我自己已经预感到,最好的是身体某一部分成了残废出去;而最坏的呢,便是和所有那些人们一样:以宪兵队这地方做坟场。

"他们大概不至于给我上刑。"教授好像只关心他自己。人类的自私心,在监牢里,大约是表现得最为鲜明、最无耻的了。自私是人类的恶德中最恶的恶德——当我后来得知一个完全不了解我所作所为的一个女孩子被捕以后,替我编造了许多"事实"的时候,我这样想过。然而,这难道是她的过错吗?然而,在同一监牢之中,我也得以知晓许多令人感泣的、人类美德发挥到极致的事迹,特别当知道这些人并不是革命者,而只是普通的人民的时候,他们那强烈的道德的情操挽救了我精神的颓落;增强了我的信仰力——对人类的将来、对民族的将来的信仰力。也正是这永不崩溃的信仰力,得以支持我衰弱的躯体未在日寇酷刑之下崩溃。

"我告诉你,真正的革命家,日本鬼子抓不住的。他们抓的都是像我们这样的……倒霉的家伙。"不知为什么教授对我这样说。

我得承认他这句话里一部分的真理。

"对了!"我说,"如果革命家都被他们捕住,那就完了。"

"你是不是这个(他用手指做一个"八"字)关系被捕的?"

"不是!"我否认了。而且接受被捕过人们的经验——在难友之间更应警觉,我得把我一向热情冲动的浅薄的真诚一概收拾起来,即使我的对方是个地质学教授,我也得多说谎话,没有亏吃。我答:

"我还不知道到底为了什么呢?!"其实,这种说法也并非不诚实。因为究竟怎么发生的,我还并不知道。

教授叹息一声,低声说:

"生为中国人,生为沦陷区的中国人,是最不幸的动物了,我不该由美国回来……我被捕,恐怕主要是因为我会说英语……"

我心中忽然起了一个奇怪的冲动想和教授开一个玩笑,我说:

"这在地质学上有什么根据呢?"

他似乎并未听清,只在自怨自艾:

"我如果接受了上海的聘书,早没有这回事了……心屈命不屈……"

在心里轻轻地升起了一种对他厌恶和可怜的混合感觉,我把毛毯拖得向上些,沉默着。一会儿,教授已经睡熟。我觉得有小动物在我衣领内蠕动,并且开始攻击我了;我扯下毛毯,借薄暗的灯光看得见毛毯边缘上有一串串的虱子……我把大衣盖在头上,毛毯放在脚下。一股森凉的寒气,渐渐侵袭我,由足部至于全身。我盘膝坐了起来,对面沉沉睡去了的特务先生的身上,有一只肥大的老鼠在跑来跑去……死的静默,君临着监牢,只听见鼾声四起。我希望我也能很好地睡下去,然而,这办不到;我真嫉妒这些能睡眠的难友们。

许多形象在我心中浮起,错杂的色彩在我眼前飘动,我极力想把这些整理成系统,然而,已经不可能。我似乎已失去思索和分析的能力,这大约和适才头部被猛力地扑打不无关系,我感到恐怖——我知道许多出狱的人的脑神经遭受了猛烈的损伤……当我昏昏欲睡的时候,栅门外有人用低沉然而威吓的声音招呼我的名字。我抬起头来,外边喊:

"出来!"

大约是深夜一两点钟光景。一个意识在我心中一闪:

——莫非去执刑吗? 这正是时候……

我跟随在翻译身后,走到监房门侧,他回过脸来,这是那个姓隋的辽宁人。他叫我走在前边,并且不断地用手推着我的背,他嫌我走得太慢,我的右腿不晓得因为打还是因为跌伤了,一动便疼痛难忍。走过曲折、腐臭、黑暗的甬路,我们走进另外一间"取调室"里,在不明的灯光下,那个尾崎用险恶的笑脸迎接我。在角落里,我发现一个人被绑在长凳上,喘吁着,像一只猪被缚在屠夫的屠台上。

"坐下——"翻译说。

"吃得饱吧?"尾崎问我。

我点点头。

他取出一支纸烟给我,我拒绝了。

"有什么感想?"他露出牙齿讥讽地笑着,我想他在杀人的时候也是这样笑的。

"有什么感想?"他倒很像一个新闻记者,继续问着。

在桌上堆着我的书籍,已经整理得很好了。他捡出两册俄文读本来,问道:

"为什么学俄文呢?"没等我回答,他继续说:

"你什么时候和××发生关系的?"

"后来没有发生过关系。"

他用拳猛力向桌上一击:

"为什么学俄文?"他把书胡乱一塞,说:"这些事自有人问你。你不要以为我们没有证据。我们人证物证都有。只要你好好说出组织关系,我们绝对客气。你好好想一下。"

我想了一下:"他所谓人证物证都有,正可能人证物证都没有。"

两个穿中国服装的宪兵走了进来,站在我身旁。

"我们绝对客气,你考虑一下。"尾崎站了起来,"日本军人讲究信义。"他走到被缚人身旁,喊问道:

"说是不说?"

"我没有什么可说的。"

"好的!"尾崎咬着牙齿,"妈的,你喊共产党万岁吧! 今天晚上要你的命！"

"要你的命！"隋翻译喊，"临死以前喊一声共产党万岁吧！"

"说呀，电台在哪里！"尾崎用木棍叩打那人被裸露的胸脯，发出空空的响声。

"不说？"他跨上那人的腰部骑上。

隋翻译提过水壶来，笑着说：

"咱们再来一壶！"他用眼睛斜瞟着我。

我懂得他们的意思，他们以给别人上刑威吓我。

用一条湿毛巾覆在那人下垂着的脸上，把水向着鼻和口直灌下去。另只手揪住那人的头发。发出咕咕的响声，沉重的呼吸，然后，他猛力用口向外喷水，脸上的毛巾起伏着，鼻子吱吱地呜叫，他不得不把湿毛巾上的水尽力吸进鼻孔里，他要呼吸，但只能吸进水去，吸不进空气，而且呼不出空气来。那人发出一种可怕的苦闷的声音，在紧紧用草绳缚住的条凳上绝望地转动着。一壶水完了，尾崎在那人身上笑着。隋翻译说：

"这家伙很壮，力气不小，咱们再来一壶。"

两个宪兵在旁边安闲地吸着纸烟。

第二壶水灌到一半的时候，人昏厥过去了。解开绳子，尾崎用尽力量压迫、敲打那人的腹部；翻译用水向头上浇着，混合着血的水，由那人的口鼻喷射出来……喷射出来；他长长地呻叫一声，醒来了。

"说不说？"宪兵之一问着。

"说你妈个屁！"那人大声喊。我听得出来这人也是我的同乡。在这时候听见了这样的乡音，我禁不住眼泪。两个东北人，一个在执行他忠实的走狗的职务；一个在愤怒地忍受，我对照了一下，感到战栗！

"再来！"翻译重新缚好他，叫着，"死不了，还能骂人呢！"

被骂了的宪兵，嘻笑着，一连在我的头上打了几拳，说道：

"看见了没有？"

"看见了!"我望定他的红红的眼睛,大声回答。

这十分激怒了他,他用手里的纸烟触在我的脸上,我本能地闪避开,右边的一个正好烧在我的右脸上……他们大笑着,把我翻倒在地上,用脚猛力践踏着我的胸部。他们两个互相说了一句日本话之后走开了。

我的难友又第二次昏厥过去……

尾崎走在我身前说:

"好好想一想……我们这处置一个中国人像处置一条狗一样……你懂不懂?"

然后,他命令翻译送我回去,并且叫他关照看守多发一条毛毯给我。他仍在和我"神经战"。

在监房门前,翻译说:

"好好想一想吧! 好汉不吃眼前亏……"

"我没有什么可想的!"断然回绝了他。

刑

第二个深夜。

躺在冰冷、阴暗的监房里,倾听着远远传来犯人继继续续的悲惨的呼叫,这不像是人的声音,然而,这正是人的声音——对苦难的抗议;对野兽的抗议;人类壮烈的悲剧,都在这一声一声惨呼里倾泻净尽。这是反抗的声音,而绝非乞怜的声音。这声音直到今日还在我心灵内回旋。每个承受日寇的酷刑的人,都代表着全民族悲壮的命运,残酷的灾难,不屈的精神。倘若汇合每个夜晚每个角落里、全世界各处所发出的这种声音,应该是怎样的仇恨的洪流呵!这洪流已经暗暗地、以无穷的力,流进并通过,灌溉了每个为真理、正义、自由而斗争的人民的心,养育仇恨的根苗。

监房钟响两下,我被提出做第三次审讯。

宪兵展开一册厚厚的案卷,似乎是铅印的,他指在一处,叫我看。"魏青"两字用红色油墨印在上面。

"还有什么可说？"他冷笑着问。

我立刻了解这是由满洲宪兵队转送来的关于"××事件"破获经过一类的文件。这名字我是不能承认的。

他用橡皮棍向我头上打来。

"你看！"他指点着，"这是你的上级，这是你的部下，他们全体六七十人里，只漏你们四五个人逃到北平！ 而且现在都在这里。"他念着红字印着的名字："难道你不认识他们？"

"不认识。"

橡皮棍打在头上，内部感到一阵长久的猛烈的昏眩，早已听说这是日寇拿来摧残"知识分子"的头用的。长期使用橡皮棍打击头部，可以使任何人变成白痴。

"你根据什么断定我就是魏青？"我大声反问。

"我现在用不着告诉你。"他继续冷笑着，"日本宪兵从来不冤枉好人。……你看！"他把一册簿子丢到我面前来。

我没有翻开那簿子，只静静地说：

"你们弄错了，你们太瞧得起我！ 我只是公司里的小职员而已……"

"对了！"他从不停止他的冷笑，"你们是共产主义的公司，做的是杀人放火的买卖？"他忽然大喊一声，拍着桌子："九爷府军用仓库是谁烧的？"

"我告诉你！"我一字一顿地说。

他静下来，坐下了。

"我不知道！"

他跳起来，摘下我的眼镜，剥去我的上衣。三五个人一齐动手，把我缚紧在条凳上。

"不说！"他笑着，"请你喝酒。快过年了，请你喝点酒吧。"

"尾崎先生顶高兴让人家喝酒了。"隋翻译抓住我的头发，使头直垂下去。

尾崎拿一根粗木棒，用力打着我的右腿。

"从前事一概不问，只问你现在的计划，供出你的同党来！"他一边打着一边说。

"我的所有朋友都在宪兵队里，这是你告诉我的。你叫我供什么同党？"

"说不说？"他大喊，"一壶酒，你就完了。你怕死不怕？"

一块黑毛巾盖上了我的脸。眼前一片黑暗。一阵恐怖，一瞬间袭击了我。我担心着我已衰弱的肺部。但当我想到在这同一时刻之内，不知有几千万人在世界各处共同忍受着同一命运时，我得到了一种力量。当我想到无数先烈含笑就义的悲壮情景时，他们的光辉便来照耀我贫薄的生命，并燃起永恒的火焰。坚定了我对虽然还远，但终必到来的胜利的信心。——一切伟大坚贞的精神都预言了敌寇的灭亡。这些，会一直是我生命大厦的惟一支柱，并支持了我在敌人酷刑之下日趋残破的躯体得以生存。

当第一口冰冷的水流在我焦破的唇上时，反而有一种轻松的快感。但立刻，我呼不上气来了，我本能地抗拒着，张大口鼻猛力呼吸，水渗透湿布沉重地粘在我的鼻孔上；我只能吸进水去。我用口向外喷吐着水，使尽全身气力，在紧缚的草索里翻动着肢体……我听得见耳边的笑声，那个翻译叫着："看你还爱国不爱？"后来，由口鼻吸进的已没有空气，只是水，水。湿布紧贴在鼻孔上，发出吱吱的声响，当我费尽力气呼出一口气时，必需吸进二倍的凉水。当我觉到四肢似乎已经瓦解，黑暗越发增强压力时，我就沉没在一种无边的黑暗中，几分钟内我已不存在……我苏醒过来时，骑在我身上的尾崎，用力压榨我的膨胀的腹部，水由口鼻混着血涌出来……我初次知道了"死"是怎么回事，死并不可怖。只是欲死未死，和死后复苏的片刻，才是可怖的。

这样的深夜，一直继续了一个礼拜。

每次灌水以后，隋翻译抱着双臂嘲弄地问道：

"怎么样？还爱国不爱？"

大约是入狱后第十天，我无论如何忍受不住了。现在我已经想出一种方法对付他们,我装出一种什么都不在乎的天桥上无赖们的神气。

"怎么样? 还爱国不爱?"他又问我。

"你很漂亮,简直是美男子。"我夸奖他。我把湿衣在火旁烘烤。

"可惜得很!"我说,"你竟没长人心!"

"什么?"他吼叫起来。

宪兵坐在桌上,抽着烟,冷笑着。他似乎在做着一种有兴趣的观察。

"你是中国人不是?"我骂他。

我真不懂他还有什么发怒的理由,他奔向我来,我用火盆里的灰向他脸上扬去。他随手捞起一根打垒球用的木棒,猛力打在我的头上,我立刻昏倒了。

等我苏醒过来时,我看见他做着立正的姿势,弯腰垂头站在宪兵前面。

"你是中国人不是?"宪兵竟也重复着我的问话。

我头里轰轰地在鸣叫……

"你是中国人不是?"宪兵再一次大声喊着。

显而易见,翻译先生不知怎样回答才好。他不晓得他应该答"是"呢,还是"不是"。

宪兵暴怒起来,用力打他的脸。

"你配不配打他? 妈个×的!"宪兵骂着,"没有我的命令,你敢打他? 你打死他怎么办? 你的命没有他的值钱! 我们什么材料也没得着,你打死他怎么办? 呵?"

宪兵抬起腿来,向他的膝盖上踹了一脚,喊道:

"滚你妈的蛋!"

他鞠躬而又鞠躬,然后,滚他妈的蛋了。

我脑神经受了猛烈震荡,加上几天来橡皮棍的作用,一昼夜之间,我昏迷着,脑里出现各种幻想。这天夜晚,宪兵停止了审讯。

希望

较诸酷刑和拷打更使人难于忍受的,却是监牢中的心理的空气。死巡回在监牢的每间牢房,各个角落。随着时间的流转加深它的黑影。在这黑影的重量之下,人们丧失精神的均衡。二号牢房里有一个青年发狂了,我听得见他的嘶哑的喊骂和哭泣的声音,绝望地在牢里回旋,有如一条无形的绳索穿透了每人的心魂。深夜里受刑的难友们的长长的、断续的哀呼,往往把我从梦境里唤醒,我不自知身在何处:仿佛由一个辽远的国土上归来。仿佛忽然坠落于无底的深渊里。然而这并非是一场噩梦,乃是百倍真实的现实。日寇在人间制造了地狱。人类正在如此对待人类。几乎撼动了我对人类强烈的信仰,倘若我不能将日寇解释为人类以外的什么动物时。"法西斯"便是"野兽"的意味。野兽的伦理是噬人。消灭法西斯是人类的理想。

"我不能睡。听见人类的哀呼,"教授小声说,"我也快疯狂了。"

这一声一声的哀呼,是战胜的预言。

这一声一声的哀呼,召唤来薄明的曙色。

人们容易在这牢里疯狂,几天之后,在另外一个监房里,整日整夜传来另一个狂人的喊骂和猛力捶打木栅的沉重的声响。

"人发狂,是因为他失去信心。"我对教授说。

一夜,我刚刚全身水淋淋地由"取调室"回来,大约是深夜二点钟。与往常一样我在用我的体温烘烤我的湿衣。忽然,由监房的西端一间囚室里,传来响亮的啼声。产儿的啼声!——一定是与我同车而来的女人分娩了。新的生命的声音,新的生命降临了的宣告。是在这里,是在日本法西斯的监房里,我听见了这声音。由这纯粹的无知的、地上的啼声里,我看见了几千年来重压在人类脊背上的苦难。生命——至高无上的欢喜。生命的啼声——至高无上的音乐。是在这里,是在日本法西斯的监房里,我们伟大民族的第二代落草了——偕着千古的仇恨和悲苦。神圣的中国母亲们呵,骄傲吧。民族和人类的将来的象征的图画、诗和音乐！日本法西斯的监房禁不住新生命的啼声,它回旋在我们受污辱了的国土的上空,发射辉煌灿烂的光彩！我倚着木墙坐起,流着眼泪。我想对那个可敬的母亲,说几句话。我的心沉落而又升起,悲哀而又欢喜。在这寒冷而阴湿的监牢里,产妇和婴儿怎样忍受呀。婴儿应在清洁的病院里生产,用温暖的水洗拭它小小的柔软的肢体,放在洁白的小床上……然而,是在这里,是在日本法西斯的监房里。日本法西斯把苦难和侮辱加于我们,并且加于我们的婴儿！婴儿一生下便是一个小囚徒！为了千千万万的婴儿,难道你不应毅然死于反抗吗！我流着眼泪:我不知这是侮辱的眼泪还是反抗的眼泪,我不知这是悲哀的眼泪还是喜欢的眼泪。一直到天明,我不能睡去。我的心在喷着血。我以喷血之心等待黎明。

"苦呵。"教授悄声说,"我说不出来,我心里绞得多难过！"停一会,他把毛毯拉在脸上,他抽泣着,像个孩子似的说:"我想我的小孩们！"

特务刘永贵挨到我们身边来,他说:

"你们当我睡着了吗？我没有。这种事,我经过,也听过不少,虽然我刚干了两三个月。在特务科,他们把凸着大肚子的女子抓来的,不知有多少。……丈夫跑了,就把女人抓来。因为拷打而小产死了的,我亲眼见过两三个。生在监牢里的,也有,都不能活……"

……都不能活。我痴呆了似的,倚在墙上。听着越来越响亮的产儿的啼声。这啼声激怒了宪兵,他们用刀鞘击打栅门,咆哮,咒骂,他们竟企图威吓一无所知的婴儿。那产儿的啼声,更加洪亮了。想到这一双母子说不定明天就会死掉时,我觉得心脏破裂了似的痛苦。我紧咬牙关,免得叫出声来。

"……他们当着做父母的面前,打小孩子……"刘永贵仍在述说他的经历。

"库拉。"宪兵在栅外嚷叫。

　　我向外看着，并没躺下去。我因悲苦和愤怒而心神丧失。宪兵打开门，蹿了进来。他用他的佩刀空鞘，向我的头上不断劈来。我想要站起，然而全身没有一点气力。他扯着我的两脚，使我躺下来。又大骂一句，才走了出去。

　　我昏晕了过去，一个光华的幻影，在我身上展开。

　　一个壮美的男子，

　　他说："我是人类的将来。"

　　他全身放射灿烂的光彩。

　　他与阳光同在，

　　——百草芬芳，万花齐开。

　　"一切苦是我的血液。

　　一切反抗，是我的细胞。

　　孩子，你是这幸福的音乐里的一个和音。

　　无数死亡铸成伟大的新生。

　　看向我吧，悲苦乃是力的泉源！"

　　我昏迷过无数次，只有这一次，看见了美丽的幻影。

　　婴儿的啼哭声，恰如我曾听过的一次庄严的乐曲似的，在黑暗而广大的牢房里回绕着，唤醒每个在苦难中熟睡了的人们。

口罩

　　又一个深夜，被猛烈地刑讯之后，回到监房里，蜷缩在水门汀地上，感到了刺骨的恶寒，仿佛我的湿衣已结成冰，我索性脱掉它，连同破烂的大衣、毛毯，一齐盖在身上。寒冷在我脊背上爬行，有如多足的小动物。我颤抖得很厉害，连身旁的教授都感到了，他问：

　　"怎么样？别是伤寒病吧？"教授以惊恐的声调说。

　　"我不知道。"我回答。

　　由美国回来的教授，是十分讲卫生的人。他最近已经被允许由家里送来洗得洁白的衬衣和食物。是一号"留置场"里的"特权阶级"。曾经和我讲过两次疾病之可怕以及食饵营养等大问题。如果我得了伤寒之症,对于他也是非常不幸的。因此,他懊丧而又惊恐。

这时,我感到全身灼热,胸口膨胀,呼吸短促,开始了剧烈的呛咳。痰液堵塞在气管里,咳不出。经过很长时间以后,胸内若有火在燃烧,胸腔仿佛要胀裂。我以全身的力量,想把胸内的东西咳出来;一股热而甜腻的液体涌进我的喉管,吐在我的肮脏的手帕上。

——鲜赤的血。我自己的,由我身体内部溢出的,我初次看见这样的自己的血。

我觉得轻松了些,我仰卧下去,安静下来。

教授用他洁白的毛巾盖上脸,问道:

"不要紧吗?"

"不要紧。"

不要紧。是的。我一阵恐怖已经过去。我看见了无数人在咳出自己的血。中国人民的血,不是已可汇成江河了么!我这个,算什么呢?伟大人民正在血泊里前进、战斗,并且胜利。自由的代价,是血。幸福的代价,是血。伟大的人民为此流尽了血,咳一口血的人,有什么伤感的理由呢?我平静得很,恬然仰卧着。然而,教授已经很沉不住气,他忽然站起来,走到木栅前边,大声叫道:

"太君!"

像每天清晨向宪兵索求"其利卡米"(手纸)时的声音一样响亮。

"太君"跑来了,好像很慌张。

"什么?"

"他的,"教授回身指我,"血的有啦!"

"太君"是不懂"血"是什么的,他怔了一会儿,打开锁走了进来。

教授把染血的手帕展示给他。我早已听说日本人是害着"结核恐怖"的民族,也是对结核最没有知识的民族。"太君"立刻掏出手帕堵住口鼻,皱着鼻子,厌恶地看我一眼。口里"嗞"的一声,跑

了出去。不久,他拿了一块口罩进来,掷在我身旁,命令道:

"这个给!"

我看他一下,他在我腿上踢了一脚。

"好吧。"我说。戴上了雪白的口罩,心里想:这倒真正奇妙。

教授仿佛也安心了。翻过身去说:

"应该注意些。"

我的右邻是那个肥胖的商人,已经醒了。他把头靠近我一些,安慰道:

"千万别着急。吐两口血不算什么。把淤血吐净,也许倒好了——我说你那是淤血……"

商人是盗卖军用通信机嫌疑犯。他用手摸摸我的头说:

"有点发烧。"他想了一想:"这里许买药不许? 和他们商量看? 若是许买药吃,托我家里人买,钱,我还多少有些,不怕你见怪,你可够困难的;我若能帮上忙嘛,你放心……"

买药当然是不许的。但因为这几口血,停止了四五天的审讯。然而,这个口罩,给我添了不少麻烦。我偷偷摘下它来时,教授首先要对我"提意见",口鼻上罩这么个东西,我还不习惯,闷气得很。教授提几次意见之后,我索性不理他了。但是若叫"太君"瞧见,他就开门进来,对你乱叫一阵。而且睡觉时也不许摘下来。清早,检查监房的宪兵,开门以前,也都先戴上口罩才进来。后来"太君"们已经不大叫我的名字,只是:

"噢咿! 玛司库桑!"

而"玛司库桑"者,是日本话"口罩先生"的意思。这实在无可奈何。后来我的口罩已经渐渐变成了黑色,"太君"替我拿来一个新的,这个是粉红色,大约是浸了什么消毒药水之类,有强烈的气味,戴上之后,我就呛嗽得更加厉害。"太君"把变成黑色的口罩用刀鞘挑了出去,口里骂着。

那时我忽然想:口罩这东西倒好像和法西斯所自豪的"文明"有些相似。

微笑

日寇引我走过弯弯曲曲的地下通道,这一次我才知道这个地下监牢有多么大。他命令我停在一个小房间的门前,由钥孔向内张望。

"认识他吗?"

室内面门坐着一个青年,瘦弱而高。蜡色的脸上遍是血痕。低垂两眼毫无神采。看他至多有二十岁。穿一件已经被撕破了的灰色西服。长发向后梳拢,垂在两耳上——一个耳朵已经裂开了。他在轻轻地抖颤着,不知是由于寒冷,还是由于恐怕。两手交搭在腹上,显然是被命令了这样坐着等我辨认的。

"我不认识。"我对这个短小、狡狯、穿着一身棉袄的年轻的日寇说。

他把我扯进另外一间小房子里,抽一支烟,威吓地说:

"他叫什么名字?"

我真惊讶这些野兽们说中国话说得这样好。

"我说过,我不认识他。"

正是午间,我因为昨夜一直被审讯到天明,已经疲惫不堪了,用右肘倚在桌上,打着哈欠。日寇冷不防用一只粗茶杯敲在我的头上,吼道:

"坐好。不是在你家里。在日本军人跟前,你得规矩些。"

"他说他认识你。"他接着说,"你用不着维护他,你的事,他都说了。"

"我不认识!"

"妈的。"他用一条生火用的铁钩子,用力击打我的肩和背。然后,也命令我朝门坐好,他走了出去。

可以断定,这案中我是主犯。不知这个不幸青年是我的哪一个朋友的朋友。当我想到由于我一个人牵连了这么多人——甚至连间接而又间接不相识者都在内,与我一同受苦时,我又起了一阵眩晕——这是入狱半个多月来，因为我纤弱的神经经不起过度的痛苦、伤感和愤怒而造成的症状——我把头放在桌上，休息一下。忽然，日寇开门跳了进来，因为我没有依照他所指示的姿势端坐，在我头上打了几拳，命我重新坐好。过五六分钟，他进来，揪起我的衣领，把我拖出门外。送我到尾崎的房间里去。

尾崎照例递给我一支纸烟，笑着问：

"这次该说了吧？"

一个人吊在墙隅里。全身赤裸，鲜血模糊，发出低弱的呻吟。

"看看他。"尾崎指着。

我把头枕在臂上，我已经万分支撑不住。

"我对你说：因为我被你们捕进来的，都是从来不曾反抗过你们的人，你们应该全放出去。如果我有罪，你留下我一个！"

他把头一直伸到我跟前来："你以为放了他们，就抓不回来吗？连你，我们都可以放。"忽然他变了脸色，站起来说："你们跑到哪里，我们都能抓你们回来。"

尾崎指使宪兵拷打那被吊起的人，时而用整桶的凉水浇，时而用烧红的铁烙烫，那人发出听来令人战栗的声音……我在这里怎样写呢？我搜寻我常识里所能有的词汇，我无法表现我的仇恨。我无法形容日寇的残暴。法西斯！野兽！畜牲！惨无人道！丧尽人性！这类词汇都不足形容日寇，都不足表现我们对法西斯日本的如海深仇！"法西斯日本"——便是人间不可能想象的一切野蛮、残忍、野兽行为等等意义的代表的词汇了。

我两手掩住眼睛，我觉得双目灼热而枯干。我的难友的神圣的呻唤有如海洋的波涛，在我的内部翻腾跳跃。

"这是一个八路军！"尾崎告诉我，"他身体真强壮，简直像个石像。"

"说不说？"猛然用一根粗棒，向他的肋间打下。每一棒击在旧有的伤痕上，便破绽开来。由已经凝结了的紫黑色血块里，随着高扬起的木棒，流出鲜赤的血。

"说不说？"猪熊的肥厚的唇角，残忍地下垂着，他因为用力拷打而喘呼。

面色紫涨，气息微微，垂死的"八路军"，突然圆睁双目射出内心闪闪如烈火似的光辉，他叫道：

"毛主席呀，我对得起你！"

他是以全生命的力量，喊出来的。

他闭上他神光四射的双目，室内重归黑暗。他的烈火似的目光直射进我的心灵深处，并在那里燃起火焰。两个日寇相顾失色。猪熊绝望似的把手里木棒掉在地上。我以满怀崇敬注视着我们的受难的烈士，由他的低垂下来的、有强健筋肉的颈部周围，我恍惚看到一圈毫光四射的光轮，我沉没在忘我的境界里。在我心里泛起一种宗教的虔敬。一个普通的"八路军"，为解放人类的伟业吊上了十字架。人类是信仰，是神。我听见由这受难的人口里喊出来伟大的名字——毛主席。那时候，毛主席，对于我还是新鲜的名字。这名字，有如一股清洌、芬芳、闪光的清流，流进我的心底，洗净并且滋润它，使它宁静而平衡。这伟大的名字，人民的化身，是真理的象征。在为了理想而斗争而受难的人们的心里，在监牢里，在一切黑暗的地方，这伟大的名字是希望之光。这伟大的名字，使受难者更坚定；使作战者更勇敢。在这悲惨的地牢里，由我的难友呼出这伟大的名字——仿佛他在使我忘怀一切苦难。我只感到无穷幸福。我沐浴在比阳光还温暖的真理的呼吸里。……接着，我被剥脱衣服，悬在对面木架上。当我双臂反吊起来时，我感到刺骨的痛楚——我以为我的胳臂已经被折断了。我的头开始昏眩，脖颈仿佛有不知几千斤重量压迫着。第一条皮鞭抽在我的突出着的肋骨上时，我全身痉挛了一下，两胁间恍若突然被割裂开一样。皮鞭向同一地方抽打，血随皮鞭飞溅……我呼叫了一声，便不省人事了。不知经过多长时间，我醒来时，身体已经不属于我自己了，连痛楚也并不觉得。我的臂在什么地方，腿在什么地方呢？"我"只残余了一个意识。对面，血肉模糊的难友忽然扬起他低垂着的头来，在他破裂的唇间有微笑的影子，一闪之后立刻就逝去了。这样的微笑，我从没有见过。它镌刻在我的心上，一直到今日。

一九四七年

选自《文化版》，1948 年增刊第 1 期

◇戴　夫

不可征服的人们

一　憎恨

一九三九年七月,日寇又打进晋东南来了。

敌人今年完全不像去年那样莽撞:①二月间"蚕食"了边沿区的点线,一直准备了快近半年,这才以重兵稳稳向中枢压缩。长治②纷扰起来。敌机从四月间就开始了轰炸,人们对空袭已习惯了,现在仍不免感到恐怖。

七月三日早晨,太阳刚从太行山顶露出脸来,敌机的响声便袭来了。城市和村镇变得像开水锅,人们匆忙地各自分散隐蔽。一会,敌机响声更近了,原野和大山都跌入紧张的沉寂中。人们都屏息着,几乎听到自己的心跳。

小孩子们却不怎么害怕。南山头离城五里,看东南,村口就有一个儿童团员,擎着红缨枪,站在山崖上没有动。他只有十岁上下的年纪,顽皮的扁鼻子下边挂着一条黄鼻涕,红缨枪比他的身子几乎长一倍,然而他却十分严肃,挺着胸脯,瞪着又小又亮的眼睛,真

---

① 一九三八年春,日寇九路围攻晋东南,长驱直入,八路军在乡堂铺和神头岭打了两个歼灭战,敌人便全部溃退到铁路线上去了。

② 长治,县名,夹太行太岳两大山脉之间,其城屹立潞安盆地,为晋东南中心区最大的城市。

像一个小战士。他要在敌人空袭的时候注意防奸。

可是他的祖父不懂他的心理。祖父以不像老人的动作，攀藤附葛地爬到山崖上来，硬把他拽进高粱地里去了。孩子正无可奈何，敌机声音忽又沉寂下去。他看见祖父一松懈，便乘隙逃脱，跑到另一个崖上，把红缨枪靠在身边，在一棵大榆树的树荫底下爬伏下来。敌机声音忽又高昂了，他的祖父叱责他，教他躲避，但他一点也不理会，只频频回顾，准备着祖父来捉时好早一点逃跑。

敌机在西南角上兜圈子，声音忽高忽低，这一回真的飞过来了。孩子爬在树荫下把脖子伸长得像一只鹅，看着远空越来越大的黑影子，大声地数着说：

"一架，两架，三架，……后边还有三架，一共六架！啊，一共九架哩！"

敌机的响声越来越大了。祖父听到孩子的喊声，心像在往陷阱里沉，"九架"二字一钻进他的耳鼓，他的身肢忽像冰了似的麻木起来，心跳得像要向口腔外蹦，今年第一次遭受空袭，他曾经体验过一种异样恐怖的感觉，现在这感觉又侵袭到他身上来了，他想起了他从来不敢想起的被轰炸以后的县城。

今年春天，敌机的突然袭击，给了县城很大的损失。当天太阳大偏西，他到城里去了。城墙是在粉碎敌人九路围攻以后就拆了的，已经成了断断续续的砖土堆。许多在战争中毁坏的房屋还没有盖起来，遭受轰炸以后，新被毁坏的房屋有的在屋顶上露出残破的梁椽，有的墙壁被炸弹片打得斑斑驳驳的，破砖碎瓦，使街市显得十分凄凉。

他一进东门便去看他常去烧香的关帝庙。那里的大殿被炸塌了一角，协天大帝结了蜘蛛网的眼睛没怎么样，长胡子却被炸弹片削去了一大半，只剩下三分之一还在微微飘动。有一个和他年纪相仿的老头子歪倒在神座下，一只手臂抱着关老爷的腿，被炸死了。

"唉，连神也遭劫，这年头！"他叹息着走到街市上去。

街上很少行人。人们都聚集到那些倒塌的冒烟的院子里去了。

十字街口一个被炸的院里，聚集的人最多。院里还散发着火药气，他挤进人群，看见在一个被炸塌的洞口，站着几个强壮的青年，手里捏着粗绳，绳的一端系进洞里，在打捞什么东西。洞里有铁锹碰击土块的声音，一会儿冲上一个沉闷的声音来。

"拽呀！"

于是站在洞边的青年便吐些唾沫在手掌心里。搓了几搓，吆喝着拽起绳来。不一会一只大柳条筐被拽上来了。里面横七竖八地堆着些断腿残臂，中间夹着一个瞪着像玻璃般眼睛的死孩子。一看见这景象，前排的人吃惊地啊了一声，后排的人被挤着倒退了两步。

他战栗地闭了眼睛，几乎被一个青年人挤倒。扶着一个大胖子站稳脚步，人们已把可以让他挤出去的空子填起来了。他好容易喘过一口气，站在高处瞭望的女人忽然尖叫起来，人群起了比刚才更大的一阵骚动。他不敢把眼睛转向洞边去，但不知什么原因，那里的一切偏偏十分明显地映在他的眼里：又一柳条筐，满装着一个血肉模糊的胖女人，肚皮迸裂，露出白花花的肚肠来，当中还夹着一个大血块，那是一个刚刚变成人形的小生物。

老人毛骨悚然地捂住自己的眼睛，也忘记是怎样被挤出人群来的了，从城里跑回家，愣愣坐到掌灯的时候，才吐了一口气。他用颤抖的声音对刚从地里回来的人们说：

"十字街口那一家通通完啦，连那个没出娘胎的小东西！"

现在九架飞机排成三个小队飞来，群山微颤，空气被机翼激荡，使得禾苗飒飒地抖动起来，他把身子紧贴着地，心里想：

"这会不知又该轮到谁了！"

然而他的孙子似乎没有把九架飞机当回事。他卧在树荫底下，只把两只眼睛滴溜溜地随着敌机打转。敌机像捕捉小鸡的老鹰，围着潞安古城①，十分猖獗地上下飞翻，轮番俯冲投弹。

---

①　长治古名潞安，即宋时陆登抗金失败尽节的潞安州。

孩子看见敌机落下去,机声变小了,便大声喊:

"啊,当中那三架落到城里去啦!"

他天真地希望敌机是机件坏了跌下去的。

可是接着那里却传来撕破绸子似的难听的声音,城里发出猛烈的爆炸声,空气迸裂了,群山轰鸣起来,大地激烈地震动着,三架敌机又吼叫着飞升起来了。接着又有另外的三架,向城市俯冲下去。接着又是炸弹撕裂空气的尖声,和一声紧接一声的"轰轰轰……"

轰炸继续了一小时,敌机分散,在原野、村镇、群山的上空盘旋起来。老人的脸子变了色,他担心敌机轰炸村庄,更害怕敌机扫射高粱地。

但敌机只盘旋了两周,便排成原来的队形飞走了。在高升起来的太阳光影里,闪忽闪忽地落下一些白亮的东西。孩子叫:

"鬼子放毒气啦!"

接着就把头埋到土里去了。

然而敌机响声远去了,却什么动静都没有。他用衣袖擦了擦泥污的鼻子,抬头看见那些飞落的东西,原来是一些纸片。原野上已有许多大人孩子伸手在空中抢夺了。

他飞步跑下崖,只抢得一张缺了一角的四开小报纸。

报纸上的字小得像蚂蚁,他只认得当中"救国时报"四个大字。夹在许多小字当中有不少图画,尽画着些穿短袖衣服的女人,还有一幅画着赤条条的一男一女,又像打架又不像打架地扭在一起。他不懂那是什么意思,看见祖父走来,便迎上去把报纸递给了他。

祖父的眼睛已老得发了花,几乎把报纸凑在鼻子尖上,都不能认出那上面的小字。但看见那些画儿,他的脸却气得变了色,苍老的额上绽出一条条青筋,咬着牙齿说:

"两,两国交兵,还,还用飞机散春宫画来害人子弟!"

青年人却不了解他心情,没抢着报纸的还围拢着他,举起自己手里的纸片说:

"我这是吴佩孚的'和平救国宣言'①,也是鬼子从飞机上扔下的,咱们换着看吧!"

老人已把报纸扯烂了。

"什么'和平救国宣言'呀?"

"吴佩孚的,叫我们和鬼子讲和,建设什么共荣圈哩!"

老人愤慨地摇摇头:

"去年来时像魔王,今年还没见影子,就飞来飞机,又是轰炸,又是扔春宫,还和什么平呀!"

"这是吴佩孚说的,"青年以为这是对他的,急忙不满地解释说,"又不是我……"

"管他是谁说的,我啥也不要了,也不能和鬼子拉倒!"

孩子没见他祖父生过这大的气,做了一个鬼脸,便擎起红缨枪溜回村口的山崖上,又去放哨去了。

二 血债

原野刚一恢复平静,敌机又飞来了。

这天敌机虽然接连来轰炸了三次,县里的战时紧急动员大会,却并没有延期。正晌午,半穿军衣半穿便衣的百十多个青年男女,便都从各地赶来,聚集到城东北石槽村东的一个大院子里去了。眼上架着深度的近视眼镜的牺盟会②王特派员因为情绪激动,苍白的脸颊上显出两朵红晕。看见人们坐定,他便开始用他的晋北口音,向大家做形势报告了。

像这样的大会今年已经开过两三次,人们听王特派员的报告,最初以为这只是一个像过去一样的平常的会议,没有什么特别情况。但当他指出现在敌人一定要来,而且敌人这次来是有准备有决

① 那时敌人正在北平诱降吴佩孚,并抓紧这一点,普遍向我展开"和平"攻势。
② 牺盟会,即牺牲救国同盟会的简称,省设总会,专员区设中心区委员,县设县分会,主要负责人为特派员,区村主要负责人皆为秘书。

心的，不可能像去年那样来了以后马上就走，人们便感到和平与安静真的已成过去，长期而残酷的战争快来到了。于是他的话一说完，人群便沸腾起来，有的提出要提早完成目前要做的工作，和别的区村展开竞赛，有的提出要齐心打鬼子，保证村里不出一个汉奸。激昂的发言，一直继续到太阳快要落山的时候。

干部大会的激昂情绪被带到村里，乡村沸腾起来。女人坐在井边防止汉奸下毒，还赶着替军队纳鞋底，儿童团站岗放哨，小眼睛瞪得更大了；已经超过年龄的人①坚持要去破路，但在年龄的却只要他们去"空舍清野"②；不大能动弹的老太婆也忙着去赶集买剪子，准备在跑不脱时好和鬼子拼命。

县区干部组成工作队，下了乡，改变了乡村的模样。到处都是耀眼的标语；在交通要道旁的墙壁上出现了新绘的图画。画着去年日寇在地方上的许多暴行。

辛庄自卫队员③李锡福，白天破路，黑夜站岗，睡眠不足已使他的眼睛充血，然而他却没有感到什么疲劳。他是激动的人群中的一个。在白晋公路喧闹而鼎沸的劳作中，他光着脊梁，浴着汗水，一锹一锹地把大块的土，抛掷到大车里去。这人过去原是驯服得像老牛一样的人，抗战前上边教修这条路，那时他虽然十分不乐意，仍吃饱自己的饭，每天按照官家的命令来工作。公路修好，汽车飞跑起来了，"老财"们的产业一天比一天增多，大家的日子越过越坏，人们说这是因为这条路破了风水，他认为穷人生来命苦，这是没有办法的事。去年日寇打来，"国军"溃败，搅扰得乡村天翻地覆，他也只有一个想头，就是不管哪一边来，只要快落个定局就好。城里

---

①　超过年龄的人，即四十五岁以上的人。自十八岁至四十五岁，都为在年龄的人，得参加自卫队。

②　"空舍清野"，即鬼子来时，把一切东西全埋藏起来，不给鬼子留一粒粮、留一付碗筷。

③　自卫队，普遍性的群众自卫武装组织，队长队员皆不脱离生产，也没有一定的装备，有什么就拿什么武装自己。

的学生教人们起来打鬼子，说得嘴唇皮起了烟，但他却相信"老财"们的说话："管他什么鬼呀人的，谁来当皇上，做老百姓的还不是一样完粮纳税！"他甚至不相信鬼子会杀人："还能那样，要把老百姓杀光了，靠谁来完粮纳税养活他的官兵！"他相信在这慌乱的年头，人只要安分守己，就不会出什么岔子。鬼子初来，自称是来"为民""剿共灭党"①的，绝不杀害老百姓，他也随着人家称他们做"皇军"老爷，服服帖帖地去支应差使。有的人家已经出了事，但他并不动心，他以为只要能对付，事情总不至落到自己的头上来。然而只不过一年，他却已经变成了另一个人，现在他不是老牛，而是一只发怒的猛兽了。

去年他遭受的污辱与损害，比什么人的都多。在一个清朗的晌午，三个鬼子来到他家，他娘和孩子正在外边拾柴火，他便把女人藏在里屋，自己装做高兴的模样迎出来。鬼子用不通的中国话向他要面条吃，他把家里所剩的面粉全拿出来了。鬼子又教他去找花姑娘，他刚回说没有，一个鬼子已把他女人从里屋抓了出来，别的两个便用枪拐来敲他的脊梁：

"支那猪，良心坏坏的！"

他肩胛上挨了几下，退缩到屋角里去了。鬼子便转去"收拾"他的女人。——一个从后边抱了她的腰，另一个从前边撕了她的衣服。李锡福害怕鬼子强奸她，过去跪下抱了一个鬼子的腿，连连磕头说：

"'皇军老爷'，你老抬抬手，小的……"

"皇军"老爷并不抬手，却在他的腿上刺了一刺刀。他不由得尖叫着跳起来，又觉得头上有个什么东西一晃，赶紧转身往回跑。一擀面棒已打到他的后脑索上。他觉着眼前一黑，便什么也不知道了。

---

① "剿共灭党"，是日寇侵华初期的政策，"共"指我党我军，"党"指国民党。但武汉失守后，对国民党的政策即已改变，却以诱降为主了。

他觉着只过了一会儿，又似乎过了很长久，醒来睁开眼睛，眼睛已被血水蒙住了。透过血泪模糊的视线，他看见屋里的一切都被搅翻：桌子被推在一边，有两张凳子被倒翻了，满屋纷飞着白面，女人在炕沿上擀面。她的乳头上被用针线扣了两个小铃铛，擀面时叮叮当当地发响。三个鬼子围着她，把面粉撒在她的光脊梁上，不住地大笑。

"叮当叮当的！"

"叮当面的有，哈！"

他们还摸她的胳膊，还摸她的胸脯，还无耻地把手从裤腰伸进她的裤裆里去。

这样的事情曾经在许多人家发生过，不过有钱的人家为了体面关系，不向外说。只有穷人家的女人，投井上吊地闹得尽人皆知。李锡福女人事后跳过两回井，都被救下了。往常鬼子来了李锡福不跑，这事发生以后的第三天，鬼子再来的时候，他的伤还没好，便挣扎着拉着女人和孩子，跑到原野上去了。他娘不肯走，气愤愤地拍手说：

"你们跑吧，我看家，我老了，也活够了，我不怕鬼子要吃什么叮当面，我一个老太婆，我活够了！"

他以为一个老娘在家许不要紧，不想他娘却因为这一别扭送了命。

村里青年人全跑光了，只剩下一些老人。两个鬼子来到李锡福家，比划着手势，说些听不懂的鬼话，李锡福他娘只是摇摇头，颤巍巍地指指自己的耳朵说：

"我聋了，听不见啦！"

鬼子无可奈何地走了。她吐了一口唾沫，胜利似的嘟哝说：

"我老了，我活够了，我合上了，我看你能把我怎样！"

她准备等第二批鬼子来。她老了，不想活了，她什么也不害怕。

然而鬼子什么也没有捞到，却生了气。村里有几家院子起了火。刚到李锡福家来的两个鬼子，约会了别的几个，赶来七八个和李锡福他娘一般年纪的老太婆,把厨房里的柴火搬出来,燃起熊熊的火焰,剥了她们的衣服,赶着她们去"烤火"。她们被赶到火边,又拼命往旁躲。

李锡福他娘失去一切勇气,浑身瘫软,并且不知为什么忽然叫起来了。这一下招来一个鬼子,一把揪住她的头发,同样剥光了她的衣裳,赶着她去"烤火"。

"完啦!"她忽然心一横,"反正总是个完!"

于是她又有了力量,一边蹦跳着躲闪枪刺,一边举起黄皮包骨的手,指着鬼子用凄厉的声音喊:

"六十不骂,七十不打,我七十一了,你们这些狗,你们……"

一个鬼子一枪拐把她打倒,另一个上去搂了她的腰,第三个从火堆上取下一堆火,送到她的腿裆底下。她蓦地翻身一口咬住搂着她的那个鬼子的右肩,那鬼子一推手挣脱,她便跄跄踉踉地退了几步仰面跌倒了。

被她咬了一口的那个鬼子,又扑奔上来把她打翻,几个鬼子便把她拽进屋里,在炕上按倒了。

快黄昏的时候,李锡福和他女人,冒着黑烟和焦枯的气息,走进屋里,看见老母亲赤裸裸地躺在炕上,完全失去了知觉。女人找着烧焦了一片的衣服替母亲穿套起来,又灌了她半碗水,才渐渐地苏醒。她的眼睛亮了一阵,又变暗了,像死鱼的眼睛一样,愣愣地瞅了他两口子一会,忽然跳起来:

"鬼子来啦!"

她碰落女人手里的水碗,把李锡福推了一掌,跑到院里去了。两个追到院里,她已跑到街上。在十字街口,她提着裤子,哭一阵,笑一阵,喊冤似的嚷:

"我七十一了,你们大家看呀,鬼子是……"

媳妇抢上去搂了她的腰,把她搂住,两人半推半抬,这才把她拽到家里。李锡福喊了一声娘,哭了起来,他女人要说话,声音也在喉咙里哽咽住了。

娘已经疯了,谁也没有办法使她清醒。整整闹了三天,她忽然清醒起来,用瘦弱的手狠命抓住李锡福的胳膊说:

"锡福,不要忘记,我已经七十一了,你要替我报仇啊!"

接着她便绝了气。

这事虽然已经过去了一年多,可是娘的这个声音,还在李锡福的耳鼓里作响,使他什么时候想起来,都像是昨天发生的事情一样。这个声音改变了他的个性。

自从干部从县里回来,村里开了动员大会,他每天一早就起来了,打发老婆孩子出去了以后,便督促别人到白晋公路上去工作。

人群在公路上不知疲劳地工作。在公路两侧的大小道路上,小车和挑筐穿梭一般地来回走动。哼唧声,锄锹声,石块迸裂声,山谷爆炸声,小车吱呀声,交织成一片轰然的听不大清的巨响。

"不怕力量小,就怕不齐心!"李锡福挖起一锹土来,瞥了周围一眼想。

他觉得今年人们是齐了心了。

晌午歪,游击小组①的队长跑来检查工作。这是村里最忙的人,他要领导各村戒严,还要检查各村破路,还要不时摸摸他那掖在腰间的"决枪"②上的红绸子。有些人看见他,停下了锄锹。

"你来干啥的呀?"

"还是在村里管管那些老婆孩子吧!"

"我们一个偷懒的都没有,你来不来没意思!"

队长把苇笠向后一掀,露出冒着热气的光头来,笑着说:

"就不检查工作,来看看,还怕看坏了么?"

李锡福给了他一个反击。

---

① 游击小组,半脱离生产的群众性的武装组织,选拔自卫队中优秀分子组成,人数少则十五六人,多则三十人左右,装备除长矛等原始武器,还有上级发的手榴弹和土造步枪。间或也有钢枪和轻机枪,但那都是缴获来的。在工作上他们可指导各村自卫队,战时还可指挥自卫队的行动。

② "决枪",即只发一弹的土造手枪,使用步枪子弹。

"这里有我就行了，谁躲在大树底乘风凉，我就用锄头柄敲他的头！"

人群哄笑起来，发出原谅队长的反响：

"队长来走走也不算多事！"

"他要老蹲在家里，腿会蹲肿了的！"

但一个歪脖子青年，却向队长提出了问题。

"你来光耽误我们的工夫，得赔偿我们的损失。"

"前方有消息来么？报告报告前方消息吧！"

他向人群瞥了一眼，忽然用大声说：

"让队长报告报告前方消息好不好呀？"

"好！"大家一齐回答。

队长站到一个高土堆上去了。

"你们不说，我也要报告的！"他说，觉得自己的声音很低，便把手卷成一个喇叭筒，套在嘴上，接着说。"鬼子已到沁县①，沁县上了一个大当，许多汉奸装做八路军，说是从前方撤下来的，县府和牺盟会派人去慰劳，一去就被扣住了。"

"啊！"几个人吃惊地叫了一声，立刻沉默了。

太阳焦灼着人的皮肤，空中有什么声音咝咝作响，地里传来禾苗抖索的声音，大伙都屏住呼吸听队长的报告。

"鬼子进城见人就杀，说留在城里的，都是暗八路。——这可是个经验，大家都得警惕着点儿，不要让汉奸混进来！"

队长说完话，便走向另一个段落检查工作去了。人们又开始工作起来。

"鬼子快来了！"

"这路得赶紧破！"

"我们和别的村子竞赛吧，看哪个村子成绩好！"

---

① 沁县，长治以北，白晋公路上的一个县城，原名沁州，出产小米，名沁州黄，质量为山西之冠。

"咱们和司马村竞赛,看着他们那股老大的劲儿,就不像个正经干的样子!"

于是就有人商量起选派代表到司马村的问题来。

这时公路的一端却有一伙人用大声歌唱起来了:

　　　　今天拆桥呀!

　　　　明天破路呀!

　　　　拆桥多,破路长,敌人兵马起恐慌呀嗨!

　　　　嗨嗨□! 嗨嗨□!

另一端响应着也合唱起来:

　　　　他那里修,

　　　　我这里破,

　　　　敌人前进困难多呀嗨!

　　　　嗨嗨□! 嗨嗨□!

　　　　为了活命保家乡呀嗨!

辛庄自卫队简单地选举出代表,随后也把全体合唱的歌声加进去了。歌声淹没了铁石的声音,汗水从人们的身上流下来,但没有人去拭拂它。

三　火花

日寇想像去年击溃"国军"那样,扑灭我们的主力,八路军和决死队①却转向敌人侧后,打起消耗战来。敌人发现正面没有坚强抵抗,便不顾民兵②袭扰,于七月十三日晌午进占长治,并在当天下午,进了苏店③。

白晋公路自长治县城向南,在平原上蜿蜒二十多里,便伸向山地里去了。四十军在那里占有很好的一个阻击阵地,但他们却在敌

---

① 决死队,山西新军,为牺盟会领导下的主力部队。

② 民兵,自卫队和游击小组的通称。

③ 苏店,长治城南重镇,敌人占领长治,必须确保这个地方。

人来到的前三天,即向南退去。这更助长了敌人的气焰,他们停也没停,第二天一早便向高平①追去了。

八义村蹲在山拐角里,没想到敌人来得这样快,自卫队员刚看见在阳光中闪烁的枪刺,敌人已来到面前了。他慌手慌脚扔了一个手榴弹,独自一个钻了山,村里的人们就像被捣了窝的惊兔般四窜起来。

赵怀保是一个迟钝的人。他听得手榴弹响,并没有往外跑,却为了抢出他的黄牛,跑回家去。他女人是在去年"吃过亏"②的,听到动静便什么也不顾及地跑出来了,在门口和他撞了个满怀,她看他一眼,顾不得他便一直跑了。他只好一个人走进院里,从栏里牵出黄牛,又慌慌忙忙取下炕上的破褥子。村里已经响了枪,那牛却愚蠢地昂起头来,别扭着不肯出门。他牵着挣扎到胡同口,忽然看见明亮的刺刀和尖顶的黄色军帽。于是他的心蹦地一跳,扔去手里的缰绳,转身跑回家,在后院的干草堆里藏了起来。

一个鬼子紧跟着追进来,顺着被仓促推开而没掩上的门,来到后院。啄食的鸡群,喔喔地叫着飞到隔院去了。赵怀保在草堆里恐慌地抖动了一下,鬼子听到声音,走到他身后,便在他屁股上踢了一脚。

"支那猪!"

赵怀保跳起来,吓得失去了知觉。鬼子用枪托敲他的头,碰他的脸,打他的脊梁,他只退缩着把手抱了头。鬼子打了一阵,就教他跟在后面挑行李。出村走了一里多路,他才做梦也似的清醒过来,觉得头上在流血,浑身骨头关节都在发痛,并且发觉自己跟随敌人,已来到白晋公路上了。

"我这不是跟着鬼子走了吗?"

去年就曾有许多人被鬼子抓走:有时没有回来,听说在路上被

---

① 高平,长治以南的县城,该县以产梨著名。

② "吃过亏",这里指被敌人强奸过的意思,该县群众常用这样的口头语。

杀掉了;有的回来了,却瘟头瘟脑,好长时间不和人多说话;有的回来挺神气,不久却被政府抓起来,原来他们已经受了"训",当了汉奸。

赵怀保一想到这些,身上流起冷汗来。

"我这也完了! ×他娘,总得想个法子!"

这时前边突然发出一阵枪声。许多手榴弹同时爆炸起来。一小股八路军带着四区区队,在右边山上占领一片有利阵地,从当中把敌人截成了两段。高大的洋马惊跳起来,"皇军"的步兵把身子卷缩在"死角"里,有些押着"苦力"的已在向后逃跑了。

押着赵怀保的那个鬼子,打了他一枪拐,吆喝说:

"走,快快地!"

又是一阵猛烈的手榴弹,敌人的行列更紊乱了。赵怀保一咬牙:

"我跟你去死!"

抢上两步,一扁担便把鬼子打倒。他乘乱夺过他的枪,匆忙钻进山里,十几分钟以后,便和打伏击的八路军会合了。

※　※　※

太义村农救秘书张广义,在地里看庄稼,被打了一枪,跑着躲到一个山顶的大石背后,又气苦,又心痛。看见敌人远去,听着公路上的炮车声消失了,他便回到自己的地里,动手割卜不能再生长的豆角,扶直可能还生长的高粱茎,山地是死寂的,西斜的太阳浮在灼热的天空里,空中还留有火药的气息。他顺着被马蹄踏出的道路,来到公路边,听见田埂下有低微的呻吟,以为是有人被鬼子打伤了,但又害怕是没有走尽的鬼子,便爬伏下来,探头一看:公路旁有一个鬼子歪靠着田埂睡着了,枪支歪在一边,光头冒着热气,还有几只麻苍蝇,在他闭着的眼睛周遭飞动。

"你也有落在我手里的时候!"张广义从腰里抽出了镰刀。

然而他没有杀过人,他手有些颤抖。一只最大的苍蝇飞起来,嘤嘤嗡嗡地飞了一圈,落到鬼子的眼槽里去了,竟用两只前足搔扒起来。鬼子反应似的用手里的帽子一拂,胳膊把歪在一边的枪支碰倒了。

"只要他一睁开眼睛,"张广义吓了一跳地想,"我这就完了!"

突然他不知哪里来的力气,对准鬼子的光头,猛砍了一刀,鬼子大叫一声,像要蹦跳起来。他跳下田埂又抢上去砍了几十刀,直到鬼子完全不能动弹了,这才捡起旁边的三八大盖,轻松地走回村去。

四 开头

七月二十三日近晌,城东南五里地的中山头村,打了头一个大胜仗。

武装起来的农民们,到处在扑灭敌兵。日寇不能像去年来时那样三三两两地下乡了,这天他们组成五个人的骑兵战斗小组,来到中山头。一个自卫队员在阁楼上瞭望,看到森绿的庄稼地里,时隐时现地有敌骑奔来,便急忙跳下楼跑去报告自卫队长。

"鬼子来啦! 鬼子来啦!"他在街上一边跑一边喊,"五个骑着大洋马的鬼子!"

喊声搅动全村,人们都从屋里跑出来,问:

"来到哪里啦,来到哪里啦?"

"说话就来到了!"

人们骚动起来。有从屋里跑出来的,也有跑出以后又不知为什么跑回去的。

这是太行山脚下的一个小山村,只在放瞭望哨的阁楼底,有一个进口。村街是一条向上的不平整的道路,两边零落有几座瓦房,上下错落地密排着两列窑洞,再往上就是种庄稼和不种庄稼的山崖。自卫队队部设在坐北偏东的村公所里,报讯的自卫队员一进门便大喊起来:

"张队长呢?"

张队长带着五六个队员已到窑顶上去了。这人在村里是一个积极的牺盟会员,干过决死队,负了两次伤,人们因为他富有军事经验,这才选他当了自卫队长。他的暴烈的个性,很使人们害怕,然而他工作紧张起来,能够接连几个黑夜不睡觉,却也是大家所钦佩的。这几天听到别的村子有缴获,他早沉不住气了,听到报讯的自卫队员喊叫,不耐烦地向下说:

"叫唤啥,队长在你鼻子尖上哩!"

"哦,你们已上屋啦!"

"情况怎样?"

"五个鬼子骑着马,说话就来到了!"

"你看见时离村多远?"

"二三里地!"

"我们就在村里揍他,你快去焦家庄①叫游击小组来!"

那人转身出村,从小道奔向焦家庄去了。

村里沸腾起来,有人爬上窑顶,有人往山崖上攀登,老弱妇孺都挤到街上,有挟着被子的,有抱着枕头的,有牵着牛的,有骑着驴的,在一个地方挤成一个蛋,在另外的地方又拉成疏落的线,朝东往山沟里跑去。山沟只能容一个人行走,人和牲口在沟口拥挤着,牲口长鸣,孩子哭叫,声音非常嘈杂。

张队长一挥"决枪",枪柄上的红绸在空中飘动起来。

"元头快去那边崖上把人们吆喝住!"他命令身边一青年说,随又大声喊,"不要跑,不要跑,五个鬼子怕个'球'②啊!"

于是跑在后边的,爬上窑顶的,攀到半坡上的,都停下转脸来看队长了。张队长又命令身后一个青年说:

"教跑在前边的人快回来,快去!"

_____

①　焦家庄是中山头的主村。山西当时实行编村制,若干自然村编成一个编村,主村设村长一人,其余自然村只设村副,每一编村有一游击小组,自卫队则按自然村各为一个单位。在作战的时候,主村游击小组,有尽先帮助其副村自卫队的义务。

②　球,晋东南一带的口头语,其意义,相当于水浒传上"什么鸟事"的"鸟"字。

那个青年爬上这边的崖,南崖上的元头已叫起来了。

"队长说五个鬼子不怕啥,教大家回来!"

这边崖上也叫起来了:

"通通回来呀! 一个也不让跑!"

于是在两边崖上,跑在后边的人们便响应着嚷嚷起来:

"不要跑呀,不要跑呀!"

许多人还露出埋怨别人的神气。

"刚才谁叫跑的?"

"王四则呀!"

"王四则是报讯的,他没叫跑!"

"王四则报讯是不错,可是他是多么慌呀!"

"妈的全是这个王四则!"

张队长的麻脸直出汗,他又挥起"决枪"来了:

"不要嚷嚷啦!"

站在他身后的青年也齐声喊:

"不要嚷嚷啦!"

于是嘈杂的声浪逐渐平静,只有张队长一个人的声音,响遍了全村。

"老婆孩子快往山上跑,在年龄的全在两边崖上隐蔽起来,我不做声谁也不许动。元头去村口小窑顶上守着。鬼子来了不要动,待鬼子退回时再打。傻子快到村东大榆树旁边的房上爬下,看到鬼子来到面前就打手榴弹,别人谁也不准动,我叫打再打!"

村东沟口的人群已经变小了。窑顶上和山崖上的人们轻巧地快跑起来。张队长爬上山崖,没入丛莽里去。山村暂时落入紧张的沉寂中。

从远处传来马蹄激拨碎石的声音,人们屏住气,互相用低声警告:

"别做声啦!"

日寇在马上弯下腰,五匹大红洋马穿过阁楼下的圆洞,骄傲地跑进村里来了。

马蹄激荡着似乎可以一触即破的沉寂。元头在窑顶上把手榴弹扣了火，身肢紧贴在窑顶上，敌骑一匹一匹地跑过去，右手的食指却偏偏扣不住"火"。他像小孩子过新年放爆竹似的，又想点火，又怕大声爆炸，好容易把手榴弹扔下去，敌骑却已从村东折回，跑向村当中去了。在激烈的爆炸声中，只有最后跑过去的一匹马，尥了一个蹶子，掀下一个鬼子。

日寇进村看不见人，已感到严重的威胁，听到背后手榴弹响，更加惊慌失措起来。先头的那匹马也不顾及后边怎样，直向村外冲去，不想从村口的窑顶上，又飞下一个黑东西，发出猛烈的爆炸声来，竟使快要接近的马匹，用后足站了起来。后边四匹马赶上来，一下收不住脚步，便纠结在一块。北崖上忽又响了一枪，五匹马一齐惊跳起来，又有一匹马，摞下了一个鬼子。

张队长从丛莽里露脸，大叫：

"不要放跑鬼子呀！"

人们看见胜利，也都叫起来了。

"不要放跑鬼子呀！"

吼声震动山谷。最早掉下的那个鬼子，正好赶到，被这一声吼叫吓得缩小了身子，跪下用中国话喊起来。

"缴枪，我们缴枪！"

崖上的人们就议论着：

"这不是鬼子！"

"假鬼子！假鬼子！"

"哈哈哈！"有的人居然忍不住笑了。

张队长发了脾气：

"笑个'球'！下去缴了枪来！"

人们忽然全愣住了。村里本来没有钢枪，有一些大刀长矛之类的武器，又因刚才慌乱，多半没有带出来。元头仅有一颗手榴弹也打没了。傻子这时勇敢起来，抱奋勇叫道：

"别人不去我去,我还有一颗手榴弹哩!"

他的叫声挺高,连敌人在下边也听到了。跪倒的那个假鬼子急急站起来说了几句听不懂的话,骑在马上的那个把手一挥,便向村外冲去。第二匹马紧跟着。其余三个落马的,都扳着鞍子踏蹬往鞍子上爬。鬼子要逃跑了。

张队长打了一"决枪",跳崖向敌人冲去。

"冲呀!"

人群第二次吼叫起来。

"大伙儿上呀!"

一切的危险和顾虑都忘却了,人们吆喝着,跌着筋斗,翻滚下崖,直向敌人扑去。

有几个和鬼子扭滚起来,拳脚和吆喝的声音,杂沓地交织成一片。元头从崖顶上跑下来,截住了一匹大洋马。

再没有谁来听队长的话了。他从人群中挤出来,急得只是拂汗,看见一个石轱辘,便急急跳上去喊:

"不要打,打啥呀,捉住就行了!"

但没有一个听见他的喊叫。

村外传来马步枪的叫声,像牧人打的响鞭。到焦家庄去的人回来了,说:

"游击小组把鬼子截住啦,我一到那里,他们就赶来了!"

张队长于是大声向骚动的人群喊:

"村外有两个鬼子四匹马被游击小组截住了,快追呀!"

随后他便带着从焦家庄回来的自卫队员,奔向村外去了! 人群外围有听见他喊叫的,便跟了上来。有的还向后边打招呼:

"跟着队长追鬼子去!"

村外枪声已沉寂了。从大路上走来十四五个面孔兴奋得通红的青年,露着汗湿胸脯,歪歪斜斜地扛着各式各样的枪支,里面还有一个,手里牵着一匹负了伤的大洋马。这便是焦家庄的游击小组。他们赶到的时候敌人已经过去了,只打下一匹空马,还有一匹空马被打伤,跑进高粱地里去了,还没有捉到。

村里的人们捆缚起被打伤了的俘虏,也都跑出来了。于是焦家庄的人们,便知道中山头的自卫队,今天捉了两个活鬼子,一个高丽翻译,缴获了三支大盖枪和一匹大洋马。

两小时以后,从城里开来一大队"皇军",但村里的人们却已经跑光了。他们报复地烧了两间空房,在回城的路上,又被躲在高粱丛里的游击小组用麻雀战袭击,死伤了十好几个。

五 伏击

自从敌人来后,苏店游击小组,白天黑夜老围着村镇打圈子,但受过打击的敌人变狡猾了,人少不出门,人多不好打,这几天简直无隙可乘。长脸细脖的队长来回跨着比别人更大的脚步,眼睛都急红了。

为了寻找打击敌人的机会,他们里面一个年纪较大的人,回到村镇里去。过了一天一夜,这人兴奋地牵着一匹洋马回来了,但没有得到什么关于敌人的消息。他进镇被鬼子捉住打了一顿,替鬼子喂了一夜的马,第二天早晨遛马的时候,因为闷得慌,一股劲儿抽烟,几乎抽红了烟袋锅。为了报复敌人,他想给牲口一点苦头吃,看见前面一匹洋马,细头长颈,狡猾地频频回顾,便把热烫的烟袋锅,向它屁股上一烙。那马惊跑到镇外去了,鬼子追到镇边,不敢再追,他说他准能追上,没等鬼子答应便追了出来。追上之后把马牵到游击小组里。

这马的确不坏,不但细头长颈,而且腿也很长,连走路都有点像队长。有一个青年心里这样一想,就说出来了,于是人们从此以后便忘了队长的名字,都管他叫"洋马"了。

"洋马"见有缴获,稍稍活泼了一点。他带着游击小组来到南天河,准备休息一下,并派人把洋马往区上送。这村在苏店东南,离苏店只有五里路,他们去时,那里已驻扎了一排八路军。依照游击小组的习惯,是只要一和主力靠拢,就算到了后方的,大家吃饱之后,便都十分放心地入睡起来。

苏店日寇探知南天河驻了一小股八路军,半夜集结起来,想实行突然袭击。在维持会里支应差使的老王被枪支碰击声惊醒,恐怕游击小组在外吃亏,从村长那里探知他们在南天河,便从南寨墙的一个小洞里爬出来,赶紧跑来叫醒了"洋马"。

"洋马"在酣睡中被猛烈推醒,眼皮干涩得睁不开眼来。南天河村副两手抖抖地掌了一只高脚灯,使他从灰黄的灯光中看见了老王。

"鬼子来啦!"

"你怎么知道的?"

"我听他们集合,给闹醒了!"

"谁告你说鬼子要来南天河的?"

"现在咱村四近,再没驻别的队伍呀?"

"那你看见鬼子集合了多少人?"

"黑夜哪能看得清! 咱村一共驻了三百多,听动静至少要来一多半。"

"那就把大家叫起来吧!"

"洋马"的睡意完全消失了。他冒着大雾,找到八路军的邱排长。两个人商量的结果,是八路军把一个排布置在村外,准备打破敌人的鼻子,游击小组去敌人的退路上选择阵地,准备伏击敌人。身材矮小、眼睛黑亮的邱排长,一边打发人去集合队伍,一边用南方口音对"洋马"说:

"一定要肃静,埋伏好了就不要做声,老百姓有事爱吵吵闹闹的,一吵闹就坏了事了!"

游击小组里的人们都已被老王叫醒了。他怕天亮后鬼子发觉,溜回镇里睡起觉来。"洋马"回来说明了情况,把洋马托村副交到区上,便带着大家向他设想的设埋阵地走去。

一天的大雾,什么声音也没有,空气是潮湿的,天黑得伸手看不见五指。但游击小组对每一条道路,都熟习得像在自己的家里一样,一个紧跟着一个,走到一片瓜地的边沿上,停下来了。

"这不是村长家的瓜田么?""洋马"在黑暗中问。

有两个声音同时回答:

"是吧!"

"准是!"

"咱们就埋伏在这里,面对着大路,散开来,不要全蹲在一堆。把手榴弹准备好,鬼子来时不要做声,待他们退回来,我叫打,就一阵手榴弹把他们打乱,大家一齐猛冲上去。"

于是人们散开了,瓜田悉悉索索地响动起来。

"大家照顾着点儿,谁也不要做声呀!""洋马"又加上说。

原野便沉寂了。

从苏店方向的大路上,传来一种仿佛下小冰雹的细声,人们忘却潮湿,把肚皮与地皮贴紧了。马蹄践踏声和脚步声逐渐分明起来,现在是连枪支偶然碰击刺刀的声音也都听清楚了。从游击小组的前面,约莫走过百十多个人,后边便剩下一些零星的脚步声音。

田埂上坍落下一块不大的石块,有一个人爬到瓜田里来了。大家不响,听到呻吟声,解裤子的悉索声,拉稀屎的哗啦声,田野上散布了腥臭的空气。过了一会,又是扎裤子的悉索声,那人在黑暗中迈了几步,又蹲下来了,一个甜瓜被膝盖磕破,咬嚼声便大响起来。爬在湿地上的张三胖,再也忍耐不住了,用胳膊轻轻碰了一下身边的小黑子。

小黑子似乎也有点不愤,反映得动了一动。张三胖便凑过去用几乎只有自己听到的声音说:

"咱们去干了他!"

小黑子捏了捏他的手,表示同意。

两个人探索着瓜藤的空隙,并行着前进,虽然没有什么根据,都确信一定能捉住这个偷瓜贼。那贼并没有发觉,直到张三胖走近,一脚踏重了,这才吃惊地一愣,停住了咀嚼,用胆怯的声音问:

"谁呀?"

没有回答，张三胖已扑上去，把他的腰箍住了。

"叫唤就宰了你！"他从牙缝里道出轻微的声音说。

偷瓜贼不甘就缚，死命挣扎起来。张三胖喘着大气，死死勒住他的腰，两人便扭滚在一起，小黑子摸不清哪是自家人，只是着急，不敢下手。听到偷瓜贼忽然轻轻吼了一声，翻腾上来，他才扑上来用力一推，使张三胖得以一翻身骑在那贼背上，两手扼住了那贼的脖子。小黑子取下腰间的手榴弹，在那贼的头上敲打起来。才只打了两三下，偷瓜贼便驯服了。

"中国人不打中国人，我是……"

"你是个汉奸！"小黑子解下扎腰带，轻蔑地说："中国有你这样的人！"

张三胖把偷瓜贼的胸脯贴了地，扭转他的胳膊，小黑子便上去把他捆缚起来。

"洋马"听见响动，知是捉住了偷瓜贼。但一听他们高声说话，却着了急。他生怕惊动敌人，坏了大事，正要走过去时，南天河的机枪哒哒呼啸起来。张三胖缚好偷瓜贼，来找队长。

"你们看着就中了！""洋马"只不在意地说了一声，便向前移了两步。

游击小组更加逼近大路。

张三胖和小黑子都踌躇起来：打仗，俘虏得跑掉；看俘虏，又捞不着打仗了。最后还是张三胖想出办法，教小黑子按住偷瓜贼，自己解下扎腰带，把俘虏的两脚和两手捆在一起，然后把田埂上的大石块压在他身上，偷瓜贼已不挣扎，只有任凭摆置了。

敌人从南天河溃退下来，大路上充满了紊乱的马蹄声，脚步声，枪支刺刀碰击声，恐怖的唧喳声。"洋马"大声教扔手榴弹。火光闪忽，爆炸接连爆发起来。敌人的行列溃散了。张三胖和小黑子摆置好了俘虏，赶到阵地，游击小组已经挺起长矛，冲入溃乱的敌人行列里去了。

日寇没有能够组织抵抗，丢下二十多具尸体，溃窜到苏店镇去。

游击小组没有穷追，搜集了缴获的武器、钢笔、表、日记本子等，天不知道在什么时候发了亮，雾不知在什么时候消散了。太阳忽然从太行山上爬了出来。

苏店镇里响了炮，炮弹呼啸着落在离战场不远的高粱地里爆炸了。人们这才收拾起缴获的十一支大盖枪，满怀着各式各样的战利品，脱离了战场。只剩下"皇军"的尸体。在让日造的炮弹轰炸着。

一个小时以后，胜利的游击小组，便又和脱离了南天河的一排八路军会合了。

六　歼灭战

苏店游击小组获胜的第三天，司马村村民用一切庄稼用具，歼灭了日寇一个武装宣抚班。

这村子离城二十里地，看西南，蹲在大路的两侧，离大路不足五里地。躲在阁楼上放瞭望哨的自卫队员叫做赵二则。他看见日寇十多个人的行列，为头的一个打着白旗，从城里往看寺走去，便跑下阁楼，想抄小路赶去送讯。寨墙拐角处正走来一个奶着孩子的女人，赵二则因为低头快跑，和她撞着了，那女人被撞，倒退几步，一屁股跌坐在地下，女人本能地用手护着孩子，眼睛里含着泪，看见是赵二则，便用几乎要哭的声音骂了起来：

"你要死啦，你倒像忙着去杀头啦，你……"

赵二则吃力地笑着说：

"我的大奶奶，这不是发脾气的时候，城里出来鬼子啦！"

"真的？"

"骗你是这个！"赵二则伸出右手，把中指伸直，其余四个指头在空中划了两划，说，"一共十二个鬼子，打着白旗子，顺大路到看寺去了！"

"你报告自卫队长去？"

"不，我给看寺送讯，回头再和自卫队员说。"

赵二则头也不回地跑向看寺去了。

女人扔掉孩子,火急地大叫起来:

"来鬼子啦! 来鬼子啦!"

这女人外号叫"大炮",因为她性急胆大,遇事爱抢先出头,村里的人很早就给她起了这个名字。去年鬼子来,别的女人全跑了,她说她不是青年媳妇,不信这个邪,没有跑,被三个鬼子轮流"收拾"过一次。今年她听说鬼子要来,恨得咬牙切齿的,特地去城里买了一把剪子来,早晚不断地磨,准备鬼子再来收拾她的时候,好拼命。人们因此又给她起了另一个外号,叫做"一把剪子"。听说来了鬼子,她孩子也不顾,蹒蹒跚跚地在街上边跑边叫:

"来鬼子啦! 来鬼子啦! ——鬼子到看寺去啦,大家出来截住打呀!"

老年人,壮年人,青年人,小孩子,女人都从屋里跑出来:

"鬼子在哪里?"

"谁看见的?"

"有多少鬼子呀?"

"一把剪子"没想到她这一嚷,能嚷出这许多人来,完全惶惑了。她指手划脚,结结巴巴地说:

"鬼子到看寺去了。你们去打吧……十二个全打着白旗子……"

她嘴角上的唾沫,直喷到站在她面前,手里握了一个门杠子的青年的脸上。那青年很着急,没有在意地把脸一抹,急着问:

"鬼子在哪里呀?"

"一把剪子"话语更不连贯了。

"我说不清楚,是赵二则在村东放哨看见的,我怀里奶着小孩,他把我碰倒了,我是……"

青年不满意地打断她的话:

"你是个冒失鬼!"

一个牛一般强大的汉子,用胳膊肘推开一条道路,从外边挤进来了。这人长着一付满是疙瘩的大脸,胸脯像赤铜般又红又硬。

握门杠的青年却把不耐烦发泄到来人身上,说:

"究竟怎样办呀! 我们已唧唧哝哝够了!"

来的人是自卫队长秦双龙,是一个性急而勇敢的人物。这一带的群众武装,都是在决死队帮助下训练起来的,看寺游击小组还有去年鬼子遗弃下的一挺轻机枪,司马村自卫队在今春检阅,曾以精神饱满、行列整齐,荣获全县第一名。别的村庄都故意找他们的毛病,想赶上他们,过去一直没有办法,这次鬼子到来,他们却没打一个漂亮仗,秦双龙简直急坏了。七八天以前,他曾装做拾大粪的,徘徊在长子门附近,看见一门小钢炮,又见敌人以为是在城关,戒备并不森严,他觉得背后很重,腰也直不起来,嘴里泛出泡沫,心里有一股东西像潮水般往上涌,好容易跑到一片高粱地,以为不要紧了,不料从两侧射过马步枪来,他听到马蹄声响,心一急,眼一黑,这才吐了一口血,扔下了小钢炮。

"哼! 留得青山在,不愁没柴烧!"他愤愤地吐了一口带血的唾沫,借着高粱丛掩护,摆脱了敌人。

回来以后他便天天和人们研究周围的地形,设想敌人如何来,计划应该怎样打。这回他听到"一把剪子"嚷叫,知道敌人来了,便推开人群,直挤到核心。

秦双龙挥动着粗大的胳膊,他的高大的声音卷过骚动的人群,把喧声压下去了。

"不要嚷呀! 静一点不好么? ——十几个鬼子,我们的游击小组一定能打他回来。现在我们就到大路上去。挨着赵二则的瓜田,两边庄稼长得最好,大家都去庄稼地里爬着,鬼子来了,我叫上,大家就一齐上。——只要大家齐心,打他个措手不及,鬼子的钢枪准是我们的,一支也跑不了!"

人们一窝蜂拥出村,分散排挤着没入高粱丛里去,破碎的光影在地上晃荡着。突然从看寺方向传来大枪的吼声,轻机关枪也响了。不知是谁在高粱地里叫了一声:

"嚄,咱们的游击小组打响啦!"

枪声呼啸,空气被铅与火撕裂。从大路右侧的地里,冒出秦双龙有力的声音:

"谁嚷嚷呀?——不要做声,不要动!"

人们都用小声彼此警告:

"不要一人坏事,坑害大家呀!"

枪声更密了。三八大盖清脆声音,零落而间歇地发响。这是敌人在溃退中的还击。敌人的武装宣抚班从原路退回来了。

赵二则先于敌人赶到看寺。日寇转过一片高粱地,刚才看见埋在绿荫中的村庄,便遭到突然袭击,伤了四个。他们还不知道来路已变成火山口,一边回击,一边撤退,有的没了帽子,有的丢了鞋,宣抚旗也在慌乱中扔掉了。

好像打闷雷似的,从青纱帐里发出一声吼叫:

"上呀!"

一个满脸疙瘩的油脸大汉突立起来,两边高粱丛里响应着发出一声震激大地的咆哮:

"上呀!"

青纱帐里的人们全都突立起来:钉耙、锄头、铁锹、斧头、门闩、扁担、木棒……仿佛林木一般竖起,直向"宣抚班"扑去。武士和骗子全慌了手脚,走在前头的"太君"被揍了一扁担,狗一般地尖叫了一声,窜出人群外去。剩下的鬼子发出一阵兽性的喊叫,便被各式各样武器淹没了。

推着门杠的急性青年,紧紧地追着那个逃窜的"太君"。这个鬼子穿着大皮鞋,因为使了最大的力气,跑得却也不慢。他想钻青纱帐,可是两边的田埂都有二三尺高。他想多拐几个弯,不想只拐了一个弯,就无路可走了。他跑到一片小空地,当中一口井,三面是园田,田埂很高。青年已经追上来了,他只得往田埂上爬。两手一按田埂,身子悬了空,刚跨上一条腿,青年已扔掉门杠上来一把将他垂下的那条腿抱住了。两个人都跌倒下来。"太君"一脚踢倒青年,急速站立起来,刚要走,青年已爬起来把他的腰搂抱住了。

他的一手还死抓着他腰间的小手枪。于是两个便谁也不能奈何谁，急促地喘着气，相持了起来。

青年从"太君"胳膊下瞥见园田上赵二则匆匆跑来，便不管敌人如何捶打他的脊梁，一股劲儿大叫：

"赵二则！快来呀！我捉住鬼子了！"

"太君"看见赵二则跳下田埂，猛然使一把劲，一扭身竟把青年摔倒了。赵二则恰好赶上，乘他用力过猛，挥着两手平衡不住身子，左手抓住他衣领，右臂抱住他屁股，一下把他头朝底脚朝上地扔到水井里去。

井底发出深沉的嗡声，接着便什么声音都没有了。

青年虽被摔倒，手却没有松，从地上爬起来，看见一支六轮枪还在手里，兴奋地叫道：

"吓，这手枪的轮子，倒像蜂窝子！"

"一把剪子"不知从什么地方也赶来了，她问：

"那边人们都说你追着一个鬼子官儿，那鬼子官儿呢？"

"到井底喝水去了！"赵二则笑着回答说。

三个人全都笑了。

七　"枪迷"李铁工

在民兵当中，人们没有不知道"枪迷"李铁工的。

李铁工生在贾掌村，是一个二十三岁的青年农民。他父亲当了一辈子雇工，很早就去世了。他从小替人家放牛，还在荫城①街上学过铁匠。他就靠农忙时打短工，农闲时打铁，来养活自己和他的母亲。痛苦的生活，锻炼成他一种单纯而倔强的个性。前年刚成立牺盟会，公道团里的"好人"说，参加了便要"赤化"，他却毫不犹豫地参加了。"共产党怕啥！"他说，"横竖又共不着我！"在贾掌村游击小组里，他是一个最有信心和勇气的人。"强龙不压地头蛇，鬼

---

① 荫城，长治重镇，以出产铁器著名。

子来了顶啥,要没有汉奸,他连东西南北都不知道!"他有着一付圆圆的黑脸,一对一笑便成为一条细线的眼睛,多肉而裂开的嘴巴,好像永远在微笑。人们都爱用好意的咒骂和粗重的拳头来表示对他的亲热。

"枪迷"这外号也是大家给起的。司马村秦双龙偷炮没偷成,倒赔了一口鲜血,他听到比别人更觉可惜,一拍大腿说:

"嗳嗳,傻瓜傻瓜!背着炮能跑多远?捞过来扔'球'到井里就算了!要往回拿,还是偷枪。我这几天一定要偷支大盖枪!"

"妈的,你倒是个'枪迷'了!"

于是从此他就有了这个外号,人们几乎把他的真实姓名都忘了。

他几次混进苏店,胳膊上缠了"苦力证",替鬼子砍柴、担水、换枪托、挨拳头、挨皮鞋尖,但总没有捞到偷枪的机会。直到有一次被捕,他才打翻一个鬼子,夺得一支大盖枪。

那天黄昏他替鬼子劈柴。北屋原驻着十多个鬼子,这时里面都没有动静。外间屋里的桌上放着一支步枪,旁边还放着一条子弹袋,他咳嗽了两声,没听见反应,便悄悄蹩进去了。他的手高兴得发抖。几乎要碰到枪身了,却不料从右侧的里屋,大叫一声跳出一个鬼子来:

"你的良心坏了的!"

他赶紧缩回手,装做不在意的样子。

"嘻嘻!亮晃晃的,这号枪我还没见过哩!"

鬼子因为常丢枪,这次设下了圈套,以为这次可捉住偷枪贼子,驴一般地大叫起来,连推带打,把他按倒,便用穿着皮鞋的脚,在他胁下乱踢。

这之后又从外面来了两个鬼子。三个鬼子一齐动手,把他捆起来送到一个小屋里去了。这小屋黑暗而且潮湿,门被紧紧地锁着,窗户眼儿连拳头也伸不出去。

"他妈的,"他恨恨地想,"偷鸡不着反折一把米,这会怕连性命也要不保了！"

第二天鬼子换防，他被带到壶关①的龙潭河，押在一个空洞而破败的楼上。

在被押送上楼的时候，他一边走一边偷看屋内外形势，下决心地想：

"不管怎样，今晚一定要逃跑！"

这个山村面向西南，是背山建筑的。楼下有五间屋子，当中一间堂屋，西边里屋都住了鬼子。挨到天黑，楼下的灯光全熄灭了。不到两小时以后，听不懂的说话声渐渐低没，鼾声高昂起来。他记起他已有两天没吃饭了。

"就是被打死，也不能被饿死的！"

胳膊上的麻绳陷在肉里，他极力伸长脖子，把上下门牙对齐，一根一根地咬断。挣扎半晌卸脱捆缚，窗外透进繁星的薄光。他轻轻走到扶梯口，爬下伸出头去。楼下黑森森的，只有从两边里屋传出的鼾声，在沉寂的空气中荡漾。

"这时要有两颗手榴弹，一间屋里给扔一个，该多美！"

为了不使楼梯发出声音，他蹲下来，先把两手支撑住体重，然后把脚一只一只地交替着，轻轻伸到下边的梯级上去。站稳以后，再蹲下来，如前像瘫子走路似的，这样毫无声息地下了楼。外间屋里什么也没有，院里充满了星光。快到门口，他忽然怔住了，黑暗中有轻微的鼾声，还似乎有人在咂嘴。看见雪亮的刺刀，他才慢慢辨识出是一个卫兵在蹲着打盹。

"×你妈，不是你就是我！"

他像猫一样地扑上去，夺过枪来反搠一刺刀，转身溜到半山坡上去了，那鬼子脸上被搠了一刀，没有死，大叫起来，惊起屋里的鬼子，追到村外，向山上胡乱打枪。"枪迷"翻过几个山，便把枪声扔到老远去了。

---

① 壶关，县名，在长治以东，全县背为山区。

他快活地想："有本事你就追上来！"

他回到游击小组，兴奋地举着枪说：

"看，我弄到一支枪了，带刺刀，还是新的，就可惜没子弹！"

大家帮他凑了三排六五子弹，他更加高兴了：

"吓，过几天我还要偷一支！送给没枪的同志。"

然而这一次他又几乎失败。在一个新月将落的下半夜，他揣了三颗手榴弹，持着枪摸到苏店近边。他原想出其不意地刺死敌人一个哨兵，不想敌人却先发觉了他，朝他射击起来，一会儿机关枪也响了。他看着不行，便往回跑，敌人紧追，他不敢回贾掌，折向东北，快要跑到山地，这才摆脱了敌人。他在一个山坡上，倚着石头休息，心想：

"这次不行，

下次再来！"

天不知在什么时候亮了。在长满秋禾的大山背后，突然大炮轰鸣，机枪尖叫，发生了激烈的战斗。

"倒要看一看哩，"他想，"谁又在那里干上了！"

于是他忘了一夜奔走的疲劳，分开丛莽和秋禾，攀援着爬上了山顶。

在山顶上，他爬上一颗大槐树，借繁密的树枝，隐蔽了身体。山下一个战斗的场面在他视野里展开。对面山脚下，一列黄兵①作成不整齐的散兵队形，在向山上冲。从贾掌村发出大炮与机枪的咆哮，对面山坡上的阵地，被打得突起一团团烟雾。那里有几个灰色战士②在战斗着，有的像已在向后撤退了。

原来一小股八路军，打听得壶关的敌人从这里到苏店去，原计划割下敌人一截尾巴，不想却打着了敌人的半腰。日寇知道这里没

---

① 黄兵，即日本兵，因穿黄军服，故名。

② 灰色战士，一般指中国军队，这里指八路军。在抗战初期，无论"国军"或八路军，都穿灰色军服。

有大队伍，自恃人员和武器的优势，便不管地形是否有利，展开了反击。战斗出乎意料之外地激烈了起来。

李铁工跳下槐树，把步枪装上一排子弹，飞一般跑下去，在离开狭道二百多步远近的一级梯田上卧倒下来，瞄准黄色的散兵，砰砰打了三枪。

敌兵遭受了意外的袭击，紊乱起来，贾掌村边的炮火，也被吸引了过来，群山震撼，铁片与碎石飞进，压迫得李铁工抬不起头来。对面山坡上的枪声变激烈了，八路军以为这边来了援军，稳定了阵地，并且向前推进了一步。

"这地方不保险，"李铁工听得炮弹在身边爆炸，想，"还得向前走走才行！"

他在高粱丛里又爬下两级梯田，炮弹在他身后爆炸，他知道没有危险了，抬头看见对山灰色散兵向下进攻，便把三颗手榴弹都揭开保险盖，扣上火，一个紧接一个，投到狭道上去。

三颗手榴弹增加了敌人七八个伤亡，日寇弄不清两边山上究竟有多少人，丢下伤亡的尸体，逃进贾掌去了。李铁工在山下的狭道上与八路军会合，打扫战场之后，真的又获得了一支大盖枪。

八　宁死不屈

日寇挨了打，缩手缩脚躲在据点里，再不敢出来了。

高粱和谷穗沉甸甸地垂了头，已快到收割的季节。南下的日寇进入晋城，既苦于后方交通时被切断，又苦于抗日军民日夜袭扰，狼狈溃退到长治来了。

好像掩护着敌人似的，四十军紧随着日寇，又占领了长治的山区。八路游击队转移到太行山里去了，主力被阻隔在高平境内。地方军政民机关与四十军召开联欢大会，人们第一次用激昂的声音，呼唤出"反对妥协投降"的口号来。

原野上的人们却什么也不知道，兴奋地扑灭着敌人的散兵，以为鬼子又要像去年那样撤走了。

可是只平静了三天,日寇对人民的反抗展开了残酷的镇压。这天拂晓,两个联队的"皇军",散开分成许多小队,到处捕捉自卫队和游击小组。

王董自卫队长鲍和喜,做梦也没有想到忽然会有这一突变。太阳刚露出山顶,枪声还不稠密的时候,他从炕上惊起,取出在战斗中缴获的大盖枪,跑到村后的广场上去。这广场南面背立一溜瓦房,北面沿村有两行不整齐的树木,因为从这里可以听到苏店的动静,人们一听有情况,很自然地就都跑来了。鲍和喜赶来,靠北的一棵大榆树下,已经聚集了二十多人。丰茂的秋禾遮住视线,人们只听得枪声在一个地方沉寂,又在另一个地方爆发。山谷传来恐怖的回响。村里继续有人往广场上来,有些老婆孩子已在往山上逃跑了。

情况看来很严重,但鲍和喜相信"枪迷""强龙不压地头蛇"的真理,一边用大声催促老婆孩子快跑,一边用兴奋得发抖的手指在枪膛里装了子弹。

"今天得到大路上去打!"他说,看见几个中年人面有惧色,又加上说,"本乡本土的,打不赢也跑得脱,怕啥? 在年龄的全跟我来!"

青年们都笑了。

"走吧走吧! 要去大家都去,在家啥都不知道,也怪闷得慌的!"

于是大刀,长矛,手榴弹,土枪,三八式,拉成一条杂乱的线,插入青纱帐里去了。

枪声更加激烈,也更加接近了。流弹从头顶上窜过,炮声吼叫起来。鲍和喜的身肢屈曲得像猿猴,嘴也尖得更像猿猴了。跨过一条小道,进入另一片高粱地,一颗溜弹打得高粱丛摇摆起来,鲍和喜一蹲身,别人全都卧倒。背后有激烈的马蹄声,一队敌骑从小路向东跑去。自卫队被截成两段,没有通过的人,都落到小路后边去了。

鲍和喜仍然毫不在意。人多打人多的仗，人少打人少的仗，他对这个已习惯了。

"有几个算几个，"他又开始向前移动，心想，"万一吃不住劲，跑起来还便利一些。"

激烈的枪声在后边发作起来，被截在小路那边的人们，似乎已遭到敌人的围击。一颗似乎打偏了的炮弹，落在离鲍和喜不远地方爆炸了，烈烟飞扬，大地抖动，听来还有许多汽车，在各处呜呜地苦叫。列子里有人已被惊散，跟在队长后边的只剩下不到二十个人。从这往县城的大路上，来了一队"皇军"，一边走，一边向高粱地里胡乱打枪。人们都卧倒了。不知是谁在轻轻地说：

"我打鬼子从来没有害过怕，今天不知怎么有点心跳了！"

鲍和喜也有一些紧张。但以英勇善战著名全县的王董自卫队，既然拉出来，是不能见了敌人就缩回去的。他并没有退意。

"就这末着吧，"他下决心地轻轻向大家说，"杀掉几个鬼子就各奔前程，各人回各人地里干活去！"

在呼啸的枪弹压抑下，人们又向大路近边爬了两步。敌人从前边走过去了，尾巴疏落起来，鲍和喜扔出一个手榴弹，于是恰像稻田里被惊扰了的青蛙，十几个手榴弹，一齐从青纱帐里，蹦跳到大路上去。

七八个鬼子跌倒了，其余的发一声喊惊跑起来，但敌人的先头部队，都固执而自信地插到小路上，拉网一般地散开，钻进高粱地，像猎狗看见野兔似的，扑奔上来了。

人们都被冲散，只剩下四个还跟着队长。轻机枪的火力交叉着扫射过来，炮弹掀起尘土，轰然发着巨响。一个自卫队员被削去天灵盖，另一个右腿被炸没了，其余两个把面孔贴了地，好像要钻进地里去似的。接着机枪炮火一停，敌人作成半圆形的散兵，包围了上来。

鲍和喜对准逼近来的一个鬼子打了一枪，敌人应声跌倒了。

"吓，你们捉我不住！"

然而紧接着一排枪声，两个刚要站起来的自卫队员，被打倒在地里翻滚起来。鲍和喜沉着地又打中了一个敌人，冲出了重围。三个鬼子在追赶他，在几声清脆的枪声中，他觉得被一个什么东西重重一击，便跌倒了。他挣扎着爬起来，感到身体麻木，心里想：

"负伤啦！"

接着便失去了控制自己的能力，又跌倒了。

但他的意识仍然是很清楚的，看见敌人逼近，他想：

"死就死，武器可不能再退给他！"

他使尽一切的力量，把大盖枪在田埂上砸毁了。一个鬼子上来冲头打了他一枪拐，他觉得眼前一黑，便失去了知觉。

他在难耐的梦一样的模糊感觉里，挣扎了许多时候才苏醒过来。仿佛听见又似乎听不见似的，许多人的惨叫和呻吟在他耳朵里□□作响。他睁开眼睛，看见熟识的瓦房、树行、大榆树，动弹了一下，知道自己是被捆缚住，并且不知怎样被敌人带到出发时集合的广场上来了。周围有二十多个青年，有的被打破头，有的被打断脚，有的没了胳膊，躺在血泊里，痛苦地呻吟着。村里没有逃尽的女人也被拉来了。

一个粗短而结实的"太君"，从东向西边走边用刀背砍人。他看见鲍和喜醒了，便把刀一挥，用生涩的中国话问：

"你的，是不是游击队长的有？"

鲍和喜的头枕在血泊里。他的肺部受了伤，呼吸时十分剧痛。死的意识使得他的思想清楚而单纯起来。曾经和他在一起战斗过生活过的人们，都在遭受敌人的宰割，作为领袖而率领人们创造了光辉业绩的他，对于敌人，他觉得现在只有英勇地牺牲，给全村留下一个英名。然而敌人却把刺刀指着他的鼻子尖：

"你的，是不是游击队长的有？"又重复问了一句。

鲍和喜听到这个骄横的声音，生着很大的气。秋禾散布着轻微的香气，熟识的瓦房在阳光中更加明亮起来，一切都十分亲切，却又都十分陌生。他瞪了敌人一眼。

"太君"感到他无声的反抗,把脸掉到一边去了。从旁边走来一个白净面皮的翻译官,和他说了些听不懂的话,便到鲍和喜身边,做了一个亲切的嘴脸:

"咱们都是中国人,你知道,中国人一向是不和中国人为难的!"

鲍和喜沉默不响,对这些鬼话,表示十分不耐烦听。

翻译官做了一个笑脸,接着说:

"这样对他又有什么好处呢?不要以为'皇军'会怎么样你啦!"他挺起胸脯,好像和鲍和喜是多年老朋友似的:"只要你把你村里的干部一一说出来,包管没你的事,我完全担保!"

四下里的枪声此落彼起,汽车喇叭的尾巴像深山中的狼叫。村里起了火,□□杂杂地有许多灰烟,在暗淡的阳光中飞舞。同伴们的呻吟像刺刀一样割裂着鲍和喜的心,而这个饱藏阴险的白净的笑脸,却偏偏凑到鼻子尖上,喋喋不休地噜苏些卑污的话。

"不要说啦吧,我就是这个王董村的自卫队长,名叫鲍和喜,别的我全不知道!"

"你真不知道?"

"知道也不能告诉你!"

这之后无论翻译官说什么,鲍和喜都躲着把脸掉到一边,再不做声了。

"太君"咆哮着用刀背在鲍和喜的身上乱砍起来。他被捆缚着,无法抵抗。过了一会儿,走来几个光着脊梁的小汉奸,解了缚,剥去他的衣裤,反剪着捆了他的手脚,把绳的一端系到大榆树上去。翻译官走过来威胁说:

"你不怕死?这是最后一次了!"

鲍和喜没有回答,绳子一批,便被吊起来了。他的头部和胸都滴落着血,然而却没有流眼泪。虽然他嗓子已经嘶哑,仍然拼出所有的力气喊出来:

"打倒日本强盗!"

敌人用皮鞭抽打他,他喘息,挣扎,在空中打着回旋,仍然骂不绝口。最后他昏过去了。

第二次醒来时他发觉自己是被放在地上,他又喊了一声:

"打倒日本强盗!"

几个鬼子用密排的枪刺扑奔到他的身上。当他再一次醒来时,他又被吊到树上。他翕动着嘴唇,但叫不出声音。他只能瞪大着眼睛,从血泪模糊中透出对于敌人的愤怒。

……日寇的屠杀继续了五个昼夜。原野上的人们都逃往山里去了。到第七天的晚上,才有胆大一些的人回村,然而他们没有在村里停留,当晚又回到山里。

没敢回村的人们就向他们打听:

"能回家去么?"

"回去还有个啥?"

"那不就完啦!"

"你还想要啥?"

于是不管男人和女人,都悲愤地叫了起来。

"烧吧,杀吧,反正咱们啥都没有了!"

九　在动员会上

人们一逃到山地,便陷入饥饿的难境。

县区机关团体向各地呼吁,并组织干部募集粮米,但"远水救不得近火"。

专署路东办事处①与牺盟上党中心区联合决定,要求长治军政民无论克服多么严重的困难,都要动员起来抢秋。在获得县里转来的指示以后,一二两区军政民战时联合指挥部②,便分别召集了"一

---

①　专署路东办事处,敌人进攻后,上党区专署驻白晋公路以西,路东成立办事处,代替专署工作。

②　军政民战时联合指挥部,由军政民机关团体联合组成,是一种战时的组织。

揽子"的村级干部大会。

一区大会是在一个有着发响的松林的半山坡上召集的,时间约好是在晚饭以后。但人们到得很晚,直到"勺星"①底下的两颗星和"北斗星"②拉成直线,还没有到够一半。先来的人们各人躺在自己乐意躺的冷石块上,呆呆地看一会星天,听一会松涛,忽又烦躁起来,咒骂着迟到的人们,并且用气愤的声音催促:

"开会! 开会! ——还等谁呀?"

迟到的人各有各的理由:有的说孩子的妈生了病,有的说跑了一整天没借到半斤米,有的什么都不说,一来就像黄牛似的直叫唤:

"快饿死人了! 还开个什么'球'会呀?"

区牺盟秘书挥了挥瘦胳膊:"要不是鬼子杀人放火,谁还乐意教大家到这里来受这个洋罪?!"

"那末我们的队伍呢?"一个白胡老头子问,"我们的队伍为什么不来把鬼子赶跑呀?"虽然问得这样紧,但他似乎也并不要求回答,接着就扳着指头一个人唠叨起来了。

区牺盟秘书对于老头子的责问和唠叨,一下子也没想到回答,大前天他从县里回来,知道最近山东出了"太和事件",河南出了"确山惨案",晋东南也快要"下大雨"③了,他懂得的道理虽比一般人多,却不能把了解东西用简单的话语说出来,沉默了一会,他只得带点蛮样,打断了老人的唠叨:

"咱们的主力有限,顽固派还要打他们,眼前就有四十军在三、四两区,你为什么不教他们去打鬼子?"

"不要说四十军了!"一个手擎红缨枪、胸前挂着两个"醋瓶子"

---

① "勺星"即大熊星。

② "北斗星"即北极星。

③ "下大雨",即变天的意思,山西顽固派看到人民力量在抗战中生长,害怕起来,他们和敌人暗中妥协,说要下一次大雨,把天变一变。

的青年,忽然插进来说,"不提这个主儿还好,提起来就叫人生气。上回我们游击小组和区队配合去摸苏店,没摸好,天亮时教鬼子压下来了,恰巧退到他们防地,他们不给让路,还向我们开枪! 我们派人去联系,说我们是区游击队,被鬼子逼迫退下来的,你知道他们说啥? 他们说,是游击队就该到前头去游击,退下就要执行军法。——吓! 我×他娘哩,执行军法!"

"还有比这个更糟的哩!"一个额角上有一块亮疤的青年,大概是什么村的青救会干部,也插进来了,"前天范同志就来说过一件事:三区妇救会在荫城驻,四十军来了叫她们让房子,她们说我们是三区妇救会,在这里还有工作,一个副官模样的官儿就来了,一扳区妇救秘书的脸,鼻子里哼了一声说:'妇救会? 哼! 捣什么鬼,一个小×女孩子!'她们只得把房子让出了,晚上又有一个什么团长,把区妇救秘书叫到团部。她以为有什么工作上的事情要商量,到那里一看,原来仅是些官儿在喝酒,说要她找几个漂亮媳妇,陪着他们玩玩!"

"'陪着他们玩玩'? 这不和鬼子一样了!"白胡老头又生起气来,插进来说。

"现在人家要找我们的事儿同我们闹'磨擦'哩! ——你没听说到处闹'磨擦'么? 现在有许多顽固分子,在阴谋妥协投降,企图分裂倒退……"

区牺盟秘书似乎因为别人引了头,几乎要把从县里听来的报告,原本原样地说出来了,老头子却只捕捉了两个字,裁断他的话问:

"投降! ——现在谁还说要投降?"

额角上有亮疤的青年,大概也常往县里走动,他用"早就知道了"的声音,抢着代替牺盟秘书回答说:

"顽固分子哩! ——除了他还有谁能这样说!"

"投降!"老头子挥着手,似乎又要唠叨起来,"让他们去投降吧! 我是,你知道,去年我是……"

黑暗处一个高大的声音打断了他的话：

"开会啦！开会啦！人已到齐了！"

这是区长的声音。区牺盟秘书走到那边去了。露水浸润了人们的单衣，大家簇拥着围着一块平滑的大石在丛莽里坐下来。游击小组包围在人群的外围。红缨枪和三八式在繁星的薄暗中烁烁有光。

区牺盟秘书大声喊：

"不要闹了！开会啦！"

人群逐渐平静下来，他简单地报告了开会的意义，最后说：

"现在请区长对我们讲话！"

人群似乎总不能完全安静，有人频频咳嗽，好像心里有什么不满在被压抑着。一个细长的影子在大石旁边站起来了，这就是区长。他前些日子在东城工作，被鬼子抓去当了三天"苦力"，现在他把两只胳膊撑在石块上，眼睛像天上的星星发光，似乎一瞥就把谁都瞧到了。

"各位工作同志！"他的声音有点凄楚，接着沉默了一阵。

松林凄厉地悲啸起来，秋风飒飒掠过，掀起人们心里无限的悲愤。从沟底的小村里，传来孩子的夜哭，远处有狗在叫，孤独而悲怆地，使人听到心直发抖。

区长镇定了自己，继续说下去了。他郑重地向大家说明，要不是日本鬼子奸淫烧杀，大家绝不会受到这样的苦难，要不是"中央军"到处找"磨擦"，今年日本鬼子也不会打不走，要不是三四两区不出粮食，政府也不会使大家连糠也吃不饱。他赞扬了大家过去的战斗业绩，和现在宁死不屈的坚韧精神，表明自己一定要和大家同生死，共患难，坚持奋斗到底。最后他说明了一件大家就要动手做的工作，就是现在秋收将届，早熟的庄稼已经可以收割了，为了今天不挨饿，明春有饭吃，无论环境如何恶劣，一定要从现在起，立刻动员起来抢收。

"具体的办法怎样呢？"他结束说，"这就要大家根据现在的情况出主意,讨论出一个能够办到的办法来。"

人群又嚷嚷了起来,然而再不是埋怨政府和工作干部了,各人都争先说出自以为尽美尽善的办法,会场上起了争论。

一个有着一只螺眼的青年,抢先站起来发言:

"我先说,我们要抢秋,顶好晚上去偷着割,白天鬼子人多,又有汽车又有炮,碰着就吃不消,晚上就不同了,前天黑夜我回咱村的时候……"

接着他仿佛不是讨论抢秋,倒是要向大家报告他回家的经过似的,拉拉扯扯地说起他那天黑夜回村的故事来了。于是村牺盟秘书便打断他的话说:

"你还有新的意见没有?"

"没有啦!"他把一只不瞎的眼睛,不平地眒了几眒,这末嚷了一声便赌气不再说话了。

一个年轻的茁壮的身影,在另一个角落上直立起来,他用那快要变为成年的嗓子说:

"我赞成刚才那个瞎眼同志的说话:黑夜去抢割。不,我们就叫'偷秋'好了。不过娘儿们是不能去的,在年龄的人手又不多,要连秫秸都割下扎成捆子背回来,怕偷不多,我提议一个人带一把剪子和一个布袋,不割秫秸,只剪穗子,这样能多偷一些。——况且留着青纱帐也是有好处的:要是鬼子少了,游击小组白天还能去活动活动。"

他的话还没说完,那个老头子,抢着站起来了。听到说要"偷",他的白胡子气得颤动起来,声音只打抖,嚷着说:

"这不能!这不能!自己种的粮食,自己去打一点下来吃吃,为啥要叫做'偷'?偷偷地打一点,倒说得好,漆黑洞洞的,谁能认出那是谁的地呢?要是我打了别人的粮食怎么办?要是旁人打了我的粮食又怎么办?况且自己种的东西,是无论如何不能叫做'偷'的——'偷'?什么话!哼!我,我……"

他发着满肚子牢骚,唠唠叨叨地似乎永远说不完结。人们不耐

烦地咳嗽着,额角上有亮疤的青年,忍不住站起来把他的话截断了:

"年纪倒有一把,却还赶不上小孩子懂事,我看你老糊涂啦!现在是大家度命,一齐熬过困难的时候呀!还说什么我的地呀你的地,亏你还当农会干事哩!"

"不,从前是你不能惹我的地,我也不能碰你的地的,我说的是从前,从前是……"

看见老头子越说越糊涂,大家都禁不住笑了。有人带着讽刺的口吻,运用新学来的名词,仿佛要他听见又似乎不要他听见似的,自言自语地说:

"老家伙,私有观念不轻哩!"

在另一个角落上,一个中年女人生了气,她用尖声针对着老头子叫起来:

"收起你的'从前'吧!依着你便怎样,难道你要大家眼巴巴地饿死么?!"

"唔!"老头子惶惑了,好像刚睡醒了似的,直到现在他才突然发觉大家是在难中,便急急改口说,"我不过是说的个理,这是从前的道理,这是……"

他十分气馁地坐下去了。

"就这样好了,算通过了吧!"有几个声音一齐嚷,似乎在督促早些散会,有人已经站起来了,"不分哪是谁家的地,赶明天各村就做动员,把自卫队改做偷秋队,黑夜就去偷好了!"

"通过!通过!"

响应的人很多,站起来的人也更多了。

"啊!不行!不行!还有事儿哩!"一个圆胖的中年汉子挥着手,意思是要大家重新坐下来,"布袋呢?剪子呢?我们现在就没有这些东西呀。比方我,我逃出来的时候就因为慌乱,啥也没带!"

他说完话就把眼睛紧紧地盯着区长,好像在区长那里就放着许多布袋和剪子似的。

"各人自己想办法吧!"

"牛天喜有办法,他老婆成天准备跑反,这次逃出来虽没带多东西,却穿了四条裤子,就叫他用老婆的裤子装吧!"

"哈哈! 四条裤子!"

"就使用使用那些婆娘吧! 她们凭什么光坐在家里等着男人喂呀!"

"你少要这末说,现在女人也并不都是'光坐在家里等着男人喂'的,除非你那红眼睛老婆。"

"秩序秩序!"区牺盟秘书两只瘦胳膊都挥动起来了,"我最后提个意见:就叫妇救会动员剪子和布袋,大家同意不同意呀?"

人群的响应把他的声音完全淹没了。

"同意同意!"

"通过啦! 通过啦!"

人群松动起来,边沿上已经有人要离开会场了。区长跳到石块上,大声镇压着人们的嚷嚷,说:

"不要吵嚷呀! 会快完结了,还有一句话:自卫队抢秋,谁来掩护呢?"

游击小组已经拉开要走了。

"还用说,自然是我们咧!"

于是人们轻快地踏着脚步,一下走散了。

十 苦难

装备优良的"中央"第二十七军,在动员抢秋大会的前三天,从陕西开来了。

这是胡宗南的军队,来到不久,他们便忙着解散游击小组和自卫队,威胁地方武装。

四十军完全集中到白晋公路以东。

两个军虽然不打仗,却都要粮食吃。四十军高价收买,二十七军挨户搜索,同时还都向抗日政府勒索。

专署在路西为长治难民募集了一部分粮食,刚进县境便被二十七军扣下了,负责运粮的干部,也和粮食一道失去了自由。

谁去交涉也不行,抗日政府派人去,他们说:

"这就顶了军粮吧!"

牺盟会和其他群众团体代表去,他们训斥:

"什么事情都是你们这些暗八路给弄坏的!"

难民们选派去十几名代表,也都空着手,满怀不平地跑回来了。他们当中年老的受到警告:

"回去当好老百姓吧,不要受共产党的'愚弄'了,要不,要掉脑袋瓜子哩!"

年青的被指为共产党,都挨了揍。

于是在山村里遭难的人们,便只有靠着偷割来的又湿又少的粮食度日了。

天气非常不与人做美。从开始偷秋的那天起,便常下阴雨,天气变冷了。

妇女们变得更唠叨了,简直像母鸡,成天唧唧喳喳地叫唤不息,孩子已经有不少死去了,老人们更坏,不是发热,便是头痛,再不然就是呛咳,也不管是白天或者黑夜,总在咒骂鬼子,同时咒骂老天和顽固分子。

人们都挤在阴湿的窑洞里:一家老小合住一个窑洞,甚至一个窑洞挤着好几家人。没有棉夹衣,老人们一看见天晴,都去山坡上背风而又有太阳的地方取暖。

赵七爹往常是一个十分和蔼、非常静悄的老人,现在却变得爱生气、爱发火了。他的身体也大大不如往昔。从前他只偶然犯一点咳嗽病,现在却呛咳得非常厉害起来。

"这,这,这是一个什么世界呀!"

在过去的生活里,他的老伴对他的照顾很周到,然而现在她也不来体贴他了,一心只想着家。她好像没有听见老头子的牢骚,只是做梦一般地念着她家里的母鸡。

赵七爹眉头皱得更紧了。他也想家，想谷堆，想黄牛，可是自从前天回家去看过一次，他再也不愿想起那个家了。村里每一条道路都染着狼藉的血污，家里什么东西都没有了。剩下一堵烟熏的土墙，背面还被贴上一张鬼画，上面画着一个仁丹胡子的"太君"。笑嘻嘻地在和一个白脸绅士握手，旁边写着"亲善提携"。路上来来往往走着一些衣衫齐楚、面皮白净的陌生人，有的拿着青天白日旗，有的拿着红膏药旗，其中还有一个把几张红绿纸片塞在他手里，并且告他说：

"天冷啦，回去把山里的人们叫回来吧！教他们再不要发傻了，要想打赢'皇军'是办不到的，八路军决死队那么多队伍都不敢来，你们老百姓拿几杆破枪有什么用！——回来吧！只要不组织什么自卫队和游击小组，尽管过安稳日子，保险没事！"

赵七爹听到老伴家呀鸡地说个不休，便想起这个被毁的家的情形。于是他变得更烦躁了：

"唠唠叨叨说这些干啥呀！"

"我是说，"老伴仍没有体会他的心情，只是有点口吃地把声音变小了，"我是说，有的人家已经回去了，我们……"她忽然发觉老头子的脸色越变越坏，便急急改了口："你说，我们家里，当真就一点东西都没有了么？"

"我不是早就告诉你了么？——还有一条黑狗，吃死人把眼睛都吃红了，像认得我又像不认得我地瞪着眼睛看我……"

"啊呀！不要说这个了！"

"那你还要问啥呢？"

"我不过是，我不过是，想着我们这一大把年纪了，难道还要把一把老骨头扔在外边，只盼着……"

"好！好！好！你要回家，你就一个人回家吧！咳，咳，咳……"

"又生气！"

看见老头子呛咳起来，老太婆便赌气闭住嘴，不做声了。

赵七爹虽然常和老伴斗嘴，然而近来却更加关心他的儿子小义。儿媳成天在外边忙着做妇救会的工作，小义每天黄昏出去，每天拂晓回来。他背上的口袋常常不很饱满，面孔却一天比一天苍白和瘦削。他的眼球上的血丝，也一天比一天加红起来。赵七爹有一天看见他披着被露水浸湿的衬衫，背着装了湿粮食的口袋，吃力地往山坡上走时，忽然内心起了一阵剧痛，对他说：

"小义，你，你瘦了！你……"

"爹！你说什么呀！"

赵七爹再想不出可以说的话来了。一个他最担心的想头，忽然涌现上来，他不禁脱口而出地说：

"唔，没有什么。——不过我问你，你们在黑夜偷秋，究竟鬼子知道不知道？"

"鬼子知道又怎么样？"

"我是害怕鬼子又……"

"你尽说这些干啥！一个人又死不了两回！"

赵七爹听到"死"字，半晌说不出一句话来。

"唉！这是兆头，这是兆头！"他害怕地想，忽又埋怨自己，"为什么我要那样问他呢？我要不……"

于是不知怎么一来，他忽然觉得如果儿子以后被敌人打死，于他这个老头子也有重大的责任了。从这天起，他咳嗽的次数突然比往常增加了一倍。每天早晨一看见小义，他都要问：

"昨晚鬼子没出动吧？"

小义对于父亲的担心和恐惧，往往总显出一付又同情又厌烦的神气，把脸一扬：

"没有！爹，不会有什么事故的。"

然而赵七爹却更加不放心了。他每天一到黄昏，便坐到山坡上去，倚着一棵大树，看着青年们携袋拿镰，一个跟着一个地往原野上走。夜晚在阴暗的窑洞里，他显得非常不安，也不管秋风细雨，都要出来几次，爬到满生丛莽的山顶上，用尽力量窥探，倾听，看着原野上有没有发生什么事故。

这一切实际上都无济于事。一天夜半,缺月放着寒光,他极力压制着被寒冷刺激起来的战栗,爬到山顶上去。刚一站住脚,可怕的事情终于发生了。平原上闪烁着信号火光,机关枪哒哒地响了起来,火网划破夜空,笼罩着一片黑森森的原野,从距离、方向,以及来回走惯的经验,他感到那地方离他村子很近!

在机关枪的呼叫声中,零落的步枪和手榴弹的声音,听来十分疲弱。村里又起了火了。

"啊!"他叫了一声,一咳嗽便上不来气,立刻失去了知觉。

也不知道过了多久,他听到一个声音在耳边喊叫:

"老头子!老头子!我怎么活下去,我怎么活下去!"

这是他老伴的声音。

看见赵七爹睁开眼睛,围在旁边的人们都松了一口气。

"啊!这可活过来了!"

赵七爹完全不知道自己是怎样回到这个窑洞里来的。但他的意识已清楚了,记起半夜自己曾爬到岭子上去,现在太阳已把窑洞照得刺激眼睛。他想起小义,想从人丛中找到他的面孔,便昂起头来,想平衡一下半撑起来的肢体,然而他没有这力量,只得又躺下了。

"小义呢?"

听见他呼唤小义的名字,老太婆好像睡着忽然被人打了一棒惊醒过来似的,扭转身就跑向外边去了:

"我要去看看小义,他们不让我看,硬说小义没死,硬说他没死……"

她的惨叫一声接着一声地冲入赵七爹的耳鼓,直到渐渐远去,听不见了。

围在旁边的人们似乎都在把赵七爹当傻子。一个女人扶了他,另一个女人端过水来,并且显然是在说谎地安慰他说:

"小义一会就会回来的,你先喝下这口水吧!你……"

赵七爹看明白了这一切，心里倒觉得十分平贴了。他摇摇脸背过别人亲切端来的水碗，断断续续向他旁边的人问：

"我知道！我知道！还有别的年轻的人呢？还有，咳，咳，咳，咳……咳……咳……我是问一共有多少人遭到……咳咳咳咳……"

他咳得喘不过气来，好久以后，声音像游丝一样低了下去；他的眼睛仍然大瞪着，人们发觉他已经死了。

十一　蠢动

群众武装一再遭受敌人的摧残，一时不能再进行武装反抗了，日寇以武力监视着人们，毫无阻碍地展开了伪化工作。

载重汽车装着武装宣抚班从这村奔到那村，伪工作员拿出"皇军"抢去的一部分衣服和粮食，施行小恩小惠，欺骗人们说：

"别受共产党的骗了，挨饿受冻地在山里干啥！"

"天冷啦！回来'皇军'管吃管穿，包管不要紧！"

"再不回来'皇军'就不让收秋了！"

逃难在山里的人们，苦于冻饿的逼迫，丢了老的，死了小的，在无限苦难的深渊里，绝望地幻想着敌人突然撤走。看见天要下雨，都拍手大叫起来：

"鬼子要再不走，今年的秋可就收不成了！"

"天要一下雨，粮食在地里长了芽，这就断绝了人的活路啦！"

谣言忽然像瘟疫一样迅速地散布着：

"宣抚班说人不回去不让收秋！"

"'皇军'从北边抓来苦力，已经在城周边收割了！"

"宣抚班×工作员说再过三天不回村，'皇军'就要把粮食全给割掉，一颗也不给剩！"

"再不回去'皇军'就要到山里来扫荡啦！"

于是熬不过苦难的，经不起威吓的，怕来年饿死的，便陆续在人们不注意的当中溜回村里去了。

看见鬼子暂时停止了烧杀，人们回村的更多了，原野上白天开始有人走动起来。

但回村以后,鬼子却不让收秋,下地的人们又都被赶回来了。武装宣抚班对他们说:

"不行,你村里不成立维持会,怎么能收秋!"

不维持不能收秋,谁维持就是汉奸,人们迟疑起来,宣抚班一天比一天逼得更紧:

"只限三天,过期不维持'皇军'就来烧房子!"

第四天头上,人们真的看见有些村子里起了火。

南董村没有等到起火就维持起来了。这村子被敌人摧毁得最苦,牺盟秘书被杀害了,是被切去手足像冬瓜般在高粱地里死去的;自卫队长侥幸逃脱,回来看见家里一切都没有了,去参加了八路军;妇救秘书被敌人用汽车装进城去,到现在还没有下落;村长和农会秘书是全家被杀,连小孩子也没有剩下。一切抗日组织都垮了台。

"胸有成竹"的全村只有王仁甫和陈和清他们两人。

王仁甫原是统治阶层里的人物,战前在城里开过当铺,现在还是全村土地最多的"老财"。陕北红军东渡的时候,他在"防共"高潮中不但是个"一等好人",而且还是县"好人团"①团长,对"三等好人"的死活,完全可以"一言为定"。红军西退以后,"好人团"改做"公道团",他仍是县团部主要负责人之一,这时他虽然不能随便杀人,但什么事说了就算,却和往昔一样。去年人们粉碎了敌人的九路围攻,他才栽了个筋斗,因为和裴保堂②一起组织维持会,被人

————————

① "好人团",山西统治阶级的反共组织。红军东渡时,山西各地人民,不管谁都要参加这个组织,否则便是"坏人",要杀头。"好人"分成三等,地主资产阶级为当然的"一等好人",以下为"二等好人",一般老百姓虽有连环保,也只能做"三等好人"。红军西退以后,这个组织才改为公道团,承认现社会不平现象,以主张公道为标榜,欺骗镇压人民。

② 裴保堂,长治大汉奸,一九三八年春敌人走后,亡命在外,其家产完全被没收。

们认做汉奸，几乎丧家亡命。幸而他有看风转舵的本事，及早递上悔过书，认了罚，这才避免了裴保堂式的命运，侥幸渡过了这场风波。最近这一年多以来，他像蹲在洞里的一只老狐狸，虽然没有了牙齿，但凭着遗传的智慧，仍在明察一切，等待时机大显身手。

陈和清拥有一百五十多亩好地，虽然也是"老财"，手面并不像王仁甫的阔大，他是一个"一切随大流"的人物。在"防共"的时候，他虽然也是个"一等好人"，但却没有指定"防共保卫团"杀过人。去年敌人来时他也跑了，可是却和裴保堂仍保持着一定的关系。敌人走后人们高喊"抗日灭租"，他因为心里有鬼，怕别人找他的"岔子"，表示热烈拥护，于是他便成了"开明士绅"，非常吃香起来。现在为了保家安命，他比别人更加迫切地要求维持，但是大家还没有那末做，他也不敢一句话说出来，只在思想上做活动。

这两个人做朋友的历史已经很长，并且一直都能做到互相照顾。王仁甫得势，陈和清什么事都请他拿主意；自从陈和清成为"开明士绅"以来，王仁甫有事也无不托他向牺盟会疏通。这次他们两人逃难也逃在一起。民兵最活跃的时候，王仁甫说日军要报复，陈和清虽然有点相信，却在群众鼓舞下捐出了不少的粮米和鞋袜。晋城敌人退回来的时候，人们以为鬼子要像去年那样撤走了，王仁甫从城里得到消息，相约犹豫的陈和清，先一天携带家小，逃避到三区的山地里去。他们两人逃得别人早，回来也比别人快，回来以后关系更加密切了。陈和清的房屋被毁了一半，王仁甫的房屋"幸然无恙"，正因为这个原故，陈和清总是爱到王仁甫家来，并且常常一坐就是一整天。

不过虽然这样，现在他们两人的心思，却多少还有一点"小异"。他们虽然谈得很多，有时也会被一个什么东西挡住，彼此面对面地沉默起来。

"现在该维持了！"王仁甫摸着漆黑的八字胡试探地说。

陈和清便把胖脸皱小半倍，同情地回答：

"是的，不维持可不行啦！"

说到这里便谁也不做声了。直到王仁甫谈起什么百分之五十一和百分之四十九①，陈和清这才慢慢地恢复了常态。

日寇施行镇压以前透出消息的那人，最近给王仁甫又写来几次信，说是"日军要永远占领山西"，教他到县里，至少是在村里维持一下。王仁甫因为去年认过罚，现在穷人又都会使枪，离开日军的保护恐怕有危险，想着还是到县里去，生命既很稳当，又能大干一下。他认为村里的事只要有陈和清一个人就可以了。因为他是牺盟会捧起来的"开明士绅"，日军就是马上撤走，人们也不会拿他当汉奸查办的。但这人做事很稳，这样的事情对他直率地说出来，他现在绝不会干。王仁甫透出一点口气，便不敢再说了。

陈和清虽然很愿意维持，却怕顶上汉奸的名字。他有房有地不能舍开，老是逃在外边，又因为一家大小"牙齿鼓下来有半升"，无法生活。裴保堂财产充公，一直到现在还亡命在外，这一借镜使他无论如何都不敢公开当汉奸，而主要维持一下自己，同时也维持一下全村，这又是他的迫切要求。他看见"皇军"要价不高，无论什么人去城里，只要承认自己是什么村的维持会长，回村就可以维持起来，心想和王仁甫商议一下，再联络几个和他们相同的人，出资雇一个人出来，"两边都维持维持"，使"皇军"觉得"我们已维持"了，抗日的人们觉得"我们并不是汉奸"。然而王仁甫见人出主意，就要你拿出办法，他还没有具体想好这样一个人物，现在这话不好说的。所以听到王仁甫说起什么维持的事来，他只能应声虫似的敷衍一句便闭住嘴，看看他究竟有什么主见。

王仁甫觉得陈和清一切都不过为了自保，到了他觉得能干的时候教他干，他是会干起来的。现在的情况是"万事皆备，只欠东风"了，王仁甫就在等待这最后的确定的消息。四十军返回长治，他曾听说要"下大雨"，二十七军开来，他觉得天空已是阴云密布。一年

---

① 日寇改变"剿共灭党"政策，对国民党反动派实行诱降，允许退还江浙地主资产阶级财产百分之五十一，退还山西地主资产阶级财产百分之四十九。

多以来,他对年轻人的嚷嚷,泥腿子的掌权,一切都打破旧规,早就厌恶透顶了,这正是他焚香默祷所祈求的变化。他觉得阎司令长官一辈子没做错事,但这几年大批使用"暗八路",却的确是一个失算,世界完全被他们弄"反"了。一月前来到的"精建会"①,有两个他认识的委员,曾暗暗告诉他说,司令长官已不再"背着棺材抗战",而要"拿地球"②了,这曾使他大大兴奋了一下。从三区逃难回来的前一天,全县第一个传播"曲线救国""妙策"的任振山,也曾对他说过鬼子总不能站长,司令长官感到最没有办法制的是"老虎"③,劝他去城里"假投降",到"下大雨"的时候好假借日军的力量,把"老虎"关进笼里去,这样只要敌人一走,"地球"便可以稳拿到手了。任振山这话和王仁甫的想法"不谋而合"。他想起当"好人团"团长时的气派来,觉得那样的"时代"又快要来到了。村干部的大批被杀,更增加了他对"未来"的信心。这"大雨"什么时候下,是不是一切都准备好了,任振山已去四区联络关系,只要他一回来,便可以完全明白。

"只要事情像大白天一样明白,"他瞥了陈和清一眼,暗暗地想,"他不会不干!"

任振山果然在这天下午从四区回来了。这是一个薄嘴唇,一笑就露出一颗金牙,小眼睛灼灼有光,灵活得像耗子一般的人物。他的行动也灵活得像耗子。抗战前他的外号叫小诸葛,就连"老谋深算"的王仁甫,有事也没有不和他商量的。抗战后他在抗日政府里当过会计,也常常收买鸡蛋,到邯郸去贩卖。他什么地方都很熟,什么人都能接近。县独立营要他采办弹药,在敌占区,据他说日本的宪兵队长,也"并不拿我当外人"。他还有一张能把死人说活了

---

① "精建会",即精神建设委员会,山西反动派阴谋投降时所成立的一种反动组织。

② "拿地球",阎锡山统治下山西省主席赵戴文的用语,意即得地盘。

③ 老虎,阎锡山对农民的称呼。

的嘴巴。见到牺盟会的人，他会讲一篇抗日大道理，见到"宣抚班"里的人，他马上能把"共存共荣"背得滚瓜烂熟，并且还能找出"中日同文同种"的历史引证；在王仁甫、陈和清及其他信仰阎司令长官的人物面前，他对什么"主张公道""按劳分配""土地村公有"①，又会大讲特讲起来，并且还能做到随时随地都可以引证司令长官的原话。长治县的"曲线救国"，首先便是从他嘴里传出来的。现在他一跨进王仁甫的门，就兴奋地露出金牙齿，使陈和清一见便知道他藏着一肚子的高兴。

"振山来了！"

"啊！"王仁甫忽然轻快而活泼起来，"什么风呀，来得这样快？"

"什么风？东南西北风。——要不是四区区长硬留着我吃饭，我晌午就来了！"

任振山带来的消息的确是够兴奋的：孙楚②确实到了阳城，阳城不但刮了风，而且已下了"大雨"了。现在"敌区工作团"③和"突击队"④都已到了县里，和老"公道团"⑤的人，取得了联系。区村干部已有个别"失踪"。不过这还只是"小雨点"，"大雨"待和"中央军"联系好了就要倾泻。

于是王仁甫便单刀直入，向陈和清提出了问题：

"和清兄，村里的事情，我看还是你出头维持一下的好！"

---

① "主张公道"，"按劳分配"，"土地村公有"，都是阎锡山统治人民的欺骗理论。他说社会不平，因此要他们统治阶级出来"主张公道"；他说共产主义不适人情不合公道，只有"按劳分配主义"才能在中国行通；他说土地要村公有，实际就是把穷人的土地，都无代价地交给统治农村的地主阶级。

② 孙楚，阎锡山部下的一个军长，他一到晋东南，便发动阳城事变，屠杀了大批抗日干部。

③ "敌区工作团"，是阎锡山破坏解放区的特务组织。

④ "突击队"，是阎锡山暗杀抗日干部的暗杀团性质的反动武装组织。

⑤ 老"公道团"，抗日爆发不久以后，"公道团"曾与牺盟会联合办公，这时的公道，虽然也是社会上层人物的组织，但参加的人物已较前开明，这里说的老"公道团"，是"好人团"改名以后的"公道团"，性质和好人团一样的公道团。

陈和清一愣，一时没做回答。三个人正谈着"国家大事"，他没妨王仁甫突然提出维持的话来，并且直截了当地要他当会长。他的胖脸忽又皱小了。

"今年已不是去年。"王仁甫继续向他说，而且听他声音，他的主意已经完全打定，"去年是大家一齐抗战，鬼子又只占了县城几天，今年鬼子马上走不了，而'曲线救国'，又'甚嚣尘上'，我看……"

他看抗战终究是要胜利，鬼子终究是要被打走的。不过一有"明八路"和"暗八路"，抗一天战，他们就要吃一天亏。他们在抗战中失了势，而泥腿子在抗战中却站起来了，不要看现在"减租减息"，这是手段，将来是少不了要"共产"的。如果这样抗下去，抗到胜利，他们也就抗完了。所以他加重地说，司令长官的这次转变，是十分英明的，而"曲线救国"，更是英明而又英明的"妙策"。

"真是又要'反共'么？"陈和清似乎还有点不相信，他因为较多接近牺盟会，虽然也曾听说要"下大雨"，但总觉得这变化太突然。

"那还能假了？"任振山插过来说，"这还不明白：亡给鬼子是一时，亡给八路是一世——子子孙孙都翻不过身来呀！阎司令长官这回是……"

陈和清觉得他们说的都有道理，心里也活动了。他一向是"随大流"的，觉得现在既然大家都这样做，大概也错不了什么。不过他还担心：

"万一'大雨'下得不透，鬼子又突然撤走，人们再拿我当汉奸查办，那又怎么办呢？"他张开两手，看看王仁甫，又看看任振山，求助似的发问说。

"现在村干部死的死，逃的逃，本已没有什么了。"任振山似乎又恢复了过去"小诸葛"的气派，显出"浑身是计"的模样来，说，"万一将来他们'东山再起'，那也有办法。"

说到这里他的声音忽然变低了。为了要听得真确，王仁甫把脸也凑了过来。任振山把右手遮了半边嘴，做贼也似的看了看左右，

才把嘴凑到陈和清的耳朵上去,接下去说:

"你不是'开明士绅'么?再开明一下就行呀！——村里既没有办事人,你就和大家开个会,先让人家保你一下,再去政府备个案,鬼子就是马上走了,能拿你怎么样？——你还不是开明士绅！"

恰像阴天转晴,陈和清的胖脸展开了。他微微点了一点头,表示他已赞同了这个主意。但王仁甫待他明天维持起来,便进城去,这时他还没有想到。

于是经过三个人的一夜活动,第二天一早,就是在宣抚班出现的第三天头上,陈和清就成了南董村的维持会长了。宣抚班工作员来催促"快快维持"的时候,村公所的大门口已经贴上了一张大白纸,上面是任振山的手笔,写着:

"南董村维持会"。

十二　转变

维持起来的村子逐渐增多,日寇对迟疑不维持的村子的逼迫,也更紧了,宣抚班的限期下得一次比一次短促。

"再限你村两天！"

"你村只限一天了！"

"明天早上不维持,下午'皇军'就来烧房子！"

从后方传来消息:"中央军"要向八路军开火了。太南纵队司令应邀到四十军军部去商讨工作,发现他们正面对日寇没有构筑防御工事,却面向着太行山大修堡垒。他提出疑问,庞瘸子不在意地回答说,那是为了防备敌人迂回。据说晋城的地方政权和武装都已被解决了,人们看到本县的政权和武装被层层包围着。已经变了天,快"下大雨"了。

看见日寇从北边运来大批苦力,在城周围收割起来,人们更加急红了眼:

"不维持不行啦！"

日寇的政策是对下镇压,对上诱迫。宣抚班驻扎在北石糟村,有一个哨兵在黑夜失了踪,第二天一早发现尸身被扔在村外,颈项上有被勒的伤痕,看样子似乎是在打瞌睡,被人忽然用绳子套了颈项,背对背背出村外,既叫不出声,又喘不上气,在背着拽着中勒死的。"皇军"动了火,把哨兵周围六七家穷户,凡是十八岁以上四十五岁以下的男人都给抓去,当天就枪毙了。这个村里中农最多,唯一富户王耕山,也只有一百多亩土地。他从逃难回来,没有一天不被敌人催促组织维持会。这天他被逼着,门限几乎都被宣抚班里的人踏平了。早上来了一个伪工作员,对他已表示出"你不干也得干"的态度。

"你村维持起来了么?"

"是,是,维持当然是要维持的!"

"那你就当维持会长吧!"

"是,是,不过这是全村的事,这是全……"

"什么'全村的事',有你一个人就行了!"

"不过……"

"什么'不过',明天你就得维持起来!"

"这个……"

伪工作员没等他说完话就转身走出去了,走到门口,又扭转脸来加上说:

"明天我就和'皇军'一块来,那你再不维持,别说我不客气!"

王耕山像泄了气的一个皮球,一屁股坐着椅上,两条眉毛几乎皱做一条了。鬼子不讲理,说杀人就杀人,说放火就放火,现在不维持,说不定什么时候便要倾家荡产,亡命丧身。但维持起来同样也是很危险的,去年裴保堂的结果很可怕,现在有些维持会长的结果更可怕:白天向"皇军"讨一点好,半夜便会不知去向,家里人费老大的功夫才能在极偏僻的地方找到尸身。中山头维持会有一天召集村民,动员封锁真汉奸,掩护"咱们的工作员",有一个人说了声"谁管得了那多的事",马上便被人们公决,罚了两石救国公粮,还立下字据,保证村里不出"岔子"。前天王耕山就曾想和村里的办事人商量一下维持的事,听说这事便吓得缩回去了。村里过去曾经作战的人没有回来的都当了八路军,有的还捎回信来,说他们将来仍要回来。现在人们都还听村长和农救秘书的召呼,他以为这时要说出什么维持的话来,人们一定要拿他当汉奸办。被罚了拿点公粮倒不要紧,立字据却难:这年头人只能自保,谁能保得了别人。他原先有一种哲学,叫做"船到桥头自然直",现在世道变得这样快,他的这种哲学也不管用了。维持还是不维持,他怎么也想不出办法。坐了五分钟,他再坐不住了,决心要去找李长发谈谈。

李长发是村农救秘书,"门户"较王耕山虽低,拐三四个弯却也能找出一点姑表亲关系来,王耕山觉得见面之后,只要他不太"见外",还是可以和他谈谈心底里的事情的。

走进破败而没有收拾的小屋,李长发没有在家。日寇杀了人,他忙着处理善后去了。事情的原委他明白:雇工王有才在忍受不了饥饿,偷偷被雇到邻村维持会,赶着大车进城里送柴火,远远看见城门口的人们都在向鬼子鞠躬,并且恭恭敬敬,把头低到卵泡底下,他觉得非常受污辱。走到城门口,他勉强学别人的样做了,鬼子又向他伸出手来要东西,他不知道进城得带些鸡蛋什么的作为"买路钱",便被鬼子揍了一顿,罚跪在城门口。在两小时之内,他受了别人一生从来没有受过的污辱:鬼子有拿砖头顶在他头上的,有把吃剩的果子皮塞进他衣领里去的,有用枪比划着吓唬他的,使他十分愤怒,而又无法反抗。回村后他变得像一只呆鸟,什么人都不见,什么话都不说,睡了一大觉,半夜起来便"收拾"了宣抚班那个哨兵,投去当了区队。因此牵连而被杀害的人家,都来找村长和农救秘书。在村干部中,李长发原是现在唯一"坚决主张不维持"的人,但埋葬死者、抚恤家属以后,他的这个思想也动摇了,他觉得别人许是对的,老是这样继续下去,不是办法。

他回到家里,王耕山已等了他两点多钟。

"很忙呀!"王耕山说,他原准备像平常一样,说几句客套话,但不知怎么一来,竟失去了过去的从容态度,想不出闲话来说了。

"唔,"李长发说,他觉得王耕山来得这样突然,态度又十分不自然,也奇怪起来,装做不在意的模样,加上一句说,"没有什么忙的。"

这以后两人便沉默了,王耕山低着头,李长发右手在摸胸前的破钮扣,谁也没说一句话。

"等待很久了吧?"

"唔!"

又沉默了。

"咱们都是亲戚,又不是外人……"李长发终于动员他地说了。

王耕山轻松了一点,又害怕什么似的看了一看身后,这才用小声说:

"这末着下去行吗?"

"什么,你的意思是?"

"宣抚班把门都踏平了,你还不知道?"

"唔,知道一点。"

"鬼子不是人做的,要真的放起火来,胡杀一通,你说怎办?"

李长发心里有了底。他知道这几天有许多村子维持起来了,有大家开会决定轮着当维持会长的,有地主在后边牵线教"腿子"当维持会长的,最糟的是流氓地痞去城里走了一趟,回来竟也成了维持会长,一边说"身在曹营心在汉",一边却借着日寇的势力压迫人。北石糟现在只他李长发一人没放弃反对维持的意见,他从这思想动摇以来,在回家的路上,便想到维持会长的人选问题。听见王耕山话里有话,他想:

"就让他干吧,将来就是他变了心,也有办法制他的!"

于是他便这样递话给他了。

"那有啥办法,要不就得维持,咱村可没有干这个人的哩!"

王耕山稍一犹豫,便回答说:

"现在怎么都难,维持起来马上能收秋,可是'咱们的政府'又不让,去年装保堂……"

接着他就拉扯起装保堂的故事来。他的话绕着很大的圈子，但言外之意，有一点是十分明白的：只要大家能保他的险，他就可以出头维持大家。

"我和村长商量商量看，"李长发最后说，"如果他也愿意维持，那还得大家开个会，把话说清楚，要不，那谁也担待不了！"

王耕山说到这里，便告辞回去了。李长发找着村长，召集村干部开了一个会，会后分散活动了一下午，晚上便召开了一个村民大会，决定明天就维持，并决定让王耕山当维持会长。议决的条件：

一、现在成立维持会是被迫的，村长要保证会长不被"咱们的政府"视为汉奸。

二、维持会要"两边都维持"，"明向鬼子，暗向自家"，会长要保证村长活动的安全。

三、维持起来马上就收秋，要"快打快藏"，不得让鬼子把粮食割去。

四、向"咱们政府拿款"要快拿快送，向鬼子送东西要"少拿慢送"，办法仍按合理负担，每月结账一次。

五、保守秘密，咱村的事情绝不对外村说。

于是第二天早晨，伪工作员一来到，王耕山便去村公所当起维持会长来了。

十三　新的开始

原野上的村庄都维持起来，新的斗争又开始了。

维持会里的上层人物，一开始便习惯了对敌人打躬、作揖、赔笑脸，一个劲儿低头答应着"是"，日子一久，他们看见"皇军"真有久驻的模样，一部分人渐渐违反当初的诺言，对"自家政府""少送慢送"，对"皇军""多送快送"起来。变坏了的人物大米罐头吃得身体发了胖，荷包也在对"皇军""多送快送"中饱涨起来。对村民改变了客气的态度，动则便拿"皇军"来压人。他们显然是在向"'皇军'之下，人民之上"变化。

勤劳的人们最受敌人的迫害。"皇军"来了,他们要排队打着红膏药旗接,"皇军"去了,他们要排队打着红膏药旗送;支差劳役全是他们,脊梁上挨了枪拐,屁股上挨了脚尖,仍要他们去赔笑脸;资敌物资是他们出的,还要他们往城里去送。

大家对敌人的仇恨更加增长起来。

"皇军"增加了新的苦恼:要物资,按时送齐了的村子很少;散发了"良民证",却不见"良民"到城里来;"皇军"单个儿行动会无缘无故"失踪","宣抚班"不带武装在哪个村子也不能过夜。特务们暗地里嚷嚷着:

"'皇军'永远不开走了。"

"'中央军'不打鬼子,和敌人联合起来打八路了。"

然而沉默的反抗,仍然一天一天地继续增长。

马坊头维持会长赵存有,原是县里出名的一个大流氓。在抗战爆发的前几年,因为在裴保堂门下走动,他靠着开赌场、说官事、贩运毒品,这才挣下一部分家业。敌人开始进行伪化工作的时候,他便活动着当了维持会长,同时又害怕敌人像去年那样突然撤走,央告县府侦察员马青龙,向上疏通了一下。他曾当着村人向马青龙保证:

"我是明里帮助鬼子,暗里帮助中国,落汉奸的名,决不干汉奸的事!"

可是现在他看见"皇军""的确是不走了",便露出过去当"腿子"的本相来,改变了以往的伪善态度。人们看见"皇军"送给他大米,送给他罐头,送给他许多外地出产叫不出名来的物品,又看见他替"皇军"送柴,送米,送女人,送各式各样从村里敛去的东西,最初还没有在意。一天"宣抚班"刚从村里开走,马青龙接着走到他家,他却乘着替"宣抚班""送行"后的酒兴,挂下那付吃得胖肥、恰像猪头般的脸来,发话说:

"现在'皇军'可紧啦,下次你要再来这里,咱可不保你的险。——我先说在前头,将来你不要后悔!"

马青龙走后，赵存有的长工申小王，转身便把这事告诉了秦增寿。于是全村一惊，立时转遍：

"咱们这不成了汉奸庄子了么？"

"赵存有这狗×的真变了心了！"

秦增寿是维持会里的一个"跑腿的"。他给"皇军"送东西，说什么时候送到就什么时候送到，给"皇军"送情报，"风雨无阻"，从来也没有误过事。"宪兵队""宣抚班"都认识他，有些"皇军"还和他"挺要好"。凭着这层关系，他便在一天的黄昏，暗暗约了一个叫做佐光康夫的"皇军"到他家里去玩。这是一个爱喝酒的家伙。他常常喝得大醉，跄跄踉踉在街上行走，随便抓住一个行人，在地上画一个圆圈，苦着脸指指圈里说："里面'皇军'小小的。"又指指圈外："外边八路大大的。"酒醒之后便失悔，毫无理由地打人，教人跪下磕响头，直到别人把头磕破，他才满足地发出一阵狂笑，扬长而去。他一来到秦增寿家便大声说要喝酒。

秦增寿女人早把酒预备下了。她已是一个快近三十岁的女人，这天罩了一件新浆洗的蓝竹布褂，单单俏俏的像比平日年轻了七八岁。她替佐光康夫筛酒，三杯酒以后，秦增寿又替他换了个大杯。于是乘着酒兴，佐光康夫的眼睛便作起怪来，贪婪地看着秦增寿女人，仿佛从那里面要伸出手来，一把将她抓住，像喝酒似的一口把她吞进去似的。秦增寿却只管替他添酒，于是到了他情不自禁，终于无耻地要在她身上摸索起来的时候，他便觉得天旋地转，像死狗一般地滑到桌子底下睡着了。

秦增寿撤去桌凳，膝盖按住他的胸脯，女人从里屋拿出两双破袜子来，塞住了他的流涎的嘴。随后他们两个便用麻绳把他捆扎起来。刚收拾完，从破短的院墙，轻轻爬进一个人来，用手指轻轻地敲了两下窗子。

"是小王么？"

"唔！"

"王三呢？"

"还在外边哩!"

"开门让他进来吧! ——成了!"

申小王转身去开了门,带着一个扛了扁担的人进来了,他们怕佐光康夫还能挣扎,又给他身上加捆了一道绳,并在他嘴里塞进许多破旧的棉花。佐光康夫是浑身绵软,只能从鼻孔出气了,申小王和王三便把他轻轻抬了出来。

这时天还黑得不久,但村里的人们却都已睡去了。十月的冷空挂着一钩将落的新月,蓝天镶着几粒寒星,落叶和碎石在脚下啾啾作响。秦增寿在前监视着道路,申小王和王三抬着醉鬼,眼睛紧盯着他,悄悄地跟在后边。快要走尽一条横街的时候,从赵存有家石砌的高门楼那里,他们转进一条小巷里去了,在低矮而整洁的后院墙的小门旁边,他们一齐停下来,秦增寿这才放心地喘了一口大气。天气虽然不热,三个人却都出了汗了。

恰像刚才敲秦增寿家窗户一样,申小王用两个指头,去小门上敲了两下。于是门便被轻轻地拉开,一个女人的声音在里面轻声说:

"里面没事,扛进来吧!"

枯了的豆棚瓜架,把园里遮蔽得黑森森的,枯藤把道路都掩盖住了。这会是秦增寿和王三抬着佐光康夫,申小王在前头引路。这园子原是他看管的,刚才开门的便是他女人。他引着来到一座浇园的井边,佐光康夫已被闷塞得像猪一般地哼哼起来。

于是他们便抽出扁担,把他投到井里去了。

井底发出一声幽然的嗡响,接着一切便又都归于沉寂。

临时驻在村里的"皇军"发觉佐光康大"失踪",当夜没有敢进行搜索。第二天一天亮,他们全都回到城里去了。赵存有急得浑汗直流,一边派人去城里告诉"皇军",说他保证将人找到,一边在村里恐吓着人们说要挨户搜索,教知道的人赶快报告。他并不知道申小王已去城里告了他。

第三天一大队"皇军"便开来了。进村就把他一家人捉了起来,并从他后院的井里,捞出了被水泡得又涨大又惨白的佐光康夫。

这一天的天气特别温和,太阳照临到人们的身上,热痒痒的十分快活。人们都被召集到村边的空场上去了。赵存有被剥光衣服,捆缚了两臂,瑟缩地跪在挂着长刀的"太君"面前,他战栗着话不成句地分辩说:

"这个……的确……'太君'不信可问大家……我……"

申小王脱了旧布衫,大声地一口将他咬定说:

"这还能错了! ……两个'暗八路'是当晚到你家来的,我在后院看园,夜里出来撒溺,忽然听到井上响了一声,三个人影就散开看不见了!"

"申小王!"赵存有女人一把眼泪一把鼻涕地远远望着申小王说。——她也被捆缚到场上来了。"姓赵的可没亏你,天在头上,你可别丧良心啊!"

"丧良心?"申小王更加理直气壮起来,"你不能怨我呀! 我现在不说,将来'皇军'查出了可有我的关系哩。——我要不看园,我就不管了!"

赵存有苦着脸,那脸更像刮过的猪头脸了,因为证据确实,无可争辩,他更加言语错乱起来。

"申小王! ……'太君'! ……'皇军'请调查!"

于是"太君"便调查起来。他问秦增寿,回答是前天黄昏,他看见佐光康夫,的确曾到赵存有家里去过,不过天黑以后情况究竟怎样,他就不知道了。询问到这事发生以前的情形,村里人差不多一致回答,赵存有家里经常进出一些来历不明的人是有的,不过究竟是不是八路探子,人们却不大清楚,因为在赵存有当会长的时候,这些事是谁也不敢动问的。

赵存有一股劲儿叫屈。

"这,这,这哪有的事呀! ……我是……"

"太君"再不去理会他,举起长刀。赵存有在绝望中流下泪来,

忽然像一只狗似的,疯狂地抱住"太君"的一只小腿说:

"啊呀! 我是最忠于'皇军'的呀! 他们……"

然而"太君"已一刀砍下,他女人刚才还喊着"天在头上",忽然张大嘴巴,大声号哭起来。

人们对于失去丈夫的女人,没有一点同情,都躲着她流泪的眼睛,自语地说:

"有啥值得哭的,怨他自己不好呀!"

宣抚班和人们开了一个会,说明"皇军"只杀"共匪",不杀"良民",教大家不要害怕。他们指定秦增寿,代替赵存有当了维持会会长。

后　记

这篇不完整的小说,是我一九四〇年的旧稿,在一九三九年山西十二月政变以后写成的。

早在绥东抗战的时候,山西旧统治阶级的代表者阎锡山,即倡导"守土抗战"。他知道抗战就得要人民,便吸收进步青年,组织了牺牲救国同盟会,到下层去发动群众。但从他的立场上看,发动群众只是为了"守"他的"土",人民力量一大,他便觉得自己是"背着棺材抗战",对抗战动摇起来了。武汉失守,汪精卫投降以后,敌人改变"剿共灭党"政策,回师扫荡华北敌后,对国民党实行诱降政策,其口号是退还江浙财阀财产百分之五十一,退还山西财阀财产百分之四十九。于是蒋介石动摇起来,酝酿全国反共高潮,阎锡山亦划山西为四个大行政区,分别设立"二战区司令长官行营",以加强已经动摇了的反动统治。晋东南行营负责人孙楚,一到任便结合"中央军"发动了血腥的阳城事变。

一九三八年春,敌人九路围攻晋东南,被八路军和山西新军痛击,遭到意外的惨败。一九三九年敌人再一次打进来时,情况和上年已大不一样。牺盟会的工作深入了一步,由于实行了"减租减息"和"合理负担",人民生活也有了初步改善,因此群众抗战情绪很高,在牺盟会领导之下,武装起来反抗敌人,创造了非常光辉的业绩。如果那时不磨擦，团结起来打鬼子，敌人是可以被打走的，但随着孙楚而来的，是骗子手"精神建设委员会"，暗杀组织"突击队"，时务组织"敌区工作团"，"中央军"也源源开到，解散群众武装，包围歼灭新军决死队，并把八路军限制在太行山里，不让他们接近敌人，于是替敌人扩大了汉奸的社会基础，敌人便在晋东南站住了脚步。

我那时在长治实际负责领导该县地方武装工作，亲眼看见这情况，但因为幼稚，还不明白其中的道理，只不断听到熟识的同志被暗害，心中充满了悲愤。特别是在阳城事变以后，上级为了照顾团结，命令我们撤出长治，我觉得长期辛苦创造出来的一点成绩，一下子便被反动派完全断送了，竟哭了好几次。我是一个偏重感情，而又爱好写作的人。我的小勤务员冯茂林，他的哥哥也被反动派暗杀了，随我脱离生长他的长治，来到壶关的山里，常向我要求入党，派他出去杀鬼子，打反动派。我看见他就想起他英勇牺牲的哥哥来，觉得心里别扭着一肚子东西，要向大家倾诉一下。在这情况我便利用撤出以后的休整时间，写下了这部《不可征服的人们》。

这稿件我一直带着，截至一九四二年冬，先后删改了三次。去年因病在后方医院休养，在《东北文艺》出版的刺激下，又拿出来删改了一次，觉得就内容说，反动派的反动行为暴露不够十之二三，就文字说，艺术价值十分薄弱，本无勇气拿出发表。但母亲总是爱孩子的，我对自己写出的东西，也总乐意有人看，东北书店既愿意出版它，我便又一次删去不必要的描写，把全文压缩了一下。假如读者能从这本书中看出当时长治军民在敌顽夹击中英勇斗争的万一，我就觉得十分满足了。

一九四七年六月九日于绥化

东北书店 1947 年 8 月初版

存　目

敬　告

　　《1945—1949 年东北解放区文学大系》为展现东北解放区文学的整体风貌而编辑出版。丛书选取此间最具代表性的作品,以纪录这段波澜壮阔的历史时期内东北解放区所发生的翻天覆地的变化。由于丛书所收录的作品众多,时代不一,加之编辑出版时间有限,至今尚有部分收录作品未能与原作者或继承人取得联系。为保护作者著作权益,我社真诚敬告:凡拥有丛书所选录作品著作权的,请与我们联系,我们将按照国家规定及时付酬。

　　感谢社会各界对我们的理解与支持。

黑龙江大学出版社